本书由中南民族大学文学与新闻传播学院资助出版

朝戈金
尹虎彬
杨 彬 主编

全媒体时代
少数民族文学的选择

中国社会科学出版社

图书在版编目(CIP)数据

全媒体时代少数民族文学的选择/朝戈金,尹虎彬等主编. —北京：中国社会科学出版社，2016.5
ISBN 978 - 7 - 5161 - 8069 - 3

Ⅰ.①全… Ⅱ.①朝…②尹… Ⅲ.①少数民族文学—文学研究—中国—文集 Ⅳ.①I207.9 - 53

中国版本图书馆 CIP 数据核字(2016)第 084399 号

出 版 人	赵剑英
责任编辑	郭晓鸿
特约编辑	席建海
责任校对	王佳玉
责任印制	戴　宽

出　　版	中国社会科学出版社
社　　址	北京鼓楼西大街甲 158 号
邮　　编	100720
网　　址	http://www.csspw.cn
发 行 部	010 - 84083685
门 市 部	010 - 84029450
经　　销	新华书店及其他书店

印刷装订	三河市君旺印务有限公司
版　　次	2016 年 5 月第 1 版
印　　次	2016 年 5 月第 1 次印刷

开　　本	710 × 1000　1/16
印　　张	47.5
插　　页	2
字　　数	782 千字
定　　价	169.00 元

目　录

二 少数民族民间文学研究

三 少数民族文学理论研究

四　少数民族文学跨学科研究

序　言

张　炯

　　我国是个多民族的国家，在中华民族形成的漫长历史过程中，各民族都为国家经济、政治、文化的发展做出自己的努力，也为中国文学的发展和繁荣做出自己的贡献。少数民族文学不但丰富了中国文学，使中国文学因少数民族文学中的神话、歌谣、传说、英雄史诗、散文、小说、戏剧等多种题材和体裁的作品而光彩四射，熠熠生辉；而且历史上许多少数民族的作家还以汉语写作，为汉语文学的发展也做出独到的成就。今天，少数民族作家大都能够以本民族语言和汉语同时写作，在诗歌、小说、散文、戏剧等广泛的领域都推出许多具有全国性影响的作品，有许多还被翻译到国外去，为祖国赢得了声誉！我们这次会议将要讨论有关少数民族文学的许多问题，包括少数民族文学的理论建设问题。因而，无疑是十分重要的一次会议，它必将产生广泛而深远的学术影响。

　　中华民族的形成，经历了各民族相互交往，相互冲撞、相互影响和融合的漫长岁月，各民族文化和文学在漫长的历史过程中也因相互撞击和相互汲取而显示出丰富多彩的样貌，在"同中有异，异中有同"的生态中保持和发展各自的民族特色。在社会主义时代，由于党和国家制定的团结、平等、友爱的民族政策，各民族的文化和文学都得到前所未有的繁荣，各民族都涌现出自己的作家群，并出版了自己民族语言的文艺刊物。中国作家协会创办的《民族文学》月刊，也为当代我国少数民族文学的跨越性的发展做出自己应有的贡献。中国少数民族文学学会多年来为开展少数民族文学研究做了大量的工作。中国社会科学院少数民族文学研究所和各地民族大学文学院，也都为少数民族文学研究做出显著的成绩。这次会议有这么多专家和学者参加，已出现老中青三代，足见我国少数民族文学研究队伍得到十分喜人的成长和壮大。这次会议要讨论的少数民族文学理论问题，更是关系少数民族文学研究的全局性的问题。文学理论探讨的是文学的各种规律性，包括文学的本质规律，文学的创作规律、传播与接受的规律，还有文学与其生态环境诸方面互动的规律以及文学历史发展的规律等。而各个民族由于所处的历史条件的差异，它的文化和文学的有关规律也必然同中有异，因而，少数民族文学的理论建设，就既要探讨"同"的方面，又要探讨"异"的方面，也就是说，既要探讨各民族普遍性的问题，也要探讨自己民族特殊性的问题。这方面，彝族古代的诗歌理论就是一个例子。无疑，少数民族文学理论的建设，有着巨大的空间，我相信，经过这次会议的探讨，一定会进一步推进这方面的建设。

最后，我祝愿会议圆满成功！祝各位专家学者身体健康，万事如意！谢谢！

一

少数民族作家文学研究

从《满巴扎仓》看蒙古族审美心理原型

包明德

（中国社会科学院）

《满巴扎仓》是蒙古族作家阿云嘎用蒙古文创作的长篇小说，由哈森翻译成汉文后，发表于《人民文学》2013 年第 12 期。作品通过扣人心弦的情节，神秘莫测的迷局，讲述了发生在 19 世纪末鄂尔多斯草原的故事，塑造了一群为保护和利用民族文化遗产而勇敢担当的喇嘛形象。这部作品，不仅表现了浓郁的地域蕴含和民族特色，也开掘和张扬了民族传统文化中潜隐的价值，体现了鲜明的创新精神与现实品格，透射着作者对自然与社会的独特体验、对重大思想文化问题的思考，因而产生了广泛热烈的反响。

满巴，是藏语医师的意思；扎仓，是学部或研究院的意思。满巴扎仓亦即医学研究院所之意。蒙医蒙药绵延数千年，作为中华医学的一部分，在历史的长河中，同草原的自然环境和牧民生存的状态相结合，不断创新和丰富，到近现代臻为宝贵的文化遗产。蒙古医药学的显著特点是养生与治疗结合，精神抚慰与身体治愈结合。满巴扎仓，虽然也是医师喇嘛的寺院，同时也是寺院的医学会所，还是传播民族文化与民族精神的殿堂。"这里供的佛不是观音菩萨而是药王佛，从这里散发的不是桑叶和香火之香，而是蒙药藏药的芬芳。"① 起源于各种流派的医术像一条条溪流先后汇集到这里。特别是，元末明初元上都被烧后，从大火中被抢救出来的秘方药典就保存在这里，更增加了这个地方的神秘与奥妙。故而，这个

---

① 阿云嘎：《满巴扎仓》，《人民文学》2013 年第 12 期。

满巴扎仓成了纷争、恶斗的舞台，上演了一幕幕的悲剧、喜剧、丑剧与正剧。秘方药典，便成为各种争斗的武器与筹码，纠结着权欲、贪念、野心与虚妄。

作品开篇伊始，就是满巴扎仓的名医旺丹暗地里遭到一伙人的绑架。这不仅扣紧读者的心弦，增强了作品的魅力，也为整个作品构建起情节体系与人物谱系。旺丹是名医，也是个不好不坏的中间人。他爱金钱、爱美女，同时医术很高明，有做人的底线。而他的大半生都为周遭的权谋所累。20 年前，他在伊尔盖城被朝廷暗探桑布的同伙威胁利诱，不得已利用治病之机，使王府两位夫人乌仁陶古斯和苏布道达丽失去了生育能力，为此，他一直很内疚、很压抑、很惶惑。这次被绑架，也是桑布耍弄的阴招。原来，旺丹以他高明的医术从苏德巴的脉象与情态，推断出他内心有仇恨，身世不寻常。事实上苏德巴是被逼出王府的隐姓埋名的王位合法继承人。这就直接威胁到桑布设计的大圈套。因为苏德巴一直被桑布视为攫取秘方药典、篡夺王府大权，进而受到朝廷升官加赏的棋子。总之，装扮成药贩子的桑布，为了实现升官发财的梦想，是不择手段，无所不用其极的。还有旗王爷、老协理等人，同桑布一样，为了得到药典，方式是丑陋的，目的是卑污的。同桑布及旗王爷、老协理等相反，围绕秘方药典的保护和利用，住持扎仓堪布，名医楚勒德木，药方专家拉布珠日，流浪医生潮洛蒙以及苏德巴等人物形象，鲜明地体现了草原医生天性的美好、品格的纯正以及职业操守，表现了群体良善的智慧和力量，折射了草原上世代相传的人性光辉。

拉布珠日视野开阔，徜徉于天地万物与世间人群之间，以一个专家的眼光，把寺庙定位于研修医学、学习知识和磨砺人品的地方。他身体力行，刻苦编纂经书。他引导学生既要学知识，也要学习怎么做人，要注重到实际生活中去体验。他认为医学也是一种抚慰心灵的学问，在它的背后，隐藏着善良、宽厚、同情和怜悯。在他体贴的呵护和有效的教导中，苏德巴化解了仇恨，摆脱了苦闷与孤独，变得宽宏和纯朗。楚勒德木和潮洛蒙则鲜明地体现了蒙古人直来直去、点火就燃、疾恶如仇和义无反顾的品格。为了保护徒弟，为了保护药典，楚勒德木立刻手持棍棒必欲除掉坏人更登而后快。潮洛蒙在遭到桑布哄骗绑架讨要药典之际，视死如归地对桑布说："我是不会把药典给你的，想要我的命，你就拿去吧。"面对朝廷、权奸与卑劣小人占有或破坏药典的罪恶图谋和行径，满巴扎仓住持扎仓堪布，不负前辈的重托，不辱肩负的使命，在保护和利用秘方药典的斗争中，表现出高超的智慧与勇气。他认为对秘方药典最好的保护，就是把它公开，就是让大家分享。所以，他预先就发动召集包括小喇嘛在内的众人，抄录那部珍贵的药典并广为散发。那部秘方药典里所有的药理、方术、智慧和技艺已永久地留在了满巴扎仓，留在大家的记忆里。谁也抢不走了，谁也无法破坏了，一切阴谋伎俩都以失败告终。

作品中生动鲜活、血肉饱满的人物，同作品的情节互动激发，不仅拉抬了情节的跌宕起伏，同时也深化了作品的主题思想。文明和财富是历代不断积累形成的，"现在的许多根源，深深存在于过去"①。"在人类进步的道路上，发明与发现层出不穷，成为顺序相承的各个进步阶段的标志。"② 在整个中华文明的视野上加以考察，作品《满巴扎仓》所唤醒和表现的价值元素，和现代文明建设形成了有机地对接和转化。例如，有效地保护和利用文化遗产，把秘方公开，使之服务于公众的珍贵理念。还有对各个民族乃至整个人类，如何才能彻底摆脱仇恨与疼痛，世界如何才能和平、和睦与和谐等问题，都进行了深刻的省思。

在我们现实生活中，有许多把发明专利用于社会，献给广大农民，献给广大牧民，献给广大市民的鲜活事例，这可以说是优秀传统基因在社会主义时代条件下发扬光大的结晶。在这方面，作品《满巴扎仓》让读者看到了过去生活中游走的影子。这对历史题材、民族题材和本土题材的书写是有启示借鉴意义的。

作者阿云嘎是土生土长的鄂尔多斯人。他生长的地方，村里乡里都遍布大小寺庙，著名的成吉思汗陵就坐落在这个地方。少年阿云嘎曾被送进寺庙当过喇嘛，经历过跳鬼、念经和庙会文化的熏陶，也在寺庙里学到各方面知识。特别是，作者对寺庙药房和僧俗人生百态有着痛切的凝视与体察。新中国成立后，他同很多有相似背景的年轻僧人一样，逐渐转化成长为国家干部和出色的作家。特殊的环境、特殊的经历、特殊的感受与特殊的积累，使得精通蒙古语言的阿云嘎，抓住了民族性格的深刻之处，写出

---

① ［英］士达布斯：《欧洲近代文学史》，十月文艺出版社2013年版，第325页。
② ［英］摩尔根：《古代社会·序言》，商务印书馆1997年版，第2页。

了族群记忆与民族审美心灵的关键点。阴谋、仇恨、妒忌与奸诈，是从古到今蒙古民族最憎厌的品行。有无这些方面的表现，几乎成为界定人品好坏、人格高低最鲜明的标准，可以说这就是一种"民族性秘密"。作品《满巴扎仓》通篇就渗透着这样的审美倾向。例如："人间的阴谋就很像这种蘑菇，它总是在暗中运行，而且不易被人发觉。"① "皇宫是一个充满着阴谋、谗言、冤屈的地方。"② 再例如，正派而睿智的扎仓堪布住持，同觊觎秘方药典的陌生人下棋时，洞悉到"这棋盘就是家乡的土地，各种阴谋，较量和角斗都在继续……"③ 老协理夫人苏布道达丽赞赏说："金巴为何总是快乐而信心十足，因为他不使阴谋，不怀恶意，没有贪念，坦坦荡荡，那样的人怎能不快乐呢？"④ 等等。纵观中外文学的历史，从有意识和无意识的各个层面都可以看到，"民族审美心理中积淀着民族特有的想象，情感、记忆和理解。任何一个民族，其审美能力的生成和发展都有别于哲学抽象力的深化，也不同于伦理道法体系的规范化。作为人类历史的感性成果，民族审美的鲜明特点是理性与感悟、民族与个体、历史与心理的融合统一。积淀是生理的，更是心理的。是个体的，更是民族的，社会的"。⑤ 可以清晰地看到，《满巴扎仓》所鲜明呈现的审美心理，对嫉妒、阴谋与奸诈的拒斥和批判，是从古到今流淌在蒙古族精神文化里的一汪活水。鄂尔多斯地区在古老的阿塔天神祭词里就被说道："让我们避开妒嫉者的恶意"，"让我们避开人世间的奸诈"。《蒙古源流》是最有价值的蒙古族史籍之一，成书于 1662 年，后由清廷编入《四库全书》。这部典籍作者萨岗彻辰也是鄂尔多斯人。其中有段话说："（众生们）现吃现取那种稻子，其间一个奸猾的众生当天收回次日的份额存起来，那种稻子也绝迹了，而嫉妒罪业之道由此始起。"⑥ 在这里著者把嫉妒、贪念之类上升到了罪恶的层级。渗透于蒙古族文化艺术中的审美价值取向，还鲜明地体现于文学欣赏与文艺评论中，并且臻为一种方法。晚清蒙古族文学家哈

---

① 阿云嘎：《满巴扎仓》，《人民文学》2013 年第 12 期。
② 同上。
③ 同上。
④ 同上。
⑤ 梁一儒：《民族审美心理学概论》，青海人民出版社 1994 年版，第 94 页。
⑥ 乌兰：《蒙古源流研究》，辽宁民族出版社 2000 年版，第 70 页。

斯宝，在研读了《红楼梦》之后，为薛宝钗的奸诈和嫉妒所惊惧，他犀利地评说道："看她行径，真是句句步步都像个极明智，极贤淑的人，都终究逃不脱被人指为最奸诈的人。"① 他还透辟地点明袭人"狡计奸诈"，并把她看作男人中的宋江。另外，开创了蒙古族新文学先河的纳·赛音朝克图，在新中国成立后的诗作《鲁迅》中赞颂道："当嫉妒、仇恨、欺诈像蛛网般密布的时候，你是一位烈火般燃烧的作家。"由此可见，文学的民族个性根深蒂固，源远流长，具有很强的稳定性和久远的传承性。长篇小说《满巴扎仓》所体现的民族审美心理，虽然有别于哲学意义上的升华，也不同于民族伦理道法体系的规范化，也不是一成不变的遗传基因，但却打开了蒙古族"时代魂灵的心理学"，展示着一个民族性格的秘密。这些，都有助于读者认识蒙古族文学，进而把握其从伦理到形式创新发展的脉动。

　　总之，作者阿云嘎"以新的形，尤其是新的色"写出了他对生命的体验和所经历的生活，为民族文学创作带来一股清奇的新风。

---

① 　哈斯宝：《新译〈红楼梦〉回批》，内蒙古人民出版社 1979 年版，第 11 页。

21世纪台湾原住民文学的发展

古远清

（中南财经政法大学）

所谓原住民，是六千年至一千年前先后来到台湾定居的南岛民族，其中最重要的是高山族，包括泰雅、赛夏、布农、曹族、排湾、鲁凯、卑南、阿美、雅美等 16 个民族，是中国多民族大家庭的有机组成部分。

一　打造原住民文学的舞台

原住民族文学引起重视是在 20 世纪 80 年代：1983 年创办了《高山青》杂志，1984 年原住民权力委员会成立，1987 年提出 17 条《台湾原住民族权力宣言》，1994 年"原住民"一词正式载入"宪法"。从日据时代到光复后国民党接收台湾，原住民均受到排挤。正是这种社会现实的压迫，催生了第一批以笔做武器反抗当局歧视原住民的作家。虽然迟至 1988 年原住民现代汉语文学才进入"主体建构时期"，但随着原住民运动的展开，毕竟有原住民文学作品的出版、原住民文学奖的设置以及原住民媒体的出现，大专院校也紧紧跟上开设了原住民文学课程。这些措施说明原住民的历史文化地位不再被埋没，而原住民文学独特的形式与风格，在汉语文学之外形成另一景观，其中莫那能诗集《美丽的稻穗》、夏曼·蓝波安《冷海情深》的经典重刊，是一种漂亮的展示。吴锦发选编出版的第一本山地小说集《悲情的山林》，则标志着原住民生活已由过去被汉族作家所书写到发展为原住民自己"书写的主体"。到 21 世纪降临的第三年，第一套原住民文学选集《台湾原住民族汉语文学选集》问世，使台湾原住民文学进入新的历史阶段。

正是在原住民与汉民族的互动中，调剂了整体文化，丰富了台湾文学的内容，为台湾文学研究家提供了新的驰骋领域。这是一块瑰奇动人又亟待开垦的处女地。21 世纪原住民文学创作在开垦这片处女地时，解构了汉人中心论及充满意识形态偏见的文学史叙述。原住民文学不再是由汉族作家代言，而是由土生土长的原住民作家用独特的族群发声，摆脱了以往"代言"的被动局面。在这方面，老一代的汉语书写者达悟族的夏曼·蓝波安新作《老海人》极具代表性。在自序中，作者回顾了成长过程中"野蛮"与"文明"的冲突，其中亲人希望他不要拥抱台湾的"文明"，尤其是不要认同他们，而学校老师和教会神父则希望他由"野蛮"转向"文明"。这两种愿望均未实现，原因是带有原始性的"野蛮"与现代性的"文明"属不同的层次，是两种不同的境界，夹在中间的夏曼·蓝波安无法判断哪个对哪个错。于是他"给自己寻找一个宁静的空间，在海上欣赏天空的眼睛……用达悟族的视野思考月亮的出没"。就这样，夏曼·蓝波安在"野蛮"与"文明"，在陆地与海洋，还有中心与边陲中寻求"宁静"之所在，"试图在'老海人'的身影中，萃取'宁静'的境界"①。

在艺术技巧上，《老海人》节奏缓慢。夏曼·蓝波安用悠然的语速讲述故事，去描述被边缘化的野蛮人或文明人的命运。作品很少用华丽的辞藻，用质朴的语言表现部落生活，去建构生命史，去体现民族的坚强意志。

原住民文学之所以能成为台湾文学一朵鲜艳的花，在于它反映了不同于汉族的生活，在艺术上，则有不同于汉族作家的表现手法。

具体来说，原住民作家的作品，多写原始森林的辽阔、大海的汹涌澎湃以及赖以生存的狩猎生活。在原住民作家笔下，大自然神奇中带点狰狞，富于野性的同时又显得浑朴。汉族文学所写的高楼大厦和闪烁的霓虹灯，在他们笔下甚少出现。后现代作品所充斥的人欲横流，在原住民作家笔下被庶民生活所取代。原住民作家喜欢拥抱大自然，其中有不少荒山历险和原始森林中的奇遇，还有人神的感通。与现代主义作品写人的孤独、颓废，以及人与人之间的疏离大异其趣。此外，原住民作家很少使用魔幻

---

① 黄玲华编：《21 世纪台湾原住民文学》，（台北）台湾原住民文教基金会 1999 年版，第 37 页。

手法，多用有真意、去粉饰的白描手法。卑南族作家巴代在 2009 年出版的作品，则充满了"巫术"因素，如《槟榔·陶珠·小女巫：斯卡罗人》作者用文学想象的彩笔描写巫术文化，是一篇不可多得的历史小说。

原住民文学离不开神话传说，2003 年由孙大川主编、供少年中英对照阅读的《台湾原住民之神话与传说》系列共 10 册，便为广大读者提供了丰富的精神食粮。在 21 世纪，除神话传说外，更多表现为集体记忆，如谢永泉的《追浪的老人：达悟老者夏本·树榕的生命史》，它通过"我说书写"的自传性质即写父亲及自己的经历，在西方基督信仰与传统文化身份之间找出平衡点。巴代的《走过——一个台籍原住民老兵的故事》，写陈清山即大巴六九部落族人屈纳诗在第二世界大战时，被骗奔赴前线参加国军同共产党作战，而后成了俘虏，再变为解放军干部，在大陆成家立业后又回到台湾。陈清山的经历，使人联想到龙应台《大江大海一九四九》中的主角，"巴代以第一人称叙事，揣摩当事人心境，将真实故事改编呈现，提供同一历史人物的原住民书写观点"，不妨看作原住民版的《大江大海一九四九》。这部作品正如刘智睿所说："是巴代近年来《笛鹳：大巴六九部落之大正年间》写史实格局叙事的延续，如同《自序：跟随走过这一回》所说：此书试图'具象台湾原住民族不可避免的陷入时代的纷乱，在异乡乱世中如何自处的调适与挣扎'。"① 这样的作品，还有记录 20 世纪 70—90 年代台湾社会巨变下一位原住民生命历程的《一个台湾原住民的经历》。此作品由莫那能口述、刘孟宜整理。口述者的个人遭遇及其从觉醒到挫折的历程，是台湾原住民族整体的缩影。

2009 年 7 月，由卑南族学者孙大川出任文学组织筹备处召集人的"台湾原住民文学作家笔会"正式成立，这是原住民文学史上的一件大事。此会成立的宗旨和目的为：

> 介入书写是这 20 年来台湾原住民文化最令人惊艳的发展，愈来愈多的原住民朋友终于能以第一人称主体身份说话，用笔来唱歌，打造原住民文学的舞台。……经过几年的酝酿，我们决定现在就筹组

---

① 浦忠成：《台湾原住民族文学概说》，（台北）台湾原住民数位博物馆 2012 年版。本节吸收了此文的研究成果。

"台湾原住民文学作家笔会"，藉由创作、评论、研究论文等，……为台湾文学注入一股异质、优越、深耕本土的文学奇脉。

关于此会的组织形态与会员构成，《火塘约定》中云：

> 我们用绕在火塘边，想象历代族老聊天、说笑、吟诵、沟通、议事、决断之种种情形，渴望建立一个基于互信、友爱、慷慨、共享却又简单、素朴的组织，以结合台湾原住民作家、台湾原住民文学研究者以及关怀原住民文学发展之各领域伙伴，共同营造有利于台湾原住民文学永续发展的环境。称之为"火塘约定"，是因为我们相信传统部落组织的方式、共识的形成、权利义务的规范，较诸以自利为先、处处设防、密不透风的现代法治社会，更能反映人性的真实与需求。

这种观点系孙大川 1993 年发表的"家族相似论"理论的活学活用①。"笔会"的建立，为台湾文学注入了一股异质性的新鲜血液。

"台湾原住民文学作家笔会"成立时，曾有如下决定：每年出版文学选集，分创作与评论两大项，原汉族群作家、文化工作者、学者在内的成员，在选集中都是当然代表。2011 年初，便首次出版了"笔会"文选，其中新诗作者有阿道·巴辣夫·冉而山、卜衮·伊斯马哈单·伊斯立端、林志兴、董恕明、沙力浪·达凯斯弗莱兰，另还有不同族群的林梵（林瑞明）、羊子乔等。其中文学新人沙力浪·达凯斯弗莱兰包括《迁村同意书》《我在图书馆找一本酒》"在内的几首诗，展演一种透过后设语言铺陈、带着思辨力道的诗风，宣告一个与瓦历斯·诺干同样'强悍'的诗人的成熟，选集便是以他的作品命名，相信这也是所有看过选集全貌的读者都会同意的选择"②。

除"笔会"文选外，原住民文学奖得奖作品也很值得重视。还在1995—2007 年，原住民族文化发展协会与中华汽车原住民文教基金会、

---

① 浦忠成：《台湾原住民小说写作状况的分析》，载《台湾现代小说史综论》，（台北）联经出版公司 1998 年版。

② 巴苏亚·博伊哲努：《台湾原住民族运动与文学的启蒙》，《台湾原住民族研究季刊》第一卷第 1 期，春季号。

《山海文化》杂志等单位举办过多次文学奖。这些奖项发掘出 Lekal、撒可
努、根阿盛等当下知名作家。到了 2010 年，孙大川出任原住民族主任委
员后，原先的民间文学奖转为官办。由台湾最高行政机构设立的"台湾原
住民文学奖"，在于突出原住民文学的特色，改变其长期以来从属汉文学
的位置。

如果说，20 世纪 80 年代的原住民族文化振兴运动重点是"还我土
地""还我姓氏"，到了 21 世纪，则"进一步深化到'还我话语权力'、
'还我书写主体'，惟其不同的是，过去采取街头抗争，而今则是沉潜为
'任谁也剥夺不走'的文学创作累积；这层意义比任何单一得奖作品写了
什么内容都来得重大"。①《用文字酿酒：99 年台湾原住民族文学奖得奖作
品集》，是这方面最好的证明。

二 浦忠成：探讨原住民族文学发展史

二十年来，台湾的原住民文学研究成果丰硕，如吴家君的《台湾原住
民文学研究》、陈昭瑛的《文学的原住民与原住民文学》的论述，吕慧珍
的专著《书写部落记忆：九十年代台湾原住民小说研究》。孙大川的《夹
缝中的族群建构：台湾原住民的语言、文化与政治》《山海世界：台湾原
住民心灵世界的摹写》，以及《台湾原住民族汉语学选集——评论卷》
《世纪台湾原住民文学》和《东台湾原住民民族生态学论文集》等评论
集，也不可忽视。它说明原住民作家有了自己的知音。比起外族人评论原
住民作品来，孙大川的评论不但不会出现"隔"的情况，而且还将建构出
令人期待的原住民文学的批评史。

在台湾，最著名的文学史家叶石涛虽然没有写过原住民文学研究专
著，但他从作者身份、文学审美、语言文字、意识形态和未来走向几个方
面详加阐述原住民文学，很值得参考：

> 第一、原住民文学包括山地九族、平埔九族所写的文学，皆包括
> 在台湾文学里面，但原住民文学不包括日本人、汉人所写的原住民题
> 材作品。

---

① 彭瑞金总编辑：《2008 台湾文学年鉴》，（台南）台湾文学馆 2009 年版，第 110 页。

第二、原住民文学是台湾文学里面最具特异性的文学，因为它反映了原住民特殊的文化背景、历史传统和家族观念，和汉人不同，所以原住民文学应当发扬原住民文化的特色，并应兼顾语言的特色，磨炼文学表达的技巧，提高其文学品质。

第三、原住民文学是原住民提高其族群地位、抗争手段的一部分，反映原住民所受的伤害、压迫，争取汉人的合作，以达成其目标。

第四、现阶段的原住民文学保留汉文创作有其必要，便于对外沟通，至于母语文学则需加强努力和奋斗。

第五、原住民文学是最有希望的文学，应可尝试结合全世界之弱小民族文学，站在同一阵线一起奋斗。[①]

无论是叶石涛还是别的学者的研究，讨论到原住民族的文学历史时都未能由文学的源头去逐一整理、引用、转述、融汇。即使以原住民族神话传说为剖析对象、由田哲益主持的《原住民神话大系》丛书，也未以发展史观进行数据的重构。浦忠成与他们不同。这位富有雄心壮志的学者，力图整合含平埔族群在内的原住民文学史料，以呈现整体文学发展历程的脉络，这集中体现在其专著《台湾原住民族文学史纲》中。该书以文学史的概念，串起台湾原住民族各族群的重要的文学形式与内涵，即建构原住民文学从古自今发展的脉络及其相关的细节。在著者看来，民族文学由口传文学和作家文学组成——前者为神话、传说、民间故事以及民间歌谣、祷辞等较早的表现方式，而后者为民族拥有或能运用书面语言即文字之后所创作的文学。在口传文学的部分，"史纲"以混沌的年代、洪水肆虐时期、家族部落时期、接触的时代分期，其中《浑沌的年代》，共分六节：

第一节　史前的台湾住民
第二节　天地始现与调整
第三节　祖先起源
第四节　天象与人类的故事

---

① 刘智睿：《台湾原住民文学概述》，载李瑞腾总编辑《2009 台湾文学年鉴》，（台南）台湾文学馆 2010 年版，第 67、69 页。

第五节　黄金岁月

第六节　原住民族早期叙事文学的功能与风格

　　可见，浦忠成探讨原住民族文学发展的历史，没有停留在作家的文学上。他认为，神话与古老的歌谣才是原住民族文学的源头。无须追究原住民族文学与汉族的"台湾文学"究竟存在什么关系，也无须探索它究竟是文学"特区"或是"边缘"，重要的是自古以来，在不断变动的时空脉络中，它自己拥有漫长的发展历程与丰富的内涵。它能够和台湾任何族群的文学进行互动，也可以跟"第四世界"产生联结。由于牵涉的空间广大，也需要跟其有关的人群社会对话。原住民文学史的论述与建构，其假设条件在于有没有文学传统，有没有建构的主观意识，有没有建构文学史的工具即语言文字。现阶段需要处理的课题则是对文献的全面整理，这里牵涉文化属性的联结与传承，文学史主体性的澄清。原住民文学史呈现的特性则表现在神话文学阶段时间的混沌，土地与文学的密切联结，独有的文学命题，如本土历史文化核心呈现和捍卫生存权益。大陆学者编写少数民族文学史，通常依据汉族历史发展的脉络建立其对应的体系，而未能像浦忠成那样依据民族本身原有的历史发展意识建构民族文学的历史。本来，要建构具主体意识的民族文学史，固然不能忽视其与世界历史系统的联结，但是民族自身可能拥有或存在的历史发展逻辑或概念，必须作为依循与串联的纲目，这样民族或部落原有的文学思维与素材方能在没有违离历史文化的情境中被重新安排。[1]

　　原住民文学是台湾文学的瑰宝，其明显的特色为"多为自传式的小说，语法上常见与一般汉语语法迥异者、意象与节奏常是属于族群生活经验的凝练、融入族群文化的精髓等"。[2]浦忠成充分注意原住民文学的特点，如其文字常因作家尚能掌握部分的南岛语言语法及语序，在书写过程中不经意或刻意运用该族群的词汇句法，形成特殊效果：借由此种文辞语法的错综变化，澄清族群文化之间部分确实存在的疏离与差异，而尊重族

---

　　① 刘智睿：《台湾原住民文学概述》，载李瑞腾总编辑《2010 台湾文学年鉴》，（台南）台湾文学馆 2011 年版，第 57、58、59 页。

　　② 同上书，第 67、69 页。

群本身原有的语言表达模式，往往会在文章内造成特殊的修辞效果。此种特殊的修辞效果，不管是站在何种评论角度阅读文本时，都能感受与汉人殊异的语言习惯、生活模式。浦忠成还指出原住民文学作品中仍难免有一些并非源于族群文化的差异，而纯粹是基本语法和修辞上的错误，可能和原住民作家对汉语表达的能力有关。因此，读者所感受到的"奇异修辞"存在着重层面向。

以往关于原住民文学的讨论，多半围绕已出版的作品展开，而忽略了20世纪80年代初期结合正名、还我土地、反雏妓等议题之原住民运动人士的文字书写。事实上这一批原住民知识分子是率先看清民族处境与外在恶质环境的先觉者，如胡德夫、夷将·拔路儿等人的书写行动，不仅对后来的原住民社会发展影响深远，也是原住民族运动冲撞戒严保守势力的强大武器。浦忠成强调，这些文字充满如刀剑弹药般的力量，表达原住民族数百年来遭受压迫的特质，人们应该重新省思其文学价值与地位。① 这一观点，回应了吴锦发的诠释，将原运时期的原住民书写文字重新纳入文学观察范畴，除了使其再次历史化、脉络化外，更重要的是提醒大家，建构台湾原住民文学史时，不应忽视原运时期原住民书写文字对日后原住民文学的启蒙价值。②

总之，有了浦忠成的《台湾原住民族文学史纲》，过去始终在台湾文学史缺席或草草掠过的原住民文学，终于可以得到弥补和纠正了。

---

① 刘智睿：《台湾原住民文学概述》，载李瑞腾总编辑《2010台湾文学年鉴》，（台南）台湾文学馆2011年版，第57、58、59页。

② 同上。

一位"当代"中国作家的"中国观"
——理解张承志的一个视角

何吉贤

（中国社科院文学研究所）

一 中国当代文学中的"张承志难题"

张承志是一位当代中国作家，不过，当我们称他为一位"当代"—"中国"—"作家"的时候，实际上，在张承志这里，在他的名字前面的每一个限定词都需重新考虑，需要不同的知识和思想视野。张承志是这样一位特异的作家，他对人们习焉不察的上述这些概念的通常意义都提出了重要的挑战。

先说"当代"。"当代"当然不是一种简单的时间表述，从文学批评的意义上讲，"当代"首先是指那些仍然在展开的、尚没有被充分历史化的经验，它具有相当的紧张感和不确定性。按张旭东的说法，"最高意义上的当代，必然是现代性的最激烈、最充分、最政治化的形态；而最高意义上的当代文学，必然是文学本身最政治化、最具有矛盾性的状态，这种状态不仅仅界定当代文学，它事实上在一个特定的意义上界定着文学性本身，……"① 按此理解，作为文学上的"当代"，首先体现的是与当代经

---

① 张旭东："国际视野中的共和国文学：1949—2009"，此文为其在"当代性与文学史"圆桌讨论会（2009，上海）上的发言。全文参看"人文与社会"网站 http：//wen. org. cn/modules/article/view. article. php/1840/，发言部分摘录也发表在《学术月刊》2009 年 10 月号。

验、当代议题的关系，是在什么样的程度和位置上内在于当代的经验，同时又与这些经验性的"当代"构成某种紧张的对话，提出当代的议题。循此逻辑，我们可以提出这样的问题：在张承志这位"当代"作家身上，体现了怎样的"当代性"？

张承志在刚出道时就对自己提出要"为人民写作"的要求，并将其视为"信念的观点"①，我们应该注意到，这是在"新时期"思想解放运动中的20世纪70年代末，张承志此时也有以文学创作介入思想解放运动的自觉。那么，他为什么会提出这一看似与已被否定的"革命时代"的话语联系颇为密切的说法呢？他的这一看似与时代潮流格格不入的说法有什么新的意蕴？他之后的以《黑骏马》和《北方的河》为代表的小说创作，与当时或之后的"知青文学""寻根文学"构成了什么样的关系？概而言之，作为20世纪80年代成就卓著的作家，他的创作，如何"既内在于80年代，又超越于80年代"？在接下来的八九十年代转型中，张承志被塑造成了"文化抵抗的英雄"，他与同时期的"人文精神"讨论，同时期展开的全社会性的商品化进程，构成了怎样的关系？

张承志的学术背景是北方民族史，他的很多写作与历史叙述有关，但他的写作又不是一般意义上的学术性写作，是用文学的方式来表达学术性的问题，他主动放弃学术性的写作，却又常常处于学术的问题中，主要是因为这些问题与当代的关系。这一文学的选择，恰似专注于杂文写作的"后期鲁迅"，用"匕首和投枪"式的杂文介入当代的思想和文化论争。换一种说法，我们也可以说，张承志叙述历史的目的是如何在历史中行动。

张承志在80年代中期以后公开了他的伊斯兰教信仰，并将信仰作为他写作的最重要动力。在美国主导的全球化进一步加剧的90年代，在全球"反恐时代"的21世纪，张承志的伊斯兰教姿态越来越激烈，他将中国伊斯兰教哲合忍耶教派反抗清廷的历史在汉语的表述中呈现了出来，他赞颂巴勒斯坦的投石少年，介入中国穆斯林的具体活动，甚至还将修改再版《心灵史》募得的款项，捐给了巴勒斯坦难民营。在当代中国的文学和思想的版图中，张承志的这些选择和"姿态"又意味着什么？

① 文见张承志《学习的第一步》，载《中学语文》1980年第2期。

再说"作家"。在"现代"的标准下，当谈到作家，我们会有一些既有的标准，比如说想象力、虚构故事的能力、文人的情趣等，但张承志似乎与我们想象中已有的有关"作家"的标准格格不入。他自己也承认："对于以故事为叙述原则的小说，我并不具备什么才能。"① 张承志是当代中国非常特殊的"作家"，像他这样的"作家"在当代中国凤毛麟角。在中国现当代文学史的脉络下，要理解张承志作为一位"作家"身份的特殊性，至少要对下述三个问题做出适当的解释：

1. 抒情作为一种写作推进的动力在张承志这里构成了怎样特殊的意义？张承志在发表了自己的第一篇小说《骑手为什么歌唱母亲》后写的创作谈中，就提出今后要"发扬抒情的写法，把散文的风格融化在短篇小说里"②。之后再将《金牧场》改成《金草地》的时候，他也有意识地保留和强化与抒情有关的部分。抒情作为一种写作的重要动力，在张承志这里有特殊的意义，在中国现当代文学的抒情传统中，张承志构成了怎样一种特殊的存在？

2. 在 20 世纪 90 年代初完成《心灵史》的创作后，张承志即停止了虚构性的写作，转向随笔和散文的创作，这是一种高度"介入性"的创作，就像晚期转向杂文写作的鲁迅，选择"横站"的姿态，以"文化游击战"的战术，介入当下的现实。

3. 如果说作为"作家"的张承志的写作是一种文学性的写作，那么，如何理解张承志写作中密度很高的思想和学术的含量？张承志 90 年代以后的很多随笔和散文创作，是对思想和学术问题的回应。他说，"我摸索着用文学的形式，去完成学者的题目"。"与一般作家不同，我的文学创作几乎一路都与专业探究并行；给予过我扶助和教益的知识分子，也多是学者而非文学家。"③ 张承志涉及的专业有考古、边疆史、宗教、人文地理等，视野极广，且所涉话题大多极具争议性。

以上诸种，都对在当代中国的知识和思想结构下，如何理解和评价作为当代中国作家的张承志提出了挑战？我把这称为当代文学批评中的"张

---

① 《近处的卡尔曼》，收入《鲜花的废墟》，新世界出版社 2005 年版，第 199 页。
② 张承志：《学习的第一步》，载《中学语文》1980 年第 2 期。
③ 张承志：《常识的求知·自序》，生活·读书·新知三联书店 2012 年版，第 1 页。

承志难题"。而当代文学批评中的"张承志难题"又体现了中国当代文学和知识界知识与视野的局限。

本文的目的并非对以上难题提出正面的回答,提出这一"难题",是为了说明它的背后所指向的,是如何理解中国?如何理解中国在当代世界的处境?这样一个问题。今天,随着中国和世界形势的变化,张承志提出和讨论的问题,如中国的边疆民族问题,西北内陆问题,伊斯兰教问题,关于60年代的革命问题,都已成为非常尖锐的学术、思想和现实的问题。我把张承志对这些问题的思考和回答归结为对"中国"的理解,当然,这里首先是要把"中国"问题化的,没有一个先在的"中国"的本质,每个人与"中国"的关系都要从自我及其周围的关系中去寻找,因而,"中国"的位置并不是固定的,寻找中国认同的过程,也是自我确立的过程。这也是张承志的"中国观"给我的启示。

二　排斥和确认:张承志的"中国认同"

对于一位一般的中国作家来说,"中国认同"当然不会是问题,但张承志的问题在于,他是一位回族作家,一位信仰伊斯兰教的回族作家,一位从蒙古草原走出来的回族伊斯兰教作家。

在中国的构成中,回族是一个"外来"的民族,从唐宋时期开始,来中国进行经商等活动的阿拉伯人和其他中亚人逐渐在中国定居下来,与中国民族的其他人种通婚融合,尤其是经过元朝蒙古人的统治,逐渐形成了一个新的民族——回族。"他们定居中国后几经辗转,大都聚集在西北,并且吸收了其他民族的一些人,融合、发展而形成一个信仰伊斯兰教的中国回回民族。这个民族由于明初禁止其说'胡语',穿'胡服',加之散居全国各地,生活在汉文化的包围之中,故明代以来汉语就成了他们的共同语言。"[1] 回族因其独特的生活方式和伊斯兰教信仰等原因,在中国历史的演变中,处境艰难,尤其在清朝中后期,遭遇了前所未有的歧视和镇压。

张承志出生回族,但张承志在70年代末80年代初初入"文坛"的时候,虽然也被看作一位少数民族作家,但他身上的民族特色并不是一个问题。这也与我们所熟悉的"(少数)民族文学"有关,能够进入当代中国

---

[1]　马通:《中国西北伊斯兰教基本特征》,宁夏人民出版社2000年版,第2页。

主流文学、文化界讨论的所谓的"（少数）民族文学"，除了提供特别的民俗风情等之外，还能提供其他可供讨论的问题吗？

1983 年，张承志在一篇名为《所谓民族文学第一特性》中提出："以真挚的创作冲动出发，以及由于对自己独特生活的强烈偏爱和体会产生的作品中的真挚感情，正是民族文学的第一特性。"① 在这个时候，他虽然已有"对自己独特生活的强烈偏爱"的意识，但所用的还是一种普遍性的文学的表述，也许，他所谓的"对自己独特生活的强烈偏爱"和"真挚的创作冲动"之间，那种独特的桥梁还没有建立起来。

自 1984 年冬天走进"回民的西海固"之后，张承志信仰了中国伊斯兰的哲合忍耶教派，从此一变为草原母亲歌唱的"北京知青"作家的身份，成为了信仰伊斯兰教的回族作家。自觉复归族裔意识，逐渐萌醒伊斯兰教的宗教意识的过程，集中反映在他的一系列回族题材的作品中，特别是小说《黄泥小屋》《残月》《西省暗杀考》（1989 年发表）、《错开的花》和《心灵史》（1990 年写成，1991 年发表）等。同时，他写出了《离别西海固》（1991）、《以笔为旗》（1993）、《撕名片的方式》（1993）、《无援的思想》（1993）、《清洁的精神》（1993）和《致先生书》（1991）、《南国问》（1994）等一系列散文，将他的笔深入历史中，深入信仰伊斯兰教的贫苦农民，宣布与"腐败的中国文人""决裂"，高扬底层的反抗精神。"在一九八四年冬日的西海固深处，我远远地离开了中国文人的团伙。他们在跳舞，我们在上坟。"② 从此以后，他的"身份"问题，逐渐显露了出来。在这个过程中，伴随身份质疑出现的，是两个相反的过程，一个是"决裂"，一个是"入伙"。那么，与谁"决裂"，入谁的"伙"呢？

在皈依伊斯兰教之后的 1987 年，张承志在一次发言中提到，"民族正在消亡。回族历史给我的最大的教育是：它本身在消亡的过程中。到了今天，经科学训练过的回族知识分子应该承认，回族是个消亡之中的民族"③。而且，他认为，用这个观念可以看一切民族。值得注意的是，在

---

① 张承志：《所谓民族文学第一特性》，《民族文学》1983 年第 9 期。

② 张承志：《离别西海固》，收入《求知》，花城出版社 2007 年版，第 267 页。

③ 张承志：《我所理解的民族意识》，《民族文学研究》1987 年第 5 期。

这个发言中,张再次强调了他之前提到的"人民"的提法。他说:"我嘴里讲出的或笔下写出的'人民'这个词,绝不是两个甜腻腻的字眼儿,讲的稍微不客气点,这是个政治概念,是个战斗的概念。"① 我觉得强调这点并不是随意的,与上文提出的与谁"决裂",入谁的"伙"的问题,有重要的关系。

从逻辑上讲,既然"回族是个消亡之中的民族",那么,族裔意义上的最终的"入伙"就无法实现。但排斥和差异已经出现,张承志说:"我也奇怪,自己怎么就成了中国人。现在不管我怎么躲闪,不管我怎么化妆,人们一眼就把我的尾巴看见,到处有人揭发我'危险的'胡人本质。"② 这里,所谓"胡人"与"中国人"的对立是被外加的,张承志提出这种"对立",是为了强调持这一视角者知识和立场的偏狭。因为"胡人"只是历史上中国古代对北方少数民族的通称,在中华民族长期演变的过程中,他们最后都融合成了中华民族的构成因素。在现代的意义上,他们并不能构成对立的关系。那么,排斥和分歧在哪里呢?

在《嵌在门框里的耀眼绿色》一文中,张承志说:"为什么我们和别人,和那些精英大家总是格格不入?为什么人与人有着不同的观点、哲学、倾向,以及立场?——原因很简单,我们的血性不同。我们之间的分歧不是由于哲学,而是由于气质。"③ 对于张承志来说,气质的形成其实决定于人的生活,有生活才能有文化的养成,气质的积累。因此,他说:"我出身源头在西亚的回回人血统与炎黄毫不相干,但我是中国文化养成的作家,我感到人要知义。"④ 他又说,"我的血缘在西亚,我不喜欢炎黄子孙这个狭隘的词,但我是黄河儿子中的一员,我不愿做新体制的顺奴"⑤。这里,有两点值得重视。第一,张承志明确提出了"我们"和"精英大家"的对立。研究一下张承志作品中人称的使用是一个有意思的问题,在早期的小说中,他有意识地混用第一、第二、第三人称,值得专门研究。这里他用第一人称提出了"我们"与"精英大家"的对立,并

① 张承志:《我所理解的民族意识》,《民族文学研究》1987 年第 5 期。
② 张承志:《高贵的品质》,收入《求知》,花城出版社 2007 年版,第 159 页。
③ 张承志:《嵌在门框里的耀眼绿色》,收入《秘境》,花城出版社 2007 年版,第 459 页。
④ 张承志:《无援的思想》,收入《求知》,花城出版社 2007 年版,第 364 页。
⑤ 同上书,第 368—369 页。

把"我"归于基于共同"血性"和"气质"的"我们"。第二，张承志
提出了虽然血统不同，但自己却是"中国文化"养成的作家，是"黄河
儿子中的一员"。差异和排斥之上，出现了更高的认同，就是"中国文
化"，这种认同是在"知义"和对"新体制"的反抗基础之上的认同。张
承志是一个锻造文字的大师，我觉得他的很多用词和用力的概念，都会在
汉语史上留下来。他这里的很多词都是值得细细琢磨的，比如"知义"指
的是什么？尤其是指涉中国历史中的汉民族和边疆少数民族，以及少数民
族之间如伊斯兰教的回族和蒙古族，回族和维吾尔族等的时候。在 90 年
代初中国社会转型的语境下，"新体制"又指的是什么？

对于张承志来说，不能回避的问题是："中国文化"是什么？或者说，
对于他来说，"中国文化"意味着什么？

在谈到《心灵史》的时候，张承志有一段话，他说："《心灵史》不
仅是对中国文化的一个建议，也是对穆斯林们的一个建议。这个建议中，
包括以苏菲精神否定缺乏悟性的原教旨主义。……我幻想用这么一生去追
逐一点沟通，倒不是由我去沟通中国和伊斯兰的文明；而是沟通——腐烂
不止的文学，与古代中国的精神。"① "中国文化"当然是一个很大的概
念，大到可以包含中国地域内的所有人的生活方式，小到支撑这个文明体
的核心价值体系。在张承志的意义上，这也是一个相当宽泛的谱系，可大
可小，他一再强调人的生活世界与文化与对美的体验的关联。由此他也把
"中国文化"的核心归结到"古典精神"和对美的体认上。这点后文还要
涉及，这里暂不详述。

张承志说："美则生，失美则死——即使文明失败了，人们也应该看
见：还有以美为生的中国人。"② 对于他来说，走向"中国"的道路也是
一条文学的道路，他说："也可能，我只是在些微地感到了它——感到了
美文的诱惑后，才正式滋生出了一种祖国意识，才开始有了一种大气些的
对中华民族及其文明的热爱和自豪。"③ 反过来，"一个作家的文学质量，
在于他对中国理解的程度"（爱文文学奖获奖致辞，1995 年）。

---

① 张承志：《一册山河》，作家出版社 2001 年版，第 158 页。
② 张承志：《无援的思想》，收入《求知》，花城出版社 2007 年版，第 357 页。
③ 张承志：《美文的沙漠》，收入《求知》，花城出版社 2007 年版，第 136 页。

接下来的问题就是:"中国文化"的主体又是什么?对于张承志来说,这个主体一开始就是明确的,那就是"底层民众"以及他们的生活。从较早的作品《黑骏马》开始,他就对文明的现代性、文明主体的发言者问题提出了深刻的疑问。在总结自己多年漫游在亚洲内陆的文学和学术经验时,他说,"我想我多少抗击了学术和文学中,特别是在所谓民族学社会学领域中横行的,无视民众主体、缺乏真实体验的某种殖民主义色彩浓重的风习"①。这里,他发言的对象不仅有他要与之"决裂"的整个中国主流知识界,更有与这个知识界相连的以殖民主义为背景的西方现代知识。因此,他说:"如果说与殖民主义孪生的西方学术的癌症在于,它曲解和压制了文明的创造者对自己文明的阐释权,那么时光在百年之后,地点在国门之内,我们自己对不发达的穷乡僻壤、少数民族、文明主体的发言,是否就不存在话语的霸道、文化的歧视和片面的胡说呢?"②这是一个同构的结构:与殖民主义孪生的西方现代知识结构了现代世界,而这套现代知识又内化为现代中国知识和学术,形成了等级化的、对文明边缘和底层主体的压抑结构。

在《人文地理概念之下的方法论思考》《三种知识》等文章中,张承志多次提到了"文明主人的权利""文明的内部发言"和"文明代言人的资格"等问题。文明是与特定人群的特定生活和生产方式密不可分的,就像游牧民之于牲畜。"……生活和生产在千百年中制造了人们的一种特殊的生命观,那就是相当平等地看待人畜的生命。"③因此,文明的发言者必须由处于文明中者承担,这是一项无法剥夺的权利。"所谓人文地理概念也是一样,它正在孕育,并未降生,它正在等着你的描述和参悟,等着它养育的儿女为自己发言。它就是你习以为常的故乡,你饱尝艰辛的亲人,你对之感情深重的大地山河,你的祖国和世界。"④因此,要"尽力把对文明的描写和阐释权,交给本地、本族、本国的著述者"⑤。

---

① 张承志:《折一根芨芨草做笔》,收入《草原》,花城出版社2007年版,第422页。
② 张承志:《人文地理概念之下的方法论思考》,收入《求知》,花城出版社2007年版,第286页。
③ 张承志:《历史与心灵》,收入《草原》,花城出版社2007年版,第310页。
④ 张承志:《人文地理概念之下的方法论思考》,收入《求知》,花城出版社2007年版,第289页。
⑤ 同上。

要培育"文明内部的发言者"当然是一个艰难的过程，在这过程中，会出现代言人的问题，张承志本人就作为"外来者"对蒙古草原、对新疆发言甚多，这也是他一直自我质疑和困惑的问题。他说："……缠绕我的是一个更潜在的问题，关于发言者资格的问题，关于文化的声音和主人的问题。""从来文化之中就有一种闯入者。这种人会向两极分化。一些或者严谨地或者狂妄地以代言人自居；他们解释着概括着，要不就吮吸着榨取着沉默的文明乳房，在发达的外界功成名就。另一种人大多世间知晓，他们大都皈依了或者遵从了沉默的法则。他们在爱得至深的同时也尝到了浓烈的苦味。不仅在双语的边界上，他们在分裂的立场上痛苦。""我们即便不是闯入者，也是被掷入者；是被六十年代的时代狂潮，卷裹掷抛到千里草原的一群青少年。"① 在新疆，他更感受到这种因旁观者带来的质疑和痛苦，在谈到新疆音乐的时候，他这样说，"我的命运也仅是旁听。听见了，爱上了，心里发烫了，又无法深入，被拒之门外——那真是可怕的折磨。"②

那么，作为"外来者"获取一点点"代言资格"的途径在哪里呢？张承志说，"也许学问的方法第一义，就是学会和底层、和百姓、和谦恭抑或沉默的普通人对话"③。作为一个"外来者"，这样的发言只是在文明内部发言者尚未成熟之前的权宜之举，而对于发言者本人来说，这样的发言只是为了"道别"——在写了那么多关于蒙古草原的散文和小说后，张承志也确实做出了这样的"道别"。

在多种文明关系的层面上，张承志将这样的立场称为"第三世界的文化立场"。他说，"我们要朝着一种第三世界文明的倾向努力"④。这种立场的本质就是"对地域的历史过程和未来的判断，实行批判的、有利于世界上大多数人利益的描述"⑤。

由美的体认而确认自己的中国文化身份，由文化的民众主体而确认自

---

① 张承志：《二十八年的额吉》，收入《草原》，花城出版社 2007 年版，第 393—394 页。
② 张承志：《音乐履历》，收入《求知》，花城出版社 2007 年版，第 191 页。
③ 张承志：《人文地理概念之下的方法论思考》，收入《求知》，花城出版社 2007 年版，第 288 页。
④ 同上书，第 285 页。
⑤ 同上书，第 289 页。

己的民族身份，这就是张承志在中国认同过程中排斥和确认的独特之处。由此他找到自己的"限界"，他告诫自己："我不该再做太多的异国之梦了。在我的中国，我从此也更清楚了自己的去处。人有自己能去和不能去的地方。我第一次清晰地感察到了我和中国的关系。也许这是个冷静得严峻的民族主义吧，我心里浮涌着自尊和坚定，但我并没有亢奋般的激动。尽管——我深知谁也不懂得和异国比较过的我们有多强大。我闭上双目，不去想念那些已经向我洞开的宝藏：乌珠穆沁、吉木萨尔、西海固。"① 在我的理解中，"限界"在两个方向上展开，一是外部的，文化、民族和国家意义上的界限；二是内部，地域、历史、种群和生活方式的区分，这样的"限界"同时存在，构成了他民族认同的落脚点。

也正由于此，我们可以理解张承志这样的矛盾表白："在国外，每一天我都有被逼迫讲的感觉。他们以为我是回族因此就应该主张独立。他们不会懂得：正因为我有异族的血统、边疆的经历、伊斯兰的信仰，我才更要向一切危害人道和破坏美的东西宣布异议。"②

张承志皈依伊斯兰教哲合忍耶教派，尤其是出版了《心灵史》后，有过一些批评。比较严肃的有比如邓晓芒的批评，邓晓芒说，《心灵史》是"无史的《心灵史》"，"在宗教问题上，说自己'站在穷人一边'是毫无意义的，是对神学立场与世俗立场的混淆"③。他说《心灵史》"只有哲合忍耶与世俗政权斗争的历史，而没有心灵本身的发展史"④。而"之所以无史，是因为缺乏心灵内在的不安和痛苦，缺乏爱的激情，只有世俗的热情。而且这种世俗的痛苦和热情也是千篇一律的，是由同一个静止的点反复受到外界环境的激发而按照某种频率产生出来的、积累起来的"⑤。还有一种声音，批评张承志是20世纪90年代后期逐渐在中国知识界和全社会弥漫开来的民族主义思潮的肇始者或至少是合流者之一。M. E. Sharpe 在 *Chinese Nationalism* 中称张承志为 proto-nationalism（原初的民族主义

---

① 张承志：《神不在异国》，收入《秘境》，花城出版社 2007 年版，第 92—93 页。
② 张承志：《夏台之恋》，收入《秘境》，花城出版社 2007 年版，第 228 页。
③ 邓晓芒：《灵魂之旅——九十年代文学的生存境界》，湖南人民出版社 1998 年版，第 50 页。
④ 同上书，第 56 页。
⑤ 同上书，第 61 页。

者）："当局可能把他们的文化产品看成是制造分裂的和危险的，但对于更为广义的中国而言，他们实际上是爱国者。"① 也有人称其为"文化民主主义者"（高宏存）②。张承志本人对这些批评可能也有所注意，他在对《心灵史》的改订版中，我认为进行了一些回应——当然并不仅仅是对批评的回应，更重要的是对变化了的世界局势的强调和回应。回应的重点之一是将《心灵史》的写作放在一个明确的"历史参照"中进行：就是将其放在对革命的 60 年代的清理和重申的背景下。在改订版的前言题记中，张承志说："我是伟大的 60 年代的儿子，我背负着它的感动与沉重。"在改订版中，他修改的一个重点是突出哲合忍耶教的底层农民特性，也就是强调他的阶级色彩。他将哲合忍耶教这样的底层农民的宗教称为"人民的意识形态""人民的共同体"③。

　　元史研究专家姚大力写过一篇评论《心灵史》的文章，在收入他的《北方民族史十论》时，他加了一个补记，说："张承志向伊斯兰信仰的回归，是在他对主流文化失望后，转而从底层民众中去寻找高贵的不懈追求之中实现的。如果今天重写本文，我就会以远超于原先的那种程度来强调或突出表现这一点。"④ 我觉得做到这一点的恰恰是张承志本人，在《心灵史》的改订版中，他再次突出和强调了这一点。刘复生的文章《另类的宗教写作：张承志宗教写作的意义》中说："通过哲合忍耶，他找到了对抗体制（包括与体制合谋的整个知识分子阶层）的不妥协的异端位置。在中国社会历史的重大转折（改革开放以来的历史）中，他找到了一个表述全球化背景下的中国处境和这一处境中的'人民'的生存状况和命运的角度，由此，遭受压迫和剥夺的（经济的、政治的、表达权的）哲合忍耶，就成为这个资本主义世界秩序或不公正、不自由的世界秩序中人民的隐喻。而哲合忍耶的反抗与牺牲也就成为他所心仪和渴望的'反体系'力量的象征形式。"⑤ 刘复生特别强调，"在张承志的视野中，民族问题和

---

　　① 转引自高宏存《族裔认同·民族精神·文化民族主义——作为一种文化现象的张承志研究》，载《首都师范大学学报》（社会科学版）2005 年第 1 期。

　　② 同上。

　　③ 《心灵史》改定版出版于 2012 年，无出版社。珍藏纪念版限量订购，收益全部用于资助巴勒斯坦难民。平装本 10 万册"无偿向底层读者和教外朋友赠阅"。

　　④ 姚大力：《北方民族史十论》，广西师范大学出版社 2007 年版，第 140 页。

　　⑤ 刘复生：《另类的宗教写作：张承志宗教写作的意义》，载《中国比较文学》2006 年第 3 期。

阶级问题获得了深刻的联系和对接。也正因如此，我们不能简单地将张承志的反美、反日立场等同于所谓的民族主义立场"①。

我们也可以来看看张承志自己的表述。他在《清洁的精神》中说："新的时代将是大多数穷国与西方的对立时代，将是艰难求生的古老文明与贪婪的新殖民主义对立的时代——全部良知与正义，都将在这个天平上衡量；全部学术和艺术，也都将在这个天平上衡量。"② 在《荒芜英雄路》中他又说："回族和伊斯兰在中国都是一种底层的概念；冲出母胎的每一个人物，几乎都终将成为一种少年丧母的孤儿。因为他们必须跻身中国。这是回回民族特殊的分娩形式。这是回族优秀儿女成人的形式。这是回族和伊斯兰向中华民族及其文明补给贡献的形式。"③

张承志这里提出和论述的是在全球背景下中国的民族和阶级的关系问题，他的论述深刻且具针对性。关于这点，我们可以看看杜赞奇的一段论述：

> 阶级和民族常常被学者看成是对立的身份认同，二者为历史主体的角色而进行竞争，阶级近期显然是败北者。从历史的角度看，我认为有必要把阶级视做建构一种特别而强有力的民族的修辞手法——一种民族观。在中国，李大钊就是以阶级的语言来想象在国际舞台上的中华民族的：中国人民是一个被西方资产阶级压迫的无产阶级，是国际无产阶级的一部分。当然这并非中国特有的情况。阿布杜拉·拉鲁依把处于这个阶段的民族主义称作"阶级民族主义"：在与欧洲的对抗中，原教旨主义者诉诸民族（中国文化、印度文化、伊斯兰文化），自由主义诉诸民族（中华民族、土耳其民族、埃及民族、伊朗民族），革命家诉诸阶级——这个阶级包括整个人类或者所有被欧洲资产阶级剥削的人们。我们可以称之为阶级民族主义，但其中仍然保留了政治的和文化的民族主义的若干动机……国际舞台上的阶级—民族在国内也有相应的表达方式。某个阶级的所谓的特征被延伸至整个民族，某

---

① 刘复生：《另类的宗教写作：张承志宗教写作的意义》，载《中国比较文学》2006年第3期。

② 张承志：《清洁的精神》，安徽文艺出版社2000年版，第110页。

③ 张承志：《荒芜英雄路》，知识出版社1994年版，第121页。

一个人或群体是否属于民族共同体是以是否符合这个阶级为标准的。中国共产主义就是一个很好的例证，尤其是旨在清除不受欢迎的阶级或剥夺他们的公民权，从而以理想化的无产阶级形象塑造中国的"文化大革命"时期。这里，民族的观念成为具有超国界诉求的革命语言与民族确定性之间的张力之所。以阶级斗争的革命语言界定民族的另一种手法是把阶级斗争的"普遍"理论置入民族的语境中。30 年代毛泽东上升为与列宁和斯大林齐名的最高理论家的地位，以及"中国模式"的革命运动的诞生，都是马克思主义中国化的结果，民族特性便体现在由中国人领导的独特的阶级斗争的模式中。这种"民族观"与国民党人的准儒家式的民族表述相去甚远，就自不待言了。①

杜赞奇的这一看法与盖尔纳的极为相似。盖尔纳在谈到民族与阶级的关系时说："只有当一个民族成为一个阶级，成为在其他方面都具有流动性的制度里的一个可见的、不平等地分布的范畴的时候，它才会具有政治意识，才会采取政治行动。只有当一个阶层碰巧（或多或少）是一个'民族'的时候，它才能从一个阶级本身，变成为一个为自身利益奋斗的阶级或者民族。民族和阶级单独似乎都不是政治催化剂：只有民族—阶级或者阶级—民族，才是政治催化剂。"②

张承志在进入民族、宗教和中国认同的时候的这种特殊的"阶级"视角，显然与他所说的"60 年代的遗产"有关。我认为这也是理解他的"中国观"的一个重要维度。

三　张承志的"中国人文/历史/地图"

张承志的创作使中国的"三块大陆"：内蒙古乌珠穆沁草原、甘青宁边界的西海固和新疆进入了中国"文学地图"，尤其是前二者。这是他对当代中国文学的独特贡献之一。对于这"三块大陆"的具体叙述，我们这里不作介绍。我感兴趣的是：这"三块大陆"作为一个整体，在张承志的叙述中，呈现了一种什么样的独特性？也就是说，作为一位作家和人文地

---

① 杜赞奇：《从民族国家拯救历史》，社会科学文献出版社 2003 年版，第 11 页。
② 盖尔纳：《民族与民族主义》，中央编译出版社 2002 年版，第 159 页。

理学者，张承志为我们提供了怎样的一幅"中国历史/地图"？

对于一个事物，在很多的时候，只有在处于它的边界、它的极致之处时，呈现和体会它的本质的可能性才能最大地获得。对于一个国家，一种文明，也许只有当你处于它的边疆，处于文明的交汇处时，你才能体会到它深刻的内涵。张承志有这样的优势。无论是最初的"草原骑手"身份，还是后来的中国穆斯林"代言者"身份，他都是在边疆，在文明的交汇处发言的。

张承志学术上的专业是民族语言、历史和考古，曾在中国历史博物馆和社科院民族研究所任职，也曾创办过一份人文地理杂志。他是大地上的漫游者、历史的审视者，现在也没有停止。他用自己的作品勾勒了一份自己的"人文/历史/地图"。这份地图中首先确定的是自己对边界的理解，他从自己对游牧世界的历史理解出发，强调了"边界"的移动和模糊性。他说，"游牧是一种漫游，本身只能接受弹性的边界"①。"在'羌胡'的古代，边界是游移和模糊的，因为两系的人群本来就分不开；他们互相交换，互相穿插，互相通婚，一块组成了祁连山的居民。祁连山不是可以一劈两半的大西瓜，它是一座伸缩蜿蜒、峥嵘万状的山。人类在它身上往来奔波，没有谁想把它从头到尾地切开。它的耐寒的森林，它的云杉圆柏柴白杨，它的黑黑雪水，都不能沿着中脊线竖着切开。""民族的弹性，造成边界的弹性。""边界如山脉一样宽，你中有我，北里有南。"②

为此，他对连接蒙古草原与青藏高原，连接内地与新疆的"河西走廊"也提出了历史的批评。他认为，河西走廊这个名字是禁不住咀嚼的："不用说，命名者并不是发现者，凿通者不过只凿通了自己的盲瞽。从地理和历史的意义上来说，河西走廊的概念，忽视了祁连山南北游牧的文明，它不见六畜，只识丝绸。它只知商旅，不懂驻牧。"因此，这个名称"狭隘而值得商榷"③。也因此，他对拉铁摩尔认为中国的"内陆边疆"应该在长城一线的观点提出了尖锐的批评。他说，"我的道路与拉铁摩尔对学术界的指导完全不同"。长城内外是他多有游走的区域，他有丰富的体

① 张承志：《匈奴的谶歌》，收入《秘境》，花城出版社 2007 年版，第 315 页。
② 同上。
③ 同上书，第 304 页。

验和深刻的思考，在他的眼中，"如果纵切开长城南北一段；从北向南，分别以乌珠穆沁的纯牧区、正蓝旗周边的沙漠半牧半农区、紫荆关为代表的长城农业山区、冀东的平原农业区——为考察基点的话，纵切开的长城地带，是艰难的百姓人生"。"在这条纵线上，人从体质到语言，再到服饰、住居、风习的变化，是柔和而自然的。南下北上，传播和接受都很模糊、普通人的艰辛日子需要南来的或北来的补充，尤其需要和平。""长城内外是故乡。"北方的牧区和南方农区是互为依靠的，在一定的时候，"是中国救活了草原"。"移民史与长城的建筑史几乎是同期的。"① "今天必须指出这种和平的渊源及合理，必须主张边民生存的权利。"②

这种权利应给予在边疆地区生活的所有人民，不分种族和人群，当然也包括在长期的民族融合过程中移民到这里的汉人。在《夏台之恋》中，他特别讲到了在新疆的汉族人，"他们在辽阔无际的麦田里劳作。他们把梦想深深地寄托在这片大地上。他们从遥远的内地家乡娶来媳妇，只挖了一个地窝子以供生存。他们同样善良好客，身上满溢着中国人的淳朴气息。他们把孩子生在这片土地上。也把对未来的希望都寄托在这片土地上，他们的妻子被天山的太阳晒得黝黑，他们的孩子已经是土生土长的新疆人"③。"我们必须说，在夏台的美中，也有汉族民众的创造。"④

我们知道，张承志的这种思考与费孝通关于民族地区"大杂居、小聚居"的描述是一致的，与在这种描述和认识基础上，新中国关于"民族区域自治"的制度安排也有高度的相关性。

确定了"边疆"（边界）之后，当然还得寻找"中心"。在张承志的"中国地理"文学式表达中，黄河是他寻找的中国的中心，"不知多少次，不知从多少个省份，我总是竭力寻到一处渡口，接近黄河。只要抵达就够了，仿佛这方式是人生的一部。若是连这都嫌奢侈，那么就在支流、在边界、在这大网拖曳的任何一个点和结上，竭力接近"⑤。但是，这个中心其实并没有那么确定，它总是处于一个寻找的过程中，只能设法接近，却

① 张承志：《无援的思想》，收入《求知》，花城出版社2007年版，第366页。
② 同上书，第367页。
③ 张承志：《夏台之恋》，收入《秘境》，花城出版社2007年版，第223页。
④ 同上书，第224页。
⑤ 张承志：《中原迷茫》，收入《求知》，花城出版社2007年版，第421页。

又无法最终到达。也许，只有在寻找和靠近的意义上，"中心"的存在才成为可能。这也可能是张承志不断漫游的理由之一。张承志的作品大多是建立在旅行和漫游基础之上的，他一直强调他对地图的热爱，他把他的一本书起名为《一册山河》。"山河入梦"，在中国的语境中，这体现出的是一种家国情怀。在现代民族主义知识中，山河、地理、考古，都是锻造民族意识的核心所在。

在批评中国的流行文人和思潮的时候，他说，"只是，他们不讲山河二字"。"能用钢笔刷刷地写下比如这样几个字，长城、长江、黄河，我感到我和他们分开了。自从 1990 年起，山河突然逼近，我必须这样做和写。"① 为什么"山河突然逼近"？山河意味着什么？也许，这与他寻找的黄河有关，也许是与黄河这个中心的模糊有关。他说，"如果黄河及其流域是那位浑身褴褛的母亲，那么长城及其地带就是她的沉默强悍的哥哥。在长城穷苦而有力的陪伴下和支撑下，黄河之水先是一泻千里地奔腾冲流，渐渐地变成了沉重地涌淌前移"②。"中国，古老的中国，就在如此一个家族的框架中，相依为命地挣扎前行。"③

以上是张承志对中国北方的描述，那么，他是怎样认识中国南方的呢？他这样描述自己与南方的关系："南方如外国。对于我这样惯住北方粗野之邦的人，南方是文明的，媚人的，经济发达的地方，也是褥湿的，龌龊的，语言不通的地方。对那片土地，了解的难度大于异族异语的边疆，所以和它缘分浅淡，而且愈来愈漂移不定。"他说到读到楚辞中的句子："袅袅兮秋风，洞庭波兮木叶下。""一读到这样的句子，我就有了出国的感觉。"④ 这里使用了"外国""异族异语的边疆"的说法，足见其隔阂。但"几乎所有纠缠着我们的思绪、使一代情感为之所系的人物，都是南方出身"。如楚地的谭嗣同、陈天华，吴越的秋瑾、鲁迅，"气质高贵"。因此，他几下绍兴，走山阴路，又登庐山，探寻陶渊明故居，"总把南国的短旅当做休息和留学"。"南国一词，美丽而隔膜。"⑤

---

① 张承志：《无援的思想》，收入《求知》，花城出版社 2007 年版，第 360 页。
② 同上书，第 367 页。
③ 同上书，第 368 页。
④ 张承志：《水路越梅关》，收入《求知》，花城出版社 2007 年版，第 313 页。
⑤ 同上。

　　但他还是在漫游和寻找。他描述的南方，是由文天祥而凸显的梅关，是由徐锡麟、秋瑾、鲁迅而道路清晰的绍兴，是由屈原、谭嗣同、陈天华、毛泽东而兀然挺立的湖南……他们勾连而成的其实是一张精神地图。对于张承志来说，南国与他的关系其实是一种精神的联系，这也呼应了他由文学和文化而走向中国认同的道路。

　　当然，这样的地图又是与历史互相穿插的，也为此，张承志的中国地图尤其是南方的地图中，其实是一张张历史地图。在勾画这样的地图的时候，他寻找的是被掩埋的"文明的内核"。

　　在中原，他提出了这样一个关于"古代"的概念。他说，"所谓古代，就是洁与耻尚没有沦灭的时代。其山之阴，颍水之阳，在厚厚的黄土之下压埋着的，未必是王朝国家的遗址，而是洁与耻的过去"①。在该文中他呼唤中国的烈士传统，"文明中有一些最纯的因素，唯它能凝聚起涣散失望的人群，使衰败的民族熬过险关、求得再生。所以，尽管我已经迷恋着我的鲜烈的信仰和淳朴的集体；尽管我的心意情思早已远离中原三千里外并且不愿回家；但我依然强烈地想起其山，还有古史传说的年代"。这就是中国的烈士传统。他认为"《史记·刺客列传》是中国古代散文之最。它所收录的精神，不可思议、无法言传、美得魅人"②。为此，他重写了《刺客列传》，在他的笔下，刺客"经常呈现着异样的美"。

　　对张承志来说，由《史记》中的刺客们构成的这个传统就是中国古代文明中应该不变的"文明的魂核"，"永恒的文化因素"，他说："我不过在自己的散文中提到了'清洁的精神'，歌颂了许由、屈原、荆轲、海瑞和高渐离。强调了中国古代文化中的'耻'、'信'、'义'，关系着中国的信仰，是文明的至宝。"③ 他之所以介绍伊斯兰教，其实用意之一也是为了找回这个洁与耻的传统："本来我企图以对中国伊斯兰教特别是苏菲派的介绍来探讨中国的信仰问题。我幼稚地以为这是一条救助中国文明的有益建议。"④

　　从边疆到长城，从长城到中心的黄河，从黄河到中原，从中原到陌生

---

① 张承志：《清洁的精神》，收入《求知》，花城出版社 2007 年版，第 328 页。
② 同上书，第 332 页。
③ 张承志：《墨浓时惊无语》，收入《求知》，花城出版社 2007 年版，第 349 页。
④ 同上书，第 348 页。

的南方，它们构成一个整体，奠定这个整体的文明基础是"古代"流传下来"洁与耻"的精神，这是张承志描画的中国人文/历史/地图的概貌。

四　"亚洲/主义"和新国际主义

需要特别强调的是，张承志是在一个全球化的时代在全球化的语境中思考中国的问题的。在他那里，关于中国的理解离不开与世界的关系，也只有在与世界的相对关系中，中国的特性、中国的独特位置才能更清楚地显示出来。所以，在张承志的"中国观"中，世界的视野、国际的关系也是不可或缺的一环。

张承志特别重视文明的视野问题，他尤其钟情和推崇那种容纳了各种文明的人类交往的汇集点，如天山中的夏台，阿拉伯和欧洲交界处的直布罗陀等。它们既内在于民族国家之中，又是跨民族国家和跨文明体系框架的。在《给我视野》一文中，他站在祁连山扁都口眺望内蒙古和青藏，这样说："站在那儿，一眼同时看见蒙古和青藏。那时获得的，是伟大的视野。"① 因为在那里，是中亚几大文明的交汇处，"羊圈和水稻，沙漠和银川，蒙古人与穆斯林，两个地理和两个文化，中间只隔着一个狭窄得只有'一个小时'的山"②。在山口，"我意识到自己正脚跨着两界的文明。蒙古的知识，宁夏的经历，都与这山口密切相关，但又语焉不明"。③ 他的心愿是："就让自己且看且行吧！无论如何，追逐伟大的视野，于我已是流水的日程。这不挺好么——让两脚沾满泥土，让眸子享受盛宴，让身体处于分界，不正是要紧的大事？"④

他批评中国的知识界缺乏对世界的真正认识，"问题不在于他们的水平高低。而在于他们受了一种特殊的教育——他们中的很多人，不仅已经惯于对自己的母语依托的文化妄加鄙薄，而且他们脑子里的外国常常是保守的经济主义、科学主义和体制主义。我们必须向外界学习。但是真理和真正的人都是未知的 X，而且要自己去找"⑤。

---

① 张承志：《给我视野》，收入《秘境》，花城出版社 2007 年版，第 74 页。
② 同上。
③ 同上书，第 77 页。
④ 同上书，第 78 页。
⑤ 张承志：《真正的人是 X》，收入《秘境》，花城出版社 2007 年版，第 131 页。

对于他来说，真正的"世界知识"是那些精神和气质都与我们有关的知识。他也有一张属于自己的世界地图和"路线图"，这张图中，首先是日本，因为在日本，他两度求学，粗知其语言，对其文化也有所感悟；其次是蒙古，它是乌珠穆沁草原的延长；接下来是南洋的马来西亚，给了他重要的视野的开阔。他希望一睹芳容的还有：土耳其和哈萨克斯坦、毛里塔尼亚和车臣尼亚、塞浦路斯和巴勒斯坦，一片神秘的黑非洲，充满希望的南美洲。最后才排到法、德、美、加等所谓一类国家。唯西班牙是个特例，因为"它的色彩浓烈鲜明，它的脉络刀砍般清楚。它好像欧洲之家的坏孩子，不修边幅，粗拉随便，多少有点穷。它的每一项文化风俗都呈现着异色的面向，每一个故事都纠缠着世界史的纲目。它是东方与西方的真正边界，争战的刀痕黑烬今天还留在墙上，供像我这样的人前去寻觅，考古访今"①。这个线路图与他关于"世界知识"的解释是互相印证的。

张承志是从中国的内陆，从文明的交汇的视野来看中国和世界，并确立他的"世界知识"的，他的"亚洲观"与一般的主流知识界在知识的构成、立场的选择上都有不同的"取道"。我觉得，有以下三方面值得重视的特点：

第一，这是一种立足于大陆亚洲的"亚洲观"。他是在内蒙古草原、在祁连山、在新疆的腹地获得视野，他眺望的是不同文明在大陆腹地的孕育和融合。这是大陆亚洲历史发展的特点。他认为，伊斯兰教正因为有对不同文明的宽容和综合能力，才能在大陆亚洲的腹地开出文明之花。他说，"伊斯兰是新文明响亮的名字。所有古伊兰的、吐火罗的、印度的、突厥的和回鹘的、阿拉伯的和波斯的一切，都响起了魅力十足的鲜艳旋律"②。而在这样的文明孕育和融合过程中，"他人的尊严"就是一个重要的主题和共存的底线。他专门写了一篇叫作 Olar 的文章，Olar 是一个阿拉伯词语，是"他们"之意。他觉得这是伊斯兰教的本质之一。他说，"我们的习惯的方式，是善解、尊重和喜爱他人的原则"。"他们的概念，如种子入土，永远地长在了我的心里。"③ 从"他人的尊严"原则出发，他推

---

① 张承志：《鲜花的废墟》，新世界出版社 2005 年版，第 2 页。
② 张承志：《音乐履历》，收入《求知》，花城出版社 2007 年版，第 194 页。
③ 张承志：Olar，收入《求知》，花城出版社 2007 年版，第 224 页。

崇一切为他人的受苦，为弱者的受辱而鸣不平的思想和人物。

他多次引用切·格瓦拉写给他的一位同姓朋友的名言："……有一个血统的记号：每逢世界上横行不义的时候，你若是愤慨得发抖，那么你就是我的亲戚。"他也为日本东本愿寺中一块石碑的铭文"只要人遭歧视，吾则不为人"而感慨和激动。日本朝日新闻记者本多胜一因提出"站在被杀戮者一侧"的"论理"而被他称为"一个诚实的人，主动救援苦难的人，从不转向的人"①。

他也在这样的意义上推崇苏珊·桑塔格。但对于来自西方强国的"同情的目光"，他又提出了批评，他认为桑塔格在表现了对"弱者的同情"的同时，又表现了西方固有的傲慢，他说，"只是注视他人还不够。注视的目光若是太像救世主了，则会伤害被注视者的尊严"②。与此相比，他对国内所谓"批评的知识分子"的批判则更不留情面，他讽刺他们："批判了而不犯忌，抗议了但很安全。渐渐地，正确的标准，不是取决于与惨烈现实的依存程度，而是判定于与西方话语的磨合程度。"③

第二，这一"亚洲观"立足于对殖民主义、霸权历史和思想的尖锐批判。亚洲文明在长期的互相养育和融合中形成，它也遭受了和正在遭受着长期的殖民主义和帝国主义的欺凌，反抗殖民主义和霸权思想，是亚洲共同的议题。张承志认为，"20世纪的革命，是对50年的日本军国主义侵略，对500年的世界殖民主义和帝国主义秩序——唯有的、唯一的颠覆"④。

值得注意的是，正因为有边疆和"少数民族"的视野以及伊斯兰教的背景，张承志对殖民主义和霸权思想的批判常常触及中国内部的大国主义和狭隘的民族主义的批判。他说，"由于失败的历史，新潮的大国梦变成了包围的众论，在一个世纪后一浪一浪地涌来。它崇洋的媚态，它专制的出身，它内含的他者歧视，让我感觉紧张"⑤。他感到了一种虚妄的舆论氛围，"虚妄的尊大……整个近代的受辱，也没有触及那深藏的、虚妄的

---

① 张承志：《敬重与惜别》，中国友谊出版公司2009年版，第139页。
② 张承志：《他们的尊严》，收入《求知》，花城出版社2007年版，第212页。
③ 同上书，第210页。
④ 张承志：《敬重与惜别》，中国友谊出版公司2009年版，第133页。
⑤ 同上书，第49页。

自大……四周旋转着轻狂的潮流。身处小人的欢奔之中，我左右奔突地突围，冲不出一派奴隶的理论"①。也预感到了这种情绪和舆论氛围的危害，"膨胀的民族主义，迷狂的大国崛起，傲慢的他者歧视——常使人类丧失良知，两手肮脏，犯下重罪"②。他反问："谁不知你们会在船多炮大的时候，欺负弱小横行霸道？谁不知你们会不会也丧失正义毫无道德……中国人，你们敢回答吗？"③ 他的回答是："不管怎样，我绝不接受霸道……"④

因此，他提出警告："我想，迎面着对侵略的美化，正确的取道是反省自己。是的，清算日本的侵略史，是否也应该成为中国人清算大国天朝思想的契机呢？中华帝国的陈旧体系中，是否也隐藏着歧视弱者、尊荣强权，以及霸权主义的因素？"⑤ "只有警惕一种好战的危机，才能避免再败的危机。只有被逼到了山河破碎、蒙耻露羞、血肉狼藉、苦相丑陋的时刻，尊大的中国才会反省。"⑥ "若是没有惨败的衬托，中国人还会一次又一次地，被大国崛起的宣传蛊惑。"⑦

从日本的近代历史中，他看清了这条道路的危险之处，"从偏激地排外，到媚骨酥软，到失节卖国，其间只隔着一层纸。从挨人欺负而膨胀起来的狭隘民族主义，到对内大汉族主义对外大国沙文主义，也只是一步之遥。在批评人家的时候，特别是当这不是牢骚和取笑攻讦、人家也不是一个鸠山而是一个民族的时候，我们中国人应该学会严谨"⑧。"正在崛起中为强国之梦兴奋不已的中国，也许此刻已是时候——思考日本的近代道路。昨天抱着大国梦陷入痴迷的他们，仅在昨天的日暮，就把民族推上了绝路。不批判和摒弃危险的大国主义，不尊重他者与邻居的生存权利，不追求一个民族的存在美感，则人民会陷入痴迷，国家最终不能强盛。"⑨ 因此，"我们要开始清除——诸如四海臣服、四方来朝、藩属四夷等等概

---

① 张承志：《敬重与惜别》，中国友谊出版公司 2009 年版，第 48 页。
② 同上书，第 101 页。
③ 同上书，第 48 页。
④ 同上书，第 49 页。
⑤ 同上书，第 33 页。
⑥ 同上。
⑦ 同上。
⑧ 张承志：《清洁的精神》，安徽文艺出版社 2000 年版，第 89 页。
⑨ 张承志：《敬重与惜别》，中国友谊出版公司 2009 年版，第 277 页。

念。否则何止日本，亚洲近邻和第三世界对中国的不信，也会一天天积累。我们开始意识——在物质和国家的富足之前，更要紧的是追求思想的富足。我们追求的，不是一个新的中华帝国。不，不只是富国，更不是强兵。我们渴望达到的，是一种尊严、宽容、善意，追求一切民族友好共存的、能称之美的民族存在"①。

第三，这种"亚洲/主义"是以民众为主体，在底层民众的广泛动员和参与下形成的，它深藏于普通民众的生活中。在《"亚细亚"的主义》一文中，他区分了"亚细亚主义"中的两个面向：一是作为一项国家战略和侵略奴役弱小近邻的遮羞布，与日本的国家扩张与侵略历史密不可分的军国主义的"亚细亚主义"；二是作为一股民众思潮，揭露和对抗白种殖民主义，侵染着民众的热情和视野的"亚细亚主义"。后一种"亚细亚主义"是一种"心情的亚细亚主义，它并非一种从属政府上命的东西，毋宁却有反政府倾向的一面"②。这种"真诚的亚细亚主义"支援了中国、印度和整个亚洲的解放，它是亚洲的珍贵传统。

只是由于历史的发展，后一种"亚细亚主义"经由左翼发展为国际主义，而"亚细亚主义"在日本也基本被右翼思想所利用。

张承志在新的时代重新肯定这种曾被湮没的"亚细亚主义"，是在新的历史条件下去重新激活这种传统，以呼唤21世纪的一种新的"国际主义"。

这种新的"国际主义"的本质就是对他者的尊重，是"看不得他人的苦难"，是一种"拔刀相助"的传统。在20世纪六七十年代的日本群众运动和学生运动中，这种传统曾一度复活，因为这个运动"它首先是支援中国和粉碎反华包围的一种进步运动。所以就本质而言，它是对养育了日本文化的中国的一种良心回报。同样作为良心的回报，中国人不该对他们的斗争不知不晓、麻木不仁、不闻不问"③。后来从这一运动中分化出来的日本阿拉伯赤军，则是这种精神发展的极致。

这种新的"国际主义"基于普通人的共同生活和体验，在一定程度

---

① 张承志：《敬重与惜别》，中国友谊出版公司2009年版，第279页。
② 同上书，第235页。
③ 同上书，第106页。

上，它是底层民众的共同信仰。在《长崎笔记》中，张承志谈到了他看到长崎平户生月岛中"隐藏切支丹"展览时的感受，他将这种受迫害者的信仰与中国黄土高原上的伊斯兰教苏菲派比较。他说，"我震惊：怎么地道的农民信仰，到处都那么类似?"[1] 也许，新的国际主义的可能性征蕴藏在这种相通的生活经验和感受中。

　　退而求其次，这种新的"国际主义"也要求遵守一些共同的底线，"……在对抗的世界里，关于敌我、黑白、正义的观点永远是分裂的，为了拒绝和反抗强势力量控制下的道德观念强加，人类必须有最低限度的共同道德底线"[2]。"有一种最基本的共识、最低限的道德约束、最低限的生存需要……"[3]

---

①　张承志：《敬重与惜别》，中国友谊出版公司 2009 年版，第 69 页。

②　同上书，第 53 页。

③　同上书，第 90 页。

全媒体时代少数民族小说的发展策略①

杨　彬

（中南民族大学）

从传播学界开始，大家都在惊呼全媒体时代来临了。进入21世纪以来，随着科学技术的不断发展、传播手段的不断创新，出现了太多的新媒体，因此，传统媒体与新媒体都被大量使用，因而出现"全媒体"（omni-media）的概念，"'全媒体'的'全'包括报纸、杂志、广播、电视、音像、电影、出版、网络、电信、卫星通信在内的各类传播工具，涵盖视、听、形象、触觉等人们接受资讯的全部感官，而且针对受众的不同需求，选择最适合的媒体形式和管道，深度融合，提供超细分的服务，实现对受众的全面覆盖及最佳传播效果"②。全媒体的资讯呈现出全媒体传播、全媒体采编、全媒体运营的趋势。在这种背景下，小说作为一种依靠文字塑造文学形象、张扬文化内涵、传播审美内涵的传统文学形式，面临着极大的挑战。按照徐则臣先生所说：在全媒体时代，整体感和陌生感正在消失，因此，靠讲一个完整的故事，提供一些陌生化的风俗风情，已经难以如以前单一媒体时代和部分媒体时代那样广泛地引起人们的关注了。因此，全媒体时代，关于小说的生存状态，当下的学人基本上有以下的观点：第一，全媒体时代给小说带来很大的冲击。因为全媒体时代消灭了很多人们认知中的盲点和死角，也就是说，现在通过报纸、杂志、广播、电

① 【基金项目】国家社会科学基金资助项目：12BZW095。
② 百度百科：全媒体时代，http://baike.baidu.com/link? url = Z5CSC4eauhCZWfJY67OW8qN_w4n1lk3XzI2wVxVvvu_AdIE8bSj9v5v-wJjwR85dm1_5nej1N_vACBNksPsZkq。

视、音像、电影、出版、网络、电信、卫星通信等媒体，没有什么是人们完全不知道的，小说如果还是按照以往的方式进行写作，很难再引起读者的热情。第二，全媒体时代虽然给予小说创作很大的冲击，但是并没有影响到小说创作的根基，作为纸质媒体的一种重要文学形式，小说仍然依靠文字想象力给予人精神上的愉悦感，因此即使在全媒体时代，文学尤其是小说依旧在传媒中占有相当的位置。第三，全媒体时代毕竟给予了文学尤其是小说很大的冲击，因此，在全媒体时代，文学创作和小说创作不能对当下全媒体对文学和小说的冲击坐视不理，作家和评论家要积极应对，在保持文学的本质和优势的前提下，采取一些新的策略，积极吸纳新媒体的新方法，让文学在全媒体时代能够不落后于时代，让"以文字为基本媒介、以神思专注的捧读作为人类审美享受和精神骄傲的文学依然体面地存在，并生生不息"①。

少数民族小说是小说中一种颇具特色的形式，少数民族小说在以往的发展中，以其少数民族的特色屹立于中国小说之林，其优势是采用展示少数民族的风俗风情的方法，达到陌生化的效果。但在全媒体时代，这种方法已无法激起读者的兴趣。因此，在全媒体时代，少数民族小说必须采取新的策略，让少数民族小说在全媒体时代得到更好的发展。

一

少数民族小说在纸质媒体为主的时代，其主要策略是展示少数民族的风俗风情。在 20 世纪 50—70 年代，少数民族小说在当时政治化的格局下，采取展示少数民族风俗风情的方法，给读者带来陌生化的效果。他们在作品中大量展示少数民族风俗风情、描写少数民族地区的物象和景色、穿插汉语直译的少数民族语言、塑造具有少数民族特点的人物。虽然此阶段少数民族的风俗风情只是这些少数民族地区阶级斗争生活的点缀，是阶级斗争故事展开的少数民族环境，是小说政治主题的少数民族色彩渲染，此阶段少数民族的风情和文化没有成为当时少数民族小说的主角。但是，少数民族小说的这些努力还是让全国读者感受到了清新的少数民族特色，

---

① 胡军：《探寻新媒体时代文学发展之路》，http：//www.chinawriter.com.cn，2009 年 8 月 20 日 12：46。

为中国当代文学添加了少数民族文学的异样的风景。因此，展示少数民族风俗风情的方法成为当代少数民族小说最普遍和最常用的方法，也是纸质媒体时代少数民族小说的独特优势。少数民族作家主要采取这些具体方法来展示少数民族的风俗风情：第一，将当时的显性叙事设置在少数民族地区。将当时主要的叙事类型：革命斗争叙事、土地改革叙事、农业合作化运动叙事、新人新风尚叙事、歌颂新婚姻法叙事等设置在少数民族地区，这种叙事设置扩大了当代文学的内涵和描写领域，同时也凸显了少数民族小说的陌生化特色。第二，采取凸显少数民族的风俗风情的方法。最突出地凸显少数民族特色的策略，是在作品中大量描写少数民族地区的自然风光。读者通过阅读这样的描写，了解到少数民族地区独特的风景，从而得到陌生化的美的享受。读者读后，对少数民族风光充满了憧憬。少数民族作家在描写少数民族的自然风光时，对自己民族特有的自然风光注入了浓浓的感情，读者从中可以读到作者那热爱自己的民族的情感。因此少数民族自然风光在20世纪50—70年代少数民族作家的笔下，充满了雄伟、壮丽、辽阔、清新、奇峻等美好的特点。同时，这些自然风光是17年少数民族小说故事发生的场域，和地理环境一起构成少数民族独特的地域特色。另一个突出的策略是少数民族独特的风俗描写。少数民族人民在几千年的发展过程中，形成了和汉族不同的风俗。在衣食住行、婚丧嫁娶、节日礼仪、信仰禁忌等方面都有各自独特的地方。这是区别各族人民的最主要的标志。玛拉沁夫的《茫茫的草原》因为是长篇小说，因此作品中的风俗描写更加丰富多彩。在作品中大量描写蒙古族牧民的风俗习惯，展示蒙古族的草原文化。作品描写蒙古族草原人民在共产党领导下翻身解放的伟大斗争，是一部具有新中国文学史诗性的作品。但作品和同时代汉族的红色经典不同之处在于，作品在一个充满硝烟氛围的阶级斗争中，描写了蒙古草原上颇具自然美和浪漫气质的蒙古族特色。作品中有很多蒙古族风俗的描写，比如作品中关于那达慕的描写，具有很丰富的民俗学意义，描写独特的少数民族风俗成为17年少数民族汉语作家凸显少数民族特色的重要策略之一。另外，为了凸显自己民族的特色，少数民族作家常常选择自己民族典型的物象，突出民族特色。比如，蒙古族小说常常出现草原、骏马等物象，彝族小说中常常出现金沙江、门板、天菩萨等物象。因为少数民族作家对自己民族的典型物象非常熟悉，运用起来得心应手。少数民族典型物象的运用将这两者结合起来，成为少数民族汉语小说中表达少数民族特色的一个重要策略。

但是进入全媒体时代后，少数民族的地理环境、少数民族自然风光、少数民族物象特点不再是遥不可及不能了解的陌生化特点，在任何一个媒体中，都有关于各个少数民族地区的地理风光、风俗风情的介绍，尤其是网络，可以说是应有尽有。因此少数民族小说还是采用以上的方法，将失去其独特性。何况，展示少数民族风俗风情的方法本身就具有背景化、表面化的缺点。因此，全媒体时代，少数民族小说必须采取新的方法、新的策略，才能在全媒体时代得到更好的发展。

二

进入全媒体时代，少数民族小说经历着小说共同的时代变故，少数民族作家在媒体逐渐发达的过程中，采取一系列策略，凸显少数民族特色，克服以往展示少数民族风俗风情方法的弊端，从外到里，运用文字描写少数民族生活的内在追求，展现小说的独特魅力，凸显少数民族特色。具体做法是凸显少数民族意识和宗教意识，这种策略是在新时期少数民族小说的发展过程中逐渐形成的。

在 20 世纪 80 年代初，少数民族小说克服以往只是展示少数民族风俗风情的弊端，开始由外及里凸显少数民族意识，开始对少数民族意识的自觉追求。这种对少数民族意识的自觉追求，将少数民族小说从学习汉族文学、靠近汉族文学的框架中提升到追求少数民族的独立品德的状态中，将以往风俗风情变成文化主体，成为具有少数民族文化风尚的生活文化，从表层描写到具有文化底蕴的深层挖掘，从罗列各种少数民族的风俗风情到将少数民族的风俗风情审美化。20 世纪 80 年代的少数民族小说实现了质的飞跃。虽然这种超越，还只是部分作家的追求。但是给予中国当代少数民族文学的意义是非凡的，它直接开启了 20 世纪 90 年代少数民族文学张扬民族意识、张扬宗教意识、认同民族文化、传承民族文化和传播少数民族文化、表达少数民族族群体验等少数民族汉语小说的独立品德。这种主体性的追求，使得少数民族汉语小说成为不可替代、难以逾越、具有独一无二的品格和价值的文学类型。在新媒体不断发展的时代，少数民族小说采取以下几种具体策略张扬少数民族文化、凸显少数民族小说的独特魅力。

（一）自觉追求少数民族意识

20世纪80年代后期，少数民族作家开始了自觉的对少数民族意识的追求，自觉地描写本民族的文化心理、追求本民族意识，不以靠近汉文学为追求而是在深入民族文化心理的基础上追求本民族的意识。不只是在主流文学思潮中展示少数民族风俗风情，而是在少数民族历史、文化的内核中自觉地描写少数民族意识、少数民族文化心理，从而昭示着新时期少数民族汉语小说的一种新的内涵出现，那就是开始表达少数民族族群文化，自觉地描写少数民族意识。突出代表有鄂温克族作家乌热尔图。鄂温克族是东北的狩猎民族，这个民族在现代化的发展过程中逐渐失去了自己的家园和以打猎为主的生活状态。乌热尔图以一种具有深沉忧患意识的笔触，描写鄂温克族的狩猎生活、民族意识以及那种鄂温克族特有的人和自然、人和动物相依相生的关系。乌热尔图以鄂温克族的文化心理选择题材、塑造人物、推动故事情节，也用鄂温克族的意识看待和解释小说中的人物的所作所为，用鄂温克族意识建构独特的鄂温克族文学特质。乌热尔图具有强烈的鄂温克族民族意识，他在自己民族中成长，他为自己的民族而自豪。鄂温克族特有的狩猎文化、原始文化是乌热尔图创作的源泉，鄂温克族特有的对自然敬畏、对森林的热爱、和动物相依相生的观点是乌热尔图的生命本能，是乌热尔图的民族文化心理。乌热尔图说："我力求通过自己的作品让读者能够感觉到我的民族的脉搏的跳动，让他们透视出这脉搏里流动的血珠，分辨出那与绝大多数人相同，但又微有特异的血质。"①这种独特的民族意识，使得乌热尔图努力地追寻自己民族的独特文化意蕴和民族意识，以敖鲁古雅鄂温克族独特的民族生活、民族心理、文化经验为自己创作的土壤。

（二）追求民族文化之根

1985年前后，中国文坛出现寻根文学思潮。这个以汉文学为创作主体的文学思潮，其主要特征是运用文化主题取代政治主题，立足于民族文化传统，寻找中华民族之根。其目的是为了抵抗现代化过程中人欲横流、灵魂漂浮、和自然关系紧张等弊端。这种状态在少数民族地区和少数民族作

---

① 乌热尔图：《写在〈七岔犄角的公鹿〉获奖后》，《民族文学》1983年第5期。

家那里，具有更真切的感受，现代化对少数民族文化传统的冲击更加明显。因此，在寻根文学思潮中，一批少数民族作家加入寻根文学中，开始少数民族小说的寻根之旅。少数民族小说加入寻根文学思潮，和以往追随主流文学思潮不同，不是一味地对主流思潮的追赶和靠近，而是汇入寻根文学思潮中，成为寻根文学主要的内容之一。从某种角度来说，少数民族的寻根文学占了新时期寻根文学的半壁江山。1989 年，经过长时期的军旅小说创作之后，满族的血脉牵引着朱春雨走向母族，开始把目光回观到自己的母族——满族的历史文化中，创作了长篇小说《血菩提》，开始他的民族寻根之旅。朱春雨是满族，他对自己的母族有天然的基于血缘的亲近，因此他用充满崇敬的情感去描写他的民族，这是民族的认同和血缘的追寻。巴拉人——这支因为逃避女真人杀戮而藏匿在深山老林、无拘无束地生活在长白山的生活状态、历史脉络以及他们的宗教信仰是作者重点描写的部分。作者通过这部分描写，追寻满族巴拉人的历史脉络、生活习俗、宗教信仰、图腾崇拜以及他们的生命意识。对巴拉人的历史文化的追寻，对巴拉人文化心理的描绘，使得该作品具有民族学、民俗学、文化学的价值。

藏族作家扎西达娃是用作品寻找藏族文化之根的著名作家。扎西达娃是用汉语写作的藏族作家，但是扎西达娃是一个地道的藏人，对藏族文化有着深刻的理解。扎西达娃是第一个运用魔幻现实主义方法描写西藏生活的藏族作家，他的《西藏，系在皮绳扣上的魂》《西藏，隐秘岁月》《去西藏的路上》等小说，具有比较典型的魔幻现实主义特色。他的作品将西藏神秘的藏传佛教和原始苯教文化、浓郁的藏族民族风情、纯净高远的高原自然环境结合起来，将神话、历史、魔幻、虚构、过去、未来等因素杂糅在一起，运用魔幻现实主义手法将西藏世界描写得亦真亦幻。《西藏，系在皮绳扣上的魂》打破时空顺序，打破幻觉和现实的界限，引导读者进入具有浓郁藏族神秘特色的氛围中，领略西藏的神秘宗教、神奇自然、魔幻现实、历史传说。有人将魔幻现实主义分作主观魔幻现实主义和客观魔幻现实主义，比如莫言，有人就称其为主观魔幻现实主义，因为那种亦真亦幻的特色，是作家极具主观化的外现。而扎西达娃的魔幻现实主义小说被称为客观魔幻现实主义，因为藏族文化原本就有魔幻的一面，藏族文化中的藏传佛教和原始苯教都具有浓郁的魔幻色彩，扎西达娃并不是将魔幻色彩主观化，然后强加在他的藏族小说中而远离藏族文化特色，而是在藏族文化的内核中，找到藏族文化内在的文化心理，找到藏族文化深层密码，在此基础上，将藏族的现代和过去、神话和现实、宗教和心灵、历史时空和现代时空交相呈现，构成藏族小说中独特的民族意识。也就是说，扎西达娃只是客观地描写了藏族文化特有的魔幻特色。扎西达娃采用象征和隐喻等手法，运用现代手法观照西藏的历史文化、神话传说、宗教信仰，在魔幻而清晰的氛围中，追寻母族的文化之根。扎西达娃运用这种魔幻现实主义手法，不断地穿越时空，追寻藏族的历史，探寻藏族的文化，寻找藏族文化之根。

（三）正面表达宗教意识

宗教意识是少数民族人民的很鲜明的特色，但是在以往的少数民族小说中，宗教意识表达很少。按照当时主流意识，认为宗教是欺骗人民的工具。在以往的少数民族小说创作中，一般把宗教和政治等同起来，认为如果政治是反动的，宗教也是反动的，而且主要描写宗教中摧残人性的消极因素，将宗教作为封建迷信或者少数民族人民的精神枷锁。因此，在这段时间中，少数民族小说对宗教要么不涉及，要么采取批判的态度，没有从少数民族主体的角度去描写宗教，没有去描写和宗教水乳交融的少数民族的独特的宗教意识和民族意识。在 20 世纪 50—70 年代的少数民族小说中，没有正面描写宗教意识，其实是当时少数民族小说的一大缺憾。进入新时期后，少数民族作家开始从本民族的宗教信仰方面思考本民族的文化特质，开始从宗教角度思考本民族的审美追求。因此新时期的少数民族小说不再回避宗教问题，而是将宗教作为本民族一个突出的文化现象进行观照。对那些宗教信仰浓厚的少数民族，该民族宗教信仰的文化精神、宗教的神秘性以及宗教的意象世界，都对少数民族小说给予极大的影响。

在藏族作家扎西达娃的小说中，宗教意识描写趋于自觉，《西藏，系在皮绳扣上的魂》中的那位义无反顾、一往无前地追寻净土香巴拉的塔贝是一个虔诚的信徒，这是一位具有强烈宗教色彩的人物，扎西达娃在魔幻的氛围中，将藏族的宗教意识描写得深刻而浓烈。而《西藏，隐秘岁月》中次仁吉姆则是一位只有在西藏的藏传佛教和原始苯教影响下才会出现的具有神秘力量的人物，作品用神的意识描写人物，用神的心灵感悟万事万物，是宗教意识的正面表达。

对少数民族宗教意识全面地正面地表达，当是 1989 年著名作家霍达发表的长篇小说《穆斯林的葬礼》。用什么态度描写宗教意识，是新时期少数民族小说一个重要问题。霍达的《穆斯林的葬礼》在中国当代文学史上第一次正面的、以审美的姿态、以尊敬的笔触描写伊斯兰教信仰。作品将宗教意识和民族意识结合起来，歌颂一个民族积极向上、追求美好的品德，并将民族的信仰和热爱中华民族文化结合起来，从人性、审美等角度描写回族的宗教信仰，虽然同时也描写宗教信仰束缚下人性的扭曲，但是，《穆斯林的葬礼》已经和以往对宗教意识持否定和批判的态度不同，对少数民族的宗教信仰开了以尊敬的、审美的、正面的态度描写的先河，为 20 世纪 90 年代少数民族汉语小说张扬宗教意识的特点奠定了基础。作者站在回族的主体立场上，描写汉文化和回族文化的相互影响，描写伊斯兰教文化和汉文化在现代社会中的协调互补和多元宽容，试图在两种文化心理的矛盾中，找到一种能包容两种文化的途径。因此各个少数民族作家在以中华民族文化为主体的一体中，常常采用展示民族特色和宗教特色等少数民族特有的文化来展示多元的丰富性，用少数民族特有的文化心理来表现本民族的特质。这是新时期少数民族小说所追求的特色，也是新时期少数民族作家张扬少数民族意识的重要策略。

从这些少数民族的小说的方法来看，少数民族作家在媒体越来越丰富的新媒体时代，采用追求民族意识、宗教意识寻找少数民族文化之根等手法，逐渐深入少数民族文化的深处，弥补一般媒体有关少数民族文化描写的表面化的缺陷。从人性角度描写少数民族的生活，深入人性的深度，对少数民族的历史和现实进行审美观照，是新媒体时代少数民族小说的策略。

三

随着信息时代的发展，新媒体越来越丰富，进入 20 世纪 90 年代以后，继承了 20 世纪 80 年代少数民族小说的传统并得以进一步加强。从开始有意识追求到强烈张扬少数民族的民族意识、宗教意识、神话意识，成为 20 世纪 90 年代少数民族小说的主要特点。因此这个时期的少数民族作家都把张扬少数民族意识、展示少数民族文化作为创作的基本目的，也把这作为传承少数民族文化的基本策略，与 20 世纪 80 年代相比，这种意识不是逐渐觉醒和趋于自觉，而是已经成熟。其主要策略是张扬少数民族意识和宗教意识，采用少数民族思维写作。

（一）强烈张扬民族意识和宗教意识

从文化角度描写少数民族生活，强烈张扬少数民族的民族意识和宗教意识，是 20 世纪 90 年代少数民族作家采取的主要策略。回族作家张承志在 1991 年发表了他著名的小说《心灵史》，这是张承志在作品中张扬回族的民族意识和宗教意识最强烈的作品。张承志大都不采取描写风俗风情的方法来表现回族文学特色，他一直以来都是以描写回族意识见长。《心灵史》发表于 1991 年。他写回族，不是为回族而写作，而是作为回族来写作。张承志成为回族穆斯林哲合忍耶教的一员。他说："我沉入了这片海。我变成了他们之中的一个。诱惑是伟大的。我听着他们的故事；听着一个中国人怎样为着一份心灵的纯净，居然敢在二百年时光里牺牲至少五十万人的动人故事。在以苟活为本色的中国人中，我居然闯进了一个牺牲者集团，我感到彻骨的震惊。"① 张承志把自己作为一个哲合忍耶教的成员，用鲜明的回族意识、用明确的哲合忍耶教意识写作《心灵史》，这是张承志张扬民族意识和宗教意识的最强烈的写作。少数民族小说到了《心灵史》这里，经历了少数民族小说从外在描写到内在表现再深入民族、宗教意识骨髓的真切感受的巨大变化，进入真正具有少数民族内涵的写作阶段。

（二）少数民族神话思维写作

20 世纪 90 年代的少数民族小说，在经过了描写少数民族风俗风情，张扬民族宗教意识和民族意识等方法以后，找到一种传承和传播少数民族文化的新的方法，那就是运用少数民族的神话思维描写少数民族意识。这种只有少数民族才具有的神话思维，使得少数民族小说具有了真正的少数民族思维，获得少数民族真正的独有的特质。鄂温克族作家乌热尔图在 20世纪 90 年代发表了《你让我顺水漂流》《丛林幽幽》《萨满，我们的萨满》等小说，采用少数民族神话思维写作。这种独特的鄂温克神话思维表现如下：

1. 鄂温克族人和动物合二为一的思维。这是神话思维中不分物我的思维，是不以人为主体、人和动物相通相融的思维，是所有动物都平等的

---

① 张承志：《心灵史》，花城出版社 1991 年版，第 1 页。

思维。在鄂温克族神话中，有很多人熊成婚、熊是鄂温克族的祖先等故事。乌热尔图采用鄂温克族这种神话思维，构思了小说《丛林幽幽》。在《丛林幽幽》中，赫戈蒂是一头具有神秘力量的大母熊，她具有主宰人的情感和生活的能力，乌妮拉被熊挠了肚子，结果生出熊孩赫戈。后来赫戈和母亲一起杀死赫戈蒂，却发现赫戈蒂就是额沃，是奇勒查家族的老祖母。这种描写就是采用的鄂温克族独有的关于熊和人通婚以及熊是鄂温克族祖先的神话思维，是将动物视为同类、动物具有人的意识的神话思维的具体表现。除了对熊的看法具有特殊的神话思维，对鹿的描写也是采用这种神话思维来描写。鹿是鄂温克族人的朋友，是和人具有一样思维和情感的朋友，他们的忧伤就是人的忧伤。《老人和鹿》《雪》等作品中关于鹿的描写，就是运用这种神话思维进行描写的。鄂温克族老人认为只有鹿的声音才是他心目中的歌。在《雪》中，乌热尔图描写鹿采用人的思维，鹿是通灵的动物，鹿能够托着人的灵魂远行。因此鄂温克人能够听懂鹿唱的忧伤，那歌是这样唱的：

"妈妈，妈妈，你肩上沾了什么？妈妈，妈妈，你肩上怎么红啦？我的孩子，没有什么，从山坡跳下来，山丁子树叶沾在身上。妈妈，妈妈，你怎么哭啦？妈妈，妈妈，你为什么躺下？我的孩子，你可要记住。两条腿的人呐，让我的眼流泪；我的孩子，你可要记住。两条腿的人呐，让我的心淌血。……"①

这是鄂温克族特有的神话思维，这种神话思维也就是鄂温克族的民族思维。

2. 鄂温克族对自然敬畏的思维。鄂温克族人对自然有敬畏之心，这种敬畏之心包括对自然的敬畏和对动物的敬畏。对自然的敬畏在于鄂温克族人从不认为人可以改变自然，他们认为人只能在自然中获得有限的东西，不能按照自己的欲望去贪婪地索取。这在他们的狩猎生活中对动物的态度可以看出来。鄂温克人是个狩猎民族，他们对待动物有着今天看来可持续发展的思维。他们为了生存必须猎杀熊，但是他们又敬仰熊、畏惧熊，认为熊是他们的祖先，因此熊具有超自然的神秘力量。这在《丛林幽幽》中有突出的表现，熊是人的老祖母，说明了鄂温克族将熊作为图腾的

---

① 乌热尔图：《你让我顺水漂流》，作家出版社 1996 年版，第 42 页。

缘由。在《棕色的熊》中，描写了鄂温克族对熊的敬畏心理，"我"从小就耳濡目染看到父辈们对熊的敬仰和畏惧之情：宰杀了熊后，猎手都很伤心。吃熊肉时，要学乌鸦叫，并要说明不是人在吃熊肉，而是乌鸦在吃熊肉。熊死后要把熊的骨架放到高高的树上安葬。"我"15岁时，独自拿起猎枪去打猎，在与熊的搏斗中，从熊的厉害中经历了紧张和恐惧，明白了祖祖辈辈敬畏熊的原因。在乌热尔图的小说中，读者们了解了鄂温克族人对熊的敬畏之情。鄂温克族人从不直接称呼熊的名字，而是称作祖父（鄂温克族语言叫"合克"），或者称作祖母（鄂温克族语言叫"额沃"），或者直接称作熊神（鄂温克族语言叫"阿米坎"）。萨满是能通灵的人，因此萨满经常自称熊神。人与熊的关系如此，人和其他动物的关系也是如此。比如《七岔犄角的公鹿》，少年敬畏公鹿的彪悍、勇猛、力量，敬畏公鹿勇斗饿狼的勇敢，把公鹿当成心目中的英雄。在危机时刻为帮助公鹿自己负伤，将那有着七岔犄角的公鹿放走，并由此得到一直不喜欢他的继父的喜爱。鄂温克族特别喜欢鹿，尤其是驯鹿。他们把鹿当作自己亲人，也当作孩子们学习的榜样。在《雪》中，猎人伦布列、多新戈和申肯大叔为了活捉一头鹿，和鹿进行了一场艰苦卓绝的搏斗，作者在这篇小说中，在人和鹿的角逐中，作者用充满敬仰、热爱的情感描写鹿的特点：高傲、自尊、勇敢、顽强，尤其令鄂温克族人敬仰的是鹿追求自由的精神。鄂温克族猎人在和鹿的较量中，学习鹿的美好品德，和鹿共享山林。这是鄂温克族特有的思维，这种敬畏自然、敬畏动物的思维，在当今时代具有非常重要的意义。当人类对自然、对人类的朋友不怀有敬畏之心，而对自然疯狂掠取、对野生动物疯狂屠杀而破坏生态平衡之后，人必然给人类自己带来灭顶之灾。因此人们通过阅读乌热尔图的小说，应该得到启发和警醒。

　　3. 鄂温克族的萨满意识。鄂温克族信仰萨满教。萨满是通神之人，她能将鄂温克族人的历史、心灵、愿望融为一体，能表达鄂温克族人神秘的心灵以及神秘的文化。乌热尔图在他的作品中采用萨满的思维，采用神性、神秘等特征描写鄂温克族人的生活和心灵，表达对自然的敬畏对祖先热爱之情。萨满的表达就是鄂温克族人精神和文化的表达。在很多作品中，乌热尔图采用萨满作为叙述者、回忆者，萨满用神性思维描述事物，在外人看来神秘得不可知的事情，在萨满看来却是实际存在的。这种方法有人说是西方的魔幻现实主义手法，实际上采用萨满思维的写作，是鄂温克族人特有的神性思维。

　　乌热尔图运用鄂温克族的思维进行小说创作，就是本着一个鄂温克族人的心灵来写作。乌热尔图运用汉语描写鄂温克族人的生活和心灵，用汉语传承鄂温克族的历史文化、思想信仰，其最好方式就是用汉语描写鄂温克族的民族意识、宗教意识，而最有效的方法就是用汉语描写鄂温克族的思维，这种思维不管用什么语言表达，都是鄂温克族的思维，是鄂温克族区别于汉族和其他民族最鲜明的标志。这是乌热尔图对鄂温克族文学，对中国少数民族文学的贡献之一。而乌热尔图对中国当代文学，对少数民族文学的贡献之二在于小说中那基于鄂温克族的强烈的环保意识，那对人类破坏自然、不敬畏自然的状态的揭露和批判，提醒人们应该敬畏自然、敬畏动物、与自然和谐相处，对当今疯狂攫取自然、屠杀野生动物的人们具有极大的启示和警醒作用。乌热尔图的这种环保意识，这种对人类的警醒作用，是采用对鄂温克族人那敬畏自然、敬畏动物的做法的描写，对破坏敬畏自然、无限攫取自然的后果描写来实现的。鄂温克族的优良品质经由乌热尔图的描写，展示了鄂温克族优秀的民族特色，比如正直、礼貌、毅力、殷勤周到、少粗鲁和野蛮贪心、永不怯懦、永不背叛等，这是人类都应具备的优秀品质。随着社会的发展，很多人对于自然疯狂攫取、对金钱无限崇拜、对人类的朋友不断杀戮，已经给人类带来了极大的伤害，森林缩小、野生动物灭绝、沙尘暴雾霾铺天盖地等，人类已经受到了破坏自然的惩罚。但是很多人还没有警醒。乌热尔图的小说为人类提供了敬畏自然的警示，但愿人们能从乌热尔图的小说中得到启示。

四

　　进入 21 世纪后，中国的市场经济进入深层次和全面发展的时期。少数民族文化和少数民族作家不仅面临着全媒体的挑战，还面临着现代化、全球化的挑战。少数民族文化在现代化冲击下出现碰撞、交融的趋势。因此 21 世纪的少数民族小说不能像 20 世纪 90 年代以前那样，只是单一地张扬少数民族意识，而是要探讨少数民族文化和汉文化交融、少数民族文化和西方文化碰撞的深层次问题。21 世纪少数民族小说，不再只是表达少数民族文化融于汉文化、西方文化的努力，而是开始采用双重视角，在不断融合的文化中坚持保持少数民族文化，并在少数民族小说中追求人类共同的审美特性。

（一）现代化进程中的民族文化坚守

在中国的现代化发展中，各个民族也在逐渐现代化。在这个过程中，各个民族普遍和其他民族交往，尤其是各个少数民族文化逐渐向汉文化、西方文化学习并逐渐融合的趋势，这是一个令少数民族作家难以接受又不得不接受的过程。一方面，少数民族作家希望能保持自己的民族文化，在多元一体的文化格局中保持自己的特色；另一方面，少数民族作家又希望能够在现代化过程中接受先进文化，促使少数民族文化和主流文化、世界文化接轨。这是一个惶惑矛盾却又充满希望的时代。在21世纪，少数民族小说在民族现代化和民族融合过程中保持少数民族文化的追求更加明显。

蒙古族作家郭雪波的小说就是力图在现代化过程中保持少数民族文化的典范。他的生态小说就是要在现代化过程中极力表现蒙古族独特的生态意识。随着现代化的发展，人们对草原不断攫取，蒙古草原因此不断沙化。作为出生在科尔沁草原的蒙古族作家，郭雪波对这种现状心急如焚，于是他拿起笔来创作"沙漠小说"和"动物小说"。其实"沙漠小说"和"动物小说"都是生态小说。蒙古人和草原、和动物是唇齿相依的关系，草原被破坏，相生相伴的动物就会遭殃；动物遭殃，人的生活也会受到很坏的影响。他的小说表达对草原不断沙化的忧患意识。他的小说《大漠魂》《沙狼》《银狐》《大漠狼孩》等作品都表达这种忧思。首先，作为蒙古族作家，他的描写对象都是蒙古草原上的人和动物，他基于蒙古族对自然、对草原、对大漠、对动物的热爱，展示蒙古族特有的生态意识。蒙古族人民对动物充满爱，这种爱是蒙古族特有的悲天悯人的爱，是蒙古族信仰佛教、喇嘛教、萨满教形成的独特意识，也是蒙古族世世代代和草原、和动物、和大漠和谐关系的表现。郭雪波用蒙古族意识描写动物、描写沙漠、描写草原，表达对人类破坏草原、掠杀动物的状态强烈的忧患意识。

土家族作家叶梅的《最后的土司》中则将两种文化碰撞和交融描写得惊心动魄。小说依然采用土家人和汉族人对比的写法，张扬土家族的民族意识和宗教意识，叶梅小说民族意识的描写比宗教意识描写更加鲜明。

《最后的土司》中，覃尧是龙船河的最后一代土司，李安是闯入土家地区的汉族人，两种文化的冲突导致一系列悲欢离合的故事。虽然作品尽量客观地描写文化碰撞给彼此带来的伤害和影响，但是作为土家族作家的叶梅在情感上还是更多地倾向于土家族文化。从作品看，土司覃尧比李安要爽直、宽厚得多，对女人，土司覃尧比李安也要好得多。李安对伍娘的折磨以及最后带走孩子导致伍娘之死，主要是汉文化在李安身上的凸显。虽然两人对造成伍娘之死都负有主要责任，但从作品可以看出，作者的情感倾向于土司覃尧。这里可以看出作者在描写文化碰撞和民族融合中，保持少数民族文化特色的追求。

（二）民族文化交融中平等意识的追求

在新媒体时代，文化交融现象更加突出，在民族交融过程中，采取什么态度和观点是当今一个重要问题。阿来的小说《尘埃落定》很好地解决了这个问题，那就是平等意识的追求。

阿来在他著名的文章《阿来：穿行于异质文化之间》中说"我是一个用汉语写作的藏族人"。表明他穿行于藏汉文化之间的状态。他对于藏汉文化的交汇、碰撞没有如批评家所说的那种焦虑症，因为他认为："在我的意识中，文学传统从来不是一个固定的概念，而像一条不断融汇众多支流从而不断开阔深沉的浩大河流。我们从下游捧起任何一滴，都会包容上游所有支流中的全部因子。我们包容，然后以自己的创造加入这条河流浩大的合唱。我相信，这种众多声音的汇聚，最终会相当和谐、相当壮美地带着我们心中的诗意，我们不愿沉沦的情感直达天庭。"① 阿来在两种异质文化中平等地穿行，阿来的这段话表明他对待藏汉文化平等、包容的心态，这也是他运用双重文化视角创作《尘埃落定》的缘由。《尘埃落定》超越以往少数民族汉语小说的新的特点，就是阿来在作品中进行了有目的的双重平等文化视角的写作。阿来虽然是回藏血统，但是他受到的却是藏汉文化影响。他从小在藏区长大，但后来考上中专后系统地学习了汉语，因此藏汉文化都对阿来有很深的影响。《尘埃落定》具有以藏族为主的藏汉文化融合的特色，是一部用藏汉双重文化视角写作的藏族汉语小说。阿来说："'我'用汉文写作，可汉文却不是'我'的母语，而是

① 阿来：《阿来：穿行于异质文化之间》，《中国文化报》2001 年 5 月 10 日。

‘我’的外语。不过当‘我’使用汉文时，却能比一些汉族作家更能感受到汉文中的美。”他说："我是藏族人，我用汉语写作。"这样就形成了跨文化或者双重文化平等视角。作品最有特点的是塑造了傻子这个人物形象。这个人物形象的成功塑造就包含了作者对于多重文化交融的理解，他站在藏族文化的主体上，描写这个汉藏混血儿的傻与不傻，从而在汉藏双重文化之间建立了独特的文化视角。作品围绕傻子的人生故事展开，傻子的一生构成了作品的主要脉络，他亲历了藏族土司由盛而衰直至土崩瓦解、尘埃落定的整个过程。

　　傻子是麦琪土司和汉人太太生的混血儿，是土司父亲酒后生出的傻儿子。

　　因此，傻子具有藏汉文化的双重视角和双重思维，他不完全是藏族父亲的思维，也并不全是汉族母亲的思维，他夹在两种文化之间，傻子可以同时拥有两种不同的眼光、观点和心态。因此，傻子不明白为什么可以随意鞭打家奴，他也不明白土司们都生活在一片土地上，还都是亲戚，为什么总要打仗？更不明白汉人和红汉人为什么能控制土司的命运？这肯定不是藏族土司的思维，因此麦琪土司不喜欢他，叫他傻子。说到傻子，他之所以傻，也是因为他处在两种文化之中，从而具有和纯种藏族血统的哥哥的大不同的思维。因此夹在汉藏两种文化视角之间的傻子就具有双重文化的特性，表面看起来是个傻子，实际上他是一个穿行于双重文化空间、领悟双重文化优点和缺点的聪明人。一方面他可以在两种对立的历史、文化空间自由出入，按照人的本性评价双方的优劣长短；同时因为和土司们的惯常思维不一致，因此显得不合时宜，傻里傻气。因此傻子就常常陷入不知道自己是谁的境地。"我"不像聪明人哥哥那样聪明，和藏族贵族们的思维常常不一样。因此在麦琪土司、土司太太及他哥哥看来就是傻子。关于聪明人和傻子，在很多民族的文学和哲学中都有描写，关于傻子大智若愚的特点，很多民族都有描述。看到《尘埃落定》中的傻子，我们会想到满族的贾宝玉、汉族的郭靖、藏族的阿古顿巴等人物，可见，傻子这个人物已经超越了藏族文化，具有人类的共性。同时作品描写了麦琪土司庄园里各色人等的贪欲、享乐、复仇、追逐权力等特点，这也是人类的共性。汉藏文化融合到人类的共同特性中，就形成了和谐美。

　　傻子这个人物设置十分巧妙。作品一开始描写傻子二少爷很多不同于常人的傻话和傻事，他每天早上醒来第一句话就是问"我"是谁？"我"在哪里？他总是说出和做出很多让父亲、母亲、哥哥以及周围人看来很傻的话和事。但实际上这些话却充满了哲理，说出了事情的真相，傻话实际上都是真话。比如"哥哥因为我是傻子而爱我，我因为是傻子而爱他"。哥哥因为"我"是傻子而爱"我"，因为"我"是傻子，傻子是不会也没有能力和哥哥争夺土司的继承权的，而"我"是傻子，自然不会知道哥哥多么不希望我聪明，甚至还有杀死弟弟的想法，因此"我"还是如爱哥哥一样的爱他。"聪明人就是这样的，他们是好脾气又是互不相让的，随和的又是固执己见的。"这句话实际上说明了聪明人的"聪明"的实质。

傻子形象具有藏汉文化交融的特色。傻子这个形象是藏汉文化交融的典范，藏、汉优秀文化地和谐交融，形成了这个具有人类共性的形象。

首先，傻子形象塑造受到藏族机智人物阿古顿巴的影响。阿古顿巴是藏族民间故事中的机智人物。阿来还以这个人物为原型写过一篇小说《阿古顿巴》。阿古顿巴是个专跟贵族、官员作对的下层人物，他是类似阿凡提的人物，他常用最简单的方式去对付贵族们最复杂的心计，并且常常获胜。这是藏族文化的延伸，藏族文化内涵在傻子身上得到充分表现。

其次，傻子具有汉族文化中老庄哲学的大智若愚的内涵。庄子认为，理想的人应该"大智若愚""大巧若拙"，傻子在小事情上傻，但在大事情上则充满智慧，因此傻子具有大智若愚的特点。

最后，傻子的形象包含汉族文化儒家文化的特色。傻子虽然也有残暴的时候，但善良仁慈是傻子主要的特点。他对待下人仁慈，对待小厮们宽厚，会为下人挨打而流泪，真心为翁波意西的不平遭遇伤心；当别的土司领地上的人因饥馑快要饿死的时候，他指挥下人用大锅炒麦子进行施舍，挽救了很多人的生命。这里我们可以看到儒家文化中的"仁义"内涵，所谓"仁"就是具有不忍之心，就是善良之心。阿来要表达的是各个民族具有各自的特点，但是作为人类，有很多方面是有共通性的，从傻子的形象可以看出，他首先是一个藏人，一个具有鲜明藏族文化特色的人物，但又是具有汉族道家文化、儒家文化特色的人，这些优秀的人类文化特色集中在傻子身上，说明人类的共通性。阿来穿行在异质文化之间，在保持自己民族文化基础上用平等视角看待各种文化，同时探讨人类的共同特性。

《尘埃落定》中关于多民族文化的和谐融合的探讨，可以为少数民族小说在全媒体时代找到一条新的思路。

在全媒体时代，少数民族文学采取了一系列策略，克服了全媒体时代少数民族小说发展的弊端，使小说朝着生态化、心灵化、内涵化方向发展，为少数民族小说在全媒体时代找到一条可持续发展的道路。

地域文化视角中的土家族史诗写作[①]
——以《武陵王》三部曲为中心

刘保昌

（《江汉论坛》编辑部）

    湘、鄂、黔、渝交界处的武陵地域，地处云贵高原东端的大娄山、武陵山及大巴山，方圆十万余平方公里之内，是土家族、苗族、侗族、仡佬族等少数民族的聚居地，民族特色鲜明，这是一片神奇而又神秘的土地。其中，又以土家族人口最众，居住最为集中。武陵地域内的土家族，历史悠久，人口超过八百万，仅次于汉、壮、满、回、苗、维，位列我国第七大民族，也是湖南、湖北与重庆三省市中仅次于汉族的第二大民族。无论是从民族聚居的历史，还是从地域文化板块的角度，武陵山区都宜于作为一个共同文化区域来看待。关于武陵，陶渊明的《桃花源记》写道："晋太元中，武陵人捕鱼为业。缘溪行，忘路之远近。忽逢桃花林，夹岸数百步，中无杂树，芳草鲜美，落英缤纷，渔人甚异之。复前行，欲穷其林。林尽水源，便得一山，山有小口，仿佛若有光。便舍船，从口入。初极狭，才通人。复行数十步，豁然开朗。土地平旷，屋舍俨然，有良田美池桑竹之属。阡陌交通，鸡犬相闻。其中往来种作，男女衣着，悉如外人。黄发垂髫，并怡然自乐。见渔人，乃大惊，问所从来。具答之。便要还家，设酒杀鸡作食。村中闻有此人，咸来问讯。自云先世避秦时乱，率妻子邑人来此绝境，不复出焉，遂与外人间隔。问今是何世，乃不知有汉，

———————————

    ① 本文系 2014 年国家社会科学基金年度项目"地域文化视野中的两湖现代文学研究"（项目编号：14BZW112）的阶段性研究成果。

无论魏晋。此人一一为具言所闻，皆叹惋。余人各复延至其家，皆出酒食。停数日，辞去。此中人语云：不足为外人道也。既出，得其船，便扶向路，处处志之。及郡下，诣太守，说如此。太守即遣人随其往，寻向所志，遂迷，不复得路。南阳刘子骥，高尚士也，闻之，欣然规往。未果，寻病终，后遂无问津者。"陶渊明笔下的武陵，究系何处，学术界作过多角度的探索，存在着多种说法，但总的来看，并没有超出前文所述的湘、鄂、黔、渝交界处的武陵地域。桃源乌托邦，几乎是所有传统中国文人挥之不去的梦想。在外来者的视阈中，武陵地域曾经长期是一片世外仙境。

生活于其中的土家族自称"毕兹卡"或者"贝锦卡"（意为本地人），有自己的语言，属于汉藏语系藏缅语族，没有本民族文字，通用汉文。土家族主要从事农业。传统工艺则有雕刻、绘画、剪纸、蜡染等；土家织锦又称"西兰卡普"，是我国三大名锦之一。土家族人能歌善舞，山歌门类丰富，有情歌、哭嫁歌、摆手歌、劳动歌、盘歌等；传统舞蹈有"摆手舞""八宝铜铃舞"；戏剧有"茅古斯"、南戏等。学术界普遍认为，土家族的先民与古代巴人有直接的渊源关系。巴国被秦人攻灭之后，巴人辗转东迁。距今两千多年前，他们开始定居于武陵山区，与当地的其他少数民族一起，被称为"武陵蛮"或者"五溪蛮"，是土家族的最早来源。巴人英勇善战，喜爱歌舞，史有明载。《华阳国志·巴志》云，武王伐纣，"巴师勇锐，歌舞以凌殷人"。宋代以后，土家族单独被称为"土丁""土民"等。中华人民共和国成立以后，根据土家族人民的意愿正式定名为土家族。从巴人躲避秦乱的经历来看，与《桃花源记》中"自云先世避秦时乱，率妻子邑人来此绝境，不复出焉，遂与外人间隔"的记载不谋而合。桃花源中人，应该就是先秦时代的巴人，也就是土家人的祖先。近些年来，吕金华的《容米桃花》、周长国的《容美土司王——田舜年》和黄光耀的《土司王国》等文学作品，纷纷将关注的目光投向土家族源远流长的历史文化，取得了不凡的成就。新近出版的《武陵王》三部曲《白虎啸天》《文星曜天》《恨海情天》，以史诗般恢宏的气势，宏大的叙事结构，精心绘制出武陵土司最后两百年的历史风情长卷，为两湖地域文学增加了新的标志性符号——武陵，其地域内民族史诗写作的得失成毁，值得我们关注和思索。

一 历史理性与民族情感

在历史"本事"与文学"想象"之间，本来横亘着一条"叙事"的分水岭，理性与情感、真与美由此二分，形成各自不同的流脉。而事实上这道分水岭却在虚无缥缈间，因为历史叙事往往并不那么客观公正，反而容易为权威所把持，各种官修史著竞相将客观的史料处理成为"任人打扮的小姑娘"；文学叙事则经常借助历史的外壳，在貌似中立客观的时空架构中编织岁月的前因后果，各种扑朔迷离的前尘往事由此得到合理的解说。历史与文学在此形成某种有意味的"互文性"，以至于有学者判定："历史与小说之间的紧张，一直是困扰西方思想界的一大难题，但在汉语思想中似乎并不存在，历史叙事与小说叙事在汉语中的区别也并不明显，有时甚至彼此混同。"① 所谓"文史不分家"，即是说历史叙事中包含着文学想象的成分；文学叙事中包含着历史的真实背景与发展方向。我们可以说，在小说家自圆其说的生动叙事中，历史的真相已然遥不可及，从而呈现出诸般可能性与生动性。武陵地域的土家族历史文化，在历史理性与文学情感的双重视阈中展开叙事，其间的斑驳互异扞格不入之处，足以引发读者的深长思索。

武陵地域因为民族成分复杂，山高水远，交通不便，在历史上曾经长期实行土司制度。"土司制度"是"封建王朝统治阶级用来解决西南少数民族地区的民族政策，其义在于羁縻勿绝，仍效仿唐代的'羁縻制度'。政治上巩固其统治，经济上让原来的生产方式维持下去，满足于征收纳贡。因此它是从政治和经济两方面压迫少数民族的制度"②。武陵土司制度始于唐、宋时期的羁縻政策，宋元之际逐步发展为土司制度。土司制度既是集历代王朝治理经验之大成，同时也是在唐宋羁縻政策的基础上直接发展而形成的。武陵土司制度到清雍正十三年（1735）实行改土归流后才告彻底消亡。总的来看，羁縻制度是一种较为松散的统治制度，各羁縻地域与中央政权的关系若即若离。至宋末中央统治力量削弱时，各羁縻地域酋长"闹独立"的山头意识抬头："宋室既微，诸司擅治其土，遍设官

---

① 赵宪章：《汉语文体与文化认同研究》，中华书局 2008 年版，第 32 页。
② 黄现璠：《壮族通史》，广西民族出版社 1988 年版，第 138 页。

吏，……威福自恣。"（同治《来凤县志》）元代在湖广行省设立的土司主要有以下几处：永顺，元初设安抚司，元末升宣抚司，土官为彭氏；保靖，元末设安抚司，土官为彭氏；桑植，元末设宣慰司，土官为向氏；柿溪，元末设宣抚司，土官为向氏；慈利，元末设安抚司，土官为覃氏；容美，或称容米，元末设宣抚司，土官为田氏；五峰石宝，元代设安抚司，土官为张氏；石梁下洞，元末设长官司，土官为唐氏；施南，元代设宣抚司，土官为覃氏；龙潭，元代设安抚司，土官为田氏；酉阳，元代设宣慰司，土官为冉氏。"元代的土司制度，方针是明确的，体系尚不完备，措施亦不周密。明代对元代的陈规旧矩有因有革，使土司制度达到了成熟时期。"[①] 朱明王朝为了加强对各个土司的控制，一改元代的宽松政策，而实行较为严密的土司制度，在承袭、纳贡、征调等政策方面，均做出了严格规定，土司之间相互监督，互相制约，"以夷制夷"，成效明显。《明史·职官志五》记载：

　　土官
　　宣慰使司：宣慰使一人，从三品；同知一人，正四品；副使一人，从四品；佥事一人，正五品；经历司，经历一人，从七品；都事一人，正八品。
　　宣抚司：宣抚使一人，从四品；同知一人，正五品；副使一人，从五品；佥事一人，正六品；经历司，经历一人，从八品；知事一人，正九品；照磨一人，从九品。
　　安抚司：安抚使一人，从五品；同知一人，正六品；副使一人，从六品；佥事一人，正七品。其属，吏目一人，从九品。
　　招讨司：招讨使一人，从五品；副招讨一人，正六品。其属，吏目一人，从九品。
　　长官司：长官一人，正六品；副长官一人，从七品。其属，吏目一人，未入流。
　　蛮夷长官司：长官、副长官各一人，品同上。又有蛮夷官、苗民官及千夫长、副千夫长等官。

---

① 张正明：《长江流域民族格局的变迁》，湖北教育出版社 2006 年版，第 313 页。

军民府、土州、土县，设官如府、州、县。

洪武七年（1374），西南诸蛮夷朝贡，多因元官授之，稍与约束，定征徭差发之法。渐为宣慰司者十一，为招讨司者一，为宣抚司者十，为安抚司者十九，为长官司者百七十有三。其府、州、县正二属官，或土或流，大率宣慰等司经历皆流官，府、州、县佐二多流官，皆因其俗。使之附辑诸蛮，谨守疆土，修职贡，供征调，无相携二。有相仇者，疏上听命于天子。

又有番夷都指使司三，卫指挥使司三百八十五，宣慰司三，招讨司六，万户府四，千户所四十一，站七，地面七，寨一，详见《兵志》卫所中，并以附寨番夷官其地。

与元代宽松的土司制度相比较，明代的土司制度"法始备矣"，"文武相维，比于中土"，但仍然不免"叛服不常，诛赏互见"。据《明史·土司列传》总序记载：

"迨有明踵元故事，大为恢拓，分别司郡州县，额以赋役，听我驱调，而法始备矣。然其道在于羁縻。彼大姓相擅，世积威约，而必假我爵禄，宠之名号，乃易为统摄，故奔走唯命。然调遣日繁，急而生变，恃功怙过，侵扰益深。故历朝征发，利害各半。其要在于抚绥得人，恩威兼济，则得其死力而不足为患。……尝考洪武初，西南夷来归者，即用原官授之。其土官衔号曰宣慰司，曰宣抚司，曰招讨司，曰安抚司，曰长官司。以劳绩之多寡，分尊卑之等差，而府州县之名亦往往有之。袭替必奉朝命，虽在万里外，皆赴阙受职。天顺末，许土官缴呈勘奏，则威柄渐弛。成化中，令纳粟备振，则规取日陋。孝宗虽发愤厘革，而因循未改。嘉靖九年始复旧制，以府州县等官隶验封，宣慰、招讨等官隶武选。隶验封者，布政司领之；隶武选者，都指挥领之。于是文武相维，比于中土矣。其间叛服不常，诛赏互见。"

有明一代，在武陵地域得到朝廷放印的土司就有近百家，其中真正有实力的土司，有永顺、保靖、容美、施南、酉阳、思南等。《明史·湖广土司》记载，永顺、保靖土司，"世席富强，每遇征伐，辄愿荷戈前驱，国家亦赖以挞伐"，"均备臂指矣"。在平定"诸蛮""诸苗"叛乱中，永顺、保靖土司为国效命，朝廷派遣、使用其军队如臂使指，得心应手，自然对其格外倚重。而对容美土司，明廷则信疑参半。嘉靖七年（1528）容美土司朝贡队伍人数过千，一路招摇，扰民不休，礼部不得不重申旧制，规定此后进贡人数不得过百，进京城人数不得超过二十；嘉靖二十三年容美宣抚使田世爵夺取土官向元楫的田产，湖广抚按为了调解纠纷，召见田世爵，田世爵置之不理。不久，倭寇入侵我国东南沿海，田世爵偕子田九霄率领容美土兵出征，立下赫赫战功，先前的争执便不了了之。

到清代，改土归流成为通例，这与清初国力强盛有关，在平定"三藩之乱"以后，朝廷对内地土司的态度是尽可能地予以裁撤。最初，在明清易代之际，武陵土司相继降附清廷，此时的清廷尚无余力思考是否改土归流，所以土司制度一仍其旧，但土司之间的矛盾却日益凸显，有的土司也难免自我膨胀，得意忘形。如保靖舍巴彭泽蛟与宣慰使彭御彬互相攻伐。桑植安抚使向国柱被其弟向国栋谋杀，朝廷反被蒙蔽，竟让向国栋承袭安抚使。容美土司田旻如打造龙凤鼓和景阳钟，开凿玉带河，捉拿平民"割做太监"，种种违礼犯上，破格僭越之举，激化了朝廷与土司的矛盾。改土归流被提上议事日程。当时的容美土司已经历十五代二十三王，地域广阔，经济繁荣，雍正皇帝曾经在评点南方土司时说过："楚蜀各土司，惟容美最为富强。"即便如此，或者说正因为如此，容美土司才终究难逃覆亡的命运。

改土归流是历史理性的必然呈现，但对于本民族作家而言，这个过程却带有太多的无可奈何，太多低回不已的情感留恋。在历史理性与民族情感之间，作家以艺术想象构筑文学新天地，在保持"大事不虚"的历史真实走向的同时，尽可能地以"小事不拘"的文学经营填补历史的缝隙，纠正官方史著的偏见，给历史中活动着的人以细心的体贴，对武陵土司的种种貌似有悖常理的举措予以合乎情理的解说，精心编织出历史的上下文语境。关注这段历史，关注容美土司在改土归流的历史大潮中的人物命运，是近年来不少土家族作家文学创作的重要表现主题。在长篇历史小说方面，就有吕金华的《容米桃花》①、周长国的《容美土司王——田舜年》②、

①　吕金华：《容米桃花》，长江文艺出版社 2014 年版。
②　周长国：《容美土司王——田舜年》，长江出版社 2007 年版。

黄光耀的《土司王国》① 等优秀作品涌现。新近出版的《武陵王》三部曲《白虎啸天》《文星曜天》《恨海情天》②，以洋洋洒洒近二百万言的篇幅，叙述容美土司的佼佼者田世爵、田舜年和田旻如的传奇经历，其中田世爵是将容美土司引入中兴的一代雄杰；田舜年是兴起土家文治伟业的一代豪杰；末代土王田旻如则是一个为了扶住将倾大厦力挽狂澜的悲剧英雄。选择这三代土王作为叙述对象，恰到好处地勾勒出了容美土司中兴、鼎盛和衰亡的完整历史过程，三代英主的文韬武略得到艺术的再现，人物形象丰富饱满、栩栩如生，土家人勇武彪悍、聪颖多才、忠义淳朴、疾恶如仇的民族性格跃然纸上、呼之欲出，在与真实历史走向同步的情节结构铺排中充溢着扎实的以学术考据为基础的民族文化知识。这是一次成功的民族史诗写作，武陵地域文化与土家民族风情于此得到充分地呈现，是地域文化视角中两湖现代民族文学的重要收获。

二　民族历史与地域风情："看"与"被看"的双重视阈

《武陵王》书写长江三峡以南、洞庭湖以西区域内的武陵山东脉的容美峒从明至清的二百多年历史与三位土司的传奇人生。第一部《白虎啸天》以"赵氏孤儿"搜孤求孤式的传奇开篇，叙写百俚俾弑杀父兄后自立为土王，义仆麦文松以自己的儿子换下幼主田世爵，后来田世爵在湖广总督的帮助下洗清陈冤，得以成为容美土王，他求贤若渴，带领容美土司走向中兴，会盟诸司，计诛叛逆，制定邦策，勇战忠峒，千人朝贡，浚河卖铁，教子苦读，整饬家风，开拓疆域，在国难当头之际，万里驰驱，为国效命，铁塔师抗倭，清风岭大捷，奇袭火龙山，娘子军保卫家园等，叙事流畅，情节生动，高潮迭起。第二部《文星曜天》叙写田舜年的兴文伟业，在文化上已经汉化的土王田舜年，吟诗作赋，舞文弄墨，修为功深，与当世文化人有广泛的交往，缔结下深厚的文字之谊。在田舜年任土王期间，完成史传著作《田氏世家》，选编完成田氏王族六代十大诗人的诗集《田氏一家言》，计一十二卷三千余首；编纂完成《二十一史纂要》《六经

---

① 黄光耀：《土司王国》，新华出版社 2013 年版。

② 贝锦三夫（李传锋、吴燕山、李诗选）《武陵王》三部曲《白虎啸天》《文星曜天》《恨海情天》，长江文艺出版社 2014 年版。

撮旨》《容阳世述录》《清江纪行》等。容美文事之盛，成就之高，令人瞠目结舌。除此之外，最为引人注目的当属容美土司频繁而高雅的戏剧演出活动，当时已能够运用多种声腔演出名剧《桃花扇》，戏厅、戏楼、教戏坊等戏剧建筑一应俱全。汉族文人顾彩在《容美纪游》中称："宣慰司署……堂后则楼，上多曲房深院……楼之中为戏厅。"在宣慰司署所在地屏山街槿树园下坡处设有戏坊，"乃优人教唱处"。很难想象，在群山腹地，来自江、浙、秦、鲁各地的曲种能够同台演出，融汇交流，并最终形成具有武陵地域特色的南戏、柳子戏、满堂音等戏曲品类。演剧的盛况，频频见之于当时的诗人诗作，如田九龄诗云："江汉风流化不群，管弦久向日边闻。"田玄诗云："纵说青阳好，笙歌辍市廛。""繁华暗欲歇，歌鼓漫催声。"田霈霖诗云："一剧二剧三四剧，板腔不必寻规矩。"田既霖诗云："堂阶停舞袖，乐部罢鸣靴。"此种文化交流活动，无疑加快了土家族和汉族的文学艺术的进一步融合，在客观上为以后的改土归流打下了文化统一的基础。第三部《恨海情天》叙写容美土司的末代土王田旻如为转变改土归流的历史命运而做出种种无谓抗争的悲剧人生，田旻如充任侍卫、滚钉板等情节不无传奇色彩；他谨遵皇命回乡任土司之前，将《田氏一家言》护送至宁波天一阁收藏；他兴兵讨伐邻司，稳定了容美疆域；提倡农桑、整饬茶马道，振兴了容美经济；留师兴孔教，重视本土的汉文化教育；他思想开放，鼓励女子放足，引进接痘医术；盛演《桃花扇》，修建风雨廊桥、保善崇楼，与民同乐；他韬光养晦换来的却是朝廷的重兵压城，最终投缳自杀，遗恨无限。

作为当代民族作家，书写四五百年前的土家历史时，心态总难免会自豪与哀伤兼备，此种复杂情感其实是每一位历史小说作家都曾有过的情绪，毕竟书写对象是过往的历史，曾经有多少灿烂辉煌，写到最后就会有多少落寞惆怅。相隔岁月的河流遥望对岸，当代民族历史小说家并不缺乏"政治正确"的科学史观。

在中华民族的历史进程中，国体的进变和民族的融合是一个动态的大势。从周天子分封诸侯、战国时期创立郡县，封建与郡县便成为中国古代政治史上关于国家结构的两种理想思潮。在民族关系上是和睦共存还是强求一统，在相当长历史时期影响着历史的进程。土司是作为朝廷代理人和地方统治者双重角色存在的，是王朝国家运作的区域化表现，自有其当时的合理性。明朝推行土司制度，确曾对巩固王朝统治、维护边疆的统一起过重要作用。但是，土司制自身具有浓厚的割据性，少数民族群众要承受来自朝廷和土司两个方面的统治和剥削。土司间为了争夺领地、承袭权而导致的仇杀、内讧时有发生。在那个时候，国家认同和"民族"认可是一对矛盾，朝廷视"少数民族"为"蛮夷"，遑论平等？集权与一统是朝廷的既定方针，"羁"与"縻"只是约束"蛮夷"的手段。明王朝虽然也推动改土归流，却不断反复，土司和王朝就成了一种若即若离、时叛时顺的关系。……当清王朝入主中原由小弟做了大哥之后，他不再像前朝那样相对温和，而是软硬兼施强力推行改土归流。……清廷用武力踏平了云南贵州上百处土司及"苗人"寨府之后，回过头来收拾武陵山中的土人苗人，用血的代价推动着沉重的历史车轮。改土归流便产生了两个客观效果：客观上促进了国家的统一；客观上也伤害了"民族"关系。①

　　作家认为，容美土司的命运和归宿在武陵地域内的众多土司中是一个具有代表性的典型个案，"它曾经自强不息，因改革开放而富强，制度落后，国家剿抚，是土司制度崩塌的主因；上层急速汉化而底层土民经济文化落后，出现了权威的脱节，也是土司统治失败的内因之一"。历史无法假设，即使没有权威的脱节，没有底层土民落后的经济文化的限制，改土归流也会照样执行，只不过是代价大一些还是小一些的问题。在中国这块土地上，只有政治是不计较代价的。值得注意的是，当代民族作家在书写民族历史时，依循的文本叙事逻辑和服膺的历史理性往往带有鲜明的主流意识形态色彩。如果将容美独特的土家文化背景虚化，那么我们读到的这部《武陵王》也可以视为其他所有弱小民族、国家由弱变强，再由强转衰的历史变迁过程。历经磨难，发愤抗争，文治武功，情天恨海，这些主题和情节似曾相识。自觉到"被看"后产生的对于主流意识形态的靠近或者对既定规则的遵循，是身处当下为时代所裹挟的民族作家的文化下意识选择。

　　当代民族作家的文化乡愁，其实更多地体现在对地域风情的展示上。这种展示又带有"被看"的自觉，即在作家的潜意识里时时有对读者的关

---

　　①　贝锦三夫（李传锋、吴燕山、李诗选）《武陵王》三部曲之《恨海情天》，长江文艺出版社 2014 年版，第 516 页。

注，因此，某种迎合或者选择就在所难免。即如对武陵地域最为神秘的下蛊、赶尸等情节的描写，就是如此。

下蛊是在武陵山一带苗家女人中流传的一种巫蛊之术。其法秘不示人，严格规定传女不传男，而且只能由母亲传给女儿。巫誓里说：谁要将蛊毒之法传给了男人，神灵自知，必遭众女人的蛊伤而暴死。如此便使蛊毒蒙上了一层神秘的面纱。世人但知"蛊惑人心"之成语，却没人知道"蛊"为何物。后来，有人为了某种利益冒着生命危险甚至付出了生命的代价，才陆续透露出一些信息，也才使世人对蛊毒有了一些浅显的认识。原来，传说世上有三毒：尸毒、血毒和蛊毒，而以蛊毒为最。"蛊"单从字形上看：上面为"虫"，下面为"皿"，字义再明确不过，就是装在器皿中的虫子。可不是任何肉虫花蝶都被叫作蛊虫的，成为蛊毒之虫，必是选苗疆最毒的几种虫而成。通常有毒蚁、毒蛇、毒蝎、毒蛙、蜘蛛、蜈蚣、蜥蜴和毒鱼。制作之时，先将前几种精壮毒虫一起放入一个瓮中，它们便相互噬咬排毒，进行一场你死我活的大残杀，那个中百毒而不败最后能活下来的毒虫便是"蛊"。如果活着的是蛇，便叫蛇蛊，蝎叫蝎蛊，蚁叫蚁蛊，或者蜈蚣蛊、蜘蛛蛊等。然后把这个蛊捣死，喂给苗疆的一种特有的毒鱼吃，此毒鱼食后产生的粪便就是"蛊毒"。

……

中了蛊毒的人，最典型的特征首先是神志不清，精神紊乱。"蛊惑人心"之成语，即缘于此。其次是四肢僵硬，动作失调，肌肉抖动。这时，一般医术是无法医治的，只有找到掌握蛊毒之术的苗女仍用巫蛊之法，借助特别配制的药物，才能化解。到重症时，浑身溃烂流脓，那就是神仙也没有办法了。①

这段叙述介绍了蛊毒的来源，以及中蛊后的反应，纯粹是客观的知识介绍文字，既然是对第三者的"听说""传说"的转述，那么其无法解释的神秘性、中蛊后的可怕性等都无法做出科学的、理性的判断。对于传说中总是蒙着神秘面纱的下蛊而言，这种介绍和解说是合适的。作家的地域文化情感尽可以在此"传说"中投射无遗，而无须做出科学解释，只以一

---

① 贝锦三夫（李传锋、吴燕山、李诗选）《武陵王》三部曲之《白虎啸天》，长江文艺出版社2014年版，第97—98页。

笔带过："笔者也不敢杜撰，自然也就写不出来了。"但作家在展示"赶尸"场景时，却采用了"描写"的直观方式，其间的得失不无可以探讨之处。

那天夜幕降临之时，在菖蒲溪通往容美中府的路上，走着这么两个装扮和行为十分怪异的人：走在前面的人，一身红色道装，形容枯瘦惨白，背个长长的竹背篓，这背篓足有两人高，里面装满了充当冥币的纸钱和蜡烛。背篓下面，垂挂着一只忽明忽暗的灯笼。他左手持着一只小阴锣，有节奏地慢悠悠地敲响。右手不时从肩上伸到后面背篓孔里，拿下纸钱丢在路上。这叫买路钱。他口中发出一种凝重沉浑不间断的声音，像念的什么神词，又像唱的什么鬼歌，让人听了毛骨悚然。他走路的姿势也很特别，总是侧着身子行进的，拿一只眼睛始终照顾着后面。在他身后七八尺远，走着另一个穿着肥大藏青道袍的人，身材比前面的人要粗壮许多、高出一头，看不清臂膀。头戴一顶帽檐低垂的草帽，额上压着几张画着符的黄纸，垂在脸上，把面目遮挡得严严实实。那行进的姿态更显奇特，那腿似乎不能转弯，步幅很小，直直地杵在地上，发出有节奏的声响。[①]

接下来作家借助"个别胆大的人"的视角，"远远地窥看了"之后，对人说："那走在前面的是招魂引路法师，丑陋得像个吊死鬼，让人不敢看。后面的就是被作法行走的死人，那死人走路怪吓人的，直杵杵像踩高跷一样，眼睛看不见前面，却能稳稳地行走！"

对"赶尸"的神秘性的渲染已经足够，但这种"远观""再现""地域文化景观"却缺乏科学的理性依据，是法师的故弄玄虚，还是道人的别有玄机，在正面书写武陵地域历史的小说中，需要有合乎现代理性认知的阐释。仅有展示是不够的，对外来采风者的迎合其实就是对本地域文化的扭曲。

而小说在描写"写实性"的武陵地域文化风情时，则更具说服力，同时也更具吸引力。遍布三部曲中的武陵地域文化风情，让人沉醉，流连忘返，此中应该有作家浓郁的民族文化乡愁的寄托。文化风情的工笔描绘，无疑为小说营造了优美动人的民族叙事氛围，平添了与叙述对象水乳交融

---

① 贝锦三夫（李传锋、吴燕山、李诗选）《武陵王》三部曲之《白虎啸天》，长江文艺出版社 2014 年版，第 194—195 页。

的民族文化魅力。

　　小说叙述了大量的土家族神话传说和故事，由此营造出浓郁的土家文化风情。土家族古代的神话传说，多是关于描写人类和大自然的起源，原始社会的变化等，由祖祖辈辈流传下来。如"洪水登天""兄妹成婚""鹰公公与余婆婆""张果老制天、李果老制地""太阳和月亮""马桑树为什么老弯腰""男石柱和女石柱""孽龙与山王斗法""白果树开花最美丽""向王天子""巴务相""廪君化白虎""九节牛角""八耳锅""土家神马""腾云草鞋宿地鞭"等，都是对人类起源、土家族别分类、姓氏来历的神奇解释。土家族故事有"白鼻子土王""聪明的波七卡""热其入""卡铁的传说""巴列降龙""兄弟渡口设巧计"等，都是民间智慧的表达。如"向叫花子请愿"就是一个有趣的底层民众智斗官府的故事。向叫花子，乞讨为生，为人机智多谋。他住在五峰白溢寨前夹湾，由于荆州府官的重课粮税，土家无以为生，而那里的石窑、溪流总是在盛夏之时结冰，暑过冰即消，但官府并不了解此情。向光瑞便在三伏天凿取了一块巨冰，背到官府去请愿，跪禀道："土家苦寒，六月结冰，求大人免赋。"府官目睹此情，便信以为真，勒令革除田粮赋税，还竖了一块题名为"府示永革"四个大字的石碑，至今白溢寨的这块石碑还屹立未倒。在"东乡峒乘虚犯容美，娘子军逞雄护家园"一回中，作家描写了土家族祖先廪君与盐女的传说，颇能打动读者："巴务相和盐女结为恩爱夫妻，不久就生了一对龙凤胎兄妹，儿子取名巴虎，女儿叫雍米。生子之后，廪君和盐女因为志向不同发生分歧，盐女想让丈夫留在身边，利用盐阳的鱼盐之利过妇唱夫随、相夫教子的家庭生活，而廪君却牢记老巴王的嘱托，想收复祖先丢失的巴濮故国，到更广阔的天地去建立千秋功业。盐女见自己万般柔情都难以留住豪情勃发的丈夫，竟施用魔法，招来林中千万只飞鸟，翔集于寝宫上空，遮挡灿烂的阳光，使丈夫的战马看不清前行的道路。谁知廪君乃是志存高远的铁血男儿，去意已决，他毅然决然弯弓射箭，射落千万只飞鸟。迎来万丈光华。"① 却没有想到，廪君已经误杀了化为头鸟的盐女。土家女儿那种热烈浓郁、不惜牺牲自己的炽烈

──────────

① 贝锦三夫（李传锋、吴燕山、李诗选）《武陵王》三部曲之《白虎啸天》，长江文艺出版社 2014 年版，第 458 页。

爱情，足以让天地失色。

　　《文星曜天》对田舜年的卓越诗才给予浓墨重彩的渲染，足以见出土家诗人不凡的诗歌艺术成就，其高才睿智，即使置于当时的汉文化圈内，也无异于泰山北斗。但小说给读者留下最深刻印象的，还是《恨海情天》中土家人的民间歌诗。如"掌墨师"立扇架时高声诵道：

> 东边一朵红云起，
> 西边一朵紫云开；
> 红云起，紫云开，
> 鲁班差我起栅来。
> "上梁歌"唱道：
> （掌墨师）主家新居多宽敞，
> 高楼大厦好向阳。
> 哪位仙人定的向？
> 哪位神师造栋梁？
> 哪位良工起小样？
> 哪位巧匠绘华章？
> 哪位能手安的磉？
> 哪些壮士挑屋场？
>
> （歌师）新修华居亮堂堂，
> 金银财宝映福光。
> 白鹤仙人定的向，
> 鲁班仙师造栋梁；
> 掌墨师傅起小样，
> 神工妙手绘华章；
> 金刚力士安柱磉，
> 八百勇士挑屋场。①

---

　　①　贝锦三夫（李传锋、吴燕山、李诗选）《武陵王》三部曲之《恨海情天》，长江文艺出版社 2014 年版，第 149 页。

在这些仪式感极强的歌诗中，土家人表达出喜庆吉祥的祝愿，对神仙、祖先、师父、乡亲的感恩，富于浓烈的巴土地域文化风情。而更能够打动人心的却是土家山歌。作家借用小说中的人物王桂芳之口说："好歌都是人用命从心里唱出来的呀！"用性命唱歌，才能唱出好歌，其间蕴藏着多么丰富的民族文化信息。在崇山峻岭山重水复的武陵地域，在日出而作日落而息的辛苦劳作中，在爱人不得相守人生自古多离别的漫长等待中，在大雪封山的寒冷冬季、繁星当空的迷人夏夜中，多少代土家人的情感累积沉淀发酵，用性命唱出的山歌能不热情似火情深似海？

> 莫说山歌不值钱，
> 团拢几多好姻缘；
> 求恋不把山歌唱，
> 短棍打蛇难挨边，
> 一锅好菜无油盐。
>
> 山歌无假戏无真，
> 郎妹唱歌好联姻；
> 声声都是妹情意，
> 句句都是郎真心。
> 唱得鸳鸯不离分。①

"农人随口唱山歌，北陌南阡应鼓锣。"这是清代五峰土家族诗人田泰斗咏农事的诗句。武陵土家人自古以来就有唱山歌的传统。土家人每年都有赛歌大会，只要唱起歌来，可以废寝忘食，歌词之丰富，可以唱几天几夜都不重复。土家人无论男女老幼，都会唱歌，张口就来，托物起兴，通过山歌表情达意。山歌既有传统古歌，又有即兴而唱的大量新歌，内容丰富繁多。土家人通过唱山歌进行天文地理、劳动生产、风俗习惯、宗教信仰和伦理道德教育，通过提问、解答、抒情、辩论、嘲笑、反讽等手法表

---

① 贝锦三夫（李传锋、吴燕山、李诗选）《武陵王》三部曲之《恨海情天》，长江文艺出版社 2014 年版，第 180 页。

达喜怒哀乐各种情感，可谓得心应手。武陵土家民歌，内容丰富，包罗万象，大略可以分为劳动歌、苦情歌、爱情歌、风俗歌和儿歌童谣等门类。其中，情歌所占比重最大。如《半崖一树花》：

> 半崖一树花，
> 山都映红哒，
> 蜜蜂不来采，
> 空开一树花。

> 隔山望见那山红，
> 我想扯到栽一蓬，
> 早晨出门三瓢水，
> 黑哒回来把兜蒙，
> 这样殷勤花不红。

以花来比喻美丽的意中人，本来并不算是创举，让人觉得形象生动的是"我想扯到栽一蓬，早晨出门三瓢水，黑哒回来把兜蒙，这样殷勤花不红"的恋人的细腻心理和情绪。小说《恨海情天》写到土家青年男女对情歌，歌词十分优美：

> （男）姐儿住在花草坪，
> 身穿花衣花围裙。
> 脚穿花鞋花上走，
> 手拿花扇扇花人，
> 花上加花爱坏人。

> （女）高山岭上逗凤凰，
> 大树底下逗风凉。
> 楼房瓦屋逗燕子，
> 三月青草逗牛羊，
> 情郎用啥逗姑娘？

　　（男）隔河岸边柳叶青，
　　　　　郎想过河水又深。
　　　　　甩个石头试深浅，
　　　　　唱个歌儿掏姐心，
　　　　　五句歌儿当媒人。

　　（女）路儿不走草儿深，
　　　　　歌儿不唱调儿生。
　　　　　刀儿不磨口儿锈，
　　　　　歌儿唱了妹儿听，
　　　　　世上哪有树缠藤。

　　土家山歌的歌词俏皮、幽默，充满人生智慧，赋比兴的手法应用娴熟，不愧为民族艺术的瑰宝。劳动歌曲中最著名的则有薅草锣鼓歌，又名"挖土歌"，土家人一边敲锣击鼓，一边劳动生产，真正将劳动与艺术完美地结合起来，唱歌可以消除体力劳动的疲乏，统一生产节奏，他们在开荒、挖土、薅草、采茶时都要打"山锣鼓"、唱山歌。鹤峰《竹枝词》记载："栽秧薅草鸣锣鼓，男男女女满山坡，背上儿放阴凉地，男叫歌来女接歌。"薅草歌一般以七言四句、七言五句居多。土家人的劳动号子是多种多样的，都与劳动生活紧密相关，具有民族特点。无论是行船放排，还是开山打石、修桥筑路，还是筑坝建堤、建筑房舍，他们都喜欢唱着号子协调生产，减轻疲劳，一人领唱，众人相和，声音高亢雄浑，响彻云霄。
　　土家族的"古歌""神歌"，是民族记忆的重要组成部分。小说家在讲述民族历史文化时，必不可少地会引用土家的"古歌"或"神歌"，如土家《梯玛神歌》，叙述祖先的起源和种种人生哲理，汉译为：

　　自从盘古开天地啊，
　　农伯祖先到这里，
　　日日夜夜开荒生产，
　　日日夜夜生产开荒。
　　年年（嘛）风调雨顺，

家家户户保平安。

要吃饭就得挖土，

要吃肉就得喂猪，

要穿衣就得种棉，

这才样样都不差。

在和平年代，普通土家人乐天知命，活得快活自在。《恨海情天》以传神之笔细致描摹了土家"背脚子"的辛苦生活："这'背脚子'是容美峒通向外域的'茶马古道'上一道独特的风景，又称'背脚汉'、'背脚佬'。山地不比平畴，上坡下岭，挑担是无法行走的。那些汉子都有独具特色的行头：布纽扣的汗衫，折腰式的便裤，牛皮坎肩，麻耳草鞋，一副特制的打杵与弯架子，一包袱煮熟或烤黄了的洋芋果挂在背架子下，裤腰上掖一块抹汗的粗布峒巾，腰际悬一个晃荡的烟荷包和斑竹管的铜烟斗"，"这些汉子可都是山里的大力士，不论是风寒雪猛，还是酷暑烈日，两三百斤的重载压在背上，在上坡下岭的古道上缓缓移动，形成一道不停的物流。他们每登上一步石磴，就震得大山颤抖；每迈下一步台阶，就好像山路在身后翘起。即使是数九隆冬，衣裤仍会被汗水紧紧地粘在身上。有经验的背夫总是袒胸露臂，任凭冰雪在汗水纵流的肌肤上蒸腾成缕缕热气，任粗粝的竹篾背架系深深扣进肩窝，勒出两道紫黑色的'沟痕'!"[1] 就是这样一群长期负重前行的饱经生活磨难的土家汉子，却是天地之间最达观、最快活的人，他们开口就唱："吃的洋芋果，向的茅草火。/住的合掌棚，睡的壳叶窝。/抱的打杵錾，翻的连儿坡。/没得三双麻耳鞋，走不过那条清水河。/出山背茶背药材，进山背盐背百货。"

土家人也有苦歌，诉说人生的苦难。如土家《采茶歌》唱道："采茶去，出入云山最深处。年年常作采茶人，飞蓬双鬓衣褴褛。采茶归去不自尝，妇姑烘焙终朝忙。须臾盛得青满筐，肥其贩者湖广商。好茶得入朱门里，瀹以清泉味香美。此时谁念采茶人，曾向深山憔悴死。采茶复采茶，不如去采花。采花虽得青钱少，插向鬓边使人好。"土家女儿的哭嫁歌，

---

① 贝锦三夫（李传锋、吴燕山、李诗选）《武陵王》三部曲之《恨海情天》，长江文艺出版社 2014 年版，第 206 页。

申说离别之苦，如长阳的《伤别离》唱道："长大成人要别离，别离一去几时归！别离总有归来日，能得归来住几时？四川下来十八滩，滩滩望见峨眉山，峨眉山上般般有，只少芍药和牡丹。妹妹去，哥也伤心嫂伤心，门前一道清江水，妹来看娘莫怕深。"

土家人的演奏乐器，有木叶、咚咚喹、皮鼓、短笛、唢呐等，尤其是木叶，随处皆可就地取材，吹奏出清脆悦耳嘹亮动人的乐音，如婉转的鸟鸣，如悠扬的山风流泉，伴随着山歌的节拍，最是清新感人。还有"打溜子""打家业""花锣鼓"等，三四个组合成一个小乐班子，用棋子鼓、头钹、二钹、土锣、马锣等进行配合演奏，节奏明快，有"导板""联八句""扬歌""穿号儿""猛虎下山""龙摆尾"等一百多个优美曲牌。

土家舞蹈有"摆手舞""跳丧""穿花""玩耍耍""打花鼓子""八宝铜铃舞""竹棒舞"等近七十种花样。摆手舞的特点是出左脚，摆右手；出右脚，摆左手，两手摆动的弧度一般不超过双肩或者眉间。又有"单摆""双摆""回旋摆"三种形式。"摆手舞"主要有与祭仪相关的"双手合十""观音坐莲"的动作，有与劳动生产有关的"砍火畲""种五谷""纺棉花"的动作，穿插组合起来共有四十多套舞蹈动作，生活气息十分浓郁，其主题与脚下的大地流水紧密相关，充分表现出土家人民粗犷豪放的民族性格。"跳丧"又称"跳撒尔嗬"，是土家人古老的丧葬祭祀歌舞。跳丧时，有歌师在亡灵前击鼓叫歌，"跳丧"的人们以二人、四人或者八人为组，和歌起舞，边唱边舞。歌师以鼓点带动舞蹈，以鼓点变换曲牌。一组人跳累了，歇下来喝一杯酒，另一组人接着跳丧，彻夜不息。跳丧舞步有"四大步""滚身子""犀牛望月"等几十种。跳丧舞的姿势多保持弯腰、弓背、屈腿、臀部向下颤动，脚成八字形，双手在胸前左右摆动。舞者多为死者的亲朋好友、邻里乡亲，土家民间有歌谣说："半夜听到丧鼓响，不管是南方是北方。你是南方我要去，你是北方我要行。打不起豆腐送不起情，打一夜丧鼓送人情。"跳丧是为了表达欢乐，还是表达悲哀，其实也难以说清，但土家人有这样的习惯：热热闹闹陪亡人，欢欢喜喜办丧事。土家人对生死是达观、超脱的，所谓"生时喜酒死时歌"。丧鼓歌歌唱亡人的功业道德，叙述死者的生平事迹，赞扬死者及前辈的勇武功勋，也叙及死者生前的生活趣事，安慰死者家属。唱腔分为高腔、平调两种，节奏鲜明，悦耳动听。

小说描写武陵地域的土家生活，绝非与世隔绝的化外之境。尤其对田舜年在大山深处搬演《桃花扇》的故事进行了浓墨重彩的描写。土家人最早演出的"茅古斯""傩愿戏"就是原始戏剧的雏形；阳剧、酉戏、柳子戏、南戏、南曲等都是土家人借鉴融合其他戏剧因素的创造性艺术产物。原生形态的"茅古斯"，是土家族早期的戏剧形式，曾流行于两湖地域的龙山、永顺、古丈一带，虽还没有完整的戏剧形式，但已有模拟人物和故事情节，通过道白来推动情节发展，表达故事内容。剧中模拟的都是土家族远古祖先中的伟大人物，表演者全身包裹稻草，头顶上梳着五根辫子，象征着祖先全身长满了长毛。演出"茅古斯"，应该是土家人保持历史记忆的重要方式或者说是重要仪式。

小说塑造了云姑、美媛、杨梅、王桂芳、孟春娇等一大批成功的土家女性形象，在描写土家女子的情节中，三部曲不得不写到土家妇女精美绝伦的织锦"西兰卡普"，一般选用蓝色或者黑色的底纱，在其上以五颜六色的彩色丝线织成耀目的美术图案。彩织纹饰主要有自然物象和生活情景、几何图案花纹、文字图案。"西兰卡普"绚丽多姿，取材于土家族日常生活的图案，如"土王五颗印""迎亲图""四十八钩""桌椅花""蝴蝶扑牡丹""四凤抬牡丹"等，造型独特、情态逼真，富于浓郁的生活气息。

其他如吊脚楼、过赶年、月半节、女儿会等典型的土家"文化符号"，在小说叙事中更是作为叙述背景，随时随地地存在着，营造出浓郁的民族、地域风情。在叙述民族历史和展现地域风情时，"看"与"被看"的双重视阈总是客观地存在着，小说叙事者所要做的只是"修辞立其诚"，即原原本本地展示主体真实感受，去掉迎合迁就读者的心理，消弭展示炫耀本民族特殊景观的心态，真正专注于这群在武陵地域生存的活生生的人，写出他们真实人生的喜怒哀乐和历史潮流中或者主动或者被动的起伏命运。

三 地域文化书写的"道"与"器"

《易经》有云："形而上者谓之道，形而下者谓之器。"在地域文化题材的文学表达中，民族作家取得了哪些可资借鉴的宝贵经验，得到过哪些应该吸取的创作教训，存在着哪些应该尽力回避的叙事风险，这些问题，在"道"与"器"的双重层面上，都很有检视的必要。

区域与天下是一对相对性的概念，没有区域自然也就没有天下，反之亦然。范仲淹的名句"居庙堂之高则忧其民，处江湖之远则忧其君"，以江湖与庙堂的二分法划出读书士子的活动空间，也是一对相对性的范畴。在区域与天下，或者江湖与庙堂之间，两湖历史小说作家有自己较为独特的选择。熊召政的《张居正》描摹明代首辅张居正的人生功业，《明史》对张居正有"通识时变，勇于任事"的良评，自然可以将其归为描写天下、庙堂之作。唐浩明的《曾国藩》《张之洞》《杨度》的主人公是清代著名历史人物，地位显，名声隆，也应该作为书写天下、庙堂之作。在此之外，两湖历史小说则更多的是铺写区域与江湖之作，以湖北作家论，姚雪垠的《李自成》，胡晓明、胡晓晖兄弟叙述东周历史的《争霸九州》和《逐鹿天下》，杨书案的《老子》《孔子》等"诸子系列小说"，李叔德的"唐代诗人系列小说"，映泉的《楚王》三部曲等，或者叙述区域内的列国历史，或者表现庙堂之外的民间社会，或者描绘农民战争的壮丽画卷，或者刻画传奇诗人的飘零身世，充满了鲜明的地域性和鲜活的民间性。尤其是方方的《水在时间之下》，书写一代汉剧名伶"水上灯"的传奇人生，遍布恩怨纠葛，是是非非；故事发生在汉口，真实浓郁的地域性扑面而来，小说揭示出"人世有多么复杂，人生有多么曲折，人心有多么幽微"，从地域与行业的具象跃升至天下和人性的抽象。或许地域与江湖的文化符号并不如天下与庙堂那样具有普遍性，但其丰富性、独特性、多元性和生动性却足以让历史小说鲜活起来。历史小说创作同样呼唤着历史观的现代性转换，那种长期被"中原正统史观"所束缚和扭曲的历史观必须得到纠正。贝锦三夫的《武陵王》三部曲就是这样一种纠偏之作。

《武陵王》三部曲采用现实主义的写实手法，叙述武陵土司的中兴、鼎盛与衰歇过程，本质上是以人物为叙事中心的小说。我们知道，在读者受众中产生重大影响，引起广泛社会关注的当代历史小说作品，几乎都是描写重要历史人物的小说。当然，这种说法并不严谨，因为重要历史人物必然与重大历史事件紧密关联，他们制造、推动、延缓、改变了许多历史事件及其走向，或者因拯衰起弊的伟业丰功而名垂青史，或者因残民以逞的祸殃行径而遗臭万年。偏重人物或者偏重事件，只能是一种相对性的归类方式。影响大、关注度高的作品，比如孙皓晖描写秦国君王历史的《大秦帝国》，二月河描写康熙、雍正、乾隆的"晚霞三部曲"，唐浩明的《曾国藩》《张之洞》《杨度》等小说，姚雪垠的《李自成》，熊召政的《张居正》，都是描写重要历史人物的作品。即使是同一个作家，如高阳的历史小说，其描写历史人物的作品，影响就要超出其叙写历史事件的小说。这种现象在湖北历史小说创作界同样存在。描写重要历史人物，产生重大影响、受关注度高。而胡晓明、胡晓晖兄弟叙述春秋、战国历史的《争霸九州》和《逐鹿天下》，杨书案描写黄巢起义的《九月菊》，方方描写北伐战争中"攻城"与"守城"抗衡对峙的《武昌城》，李尔重描绘抗日战争宏伟历史画卷的《新战争与和平》等，影响就不及描写重要历史人物的小说。读者对重要历史人物的关注度明显高于对历史事件的关注。中国传统历史小说主要是以"帝王将相"为主角，而读书人家国天下的文化情怀也更容易在这些历史人物身上得到"同情的认可"，因此这些小说受到广泛的欢迎。《武陵王》以土家土司作为主人公，其影响力、知名度等远远不如前述历史小说的主人公，渲染武陵王的文治武功，描述武陵土司由弱到强的奋发进取过程，再现其吸纳人才任用忠良实施改革推进历史进程的丰功伟业，等等，本身并不具有民族独特性，世界上所有民族、国家的发展历程几乎都是相似的。这就需要作家写出独特的这一个，亦即要塑造出文学上的"典型"，他来自这个民族，带着这个民族鲜明的文化印记，在时代风云中应运而生，有所作为，成为这个民族精神的代表。突破类似题材小说的固有框架和写作惯性，寻找到与土家民族合拍的浪漫主义表现手法，在必要的段落可以完全跳出现实主义小说的写实风格，实现自由跳荡的精神飞扬的酣畅表达，如此才可能会为民族地域文化写作开辟出一条新的路径。

什么样的历史小说才是好小说，才容易被广大读者和专业批评家共同接受，这是一个艺术作品传播与接受领域的难题。事实上，"叫好"与"叫座"往往"二美难并"。衡量小说的好坏，存在着几项得到过大家普遍认同的标准，比如曲折生动的故事情节，丰富饱满的人物形象，思辨深刻的艺术思想等，同时还需要有对历史器物、典章制度的准确再现，需要典雅流畅令人回味的叙述语言。而历史小说由于存在着真实史实和历史人物的"预先设定"，要想实现在情节、人物、思想等方面的突破，往往较为艰难，只能是"戴着镣铐跳舞"，作家剪裁历史的能力和才能显得尤为重要。对于区域民族历史写作而言，作家往往很难在浩如烟海的民间故事和传说中做出取舍，许多精彩的、为当地老百姓代代相传的民间故事，其实并不适合于在小说中加以表现，熔铸、综合、提炼、加工的"典型"生产思路，在此写作中应该得到相当的重视和细致的体现。人物形象还可以更集中、凝练，语言还可以进一步锤炼、准确化。在以歌颂、同情为情感底色的《武陵王》三部曲中，还存在着对土家底层社会的艰辛生活、对土司之间的残酷斗争展示不够等方面的问题。

民族文学的未来和出路在哪里？洛里哀说："西方之智识上、道德上及实业上的势力业已遍及全世界。东部亚细亚除少数山僻的区域外，业已无不开放。即使那端守旧的地方也已渐渐容纳欧洲的风气……从此民族间的差别将渐被铲除，文化将继续它的进程，而地方的特色将归消灭。各种特殊的模型，各样特殊的气质必将随文化的进步而终至绝迹。到处的居民，将不复有特异于其他人类之处；游历家将不复有殊风异俗可以访寻，一切文学上的民族的特质也都将成为历史上的东西了。……总之，各民族将不复维持他们的传统，而从前一切种姓上的差别将消灭在一个大混合体之内——这就是今后文学的趋势。"① 这种预言虽然带有鲜明的"欧洲"中心主义趣味，但随着改革开放、现代化进程步履的日益深入，"东部亚细亚的少数山僻的区域"也已无不开放，世界文学的影响日益广泛而深入也是一个不争的事实。那么，民族文学创作的未来命运如何？或者说，民族文学的独特性"文化符号"还可能存在吗？洛里哀的预言无疑相当悲观。但是，洛氏的预言只注意到了"空间"对于民族文学的影响，而没有注意到"时间"对于民族文学的更为潜在更为深刻的影响。还是朱光潜说得好："一个文化是一个有普遍性与连续性的完整的生命；惟其有普遍性，它是弥漫一时的风气；惟其有连续性，它是一线相承的传统。诗也是如此。一个民族的诗不能看成一片大洋中无数孤立底岛屿，应该看成一条源远流长底百川贯注底大河流。它有一个公同的一贯底生命；在横的方面它有表现全民众与感动全民众的普遍性，在纵的方面它有前有所承后有所继的历史连续性。""一般人轻视甚至仇视传统，大半由于误解艺术底创造，

----

① ［法］洛里哀：《比较文学史》，傅东华译，上海书店 1989 年版，第 352 页。

以为它不仅是个人的活动，而且是无中生有的活动。其实一切艺术的创造都是旧材料的新综合，旧方法的新运用。它尽管是'另起炉灶'，那另起的必仍是炉灶的样子而不是龟毛兔角。每个诗人都不是漂流孤岛底鲁滨逊，他一方面是当时风气的反映者，一方面是历史传统的继承者。在风气与传统所划定的范围与指示的路径之中，他创造他的新风格。尽管他在反抗风气与传统，而那反抗的原动力还是那所反抗的风气与传统。"① 很显然，在当下统一的多民族的正处于现代化建设之中的中国，土家族文学创作不可能再回到民族长篇叙事诗《锦鸡》的创作时代，土家人民在文学接受视阈上也不再可能回归单纯的歌舞时代，一个多元多向的文学时代已然来临，民族性、文化独特性将在时代融合中以"历史传统"的形式留存于文学记忆的最深处，并深刻地影响到民族文学创作。

因为地域性，土家文学可以为共和国文学添砖加瓦；因为民族性，土家文学可以为文艺百花园提供别样的芬芳。同是土家族作家的叶梅，在小说《青云衣》中如是描写"山的幽灵"："山的幽灵，忽大忽小，忽隐忽现的。一会儿是风，带着呼呼的叫声掠过山头；一会儿可能藏匿在满山遍野的白雾中，化作一只小小的狐狸，嗖地从雾中穿过；更多的时候，它沉睡在大山的深处，就像这些深埋地底的狰狞巨石，一动也不动。"在《最后的土司》中如是描写舍巴日仪式："呐喊的人们赤裸着胸脯，腰系草绳，胯间夹一根扫帚柄，围绕牛皮鼓欢快起舞。时而仰面朝天，时而跪伏大地，摆手摇胯，场面沸腾。酣畅之时，牛皮鼓下突然跳出一个黑衣的年轻女子，双目炯炯，额头一片灿烂血红，像是涂抹的牛血，黑衣裤上有宽大的红边，似飘动着的两团火焰。女子围着仆地的黄牛跳跃，将两团火焰撒遍了全场。鼓声中明显混合着人的急促呼吸如烧燃的干柴，一片噼噼啪啪作响。火的精灵仍在弯曲、飞旋，扇动着将绿得发黑的山、绿得发白的水都燃烧起来，同太阳融为一体。"此种场面，紧张郁烈，情感奔放豪迈，仿佛之间，我们回到了《楚辞》的时代，酣畅淋漓，狂放无羁，遥远而又神秘，山鬼迎面走来——"被薜荔兮带女萝。既含睇兮又宜笑，子慕予兮善窈窕。乘赤豹兮从文狸，辛夷车兮结桂旗。被石兰兮带杜衡，折芳馨兮

---

① 朱光潜：《诗的普遍性与历史底连续性》，《益世报·文学旬刊》1948 年 1 月 17 日，引自《朱光潜全集》第 9 卷，安徽教育出版社 1993 年版，第 336—338 页。

遗所思。"土家文学带给我们崭新的阅读体验，这种体验曾经长久地存在于这片热土之上，只是我们已经遗忘得太久太久！

因为有了《武陵王》三部曲，武陵地域终于成为两湖文学地理中的标志性区域。武陵地域的土家人，钟情的是精彩绝艳的美，繁富、鲜明、艳丽、强烈，贯注着燃烧般的激情，如盛放的鲜花，如璀璨的朝霞。这种强烈的炫目的美，远远超出了中原正统儒家所推崇的"绘事后素"的审美规范，给读者留下了深刻的印象。每一次小说创作其实都是一次民族文化的再发现！以史为鉴，可知兴替。丹墀廷争、疆场洒血、黍离之悲、家仇国恨、夕阳荒草、长亭骊歌已经成为我们的文化记忆，民族历史小说创作大有可为，且让我们静听一曲新翻杨柳！

中国文学史不可或缺的一部分
——清代少数民族文学家族研究^①

多洛肯

（西北民族大学）

长期以来，中国文学史著作的总体架构一直处于以汉族文学为中心而忽略少数民族文学的不完整状态。有清一代，少数民族作家蓬勃遽兴，超越前代，其文学创作对清代文学的繁荣起到了重要的作用。考察研究这些有贡献的少数民族作家的文学创作必将会对我们了解和认知中华多民族文学无比丰富的深刻内涵和相激相融的客观规律提供许多有益的启示。清代少数民族文学家族的文学创作繁兴突出的表征是一门风雅。一门风雅反映出清代少数民族文学家族内部文人化的聚合状态。对相关文献资料的调研摸底，清代满族文学世家有 80 家，回族文学世家 14 家、蒙古族文学世家 10 家，壮族文学世家 11 家，白族 5 家，彝族 4 家，纳西族 3 家，布依族 1 家^②（见下表）。

民族	家族数量	家族诗文家	别集总数	别集散佚数量	存诗人数
满族	80 个	270 人	360 部	散佚 115 部	238
回族	14 个	53 人	91 部	散佚 25 部	34
蒙古族	10 个	31 人	44 部	散佚 5 部	10

---

① 此文系国家社科基金项目"民汉文化交融中的清代少数民族文学家族研究"（项目编号 14BZW156）的阶段性成果之一。

② 多洛肯：《元明清少数民族汉语文创作诗文叙录（清代卷）》，中国社会科学出版社 2014 年版，第 407—421 页。

续表

民族	家族数量	家族诗文家	别集总数	别集散佚数量	存诗人数
壮族	11 个	33 人	28 部	散佚 18 部	16
白族	5 个	18 人	26 部	散佚 15 部	18
彝族	4 个	14 人	9 部	散佚 3 部	11
布依族	1 个	3 人	6 部	未散佚	3
纳西族	3 个	11 人	13 部	散佚 3 部	11
总计	128 个	433 人	577 部	散佚 184 部	341

近百年来，清代家族文化研究的成果仍主要集中于江南地区与中原腹地的汉族高门大姓。代表性著作如潘光旦《明清两代嘉兴的望族》① 制作了嘉兴 91 个望族的血系分图、血缘网络图、世泽流衍图，将嘉兴一府七县望族的血缘与姻亲关系进行了系统的梳理。吴仁安《明清时期上海地区的著姓望族》② 对三百余家上海地区的著姓望族的世系进行了考察，重点探讨了这些望族形成的历史原因、发展演变及其社会影响。江庆柏《明清苏南望族文化研究》③ 通过梳理考察相关文献史料，分析苏南望族与家族教育、科举、藏书、文献整理、文化活动等诸方面的关系。以家族文化为研究视野的古代文学研究受到文学史家的高度重视，研究工作也渐次展开，并取得较为丰富的成果。罗时进的《地域·家族·文学——清代江南诗文研究》④、凌郁之的《苏州文化世家与清代文学》⑤、朱丽霞的《清代松江府望族与文学研究》⑥ 三部著作分别以系统梳理与个案探析的方式对江南、苏州、松江府等地的世家大族进行剖析，罗时进从宏观的视野意图对江南世家与文学的关联作整体的总结。朱丽霞重点考察了松江府望族的文化生态，并指出富裕的经济生活环境、尚文的社会风气、科举仕宦的自觉意识在家族文化生态中的关键作用。凌郁之重点选择八个文学家族并对

①　潘光旦：《明清两代嘉兴的望族》，商务印书馆 1947 年版。

②　吴仁安：《明清时期上海地区的著姓望族》，上海人民出版社 1997 年版。

③　江庆柏：《明清苏南望族文化研究》，南京师范大学出版社 1999 年版。

④　罗时进：《地域·家族·文学——清代江南诗文研究》，上海古籍出版社 2010 年版。

⑤　凌郁之：《苏州文化世家与清代文学》，齐鲁书社 2008 年版。

⑥　朱丽霞：《清代松江府望族与文学研究》，上海古籍出版社 2006 年版。

其文学特色做出合理的分析与评价。徐雁平的《清代世家与文学传承》①
则以重要问题研究与家族个案研究相结合的手法探究清代汉族世家文学传
统的衍生、继承与发扬。

就目前资料来看，论及清代少数民族文学家族的论文十来篇，陈友康
的《古代少数民族的家族文学现象》② 中论及赵氏（白族）、桑氏（纳西
族）两个文学家族。李小凤的《回族文学家族述略》③ 对明清时期的回族
文学家族进行了粗略的梳理，并浅析了回族文学家族产生的原因。李小凤
的《民族身份遗产与多元文化交融——泰州回族俞氏家族的个案考述》④
中对泰州回族俞氏家族进行考证，并对俞氏家族的文化活动、伊斯兰教文
化著述、诗词文赋、戏曲等方面进行考述。王德明的《清代壮族文人文学
家族的特点及其意义》⑤《论上林张氏家族的文学创作》⑥ 两篇论文中对清
代壮族文学家族进行了一定的梳理与论析。多洛肯、安海燕的《清代壮族
文学家族及其诗文创作》⑦ 对清代壮族文学家族中的作家、诗文作品进行
全面考察，指出壮族家族文学在地域上分布不平衡，并将其与同时代的满
族家族文学、蒙古八旗家族文学、云贵少数民族家族文学（主要是白族、
彝族、纳西族）进行比较研究。米彦青的《清代边疆重臣和瑛家族的唐诗
接受》⑧ 与《清代中期蒙古族家族文学与文学家族》⑨ 两篇论文对清代蒙
古族文学家族尤其是对瑛家族进行了较为系统的考察和探析。全面考察八
旗蒙古文学家族文学活动的论文有多洛肯的《清代八旗蒙古文学家族汉语
文诗文创作述论》⑩ 和《清代后期蒙古文学家族汉文诗文创作述论》⑪。涉

①　徐雁平：《清代世家与文学传承》，生活·读书·新知三联书店 2012 年版。

②　陈友康：《古代少数民族的家族文学现象》，《民族文学研究》2004 年第 3 期。

③　李小凤：《回族文学家族述略》，《北方民族大学学报》2009 年第 4 期。

④　李小凤：《民族身份遗产与多元文化交融——泰州回族俞氏家族的个案考述》，《中外文
化与文论》第 26 辑，四川大学出版社 2014 年版，第 100—108 页。

⑤　王德明：《清代壮族文人文学家族的特点及其意义》，《民族文学研究》2009 年第 3 期。

⑥　王德明：《论上林张氏家族的文学创作》，《广西师范大学学报》2009 年第 5 期。

⑦　多洛肯、安海燕：《清代壮族文学家族及其诗文创作》，《广西民族大学学报》2014 年第
1 期。

⑧　米彦青：《清代边疆重臣和瑛家族的唐诗接受》，《民族文学研究》2010 年第 2 期。

⑨　米彦青：《清代中期蒙古族家族文学与文学家族》，《内蒙古大学学报》2011 年第 2 期。

⑩　多洛肯：《清代八旗蒙古文学家族汉语文诗文创作述论》，《民族文学研究》2013 年第 3 期。

⑪　多洛肯、贺礼江：《清代后期蒙古文学家族汉文诗文创作述论》，《新疆大学学报》2013
年第 6 期。

及满族家族文学的则仅有多洛肯、吴伟的《清后期满族文学家族及其诗文创作初探》① 和《清代满族文学家族文学创作叙略》② 二文立足文献,对清代后期四十五家和整个清代出现的八十家文学家族进行了全面的考察与评述。这些研究成果仍需不断充实与深化,还有许多亟待开垦的角落与细致挖掘的领地。

　　然而,在少数民族文学研究界,少数民族文学家族的研究尚需学者们不懈努力和明显做出成绩来。问题的焦点在于,文学家族是从中古开始一直延续到近代中国文学史中的一种重要的文学现象。我们要深入细致地考察梳理清代少数民族文学家族文学创作的基本情况,摸清现存诗文别集的存佚情况、流布现况。摸清家底,为深入考察清代少数民族文学家族文学创作情况奠定坚实的文献基础。清人诗文集,浩如烟海,少数民族文学家族成员创作作品分散庋藏各地,有不少还是未经刊印的稿本、钞本,有些刻本仅存孤本,对这笔文化遗产进行调查、摸底,为防文献散佚,必须将之进一步整理、辑录。这些文学作品蕴含着十分丰富的历史文化信息,也是我国古代文学不可或缺的重要组成部分。编纂一部清代少数民族文学家族诗文总集,并做相应学术研究,这是一项重大的基础工程。这项文献整理大工程应该尽早提到学界的研究日程上来。这将是国内外首次对少数民族文学家族作品的全面整理,也是对传统古籍整理项目的拓展,具有开拓性和总结性。

　　清代少数民族文学家族创作繁盛,这一方面是少数民族文化与汉文化互融互动的成果,汉文化影响的加强又推动了民族地区教育的发展,为文学家族的产生和壮大夯实了根基。少数民族文学家族的文学遗产,既是民族传统文化的一部分,蕴含着十分丰富的历史文化信息,又是中华多民族文明的巨大财富。只有对清代少数民族文学家族有了全面、系统、深入的了解与研究,才能比较准确地把握清代少数民族文学的总体风貌,才能比较真实地还原少数民族特定作家群体的原生状态。

　　清代少数民族文学家族是在民汉文化交融的文化背景下形成壮大的,

---

　　① 多洛肯、吴伟:《清后期满族文学家族及其诗文创作初探》,《满语研究》2013 年第 1 期。
　　② 多洛肯、吴伟:《清代满族文学家族文学创作叙略》,《中国文学研究》第 23 辑,复旦大学出版社 2014 年版,第 157—165 页。

我们必须认识到汉文化尤其儒家文化在我国少数民族思想文化中传播、影响历史久远，汉文化与我国少数民族文化交融激荡，少数民族文化对儒家文化的文化价值认同，以及多民族文化的互摄交融，促进了我国多民族文化的发展格局。在这里最基本的关键因素就是汉文化尤其是儒家文化的传播，特别是学校教育的推广对清代少数民族地区儒家文化传播的关键作用，这一点可以从官学、书院、义学、社学、私塾等方面进行细致梳理与考察。八旗满蒙的教育制度对于八旗满蒙的汉化以及对"国语骑射"政策的影响。清代是中国历史上的第二个少数民族建立的全国政权，清王朝对不同民族地区采取了不同的政策，对满蒙八旗、对各地的回族、对南方地区的少数民族，采取了不少不同的促进社会经济的措施，为民族地区儒学的传播打下了一定的基础。

少数民族文学家族的文学创作往往是以汉语文诗文创作为主，在中国历史上，汉语文文学并非单一的汉族文学，汉语文文学很早就成为以汉族文学为主体的多民族文学。清代少数民族文学家族的文学创作既是本民族的，又是汉语言文学的光辉篇章。清代少数民族文学家族的文学创作，为少数民族文学书写新篇章的同时，也为汉语文文学的发展壮大作出了贡献，达到了古代少数民族文学史上的最高水平。

研究清代少数民族文学家族的文学创作，不但要考察八旗满蒙文人与诗坛领袖的师友传承关系，还要梳理考察清代重要的诗文流派，如性灵诗派、桐城文派在广西、云南、贵州地区的传播。对近三十年来文学家族的研究现况进行深入考察与述评。界定文学家族概念的内涵与标准，概括文学家族从家风、家学、家脉三个方面对少数民族作家和文学创作的影响，这也是文学家族研究应涉及的重要范围。在清代少数民族文学家族的个案考察中，主要的创作样式是以诗文为主的，但也应将词学世家、曲学世家甚至戏曲世家也纳入考察的视野之中，从不同的文体角度开拓与深化清代少数民族文学家族研究。

陈寅恪说："盖自汉代学校制度废弛，博士传授之风气止息以后，学术中心移于家族。而家族复限于地域，故魏晋南北朝之学术、宗教皆与家族、地域两点不可分离。"① 他还指出："东汉以后学术文化，其重心不在

---

① 陈寅恪：《隋唐制度渊源略论稿》，上海古籍出版社1982年版，第17页。

政治中心之首都，而分散于各地之名都大邑。是以地方之大族盛门乃为学术文化之所寄托"，"汉族之学术文化变为地方化及家门化"①，中古之后中国文学创作的重心的下移成为一种趋势，表现为地域化、家族化的倾向。清代少数民族文学家族的研究应关注自然地理和人文地理与文学创作的关系，人文地理环境因素是相当重要的内容，成为文学家族研究的重要路径和方法。生活在中原文化圈的满蒙八旗文学家族，由于地处政治中心北京，大多被儒家文化所融化。东北文化圈的满蒙八旗也逐渐转用了先进的汉文化，其文学家族的出现也就很自然了。云贵高原文化区的白族、彝族、纳西族，在明代就已开始受到儒家文化的儒化，清代改土归流后文学家族的现象就很突出。广西壮族地区随着改土归流政策的实施和地区经济、文化的发展，出现了 11 个"诗书传家"的文学家族。回族文学家族的地域性较为例外，主要分布在江浙、福建地区。

文学家族具有强烈的文化意识，文学家族往往具有良好的文化环境，并有相当的文化积累。文学家族致力于家族的文化教育，把教育作为培养人才、振兴家族的重要手段，并为此采取了许多切实的措施。各项文化活动的频繁开展，不仅能培育族人对文化的重视，也使家族注意图书的大量收藏，这又进一步培育了家族成员的读书风气，促进了家族的健康发展。

清代少数民族文学家族著述丰厚的基础是家族文学创作的繁荣。其实我们对一些重要作家、学者的成就并不缺乏了解，只是因为缺少家族视阈，我们的了解是个别的、散状的、沙性的。文学家族作为一个认识维度，对清代少数民族文学创作，认识其文化精英阶层的文化成就，其意义不可忽视。

研究清代少数民族文学家族，一是有利于拓展中国文学研究的视野，家族是社会的细胞，文学家族是文学殿堂的基石，清代少数民族文学家族在中国文学家族发展史上的不可轻忽的地位，决定了少数民族文学家族研究对于拓展中国文学研究视野的重要意义与实际应用价值。为中国大文学史的形成提供更为丰富的内容，对于正确阐释中华文化多元格局，加强文化多元基础上的国家认同感，维护祖国统一，强化民族团结，促进多民族地区多元文化参与全民族文化整合与建构，具有积极的现实意义。

---

① 陈寅恪：《金明馆丛稿初编》，上海古籍出版社 1980 年版，第 131 页。

　　二是丰富中华多民族文学研究成果，对清代少数民族文学家族展开全面、系统、深入的研究，可以从一个重要层面拓展中国文学研究领域，丰富中国文学研究的成果。研究中国文化，离不开文学家族，研究文学家族，离不开少数民族文学家族。只有对清代少数民族文学家族有了全面、系统、深入的了解与研究，才能比较准确地把握清代文学家族的总体特征。进而言之，只有真实、准确地把握住了清代少数民族文学家族特殊的总体风貌与原生状态，才能为完整勾画出中国文学原貌奠定坚实的基础。

当代文学创作与"非遗"叙事
——以土家族小说为例

李 莉

（湖北民族学院）

　　非物质文化遗产（简称"非遗"）是文学创作，尤其是小说创作不可或缺的重要原料，古今中外许多经典名篇都有关于"非遗"的叙述。进入20世纪以后，现代文化大肆入主中国，传统文化遭到冷落甚至破坏。特别是近半个世纪以来，社会发展迅猛，人们的物质观念、价值观念、审美观念也发生了巨变。那些曾经在人类生活中产生过重要作用的各类"非遗"文化事象不再在生活中扮演重要角色，有的退出了生活舞台，有的处于濒危状态。它们的生存空间越来越狭窄，品种越来越稀少，表现状态越来越脆弱，使用频率也越来越低，生存境况遭遇了前所未有的冲击。可是，它们的历史价值、艺术价值、文化价值、学术价值反倒愈显珍贵。其濒危状态及其重要价值引起了世界性关注，人们认为有必要把它们作为"遗产"予以保护、传承甚至发扬光大。2003年联合国教科文组织颁布了《保护非物质文化遗产公约》（以下简称《公约》）；2011年我国政府颁布了《中华人民共和国非物质文化遗产法》，地方政府与各级部门纷纷出台各种措施保护"非遗"。对于"非遗"的保护，人们多重视行政力量、民间力量和媒体力量，却鲜有重视文学艺术力量的。一个常被人们忽略却又客观存在的事实是，文学创作一直以来默默地承担着记录"非遗"、保护"非遗"、传承"非遗"的重任。如果说古代文学是不自觉地书写"非遗"，那么，现当代文学则是主动书写"非遗"。

　　20世纪上半叶，现代化的观念形态在中国强势推进，学习西方、模仿西方的声浪掩盖了保护传统的声音。一些作家敏锐地感受到"现代"对"传统"的影响，在自己的创作中有意无意地书写民间文化，如鲁迅、沈从文、废名、萧红、孙犁等，那些被书写的文化连同作品一起成为文学的宝贵财富，也成为"非遗"的财富。20世纪中叶，"破旧立新"思想继续影响中国，传统文化备受冷落甚至被无端破坏。但仍有不少作家如赵树理、周立波、柳青、浩然等能巧妙地运用创作艺术书写民间文化，传承"非遗"，他们的作品也因此而具有了超越时代的品质。近三十多年来，文学的中心地位不断消解，边缘化趋势愈益严重，文学及其所承载的各种功能和价值常被大众遗忘。"非遗"现象在日常生活中大规模地无声消失，在文学中的份额迅速下滑，文学与"非遗"呈现式微之势。一些有志之士敏锐地发现了问题的严重性，以冯骥才为代表的许多当代著名作家，奋而起身呼吁抢救文化遗产，企求利用文学的力量和"作家"的社会影响保护"非遗"。他们建言献策，甚至撰写文章大力倡导保护"非遗"，这些努力引起了有关部门的关注，得到了社会的积极回应。如今，"非遗"不再是小众的工作，大众也有了保护意识。由此可知，文学对"非遗"的作用力不可小觑。作为文学研究者，我们不但要充分认识到文学在"非遗"保护传承中的重要性，而且要责无旁贷地把文学对"非遗"的种种贡献大力挖掘出来。在此，本文以新时期土家族文学创作中的"非遗"叙事为例，探讨文学创作对"非遗"的影响和贡献。

一　文学创作与"非遗"之关系

根据《公约》内容，对非物质文化遗产的界定范围为："a. 口头传统和表述；b. 表演艺术；c. 社会风俗、礼仪、节庆；d. 有关自然界和宇宙的知识和实践；e. 传统的手工艺技能。""非遗"是人们在生产、生活中创造出来的物质财富和精神财富，是人类社会生活的重要组成部分。当我们拂去浮华，沉静心思重新审视文学，审视"非遗"的时候，发现它们之间不仅有深厚的渊源，而且一直存在血肉相连的关系。"非遗"促进了文学的发展，文学推动了"非遗"的保护传承。

从起源看，文学创作与"非遗"存在同源异流之关系。"非遗"的首项内容"口头传统和表述"本身就是文学，文学体裁中的诗歌就是源于民间歌谣。鲁迅认为，古人劳动时呼喊"杭育杭育"的号子其实是早期诗歌的雏形①，这段经典言论指明了文学与"非遗"的共生关系。今天的"小说"也是早期的神话、传说、寓言等民间叙事文学发展而来。民俗活动中很多的仪式表演则演变为戏剧或影视剧表演。查阅文学史可以发现，谈起文学的源头，都离不开民间文学，离不开"非遗"。换句话说，民间文学本身就是文学的一部分，它与作家文学共同支撑着文学的天空，推动着文学的发展。

随着文字的兴起和教育的发展，出现了专门从事诗歌、散文、故事、戏曲等文体写作的群体，文学创作者出现分化，作家文学逐渐独立，写作主要运用书面语，语言讲究精致、典雅和个性；民间文学依然沿着它原有的路径前行，口头语表述，集体创作，大众流传，追求通俗易懂。两种文学创作分流后，作家的生活环境、文化环境和写作环境并没有脱离民间文化影响，仍在直接或间接地吸收民间文学养料，自觉或不自觉地在创作中运用大量民间文学/化元素。中国古典文学名著都有大量的关于民俗民风的书写。进入20世纪后，随着"乡土"小说的兴起，乡土民间中的"非遗"内容更广泛地进入小说文本。鲁迅创作的大量作品涉及民间传说（《论雷峰塔的倒掉》）、民间故事（《从百草园到三味书屋》《阿长与山海经》）、民间艺术（《二丑艺术》）、民俗文化（《祝福》《故乡》）等内容。鲁迅对民间文化的热爱，对底层劳动者的同情也通过这些"非遗"内容的叙述而彰显。沈从文小说更是对湘西镇筸（凤凰）的民歌艺术、民族风情（《凤子》《湘西散记》等）进行了大量细致的刻画和描述，"非遗"财产建构了他的"湘西世界"。就此而言，作家也是民间文学和民间文化的重要记录者、传承者和传播者，对"非遗"保护有不可忽视的贡献。

从创作特征看，文学源于生活，高于生活，因而对"非遗"的保存具有再创造性。"非遗"中的大部分内容，是人民大众在生活过程中根据生活需要、情感需要和精神需要而创造的，具有很强的流动性、开放性和实用性。传统社会，那些文化事象普遍存在，自觉流传，不需要特别的关注，更不需要大声呼吁和保护。当作家的目光观照到这些材料时，它们自

---

① 鲁迅在《且介亭杂文·门外文谈》写道："假如那时大家抬木头，都觉得吃力了，却想不到发表，其中有一个叫道'杭育杭育'，那么，这就是创作。""杭育杭育"就是劳动号子，它的语词就是最早的诗歌。

然就构成小说创作的有机部分。不过，作家在创作过程中处理这些素材时，都会经过大脑的再加工，经过语言的提炼和润饰。文本中再现的"非遗"与生活中实际存在的"非遗"程式有一定差异，文学表述只是大致相似，不可能完全一对一地等同，因为文学本身富有创造性。

事实上，现实生活中，某项"非遗"事件发生时，每个经历者、参与者的感受不同、经验不同，表述上也会各有差异。例如，同一类歌谣，演唱者的理解不同，唱法、声腔、语调和表情不同，产生的效果就会不相同。倘若是好几位作家描述这类歌谣，其歌词可能会一致（实际上民歌存在很多异文），演唱情景的描述可能会相去甚远。如古华的"湘南风情"小说就涉及了不少当地民歌。中篇小说《贞女》引述了一首《想姐歌》，唱的是一天十二个时辰都在"想姐"，类似歌谣在湖北恩施地区的鹤峰县也有流传，标题为《想姐》。① 两首歌都是表达对"姐"的相思之情。形式上都是每个时辰分一节，每节四句，每个时辰（每一节）的第一句基本相同，其余内容都不相同。这里既有民歌的变异性，也存在作家选录歌词时对其加工润饰的可能。另外，同一位作家在不同时间、不同场合参加同样的表演，他的感受和描述也会产生差异。这就意味着，"非遗"的创造主体不同，传承主体不同，其保护传承过程也会产生大同小异或小同大异的区别。所以，文学创作中的"非遗"总带有作家的审美观念和个人情感。如贾平凹写作的《秦腔》有散文体和长篇小说体两种。散文《秦腔》创作于20世纪80年代，此时传统文化还留有较大空间，乡村的淳朴之风依然存在。文章浓墨重彩地描述陕西古老的地方戏"秦腔"高亢粗犷、浑厚强劲的独特唱腔和观众对秦腔的喜爱之情。小说《秦腔》写于21世纪，此时传统文化已遭受重创，昔日大众喜爱的戏曲已成明日黄花，辉煌不再，特别是秦腔面具的制作、唱腔的传承都面临着后继无人的状态。小说通过众多人物命运的变化和村风民俗的改变说明"秦腔"这种传统文化面临失传的危险，表明作家对"非遗"传承日趋淡化的担忧。

纵观文学史可以看到："非遗"中丰富多彩的内容给文学创作赋予鲜明的地域特色和文化形态，展示出作家的创作风格；文学文本能从不同层面表现"非遗"，对"非遗"的保护、传播、宣传产生重要作用和深远影

---

① 向端生主编：《鹤峰民间歌谣集》，湖北人民出版社2011年版，第371—372页。

响。社会的发展变化影响着"非遗"的生存空间与生存状态，影响着民众的传承态度与传承力度，也在一定程度上影响着文学创作的选材和书写。

二　土家族小说的"非遗"叙事

中国地理广袤，生活在不同地区的人们形成了不同的地域文化特征，各自的文化培养了本民族的作家和文学，各民族间的文化交融又催促了新的文化产生。有少数民族作家长期生活在汉族文化地带，除民族身份外，其生活和创作与汉族作家无异。也有汉族作家长期生活在少数民族地区，对当地的少数民族文化了解深入，其生活和创作均融入了当代民族生活。当代小说中，有一大批优秀作品展示了少数民族生活，展示了少数民族的"非遗"财富。如马识途的《清江壮歌》、王英先的《枫香树》在叙述革命历史斗争情景中融入鄂西少数民族风俗人情。马原的《冈底斯的诱惑》叙述了西藏神秘的天葬仪式。范稳的《水乳大地》就描述了澜沧江边藏族、纳西族等民族之间的故事，展示了少数民族奇特的传说、法术等神秘文化。迟子建的《额尔古纳河右岸》则叙述了鄂伦春族独特的生活和风情。这些作品的作者虽然是汉族身份，但他们在少数民族地区工作生活，熟知当地的文化，其创作不免也会烙上别开生面的文化特征和民族生活气息。

相对而言，大多数聚居边远地区的少数民族，因地理环境和交通等因素的制约，其文化受到现代文化的干扰较少，仍然保持着较鲜明的民族特色和地域特色，一旦进入文学便是绝好的素材。不但汉族作家对少数民族地区的民间文化有浓厚兴趣，一些少数民族作家在创作中书写本民族的特色文化时，更有一种血缘般的亲近感和责任感，更能自觉地展示本民族的"非遗"财产。不同民族作家的审美观不同，价值观不同，选材角度也各不相同，不同文体、不同文本中展示的"非遗"内容也不尽相同。尽管如此，作为沟通心灵桥梁的艺术，精彩的文学作品仍然能引发各民族共鸣。回族作家霍达的《穆斯林葬礼》、张承志的《骑手为什么歌唱母亲》《黑骏马》、藏族作家阿来的《尘埃落定》、扎西达娃的《西藏，系在皮绳扣上的魂》《西藏，隐秘岁月》等作品均因反映了独特的民族文化而对当代文坛产生了巨大影响。

各少数民族作家创作群中，湘鄂边界的土家族作家是人数相对较多、成果引人注目的少数民族作家群体。相似的地理环境和相同的民族文化，使他们均不同程度地受到沈从文的影响（沈从文家族中有汉族、苗族、土家族血统），创作内容、创作手法和创作风格上具有了某种程度的相似性。当代文坛中，影响较大的湘西（含湘西籍）土家族作家的小说有：孙健忠的《醉乡》《倾斜的湘西》，蔡测海的《远处的伐木声》《非常良民陈次包》，黄永玉的《无愁河的浪荡汉子》等。鄂西（含鄂西籍）土家族作家的小说有：叶梅的《最后的土司》《花树花树》，李传峰的《红豺》《白虎寨》，吕金华的《容米桃花》《黑烟》，雨燕的《这方凉水长青苔》，等等。此外，彭学明、甘茂华、邓斌、唐敦权等人的散文，黄永玉、杨秀武、胡礼忠等人的诗歌都对土家族的"非遗"有过或多或少的表达。囿于文体规约，诗歌和散文都很难在简短的文体中详尽描摹"非遗"的丰富内涵和个性特征，即便提及也只能蜻蜓点水。唯有作为叙事文体的小说更能发挥特长，有更充分的叙述空间、叙述速度、叙述含量。纵观土家族作家小说创作中的"非遗"叙事，主要有如下几类。

　　第一类，土家族歌谣的真实记录和真情叙述。土家族主要分布于湘鄂黔川渝等省份，能歌善舞是这个民族的共同特征。无论哪个省份的土家族作家，其创作中都有关于本民族各类歌谣的叙述。蔡测海在《滴落在花儿上的泪》中深情地写道："父亲是未喝过墨水的粗人，也是我们土家人的歌手。……他唱起歌来，大人们说他像蚕儿吐丝似的。我已经记不得父亲唱过多少歌了，怕是有山上的树叶那么多吧。一位老巴普（土家语：爷爷）说父亲的歌像醉人的包谷酒，……三伏天薅包谷草，人和包谷苗苗都晒萎了，父亲就唱歌给大家提神，像吹来一阵风，那么大一块包谷苗苗一下就锄完了。"① 这段描述毫不夸张，真实反映了土家族歌谣之丰富、歌手之才能。而土家族地区著名的劳动歌谣《薅草锣鼓歌》就是在劳动中产生，人们一边唱歌一边薅草，既可以缓解疲劳，也可以提高劳动效率，又可以愉悦精神。仪式歌中，《哭嫁歌》也是非常典型的。土家族作家的很多作品里均有提及。李传峰的《白虎寨》、叶梅的《花树花树》均提到了这个特殊的风俗。孙健忠的小说《甜甜的刺莓》通过女主人公竹妹的出嫁来表明年轻人对《哭嫁歌》的怀念。时代提倡新风尚，为了简化仪式，女孩子出嫁不再哭嫁。然而，竹妹的姐妹们觉得"她们拥护新风俗，可是唱

---

① 　蔡测海：《滴落在花儿上的泪》，收入《今天的太阳》，重庆出版社 1987 年版，第 45 页。

唱《哭嫁歌》又有什么不好呢?"这就提出了一个非常现实的问题——如何处理好传统文化的继承与发展。文本虽以竹妹和母亲的哭诉对话为结果,也可以看出新风尚对传统的冲击。若不是作家们的叙述,这种传统在人们的"礼节"简化中自动退出后就无声消失了。如今回看这部1979年写成的作品,可以看到传统文化曾经有何等魅力,又如何从我们身边溜走,为何不被传播的原因了。

土家族情歌流传最多也最广。李传峰的《白虎寨》描述了幺妹子有意要用情歌为朋友向思明和春花搭桥牵线,开头领唱:

阳雀歇在金竹林,一山竹子一条根,白虎寨上阳雀子,催种催收闹阳春,找个哥哥打和声。

向思明勇敢接歌:

凤凰开口要唱歌,不是蛟龙不敢和,都讲你家有美酒,不是金杯不敢酌,好酒越喝越快活。

这种"以歌为媒"的对唱在土家族地区相当流行。既是青年男女恋爱的引子,也是考验对方智慧的重要方式。而小说中叙述的爱情故事都离不了在情歌对唱中的添油加醋。蔡测海在《远处的伐木声》中引用了土家情歌《太阳出来照白岩》(p.400):

太阳出来照白岩,白岩上头晒花鞋,花鞋再乖我不爱,只爱你姐好人才——哎!

这首歌是女主人公阳春的催情剂,借放排人的野性以及对青年女子的挑逗,来触动女孩的情思,触动她对平静生活的思考。未婚夫桥桥不会唱情歌,只会跟着准岳丈做木工活。受现代生活的影响,阳春最终离开了大山中的传统生活,离开了保守的父亲和老实巴交的桥桥,跟着一位泥水匠走到山外。恣肆粗犷的民间情歌在阳春和桥桥这些80年代的年轻人身上开始断裂,标志着民间的"非遗"文化在此开始出现断层。

第二类,土家族习俗礼仪等活动的逼真再现。山高谷深、地广人稀的地理环境为土家族文化的保存提供了天然屏障,使它在华中腹地上拥有独特的生长环境和传播环境。其中,婚丧礼仪是土家人一生中最重要的两件大事,土家族作家的笔下没有不叙述的。其实,这种婚丧仪式沈从文曾在他的名作《边城》《萧萧》中都有精彩叙述。由于时代发生了变化,婚丧仪式也有变化。叶梅的《撒忧的龙船河》就用了很长篇幅叙述土家人覃老大的丧事，以丧礼中"跳撒忧儿嗬"为主线，穿插他和妻子、弟弟、情人浪漫而又悲壮的情感生活，彰显土家人敢爱敢恨、刚强坚毅的个性。李传峰的《白虎寨》也用摇曳多姿的笔调在跌宕起伏的情节中写了土家人覃建国别出心裁的丧葬活动。他担心自己哪天突然死去，趁活着时要求儿子和亲朋为自己办一场"活丧"。人们满足了他的愿望，搭起灵堂，围着空棺材开心地跳起丧舞。瘸腿多年的覃建国久违这种开心热烈的跳丧场面，兴高采烈地加入跳丧行列中，结果喜极而死，丧事弄假成真。跳丧仪式表明，通过白事红办、以悲为乐的仪式显示土家人笑对生死、达观乐天的本性。

婚礼中，那种哀哀哭泣的《哭嫁歌》更是作家们难以忘怀的美好风景，大凡写爱情都会提及这类情境（前文已述）。随着时代的发展，新娘在娘家请姐妹们陪着哭嫁一个月的庄严仪式已十分罕见，不过出嫁时离开娘家的不舍仍会有微笑的泪水表达。哭嫁仪式中，声情并茂的哭唱仪式和动人的歌词只能在文献资料中阅读到。现实生活中，即便有哭嫁活动也常被现代的时尚文化、流行音乐冲淡了，人们哭而不悲，乐而不伤。"哭嫁"这份"非遗"财产只在文学作品中尚可看到它的身影。

土家族小说中还有对驱邪请神、赶山狩猎、伐木修房等活动的叙述。李传峰的《红豺》则叙述了土家人打猎须请梅山神、猎物见者有其份的特别习俗。蔡测海的《远处的伐木声》描述了木匠老桂精湛的木工手艺，他靠着祖传的木工手艺在方圆百十里的家乡享有良好声誉。他带着徒弟（准女婿）走村串户，选材伐木、修吊脚楼、做榫卯家具，样样活儿都精通，工艺首屈一指。可是，现代化的大潮势不可挡，随着钢筋水泥楼房的兴起，宝贝女儿与泥水匠的私奔，意味着老桂木匠的传统技艺将失去市场，精美的吊脚楼和那些结结实实的木质家具都将成为历史遗产。小说表象看是写了一个纯朴的爱情故事，却也隐藏着传统文化面临失传的深深忧虑。

此外，土家族的各类方言俚语、故事传说、笑话典故、工艺美术等"非遗"内容也在很多小说中被大量采用①。限于篇幅，另外撰文论述。土家族作家及其创作对"非遗"叙事所做的贡献有待我们进一步探究。

_____

① 可以参考笔者几篇相关论文，《民族方言，地域文化之镜与灯》《方言，在捍卫文化多样性中的重要贡献》《恩施方言与民族文学》分别见于《湖北民族学院学报》2009 年第 2 期、第 6 期，2011 年第 2 期。

杜甫"诗史"创作对延清《庚子都门纪事诗》的影响^①

米彦青

（内蒙古大学）

  延清是晚近民初诗坛上重要的蒙古族汉语创作作家，被称为"杰出的现实主义诗人"^②，对他的长编《庚子都门纪事诗》的现实主义特色，学界已有不同程度的论述^③，但延清这部诗史式长编是如何产生的，对古典诗歌中的叙事性诗学是如何接续与发展的，还需要进一步探讨。

  在清末文坛上，延清是着力于叙事诗歌创作的著名诗人，他的作品也极为丰富，惜《清史稿》《清史列传》均未曾给他立传，其生平仕履仅见于清末诗文别集、总集。刊于宣统二年（1910）孙雄的《道咸同光四朝诗史甲集》选有延清诗，小传曰："延清，字子澄，蒙古镶白旗人，同治甲戌进士。由工部郎中转入词曹，现官翰林院侍讲学士。"^④《遗逸清音集》小传谓："延清，巴哩克氏，字子澄，号铁君，晚号搁笔老人，蒙古镶白旗人，京口驻防。同治庚午并补丁卯科优贡，癸酉科举人，甲戌科进士。工部主事，由郎中转翰林院侍读，官至侍读学士。"^⑤延清出身并非

---

  ① 基金项目：本文为内蒙古教育厅青年科技领军人才资助项目"清代蒙古族汉语创作研究"成果。

  ② 荣苏赫、赵永铣、梁一儒、扎拉嘎主编：《蒙古族文学史》第三卷，内蒙古人民出版社2000年版，第609页。

  ③ 如荣苏赫、赵永铣、梁一儒、扎拉嘎主编《蒙古族文学史》、特木尔巴根《古代蒙古作家汉文创作考》、云峰《近代蒙古族现实主义诗人延清》、周振荣《延清及其〈庚子都门纪事诗〉研究》等。

  ④ （清）孙雄：《道咸同光四朝诗史甲集》卷四，宣统二年（1910）刻本。

  ⑤ （清）延清：《遗逸清音集》卷一，商务印书馆民国初年铅印本。

名门望族，他曾在诗文中说明自己是蒙古"镶白旗蒙古巴哩克人，究不知属内外蒙古何部落，待考"。《八旗满洲氏族通谱》《皇朝通志》氏族略未载巴哩克氏。在奉使车臣汗的途中，延清曾写有题为《昨诗意未尽率补一首用宝文靖公诗韵》的七律，诗中有"南蛮客久忘先系，北貉人皆昧远图"等语。诗注云其先祖自康熙年间由京师分出，驻防江宁，乾隆年间又由江宁移驻京口。延清于道光二十六年（1846）出生在镇江①，同治十三年（1874）中进士，通籍后入工部为吏，先后在宝源局、屯田司任职，光绪二十五年（1899）充虎神营文案翼长，二十六年（1900）升阶为春坊庶子。据延清诗作《甲辰四月初六日早诣颐和园仁寿殿引见蒙恩补授翰林院侍读恭纪五律二百韵》，其于光绪三十年（1904）充翰林院侍读学士，时年五十九岁，故诗中有"六十年将届，居然入玉堂"之句。光绪三十四年（1908），延清以侍读学士充钦差专使，赴喀尔喀车臣汗部致祭。宣统二年（1910）十一月，派充文职六班大臣，然卒年不详。

关于延清的家族世系，有藏于故宫博物院的科举文献和延清诗文自注等材料，可考知自其曾祖以下六世分别为：珠隆阿—德庆—连元—延清—彭年—金源。② 其曾祖、祖父以及父亲均属基层小吏，自延清始以文才显。他起家科第，历官工部，久在翰苑，"以沈博绝丽之才，擅文采风流之誉。其著作等身，若试帖、若律赋，争先快睹，莫不惊才绝艳，而尤擅长者则为七律，先后凡几数刻，固已脍炙人口矣"③。延清一生勤于创作，他著有《锦官堂诗草》《锦官堂诗续集》《来蝶轩诗》《前后三十六天诗》《庚子都门纪事诗》《奉使车臣汗纪程诗》《虎口余生录》《锦官堂杂著》《锦官堂试帖》等诗文集。他所编辑刊行的诗歌总集，有《蝶仙小史汇编》六卷、《蓬莱仙馆诗》两卷、《丙午春正倡和诗》《引玉编》《四时分韵试帖》《遗逸清音集》等也在艺林广为传播，其文学文献价值得到学人的普遍公认。

延清诗歌创作受到唐代杜甫、白居易叙事风格影响深远，代表性的作品是《庚子都门纪事诗》和《奉使车臣汗纪程诗》，其中对杜甫的追慕而

---

① 江庆柏：《清代人物生卒年表》，人民文学出版社 2005 年版，第 160 页。
② 特木尔巴根：《古代蒙古作家汉文创作考》，内蒙古教育出版社 2002 年版，第 166 页。
③ （清）张应麟：《〈锦官堂诗续集〉序》，见原集卷首，民国初年铅印本。

形成的创作特色更是非常鲜明。

　　庚子事变之后，清代蒙古族诗人们的诗歌创作日渐质实，由流连光景转向干时济世。彼时诗坛上一批诗人将丧权辱国之恨与杜甫诗歌意境有机结合在一起，在京城一带地区获得了广泛的声名，并进而影响了晚清蒙古族诗人汉语创作的诗风。这批诗人大多受到杜甫诗歌创作风格的影响，其中最有成就的是延清。延清的《庚子都门纪事诗》对杜诗的继承和丰富表现在内容、题材及艺术特色三个方面。

一　内容和题材上对杜诗的承传：事核词哀，独抒忠爱

　　光绪二十六年（1900），延清升阶为春坊庶子。不久，庚子事变爆发，八国联军强占天津，侵入北京，烧杀掳掠，无恶不作，给中国人民带来一场空前的灾难。当时延清正在大内勤职，身居围城，他目睹了这一幕惨剧，"虎口余生，啸歌不废"，写下了"怀生念乱之言、纪事表忠之作"数百首诗，分为"虎口集""鸿毛集""蛇足集""鲂尾集""豹皮集""狐腋集"，冠名《巴里客余生草》。光绪二十七年（1901）春，延清将此集石印五百部，随手则罄。因踵索者多，次年马子昭又予以翻刻，易名为《庚子都门纪事诗》。嗣后，江苏藩司陆钟琦据镇江所藏原版加印一百部，以赠觅取此诗者。后延清又应友人要求将庚子春至六月间的数十首诗汇为一集，自题《鸡肋集》，又名《庚子都门纪事诗补》，宣统三年（1911）予以印行。

　　延清的系列诗作生动形象地反映了庚子事变中八国联军杀人放火猖狂掳掠的罪行和庚子前后围城中百姓家破人亡艰难困苦的时日，受到时人推崇，被誉为"诗史"。究其因，延清的诗史式创作，既与当时的社会背景紧密相关，也同当时的诗坛风气相尚。

　　杜甫的诗歌是包含了个人悲剧生命人格实践的作品。这样的作品随时光的流逝会焕发出更为久远的生命含义与抒情魅力。当朝代变动、历史因革的时期，人们就会发现，置身民众、历史与现实社会生活中的杜甫，无论从人格力量，还是社会价值上，都比其他唐代诗人更有生命力。这表明，以生命实践参与并见证诗歌写作的意义，要比在单一的个人主义意义上建立写作的意义更有价值。从这个角度上来说，诗人延清在"庚子事变"中的纪实性写作，就成为了他实践参与历史事件并将个体生命价值与

时代风会有机结合的典范。

"道、咸以来，泰西各国寖强，天主教遂盛行于中国，吾民从之者日益伙，大抵良少而莠多，教士一概护之。于是教民之莠者，怙势横恣，凌侮平民。有司率多庸懦，民讼之官，百不一直，往往不胜其愤而激成事端。故近年闹教堂之案日益多，而终不致燎原者，畏泰西炮火之烈耳。奸人乘此创为能避炮火之术，以诱愚民。于是山东界连直隶各州县，纠聚日众，以义和团为名，日事焚杀，不问良莠，惟教民是仇。朝廷谓小民虽自作不靖，亦彼教有以激之，故不忍遽剿洗，意甚厚也。希旨者遂以团民为可恃。其论始自近习小臣，继而贵戚耆旧并为一谈。而一二柄臣遂欲招徕团民，以御外侮。驯至感怒全球，数月之间，京师不守，乘兴西狩。自来构祸之亟，罕有甚于此矣。夫覆巢之下，安有完卵？士夫遭此，不走则死，不死则辱，古今大例也。乃联军入城，初不妄杀，纵掠止三日，即由禁约，安慰士民，若自处于宾客而代主人守望者，以须和议之成。民犹是本朝之民也，臣犹是本朝之臣也，自来遭变之奇，又莫创于此矣。余同年友柏紫丞水部得《都门纪事诗》三百余首，无所讳，无所饰，所谓直书其事，而义自见者。杜陵遭天宝之乱，即所见闻，形诸歌咏，论者推为诗史。紫丞此作，其亦同此志也夫。"[1] 由于列强侵略，作为爱国诗人，延清忠实地记录了他所观察到的史实。在《纪事杂诗三十首》中，他写了京城的义和团运动："庚子夏五月，民教仇相攻。十七日逾午，喧传街市中。团民纠党羽，闯入都城东。义和揭旗帜，拂拂飘薰风。赤帕裹其首，纷如兵交讧。军刃各在手，外观真英雄。跳舞假神道，咄咄频书空。天方万千厦，一炬腾烟虹。化城灭俄顷，搜捕男女童。杀人竟如草，血染刀光红。"[2] "设坛就庄邸，府第何高庞。黄绫饰旛盖，碧纱糊轩窗。殿中鼎炉峙，门外戈戟摐。乡愚杂沓至，如水之赴江。乾坎分二派，大书书于幢。水乳欠融洽，杂种言俞哤。炊饭米难济，济之以弓双。满拟得其力，远人柔万邦。岂议众难恃，金钲徒击撞。一闻赴前敌，小胆先已降。"诗歌的描写中虽然不乏当时士人对义和团农民起义的偏见，但对义和团用怪力乱

---

[1] （清）汪凤池：《庚子都门纪事诗原叙》，《庚子都门纪事诗》卷首，光绪二十八年（1902）刻本。

[2] （清）延清：《庚子都门纪事诗》，光绪二十八年（1902）刻本。本文所选诗均出自此书。

神蛊惑时人，最终导致本就虎视眈眈的八国联军大举入侵京津历史的记载却足可征信。

《庚子义和团运动始末》载北京义和团之告示云："祸患之来，实自洋鬼，伊等到处传教，设置电线，修筑铁道，不信神圣之教，而污渎神明。"① 追究当时民众仇恨西人，跟从义和团运动，自有其缘故，"及鸦片之战，英、法联军之役，越南之役，迄于甲午战争，中国累次失败，皆由于武器不如人，始大倡制造炮船之自强论。政府对处理教案，所以常曲循外人，亦由外国之兵力强盛而惧召外侮也。民众徒恃大刀拳勇，何足以敌外人之坚甲利兵乎？仇教事起，最初仅赖义愤对付少数教士，以十八魁之顽强抵抗，啸聚数千人，刀戟齐举，犹不能当官兵炮火百余发之一击，即作鸟兽散，后起者如不自诩得有神助，能避炮火，则谁肯信从之？故杂取小说戏剧之言，以蛊惑愚民"②。史家分析当时情势，认为"庚子事变在本质上亦系救国运动，惟思想愚昧，方法笨拙，显然为反动之横流而已"，而"义和团之变，则系故自尊大以鼓舞国民之志者"。③ 当时朝廷的态度确乎是造成后来恶果的直接动因。诚如延清所述："璇宫赫然怒，告庙非虚词。煌煌降谕旨，咸使中外知。海疆险要地，久矣居九夷。通商四十载，事事甘受欺。我朝尚宽大，不复计较之。顷以民教故，辄兴无礼师。戈铤竞北指，飚轮纷交驰。丁沽失所据，要挟胡能支！事出不得已，衅端开自兹。兵旅急征调，谁为干城资？"开战在即的北京城人心惶惶，而东交民巷使馆区更是一派肃杀气氛。"交民东巷望，楼阁军巍巍。使馆相栉比，五色分悬旗。大小一车载，双轮驾骖騑。平时不相扰，微逐游帝畿。乃自失和后，森严皆戎衣。桥据玉河北，增兵防四围。往来断车马，广陌行人稀。肇端有祸首，当与争是非。奈何殛公使，厥罪唯吾归。从兹互攻击，弹雨晨又飞。"德国公使克林德被杀后，战争迫在眉睫，京城百姓日夜忧惧，"夜半炮声起，听之心骇然。初疑我军发，几欲轰塌天。晨兴即起视，弹落如珠联。无屋不掀破，有垣皆洞穿。争路勇已溃，守陴兵非坚。加以火药馨，势难张空拳。生不丽谯居，死多沟壑填。陡闻辘轳转，

① 吴宣易编译：《庚子义和团运动始末》，上海正中书局民国 36 年（1947）版。
② 萧一山：《清代通史》，华东师范大学出版社 2006 年版，第 657 页。
③ 同上书，第 639 页。

不断声连连。虏炮隔城击，环攻东北偏。相持未终日，城阙难保全"。最高统治者仓皇出逃，士兵本不坚执，加之武器落后，战争中的北京城，在西方发达的火器攻击下很快就败了。"回戈去睥睨，炸炮轰云霄。悠悠旆旌偃，岌岌楼橹摇。凶锋及一试，额烂头还焦。乞降固非计，万众魂已销。督战不闻命，白旗空际飘。东隅四门启，敌进如春潮。草木失依附，难藏狐鼠妖。穷搜偏城社，遇者何曾饶？衣并积尸委，杵随流血漂。池鱼竟殃及，岂止城门烧？"延清对战争场面的描述充满悲壮气氛，显得沉郁苍凉。他用自己详赡的诗笔记录了国破家亡、百姓流离失所、无处依傍的苦况，把庚子事变期间国将不国的历史存留下来，百年后读来都令人心灵激荡。

《庚子都门纪事诗》在写作上能够寓史于诗：内容题材与时事政治有关，创作手法采用杜甫史诗笔调，则翕然具一代之文献，成为后世论庚子之役的重要依据。海内之士将其视为诗史。檀玑在《遗逸清音集跋》中说他"胸怀高旷，天趣盎然，喜吟咏，所作诗不下数千首，掉鞅词坛垂五十年"。延清的后半生处于国家剧烈的动荡之中，身历数次外侵，如中日甲午战争、洋务运动及戊戌变法、庚子事变、辛亥革命等，尤其是庚子事变，延清身陷危城，目睹了事变过程，作品也势必印上鲜明的时代烙印。宋人曾说杜诗，"平时读之，未见其工；迨亲更兵火丧乱之后，诵其诗如出乎其时，梨然有荡于人心。然后知其语之妙"①。延清诗多为纪实之作，朝廷得失，天灾人祸，庚子事变，这些重大社会内容都在其诗歌中有生动的反映，或直陈其事，或曲笔言情。哀时感事，叙写史实。

当诗人书写的不再是片段的个人灵感，而是全民族的集体记忆与情感，文学创作就获得了"诗史"价值。此种诗歌的另一层意义是对历史价值的追求。一个民族的成长，一种文化的确立，同他的诗歌形象的确立是一样的，伟大人格与精神形象的诞生既是结果、又是标志，还是先决前提。唐代诗歌文本的成长与诗人人格的成长之间，显然是对称的，甚至是相辅相成的关系。因此唐代出现了杜甫这样用诗歌见证历史的诗人。在总体上，他又与其他各具特色的诗人一道，支撑起唐代诗歌的天空。光绪二

---

① （宋）李纲：《重校正杜子美集序》，华文轩《古典文学研究资料汇编·杜甫卷》上编，中华书局 1964 年版，第 277 页。

十七年（1901）张宝森写下《庚子都门纪事诗原叙》把唐代安史之乱的时事背景同清代庚子事变前后联系，探讨了延清的《庚子都门纪事诗》与杜甫诗史写作的因由。"嗟呼，时非天宝，乃迁蜀道之銮舆；运异兴元，竟驻梁州之警跸。茫茫浩劫，猿虫幻化之场；冥冥妖氛，豺虎纵横之地。当斯际也，壮夫为之鸣悒，文人因而郁伊。庚子山暮年作赋，哀动江关；杜少陵乐府怆怀，名传诗史。仆以江南之逐客，怀蓟北之羁人。时阅六旬，诗成两峡。而况京华从宦，久系匏瓜。骚些嗣音，工哦兰茝，如我铁君同年者乎？此《余生草》所为作也。"延清在国家危难之际，能够"见危授命，偷得余生"，自然会让同时代的士人感慨万端。

历史事件之所以被人们回顾，那是因为历史事件与人们的当前理解有视阈融合的契合点，人们回顾历史，一般总是有一个问题视阈。回顾历史是为了以史为鉴、古为今用，当下视阈与所要回顾的历史视阈有融合的可能性，因此，人们对历史事件的理解和解释，就包含了时代性精神的实在。纪实性诗歌接受中的感悟心理，就是指读者在阅读诗句时，由于受到诗句意境、意象的暗示影响而产生的一种心理、情感上的对已经发生的历史事件的超越之思。无论杜甫诗史还是延清的《庚子都门纪事诗》都带给读者这样的感觉。而这同时也是对文学史上的叙事性诗学的一种接续。支恒荣《庚子都门纪事诗评》曰："庚子之变，余及子澄同年均恭逢其厄。虽各听天命，而所遭则有幸有不幸焉。以余德薄，灾及妻孥，国破家亡，殆无生趣。且时势如此，一部《十七史》，从何处说起？惟有不著一字，默抱五言之痛而已。但是非成败之故，若非文人骚客以记之，何以传后而信今？惟我子澄，雅擅诗才，特将遭难后耳目所见闻者，发为古近体若干卷，亦少陵诗史之意也。"① 近代以来的中国历史，在诗人们的生命中大半是创痛、流离和尴尬的记忆。徒有知识和精神资源的他们进退失据，沉浮于大历史的激流中，难以保全个体的尊严。在这样的境况下，自尊的士人大多沉郁彷徨，但这种沉郁若能潜气内转，在痛定思痛之后行之于诗，传之后代，则不但可使读者了解当时的世事艰难，也可感知士人目睹国家民族沉沦时的一份哀痛和挣扎。

---

① （清）支恒荣：《庚子都门纪事诗评》，《庚子都门纪事诗》卷首，光绪二十八年（1902）刻本。

二 对杜诗的丰富和超越：与时俱进，忧患意识

延清生活的时代，已经与杜甫时代相去一千多年，世界格局早已发生巨大变化，在时代变化中诗人的笔触也自然呈现出不同。因此，虽然杜甫《北征》也有对向回鹘借兵的异议，也有对朝廷的暗讽，但更多展示的还是如何忠君忧君。而延清笔下对国事艰危中的最高统治者则有了指斥，对汉奸更是痛斥。并且他的诗歌中对外国侵略者及其所用先进火器也有很多描述。这些都是在题材和内容上对杜诗的丰富与拓展。

杜甫的经历和作品表明，真正的一流诗人绝不会置身于历史之外，作一个超然的旁观者，以诗存史的路子就是他们把自己融入历史的最佳途径。延清在萧条时代，以杜甫的方式以诗存史，而他的历史记录在同时代人那里也不但被印证而且被深刻地理解。"震霆迅雷，风雨骤至，虽蝥夫憸民，无敢萌匿志，洎天威清霁，而修省之志荒矣。洪河沧海，横流溃决，虽贪吏疲氓，罔不思盖愆；洎沉灾洒淡，而宣房之计偷矣。此天下祸变之来之未有已，生民之患之所以日亟，而议微之士所为痛哭流涕而不忍道，镂心镌骨而不敢忘者也。岁在庚子，拳匪肇乱，六飞西狩。环球之师，麋集京畿。奸民溃卒，乘机屠杀。其死于战阵及无辜被戕贼者以亿万计。欧美火器，日锻月淬，不敢轻用，乃独萃于吾而为之的，其为惨憯可胜言耶？越明年辛丑款议成，法驾旋轸，诏书屡下，力图振兴。余方幸贞下起元，忠臣志士，将惩前毖后，宏敷硕画，以求称上意；而又恐悠悠者耽祸偷安，迅霆初收而忘修省，奔流暂息而忘宣房也。若吾友紫丞水部则可谓不忘者矣。紫丞素工诗，赡智丰学，迥轶侪辈。近持《庚子纪诗》六卷相示。自初及终，事核词哀，独抒忠爱，论者以杜少陵诗史、白香山《新乐府》例之，诚哉无忝。然余谓紫丞之志，则更有进焉者。曩德之破法也，残坏几不可收拾，法人绘图自警，无须臾忘，十余年而仍为雄国。余度紫丞意，盖欲使读是编者亦如目击惨毒景象，知危知惧，振奋精神，靖内绥外，以佐吾国家中兴之业，而不复以茫茫世运，概诿诸昆明劫灰，而犹是酣嬉鸩毒也。《传》曰：其心苦者其辞危。有动于中，不能自已。"① "事

---

① （清）曹福元：《庚子都门纪事诗原叙》，《庚子都门纪事诗》卷首，光绪二十八年（1902）刻本。

核词哀，独抒忠爱"是对坚持现实主义写作的诗人延清最恰切的评价。在那一时期的众多诗人中，延清所具有的较强的社会承担精神与精英意识，在外来军事打击下所催生的忧患意识，使他深感国家存亡的沉重与沉痛，这一点，与杜甫诗史诗歌写作的原动力是一样的。不独于此，正如时人所赞，延清在其间的实录既是承传自杜甫诗史、白居易新乐府精神而为，同时在时代风气的因革下，他能寻找失败动因，矛头直指朝廷，并且把庚子前后的多国情势及百姓所思所想融入诗作，在内容和题材上都对杜诗有了拓展及丰富。

李恩绶的《庚子都门纪事诗序》云："延子澄工部遭庚子拳匪之变，幸获无恙，以《巴里客余生草》邮示余。余置行膆中，遇湖海诗人，辄出而质证之，多以为可传。有以'巴里客'询者，余曰：巴里客三字，乃蒙古籍贯，自居为下里巴人者。盖其谦词、谐声、会意，均寓其中。而其诗则引商刻羽，杂以流徵者也。子澄行年将六十，而诗兴特豪，年老而律极细。生平尤以帖体诗名海内。昔袁太史与盛祭酒有'精金百炼，玉言长城'之褒，识者以为知言。此集五七言律以至数十韵长律，法律谨严。每一讽咏，觉温柔忠厚之意多，幽怨噍杀愤感之音少。间作五七古，亦妥帖排奡。如试律之咏史诗一体，枪林弹雨中乃觉无危苦之词。此可觇子澄之所养焉。今功令虽废弃帖体诗，而《余生草》一刻再刻，无异锦官堂诗长留天地间也，子澄闻之，当掀髯。余今客彭城，此地风气古穆，楚、汉战争之地，独两免粤、捻之厄，徐人士真幸民也。苏子黄楼今尚存，顷友人携浊酒一壶，并子澄诗登其上。临风朗诵之，深情绵邈，令我不能自已。"[1] 历史作为人类社会繁衍生息的承载，归根结底是人们"存在"的记载者，诗人的追求同人类进步的心灵相通，诗史文学就会在普通民众中获得相当的认同度，从而创作出属于自己的历史，完成其他文学题材无力承担的历史使命。否则，一段历史就会随时间的流逝而湮没。

《庚子都门纪事诗》六卷、补编一卷受到时人高度推崇，比之于唐代伟大现实主义诗人杜甫，程械林在集评中论其艺术风格与叙事特征，谓：

---

① （清）李恩绶：《庚子都门纪事诗序》，《庚子都门纪事诗》卷首，光绪二十八年（1902）刻本。

"情深而不诡,风清而不杂,事信而不诞,义直而不廻。"① 吕传恺在跋文中将诗人比之于杜甫,说:"昔少陵当天宝之末未曾身陷危地而叙述离乱,凄怆沈郁,千载生悲。后人读北征诗谓具一代兴亡,足与风雅颂表里。况乎负少陵之才志,恭当其境者乎?"② "靡靡行迈,伤心《黍离》。贞女坚卓,忠臣英荤。比事属辞,褒扬式确。"③ 晚清庚子事变带给士人的黍离之悲,是他们心中挥之不去的痛。经过此变,士人对当时的国弱民贫,对国仇家怨的无能为力有了更为深切的感受。丹纳说得好:"悲伤既是时代的特征,他在事物中所看到的当然是悲伤……在悲伤的时代,周围的人在精神上能给他哪一类的暗示呢?只有悲伤的暗示,因为所有人的心思也都用在这方面。他们的经验只限于痛苦的感觉和感情,他们所注意的微妙的地方,或者有所发现,也只限于痛苦方面。"④ 《都门杂咏二十七首》其一、其二云:

　　　　九门楼橹已全摧,不见勤王劲旅来。翻手难为天下雨,惊心但听地中雷。城狐社鼠仍余祟,丛爵渊鱼总见猜。鼎养几人占覆餗,安危谁是救时才?

　　　　牛豕迟迟备莅牲,何如城下即同盟。朝无权相专和议,野有顽民盗义声。肉搏那堪禁火炮,指挥徒恃击金钲。国仇家怨焉能报,谁量区区菲屋诚?

"和平年代的风雅之作多淡泊之音,而乱离时代的穷苦怨刺之言更有情感的张力,更能感天地动鬼神。和平时期的诗歌无所见奇,反倒是遭遇家国之难时,诗人拥勇郁遏,垒愤激讦,笔下才能元气鼓荡,产生人间之至文。"⑤ 所以,悲伤、痛苦,在庚子事变后,并不是延清个人的感受,而是中华民族的一种集体记忆。《书感》云:"乾坤如此转旋难,惟恃和

---

　　① (清) 程械林:《〈庚子都门纪事诗〉集评》,《庚子都门纪事诗》卷首,光绪二十八年 (1902) 刻本。
　　② (清) 吕传恺:《〈庚子都门纪事诗〉跋》,《庚子都门纪事诗》卷首,光绪二十八年 (1902) 刻本。
　　③ (清) 陈恒庆:《题余生诗草》,《庚子都门纪事诗》卷首,光绪二十八年 (1902) 刻本。
　　④ 〔法〕丹纳:《艺术哲学》,天津社会科学出版社 2004 年版,第 36—67 页。
　　⑤ 《黄宗羲全集》,浙江古籍出版社 2005 年版,第 34 页。

戎弥祸端。社稷重新期李晟，神仙误信累刘安。怨沉几辈遭加石，谁定千秋俟盖棺。怕见铜驼荆棘里，几回过关泪偷弹。"温柔中和之语中对朝政艰危至此的原因提出了深刻的思考。历史叙事的目的，并不是为了仅仅记录下已经发生过的事件，而是为了"现在"，是为了给"现在"提供经验和教训。延清的《庚子都门纪事诗》，可以说在记录历史的同时，对事变的缘由已经开始了思考。《七月二十一日都门不守后三日作》云：

> 延秋门启已多时，疏远孤臣恨未知。不幸再生蛇画足，何如一死豹留皮。衣冠誓著幼安帽，弘管羞题摩诘诗。惭愧雀巢鸠莫占，借栖犹恋上林枝。

八国联军入侵北京后，两宫逃亡，城中大臣身处国破家亡的忧危境地，是否死节在他们的心中颇为纠结。延清在这首诗后注释：时闻朋好中死节者甚多。他虽然最终没有死节，但这时也洁身自好，自觉地以王维在安史之乱后的行为来告诫自己，并为此不肯读写摩诘诗。锡嘏《庚子都门纪事诗评》说道："《孟子》云：《诗》亡，然后《春秋》作。盖纪兴衰，别美恶，厚风俗，正人心，史与诗有同源焉。自后世人以风云月露之词为诗，而诗格日卑，诗与史之体遂日远。惟杜工部当唐中叶，伤天宝之乱离，幸至德之兴复，举兵事始末，一托之于诗，格意近古，故人以诗史目之。子澄夫子学议卓雅，雅负史才，而平居独好言诗。遭庚子京师之变，见闻既确，发为吟咏，得古近体若干首，皆缘情直达，悱恻缠绵。其于死事诸臣，表彰既切，论断尤平。先叔赠太常和年公亦在阐扬中，皆纪实也。昔少陵因诗征史，今师寓史于诗，殆同一体格，深得《三百篇》之遗意云。"[1]

作为富有使命感的诗人，延清从个人历史悲辛中超越出来，力图在对刚刚过去的历史真相的追寻中不断进行现实观照。这样，在客观上，在中国民众的精神建构方面，他进行着从个人觉醒到群体自觉地启蒙。他的仿效杜诗之作，在主题、章法、表现手法以及声韵上都有相同之处，同时也

---

[1]　（清）锡嘏：《庚子都门纪事诗评》，《庚子都门纪事诗》卷首，光绪二十八年（1902）刻本。

各具特色。检《庚子都门纪事诗》，稿中挽死事诸臣多用杜集原韵。如《宝龢年读学丰五排二十韵》用杜集《哭王彭州抡》诗韵。《葆效先上公初五排六韵》用杜集《奉汉中王札报韦侍御萧尊师亡》诗韵。《王莲生祭酒懿荣五排十八韵》用杜集《哭韦大夫之晋》诗韵。《宋仰初侍御承庠二首》用杜集《哭孝侍峄》诗韵。《裕寿山制军禄子熙吉甫祭酒元二首》用杜集《故武卫将军挽歌》诗韵。《崇文山尚书绮五排十韵》用杜集《哭李尚书之芳》诗韵。《王枚臣太史廷相一首》用杜集《严仆射归榇》诗韵。《钟味纯侍卫淇一首》用杜集《闻高常侍亡》诗韵。《徐荫轩相国桐二首》用杜集《承闻故房相公灵榇自阆州启殡归葬东都有作二首》诗韵。《崇鹤汀讲学寿一首》用杜集《别故房太尉墓》诗韵。《聂功亭军门士成一首》用杜集《哭李尚书之芳重题》诗韵。《韩小山比部绍徽一首》用杜集《哭长孙侍御》诗韵。《王槐庭参戎长荫二首》用杜集《过故斛斯校书庄二首》诗韵。故其诗友李润均赞叹道："经心史笔妙通神，迸入吟毫写性真。只有少陵相伯仲，水曹今古两诗人。卅年同谱又同舟，患难扶持谊气投。铁石如君坚不挫，阐扬忠义砺千秋。"[1] "先生之诗，悲歌慷慨，忠爱缠绵，可以惊风雨，可以泣鬼神。至其格律之浑成，字句之研炼，尤为余事。昔人称杜陵为诗史，若先生，足以当之矣。"[2]

诗以言志，故此情动于中而行于言。盖言以足志，志之所寄，形诸咏歌，亦各道其性情而已。延清身处乱世，遭逢时艰，创作叙事长编，旨在存史。因此他的笔下对当时城中形形色色之人及事，尽可能都有所涉猎。《纪事杂咏二十首》记录了八国联军入城后驻兵西苑，搜罗珍宝以及皇宫内外的破坏情形："传闻西苑内，水殿住西人。鸥鹭惊飞去，荒凉太液春。""不独求珍宝，图书内府多。搜罗知户口，中亦有萧何。""森严兵卫撤，执戟久无郎。五凤楼前地，今成校武场。""求仙兼佞佛，仙佛迄无灵。铜佛身全毁，金仙涕不零。"后人对此评曰："夫心怀忠爱，身际乱离，慨时势之艰难，痛銮舆之播越。九州鼎沸，万户伤心。对此茫茫，乌能已矣？此延子子澄所以有纪事感怀诸作也……兹独综其去年危城扰攘时

---

① （清）李润均：《庚子都门纪事诗评》，《庚子都门纪事诗》卷首，光绪二十八年（1902）刻本。

② （清）世荣：《庚子都门纪事诗评》，《庚子都门纪事诗》卷首，光绪二十八年（1902）刻本。

所为诗，得三百八十余首，分为六集，出以示余。受而读之，有浑涵蕴藉者，有悲壮苍凉者，又有悱恻缠绵，若讽若规，如怨如慕者，不名一端，要无非性情所流露。昔浣花翁有诗史之称，今钱塘盲叟有《诗铎》之辑。是编出，其可接武杜陵，嗣音张仲乎？'干戈易洒苍生泪，诗卷长留天地间。'"①"诗史之称，诚无愧色。"②

　　庚子事变后，北京城中骤然多了许多汉奸，对于这种卖辱求荣之辈，延清在诗歌中进行了强烈的鞭挞。其《危城五首》中诗云："奉使曾随海外楂，土音就是杂中华。一官得意凭喉舌，四译通词仗齿牙。作字势沿虫篆派，职方类别象胥家。问谁操术无私曲？造福乡里讵有涯。""翩翩年少半衣冠，面目而今顿改观。横鼻镜夸新模小，称身袍厌旧时宽。巾沾瑞露香殊桂，卷吸名烟臭胜兰。不识人间羞耻事，乘车戴笠满长安。""室家已毁竟何归？服役甘心听指挥。门外执鞭迎白帽，座中行酒逐青衣。豪酋也通怜狐媚，丑类偏能假虎威。惟愿肆言无忌辈，感恩莫斥旧君非。"由说明性、形容性的名词或动词构成的描写性的语言，以名词为主，动词为"眼"，从而赋予了诗歌语言既具有可感的实在性，又包含抒情的想象性。生动形象地展示了宵小之辈狐假虎威、谄媚侵略者的嘴脸。《纪事杂诗三十首》其一云：耳有所闻某某事是否真伪不得知也姑拉杂咏之八首："深君府第昧先几，汲水甘心涸布衣。何若当时投井死，偷生免得后人讥。""冠冕遭时不在才，铜山进穴况多财。居然赚得区区命，难免豪酋唾面来。"慈禧太后、光绪皇帝在都城将破时仓皇出逃，针对此延清写出了一首首暴露和批判现实的政治讽喻诗，把批判的矛头直接指向最高统治者。"河山真似一枰棋，著子全输信可悲。黑白未分争道候，苍黄犹记出宫时。"《秋日感事用少陵秋兴八首韵》指出京津沦丧就是由于最高统治者不能统筹全局积极抗战，才造成变舆出逃、生灵涂炭。

　　为了向世人展示先民的爱国精神，现代著名作家阿英曾于1937年编成《中国近代反侵略文学集》丛书初稿，1959年由中华书局出版。该丛书之第四种《庚子事变文学集》中选入延清庚子纪事诗四十八首之多，并

---

　　① （清）郭锡铭：《庚子都门纪事诗评》，《庚子都门纪事诗》卷首，光绪二十八年（1902）刻本。

　　② （清）爱仁：《庚子都门纪事诗评》，《庚子都门纪事诗》卷首，光绪二十八年（1902）刻本。

在序言中对作者反对帝国主义的思想给予了较高的评价。《关于庚子事变的文学》是这样说的："《庚子都门纪事诗》原来题作《巴里客余生草》，重印时才改题现在的名字。初印的年代是辛丑（1901），补编刻于宣统三年（1911）。著者延清是蒙古人。书分《虎口》《鸿毛》《蛇足》《鲂尾》《豹皮》《狐腋》六集，补编题《鸡肋集》。共收诗四百数十首，都是在庚子围城中写的。其间虽不免掺杂闲情之什，大部分却是反映着庚子事变的前后情况，特别是围城中各方面的生活。这些诗所表现的作者的思想、立场，一般是反对帝国主义，反对统治阶级的右派，反对并歪曲义和团，反对汉奸，采取忠君爱国的态度。"虽然有些评价明显带有时代的烙印，但大体是中肯的。

三　诗史维度下的"诗"与"史"的疏离和缩和

文学与史事精神的疏离是在功能性层面发生的。正是现实关怀和使命感使文学通向历史，但又使历史和文学产生隔阂。从现实关怀层面看，历史注重的是表层的现象而忽视深层的本质，而文学则要求对现实有一种穿透力，能够昭示出冰山下的巨大的潜流；从历史使命感看，历史更看重某一阶段的历史任务，它有一种急功近利的品性，文学则是立足现实，或顾后，或瞻前，其历史眼光更为深远，所以表现的内容也更为宽泛。因此，历史对文学的介入，有可能产生对文学精神的不同程度的偏离。而从"诗史"诗人创作实际看，由于"史实性"诗歌是文学与历史沟通的产物，历史性的目的是其与生俱来的一个品质，它对诗歌的要求是一定要实录国家、民族的某一个历史阶段的灾难、现状，所以史实性诗歌的现实性意义是从这类诗歌诞生起就被反复强调的。历史是显性的、明晰的，因而是较易判断的，而文学则是内蕴的、朦胧的，是需要用心把握的，所以历史与文学的联姻就带来了一种危险性——以较易判断的方式去把握文学，使文学创作流于表层的概念表达，就会导致文学自身价值的丧失。避免这种危险就要突破纯史事叙述的制约，尽力实现真实的艺术描绘，使文学的张力得以形成。

八国联军入侵北京，生灵涂炭，"东城敌已据，北阙兵犹鏖。抵御恃枪队，不虚平昔操。军心易涣散，阵脚难坚牢。战败禁城里，何人能遁逃？伤亡遍道路，死事诚人豪。门户内廷闭，轰轰攻几遭。震惊及九庙，抱恸应神号。谯楼悉煨尽，徒见金城高。威焰祝融助，延烧空市曹。安危究谁仗？莫再谈《龙韬》"。战争中的场面诗人虽然亲历，但丰富的想象和生动的描述也是必不可少的，而这些恰恰是历史所欠缺的。诗人的描述极具画面感，外敌入侵所导致的废池乔木生灵涂炭，百年之后读来犹历历在目。因此，在艺术表达的层面，历史与文学关系的妥善处理至关重要。《书感用杜少陵喜达行在所第一首韵即借辛苦贼中来句衍为四首》，其一云：

> 恨不从西狩，銮舆那遽回。忧危元鬓改，蒙难素心灰。此日关山隔，何时道路开？朝天唯有梦，辛苦贼中来。

诗下自注曰："七月二十一日城破后，闻两宫出狩。本拟追赴行在，嗣以道途梗塞，不克成行，坐困危城，偷生人世，不禁愧愤并交也。"彼时两宫是皇权的象征，延清企望追赶她们的踪迹，诚如安史乱后杜甫追赶肃宗至行在。其二云：

> 患难何能共？甘言别主回。燕归辞故垒，蠹去胜残灰。豢养憎他负，樊笼乞我开。还乡应自慰，辛苦贼中来。

诗下自注曰："城破后，奴仆均辞去。"其三云：

> 自汝城西去，愁肠萦九回。平安闻竹报，岑寂拨松灰。日月愁边过，乾坤乱后关。倚闾亲望慰，辛苦贼中来。

诗下自注曰："东城自五月十七日以来，既受义和团之欺凌，又被武卫将军之抢夺。余家密迩，岌岌可危。因于七月中旬令儿妇挈孙男女辈避之西城母家。城破后四日，年儿前往探看，翌早方回，知尚犄安，余心稍慰。"

庚子事变前后，无论是个体还是国家的命运都发生了巨大的变化，在延清的诗中，他通过对自己家人的关切的描写，展示了诗歌的真实的艺术描绘，确如杜甫在安史之乱后历尽艰辛见到家人的真切表达是一样的，这不但无损于诗人的形象，反而达成了诗史式诗歌的艺术张力，使诗史与历史有了功能性层面上的区别。

明人谢榛《四溟诗话》称赞杜诗："情融乎内而深且长，景耀乎外而远且大。"① 杜甫诗歌的特性，是情与景的融合，是对叙事客观世界与表现主观世界的统一追求。而杜甫诗歌使用的描写性语言是造成这种效果的主要原因。延清追步杜甫，对于杜诗的诗歌特色显然是心有灵犀。宋人胡宗愈云："先生以诗名于唐，凡出处、动息劳佚、悲欢忧乐、忠愤感激、好贤恶恶，一见于诗，读之可以知其世。学士大夫，谓之'诗史'。"② 此论认为杜诗详于自述个体人生经历、抒发主体情志，而杜诗所以为"诗史"，在于读者可以从诗人的"一人之诗"了解"一代之史"。孟修祥认为胡宗愈的意见注重杜诗的抒情功能，宋祁、蔡居厚的意见注重杜诗的叙事功能，两者的紧密结合，构成了杜诗"诗史"最为突出的特点。③

延清的《庚子都门纪事诗》详陈个体人生出处，蕴含了展现大历史的可能，但这种可能要变为现实，对诗人本身参与社会历史的深度还是有很高的要求。诗人不仅要经历丰富，而且在思想上要有深切的社会关怀，有深厚的主体情志。而这些都是延清所具备的。清人周济对此有很透彻的表达，他说："感慨所寄，不过盛衰，或绸缪未雨，或太息厝薪，或己溺己饥，或独清独醒，随其人之性情学问境地，莫不有由衷之言。见事多，识理透，可为后人论事之资。诗有史，词亦有史，庶乎自树一帜矣。若乃离别怀思，感士不遇，陈陈相因，唾涕互拾，便思高揖温、韦，不亦耻乎！"④ 周济明确指出，只有"见事多，识理透"的诗人，其感慨寄托，才能成为"后人论世之资"。宋人认为杜诗深具美刺、比兴的寄托之旨意，而明清时期的论者，则进一步将美刺、比兴与史家之褒贬联系在一起。明清之际钱谦益，就认为堪为诗史的作品，表达了作者对于"兴亡升降"的"感叹悲愤"⑤。延清在吸收杜诗诗史特点进行写作时，不但见事多，识理

---

① （明）谢榛：《四溟诗话》，丁福保辑《历代诗话续编》，中华书局 1983 年版，第 1221 页。

② 《成都草堂诗碑序》，（宋）鲁訔撰，（宋）蔡梦弼会笺：《杜工部草堂诗笺》，《丛书集成初编》本，中华书局 1985 年版，第 17 页。

③ 《杜甫"诗史"说考辨》，《殷都学刊》1996 年第 1 期。

④ （清）周济著，顾学颉校点：《介存斋论词杂著》，人民文学出版社 1998 年版，第 4 页。

⑤ 《有学集》卷一八《胡致果诗序》，（清）钱谦益著，（清）钱曾笺注，钱仲联标校《牧斋有学集》，上海古籍出版社 1996 年版，第 800 页。

透，而且对黍离之悲有着个人的感叹悲愤，所以他的诗歌被时人追捧为诗史，实至名归。

文学创作是一种最具个人创造性的精神生产方式，是通过人对世界的情感体验、感受、评价，力求表达人对世界的主观感受和认识。任何一位文学创作者的创作灵感都来源于生活。"他们对生活的审美感受、审美体验、审美判断和评价以及运用文学语言反映生活的技巧、风格，都受到时代精神、社会意识、公共心理、民族特性、阶级意识等因素的影响。"①延清被晚清士人誉为"诗史"典范，一方面是因为他的一部分作品的确体现了"善写时事"和"实录"的特点，另一方面就其整体的艺术格局而言，也与杜甫的诗史观相接近。杜诗在详陈个体人生出处的基础上，展现了社会时代的广阔画卷，表达了诗人感时忧世之情怀，深入地开拓了以"一人之诗"表现"一代之史"的艺术可能。除此而外，杜甫精神的高贵和动人之处在于他对故国的赤胆忠心，对理想的执着追求。杜甫及其诗史作品因此成为士人理想人格和叙事典范的象征。延清虽生也晚，但是在政治腐败、社会黑暗、黄钟毁弃瓦釜雷鸣的末世和外族入侵、江山岌岌可危之际，饱受屈辱的士人，无论其民族属性如何，都会以杜甫及其书写的诗史作为绘写时事，坚持斗争的精神号召和范本。同时亦对杜甫苦身焦思、悲愤哀怨的心境报以异代相知的感怀。这就是杜甫及其诗史作品颇受延清追摹的主要原因。

正是时代因素与多舛人生际遇的共同作用，才催生出了杜甫的诗，从而影响到更多的人都来走他这条创作道路。而从读者接受方面，也如丹纳所说："群众的趣味完全由境遇决定；抑郁的心情使他们只喜欢抑郁的作品。"② 这是延清诗歌在当时之所以特别流行的原因。

---

① 童庆炳：《文学理论教程》，高等教育出版社 1998 年版，第 116 页。
② ［法］丹纳：《艺术哲学》，天津社会科学出版社 2004 年版，第 38 页。

"狼学"与"人学"交织并存的历史
——生态学视野下的《狼图腾》

肖向东

（江南大学）

任何读过《狼图腾》的人，都会为这部奇书惊叹与折服，这不仅因为其是迄今为止世界上唯一一部以"狼"为叙述主体并揭开了"狼世界"秘史的小说，文本更深层的意义在于：著者从生态学的视角彻底颠覆了人们惯常的"狼"的概念以及有史以来对于"狼"的误读，为重新观察狼、认识狼、评价狼乃至以"狼"为自然对象和审美对象，提供了全新的思维与理念。在作者姜戎的笔下，"狼"是极富灵性、智慧与生命活力的一种动物，是草原生态的守护者，是勇敢与战斗的化身，是人类亦师亦友的伴侣，是大自然中令人又敬又畏的神性的生灵，更是草原民族灵魂深处的精神图。在广袤、神秘而充满生机的草原上，"狼"与"人"的并存，"狼性"与"人性"的较量，"狼学"与"人学"的互映，狼的历史与人的历史的交织，共同谱写了草原历史的大书，构成了草原族群宏阔而辉煌的史卷。

一 "狼学"与"人学"的交织与互映：草原生态逻辑

狼，在汉族的思维与意念中，常常被视为一种"凶残""贪婪"的物种，一种"邪恶"的力量，然而有着丰富的草原生活体验与狼学积累的姜戎的《狼图腾》的书写，则让人耳目一新、刮目相看，它不但颠覆了传统的关于狼的观念，同时刷新了人们对狼的认识。那些精灵般活跃于额仑草原的草原狼，不仅个个狼性十足充满战斗的激情，而且精明强悍富于集体精神，在广袤辽阔的草原上纵横驰骋、威猛无比，成为大草原除人之外所有生灵不敢觊觎小视的重要精神主体，《狼图腾》以其对狼鲜活、生动而独特的描摹与绘写，让我们看到了狼的另一面：作为草原的霸主与至尊，它们集智慧、团结、勇敢于一身，在极端恶劣与复杂的生态环境下，会巧妙地利用天气、地形等客观自然条件，群体行动，集团作战，以少胜多，出奇制胜，达到捕获大批猎物或者集体复仇的目的，在此方面，兽类里的其他猛兽，甚至虎豹熊狮也自叹不如。狼在草原的存在，狼所独显的精神个性以及由狼而形成的"狼学"，不仅成为重要的草原文化现象，甚而于"动物学""草原生态学"以及"人类学"而言，都应是极具价值的专门化的学问。

而千百年来长期在茫茫草原与狼共处的蒙古民族，正是因为有了"狼群"这样的出色优异的导师，才使这一身处凶险、孤寂的生态环境的游牧民族，以勇敢无畏的精神、神奇超人的智慧、坚忍不拔的意志，在亘古不变的草原世界，长居与发展起来，写下人类文明史上极为凝重豪放而浓墨重彩的一笔。

在草原民族的情感世界里，狼，不仅有恩于该民族，曾经哺育过蒙古族的先民，而且是古老的草原文化的创造者与"哲师"，狼有自己独立的思维，特异的行动方式，传达与沟通同类的声讯手段，对"敌"凶猛强悍，对"友"怀感恩心理，善于集体行动，常常出奇制胜。"狼"与"人"，作为草原世界的两大精神主体与主要对手，不仅千年相守，共同创造了伟大的草原文明，而且彼此砥砺切磋，互为师友，形成与建构起了独特的情感关系，"狼图腾"——作为草原民族精神世界的象征，千百年来，支持着蒙古民族创造了无数令世人瞩目的历史辉煌。披览人类历史，在人类各族的文明旅程与历史记忆中，都有自己的文化"图腾"，如汉族的"龙图腾"、苗族的"牛图腾"、纳西族的"青蛙图腾"、维吾尔族的"夜莺图腾"、达斡尔族的"鹰图腾"……而在蒙古族这个血性民族的文化史上，"狼图腾"，是该民族极为神圣而庄严的图腾崇拜，纵横叱咤于草原的蒙古狼，既被其尊为"兽祖""宗师""神灵"，又被其视为"使者""伙伴"和大草原的"守护者"，在草原世界，狼与人，相互依存，相互砥砺、相互守望、相互成长。与狼共舞，人狼并存，共同呵护自己的生命家园，是草原族群重要的生命形式与精神追求，正如作者在书中所言：

"狼学可能是一门涉及人学的大学问。"① 而对于蒙古民族而言，狼学，蕴含了该民族极为深广丰富的文化历史和精神底蕴，也是揭开民族秘史极为重要的文化密码。

在世界民族之林中，蒙古族是一个历史悠久而富于传奇色彩的优秀民族。自古以来，蒙古人依托广阔的草原过着"逐水草而迁徙"的游牧生活，因而被誉为"草原骄子"。被联合国教科文组织列为世界著名文化遗产典籍的《蒙古秘史》曾生动地记载了这个民族早期的历史、社会、风俗、语言、文学以及包括成纪司汗（成吉思汗）先世的动人传说等种种奇闻逸事，其珍贵的文献资料，一直深受中外学者的关注与重视。关于"狼"与蒙古族的关系，法国学者勒尼·格鲁塞在《草原帝国》中写道："突厥——蒙古民族的古代神话中的祖先是一个狼。据《蒙古秘史》记载，蒙古人的神祖是一个苍色的狼；据《乌古思史记》，突厥人的神祖是一个灰色的狼。"② 而中国古代由匈奴、鲜卑、突厥等组成的草原狼性骑兵在横扫欧亚大陆、称霸世界的征程中所打出的蒙古大军的旗帜，即为"狼头"军旗。崇拜狼图腾、以狼为楷模、具有狼的战略战术、狼的智慧、强悍与凶猛性格、狼的豪气与拼搏精神，一直以来都是蒙古民族具有文化自认且引以为豪的文化承传，并在此基础上形成了该民族个性鲜明的民族精神。

在描写与诠释这种草原精神时，《狼图腾》巧妙地借助蒙、汉交叉的叙述视角，将亘古传闻、秘史典籍、历史哲学、学术研究与作为叙述者的现实观察、感性体验以及理性认识等糅为一体，形成一种极为独特的叙述语式，从而在深广的历史与鲜活的现实有机融合、交相呼应的话语层面，立体地述说与揭示了"草原狼"与"草原人"的过去与现在，进而向人们展示了一个既具混沌的原始状态，又富有鲜明的时代亮色的绚丽多姿的"草原世界"。

文本的蒙古视角，主要是借助了一位饱经沧桑、谙熟草原历史和文化真谛的蒙古族老人——毕利格。这是一位生于斯、长于斯，终身与草原相依为命、与狼生死与共、与草原族类息息相通的"草原之子"的化身。老

---

① 姜戎：《狼图腾》，长江文艺出版社 2006 年版，第 57、157、44、53、88、62 页。

② 同上。

人睿智、深沉、理性而忧郁，尤其是对大草原、对狼、对草原生态系统，有着独到的理解与认知，形成了常人难以企及的历史深度与思想高度。在老人的眼中，狼，是草原的神灵，是长生天"腾格里"派遣到草原的使者，同时又是大草原的守护者。在草原生态系统中，狼肩负着多重使命：狼群大规模地猎杀野生黄羊，在于黄羊是优质草场最大的破坏者，它们总是成群地糟蹋优良的牧场，与牛羊马争食最鲜嫩的绿草；狼捕捉旱獭、黄鼠、野兔，亦因为这些草原动物既能吃草又擅长打洞，是造成草原"沙化"的祸害；狼食草原腐肉，可以净化草原环境，防止"瘟疫"的发生与漫延；狼强大的消化系统与精细化的排泄系统，既是草原的"净化器"，又是草原的"化肥厂"，它几乎能将一切食物（鲜活的动物、尸体、腐肉、骨头、皮毛）转变为肥沃草原的有机物质，养育与延续草原的生命。正如老人所说：草原是"大生命"，草原狼是这个大生命系统中的重要环节，是守护草原的功臣与不可替代的角色。如果没有草原狼，草原这个"大生命"将不堪设想，一切依托草原生存的小生命（包括众多的其他草原生命以及"人"本身）都将陷于"皮之不存，毛将焉附"的尴尬之境。毕利格老人以他丰富的草原阅历与人生感悟，所揭示的其实是一种带有终极真理性质的"草原生态逻辑"。其内涵的思想颇具哲学思维与哲理意蕴，充满了一种生活的辩证法和生态化的逻辑运思。不懂大生命（生态环境）与小生命（具体的生命个体）的关系，人类乃至一切地球生命最终将会受到自然的惩罚，受到必然的生态报应。这应该说，是《狼图腾》给予我们的最大启示。

　　文本的汉族视角，是以陈阵、杨克等一群"知青"为代表的现代青年，他们来自现代都市，接受过现代文明，拥有现代文化知识与独立思想，但这一切与毕利格老人实际的草原生活经验一旦碰撞，却显得是那样"幼稚"与"无知"。大草原有自己的历史逻辑与生活法则，草原生命在自然生态之下，彼此相守，各安其位。尽管为了各自的生存，不同物种之间避免不了符合自然规律的杀戮，但这种生物性的"食物链"却维持着持续的生态平衡，各类物种亦在这种"物竞天择""自然淘汰"中不断进化。强者愈强，适者生存，这是草原千古不变的"天道"，也就是毕利格老人所说的"腾格里"的意志。可这些在来自草原之外的汉族青年最初看来，是那样的不可理喻。尤其是对于"狼"的态度，按照汉族的文化理念，狼绝对是一个天地不容的角色，在汉人的文化思维中，所有与狼相关的表达都是"NO!"：人们常把最恶毒的人叫作"狼"，称其是"狼心狗肺""狼狈为奸"；把欺负女性的人叫作"色狼"；说那种居心叵测的人是"狼子野心"；把侵略他国的美帝国主义形容为"野心狼"；就连日常生活中大人吓唬孩子，也假喊一声"狼来了"！是毕利格老人以古老的草原法则和无可辩驳的生活经验，纠正与改变了陈阵等汉族知青们的错误观念，使他们认识到，在草原生态环境之下，狼是集合了十分复杂的性格内涵与文化内容的一种生灵，在牧民的心中，狼是"腾格里"专门派到草原的圣灵，是草原神话里被尊为祖先的"神祖"，以草原为家的牧民们不仅学习远古以来就存在于草原且比自身还要古老的草原狼的经验围猎打猎，获取生存之需，而且依靠狼来维护管理草原；不仅生前尊狼敬狼，就是死后，也像藏族由天上的雕实现"天葬"习俗一样，甘心让上苍派遣来的"狼"吃尽自己的肉体，寄托随狼升迁天堂的意愿。可以说，草原民族终生与"狼"生命相依、生死相托，而作为草原精魂象征的"狼图腾"——实际上亦是交织着草原民族"狼学"文化与"人学"思想复杂的历史内容与精神现象的文化标识。当陈阵与杨克等人带着汉族的文化思维与草原民族的文化传统在以"狼"为聚焦的文化平台上发生文化碰撞时，汉族文化一时竟显得那么无知而脆弱、狭隘而尴尬。

由此可见，"狼学"是大草原的大学问，是草原人在数千年的历史演绎与生活积淀中获得的真切而具有真理性质的一部大书。草原生态中，狼扮演着"复杂"而"特异"的角色，承担着"多重"而"特别"的使命，在与人类以及其他草原生命体的交往与生命守望中，始终依据着草原生态逻辑，既特立独行、我行我素，又似乎特别地与"人"的生活息息相关，狼那种似乎得益于"神示"的生存之道与生活方式，给予草原民族良多的生命感知与现实经验，认知狼、学习狼、研究狼、呵护狼、尊崇狼、神化狼，反映了草原民族关于"生态学""文化学"与"人学"的最为经典而深刻的文化思想，正如文学批评家白烨所说，姜戎笔下的草原狼，是生物的狼，也是人文的狼；是现实的狼，也是历史的狼。而学者孟繁华认为，《狼图腾》在当代中国文学的整体格局中，是一个灿烂而奇异的存在：如果将它作为小说来读，它充满了历史和传说；如果将它当作一部文化人类学著作来读，它又充满了虚构与想象。作者将他的学识和文学能力奇妙地结合在一起，其具体描述和人类学知识相互渗透得既出人意料又不可思议，堪称一部情理交织、力透纸背的奇书。因此说，"狼学"在蒙古民族文化体系中，的确是一门与"人学"密切交织而互映存在的特殊学问，"狼性"与"人性"，作为草原的历时性存在，一定意义上，也存在着某种相通相近的东西，而草原民族就在这"与狼共舞"的生态环境中演绎着他们的人生大戏。

二 "狼性"与"人性"的搏斗与磨炼：草原族群镜像

进化论理论认为，所有的物种进化，都有自身的特性与自然规律，但同一生态环境下的物种进化，彼此之间，又存在着微妙而神秘的关系与联系。达尔文的这种理论，在《狼图腾》中有着极为鲜活的描写。如狼在猎杀黄羊的围猎中，往往获取的都是那些既笨且蠢的一类，而那些真正聪明又健壮的黄羊则多能幸免并生存下来，进而代代繁衍，成为草原最快的赛跑能手，即使黄羊的天敌追击速度极快的狼也常常自叹不如。因而可以说，是狼培养了黄羊这一草原物种的特技，促进了其物种的进化。

"狼"与"人"的关系亦然。作为草原的两大存在与生命群体，狼，既威胁着人类的生命与生产的安全，又磨炼了人类的品格与意志。人在与狼的长期相处和争斗中，一方面认识了狼凶残杀戮的天性，另一方面，也获得了来自自然的神性的感知：生命总是属于强者与智者。"残酷的草原，重复着万年的残酷"①。人在这种残酷的环境中要想获得安全、生存与发展，就必须比狼更强、更聪明，并以"其狼之道还治其狼之身"，诚如作者在书中所说："跟狼打交道多了，人也会变成狼"，"或者变成狼性兽性更多一些的人"②。而"在残酷竞争的世界，一个民族，首先需要的是猛兽般的勇气和性格，无此前提，智慧与文化则无以附丽"③。历史上从蒙古民族中成长起来的"一代天骄"、文盲军事家成吉思汗之所以率领蒙古铁骑横扫欧亚大陆，建构起与当年罗马帝国齐名而

---

① 姜戎：《狼图腾》，长江文艺出版社 2006 年版，第 57、157、44、53、88、62 页。
② 同上。
③ 同上。

疆域宽阔、版图最大的蒙古大帝国，令世界震撼而侧目，就是因为蒙古民族在与草原狼千百年的周旋与斗争中，从狼的身上学到了军事学、心理学、天文学、地理学等方面的杰出知识，尤其是从狼的性格中汲取了威武、勇敢、强悍、无敌的精神力量，进而将之渗透到民族文化的血液之中，培植出一种超越人类其他文化品格而独显其长的新型文化元素，支持着这支军队去征服世界，纵横天下，从而使蒙古民族一度卓立于世界民族之巅。

为了浮现当年的历史，小说《狼图腾》以惊心动魄之笔描绘了一场草原狼群如何"围猎"数十倍于自己的黄羊群，展开那种大规模的兵团作战场景的"全景式"图景：此役，狼一方面精心策划，精心组织，精心部署，一方面精于侦查，利用地形，调度兵力，在此基础上，采取集团作战，凌厉攻势，最终凶猛追击，将大批的黄羊逼向似乎是战役"缺口"的绝境——看似平坦却实为地势低洼的大雪坑，从而大获全胜。细思该役，狼可谓深谙"兵道"的杰出军事家，天气物候、地形地貌、心理测算、前期侦查、兵力调度、等待时机、围而不击、出其不意、兵贵神速、声东击西、集团作战、运动歼敌。人类"兵法"的种种思想，在一场狼的围猎中声色俱现、惟妙惟肖地演绎出来。呼应此役的另一场"战事"，则是狼报复人类的一次行动。是役，狼因为大批"狼窝"被掏，决计采取报复行动，它们巧妙地利用大风"气象"，以凶猛的击杀，在一个长距离的"奔袭"中，将草原各地刚刚集中起来的一群准备参军的"军马"全部驱赶到一个陷阱式的"大水泡"，造成军马群的全军覆灭。这个谙熟草原物候气象、地形地貌的族群，精灵般地出没与驰骋于大草原，或单兵行动，或集团作战，或游击偷袭，或埋伏伺机，或擅于逃脱，或有组织地撤退，一切井然有序，有条不紊，显示出超人的智慧与才能。而草原民族正是在与狼的这种千年纠缠中，由观察狼而认识狼，由敌视狼而亲近狼，由痛恨狼而崇拜狼，在一种复杂的情感纠结中与狼建构起亦师亦友、亦亲亦邻的特殊关系。

倘若从自然生态与社会心理角度审度，"狼性"与"人性"的相通，确乎存在着某些现实的可能性。人们常说狗通人性，是因为狗在人类长期的驯化中，养成了"家奴"的秉性。狼是一种充满野性的物种，茫茫草原培育了狼自由不羁、桀骜不驯的性格，特立独行的意志，同样是草原族群的游牧民族，尽管不能像驯化狗那样去驯服狼，却在与狼的长期相处与厮守中，与狼砥砺相触、彼此磨炼，感染与培植起一种类似狼的"精神"与"气质"。狼有许多神圣的信条：以命拼食，自尊独立，团结坚韧，勇猛顽强，富于牺牲，斗志旺盛，无畏无惧，机警灵活，……这些都是"狼性"所特有的性征，而草原民族的勇猛强悍、血性独立、不屈不挠、视死如归、富于智慧、坚韧坚毅、亲爱团结、一往无前的品质，无不显示出他们与狼族在精神上的相通之处。与狼共舞、与狼搏斗、与狼相互习练、与狼千年切磋，练就了草原民族"狼的气质""狼的精神""狼的品格""狼的才能""狼的团队意识""狼的智慧思想"。可以说，没有"草原狼"，就没有草原的历史，没有草原亘古不变的生态，没有草原人血性的精神，更无谈草原民族曾经创造出的世界性辉煌。《狼图腾》通过以额仑草原毕利格老人为代表的一代蒙古族人的传述与讲授，不仅以狼为叙述主体为我们展现出了草原文化的精髓，而且文本所暗喻的"天人兽草"的天人合一的自然观念，亦深刻地揭示了草原族群复杂的历史镜像与繁衍发展的千古之谜。

　　当然，"狼性"与"人性"，由于"进化"的原因，又有着本质的区别。狼毕竟是狼，人也毕竟是人。狼性与人性因长期的"共时""共处"原因，或许存在着某种相互影响与彼此灵通的东西，但狼永远难以成为人，或成为人所期望的家驯的动物。即使被人强制驯养，也始终不改它的自由孤傲、特立独行、桀骜不驯的本性，《狼图腾》以知青陈阵掏狼窝、养小狼，以亲身而切近的感受，观察研究狼的生活习性、狼的思维特点、狼的行为方式、狼的自我保护意识、狼的难以改变的凶残特性、狼的自私排他本质等，以实验性的"个案"方式，研究狼、解读狼，透视狼的心理，文本的这类描写，简直可视为"关于狼学的研究"与"科学论证"。最后，主人公由迷狼、爱狼、养狼，直至亲自将千疼万疼、如亲儿般费心养大的狼崽在自己的手中终结其生命，以此说明"狼子之心"是终不可改变的。而人的"狼性"的另一面，在《狼图腾》中作者也适时地展开比照：自我、贪婪、凶残、杀戮，这些狼的品性，的确也不同程度地表现在"某类人"的身上，譬如制造"南京大屠杀"的日本侵略者、发动"一战""二战"大量屠杀人类的法西斯分子，这种"人的兽性"，既是进化的误区，也是人所残留的动物性的具体表现，作者在书中联系现代历史上诸种"杀戮"现象，毫不留情地直斥了"人类中的狼"的兽行，表现出对人类社会与历史的一种深刻反思与拷问。的确，"人杀人要比狼杀狼多得多"。① 这是人类社会中一种显在的事实，也是"人"比"狼"更为"退化"与"异化"之处！

三　"狼道"与"天道"的神示与暗喻：自然生态法则

现代意义的生态学认为，在自然化的环境中，所有的生物体与其周围环境（包括非生物环境和生物环境）都存在着相互的关系，它们或者相互依存、相互杀伐；或者相互排斥、相互竞争，在一个系列化的生物群落与生命系统中，演绎为动态性的物质流动及能量交换，进而保持着一种符合自然规律的平衡状态，在一种衡定性的环境中形成一种无极循环的有机生态系统。也就是说，任何生物的生存都不是孤立的，同种个体之间有互助有竞争，异种物种之间有联系有区别，各种生物的生存、活动、繁殖，均需要一定的空间、条件、物质与能量。而生物在长期进化过程中，亦逐渐形成了对周围环境某些物理条件和化学成分的特殊需求，这种生物性需求所需要的物质、能量以及它们所适应的理化条件是不同的，故这种特性被称为物种的生态特性。动物界的各类物种是这样，生活在大自然空间的人类的活动同样也带有这样的空间特征，即植物、动物、微生物之间天然地存在着复杂的相生相克关系，以这样的生态学理论观察文学，"文学是人学，同时也应当是人与自然的关系学，是人类的生态学"②。不同的是，现实生活中，人类为满足自身的需要，常常按照主观意志不断地改造环境，但环境反过来又影响着人类。

狼与人类最大的不同是，狼从不像人类那样主动地"制天命而用之"③，而是顺应自然，利用自然。狼是草原的霸主，在草原生灵中常常君临一切，许多草原动物，如黄羊、旱獭、黄鼠、野猪、野兔，甚至牧民们牧养的牛、羊、马等，都是其猎取的对象与果腹之物。"狼道"似乎就是"天道"，草原的自然之道。狼的法则，亦似乎是自然的法则，这种符

---

① 姜戎：《狼图腾》，长江文艺出版社 2006 年版，第 57、157、44、53、88、62 页。
② 鲁枢元：《生态批评的空间》，华东师范大学出版社 2006 年版，第 323 页。
③ 《荀子·天论》。

合草原规律的"自然之道"与"自然法则",决定着草原的命运。对于狼,草原民族可谓又爱又恨,又怕又敬,交织着古老的、现实的复杂感情:依草原古老的传说,"狼"被视为蒙古族先民——突厥、高车、鲜卑、乌孙、匈奴人的"神祖",也曾经是以狼乳哺育草原弃儿、有恩于蒙古先民的圣灵;从相关的史籍记载考论,亦曰蒙古人是狼与人杂交的后代,故其骨子里充满了顽强、坚韧与野性的性格元素;从图腾崇拜上讲,狼是草原民族心中的神灵,是长生天"腾格里"派遣下界的使者,其即担负着管理草原的使命,又是草原民族期望升天的承载者;从现实的生存之境与生存危情来说,狼是草原人类的天敌,狼的泛滥与猖獗,常常损害人类的利益,妨碍人们正常的生产与生活;但从生态环境的保护来说,狼又是草原的守护者与功臣,狼所猎杀的黄羊、野兔、旱獭等,都是草原环境的破坏者,而狼通过吞噬草原遗弃的腐肉,将之转化为精细的狼粪,则是草原不可多得的有机肥料,……正是诸种复杂的因素,决定了草原民族对于狼看似矛盾而实际上合情合理的人文态度,他们爱狼、护狼、崇狼而又有理性、有节制地打狼、驱狼,既限制狼的恣意胡为,又发挥狼在草原上不可替代的作用。"狼道"与"天道",在牧民的心中,自有一杆"平衡之称",狼的法则,既是"天道"的实现,满足了自然生态的需求,又表现出某种神秘的神示与暗喻,而亘古不变的大草原生态环境的和谐、安宁与丰饶、美丽,与草原狼那种"替天行道"的贡献,显然是分不开而又难以抹杀的。因此说,《狼图腾》的文本价值,不仅在于它是世界上唯一一部真正以狼为描写主体的文学创作,从生态学这一意义上衡定,《狼图腾》也成功地将"狼"推上了历史的舞台,在辽阔无边的大草原背景之上,在草原生命演绎的这部历史剧中,上演了一场"有关人与自然、人性与狼性、狼道与天道"[①] 的生态大戏。

由上可知,以中国哲学所崇尚的"自然观"和现代科学理性的态度审视"狼"的存在,狼显然是草原生态与草原生物链中一个十分重要的环节,借助毕利格老人以及草原牧民的说法,这是一个"大环"!狼所秉持的"狼道",既符合草原生态法则,又利于人类综合管理与利用草原。可以说,是狼与草原人在"大草原"共同建构起了自己的天堂和长相厮守的

---

① 安波舜:《狼图腾·编者荐言:享用狼图腾的精神盛宴》,长江文艺出版社 2006 年版。

精神家园。在整个草原生态系统中，狼既是千古以来草原文明的守护神，又是现代草原生物进化的助推器。可惜的是，随着所谓现代观念的演变以及汉族文化主流思想的入侵，狼所代表的原始的草原传统遭到了无法抵挡的冲击。自然生态的破坏、资源不合理的开发利用，人类力量的围剿打击，造成了包括狼在内的草原生物种的大量消失。当下，在分析全球生态问题以及人类所面临的生存危机时，生态学学者们一致认为：森林破坏的严重、淡水资源的紧缺、草原面积的缩水、土地的沙化、资源的丧失以及生物种的大量消失，均是造成生态环境恶化的主因。而在挽救生态失衡现象时，过分强调工程措施，忽视生物措施，也显然是违反自然规律与生态协调法则的。对此，《狼图腾》一方面重点描写了草原狼在现代社会来临过程中的不幸遭遇，另一方面通过转业到地方的军代表包顺贵的"瞎指挥"与专横霸气的"胡作为"，尤其是猎杀草原最后一块"净土"与"处女地"上的野鸭与白天鹅等野蛮行径，形象而具体地表现出"人祸"对于草原生态的破坏以及具有良知的人们内心的深切痛心与深沉忧虑。对于书中的这种描写以及现实中"草原狼"逐渐退出历史舞台的现象，该书的责任编辑安波舜先生在"编者荐言"中以感慨的口吻不无遗憾地说："如果不是因为此书，狼——特别是蒙古的草原狼——这个中国古代文明的图腾崇拜和自然进化的发动机，就会像某些宇宙的暗物质一样，远离我们的地球和人类，漂浮在不可知的永远里，漠视着我们的无知和愚昧。"① 而生态学家们在关于当下"人的生态环境"日益恶化的研究分析中，也明智而尖锐地指出：人们总要为自己的行为付出代价的。当年不顾一切地填湖造地、开辟草原去扩大农田，发展农业，不顾一切地围剿狼和草原上的生物，不仅造成了草原生态的严重失调与失衡，而且危及了原本以草原为家的所有生物体，曾经的这种鼠目寸光和急功近利，既让当时的草原生态蒙受了巨大的损失，同时也让今天的人们感受到了生存的危机，草原的沙化与漫天的沙尘，已开始越过长城向城市逼近，草原狼在历史舞台的退出，也切断了草原生物的链条，草原这个"大生命"正在萎缩，所有草原生灵"物质的家园"与"精神的家园"危在旦夕，正是从这样的意义上重新透视与解读《狼图腾》，其价值意义恐怕远不止因为它是迄今为止世界上唯

---

① 安波舜：《狼图腾·编者荐言：享用狼图腾的精神盛宴》，长江文艺出版社 2006 年版。

一一部真实描绘蒙古草原狼以及神奇再现古老的"狼图腾"与草原历史镜像的奇书,从更深广的历史地理以及生态文化上审视,这部浸染着浓郁的草原游牧文化色彩而又充满着现代理性哲思的"回望式"书写还应是一部还原草原生态本相、催动人们反思现实生态处境、理性思考人类未来生命走向的启蒙大书!

论21世纪吉狄马加诗歌的精神向度

王　泉

（湖南城市学院）

吉狄马加作为一名彝族诗人，从20世纪80年代开始一直致力于从本民族的文化传统出发，探寻人类生存与发展的路径。21世纪以来，他创作了大量反映人类文明进程的诗作，书写世界上不同的民族文化，异中求同。同时，以悲悯情怀关注大自然生命的生存状况，凸显出生态主义的文化诉求。他对人类英雄的礼赞和诗歌精神的呼唤则彰显出人生的正能量。

一　对民族文化之根的追寻

在存在主义哲学家看来，人存在于世界的意义在于不断地选择。"当我们说人自己作选择时，我们的确指我们每个必须亲自做出选择；但是我们这样说也意味着，人在为自己做出选择时，也为所有的人做出选择。"①对一个真正的诗人来说，他一旦来到这个世界，总是会用怀疑的眼光看取人和事，加以辨析、体悟和升华，从而得到审美意义上的纯粹。

彝族是一个集中分布在我国西南山区的人口较多的少数民族。一方面，彝族人在长期的生产和生活中形成了自己特殊的民族文化。他们对黑色、黄色和红色的独到理解形成了他们沉稳而热烈的气质。另一方面，彝族经过与汉族等其他民族的融合，不断演变，使其文化日趋多元。作为在大凉山土生土长的诗人，吉狄马加深有体会。尽管他的工作地点不断变

---

①　［法］让—保罗·萨特：《存在主义是一种人道主义》，周煦良、汤永宽译，上海译文出版社1988年版，第9页。

化，从成都到北京再到西宁，辗转异地，一颗赤子之心始终不变，对本民族的守望是诗人出发的原点与精神支撑。他这样认为："我写诗，是因为我的父亲是彝族，我的母亲也是彝族。他们都是神人支甲阿鲁的子孙。"① 可见，根植于彝族文化的神秘与伟岸使得诗人获得了创作的无穷无尽的源泉。他在 21 世纪创作的许多诗作都是心灵的袒露与真情的呼唤，他在寻觅、追忆和感怀中畅想着人类的精神家园。《自画像》在寻找彝族史诗传说中的英雄和美女中表达了诗人的理想：为自己是彝族人而骄傲。《回答》通过向一个丢失了绣花针的小姑娘问路的故事，惟妙惟肖地将那种回到故乡的温情表达出来："我对她说/那深深插在我心上的/不就是你的绣花针吗（她感动地哭了）。"② 绣花针是用来编织美丽的图画的，姑娘寻找的是心中的希望与美好的未来，诗人因找不到通往吉勒不特的小路而迷惘。诗歌把自己的心痛与小姑娘的焦急进行了巧妙的组接，给人以亲切、自然的感觉。这里通过两代人的对话将诗人对生养自己的故土的深情刻画出来，寄寓了对下一代彝族人的期望。在《黑色狂想曲》中，诗人以满腔的豪情抒发了对故土的依恋："在这寂寞的时刻/啊，黑色的梦想，你快覆盖我，笼罩我/让我在你情人般的抚摸中消失吧/让我成为空气，成为阳光/成为岩石，成为水银/成为女贞子/让我成为铁，成为铜，/成为云母，成为石棉，成为磷火。"③ 这里借梦想的境界将人与自然的亲密无间演绎，道出了自然力的伟大。生与死、苦难与幸福在诗人的想象里融为一体。正如美国诗人梅丹理所理解的那样："黑色，作为一种情绪和情感氛围的象征，显示了彝族人民对于苦难和死亡的认识；同时，它也昭示了一种精神上的向度和深度。"④ 这实际上凸显了诗歌的伦理价值，一种基于生命意识的对于人性善的高扬，一种人之为人的与生俱来的感恩情怀。

此外，《守望毕摩》《听〈送魂经〉》也是缅怀彝族历史的优秀作品。前者以彝族文化的传承者和原始宗教中的祭司为对象，表达的是对一种古

---

① 吉狄马加：《一种声音——我的创作谈》，吉狄马加《吉狄马加的诗》（中英文对照），[美] 梅丹理译，四川文艺出版社 2010 年版，第 402 页。

② 吉狄马加：《吉狄马加的诗》（中英文对照），[美] 梅丹理译，四川文艺出版社 2010 年版，第 44 页。

③ 同上书，第 101—102 页。

④ [美] 梅丹理：《译者的话》，吉狄马加《吉狄马加的诗》（中英文对照），梅丹理译，四川文艺出版社 2010 年版，第 16 页。

老文化精神的守望。"守望毕摩／我们悼念的不但是／一个民族的心灵／我们的两眼泪水剔透／那是在为智慧和精神的死亡／而哀伤。"① 这里凸显出诗人对现实的忧虑。后者以自我解剖式的自白道出了诗人对文化传统的领悟和人性善的苦索。这种心灵回溯式的写作不是简单地向后转，而是一个彝族诗人在面对现实时做出的富有良知的深思。正如诗人自己所言："我写诗，是因为在现代文明和古老传统的反差中，我们灵魂中的阵痛是任何一个所谓文明人永远无法体会得到的。我们的父辈常常陷入一种从未有过的迷惘。"② 《火神》写火把节中彝族人的欢庆场景，突出的是信仰的力量。"把警告和死亡，送到苦难生灵的梦魂里／让恐慌飞跑，要万物在静谧中吉祥／猛兽和凶神，在炽热的空间里消亡／用桃形的心打开白昼／黎明就要难③产／一切开始。不是鸡叫那一声／是睁眼那一瞬。"④ 生命的狂欢中凸显对光明的向往。在这里，每一个参与者都是火神的子孙，都是民族文化的守护神。诗人睁眼的那一刻，是对彝族文化的重新发现与审视。

正因为有了世界各民族的差异性，它们之间才有了交流与融合的可能。没有一个民族会独立于世界之外而生存。作为一名国际文化交流的大使，吉狄马加更是有着独到的领悟："文化的多样性是这个世界的客观存在，人类的一切文明成果，也是因为有了这种民族和文化的多样性，千百年来才这样生生不息，永不枯竭。"⑤ 多次的出国访问给他的诗歌留下了不可磨灭的记忆，这些记忆与他早年的人生经历的叠加往往升华出关于世界文化相融的哲思。《土墙》写诗人参观以色列的一堵石头墙，想到的却是彝族人的土墙。"我一直想破译／这其中的秘密／因为当我看见那道墙时／我的伤感便会油热而生。"⑥ 西墙是以色列民族的象征，被人称

① 吉狄马加：《吉狄马加的诗》（中英文对照），［美］梅丹理译，四川文艺出版社 2010 年版，第 124 页。

② 吉狄马加：《一种声音——我的创作谈》，《吉狄马加的诗》（中英文对照），［美］梅丹理译，四川出版集团、四川文艺出版社 2010 年版，第 412 页。

③ 吉狄马加：《吉狄马加的诗》（中英文对照），［美］梅丹理译，四川文艺出版社 2010 年版，第 44 页。

④ 同上书，第 240 页。

⑤ 吉狄马加：《一个更加开放的中国，更需要和世界沟通》，《为土地和生命写作——吉狄马加访谈及随笔集》，青海人民出版社 2011 年版，第 120—121 页。

⑥ 吉狄马加：《吉狄马加的诗》（中英文对照），［美］梅丹理译，四川文艺出版社 2010 年版，第 28 页。

为犹太教的朝圣之地。它见证了以色列人民从颠沛流离、任人欺负到日益强大的历史。诗人从外国民族的历史想到彝族人的过去，在感伤中充满了对历史的反思。同时，告诫今天的人们以史为鉴，珍惜民族团结的局面。

《献给土著民族的颂歌——为联合国土著人年而写》《欧姬芙的家园——献给二十世纪最伟大的美国女画家》，就是一曲曲对人类之爱的颂歌。《献给土著民族的颂歌——为联合国土著人年而写》以"歌颂你""理解你""怜悯你""抚摸你""祝福你"层层深入，期盼着人类的和平、自由与公正。后两首则从画家和政治家的角度切入，探寻他们灵魂的所在，给人以启迪。"欧姬芙，一个梦的化身／你的虚无和神秘都是至高无上的／因为现实的存在，从来就没有证明过／一个女人生命的全部！"[1] 这刻画出一个女画家超越现实的艺术生命力，向世人昭示了崇高人生的境界。

世界文化因民族的不同而色彩缤纷，世界各民族又因各自文化的深厚和独特而形成了丰富的情感世界。吉狄马加从彝族传统文化的魅力出发表现不同民族的情感，实行了跨越时空的文化对话与交融。

二　对生命的敬畏

长期以来，在人们的心目中形成了这样的一种错觉：人是万物之灵，只有人才是美的使者，动物只是在适者生存中保持着其作为生命存在的意义。黑格尔就认为，由于动物没有自我意识，意识不到自己的存在，造成了自然美的基本缺陷。在笔者看来，这实际上陷入了人类中心主义的泥潭，把人推向了一种孤立于自然界之外的盲区。在生态主义者看来，人是大自然不可分割的一部分，自然界的万物都与人处于平等地位。因此，人不是主宰万物的王，应该自觉服从自然规律，懂得敬畏自然。在吉狄马加眼里，大自然里的一切都显得那么神奇，那么令人感到相形见绌。《嘉那嘛呢石上的星空》突出的是佛家"众生平等"和"无情有性"的意识，同时寄托了对玉树地震灾区重建的奇迹的渴望："因

---

① 吉狄马加：《吉狄马加的诗》（中英文对照），［美］梅丹理译，四川文艺出版社 2010 年版，第 288 页。

为只有对每一个个体生命的热爱/石头才会像泪水一样柔软/词语才能被微风千百次地吟诵。"①

"彝族对待生命过程的理解非常深厚，认为人和最早创世的动植物同在这个世界上，彝族人的哲学思想就是和动植物的平等观。这种平等观对今天善待地球善待其他物种和文化有很重要的启示意义。"② 在这样的创作理念支配下，他把激情献给了自己热爱的动植物，通过合理的想象，赋予了人文精神的内涵。

《感恩大地》借一种在盐碱地顽强生长的冬枣树，表现了人类应秉持谦卑的姿态，向大自然学习，少索取多奉献。《吉勒布特的树》书写故乡之树对诗人的启示："树弯曲着/在夏天最后的一个夜晚/幻想的巢穴，飘向/这个地球更远的地方。"③ 《古里拉达的岩羊》从"雄性的弯角"和"童真的眼睛"里，诗人感受到了自然的力量，把它想象成梦中的星和灵魂的"闪电"，由衷地把这大凉山的最高处的精灵视作自己的梦中情人。故乡的风景在诗人心中成为永不磨灭的记忆，动物的生命幻化为精神的信仰，这在今天具有不可低估的意义。《你的气息》从时间的躯体联想到"大地艾草的气息""大海的呻吟和燃烧"，通过跨越时空的幻想，达到了贴近大地的真实。

《孔多尔神鹰》以印第安人敬畏的巨型鹰为书写对象，透析了印第安人苦难的历史。"飞翔似乎将灵魂变重/因为只有在这样的高度才能看清大地的伤口。"④ 鹰由于它对世间万物的明察而受到人们的赞美。流传于世界各游牧民族人民中的鹰图腾凸显出他们的文化传统。而惨遭殖民者杀戮、贩卖的印第安人更是对鹰崇拜有加。他们相信鹰会给他们带来平安和幸福。吉狄马加借"鹰"寄寓了对弱小民族的同情。

文学离不开描写自然环境，因为文学作为人学，在表现人性方面时刻都包容了大自然的因子。雪豹是高贵精神的象征，它在山顶观望、巡视及

---

① 吉狄马加：《嘉那嘛呢石上的星空》，《人民文学》2011 年第 7 期。
② 吉狄马加：《诗歌提升社会生态文明——北京地球村环境文化中心主任廖晓义专访》，《为土地和生命而写作——吉狄马加访谈及随笔集》，青海人民出版社 2011 年版，第 62 页。
③ 吉狄马加：《吉狄马加的诗》，《诗歌月刊》2011 年第 11 期。
④ 吉狄马加：《吉狄马加的诗》（中英文对照），［美］梅丹理译，四川文艺出版社 2010 年版，第 380 页。

捕杀山羊、护仔等行为，都是一种高贵的体验。而当雪豹被人逼入绝境时，以跳入悬崖的壮烈验证了它的高贵。《雪豹》《我，雪豹……》在原生态美中抒发了生命个体的意义。《雪豹》由雪豹在雪域世界里的特立独行，回溯到童年关于父亲的记忆，诗人思考的是存在的价值。诗人惊叹雪豹之美而反顾自身的血缘，获得了永恒的意义。

最新长篇抒情诗《我，雪豹……》（载《人民文学》2014 年第 5 期，以下未注明出处者均出自该诗）更是把大自然赋予雪豹的一切活力展现出来，开拓了诗歌书写自然的空间。正如有的评论者所言："这首诗不单纯是一种唯美意义上的纯粹对象化的想象游戏，它还有着诗人在自然伦理方面的道德诉求。这样的处理，可能有些追求唯美的读者不大喜欢，但它却在某种程度上暗合了现实。"① 诗人叶延滨认为："这首诗在这里赞美自然，不仅是今天现实存在的自然，还有消失的那些壮美，以及我们希望看到的那些和谐！"② 在笔者看来，该诗表现出三重视角，一是作为动物的雪豹，二是诗人幻化的雪豹，三是动物学家眼里的雪豹。在视角转换中完成了关于雪豹的生命诠释。首先，诗人写了雪豹作为雪山之子的本色："我的诞生——/是白雪孕育的奇迹/我的死亡——/是白雪轮回永恒的寂静。"这里表现的是雪豹作为自然界生命的自然美，道出了生命纯粹的意义。其次写了人类的经文和语言在雪豹面前显得渺小："永远活在/虚无编织的界限之外。"可见，真实才是它存在的唯一理由。

动物就是动物，自有它生存的法则。"自由地巡视，祖先的领地，用一种方式/那是骨血遗传的密码。"在雪豹的世界里，它是自足的，有它传承生命的方式，人类未必知情。"一只雪豹，尤其无法回答/这个生命与另一个生命的关系/但是我却相信宇宙的秩序/并非来自偶然和混乱/我与生俱来——/就和岩羊赤狐旱獭有着千丝万缕的依存/我们不是命运——/在拐弯处的某一个岔路而更像一个琢磨不透的谜语。"这里通过"我"写出了动物学家眼中的世界以及诗人幻化为雪豹的自我言说，表达了生态主义的诉求：自然界里的万物之间是不可分割的，一旦失去一个物种，平衡将

① 石厉：《由同理心造就的诗性世界——评吉狄马加的诗作〈我，雪豹……〉》，《文艺报》2014 年 5 月 12 日第 7 版。
② 叶延滨：《大宇宙的英雄交响诗画与大时代的诗人精神图谱——简析吉狄马加长诗新作〈我，雪豹……〉》，《中国艺术报》2014 年 6 月 13 日第 3 版。

被打破。因为物种的差异性导致了自然界生命的多样性，任何一个物种都有其存在的理由，在弱肉强食中自然延续或消亡。诗以悲愤的口吻控诉了雪豹被人类残杀的悲剧，向社会发出了预警："不要把我的图片/放在众人都能看见的地方/我害怕，那些以保护的名义/对我进行的看不见的追逐和同化！"只要人类的贪欲存在，雪豹的生命时刻都会受到威胁。

通过书写对大自然生命的敬畏，吉狄马加的诗歌表现出深刻的自审意识，一种源于大地之子的感恩情怀，也进一步显示出诗人的本真状态。这在生态危机日益严重的 21 世纪给人以启迪，可以唤醒人们对于生态文化的自觉意识。

三　对英雄的追寻和诗歌精神的呼唤

英雄为了人类的正义事业而身不由己，他们的生命价值值得肯定，在21 世纪的全球化语境中更应该张扬英雄主义。吉狄马加的诗歌把对人类英雄的礼赞纳入自己的艺术实践，体现出高瞻远瞩的文化自觉精神。

《你是谁——献给为抗击"非典"而舍生忘死的人》书写了两代人的情感沟通。"你的孩子给你写了一封信/看完信，你竟泣不成声/在卡通故事里/寻找英雄的一代/第一次为自己的父母自豪。"[1] 语句平淡而不乏真情，一次义举使"寻找英雄"再度成为社会关注的焦点。中华民族的凝聚力在大灾大难面前显示出巨大的感召力，这在呼唤英雄的 21 世纪具有现实意义。

在《回望二十世纪——献给纳尔逊·曼德拉》中，诗人把南非黑人领袖纳尔逊·曼德拉比作"上帝在无意间/遗失的一把锋利无比的双刃剑"[2]，形象地概括了他在战争与和平、专制与民主的博弈中振臂高呼的献身精神，而这使得过去的 20 世纪给人留下了众多的辉煌和遐思。

诗歌精神是"以'诗歌'一词命名的持续激活诗人的精神"[3]。吉狄马加认为："一个诗人写作的出发点是他的心灵、良心和思想。"[4] 他强化

---

[1]　吉狄马加：《吉狄马加的诗》（中英文对照），[美]梅丹理译，四川文艺出版社 2010 年版，第 354 页。

[2]　同上书，第 298 页。

[3]　杨炼：《什么是诗歌精神》，《读书》2009 年第 3 期。

[4]　张杰、吉狄马加：《吉狄马加：在一个诗歌衰落的时代高举诗歌——〈中国教育报〉访著名诗人、青海省副省长吉狄马加》，《为土地和生命写作——吉狄马加访谈及随笔集》，青海人民出版社 2011 年版，第 57 页。

诗歌写作动机的高尚，实际上发掘出激发灵感的丰富源泉。诗作《无需让你原谅》表现出对现代化进程中传统文明的担忧。"我曾惊叹过航天飞机的速度/然而，它终究离我心脏的跳动/是如此的遥远。"① 可见，高科技并不能带给诗人真正的感动，唯有"慈母的微笑"能带来宽慰。《诗歌的起源》追寻诗歌的真实情感与自然的和谐："它是静悄悄的时钟，并不记录/生与死的区别，它永远站在/对立或统一的另一边，它不喜欢/在逻辑的家园里散步，因为/那里拒绝蜜蜂的嗡鸣，牧人的号角，/诗歌是无意识的窗纸上，一缕羽毛般的烟。"② 这里将抽象词"逻辑""无意识"与具象词"蜜蜂""牧人""窗纸""烟"组合在一起，突出了理性与感性的辩证统一。

现代诗善于表现情感的冲突，体现出戏剧化倾向。九叶诗人穆旦的《诗八首》对爱情中灵与肉的冲突的思辨，抵达了生命的本质。吉狄马加的《这一天总会来临》在自我解剖中尽显现代诗的这一特点。"你问，为什么我的一生充满幻想，/那是因为，灵魂和肉体，/长久地把我——/当然/还有我的全部思想，/置放于爱和死亡的炉火煎熬。"③ 可见，灵魂是诗人幻想的翅膀，失去它，诗人就失去了生命的全部意义。

吉狄马加无论是书写英雄，还是呼唤诗歌精神，都是在深刻的观察中形成的对于社会良知的重新发现，对于重振一定时期内被颠覆的中国诗歌的抒情言志传统和改变诗歌的边缘化状态都有启发意义。同时，他的诗歌对崇高美的张扬，也是对文学日益世俗化的有效反拨。

结　语

受聂鲁达、桑格尔、洛尔迦、巴列霍和珀斯等外国诗人和中国诗人艾青的影响，吉狄马加的诗歌在艺术上"追求宽畅的诗歌呼吸，句法上的并列和重复，有时还有舞蹈的节奏"④。这使他不落伍于时代。他在 21 世纪

---

① 吉狄马加：《吉狄马加的诗》，《诗歌月刊》2011 年第 11 期。
② 同上。
③ 吉狄马加：《这一天总会来临》，《延河》2013 年第 7 期。
④ ［立陶宛］托马斯·温茨洛瓦：《民族诗人和世界公民——在"全球视野下的诗人吉狄马加学术研讨会"上的发言》，刘文飞译，吴思敬主编《诗探索》2011 年第 4 辑（理论卷），九州出版社 2011 年版，第 116 页。

创作的诗歌一方面承接了早期诗歌的民族文化身份认同，另一方面又能自觉地把对本民族文化的忧虑与关于世界文明的忧患结合起来，体现出开阔的视野。正如西渡所言："在他的诗中，我们没有看到当代诗人中普遍存在的那种个人与文明传统的紧张关系，相反，在他的诗中，我们看到了文明与经验的融洽、心灵体验与文明原则的一致。吉狄马加的诗在一个以冲突为特征的时代体现出生活在自身文明中心的诗人与这一文明之间高度的和谐。"① 在吉狄马加看来："如果把诗比作一种声音，那么在这种声音中也充满了牛血和牛血喷涌的声响，这更多的是来自于一种超自然、超经验的东西，和他的生命本体是联系在一起的。很多民族诗人的诗，和他们先辈的史诗文学是融为一体的。"② 由此可见，他从本民族的传统出发，寻找着诗歌的精神，追寻生命的信仰与理想的文化境界，为自己，也为广大读者建构起一个广阔的理想乐园。

---

① 西渡：《守望文明——论吉狄马加的诗》，《青海社会科学》2011 年第 5 期。

② 夏婕、吉狄马加：《为土地和生命而写作——香港电台专访》，吉狄马加《为土地和生命而写作——吉狄马加访谈及随笔集》，青海人民出版社 2011 年版，第 62 页。

"新民族文化史诗"的空间意识呈现

——《尘埃落定》重读

房 伟

（山东师范大学）

小说《尘埃落定》，开启了 20 世纪 90 年代至今的"边地小说热"，浪漫的康巴风情，神秘的宗教启示，傻子土司的传奇人生，"四土之地"百年沧桑的历史巨变，都使这部小说备受赞誉，并被称为"藏文化的民族史诗"①。第五届茅盾文学奖在颁给《尘埃落定》的获奖词中说："该小说有丰厚的藏族文化意蕴，轻淡的一层魔幻色彩，增强了艺术表现的开合的力度。"今天看来，该小说不仅是"藏族文化史诗"，更反映了 20 世纪 90 年代文化转型的背景下，中国小说的现代民族国家叙事，脱离革命和启蒙的视野，重塑"文化复兴的现代中国"的民族地理空间想象的努力。同时，这个过程也表现了多元化表象之下，90 年代中国文学"再造宏大叙事"的纯文学话语所彰显的内在叙事矛盾。

一

通常意义上，现代小说的民族国家叙事，通过对民族国家历史的描绘，取得一种象征性，或者说寓言性阐释。这些阐释常需要外在叙事表征，如宏大时空跨度、主体性人物、重大主题等。20 世纪 90 年代后，中国小说民族国家叙事的重要表现形式，就是空间大幅度的拓展。那些"边地文化体验"，常以"前现代"面貌复活，并展示民族国家内部不同空间

---

① 陶然：《西藏的史诗——阿来〈尘埃落定〉掠影》，《阅读与写作》2001 年第 3 期。

位所的权力关系和等级层次，以此建构"文化复兴现代中国"的整体性想象。这种整体性现代想象，在内部空间权力关系上，不能等同于西方现代性内部的文明/野蛮结构，而是由于后发现代的文化境遇，试图通过建构权力关系镜像，形成"对内"与"对外"的双重参照，因此也具有"文化抵抗"和"文化复制"的双重意义和内在悖论。

中国现代文学的"边地小说"，起源于 20 世纪初的边地抒情传统。沈从文、艾芜、端木蕻良、洛宾基、萧红等作家，创作了大量优秀的边地小说。这些边地小说是一种"中国想象"，有着作为整体的中华文明弱势地位的"创伤平复"心理。它们或将"边地"改写为美丽而落后，但又有巨大生命力的"国家的一部分"（如艾芜的《南行记》）；或将之变为现代民族国家建国神话的抒情颂歌（如马拉沁夫的散文）；或将"他者"想象为牧歌化对象（如沈从文的《边城》）。20 世纪 80 年代，中国再次出现"边地"文化想象热潮，如扎西达娃的《西藏，系在皮绳扣上的灵魂》，马原的《拉萨河女神》，韩少功、郑万隆为代表的寻根小说等。80 年代的边地小说，一般负载强烈启蒙意义和现代化意识，如文明与野蛮的纠缠，或带有先锋语言实验的神秘色彩。然而，问题的复杂在于，这些边地小说，特别是寻根小说，"与其说真实地呈现了这些边缘族群的文化，不如说它再度凸显了这种关于少数民族文化的书写机制中隐含的权力关系。因此，完全可以将这些关于少数民族文化的呈现，看作主流或中心文化的自我形象的投射"①。

20 世纪 90 年代，原有革命意识与启蒙叙事，逐渐丧失了控制性宏大叙事地位，而伴随着市场经济发育，"想象边地文化""消费边地经验"，不仅成为西方对中国新一轮"他者化"的文化需要，也成为"文化复兴的现代中国"这个"新民族国家宏大叙事"的内在要求。阿来的《尘埃落定》、迟子建的《伪满洲国》、范稳的《水乳大地》、杨志军的《藏獒》、姜戎的《狼图腾》等作品引人注目，"边地"作为民族国家想象的"地理设置"，既符合文化消费市场对"边地传奇"的好奇心理，又以其"国民文学"的内在追求，积极拓展民族国家叙事的空间领域，

---

① 贺桂梅：《新启蒙知识档案——80 年代中国文化研究》，北京大学出版社 2010 年版，第 193 页。

并以此形成了"多民族统一的现代国家"的空间秩序想象。这种民族国家宏大叙事的空间拓展，不是借助"中国边地"与"边地中国"的双重弱势地位，构建乌托邦审美想象，也不是以革命叙事、启蒙思潮来重写"边地与中国"合二为一的故事，而与中国文化传统的"天下观"有关。《周易》中说："关乎人文，以化成天下。"在中国传统的"天下观"中，征服者并不控制边地居民的肉体，或改造边地的社会空间结构和内在规律，而是满足于"象征性"的宗主关系，利用文明的物质优势和道德超越性，形成对边地的松散权力控制和强大的文化凝聚力。现代以来，中国文化的"天下观"被"现代民族国家观"所替代，然而，在 20 世纪 90 年代边地小说，却以对"边地"的"他者化"复活，不知不觉中，使现代性民族国家叙事表述，重建了具传统天下观气质的国家内部空间权力关系。

　　阿来的《尘埃落定》，是 20 世纪 90 年代边地经验表述的典型代表。然而，很多少数民族作家对该小说的藏族文化的民族属性表示质疑①。有论者认为，该小说通过文本对话性，实现了"与在深邃神秘的藏汉文化背景下的作者原始/宗教艺术思维的契合天成"②。而对该小说中汉文化与藏文化、西方文化的冲突性，大多论述都避而不谈。其实，《尘埃落定》的实质，恰是要将此书写给全体中国人。阿来将藏文化"翻译"为一种可与汉文化"通约"的语言、意象和情绪，以满足民族国家叙事对"边地"的想象。对此，阿来也多次表示，尽管他的写作受藏文化影响，但更是一个有关总体性、普世性的人性写作。在回避小说民族性的暧昧表述中，人性写作的宏大雄心，更暴露了该小说的现代性民族国家叙事的企图。可以说，在这一点上，《尘埃落定》延续了寻根小说的内在逻辑，有所不同的是，阿来并不是简单地以一种"汉族中心"的态度去将藏文化"他者化"，而是通过塑造了一种隐含的"全球化"的民族共同体想象，从而深

---

　　① "《尘埃落定》这部作品进行冷静地审视和打量，很快就会发现它的劣质的一面。希望人们不要为此感到惊讶！《尘埃落定》这部作品的核心构思所在，从根本上讲就是：虚拟生存状况，消解母语精神，追求异族认同，确立自身位置。亦是说，是鲜明的意识形态思维大于真实的艺术形象思维。主题先行的痕迹是无论如何都抹不掉的，它既严重地损伤了小说艺术的本体，也更不符合藏民族对生命的理解和信仰。"见栗原小荻《我眼中的全球化与中国西部文学——兼评〈尘埃落定〉及其他》，《西南民族学院学报》2002 年第 5 期。

　　② 黄书泉：《论〈尘埃落定〉的诗性特质》，《文学评论》2002 年第 2 期。

刻地揭示了当代中国与当代藏文化的"共同"命运，以及"文化复兴"的现代中国的主体渴望。

二

正如巴柔指出："他所有形象都源自一种自我意识，它是对一个与他者相比的我，一个彼此相比的此在的意识——形象是对一种文化现实的描述，通过这一描述，制作了它的个人或群体揭示出和说明了他们置身于其间的文化的和意识形态的空间。"① 中国民族国家形象，也是通过"他者"塑造的"自我"。然而，《边城》等边地小说，虽渴望展示边地文化的魅力，可内在文化逻辑，却是将"湘西"等同于"中国"，抹杀二者的差异性与权力支配关系，进而造成相对于西方的弱者化的"牧歌乌托邦"②，即如美国学者所说，"外来文化的冲击和人为的破坏，使得在民族主义的核心里留下一个空白"，这就促使文化制作人"转向少数民族文化，把这些文化当作现存的真实性的源泉，这种做法给原始的和传统的东西……增添了浪漫主义色彩"。③ 而《尘埃落定》的叙事策略，却巧妙地对"边地"进行隐蔽的"多重他者化"，试图在不知不觉中将"中国"在现代意义上树立成历史理性主体。《尘埃落定》的复杂性还在于，该书表达出了对"边地"的历史理性批判与牧歌乌托邦的双重情绪。这种双重情绪，在文本中不断冲突，进而破坏整体和谐感，这也表征了90年代全球化背景下完成民族国家宏大叙事的难度。作家努力通过"多重他者化"，树立民族国家内部以现代性为坐标的权力结构关系。然而，作为被动现代化的中国本身，在全球化秩序中也处弱势地位，其现代性进程，依然是尚待完成的任务。

首先，从创作主体来说，阿来有汉藏混血文化身份。汉文化的影响甚至大于藏文化。他认为，由于族别，选择麦其土司一类题材是"一种必然"，同时暗示用汉文写作也是必然，因为"我们的国家"是一个"象形

---

① 达尼埃尔·亨利·巴柔：《从文化形象到集体想象物》，见《比较文学形象学》，孟华主编，北京大学出版社2001年版，第121页。

② 刘洪涛：《沈从文对苗族文化的多重阐释与消解》，《二十一世纪》（香港）1994年第10期。

③ 路易莎·沙因：《中国的社会性别与内部东方主义》，《社会性别与发展译文集》，生活·读书·新知三联书店1997年版，第101页。

表意的方块字统治的国度"。言外之意便是他身上流着藏族人的血，却身不由己被卷入民族国家一体化进程①。其次，就地缘而言，对于"西藏"，阿坝土司领地是"边地"，而对汉族内地而言，它依然是"边地"。而"双重边地"身份，让该地区同时具有两种文化气质，这也决定了阿来的写作，在文化身份认同上，既认同汉人和藏人的传统，又与二者有重大区别。而微妙之处在于，这个具有双重身份的"边地"，又是西方意义上的"边地"，被放置于"百年中国现代化"的宏大历史视野。这样，作家既保留了反现代性的"牧歌乌托邦"，又通过"汉藏混血"，消解了乌托邦气质，取得了历史批判理性；既避免了因"少数民族主体性形象"而遭遇现实意识形态的麻烦，又将之巧妙纳入"多民族统一国家"的现代宏大叙事想象范畴。

于是，《尘埃落定》一方面表现出对汉文化与藏文化的"双重疑虑"，如汉官黄特派员，被认为是穷酸古怪，对土司不怀好意，而对宣传权力归于拉萨的翁波意西，麦其土司同样十分排斥；另一方面，小说又表现出对汉藏文化的双重敬仰，中原被称为"黑衣之邦"，被认为是土司权力的来源，而西藏和印度，则被称为"白衣之邦"，被认为是土司精神信仰的来源。这种矛盾性，还体现在作家对待汉文化和土司文化的态度，土司文化成了野蛮而美丽的乌托邦，但却消失在历史进步中；汉文化虽有虚伪和矫饰，鼓吹世俗欲望，没有神的道德约束，但最终成为历史理性代表。然而，土司制并不是自发性统治制度，本身就有强烈的汉文化影响。《明史·土司传》说："然其道在于羁縻，彼大姓相擅，世积威约；而必假我爵禄，宠之名号，乃易为统摄，故奔走惟命。"② 土司制度只是少数民族地区行政制度的一部分，是中国中央王朝统治其他民族的政治制度。这种行政制度最早始于秦汉，经唐、宋一直到元、明、清，是针对其他民族的传统统治体制和羁縻政策。③ 这种制度的好处在于，让少数民族保持半开化状态，既保证了统治需要，又避免改变其生活方式，引发矛盾；既保持主体民族文化优势，又巧妙利用"以夷制夷"方式，使少数民

① 阿来：《落不定的尘埃》，《小说选刊增刊》1997 年第 2 期。
② 杨炳堃：《土司制度在云南的最后消亡》，《贵州民族研究》1994 年第 2 期。
③ ［日］谷口房男：《土司制度论》，杨勇、廖国译，《百色学院学报》2007 年第 3 期。

族无法真正实现强势崛起。然而，一旦中央王朝统治力削弱，就有可能放松对少数民族统治。现代性思维的民族国家宏大叙事，则企图通过现代性的均质性强力整合，将整个民族纳入共同的文化时空内。

然而，汉文化并不等同于现代化，二者的差别，作家有意模糊了。小说中，汉文化高级而神秘。它对土司有最高决定权，麦其土司与汪波土司的矛盾，需要四川国民军政府最后裁判。黄特派员使土司们拥有了鸦片和现代枪炮。然而，黄特派员又是古怪的，喜欢作诗。他和继任的高团长，其目的都在于加强对土司的控制。土司文化虽野蛮但率真、野性而浪漫。一方面，作者用历史理性嘲讽了土司制度的不人道，如描写土司太太鞭打小奴隶：

> 得到了肯定的答复，土司太太说，把吊着的小杂种放下来，赏给他二十鞭子，一个母亲对另一个母亲道了谢，下楼去了，她嘤嘤的哭声，让人疑心已经到了夏天，一群群蜜蜂在花间盘旋。[①]

另一方面，作者又痴迷于这种"权力秩序"，为之蒙上神秘主义的色彩：

> 在我所受的教育中，大地是世界上最稳固的东西，其次，就是大地上土司的权力。上司下面是头人。头人下面是百姓。然后才是科巴（信差而不是信使），然后是奴隶。这之外，还有一类地位可以随时变化的人。他们是僧侣，手工艺人，巫师，说唱艺人。

又如，文中多次出现对土司文化的"性欲化"处理倾向，这是描绘弱势文化的习惯。麦其土司抢夺央宗，汪波土司和傻子的大哥勾引塔娜，绒贡女土司的性放纵。然而，一切似乎天经地义，并表现为"野蛮的浪漫"。这正反映了作家在树立中国民族国家主体时，对内部空间权力关系的认定。然而，一方面，汉人们带给康巴的，是现代欲望放纵、毁灭（由此，作家区分了土司"健康情欲"与现代文明"腐烂情欲"，这也是乌托邦策略）；另一方面，汉人不仅带来强大武力，且有无法抗拒的强大历史力量。

---

① 阿来：《尘埃落定》，人民文学出版社 1998 年版，第 12 页。

这种又爱又恨的心态，无疑复制了"中国—西方"的弱者想象关系，又具有中国朝贡体系特有的敬畏与嫉恨的特殊情绪。

再次，小说还存在另一层"他者化"目光，相对"西方"而言，无论西藏、阿坝高原和大陆内地都是"他者"。诸多由汉人带来的现代文明，其实不过是对西方文明的不完整"复制"。然而，作家要在小说地理版图中表现所谓汉民族主体性，故意淡化西方影响（如英国对藏地的控制）。表述历史批判时，土司的野蛮被凸显，表现乌托邦想象时，土司的神性和浪漫又成了主体，而表现作为整体的中国对外关系时，作家又自觉认同中华民族文化身份，"西方形象"则与"现代性"剥离，被处理为更遥远且毫无亲切认同感的陌生存在。对西方的印象，主要来自傻子的叔叔和姐姐。姐姐是虚伪和吝啬的代表，她以英国为荣，以出生在西藏为耻，尽力用香水掩盖气味，用便宜的玻璃珠子做礼物欺骗亲属。而周旋在西方、大陆和西藏之间的叔叔，却是典型的大中华主义者，傻子也受到叔叔影响，继续以"边地"身份效忠中央政府。他毫不犹豫地捐献大量钱财，买飞机抗日。然而，这种西方他者与中国"主体性民族国家"的矛盾冲突，又如何表述呢？作者在此则表现出"悬置"的态度。

三

傻子的视角，是该小说在叙事艺术上引人注目的地方，同时也透露了其叙事的意识形态策略。以往边地小说，作家习惯以第三人称全知叙事，将边地的神秘浪漫和作家的理性思考结合，如《边城》；或以第一人称亲历视角，描写外在观察者体验边地的奇观化过程，充斥着批判和迷恋的双重目光，如艾芜的《南行记》；还有一些则喜欢限制性视角，特别是有生理缺陷的第一人称限制性视角，如君特·格拉斯的《铁皮鼓》，侏儒小奥斯卡对作为德国和波兰双重边地的"但泽市"历史的反思。然而，这类写作也常用隐含作者的理性视角进行调节和控制。然而，阿来的《尘埃落定》，却表现为对这些叙事规则的破坏。叙事者"傻子"，既是历史理性的负载，又是历史无能者；既是神性先知者，又有生理缺陷。这个傻子的"傻"，还同时具有汉藏的双重文化烙印。这种对叙事规则的冒犯，更明显表现为试图在全球化和后殖民语境中，树立"文化复兴现代中国"的内在焦虑。作为土司文化的象征者，它背负了"反思西方现代性"和"验证汉文化民族国家大寓言"的双重使命。作为历史进步的客观观察者,他必须具有理性,而作为历史体验者,他又"不能"拥有理性。于是,他只能在第一人称全知视角与限制性视角之间游走,成为"焦虑而摇摆不定"的主体。

具体而言,《尘埃落定》中,傻子的"傻"大多表现为正面寓意,大致可以归为三种倾向:一是因智力缺失,而具有了某种神秘的未卜先知的巫术能力,如傻子多次预测地震,预示麦其土司的命运,并让被割舌头的翁波意西说话。这种神性无疑是象征的,不仅是赋予西藏的,也是赋予中国的——以傻子的旁观和介入的双重身份。二是伪装的生存智慧。"傻子"是智者形象。阿来说,傻子这个人物形象,受到西藏传说中智者阿古顿巴故事的影响①,也有汉族文化"以柔克刚"的阴性文化想象:"《尘埃落定》就是建构这样人事成功的中国智慧。翁波意西和傻子则象征中国智慧的两种形态:翁波意西是'舍生取义'、'杀身成仁'的智慧,傻子是'贵雌守柔'、'以阴抱阳'的智慧,后者是中国智慧的最高境界,也就是无为而无不为——'不是智慧的智慧,中国智慧的寓言'"②。三是对现实功利的"傻",因而有了某种功利超越性。小说始终在这三种"傻"之间摇摆,以配合民族国家叙事的形象塑造。

很多评论家都对这个限制性视角的"真实性"表示怀疑。因为它打破了限制性人物视角的功能制囿,表现出了逻辑混乱:"如果叙述者纯粹是白痴或傻子,是不可能提供任何可靠的判断的。那么,怎么办?只有通过作者利用可靠的修辞手法来解决问题,用卢伯克的话来说,'正是作者健全的心智必须来弥补这个缺陷'。阿来想用含混的办法来解决问题,也就是说,他既想赋予'我'这个叙述者以'不可靠'的心智状况,又想让他成为'可靠'的富有洞察力和预见能力的智者——但除了把问题弄得更复杂,除给人留下别扭和虚假的印象,似乎没有什么积极的修辞效果。"③

其实,重要的并不是傻子的"真实性",而是为什么会出现"伪装"的傻子视角?(甚至傻子的智力缺陷也不明显,而更多表现为"他人"的

---

① 张智:《〈尘埃落定〉中阿来文学表达的民间资源》,《民族文学研究》2000 年第 3 期。
② 孟湘:《〈尘埃落定〉的文化解读》,《长江大学学报》2004 年第 3 期。
③ 李建军:《像蝴蝶一样飞舞的绣花碎片——评〈尘埃落定〉》,《南方文坛》2003 年第 2 期。

认定。作为叙事者的"傻子",阿来从不考虑,一个"真傻子"在叙事故事时的条理混乱问题),显然,最大的原因,还是来自历史理性的"批判视角"与"牧歌形象"之间的冲突。这也是前现代、现代和后现代三种思维方式共同交集于民族国家叙事的必然结果。"傻"既可以与民族前现代史的"巫"沟通,也可以在后现代的反思意义上提供价值;而假傻的"智",则可以成为传统生存智慧,又可以凭借超常规状态,成为现代理性批判的隐性视角。

小说开头,傻子视角便展示了诗性抒情形象:

> 那是一个下雪的早晨,我躺在床上,听见一群群野画眉在窗子外声声叫唤。母亲正在铜盆中洗手,吁吁地喘气,好像使双手漂亮是一件十分累人的事情,她那个手指叩叩铜盆的边沿,鼓荡起嗡嗡的回音在屋子里飞翔。[①]

这个早上,由于傻子和卓玛的性关系,傻子被开启了灵智。这可以看作小说时间的真正开始。可以说,小说开头阿来就暗示我们:傻子不傻。而这种"大梦初醒"的叙事原始,却"颠倒地"映衬着土司的神性没落。叙事视角的象征意味更耐人寻味。叙事人从理性"旁观者""抒情他者",变成了"抒情自我"。而"边地的傻子",也不在被认为是民族劣根性表征,加以启蒙批判(如韩少功《爸爸爸》的丙崽)。这个抒情主体形象,无疑表明民族国家叙事主体性位移,即从对"他者"的认同,到新中国成立的神话,最终演变为"多民族的文化复兴的现代中国"。小说结尾,土司制度灭亡,牧歌变成了挽歌。傻子作为土司制度最后见证,也自愿归于消亡:

> 我看见麦其土司的精灵已经变成一股旋风飞到了天上,剩下的尘埃落了下来,融入大地,我的时候就要到了,我当了一辈子傻子,现在,我知道自己不是傻子,也不是聪明人,不过是在土司制度将要完结的时候到这片奇异的土地上来走一遭。是的,上天叫我看见,叫我

---

① 阿来:《尘埃落定》,人民文学出版社 1998 年版,第 1 页。

听见，叫我置身其中，又叫我超然物外，上天就是为这个目的，才让我看起来像个傻子。①

一切"归于尘埃"，傻子置身于现代性，又超越现代性，以洞察文明内部的衰落和光荣，验证现代性的不可阻挡。于是，中国变成有自己特色的现代性——尽管以传统丧失为代价。然而，这也可看作截然不同的寓言：西藏和大中国的历史关系。汉文化是先进的，汉人和康巴始终是中心与边缘关系，然而，"土司的牧歌"趋于消亡，"大中国"作为使"一切坚固的都烟消云散了"的现代理性力量，占领了一切。

同时，虽然该小说以限制性傻子视角，来塑造现代中国的民族国家叙事，但小说却依然有普遍人性的宏大追求，与历史批判理性的雄心。这表现为隐含暧昧的意识形态追问。表面上看，傻子是土司制度的亲历者，但实际上，傻子仍是旁观者。不同的是，他既不属于高原土司王国，也不属于汉人，而是类似巫的超验者——以善的灭亡证明历史进步必然性。阿来没有完全用"牧歌＋挽歌"的模式，来悬置意识形态冲突，而是试图从人性角度，看待国共战争，在小说中注入历史理性的批判。然而，如果仔细观察，这种"超越"本身也很可疑，其概念化和策略性很强。尽管傻子对国共斗争抱相对客观态度，如描绘国民党军队的腐败和颓废，共产党军队强烈的意识形态统一性：

> 他们要我们的土地染上他们的颜色，白色汉人想这样，要是红色汉人在战争中得手了，据说，他们想在每一片土地上都染上自己崇拜的颜色。②

但作家却在需要做出历史理性批判时，巧妙地通过"傻"将之转换为牧歌想象，屏蔽意识形态冲突。小说中土司傻少爷，之所以选择与"白色汉人"结盟，不过是因为他们"上厕所的臭气"，而他对"红色汉人"的胜利，也茫然麻木。在潜在层面上，这种超然的"傻子"态

---

① 阿来：《尘埃落定》，人民文学出版社 1998 年版，第 403 页。
② 同上书，第 368 页。

度，却将"红色汉人"的成功归于历史进步的必然，回避其间复杂的文化和人性冲突。

四

由以上分析，以"三重边地"身份，隐喻乌托邦的确立与崩溃，是民族国家在后发现代境遇中历史两难选择的真实写照。作家也因此确立了民族国家的内部秩序与外部文化形象。《边城》后，沈从文曾续写《长河》，表达对"乌托邦"受侵蚀的现实忧虑："表面上看，事事物物自然都有了极大的进步，试仔细注意，便见出在变化中的堕落趋势——现代二字到了湘西，可是具体的东西，不过是点缀都市文明的奢侈品的大量输入。"①某种角度上，我们也可把《尘埃落定》看作《长河》的续篇，即"乌托邦"的最后消逝。

然而，《尘埃落定》又不是一部"彻底"的史诗。在乌托邦和意识形态的纠葛中，小说表达出无法化解的"主体焦虑"。这也是一种深刻悖论：树立"有别于"现代西方的主体，必须借助乌托邦牧歌形象，却又必须以"否定乌托邦"为代价和理性基础。现代中国民族国家叙事建立的重要尺度，即在所谓"多民族统一国家"概念上建立内部权力秩序，既符合启蒙人性解放观念，又符合民族国家统一性。学者张海洋曾就"汉民族"与"中华民族"的词源考辨提出看法。他指出"民族国家"概念在西方产生，起因于新兴资产阶级反对封建君主在婚姻和继承中的土地和属民的"私相授予和分割市场"做法。然而"汉民族"的提法，以潜在二元对立，将"汉族"与"少数民族"对立，既有"华夷之辨"的民族歧视，又有西方"进步与野蛮"的理论预设，不符合"中华大一统"的文化格局，也不符合现代社会发展多民族融合的潮流。②费孝通也指出，中国文化属于"多元一体"多元融合格局，而不是"中心—边缘"的"华夷"格局。③然而，不能否认的是，民族国家内部的"华夷"权力秩序，如同民族多元融合口号，都成为现代民族国家自我确认的不同想象方式。《尘

① 沈从文：《长河·题记》，《开明书店》1948 年第 1 期。
② 张海洋：《中国的多元文化与中国人的认同》，民族出版社 2006 年版，第 33—36 页。
③ 费孝通等：《中华民族的多元一体格局》，中央民族学院出版社 1989 年版。

埃落定》中,我们奇怪地看到,一方面,汉族与少数民族的区别,特别是文化区隔,被特意彰显出来,而汉民族的物质优越与少数民族的精神超越性,都有预设的理论嫌疑;另一方面,"大一统"思维,却又悖论地以"尘埃落定"方式,以"多元归于一体",宣告少数民族牧歌的逝去与"中华民族国家形象"确立。

首先,这种奇特的想象,既昭示着中国民族国家内部树立权力等级秩序,以模仿西方确立现代民族国家主体,也反映了"有中国特色"的大一统文化的强烈主体性渴望。而这种"大一统"又带有强烈的文化均质化与单一化想象。中国问题的复杂性和微妙之处在于,作为民族整体的现代性过程并未完成,国家统一也没有最后实现,而"边地经验"一方面丰富与支持了民族国家统一性,另一方面又间接为我们提供有关现代性的另类启示(反现代性的意义),从而为我们克服全球化的边缘弱势地位,提供了另类文化资源。然而,绕不过的问题是,如何在"鼓吹统一"的现代性民族国家叙事,保存国家内部的文化多元性?当主体汉族文化的现代性无法完成,又如何看待普遍人性的标准与民族特殊性?国家、民族、现代、传统等诸多民族国家叙事观念,又怎样在现实的现代化进程予以协调,并出现在小说文本?① 《尘埃落定》后,《狼图腾》《藏獒》等,愈加将"边地"沦为"生态奇观",将那些凄美的故事、壮丽的风景与执着的信仰,改写为"大中国"的反思性内部秩序。

其次,从主题意旨与革命叙事的关系考虑,我们也会更深刻地窥见《尘埃落定》的叙事特点。某种程度而言,《尘埃落定》不是一部边地乌托邦小说,而恰是一部以"边地乌托邦的崩溃"为隐喻的"杂糅性"民族国家叙事。巴赫金认为,"乌托邦的崩溃"是田园诗转型后的家族小说的必然主题:"这里描绘了存在着资本主义中心条件下,主人公那种地方理想主义或地方浪漫主义是如何崩溃的,其实绝没有把这些主人公理想化,也没有把资本主义理想化,因为这里恰恰揭露了它的不人道,揭露了

---

① 有论者指出:"晚清以来,在西方列强的冲击下,中国逐渐成为一个现代意义上的多民族国家,从而使'国家性'(亦即'外部民族性'、'主权性')和'民族性'(亦即'内部民族性'、'族群性')同时演变为此阶段的重要历史特征。然而迄今为止,无论内外,对于认识和表述这一特征,人们似乎仍未找到完整确切的理性共识。"见徐新建《权力、族别、时间:小说虚构中的历史与文化——阿来和他的〈尘埃落定〉》,《西南民族学院学报》1999年第4期。

一切道德支柱的崩溃——田园诗世界里的正面人物，这时变成了可笑可悲、多余无用的人。"① 然而，《尘埃落定》的复杂在于，这里的"历史理性"被表现为"革命逻辑"的胜利，而不简单是汉人的梅毒、先进的枪炮引发的现代性胜利。"革命"像突然杀出、决定一切的力量，不但战胜了"边地"，且战胜梅毒等欲望符号，获得了"意识形态统一性"。"边地"不但作为少数民族主体文化的对抗因素，也作为"革命意识形态"的对抗价值。然而，这绝不能表明该小说是启蒙性质的小说，因为恰在"脱域化"想象，作家再次以对"边地"喻指的破坏，验证边地的"他者性质"。无论"边地"，还是"白色汉人"，都成为了历史尘埃。不但大中华的民族内部秩序得到了权威，且革命逻辑也再次以"理性而强大"的强者姿态，遮蔽了启蒙必要性。这也是该小说以"建国"为结束点的内在逻辑原因。"边地时间"的终结，就是"建国革命神话"的开始。从这点而言，我们甚至可以苛刻地将《尘埃落定》称为"次级主旋律"小说。

然而，吊诡的是，阿来对革命叙事历史理性地位的隐性承认，是以20世纪90年代现实语境革命叙事的"退隐"为代价的。那种对革命的承认，如同对启蒙的承认，对边地的承认，在小说价值核心，最终还是一种"美丽的诡计"，并也被变成"他者"的乌托邦。由此，"建构乌托邦"的努力与"消解乌托邦"的批判互相杂糅，前现代、现代、后现代的不同意识相并置，最终使"多民族统一国家""华夷格局""野蛮/文明""汉族/少数民族"的权力装置，都变成了"无法完成"的任务。对西方和汉族主体、藏民族来说，"边地"的康巴土司领地，最终不能达成"美丽的和谐"。而土司灭亡的尘埃，却"并未落定"，反而成为更虚无的危机，也更深刻地暴露了中国民族国家叙事的价值冲突及空间塑形的难度。

可以说，《尘埃落定》开创了20世纪90年代以来新边地小说的先河，由此而衍生的主题，既有生态文学题材，也有新边地想象热潮。然而，我们在此却看到了民族国家想象的"大一统"期待，以及新的文化进化论的现代性等级想象。而消解宏大的力量，反而奇怪地被转化为宏大叙事的注脚，以赢得某种"纯文学"的高度。由此也可以洞见，20世纪90年代，通过边地叙事等长篇小说树立的"纯文学话语"的内在危机。

---

① 巴赫金：《小说理论》，白仁春、晓河译，河北教育出版社1998年版，第435页。

从圆形叙事看草原书写的生态关怀
——以海勒根那的作品为例

丁　燕

（内蒙古科技大学）

新时期蒙古族青年作家海勒根那的作品多以草原为审视对象，以草原生态环境为文学审美聚焦点。海勒根那在作品中所表现出来的生态关怀引发了国内评论家的关注，然而作者笔下的叙事结构与生态关怀之间的内在联系却未引起重视。中国新时期蒙古族文学吸收了蒙古族和汉族的文艺元素，并不可避免地受到外国文学的影响。海勒根那对圆形叙事结构的使用也同样离不开古典文学作品和环形时间观念的长期滋养，但是纵观圆形叙事结构在中国文学史中的发展变化，作者正是在魔幻现实主义的启发下使用叙事模式，将之应用到草原生态书写中并使其大放光彩。

一　叙事模式与时间观念

圆形叙事结构和循环时间观从中国古典文学作品到拉美魔幻现实主义几经兴衰沉浮。圆形叙事结构较早见诸中国古代四大名著和蒙古族英雄史诗等作品，是中国古典文学常见的叙事模式之一，其产生原因与中国传统循环时间观不无联系。时间在中国传统循环时间观中被视作一个圆圈"周而复始，周而复返"①，并体现在中国古代文学作品和"六十一甲子"的天干地支说、周易八卦，阴阳五行说等传统文化中。然而循环时间观在新

---

① 吴国盛：《时间的观念》，北京大学出版社 2006 年版，第 53 页。

文化运动时期却受到线形时间观的挑战。随着达尔文生物进化论和斯宾塞社会进化论等西方文化思潮的引进，科学的、理性的、线形的、开放的西方线性时间观也在新文化运动时期被大规模介绍和传播到中国。在梁启超等人所倡导的"小说界革命"的口号声中，以线形时间观为基础的小说叙事模式取代了传统的圆形叙事模式并被广泛接受。在追求经济发展突飞猛进的 20 世纪，科学、理性和线性的时间观念主导着人们的思想观念。标志着"进步"与"发展"的线性时间观直接影响到小说叙事方式和结构安排的线性思考与探索。时间从此被社会化、政治化，线形的叙事模式常常表现出和"过去"的诀别及对"未来"的憧憬，并一度成为新文化运动后的主流文学形态。

随着工业生产和科学技术的飞速发展，工业和科技文明对自然的征服和破坏达到了前所未有的程度，人类不得不反思工业文明下的科学主义和线性时间观等。线形时间观由于远离自然的生命节律，而受到 20 世纪思想家尼采、斯宾格勒等人的反对，并由此改变了西方现代文学作品情节结构的变化。现代主义托马斯·多切特依据新的循环时间观念将现代主义小说定义为"滴答滴"式情节。[①] 受到西方现代主义和"滴答滴"式循环时间观的影响，拉美魔幻现实主义作家常常在话语层面上"任意"拨动调整时间以构建情节或揭示作品主题。随着马尔克斯的名声大噪，魔幻现实主义作品连同圆形时间模式一时间成为国内众多作家纷纷模仿与借鉴的对象，莫言、陈忠实、李锐的作品中都存有模仿痕迹。新时期蒙古族作家也不同程度地受到拉美魔幻现实主义叙事模式的影响，例如用蒙语创作的乌力吉布林，用汉语创作的海泉和海勒根那，以及用藏语写作的次仁顿珠等。较之其他几位作家，海勒根那在多样的圆形叙事结构中融入了丰富的生态主题，这与传统文化和古典文学的长期熏陶不无联系，但同样离不开拉美作家胡安·鲁尔弗和豪尔赫·路易斯·博尔赫斯对之的影响。海勒根那曾经撰文坦言："最后我还想要说的和做的是，向引我上路的文学大师们脱帽致敬，正是这些素不相识的人告诉我文学的奥妙和写作究竟为了什么。他们的名字是：福克纳、鲁

---

① Docherty, Thomas, *Reading（Absent）Character：Towards A Theory of Characterization in Fiction*, Oxford：Clarendon Press, 1983：135 - 136.

尔弗、艾·巴·辛格、莫泊桑、屠格涅夫、博尔赫斯、叶赛宁、帕斯捷尔纳克，还有中国的余华。"①

二 螺旋式环形结构

《佩德罗·巴拉莫》是拉美魔幻现实主义作家鲁尔弗的重要代表作，其显著的写作特色之一便是螺旋式环形结构。故事以同父异母的兄弟阿布迪奥带"我"进入柯马拉寻找从未谋面的父亲——佩德罗·巴拉莫，故事止于阿布迪奥亲手杀死了佩德罗·巴拉莫，整个作品结构形成一个环形。但是特别值得注意的是此环形结构并非封闭的环形，苏萨娜是这个环形结构中的希望所在：作为柯马拉村唯一不受佩德罗摆布的人，苏萨娜至死也没有屈服于佩德罗。苏萨娜的逝世日期恰好是圣母圣灵受孕的日子，这无疑是苏萨娜再生的征兆，因此当葬礼钟声敲响时，人们从四面八方赶来将一场葬礼变成了盛大的庆典。由此看来，鲁尔弗笔下的圆环并非完全封闭和找不到出路，而是呈螺旋式的。人们恰恰是在这种螺旋式的运动中找到了出路和希望，而这种出路与希望不仅是主人公的梦想，也是小说作者的初衷。海勒根那将鲁尔弗的螺旋式运动模式应用在多部中短篇小说的创作中并巧妙地在悲观失望中展现出一丝曙光。《父亲鱼游而去》以"我"五岁那年"父亲"在一场洪水中去世后化作黑鱼为叙事起点；然后循着时间轨迹追述洪水来临前"父亲"开掘河床的前因后果，并由此延伸出多年后"母亲"对"父亲"的跛脚回忆；继而跨越到20年后"我"来到"父亲"的故乡探寻"父亲"背井离乡的秘密；小说最后回到"我"五岁那年洪水发生前后的记忆。《父亲鱼游而去》整部作品采用了圆形叙事结构，即从圆环上的任意一点开始阅读都能看到一个有关人类寻水的完整故事。从"父亲"足生蹼，到掘河找水，再到"鱼游而去"，每一个故事环节都在暗示人类与水自古至今的"难解之缘"，也由此体现出草原环境下水资源的保护和维持人与自然和谐的重要意义。蒙古族在历史上被描绘成"逐水草而迁徙"北方游牧民族，在蒙古人眼里水是生命之源，生灵之本。然而，20世纪80年代较20世纪60年代，短短20年间内蒙古湖泊减少1321平方公里，总计退缩面积10943.4平方公里。草原地区湖泊面积的减少和

---

① 海勒根那：《我的写作》，《民族文学》2006年第11期。

水资源的匮乏与草原生态环境的破坏密不可分，随着草原的过度开垦和人口的迅猛增长，水资源短缺现象日趋严重。长期以来干旱已经成为危害农牧业生产和促使生态环境恶化的重要因素，然而"父亲"并没有丧失信心，而是凭借着坚韧不拔的执着性格不停地寻找着水源。此外，螺旋式环形结构下还套嵌着一个小环形结构："母亲"和"我"在寻找失踪"父亲"的途中遇到一个胡毛像鱼须，眼睛如玻璃球，皮肤似鱼鳞的怪模样老头，并从老人那里获悉"父亲"所化作的黑鱼被"钓上来"又被"重新放回水里去了"。鱼神形象的塑造体现出蒙古族人对鱼的崇拜。草原地区干旱缺水，蒙古族对鱼更是崇敬有佳，例如蒙古族民间工艺的传统图案中多见鱼纹图案，信仰喇嘛教的部分蒙古族人忌食鱼类；蒙古族民间神话常出现鱼公主、龙王女儿等鱼神形象。鱼神形象传递出蒙古族对大自然的崇拜情结，鱼神将"父亲"钓上来又放生的小环形结构表现出人类与自然的和谐包容，也蕴含着对未来人类生存发展的思索。海勒根那通过置换人与鱼之间的位置关系从而达到颠覆人类中心主义的目的。在人与自然的关系上，人类长期占据着以人为本、为中心、为主宰的地位，例如现实生活中的垂钓者永远是人类，鱼儿则是被钓的对象。尚若有朝一日边缘者和被主宰者也会以另一种方式反过来主宰人类，人类的命运将何去何从？

同样的螺旋式结构还见诸海勒根那的另一部小说，《寻找巴根那》以寻找失踪的巴根那和羊群开始，经历了长途跋涉后，"我和堂兄"尽管找到了化作领头羊的巴根那和数量多达百只的羊群，然而"我们"的步伐却未停止，而是追随巴根那一起继续寻找。"寻找"是整部小说的起因，线索和结尾，然而"寻找"的意义却在环形结构中发生着不同的变化。草原生态环境恶化导致农业歉收和连年干旱，在人、畜、自然关系尖锐的对立时期，巴根那为了保护羊群而选择古老的草原生产和生活方式——游牧经济。"我"和30多人的随行者在寻找巴根那和羊群的途中随着环境的变化也不断地在涤荡着自己的心灵，并试图重新找回游牧民族的精神家园和草原文化的生态精神。

海勒根那的上述两部作品都发生在受严重生态问题困扰的内蒙古草原，生态环境的日益恶化让生活在草原的蒙古族人民产生了强烈的焦虑和忧患，生存的困境唤起了人们的生态意识，作者用螺旋式环形结构喻示草原人民并没有放弃对生活的信心而是继续找寻希望之路。保护家园和恢复昔日草原风光的路途是漫长而艰难的，但是长期的奋斗和不懈的寻找之后必然出现希望的曙光。

三 "来而复去"的空间循环模式

"小说《佩德罗·巴拉莫》……在空间结构中向上或是向下运动，在时间结构中则在过去—现在—将来三点上运动，在生命的进程中又是沿循着生命—死亡—生命这样一条运动轨迹。"① 受之影响，海勒根那笔下的叙事结构也不仅仅局限于螺旋式循环结构，还体现在空间进程方面，并按照"来—去—来"的空间循环轨迹依次展开。在《母亲的青鸟》中"小傻瓜"的"母亲"在挖掘水渠的过程中劳累致死，并化作青鸟腾空而去（功能1）；"小傻瓜"不得不离家出走并踏上寻找"母亲"的漫长征途（功能2）；在外漂泊了几十年后，"小傻瓜"在青鸟的带领下重新回到故乡并躺在母亲的墓穴中（功能3）。正是在来而复去的空间模式中，在人与自然、人与社会的矛盾过程中，严酷的自然环境和复杂的社会关系锤炼和造就了"小傻瓜"克服困难的坚毅品格和对待生命的博爱之心等民族文化精神。随着技巧的日臻成熟和生态意识的增强，《到哪儿去，黑马》《寻找巴根那》《父亲鱼游而去》和《父亲狩猎归来》等作品中的地点在"来—去—来"的叙事结构中发生着细微的变化。作品中的故乡不再是单纯意义上的主人公出生地，而是具有现实中的故乡和理想中的故乡双重含义。《到哪儿去，黑马》中的主人公巴图骑着黑马离开"低矮、有着机井的窝棚"回到已经远逝的童年，重返梦牵魂绕的茫茫草原；《寻找巴根那》中的巴根那则离开旱情严重的家乡，化身为羊寻找理想中的草原；《父亲狩猎归来》中的"父亲"也在来去之间试图恢复昔日的狩猎文明。现实情境下的故乡往往是主人公现居的遭受生态破坏的草原或森林，而理想中的故乡则是存留在记忆深处或令人憧憬的美丽草原或繁茂的森林，由此昔日水草丰美的草原和物种繁多的森林与当下遭受严重破坏的生存环境形成鲜明的对比。为了突破生存困境，作品主人公于是在"来—去—来"的叙事结构中不断地寻找昔日令人梦牵魂绕的故乡草原，回归游

---

① 郑书九：《执着地寻找天堂——墨西哥作家胡安·鲁尔福中篇小说〈佩德罗·巴拉莫〉解析》，外语教学与研究出版社 2003 年版。

牧生活，重构草原文明的作品主题也从而得以展现。

四 "死而复生"的生命循环模式

《佩德罗·巴拉莫》中所有的人物都是鬼魂，海勒根那笔下的主人公也并非都是人类。长期在萨满教和藏传佛教的熏陶下，海勒根那的作品中蕴含着万物有灵论和生死轮回的观念。《父亲鱼游而去》中的父亲死后幻化成一条长着脚蹼的黑鱼，《寻找巴根那》中的巴根那失踪后变成一只黑脸跛腿的领头羊，《母亲的青鸟》中的母亲死后化为一只青鸟展翅飞翔。海勒根那正是借助不受时空限制的小说人物从而摆脱传统现实主义小说因素的制约，并在"生—死—生"的生命循环模式中自由构建理想中的世界。在海勒根那的代表作中，主人公所面临的对手通常是遭受生态破坏的生存环境。《父亲鱼游而去》中的"父亲"与水资源极度匮乏的恶劣环境做斗争，长年离家在外只为掘河找水（功能1）；一场突如其来的大雨引发了洪水，"父亲"在情急之下救出"母亲"和"我"，自己却因耗尽力气被大水冲走（功能2）；洪水过后，"父亲"幻化成一条黑鱼，在与家人的短暂团聚后鱼游而去（功能3）。整篇故事情节在父亲化鱼的奇思妙想中完成生命循环模式。与《父亲鱼游而去》结构相似的另一部作品《父亲狩猎归来》中的"父亲"原本是当地最好的猎人，在退猎归农的政策下，父亲依旧坚持每日上山查数以此表达对大自然的崇敬之情（功能1）；由于森林遭到严重的破坏致使黑熊闯入村庄，父亲在村人的央求下一同上山捕熊，但在最后关头用自己的生命挽救了熊的生命（功能2）；父亲虽然命丧熊口，但却由此获得重生（功能3）。《父亲狩猎归来》的结尾不免有些出人意料，但却意蕴深远，"父亲"对大自然的崇敬之情在小说结尾处达到高潮。鄂伦春族人的祖先是熊，"父亲"最后与熊合而为一，人熊之间的互换关系巧妙地隐藏在故事的开端和结尾，且蕴含着古老的布里亚特蒙古神话故事中有关萨满、猎人和熊之间互相转换的观念。[1] 生命时间的永恒轮回在小说结构上表现为一种"生—死—生"的圆形叙事结构。这样的轮回观在《母亲的青鸟》中借牧羊人之口道出羊、狼、青草三者之间

---

① ［日］秋尾长一郎：《有关熊和狼的几篇蒙古传说》，《满洲民族学会会报》1945年第2期。

的关系，假设一只羊被狼吃了，狼的粪便是青草的好肥料，青草再度被羊吃下并生下一只小羊，牧羊人由此失而复得。[1] 牧羊人的一番话富有深刻的哲理，世界上所有的生命形态都在微妙的平衡中生存，生命的轮回，万物的盛衰，一切都必然遵循自然规律。

"来而复去"的空间循环模式和"死而复生"的生命循环模式所蕴含的圆形思维来自草原先民对四季循环、日升日落、草木荣枯及生死轮回的环圆形认识模式。值得称道的是，海勒根那在借鉴和学习圆形叙事模式的过程中并非一味遵循鲁尔弗的写作模式，鲁尔弗的作品中由爱情、复仇，孤独为主线贯穿作品始终，海勒根那却以人与自然的和谐关系为主线表达作者的生态思想观念。目睹了草原沙化、湖泊干枯，森林砍伐等草原环境的变化，作者深切地感受到自然环境的恶化给草原人民的生活和心理所带来的巨大负面效应，并希望通过一则则感人肺腑的生态故事召唤和期待美好家园的重建。

结　语

海勒根那创造性地借鉴了拉美魔幻现实主义中的圆形叙事模式并将之用以表现草原题材作品的生态主题，其中包括螺旋式环形结构、"来而复去"的空间循环模式和"死而复生"的生命循环模式等叙事结构。然而，海勒根那对圆形叙事结构的借鉴和学习并未停留在浅尝辄止的句式模仿，而是将游牧文化和草原生态观融会贯通在作品的时间、空间和生命结构中，以此丰富和深化作品的生态主题，彰显蒙古族的生态文明理念，并形成别具一格的民族特色。海勒根那的创作特色正体现了全球文化背景下少数民族文学在民族文化认同构建中应该注意的问题。民族文学要走向世界，不仅要吸纳世界文学中有价值的东西，还要更好地保持和发展民族文化，只有这样才能走向世界，矗立于世界文学之林。

---

[1]　海勒根那：《母亲的青鸟，父亲鱼游而去》，内蒙古人民出版社 2007 年版，第 174 页。

当代湘西少数民族文学中的民族志特征初探

刘兴禄

（凯里学院）

"民族志是民族学（文化人类学）家对于被研究的民族、部落、区域的人之生活（文化）的描述与解释。民族志是英文'Ethnography'的意译，词源出自希腊文'ethnos'（民族）和'graphein'（记述）。在古代，民族志曾经是各种身份和职业的人，根据自己的见闻，对其他地区、其他民族的一些记录。当民族学（文化人类学）作为一门学科建立以后，民族志就逐渐成为民族学家所作调查和研究报告的专称。"① 如果说民族学者、人类学者是分别带着民族学、人类学的理念通过田野调查来撰写民族志，那么，从小生于斯长于斯的民族作家描叙本土文化，带着情感和体验书写成长中的记忆，其作品自然也会彰显民族志特征，何况随着人们对田野作业概念的重新认识，田野的领域不断拓展，费孝通就指出："人文世界，无处不是田野。"② 同时，我们还看到，民族文学中的民族志书写是一种超越一般民族学科范畴的更自觉的追述回溯民族文化遗产的表述，它带着独特的体理表达出来，主观性会更强烈些，然而，无论如何，其民族志特征是显而易见的，我们通过梳理和透视，可以洞见另一种民族志表征。

湘西作为一方神秘土地，主要聚居着土家、苗等少数民族，湘西古

---

① 杨圣敏、丁宏：《中国民族志》，中央民族大学出版社2003年版，第1页。

② 费孝通：《继往开来，发展中国人类学》，荣仕星、徐杰舜编《人类学本土化在中国》，广西人民出版社1998年版，第12—14页。

老、丰富的民族文化遗存给湘西民族文学提供了厚实的文化与文学基础，哺育了一代又一代湘西籍作家，在新的历史条件下，湘西少数民族文学逐渐形成自沈从文之后的一个创作群体：彭学明（土家）、孙健忠（土家）、蔡测海（土家）、向本贵（苗）、侯自佳（苗）等。他们以冷静的眼光和平和的心性，追溯民族历史文化，创作了一系列具有民族志特征的作品，如彭学明的散文集《祖先歌舞》《我的湘西》，孙健忠的长篇小说《醉乡》和小说集《娜珠》，蔡测海的长篇小说《非常良民陈次包》，向本贵的小说集《文艺湘军百家文库·小说方阵·向本贵卷》，侯自佳的长篇小说《荒村》等，从而留下民族历史文化的现当代记忆。民族志包括的内容和范围极其广泛①，本文仅就其中的三个方面予以探讨：民族民间语言的掘用；民族民间文学的生动承传；民族民间艺术的客观呈现。

一 民族民间语言的掘用

索绪尔认为："语言是一种约定俗成的东西。"他还指出："一个民族的风俗习惯常会在它的语言中有所反映，另一方面，在很大程度上，构成民族的也正是语言。"② 英国人类学者马林诺夫斯基也说过："语言是文化整体中的一部分，但是它并不是 个工具的体系，而是一套发音的风俗及精神文化的一部分。"③ 的确如此，作为文学形式最重要的构件——语言，尤其是民间语言，是一种活的立体的民间文化现象，是在特定的文化背景中发生的民众行为、民众活动，凝结着民众精神或民俗心理。本文中的民间语言主要是"指广大民众用来表达思想并承载着民间文化的口头习用语，其主要部分是民众集体传承的俗话套语"④。

当代湘西少数民族文学作品在语言的运用上与本土民间语言密切相关。一方面着力于汲取民族民间语言的营养，以更好地传达乡土挚情，展示民族文化；另一方面，致力于对民间语言的整合和掘用。少数民族作家

---

① 张有隽在《关于民族志若干问题的讨论》中，认为民族志研究内容和范围大致包括：1. 人类生态系统；2. 生物与人类；3. 文明起源与发展；4. 经济体系；5. 语言与传播；6. 社会组织与政治；7. 文学与艺术；8. 宗教与巫术。见《广西民族学院学报》1987 年增刊。

② ［瑞士］费尔迪南·德·索绪尔：《普通语言学教程》，高名凯译，商务印书馆 1980 年版，第 37—43 页。

③ ［英］马林诺夫斯基：《文化论》，费孝通译，中国民间文艺出版社 1987 年版，第 7 页。

④ 钟敬文：《民俗学概论》，上海文艺出版社 1998 年版，第 298 页。

们采用语言的民俗学视角，将民间语言看作民众习俗的一种，民间文化的一部分，将其置于民俗情境之中，使民间语言不再是孤立的词语形式，而是一种立体的文化现象。这些语言既表现在对各种称谓语、吉祥语、谚语等民间俗语的记述和运用上，也体现在经过"文化混血"后的作家书面叙述话语中。因此，具有民族志的意义。

首先，民间语言的掘用表现为对一系列在民众中普遍流传的常用型民间俗语的运用，包括对谚语（含俗语）、歇后语、流行语等的使用。运用这些带有地方色彩的民间俗语，使得作品氤氲着浓郁的乡土气息。

就谚语来说，它被广泛用于民族文学作品中。如，孙健忠的《醉乡》就不乏谚语："聚财犹如针挑土，败家好比水推沙。""嫁汉嫁汉，穿衣吃饭。"语言生动形象，浅显易懂，包含民间质朴的现实利益观念。向本贵作品中的一些谚语表达了民间的婚俗观念和日常生活观念。如"鬼佬原来认为乖配乖，丑配丑，老狼婆子配野狗"（《蛊毒》）；"俗话说，生意买卖眼前花，锄头落地养全家"（《土地》）。彭学明用俗语"围猎赶仗，见者有份"（《雪地风景》），道出了湘西民间围猎习俗的群体性及其和谐分配规则。

歇后语作为民间俗语中的一块块砖瓦，凝结着民众生活与生产的知识与经验。向本贵短篇小说《蛊毒》中写道："只因为长得丑，至今还是筷子照镜，一条光棍。"孙健忠的《醉乡》也有描叙，如大头猫气鼓鼓说："贵二哥，莫怪我说你，你这人太老实了。软泥插棍，越插越进。"（天九说）"大狗算好看了，那是个绣花枕头，皮面好看，里头一包糠壳。"而流行语则折射着现实生活与时代气息。如侯自佳的《荒村》中记载了一些改革开放时代流行语："花酒""青春饭""胀死胆大的，饿死胆小的"，等等。

其次，民间语言的掘用表现在大量专用于某种特定的群体或场合的较为定型的特用型民间俗语的活用上，作为民间语言中很有特色的组成部分，它包括吉祥语、忌讳语、称谓语等。

吉祥语，又称"吉利话""口彩"，是被认为能给人带来好运的词语。在湘西民间广泛存在着语言灵力信仰，认为吉祥语不仅仅能增加喜庆氛围，而且它具有给人带来幸福的实际效力。因此，在民间许多场所可以看到它的存在。小说《醉乡》中就有介绍，店老板在往日安放家仙的位置上，贴起一副对联："生意兴隆通四海，财源茂盛达三江"。横联："和气生财"。这些无不寄托着人们的美好祈愿。吉祥语尤其表现在一些喜庆或其他祈祷仪式中。如，彭学明的散文《走滩》中记述了建房上梁喜庆中的吉祥语："他们及我们这些抢梁粑粑的，便真如掌墨师傅边抛边念的：今天抛了梁粑粑，男女老少笑哈哈，老的吃了添福寿，少的吃了增才华。"而祈祷仪式中的吉祥语在彭学明散文《庄稼地里的老母亲》里获得了很好呈现：

> 一连二十多天了，不见风，不见雨，只见土地慢慢焦枯皲裂，庄稼慢慢失去绿意变得枯黄，……母亲买来了个猪脑壳，又杀了一只鸡，摆上碗筷，用筛子端着来到地里，开始敬土地菩萨。……念："土地菩萨，你要显灵啦，我们好的让你吃，乖的给你穿，你要保佑我们风调雨顺、保佑庄稼丰收平安啦！"

在这里，作家不仅记述了吉祥语，而且描述了吉祥语使用语境，并通过仪式过程予以立体展示。

忌讳语作为一种充满灵力信仰的语言现象，在湘西民族文学作品中也有呈现。如，《醉乡》里写道："大叔是旧时候的人，信鬼，信神，还信龙王；平时禁忌又多，过河人搭渡船，说话时，不准提到'龙、蛇、鬼、怪、翻、打、扑、沉'这类字眼。"对语言的禁忌体现了民众对美好生活的追求和对不愉快事件的排斥心理。

即使称谓语，也富有湘西地方特色，这从彭学明散文《打亲家》对小孩命名习俗的记述和解释中得到体现：

> 孩子多病体虚或其他什么原因不好养，父母就会想方设法把孩子寄拜给什么人或物的名下，以求孩子灾消病除，易养成人，……有的把孩子寄拜给水井，水井就是干爹干妈，孩子的名字往往就叫"水生"或"井娃"；有的把孩子寄拜给岩头石山，岩头石山就是干爹干妈，孩子的名字往往就叫"岩头""岩山"。这是贱名贱姓，贱养贱得。更多的是为了贵名贵姓，贵养贵得，寄拜的对象往往是那些吃千家饭的手艺人，为的是望子成龙成凤，走遍天下。

这种命名习俗及其地方性解释，展示了湘西民间质朴的崇尚信仰文化，为深层次探究湘西民间精神文化提供了线索。

再次，对一系列方言俗语的运用也表现出作家对民间语言掘用的努力。这一方面，表现在作品中出现许多具有民俗色彩的语词语汇，如"三月三""四月八""梯玛""坐堂戏""做阳春"等，而彭学明一些作品的篇名就直接运用民俗语汇，如《边边场》《挑葱会》《跳马》《上刀梯》《哭嫁》等。这些民俗色彩浓郁的语汇承载着丰厚的地方民俗文化信息。另一方面，表现在湘西民族文学作品的叙述语言里糅进了很多方言。孙健忠的《醉乡》就运用了大量方言习语。如："那满妹一手好勤快，有家教，懂礼，模样子又好，团转四十八寨，只怕找不到第二个了。"（老乔保对大狗说）"你还回来做什么？这不是又从米箩箩跳回了糠箩箩吗？"这些方言俗语的运用，使得作品氤氲着浓郁的乡土气息。

此外，湘西作家作品还追溯了民族民间语言的源头，展示湘西民间语言的某些初始形态及其特殊的表现形式。彭学明在散文《祖先歌舞》中写道："什么也不好表达，他们只有用这齐崭崭的喊声赞美丰收，歌唱土地。'呜呼呼！''呜呼呼！''呜呼呼！'"还有《秋收散板》篇中提到：人们唤风时发出一声"吆嘀嘀——"，风便丝丝而来。又一声"吆嘀嘀——"，风便呼呼而来。而《感恩祖先——代后记》则对此给予详细描述：

> 我们最初的文字，是实物的文字。……男方向女方求爱时，男方只要给女方吹吹木叶，女方就明白了。女方若喜欢男方，女方只要送男方一只鞋底，男方也就明白了。男方要求迎娶女方，只要在正月拜年时，在猪腿上留一只猪尾巴，女方就明白这是男方最后一次拜年，要迎女方过门了。女方若留下猪尾巴，表示同意过门，可以迎娶，若把猪尾巴砍下回给男方，意味着还不同意过门，不能迎娶，男方只能再等。

这些"实物的文字"作为可视事象的非言语系统的民俗指符，作为民俗符号世界中的一种重要方式，有条不紊地交流和传递着民俗信息。

最后，关于民族民间语言的掘用不仅体现在民俗语言的开掘上，还体现在作家将民族民间语言化在一种更为隐蔽的汉语书面语言表达之中。当然，这需要很深的功力，然而当代湘西少数民族作家正在进行着这方面的努力。

蔡测海在本土化的基础上追求着人物语言独特的言说方式。在长篇小说《非常良民陈次包》里，作家力求将方言词汇隐身于汉语表达之中，在简单而贴切的话语中表征着土家农民注重实际的思维方式，并以其特有的思维方式解构人们心中的语义。像陈次包对人的认识："粪臭，可以做肥料，人臭就什么也不是了。体面人臭点没关系，他面子上还体面，好比马粪，面子光亮里面是糠，起码也是马粪。粪也分等级，有贵粪贱粪，一个人又穷又臭是贱粪，菩萨抱的娃比爹娘生的娃值钱。"作者笔下的人物语言指向现实很平常的东西，但寄寓了主体赋予的象征或隐喻。

我们看看彭学明的文章，也可以窥见作家构建自己独特语言表述方式的努力。如，"这黄黄的庄稼，似一层又一层黄黄的阳光，厚积着，铺排着，流过山坡，涌向山脚，再流过山坡，再涌向山脚。风吹起时，层峦尽染的秋色便是一山一山的翻滚起来，先是一波一送地倒伏过去，再就一波一送地挺立起来，浩浩荡荡的，有尽无尽"（《秋收散板》）。作家运用富有流动感的话语，构建出立体的鲜活情境，准确地表达了体验与感受，使语言特别具有张力和弹性。再看其淳朴情感下的淳朴话语："阳光出来了，阳光是暖和的。炊烟出来了，炊烟是暖和的。母亲出来了，母亲的叫声是暖和的。"（《雪地风景》）"天，软软地蓝着。水，软软地蓝着。温柔的音乐，软软地蓝着。"（《诗意的天空》）和缓的语调，契合着心跳的频率，似慈母轻拍着婴孩入睡，又似抚慰心理的琴音。民间语言的单纯质朴、清新明了、形象生动、活泼实在等特点都被作家吸收并糅合到其文学文本的字里行间。语句的清纯脱俗，活灵活现，不是能用爽心悦目能说明的，只有那些真正用心去读，用心去体验的人才能领会其中的深意，享受到那股滋润心肺的甜美。这些诗性话语不仅打破了书面语言的呆板模式，还令人感到作品语言是那样的清新别致，那样的富有内涵和张力，从而产生一种鲜活空灵的美感。

总的来看，这些少数民族作家在掘用民族民间语言资源和张扬民族民间语言活力的同时，还对之进行了整合与提升，融合了少数民族文化与汉文化的某些诗性智慧，使文学语言更富张力与弹性，且打上了作家自己主

体特征的烙印，带上了作家的性格气质、生活阅历、艺术修养。这些经过
"文化混血"的作家，大多具有"局内人"和"局外人"双重身份，他们
用鲜活的民间语言弥补了汉语某些表达上的"陈词滥调"，体现了对不同
文化间的理解、包容、整合，以及对民族文化精神与人类普遍价值共享的
认同，从而使民族民间语言作为一种极富生命力的语言文化遗产得以彰显
并保护，为语言民族志研究提供了生动个案。

二　民族民间文学的承传

民间文学作为一个民族世代传承的文化遗产，与现实生活血肉相连，
是一种活态的、始终具有鲜活生命力的文化现象，是民族传统文化的重要
组成部分。我们透过少数民族作家的文学创作可以洞见各民族民间文学遗
存，这是其民族志特征的体现。

民间文学诸多定义中富有代表性的有："民间文学是人民大众（主要
是劳动人民）口头创作、口耳相传的语言艺术。"①　民间文学是"人民灵
魂的忠实、率直和自发的表现形式；是人民的知心朋友，人民向他倾吐悲
欢苦乐的情怀；也是人民的科学、宗教和天文知识的备忘录"②。民间文
学的体裁多样，大致可以分为三大类：民间散文作品（包括神话、民间传
说、民间故事等）；民间韵文作品（包括民间歌谣、史诗、叙事诗、谚语、
谜语等）；散韵相间的民间说唱作品（主要是民间说唱和民间小戏）。本
文仅就神话、民间传说、民间故事、民间歌谣予以阐述。

首先，看看神话、民间传说、民间故事等散文体民间文学在当代湘
西民族文学作品中的传承。产生于远古时期的神话是民间文学宝库中一
宗重大的财富，是民间文学的源头之一，也是民间文学的主要体裁之
一。"神话"一词源于古希腊语，原意为关于神话和英雄的传说和故事。
我国的神话概念是现代从英语中引进的，英语中神话词形为"myth"，词
意是想象的或虚构的故事。神话"是已经通过人民的幻想用一种不自觉的
艺术方式加工过的自然和社会形式本身"③。神话"包括了人类最早的哲

---

① 刘守华、巫瑞书：《民间文学导论》，长江文艺出版社1997年版，第5页。
② 转引自刘守华、陈建宪《民间文学教程》，华中师范大学出版社2002年版，第4页。
③ 马克思：《政治经济学批判·导言》，《马克思恩格斯选集》（第二卷），人民出版社1972
年版，第113页。

学、历史、宗教、习俗、伦理、文学艺术、自然科学等多方面的内容"①,
因此,它必然出现在追叙民族文化的湘西少数民族文学创作中。彭学明的
《感恩祖先——代后记》记载了至今仍流传于湘西各少数民族之中的关于
人类起源的创世神话:卵生无极,无极生太极,太极生两仪,两仪分阴
阳,阴名李古娘,阳名张古老。两人婚配生七男一女,为让母亲吃到雷公
肉,七兄弟捉了雷公,可是让他逃脱了。结果玉帝发怒,涨起齐天大水,
放跑雷公的补所和雍尼兄妹躲在雷公所给的一个空葫芦里,得以逃生。世
上无人,兄妹只好结合,生下一血肉球,砍成条块抛出去,普天之下就有
人了。肉块拌上沙,就有了客家人;拌上泥,就有了土家人;拌上树苗,
从此有了苗家人。百家姓就这样有了,世上人就这样多了。侯自佳的小说
《荒村》也记述了一个流传于湘西的创世神话:"相传,上古时代,高辛
氏(帝喾)之闺女嫁给征战功臣盘瓠(神犬)为妻,迁来这里居住。他
们生下六男六女,盘瓠死后,他们自相婚配,繁衍子孙。从古至今,我国
南方的少数民族苗、瑶、畲等民族都虔诚地敬祀盘瓠与辛女,视其为始
祖。"这两则神话既带有地方色彩,又深具各民族创世神话的共通性。

　　同样,各种民间传说也充斥在当代湘西少数民族文学创作中。侯自家
在其小说《荒村》的《引子》中,围绕坐落于湘西泸溪县的辛女祠、辛
女桥、盘瓠山、盘瓠墓等地方古迹,对与苗族始祖辛女和盘瓠有关的一系
列民间传说进行了简要追述。而许多关于民间节俗的动人传说,则像一颗
颗璀璨的明珠闪现在湘西民族文学之中。如彭学明的散文《跳马》《赶
秋》《挑葱会》通过动人的民间传说分别追溯了土家族"跳马"、苗族
"赶秋""挑葱会"节俗的由来。还有穿插在习俗追溯中的英雄传说,如
彭学明的散文《上刀梯》就讲述了一位苗族英雄张二郎的事迹:那年,为
了上天取下能洗亮眼睛的月亮露,以解救被风沙吹瞎眼睛的乡亲,张二郎
背一把黄伞,将刀一把一把地插进一棵高耸入云的古树树干,然后沿着刀
梯,艰难攀登。36 天后,黄伞盛满露水飘落,乡亲就此看见天日,而张
二郎再也没有回来。刀梯上,英雄的鲜血涔涔滴落。这些民间传说虽然是
从神话脱胎而来,有幻想的成分和附会的情节,但它以客观的历史事件、
历史人物或地方风物为依据,在本质上是真实的,它反映了民众的历史观

―――――――――――

① 徐万邦、祁庆富:《中国少数民族文化通论》,中央民族大学出版社 1996 年版,第 186 页。

和爱憎情感，彰显出地方性和民族性，有助于我们深刻理解乡土文化和民族精神，因此不失为民族历史文化的当代记忆。

另，在少数民族小说创作中还可以发现一些民间故事，特别是其中的生活故事，别具一番意味。所谓生活故事，又称"世俗故事""写实故事"。这类故事生活气息浓，现实性强。小说《荒村》介绍了一个骇人听闻的然而确实存在的故事：丈夫张正民想到人们常说医生遇到孕妇难产时，唯一的办法是动刀子，即剖腹取子。所以他也拿起菜刀为难产的妻子杨树枝剖腹取子，结果害了两条人命。笔者曾经从作家处获得证实，确有其事，只不过时间地点人物做了一下更换而已。可见，作家以生活故事的形式毫不掩饰地揭示出曾存在于乡村中的愚昧落后，表达了学习知识的重要性和紧迫性。

其次，谈谈民间歌谣在民族文学作品中的呈现。民间歌谣常简称为民歌，实际上是由"民歌"和"民谣"两部分构成。它以篇幅短小，抒情性强为主要特征。按内容和作用，可分为六类：劳动歌、仪礼歌、生活歌、时政歌、情歌、儿歌。[1] 湘西各少数民族都是好唱歌的民族，"要跨进苗家大门，得先唱歌"（彭学明《苗妹妹》），不但好唱，而且丰富多彩，几乎全部具备上述歌谣类别。

无论是土家族还是苗族，情歌在民间歌谣中占很大比重。试看作家作品对此的记述：

> 妹是胡葱长满山/哥是葱刀尖又尖/胡葱不长刀不挑/挑葱只挑妹心尖……
>
> 哥哥你是挑葱人/刀刀挑在妹的心/妹是葱叶哥是根/根不发芽叶不生。（彭学明《挑葱会》）
>
> 要得脱来不得脱/蚂蟥缠住鹭鸶脚/鹭鸶要往岸上走/蚂蟥要往水里拖。（孙健忠《醉乡》）
>
> 杨梅酸来枇杷甜，/请个媒人好讨嫌，/不如二人当面讲，/岩板搭桥万万年。（向本贵《蛊毒》）

---

[1]　钟敬文：《民俗学概论》，上海文艺出版社1998年版，第273页。

形象生动、真挚热烈的表白，无不体现出苗族和土家族儿女大胆而浪漫的爱情追求。

除了情歌，以活泼、上口、形象、通俗为主要特色的儿歌也得到了很好呈现。彭学明的散文《秋收散板》记载了儿时于炎热夏天重复呼唤凉风的儿歌："荫凉荫凉快过来，太阳太阳快过去。"蔡测海在《非常良民陈次包》中也记述了一些儿歌。如，三川半的学生于上学途中唱的儿歌："小呀么小二郎/背着书包上学堂/不是为做官/不为面子光/只为穷人不受骗/不做牛和羊。"还有三川半唱新娘出嫁的儿歌："新嫁娘，你莫哭/转个弯弯是你屋/煮的大米饭/炒的小猪肉。"这些儿歌质朴生动，是湘西民众现实生活的真实反映。

与湘西民众生产与生活密切相关的劳动歌也不时出现在当代湘西民族文学中。彭学明散文《秋收散板》就记载着船夫号子："齐着力呀！哎着！/打谷米呀！哎着！/八月黄呀！哎着！粮进仓呀！哎着！/……/今年秋呀！哎着！醉个休呀！哎着！/明年秋呀！哎着！/北京溜呀！哎着！"船歌勾画出一幅生动谐和、热情洋溢、充满幻想、充满追求的画面，体现了民歌简洁明快，质朴生动、晓畅易懂、用语重复的特点。船歌的粗犷、强悍，使作品洋溢着湘西人民特有的生命活力。彭学明散文《田园抒情诗》则不仅记述了生产中的歌唱："夫妻双双去插田/影子印在水中间/一行一行往后退/看似倒退实向前。"还描叙出了唱歌的语境："我朴朴实实的母亲们则挑了秧来，背了秧来，开始栽种稻谷和春天。衣袖高高地挽着，裤脚高高地挽着，插秧的双手又快又轻，……一行一行的秧苗出来了，一丘一丘的秧田插完了，一首一首的歌唱起来了。"在此，我们看到的不仅仅是劳动歌，还有歌谣产生的具体场景，不啻为一幅流动优美的生产风俗图画，从而展现出一个活态的立体的民间文学表演情境，构成一种立体的整体民族志书写。

仪礼歌常伴随民间宗教仪式、贺喜禳灾、节日庆典、婚丧礼仪和迎亲送友等习俗活动而吟唱，作为又一道风景，也呈现在湘西少数民族文学中。其中以礼俗歌在民间流传最广，如起屋上梁歌、哭嫁歌等。孙健忠在小说《醉乡》中对民间上梁仪式及其歌谣进行了描叙：

老木匠和副队长黑豆子，各端一张垒起米粑粑的茶盘，爬到梁头上坐起，依照老辈人传下来的方式，开口说梁木的来源，砌屋的根古和对主人的祝愿。"土王坐在老司城，一统乾坤，/修金殿，砌午门，凉洞热洞自生成，/内金殿，外罗城，四海都闻名。/老司城中风水好，万马归朝，……"

作家在此展示了仪式过程，呈现了歌谣演唱的具体场景，表现了处于喜庆氛围中的民众的求吉纳福心理，为整体研究民间仪式歌提供了立体的活态资料。

哭嫁习俗及哭嫁歌作为湘西尤其是土家族传统文化的一个亮点，时常出现在作家作品的字里行间，彭学明的散文《哭嫁》中指出："哭嫁是土家族女儿自古就有的，是一种亦歌亦哭、亦哭亦歌的情感方式，有词有调有泪，是出嫁时泪随声下的哭歌。"同时，作品记述了几段哭嫁歌，如"骂"媒人的歌："姊啊，你吃人家一点嘛/肉渣渣啦/尽帮人家是/讲好话啦/你吃人家一点嘛/锅巴饭啦/你把人家是/吹上天啦……"又如哭娘的歌："娘啊，你是替人挑担嘛白费的劲，替人背草嘛干操的腥（心），画眉它抱错那阳雀的蛋，……娘！女儿记得到娘的情嘛报不了的娘的恩。"可见，哭嫁歌，作为一种文化习俗，是出嫁女子在婚礼中表达与宣泄情感的一种特有方式，充满着对亲人的留恋和对未来美好生活的期盼，通过它，可以获得部分土家族婚俗信息：有媒人（多为女性）做中介，女子婚后落户夫家，等等。

在民间歌谣中，时政歌是最富有时代生活气息的歌谣，作为善于思考的湘西民族作家自然不会漠然置之。蔡测海的《非常良民陈次包》则通过主人公陈次包的快板予以呈现，他用粪耙子敲着粪筐子唱道："三川半的岳母娘，/一女要嫁七个郎。/嫁个大郎是乡长，/嫁个二郎是警长。/嫁个三郎是医生，/……嫁个七郎是木匠。/要判官司找乡长。/伤风感冒有医生，/……"这种时政歌，通过对某一时期某一地域生活文化的描述，表达着作家的深深思考。

以上民间歌谣作为历史文化和社会生活的一种折光，在湘西民族文学中留下厚重的记忆，彰显出富有地方特色的民族志特征。在当代民间歌谣日益丧失其表述语境的情状下，湘西民族文学中的民歌记述无疑具有某种传承与弘扬的意义。

三 民族民间艺术的呈现

民间艺术与民间文学一样，都是精神文化的重要内容，根据艺术表达思想情感的两种不同手段，通常将艺术分为造型艺术和表演艺术两大类。前者包括绘画、雕塑（包括雕、刻、塑三种形式）、装饰；后者包括音乐、舞蹈、戏剧等。[①] 下面，对几种主要的民间艺术在湘西民族文学作品中的呈现加以介绍。

就造型艺术中的雕塑而言，湘西少数民族的雕塑种类繁多，有石雕、砖雕、木雕、玉雕、竹雕、陶塑、金属塑、面塑等。彭学明在《感恩祖先——代后记》中记述着：公元 939 年，所立"溪州铜柱"，以黄铜铸成，铜柱上每一个深深镂刻的方块汉字，记载了土司彭士愁抵抗楚王马希范的经过及盟约。侯自佳的小说《荒村》也对湘西苗族的民间造型艺术进行了描述："（辛女村东侧一个）院子大门两边是两块青石板砌成，雕刻着一副对联，……古联下面是一对威武的石狮。……这个大院子里面确实富丽堂皇，大约有千多个平方米面积，上下两层楼，几十间房子门窗壁上全系能工巧匠雕凿的各种花鸟、图文，以及《三国演义》《水浒传》《红楼梦》中各种风流人物的形象，栩栩如生。""学堂里最显赫的是孔夫子的木雕像，摆置在堂屋正中的神龛上。"由此可知，许多造型艺术早就为湘西民众所掌握。

湘西民间造型艺术还表现在湘西少数民族男女服饰上。彭学明散文《灵魂的村庄》对土家族服饰进行了描述：

> 女人服饰朴素而美观，衣服或左边开襟，袖大而短，无衣领，绣花边，或右边开襟，外托肩，滚衣边，衣襟口缀有宽青边，青边后有三条五色梅花朵，非常好看。头包青帕，发间插玉簪、金花、银凤，配有耳环、项圈、手圈及足圈，皆为银饰的，走起来，叮当作响，像无数玉器在碰撞。男人则穿对襟衣，袖小而大，布扣，腰缠绣花板带，带上挂着绣花荷包。裤短而大，镶白布条作裤头，也包丝帕，盘法与女人不一样，头顶挽成椎髻，俗称"螺丝髻"，颇有古道仙风。

---

① 林耀华：《民族学通论》（修订本），中央民族大学出版社 1997 年版，第 478 页。

　　而在《苗妹妹》中，彭学明对苗族男女服饰禁不住发出感慨："男的衣领很小，裤裆则大得出奇。女人的衣袖、裤脚、衣领和胸前绣了许多美丽的花鸟，走起来，像是蝴蝶在飞。帕子盘得很高，也盘得很美，即便不漂亮的妹子，盘起时，也很漂亮。"这道出了作家内心的真实审美感受，可见，作家作品中的民族志书写是带着独特体理的，不能简单地用实证的方法来解读。

　　作为造型艺术的湘西少数民族工艺美术主要有刺绣、挑花、编织、蜡染、扎染、地毯、漆器、制陶、佩饰物等。彭学明散文《唱歌的扎染》对民间扎染工艺进行了描述："木制的染房，灶火正旺，高大的染桶，轻烟蒸腾。几根长长的染杠上，悬晾着一段段染过的土布，靛水渐渐沥沥。……忙碌的男女，围着染桶，或搅或抖，或晒或染。……扎过染过后，他们还要把扎染放进最清洁的河里漂洗。"

　　以上造型艺术既是民族历史文化的记忆，也是湘西民众技艺与智慧的体现，展示了他们的审美观乃至崇拜信仰。

　　表演艺术主要包括音乐和舞蹈，那是湘西少数民族的拿手好戏。因此，在湘西少数民族文学创作中，音乐和舞蹈常成为其重要的题材内容。湘西民间音乐可分为声乐和器乐，声乐主要表现在民间歌谣尤其是山歌演唱中。湘西苗族和土家族山歌多带即兴性，因此其节奏自由轻快，音调悠长动听，唱词简易明了、形象生动、大胆热烈。孙健忠《醉乡》写大头猫（对着香草）唱的一首山歌就具备上述特征："天上乌云云赶云/地下狂风扰竹林/狂风扰断竹边笋/唱个山歌试姐心/我把山歌当媒人/姐若有意快回音。"至于器乐，一般认为，它与声乐同时或稍晚出现。湘西少数民族乐器的种类丰富，主要有唢呐，钹、锣、鼓等乐器，它们被广泛用于民众节庆和婚丧礼仪之中，成为民众日常生活的一部分。彭学明散文《秋天的声音》对此进行了较详细地动态描叙：

　　　　打镏子也称打挤钹，是土家族的一种民间打击乐，由钹、锣四件铜器组成。打击时，以绘声、摹神、写意等手法，模拟自然界各种生灵的音响、动作、神态，表达人们丰富的内心世界和生动的劳动生活。镏子，实际上是一种曲牌的名称。两片钹平面相碰时，发出的声音为"配"，侧面相敲时，发出的声音为"呆"，而锣声千古不变的为"当"，所以"打镏子"又称"配配当"或"呆配当"。这不，在山的另一面，秋天的声音又在爬坡翻垄，往这面走来了：

配配当/配配当/配配配配/配配当/

呆配当/呆配当/呆配配配呆配配配/呆配呆配/当

……

一路敲打《仙女下凡》《喜鹊闹秋》、……《庆请儿》等等曲牌，把喜事迎进家门。

在此，作家不仅对器乐的表演方式、方法进行了详细地描述，并道出了其展演的具体语境，而且在叙述中贯穿着作家的地方性文化解释。

此外，湘西还拥有极富地方特色的器乐表演形式，孙健忠在短篇小说《一只镶银的咚咚喹》中记述道："湘西是个好地方，那里土家族的人民很勤劳，又很好客，又会吹咚咚喹，会吹木叶叶，会打锣鼓……"作家还对此做出注释：咚咚喹是"土家族的一种乐器，五寸来长的小竹管，很像箫"；"吹木叶叶"是"把树叶放在唇边吹出乐曲"。这些记述和注释彰显着湘西民间多彩的娱乐文化，无疑为湘西民族文学增添了地方民间文化色彩，赋予了其丰厚的民族志表征。

舞蹈作为一种表达人们思想感情、反映社会生活的艺术形式，起源于劳动，并与诗歌、音乐结合在一起孪生。湘西少数民族舞蹈多为节庆舞蹈，舞蹈动作比较自由、奔放，节奏感强，而且参加的人数多，有时全村寨男女老幼一起跳。彭学明在《感恩祖先——代后记》介绍说："土家族的茅谷斯舞、摆手舞、铜铃舞，苗族的猴儿鼓、接龙舞，白族的仗鼓舞，都代代相续地传了下来。"其散文《跳舞的手》则记述了土家族摆手舞习俗："一个土家寨子甚至几个百个土家寨子的百人、千人乃至万人，都这么围成一个圆圈，摆动双手，蹁跹进退。"另在散文《湘西男人》中再现了土家先民生活的原始舞蹈"茅谷斯"舞，并揭示其功能在于"充分显示了湘西男人对自我生命价值的崇敬、骄傲和自豪"。

作为有着特殊生活经历、身上流淌着土家族和苗族血液且成长于土家族和苗族地区的彭学明，其文章不但是土家族历史文化的当代记忆，同样也是苗族历史文化的当代记忆，其散文《鼓舞》就记述了苗族的一种特殊舞蹈——鼓舞，文中写道："一脸精气俊气的男鼓手和一脸青嫩明媚的女鼓手，都站在鼓的边缘，等待手起槌落，翩翩起舞。""鼓手不停地交换着双手，一手击鼓，一手跳舞，或者同时击鼓同时起跳。"苗族的鼓竟然与舞蹈紧密联系在一起，难怪作家感慨："真的，我从来没见到过这么巨大的鼓，也从来没有想过，鼓竟然能是一种舞蹈，让我们去跳。"

至于民间戏剧，在湘西各少数民族中流行着高腔，其表演形式灵活，既可登台表演，亦可坐于堂屋之中高唱，这种坐着唱的高腔俗称"坐堂戏"，多在农村红白喜事中演唱。侯自佳的《荒村》对此进行了记述：（张要莲葬礼期间）"三天三夜的'坐堂戏'唱的是辰河高腔，戏子都是民间'高腔'名角，那悠扬婉转的腔调，那拨动心弦的唢呐声，一步步把人们引进了久久向往的美好的天堂。"

综观当代湘西少数民族文学作品，它们有生动场景描绘，常常展示出一个个立体的时空背景，展示出特定情境中的文化主体——人的种种表现及其感受和体验，能用具体情节展演民俗文化，包括民俗语言和民间文化与艺术，有时还描叙到人物的情绪和反应，如果说民族学、人类学的民族志书写有可能陷入静态单调的窠臼的话，那么作家作品中的民族志书写则表现出另一种活态的民族志书写形式，能让人在水中看见活鱼，尽管其中不乏主观性体验和感受因素存在，但只要细细考察，理性分析，还是可以洞见其民族志特征，领略到另一个角度呈现出的民族志风景。其实，国外文化人类学者早就指出："除了在田野工作中被研究者的口头叙述之外，来自于第三世界大部分地区的大量当代小说和文学作品，也正在成为民族志与文学批评综合分析的对象（例如 Fischer，1984）。这些文学作品不仅提供了任何其他形式所无法替代的土著经验表达，而且也像我们自己社会中类似的文学作品那样，构成了本土评论的自传体民族志（autoethnography），对于本土的经验表述十分重要。"[1] 可见，民族文学中的民族志特征是实实在在存在的。诚然，处于文学理念观照下的民族文学中的民族志书写尚不能与民族学、人类学理念指导下的民族志文本画等号，但是，它作为对民族民间文化描述的另一道风景，无疑将为民族志研究和非物质文化遗产保护提供可资借鉴的参考资料，因此，有待进一步探讨和研究。

---

[1]　［美］乔治·E. 马尔库斯、米开尔·M. J. 费彻尔：《作为文化批评的人类学》，王铭铭、蓝达居译，生活·读书·新知三联书店 1998 年版，第 110—111 页。

在孤独中走向自省

——论李进祥对回族文化心理的探索

马梅萍

（兰州大学）

作为一个回族作家，民族、信仰等文化根基必然会对其文学创作产生潜在的影响，如张承志、霍达等散居区回族作家，早年创作并无涉民族，但后来也写出了深具民族文化回溯意味的小说《心灵史》《穆斯林的葬礼》，其中反映着创作主体文化寻根的深层心理。居住在回族聚居的宁夏同心回族作家李进祥更是深受这种文化寻根心理的影响，在主要关注民工问题与城市化霸权下乡村的弱势处境之外，他思考的笔触也停留在对本民族文化、心理及命运走向的关注上。他的小说中，底蕴较深的几个短篇如《女人的河》《换水》《羞怯的心》及长篇《孤独无双》等均与回族的伊斯兰教信仰精神背景有着密不可分的关系，可以说民族文化已成为他文学创作的一种源泉，民族心理也成为他文学作品中价值评判的一个杠杆。

在这一点上，宁夏南部山区西海固的回族作家都是比较一致的，对民族文化的挖掘与民族精神的塑造已成为他们创作时的一种集体无意识。当然，他们之间的具体创作还是有着很大的个体差异的，如就石舒清与李进祥比较而言，伊斯兰教所昭示的"顺从、和平"已经内化为石舒清的人生观，故而除早期的《苦土》尚有愤激、困惑之外，石舒清的作品多平和，无论对人生的思索还是对民族心理的展示，都于平静中流露出一种自成系统的精神自足。而李进祥的作品情感更为激荡，时有不平之气，这或许与石舒清更关注人生而李进祥更关注社会问题有关；在涉及民族题材时，李进祥也时常会将他自己内心的孤独附着在作品中，使得他笔下的民族性格孤僻而迷茫。

随着年龄的渐长，李进祥对民族文化的思考逐渐深入，情绪渐趋平和。他笔下的回族集体心理也从早期的孤独逐渐过渡为内省。以下，笔者以他早期的《孤独无双》、创作高峰期的《换水》以及晚近的《羞怯的心》三篇小说为具体着眼点，细读文本，在个人成长的历时性轴线上分析李进祥对回族文化心理、集体人格的书写。

一　赋予民族孤独的心理特征——《孤独成双》

李进祥初涉文坛的处女作《孤独成双》即以对西海固回族历史、社会变迁、集体人格为书写对象，反映着他自觉的民族文化本位意识。这篇小说是由一部同名中篇拓展而成的长篇小说，也是目前为止李进祥的唯一一部长篇小说，成稿于1999年，曾在吴忠市的《文苑》杂志和《吴忠日报》上刊载，后于2003年出版。李进祥在文坛上崭露头角基本是在短篇小说《鹞子客》（《回族文学》2003年第6期）、《女人的河》（《回族文学》2004年第3期）、《口弦子奶奶》（《回族文学》2004年第3期）等分别于2003年、2004年发表之后，他的创作丰收期也是在21世纪。应该说，作为初涉文坛的一个尝试，《孤独无双》尚遗留着李进祥对于民族、现世、信仰的诸多思考痕迹，不乏迷茫踟蹰的足音，作者曾在后记中提道："这个民族的灵魂深处真有着一种深沉的孤独。我再找这种孤独的根源，没有找到明确的答案，仅把自己沉溺在一条河里……我只能把历史当做背景，着重去表现人物—心理—民族的心理。"①

正如书名所寓意的，《孤独无双》通篇弥漫着一种难言的孤独情绪。小说通过对清水河边红沙湾村穆萨一家四代人生计命运的描述，展现了西海固回族自清末回族起义以来二百多年的历史变迁及心理走向。第一代人穆萨是清末同治年间陕西回民起义的幸存者，起义失败后，家破人亡的穆萨流落到红沙湾村，但他并没有像其他人一样落地生根融入日常生活，而是十几年来一直牢牢守着起义前马老太爷"战死了，是舍牺子；不成功，就不要回来"的"口换"，时刻着酝酿再次起义，显得与现实格格不入。

---

① 李进祥：《孤独无双·后记》，宁夏人民出版社2003年版，第367页。

作为穆萨心理写照的对应物，作者在小说中设置了一尊回族武士雕像，
"他的眉宇间结着一股仇恨，而他的眼睛里却有一种空茫"①。正是内心的
仇恨与迷茫致使穆萨游离于一般的世俗生活之外，呈现出孤独的特征。穆
萨内心的迷茫同时也反映着作者对于清乾隆年间到咸丰、同治年间历次西
北回族起义被屠戮镇压的苦难历史的难以释怀，如文中曾有两处涉及穆萨
想不通的迷茫之处，"要是没有民族的仇视，要是没有欺压，所有人的生
活都会这样有艰辛，也有幸福。不管是回民、汉民，还是满人。人为啥就
不能和和平平地过日子呢？为啥有那么多的打打杀杀？为啥要流那么多的
血呢？难道这也是真主预先就前定了的，是对人的考验？穆萨想不通这
些"②。"回族也是杂草吗？为什么会一次次地被清洗，一遍遍地被剿杀
呢？从沿海，从城市，退居到这西北边陲的荒僻之地，为什么还不能放过
呢？穆萨百思不得其解。"③ 其实，穆萨想不通的地方也正是作者对那段
历史的难以释怀之处。在无法给穆萨的迷茫找到出路之时，作者在文中设
置了让他去朝觐的结局，以超现实的宗教来弥补现实的缺憾。第二代人嘎
西当了土匪、国军，走上了一条虽然充满生命的野性，但却与父辈相去甚
远的叛离之路。在延续父辈血缘的同时，嘎西也继承了父亲孤独、迷茫的
精神因素。虽身为土匪，却不认同土匪打家劫舍的行径，虽厌憎战争的生
活，却没有决绝离开的勇气，这一切皆源自"嘎西的心中没有一个明确的
信念"④。与父辈相似的是，作者也给他安排了宗教回归的结局，在生命
的最后时刻，嘎西终于回到了家，去清真寺礼拜让他的灵魂安定了，从奥
斯曼阿訇为救护村民牺牲的事件中，他认识到，"自己以前所走过的路全
错了。为教门而牺牲不一定要打打杀杀，忍耐也是一种牺牲，是心的牺
牲，比身体的牺牲更重要"⑤。第三代人哈桑走的是一条革命之路，他年
轻时之所以随红军出走，一方面是因忍受不了身世之谜，受潜意识的寻父
情结驱使；另一方面是因难以坦然面对与阿伊莎的爱情，选择了逃离的方
式。所以，他的精神世界仍是迷茫而孤独的，参加革命也并没有让他寻到

---

① 李进祥：《孤独成双》，宁夏人民出版社 2003 年版，第 137 页。
② 同上书，第 30 页。
③ 同上书，第 35 页。
④ 同上书，第 187 页。
⑤ 同上书，第 244 页。

灵魂的安定，"哈桑对他当初的出走真有些疑惑了。他当年是参加了红军，但他对战争，对革命是迷惘的，正如他对自己是迷惘的一样"①。直到被打为反革命分子回到家乡，与阿訇在一起接触了伊斯兰教后，他才"感到心灵渐渐地安宁了"②。第四代人尔萨是个念经人，最后当了红沙湾村的阿訇并去麦加朝觐，完成了第一代人未竟的心愿。

一家四代人虽然道路各个不同，但除去第四代人尔萨一直从事宗教事业没什么波动之外，其他三代人基本都经历了一条迷茫—寻找—皈依的精神之路。在现实生存中，迷茫、孤独一直是他们的精神特征，这种特征伴随着他们的漫漫求索之路，直到最后寻到了宗教，才实现了精神的皈依。可以说，四代人实质上重构为一个人，正如作者在小说中通过哈桑的意识所暗示的，"他甚至奇怪地觉得自己和父亲嘎西，还有爷爷穆萨是一个人，或者是一个人的几个灵魂。那个到麦加朝觐去的爷爷和埋在坟里的父亲都是另一个自己"③。这个人所呈示的正是作者理解的西海固回族在历史阴影下的精神面向：清末陕甘回族起义后心灵的伤痛、孤独；在世俗生活中难寻出路的迷茫及最终皈依宗教的安宁。无独有偶的是，同为宁夏回族作家的马知遥在他的长篇小说《亚瑟爷和他的子孙》中对此也有相似的表述。可见，清末回族起义的悲惨历史已经成为烙在西北回族记忆中的一个挥之不去的民族集体创伤。

值得注意的是，小说《孤独无双》对前三代人精神的迷茫着墨较多，而对他们的精神转变却缺乏足够的铺垫，对他们的皈依也缺乏深入的展开，故而，信仰的安置就显得有些突兀。尤其对第四代人尔萨的以宗教信仰为表征的精神世界处理得比较仓促。这就使得小说一如题目《孤独无双》所言更多地倾向于世俗生活、精神的孤独，这或许是作者及部分西海固回族生活的一个方面，而关于信仰的安宁则留下了思考的空间留待下一步来回答。

从文之初的李进祥将回族的文化人格塑造为"孤独"，固然与他悲剧性的审美倾向和年轻时的孤愤、忧郁有关，但更多的还是源自回族特殊的

---

① 李进祥：《孤独成双》，宁夏人民出版社 2003 年版，第 330 页。
② 同上书，第 361 页。
③ 同上书，第 356 页。

历史、文化。史载唐永徽二年，有大食使者入华，此后，陆续有阿拉伯、波斯、中亚穆斯林来华，蒙元时期，随着成吉思汗与旭烈兀的西征，大批穆斯林来华，这些穆斯林先民与中华本土的各民族尤其是汉族通婚，在此基础上形成了回族。所以，就族源来说，回族先民的外来者身份难免会将离乡的孤独植入回族的历史记忆。在接下来漫长的本土化过程中，面对现实实存中时刻迎遇的汪洋般的汉文化，需要在保持伊斯兰教信仰的前提下适应本土环境，这种徘徊在两种文化夹缝中的复杂处境也平添了回族的孤独心理。在回族历史上，清代可以说是一个留下深深烙印的低谷期。清盛期至清末，苛捐酷吏等天灾人祸使得全国各地的农民起义犹如星火燎原，不堪压迫的西北回民也加入了这一时代洪流，爆发了数次起义，规模较大的有乾隆四十六年的青海撒拉族、回族起义以及同治年间席卷陕甘宁新的回族起义。起义失败后的善后举措是斩草除根式的，义军几近屠戮殆尽，所剩妇孺老弱被从富庶的平原地带强制流放或迁徙到贫瘠荒凉的宁南、陇东山区。西海固作为善后安置地之一，在接纳了大批起义回民后裔的同时，也流传下对于那段历史难以释怀的伤痛记忆，出生于西海固的李进祥对此必然耳熟能详。由此不难理解为何李进祥的《孤独无双》在面对西海固回族的历史与命运走向时，会生出如此强烈的孤独感。当然，由于年龄以及思考的角度问题，李进祥在《孤独无双》中对于回族文化的思考更多地聚焦于历史记忆尤其是清末苦难的历史记忆，由此产生了难以释怀的孤独与困惑。而在之后的岁月中，随着年龄渐长，他思考的触角也渐次深入回族的精神世界，多了份笃定，少了份困惑。

二 挖掘清洁的民族精神——《换水》

对于信仰伊斯兰教、追求精神超越的回族人而言，可以说，清洁的精神是他们精神生活的核心追求。首先，就世俗生活习惯层面来说，回族每天完成五次礼拜的前提是必须保持身体的洁净，于是有了沐浴全身的大净与清洗局部的小净仪式，仪式本身所象征的正是对于洁净延伸出的神圣性的尊崇。其次，洗浴身体上的污垢顺理成章地升华出了节制杂念贪欲，洗去心灵污垢的精神清洁之意。

由此可见，清洁的精神正是伊斯兰教信仰的映射。故当代回族作家中，具有明确的民族文化本位意识的作家几乎都不会绕过对于清洁的精神的思考与文学表述。如张承志《心灵史》中的回民们之所以前赴后继以命相争地投入反抗的行列，就是不能忍受心灵蒙尘的苟且偷生，那种纯粹的生命态度说到底也是清洁的精神的反应。石舒清的《清水里的刀子》仅从题目就可见出作者对于清洁的生命态度的阐释：清水乃为清洁的象征，刀子喻示死亡，以清洁的身体迎面死亡；生死是生命的两极，两面一体地同构着每个生命的人生，以清洁的外在面对死亡，也就必然延伸出以清洁的灵魂面对生命。故而，《清水里的刀子》讲述的是回族人清洁的生命观。而李进祥在走出早期的历史迷茫之后，也开始思考浸润于回族人日常生活中的清洁精神，相比较于渐行渐远的历史，或许，点滴贯穿在当下日常细节中的清洁精神对今天的回族人来说才来得更为迫近些，也走得更为深入些。在发表于2003年的短篇小说《女人的河》中，李进祥就曾描述过回族人过乜贴前洗浴的清洁仪式，但该篇主要聚焦于乡村女人的人生，对于清洁并没有充分展开。2006年，李进祥发表短篇《换水》，该小说曾被《小说选刊》转载，对于清洁精神有比较深入的思索。

《换水》在故事层面讲述了一对进城民工夫妇的悲惨遭遇，是一个现代性语境下城市压迫乡村的故事，然而，就故事中的仪式象征来说，《换水》又是一个宗教救赎世俗的有关清洁的精神的文本。小说的主人公马清杨洁是一对新婚夫妇，为讨生计二人决定婚后进城打工。但进城后丈夫因工伤摔残了手臂无法再到建筑工地干活，妻子为了挣钱给丈夫治病走投无路之际沦落风尘，小说最后，妻子染了性病后大病一场，夫妻二人悲痛之际决定还乡。如果没有一再出现的"换水"意象，这篇小说就只是21世纪底层小说中城市将乡村逼良为娼的模式化故事，然而，正是"换水"仪式及其负载的宗教对世俗的救赎，使得这篇小说具有了不同寻常的文化意义与深度。"换水"是回族人对宗教意义上沐浴全身的大净仪式的口头称呼，一般来说，在举行重大宗教活动、出远门、礼拜之前，都要举行换水仪式，以保证身心的洁净，这显示了宗教信仰的神圣性以及伊斯兰教与回族人世俗生活的紧密结合。小说中比较重要的换水仪式有四次，第一次是二人进城这天的早晨，此次的换水与过去的换水情境和意义差不多，是一种宗教已经内化到生活点滴的习惯；此时的夫妇二人也是健康、清新的，所以这次换水就似乎是一个"过渡"仪式，标示着他们的生活空间与生活状态由乡村到城市的过渡，通过这一风俗化的宗教仪式，他们告别了乡村的健康与清新，启程进入未知的城市空间与生活。第二次换水是在马清残疾生存难以为继之后，杨洁换了水希望二人还乡，这次换水与第一次换水没什么实质性差异。第三次是在妻子沦落后，这次换水严格说来不是一次，而是由夫妻每天分别换水的多次场景组成，而且，作者此处所用的词汇是"洗澡"而非"换水"。洗澡只是世俗的洗浴行为，而换水是宗教意义上的净化仪式，此处作者刻意不用换水而用洗澡，不是因为他们二人洗得不够庄重，而是因为二人内心的不洁之感让他们觉得亵渎"换水"的神圣性。丈夫从事清洁工作天天洗厕所，所以他觉得自己是不洁的，妻子出卖肉体更觉得自己是肮脏的，此处的洗澡在去污的功能下表达的还是夫妻二人对于清洁的精神的渴望。最后一次换水是在妻子病后，虽然丈夫得知妻子从事的是性工作，但夫妻二人相互扶持、相互谅解，二人还乡前丈夫帮妻子换水，此处作者又恢复了"换水"的称谓，正是在二人互相谅解的换水仪式中，不管在他们彼此的眼中，还是在各自心中，他们才摆脱了"脏"带来的耻辱感。这一称谓的恢复实质上是一种宗教对人性的升华与对于世俗的救赎。《换水》在现实的无望中，以清洁的精神为入口，将伊斯兰教作为一种对于世俗人生苦难的超越，应该说，这表达着李进祥对于现世与宗教关系的深深思索。

三 领悟自省的民族性格——《羞怯的心》

到了晚近的小说《羞怯的心》中，李进祥对于回族文化心理的探索开始往更细更隐秘的地方深入。《羞怯的心》发表于《回族文学》2013年第 3 期，与初涉文坛的《孤独无双》相比，历经 14 年的岁月，作者对人生、信仰等问题的思考无疑更为成熟，精神境界也自不同。所以，相比于《孤独无双》茫然的精神特征，《羞怯的心》已具有老人般从容沉静的心态。"羞怯"一词捕捉到了回族人在伊斯兰教世界观潜移默化影响下生成的敬畏神圣、反省自我的民族性格，正是有了这束精神之光的烛照，平庸的世俗生活才有了精神升华的可能，才不至陷于昏暗蒙昧。

《羞怯的心》在叙事层面着重讲述了回族老汉马木合及其周围的人事。马木合老汉是个半哑子，老伴儿又矮小得比侏儒高不了多少，所以，残疾人马木合老汉在现实中无疑是个弱者。小说以马木合老汉的一件带了补丁的烂衣服惹起的争端开篇，马木合穿了件打了补丁的衣服，这使一村人都觉得蒙了羞，儿子、女儿、村长相继劝说老汉脱去烂衣服，但老汉始终不改初衷。而在宗教仪式活动上，当马木合老汉和阿訇坐在一起诵念《古兰经》的时候，村里人才看出原来老汉的旧袍子是一件宗教专职人员穿着的灰袍子。如此，马木合老汉不肯脱去袍子就有了执着于教门的意味。一边忙于生计一边忙于教门的残疾人马木合使村里人渐渐对自己以健全之身而疏于教门的行径生出些许羞愧之心。后来，马木合老汉在想去朝觐未果后，将自己终生辛苦积攒下来的钱全部舍散给清真寺和学校，这让远比他出钱少的村里人心里很别扭。最后，马木合老汉竟开始进行常人难以企及的苏非神秘主义宗教功修——坐静，而他在坐静中无常的结局也具有了凤凰涅槃的精神圆满意味。马木合老汉脸上遗留下的光泽让村人们再次生出羞怯之心。

　　作者在小说中设置了一组对比形象，对比的一端是马木合老汉，笔者认为，在小说中，马木合老汉应该不是实指的形象，而是伊斯兰教信仰落实在现实生活中的理想生活方式的象征符号。首先，马木合老汉贫穷、残疾，比之正常人，可以说他的物质性降到了最低，那么，他令人产生羞怯之心的唯一原因无疑就是精神的神圣了。其次，马木合既勤勉于生计，毫无怨言，又怀着一颗不断自检的敬畏之心，毕生以宗教功修为追求目标，"一边过日子，一边办教门，两头都关顾，这就是阿訇讲的两世吉庆"①，可以说他的一生正是伊斯兰教"两世吉庆"的理想生活观的实践。另一端是以集体形象出现的村里人，代表的是西海固回民的现实生活。他们虽则世故但仍认同着神圣信仰的价值观，其复杂心理正反映了作者对当下回族民族性格的理解。这组对比形象的理想一端也即马木合老汉是始终不变的，两世吉庆和宗教升华始终是他的生活方式与实践目标，标示着信仰的终极性。而现实一端是不断变化的，它向着理想一端逐渐摇摆着、靠近着，见证着伊斯兰教信仰深深植根于回族人意识深层的精神影响力，这在村里人观念的逐渐转变中即可见出。小说中村里人对马木合老汉的明显态度转变基本有四次。第一次是关于老汉穿旧袍子的，村里人先是觉得马木合衣服上的补丁让一村人蒙了羞，对他很不满意，但及至看出他的袍子是

---

① 李进祥：《羞怯的心》，《回族文学》2013 年第 3 期。

件办教门专用的灰袍子时，"却感觉是得体的……似乎认可了马木合老汉在办教门"①。第二次是关于老汉礼拜时悔罪的，村里人因为他那么纯洁的人都在悔罪而开始反省自身，并对他多了份敬意，"他能有多少罪呢，村里人就有些想不通。一个半哑子，守着几亩薄地，不为非作歹，不坑蒙拐骗，有些啥罪呢？可看他那个样子，似乎是罪大得不得了，多得不得了了，悔也悔不完，赎也赎不够。他这个样子，叫村里人心里暗暗生出些敬意，也暗暗生出些恼意来。咋能没有恼意呢？他这样的人，都觉得自己罪大得很，其他人呢？"第三次是关于老汉的朝觐与大额舍散的。每一个回族人在条件允许的情况下都应遵守"念、礼、斋、课、朝"五大功课，"念"即诵念清真言，口舌承认信仰；"礼"即礼拜，从肢体上落实、加固信仰；"斋"即每年伊历9月每个穆斯林都当斋戒一月，从日出后至日落前戒绝饮食与男女接触，以达到坚定意志和怜悯贫苦的精神磨炼目的；"课"即每个成年穆斯林都需将年收入的盈余部分按照一定比例施济，它也延伸出了重视施舍与帮助弱者的伊斯兰教文化观；"朝"指每个成年穆斯林在条件允许的情况下都应去麦加朝觐一次，以达到信仰升华的目的。相对来说，"念""礼""斋"因不受经济条件的影响，实践的范围要普遍些，而"课""朝"是有一定经济能力的人才须承担的宗教义务，并非人人都能做到的。马木合的朝觐意图与舍散行为对他来说是信仰的绝对实践，而对于并不富裕的村人来说，却因为经济的牵制难以实现。一个健康人难以企及的事居然被一个残疾人做出来了，这就让村里人脸上无光，所以村里人对马木合老汉就有些"觉得心里疙疙瘩瘩……脸势就有些不好"。② 第四次是关于老汉在坐静中无常的，村里人先是对他的坐静半信半疑，但看到遗容"脸上显出一种光泽，眉心里有了一种光亮"③ 之后，村里人受到了极大的震撼，宗教的神圣促使他们进一步自省，"好像是大家的心里，有了一丝羞怯"④。村人们在面对宗教理想的参照物马木合老汉时一再产生的自省心理，逐渐开发他们反求诸己的精神深度，形象地见证了信仰理想与世俗生存在回族人日常生活中的相融无间。

---

① 李进祥：《羞怯的心》，《回族文学》2013 年第 3 期。
② 同上。
③ 同上。
④ 同上。

　　小说中"羞"的意义所指从俗到圣的转变也成为回族趋向神圣信仰的民族精神的隐喻，在这个意义上，可以说，李进祥的小说中，《羞怯的心》是最具民族文化深度的。《羞怯的心》中涉及"羞"的转变有两处。一处是"羞"的意义所指在村人观念中的变化：小说开篇，马木合老汉穿着打了补丁的破衣服使一村人蒙了羞，此处"羞"的意义所指是村人们因贫穷而生的颜面无光之感，还停留在世俗的物质层面；而村人看到马木合老汉礼拜悔罪时对自己疏于宗教功课渐生的羞愧之心将"羞"的意义指向对造物主的敬畏及对冥冥中应许的宗教惩罚的害怕，既包含着世俗层面的趋利避害心理，又生发出宗教层面的内省意识；小说结尾看到亡人脸上的光亮后，大家心里都有了一丝羞怯，将"羞"的意义指向主体全身心托靠信仰后升华出的自我渺小感、谦卑感，已达到了追求神圣的精神层面。还有一处是"羞怯之心"从理想到现实的辐射传递：小说前半部分着重写了马木合老汉"谦卑、羞怯"的宗教心态，此时的"羞怯之心"是穆斯林应具备的理想的生活态度；小说结尾，随着马木合老汉的无常，"羞怯之心"已从马木合老汉身上无形中实现了向村人们身上的传递，也即敬畏、自省已从理想的伊斯兰教生活态度转变为人们在实存中所具有的精神品格。它与"羞"的意义所指从俗到圣的转变相呼应，指涉了神圣信仰对于回族人现实生活的无处不在的影响。

　　所谓"知耻近乎勇"，羞耻心的有无往往是衡量一个人、一个民族有无精神追求的前提。李进祥依托"羞怯"一词对西海固回族的自省性格的塑造，显示了在备受现代性冲击下的回族乡土社会中，以宗教信仰为价值标准的神圣世界观依然制衡着人们的世俗生活，使现实生发出深厚的精神底蕴。

历史理解与文学叙述
——论当代藏族作家小说创作

田美丽

（中南民族大学）

  无论过去还是现在，西藏不仅是一个现实的存在，而且还是人们文化想象的承载者。许多旅行者和短暂的客居者来到这片土地，走马观花地参观一番，迫不及待地用摄影、文字等各种手段向人们传达他们对西藏浮光掠影的印象。在一般外来者的想象中，西藏是一个神秘、宁静的土地，人们年复一年地遵循着古老的习俗生活着，无论城乡，藏民喜欢吃糌粑、喝酥油茶；寺庙里，喇嘛们念着经、做着各种法事；朝圣的路上，虔诚的信徒不断地转动着经筒、磕着等身长头，在这片宗教氛围浓郁的雪域里，时间似乎是停滞不前的。一些电影和游记中的记述满足了我们对这片神秘土地的想象。但这并不代表生于斯、长于斯的藏族人的真实体验。外界人惊诧于西藏的原始性，而生活在其中的人则感觉到它的流动性。

  藏族作家一般都对历史有浓郁的兴趣，热心表现西藏的"变"，高原雪域环境使其长期处于封闭状态，西藏社会发展和思想变化长期滞后于内陆地区，但在近百年来，它也不断地与外界进行着主动的和被迫的交流，不断地受到国际风云变幻的影响，承受着整个国家政治、经济变迁的冲击，从农奴社会一下子进入社会主义社会，西藏发生了翻天覆地的变化。无论新中国成立前后政治风云的影响，还是改革开放以来人们在思想和生活上所受到的冲击，都使那些生于斯、长于斯的人们难以在封闭的环境中重复以往的生活。在传统与现代的更迭中，生活中处处呈现出令人眼花缭乱的景观，精神世界受到前所未有的震撼和冲击，身处这一地区的人们很容易感觉到历史生成过程。所以，新中国成立后的藏族作家都热衷写大变革中的西藏。

藏族作家主要以两种方式表达西藏之变：一是从历史变革的大方向着眼，展现改朝换代的大变化。他们或采用了阶级分析的观点，将西藏的解放纳入整个民族解放进程中，使藏族社会的变化成为民族政策叙述的有机组成部分；或在历史进程中强调个人的命运，从某一独特的视角来叙述社会变迁。二是在日常生活中发现西藏的独特性。在一些细微处捕捉岁月留下的痕迹，写普通百姓生活中发生的无声的变革。

大历史叙述关注的焦点之一是西藏人在经历政权和政策变化时生活和观念的改变。老一辈藏族作家对西藏解放前后这段时期比较感兴趣，描绘藏族民众在同代表红色政权的士兵和军官接触的过程中，如何在思想意识中摆脱藏族上层统治者愚民政策的影响，逐步提高自己的思想境界，接受新政权。新中国成立后涌现出来的第一批藏族作家大多保持着对历史大叙述的追随，降边嘉措、益希单增就是这样的典型作家，他们分别在 1950年和 1951 年加入进藏解放军，在民族学校和部队获得了知识文化，并开始文学创作。他们对自己民族的日常生活十分熟悉，并且见证了西藏的历史性变革，这使他们的创作得心应手。降边嘉措的《格桑梅朵》表现了藏族民众对进藏解放军的认识过程；益希单增的《幸存的人》写出了藏族上层老爷的荒淫、残暴和普通民众的反抗，他的另一部长篇小说《迷茫的大地》则以一个贵夫人的养子和养女的感情为线索，写出了解放军进入西藏对具有朴素阶级观念的藏民的影响。作家主要从政治角度来写西藏的变革，表现藏族民众，特别是出身卑微的藏民对新政权的接受过程，他（她）曾经受到了藏族贵族统治者的蒙蔽，曾经不假思索地对红汉人充满畏惧和仇恨，但在双方接触过程中，感性体验很快扭转了理性偏见。

年轻作家则更注重对这段历史的个性化表达，他们往往选择上层社会的边缘人看历史风云变幻。央珍《无性别的神》中的女主人公从小就被家人视为不祥的人，她没有养成贵族小姐的骄奢习气，在 20 世纪上半叶风云变幻的时代里，她从自己周遭的变化中看到了社会的变迁，并最终能够在西藏解放的时候以坦然的心态面对新的政权。阿来的《尘埃落定》中，叙述人麦其土司的二少爷是一个傻子，家族并没有对他有什么期待，他凭借直觉应对身边的事情，最终见证了土司制度的终结。央珍与阿来的历史叙述都打上了强烈的个性化气息。

大历史叙述的另一个焦点就是对新中国成立后藏族社会变迁的反映，如丹珠昂奔《白雪山、红雪山》写改革开放对西藏人的精神冲击，多杰才旦《有一个早晨》写"文革"给西藏社会带来的灾难。这些作品沿袭主流历史叙述的模式，并以独特的民族性引起文坛乃至整个社会的普遍重视。

20世纪80年代以来，初登文坛的青年作家表现出对日常生活的巨大兴趣，这也与现代史学界对日常生活的关注一致，"在有记载的历史表面之下存在着不间断的日常生活之流，就像现代音乐会的基础低音一样，不断地按节奏重复奏出一个低沉的音节。在这个音节之上，人们可以听到千变万化的历史事件的美妙旋律。在史料的书面语言之下也隐藏着另一种语言，即是日常生活中使用的但被忘却的那种语言，在有意识的和有记载的历史之下还存在着一个无意识——或下意识的——历史，这个历史没有被记载"①。作家自愿担当起历史的补缀者，向人们展现蕴藏在日常生活中的历史印痕。新崛起的作家们在对历史转型期的表现中，更注重具体的人的感觉，从而使大的历史变革成为人精神活动的背景。他们努力表现西藏的平常情态，揭示西藏人内在的心灵世界。阿来认为："在中国有着两个概念的西藏。一个是居住在西藏的人们的西藏，平实、强大，同样充满着人间悲欢的西藏。那是一个不得不接受的现实，每天睁开眼睛，打开房门，就在那里的西藏。另一个是远离西藏的人们的西藏，神秘、遥远，比纯净的雪山本身更加具有形而上的特征，当然还有浪漫，一个在中国人嘴中歧义最多的字眼。而我的西藏是前一个西藏，而不是后一个西藏。"②观光者看到西藏凝定的生活习惯和缓慢的生活节奏，土著居民感觉到平静之下的千变万化；旅藏作家往往描绘西藏的宁静，藏族作家则看到了西藏的喧嚣。在民族表现中，很难说是本民族人还是其他民族人更有优势，本民族作家往往能够洞察自己民族中日常又本质的生活，往往对自己民族中的一些外在特征熟视无睹，其他民族的作家可能过分热衷介绍这个民族的不同凡响之处，带着猎奇的心理去描述各种现象，反而忽略

---

① ［英］巴勒克拉夫：《当代史学主要趋势》，杨豫译，上海译文出版社1987年版，第107页。

② 阿来：《西藏是一个形容词》，《阿来文集》（诗文卷），人民文学出版社2001年版，第272页。

了日常生活的意义。想象中的西藏和现实中的西藏之间存在着距离，藏族作家意识到这一点，他们努力让人们看到西藏人生活中日常和本质的一面。

按照某个僵化的时间观念和时代尺度是难以把握西藏的本质的。年轻的藏族作家已经不满足于对民俗化的西藏的简单呈现，不再急切地炫耀西藏的特异之处，他们喜欢表现日常生活化的西藏，以平淡之心对它进行精心的描绘，深入它的内部，将它们以特定话语的形式呈现在读者，特别是汉族读者面前。张炜、莫言等汉族作家是通过对民间奇异故事的叙述，使小说具有诡异的效果；对于藏族作家来说，日常生活描写足以让汉族读者产生奇异之感。扎西达娃之所以喜欢采用魔幻现实主义的手法来表现西藏，就在于魔幻现实主义能够真正揭示出西藏原始和现代、信仰与科学相互交错，多种历史时空中现象并存的现实。

原来的政教合一的模式被打破，西藏经历着历史上前所未有的变革，外来的思想和器物逐渐渗透到藏民的日常生活中，从而使他们的日常生活中包含着浓郁的时代信息。《野猫走过漫漫岁月》中，艾勃的母亲将一切她认为神奇的东西纳入佛龛，"除了永恒不变的铜佛和经书以外，任何一样在信徒眼里属于神奇和不可知的东西都作为值得膜拜的偶像连同菩萨挤在里面被供奉起来，直到后来这些东西被人司空见惯才明白它们原来不属于神圣的东西只是人类发明的新产品后一件件被扫地出门，但此后仍有新奇的东西源源不断地被充实进来"。佛龛供物中可以看出他们生活中对外来物质文明的接受程度。而永远不变的铜佛和经书，也可以看出他们信仰的恒定性。西藏的变是与不变联系在一起的。《夏天酸溜溜的日子》中那些穿牛仔裤、嚼口香糖、热衷现代派艺术实验的年轻艺术家，他们虽然受过欧风西语的洗礼，但也意识到民族精神的巨大影响力。《西藏，隐秘岁月》中，一代又一代的次仁吉姆在悠长的岁月中走过，充满现代气息的女医生不自觉地回应了老人的呼声，显示出民族精神像基因一样在不知不觉中传承下来，在灵魂深处，原始的和现代的人之间血肉难分。就像《西藏，系在皮绳扣上的魂》中的所写的那样，"不管现代的物质文明怎样迫使人们从传统的观念意识中解放出来，帕布乃冈山区的人们，自身总还残留着某种古老的表达方式"。在扎西达娃那里，"西藏的历史与现存不仅是他故事的基本内容，也是他对本民族价值重新进行现代审视和评价的依据"①。

不断发生的政治事件就像是飞扬的尘埃，当它们落下之后，我们更容易认清历史和现实，认清民族的文饰和精髓。相对于局外人对其固有生活节奏的推崇，藏族作家更愿意表现在不断变幻中找寻出那些渗透在日常生活中的民族精神的真正载体。

无论是历史叙述还是日常生活展现，藏族作家的创作都显示出强烈的民族特征。不是穿了少数民族的衣服就是少数民族了，真正体现少数民族特性的不是那些一眼可以看透的外在的东西，而是这个民族独特的精神气质。藏族文学的民族特征不仅保存在他们的一些生活习惯、风俗信仰和作家偶然写出的民族化的警句中，还表现在他们特别的理解世界的方式上。

20 世纪 80 年代以来，藏族作家们不满足于对本民族的表面化描绘，他们逐渐抛弃了靠外在的民族特征来显示民族性的做法，而是注重对民族精神的传达；不仅要自然地将本民族的日常情态呈现出来，而且要在呈现中显示出来本民族独特的感觉世界的方式。80 年代以来的藏族作家不断探索能够更好地传达民族精神的独特文学表达方式，从而使他们的创作不仅区别于汉族作家，也与其他少数民族的作家拉开距离，藏族作家创作主要有以下几个特点。

首先，藏族作家十分强调直觉。无论对自然界还是人类社会，仅仅用理性来认识是远远不够的，藏族人有更多的时间与自然直接接触，他们也更多地用感性的方式来理解自然界和人类社会的风云变化。藏族作家对感觉的强调，很好地表现了藏族人特别的精神状态。阿来的《尘埃落定》在表现社会变迁的小说中，采用了傻子少爷的视角，就是强调直觉的力量。《尘埃落定》中出现了两种基本的人生态度，一种以麦其家的傻少爷为代表，另一种是以大少爷为代表，前者靠感官了解外部世界，以直觉参与历史，看似愚蠢，却也能在混乱的时代中屡屡成功；而后者费尽心机追求世俗的功名和享乐，到头来却处处碰壁。在无法用理性来把握的世界上，精明的人无法认识到自己周围正发生的变化，无法适应时代的步伐，他们越是努力，也就越受到挫折。傻少爷的叙述为我们再现了一个充满感性的历

---

① 王绯：《魔幻与荒诞：攥在扎西达娃手心儿里的西藏》，《西藏，隐秘岁月》，长江文艺出版社 1993 年版，第 388 页。

史，并在这段历史中打上浓重的个人印记。

其次，藏族作家普遍对自然声音十分敏感。西藏工业发展滞后，交通工具比较原始，这也使人们远离现代文明制造的各种噪声，在孤独的环境中，在空旷的地域里，人对各种声音具有高度的敏感性，长期以来，藏民与大自然的关系十分紧密，他们倾听天籁，并在其中注入自己丰富的想象，这种能力在进入文明社会之后长期保留下来。在扎西达娃的小说中，声音具有重要的地位。作家既描写那些偏远山区居民对自然界各种声音的下意识接受，也写拉萨青年在人工音响中对民族声音的寻觅。《西藏，系在皮绳扣上的魂》一开始，叙述人就是从声音的角度来认识自己熟悉的地域。《泛音》中的次巴在拉萨的角落专心寻找先祖的声音。声音成为人们寻根的重要线索。

最后，藏族作家在小说时间处理上别具匠心。当代藏族作家反对将西藏神秘化，但他们却并不拒绝用魔幻现实主义的表现形式来展示西藏的斑驳景象。在高原的环境中，人的意识活动会有一些与平原不一样的反应，人们对时间的感觉也与平原地区相距甚远，魔幻现实主义的手法更适合表现他们的精神状态。现代文明进程中的藏族民众，他们将古老的习俗信仰与现代化的生活融合在一起，本应属于不同历史阶段的现象并列存在，单纯的线性时间难以表达当代藏族人对世界的感觉，时间在一定程度上可以跳跃、可以逆转。匪夷所思的情节、变化多端的时间表现形式，作家借此达到对民族本质的洞察、对历史真实的追问。《西藏，系在皮绳扣上的魂》中，人们既定的思维方式跟不上飞速变化了时代，临死前的活佛将奥运会转播当成了佛法现象。《流亡中的少爷》中，人们不知道中央政府的外交政策早已经发生了变化，与一对英国旅游的夫妇进行漫长、滑稽的友好谈判。《西藏，隐秘岁月》中，利用魔幻现实主义将长长的历史压缩。《世纪之约》中，桑杰从现在一下子就跳到了朋友前世的生活中去，眼看着加央班丹少爷不断变小，由成年人变成婴儿，最后钻进女人的子宫里。匪夷所思的情节、逆转的时间，生命多重状态的轮回，只有领悟了藏族独特的思维模式，才更容易被理解和认同。

在文学日趋多样化的今天，藏族作家不仅发出了自己的声音，而且以可贵的艺术探索，将藏族独特的生存状态和精神面貌展示出来，藏族文学充分显示出自己的民族性，并以此在中国乃至世界文坛上为人所注意。

《边城》悲剧的重审:由美而悲的结构性冲突

杨洁梅　罗　漫

（中南民族大学）

小说《边城》，曾被沈从文定性为"一分从我'过去'负责的必然发生的悲剧"，希望通过这部"纯粹的诗"和"传奇"，"调整""舒解""排泄""弥补"内心郁积多年的情绪——"过去痛苦的挣扎"与"乡下人对于爱情的憧憬"，让"生命得到平衡"。但那些"不幸故事"，必须以"温柔的笔调来写"①，才能将痛苦、悲剧和爱情平衡为一种美的记忆与叙述。本文的努力，即在于寻找小说中美与悲的构成、美与美的冲突，以及悲剧的开演与落幕。

一　由乐转哀的牧歌图式

牧歌是民歌的一种，原意指牧人和牧童吟唱的歌谣，一般描绘理想化的牧人生活方式，流行于放牧民族或农业民族中的放牧人群，所以有时也描述田园风光。牧歌作为一个词语和歌曲形式，在中国很可能最早见于唐人元结的《五规·戏规》："元子倚于云丘之巅，戏牧儿曰：'尔为牧歌，当不责尔暴。'牧儿歌去，乃暴他田，田主鞭之，啼而冤元子。"② 但是，如果作为一个文学理论术语来考察，牧歌（eclogue）的来源只能是西方文学，指的是以田园生活和牧人群为题材的一种短篇田园诗，把牧人群的田

①　沈从文:《水云》,《沈从文全集》（第十二卷），北岳文艺出版社 2002 年版，第 110—111 页。

②　《全唐文》卷三八三（整理本第三册），山西教育出版社 2002 年版，第 2304 页。

园生活描写为"一种自由的享受，即免遭比较文明的生活中的复杂关系和腐化堕落的折磨"①。牧歌除了书写牧人们乐园生活的自由享受之外，还涉及牧人们在树荫下"倾诉他们的悲痛"②，引起悲痛的原因往往是情人的离去，也可能是情人的死亡，这种哀乐并存的牧歌类型就涵盖了哀歌/挽歌的传统。

《边城》代表了这类作品的最高成就，被誉为中国现代文学牧歌传统中的巅峰之作。沈从文明确以"哀乐"并存的"牧歌"定位《边城》③，刘西渭赞誉《边城》为"一部 idyllic 杰作"（引者注：idyllic 意为田园诗般的、牧歌的）④，汪曾祺指出《边城》有"牧歌的调子"⑤，夏志清评介《边城》是"牧歌式的文体"的"代表作"⑥。可见作者本人，乃至中外学术界，都曾长期将《边城》与西方的牧歌传统相联系，用以界定和阐释这部"诗小说"⑦ 的抒情特质。

《边城》的寓意，在于"用这个故事来填补我过去生命中一点哀乐"⑧，描写"一个小城小市中几个愚夫俗子，被一件人事牵连在一处时，各人应有的一分哀乐"⑨。翠翠的爱情故事，既是作者那种"哀乐"的精神投影，也是边城故事的中心结构。主要人物有五位：翠翠和她的（外）祖父老船夫、船总顺顺及其长子天保次子傩送。叙述时间跨度为三个端午节。故事开端于两年前的"那个端午"，十三岁的翠翠，黄昏时分在河边邂逅初长成的傩送，在"大鱼咬你"和"狗，狗，你叫人也看人叫"的隐喻性青春对话中情窦初开。在这一阶段，诗画边城中的生活环境，以及翠翠和傩送之间朦胧、羞涩而纯美的初恋情感，给人留下的是舒缓、欢

---

① 《不列颠百科全书》第 5 卷（国际中文版修订版），中国大百科全书出版社 2007 年版，第 526 页。

② ［美］约翰·克罗·兰色姆：《新批评》，王腊宝、张哲译，江苏教育出版社 2006 年版，第 75 页。

③ 沈从文：《水云》，《沈从文全集》（第十二卷），北岳文艺出版社 2002 年版，第 111 页。

④ 刘西渭：《〈边城〉与〈八骏图〉》，《文学季刊》1935 年第 2 卷第 3 期。

⑤ 汪曾祺：《沈从文的寂寞》，《汪曾祺全集》（第三卷），北京师范大学出版社 1998 年版，第 259 页。

⑥ 夏志清：《中国现代小说史》，复旦大学出版社 2005 年版，第 146 页。

⑦ 郭纪金主编：《中国文学阅读与欣赏》，首都师范大学出版社 2008 年版，第 362 页。

⑧ 沈从文：《水云》，《沈从文全集》（第十二卷），北岳文艺出版社 2002 年版，第 113 页。

⑨ 沈从文：《〈从文小说习作选〉代序》，《国闻周报》1936 年第 13 卷第 1 期。

快、明媚、随性、温情、美好的边城乐园印象。发展到一年前的"上个端午",故事的情感基调开始发生变化。在船总家,天保在父亲的授意下将节庆战利品——又肥又大的鸭子——送给单恋的意中人翠翠,船总顺顺与老船夫在此时达成天保配翠翠的默契,而翠翠的心却追随出门在外的傩送下了青浪滩。故事在"这个端午"错综复杂起来,一系列突发的情况与事件参与并改组了先前的故事结构:亲兄弟爱上同一个姑娘翠翠,而娇美的中寨团总小姐以城中一座崭新的碾坊为身价进城与傩送相亲。长辈在子女婚恋方面"美美相配"的原初意志,逐渐将乐园中人导向"哀"的处境与"悲"的结局。最终,祖父企图将孙女从类似翠翠之母的命运索套中解救出来,挽救并成全孙女的爱情,但他在垂老之年与命运的拼死搏击以失败告终,暴风雨之夜的终老显得绝望、悲壮而凄凉。他拼尽全力保护的唯一亲人孙女翠翠,并没有获得比她的母亲更好的命运,翠翠面临的是亲人的死亡、爱人的出走和无期的等待。《边城》中,爱情的失败往往伴随着人生的挫折和生命的消逝,由乐转哀的牧歌图式由此确立。

二 边城牧歌的悲美本质

《边城》牧歌图式的建构逻辑之下,隐藏着一个美与悲的二元结构。

(一)乐园图景的美善本质。《边城》的乐园构想建立在美和善的基础之上,通过景象、物象、形象的塑造,投射到自然环境、社会文化习俗、人际关系、民族心理、人物性格等各个层面。时间、地理和文化概念上的边城,是沈从文为人们阈定的一个理想化的人间乐土和精神家园。边城自然、人心、人事对美、善的自发追求中所生成的乐园景象,使它成为中国文学史上最独特的存在之一。

在蕴含桃源文化与屈原文采的湘西世界,《边城》构筑了一个风景美、人情美、人性美和"一切充满了善"[1]的诗意边城,以此表现一种"优美、健康,自然而又不悖乎人性的人生形式"[2]。边地茶峒凭水依山而筑,山是常年深翠,水是清澈透明,沿岸的泥墙乌瓦、河街的吊脚楼和城边的渡口与四周的环境"极其调和"。尽管茶峒位于"两省接壤处",但十余

---

① 沈从文:《水云》,《沈从文全集》(第十二卷),北岳文艺出版社 2002 年版,第 111 页。
② 沈从文:《〈从文小说习作选〉代序》,《国闻周报》1936 年第 13 卷第 1 期。

年来"并无变故发生"，"中国其他地方正在如何不幸挣扎中的情形，似乎就永远不会为着边城人民所感到"，俨然一个"不知有汉，无论魏晋"的世外桃源。外界的社会历史之"变"无法影响边城人性之"常"。这里的人事（社会习俗、风土人情、文化氛围）是"安静""淳朴"、真率、"自然"、非功利的。在这小城中生存的人，"也一定皆各在分定的一份日子里，怀了对人事爱憎必然的期待"，依循美和善的道德原则行为处事，于微细处、常态中浸润、沉淀出独特的边城性格。一如作者的好友刘西渭所言："这些可爱的人物，各自有一个厚道然而简单的灵魂，生息在田野晨阳的空气，他们心口相应，行为思想一致。他们是壮实的、冲动的，然而有的是向上的情感，挣扎而且克服了私欲的情感。对于生活没有过分的奢望，他们的心力全用在别人身上：成人之美。"[1]

　　《边城》乐园图景的审美本质，在于沈从文寄予美好愿望而着意为之的至高境界：和谐与自然——"一切是和谐"，"一切准乎自然"，在这种"自然的气势"之下"藏着一个艺术家的心力"。[2] 在这一文本意义层次，边城意象与桃源意象渐次混一。观照沈从文"乡下人"的自我身份认同，以及他对腐化衰败、复杂功利、矫情失血的都市和现实一以贯之的批判姿态，《边城》牧歌的实质正是"在与复杂、败坏的城市生活对比中，表现淳朴、自然的乡村生活"[3]。从而，在理想化的边城之"美/善"与都市和现实之"丑/恶"的隐形对立结构中，获得整一效果和生成意义。

　　（二）哀歌/挽歌图式中的悲剧感。"自杀、猝死和时间不可避免的流逝，都让表面的田园事情变得暧昧起来。"[4] 殉情而亡的翠父翠母，心力交瘁而亡的祖父老船夫，意外丧生激流的天保，自我流放离乡的傩送，大好青春空逝的翠翠，这些在历史与现实当中苦苦挣扎的生命情状，穿透"表面的田园事情"被一一表现、澄明。在翠母的悲情故事中，似乎还有

---

① 刘西渭：《〈边城〉与〈八骏图〉》，《文学季刊》1935 年第 2 卷第 3 期。
② 李健吾（刘西渭）：《边城》，《李健吾批评文集》，郭宏安编，珠海出版社 1998 年版，第 56 页。
③ 刘洪涛：《〈边城〉与牧歌情调》，《中国现代文学研究丛刊》2001 年第 1 期。
④ ［美］孙康宜、宇文所安主编：《剑桥中国文学史》下卷（1375—1949），刘倩等译，生活·读书·新知三联书店 2013 年版，第 571 页。

一个"翠母之母"的影子故事：老船夫之妻的身世。她是不是也在翠母年幼时故去了？也许真是这样，翠翠母亲才会选择一定要生下一个新生命延续自己陪伴父亲的责任之后再自杀，完成自己对父亲的责任。翠翠祖父在生命中的不同阶段，分别陪伴与照顾三个唯一的至亲女性，他的全部精力、全部情感、全部寄托都在她们身上。当最后一个女性翠翠被"天意"笼罩而断定不能拥有明丽的天空之际，老船夫运行了 70 余年的精神系统终于彻底崩盘，在一个惊雷滚滚、风雨大作的夜晚无疾而终，以一种罕见的方式卸下了全部的人生责任。

作者的衣钵弟子汪曾祺透过《边城》表面的"温暖"，看到小说后面"隐伏着作者很深的悲剧感"[1]。《边城》并非一个只有美、诗、乐而无悲的中国式桃花源镜像。在武陵桃花源中，田园景色宜人，外围环境是"芳草鲜美，落英缤纷"，内部情景是"土地平旷，屋舍俨然，有良田美池桑竹之属。阡陌交通，鸡犬相闻"。桃源中人各司其职、关系和洽："往来种作，男女衣着，悉如外人。黄发垂髫，并怡然自乐。"没有社会冲突，没有爱情冲突，更没有人与自然的冲突，人与人、人与社会、人与自然之间全然是永恒和谐。而在边城中，同样美的风景和人情，却存在因"属于人性的真诚情感"而发生的种种"表面平静内部却十分激烈"[2] 的冲突。边城尽管没有社会冲突，但存在着人与自然的冲突（天保死于险滩激流），人与命运的冲突（翠翠的祖父、父亲和母亲对命运的抗争），尤其是爱情的冲突（翠翠、傩送、天保三人的情感纠葛），且均以悲结局。这些或许预示着作者想象中的乡土湘西——他的精神家园，在社会的现代转型中必然凋敝、没落，为作者所珍视的农业社会中的那些民族传统美德，将被现代物质文明挤压、替代而渐趋消失。作者后来在《〈长河〉题记》中就曾补充揭示："民国二十三年的冬天，我因事从北平回湘西，由沅水坐船上行，转到家乡凤凰县。去乡已经十八年，一入辰河流域，什么都不同了。表面上看来，事事物物自然都有了极大的进步，试仔细注意注意，便见出在变化中那点堕落的趋势。最明显的事，即农村社会所保有的那点正直朴

---

① 汪曾祺：《又读边城》，《汪曾祺全集》第五卷，北京师范大学出版社 1998 年版，第445 页。

② 沈从文：《〈看虹摘星录〉后记》，天津《大公报》1945 年 12 月 8 日和 12 月 10 日。

素人情美，几乎快要消失无余，代替而来的却是，近二十年实际社会培养成功的一种唯实唯利庸俗人生观。"①《边城》的创作，既有对故乡曾经的人性美善的赞美，也有对"崩溃了的乡村"② 美善流逝的痛惜。对此，刘西渭感慨："何以和朝阳一样明亮温煦的书，偏偏染着夕阳西下的感觉？"③

当时普通读者群对沈氏小说的阅读与欣赏尚停留在文本的表层，他们仅只看到了故事的美和文字的美，没有上升到评论家刘西渭、作家汪曾祺所能达到的认知层次。即使是刘西渭，沈从文因这位"极细心的朋友"④ 看到了作品是"用人心人事作曲"而授予他"最好读者"⑤ 的称号，也对他没能领悟自己"写它的意义"⑥ 而感到遗憾。对读者们没能领悟自己的创作意图或悟透作品的深曲之意，作者深表痛心："我作品能够在市场上流行，实际上近于买椟还珠。你们能欣赏我故事的清新，照例那背后蕴藏的热情却忽略了；你们能欣赏我文字的朴实，照例那作品背后隐伏的悲痛也忽略了。"⑦ 这种文本表层的清新、朴实与底层的热情、悲痛错落并置，将现实的认知层面与事物的喻象层面相连接，产生引譬连类的意义和造景生情的复杂能力，美与悲互为表里、共生互长，是一种共存与转化的关系。因此，沈从文提醒读者在欣赏《边城》时，要善于发掘被美的故事、美的文字所遮蔽的"悲剧感"，亦即小说的真意。

三　由美而悲的结构性冲突

边城悲剧的形成，可以从其特殊的悲美结构上获得解释。

（一）悲剧冲突的动力和内容。黑格尔认为"各种本身合理的伦理力量"是造成悲剧冲突的真正动力和内容，是构成悲剧人物性格的"优良品质"。⑧

---

① 沈从文：《〈长河〉题记》，重庆《大公报·战线》1934 年 4 月 21 日。

② 沈从文：《〈边城〉题记》，天津《大公报·文艺副刊》1934 年第 61 期。

③ 刘西渭：《篱下集》，收入作者《咀华集·咀华二集》，复旦大学出版社 2005 年版，第 26 页。

④ 沈从文：《水云》，《沈从文全集》（第十二卷），北岳文艺出版社 2002 年版，第 113 页。

⑤ "我这本小书最好读者，应当是批评家刘西渭先生和音乐家马思聪先生。"沈从文：《〈看虹摘星录〉后记》，天津《大公报》1945 年 12 月 8 日和 12 月 10 日。

⑥ 沈从文：《水云》，《沈从文全集》（第十二卷），北岳文艺出版社 2002 年版，第 113 页。

⑦ 沈从文：《〈从文小说习作选〉代序》，《国闻周报》1936 年第 13 卷第 1 期。

⑧ 黑格尔：《美学》第三卷下，朱光潜译，商务印书馆 1991 年版，第 284 页。

在《边城》中，这种本身合理的伦理力量就是各种"善"的并存与竞争。沈从文说《边城》"一切充满了善，充满了完美高尚的希望，然而到处是不凑巧。既然是不凑巧，因之素朴的良善与单纯的希望终难免产生悲剧"①。所谓"素朴的良善"是与道德的善相对的概念②。道德的善遵循物质文明的一整套规约制造出"失血"的善乃至伪善，而"素朴的善"则是自然本真的善，指向边城与生俱来的人情美和人性美，遵循的是"另一个世界"的"另一种道德"③——虽自在生长于民间，但又将民间世界的一切混浊丑恶予以澄清，是一种被净化、理想化了的体现人性、人世美好的淳朴道德。美和善这两个概念对沈从文而言是一体的，他说"美就是善的一种形式"，"文化的向上也就是追求善或美的一种象征"④。归根结底，素朴的善本身即是美的、自然的，是构建边城之美的元动力与核心要素。

但是，边城中善的个体、善的人性、善的动机、善的行为等这些美的因素，并没有将事件推向完满，反而促使悲剧形成，背离了作者的创作初衷⑤。对于这种矛盾作者也难以解释，只好归之于无所不在的"不凑巧"，是命运的悲剧。"不凑巧"（作者有时也表述为"凑巧"）亦即"偶然"⑥，是一种"不可逃避的命定"⑦。他坦承"好像一个对生命有计划对理性有信心的我，被另一个宿命论不可知论的我战败了"⑧。

---

① 沈从文：《水云》，《沈从文全集》（第十二卷），北岳文艺出版社 2002 年版，第 111 页。

② "我就是个不想明白道理却永远为现象所倾心的人。我看一切，却并不把那个社会价值掺加进去，估定我的爱憎。……宇宙万汇在动作中，在静止中，在我印象里，我都能抓住它的最美丽与最调和的风度……我不明白一切同人类生活相连接时的美恶，另外一句话来说，就是我不大领会伦理的美。接近人生时我永远是个艺术家的感情，却不是所谓道德君子的感情。"这是沈从文创造"素朴的善"所遵循的美学原则。沈从文：《自传·女难》，转引自《汪曾祺全集》第三卷，北京师范大学出版社 1998 年版，第 263 页。

③ 陈思和：《由启蒙向民间的转向：〈边城〉》，《中国现当代文学名篇十五讲》，北京大学出版社 2003 年版，第 149 页。

④ 沈从文：《〈看虹摘星录〉后记》，天津《大公报》1945 年 12 月 8 日和 12 月 10 日。

⑤ 《边城》的故事结局背离了作者的初衷："我读过许多故事，好些故事到末后，都结束于'死亡'和一个'走'字上，我却估想这不是我这个故事应有的结局。"沈从文：《水云》，《沈从文全集》（第十二卷），北岳文艺出版社 2002 年版，第 116 页。

⑥ 沈从文在《黑魇》一文中说："分析人事中的那个常与变，偶然与凑巧，相左与相仇，将种种情形所产生的哀乐得失式样……"沈从文：《黑魇》，《沈从文全集》（第十二卷），北岳文艺出版社 2002 年版，第 170 页。

⑦ 沈从文：《水云》，《沈从文全集》（第十二卷），北岳文艺出版社 2002 年版，第 111 页。

⑧ 同上书，第 101 页。

　　沈从文在《爱与美》一文中,阐述了他对美、爱、神三者关系的看法:"一个人过于爱有生一切时,必因为在一切有生中发现了'美',亦即发现了'神'。……这种美或由上帝造物之手所产生,一片铜,一块石头,一把线,一组声音,其物虽小,亦可以见世界之大,并见世界之全;或即造物,最直接简便那个'人'。"[1] 美指的是作品中"一切美物,美事,美行为,美观念"[2],以及由美而生的人。神则用造物者之手,或者说是命运之手,创造"神迹",创造美以及爱的载体"人",并且,从命运之手所创造的"神迹"中可以十分轻易地发现"偶然"的身影。[3] 回归到传统文化语境,上文所说的"不凑巧""偶然""上帝造物之手"等,是同一概念的不同表述,亦即冥冥中无所不在的天意。

　　沈从文在善的世界中,引入命运之手的干预,作为催化剂,希望借此解释边城悲剧的形成原因。事实上,沈从文所谓命运之手的设计是缺乏说服力的。我们知道:善与善之间可能产生新的善,也可能此善与彼善互不交集,不能产生新的善,甚至两种善或多种善互相冲突而导致悲剧!因为每个人、每个家庭、每个家族、每个群体所理解、所认定、所祈盼、所索求的善有相同也有差异,不可能完全重合。通常悲剧的结构效果来自"多组善恶对立的两两组合"[4],对《边城》这个"一切充满了善"的特殊空间来说,是多组善与善冲突,亦即美与美冲突的两两组合,"美的有时也令人不愉快"[5],不同个体的某种美好追求一旦生成会聚,既可能美美与共,也可能美美冲克,产生"美丽总令人忧愁"[6] 的文本效果。

　　(二)悲剧冲突的路径和力量。《边城》中每个人物的内心愿望和行为选择(即沈从文所说的"单纯的希望")都是合情合理的。无论是翠翠祖孙,还是船总父子,他们对生活的期望、对婚恋对象的选择以及对选择

　　① 沈从文:《美与爱》,《沈从文全集》(第十七卷),北岳文艺出版社2002年版,第359页。
　　② 同上书,第360页。
　　③ "耳目所及都若有神迹存乎其间,且从这一切都可发现有'偶然'友谊的笑语和爱情芬芳。"沈从文:《美与爱》,《沈从文全集》(第十二卷),北岳文艺出版社2002年版,第122—123页。
　　④ [美]约翰·克罗·兰色姆:《新批评》,王腊宝、张哲译,江苏教育出版社2006年版,第74页。
　　⑤ 沈从文:《水云》,《沈从文全集》(第十二卷),北岳文艺出版社2002年版,第107页。
　　⑥ 沈从文:《〈看虹摘星录〉后记》,天津《大公报》1945年12月8日和12月10日。

分歧的处理，都有充分的理由和尚美、向善的动机，各自本身都是一股合理的伦理力量，但不等于任何时候都能达成任何人希望达成的美好愿景。

翠翠是"自然之子"，是"没有沾染人世间的一切功利是非思想、与自然融为一体"[①] 的生命现象，代表着边城之美的最高境界，是边城未婚男青年心中美好的超越世俗的一个梦："美与爱的理想"[②]，理所当然地吸引了天保和傩送这两个边城最优秀的青年男子兼兄弟的爱慕。两兄弟的父亲船总顺顺心里有个如意算盘，那就是天保配陪嫁为"渡船"的渡口孤女，傩送配陪嫁为"碾坊"的中寨富家女。表面看去，他对儿子们的这种婚姻安排似乎存有的那么一点"私心"。然而，深究一下即可发现，与其说是做父亲的偏心偏爱、厚此薄彼，不如说与他自己的人生经历以及他对两个儿子能力的评判有关。船总顺顺当年白手起家，相较外貌和气质酷似妻子的次子而言，他更为信任"一切与自己相似"的长子的自立能力，因此，将"碾坊"安排给傩神送来的需要留在身边保护的次子，而十分放心地将"渡船"安排给长子，交给上天保佑，送到渡口去白手兴家。

在翠翠这个年纪，她所能看到的最远图景并不是婚姻，而是让人心动的"眼缘"和"心缘"，她的自然本性和少女的浪漫天性，决定了她必然会爱上外表俊美、性格诗意并且多有几面之交的傩送。而她的祖父老船夫时近天年，是自身悲情故事的亲历者和女儿爱情悲剧的见证者，对生活、对婚姻、对人生的看法不同于情窦初开、未经世事的翠翠，他更看重的是婚姻生活。祖父的意中之选是长相粗糙、豁达实在的哥哥天保。而天保如果娶到翠翠，他的规划是在渡口兴家立业："我应当接那老的手来划渡船。我喜欢这个事情，我还想把碧溪岨两个山头买过来，在界限上种大南竹，围着这一条小溪做我的砦子！"在这幅蓝图中，老有所养，家庭兴旺，人丁繁茂，生活富足，这不仅意味着天保可以给翠翠带来现世的安稳与幸福，也意味着祖父自己此生未能实现的家业梦想，将通过天保与翠翠的结合得以延续、实现。反之，傩送吸引翠翠的素质，则是"漂亮"，"能抓女人"，"诗人的性格"，恰恰对老船夫那种强调安全稳定、本分实在的内

---

① 陈思和：《由启蒙向民间的转向：〈边城〉》，载《中国现当代文学名篇十五讲》，北京大学出版社 2003 年版，第 147 页。

② 同上书，第 144 页。

在需要构成了消解。

他们的愿望与选择分歧,源于年龄、性别、价值取向和生活阅历的差异,而非主观意图上的故意或恶意。做父亲的希望儿子们都能各尽所能,各得其所,做祖父的希望孙女能获得其母没有得到的婚姻幸福,翠翠、天保和傩送则希望得到自己的幸福。当他们一旦发现分歧的存在之后,做祖父的转而极力成全孙女;兄弟间商量以不流血的诗意的方式(在渡口对岸的崖上竞歌,谁获得了翠翠的回应,谁就赢得追求翠翠的机会)化解冲突;在天保、翠翠的祖父相继死去之后,船总顺顺打消自己原先的念头,托人来渡口以傩送媳妇的身份将翠翠接进家门,翠翠则暂时不愿离开祖孙生活的熟悉环境,傩送也不忍独享这份幸福,驾船远走他乡,让时间来抚平心口的创伤。

在此一场域之中,每个人的愿望都是合理的,美的,善的,每个人也都在想使这件事变好、变美,当这些本身合理的愿望与选择,在"追求某一种人类情致所决定的某一具体目的"①的时候,此善与彼善目的不同,原有的和谐就被否定,转向彼此对立,导致不可避免的冲突。

天保想娶翠翠,托人去渡口探询老船夫的口风。老船夫听后"心里很高兴",只是觉得提亲的形式不够正式,心下还想回去征求一下翠翠的意见,所以比较含糊地回了一番意味很足的话:"车是车路,马是马路,各有走法。大老(如果)走的是车路,应当由大老爹爹做主,请了媒人来正正经经同我说。(如果)走的是马路,应当自己做主,站在渡口对溪高崖上,为翠翠唱三年六个月的歌。"正好按照船总顺顺的意思,天保的"车路"在"渡船",傩送的"车路"在"碾坊"。老船夫这番回话给天保留下了丰富的想象空间,认为有了双方家长的支持与认同,"事情弄好"的希望很大。"我不是竹雀,我不会唱歌"的天保选择走"车路",无意中介入了翠翠和傩送的情感空间。

当然,船总顺顺、天保、老船夫产生这些想法时,对另外两个当事人翠翠爱傩送不爱天保、傩送选"渡船"不选"碾坊"的想法是一无所知的,即使是翠翠和傩送两人之间,也处于一种十分微妙的情感状态:虽心

---

①　陈太胜:《理念与感性形象——黑格尔的艺术哲学》,《西方文论研究专题》,北京大学出版社 2010 年版,第 112 页。

属对方，但并未挑明。尽管老船夫"隐隐约约"体会到"这事情在什么方面有个疙瘩，解除不去"，但仍然没有明确地意识到孙女所爱的人与自己中意的人并非同一。多方力量的意外介入，使事情变得错综复杂，原有的和谐被打破，形成多重冲突。天保和傩送相互知晓了对方的心事之后，就面临了情感、道德、伦理的两难困境。在兄弟之情、情人之爱、尚美之意与公平竞争的内在需求之间形成了选择和冲突。此外，翠翠的自然本性、母爱教育缺失所带有的混沌特质，造成了翠翠表达上的障碍，她不能及时告知老船夫自己的心思，也未能在傩送屡次寻求沟通时给予恰当的回应。这种失语状态，自然也是翠翠爱情由美而悲的重要因素。

结　语

沈从文在《〈看虹摘星录〉后记》里说："不管是故事还是人生，一切都当美一些，丑的东西虽不全是罪恶，总不能使人愉快，也无从令人由痛苦见出生命的庄严，产生那个高尚情操。"①《边城》就是这样一个亦实亦虚、"一切都当美一些"的人间乐园，乐园中的男女主人公似乎理所当然拥有美好人生。意外的是，每个主人公都走向了自己愿望的反面，掉入了作者所谓"偶然"的陷阱。为什么会有"偶然"的存在？"偶然"又是如何形成的？推动这一命运结局的神秘力量，超出了作者的理解，只好归之于冥冥中的天意。这个前人几乎忽略了的问题，正是源于《边城》文本的结构性冲突：并非各种美的意识、美的情感、美的初衷，都能时时刻刻、自始至终遵循着和谐的意志与路径，发展、共融于同一时空。相反，小说中的此美与彼美、自美与他美、独美与群美，每每在关键时候互相冲突，导引三位青年主人公的命运由美而悲。

---

① 沈从文：《〈看虹摘星录〉后记》，天津《大公报》1945 年 12 月 8 日和 12 月 10 日。

元代畏兀儿高昌廉氏家族诗歌创作述论
——以廉惇为中心①

孙　坤　多洛肯

（西北民族大学）

元朝时期，蒙古族统一了全国，并且将国民划分为四个等级，即蒙古、色目、汉人、南人。政治上的等级划分，决定了文学上的话语权力。色目是由畏兀儿、唐兀、乃蛮、克烈（凯烈）、葛逻禄等部族组成的，而廉氏一族在色目族群中，占据着较为重要的地位。因其华化程度较早、家族地位较高、文学成就突出等因素，引起了学者的关注和兴趣，相关研究成果也较为丰富。陈垣在其《元西域人华化考》一书中就对廉氏成员进行考证，从"儒学篇"和"美术篇"对廉希宪和廉希贡的华化程度之深，汉学造诣之高做了介绍和比较。② 赵永春在《元初畏兀儿族政治家廉希宪》一文中，根据相关史料，详细阐述了廉希宪的家族先世及其生平事迹。田卫疆先生《廉希宪》一文中，对廉希宪的生平做了简单介绍。另有桂栖鹏《元代进士研究》中，对廉公亮（又名廉惠山海牙）的仕宦发展进行介绍。王梅堂《元代畏吾儿诗人廉恒及其诗》对廉恒的诗歌创作特色进行详细的解读与分析。

一　高昌廉氏家族生平事迹叙略

布鲁海牙，廉惇祖父。"布鲁海牙幼孤，依舅氏家就学，未几，即善

---

①　基金项目：国家民委人文社科重点研究基地 2013 年招标项目"全元色目诗人诗歌作品点校整理研究"。

②　陈垣撰：《元西域人华化考》，上海古籍出版社 2000 年版，卷二第 8 页、卷五第 84 页。

其国书，尤精骑射。年十八，随其主内附，充宿卫。太祖西征，布鲁海牙扈从，不避劳苦，帝嘉其勤，赐以羊马毡帐，又以居里可汗女石抹氏配之"，后入燕京总理财币，为庄圣太后所揽，授真定路达鲁花赤。太宗三年（1231）拜燕南诸路访廉使，佩金虎符，赐民户十，命下之日，子希宪适生，喜曰："吾闻古以官为姓，夫其以廉为吾宗之姓乎！"故子孙皆姓廉氏。未几，授断事官。世祖即位，择信臣宣抚十道，命布鲁海牙使真定，后迁顺德等路宣慰使，佩金虎符，赐以海东青鹘。至元二年（1265）秋卒，年六十九。大德初，赠仪同三司、大司徒，追封魏国公，谥孝懿。子希闵、希宪、希恕、希尹、希颜、希愿、希鲁、希贡、希中、希括，孙五十三人，登显仕者代有之，希宪自有传。[1]

廉希闵（约1229—?），希宪长兄，曾任正奉大夫、蓟黄等路宣慰使。有一女嫁与阿里海牙之子贯只哥，是著名散曲家、书法家贯云石之母。

廉希宪（1231—1280），廉惇之父，又名忻都，字善甫。王恽《中堂事记》中又称字人甫。因其笃好经史，手不释卷，世祖忽必烈称"廉孟子"。南宋理宗淳祐四年（1244）年忽必烈召王鹗至漠北，廉希宪与阔阔等五人奉命从学，后又从张德辉学。甲寅年（1254）世祖任命其为京兆宣抚使，后为中书右丞，管理四川、陕西行省事宜。至元十一年（1274）任北京（今内蒙古）行省平章政事。至元十七年（1280）十一月十九日病逝，年五十。大德八年（1304），追封魏国公，谥号文正、加赠恒阳王。据元明善《廉文正王神道碑》，廉希宪娶有两位夫人，一位是高昌王国开国功臣孟速思的女儿；一位是女真人完颜氏。廉希宪有六个儿子，高昌夫人生廉孚（后更名为廉怡，字公惠）；完颜氏生廉恪、廉恂（字公迪）、廉忱、廉恒（字公达）、廉惇（字公迈）。[2] 丞相伯颜评论廉希宪："男子中真男子，宰相中真宰相。"[3]（元）侯克中《挽廉平章》诗曰：

---

① （明）宋濂等撰：《元史·布鲁海牙传》，中华书局1976年版，卷一二五。

② 生平事迹详见（元）元明善《廉文正王神道碑》；（元）元明善《清河集》刊有《平章政事廉文正王神道碑》《平章廉希宪赠谥制》；（元）王恽《秋涧先生大全集》卷八十六《廉平章能合复用状》；（明）宋濂撰《元史》；（乾隆）《大清一统志》之《盛京统部》《湖北统部》《陕西统部》《甘肃统部》名宦条；（清）屠寄《蒙兀儿史记》；陈垣《元西域人华化考》。

③ 柯绍忞：《新元史》卷一一五，吉林人民出版社1995年版，第2583页。

"烈似秋霜暖似春，明于皎日正于神。千年海岳英灵气，一代乾坤柱石臣。宾客填门惟慕德，诗书满架不知贫。致君尧舜平生事，天命胡为只五旬。"近人陈垣评价其为："元色目人中，足称为理学名臣者，以希宪为第一。"①

廉希恕（约1232—?），廉惇叔父，至元二十八年（1291）以参知政事为湖广等处行省右丞，行海北海南道宣慰使都元帅。②

廉希贡（约1256—约1322），廉惇叔父，字端甫，号芎林（一作香林）。元成宗大德三年（1299）累迁南台治书侍御史，仕至昭文馆大学士，封蓟国公。是元代著名的书法家、收藏家和书画鉴赏家。国家图书馆珍藏的善本碑帖，有廉希贡篆刻的《珊竹公神道碑》③。（元）周密《云烟过眼录》④ 著录有："廉端甫希贡号芎林，所藏商尊，内久矣。其质如漆，红黄绿色，皆具文藻，绝妙尤物也。……唐人画观音像；铜铎二；袁氏伯长汉印。东坡画竹石小壁一堵，元秘书省汗青轩物也。红叶大阮二，锦褙阮谱七册，原御府物也。"廉希贡收藏的文物包括商尊、画像、铜铎、汉印等，足以看出他的汉学造诣，精通中国古代的金石篆刻，雕塑绘画等知识。廉希贡受其兄希宪的影响，为官时广交汉族文人儒士，他和宋鄂王岳飞六世孙岳浚交往密切，常和书画家赵孟頫、高房山尚书、李息斋学士、鲜于伯机经历到岳浚处樽酒论文，支持岳浚"延至名儒，雠校群经，梓行九经三传，流传海内"的文化活动。从而可知廉希贡以汉族文人名儒为师友，当然也受到汉族文人的信任、敬重与赞誉。（清）卞永誉《式古堂书画汇考》卷四十七著录的一则廉希贡对《高房山墨竹图》的跋语："仆尝与彦敬游。爱其所作山水竹石，虽法米元晖、文与可，而又出于胸次之妙者。今观此纸，缅怀其人，不能不兴感慨也。至治元年九月望日，蓟丘廉希贡书。"可以看出虽然廉希贡久居江南，但是他还是常用"蓟丘廉氏"的印章，以表明自己不忘故乡大都之情。

廉孚（廉怡），廉惇长兄，字公惠，其母伟吾氏，先朝贵臣孟苏速之女。正议大夫官金辽阳行省事。高昌畏兀儿人中第一个水墨画家，也是高

---

① 陈垣撰：《元西域人华化考》卷二，上海古籍出版社2000年版，第8页。
② （明）宋濂等撰：《元史·百官志七》卷九十一，中华书局1976年版，第2306页。
③ 陈垣撰，陈志超导读：《元西域人华化考》，上海古籍出版社2000年版，卷五第84页。
④ （元）周密：《云烟过眼录》，文渊阁四库全书本，台湾商务印书馆1982年版，第63页。

昌廉氏唯一一位有绘画作品传世者。在清宫秘藏的名画中，就有一部《集古名绘》册页，共20个对幅。其中第八幅，就是廉孚所画《秋山暮霭》，图纵六寸七分，横七寸七分，是一幅水墨画。关于廉公惠更名之因，当时著名学者刘因撰写的《廉公惠更名序》这样介绍："故相廉公嗣子公惠旧名孚，以其于兄弟之名字形取类为不合也。盖尝请于公而来及更，今虽已孤而意恒若有阙焉者，遂谋于予而更之曰怡。而以告诸家庙焉。盖亦礼之变也，而其取名之义则有取于兄弟雍睦之义也，盖公之临终也以诸子恪、恂等皆幼而公惠独长。恳恳目诸子而属之也。今其设心以为既以一名字形于兄弟不和，且必求其合焉，而后已而其义。"从中我们不仅了解到希宪子女受汉族文化影响的深度，且可知他们不是伊斯兰教信徒，因为伊斯兰教信徒是不设"家庙"的。廉孚生卒年不详，子女几人不知，但据学者刘因的两首词《朝中措（廉公惠正议举儿子）》《临江仙（廉侯举次儿子）》和诗《贺廉侯举次儿子》"相国当年病且贫，乘除天理暗中存；青青缓乐堂前树，又见廉泉第二孙"可知其最少有二子。①

廉恂，又名米只儿海牙，或译作迷只儿海牙，密知儿海牙，字公迪，恪之弟，廉惇兄，廉希宪第三子。据元人魏初《为廉公迪寿》诗和《平章廉公真赞并序》可断定恂字公迪，诗中并称他"读书达事体，意远文且质。"以及他随身带着父亲廉希宪之像。廉恂大德间累官河南行省右丞，至大元年（1308）移江浙行省，仁宗时仕至江南行御史台中丞，延事占七年（1320）英宗即位，任中书平章政事，至治二年（1322）与中书臣董理国学，旋罢为集贤大学士。泰定元年（1324）又罢集贤大学士，食禄终身。四年（1327）复旧职，商议中书省事。我们从同恕的《送廉右丞拜集贤学士》诗"堂堂魏国力扶天，有子如公实象贤。善治规模符远略，敬王事业发真传。正需陛下求多士，未许关中借一年。九里无究河润浃，不胜思后更思前"中可知恂继承了父亲遗志。廉恂还是书法家，为江苏上海松江县宝云寺记碑篆额。

廉忱，恂之弟，廉惇兄，希宪第四子。据（明）何乔远《闽书》和《大清一统志》邵武府二名宦条目载：忱是延祐间福建邵武路总管，崇学校、饰从祀像，绰有政声。元明善在《平章政廉文正王神道碑》中介绍，

---

① 中国元史研究会编，邱树森主编：《元史论丛》，江西教育出版社 1999 年版。

"忧是同知沔阳府事"。

廉恒，廉惇兄，字公达，希宪第五子。累官御史中丞。元明善在《平章政事廉文正王神道碑》中介绍，"恒是资德大夫，御史中丞"。廉恒不仅熟谙汉文学，而且在汉族儒士中也很受信任①。

廉惇（约1276—?），字公迈，高昌（新疆吐鲁番）畏兀儿人。元仁宗延祐七年（1320），任西蜀四川道肃政廉访使（据《廉文正王神道碑》）。元英宗至治元年（1321）任秘书监秘书卿（据《元秘书监志》卷九），出任江西行省参政（据刘岳申《读书岩记》）。泰定二年（1325）在陕西行省左丞任上。后长期退居林下，卒，谥号文靖。有诗文别集《廉文靖集》，但散佚已久，部分内容保存在《永乐大典》和《诗渊》中。集名既为《廉文靖公集》，无疑是他去世后所编。但据其《刻图书诗卷》"读书岩上书充栋，刻我新章贻后生"，显然他生前就曾将诗作结集，并有家刻本行于世。《廉文靖集》的失传大约就在明初编辑《永乐大典》前后，据《永乐大典》残帙和《诗渊》等书，可辑出廉惇佚诗270余首，相当于四五卷之数，这个数量在元代蒙古色目诗人之中名列前茅，另外还保存有少量的文、词。其中《村居诗》34首、《南轩城南书院诗》40首为其代表作。另有佚文《塔本世系状》，是元仁宗延祐四年（1317）七月应塔本后人迭里威实之请所作，这是西域人为西域人所写的史传文字罕见的一例。（元）刘申斋《江西参政廉公迈书》曰："阁下以历朝勋旧之家，累世忠清之裔，辍从禁省，参预江西，此殆天以江西士民思阁下，江西士民何其幸也！"并称其"曰忠孝、曰恭俭、曰退让"。②

廉惠山海牙，《大清一统志》译作廉瑚逊哈雅，字公亮，（明）何乔远《闽书》误写为"光亮"。布鲁海牙之孙，广德路达鲁花赤阿鲁浑海牙之子。至治元年（1321）进士，授承事郎，任顺州同知，时有弓匠提举莫都拉者，恃势夺州民田，同列畏之，而惠山海牙至，即治其罪。泰定元年

---

　　① 据苏天爵《滋溪类稿》中《萧贞敏公墓志铭》载：廉恒在任参议中书省时，受世祖之命去请萧维斗，萧氏国初著藉京兆，公讳㪺，字维斗，年二十余，郡守以茂才推择为掾，未几，新郡倅至。倅西域人，怒则恶言詈吏。公叹曰："如此尚可仕乎！"乃置文书于案，即日谢去，隐于终南山下。余三十年义理融会、表里洞彻、动容周旋咸中礼节，由是声名大振。可见廉恒受命请萧氏，并"令行省给五乘传，赐之楮币百匹，命挈其家偕来或萧维斗坚欲不仕可进嘉言一二、朕当令人送还，如年老或不能骑别给安车可也"。说明廉氏是受汉族儒士的信任的。

　　② （元）刘申斋撰：《申斋集》，四库全书本，卷二。

（1324）入史馆，预修英宗、显宗实录。历任监察御史、秘书丞、金淮东廉访司事、都水监都转运使等职。任兵部尚书时撰写了《中书省兵部题名》。至正四年（1344）预修宋、辽、金三史。后历任河南、湖广、江西、福建行省右丞。参与镇压农民起义，督赋税由海道供京师，拜翰林学士承旨，知制诰兼修国史。卒于大都失陷后，享年71岁。[1] 廉惠山海牙于至正二十一年（1361）以宣政院使游福州玄沙寺，当时文人贡师泰在《春日玄沙寺小集序》中记录了当时情景：亦"宣政院使廉公公亮崇酒载肴同治书李公景仪、翰林经历答禄君道夫、行军司马海君清溪游玄沙，且邀予于城西之香严寺。是日也，气和景舒，生物畅遂，花明草缛，禽鸟上下。予因缓辔田间，转入林坞，裴回吟咏，既见则皆执酒欢迎、互相酬酢，廉公数起舞放浪谐谑，李公援笔赋诗，佳句捷出，时亦有盘薄推敲之状；道夫设险语操越音问禅于藏石师……乃相率以杜工部心清闻妙香之句，分韵各赋五言诗一首，而予为之序"。从文中可了解到廉惠山海牙元末管理佛教，从语文上他懂江南话，写过诗。廉惠山海牙不仅是史学家，还是书法家和文学家，《武林石刻记》卷二记有他为杭州路重建庙学记碑篆额，可惜他的诗词失传。但从张以宁的《翠屏集》卷二中《次韵廉公亮承旨夏日即事六首》之一"文章阁老旧名门，玉署清闲醒梦魂；应忆廉园花似海，朝回会客酒千樽"，以及诗人萨都拉的《偕廉公亮游钟山》"胜地难逢今日会，旧游却忆向年曾；使君五老峰前去，应有新诗寄病僧"之句，可看出廉惠山海牙的诗文水平造诣颇高。廉公亮去世于元明易代之际，故碑传未铭，诗文也未结集。目前仅能看到他的两篇文章，一首诗。文章是《活动心书决证诗赋序》《中书省兵部题名记》；诗是《郑氏义门诗》[2]。

二 廉氏诗文作品考辨

廉氏一族作为高昌世族，在文学领域取得较大成就。流传下来的诗歌有274首，词1阕，文4篇。由于廉氏家族所作文集久不传世，所以后人在辑录作品时，出现误归他人所作的现象。所以，我们有必要厘清诗歌作

---

① （明）宋濂：《元史》卷一四五。

② 诗见《永乐大典》卷三五二八，作于任江西行省右丞时，中华书局1986年影印本。

品的真正作者，以便对诗人有更为准确的认识。下面针对有争议的作品，逐个进行考辨。

（一）《水调歌头·读书岩》一词作者究竟是何人

《水调歌头·读书岩》出自唐圭璋《全金元词》，唐圭璋将此阕词归为廉希宪所作，并且提出自己观点："《永乐大典》标注的作者为'廉文靖公'应该是笔误，真正的作者应该是'廉文正公'，即廉希宪。"杨镰对此提出质疑，并通过考证认为该词作者为廉惇。① 检阅《永乐大典》九千七百六十五岩字韵标注此词引于《廉文靖公集》，"文靖"就是廉惇的谥号（第一部分已经提及，不赘述）。而元明善《清河集》中的《读书岩记》中有这样一段话："读书岩者，故相太傅魏国廉文正公之别业也……岩不待记而显也，樵夫牧竖，亦指之曰：'此廉太傅读书堂也。'"从上述文字中，可以看出廉希宪在的时候这个地方还不叫"读书岩"，而是叫"读书堂"，后来年久失修，廉惇将该草堂修葺完毕后，才更名为"读书岩"，元人刘岳申《申斋集》卷六亦有《读书岩记》，内容基本与元明善一致。文中记载："……惇幼从伯兄平章，仲兄中丞读书其中。后颇修理故处，益市书万卷，名曰：'读书岩'，承先志也……"这句话意思是说，廉惇将"读书堂"更名为"读书岩"是想继承和发扬亡父的志愿。同时在廉惇诗歌中也常见"读书岩"这一意象，例如《卧病读书岩闻蝉》一诗写道："卧病书岩忽听蝉，已惊秋气满林泉。字疲有志追前烈，嗽石无心访昔贤。丝竹东山声香香，五云京洛梦县县。强扶黎杖调衰息，却望晴宵倚枕眠。"②《读书岩晓坐效陶体》③《读书岩月夜》④。假设这阕词为廉希宪所作，那么题目更应为《水调歌头·读书堂》，而不是用他死去之后才有的"读书岩"这个名称。以上所列，我们可以认为《永乐大典》所引《廉文靖公集》中的这阕词的作者应为廉惇。

（二）《诗渊》与《永乐大典》所录诗文作者究竟是谁

李修生《全元文》8 册 257 卷收入《木芙蓉花序》《大元故平州达鲁花赤行省万户赠推诚定远佐运功臣太师开府仪同三司上柱国追封营国公谥

---

① 参考杨镰《元西域诗人群体研究》，第 232—233 页。
② 见《诗渊》，书目文献出版社 1984 年影印本，第 2864 页。
③ 见《永乐大典》卷九七六五，中华书局 1986 年影印本。
④ 同上。

忠武塔本世系状》（以下简称《塔本世系状》）两篇，将其归为廉希宪所作，注明却赫然写着辑自《永乐大典·廉文靖公集》。按"廉文靖公"乃希宪的幼子廉惇，字公迈，仕至陕西行中书省左丞，死后谥"文靖"。廉希宪大德八年（1304）谥号"文正"。另《塔本世系状》中开篇就写道："延祐三年十二月，有密官奏事殿中。有旨曰：'……赠其高祖行省塔本推诚定远佐运功臣，太师，开府仪同三司，上柱国，追封管国公，谥忠武……'""延祐"是元仁宗爱育黎拔力八达的年号，延祐三年（1316），廉希宪（1231—1280）早已过世，是不可能再去奉旨撰写《塔本世系状》的，而其子廉惇（1274—？）此时正值壮年，是有能力完成这篇文章的。所以根据生卒年去推断，《永乐大典》中的《廉文靖公集》的作者也应是廉惇。

笔者检阅《诗渊》和《永乐大典》中录有相同的诗歌，但是署名却不一样。《诗渊》中的署名比较繁杂，所录廉氏大部分诗歌署名为"廉公达"，其他则标注为"廉公""廉公心迈""廉公心远"，甚至是"廉公□诗"[1]。《永乐大典》则是分署为"廉文靖公集"和"廉惇文靖公集"。《诗渊》是一部规模宏大的类书，编者已不可考，只是以稿本传世。《诗渊》保存下来的作品中，金元作品占有相当比重。就诗而论，顾嗣立《元诗选》中的不少原集，早已散佚，但是可以从《诗渊》中略窥一二。虽然编者忠实于原文，不以己意任意变动，保持了原作的面貌，但是凭一己之力，很难将这部规模宏大的类书做到尽善尽美，其中会有一些笔误；个别地方会有脱文、衍文；少数道藏词羼入了宋、元人的词作中等问题。《永乐大典》是明成祖朱棣敕令编撰的，参加编撰的多达2169人，所以皇家举国之力而成的《永乐大典》较《诗渊》更为精确。特别是《诗渊》中所署的"廉公□诗"，说明编者到后来也弄不清是"公达"还是"公迈"了，只好空出来，以待日后查明补正。在这个问题上，《永乐大典》则不同，作者集名一律套红标出，""《廉文靖公集》"与""《廉惇文靖公集》"也是一致的。两书中注明出自"廉文靖公集"或署"廉公达""廉公心远""廉公心迈"作的诗文，都是廉惇公迈所著，同出廉惇的文集《廉文靖公集》。王梅堂在《元代畏吾儿诗人廉恒及其诗》（《西域研究》

---

[1] 见《诗渊》第四册，第2812页所录《闻杜鹃》。

2007 年第 2 期）一文中，误将廉惇的作品归入廉恒的作品中，显系不考之论。

三　廉惇诗歌创作述略

廉氏家族虽然文学作品众多，但是由于朝代更迭，许多诗歌作品未能结集出版，或者在流传过程中散佚。所以现存的诗歌作品中，主要是廉惇的作品，其他人的诗歌作品只占很小的比重，所以我们将研究重点放在廉惇诗歌作品上。廉惇流传下来的诗共计 273 首，主要辑录于《诗渊》和《永乐大典》。廉惇诗歌主要采用五古、七古、五律、七律以及绝句的艺术形式，就诗歌内容来说主要包含写景记游、人生感悟、酬唱赠答、燕居逸乐、政论感怀五个方面。

（一）写景记游

廉惇先后曾在四川、江西、陕西等地做官，所以在迁居赴任的路途上，他是有机会饱览祖国大好河山，并且将自己的所见、所闻和所感倾注于笔端的。

描写自然景物的佳作如《白桃》：

不类花堆萼，全如雪集枝。钩帘谁晤语，孱疾对幽姿。

诗人开篇就点出白桃的与众不同，不像其他的花一样，花朵都长在花萼上，需要精心呵护。白桃花却像洁白的雪花一样，紧紧依附在桃枝上。诗人简单的几笔，就将白桃的傲然独立、冰清玉洁的姿态勾勒出来。三四句笔锋一转，将视线转移到自己身上，因为自己孤单一人，即使打开钩帘，也没有倾诉的对象，只能将自己的病体对着白桃的枝干发呆。也许此时的诗人认为自己就像白桃一样，在污浊的现实面前傲然独立，始终保持自己的风范与操守。情景交融，感情委婉。

描写旅途中的所见所闻以及所感的，如《舟中》：

惊破西江梦，还依北拱心。江天曙色早，山馆暮光深。依庙鸣鸥饫，潜洲老鹤吟。扁舟系岩树，足疾发登临。

《嘉定舟中》：

汹涌惊湍里，飘摇一传舟。推移涉世故，动止任行留。才智吾诚劣，勋名人尽优。夜深雷雨暴，兴坐起还愁。

《御河舟中》：

舟行已逾旬，晴和靡崇朝。阴霾画昏惨，朔风震惊涛。掷缆屡栖泊，扶藜上平皋。旷望邈无极，凫雁求其曹。归卧短檐下，惕尔增烦劳。

这三首诗，都是诗人在宦游途中所作。这里便可以看出诗人对四处漂泊、辗转各地做官的状态是有所厌倦的。途中的艰辛可以从"扁舟系岩树，足疾发登临""汹涌惊湍里，飘摇一传舟""舟行已逾旬，晴和靡崇朝"这些诗句中看出，途中不仅自然条件恶劣，水流汹涌，惊险万分，而且路程长，时间久，同时诗人身体条件也不容乐观，足疾发作，疾病缠身。这些因素，使得诗人在心理上对宦游状态是厌倦的，所以才会对自己产生疑问，说到"才智吾诚劣"，进而又会有悲愁烦恼之感，"兴坐起还愁""惕尔增烦劳"等诗句，直接表达了这种情绪。

（二）人生感悟

通过廉惇的生平事迹的简介中，可以看出廉惇后半生基本上是处于一种归隐林下的状态。也许是对前半生的宦游历程的厌倦，也许是对元朝的统治失望，无奈之下而选择归隐，虽然诗人选择了归隐，但是他还是心系苍生，身的归隐与心的出世，让诗人心里备受煎熬，比如《步庭感怀》：

静久遂迂懒，深扃寡追游。兴言扶短藜，踏此虚庭幽。南荣景暄照，北檐风飕飗。雀迎暖辉咔，振翼遝相求。鹤负霜华踞，剑颈孤无俦。旋归掩败牗，庸疏笑何谋。中怀漫萧索，呼酒驱烦忧。

诗人说，在一个地方待久了，人就会迂腐慵懒，不再想着游历四方。虽然选择了归隐，从此与幽林野鹤为伴，看尽山景鸟雀，可是当一个人在归家途中，总会生出一种才高不为时容、壮志难酬的苦闷情绪。诗人空有兼济苍生、为国谋利的心愿，可是在当时的政治环境之下，这些理想是无法实现的。所以诗人只能以酒浇愁，归隐也只是一种逃避现实的妥协之举。

一个人在仕途理想中失意时，总会想念自己的亲人，也许，亲情是安慰失意的人的一种良药。历来写自己妻子的诗歌不在少数，但是许多诗人一般都写得比较委婉含蓄，例如元稹的《离思》"曾经沧海难为水，除却巫山不是云。取次花丛懒回顾，半缘修道半缘君"，纳兰性德的《蝶恋花·辛苦最怜天上月》"无那尘缘容易绝，燕子依然，软踏帘钩说。

唱罢秋坟愁未歇，春丛认取双栖蝶"，但是廉惇在写自己的妻子时，不同于其他诗人的委婉含蓄，而是直抒胸臆，感情强烈，一种感激与赞扬之情溢于言表，如《妻杨氏贞节诗卷》：

节本人伦重，贞为天道常。白鸡擎暖梦，绿鬓绝晨妆。教子称乡里，供亲卒寿康。门旌矫漓俗，诗卷播余芳。

诗人开篇就写道"节本人伦重，贞为天道常"，赞扬自己的妻子有美好的品节和忠贞的美德，从这里我们也看出诗人受到汉族传统的浸染，重视妇女的贞节品性。后面写道妻子日夜操劳，辛勤持家的贤妻良母的形象，教育子女十分用心，侍奉双亲尽职尽责，使得诗人想将妻子的美好品质记载下来，用以教育他人。这些诗句，无不体现诗人对自己的妻子杨氏的赞赏与感激。

再如，廉惇在江西行省做官时，怀念远在北方的兄长和母亲，于是作诗以表思乡念亲之情，情真意切，令人动容，如《寄兄》：

落叶长安霜露清，高寒朔漠若为情。北堂无恙愚安慰，特望西风塞雁声。

诗人在落叶飘零的深秋，似乎感受到了来自故乡的那种寒冷，于是牵动了思乡念亲的情绪。写了这首诗寄给自己的兄长，询问母亲是否安康，只有母亲安康了，自己才能心安，还没收到兄长的回信，只能望着西风，听着塞北的雁声，祈祷母亲健康长寿了。"北堂"，旧指母亲所居住的地方，是母亲的代称，《诗经·卫风·伯兮》："焉得萱草，得树之背？"毛传："背，北堂也。"诗人在这里将自己对母亲的那种牵挂、不能在身边尽孝的愧疚之情写的真诚自然，令人动容。

（三）酬唱赠答

元代诗歌最大摆脱了传统意义上的只有佛、道两种宗教诗，也里可温与答失蛮的加入，更是使元代诗歌具有不同于其他朝代的特色。廉惇作为"色目世臣"之后，并没有孤高自傲，而是积极地同各类诗人学者进行交流，这些人中既有同朝为官的官员，甚至也有道士、相士等。

如《杨府判复职诗卷》其一：

壮行幼学惟存道，遇莫己知须卷怀。出处识时能中义，达人始与俗人乖。

《邵教授赠诗卷》：

皇穹仁庶品，达士遵天明。择术古尤慎，心恒业能精。邵臣职医教，嘉誉腾秦京。指下审六脉，胸中贯群经。一闻沈痼召，走药咸起行。挥手谢酬赠，厚报非吾情。君久与我游，知君出纯诚。袁璨复佳士，两善当俱称。文诗播馨德，薄俗宜相惩。

这两首诗都是写在朝为官的友人，《杨府判复职诗卷》其一写的是恭贺杨府判复职的事，赞扬他学问深厚，心怀道义，同时也表达友人复职时自己的喜悦与对友人的规劝。《邵教授赠诗卷》写的是诗人对一位姓邵的医官的赞扬，说他不仅医术高超，而且还有美好的医德。所以诗人要用诗文将他的美好品德记载下来，以传后世。

又如《相士陈晓山戏赠》：

我本刍荛者，蹒跚强守官。意随云水远，盟与鹭鸥寒。莫向成都门，毋劳太华看。高秋解维去，税鞅雾檐端。

"刍荛者"，字面意思是割柴草的人，后来指代在野之士。"太华"，就是现在的华山，古代也叫少华山，《山海经·西山经》云："又西六十里，曰太华之山，削成而四方，其高五千仞，其广十里，鸟兽莫居。""税"，通"挩"，解下之意；"鞅"，指羁绊。"税鞅"是解下羁绊的意思。这首诗是廉惇对一位姓陈的相士的赠诗，说自己本来就是山野人士，体弱多病，勉强能够担任官职。但是自己本愿是归隐山林，与山水鸥鹭为伴，所以对于那些富贵荣华、高官厚禄自己是没有兴趣的，只是希望有一天能够放下牵绊，寻找自己的理想生活。廉惇这首诗，写得颇为诙谐幽默，从诗题中"戏赠"一词便可以看出，诗人将自己的现状和理想生活以一种谈笑式的笔法写出，让人感觉亲切自然。

（四）燕居逸乐

廉惇的诗多是作于退居林下，从个人风格来看，主要受到陶渊明的影响，也有仿效唐山水田园诗人孟浩然、韦应物的痕迹。诗歌平淡充实，较少修饰，以景会心，对乡村生活的描写，让人感受到真切自然的乡村气息。

如《敬臣以村居诗》：

六合清苍里，三春烟景中。芳樽同胜友，佳月照疏垄。葱蒨数峰碧，依稀千树红。雅怀时欲展，谁唤牧溪翁。

前村邀我去，看菽自柔嘉。翁媪宜多喜，儿孙足保家。今朝须寿汝，昨夜有灯花。一笑何为赠，应思蓬长麻。

这两首诗都是描写村居时候的自然人情风光。第一首是写三月春景，诗人与友人月下同酌，看到的月下朦胧之景；第二首则是描写融洽和谐的邻里关系，邻居邀请诗人去做客，诗人看到邻居儿孙满堂，享受天伦之乐的情景，并且送给邻居美好的祝愿，希望他健康长寿。语言清新淡雅，不事雕琢，自然流露出浓浓的乡村气息，也表达了诗人对这种生活的享受与满足。

再如《山居闲咏》：

岑寂山斋书景长，晨兴诵习略无遑。邻翁谘药蒭浮蚁，羽客求书携蔗浆。毕世有忧思舜禹，举身无闷念由光。人间翻覆炎凉态，不到幽居六尺床。

不止一次地说诗人的隐居是一种与现实妥协的无奈之举，身的归隐与心的出世的矛盾，让诗人备受煎熬。诗歌开篇就写隐居生活是孤单寂寞的，也只有邻居向他咨询医学知识、道士求访他的书稿，才觉得时光没那么长。可是诗人不禁想到自身，空有报国之志，却报国无门。因为自己不在任职，朋友门人也远离他，更使他感到世态炎凉、人心冷漠。所以他只能把所有的感情转移到山水景色之中，以寻求心灵的慰藉。

（五）政论感怀

作为一个心有抱负的文人，政论感怀是不可或缺的，无论是在朝为官，还是归隐林下，廉惇始终关心国家大事，对政治具有独特的看法与感悟的。

如《贞燕诗》：

茫茫开辟中，七政付万化。裹焉理气间，元圣亲愚下。惟彼凤与麟，写形人共诧。猗欤双飞燕，百鸟谅难亚。依微暄春晖，颉颃出迭嶂。喃喃训配言，翩翩志高扬。芳草生清池，轻风吹细浪。泥香巢亦新，雌伏雄哺饷。暮栖悬栋中，书灯烟清夜。猫奴隙此时，厉爪已忽丧。唧啾终夜悲，生儿幸无恙。饲食教习飞，振翼碧云上。凌霜肃杪秋，归心动凄怆。越彼穀雨初，零丁自相向。跋扈领众群，夺巢何可当。哀鸣诉主人，含情若为访。但令驱其徒，郁郁似舒畅。三年志益坚，嘉哉深所谅。甲第满京畿，参差总相望。书栋卷朱帘，雾烟萦繍帐。栋尽不肯栖，冀君傅其壮。矧君卓逸姿，椓笔自雄放。今兹复迟疑，俾之谩惆怅。蹇余朽钝质，一闻气愈壮。赋诗以我先,所言安敢妄。纪实赠为贞,千载勿衰丧。

诗人通过对燕子的观察描写,从而联想到社会现实,统治者的剥削压榨,底层劳动人民的艰难困苦,都在这首诗歌中隐隐显示,从而表达出他对社会、人生的深切感悟,乃至才发出"赋诗以我先,所言安敢妄。纪实赠为贞,千载勿衰丧"这样的感慨。

再如《敬臣以村居诗》:

洛阳前岁过,荆棘失铜驼,马首金风里,心期碧涧阿。治才安石雅,文采牧之多。笑向山英问,兹言当谓何。

这首诗是他隐居所作,正因为当局者迷旁观者清,当他隐退山林之后,他更加清楚地看到元朝黑暗的社会现实,所以才有渴望出现像王安石这样能够实现政治改革的政治家,以使国家出现海晏升平的美好愿景。诗人的这种愿望在其他诗歌中也有所体现,如《邵教授赠诗卷》:"袁璨复佳士,两善当俱称。文诗播馨德,薄俗宜相惩。"通过对南朝宋的忠臣袁粲(420—477)的点评,高度赞扬他的诗文与德行,为国效力,死而后已的忠君爱国的行为也是诗人所钦佩的。

四 廉氏家族文学创作成就探因

畏兀儿高昌廉氏具有突出的文学成就,仅就廉惇一人存有诗 273 首,词 1 阕,文 2 篇。诗歌大有唐人意度,清新淡雅,平淡充实,有陶渊明、韦应物之风。《木芙蓉花序》和《塔本世系状》显示出他高超的汉语文水平,《塔本世系状》尤为突出。另外,其他成员如廉希贡在书法、收藏和书画鉴赏方面成就斐然;廉孚在绘画方面独树一帜,其创作的《秋山暮霭》传世至今;廉惠山海牙则有《活动心书决证诗赋序》和《中书省兵部题名记》以及诗歌《郑氏义门诗》传世。廉氏一族是怎样能够取得如此突出的文学成就,下面简要分析论之。

(一)宽松的文学创作环境

首先,民族交融促进了文化繁荣。元朝时期疆域空前扩大,"其地北逾阴山,西极流沙,东尽辽左,南越海表"[1]。作为最早进入中原地区的色目族群,他们在熟悉本民族文化的前提下,十分热衷对汉族文化的学

---

[1] (明)宋濂等撰:《元史·地理志一》卷五十八,中华书局 1976 年版,第 1345 页。

习，以汉族大儒为己师，以致汉文修养不亚于汉族硕儒巨卿。比如，忽必烈的太子——真金，早年从师姚枢、窦默学习《孝经》，及长，则侍经幄者，如王恂、白栋、李谦、宋道等，皆长在东宫备咨访。廉惇也师从大儒熊朋来。熊朋来（1246—1323），字与可，号天慵子、天慵先生、彭蠡钓徒。豫章（今江西南昌）人。元代文学家、音乐家。宋咸淳末举进士，授从仕郎，宝庆府会书判官厅公事，未到任而宋亡。入元，为福建、庐陵两郡教授，晚以福清州判官致仕。著有《天慵文集》《五经说》《瑟谱》等。廉惇在江西为官时，自视熊朋来门人，可见廉惇对汉学的热衷程度，正因为这样，所以他才会有这样突出的文学成就。胡行简说："海宇混合，声教大同，光岳之气，冲融磅礴，而人材生焉。西北贵族，联英挺华，咸诵诗读书，佩服仁义。……至元、大德年间，硕儒巨卿，前后相望。自近世言之，书法之美如康里氏子山、扎剌尔氏惟中，诗文雄浑清丽如马公伯庸、泰公兼善、余公廷心，皆卓然自成一家，其余卿大夫士，以才谞擅名于时，不可屡数……"① 可见，民族间的交流融合后所产生的成就，在文学的世界里是有多么直观地显现。

其次，自由的教育政策与文学创作环境。元世祖忽必烈曾指出："祖宗肇造区宇，奄有四方，武功迭兴，文治多缺，五十余年于此矣。"② 明确地指出了蒙汉之间文明进程中的差距，以及元朝初期文教发展的薄弱。因此，忽必烈在位期间，提倡"尊孔崇儒"，制定一系列文教方针政策和科举取士政策，重用儒士，并且让太子真金学习汉学。后世帝王中如元仁宗爱育黎拔力八达，汉字书法造诣颇深；元文宗图帖睦尔能用汉文作诗，颇有情韵；元顺帝妥懽帖睦尔及其太子爱猷识理达腊皆能诗。这种自上而下的教育政策，自然对其他等级的民族有很好的垂范作用。《元史·选举志·学校》有关元朝国子学情况的记载：

世祖至元七年，命世臣子弟十有一人入学，以长者四人从许衡，童子其人从王恂……凡读书必先《孝经》《小学》《论语》《孟子》《大学》《中庸》，次及《诗》《书》《礼记》《春秋》《易》……其生员之数，定二百人，先令一百人及伴读二十人入学。其百人之内，蒙古半之，色目、汉

---

① （元）胡行简：《樗隐集》卷五《方壶诗序》，四库全书本，第 1221 册。
② （明）宋濂等撰：《元史·世祖本纪》卷四，中华书局 1976 年版。

人半之。

武宗至大四年秋闰七月，定生员额三百人。冬十二月，复立国子学试贡法，蒙古授官六品，色目正七品，汉人从七品。

仁宗延祐二年秋八月，增置生员百人，陪堂生二十人，用集贤学士赵孟頫、礼部尚书元明善等所议国子学贡试之法更定之……以四十名为额，蒙古、色目各十名，汉人二十名。岁终试贡，员不必备，惟取实才……学正、录岁终通行考校应在学员，除蒙古、色目别议外，其余汉人生员三年不能通一经及不肯勤学者，勒令退学。

从这里大概可以看出，国子学的规模逐渐扩大，所招生员逐年增多。同时教育政策更加偏向于蒙古、色目生员，数量上看，蒙古、色目、汉人录取的名额一样，实际上蒙古、色目录取的概率比汉人的大得多，元朝总人口数多数时期是在六千三百五十万上下，其中蒙古人仅四十多万，色目人一百五十万左右，而汉人、南人总人口数超过六千万，可见汉人、南人在入学科举上的竞争之激烈；从政策上看，"除蒙古、色目别议外，其余汉人生员三年不能通一经及不肯勤学者，勒令退学"，对待蒙古、色目宽松得多，而对待汉人、南人则比较苛刻，而这些政策无疑对蒙古、色目生员学习汉学起了巨大的激励作用。这就可以更好地理解为什么色目人在中原地区短短几世的时间，便可以迅速地掌握并熟谙汉文学，成为文学大家的原因了。比如高昌廉氏家族、偰氏家族、唐兀高氏家族（高智耀、高纳璘）、康里不忽木家族（其子巙巙、回回）等，华化较深，长于汉学。

再有在文学创作环境上，元朝统治者采用放任的自由政策。历届封建王朝都会有文字狱，而元朝则是例外。据明人姜南《投瓮随笔》，元世祖时，冯子振（海粟）尝为诗誉桑哥[1]，且涉大言。及桑哥败，却告词臣撰碑引喻失当。国史院编修官陈孚发其奸状。帝曰："词臣何罪？使以誉桑哥为罪，则在廷诸臣谁不誉之？朕亦尝誉之矣！"[2] 依靠武力得天下的忽必烈并没有把文人间的钩心斗角当回事，从这里也可以看出统治者并不限

---

[1] 桑哥，高昌回鹘人。因善理财受元世祖重用，贵为丞相。败后，被称为至元两大奸臣之一。

[2] （明）宋濂等撰：《元史·世祖本纪》卷十七，中华书局 1976 年版。

制文人文学创作的主题与内容，给予文人在文化创作上的最大自由。所以，元代文学获得空前发展，雅俗文学并蒂繁荣，各种文体竞相绽放。

（二）好学家风传承

廉氏之称始于布鲁海牙仰慕汉文化而以官为姓。布鲁海牙"善其国书（畏兀儿字），尤精骑射"①。成为名门望族则始于廉希宪辈，其"宾客填门惟慕德，诗书满架不知贫"的儒学读书为本的精神，成为廉氏家族家训。廉希宪一生廉洁自持，蕴经国学。他常以古代名相自励，"非诗书不陈于上前，非仁义不行于天下，忧国忘家，爱民如此"②，尝诫子要见义勇为，用舍合道，勿自暴自弃，云："丈夫见义勇为，祸福不足逆计。……"又曰："汝读《狄梁公传》否？梁公有大臣节，乃为不肖子孙所坠，汝辈当深以为警。疾革，曰：吾疾不起矣，儿惟多读书，以承父志。"③廉希宪教育自己的子女要多读书，行仁义，并以梁公（唐朝武则天时期大臣狄仁杰）不肖子孙牵累其品节，告诫自己的儿子不要辱没先人，以才学光耀门第。

廉惇秉承父志，潜心向学。如《敬臣以村居诗》三十四首中，有"烈烈先文正，棠阴四海滨。北堂深训诲，昆季极纯真。""镇日衡茅下，持身不愿余。丘看千垒嶂，坐阅百家书。""箭壶频见侑，图史更须翻。再拜传家学，诗书课子孙。""山中非旷日，图史要研精。云雨蛟龙喜，腥膻蝼蚁争。""报我读书训，承吾忠孝门。洪流何荡荡，昆顶有深源。"以及他的《惜阴斋诗卷》："民生万汇一，受兹天地中。潜习岁恒久，参赞由吾躬。巍哉禹圣神，巨业宁殚穷。不有惜阴志，安济开天功。……以思唯有学，分晷无令空。正义不谋利，刚健辟至公……"这些诗句可以看出廉惇是和父亲廉希宪一样，尊崇儒家，潜心向学，并且心有大志，希望能够凭借自己的才学，兼济民生。

此外，廉惇兄长廉恂也谨遵其父教诲。我们可从同恕的《送廉右丞拜集贤学士》一诗："堂堂魏国力扶天，有子如公实象贤。善治规模符远略，敬王事业发真传。正须陛下求多士，未许关中借一年。九里无穷河润浃，不胜思后更思前。"同恕高度赞扬廉恂像他的父亲一样有贤能，

① （明）宋濂等撰：《元史·布鲁海牙传》卷一二五，中华书局1976年版。
② （元）苏天爵撰：《元文类》卷十二《平章廉希宪赠谥制》。
③ （元）苏天爵撰：《元文类》卷六十五《平章政事廉文正王神道碑》。

具有治理国家的良谋策略。廉恒、廉惠山海牙等都或多或少地受到了廉希宪或兄弟间的影响，并且在各自的领域如诗歌、书法、绘画等领域取得了巨大的成就。

（三）婚姻门第影响

在元代，作为内迁为官的少数民族，自踏入中原之时起，就开始走上了封建化进程，并随着封建化的深入而逐渐演变成门阀贵族。畏兀儿族中的廉氏家族就成为名门望族之一，在婚姻观念上受到汉族士族的影响，讲究门第，择婿选媳必先问家世门第。如布鲁海牙为希宪就选择了先朝贵臣孟苏速之女，又娶了知中山府事海撒之女完颜氏；廉希闵将女儿许配给湖广行省左丞阿里海牙之子，江西平章政事贯只哥，他是迁居中原后以贯为氏的名门望族，其子贯云石是著名的散曲家、书法家。廉希恕之女被配给古速鲁氏御位下怯里马赤（传译者）功德使脱烈之子，福建宣慰使、都元师达里麻吉而的；廉希宪从曾孙——廉咬咬选娶了畏兀儿族名门大族侯氏家族的后裔，延祐二年进士侯哲笃之女。廉希宪有六男六女，六男选媳无考，伟吾氏亦畏兀儿氏所生三女长适监吉州路淑丹，次适监嘉兴路撒里蛮，小适知杂造总管府事蛮资；夫人完颜氏所生三女，长女廉思兰嫁于蒙元初北方炙手可热的汉人六大家族之一的天成刘氏锄。亦廉希宪属下汉军高级将领刘黑马之孙，成都总管府万户刘元振之子，参知政事西台御史刘纬。据元人王逢写的《素节堂诗》廉思兰生子宏，因遭乱独自带子刘宏自仪真涉大江，避地吴下，时宏甫六岁，冰檗自将教宏业诗书，后买田筑宅，居室命名为"素节堂"，说明廉思兰身世志趣和心态，映现出她的文化素质，诗中以"高堂道冠帔，徘徊暮云碧，石含望夫情，梅结晚岁盟"之句描写思念丈夫刘纬。次女适安抚使李恭，李恭家世无考；小女适何氏世家易之涞水至处士国清之后，始大处士之孙，易州太守进户部尚书、行两淮都转运使何玮之子，管军万户何德温。从上述资料可知廉氏家族之婚姻除与本民族中的名门望族贯氏、侯氏等联姻外，即有同其他少数民族官员的通婚，又有与汉族高门士族的联姻，说明廉氏家族迁居中原后，与汉族杂居，并与汉族通婚，是仰慕汉族文化，接受汉族传统的儒家婚姻观念的结果。从中窥探出廉氏家族开始讲究门第的婚姻关系，客观上冲击着元代实行的民族等级制度，映现出元代社会由种族社会向门第社会发展，从而加速习俗同化，也正是这样的原因，才使得廉氏一族华化速度之快、程度之深，文学成就斐然。

　　文学家族是中华文化长久以来发展的产物，也是中国文学史上独树一帜的文化现象。自西域色目族群迁居中原内地，华化程度日益加深，其汉文化水平日益提高，文化群体不断扩大。而高昌廉氏家族以其在政治、军事、文化上的地位和影响，成为色目族群家族文学的典范代表。尤以廉惇来说，其诗文作品数量和质量，在元代色目文人可谓翘楚，其他成员如廉希宪、廉希贡、廉孚、廉惠山海牙等在政治、书法、绘画、诗文创作中也有突出成就。综观高昌廉氏家族的历史发展轨迹，可以窥探元代西域色目族群汇入华夏文明范畴的整个过程，对研究元代文学史，中国文学史都有重要的意义。

满族诗人蒋攸钦及其《约园诗存》研究

周　松　多洛肯

（西北民族大学）

蒋攸钦是清代满族汉军蒋氏文学家族中的一个成员，他有着独特的人生经历。他出身官宦世家，但仕途不顺，一生沉寂下僚，碌碌无为。虽有雄心壮志，却英年早逝。其诗稿《约园诗存》记录了他的内心世界。

一　生平及诗稿

蒋攸钦，字又安，号约园，镶蓝旗人。史上对于蒋攸钦的记载资料非常有限。现当代研究仅李灵年、杨忠主编《清人别集总目》和柯愈春著《清人诗文集总目提要》有些许记载。其中李灵年、杨忠主编《清人别集总目》记载："蒋攸钦，字又安，号约园，汉军镶蓝旗人。官云南丽阳司李，蒋攸铦弟。"[1] 此处有一点明显错误——"蒋攸铦弟"。蒋攸钦是乾隆朝胶东知府蒋韶年的长子，也即嘉庆朝重臣蒋攸铦之兄。蒋攸铦《乞假五日省墓保阳感而赋此》曾说："孤露常华杏（有兄早世），家风暮夜知。"[2]

蒋攸钦一生沉寂下僚，又英年早逝，所以资料十分匮乏。根据其留下来的诗稿，结合父亲蒋韶年和其弟蒋攸铦所写的几首诗并参考其弟所编、其侄蒋霵远补续的《绳枑斋年谱》，笔者做了一个年表，可大致断定他的生卒年。

根据推算，蒋攸钦出生于乾隆二年之前（1737前），其生母李氏，是

---

① 李灵年、杨忠主编：《清人别集总目》，安徽教育出版社2008年版，第1057页。

② 蒋攸铦：《绳枑斋诗抄》，清道光十一年刻本。

其父蒋韶年第二任妻子；乾隆十二年（1747），约十岁，迁至天津林亭，有诗《己卯秋赴吴门留别林亭村舍》："回首淹留十二年。"乾隆二十四年（1759），约二十二岁，随父由林亭迁至江苏苏州，有诗《己卯秋赴吴门留别林亭村舍》。乾隆二十五年（1760），约二十三岁，其父任苏州管粮通判，（同治）《苏州府志·卷五十五》记载。之前已与刘氏完婚，有诗《秋兴诗》，其序曰："岁之庚辰，访内兄（刘）鸿衢于菊泉官舍"。乾隆二十八年（1763），约二十六岁，北上回林亭，有诗《自吴门北上留别同人》："五年牢落古长洲。"乾隆二十九年（1764），约二十七岁，官云南河阳县典史。途经浙江、江西、广西，其父有诗《甲申孟夏遣儿攸钦之官六诏》。乾隆三十一年（1766），三十余岁，罢官，其弟蒋攸铦出生。《绳枻斋年谱》记载："乾隆三十一年丙戌一岁。临皋公生二子，长为先伯父约园公，讳攸钦，云南河阳县典史。出为伯祖衡之，公后长于府君三十余岁。"有诗《传闻商宝意太守凶问适余官罢感》；乾隆三十二年（1767），受从弟蒋銮之邀赴云南义都处理铜矿，有诗《右垂柳》，其序曰："官罢后益贫甚，从弟銮判义都铜务往就食焉，途中感兴。"乾隆三十五年（1770），约三十三岁，其父擢山东平度州知州。《绳枻斋年谱》记载："三十五年庚寅五岁，先大夫擢山东平度州知州。"乾隆三十七年（1772），约三十五岁，其父罢官。《绳枻斋年谱》记载："三十六年辛卯六岁，冬先大夫以忤上官去任。"乾隆三十八年（1773），约三十六岁，自滇南北归，途经贵州、四川、湖北、河南。《绳枻斋年谱》记载："三十八年癸巳八岁，长兄自滇南罢官归。时伯父方任滇南河阳典史，亦以事引退。"有诗《抵平度省觐悲喜成诗》。乾隆三十九年（1774），约三十七岁，《约园诗存》停止。乾隆四十四年（1779），约四十二岁，卒。《绳枻斋年谱》记载："四十四年己亥十四岁，长兄约园卒。约园公早卒，无嗣。府君每遇忌日，独坐涕下。有'脊令折翼泪如泉，回首音尘已十年'之句。盖府君感念同气久而弥深如此，并为之举葬，立嗣以承宗祧。"

蒋攸钦的诗稿——《约园诗存》上下卷，是大体按照作诗时间顺序刊刻的，现藏于国家图书馆和中国科学院图书馆。其版式为十行，二十二字，小字双行，同白口，左右双边，单鱼尾。两本是同一版本。前后无序跋，只存诗歌，这是一个值得注意的地方。蒋家世代刻书，在书中附上序跋是非常正常的。但蒋攸钦的诗集却无任何他人的记录。所以不能推断诗集是谁人替其刊刻的。现根据其诗集将诗歌分类：

		个人述怀	交友唱酬	题咏风物	吟咏历史
绝句	五言	《早发》		《雨》	
	七言	《夏日遣怀三首》《仲冬娄江舟行即车二首》《再客林亭时余将有滇南之役除夕漫成二首》《瀫行口占二绝句》《捧檄》《述梦三首》《重阳前一日有作》《舟行月夜闻笛》	《送别王启昆二首》《秋日简高景西二首》《癸未春，朱九奇峰白姑苏移官江右，予以四绝赠行，溢油奇峰和诗书扇并鲍孺人墨兰寄来，于滇万里外得故人笔墨，珍重感会而作此诗五首》《和蔡仁山见示二首》《立春日偕弟盍晓望二首》《病酒简郝南溪五》	《扬州三首》《喜盆梅九月着花二首》《冬日晚眺》《暮春三首》《荔支》《五月》《发姑苏第二日眺惠山》《浔州府》《瘴雨亭二首》《玄猿峡》《重赏木别驾园亭牡丹二首》《马龙》	《南北史杂咏十首》
律诗	五言	《八月二日枕上》《夜坐》《雨后遣兴》《入粤东第一夕看山，偶用少陵〈游龙门宿奉先寺〉韵》《初秋》《病怀》《迟起》《戊午元日》《山居七夕》《都门秋日》	《依韵留答远轩四兄三首》《中秋后二日抵昆明晤从弟盍》《得雷南曹雪邨、邱养亭诸故人书，寄时犹未知余官罢也，诗以答之》《除夕示弟盍》《冬夜怀弟盍时已拟北归因便寄此》《瀫行佟炳文司马、王晴岚司库、张诚斋校尉、林芸轩巡检联骑郊送据鞍赋此》《贵阳府访高景西参军不遇》《趵突泉夏日偕崔恰村秀才晚步》《和钱南园太守壁间元日立春作》《哭张诚斋》	《雪》《袁可仪表兄由北归越过吴兴登圆妙观阁》《雨中赏张氏园亭牡丹》《天宁寺》《七里泷》《梅岭》《登正气楼》《古蒙子城》《铁索桥》《春日偕梅十四参军巡四郊水利》《地僻》《右听月楼》《松岩寺》《老鹰厓》《华严洞》《薄暮临淄道中泳怀新柳》	
	七言	《己卯秋赴吴门留别林亭村舍》《秋兴诗》《辛巳元日》《春怀》《春夕望月偶成》《丙戌春检，废蘦中得毛琴泉、徐树伯各同人甲申送别诸什感而成诗》	《晤于让谷礼部于济河舟次兼读暮春归里之作赋赠二律》《舟中简刘第三鸿衢》《冬日书怀次陈珊若赠孙明府元韵二首》《春坏次徐树伯游灵岩韵》《春日偕徐树伯同舟慢兴二首》	《春日登金阊城楼》《落梅二首》《同和轩润溪两兄登虎阜塔》《钱塘晓望》《赣南午日》《龙潭寺》	《题陈忠襄公遗迹》《起敬滩拜汉伏波将军庙》

		个人述怀	交友唱酬	题咏风物	吟咏历史
律诗	七言	《传闻商宝意太守凶问适余官罢感》《右垂柳》《揽镜》《立秋日言怀》《建阳春望》《霁后小亭晚坐》《桃源不住夜雨偶成》《抵平度省觐悲喜成诗》《七夕》	《自吴门北上留别同人》《春日有怀北平诸兄弟》《暮春偕润溪十兄舟湖上作》《自吴门赴滇志别同人》《舟中别宋恒岩》《梅十四逸村邀赏牡丹偶值风雨漫成》《送张宜轩广文入都铨授》《除夕前四日答李白山茂才寄诗即用元韵》《寄林十一巡检》《寄袁顺亭司库》《依韵答陈第三秋帆》《归期将届为谁知己预计言归之乐漫成二律》《赠任十三蔓甫》《梦甫以春夜感怀之作见示诗以答之》《送扬三陟庭再篆易门即以志别》《别同人》《霭益留别曹晞林明府》《公安喜过钱南园孝廉》《别公安万荔村明府》《喜远轩四兄久客如归值相渔七兄诞日》《冬夜答郝五书有感成诗不寄郝也》	《阿喜龙潭小憩》《右古梅》《重赴义都》《由义都再赴昆明江浦晚渡》《再寓沟南与诸故人集饮林亭小隐牡丹》	《荆州怀古三首》《襄阳》《朱仙镇》
	五言		《自义都将赴昆明先寄许二怀白十二韵》	《狮子林》《过鄱阳湖》《牟珠洞》	
古诗	七言			《僧院梅花一株，正当寓楼窗畔其初放也，予狮有蒙阳之行感赋此章》《庚戌桥》《飞云岩》	《望卧龙冈咏武侯事》

从上表可以直观地看出蒋攸钦《约园诗存》的情况。共有诗 131 首，其中五言绝句 2 首，七言绝句 27 首，五言律诗 36 首，七言律诗 58 首，五言古诗 4 首，七言古诗 4 首。所占比重最大的是交友唱酬，个人抒怀和题咏风物旗鼓相当，咏史之作最少，这与蒋攸钦在苏州和云南两地的生活经历有着密切关联。

二 诗歌题材与内容

《约园诗稿》所收诗歌题材内容可谓包罗万象，大致可分为四种类型，上表已作分类，在此进行较为详细的分析。

（一）个人述怀

蒋攸钦的诗歌很大一部分是抒发个人情感的。他有着传统士大夫共同的特点，多种矛盾思想一直存在其心中。

1. 积极入世

首先，每一个古代中国文人首要的目标就是积极入世。儒家思想影响了中国历朝历代的读书人，到了清代更是发展到了极致。但凡读过一点"四书五经"的人，无不怀有济世的热情。蒋攸钦出生于官宦世家，而且是旗人。从小耳濡目染祖父辈的积极出仕的想法，所以也以天下为己任，想"致君尧舜上，再使风俗淳"。

当他意识到自己即将去云南上任时，充满了喜悦之情，那一时段集中写了好几首诗歌：《再客林亭时余将有滇南之役除夕漫成二首》《自吴门赴滇志别同人》《濒行口占二绝句》。高密度地作诗是诗人内心激动的外在表现。

蒋攸钦和其他读书人一样，选择走科举道路。其父曾写过《阅儿攸钦制艺题后》："负郭原无二顷田，饥寒到汝自生怜。誉儿虽笑东坡癖，身教还惭谢传贤。二世家声谁继序，一门群从独违遭。遗经手泽依然在，夺志须当及少年。"[1] 父亲蒋韶年在诗中对儿子寄予了厚望，当时他自己官任苏州管粮通判，官微禄薄，想着前途无望，将光宗耀祖的责任寄托给儿子。希望儿子能和官至浙江承宣布政使的祖父蒋毓英[2]和官至长芦盐运使的父亲蒋国祥[3]一样，光宗耀祖。但是蒋攸钦在科举的道路上和其弟蒋攸铦有着天壤之别，他并没有顺利地走下去。以至于在苏州漫无日地游玩了六年之久。

所以当他接到任命书时，那种近乎癫狂的状态是可以理解的，《捧檄》：

---

① 蒋韶年：《吏隐集诗抄》，清刻本。

② 《光绪浙江通志》，清刻本，第 2150 页。

③ 蒋攸铦自编，蒋霱远补续：《绳枢斋年谱》，《近代中国史料丛刊》第一编，（台北）台湾文海出版社 1966 年版，第 1 页。

二十年来潓漫游，天涯捧檄迥生愁（时奉檄委丽阳司李）。明朝匹马连然路，正是千岩万壑秋。

"丽阳司李"这个官职，小到在云南地方志中没有任何记录。根据资料可知，"丽阳"即"河阳"，它是今天云南澄江县，位于云南省中部，昆明市东南面。清康熙八年，撤销强宗县并入河阳县，辖新兴、路南二州及河阳、江川二县。民国二年，撤销澂江府，改称河阳县。后因与河南省河阳县重名，故改称澄江县至今。"典史"设于州县，是知县的佐杂官，但不入品阶。元始置，明清沿置，是知县下面掌管缉捕、监狱的属官。这么一个小官职对于蒋攸钦而言，却是莫大的荣耀。他在河北、江苏一带游荡了将近二十年，终于有了一次做官的机会。"位卑未敢忘忧国"，蒋攸钦积极入世，并没有因为地偏官小而放弃。正如蒋家正直的家风，其父送了一首诗告诫他，《甲申孟夏遣儿攸钦之官六诏》："莫谓微官可治人，须知官裹要持身。归仍留犊休嫌矫，到酌清泉当饮醇。我已异乡汝更远，家无次子老而贫。滇南万里非容易，常寄平安恲老亲。"① 所以蒋攸钦一到云南，就怀着满腔的理想抱负投入进去。《春日偕梅十四参军巡四郊水利》：

紫陌风和拂面吹，浓春烟景顿如斯。云连雪岭添晴势，渠引灵湫任士宜。莫叹微官滞荒徼，也因农事赞清时。暮山遥指斜阳染，欲整归鞍意自迟。

整首诗洋溢着积极向上的情感，他并没有嫌弃在边陲之地为官。反之，对于工作孜孜不倦，细致认真。

在为官爱民方面，他不仅严于律己，还勉励他人。《送张宜轩广文入都铨授》：

故人此别意如何，无那深情托浩歌。万里一官须郑重，二年双发共摩挲。清秋梦断猿啼月，旧雨书来雁渡河。故国若逢相识问，道余不久迎渔蓑。

---

① 蒋韶年：《吏隐集诗抄》，清刻本。

"万里一官须郑重"，出于人民的关心，对于现实的关切，蒋攸钦的儒家思想已经根深蒂固。

2. 无奈的心境

蒋攸钦虽怀有忠君爱民的思想，但其一生大都时间处于怀才不遇的状态。此时佛学结合着老庄的思想进入了他的生活。他开始逃避现实，通过游山玩水消除内心的无奈。佛教从东晋传入中国以后，开始了本土化的改变。它形成了一种中国特有的思想，士大夫有了一种可以和儒家思想相抗衡的武器。清代入关之后，非常重视佛教，尤其是藏传佛教。乾隆皇帝还把其父的雍和宫改为喇嘛庙，北京一时间庙宇众多。而道教衍生出禅宗，为失意文人带去了安慰。蒋攸钦在罢官之后，便沉浸于此。

乾隆三十八年，蒋攸钦自云南罢官后北归，途经贵州、四川、湖北、河南，抵达山东。这一路漫游中，他游历了大山名川，将大好河山都付诸笔端，将官场失意用山山水水掩盖过去。如《天宁寺》：

> 暂作兰陵客，寻幽到上方。细泉流法乳，清磬教花香。浪迹蹄涔幻，天涯履齿茫。芙蓉湖上月，从此击离肠。

在失意之时，蒋攸钦像其他文人一样，把身心投入于佛道中。现实的残酷与无奈，使得他有些怠倦。此类作品意境开阔，将风景融合诗人的内心深处。

（二）交友唱酬

交友唱酬之作在《约园诗存》中的比例是非常大的。蒋家是一个大家族，人员众多，分布在全国各地。而且诗人在苏州宦游时结识了许多重情重义的朋友。在云南做官时也和各种官吏有所来往。这些诗歌不单纯是无聊的应酬作品，而是渗透着作者内心真实情感的心血。

1. 朝廷官员

蒋攸钦在云南的几年中，结交了一些官宦之友。与他们情趣相投，同游名山大寺。蒋攸钦结交的官吏大都是底层的小官宦。他们的处境与诗人相似，在官场的底层挣扎。如《梅十四逸村邀赏牡丹偶值风雨漫成》：

> 又值名花渐老时，风尘万里感相思。是空是色应难悟，和雨和风

觉更宜。如此樽前争惜醉，可能归去竟无诗。几回欲别还珍重，衣染奇香渐不移。

梅逸村即梅参军，在家中排行十四。诗人一到云南就和他结识了。春天百花齐放，一派生机盎然。但我们从诗人的笔下并没有感受到欢愉的气氛，相反流露出一丝淡淡的忧伤。诗人到了云南之后，由于现实和理想的巨大差距，真正的官场生活彻底打破蒋攸钦内心的愿望，使得其渐渐陷入一种怀念过往生活的思想。此时，诗稿中出现了一系列想念苏州旧友，怀念故乡生活的诗歌。在风雨之日，诗人赏花之时，伴着醇酒，和梅逸村坦诚相见。

2. 亲人

在蒋攸钦的诗歌中，有很多是和亲人的寄赠之作，尤其是和自己的堂表兄弟之间的唱和。

蒋氏家族从明代就已发迹，又助清军入关有功赐旗籍，形成了一个庞大的家族。直到蒋攸钦的祖父蒋国祥生有三子一女，其父蒋韶年为最幼。蒋家人丁兴旺，所以诗人在苏州时，会时常想念远在家乡林亭的亲人。有《得袁可仪、父菴两表兄书》：

童稚亲情廿载还，三秋千里两茫然。地分南北人同客，书历关河话隔年。乡梦尚回芳草地，旅怀几度酿花天。燕台交戚如相问，病酒淫诗绝可怜。

此时，诗人的父亲正出任江苏布政司理问。蒋攸钦随父到了苏州，在此漫游了很多地方。在写此诗时，诗人已经在苏州待了三年，接到表兄的家书，想起千里之外的故乡。南北生活的差异，使得诗人更怀念小时候的生活。

3. 好友

诗人在漫游苏州时，结交了一帮意趣相投的友人。这友谊一直持续着，给了在边陲之地的蒋攸钦莫大的鼓励。有《得雷南曹雪邨、邱养亭诸故人书，寄时犹未知余官罢也，诗以答之》：

南国多知己，书来万里程。问余久别况，语子未归清。官似陶彭泽，人同阮步兵。相逢会有日，秋满阗闾城。

蒋攸钦自苏州舟行经过浙江、江西、广西，历时数月最后达到云南。在那里开始了自己的政治理想，可现实是十分残酷的，由于一些不为人知的原因，诗人被罢官。这对于原本充满斗志的诗人是一个非常巨大的打击。友人不辞万里寄来书信，询问诗人在云南是否过得舒心。诗人对于收到来信万分欣慰，告诉友人自己的近况，被罢官，生活清贫，整日饮酒。但他非常怀念苏州的欢乐时光。在人生的低谷，是那些故友给了诗人无数力量。

（三）题咏风物

题咏风物之作在《约园诗存》也是举不胜举。但作者并非单纯地描写风景或者歌咏事物的外观，而是情景结合，将自己的经历和主观情感融入其中。《落梅二首》：

东风冉冉雨丝丝，断送寒梅是此时。竹外萧条清影散，苔边惆怅暗香遗。寿阳巧样欺金钿，江令新吟对玉卮。晓起临阶无限思，一枝空翠独参差。

几日幽芳正满庭，何当摧落玉娉婷。淡香无复飘金砌，冷艳空教忆石亭。浪蝶有情应怅望，晓莺学语似叮咛。还愁五月江城夜，又向关山笛里听。

自古梅与兰、竹、菊并称为"四君子"，又与松、竹并称为"岁寒三友"。诗人写梅并不去描述梅的外在，而是叙写梅花的品格。蒋攸钦在苏州漫游的几年中，科举和仕途不顺，除了饮酒游玩，可谓无所事事。但他先前一直怀有乐观的心情，坚信终有一日可以像严寒中的梅花一样，傲然开放。

整部诗稿中多次出现了"梅花"："邓尉探梅路，明朝踏冻嵯。""杨柳楼头人尽醉，不关一笛落梅风。""憩蝶乍依芳草径，蹄莺初占落梅枝。""芳草以时发，梅花何处开。""春风先拂柳，腊雪渐消梅。""鸟声劝酒梅花笑，聊洗空梁庭草冤"。"青阳消愁摧寒却，预放梅花到僧阁。"

如果先前诗人是认为自己可以像梅花一样笑傲群芳，一枝独开。那么在被
罢官之后，诗人就更以梅花自喻，不与他物同流合污。

（四）吟咏历史

咏史诗最早出现于汉代的班固，之后几乎所有的诗人都有吟咏历史之
作。他们将咏史和抒发个人情怀结合在一起。蒋攸钦的咏史诗常与军事相
结合，如《荆州怀古二首》：

> 得障中原第一州，大江不尽古今流。霸图一梦规雄镇，汉鼎三分
> 竞上游。柳骅章台歌舞歇，茅荒宋宅狄芦秋。时清顿失川险江，江草
> 江花满近洲。
>
> 中流击楫暮云昏，形胜兴亡未易论。拊背北趋凭夏□，吞胸西下
> 接夔门。细腰人去曾无语，青冢魂归尚有村。独立苍茫默惆怅，临风
> 搔首问乾坤。

此诗写于蒋攸钦从云南罢官返家之时，历经四川、湖北、河南，抵达
山东与亲人团聚。"荆州"是古代兵家必争之地。三国时，蜀汉大意失荆
州，从此迅速衰落。曾经辉煌的楚文化随着滔滔江水，一起湮没在历史长
河之中。诗人面对着曾经的遗迹，想到之前自己的仕途，一人独自站立在
风口，无限地叹息。

蒋攸钦在咏史时常常会出现一些英雄人物，如伏波将军、陈潜夫、岳
飞等。这也许和他的祖先有关。蒋氏先祖在明代多为武将：蒋贵，明宣德
间征麓川封为定西侯；次子蒋忠荫辽东卫指挥使驻牧羊城；顺治元年蒋世
瑚从清军入关，隶镶蓝旗汉军；蒋浩德历官云南督标右营游击；祖父蒋国
祥和父亲蒋韶年亦有戍边经历。① 诗人的体内似乎流淌着激荡沙场的血液，
有着李白英雄式的想法，想投笔从戎，仗剑行侠。

三　艺术特色

蒋攸钦的创作以诗歌为主。据现有的资料显示蒋攸钦只留有《约园

---

① 蒋攸铦自编，蒋霱远补续：《绳枢斋年谱》，《近代中国史料丛刊》第一编，（台北）台
湾文海出版社 1966 年版，第 1—2 页。

诗稿》上下卷，没有其他的文学创作形式。蒋攸钦的诗歌具有地域性，诗稿中的很大一部分是作于苏州和云南。自从随其父蒋韶年于乾隆二十五年（1760）任苏州管粮通判，蒋攸钦在苏州游历了很多年，在苏州度过了他的青年时代。其间，他结交了苏州当地的友人，共同游山玩水，吟咏唱酬，游览了整个苏州，乃至全江浙。在诗稿中处处可见江浙名胜：《同和轩润溪两兄登虎阜塔》《春日登金阊城楼》《狮子林》《春坏次徐树伯游灵岩韵》《钱塘晓望》……江浙一带自古繁华，风景秀美，无数的文人墨客在其间流连忘返。蒋攸钦这个来自北方的旗人第一次感受江南的婉约，《扬州三首》其一："大业繁华古趁俦，流风今日属扬州。月明犹自临香径，不照君王清夜游。"《夏日遣怀三首》其二："雨余竹翠绕阶墀，北牖风凉憩坐宜。倦蝶未辞芳草径，新蝉已噪绿杨枝。"江南细腻柔美的景色不断出现在作者笔下。而西南地区一直弥漫着神秘的色彩，蒋攸钦出任丽阳司李时，近距离观察云南美景，亲近当地山水，创作了一系列诗歌。《龙潭寺》《阿喜龙潭小憩》《右听月楼》……把自然古朴、神秘朦胧景色赋予笔下："烟从别浦和风碧，花向阴崖背日红。""江风驱石落，瘴雨带烟横。""云连铜柱霾春瘴，水合金江急暮流。"

蒋攸钦在诗歌中会学习杜甫诗歌的精工以及现实主义的诗风。首先，他在诗中常常提到杜甫。《望卧龙冈咏武侯事》："飞腾割据已无凭，剩水残山怨不胜。吴信能和曹易灭，公如不死汉终兴。千秋史册怜陈寿，万古云霄感杜陵。"（《丛溪诗话》谓：少陵梦间仿佛见公癯而得句）《夏日遣怀三首》其三："诗名不尽因诗显，酒病还须用酒医。试问长安裘马客，与予同度太平时。"其次，他学习杜甫的诗歌进行创作。《入粤东第一夕看山，偶用少陵〈游龙门宿奉先寺〉韵》："轻舟乘暮潮，顿人霁奇境。一线青天痕，千林明影阴。崖危欲垂回，飕清且冷嗟。艰哉远游子，能勿遽然省。"还仿照杜甫《秋兴诗》写了一组诗歌。最后，蒋攸钦在诗歌创作中，讲求炼字锻句，运用多种修辞方式，力求像杜甫一样"语不惊人死不休"。

蒋攸钦到达丽阳司李任上，当现实和理想差距过大之时，其思想和诗风有微妙的变化。这一时期，他似乎受到陶渊明的影响。蒋攸钦不止一次自嘲自己的官职："中年多感会，薄宦易蹉跎。""谁信微官缚，飘飘愧白鸥。""半生拙宦空双袂，匹马湨门拂曙烟。"作为底层小吏，诗人当初的宏大抱负完全不能实现。他选择了陶渊明似的方式，过着贫困的生活，每日饮酒，寄情山水："蔀屋千家霁，频江万里开。碧山归计稳，排闷且衔杯。""共笑陶潜拙，谁知原宪贫。浮踪縻六诏，旅梦倦三春。""官似陶彭泽，人同阮步兵。"但为了生活他必须寻找生计，与陶渊明"种豆南山下"不同，诗人放弃耕种，而是选择了云南当地富有特点的工作——处理铜务。《右垂柳》诗序曰："官罢后益贫甚，从弟蓥判义都铜务，往就食焉，途中感兴。"

其父蒋韶年曾说："誉儿虽笑东坡癖。"①蒋攸钦的确学习了苏东坡，他的诗歌内容丰富，几乎所有一切都可入诗。他还继承了苏东坡旷达的精神，面对命运的不公、恶劣的环境，依然能笑对一切，将自己投身于万里江山之中。《地僻》："地僻民常朴，官闲境并幽。能时聊自适，好佛本无求。骨瘦风多劲，心清水共流。倚栏看长剑，犹有气横秋。"所以蒋攸钦用自己的一生印证了父亲的话，学苏东坡学到了骨子里。

最后，蒋攸钦游历名山大川，尤其在神秘的南方写下了一些浪漫的诗篇。《庚戌桥（鄂西陵相国建）》："峡势偪仄路垂缕，中断鸿沟自太古。蚕丛鸟道不足踰，千秋万载封榛芜……"这与诗仙李白非常相似，时常表现出空灵的气息。而且他不仅怀有文人的思想，还洋溢着侠客的气息。《早发》："万户人烟静，一天风露稀。依依堤上柳，似欲挽征衣。""得遂趋庭乐，宁辞行路难。"八旗汉军的勇武精神不时流露在字里行间："十年曾舞刘琨剑，万里虚扬祖逖鞭。""着鞭惭祖逖，投辖倚陈遵。北海樽仍把，西川榻更陈。"

结　语

蒋攸钦是满族汉军蒋氏文学家族中的一员，虽然他屈居下僚，且英年早逝，但其《约园诗存》在整个文学家族中有其独特之处。正如其弟蒋攸铦在《亡兄约园忌日有感》所说："脊令折翼泪如泉，回首音尘已十年。空抱文章归地下，痛无孙子拜祠前。九侯绪仰千秋绍，三户丁余一线传。

---

① 蒋韶年：《吏隐集诗抄》，清嘉庆九年刻本。

廿五人中余最幼，国恩家学凛仔肩。"① 蒋攸钦的一生是短暂的，但他将自己的一腔抱负都写入诗中。他拥有八旗汉军骁勇善战的血液，又融合了江南地区婉约清爽的特点，加之西南神秘的色彩，使《约园诗存》异常奇特。

---

① 蒋攸铦：《绳枻斋诗抄》，清道光十一年刻本。

二

少数民族民间文学研究

《张秀眉起义史诗》与苗族民间诗史观

吴一文

（黔南民族师范学院）

清代咸丰、同治年间，贵州境内发生了风起云涌的各民族农民大起义，以张秀眉为首的苗族农民起义是这次革命大风暴中持续时间最长、影响最大、覆盖地区最广的起义，它历时 18 年，波及今天贵州省黔东南州、黔南州、铜仁市及湘西、桂北、渝东南等地的 40 多个市、县，在中国近代史上写下了光辉的革命篇章。

苗族没有或没有保存下来的文字，口耳相传的神话、诗歌、传说、故事等是她们保存历史文化的重要方式。《张秀眉起义史诗》（以下简称《史诗》）就是广大苗族人民群众集体创作并不断丰富起来的"史歌"，这里说的《张秀眉起义史诗》不仅包括通常说的《张秀眉歌》，还包括《杨大六歌》《包大肚之歌》等叙述咸同苗族起义的史诗，这些史诗虽然侧重点不同，但都共同反映了这一历史事件的情况。它们立足于苗族群众的视角、立场、观点，以口头演述的方式，较为全面地叙述了起义的历史背景、主要经过、重要战役、起义失败等方面的情况，具有较高的文学价值，被学术界称为"广大人民群众所熟悉和珍爱的优秀叙事长诗"。同时也有很高的"诗史"价值。

"诗史"一词作为中国文学批评史的一个重要概念，始见于唐代孟棨《本事诗》："杜逢禄山之难，流离陇蜀，毕陈于诗，推见至隐，殆无遗事，故当时号为诗史。"初言杜甫在安史之乱流离陇蜀时所创作，记录其全部事情，连十分隐秘的事也无例外的诗。后经历代学者不断增衍，其内涵已达 17 种之多，但是，"综观历代的'诗史'说，其间贯彻着一个最基本的核心精神，那就是强调诗歌对现实生活的记录和描写"。

但是，在中国文学批评史中所说"诗史"中的"诗"，都指的是文人作家创作的诗，基本上没有包括民间文学范畴的史诗（或者说"歌"），至少学术界很少有人从理论层面，对"民间诗史观"进行探索。其实"民间诗史观"应值得民族文学理论界进行研究。我们通过《史诗》即可管窥苗族民间诗史观的诸多特点。

一　重史崇祖

人类社会发展史上，很多民族都有注重历史、关注历史、书写历史的传统。重史崇祖传统是苗族的一种重要文化意识，故有言："Zend yud maf niox ghaib（构树砍了桩子在），Dol lul dongf niox hveb（先辈虽逝有言传）。"虽然没有文字记录历史，但是从民间不难发现，许多事项都充分体现和证实了苗族对历史的重视。

一是重家族世系。苗族十分重视家族历史，过去相当长的时间内，虽然没有汉字记家谱的能力，但民间长期盛行的子父连名制度，即子女之名连父名，再连祖名，而曾祖，而高祖，直至数十代上百代，这种溯源叙谱法是重视家庭世系、家庭历史的重要体现。据说雷山县西江侯昌德老先生用顺流叙谱法，从蚩尤起至其子傍蚩，其孙立傍，曾孙树立，玄孙水树直至277代孙陈促。侯老先生提供的材料是否可靠，可姑置勿论，但足资证明苗族对世系之重视。在苗族民间，小孩（主要是男孩）从三四岁起，就开始接受有关家族世系的教育。如剑河县革东镇某家苗族老人就经常如是教育孩子："你叫什么？叫波。波什么？波礼。礼什么？礼冬。冬什么？冬耶。耶什么？耶往……"日久天长，有意无意之间就把几十代上百代的父系谱系记住了。而且能够背诵家族世系亦受社会所赞赏。笔者之子虽生在贵阳，但五六岁即能用苗语学背家族世系，回到家乡即为乡亲所称赞可为证。

二是重祖先事迹。苗族一向敬重祖先，对祖先事迹时时不忘，每个社区都有很多祖先的传说、故事、歌谣等，甚至成为社区传统知识的重要组成部分，并注重向子孙传教。从江县加勉鼓社祭时，在前往砍树做板凳和木鼓活动途中，要在某地停下来磨斧头，即使已经在家磨好，到达该地时仍磨一下，原因是老辈曾在这里磨过斧头砍树，以示遵循祖宗们的规矩。

从江县加鸠苗族在鼓社祭举行洗堂仪式时，鼓藏牛若是敬献给男性祖先，则按男人的装束给它打扮：包上帕子，穿上衣裤，鞋子无法穿在牛角上，就系在脑门上。若是给女祖先的，则将银质的项圈、手镯、耳环、头钗等套在牛角上，还要给它穿上裙子。死者生前爱唱歌，就请一个歌师到牛身边来为他唱歌；死者生前爱跳芦笙，就请几个男女舞伴跟着牛边舞边行。所以鼓藏牛身边吹木叶的、拿雀笼的、带渔网的，扛猎枪的……五花八门。打鱼的人拿着装满水的葫芦，里面养着活鱼，一个拿着渔网，拿葫芦者从中抓出一尾活鱼丢在路上，拿网者赶紧撒开渔网把它罩住，然后放进鱼篓，与在河里撒网打鱼没有两样；扛猎枪者在道路两旁上下瞄准，不时放上一两枪，旁边的猎狗也在上蹿下跳。若是女性死者，因为她们生前纺纱织布，喜欢裹着自己织的头帕跳舞，当天就把织的头帕挂在送给她的鼓藏牛角上……如引这些无外乎都是重视传播祖先事迹和影响的例证。

三是重英雄事迹。中国修史传统以纪传、编年、纪事本末三体为重，纪传一体重在对各类代表人物事迹之叙述。苗族重史传统中的重英雄事迹亦与此相似，不同者一在诗一在文。《苗族史诗》开篇在列史诗篇章时说：

Diot hxak juf ob diel,	要唱古歌十二种，
Juf ob diux ghab bil,	十二首歌在手头，
Juf ob diux niangb dlangl,	十二支歌传世间，
Sangb niangb *Niangx Eb Seil*.	最美的是《娘欧瑟》。
Xangf niangb *Mais Bangx Diangl*.	《蝶母诞生》最繁昌。
Xenf niangb *Bangx Xangb Yul*.	最长寿是《榜香尤》。
Dlas niangb diux *Qab Liangl*.	《运金运银》最富有。
Yangf niangb *Niongx Jib Bongl*.	凶恶莫过《侬鸡鹏》。
Hxat niangb *Zab Gangx Nal*.	《五对爹娘》最艰苦。
Vof niangb *Hab Liongx Lil*.	《哈勇黎》呀最勇猛。

列出的 7 首具体史诗中，《娘欧瑟》《榜香尤》《哈勇黎》三首都是以人名为诗名，以叙人物事迹为主。例如，《娘欧瑟》（又译《仰阿莎》）就有多种口本，每种都有 1000 多行，叙述了人间最美丽的姑娘娘欧瑟，本来是跟太阳王经过长时间的游方后才结为夫妻的，因太阳是个理老，经常

外出说理断案，有时多日不归。于是她就变了心，爱上了月亮，并与之私奔。太阳王知道后，请理老论断，月亮自认为理亏，答应赔给三船金子、三船银子，但太阳王坚决要人不要钱，最后判定月亮输理，罚其只能夜间悄悄地出来。太阳因爱妻被夺，羞于见人，所以射出千万颗针，让人睁不开眼，看不清他的脸。而近代以来叙述张秀眉、杨大六、包大肚、吴八月等起义内容的史诗，无不以英雄人物事迹为线索反映历史事件，足资证明苗族对英雄人物事迹之重视。

四是重"记录"大事。苗族民间十分重视对重大历史事件的"记录"，党告坳埋岩分支（指黔东南苗族迁徙到今天剑河县太拥乡境内召开氏族分支大会），张秀眉起义、吴八月起义等重大历史事件，都被采取不同的口头方式"记录"在"心史"中。尤其记录咸同苗民起义的《张秀眉起义史诗》，不仅叙述了整个起义的总体情况，还记录了起义中几次重要的战役，如掌麻尼首义，攻占凯里、镇远、龙里城，黄飘大捷，寨头保卫战，乌鸦坡战役等大事，可见其"大事意识"。苗族传统的记录大事的方式至少有三种：一是大事记年。运用大事来记忆时间，如在民间调查问到某人出生时间时，会以某个大事作为参考。例如笔者曾祖父出生时间，爷爷告诉父亲的是"是在张秀眉起义时五河投降那年"，后经查是 1869 年。二是埋岩。埋岩或称栽岩，用石头或木炭栽于地上或撒于某地，以记录该事，一方面有以石为证之意，另一方面也有立石记事之意。三是大事传播。凡社区大事，通常都会编创成各种口碑在社区传颂，成为形式多样的"口述史"。

二 以诗叙史

中国自古就有记史、传史、用史的传统，有文字的民族以书等物质资料为主要载体，故有"六经皆史"之说；没有文字的民族则以口头为主要载体——"前人不摆古，后人忘了谱"即是写照，而苗族口头载体中，以诗歌为最，形成了一套以诗叙史的传统。

苗族以诗叙史的传统不知源于何时，但从《苗族史诗》等古老的口头传统来看，一定由来已久。《苗族史诗》在苗语中称 *Hxak Lul*（直译为古歌、老歌、史诗等），"Hxak Ghot"（直译为旧歌，老歌等），"Hxak Hlieb"（直译为大歌、经典歌等）。著名民族学家马学良先生指出它"是

一部形象化的民族发展史",如同许多少数民族一样,苗族群众向以歌唱
的形式来颂扬祖先的丰功伟绩,因此过去习惯地称之为《古歌》或《古
史歌》。这些诗歌详尽地记载了苗族族源、古代社会状况及风俗人情等等,
苗族人民把这些诗歌看成自己形象的历史。尤其是在《苗族史诗》的最后
一首《溯河西迁》叙述了苗族先民们在五对爹娘的带领下,从东方的欧振
郎,经过千辛万苦,溯河向西方迁移,来到今天黔东南一带生活的历史过
程,是不折不扣的反映黔东南苗族迁徙史的史诗。据考证,这首史诗的基
本框架"大约产生于汉晋之后至唐宋以前"。

　　以诗叙史是苗族保存、记录、传播历史的重要形式。《史诗》就是以
诗叙史的代表作之一,同时反映咸同苗族起义的还有《杨大六歌》《包大
肚之歌》《柳天成歌》等史诗。如《杨大六歌》就达 2200 多行,叙述了
天灾、人祸、逃荒、返乡、造反、出击、挥戈省城、失败退却、长沙就义
等过程。直到近现代,该传统一直保留不变。20 世纪 40 年代初,黔东南
发生了著名的反对国民党统治的"黔东事变",很快民间就"创作"出了
反映这一事件的史诗。剑河县革东镇大稿午村已故著名歌手旦桑麻就经常
演唱这首歌。苗族已故学者唐春芳(苗名 Dangk Jux)还收集到了反映红
军长征过苗区的史诗:

Hfud dongd lot mux hxib,	昔年已过岁月长,
Hfud zaid lot max qangb,	山墙之上有穿枋
Zend yud maf niox ghaib,	构树砍了桩子在,
Dol lul dongf maix hveb:	先辈虽逝有言传:
"Dol ob hniut denx aib,	"就在过去一些年,
Gongd zaid fat bib fangb,	共党来过我们乡,
Hfud zaid hvot leix dlub,	墙壁写了白色字,
'Dol dlas xet yongx qongb,	'富人不要太逞强,
Dol khed xet niox hvib,	穷人不必太悲伤,
Dangl xet dent waix khab,	有朝一日天晴了,
Bib diangd leit mangx fangb,	我们回到你地方,
Dus zaid dit mangx niangb,	房屋分给你们住,
Dus qed dit mangx kab,	分田自种把家当,

Ait pinl dit dangx dob,　　　　整治地方得太平，
Dit lul vut jox hvib,　　　　　老人从此不忧伤，
Dit yil vut jox hvib'".　　　　青年从此心欢畅'"。

　　为什么苗族会有这种以诗叙史的传统，民间做出了相应的解释。苗族民间认为，诗歌的传播效果最为强大有力，所以有俗语说"Ib bat laib hveb max dangf ib laib hxak"，意为"百句话不如一句诗"。2013 年 6 月 25 日，笔者在剑河县革东镇大稿午村开展国家社科基金特别委托项目"中国史诗百部工程·苗族史诗（黔东南）"调查采录时，当地非物质文化传承人吴银旦在谈及《苗族史诗》的作用与功能时，他用苗语说："对于我们苗族来说，这些史诗就像书一样，汉人有书，苗族的书就是这些，这些就是历史。汉族以前是有历史记载的，苗族没有历史记载，就把这些当历史来讲，前世如何才来到今天。"

三　自成一体

　　由于苗族对地方掌故史事的重视，形成了一种特定的诗体"Hxak Gux Fangb"。hxak，指可以吟唱的歌、诗等韵文作品。gux，指祖先传下来的社会规范、地方风俗。如《史诗》尾声中就专门提到"Hxak Gux Fangb"——"Wil diot jul mux hxib（唱完昔年血战红），Jul Hxak Bal Gux Fangb（反歌唱罢祭鬼雄）"。理老说理通常开言即说："Fangb maix lil, Vangl maix gux"，意为"地方有地方的理规，村寨有村寨的风俗"。fangb，指地方、社区。所以"Hxak Gux Fangb"直译为"祖先传下来的地方史诗（规范）"，意译即"记述本土人物的叙事诗"，这类史诗内容通常描述本土历史人物或当世名人的事迹。如流传在今天剑河县革东一带 20 多个社区的一首"Hxak Gux Fangb"，叙述了 20 世纪三四十年代当地几个知名理老的事迹，开篇即如是唱道：

Khat Dlib Linf Box Vangl,　　　沅江寨的林宝洋，
Tait Seb Xangf Jux Niel,　　　屯州寨的翔久略，
Ghab Dongb Ghet Box Ghol,　　革东寨的考宝阁，
Dol daib zab diut dail,　　　　他们五六个老人，

Zab diut laix ait lul.	五六个人当理老。
……	……

　　林宝洋、翔久略、耇宝阁等是当地的著名理老，这首史诗后来接着叙述了他们调解和"判决"的几件重要纠纷的情况。据台江县文化馆副研究馆员吴通发生前告诉笔者，他曾在台江县施洞等地搜集记录有一批"Hxak Gux Fangb"，其中一首专门叙述了至今尚在世的一位当地知名学者的事迹。

四　强调我者

　　苗族叙史诗，十分重视"我者"，这里的"我者"可以是史诗的演述者，也可以是历史上某个历史人物用第一人称的口吻进行的叙述。例如，《史诗》的第一部分"苦歌"就以第一人称的方式，叙述了"我"的家庭情况、外出当雇工的经过等内容，这个"我"并非张秀眉，而是千百万受苦受难穷苦百姓的代表。而"反歌"中也有"我"：

Diot hxak wil ib laix,	唱歌我也算一人，
Hxak Bal Diel ghab benx,	要唱反歌我得行，
Liek ghet Diel dib leix,	就像汉人写汉字，
Liek seid yol dib bax.	就像蝉儿振翅鸣。
Wil diot dliel hxib mux,	今天我唱旧时歌，
Niangx hniut hfaid Fangb Nix,	台拱造反说一说，
Ghuk dol daib Mais Bangx,	聚集蝶母众儿郎，
Zangb Xongt Mil lens dax.	秀眉首义反清王。

　　这里的"我"就指演述这首史诗的歌手。《溯河西迁》最后有这样一段：

Lot ot laib niangx niul,	在那古老的年代，
Mongx ob jus dail nal,	你我同宗共祖先，
Jus laix naib lol diangl,	同个奶奶来生养，

Jus gangf eb nix yil,	洗身同用一盆水，
Jus dleif dob nox ghol,	裹体同块青蓝布，
Jus bens ngix hob gil,	敬旱神肉共一份，
Jus jut ngix dliangb lol,	祭野鬼肉同一串，
Cait not jef jangx vangl,	分多了才成村寨，
Xangf not jef jangx dol,	子孙多了变疏远，
Jas mongx haib jas wil,	你我也许曾相见，
Dot xangk laix deis hul,	彼此就是不相识，
Dongf deix hveb khangd niul,	只要摆起古时事，
Lot ghangb nangx yad yangl,	嘴里如同蜜样甜，
Dongf max bub gid jul.	话一开头说不完。

这段中的"我"和"你"都是演述者，这种以"我者"视角采用以诗叙史的方式，即是《苗族史诗》演述实景中的一种方式，也是苗族叙史诗的一种重要形式，这种方式能增强史事的真实感，使听众（读者）有身临其境、亲经其事的感觉，从而提高史事的传播力和感染力。

五　直叙实述

中国治史传统讲究"良史以直录实书为贵"。苗族无"录""书"可言，但苗族叙史则有"直叙实述"之俗。其目的也是教育人们要善于吸取历史经验教训。如《史诗》真实叙述了起义军取得胜利后，过卯节而喝得大醉失去警惕，导致兵败的情况：

Dat das zab yenx Diel,	消灭清军五个营，
Hlongt sos Dlongs Sangx Wul,	转到垧兀山坳林，
Hfent nenk hvib naix dlial.	解了点恨放点心。
Nongx laib niangx gangb gil,	为过卯节穷喜庆，
Dongt dongs jus bongx liul,	大家一时太高兴，
Hek ot gos wangx ghangl,	醉酒糊涂倒横顺，
Hxib hmangt bit dangx mongl,	夜里酣酣睡下去，
Hxib dat dot sux fal,	早上昏昏不会起，

Yat buk ghab diux dlenl,　　　　官兵闯门进屋来，

Maf nios liek lax dul,　　　　　杀人就像在砍柴，

Liek maf wus lix wul,　　　　　像在田里割广菜，

Das bens xit wangx ghangl,　　后生尸体堆满寨，

Wid daib xit genx hail,　　　　妻子儿女哭得惨，

Xit genx hsab diul liul:　　　　遍野哭声遍地喊：

"Das das ait nend mongl,　　　"你们这样死了算，

Dlius bens diot hangd nal!"　　丢下妻儿没人管！"

　　关于起义军因过节日导致战斗失败的例子，民间尚有其他口碑可印证。如清军攻打起义军占领的剑河保交恶，三年未克，同治八年（1869），五河投降后，将当地群众有过苗年的习俗告诉清兵，是年农历十一月三十日时值苗年，起义军将梭镖等武器都放在门外，放心吃酒，清军趁夜来袭，义军损兵折将，被迫退守施洞。《史诗》中之所以叙述这样的内容，一方面体现了苗族民间正确对待失败的态度，另一方面也是告诫后人应该吸取类似教训，以避免重蹈覆辙。

　　《史诗》中对苗军要求群众征粮输金的情况也不隐讳，所以其中才有投苗还是投汉的议论：

Bul maix hveb diot Diel,　　　　别人有话给汉官，

Diel maix hveb jit bil,　　　　　汉官回话传上山，

Dangx jox fangb Ngul Hxit,　　五河那一片地方，

Bul sangb liangx hsab hseit:　　有人暗中在交谈：

"Bub tef Hmongb ghaid tef Yat?　"投苗还是投汉呀？

Tef Hmongb jul liangl khut,　　投苗要有银锞哪，

Jul nix vib ghab ghangt,　　　　银锭要花一挑挑，

Jul lix hlieb ghab zangt.　　　　要卖大田一坝坝。

Tef Diel seix hul hot,　　　　　投汉也就投了算，

Tef Diel ed bil lot,　　　　　　投汉凭张嘴去谈，

Ed laib hveb mongl hmat,　　　只要说上几句话，

Mongl feil ghab lail tat."　　　去会汉人大官家。"

　　起义战争后期寨头失守，清军直指苗区中心地带，起义军在军事、经济等方面十分艰难，苗族内部发生了变化。因为要输粮输金支持苗军继续战斗，所以说"投苗要有银粿哪"。清军在倾力合剿起义军的同时，积极收买人心，所以说"投汉凭张嘴去谈"。据调查，今剑河县革东镇大稿午村当年有 Ghab Hlod（嘎劳）、Jux Hlod（玖劳）兄弟，家道殷实，起义军令其输粮抗战，因迟迟未交，影响军需，被认定为"ait hvib Diel（有心投敌）"而被诛，后其家人去收尸，只将其辫子带回，用一大块石头压放门前，那块石头现尚存于其五代孙 Nix Jux（里久）门前作为史证。《史诗》的叙述印证了口碑中反映的当时苗族内部的复杂情况。

　　综上所述，通过《张秀眉起义史诗》可知，苗族人民在长期的社会发展过程中，形成了一套以重史崇祖、以诗叙史、自成一体、强调我者、直叙实述为特点，并相对完备的民间诗史观，在这套诗史观的指导下，苗族的口述史得以不断丰富和发展，为后世提供了积极的历史借鉴。

民间故事与沈从文的湘西创作

罗宗宇

（湖南大学）

　　沈从文是一个善于向中西方文学学习叙事方法和技巧的作家，早在20世纪30年代初就具有文体作家的称誉。沈从文的文学创作，不拘常格，手法多样，重视对民间文学的借鉴吸纳，其湘西创作多运用湘西民歌与民间故事，有的湘西小说创作甚至传说化。已往的沈从文研究者对湘西创作与民歌的关系研究较多，对民间故事与沈从文湘西创作的联系则关注非常有限。金介甫和凌宇注意到了这一点，但都止于提出论断，并未进行具体分析。本文从实证出发来显现民间故事特别是苗族民间故事与沈从文湘西创作的多种联系，揭示出沈从文湘西创作的内源性民间文学传统。

一

　　民间故事是民间文学的一种，广义的民间故事指"民众口头创作的所有散文体的叙事作品，包括神话、传说、幻想故事、生活故事、民间寓言、民间笑话等"①。沈从文从小受民间故事的熏陶，在大人们摆"龙门阵"聊天讲故事时，那些挂在山里人嘴边的故事就代代相传②，他还非常喜欢一个当战兵的表哥常为他说苗人故事③。由于对民间故事长期耳濡目染，沈从文在开始湘西创作时就把民间故事作为了创作源泉，有的作品直

---

　　① 刘守华、陈建宪主编：《民间文学教程》，华中师范大学出版社2002年版，第141页。

　　② 凌宇：《沈从文传》，北京十月文艺出版社1988年版，第76—77页。

　　③ 沈从文：《我读一本小书同时又读一本大书》，《沈从文全集》第13卷，北岳文艺出版社2002年版，第263页。

接将民间故事作为引用或叙述改写的内容。

　　沈从文在 1926 年 3 月 29 日的《晨报副刊》上发表了《生之记录》，小说在第二部分引用了一个苗族大姐讲述的关于笛子起源的传说故事①，这是沈从文最早在创作中直接引用民间故事②。通过该故事的引用，小说介绍了笛子是怎么来的知识，也解释了笛声悲惨的原因，同时还渲染了"我"闻笛而倍感寂寞的心情。

　　沈从文更多的创作是对民间故事进行叙述改写。1926 年 7 月，沈从文发表了寓言体小剧《三兽窣堵波》，沈从文说："这原是一个传说，一个原始的神话。"③ 该剧将兔子在月中的传说寓言化，突出了兔子赴火甘愿为佛王献身的精神。④ 在《关于〈三兽窣堵波〉》的附文中，沈从文还进一步探究了中印两国有关兔子在月中传说的不同来源，有考释传说的意味⑤，显示出沈从文对传说故事的兴趣。另一独幕笑剧《霄神》也是对凤凰民间传闻逸事的改写，霄神是湘西傩戏诸神之一，原意为凌霄天神，乡民们也用同音字称其为"小神"，霄神是凤凰当地人并不受欢迎但又不敢不欢迎的一位"小神"，当地人有一些关于霄神的故事。⑥《霄神》写的是外甥因赌博输光了钱，偷偷溜进舅舅屋里假装为霄神显灵，骗吃舅舅的酒食供品最终被发现的故事，从而将凤凰民间口头中关于霄神的信仰和故事书面化。

　　1929 年，沈从文发表了《媚金·豹子·与那羊》和《七个野人和最后一个迎春节》两篇传说小说化的小说。《媚金·豹子·与那羊》写媚金与豹子的爱情悲剧，叙述者明确说道："一个熟习苗中掌故的人，他可以

---

　　① 沈从文：《生之记录》，《沈从文全集》第 1 卷，北岳文艺出版社 2002 年版，第 152 页。

　　② 笔者虽然未能在相关文献中查找到沈从文所引用的这一民间故事，但苗族民间故事中确有一些此类传说。在燕宝编的《苗族民间故事选》中就有《芦笙是怎样吹起来的》和《铜鼓的来历》两则关于乐器起源的民间传说（燕宝：《苗族民间故事选》，上海文艺出版社 1981 年版，第 80—86 页），在谢馨藻搜集整理的《苗族民间故事》中也有《苗家铜鼓的来历》的民间传说（谢馨藻：《苗族民间故事》，四川民族出版社 1987 年版，第 255 页）。

　　③ 沈从文：《关于〈三兽窣堵波〉》，《沈从文全集》第 1 卷，北岳文艺出版社 2002 年版，第 63、64—65 页。

　　④ 同上。

　　⑤ 刘一友：《沈从文与湘西》，青海人民出版社 2003 年版，第 146—147 页。

　　⑥ 沈从文：《媚金·豹子·与那羊》，《沈从文全集》第 5 卷，北岳文艺出版社 2002 年版，第 352—353 页。

告诉你五十个有名美男子被丑女人的好歌声缠倒的故事，他又可以另外告诉你五十个美男子被白脸苗女人的歌声唱失魂的故事。若是说了这些故事的人，还有故事不说，那必定是他还忘了把媚金的事情相告。"① 为强调故事的真实可信，叙述者还进一步交代故事来源于大盗吴柔，而"吴柔是当年承受豹子与媚金遗下那只羊的后人，他的祖先又是豹子的拳棍师傅，所传下来的事实，可靠的自然较多"②。更为明显的是，小说叙述采用解释事物起源传说故事的常用笔法"这就是……的由来（原因、理由）"写道："都因为那一只羊，一件喜事变成了一件悲剧，无怪乎白脸族苗人如今有不吃羊肉的理由。"③ 突出了传说小说化的特点。《七个野人和最后一个迎春节》，据沈从文与金介甫的谈话，"是个可靠的民间故事"④。历史上，由于统治者对湘西少数民族的压迫，在苗族民间故事中留存有苗族人民反抗压迫的传说故事，如《吴八月起义的故事》和《张秀眉的故事》等⑤，小说写的正是七个土著因为反抗外来官兵的强制性风俗变革——禁酒，一起躲进山洞聚众饮酒而终遭杀害的内容，对苗族口述历史传说进行了艺术化呈现。

与以上整体引用或叙述改写民间故事不同，有的小说是以叙述加速的概要方式来转述民间故事的，《月下小景》即其代表。小说概要转述了本族英雄追赶日月的故事，"'……本族人有英雄追赶日月的故事。因为日月若可以请求，要它停顿在那儿时，它便停顿，那就更有意思了。'这故事是这样的：第一个××人，用了他武力同智慧得到人世一切幸福时，他还觉得不足，贪婪的心同天赋的力，使他勇往直前去追赶日头，找寻月亮，想征服主管这些东西的神，勒迫它们在有爱情和幸福的人方面，把日子去得慢一点，在失去了爱心子为忧愁失望所啮蚀的人方面，把日子又去得快

---

① 沈从文：《媚金·豹子·与那羊》，《沈从文全集》第 5 卷，北岳文艺出版社 2002 年版，第 352—353 页。

② 沈从文：《关于〈三兽窣堵波〉》，《沈从文全集》第 1 卷，北岳文艺出版社 2002 年版，第 63、64—65 页。

③ 沈从文：《媚金·豹子·与那羊》，《沈从文全集》第 5 卷，北岳文艺出版社 2002 年版，第 352—353 页。

④ ［美］金介甫：《沈从文传》，符家钦译，中国友谊出版公司 2000 年版，第 33 页注释 10 和第 277 页注释 43。

⑤ 燕宝：《苗族民间故事选》，上海文艺出版社 1981 年版，第 276、286 页。

一点。结果这贪婪的人虽追上了日头，却被日头的热所烤炙，在西方大泽中就渴死了。"① 在此，小说叙述以概要转述的方式重续了楚文学的神话传统。而在《凤子》中，沈从文更是采用作品中人物语言提及的快速处理方式说到了神巫在王杉堡的爱情传说以及当地有关草蛊的故事，对民间故事的具体内容则予以省略，显现了叙述的加速。

二

俄国汉学家李福清在研究中国小说与民间文学的关系时指出，要注意"民间文学对作家创作的影响；作家怎么利用民间文学的作品，母题，形象，语言"② 等。从沈从文的湘西创作来看，民间故事在影响沈从文湘西创作的内容之时，沈从文的湘西创作也注意了对民间故事母题的利用。

民间故事母题是在民间故事、叙事诗等叙事体裁的民间文学作品中反复出现的最小叙事单元，"是一个故事中最小的、能够持续在传统中的成分"③。俄国学者普罗普对于俄罗斯民间故事的形态学研究、华裔美国学者丁乃通对中国民间故事类型的索引以及芬兰学者阿尔尼和美国学者汤普森的 AT 分类法研究都发现民间故事形成了若干基本类型和母题，难题婚姻即设条件考验成婚就是其中常见的一个叙事母题，丁乃通在《中国民间故事类型索引》中所列 851A、851B 和 851C 和 $920C_1$ 型都有难题婚姻母题。④ 从具体的民间故事来看，伏羲女娲和尧舜禅让的传说中就有难题婚姻，苗瑶起源神话中兄妹成婚也是难题婚姻。⑤ 贾芝编选的中国民间故事《三根金头发》同样是难题婚姻⑥。在燕宝编的《苗族民间故事选》和谢馨藻整理的《苗族民间故事》二书所收集的苗族民间故事中，难题婚姻也较常见，如下表所示：

---

① 沈从文：《月下小景》，《沈从文全集》第 9 卷，北岳文艺出版社 2002 年版，第 218 页。

② ［俄］李福清：《中国小说与民间文学的关系》，《民族艺术》1999 年第 4 期。

③ ［美］斯蒂·汤普森：《世界民间故事分类学》，上海译文出版社 1991 年版，第 499 页。

④ 丁乃通：《中国民间故事类型索引》，中国民间文艺出版社 1986 年版，第 251—253、285 页。

⑤ 马长寿：《苗瑶之起源神话》，见苑利主编《二十世纪中国民俗学经典·神话卷》，社会科学文献出版社 2002 年版，第 121 页。

⑥ 贾芝：《中国民间故事选》（第 1 集），人民文学出版社 1980 年版，第 86 页。

内容要素 故事名称	男	女	成婚难题	结局
《阿陪果本》	兄：德龙	妹：爸龙	其一：山顶抛竹块山下要同陷泥中 其二：山顶滚石磨山下要相合	兄妹成亲
《神母狗父》	御狗翼洛	伽价公主	去西方恩国取谷种	公主与翼洛成亲
《苗侗开亲》	阿龙	珠珠	其一：珠妹要一天把三挑蚕茧抽成丝线、把三挑棉花纺成线，织成三里长的花带；阿龙要他一天犁三十挑田，撒三十挑种，收三百挑谷。其二：阿龙和珠妹必须给两族人做一件大好事，使老祖宗高兴	阿龙和珠珠成亲
《庞丽绛》	汪今罗	庞丽绛	要庞丽绛用一根针去凿穿比送坡山；一天内要插完十挑田的秧	庞丽绛累死
《汪够学》	汪够学	阿妮	要汪够学用草灰搓成一根绳，把对门的小山捆三圈；三天内找到三斗三升鸡心；三天内找到三斗三升鱼眼睛；三天内找到三根活龙须；在一百二十顶各式各样的轿子中找对阿妮坐的轿子	汪够学和阿妮成亲

　　沈从文的湘西情爱小说有的就运用了民间故事中的难题婚姻母题，如代表作《边城》。小说所写的翠翠和傩送兄弟的爱情故事就是难题婚姻形式，天保傩送兄弟追求翠翠，天保选择的是走车路，傩送选择的是走马路，老船夫充当了婚姻难题的设计者，他按地方规矩设难题，"车是车路，马是马路，各有走法"，如果走的是车路，就应当由"爹爹做主，请了媒人来正正经经同我说。走的是马路，应当自己做主，站在渡口对溪高崖上，为翠翠唱三年六个月的歌"。① 后来天保傩送兄弟各自开始完成难题，天保请了媒人来说，傩送也开始在十五的月夜给翠翠唱歌，但由于爱情故事是一女两男模式，民间故事难题婚姻一女一男模式中的大团圆结局在《边城》中被悲剧性结局替代，这是难题婚姻母题运用中的变

---

① 沈从文：《边城》，《沈从文全集》第8卷，北岳文艺出版社2002年版，第105页。

形，即是一种"那些对于基本框架来说是派生的形式"①。

《边城》中翠翠和傩送兄弟的爱情故事也是民间故事中穷女富嫁母题的运用。早在 20 世纪 30 年代，有人在读《边城》时就指出："这儿乃有所谓'丑小鸭'的悲哀。"② 这一观点富有创见地注意到了翠翠和傩送兄弟爱情故事与丑小鸭型民间故事的某种类似性，在众所周知的"灰姑娘"型民间故事中，穷女富嫁被反复叙述，燕宝编的《苗族民间故事选》之《欧乐与召纳》就是这一类型的故事。欧乐美丽善良贫穷，受后母虐待，是苗家的"丑小鸭"和"灰姑娘"，但她遇到了一个不嫌贫爱富且十分爱她的富家公子召纳，最后二人克服重重障碍成亲。③ 小说《边城》没有"灰姑娘"型民间故事中的后母元素，但保留了穷女富嫁的叙述要素。翠翠和二老傩送的爱情属于"有钱船总儿子，爱上一个弄渡船的穷人家女儿"④，漂亮善良的翠翠只是一个穷人，她与二老相爱，二老傩送不要磨坊要渡船，翠翠在爷爷死后终于得到了二老父亲船总顺顺的首肯，"商量把翠翠接到他家中去，作为二老的媳妇"⑤，叙事演绎的正是穷女富嫁母题。

三

民间故事有自身的艺术技巧和特点，"民间故事的人物设置与情节结构具有程式化特点"⑥，它表现在民间情爱故事的人物设置上就是相恋的青年男女主人公大都是英雄配美女，与传统作家文学中的才子佳人模式相呼应。仍以燕宝编的少数民族民间文学丛书之《苗族民间故事选》和谢馨藻整理的《苗族民间故事》所收集的青年男女情爱故事为例，其中男的多是能干的英俊小生，女的则特别美丽多情，男女双方可说是一种绝配，如下表所示：

① ［俄］普罗普：《故事形态学》，中华书局 2006 年版，第 169 页。

② 汪伟：《读〈边城〉》，邵华强《沈从文研究资料》（上），花城出版社、生活·读书·新知三联书店香港分店 1991 年版，第 36 页。

③ 燕宝：《苗族民间故事选》，上海文艺出版社 1981 年版，第 174—186 页。

④ 沈从文：《边城》，《沈从文全集》第 8 卷，北岳文艺出版社 2002 年版，第 115 页。

⑤ 同上书，第 151 页。

⑥ 刘守华、陈建宪主编：《民间文学教程》，华中师范大学出版社 2002 年版，第 158 页。

人物及特征 故事名称	男	女
《香炉山的传说》	后生阿补：身体健壮、年轻美貌，会吹芦笙	下凡仙女阿别：那出色的嗓子用最高的调门唱歌，歌声清脆甜蜜传情
《苗侗开亲》	阿龙：憨直勤快，庄稼活样样拿得起，又会唱歌	珠珠：眉清目秀，绣得一手好花
《金竹与阿慧》	波哈虹：苗族鼎鼎有名的第一个手艺高超的人、漂亮的采花郎	阿慧：好姑娘，美貌赛过仙女龙姑、美丽的踏月妹
《蓓曼》	转鸟农：一个标志的后生	蓓曼：苗族美丽的独生姑娘，远近闻名，不但人生得漂亮，人也聪明，最会唱歌，手脚麻利得很，挑花绣朵，打菜喂猪，样样能干
《庞丽绛》	汪今罗：勤俭英俊的青年	庞丽绛：勤劳善良漂亮

　　沈从文的一些湘西小说就利用了民间故事的这种人物设置，"故意将苗族的英雄儿女，装点得像希腊神话里阿波罗倭娜斯一样"①，一对对青年男女，男俊女美，不期而遇，互相对歌，一见钟情，无可救药地狂爱对方，既体现了英雄配美人的人物设置，又体现了"真正民间文学的另一特点，作品中的人本身就是伟大的，不是靠了别人才伟大"②，如下表所示：

人物及特征 故事名称	男	女
《边城》	傩送：结实如小公牛、眼眉秀拔出群、美丽得很、能驾船能泅水能走长路	翠翠：皮肤黑黑的、眸子清明如水晶、为人天真活泼、人又那么乖、从不发愁从不动气
《神巫之爱》	神巫：风仪是使所有的女人倾倒、美丽骄傲如狮子	花帕族哑女：一身白、黑睛白仁像用宝石镶成、秀美通灵的眼角、美目流盼，女人颜色如玉如雪
《龙朱》	龙朱：白耳族族长儿子、美丽强壮像狮子、是人中模型，是权威，是力，是光，龙朱的歌全为人引作模范的歌	花帕族姑娘：黄牛寨寨主的三女儿、一个大大的髻、一个极美的背影
《媚金·豹子·与那羊》	媚金：白脸苗中顶美的女人、最美丽风流的女人、用口唱出动人灵魂的歌，人间决不应当有这样完全的精致模型	豹子：凤凰族相貌极美又顶有一切美德的一个男子、人中豹子、用口唱出动人灵魂的歌

---

　　①　苏雪林：《沈从文论》，邵华强《沈从文研究资料》（上），花城出版社、生活·读书·新知三联书店香港分店1991年版，第49—50页。

　　②　巴赫金：《小说的时间形式和时空体形式》，见巴赫金文集之《小说理论》，河北教育出版社1998年版，第345页。

续表

人物及特征 故事名称	男	女
《月下小景》	傩佑：寨主独生儿、超人壮丽华美的四肢、当地年轻人唱歌圣手	不知名女孩：一头黑发，眼睛，鼻子，耳朵，同那一张产生幸福的泉源的小口，无一处不见得是神所着意成就的工作

主仆人物设置是民间故事人物设置中的另一种形式，其中的仆人都是忠实的义仆。斯蒂·汤普森曾在《世界民间故事分类学》中指出全部民间故事中有一类是表现耿耿忠心的忠实的仆人①，丁乃通的《中国民间故事类型索引》则将仆人的忠告归为 910B 型②。沈从文的小说《龙朱》和《神巫之爱》借鉴民间故事的主仆人物配置，出现了矮奴和五羊这样忠实于主人的仆人。如《龙朱》中的忠实仆人矮奴对龙朱说：

> "主，我是你的奴仆。"
>
> "难道你不想做朋友吗？"
>
> "我的主，我的神，在你面前我永远卑小。谁人敢在你面前平排？谁人敢说他的尊严在美丽的龙朱面前还有存在必须？谁人不愿意永远为龙朱作奴作婢？"③

矮奴的义仆形象还体现在行动上，他为主人探听花帕族美丽女人的情况，创造主人与女人直接对歌交流的机会，并在自嘲中突出主人的魅力，最终促成了主人的恋爱。

《神巫之爱》中的五羊也是忠实的仆人，叙述者明确说："这仆人是从龙朱的矮奴领过教的"，"他在主人面前，总愿意一切与主人对称，以便把自己的丑陋衬托出主人的美好"④。五羊帮主人神巫找白衣哑女，了解清楚她的情况，替神巫向女子唱歌，用自己的身体帮助神巫爬窗子会白衣

---

① ［美］斯蒂·汤普森：《世界民间故事分类学》，上海文艺出版社 1991 年版，第 134 页。

② 丁乃通：《中国民间故事类型索引》，中国民间文艺出版社 1986 年版，第 281 页。

③ 沈从文：《龙朱》，《沈从文全集》第 5 卷，北岳文艺出版社 2002 年版，第 330 页。

④ 沈从文：《神巫之爱》，《沈从文全集》第 9 卷，北岳文艺出版社 2002 年版，第 370—371 页。

哑女，"窗开后，五羊先是蹲着，这时慢慢地用力站起，于是这忠实的仆人把他的主人送进窗里去了"①。无怪乎有人认为，"他那忠实的态度和伶俐的口才，是很使人相爱的"②。对此种主仆，过去有研究者从中西文学比较的角度认为"同有一个愚蠢而颇具风趣像 Don Quixote 里的山差邦托的奴仆"③，"类似西方喜剧中常见的那类丑仆角色，属于莎士比亚《威尼斯商人》中朗斯洛特·高波一类人物"④，这种论断自有其道理，但如果我们把目光向内和向下，则会发现这实际上是民间故事中主仆人物设置方式的运用。

四

沈从文的湘西创作对民间故事艺术的运用还体现在其他一些方面，其一是小说故事时空的模糊性。时间和地点的宽泛性或者说模糊性是民间故事的传统表现方式和习惯叙事语法之一，"民间故事的主人公多是泛指的，故事的时间、地点也多是模糊含混的"⑤。沈从文的一些湘西小说就具有时空的宽泛性或模糊性，在《神巫之爱》《龙朱》《月下小景》《媚金·豹子·与那羊》等小说中，沈从文有意模糊故事发生的时间背景，即使指明时间，也多是四季时间或昼夜时间，而非时代特征鲜明且有确切标记的时间，故事的主人公也是泛指的。如《神巫之爱》，不给神巫命名，也不提供观众和白衣女子的姓名，叙事时间标记采用"第一天的事""晚上的事""第二天的事""第二天晚上的事"这样的昼夜时间来写，有意让确切的时间点缺乏，读者始终无法知道具体时间，小说中人物的言行不能进行明确的时间定位，从而显现了这是一个民族超越时间的生活，是一种"常"的人生式样，恰如《月下小景》的叙述者所说，它是"一些为人类所疏忽历史所遗忘的残余种族部落聚居的山砦。他们用另一种言语，用另一种习惯，用另一种梦，生活到这个世界一隅，已

①　沈从文：《神巫之爱》，《沈从文全集》第 9 卷，北岳文艺出版社 2002 年版，第 426 页。
②　贺玉波：《沈从文的作品评判》，邵华强《沈从文研究资料》（上），花城出版社、生活·读书·新知三联书店香港分店 1991 年版，第 101 页。
③　苏雪林：《沈从文论》，邵华强《沈从文研究资料》（上），花城出版社、生活·读书·新知三联书店香港分店 1991 年版，第 42 页。
④　凌宇：《从边城走向世界》，生活·读书·新知三联书店 1985 年版，第 283 页。
⑤　刘守华、陈建宪：《民间文学教程》，华中师范大学出版社 2002 年版，第 157 页。

经有许多年"①。小说《七个野人和最后一个迎春节》中的七个土著主人公也是集体无名无姓，小说给出的是四季时间，通过标本化的无名个体显现出一类人的共同生活际遇，突出了恒常性，显示出民间故事的叙事特征，凌宇在论析沈从文的这些小说时就曾感觉这是"一种类似民间故事、童话、神话的表现方法"②。

其二是小说的"三段式"结构。"三段式"结构是民间故事的常见结构，也叫"三迭式"和"三复式"。华裔美国学者丁乃通引用中国民间故事收集者肖崇素对中国民间故事基本特点的描述观点："一般民间故事，……行动展开的'阶段性'（三个问题、三个困难、三次遭遇等等）。"③ 丹麦民俗学家阿克塞尔·奥尔里克在探讨民间叙事"重复律"时也指出："最常见的重复次数几乎总是三次，而数字'3'本身也是规律之一。"④ 民间故事的这一结构也被沈从文小说借鉴。《边城》主要写三个端午节的故事，情节三段，先是开端，始于爱情的缺失，再是发展，经过一些中间的功能项到相恋，其中有两个平行的序列，大老走车路，二老走马路，最后是悲剧性结局。再如《神巫之爱》写神巫三天三夜的故事，其中第一天和第一夜，神巫来云石镇做傩祭法事，被热烈而多情的女性包围，神巫却只对白衣哑女一见钟情。第二天和第二夜，神巫和仆人寻找白衣哑女并向她唱歌，却错把姐姐当妹妹而遭遇失败。第三天和第三夜，在仆人彻底了解清楚情况后，神巫采取行动爬窗入户发现姐妹同睡一床，小说至此戛然而止。《媚金·豹子·与那羊》的情节同样三折，开始写媚金与豹子唱歌定情，约定在宝石洞相会，进展出奇的顺利。然后媚金早早来到了洞中等豹子，而豹子预备送一只纯白小羊给媚金作为初夜的礼物，找地保找本村人都未能找到纯白的小羊，在去另一村的路旁草中找到了一只天赐的纯白小羊，但羊受伤把一只脚跌断了，豹子又只好折同地保家为羊涂药，从而耽误了约会时间，出现波折。最后媚金等到快天亮仍不见豹子来，以为受欺

---

① 沈从文：《月下小景》，《沈从文全集》第 9 卷，北岳文艺出版社 2002 年版，第 217 页。

② 凌宇：《从边城走向世界》，生活·读书·新知三联书店 1985 年版，第 283 页。

③ ［美］丁乃通：《中国民间故事类型索引·导言》，中国民间文艺出版社 1986 年版，第 6 页。

④ ［丹麦］阿克塞尔·奥尔里克：《民间故事的叙事规律》，见［美］阿兰·邓迪斯编《世界民俗学》，上海文艺出版社 1990 年版，第 187 页。

骗，于是自杀殉情，豹子赶来后也随之自杀。在情节的三段跌宕中，美丽的爱情故事变成了哀伤的悲剧。

其三是让最年幼的孩子成功。美国学者斯蒂·汤普森认为成功的是最年幼的孩子是民间故事的一条规律①，最小的儿子获胜和最小的女儿获胜这种民间故事按 AT 分类法排列在 L 类"命运的颠倒"中的 L10 和 L50②。这一法则在苗族民间故事中也不时出现，如《谁娶到那位姑娘》中的两兄弟都喜欢同一位漂亮姑娘，都想娶到她，最终是弟弟老二凭借努力和品德娶到了那位姑娘。③ 又如《程察程波》中的弟弟程察在父母双亡时仅是一个放牛娃，且受已成家立业的哥哥程波和嫂子的欺侮，程察分家后最终超过哥哥并过上了好日子。④ 小说《边城》写翠翠与大老二老的爱情，成功的也是年幼的弟弟。二老是翠翠的心上人，在兄弟二人共同认可的竞争游戏即唱歌中也占上风，赢得了胜利，这可视为沈从文借鉴民间故事叙事规律的结果。

---

①　[美] 斯蒂·汤普森：《世界民间故事分类学》，上海文艺出版社 1991 年版，第 149 页。

②　同上书，第 603 页。

③　燕宝编：《苗族民间故事选》，上海文艺出版社 1981 年版，第 165—173 页。

④　同上书，第 152—158 页。

论民俗与神话的关系

王宪昭

（中国社会科学院）

　　所谓"民俗"与"神话"，既是当今学术颇受关注的两个重要研究领域，也是相对模糊而复杂的两个概念，其内涵与外延一直缺乏严格的界定。但毋庸置疑的是，每个民族都在漫长的历史进程中形成了丰富的民俗和神话。民俗在特定的群体中约定俗成，往往会在一定时期内沿袭遵守，比较关注与外在行为方式；而神话作为人类早期的精神产品，包含着世世代代的生活生产经验、生存观念信仰等，在其漫长的流传过程中又与民俗学、文学、社会学、人类学、宗教学、伦理学、哲学等社会科学甚至一些自然科学存在密切联系，堪称一部民族文化的百科全书。尽管二者属于两个领域，但其中的交集与相互关系却不能忽视。

一　民俗是神话的基本载体

　　神话一般都要在民俗环境里讲述、传唱，其本质是以口耳传承为基本形态。而民俗活动则成为神话演述的重要场所与背景。一些神话由于意义、功能与语言形式的不同，往往有不同的民俗演述场合，如一些民族的散文体神话可能会在农闲季节的家庭或聚会中传承，而内容相对稳定、篇幅较长的韵体神话一般有多种不同的相对固定的民俗传唱场合，主要有：（1）巫师或艺人在群体性的婚丧嫁娶等重大人生礼仪中传唱，如毛南族婚礼中，巫师或歌师诵唱《创世歌》时要颂扬祖先五代神，以统一的韵律介绍第一代昆屯神剥岩石到第五代女神环英的事迹。葬礼更是如此，如苗族、彝族、纳西族、傈僳族等一些少数民族创世神话史诗大都由巫师在葬礼中传唱，他们认为通过这些神话经诗的展现，可以引导亡魂回到祖宗居住的地方，同时也会使参与葬礼的民众更多接受本民族的传统文化习俗。（2）巫师或艺人在节日祭神时传唱，如瑶族布努支系的创世神话史诗《密洛陀》，巫师在农历五月二十九日达努节中传唱全本，壮族的《布洛陀》、畲族的《盘王歌》等也属于此类情况。（3）巫师或祭师在民族性或家族式的祭神大典中传唱神话，如满族家祭、野祭、星祭、火祭、海祭、雪祭等祭祀中，萨满要传唱各种族神、家神的形态、功能以及"神谕"，使人们对各种祖先神、自然神等产生牢固的记忆。（4）巫师或其他民间职业者在群体性生产、生活中特别是治病、祈祷等民俗活动中讲述神话。（5）歌师艺人或其他人员的传唱娱人。可以推知，神话作为口头传统必须依附于现实生活的宗教祭祀、节庆聚会等民俗活动这些文化生态，神话在这种生态中就像鱼在大海中遨游，充满活力；相反，某些神话被记录文献后，虽然会得到较好的保存，但文献神话只能是从大海中捞出的鱼所做成的鱼干样本，仅剩鱼味而扼杀了它鲜活的生命力。大凡被视为讲述其民族来源以及与民族重大问题有关的神圣神话，只能在某些特定的民俗场合演唱，以便发挥出警示世人的作用。下面以丧葬习俗对神话的保存说明这个问题。

丧葬习俗在不同民族往往具有不同的特色，这些不同之中又常常表现出某些相通之处，即一方面表现出丰富的神灵信仰，形成对祖先（祖先神）以及死亡的再认识；另一方面又会通过相应的规范性的聚会仪式，将人类的传统文化记忆再次呈现，由此使许多神话和神话母题在这种环境中得以保留和传承。如采录于1942年云南宣威县彝族的丧礼葬俗显示，当老人寝疾垂危的时候，子女要把他抬到凉床上仰卧着，头向神龛，足向大门，使身体平直，认为不这样做，死者就会变成妖魔作祟亲友。人断气后，马上用一面犁头压在死人的胸上，口中念"生魂进，亡魂出"之类的咒语。然后每人拿着一个鸡蛋在尸体上绕数圈后拿着去毕穆（又称"毕摩"，即巫师）家，让毕穆打开鸡蛋，查验死者的吉凶。毕穆验蛋以后，从经书上择定殡葬的吉日，并告死者以后转生何物，此多以死者生前言行善恶为准。这些环节都与神话元素密切相关。1981年云南省禄劝县彝族的丧礼仪式调研中则记载了丰富的诵经，以诵经的形式将大量的神话文本传承下来，据毕摩讲述，整个"丧礼"分"作祭""作斋"两大部分。其中"作祭"祭仪大致分十八场。第一场"献水"仪式，念《献水经》；第二场"献牲献药"，念《献牲经》《献药经》；第三场"进祭棚"，念《转祭棚经》；第四场"献牛或肥猪"（请亡人吃早饭），念《献牲经》；第五场"做灵牌"，念《请竹经》《接灵经》；第六场"解污"（先占卜后为灵牌解污），念《占卜经》《清净经》；第七场"压土邪"，念《压土邪气经》；第八场"驱血邪"，念《驱血邪经》；第九场"祭灵"，念《祭灵经》；第十场"献药"（为亡灵治病），念《献药经》；第十一场"献早饭"（为亡灵饯行），念《献饭经》；第十二场"开路"（棺材从祭棚移出），念《开路经》；第十三场"指路"（毕摩送亡灵去祖宗处），念《指路经》；第十四场"赶鬼"，念《驱鬼经》；第十五场"解罪"（解除亡魂身上被恶鬼拴上的锁链，并驱鬼），念《解罪经》；第十六场"婚配"（让亡人夫妇重新结婚），念《联祖灵牌经》（念时将夫妇灵牌摆在一起，象征交配）；第十七场"射鬼"（最后驱杀使亡人致死的恶鬼，射倒鬼牌），念《射鬼经》；第十八场"供灵牌"（挂灵牌于神位上），念《供灵经》，有时还有附加场"看魂变"（"指路"之后，看亡魂变成了什么动物之类），请毕摩看《魂变经》。从上述这一系列的诵经中，我们会看到丧葬习俗充当了神话文本的集大成角色。

　　诸如上述丧葬习俗对神话的载体作用，也同样表现在其他民俗活动中，只是表现的现实和程度有所差异。如笔者自 2005 年以来，对广西田阳县敢壮山壮族始祖布洛陀文化祭奠活动的跟踪调研得悉，举行敢壮山赶歌圩和祭拜早在唐朝时期已经开始，歌圩的形成源于纪念始祖布洛陀有关活动。起初是布洛陀的子孙从各地回到布洛陀居住的地方（敢壮山）给始祖拜寿并唱歌表意，后来在其间富有壮族特色的歌圩盛会则将现实生活与传统文化自然结合起来，祭奠活动中成千上万的各地壮族群众云集，对文化祖先的认同感与布洛陀、姆六甲神话融合在一起，唱咏之中复活了一度失传的大量古老神话。

二　神话是民俗的重要注释

　　神话在民俗中一个极其重要的作用就是为民俗的解释提供了"母题"或"原型"。所谓"母题"作为一种文化现象的基本元素，也是对相关文化现象进行比较分析的尺度或单位，在文学乃至文化关系方面能在多种渠道的传承中独立存在，能在后世其他文化现象中重复或复制，能在不同的叙事结构中流动并可以通过不同的排列组合构成新的链接，表达出一定的主题或意义。对此，闻一多在《伏羲考》中认为，神话母题"是原始智慧的宝藏，原始生活经验的结晶，举凡与民族全体休戚相关，而足以加强他们团结意识的记忆，如人种起源、天灾经验、与夫民族仇恨等等，都被象征式的糅合在这里。它的内容是复杂的，包含着多样性而错综的主题"。对民俗而言，这些正是民俗活动所需要彰显的主题。如《尚书》中记载的民俗仪式中"击石拊石，百兽率舞"之俗，实际上是人在"披着各种兽皮在跳舞"，而所披之"兽"皮则是尊崇的动物的"神力"象征或图腾标志，其中蕴藏着神话中的"动物图腾"母题。同样，民俗中有关"树"的民俗，弗雷泽根据民俗考察推断，在世界许多民族中"树木是被看作有生命的精灵"，"树神能保佑六畜兴旺，妇人多子"。"树"作为生育象征的古俗在许多地区的民俗中都有不同程度的表现，如明代杨黼的《滇中琐记》中说，古代白国时期，一位太子在桑林中因爱情失踪，青年男女绕着桑林寻找时，形成了后来的"绕桑林"盛会。后来这种集会赋予了谈情说爱和祈求子嗣的意义。在山东泰安一带，求子者"把石块放在斗母宫及灵岩寺周围的松柏树叉上，祈树神允生得孕"。在东北地区的满族先人的原始意识中，不仅创世女神是与柳树紧密联系在一起的，而且在其他一些传说中，柳树和柳枝也被尊崇为人类万物之源。女神生万物，万物自柳叶生出的神话传说，在满族神话及诸多氏族萨满神谕中的记载相当丰富，据笔者2014年对吉林九台市小韩村石姓满族的民俗调查发现，直到当今，许多满族还把象征生育神佛多妈妈的柳枝挂在正屋最尊贵的东南方。这类现象表明，先民们在神话中崇拜树木，主要是把它视为生育和繁殖力量的象征，在日常民俗中赋予了"神话"（神化）的内涵。许多生育求子风俗也会得到其他类似神话母题的支持。同样，白族神话《石傢什》中说，人王公和人王婆化作两座大山，他俩的生殖器变成云南鹤庆朵美乡境内一潭水中一对形似男女性器的"石傢什"（即石头物件）。不怀孕的妇女，只要在女石傢什中洗个澡，再赤身裸体地在男石傢什上坐一坐，就会有喜，来年生个胖娃娃，由此而形成了当地的祈子习俗。

从神话对民俗解释的类型上讲，从生老病死到婚丧嫁娶等人生仪礼，无不可以从神话中找到答案。如婚俗，纳西族《殉情民俗的来历》中说，古时候，虽然女尊男卑，但男女相互恋爱非常自由自在，青年男女都像蜂蝶恋花采蜜，在高山牧场上自由的恋爱，自由结合，更没有一夫一妻制的婚俗。后来部落的酋长从丽江到京都朝见皇上后，一心想效学汉俗，自己首先娶了媳妇，赌咒发誓不再做像牛羊群似的相互亲热，让生下的孩子知道有母，也知道有父。从此结束了男女自由结合的古风，但相爱的男女却相信天上有一个美好的玉龙第三国，那有爱神的呼唤和婚姻的美景，于是成双成对地走上情死的绝路，产生了这个纳西族典型的悲剧式婚俗。如生产习俗，基诺族的《狩猎习俗的传说》中说，古代一个孤儿狩猎遇猎神的经历，为了纪念猎神和孤儿，大家就立下了这样的规矩，猎获归来时，必须敲打作为乐器的竹筒，表示欢庆。即使一无所获，也要敲打着竹筒回来，用意是驱邪，祈佑下次的狩猎能够丰收。离村寨一里来路设有煮食猎物的地方，在那里举行猎获祭仪，分尝点猎肉，然后一边敲击着竹筒，一边欢舞歌唱抬着猎物进村寨去，其中兽头肉是最尊贵的，必须连夜剔剥，煮食分尝。世代相传，相沿为习，形成了基诺族特殊的狩猎习俗。再如关于人作为牺牲的敬献习俗，高山族的《喂老虎的习俗是怎样改变的》中记述，以前，人要改变运气，就要把女儿喂老虎，只有如此去做，地里的谷子才会丰收。后来，一个父亲舍不得把女儿喂虎时，女儿意外发现一块很肥沃的土地，他们告知家里和部落，大家学着烧草木灰肥田，秋天获得从来没有过的大丰收。从此，高山族人学会了刀耕火种，不再相信那古老的把女儿敬献虎神的鬼话了。本则神话同时也表现出一个移风易俗的主题。

　　大量实践证明，神话的神圣性和长期传承主要源于它的文化功能。神话不仅是民俗活动特别是能够体现宗教信仰民俗的重要文化阐释，而且也是民俗传统赖以流传的不可多得的教科书。正如一些学者所言："神话本身便是一种民俗事项。它是作为语言的民俗存在与流传着的。作为语言的民俗，神话反映了初民对事物的认识，也反映了因这种认识而形成的风俗习尚。"

三　民俗与神话具有相互依存性

　　民俗是神话的基本载体，神话是民俗的重要依据或注释，概括而言，民俗中包含着神话，神话中也会反映民俗，二者之间可以说是相互依存，存在着密不可分的互补性。

1. 民俗的形成与延续需要神话的支撑。对于许多民俗仪式环节的文化解读都离不开神话学的解释，否则这种仪式就是空洞的形式而变得不再有生命力。各民族在长期发展过程中会形成种类多样的民间习俗，无论是生产习俗、生活习俗还是节日习俗、生育习俗、丧葬习俗以及各具形态的人生仪礼习俗的背后，往往需要一定的神话母题或神话来支撑。因为神话作为人类早期的百科全书，对世界万物和民间事项具有无可置辩的解释权，使之在民间信仰和群体意识的形成中发挥出不可替代的作用。一般而言，越是重大的群体性民俗活动，对神话的依赖性就越大，这种现象是古老文化延续性的自然体现。以中华民族的传统节日"过年"为例，当今绝大多数民族都将"过年"作为聚会、敬神和祭祖的重大节日，所以在许多地区也就产生了关于"年"的来历的神话，如大多神话的解释与动物"年"有关系，说相传很早以前，有一只叫作"年"的四不像的怪兽，非常凶猛残忍。一到冬末春初的月黑之夜，就要祸害人畜，吓得家家都是封门闭户。后来有人意外发现"年"害怕竹子烧爆的声音和铜盆落地发出的声响，于是人们仿照竹竿管的样子做成鞭炮（爆竹），还有人发明了铜钹铜锣，造出了鼓，一到冬末初春的月黑之夜，人们就坐在火堆周围，放爆竹，敲锣鼓，庆祝赶跑了"年"，久而久之就叫成了"过年"。另则神话与此不同，记述说"年"在传说中是一消灭凶猛的兽"夕"的神仙。夕在腊月三十的晚上来伤害人，神仙年与人们齐心协力，通过放鞭炮赶走了"夕"。人们为了纪念年，把三十那天叫"除夕"，即除掉了猛兽夕，为了纪念"年"，把初一称为过年。从"过年"的本义讲，既与古代先民们对祭神祭祖的宗法活动的需要，也与节气变化等古代历法的产生有关，它是人们通过特定时间的群体性节庆活动，固化着人类长期积淀形成的社会规则或文化规范，对于社会和家庭的稳定无疑具有积极的作用。从"年"的造字法而言，是一个人背负禾的象形字，代指谷物已熟后收获之意，如《谷梁传·桓公三年》有"五谷皆熟为有年也"之说，俗云："民以食为天"，在古代人们对作物的成熟与收获非常重视，常在此时举行最为重大的祭神活动，特别是作物成熟都有固定季节，由此而引申为特定的时间或固定的节庆是非常自然的事情，如《尔雅·释天》中有"夏曰岁，商曰祀，周曰年，唐虞曰载"之说。上面的第一则神话虽然把"过年"的

"年"解释为一种动物，其叙事看似有些勉强，但"过年"这样隆重的节俗，如果没有类似神话的支撑，人们就会觉得缺少内涵，用一句不太合适的话来说，就是"有胜于无"，只要老百姓喜闻乐见能够接受，即使造成神话的"以讹传讹"，仍然可见神话作为民俗注脚的文化意义。

2. 民俗变化导致神话的演变。神话的演变与民俗传承有关，民俗的改变会导致神话内容和形式的变化，这与神话作为民间口头传统的特性有关，民俗所表现的民间宗教、传统仪式、人生礼仪等文化场境使神话得以发生、流传和记忆，但这些民俗环境并非一成不变，特别是随着社会形态、人们生活生产方式的改变以及外来文化的影响，一些民俗就会发生改变或生发，如当今"过年"的变味和"洋节日"的引入就是典型的例证，这样就会使有些神话随着生产方式和社会形态的变化而发生变迁、增损或消亡。

值得注意的是，由于神话与民俗的密切关系，民俗的产生或向周边地区的渗透有时也会导致新神话的创作，甚至为了解释某个特定节日的来历，在民间会产生许多次生态神话或"假神话"。以端午节的来历的神话阐释为例，我们会从中发现民俗对神话元素的需求与应用。众所周知，端午节一般为每年农历五月初五，流行于我国和周边一些汉字圈国家。"端午"因其流传范围之广和时间长造成许多别称，诸如端阳节、端午节、重五节、重午节、天中节、五月节、夏节、菖节、蒲节、龙舟节、浴兰节、午日节、女儿节、灯节、五蛋节、地腊节、龙日、午日、屈原纪念日、伍子胥纪念日、曹娥纪念日，等等。有些地方的端午节又有大端午与小端午之分，小端午为农历五月初五，大端午为农历五月十五，还有的把五月二十五也列入端午，称其为"末端阳"。不同的地区对端午节的解释和内容往往有所不同，并且各地在该日的食俗和举行的活动也不尽统一，主要有吃粽子、插艾草、挂菖蒲、薰苍术、喝雄黄酒、赛龙舟、舞狮等。对此，无论是解释端午节的来历，还是端午节时间、端午节饮食、端午节主要活动以及端午节其他事项，我们几乎都可以发现这些节日活动本身的文化解释需要编织相应的出处，即使是冠名以某某传说，传说的本质仍需要神话母题的支撑。其中，端午节源于纪念特定的人物这一母题时，一些汉族地区解释为，端午节是为了纪念屈原、伍子胥，还有认为端午节是为了纪念曹娥，或为了纪念大禹开山造河有功，而在藏族则认为，五月五是为了祭祀一位慈善的阿妈形成的。这些解释中明显把特定的历史人物"神话化"，正因为历史人物有了"神"气，才使端午节活动变得重大而有意义。再如解释"端午节插艾草"这一事项的来历时，我们可以发现大致有如下一些情形：（1）端午节插艾草是特定的神的安排（彝族神话说，端午节插艾草是观音菩萨的安排）；（2）端午节插艾草可以逢凶化吉（汉族）；（3）端午节插艾草是避免被杀的标记（汉族、土家族神话说，端午插艾蒿是战乱时避免被杀的标记）；（4）端午节插艾草是为了避瘟疫（汉族：端午节插艾草是为了防瘟病）；（5）端午节插艾草可以避免雷劈（满族）；（6）端午插艾草是为了蒙骗天神（汉族神话说，端午插艾草是为了蒙骗想放火毁灭人间的天神）；（7）端午节插艾草是为了驱蚊蝇（汉族）；（8）端午节插艾草是为了纪念特定的事件（汉族神话说，端午节插艾草是为了纪念带人避难的善良妇女）……上述种种解释与端午节特定的（活动）仪式中的端午祭神龙、赛龙舟、洗浴、向水中丢物、贴符、包手指盖以及端午节吃粽子（粑）、喝雄黄酒、吃"五黄"、吃"五毒饼"等，显然，上面许多关于端午的母题都不是神话中原有的母题，而是根据端午民俗自身的需要而附会的带有神话性质的新母题。

　　当然，民俗的变化也同样会导致神话的消亡。目前正在形成的势不可挡的现代化与全球化，信息传播中的新技术、新媒介的迅速普及，特别是愈演愈烈的农村城镇化进程，是许多古老的民俗只能变成非物质文化遗产呈现在人们面前，即使保留了某些所谓的"俗"，也往往是有其形而无其神，由于神话的传承的环境大致与以手工劳作为主的时代或传统的农业社会相吻合，其特点是人们有相对充裕的时间和较为缓慢的生活节奏，所以人类进程的现代化不仅造成一些民族民俗的消失，有时还会直接导致神话的消亡。如云南的基诺族、佤族等，随着原来的狩猎生活的终结，关于狩猎的口头叙事渐渐淡出人们的记忆；而北方一些原来的游牧民族随着定居或转为农耕，也自然影响到与草原文化相关的一些民俗的变化，进而使神话失去生存依据。

　　3. 正确认识民俗文化内涵应力避神话的误解误读。应用神话正确解读民俗的文化内涵是一个值得关注的学术问题，也是积极应用和推进优秀民间传统文化健康发展的重要路径。《汉书》中云："百里而异习，千里而殊俗。"而现实生活中，"五里不同风，十里不同俗"的情况也到处可见。但"俗"有优劣，能否正确认识"俗"的本质，有必要将民俗放在神话这个中华民族文化的"大传统"下进行审视。

许多民俗事项可能会因为神话的再创造遮蔽其传统的本真。如流传于汉族地区与周边其他少数民族的泰山石敢当崇拜，一般将一块象征泰山神的石头放在家宅的门旁或路口，以显示镇宅驱邪之意，有的取泰山石不便，就在其他石头或物体上书写"泰山石敢当"的名称替代，据说也可以起到同样的作用。显然，其原本的神话本义是对以泰山神为代表的山神信仰，因为东岳泰山神本是主宰生死的大神，有的认为泰山神是地狱阎罗的上司，因为妖魔鬼怪一般生活在地狱中，所以取其中一块原石能够起到灵石消灾去祸的功能。而晚近时期特别是近现代在泰山一带采集的关于《泰山石敢当》的神话传说发现，为了避免将泰山神请入家中造成"大神进小庙"的忌讳，就用一个现实中的人物代替了"泰山神"的职能，其中泰安一带有则汉族神话说，泰山附近有一个人，姓石名敢当，家住徂徕山下桥沟村。他生性勇敢，爱打抱不平，远近闻名。泰安南边五十六里地有个汶口镇，有个人家的闺女被东南方来的妖气所侵，大病不起。就请石敢当。石敢当吓跑妖怪。结果妖怪又到了东北，东北又有个姑娘得了这个病，又来请石敢当，石敢当觉得这样在各地跑来跑去不是好办法，就让人们找石匠打上"泰山石敢当"的名字，放在墙上以驱赶妖气。从此，人们盖房子、垒墙的时候，总是先刻好了"泰山石敢当"几个字垒在墙上，可以避邪。另则同地区的神话则说，石敢当有一次上山打柴，看到有个老百姓娶媳妇时，花轿后面有四个鬼跟着，鬼看见石敢当后吓得躲藏起来。石敢当刚要走，那鬼就又跟上了。石敢当于是拣了两块砖，对那家人说"这两块砖放在这门口，就代表我石敢当"。这样就镇住了鬼。从此，泰安县谁家盖房子，就在门框底下压上两块砖。上述两则神话传说大同小异但关注的主题都是石敢当镇鬼驱邪的作用。这类神话是根据人们接受心理的需要，我们分析这类民俗或神话时，不能仅仅停留在"斗妖"或"英雄崇拜"的新母题上，更重要的是发现其背后山神信仰或山石崇拜的神话基础。

有意思的是，在2014年北京联合大学举办的"民间文化青年论坛第二季首届年会"上，有位学者对许多地区在特定节日上故意偷菜找挨骂的民俗现象，表示难以理解。事实上，这与古老的神话母题的传承有关，如云南武定、元谋一带的傈僳族流传着《偷鸡祭猎神》神话，该神话说这些地区盛行祭猎神的旧俗，猎人为求打猎时得到猎神的保佑，常偷只鸡来祭。偷鸡不能让主人家看见，否则就不灵，有时家中男主人系偷自家的鸡祭猎神的同伙，他也会不露声色，假装不知，更不对家人透露，有意让家里的人因鸡被偷而去骂街，认为这样祭，狩猎才有希望获得更多的猎物。待猎物打回来，将猎物的一个前肢送给丢鸡的人家，丢鸡的人家心领神会，并不怪罪偷鸡者，反而高高兴兴地收下。如果抛开神话学分析这些民俗，往往会得出不可理解或荒诞的结论，如果用神话中的"顺势巫术""咒语的破解"等母题去解读，则不难发现一线洞天。

从"文库本"看《格萨尔》螺旋式情节脉络
——兼与《伊利亚特》比较

罗文敏

（西北民族大学）

从史诗情节的发展脉络来看两史诗，《伊利亚特》的情节推进线路为波浪起伏中步步推进，时间紧迫感强；《格萨尔》①的情节推进线路为螺旋循环中重章叠句，空间并置感强。并且《格萨尔》各篇（部）情节首尾完整对接而成一环，各环之尾部又简单与下一篇（部）连缀，这样连缀而并列的各环间，如环环垒叠的螺旋（弹簧），内部情节徐徐跟进，战争较多但战杀场面持续时间短，整体上的时间紧迫感较弱，因而其叙述多为单镜头跟进。

《伊利亚特》里展现情节动作波澜起伏的叙述随处可见。《伊利亚特》中里埃内阿斯和阿喀琉斯扣人心弦的厮杀有三组错落有致的情节起伏：埃内阿斯枪刺阿喀琉斯；阿喀琉斯枪刺；阿喀琉斯剑击。其中第三组（阿喀琉斯剑击）又可分为围绕埃内阿斯性命之忧的八个"起"与"伏"：（第一步）"起"—危险来袭——（第二步）"再起"—神勇抓石——（第三步）"再起"—（可能）投石击中——（第四步）"伏"—神替挡死——（第五步）"起"—逼近出剑——（第六步）"伏"—波谷：神之眼快——（第七步）平滑—神的讨论——（第八步）"伏"—神救免死。

---

① 本文的"文库本"，特指《格萨尔文库》第一卷藏族《格萨尔》，甘肃省《格萨尔》工作领导小组办公室西北民族学院《格萨尔》研究所编纂，甘肃民族出版社1996年版（第一册）和2000年版（第二册）。

　　这种情节的波澜起伏在整卷都是战杀叙事的《伊利亚特》第十二卷里更为明显。该卷以时—空提示词为标志的紧密切换的镜头从头至尾共有 19 个。镜头内部与诸镜头之间也形成随情节变化波澜起伏的脉络。这 19 个镜头中的有些镜头可以细分，譬如第 15 个镜头（《伊》12.265—289）可以拆分为两个：护墙里面：两位埃阿斯"来回巡行在墙内各处，敦促兵勇们前冲"，不时"赞褒"或"斥诉"以"催发"己方的"骁勇"；护墙外面："双方"彼此"扔砸"石块如雪片般"既密且多"，墙体隆隆震响。

　　《伊利亚特》总体上呈现为大波澜套小波澜，而其情节时间（50 天）里集中详述的 4 天（第 23、26、27、28 天）里，又有因各自情节发展时时促生的起（波峰）与伏（波谷），而且这些情节之"起"与"伏"使得《伊利亚特》第一卷首至第二十四卷尾间的每卷之尾与下卷之首浑然一体成波浪形。尤其比如第 27 天这一天的情节时间对应的就是《伊》11.1—18.616 这八卷的叙述内容。

一　整体各篇——螺旋单环

　　《格萨尔》里的叙述镜头连续摇移在时序性（格萨尔成长时序）和因果性（每个篇部里的时间因果）都很鲜明的叙事进程中。但毕竟由于其时序性明显较弱，而每篇部（如降魔篇）中对核心事件的始末讲述又很细致，从而在多篇部之间形成的并列层叠感更强。

　　很多人为区别而喜欢用《格萨尔王传》来指《格萨尔》这部史诗，主要是因为考虑到这部史诗是以英雄人物（神子）格萨尔大王为最核心人物的"王传"，"王纪"或"王传"在为王者的丰功伟绩做传时就容易"像历史那样编排事件"，写"发生在某一时期内的、涉及一个或一些人的所有事件"[①]，亚里士多德崇尚像《伊利亚特》那样写"一个行动"的史诗。可惜"绝大多数诗人却是用这种方法编作史诗的"[②]。

　　从《文库本》整个内容来看，展现在读者面前的是"天界""诞生""丹玛""赛马""取宝""公祭""降魔""降霍""降姜""降门"10 篇，

────────────

① ［古希腊］荷马著，陈中梅译注：《诗学》，商务印书馆 1996 年版，第 163 页。
② 同上。

每篇都形成了故事情节首尾完整对接、相对独立的一环，其环之首尾分连前一环的尾和下一环的首，这样，各环续接，总体形成螺旋状①，具体到《格萨尔》，每篇的首尾两章，就是上述螺旋各环的始末。

譬如"天界篇"共四章，第一章从"观音悲月光融莲师心　五佛智光加持脱巴嘎"开始，强调"雪域藏土"的灾乱引得观音菩萨向阿弥陀佛"祈请""成就加持一神童"来救灾，到第四章"莲花大师龙宫治瘟病　顶宝龙王遣女来人间"的末尾就是：由其孕育神子的龙女住在果部落，"神子脱巴嘎瓦"，"结束了在天界的生活，下凡到人间投生去了"。由此完成了"天界篇"的叙述，为神子来到凡间的生活做好了背景铺垫，从而形成了《格萨尔》叙事重要的一个环（层）。

随后就有"诞生篇"共六章，第一章从"嘉擦攻果超同送密信　僧伦占卦取胜取得果萨"开始，为格萨尔降生做铺垫，随之就有了第二章"龙女怀胎诞生格萨尔　战神做伴取名唤角如"，"诞生篇"强调了格萨尔的神奇诞生与幼年的"受难"，及其非凡之神通。尤其是在该篇的末尾依然是一个完整的收尾——"岭人们迁居玛域以后，在当地世间土地神的佑护下，穷者变富，弱者变强，都过上了幸福生活。"（《文库本》1.117）简言之，在这个时候，期待有了收获，困难得到化解，波澜复归平静。显然，这又是一个相对独立完整的叙事单元②。

《格萨尔》"诞生篇"之后是内容共有四章的"丹玛篇"，其第一章"总管力促角如取麦城　角如力邀超同做伙伴"重开新的显示格萨尔神力的另一个情节叙述之环（层）。到该篇之最后一章（第四章）"超同先行身陷敌手中　角如用计夺取青稞宗"时，则以角如的成功

---

① 用此形似弹簧的螺旋，强调《格萨尔》各篇之间的关系及其空间并列层叠效果。

② 相比于《格萨尔》，《伊利亚特》却不是这样，其每一卷的开头和结尾都鲜明地分别衔接着一个有待解决的棘手问题、难以处理的紧要麻烦，譬如第一卷的开头是因阿喀琉斯和阿伽门农争吵而起的前者的愤怒；卷尾是宙斯与赫拉为特洛伊人将领受光荣而争吵。第二卷开篇就是宙斯无眠而派遣梦幻之神带话给阿伽门农苦战，卷尾是萨耳裴冬等人从大河的溜流边赶来。第三卷卷首"其时，两军已经排开"；卷尾阿伽门农高声评价帕里斯突然消失一事；第四卷卷首"其时，众神正坐在宙斯身边商量"；卷尾"其时，参战者谁也不能指称莽战不够莽暴"。每卷的卷首卷尾都是"问题"待解决，麻烦待处理，如此环环前后紧扣、步步紧逼。同时，《伊利亚特》的各卷次序以两个线索为序：一是事件的内在逻辑先后推进顺序；二是时间的先后顺序。两者紧密结合，相融为一体。

与 "做伴" 人物①——超同的弄巧成拙，完成了这一环（层）里与 "始"
（第一章之欲 "取麦城"）相衔接的 "终"（第四章之夺 "取青稞宗"）。
而且，与前述各篇之结尾一样，"丹玛篇" 之结尾依然不是矛盾丛生、有
难题待解决，而是复归平静的叙述——"角如母子二人仍然住在原来的地
方，过他们的穷日子。"（《文库本》1.162）

与上述相类似，接下来的 "赛马篇" 以 "听假授记超同召岭部　商
定赛马七宝作彩注" 开始，以超同这个 "做伴" 式人物的拙劣表现，一
方面印证了 "假的真不了" 这一道理，更衬托了角如之神力远为卓著，他
不仅能够轻松战胜超同，而且通过他对超同的戏耍来展现角如之神力 "远
为超绝"，非一般人所可企及②。随之：珠牡迎角如、订终身、捉野马、
赞神驹，角如参赛、珠牡祝愿，角如赴会、珠牡评马，角如降妖、超同露
丑，角如取胜，登位称王。总之，在 "赛马篇" 的末尾亦然如同前述各篇
一样，也是格萨尔大王的神力进一步得到彰显，各方行礼、献物、祝愿，
在事情解决了的吉祥平安中结束本篇。

随之的 "取宝篇" 亦然，开篇 "授记降畜运"，随之 "探实情"，再
一次 "超同受困" 而角如救之，珠牡赠金镯、角如摆宫宴，掘伏藏宝、引
伏藏牛，祈愿祝吉祥。该篇末尾亦然是 "相关的人们都得到了好处" 且
"显示了大王无比的神通法力"（《文库本》1.324）。

至于 "文库本"《格萨尔》第一册的最后一篇——"公祭篇"，是一次
为了 "把所有神灵都收服过来" 而进行的 "一次烟祭仪式"。其情节是：降

---

① 《格萨尔》中的超同是自始至终都 "伴" 着格萨尔的一个、分量仅次于格萨尔的最重要
人物。其人物设计就是要通过他来衬托格萨尔：他的自以为是、弄巧成拙，比衬的是格萨尔的大
胆自信与胸有成竹，格萨尔的神力是该史诗中所有人物所不可企及的，最终都是他对所有问题的
独自担当与迎刃而解。需要强调的是，与《伊利亚特》里的众英雄人物的辛苦拼争不同，《格萨
尔》里最主要英雄——神子格萨尔的 "战斗" 行为几乎都是两点——独杀单斗、逢战必胜。而
《伊利亚特》里也是贵为神子的阿喀琉斯的 "战斗" 行为却是复杂的漫长过程，而且他死于自己
的缺点——阿喀琉斯之踵。也就是说：《伊利亚特》是把贵为神子的英雄阿喀琉斯当作 "人" 来
写的，他有缺点和生命；《格萨尔》是把贵为神子的英雄格萨尔当作 "神" 来写的，他（近乎）
完美而长寿。

② 而这一点，也是《格萨尔》这部史诗的受众在核心人物格萨尔遇到每一个困难时，总会
有轻松心态的原因。因为格萨尔神力如此之大，而且又有姑母 [天母贡曼婕姆（《文库本》
2.338）] 的及时提醒，所以，用不着受众担心其无法逢凶化吉、遇难呈祥。所以说，这在一定程
度上也对该史诗的 "悬念感" 与 "吸引力" 造成了影响。

旨共聚，向霍尔王介绍英雄，王箭射牛魔，"君臣凯旋""说吉祥"。

"降魔篇"开篇从平静中起风云——"格萨尔闭关妖魔劫梅萨　王欲出征珠牡敬迷酒"。史诗叙述者从"丰茂的大草原"上"放牧"而"舒舒服服地睡着了"的吉祥安静氛围中开始缓缓叙事，格萨尔的姑母贡曼婕姆叮嘱"带梅萨闭关"，结果珠牡因嫉妒而争去，留守的梅萨被妖魔劫走，王欲出征从魔王路赞手中救梅萨而被珠牡迷酒留阻。随后依次是王临行叮嘱、珠牡深情挽留；珠牡跟踪、大王送妻；阿达拉茂指路、大王途中伏怪；梅萨协力射杀路赞。这一篇的末尾，如同前述各篇，依然是复归平静的收局。

"降霍篇"与其他篇目一样，也是以一个平静无事的开头叙事的，只不过这个开篇显示出的是一个空档式平静——格萨尔去北方降魔三年未归。而恰在此时，黄霍尔的白帐王王妃忽然逝世，大臣商议为鳏居的白帐王找娶王妃。黑老鸹找到了独守空房的珠牡。珠牡报信给总管王。随后就是：丹玛、嘉擦闯敌营掠马；超同"投敌""挑唆"；囊俄等勇士上战场；超同叛逃、大军过河；超同发箭告真情；珠牡三番送信盼王归；王归惩恶、出征；王连续神变（逐一清除障碍）备战；调兵伐霍尔，王凯旋。以欢庆收局。

"降姜篇"开篇是萨当王和属民们"正在过着宁静而幸福的日子时，天界的姑母贡曼婕姆"前来授记——最为典型的"平地起风云"；篇尾是"大开庆功喜宴，所有的王臣英雄们都沉浸在一片欢歌笑语之中"（《文库本》2.700）。

"降门篇"开篇是白梵天王前来向格萨尔授记；篇尾是"唱歌欢迎大王凯旋"（《文库本》2.862）。

总览《文库本》十篇之各篇情节内容的叙述过程，无一例外地看到《格萨尔》整体各篇的自身形成一个个首尾几乎达到"严丝合缝"效果的对接之环。这里提到其"严丝合缝"与对接之环，是强调：其情节在各篇内的确都实现了"起承转合"之环形弧度的首尾对接。言下之意，《格萨尔》各篇为自己画上了自身实现"开篇提问—中间曲折—末尾解答"这一完满圆圈的句号。由此角度看来，《格萨尔》整体结构又显示为一根红绳串着的多个手镯（有人誉"项链"或"念珠"），其每个手镯就是《格萨尔》里的每一个篇（部）或宗。当然，这些手镯的并列并非无序，而是有如上述所列举的先后排列顺序的，具体看，这些篇的内在链接是基本以格萨尔的"年岁增长"之先后为序的。

《格萨尔》的情节，是一个螺旋式推进的过程，该螺旋之每一个"旋转一圈"的"环"，前接着上一个"环"的"尾"，后连着下一个"环"的首，如此审视的话，史诗《格萨尔》这个整体，从纵向看，它是串联的一个环形筒；从横向看，它是诸多并列的"环"，简单连缀。其螺旋状，基本可以下图例示：

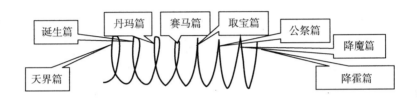

上面的图示中，"降霍篇"之前的螺旋结构图示已清晰勾勒，之后的螺旋状，当以此类推、循环出现。鉴于问题已经说明，"降霍篇"之后的（连续循环的螺旋之环的图示）此处暂略。

二　篇内各章——单镜跟进

1. "篇"内单镜跟进

如果说，从上述分析中看到了《格萨尔》中整体各篇都如同并列排放的手镯一样，以格萨尔这个主要人物作为一根红线将它们串联起来，那么，《格萨尔》史诗具体各篇内的情节叙述则是前后紧密连缀的手镯单"环"之首尾对接。

譬如《文库本》之"降霍篇"（霍岭大战），开篇以（对岭国而言是一个）空档式平静来交代总体性背景——格萨尔去北方降魔三年未归。随之，转头说霍尔国（黄霍尔的白帐王王妃忽然逝世，大臣商议为鳏居的白帐王找娶王妃）。事端由此审起。随之，镜头随黑老鸹飞行而前进，跟其到了东方岭国的"九顶玉帐"前，珠牡主婢三人遭遇灾鸟造访。随之，镜头跟回到霍尔国，白帐王七天之后见到黑老鸹献上的珠牡的戒指，再派塞沃鸟侦查。随之，珠牡发现塞沃鸟之"恶兆"，联想到黑老鸹，喊且唱给乃琼，让"向总管王报告"（《文库本》2.75）。随之，总管听乃琼唱，与后者交流，并召集各部。

《伊利亚特》通过清晰而明确的短期时间推进①来结构情节，核心在以"天[日]"为时间单元的推进中；《格萨尔》以较为淡化而笼统的大块时间来结构情节，核心在以"年"为时间单元的叙述中，天[日]、月（份）、季（节）这些比年份小的时间单位较少出现。显然，后者的时间性是被淡化了的。而且《伊利亚特》在详略处理方面，敢于用占整个史诗"三分之一篇幅"的内容集中写一天，其对战争的密切关注与详尽程度不言而喻。

但《格萨尔》叙述"降魔篇"共五章的内容，到格萨尔成功离开妻子珠牡时，已到了第三章结束，也就是说，60%的篇幅叙述的是（正式）出发前的内容，40%的篇幅是（正式）出发到完成任务的内容，其中，第四章结束时，格萨尔还在路上——"大王途中伏怪收香恩"；第五章（pp. 49—67 共约 19 页）中，史诗情节行至梅萨确认格萨尔身份时已到第62 页，下剩共约 6 页的内容，属于两人合计杀魔王的过程，好在此时的史诗出现了《格萨尔》文库本中最长的一次"连续散叙（散文说白）"部分（在 pp. 62—67 这长达 6 页的内容中仅有一次长 16 行的歌诗部分插入），相对而言，这些集中化散叙极其有力地帮助史诗叙述者完成了该篇最核心内容——"降魔"。否则，按照《格萨尔》的一般（散文说白与韵诗歌唱相间的）篇幅惯例，仅占"降魔篇"（pp. 1—67 这 67 页）之十一分之一篇幅（pp. 62—67 这 6 页）的核心叙事篇幅，是怎么也完成不了具体"降魔"这一叙述任务的。

从后者（"降魔篇"中的"具体降魔"）与前者（其他铺垫内容与大段诗唱）的比例（1∶10）就可以看到，在《格萨尔》史诗叙述者看来，英雄以勇力战杀敌人来显威（"具体降魔"）的重要性不如其他枝蔓性铺垫内容②（10 倍于"具体降魔"页码）。这是由于《格萨尔》对史诗情节

① 譬如《伊利亚特》开篇第一卷第 53 行强调"一连九天"这个时间段对应的是太阳神阿波罗降瘟疫给阿开亚人这一事件；随之，第 54 行明确"第十天"这个时间点对应的是"阿喀琉斯召集聚会商讨"这一事件，而它是一般研究者都明确的《伊利亚特》核心"愤怒"所由产生的事件。随具体随时间推进（准确讲，是"天[日]"推进），故事情节依次（精练集中地）展开并收拢。至于《伊利亚特》情节随"天[日]"推进的具体进程，可参见本人其他相关研究部分。

② 当然，这里所说的"降霍篇"的枝蔓性铺垫［尤其是对珠牡与格萨尔的难分难离的三章（第一至第三章）描述］的确有两个重要作用：强调珠牡与格萨尔夫妻感情之深厚［"降魔篇"开头，珠牡把梅萨陪侍格萨尔闭关的机会争去，结果竟无意间使梅萨被魔王劫走，所以，（转下页）

时间性的相对淡化，相应地对其空间性的重视而形成的。

　　2. 战场—现场—战杀

　　之所以要区别《伊利亚特》的"多镜头切换"与《格萨尔》的"单镜头摇跟"，那是基于以下考虑的：

　　其一，从整体上看，《伊利亚特》将自己要叙述的时间细节化到每一天①。受众需要瞬间即时获知，《伊利亚特》里每一个"天［日］"内的激烈矛盾的胶着对抗及其拉锯式解决过程。从而其情节叙述中出现了类似于现代电影中的镜头切换，受众此时需要的甚至是如同现代电视屏幕中的"一屏多画面（镜头）"的效果。简言之，客观时间之短区间被极其夸张地拉长②，以至时间有被"凝固—定格"之感；受众想要获知情节"如何同步推进"之欲望，的确被史诗叙述者预知而重视到了。而《格萨尔》则对英雄征战内容的描述，相比其经常出现的大篇幅诗唱与其他枝蔓性描述而言，显得少之又少。而征战沙场的情节，鉴于其速度与性命相关，其规模与气势相关，其场面与实力相关，其力度与结果相关，所以，用镜头切换比单机跟进要更为宏阔、真切而有"现场直播"的感觉。《伊利亚特》重视了这一点，而《格萨尔》重视了别的方面。

　　其二，从具体情节来看，《伊利亚特》通过特洛伊战争中的50天来写战场上众英雄及其相关人物，重在描摹人性，包括对命运的抗争、对生命

　　（接上页）此处是替贵为王妃的珠牡做隐含的开脱性描述——其一贯言行都是"与君不分离"，并非有意祸害（日常亲口称其妹妹的）梅萨］；同时，更为重要的是，为日后珠牡被霍尔王劫走，进而为"降霍篇"做足背景铺垫和情感蓄积。所以说，从"降霍篇"本身来看，"正事"即"降魔"，可"降魔"仅占零头，这是《格萨尔》淡化英雄苦斗过程的表现，作为英雄史诗，这一点很让人费解；但从为下一"篇"（"降霍篇"）铺垫蓄势的角度看，它又有一定程度的必要性。不过，与《伊利亚特》对"战杀"之重视程度［叙述"关乎战杀"之4天（第23、26、27、28天）的篇幅（《伊》2.48—23.108中除《伊》7.381—7.482）占史诗全部内容的八分之七］相比较，前者重宏观大行（一个人一生中的很多个动作），后者重微观细节（一个动作中的很多人的很多个细节）。

　　① 具体讲，它将需要略去的时间，整段"压缩"并"打包"，譬如"一连九天"。并且，这样的情况（"一连九天"）屡次出现（瘟疫、辱尸、打柴共三次），使得史诗叙述情节共占用时间段里的其余时间易于被细节化凸显，而在这些"每一天"里，时间就因为"区间极短"而有被"凝固—定格"的感觉，犹如"同时""瞬间同进"，由此，史诗叙述中，由场面之激烈感、受众之好奇感而来的，受众对情节获知的强烈欲望就因"多镜头切换"而被调动起来。

　　② 如第27天（1天占8卷）之时间"凝固—定格"，的确是极其夸张的，与《格萨尔》之时间推进速度相比，两者的差异已似乎不只是夸张。

的眷恋、对亲情爱情的珍惜、对平等与尊严的崇尚，等等。而《格萨尔》
通过格萨尔神通有为的一生，来抒写百姓对其多方面的追念与崇敬，重在
命定必然性与神通救赎性的展示。所以，前者必然重心在人间英雄美名远
播的理由之一——沙场建功，重心叙述与战斗有关的事情；而后者虽然也
有最为重要的"霍岭大战"作为重头戏，但一方面由于整个史诗是由
"传记"格萨尔大王一生救赎之旅的诸件大事组成，战争实为整部史诗的
一小部分；另一方面由于《格萨尔》对战斗描写中的胶着厮杀、多番对抗
并不看重，而重视"神助"之勇，屡现一举毙命。① 所以，镜头也就无须
频繁切换了。格萨尔的神通与他那种"天然是我，舍我其谁"的心态，自
始至终贯穿在史诗的叙述中，每一个受众必定能够感知到这一点。史诗叙

---

① 具体而言，《格萨尔》里的战斗并不少见，但一方面缺少战"场"描述，另一方面缺少
战力相当的、对阵中的拉锯式争夺、拼命厮杀的描述。对于前者（缺少战"场"描述），在具体
战斗描述中，被描述之"战者"，往往只出现"一对一"（打架）的场面，其他人一般没有来，
即使一同来了，也一般处于"屏蔽式在场"状态。所以《格萨尔》中战斗描述缺乏战场之"场
域"和气氛。同时，打斗中的一举毙命，也稀释了战场之"战"的浓度，淡化了拼死苦杀之
"斗"的力量。很明显地看到，《格萨尔》并未侧重描摹人在生活中、战场上苦争硬拼的可爱，尤
其是人在神力面前的不屈不挠，在《格萨尔》的战斗描述里，这一点更是了无踪影。但相应地，
《伊利亚特》却不仅描述了这一点，而且甚至清晰而冷静地描述了凡人将神明击伤的情景［狄俄
墨得斯刺伤女神阿芙罗底忒，不仅使后者想救自己儿子而不能——"她丢下臂中的儿子，发出尖
厉的惨叫"，而且还用威胁的口吻和语言"冲着她嚷道"，威胁"倘若你还想……我想你会吓得发
抖"，使"女神带伤离去，忍着怨愤疼痛"（《伊》5.334—352）；尽管阿波罗"一连三次"击退
狄俄墨得斯，并在其"第四次进逼"时"用可怕的吼声威胁"了后者，但后者还是在女神雅典娜
的鼓励下向战神阿瑞斯挺枪，并在雅典娜的帮助下深深刺伤战神阿瑞斯，使其"痛得大叫，像九
千或一万个兵勇一齐呼喊"（《伊》5.825—860）］。至于其他"吃过凡人的苦头"的神明，亦不
在少数：战神阿瑞斯曾被一对巨力男童厄菲阿尔忒斯与俄托斯（系波塞冬与阿洛欧斯之妻伊菲墨
得娅所生）"捆绑起来"，"在青铜的锅里憋了十三个整月，带着长链"。连天后赫拉和冥王哀地
斯也没能避免遭受凡人的"箭袭"而"伤痛钻心，难以弥散"（见《伊》5.383—404）。简言之，
诞生于公元前9—前8世纪的《伊利亚特》里的英雄已经有了在神明面前"行动"乃至对抗的勇
气和言行，并且卓有成效；而诞生于公元（后）11世纪前后的《格萨尔》里的英雄依然有唯神
是尊、唯神能助的普遍心态。当然，人所共知，这是由于《格萨尔》在产生与传播过程中，受到
宗教因素影响的缘故。但如此解释恐难全面，因为《伊利亚特》的传播也不是在无宗教信仰的环
境中进行的，而且其传播时间更长，所经受的宗教因素之考验环境更为严酷，为何后者反倒高扬
人性的旗帜，这个问题此处不及展开讨论。至于《格萨尔》里战斗中的"一举毙命"，可由《文
库本》"降霍篇"第四章里丹玛射揭辛巴天灵盖（丹玛一箭"把辛巴的天灵盖揭去巴掌大的一
片"，后者"昏倒在地"）这一情得知。而且，"丹玛听了马说的话，……把……那片天灵盖放
进弓袋里，赶着马群往回走"。可是到了后来，那个缺了巴掌大一块天灵盖的、"从头顶伤口上一
看，脑膜还在跳动"的辛巴"的伤很快就痊愈了"（《文库本》2.108—109）。类似这些方面，难
免会让其他文化背景下的受众产生此为"神话夸张"之判断。

述者借《文库本》"赛马篇"里一段对话，已经毫不隐讳地向受众宣示了
这一点：

> 当他赶上总管王时，这位伯父问他："角如，你耽搁这么长时间，
> 到哪里去了？现在还不赶快跑，不然冬赞就要登上宝座了！"角如回
> 答道："伯父，上天派我去坐的宝座，哪有通过赛马夺走的理？有天
> 神和上师作保，你不用怕。我刚才顺便为众生做了一些好事，也见了
> 一些稀奇古怪的景致。现在也无所谓跑得快慢了。若是要求快，伯父
> 你可快点跑！总之，咱们叔侄俩，不管谁登上宝座都一样。"角如边
> 说边往前跑去。（《文库本》1.239）

为什么格萨尔能逍遥自在地在赛马的路上心有旁骛，那是因为在他的
心目中："上天派我去坐的宝座，哪有通过赛马夺走的理？"换言之：上天
说好了是我的，就不会让别人夺走，没这个理，也不会有这个结果。这就
是那种与上天或神之"命（中约）定"的天然不变的必定性。因此，他
"也无所谓跑得快慢了"。这种坦然与"无争"，的确降低了该史诗作为叙
事文学（"事"之"被叙"）的曲折性与神秘感，探求之好奇心与接受之
趣味感顿减。如格萨尔所言，最后关头，他当然地受诸神拱助而"抢先一
步到达，登上了金宝座"（《文库本》1.244）。所以，一定程度而言，他
是凡间的"神"，不用努力，自然天成伟业。即使有失误或怠慢，也有姑
母贡曼婕姆（像能自动把握火候的闹钟一样）及时出现并予以提醒。[①]

[①]　在《文库本》"赛马篇"第七章开头部分，当发现角如赛马不利时，及时予以"提醒"
（"轻视、懒惰、心不专，这是障碍利他三弊病"）并晓以利害（"战神能阻玉鸟马，却难挡住冬
赞的路"，也就是说，冬赞万一弃马徒步，也会登宝座），外加战神恩尔玛使玉鸟马窒息，又设法
加长路段，外加角如幻变很多替身干扰冬赞，才仅仅能够"抢先一步"。当然，《伊利亚特》里的
英雄也受神助：在两位最核心英雄阿喀琉斯与赫克托耳的战场厮杀中，太阳神阿波罗庇护赫克托
耳，叮嘱他［"不要迎战阿喀琉斯，单独；留在兵群里等待，避离混战杀屠，免得让他投枪击中，
或挥剑劈你，出手近处。"（《伊》20.376—378）］且"一连三次"将其裹在"厚雾"中免死，雅
典娜也将赫克托耳掷向阿喀琉斯的投枪"吹"而"折回卓越的赫克托耳的身边"（《伊》
20.439—440），波塞冬替自己和雅典娜给阿喀琉斯安慰："一经抢夺赫克托耳的性命，你要返回
海船；我们答应让你争得荣誉。"（《伊》21.296—297）为了成就"命限"以及阿喀琉斯的荣誉，
"邪毒的命运把赫克托耳钉在原地，让他在伊利昂和斯凯亚门前站立"（《伊》22.5—6）。在宙斯用
"命运的秤码"在"金质的天平"上确认了"赫克托耳的末日沉重"［《伊》22.209—（转下页）

其三，格萨尔与对手对决时，往往首先是（不出手而）让对手"心服"，进而将其降伏。譬如《文库本》"丹玛篇"第三章"降伏咒师"部分，格萨尔的动作仅仅是"左手捉住"咒师所变"乌鸦的尾巴，右手把杨木手杖举过头顶"而"唱道"。他这一"捉"一"唱"，就使"阿乜急忙现出原形"而"哀求"（《文库本》1.148—149）。甚至即使是《文库本》中展现英雄格萨尔最为重要的"篇"目——降伏"魔""霍""姜""门"四"篇"中的关键性"战""斗"，一般很难感受到"战斗"之"场域"，这种缺少战杀的场景，一般也无必要进行类似于"现场直播"式的"镜头切换"，而只需单镜头跟进拍摄（叙述）即可。

仔细梳理降伏"魔""霍""姜""门"的各"篇"，很多战杀的过程，其实本无群英集体战杀的铿锵，而有些类似于"暗算"式"打架"，譬如"降魔篇"里格萨尔战杀劫走梅萨的魔王路赞的过程（《文库本》2.63—67）。首先，格萨尔得梅萨因卧底而熟知内幕的指点，预先扼杀了魔王寄魂的湖、树、牛，使其全身铁写字、四肢毒蛇全消失，同时，

（接上页）212］后，阿波罗"不再管他"，从而雅典娜勉励阿喀琉斯"我们将杀掉赫克托耳"（《伊》22.218），并幻取阿波罗的形象"将他骗欺"（《伊》22.247），赫克托耳答应与阿喀琉斯对打并躲过了后者的铜枪，可雅典娜"将它抢过，交还阿喀琉斯"，随之赫克托耳的投枪被阿喀琉斯的盾牌"挡回""送出老远"（《伊》22.291），此时，无枪的赫克托耳面对的是"有"（被"交还"之）枪的阿喀琉斯，生死判然。其实，神明担心人会突破"命定的规限"的这一点，在《格萨尔》和《伊利亚特》里都有：阿波罗"放心不下构筑牢固的坚城，它的墙护，唯恐达奈人先于命定的规限，当天即将它攻破"（《伊》21.516—517）；上述姑母贡曼婕姆的提醒中，也透露出她对格萨尔因为"轻视、懒惰、心不专"而使冬赞突破"命定的规限"而登上宝座之可能的担心。在这一点上，《格萨尔》与《伊利亚特》是相通的：神都担心人突破"命定的规限"；神都在极力维护这一命定的安排。只是《伊利亚特》里的"神"与《格萨尔》里的"神"的差别很大，前者中众神之间的争斗其实反映了一定程度上的"专制等级制度中的民主因素"，而后者中的众神之间的基本关系协调而各司其职［譬如贡曼婕姆与畏尔玛在格萨尔赛马登位前一刻的表现（《文库本》1.244）］，格萨尔得到的是稳固的、默契协作的神助。所以，归结到一处：《格萨尔》带给受众的依然是一种"稳定"的必然的安全感；而《伊利亚特》中的"神争"又恰好带给受众一种"不定"的"或然"的危险感。至于《格萨尔》中其他情况下神明（最多的是姑母贡曼婕姆给格萨尔）的"授记"或提醒的例子，可以说是多不胜举，它们往往是在某一章的开篇之时，其"授记"往往能引起一连串的言行或事件，譬如《文库本》"降魔篇"的开始就由姑母贡曼婕姆给格萨尔"睡着"时的唱词提醒和叮嘱来起事（见《文库本》2.1）；同样，在《文库本》"降姜篇"的开始，也是由姑母贡曼婕姆（显化为姜地的保护神玉如恩波）"向萨当王唱授记的歌"，王听授记而召集"三位壮士"（《文库本》2.529—530）起事。所以说，《格萨尔》里的起事，往往是在"篇"首且由神掌控，而且是各"篇"之事件皆单独出现，彼此基本无有干涉（只有"降霍篇"的开始是与"降魔篇"结束后格萨尔王三年未归之情况相关的）。

天、念、龙神"又把愚痴和沉迷降到他身上"而使其"昏迷";其次,格萨尔暗射两箭落空,"赶紧扑上去"与老魔"互相撕扯着,又来到一片平地上,一会儿拉过来,一会儿扯过去,也分不出个高低来"。随后在梅萨的引导下连摔三跤①,最后一跤在梅萨的帮助下,也因格萨尔所"暗暗呼请"的天、念、龙三神的"助阵",老魔被豆子滑倒,格萨尔才"压住"并与梅萨"捆绑"了他;最后,剑杀(已被"像缠线球一样"捆绑了的)魔王,又在梅萨帮助下以"捏"老魔姐姐寄魂玉蜂的方式间接使其毙命。所以,格萨尔的降魔过程可以如此总结:女人相助迷昏魔,暗射两箭皆落空,撕扯半天无高下,连摔两跤都不胜,撒豆滑倒捆绑杀,捏蜂间接杀其姐。在这里,决定战斗("打架")结果的主要人物(主角)似乎不是格萨尔,然而实际上他却正是史诗叙述中的众人顶礼膜拜的雄狮大王。

　　至于"降霍篇"里的几场战斗虽有刀与箭,但"战"之"场"仍显冷清。第四章:丹玛乔装抢劫霍尔马后将尾追的辛巴一箭揭去巴掌大一块天灵盖;第五章:白帐王派来的、带领"一千名披甲勇士"的将领敦旬先射之箭,被嘉擦身上的王赐之衣挡住,而后者"一支披箭"便使前者"即刻倒地毙命"(《文库本》2.115—116),而那"千名勇士"也"大部分被嘉擦劈死在刀下"——一人战千军。"降霍篇"比较经典的战斗在第八章:在投敌了的超同的挑唆下,囊俄中箭捐躯。其战斗过程仔细总结如下:

　　首先是战杀赞杰和纳佐:囊俄连躲赞杰三箭;赞杰被囊俄一刀砍下一条胳膊而坠马;纳佐箭中囊俄马鞍后,被囊俄一矛枪"戳进""胸膛",纳佐刀断矛杆后"落马死去"。

　　其次是再战杀另两个辛巴:其一辛巴一箭射入囊俄腋下,伤势不重,囊俄拔箭、追而砍死两人中的一位;囊俄又箭中另一位"肩头",后者被嘉擦和囊俄一同追上、"乱刀剁死"(《文库本》2.152)。

　　最后是囊俄"流血过多,又加受了风,已经骑不住马了"。潘达请医

---

　　① 很多情况下,格萨尔对敌都是一举毙命,但这里却连续出现了"不敌"的情况:暗射两箭都落空,何况还是频频先"唱起请神催箭的歌"后才射出的;与老魔"互相撕扯"半天而无高下;连摔两跤都"敌不过老魔",第三跤经过多方努力终于使对方"滑倒"而被"压住",梅萨帮忙"捆绑";格萨尔不识魔王寄魂鸟而经梅萨督促才挥剑斩了魔王;"傲气十足"的格萨尔幸亏"捏住"了(梅萨所取到的老魔姐姐的)寄魂玉蜂,才杀死了老魔姐姐。

生和卦师来"医治箭伤",霍尔白帐王派阿俄和朱固巴庆"暗中侦察",后二者一弓搭六箭使"囊俄主仆五人都中箭",逃跑中的两人:阿俄被嘉擦砍死;朱固巴庆从丹玛眼前徒步逃走。囊俄"安详"离世。盛大法事,火化囊俄。

这已经算是《格萨尔》里比较激烈的战斗了,可是无论是第四章的丹玛一箭揭去辛巴天灵盖,还是第五里嘉擦独斗千勇士、一箭①毙命敦旬,还是第八章里砍杀、枪戳,都基本是武器到位则杀伤效果立显,唯有英雄囊俄还坚持了一段时间,方显真实感。所以,如果浮光掠影地写了很多场战争,每场战争里写了很多次战斗,每次战斗里又有很多个杀戮,每个杀戮都是"手起刀落"而必然"人头落地",那战争就太不"残酷"了,战斗就太不"激烈"了,从而,英雄的获胜,也就太不"艰难"了。人所共知:事因难能,方显可贵。所以,《格萨尔》里的战杀如果再"细描"一些,或许会更有真实感和震撼力。

我们可以这样形象化地来看《格萨尔》与《伊利亚特》在战争描述方面的着重点的区别:后者看重的是某座山上之某棵树上的某个叶片的细丝纹路与层层褶襵,前者看重的是某座山上一棵棵树木的整齐排列与层层堆叠;后者看重由时间细化而来的画面定格,前者看重多重空间累加而来的动画连放;后者在时间,前者在空间;后者强调细节中的叙事,前者强调宏观中的抒情。这也正是本文意在突出的中心论点。《伊利亚特》与《格萨尔》的区别,是整体上的叙事逻辑起点与叙事思维的差异:前者崇尚时间性思维,体现着较为强烈的叙事性;后者崇尚空间性思维,体现着

---

①　《格萨尔》里的"一箭"扭转局面的情况很多:"降霍篇"第十七章里,嘉擦用弟弟格萨尔王留下的一支神箭射碎了"催伏三界的黑铁橛",神箭"又飞了回来","暂时回到嘉擦的箭筒里去了";"丹玛同时射出一箭,射死了辛巴奔图宏玛与巴图冬赤亚拉为首的八十名霍尔兵"。于是"两日之内暂时安营休息"(《文库本》2.273)。到"降霍篇"最后的关键时刻(第三十五章"神马送信回国调兵将　扎拉率军出征伐霍尔"),也是如此:岭军来霍尔军前,在霍尔军中假扮无敌猛将唐聂的格萨尔"把眉间松石一样的绿痣亮给侄儿(扎拉)看"后,"佯装相互拼杀"(《文库本》2.499)而落败;第二天,霍尔军中"唐巴部落的巴图安纳肖钦"在已经"投靠格萨尔魔下"的(原魔王路赞的大臣)香恩的"一刀砍过去"的进攻下,就"坠地而死"(《文库本》2.501)。再一个"第二天",岭军女将阿达拉茂射箭之前的一首歌就让霍尔的巴图等战将"吓得不敢交战,调转马头拼命往回逃跑",结果阿达拉茂"一箭射过去","那巴图""立即栽下马来"(《文库本》2.502),随之掩杀,死伤无数。这种"一箭"(或"一刀")定胜败的战杀模式,基本可以算作《格萨尔》战场见英雄的最经典场面和最常见类型。

较为强烈的抒情性。借用索绪尔在《普通语言学教程》里对语言所导引着的二维思维的分类体系，则会看到，《伊利亚特》从整体思维上更多地体现了横坐标轴上的相邻性原则，《格萨尔》从整体思维上更多地体现了纵坐标轴上的相似性原则。

　　当然，这种差异性的存在，并不能干扰对这两部史诗之所以作为史诗的诸多共通性方面所进行的各项研究，本文强调的是：《格萨尔》这部藏族史诗所重视的抒情性和空间思维的特征，也应和着中华文化所具有的这种崇尚抒情性和空间性的特征，换言之，这一点正是从史诗特征角度体现了中华文化"多元一体"之核心思想。

瑶族"文字歌"的文化传统及当下意义

何红一　王　平

（中南民族大学）

　　"无岭不瑶，无瑶不歌。"喜爱唱歌是瑶族一大传统。瑶歌像瑶族其他口头文学作品一样源远流长，具有民间文学所共有的集体创作、口头流传的特性，主要以口头形式存在着。但也不乏借助手抄本形式，由民间懂得汉语的师公、歌娘和歌手们用汉语夹杂着瑶族自造俗字的方式传抄保存并流传。瑶族手抄歌本极其丰富，其中有一类与文字直接关联的字形歌、拆字歌、字谜歌，通过歌唱形式把汉字的形、声、义形象生动地表达出来，透露出瑶族崇尚文化、知书习字、在文字运用上的集体智慧和创造才能。本文拟通过对这类"文字歌"中的文化传统探析，说明瑶族"文字歌"的文化价值以及它与现代瑶族文化建构之间的关系。

一　瑶族"文字歌"构成解析

　　瑶歌"文字歌"指瑶歌中以文字为内容题材的民间歌谣，其表现形式有对歌、盘歌、拆字歌、字形歌、字谜歌等。它或出现在长歌套曲里，或出现在对歌习俗中，或直接以短小的猜谜形式出现，形式灵活，为瑶族村寨生活增添趣味。

　　瑶族过去没有自己的文字，但这并不影响瑶族使用文字和运用文字进行文化创造。文字是人类社会交际的重要手段，在文字缺失的情况下，人们就会马上寻找替代方式。据学者研究，瑶语与汉语同属汉藏语系，在语言类型上同为词根语形态，且同源词多、音韵相似、语法形态相近。① 这种语系上的亲属关系，自然使瑶族对汉语有认同感，很容易直接将汉字拿来改造和使用，使之成为瑶族传统社会主要的交际手段。瑶歌是瑶族民间表情达意、休闲娱乐、传递信息的工具，文字在瑶族社会生活中的重要作用，也渗透到瑶歌中，形成瑶歌中的"文字歌"传统。

1. "字形歌"

"字形歌"是以描摹字形为对象的民间歌谣。广西全州东山瑶族乡婚仪坐歌堂唱时"陪花歌"，其中就有这样一首《字形歌》：

一字写来像把枪，二字画短一画长。

三字写来两画短，四字两点肚内藏。

五字写来盘脚坐，六字三点站四方。

七字写来左脚摺，八字撇拉（捺）八两旁。

九字写来金钩挂，十字写来像把钗。

十字形歌唱几句，凑个热闹来陪花。②

湖南江华也有一首咏唱数字的"十字歌"：

一（乙）字写来像条龙，你看从前赵子龙；

长坂坡前他救主，千军万马逞英雄。

二字写来像条沟，周瑜用计夺荆州。

孔明八卦算得好，害死周瑜上高丘。

三（叁）字写来像楼台，无情无义蔡伯喈，

多多拜上赵氏女，衣襟兜泥垒坟台。

四字有口又无门，你看从前许汉文，

那时水淹金山寺，法海救他命长生。

五字写来背又弓，元霸抛锤打雷公，

天下算他是一将，铜锣落地命归终。③

---

① 据方炳翰对金平盘瑶语言（勉语方言）所记录的 1312 个单音节词中，属于汉语同源词和借词的多达 593 个，占总词量的 45%，同时两者的声母、韵母相比较，金平盘瑶的声母和韵母与汉语的中古音类似或相似、句法结构大同小异。参见宋恩常《汉字在瑶族社会中的传播及其演变》，《云南民族学院学报》1991 年第 3 期。

② 农学冠、李肇隆：《桂北瑶歌的文化阐释》，民族出版社 2008 年版，第 216 页。

③ 彭式昆：《江华民族民间歌谣集》，大众文艺出版社 2009 年版，第 232—233 页。

……

无独有偶，广西桂北地区丧葬仪式歌中的"哭丧开堂引歌"，也有一段类似的"十字歌"：

一字写来像把枪，鸿门大宴请刘邦，

保驾将军螃蟹将，哪怕英雄楚霸王。

二字写来像条龙，薛家府内出英雄，

英雄就是薛仁贵，保主跨海去征东。

三字写来三条街，孔明台上把兵排；

土中暗把雷埋下，烧死曹兵无处埋。

四字写来不通风，出了常山赵子龙；

长坂坡前救阿斗，七进七出好威风。

五字写来缺少角，唐皇李旦闹沙河，

沙河本是唐皇闹，害得鸡狗走奔波。①

……

以上瑶歌都运用民歌"十唱"套路，从"一"唱到"十"，但繁简有别。前一首用比喻、象形、拟人、拟物等修辞手段，直接描摹一至十这十个汉字数字字形；后两首运用起兴手法，先用起兴句进行描摹，再引起所咏之物，对其加以引申和发挥。两首歌虽作用于不同的人生礼仪场合，但都是通过描绘十个数字字形的书写特征，引出民众对历史故事和历史人物的讲述与评价。而且从"一"到"十"的歌序，显得生动有趣，引人入胜。

值得注意的是歌中的异体字、俗字的运用："一""乙"互用、"三""叁"置换，正因为如此，才有"一（乙）字写来像条龙""叁字写来像楼台"（"叁"与楼台之"臺"外形相近）之类的句子。其中不规范的汉字解读和认知途径来源于瑶族民间的智慧，也正好说明民歌姓"民"的特性。

2. "拆字歌"

所谓"拆字"，是利用汉字笔画或部首交错的结构特点，对汉字进行拆解和组合而形成的趣味性文字游戏，"拆字"是中华字谜中"离

---

①　农学冠、李肇隆：《桂北瑶歌的文化阐释》，民族出版社 2008 年版，第 326 页。

合"字制谜法形成的基础。"拆字"作为文字游戏源远流长。始于汉代的图谶文字，在测字、行酒令、对对子、猜灯谜等大众化的娱乐活动中不断发展成熟。

早在唐代，"拆字歌"就现身于瑶族《盘王大歌》中。《盘王大歌》为瑶族全民祭祀盘王时所唱的祭祀歌曲，抄本众多，流传甚广，皆以汉字杂以俗字方式抄存于世。全歌一万余行，通常要唱七天七夜。《盘王大歌》中祭祀套曲中都有一首《四字歌》，歌中唱道：

四字文书天字大，天字在高水字深。

火字不通郎下手，水字不通郎洗身。

四字文书天字大，天字不通水字深。

瓦字不通串手过，石字不通郎下针……①

用拆字解义的方式和浅显的生活道理将"天""水""火""瓦""石""败"等常用字的形、义编进歌里传唱，起到汉字启蒙和愉悦身心的目的。《四字歌》是迄今为止发现的瑶族最早的"文字歌"，为后世同类歌谣之滥觞。

除了祭祀盘王，瑶族歌堂对歌也常常融入拆字游戏，形成饶有兴味的"拆字歌"。广西湖南等地平地瑶青年婚礼对歌"坐歌堂"中，都有对唱"拆字歌"习俗。所问之字读"轭"音，两"轭"成一门。

（1）一笔写成門字，两边門变成门，門字肚里安开字，请动主人开大门。开开大门留俫（小伙子之意）进，留俫进屋趁歌堂。

（2）一笔写成是木字，米字写来右边安，女字安在米脚下，同伴来到新娘楼。

（3）一笔写成草字头，人字写来在中央。木字写来脚下站，同伴接下主人茶。

（4）一笔写成是火字，西字写来右角安，土字写来脚下站，金童玉女奉烟来。

（5）一笔写来是言字，主字写来右角安，月字写来脚下站，几俫同伴请行娘。

（6）一笔写成半边口，用字写来脚边安。走字打行脚下过，今夜酒筵

---

① 引自笔者拍自美国国会图书馆馆藏瑶族文献《盘王大歌》的影印件。

俫通杯。

(7) 一点一横长，三步楼梯架到墙。大口肚里安小口，今夜酒宴第一高。

(8) 一笔写成是木字，卜字写来在右头。早字写来脚下站，起动主人收开桌。

(9) 門字肚里安市字，同伴如如闹歌堂。

(10) 另字扎刀别了姐，良字女边离开娘。①

以上歌段分别通过拆字方式，把汉字的结构、形态，甚至内涵生动地描绘出来。其中（1）（9）分别将繁写的"門"字，拆成两个门扇，用"門字肚里安开字"和"門字肚里安市字"，来猜射"開"和"闹"字。同时，"请动主人开大门……留俫进屋趁歌堂""同伴如如闹歌堂"句，暗示出当地开门迎客，设宴对歌的热闹场景。

同样，（10）用"另""刂"和"良""女"分别拆解"别""娘"二字，句子中也隐含着歌堂散场时恋人间难舍难离的心境。（2）用"木""米""女"拆解"楼"字；（3）（4）分别用"艹""人""木"拆解"茶"字；（7）"火""西""土"拆解繁写的"煙"字，同时也表现瑶族歌堂对歌时用茶、烟相待的好客习俗。

拆字歌中书写不规范的现象也从歌中折射出来。例如（5）用"言""主""青"拆解"請"字。歌中唱道："一笔写来是言字，主字写来右角安，月字写来脚下站，几俫同伴请行娘。""请"字右边的"青"字头应为三横一竖，不属于一个独立字。但瑶族歌手却将它视为"主"字，虽然属于不规范用字，但表明瑶族在习字、用字过程中敢于变通，用大体相近的形象来拆分构字的机智。

在歌段（6）中，用"半边口"加"用"字，再加"走字底"拆解"通"字、用"一点一横长，三步楼梯架到墙。大口肚里安小口"来拆解"高"字，也分别得到的是"通"和"高"的俗字"通"与"高"。歌段（8）用"棹"做拆解字，用木旁加"卜"和"早"构成俗字"棹"来拆解桌子的"桌"，"棹"也不是规范的用字，"桌"与"卓"本不是一回事。以"卓"代"桌"为俗字中的同音替代。歌中又在"卓"字左侧加了木字旁，属俗字中的"增加意符"现象。

---

① 引文皆见于奉大春、任涛、奉恒陞《平地瑶歌选》，岳麓书社 1989 年版。

这一现象正好说明"拆字歌"虽然用了文字的形式，但仍然有别于文人雅士的拆字游戏，是民众审美意趣的体现。其中俗字的运用，为我们认识瑶用俗字形成规律和构成理据提供了生动的例证。

3. "字谜歌"

字谜为谜语之一种，由谜面、谜底组成。字谜歌就是用歌唱形式猜射汉字的益智游戏。瑶族民歌中的盘歌和以歌斗智传统，孕育了字谜歌的产生。前面所举的"字形歌""拆字歌"，其实都已具备了字谜的因素。只需稍加转化，添上谜底，用于猜射游戏，遂成字谜歌。请看一组湖南八都平地瑶字谜歌。①

（1）一点写来一横长，二点写来口四方；

上面又有五官坐，下面双口讲文章。

（2）一对鸳鸯平排飞，一个瘦来一个肥；

一年只能来一转，一个月里来三回。

（3）二十一日落大雨，落到初三它才停；

那个猜中我小字，一双花带做人情。

（4）东边人买白丝线，西边人买白花丝；

人买八块去得早，我买十块去得迟。

（5）言是青山不是青，两人土上说原因；

三人寻牛牛无角，草木丛中有一人。

（6）二人共凳不出头，丁字脚下打绣球；

一人就把绣球遮，柑子树上结石榴。

其中歌（1），运用拆字法，将言字旁拆解成"一点一横长""二点""口四方"。再将右边的"吾"拆解为"五官坐"的"五"和"双口讲文章"的"口"，合起来为"语"字。其中对笔画的描述，也有不够准确之处。例如"二点口四方"，应为"二横口四方"，但由于是民间文学，只求大概，不必细究，也不为错。

歌（2）运用了拟物法和诡词法。把数字"八"比作一对平排飞翔的鸳鸯，并用"一个瘦来一个肥"，暗示"八"在书写时粗细不一的特点，这就是拟物。接下来两句"一年只能来一转，一个月里来三回"，用诡词

---

① 彭式昆：《江华民族民间歌谣集》，大众文艺出版社2009年版，第261—265页。

法提供猜射条件：一年之中只有"一转"，即暗示在一年中只有一个八月；而一月之中"来三回"则暗示在一个月时间内，有三个"八"日，即八日、十八日、二十八日。这种指东道西、自相矛盾的制谜方法，就是诡词法。既提供些许蛛丝马迹，为猜谜者指出思考线索，又进一步误导对方，将其引入歧途。

歌（3）谜底为"满"字。制谜者用拆字法解构"满"字，但，不是"满"的正字，而是解构"满"的俗字"潎"。方法为用"二十一日落大雨"解构满字右半部分："二十一日"用"廿"加一横表示；下半部分以"雨"代"两"。左边用"落到初三它才停"暗示偏旁为"氵"。"满"本为形声字，从水、从㒼，会水盈溢之意。但由于民间俗字"满"写为"潎"，制谜者才有如此描述。

歌（4）谜底为"樂"字，这里也运用了拆字法。将"樂"字的上半部分拆解成幺、白、幺；下半部分的"木"字拆分为"八"和"十"字。整首谜语还用了叙事手法，讲述"东边人"和"西边人"分别去买"白丝线"和"白花丝"，"去得早"的人买得便宜，"去得迟"的人买得贵的小故事，使谜面听起来津津有味。

歌（5）、歌（6）为蝉联法，谜底分别为一个四字词组，谜面互相关联，破其一，则势如破竹，其余谜底很容易被一一破解。

其中歌（5）首句："言是青山不是青"，"言"加青山之"青"为"请"；"两人土上说原因"，提示"土"字上面有"两人"，为"坐"字；"三人寻牛牛无角"中的"三人寻牛"暗示"奉"字的字头；"牛无角"，"牛"字没有角，可以猜射为"奉"字的下半部分结构。"三人寻牛牛无角"，合起来为"奉"字；最后一句"草木丛中有一人"，隐射"艹"和"木"之间有一个"人"字，即为"茶"字。四句诗构成的谜底为"请坐奉茶"。

歌（6）的首句"二人共凳不出头"，"二"与"人"的组合，又不出头者为"天"字；"丁字脚下打绣球"为"丁"字下面加一点，是个"下"字；"一人就把绣球遮"，用了拆解法加象形法，"一人"为"大"，再加上一个"绣球"代表"大"字下面的一点，则为"太"字；"柑子树上结石榴"，"干"与"柑"谐音，用"干子树"代替"柑子树"，"结石榴"用了象形法，将"干"字左右加上两点，变为"平"字。谜底为

"天下太平"。

这两则四字谜底的字谜巧妙拆解出字形，再现了汉字的形象性，"丁字脚下打绣球""柑子树上结石榴"句，将汉字的基本笔画"、"比喻为"绣球"和"石榴"，形象生动地描述了字形，又表达了瑶乡风情和老百姓朴素的生活理想，同时，四句七言构成的歌句也朗朗上口，带来听觉上的美感，让人过耳不忘。

二　瑶族"文字歌"的文化功用

1. 文化娱乐

人类的生活少不了娱乐和消遣，谜语就是民间文学中娱乐性最强的一种形式，也是民众生活中非常人性化的精神消遣方式，从古到今，它一直是民众生活的开心伴侣。"蛮人生活痛苦，居地荒凉，工作繁多，若不以唱歌宣其湮郁，则绝无怯烦怡情之余地。"[①]　瑶族生存环境恶劣，生活艰苦，不断迁徙流离，生活中的艰辛需要用歌唱娱乐的方式来调节，以维系精神上的平衡。正如一首瑶歌所唱：不唱山歌心好慌，好比家中断了粮；家中断粮吃野菜，嘴不唱歌断肝肠。[②]　瑶族祭祀祖先盘王，通常是一个盛大而漫长的过程。除了请神等仪式歌曲外，还需要唱颂一些轻松、调侃和益智方面的歌调来调节气氛和愉悦身心。在婚丧礼仪中，也通常需要用歌唱来营造气氛、疏导情绪，拆字猜谜游戏于是应运而生。

"文字歌"的娱乐性来源于引人入胜的设谜技巧。《文心雕龙·谐隐》："谜也者，回互其辞，使昏迷也。""义欲婉而正，辞欲隐而显。"谜是让人动脑筋来猜的，既要使人感到有难度，百思而不得其解。又要提供线索，启发思路，引导破谜者穷追不舍地去探寻谜底。好的字谜，初看使人"昏迷也"，感到"山重水复疑无路"，产生浓厚的审美期待；经过一番冥思苦想后，获得"顿悟"，心情豁然开朗，享受到"柳暗花明"的精神愉悦，获得心理上的满足。正如一位学人所说，谜语是各民族感受语言魅力，满足好奇天性的文字游戏。谜语带着欢快的心情、发散的联想抒发对事物的观感体验和见识，并以垂询的姿态寻找和等待玩伴。它既有守口

---

① 刘锡蕃：《岭表纪蛮》，商务印书馆1934年版，第155页。

② 农学冠、李肇隆：《桂北瑶歌的文化阐释》，民族出版社2008年版，第9页。

如瓶、天机不可泄露的骄傲与矜持，又有迫切的渴望、不耐寂寞的期待和顾盼。二者构成巨大的张力，使谜语拥有无穷的吸引力，"谜"惑着我们。① 瑶族"文字歌"充分体现对汉字结构进行揣摩的智慧，故意设置猜射障碍。又运用指东话西、谐音别解、模糊概念等方法，制造显与隐的矛盾。将人引入歧途。增加了谜面与谜底的距离，令人费解与玩味。

瑶族"文字歌"的娱乐性还来自它的互动性。俗话说，一个巴掌拍不响。"文字歌"需要有人回应和破解，虽取材短小，但不乏绘声绘色，勾勒出趣笔趣事，构成小字谜中的大手笔，将民间文学的娱乐性发挥到极致。在轻松愉快的歌唱互动中，既有设谜方的挖空心思和得意，又有破谜方百思不解的焦虑和一旦射中谜底，验证智力的快感。紧张疲惫的身心得到松弛和休息，何乐而不为？

2. 文化传习

"寓教于乐"这个命题起于古罗马的贺拉斯《诗艺》，"诗人的愿望应该是给人益处和乐趣"。其实"益处"和"乐趣"是民间文学带给人们密不可分的一件事的两个方面。千百年来民间文学的发展和传承史告诉我们，民间文学一个最大的功能就是"寓教于乐"，而作为识字游戏"文字歌"，这一功能就格外明显。因为单纯的娱乐是不存在的，"文字歌"的演唱，在娱乐之后总会带给人们某种思索和启迪。像将前文所举的数字歌、拆字歌和字谜歌熟练地唱下来，汉字的结构及意义均会烂熟于心，人们在所喜爱的歌唱活动中还能收获习字认字的乐趣。这种在游戏学习文化知识的方式是"寓教于乐"的典范。

汉字是一种表意体系的文字符号，汉字的形体同字义之间有着紧密的关系。通过浅近的描述、生动有趣的方式拆解字形，讲述故事，传递文字信息，是很好的识字教育方法。清代文字学家王筠曾说："人之不识字也，病于不能分。苟能分一字为数字，则点画必不可以增减，且易记而难忘矣。"② 提倡将笔画繁多、结构复杂的汉字拆分为数个独体汉字，使汉字的认知由难变易。

还盘王愿、婚丧仪式中的歌堂对歌，都是瑶族传统风俗礼仪。瑶族

---

① 王燕：《谜语策略及认知机制》，《哈尔滨学院学报》2006 年第 3 期。
② 王渭：《王亚平传略》，《新文学史料》1989 年第 1 期。

"文字歌"融入其间，不需要另设歌唱语境和习读空间，歌堂对歌民俗就是当地最自然的识文断字演练场所。把原本严肃的教育融于生动的民俗熏陶和互动之中，在有意无意之间，进行情景式的认知习读汉字知识。教育是在春风化雨，润物细无声，完全宽松自由的状态下进行的，而不是居高临下的教训和强制命令，更不是灌输，这种在自然状态中的歌唱教育，是"寓教于乐"的最高境界。

3. 文化创造

文字的创造，并不像有些人理解的只是文人墨客、士大夫的专利，也可以是山野村夫、妇人孩童参与的精神活动。老百姓不是只知道春种秋收和柴米油盐的泥腿子，作为文化的创造者，他们的社会知识面也相当丰富。其中的佼佼者，上知天文，下知地理，中及人事，加上年复一年歌场的实战演练和实践熏陶，个个文韬武略，满肚子文才。《广东新语》记载山子瑶与壮族一样，喜好作歌，歌成后先抄成范本，供奉后珍藏，以至歌本累积数箱之多。歌本，历来是当地民歌流传的重要载体之一，年复一年的对歌习俗和歌场训练，培养了歌手们的汉字认读水平。唱着这些歌长大的人们，他们的汉字修养和认读水平都是不可小觑的，比肚才，有时候当地汉族也不敌。

汉字的魅力体现在使用和创造之中。汉字中95%以上是合体字，偏旁有1000余。汉字的笔画和部件的可拆分性为汉字字谜的形成提供了必要条件。汉字的拆分使字的重构成为万花筒效应，有层出不穷的变化。拆分汉字，加以注解，利用汉字形、声、意，加入编者的经验和感受，来实现拆解与转换。给予该汉字从内涵到外部结构的重新建构，这实际上也属于一种文化创造。

瑶歌中的拆字游戏，不拘"六书"，有用字形类分法拆分，也有反常规的拆分。"拆字对汉字结构形体的利用，真正是按照'六书'规则来拆分形体的，却是少而又少。而更多的则是，作者主观上望'形'拆分，不拘六书；有的是对不能分解的汉字强加分解，有的则是对可以分解的汉字随意分解。正是从这个意义上说，使得拆字的运用变得更为容易，从而走向了大众化。"[①] 瑶歌的拆字中加进很多自己的理解与创造，补充了很多

---

① 曹石珠：《汉字修辞学》，西安出版社2004年版，第31—41页。

瑶用俗字的解构字例，较之汉族字谜显得更具有灵活性。

　　瑶族"文字歌"的文化创造，还体现在设谜者的审美情趣上。民间艺术是民众智慧与美感的结合。"中国自古就有许多由'趣'组成的审美范畴，像雅趣、俗趣、天趣、奇趣等，这些趣味形态内含不同，各具风韵，体现着一种独抒性灵的智慧的快乐，每一种趣味形态，都以其独特性造就一种魅力，它能给人以异乎寻常的体验，而这体验又能让人快意于心。"① 瑶族"文字歌"传达出丰富的民众的审美情感，是带有民间美学趣味的情感。

　　这种美学趣味，首先在于天趣。"近取诸物，远取诸身"，通过形象地描摹对象，达到传达审美的目的。其次，在于奇趣。好奇之心，人皆有之，是人类审美期待的原始动力。"文字歌"对汉字采用不规范的汉字解读，或绕着弯子说话，委婉曲折地表达所指、故意制造悬念、巧设关节，形成误读、歧义。这些都突破了人们的惯性思维，反映出谜者出奇制胜的认知方式，造成一种幽默诙谐的修辞效果，听者趣味横生，使人愉悦、使人开心，达到某种精神上的满足。最后，在于俗趣，即通俗之趣，不像文人拆字那样文气十足。瑶族"文字歌"解读的是民间常用字。这些字使用率高、实用性强、笔画简单，是一般民众很容易掌握的。在形式上以歌体形式呈现，比之散文体字谜更有优势，更利于流传。加之修辞法的介入，给歌体"锦上添花"。

三　瑶族"文字歌"的当下意义

　　瑶族"文字歌"的个案分析，提醒我们在民众的文化创造、汉字与少数民族文化的关系以及新农村文化建设中，有必要重新审视如下问题。

　　1. 重新认识瑶族与汉字的关系

　　瑶族与汉字有着特殊的关系。这种关系的形成，除了对歌与歌堂传书传统外，还得助于道教的传播。

　　宋代传入瑶区的道教，其传播载体主要是汉文经书。这些经书也就成为瑶族习读汉文的教科书。一般瑶族男子到了成年时期都要由瑶族师公、道公举行"挂灯"受戒仪式。"挂灯"、受戒时除师父密授仪式与法术外，

---

① 徐放鸣：《审美文化新视野》，中国社会科学出版社 2008 年版，第 64 页。

抄写师父传予的汉文经书，便是徒弟的一大功课。先由师父逐字逐句逐篇教念教写，经过一段时间，直到把全部经书念熟抄下方算结业。云南河口瑶族乡水槽村蓝靛瑶"度戒期间，受戒者住在度师家中，不吃荤……等到夜深人静时，方由师父传授各种宗教仪式和课目，学到一定程度后，可自回家念诵经书，念完 18 本后，度戒才算结束"①。

由于瑶传道教的原因，在瑶乡，男性青年即使没有机会进学堂，也能通晓汉字，甚至有着较高的汉文化修养。瑶族为了传播本民族传统文化，对后代进行历史文化教育，也会通过宗教拜师途径和乡学、自学方式接受汉字扫盲。

部分瑶族迁徙到东南亚和欧美以后，也将这种习字风气带出国门。在老挝、泰国都曾办过自己的学校，自编汉文启蒙课本，在族人中传授本民族历史文化。甚至在泰国难民营里还买来汉语字典，聘请汉文修养较高的汉人作为老师，学习汉字。所以现在尽管他们祖上都有好几代人客居他乡，但仍然珍藏着祖宗传下来的汉字经书，并有不少人还能认读。

瑶歌的文字传统可以为瑶汉关系研究提供生动例证。

汉字是华夏民族的杰出贡献，是中华各民族的共同财富。它不仅对汉族文化生活产生着巨大影响，对少数民族文化生活以及世界文化也产生着巨大影响。本来汉字是民众的创造，汉字只有在民众的不断使用中，才会焕发出生命的活力。瑶族民众不仅能用汉字记录本民族的文化，还善于用汉字编字谜歌，拆字解义，这是需要对汉字字形、字义有着熟练的把握程度的。

汉字字谜中最为常见的汉字修辞格是拆字、减笔、增笔以及这几种辞格的综合运用，在瑶族"文字歌"也有生动体现。不过用得最多的还是俗字。例如前面所举瑶族拆字歌"一点一横长，三步楼梯架到墙。大口肚里安小口，今夜酒宴第一高"。拆解"高"的异体字"髙"，此字在敦煌俗字中也有出现，可见瑶族受汉字影响年代久远。

2. 重新认识各族民众与汉字文字的关系

语言文字是人类思维活动的中介与载体，它承载着人类文化的继承、

---

① 黄贵权：《瑶族——河口瑶族乡水槽村（云南民族村寨调查）》，云南大学出版社 2001 年版，第 163 页。

发展和传播重任，同时又是文化的凝聚体和重要组成部分。瑶歌是瑶族语言文字艺术的智慧结晶，在长期的使用与传承过程，瑶歌已经成为瑶族传统文化的一个重要的载体与标志，瑶歌中蕴藏的文字传统，是瑶族在不利于自身文化发展的历史条件下，崇尚文化、创造文化的标志。这一传统是一笔珍贵的精神财富，值得我们认真总结，加以继承和弘扬。

在汉字创造上，一向存有分歧。汉字究竟是汉民族所创，还是各民族共创？认为汉字"是汉人创造文明的工具，是汉民族智慧的结晶"[1] 的观点，仍然代表相当一部分人的认识。瑶族"文字歌"让我们看到瑶歌的多面性与丰富性，看到瑶歌中所包含的文化传统及文字精华。一方面可以知道汉字对少数民族文化所产生的影响，另一方面可以了解瑶族文化对汉字文化的改造和灵活运用。我国南方很多民族都有拥有汉字类俗字（有的称其为土字），也拥有类似瑶族的"文字歌"。"文字歌"在中国民歌中也许只是一个很小的类别，微不足道，容易被忽略，但是作用不容小觑。我们可以从中总结出汉字在少数民族方言中运用的特殊规律，为汉字文化在不同族群中的传承和运用提供借鉴，为中华民族的文化认同提供有力依据。

3. 重新认识传统"文字歌"在当代社会生活中的作用

民歌历来都是民众的开心伴侣，养心良药。任何时候，只要唱起民歌，就会忘却烦恼。即使是悲歌也能带给人们以心灵共振后的快感。尤其是"文字歌"中所具有趣味之美、修辞之美、诗性之美与智慧之美，是千百年来民众创造的非常可贵的文化传统，值得我们在建设社会主义新文化过程，认真地加以总结和发扬光大。

现代社会对娱乐、休闲的要求应该比传统社会更为迫切。作为民歌的一种，"文字歌"用智慧建构汉字迷宫，供民众劳动之余斗智逗趣，娱情怡性，恢复心身活力。它的几大传统功用：游戏、欣赏、教育、创造都可以现代社会人群中继续发挥作用。

瑶歌"文字歌"寓教于乐，在轻松愉快的歌唱环境中，疲惫的心情得到休整，又能普及汉字文化知识，使民族文化得以延续。"文字歌"虽然可以写出来，借助手抄本流传，但它的本质是属于人民大众的。通常是为"唱"而写、为"传"而写，为"记忆"而写，而不是相反。它的文化属

---

① 李纯甫：《汉字体现的汉人自然观念及原始崇拜》，《抚州师专学报》1992 年第 4 期。

性还是姓"民",不姓"文"。借助文字的书面载体,瑶歌也获得更为丰富的传承传播范式,超越时空局限,流传得更广泛、更久远。

瑶歌"文字歌"所体现的文字传统为瑶族新文化建设奠定了坚实基础。

新文化建设,是一个逐步积累、持续发展的过程。任何民族文化的发展,都离不开传统文化的根基。"一个民族的精神和文化素质固定由某一种文字形式来体现,在长期的历史承袭过程中形成一种习惯势力,使这种文字成为该民族文化特点之一,成为该民族传统文化中重要的组成部分。文字的文化特质既体现在文字形式本身之中,也体现在用该种文字所记录的文献之内。"① 瑶歌"文字歌"及其文化传统,体现了瑶族人民在统治阶级文化垄断和文化压迫下,争取文化自主和文化平等的积极抗争精神。瑶族是历史上不断迁徙的民族。因为不断迁徙,居无定所,又经常受到迁徙地文化的冲击,保留祖先传下来的文化尤为重要。瑶族保留民族文化的方法除了口传心授外,还借助于汉字的书写习读,将民族记忆用纸笔传抄下来,使本民族历史不至于在颠沛流离的迁徙中流失、中断。尤其是瑶族,从古到今不断地迁徙、游移,居住国度在三种以上。习读汉字,抄写祖传文献为他们保留了本民族祖传下来的重要文化信息,也成为他们艰难迁徙历史的见证。而"文字歌"就是他们在被剥夺接受正规文化教育权力的条件下,自我教育的手段之一。

瑶歌"文字歌"及其文化传统,还展示出瑶族人民在汉字运用上的创新和智慧,谜歌作为一种大众的文化现象,首先与一个民族的思维方式密切相关。了解制谜的巧思过程,对于了解瑶族思维方式有重要意义。

相对文人字谜研究,民间字谜的研究历来都是薄弱环节,尤其是少数民族的字谜歌,更是弱中之弱,这与社会上的偏见有关。传统观念鄙视文学艺术的娱乐性。试想过去连小说、戏曲都被视为"鄙野之言""淫邪之辞",地位低下的民歌更不在话下。民间字谜歌清新自然、形式灵活、具有民族性、地域性,反映老百姓的审美情趣,有很强的审美价值和文化价值。加强搜集与抢救、加强对少数民族字谜歌的研究,建立包括少数民族字谜歌在内的真正意义上的中华字谜库,对于推动中华字谜的发展,保护字谜文化的多样性,有着重要意义。同时大学里的民间文学课程中也应

---

① 张公瑾:《汉字的文化属性》,《民族语文》1999 年第 1 期。

强调字谜的分量，建立课外兴趣小组和研究社团，为字谜的研究培养后续
人才。

如前文所指，"文字歌"从常见的文字中，重构、演绎出全新的文化
内涵，当然也体现出一种可贵的文化创造精神。瑶族同胞在生产生活中借
助汉字创造的瑶用俗字中有大量的汉语借音、借字成分，都记录在生动有
趣的"文字歌"中，代代传承下来，反映当地丰富的语言资料，为研究瑶
用俗字的构造理据提供了鲜活的样本。这对于瑶族方言俗字的研究，都将
大有裨益，最终为少数民族认知科学理论的建立提供语言素材。

中国创世神话形态演变论析

向柏松

（中南民族大学）

　　早期研究中国神话的学者，大多根据典籍资料考察中国神话的形态，得出所谓中国神话零碎、残缺、不成系统的结论。20 世纪 80 年代以来，随着田野调查获取的大量口头神话材料公之于世，以及袁珂广义神话概念的提出①，早期神话论者的观点不断受到学界的质疑与否定。与此同时，人们开始从不同的视角来揭示中国神话系统的存在，至今已有不少研究成果，如：神谱系统的考证②、长篇神话包括史诗的复杂性与完整性的论证③、活态神话体系的揭示④等。这些研究有助于人们认识中国神话的系统性特征，但是，还缺少对中国神话系统形态形成历程的追溯，以至于使人们无法从中国神话芜杂的材料中去准确识别系统形态的存在。本文试图通过对中国创世神话发展历程的梳理，来鉴别中国创世神话的系统形态，为中国神话系统形态的研究提供一种思路。中国创世神话作为一种事物释源神话，经历了由零碎、简短、残缺的故事形态到连贯、复杂、完整的叙事体系的漫长发展过程，这一发展过程先后出现了原生形态、衍生形态、系统形态等创世神话形态。

---

　　① 袁珂：《从狭义神话到广义神话——〈中国神话、传说词典〉序》，载《民间文学论坛》1983 年第 2 期。

　　② 谢选骏：《中国神话体系简论》，载《民间文学论坛》1985 年第 5 期；闫德亮：《中国古代神话的文化关照》，人民出版社 2008 年版，第 9—32 页。

　　③ 陶阳、钟秀：《中国创世神话》，上海人民出版社 1989 年版，第 138—144 页。

　　④ 孟慧英：《活态神话研究的历史基础》，载《民族文学研究》1989 年第 1 期。

一　原生形态

最早出现的创世神话，是人类社会早期的单一的释源神话，往往只解释天地万物与人类中的某一类事物的起源，这是因为早期的人类还缺乏综合思维与概括思维的能力，在解释事物的起源时，只能作单一的解释。因此，这类创世神话往往情节单一，篇幅短小。我们称其为原生形态创世神话，可分为如下几种类型：

（一）自然形成型

包括自然演化与自然生人两种形式。

自然演化。在神话中，天地万物的形成多源于自然的演化。这类神话讲述天地的形成，多说是在某种力量的作用下将整体物质分离的结果，或者说天地本是相连相近的，由于某种自然力量的作用而拉开距离，从而形成天空。如云气形成天地神话，将天地的形成说成是气体运动或混沌之气分离的结果。阿昌族神话《遮帕麻与遮米麻》中说：远古之时，无天无地，只有混沌。混沌之中，无明无暗，无上无下，无依无托，无边无际。不知何年何月，混沌中闪出一道白光，有了光明，就有了黑暗，有了黑暗，就有了阴阳。阴阳相生诞生了天公遮帕麻和地母遮米麻。① 彝族创世史诗《阿细的先基》、彝族典籍《西南彝志》与《宇宙人文论》、基诺族史诗《阿嬷腰白》、纳西族史诗《创世纪》等中都有类似的神话。这种对天地起源的描述，反映了早期人类对宇宙起源的朴素而朦胧的思考，其虚实相生的说法可能就是老庄哲学思想的源头。

自然生人。在神话中，人类的起源有的为自然孕育，而更多的则是自然生人，包括动物植物生人、自然物生人。如竹生人神话，我国南方多竹，竹生人神话主要产生于南方。南方各民族多有以竹为图腾者，竹生人神话即为其图腾神话。陶阳、钟秀指出："原始先民们所以会想象竹生人，除了受生命一体化这一普遍观念支配外，还因为竹子本身有它的特点，如竹笋生长神速、竹子空心等。生长神速是生命力旺盛的表现，空心又易引起可以容人和母腹的想象。"②

---

① 张研：《布碌吃的传说、遮帕麻与遮米麻》，中州古籍出版社 1991 年版，第 46 页。

② 陶阳、钟秀：《中国创世神话》，上海人民出版社 1989 年版，第 219 页。

彝族竹生人神话说：太古时代，一条河上飘来一节楠竹筒，漂到岸边爆裂，从中爆出个人来，称名阿槎。[①] 云南、贵州、四川、广西等地均有竹生人神话。台湾卑南族、雅美族、排湾族等也有竹生人神话。

（二）化生型

化生型创世神话讲述巨大的生命躯体化生为万物和人类的故事，主要包括人体化生与兽体化生两大类。

人体化生。人体化生神话中最典型的是盘古躯体各部分化生天地万物及人类的神话，见三国吴国人徐整《三五历纪》，后文有详述。谭达先指出该神话经长期传承，在我国有广泛分布，包括中部、东部、西南部、西部、南部、东部、东北部及台湾地区。[②] 至明代，该神话已有很大变异。周游《开辟衍绎通俗志传》（第一回）："（盘古氏）将身一伸，天即渐高，地便坠下。而天地更有相连者，左手执凿，右手执斧，或以斧劈，或以凿开。自是神力，久而天地乃分，二气升降，轻者上升为天，浊者下沉为地。自是混茫开矣。"此处盘古创世已不是化生，而是用斧劈、凿开，更符合开天辟地之说，然此则神话已不属于化生类型，而是属于下文所论制造类型了。

兽体化生。我国少数民族多兽体化生神话。流传于四川的藏族神话说：很久以前，没有天和地，到处一片昏沉、苍茫、朦胧。不知过了多少年，一只人面大鸟，摇动左翅，出现了天空，摇动右翅，出现了大地。它的左眼变成了月亮，右眼成了太阳，骨骼变成了大地上的石头，筋络变成了山脉，血液成了水，肉成了泥土，头发成了森林、花草、庄稼。此则化生神话与盘古化生神话如出一辙，只不过是化生者由人体变成了兽体。普米族神话《杀鹿歌》有鹿体化生神话[③]、彝族史诗《梅葛》有虎体化生神话[④]、哈尼族创世史诗《奥色密色》有牛体化生神话[⑤]。

（三）制造型

制造型创世神话讲述创世大神制造天地万物和人类的故事，它与巨人

---

① 余宏模：《夜郎竹王传说与彝族竹灵崇拜》，载《贵州民族研究》2004 年第 4 期。

② 谭达先：《"盘古开天地"型神话流传史》，载《文化遗产》2008 年第 1 期。

③ 中国各民族宗教与神话大辞典编审委员会：《中国各民族宗教与神话大词典》，学苑出版社 1993 年版，第 519 页。

④ 云南省民族民间文学雄楚调查队搜集翻译：《梅葛》，云南人民出版社 1960 年版，第 15—17 页。

⑤ 刘辉豪、白章富搜集整理：《奥色密色》，载《山茶》1980 年第 3 期。

化生神话一样都是人类自我意识增强的产物，都表现了对人类自身伟大创造力的崇拜。制造型创世神话属于原生态创世神话，原因有二：其一，制造型创世神话虽然晚于自然形成型创世神话，但仍然是人类早期的神话。因为这类神话在人类能够制造生产、生活工具时就有可能产生。比如泥土造人神话的产生，就可能与人类制造陶器与制造泥质神像有关。其二，制造型创世神话只包含单一的母题，即制造天地与人类，其中主要是人类。我国此类神话最具代表性的是女神造人神话。如汉族的女娲用泥土造人神话。基诺族有女神阿嫫腰白用泥垢造成天地、日月、星辰、山川、河流、动物、植物和人的神话。瑶族有女神密洛陀造天地和人类的神话①。土家族有女神依窝阿巴用泥土和多种植物造人的神话②。也有男性制造神话或男女神共同制造神话。彝族史诗《阿细的先基》③讲述了男神阿热和女神阿咪共同用泥造人的故事。

（四）女子生人型

女子生人神话与女子造人神话一样都是母系氏族社会的产物，但它与女子造人神话所表现的观念有所不同。女子生人神话表现的是对女子生育力的崇拜，而女子造人神话主要表现的是对女子创造神力的崇拜。在女子生人神话中，没有对女子怀孕原因的解释，这是因为，在只知有母不知有父的时代，人们直接观察到女子生人现象，只会将女子生人与相关的器官如母腹、生殖器等联系起来，而不会去追寻女子怀孕生子的原因。这就产生了单一的女子生人神话。满族女子生人神话说，宇宙形成之初，有地母神巴那吉额姆创世。她是宇宙三姊妹之一，有山一般巨大的身躯，腹部和高耸的乳房。她搓落身上的泥土和汗毛，化作了树木山海，流出的汗水化作了清泉。她生下了第一个女儿，是个四头、六臂、八足的大力士。神话中的女神有高耸的腹部，这正是女子怀孕形象的写照，是母腹崇拜的体现，可见该神话源于母腹生殖崇拜。满族另有女子生人神话《佛朵妈妈》，则直接与女性生殖器发生联系，也可见女子生人神话产生的缘由。神话中的女子为满族始祖母神，名为

---

① 莎红整理：《密洛陀（瑶族创世古歌）》，广西人民出版社1981年版，第1—4页。
② 彭勃、彭继宽整理译注：《摆手歌》，岳麓书社1989年版，第32—34页。
③ 云南省民族民间文学红河调查队搜集翻译整理：《阿细的先基》，云南人民出版社1959年版，第35—37页。

佛朵妈妈。① 佛朵，即满语"佛特赫"，意为柳枝。柳枝在满族是女阴的象征，女阴则是生育万物的生育者。佛朵妈妈意即生育万物的大母神。佛特妈妈生人神话源于女阴崇拜，即此可证。

（五）婚配型

婚配型神话是在人类对于男女交配或雌雄动物交配繁殖新生命现象有了朦胧的认识之后才产生的。人们将婚媾或交配看成是人类诞生或人类再生的必要行为，并对其加以崇拜，从而产生了婚配型创世神话。主要有人兽婚与兄妹婚神话。

人兽婚。人兽婚神话是人类关于两性交配繁衍子嗣认识的低级阶段的产物，也是动物生人神话不断演化的产物。人兽婚神话多讲述人（多是女子，也有男子）与某种兽类成婚生子的故事，而其中的兽类往往又可以变化为人形。兽类变化为人形的情节可能是后世的人们为使其解释合理化所做的篡改。傈僳族虎氏族有女子与虎婚媾生子神话，虎为傈僳族虎氏族图腾，该神话为傈僳族虎氏族起源神话。神话说：古老时代，一女子上山砍柴，遇一虎。虎旋即变为一青年男子，与女子交配，生一男，长大后以虎为名，表明为虎之后人。另一异文说：一虎化为青年男子，与某女成婚，生下的子女就成为虎氏族。傈僳族熊氏族有女子与熊婚配生子神话：远古之时，一女子上山砍柴，遇一大公熊，熊步步走近女子，到眼前时，女子吓得昏死过去。待女子醒来，公熊已变为一青年小伙，两人遂结为夫妻。婚后产一男，即是熊氏族之男祖先。蒙古族、怒族、珞巴族等都有人兽婚神话。

兄妹婚。兄妹婚神话反映了人类历史上存在过的血缘婚制，血缘婚制是不分辈分的群婚制的进化形式，在这种制度下，同辈有血亲关系的兄弟姊妹都可通婚。在兄妹婚神话中，兄妹要实施婚配实际上处于两难境地，一方面，为繁衍人类，兄妹必须婚配；但另一方面，两人的婚配就意味着乱伦。这说明兄妹婚神话产生的时代已是兄妹婚制逝去的时代，当时已有了兄妹不能通婚的禁忌，在神话中兄妹最终配成夫妻繁衍人类，这是因为，兄妹婚制还存在当时人们的记忆中，当人们追溯人类的诞生，并将其与早期的兄妹婚制联系在一起时，这样便产生了兄妹婚神话。这类神话一

---

① 中国各民族宗教与神话大辞典编审委员会：《中国各民族宗教与神话大词典》，学苑出版社1993年版，第397页。

般是由大神造人神话发展而来。当人们逐渐认识到两性结合与生殖的关系后，不再相信大神能造人这一观念，便以大神为主角，创造出兄妹婚神话，兄妹婚遂成为人类繁衍的象征。汉族神话说伏羲、女娲是华胥所生的一对兄妹。东汉武梁祠石室有人首蛇身画像，一边标明为伏羲，另一边可能是女娲。唐代李冗《独异记》：大地开辟之时，昆仑山仅有伏羲女娲兄妹，天下未有人民。兄妹欲成婚繁衍人类，但又为兄妹成亲感到羞耻。二人至昆仑山顶，对天占卜，燃火升烟，以各人所烧烟火升天相交为天意。结果应验，两人结为夫妻。成婚时妹妹害羞，以结成的草扇遮面。南阳汉画像石刻有巨人抱伏羲女娲图，伏羲女娲分别执一扇状物，各挡其面。反映兄妹成亲遮羞情景。伏羲、女娲为中原地区的人祖神。河南淮阳有伏羲陵和女娲观，祭祀伏羲女娲成为当地人们祈求子嗣繁衍的重要活动。兄妹婚神话在我国南方少数民族中普遍存在。

　　人兽婚、兄妹婚是婚配型创世神话的主要类型，除这两种形式之外，还有母子婚型①、非血缘男女婚配型，但都不是典型类型，比较少见。

　　上述五种原生态创世神话包含了五种基本创世方式。后来形成的创世神话形态都是以这五种基本创世方式为基础的再创造。

二　衍生形态

　　随着人类思维的综合能力与概括能力的不断提高，人们认识事物的方式逐渐由单一性视角向整体性视角方向发展，由此，单一的释源神话逐渐发展成为整体性释源神话即系统形态的创世神话。在这一发展过程中产生出的过渡性的创世神话，我们称其为衍生形态的创世神话。衍生形态创世神话的形成，遵循了多种组合方式。我们根据这些组合方式，将衍生形态创世神话分为以下几种类型：

　　（一）串联型

　　串联型，是指将两个以上的创世神话按照一定的逻辑顺序串联成的创世神话。为了故事情节结构安排的需要，参与组合的各种创世神话往往会有情节上的减省和变形，但是仍保留了各自相对独立的结构单元。

　　《苗族古歌》中的《古枫歌》说："树干生妹榜，树干生妹留。""妹"

---

① 毛星主编：《中国少数民族文学史》中册，海南人民出版社 1983 年版，第 374 页。

在苗语中义为母亲，"榜"与"留"均为蝴蝶，妹榜、妹留即为蝴蝶妈妈之义。这里是说枫树生出了蝴蝶妈妈。蝴蝶妈妈出生后，跟泡沫婚配，生下十二个蛋，从蛋中孵出姜央、雷公、老虎、水龙等。[①] 很显然，这段神话是由枫树生蝴蝶，蝴蝶婚配生蛋，蛋孵化出人与动物等神话串联而成，是苗族不同时期的事物起源观的累积叠合。

傣族神话《金葫芦生万物》[②] 说：远古时代，大地一片荒芜。天神派一母牛和一鹩子来到地上。母牛活了三年，生下三枚蛋。鹩子来孵这三个蛋，结果孵出一个葫芦，从葫芦里出来好些人。这则神话显然是由蛋生人神话与葫芦生人神话串联而成。

串联型的若干神话之间似乎包含着一种事物起源的谱系关系，在结构上与汉族典籍所载远古帝王谱系神话类似。如《山海经·海内经》载："西南有巴国，太皞生咸鸟，咸鸟生乘厘，乘厘生后照，后照是始为巴人。"又载："黄帝生骆明，骆明生白马，白马是为鲧。帝俊生禺号，禺号生淫梁，淫梁生番禺，是始为舟。番禺生奚仲，奚仲生吉光，吉光是始以木为车。"这类神话表现了帝王的谱系关系，但是创世神话与此不同，只有谱系的形式，并无谱系之实，其表现的"谱系"关系是不合乎逻辑的。事实上，串联型创世神话是不同时期、不同地域的人们关于事物起源解释的拼凑之物。

（二）化合型

化合型，是由两个以上的创世神话融合而成的衍生态创世神话类型，参与融合的各种创世神话在新的结构中已不再具有独立结构单元，而是成为新故事的构成要素，并且彼此达到了水乳交融般的融合。

盘古神话就是典型的由化合方式组合成的神话。徐整所撰《三五历纪》与《五运历年纪》：

> 天地混沌如鸡子，盘古生其中，万八千岁，天地开辟，阳清为天，阴浊为地。盘古在其中，一日九变，神于天，圣于地，天日高一丈，地日厚一丈，盘古日长一丈，如此万八千岁。天数极高，地数极

---

① 田兵编选：《苗族古歌》，贵州人民出版社 1979 年版，第 185—209 页。

② 中国各民族宗教与神话大辞典编审委员会：《中国各民族宗教与神话大词典》，学苑出版社 1993 年版，第 82 页。

深，盘古极长。后乃有三皇。①

　　首生盘古，垂死化身：气为风云，声为雷霆，左眼为日，右眼为月，四肢五体为四极五岳，血液为江河，筋脉为地理，肌肉为田土，发髭为星辰，皮毛为草木，齿骨为金石，精髓为珠玉，流汗为雨泽，身之诸虫，因风所感，化为黎虻。②

　　由两则记载可见，盘古开天辟地神话是由宇宙卵神话与化生神话融合而成的，这种融合已经不是简单相加式的组合，而是打破原有结构的相对独立性，实行了情节与情节之间的相互渗透与黏结。其中的宇宙卵已经失去独立的形成天地万物的功能，只是保留了形成天地的因素，阳清为天，阴浊为地，而天地的形成则要靠盘古经过万八千岁的变化去完成。两则神话达到了水乳交融般的融合，所以称其为化合式融合。

　　台湾赛夏族神话：太古之时，大神创造了人类。一场洪水毁灭人类，仅剩一男子。神灵乌兹帕赫崩恐人类灭绝，将男子杀死，碎成肉块，抛撒洪水中，肉块漂至各山头，化为赛夏人。神还把肠子切成段，投进洪水中，各节肠子漂到平地，化为汉人。最后，将骨头砍成块，投进洪水中，漂到陆地，化为泰雅人。③ 该则神话由大神创世神话、洪水神话、化生神话化合而成。

　　洪水遗民神话也属化合型。这类神话从总体结构而言，多数是由天地开辟神话、洪水神话、兄妹婚神话几个神话化合而成的。化合型与串联型神话的不同之处在于：化合型神话中的若干神话已经融为一个整体，各神话已经转化为情节的构成要素；而串联型中的若干神话则保持着相对独立性，彼此之间构成一种前后承接的关系。

　　（三）箭垛型

　　箭垛型，是指以某个创世大神的基本事迹为基础，不断累积添加创世业绩而形成的衍生态创世神话。"箭垛"系套用传说学的术语"箭垛式"

　　① （唐）欧阳询：《艺文类聚》卷一引徐整《三五历纪》，上海古籍出版社1965年版，第2—3页。
　　② （清）马骕：《绎史》卷一引《五运历年纪》，上海古籍出版社1993年版，第69页。
　　③ 中国各民族宗教与神话大辞典编审委员会：《中国各民族宗教与神话大词典》，学苑出版社1993年版，第146页。

而来。"箭垛式，是指民众把一些同类情节集中安置在某一个人物身上的现象。"① 在神话领域，也存在这种现象，某个创世大神，由于被奉为民族始祖神，所以民众不断为其添加新的业绩，以至于逐渐衍生出多个有关该创世大神的神话。人们所熟悉的女娲神话系列即为典型一例。我国少数民族多有此种类型的神话。如水族牙巫神话，其构成就采用了箭垛型方式。牙巫是水族远古至上女神，"牙"在水族语言中为"婆""奶"之意，"巫"为其名。水族若干神话叙述了她一系列创造天地万物的事迹，这些事迹是不同时期的人们累积上去的。

《牙巫造天地》讲牙巫造出天地，但是造出的天地是连在一起的，她用全身的力气掰开天地，朝中间吹了一口气，天地一声巨响，就分开了。

《开天地造人烟》说，天地造好后，摇摇晃晃，牙巫急忙去锻炼铜柱、铁柱来撑天。

《牙巫造人》神话说，牙巫见天地无人，就剪纸压在木箱中来造人。一说掐木叶藏在土罐中造人。牙巫性急，不到规定的十天时间，第七天就揭开封盖，结果造出的人矮小、瘦弱、胸腔是空的。矮人不能劳作，牙巫放老虎与老鹰将他们吃掉，又重新造出健壮的人。

《十二个仙蛋》也讲牙巫创造人的故事，不过采用的方法已与生育相关，显然是后来的产物。神话说牙巫与风神相配，生下十二枚蛋，孵化出了人与雷、龙、虎、蛇、猴、牛、马、羊、猪等十二种动物。人最先找到火，就与凤凰化成的美女成婚。

《旭济·造人》讲牙巫创造人则隐含男女交合之事，这显然是人们认识到男女结合生育的道理之后的产物。神话说："初造人，在干罕洞脚，在熬洞口，干罕造粮，熬洞造人。"干罕意为舂碓，熬洞意为粮食洞。运用舂碓与碓窝舂粮之劳作，隐喻男女交媾之行为。这则神话又晚于《十二个仙蛋》②。不同时期的牙巫神话累积相加构成了箭垛型牙巫神话，这些神话之间虽然有重叠矛盾之处，但是却共同塑造了牙巫创世大神的形象。同类结构的创世大神神话还有不少，如傣族大神英叭神话、独龙族最高神

---

① 刘守华、陈建宪主编：《民间文学教程》，华中师范大学出版社2002年版，第135页。
② 中国各民族宗教与神话大辞典编审委员会：《中国各民族宗教与神话大词典》，学苑出版社1993年版，第555—556页。

格蒙神话、鄂温克族祖先神来莫日根神话、基诺族女神阿嬷腰白神话、傈
僳族天神木布帕神话、佤族至上神木衣吉神话等。

（四）派生型

派生型，是指在原有创世神话基础上，经过意义上的引申与情节的置
换变形而衍生出的新神话类型。

如蛋生人神话派生出女子沐浴食蛋生人神话。《史记·殷本纪》载：
"殷契，母曰简狄，有娀之女，为帝喾次妃。三人行浴，见玄鸟堕其卵，
简狄取吞之，因孕生契。"① 当人类的自我意识逐渐觉醒后，便开始关注
女子生人的现象，蛋生人神话必然发生演化，蛋再也不能直接生出人类。
这样便产生了女子食蛋生人的神话，蛋生人置换为女子生人，但是蛋仍是
女子致孕的因素，表明古老的蛋生人观念并没有完全消失，而是通过新神
话的产生而延续，因此简狄食蛋生人神话可以看作蛋生人神话的派生形
式。同理，女子感竹生人神话也是由竹生人神话派生而来。《后汉书·南
蛮西南夷列传》："西南夷者，在蜀郡徼外。有夜郎国。……夜郎者，初有
女子浣于遁水，有三节大竹流入足间，闻有号声，剖竹视之，得一男儿，
归而养之。及长，有才武，自立为夜郎侯。以竹为姓。"② 显然，这已经
不是单纯的竹生人神话。竹子生人是经过女子的感应才能实行的。按置换
变形原理，夜郎侯应产自母腹，而此处仍是产自竹节，这是由于竹节与母
腹相似，竹生人神话没有进行完全置换所导致的结果。

又如原始的水生型创世神话派生出女子感水生子神话。原始水生型创
世神话基本情节为人与万物起源于水，彝族典籍《六祖史诗》说："人祖
来自水，我祖水中生。"③ 哀牢山哈尼族聚居区流传的哈尼族史诗《哈尼
阿培聪坡坡》开篇讲述哈尼族祖先在水中诞生的情形："大水里有七十七
种动物生长；先祖的诞生也经过七十七万年。"又说，"先祖的人种在大水
里，天晴的日子，他们骑着水波到处飘荡"。接下来叙述像螺蛳、蜗牛一
样的人种在水中爬行，经过二十三次换爹换娘，才变成塔婆始祖。④ 神话
展现了人类在水中诞生的过程，所谓最初的"人种"其实还不是真正意

---

① （汉）司马迁：《史记·殷本纪》，中华书局 1959 年版，第 91 页。
② （宋）范晔：《后汉书》第 10 册，中华书局 1965 年版，第 2844 页。
③ 刘尧汉：《中国文明源头初探》，云南人民出版社 1985 年版，第 37 页。
④ 史军超、芦朝贵等：《哈尼阿培聪坡坡》，云南民族出版社 1986 年版，第 6 页。

上的人，只是可以变成人的水生动物，由于哈尼族认为人是由这类水生动物变化而来的，所以将其称为人种。水有水气、雾、露水、云、雨、雪等变形形式，所以又有水气、雾、露水、云、雨、雪等形成天地万物、生成人类的神话。其中云气或雾气生成天地万物的神话在我国西南少数民族普遍存在。当人类逐渐将自身与自然界区分开来，逐渐认识到女子在生育中的重要作用的时候，就不会再单纯地相信人类诞生于水或雾气之类的物质，水生型创世神话必然和女子发生联系，于是衍生出了女子接触水而怀孕生子的神话。《山海经·海外西经》说："女子国在巫咸北，两女子居，水周之。一曰居一门中。"郭璞注："有黄池，妇人入浴，出即怀妊矣。若生男子，三岁辄死。"① 同类的记载还见于《梁书·东夷传》："扶桑东千余里有女国，容貌端正，色甚洁白，身体有毛，长发委地。至二三月，竞入水则妊娠，六七月产子。女人胸前无乳，项后生毛，根白，毛中有汁，以乳子。一百日能行，三四年则成人矣。"② 《太平御览》卷三九五也记载了同类神话："方江之上，暑湿，生男子三岁而死。有黄水，妇人入浴，出则乳矣。"③ 《太平广记》卷八一《梁四公》载："勃律山之西有女国，方百里，山出台虺之水，女子浴之而有孕。"④ 在这类神话中，女子替代水而成了生人的主体，水则转化为女子致孕的因素。从水生人神话与女子触水生子神话之间的置换变形关系中，我们可以清晰地辨识出后者与前者之间的派生关系，所以，我们将女子触水生人神话看作水生人神话的衍生形态。

衍生形态创世神话的多种类型表明中国创世神话经历了多种发展方式，有着旺盛的生命力、生长力；衍生形态创世神话遍见于典籍与口头传承，表明中国创世神话经历了漫长的发展阶段，很晚才形成系统形态。

三　系统形态

中国原生态创世神话经历了漫长的衍生发展，最终演变成系统形态，它是中国创世神话成熟的标志。

---

① 袁珂译注：《山海经全译》，贵州人民出版社1991年版，第208页。
② （唐）姚思廉：《梁书·东夷传》，中华书局1973年版，第809页。
③ （宋）李昉：《太平御览》第2册，中华书局1960年版，第1626页。
④ （宋）李昉：《太平广记》第2册，中华书局1961年版，第520—521页。

分析中国创世神话的系统形态，需首先了解系统的基本含义。奥地利生物学家冯·贝塔朗菲在《一般系统论——基础、发展和应用》中指出：系统可以定义为"相互作用着的若干要素的复合体"①。复合体也可以理解为整体。我国学者乌杰在贝塔朗菲等的系统理论的基础上，从哲学层面解释了系统的概念："作为哲学意义上的系统概念是指相互联系、相互作用的若干要素或部分结合在一起并具有特定功能、达到同一目的的有机整体。"② 根据系统理论的概念，我们可以对中国创世神话的系统形态做出如下定义：中国创世神话的系统形态是由相互联系、相互作用的各类事物起源神话结合而成的解释世界基本构成的有机整体。所谓创世神话的系统形态，就是完整系统解释世界起源的神话形态，它的构成要素应该包括：宇宙起源神话、人类起源神话、文化发明神话等，三类神话相组合，就构成了一个基本的世界释源系统，即创世神话系统形态，这种系统形态反映了当时人们对世界构成或基本面貌的一种幻想性的认识。从结构上看，这是一种集各类释源神话之大成而形成的有头有尾的完整叙事，往往采用串联式、化合式、派生式、箭垛式等多种方式而构成，这些构成方式使得参与组合的各种创世神话融合为一个井然有序的有机整体。系统型创世神话多以韵文的形式而存在，少有散文形式。③ 这是因为创世神话的传承发展主要依赖于民间信仰仪式中巫师的口头传承。巫师人物为了传承的方便，往往采用吟诵的形式，这样便形成了韵文形式的创世神话。矛盾对此有明确认识："神话既创造后，就依附着原始信仰的宗教仪式而保存下来，且时时有自然的修改和增饰。那时文字未兴，神话的传布全恃口诵，而祭祀的巫祝当此重任。"④ 韵文系统形态创世神话，即创世史诗，在我国南方少数民族特别是西南少数民族均有丰富的贮存，其中具有代表性的创世史诗有：纳西族的《创世纪》，瑶族的《密洛陀》《盘王大歌》，苗族的《苗族古歌》，拉祜族的《牡帕米帕》，壮族的《布洛陀》《布伯》，阿昌族的

---

① ［奥地利］冯·贝塔朗菲：《一般系统论——基础、发展和应用》，林康义等译，清华大学出版社 1987 年版，第 51 页。

② 乌杰：《系统哲学》，人民出版社 2008 年版，第 2 页。

③ 尚仲豪等编：《司岗里》，《佤族民间故事选》，上海文艺出版社 1989 年版，第 1—19 页。

④ 茅盾：《神话研究 ABC·保存与修改》，见苑利主编《二十世纪中国民俗学经典·神话卷》，社会科学文献出版社 2002 年版，第 24 页。

《遮帕麻和遮米麻》，哈尼族的《奥色密色》（异文本《十二奴局》）、《哈尼阿培聪坡坡》，傣族的《布桑盖亚桑盖》《巴塔麻嘎捧尚罗》，佤族的《司岗里》《葫芦的传说》，彝族的《梅葛》《查姆》《阿细的先基》《勒俄特依》，白族的《开天辟地》《刀簿劳谷与刀簿劳胎》（又名《人类万物的起源》），傈僳族的《创世纪》，景颇族的《勒包斋娃》（又名《穆瑙斋瓦》），独龙族的《创世纪》，普米族的《帕米查哩》《金锦祖》，德昂族的《达古达楞格莱标》，布朗族的《创世纪》，基诺族的《大鼓和葫芦》《阿嫫腰白》，怒族的《创世歌》，土家族的《摆手歌》，布依族的《赛胡细妹造人烟》《十二层天·十二层海》，仡佬族的《十二段经》，侗族的《侗族祖先哪里来》《起源之歌》，水族的《开天立地》，畲族的《盘瓠歌》《高皇歌》，毛南族的《创世歌》，黎族的《追念祖先歌》等。

组成创世神话系统形态的三类释源神话，又可自成系统。这是系统构成要素的特性所决定的。乌杰指出："任何系统中的要素都不是一个简单的存在，它仍然是潜在可分的。要素自身的可分性又使它同时就是一个系统。这样任何事物在外在联系中成为要素，其内在联系又使其成为系统。"[①] 创世神话系统形态中的每一类释源神话都是可以再分的系统，由此，中国创世神话系统形态又可以分为三个子系统：即宇宙起源神话系统、人类及族群起源神话系统、文化发明神话系统。综合中国创世神话的材料，可以将三个子系统的基本构成作如下概括：

（一）宇宙起源神话

宇宙起源神话是解释宇宙万物来源的神话，一般包括天地开辟、万物起源等内容。

1. 天地开辟。天地开辟神话是原始人幻想出的人类生存空间天地如何诞生的神话，包括天地的初次形成、天地形态的完善等内容。

天地的形成

（1）自然形成：混沌分开形成天地；两片云彩形成天地；浊气与清气形成天地；岩石分成两块形成天地；宇宙卵破裂形成天地，通常也从中生出人类和其他物。

（2）躯体化生：人的躯体或动物躯体的某部分化为天地，通常其他部

---

① 乌杰：《系统哲学》，人民出版社 2008 年版，第 51 页。

分也同时化生人类和万物。

（3）神人制造：天神降临造天；男女神造天；众神造天；天神杀动物使其化生来造天地，是化生神话与神人制造神话的结合。

天地的改造

大地形成后，往往还存在诸多缺陷，如天地离得太近，天盖不住地，天地不稳固等，因此需要进一步完善。

（1）将天地撑开：巨人用身体撑开天地；神人用柱子顶开天地。

（2）将地托住：神人将地托在龟鱼等水生动物的背上。

（3）缩地合天：由于种种原因，天小地大合不拢，神人将地缩小，形成皱褶，变为山川；又将天扯宽，才使天地合拢。

（4）天地稳固：用金银铜铁四柱撑住天的四方；用动物四脚撑住天的四方；用山撑住天。

在神话中，天地的开辟往往要经历一个曲折的过程，反映了人们对天地形成认识的发展。

2. 万物起源。万物起源神话是解释天地间的各种自然现象和自然物的成因或来历的神话，包括对天体、气象、季节、地貌、动物、植物以及一切自然物起源的解释。这类神话往往和天地开辟神话紧密结合，在神话中往往是天地的开辟导致了万物的形成，如盘古化生天地万物即是典型的一例，所以将其归入宇宙起源神话系统。万物起源神话中最为主要的类别有日月神话、雷电神话、动植物神话、四季神话等。其中，日月起源神话最为常见，它包括：

（1）日月形成：巨人眼睛化生；巨兽眼睛化生；神人制造。

（2）日月完善：射掉多余的太阳和月亮；擦洗太阳和月亮使其发光。

3. 其他物种起源。

（二）人类及族群起源神话

人类及族群起源神话是讲述人类的诞生、进化、早期发展过程包括族群的形成的神话，由如下几类神话组成：人类起源、人类进化（包括洪水遗民神话和其他灾难遗民神话）、族群起源（包括族群的迁徙）等。

1. 人类起源。人类起源神话是讲述人类最初如何诞生，从何而来的神话。各民族关于人类诞生的幻想千奇百怪，归结起来主要有四类：

（1）自然演化。包括自然物、动植物生人、变人等内容。此类神话影响较大的有：兽类变人或化生人、蛋生人、葫芦生人、竹生人、树生人、花生人、水生人、石生人、洞生人等。

（2）大神创造。大神创造包括大神造人、化生人，以及大神无婚生人。

（3）异性婚配。异性婚配类神话主要有兄妹婚与人兽婚两种形式，也有少量的母子婚神话。

（4）女子感生。女子感生神话，或称贞洁受孕神话，多是叙述女子未经与男子结合而只是与某种神物或神灵相感应便怀孕生子的神奇事件的神话。女子所感对象多为植物、动物、自然物等，带有图腾崇拜的印记。

2. 人类进化。人类的诞生，经历了漫长的演化，这在神话中也有曲折的反映。彝族史诗《查姆》① 讲述了人类由独眼睛到直睛再到横眼睛的形体转换过程。第一代人为独眼睛人，只有一只眼睛生在脑门上，这一代人不明事理。众神发起旱灾，把独眼睛这代人全晒死了，只留下一位学会劳动的"做活人"躲在葫芦里得以幸免。第二代人为直眼睛人。众神之王涅侬稞佐颇派罗塔纪姑娘用水给"做活人"洗净全身，独眼睛变成了直眼睛。然后仙姑娘撒赛歇与"做活人"结为夫妻，繁衍人类。但是这一代人不善良淳朴。天神发起洪水，直眼人全都淹死了，只留下了心地善良的阿卜独姆和他妹妹做人种。第三代人是横眼睛人。洪水滔天后，阿卜独姆兄妹躲在葫芦里得以幸免，通过滚魔盘、滚筛子簸箕、河水里引线穿针等方法来"验证"天意，终于结为夫妻，繁衍人类。"横眼人"逐步学会了种麻、种棉、养蚕、服装也由麻衣逐步过渡到棉布衣、丝绸衣。他们又炼出金银铜铁锡，并用来打造首饰、锄头、镰刀和其他用具。后来，他们又创造了文字，发明了纸和笔，并发明了医药……神话反映了彝族先民朴素的唯物观和辩证思想；用神话幻想的方式展现了人类由低级向高级、从野蛮到文明的发展历程。

洪水遗民神话是典型的人类进化神话，其基本结构如下：

（1）洪水原因：洪水发生的原因有多种，其中多数与人的素质有关：或是人种不良，天神要换人种；或是人性不善，天神要惩罚。

（2）洪水灭绝人类。

（3）兄妹得以逃脱。

---

① 郭思久、陶学良整理：《查姆》，云南民族出版社 2009 年版，第 16—81 页。

（4）兄妹经过种种曲折成婚。

（5）生人、生怪胎变人。

洪水过后的再生人类则表现了人种的改良，洪水神话反映了先民朴素的进化观。其他灾难遗民神话与洪水神话意义相同，同属人类进化神话。

3. 族群起源。族群起源神话是讲述氏族、部落、民族的来历或始祖诞生的神话。人类是以群居的方式生存并延续下来的，族群的起源与人类的起源密不可分，所以将族群的起源神话划入人类起源神话之内。事实上，在神话中，人类的起源往往伴随着族群的起源。傈僳族《岩石与月亮》说：洪水过后，从葫芦里出来的男人西沙与女子勒沙，在凶神路帕的独生女的帮助下存活下来。三人生活在一起，生下了九个儿子、七个女儿。后来，九男、七女拜别父母，走向四面八方。一对儿女走向汉人地区，就成了汉人；一对儿女走向彝人地区，就成了彝人；一对儿女走向傣人地区，就成了傣人；一对儿女走向藏人地区，就成了藏人；一对儿女走向景颇人地区，就成了景颇人；一对儿女走向老缅地区，就成了缅人；一对儿女走向纳西地区，就成了纳西人。剩下两个小儿子，留在父母身边。① 阿昌族神话说：天公遮帕麻与地母遮米麻成婚，生葫芦籽，葫芦籽种下之后结葫芦，葫芦打开打后跑出一群孩子，长大后散布到各地，形成傣族、汉族、景颇族、傈僳族等。② 德昂族神话《葫芦与人》说：天王去天宫寻粮种，带回苞谷、稻子、大豆、小麦、瓜果、葫芦等种子，分别撒在平地、山坡和海边。种在海边的葫芦藤蔓延伸到海中央，结出了个葫芦，大如山形。一阵暴风雨，电闪雷鸣，劈开葫芦，出来一百〇三个男女，还有动物。人们乘葫芦来到陆地，便各走东西，成为汉、傣、傈僳、景颇、阿昌、白等民族的祖先。③ 我国还有不少民族有族源神话，如彝族、白族、纳西族、黎族、珞巴族、柯尔克孜族、哈萨克族等。

（三）文化发明神话

文化发明神话是指发明火、劳动工具、狩猎、种植、手工与各种技艺

---

① 祝发清、左玉堂、尚仲豪编：《傈僳族民间故事选》，上海文艺出版社 1985 年版，第 13—16 页。

② 马学良等：《中国少数民族文学史》，中央民族大学出版社 2001 年版，第 18 页。

③ 中国各民族宗教与神话大辞典编审委员会：《中国各民族宗教与神话大词典》，学苑出版社 1993 年版，第 94 页。

以及制定社会组织、婚丧典章、礼仪节令等的过程的神话。文化发明神话系统由事物发明、技术发明、文化制度发明等几类神话组成。

1. 事物发明神话。事物发明神话是讲述与早期人类生活生产活动密切相关的事物被发现或被创造的过程的神话。如火的发明，有燧人氏钻燧出火神话；住宅的发明，有巢氏构木为巢神话；此外，尚有弓箭、谷物、医药等的发明神话。

2. 技术发明神话。该类神话讲述各种技艺如养蚕、制陶、纺织等的发明经过。

3. 文化制度发明神话。文化制度发明神话是讲述政治、宗教制度以及日常生活礼俗等如何被制定或被创造的神话。如女娲制造笙簧，就是礼乐政治仪式被制定的神话；伏羲作八卦，是宗教仪式发明神话；伏羲制定俪皮嫁娶之礼，属于日常生活发明神话。

以上是对我国系统形态创世神话（其中主要是创世史诗）三大系统情节结构的总体概括，具体到每一部系统神话，不一定都包括三大系统所有情节结构，但必然都包括三大系统的大部分情节。以上情节结构表明，我国的系统形态创世神话规模宏大，结构完整，内容丰富，包容了创世的全部内容，是自有创世神话产生以来的集大成之作。

四　余论

冯·贝塔朗菲在他的著作中还提出了封闭系统与开放系统的观念，封闭系统是平衡稳定不变的系统，开放系统则是不断变化的活态系统。实际上，在冯·贝塔朗菲看来，开放性才是任何系统的本质，其封闭性的特性只是基于我们对事物的短暂时间段的考察所得出的认识。他说："虽然有机体中可能有一些系统处于平衡状态，但是这样的有机体并不能看作一个平衡态系统。有机体不是封闭系统，而是开放系统。我们把没有物质输入或输出的系统叫作'封闭'系统，而把有物质输入或输出的系统叫作'开放'系统。"又说："在一个较短的时间间隔内考察有机体，它表现为一个通过交换其组分而维持稳态的构造。"① 据此可知，以上对创世神话

---

① ［奥地利］冯·贝塔朗菲：《一般系统论——基础、发展和应用》，林康义等译，清华大学出版社 1987 年版，第 112—113 页。

系统形态的讨论，只是基于其特定历史阶段的考察，所论系统形态是一种停止发展的封闭系统。事实上，在我国民间一直存在着创世神话系统形态的活态传承，活态传承中的创世神话系统形态从来就没有停止发展。人们在祭祀仪式中讲述或吟唱创世神话时，不断添加朝代更迭的内容，有的甚至从开天辟地一直讲述到今天的时代。对这种创世神话历史化现象，不能简单地斥之为讹变，因为创世神话本身就包含追溯事物进化的诉求，天地的形成，要经过完善的过程，人类的起源更是要历经多次反复；所以在创世神话中，不断加进后代的历史，是创世神话释源诉求的延续。另外，活态创世神话总是在带有宗教色彩的祭祖活动中传承的，所以往往要受到宗教的影响，融入宗教的内容，其中主要是佛教、道教的影响。经过历史化和宗教化的创世神话系统，内容较为纷繁芜杂，但是其释源的主题并没有发生改变，只不过是所解释对象已经极大地拉长了时间的跨度，并带上人为宗教的色彩。这类创世神话，我们可以视之为开放型创世神话系统形态。如流传于湖北随州大洪山一带的《溳山祭祀歌》①，从天地形成一直唱到颛顼时代，其中多有矛盾重叠之处，讲述天地开辟，先说是气体自然形成，后又说是盘古开辟；讲述人类诞生，先说是肉球所化，后又说是女娲所化。长诗既有远古帝王人物，也有道教、佛教及民间信仰中的神灵，还有一些无法考证的神灵。内容庞杂无序，显见是在传唱过程中不断累加而成。流传于鄂西北地区的《创世歌》②先讲述天地开辟，然后讲述朝代更迭，一直讲述到新中国成立，结构井然有序。流传于鄂西北地区的《黑暗传》，可谓开放型创世神话的典范，笔者见到的十一则异文，多数从天地开辟讲述到远古帝王，顺序也比较清晰。开放型创世神话系统至今仍存活于民间，具有顽强的生命力，应该是不容忽视的创世神话系统的研究对象。

　　纵观中国丰富多彩的创世神话系统形态，可以概括出如下特点：其一，整合性。中国创世神话系统形态一般都由多个单一的创世神话组成，可以说是在整合多个创世神话的基础上形成的，创世神话系统形态几乎所

---

　　①　张大业主编：《溳山祭祀歌》，中国电影出版社 2003 年版，第 31—90 页。

　　②　邹观禄、赵天禄主编：《创世歌》，中国文联出版社 2006 年版，第 7—289 页。本文发表于《文艺研究》2014 年第 6 期。

有的情节都有它的前文本。其二，兼容性。创世神话系统形态往往既包括了天地万物与人类起源的内容，又包括了民族早期历史文化方面的内容，一些活态的系统形态甚至包括了古往今来历史更迭的内容，显得别具一格。这或许是中国创世神话不同于西方的地方。其三，丰富性。创世神话系统形态的形成经历了漫长的历史发展阶段，从而融汇了不同历史时期的社会生活内容，反映出不同时期的人们对于宇宙万物、人类起源及人类进化发展过程的认识，因而具有无与伦比的丰富的文化内涵。中国系统创世神话以其独特的整合性、兼容性、丰富性有力证明，中国的神话绝不贫乏。

（发表于《文艺研究》2014 年第 6 期）

敦煌变文与河西宝卷中的王昭君故事研究

刘　洁　　马春芳

（西北民族大学）

　　提到古代的和亲女子，人们率先都会想到王昭君。无论是产生于文人案头的作家创作还是市井流传的民间创作都有相当一部分记载了"昭君出塞"的故事。在甘肃敦煌地区发现的变文和流传于张掖地区的宝卷中就有三篇记载了有关昭君的故事，它们是《王昭君变文》《昭君和北番宝卷》和《昭君出塞宝卷》。

一　《王昭君变文》中的昭君故事

　　据《敦煌变文集》中所载，《王昭君变文》编号伯希和二五五三，"王昭君变文"这个题目并非原有，是后来根据故事情节增补上去的。所谓"变文"，最初是指记录佛经俗讲的文本，后来它所涵盖的内容变宽，加入了历史故事和民间传说，是一种说唱结合并配有图画的文学形式。它盛行于唐朝，是甘肃敦煌莫高窟藏经洞中特有的。《王昭君变文》分上下两卷，上卷残缺不全，下卷保留完整。由于残缺，我们对变文中昭君被选中和亲的经过无从知晓，只是从"良由画匠，捉妾陵持"[①]句中可以推测本文昭君和亲的原因承袭了《西京杂记》，是由于画工的丑化导致的。且根据"公主时亡仆亦死，谁能在后哭孤魂"[②]、"谨以清酌之奠，祭汉公主王昭君之灵"[③]等句可知昭君是以公主的身份与匈奴和亲的。现保留下来的

---

① 王重民等主编：《敦煌变文集》上集，人民文学出版社1957年版，第102页。
② 同上书，第103页。
③ 同上书，第107页。

部分开篇先讲述了昭君出塞途中经过的地方和景色，如"黄芦泊""骨利干""酒泉""龙勒""石堡"等地，这些地方风沙弥漫，蓬草飞扬，具有典型的西北地域特色。接着便描写了昭君的满心愁绪，"贱妾傥期蕃里死，远恨家人招取魂。汉女愁吟，蕃王笑和，宁知惆怅，恨别声哀……"① 并以昭君的视角向听大众展示了蕃地的生活习俗，"将斗战为业，以猎射为能。不蚕而衣，不田而食。既无谷麦，噉肉充粮。少有丝麻，织毛为服。夫突厥法用，贵壮贱老，憎女优男"②。接下来的篇幅主要描述昭君嫁给单于后的生活："单于见明妃不乐。唯传一箭，号令□军。且有赤狄白狄，黄头紫头，知策明妃，皆来庆贺。须命缧骏拓驼，蕺蕺作舞，仓牛乱歌。"③ 昭君在胡地受到了非常高的礼遇，单于见她不开心，便命各个部族的人都来庆贺，举行了盛大的欢迎仪式，并封她为"胭脂皇后"，仍"犹恐他嫌礼度微"。④ 可昭君却不能习惯胡地的生活，仍旧"愁肠每意归""适来频落泪"。⑤ 单于又为了昭君下令"非时出猎"⑥，昭君登上胭脂山更生愁绪，思念故国，从此便一病不起，并在死前留下"妾死若留故地葬，临时请报汉王知"⑦ 的遗言。单于为了使昭君康复，祭山川、求日月，寻求各种方法，最终昭君还是在满怀愁绪中去世。昭君去世后，单于脱去天子之服，守在昭君丧侧日夜痛哭，并依照蕃法为昭君举办了盛大的葬礼。到哀帝时期，汉朝派使者杨少征往蕃地吊唁昭君，并对她的功绩大加赞赏，称其"贤感敢五百里年间，出德迈应，黄河号一清""不嫁昭君，紫塞难为运策定"。⑧

二　《昭君和北番宝卷》与《昭君出塞宝卷》中的昭君故事

《昭君和北番宝卷》和《昭君出塞宝卷》都是流传于张掖地区的一种民间文学，分别收录在《金张掖民间宝卷》和《山丹宝卷》中。宝

---

① 王重民等主编：《敦煌变文集》上集，人民文学出版社 1957 年版，第 99 页。

② 同上。

③ 同上。

④ 同上书，第 100 页。

⑤ 同上。

⑥ 同上。

⑦ 同上书，第 103 页。

⑧ 同上书，第 107 页。

卷是与变文一脉相承的,它的产生可概括为"佛经—俗讲—变文—宝卷"①。同变文一样,宝卷也是由一个念卷的人配合着图画用讲唱结合的方式讲给听卷人。由于这两篇宝卷只在个别字词和断句上有差异,故事情节基本一致,所以下文将两篇宝卷合并一起研究。宝卷中昭君是毛延寿到民间为皇帝选入后宫的美女,皇帝按图召幸,昭君拒绝贿赂毛延寿而被丑化,一直未得见皇帝。皇帝记起当初毛延寿曾向自己禀报在南郡寻到一位绝色美女却从未见过,遂到后宫一一查看,发现了昭君并将她选为西宫妃子。毛延寿知道事情败露逃到了匈奴,将昭君的画像献给单于,在毛延寿的唆使下,单于出兵抢夺昭君。皇帝迫不得已将昭君送去和亲,并许诺让昭君在雁门关等几天就派兵去将她救回。于是昭君在大臣刘文龙的陪同下出发,走到太行山时遇到一只猛虎,昭君和军士们吓得胆战心惊,转念想着如今若被老虎吃掉也算保全了名节,土地神被昭君感动,变身为老猎人将猛虎射死并救下昭君。昭君被救后继续前行,快到雁门关时受守关李将军邀请入关休息。昭君在关内连住九天都不见汉皇发兵来救,便请孤雁替她送血书给汉皇。汉皇收到昭君的来信后怕引起两国之间的祸端就没有给昭君回信,只是让孤雁飞了回去。昭君满怀欣喜等到了孤雁却发现汉皇并没有给她来信,心里便知道汉皇无意将她救回,由此对汉皇产生了怨气。而此时匈奴早已等得不耐烦,外面又响起了炮火声,昭君只好启程前行。路上经过了黑水河到达一座古庙,在庙内安营。昭君独自坐在帐中弹着琵琶便入睡了。梦中有两位女童奉九姑娘娘旨意来请昭君去九姑庙,昭君跟去后九姑娘娘赐给昭君一件"焦毛仙衣",并告诉昭君穿上仙衣后番王便近不了她的身。梦醒后昭君发现自己身上确实披了一件闪着金光的仙衣,于是将仙衣穿好,吃过早饭后启程。在行到离番营不远处昭君停马,提出三个条件要番王应允,否则就在营前自尽:"第一件,番国的,钱粮不少,每年间,要支付,天朝收存;第二件,要番主,遵守诺言。禁番兵,莫入关,不得掠侵;第三件,要番王,永不反叛。进降文,通和表,忠于汉皇。"② 番王见美人愿意来庭便满心欢喜地答应了她的要求。昭君入了毡房见到身边的人都身着胡服,心里本就十分悲伤。又见番王对毛延寿大加

---

① 段平:《河西宝卷·前言》,兰州大学出版社1988年版,第4页。
② 徐永成:《金张掖民间宝卷》(三),甘肃文化出版社2007年版,第898—899页。

赏赐，对毛延寿更是恨得咬牙切齿。第二天番王想要和昭君成亲，昭君见机对番王说，自己与毛延寿之间有着深仇大恨，报了仇才肯成亲。番王一心想与昭君成亲便不问缘由斩了毛延寿。番王为昭君办了宴席举行婚礼，可是番王一靠近昭君，仙衣上的毛就如同银针一样将番王扎得鲜血淋漓。过了几日番王向昭君询问缘由，昭君才说，自己经过白河时许下心愿，若病能早好就在河上修一座桥。如今自己病好了却不去还愿，所以神灵使自己身上长了十二根银针作为惩罚，什么时候还了愿才能使银针消失。番王闻言便下令修桥，整整过了十六年桥才修好。番王一听桥已修好，便迫不及待地选好吉日与昭君去烧香还愿。昭君在等待吉日到来的日子里想到了自己苦难的人生，不禁感伤不已，泪流不止。吉日到了，昭君与番王一同登桥还愿，还愿后番王便催促昭君下桥成亲，不料昭君纵身一跃，跳入水中结束了自己的生命。

三 《王昭君变文》《昭君和北番宝卷》和《昭君出塞宝卷》中王昭君故事比较

敦煌变文与河西宝卷都是在民间产生并传播的，它们虽然是以历史故事为蓝本，但其目的主要在于"迎合世俗民众的文化心理和审美口味"[1]，所以讲唱者在史实的基础上进行夸张、联想甚至虚构，加入新鲜的内容。因此，对故事情节的处理不可避免地体现了河西地区百姓们对昭君和亲事件的态度和立场。

（一）《王昭君变文》中的民族和睦意识与人文关怀

《王昭君变文》产生并传播于敦煌地区，其产生时间虽不能确切地知道，但综合目前的研究成果大约在唐德宗至唐宪宗在位期间。[2] 安史之乱后，吐蕃趁着朝廷内乱将陇右地区占领，百姓们可谓是"身在蕃地心在唐"，他们在吐蕃的统治下生活非常艰苦。且看白居易的《缚戎人》中"蕃候严兵鸟不飞，脱身冒死奔逃归"，便可知"吐蕃对待唐人之严酷；……更可以看出他们在被奴役之下的痛苦生活"。[3] 他们真心希望唐朝和吐蕃能够

---

① 胡连利：《敦煌变文传播研究》，人民出版社 2008 年版，第 91 页。
② 参见王伟琴《敦煌 P. 2553 号残卷创作时代考》，《作家》2009 年第 4 期。
③ 郑文：《〈王昭君变文〉创作时间臆测》，《西北师范大学学报》1983 年第 4 期。

团结友好、和睦相处。这一点在《王昭君变文》中很明显地体现出来："妾闻：'邻国者，大而强，小而弱，强自强，弱自弱。何用逞雷电之意气，争烽火之声，独乐一身，苦他万姓。'"①百姓们将自己的心声借昭君之口表达出来，为了扩张领土而发动战争，受苦的终将是千千万万的百姓。"妾嫁来沙漠，经冬向晚时，和明以合调，翼以当威仪。"②昭君远嫁，目的是为了调和汉匈之间的关系，也体现了当时百姓们希望唐蕃之间能如文成公主嫁到吐蕃时那样和平相处。

变文是在民间创作出来的，普通老百姓的眼光不似帝王诸侯那般都放在国家的安危上，志向也不似文臣武将那般志在收复失地。他们也希望国家和平，但更多的是关注个人的命运与吃穿住行。这就形成了变文的另一个特点——对昭君命运的人文关怀。历来吟咏昭君的作品，大多对昭君出塞这一史实是持反对态度的。这些作品描写昭君远嫁的悲愤、在条件恶劣的胡地度日的凄凉与孤独及批判君王无能、朝臣无用和画工受贿的可憎等。《王昭君变文》也不例外，文中用了大量篇幅描写昭君到达蕃地后对故国的思念。"如今以暮（慕）单于德，昔日还承汉帝恩，□□□（定）知难见也，日月无明照覆盆。愁肠百结虚成著，□□□（千）行没处论，贱妾傥期蕃里死，远恨家人昭（招）取魂。"③"覆盆"即比喻黑暗，在远行的途中昭君就料定此去一定再无归期，遂愁肠百结。到达单于庭之后看到"蒲桃"（葡萄酒）、"毡帐"等当地的衣食住行和自然环境均与汉朝不同便愁思满怀、频频泪下。尽管单于想尽办法想让昭君开心，奈何"异方歌乐，不解奴愁；别城（域）之欢，不令人爱"。敦煌地区的百姓们亲身体会过在吐蕃统治下的艰苦生活，对于嫁到异族的一个弱女子举目无亲的生活体现出了深切地同情与理解。

《王昭君变文》将单于塑造成一个重情义、对昭君关心备至的丈夫，也体现出了民间艺人们对昭君的人文关怀。昭君因思念故国，再加上对当地的生活习惯、自然气候不适应，所以在胡地终日闷闷不乐。单于见昭君不开心，便传令下去，让各部族的将领都来恭贺，并举行了盛大的欢迎仪

---

① 王重民等：《敦煌变文集》上集，人民文学出版社 1957 年版，第 99 页。
② 同上书，第 102 页。
③ 同上书，第 98—99 页。

式："须命缧骁拓驼，蔌蔌作舞，仓牛乱歌。"并封昭君为"胭脂皇后"，给了她极大的荣誉。为了取悦昭君，又下令聚集军队"非时出猎"，可昭君却仍旧是"假使边庭突厥宠，终归不及汉王怜（怜）"①，一心思念着故国与汉皇，忧思成疾。昭君病后，单于"祭山川，求日月"为昭君祈福，希望她能好起来，并发出了"公主时亡仆亦死，谁能在后哭孤魂"的悲恸之词。昭君去世之后，单于"解剑脱除天子服，还著庶人之裳，披发临丧，……骁（晓）夜不离丧侧，日夜哀吟"②。放下天子尊严，日夜替昭君守灵，并后悔留昭君在胡地，早知道如今埋骨黄沙，不如早让昭君归故国。昭君去世后，单于又替她办了盛大的葬礼："牛羊队队生埋圹，仕女芬芬（纷纷）耸入坑，……黄金白玉莲（连）车载，宝物明珠尽库倾。"③昭君远嫁已实属不幸，因而艺人们给了她一个体贴的丈夫。这不仅体现了对昭君的人文关怀，更体现了他们对吐蕃统治者善待唐人的期望。

（二）河西宝卷中王昭君故事的神话色彩与大汉族情结

与《王昭君变文》中的民族团结和睦意识与人文情怀不同，《昭君和北番宝卷》与《昭君出塞宝卷》则更多地体现出了艺人们的大汉族情结，同时在对昭君故事的处理中，为了使宝卷的故事情节更吸引听众，在史实中加入了神话色彩。

首先是以虚构的情节使昭君赴塞外的行程更加曲折：昭君一行人走到太行山时，一只猛虎跳了出来要吃人，这时将士们都被吓得胆战心惊，昭君刚看到猛虎时也是"吓得她，险些儿，摔下马来"④。可是转念一想，她又觉得"今死在，虎口里，倒也干净。巴不得，虎前来，一口吞吃；这一死，全名节，落人尊敬"。⑤昭君在和亲之前就已经被汉皇封为西宫妃子，且她与汉皇十分恩爱，与其嫁到蛮荒之地受辱，倒不如落入虎口保全名节。昭君这一高洁的精神感动了当地的土地神，他变成一位老猎手将猛虎射死救下了昭君。队伍继续前进，走到雁门关时守关李将军率兵相迎，请昭君入关休息。昭君临行前汉皇对她许下诺言，要昭君在雁门关等候九

---

① 王重民等：《敦煌变文集》上集，人民文学出版社 1957 年版，第 101 页。
② 同上书，第 103 页。
③ 同上书，第 104 页。
④ 徐永成：《金张掖民间宝卷》（三），甘肃文化出版社 2007 年版，第 895 页。
⑤ 同上书，第 895—896 页。

天，到时发兵救回昭君。昭君在雁门关等了九天不见汉皇发兵来救她，看到天上有一只孤雁飞过，便叫住孤雁，请它带一封书信给汉皇。孤雁深通灵性："听话音，展翅摆尾；对娘娘，点点头，连叫几声。"①并将书信带到了汉王都城，汉皇看过书信怕昭君看到自己的回信更想回京，也害怕得罪匈奴，所以对孤雁说自己不会给昭君写信，请孤雁飞回去给昭君报个信，孤雁听了汉皇的话后"头点了三下，一直飞往边关上空。到了雁门关又叫了起来"②。队伍过了黑水河，又行了千余里，在九姑庙中安营，晚上昭君梦到九姑娘娘命人将她请去，赐给她一件仙衣，并嘱咐昭君这件仙衣"穿在身，他番王，不能相近"③。昭君梦醒后发现自己身上果真有一件光芒万丈的仙衣，昭君将仙衣穿在身上，每当番王靠近她时，仙衣如同长出针一样将番王扎得鲜血淋漓。……宝卷中出现的土地神、孤雁和九姑娘娘都是现实生活中不存在的，艺人们将这些带有神话色彩的元素加入其中体现了民间艺人们丰富的想象力和创造力。

其次便是宝卷中的大汉族情节。所谓的大汉族情节即是中原地区对少数民族的歧视。华夏民族认为自己学习文明礼仪是先进的民族，而少数民族则落后野蛮。将四周的少数民族分别称为"东夷""南蛮""西戎"和"北狄"，表明了汉民族的优越感及对其他少数民族的轻视。这一点在《昭君和北番宝卷》与《昭君出塞宝卷》中体现在对番王形象的塑造和对昭君的贞洁的维护上。昭君走到离番营不远处停下，向番王提出三个要求，番将到单于庭奏知番王后，"番王说，美人来，别说三件事；就是那，千百件，我都依从"④。宝卷中写到汉朝是在番兵大军逼境的情况下才迫不得已将昭君送去和亲，可见番王的兵力强盛，而如今为了美女不惜答应三个苛刻的条件，足可见番王的好色。昭君到达番营后，对单于说出了毛延寿是自己的仇人，要求单于杀掉毛延寿才肯与单于成亲，单于听后，"心里暗暗吃了一惊，暗想：毛延寿他是有功之臣，怎能随便杀他？对了，可能是美人太美，毛延寿想调戏于她，美人不允，那厮便怀恨在心，为了讨得美人的欢心，还是把他杀了吧。于是很果断地说：'就依

---

① 徐永成：《金张掖民间宝卷》（三），甘肃文化出版社 2007 年版，第 896 页。
② 同上书，第 897 页。
③ 同上书，第 898 页。
④ 同上书，第 899 页。

美人所奏。'"① 番王为了讨得昭君欢心，不问事情缘由，便将毛延寿斩杀，足见其昏庸。昭君嫁到番地，为了保住自己的贞节想尽办法，先是灌醉番王，后又假称自己身上的银针是神灵为了惩罚她而长在身上的，以还愿为借口给番王出了一道难题——在白河上建一座桥。这桥一建就是十六年，桥建好后昭君知道自己再无推脱的办法，最后跳河自尽。这些情节在史书上并无记载，艺人们加入这些想象，表达了他们内心对匈奴的歧视以及对昭君的同情。

综上所述，《王昭君变文》《昭君和北番宝卷》和《昭君出塞宝卷》作为昭君文学中最有代表性的民间文学，体现出了河西地区人民特有的审美倾向和民族观念，具有鲜明的地域文化特色。

---

① 徐永成：《金张掖民间宝卷》（三），甘肃文化出版社 2007 年版，第 900 页。

中亚回族民间文学探析

武宇林

（北方民族大学）

中亚回族即中亚东干族，是我国海外华人的一部分，如中央民族大学东干学研究专家胡振华所言："'东干'，是专指19世纪下半叶由中国西北陕、甘、新一代被迫迁移到中亚去的回族后裔。他们自称'回回'、'老回回'、'回民'、'中原人'。但在苏联十月革命以后，于1924年民族识别和民族行政区域划界时，他们的民族名称被政府定为'东干'民族。'东干'这一族名是法定的。中亚几个共和国宣布独立后，他们的政府仍沿用这一民族名称。东干族现在中亚有11万人，其中住在吉尔吉斯斯坦5万多人，住在哈萨克斯坦5万，住在乌兹别克斯坦四五千人。"[①] 东干族中的民间文学，被称为"口传文学"，体现着东干人和中国文化一脉相承的渊源关系。"从民间文学的形式和内容来看，它集中反映了东干文化对中国传统文化的继承和发展。回族移民中亚后，也将中国民间广为流传的口传文学形式传入中亚。第一代东干人多是目不识丁的农民，他们靠着一代一代的口头传承及民间'说书人'的集众表演，使得各种中国民间神话及歌谣、谚语、俗语，至今还广泛流传在东干人中间。"[②] 笔者于2006年、2011年两度赴吉尔吉斯斯坦考察中亚东干族民俗文化，亲身感受到了中亚回族民间文学的独特性。东干族民间文学的语言为"回族话"，也称"东干话"，即一百多年前清末时期的中国西北汉语方言，至今被东干人所使

---

① 胡振华：《中亚东干学研究》，中央民族大学出版社2009年版，第89页。
② 丁宏：《东干文化研究》，中央民族大学出版社1999年版，第13页。

用。"回族话"以陕西、甘肃话为基础，掺杂有阿拉伯语、波斯语、俄语、英语等借词。中亚东干族可谓是双语民族，在对外交际方面，多使用当地的官方语言——俄语，在家庭及东干人内部交流中，包括民间文学的创作，使用母语"回族话"。笔者先后到吉尔吉斯斯坦国家科学院东干学研究院、比什凯克市、托克马克市（碎叶城）、东干人聚居的骚葫芦和米粮川农庄调研。通过和东干人的交流，深感以"回族话"表述的民间口传文学的生动性。在本文中，拟就中亚回族"民间故事"与"民间谚语"加以阐述及探析。

一　民间故事

中亚东干人大多从事农业，或种粮，或种菜，或从事农副产品加工，保持着中国西北农民的朴实，也传承着早年中国西北农村的民俗文化，包括丰富多彩的民间口头传说。东干族的民间故事，有些传自中国西北，有些创作于中亚地区。

（一）传统民间故事

中亚东干族传自中国西北地区的民间故事主要有，关于回族的历史、起源、姓氏、婚俗，以及中国传统民间故事，如《三国演义》《水浒传》《西游记》等。这些在中国脍炙人口的古代民间故事也被东干人带到了中亚地区。清末时期，西北地区的民间"说书"昌盛，因此，第一代中亚东干人十分熟悉这些内容，从而促使了中国传统民间故事在中亚的传播。东干人中也不乏优秀的说书艺人，常在东干人聚居乡村或城镇，弹着三弦，以中国说书人的表演方式，"小说章节的开始，用典型的评书的程式：'话说……'；结束时为引起听众注意：'欲听后事如何，且听下回分解'，这也是评书的手法。在最关键的时刻结束叙述，为的是引起听众对下回的关注"[1]。使中国传统的民间故事成了移居他乡的东干人不可或缺的精神慰藉。20世纪50年代以来，中国的一批优秀的古典名著被译成俄语在苏联出版发行，东干说书人又根据自身的理解和演义，进行了再次口头创作，使其内容更加符合东干人的民族心理需求，更加促使了中国古代民间故事

---

[1]　［吉尔吉斯斯坦］М. Я. 苏三洛：《中亚东干人的历史与文化》，郝苏民、高永久译，宁夏人民出版社1996年版，第220页。

在中亚东干人中的流传。

一是《三国演义》。"据老人讲，革命前，在七河地区的东干乡村及城镇里，民间说书，首推历史小说《三国演义》的评书能手在广大听众面前的表演。他们能即兴地从头到尾叙述独立的章回，他们的说书能不断地引出听众喜怒哀乐的声息。"① 可见，早年中亚东干人的民间说书十分活跃，《三国演义》的故事内容赢得了人们的情感共鸣。1954 年，苏联汉学家翻译的俄文版小说《三国演义》在当地出版以来，更是推进了东干人对此的追捧，其中的故事及人物在东干人中广泛流传，有的还被编为顺口溜，"诸葛亮能掐会算，不迭②司马的洪福遮天"。再如，"吃的曹操的饭，给刘备干事呢"。喻"身在曹营心在汉"。还有"三月里来三月三，三人结拜在桃园。刘备年长把哥站，关羽为二张为三"③。说的是"桃园三结义"的故事。

二是《水浒传》。中亚东干人大多知道《水浒传》的主人公，及"一百单八将"的故事。而且，在 20 世纪初，中亚东干族烹饪家还创制了名曰"一百单八将"的 108 道豪华菜肴，集中国传统文化与回族饮食技艺于一体，充分表达了对中国古代英雄好汉的敬慕之心。"据东干人回忆，七河省地区的烹饪家为了宴请尊贵的客人及宗教界上层人物，在东干饭厅准备 108 个菜（一百单八将），意思是小说《水浒传》里的一百零八个好汉。每个菜都献给一个英雄，带有象征性的标志。……1907 年，七河省总督访问比什凯克县时，富裕的东干人及商人在大富商潘舍儿哈智开的饭馆里准备了用 108 个菜做的'一百单八将'宴席。在比什凯克县卡拉库努孜，为了欢迎伊玛目及村长，不止一次做这样的宴席。"④ 这一东干民族大餐在当地产生了很大影响，被各族人民传为佳话。

三是《西游记》。中亚东干人也大多通晓《西游记》及唐僧和孙悟空的故事。东干说书人还进行了改编，"在伊斯兰教的影响下，东干说书者

---

① ［吉尔吉斯斯坦］М. Я. 苏三洛：《中亚东干人的历史与文化》，郝苏民、高永久译，宁夏人民出版社 1996 年版，第 221 页。

② "不迭"，西北方言，"不如""比不上"之意。

③ ［哈萨克斯坦］黑牙·兰阿洪诺夫辑录：《中亚回族人的口歌和口溜儿》，林涛编译，香港出版社 2004 年版，第 194 页。

④ ［吉尔吉斯斯坦］М. Я. 苏三洛：《中亚东干人的历史与文化》，郝苏民、高永久译，宁夏人民出版社 1996 年版，第 157—158 页。

曾改唐僧的陪伴者孙悟空去印度取佛经的说法，为去阿拉伯取神圣的《古兰经》"①。从而更加符合本民族心理，为本民族所用。

除上述之外，还有《杨家将》《梁山伯与祝英台》等民间故事。东干人通过这些富于中国传统文化气息的民间故事，寄托他们对祖国的深情眷恋，排遣离乡背井的寂寞与孤独。

（二）新编民间故事

东干人中也流传有很多新编的民间叙事故事，是他们来到中亚地区之后根据现实生活而编创的，有着明显的时代及地域特征。2006 年 9 月，一直陪同笔者考察的东干族年轻女学者拉黑玛说，她从儿时起就常听长辈用回族话讲述各种民间故事，她的大娘——阿依沙·曼苏洛娃就是一位讲述高手，并带笔者前去拜访。曼苏洛娃 1931 年出生于比什凯克市骚葫芦东干族农庄，是吉尔吉斯斯坦著名的东干族儿童文学作家。那年她 75 岁，神采奕奕，以十分熟练而动听的回族话，为笔者讲述了《扫帚精》的民间故事：

> 一个老汉和老婆没儿没女，住在一个乡庄。有一天，来了一个货郎儿担着担子，吆喝着"俊姑娘买线来，漂亮媳妇买布来"。这时候，从老汉的屋子里出来一位漂亮姑娘，买了线和头上的插花。不过她说："我大（父亲）不在，下回给你钱。"第二回，货郎儿又来了，姑娘买了帕子和手巾。又说："我大不在，下回给你钱。"第三回，货郎儿又来了，一看姑娘没出来就去敲门，老汉出来了。货郎儿对他说："老伯，你女儿买了我的东西，你给我钱。"老汉奇怪地说："我要是有女儿就高兴死了。"货郎儿说："你女儿从这门里出来两遍了。"可是，邻居也说老两口没女儿，货郎儿只好走了。这家老夫妇靠扎扫帚、卖扫帚过活。有一天，老汉刚一走，有一把扫帚就戴着花、搭着手帕动了起来。老婆一看就喊了起来："扫帚成精了，快卖了吧！"于是，把扫帚洗了，又用开水烫了。但是，扫帚还在动。于是就撅断了一股叉，扔在一边，自己去扫院子。回来后乏了，就躺在

---

① ［吉尔吉斯斯坦］M. Я. 苏三洛：《中亚东干人的历史与文化》，郝苏民、高永久译，宁夏人民出版社 1996 年版，第 221 页。

炕上睡着了。老婆醒来后，闻到了香味，饭也熟了，桌子、筷子都摆好了，还看到一个姑娘。就问她："你是人还是鬼？"姑娘说："我是人，是你的扫帚。"老婆想了想说："那好，你留下来给我们当女儿吧！"可是，老汉卖扫帚回来后不同意，说："要是乡庄上的人知道了，是不会让成了精的人留下来的，要撵我们走的。"老婆说："你就说她是从口里来的侄女。"但是，乡庄里的人不相信，要把他们撵走。于是，在一个晚上，他们全家搬到了城里来住。没想到一个县官看上了这位俊姑娘，娶了她。从此，老两口过上了平平安安的日子。

这则娓娓动听的民间故事，通过老两口没有儿女的情节反映出了东干族群内心深处的孤独和寂寞。又通过认领一位虚幻的"扫帚精"女儿，而且是从"口里"① 来的侄女，即来自中国，反映出了东干人的内心深处渴望"口里"的亲戚到"口外"来看望他们的祈愿。如故事中所言，夫妇俩宁可被周围的乡邻所驱赶，也不愿丢弃这位想象中的来自中国老家的"侄女"，以至于全家出逃。故事一方面秉承了中国自古以来"行善积德、善有善报"的传统观念，另一方面抒发了身居异国他乡的西北回民及其后裔思念祖国及早日和祖国亲人团聚的强烈愿望。东干人从清末西迁到当时由俄罗斯统治的中亚以来，一方面由于中苏间的长期冷战，另一方面由于地理上的遥远，致使东干人与中国人的交往几乎断绝了一百多年。这期间，祖祖辈辈的东干人对祖国亲人的期盼和思念可想而知。

优素福、刘宝军的论著中描述："1991 年苏联解体，中亚各国独立后，这里的东干人便说：'这给东干人带来了两个好处：一是教门开放了；二是和中国老家可以来往了。'"② 东干人视中国人为亲戚，包括汉族。东干民间一直流传有唐朝时期阿拉伯军人应皇帝邀请来到中国帮朝廷打仗及娶中国汉族女子为妻的民间故事。笔者是汉族人，但在吉尔吉斯斯坦受到了东干人亲戚般的礼遇。他们总是说："汉族人是我们回回的娘家人。"好客的东干人往往会邀请来自中国的各民族学者到自家住宿，女主人还会擀

---

① 中亚东干人称中国为"口里"，他们所在的中亚及西域地区为"口外"。
② 优素福、刘宝军：《悲越天山·东干，人记事》，宁夏人民出版社 2004 年版，第 11 页。

面条、蒸包子、烙饼子，尽量按照中国西北人的饮食习俗招待客人，给予中国学者以走亲访友般的温暖。

在考察期间，东干学研究院东干族学者伊斯合·十四也向笔者讲述了一则民间故事《瓜儿子》：

> 有一个人和儿子把地犁完后，大大（爸爸）叫儿子把犁铧藏下，明天赶早他们一来就能把犁铧套上犁地了。儿子把犁铧拉到一个深沟渠里，大声问大大："阿大，我把犁铧藏到这搭儿？"大大给儿子绕手不让喊，儿子不懂，还接着喊哩。大大给儿子用手指着，就藏到沟渠里面。儿子把犁铧藏好后，来到大大跟前，大大骂他，为啥大声喊呢？他给儿子说，明天不能这样喊了。第二天赶早，他们两人来到地里，大大让儿子去取犁铧，可是，叫人偷走了。儿子一看犁铧没有了，也不敢喊。悄悄地望着大大。大大看儿子不把犁铧拿来，就喊着问："把犁铧拿来啥！"儿子不言喘（吭声），而且还绕手不让大大大声喊。大大等不住，自己跑去了。到沟渠一看，犁铧没了，就问儿子："犁铧呢？"儿子不言喘，也不让大大喊，到跟前把大大耳朵揪住说："犁铧叫人偷走了。"大大问儿子："为啥不大声说哩？"儿子说："大大不叫我大声喊。"

这则故事，首先反映了当年东干人初到中亚开垦荒地时的艰辛。当初，迁徙到中亚的回民大都是庄稼人，他们热爱土地，熟悉农耕，也有着种粮、种菜的经验，故大多选择了开荒种地。在骚葫芦农庄小学的博物馆里，还陈列着一些他们当年使用过的犁铧、铡刀、木锨、坎土曼等农具，以及当年东干人艰苦奋斗的历史图片资料。这些民间口头创作便取材于那时的农耕生活。这则民间故事是被人们当作幽默"笑话"口耳相传的，反映出了东干人不畏艰苦的乐观精神。即使身处艰难困苦之中，也不失诙谐幽默，善于在苦难中创造欢乐。现实中，尽管苏联解体后，中亚一些小国家的经济发展不尽如人意，大部分东干人的生活不算富裕，东干族学者们的工资收入很低，有些不得不到市场上揽活以维持生计。但他们乐观豁达，在东干民间婚礼等喜庆聚会上，人们载歌载舞，其坚强与乐观精神无处不在。

另外还有《懒惰的坎土曼和爱劳动的铁锨》等，以劳动工具为题材，揭示了劳动能得到幸福和快乐的真理。其他还有《为什么乌鸦是黑的》《梅花鹿传令》，以及白虎、白猴、凤凰等有关动物的民间故事，往往赋予它们超自然的力量。

二　民间谚语

谚语和俗语及谜语、歇后语也是东干人民间口头创作的一种形式，谚语被称作"口歌儿"，俗语被称作"口溜儿"，都是中亚东干族劳动人民的智慧及语言艺术的结晶。"口传文学中的口歌和口溜儿的内容，反映了中亚回族对自然规律、社会事理、宗教信仰、伦理道德、家庭观念、是非善恶、生活习俗等多方面的认识和理解。具有一定的审美和教化作用。"①十月革命以前，东干人没有自己的文字，口歌和口溜儿等只是在人们口头上流传。20 世纪 50 年代东干新文字创制以来，东干族学者开始以此对本民族口传文学进行收集整理及刊行。"1960 年，在吉尔吉斯斯坦科学院《通报》上，东干的老学者、语言学家严贤生②首次发表了民俗学资料，刊布了 500 多条东干语的谚语和俗语。同年，东干历史学家、民俗学家 X. 尤素罗夫在《中亚东干人的民俗学类型》论集中公布了 75 条东干谚语和俗语。1964 年，吉尔吉斯斯坦科学院东干文化研究所研究人员 X. 尤素罗夫和 M. 哈桑诺夫在《突厥学和东干学共同的资料》中公布了 138 条谚语和俗语③。"1998 年，哈萨克斯坦东干族学者黑牙·兰阿洪诺夫以东干文辑录的《回族人民的口歌儿带口溜儿》一书出版。2004 年，我国北方民族大学东干语言研究专家林涛将此书进行了编译，出版了《中亚回族人的口歌和口溜儿》（香港出版社）。该著作中辑录的谚语共分为十二类：社会、事理、农事、勤苦、人品、生活、命运、礼俗、交往、经验、家庭和其他。近年来，笔者数次赴中亚调查东干族民俗，也不时从东干人口中听到一些有趣的"口歌儿"或"口溜儿"，如"三天不打，上房揭瓦"。

————————

① ［哈萨克斯坦］黑牙·兰阿洪诺夫辑录：《中亚回族人的口歌和口溜儿》，林涛编译，香港出版社 2004 年版，第 1 页。

② 严贤生，有的著作中译为"杨新生"。均为东干语的音译。

③ 原注：参见《突厥学和东干学共同的资料》，伏龙芝，吉尔吉斯斯坦科学院 1964 年版，第 80—91 页。

"你不逗虫，虫不咬你。"有些是中国人所熟悉的谚语或俗语，倍感亲切。东干族谚语及俗语内容包罗万象，语言风趣幽默，含义深刻，耐人寻味。下面列举一部分，大多选自《中亚回族人的口歌和口溜儿》一书。

（一）社会事理类

"众人是圣人。"穆斯林群众称伊斯兰教的先祖穆罕默德为"圣人"，此处把众人比作圣人，是对民众力量的高度肯定。如同中国谚语"水能载舟，也能覆舟"的道理，反映着人民群众的真知灼见。

"海子翻浪水不清，世界人多心不定。"以海水中只要有浪，水就不会清澈，比喻世界上人多事多自然不会安定。类似的谚语还有"天上有云天不明，河里鱼多水不清，世上人多心不同"。

"自己不识看，埋怨世界难。"是说人们往往是自己不够心明眼亮，不能审时度势，而去抱怨外部世界的困难。奉劝人们凡事多从自身找原因。

"有千年的名，没千年的人。"正如中国谚语"雁过留声，人过留名"，忠告人们珍惜短暂的人生，不虚度年华，流芳百世。

"维人维个真君子，栽就栽个松柏林。维下君子常来往，栽下松柏冬夏青。"这一关于交友的"口溜儿"，出自东干族学者伊斯合·十四之口。

"娃娃念书不贪心，不知书里有黄金。早知书里有黄金，高照明灯下狠心。"① 以及"有知识天下转，无知识一坨儿②站"。前者与中国民间流传的"书中自有黄金屋"如出一辙。后者反映了东干人对知识的向往，以及对知识人的敬仰。即有知识的人，可施展的天地宽广，凭借着自己的才能走南闯北，潇洒自由；而没有知识的人，一辈子只能待在一个小地方，孤陋寡闻。

"家里无事嫌家穷，家里遇事盼太平。"是说家中无事时，人们总会抱怨家里贫穷。但家里一旦出事，才会觉得"太平"才是最重要的。奉劝人们随遇而安，不奢求富贵，只求家中大人小孩太平无事。这也是历尽动荡苦难人们的由衷感悟。

"君子盼的大家富，小人盼的一人富。"即在现实生活中，品德高尚的正人君子，所期盼的是大家共同富裕；而利欲熏心的小人，往往只盼望自

① 讲述者：吉尔吉斯斯坦国家科学院东干学研究院东干族学者伊斯合·十四。
② "一坨儿"，西北方言，指面积很小的一块儿地。

己一家的富裕。

"家里有千两银，不选个买卖人。"阐述了"无商不富""无商不活"的崇尚经商的回族人特有的传统观念。

"隔手的金子，不选在手的铜。镜儿里头的馍馍，照上吃不上还是个枉然。"阐述了凡事须务实，不能被一些虚假的现象所蒙蔽。

"家里没病人，衙门没官司，门上没有账，就是富汉人。"该"口溜儿"的讲述者为东干族学者伊斯合·十四，反映了东干人不奢求的平和心态。

"身体刚强赶钱强。"是说身体强壮胜过有钱。反映了东干人对健康的重视，以及人生理念的进步。

（二）农事生活类

早期的东干人中农民居多，所以日常生活中的许多口歌和口溜儿都和农耕生活相关。

"有要庄稼富贵成，早早儿起苗铲草根。""有要吃香饭，做活多出汗。""买卖不离街头，农儿家不离地头。""不怕荒地不成麦，单怕懒汉不犁地。""自己不实干，只怪光阴难。""一心不下苦，一辈子不得富。"这些都是教诲人们要想过上生活富裕的好日子，吃上香喷喷的米饭，必须吃苦耐劳，勤劳耕种，不怕流汗，实干下苦，而不能只是抱怨光阴难。通过"铲草根""不离地头"等描述，反映出东干族农民"汗滴禾下土"的农事辛苦。

"有个抢种的，没有个抢收的。"则强调了按照农耕季节及时播种的重要性。即比起"抢收"来，适时"抢种"更为要紧。

"赶早种下的树，晌午不给个阴凉。撒一个懒，瞎①一个年。"以早晨种树，中午不可能乘凉作比喻，告诫人们种庄稼不可能立竿见影，马上得利，需要一年的周期。因此不能急功近利，需要持之以恒，勤勤恳恳。只要撒一次懒，就会耽误一年的收成。

"一堆黄金，不选一堆粮。"是说农业的重要性。"民以食为天"，在农民们看来，比起黄金，粮食才是最重要、最实惠的。

"低头下苦给地要，不能张手给人要。""天上下雨地下滑，自己跌倒

---

① "瞎"为西北方言，音"ha"，此处为"耽误、坏事"之意。

自己爬。"强调了作为农民要靠自给自足,在地里多下苦,向土地要收益,而不能伸手向别人要钱,有困难自己克服。表现了东干族农民朴实本分的传统观念。

"三月的韭菜爱(音'乃')死个人,七月的韭菜驴不啃。""吃芹菜,连官坐。吃韭菜,连狗卧。"① 都是蔬菜类的"口溜儿"。前句是说初春的韭菜嫩,人们爱吃;夏天的韭菜老,连牲畜都不愿意吃。后句的意思是:芹菜气味高雅,吃过芹菜后,即使和官员坐一处也无伤大雅。而韭菜的气味难闻,吃过后只配和狗卧在一起。该谚语话糙理不糙,告诫人们注重气味方面的礼仪,这与东欧人的高雅礼仪习俗相吻合。东干人擅长种菜,很多人家的房前屋后都种有各种瓜果蔬菜,可随时摘食,故这方面的谚语也十分丰富而形象。

(三)人生哲理类

"三人合一心,黄土变成金。"强调了只要人心齐,团结一致,就能够战胜困难,让黄土变成金。这也是东干族人民长期以来,之所以能够在中亚地区立于不败之地和发展进步的共识及民族精神。

"谷要自种呢,儿要自生呢。"是说好比种庄稼,只有自己认真种的粮食,才能有好收成。同样,亲爹亲娘自己生养、自己亲手领大的孩子,才能培养出对父母有感情的好孩子。

"马越骑越胆大,车越吆②越害怕。"道出了骑马和开车的不同:骑马越骑越熟悉马的性格,和马越亲近,从而合二为一,相互配合,得心应手。可开车有很多不可预料的因素,如车况、路况等,故越开越害怕。

"吃人的饭闹人的药,该③下人的钱绊马索。"比起中国流行的"吃人的嘴短,拿人的手短"谚语,更尖锐地道出了贪图小利占便宜、依赖他人的危害性。即白吃了别人的饭,好比吃下了害人的毒药,不定什么时候就会发作,心里会不踏实。而欠下别人的钱财,就好比是绊马索,每走一步路都被人控制,后患无穷。而绊马索的比喻,恰恰表明了东干族农民适应中亚地区的游牧特点,在农耕的同时,也从事牧业养殖的生产习俗。

---

① 讲述者:吉尔吉斯斯坦国家科学院东干学研究院东干族学者穆合麦·伊玛佐夫。

② 东干人称"开车"为"吆",从吆喝牲畜延伸而来。如"吆马什乃"(开汽车)、"吆康拜因"。

③ "该"为西北方言,意为"欠"。"该钱"即"欠钱"。

"吃不穷,喝不穷,检点不到一世穷。""挣一个,不迭省一个。"强调了勤俭持家、省吃俭用的重要性,也反映了东干人艰苦朴素的优良生活习惯。

"有个穷家,没有个穷滩。"是说不要小看了"穷滩",即荒芜的河滩地,只要肯下苦功,勤劳耕种,就会有意想不到的收获。表达了东干族人民热爱大自然,对前途充满信心的乐观主义精神。

"猫老不逼鼠,人老不行路。"通过动物界的猫衰老以后不会去威逼老鼠,人老了之后不走远路,阐述了凡事要量力而行的人生道理。告诫人们不按照自然规律行事,自不量力,往往会遭受失败。

"高不过人心,深不过书底。肥不过春雨,瘦不过寒霜。"该谚语也出自东干族学者之口,赞美了人心志向之高远、书中学问之深厚,表达了东干人对知识的崇尚。后两句则是东干人长期农耕生活的宝贵经验。

"年老不娶年轻妻,种地不种河畔地。年轻妻是别人的,河畔地是水淹哩。"[1] 该谚语反映了东干人的婚姻观。现实中,东干人的婚姻依旧十分传统。年轻人的婚姻讲究媒妁之言,从订婚到结婚,都严格按照礼数规矩操办。老年人再婚,也正如该谚语所言:年龄相当,以求牢靠稳定。

综上所述,东干族的口传文学及所使用的"回族话",由于东干人有意识的保护与传承,保存得相对完好。其口传文化丰富多彩、朴实无华,保留了一百多年前中国传统文化的特征,发挥着启迪、教化人民的重要作用。表明了中国民俗文化的魅力及强大的生命力,同时也印证了中亚东干人这一海外华人群体对中国文化的热爱,他们无疑是中亚地区中华文化的传播者和守护者。不仅在口头上执着地保留和传承着汉语言民间文学的方方面面,并且以东干人所创造的东干新文字的书面形式辑录、出版了一系列民间文学的著作,使得中华民族优秀的传统文化在海外得以弘扬及保存。这些珍贵的非物质文化遗产,堪称考察研究中国清代汉语言文化及回族民俗文化的"活化石"。中亚回族民间文学是对中国传统文化的继承和发展,也是中华民俗文化中的一个组成部分,有着重要的学术研究价值,正如东干族学者伊玛佐夫所言:"从地域上看,东干族是在中国境外独立发展起来的,但从民族族源、民族特征乃至族群认同上,东干文化与回族

---

[1] 讲述者:吉尔吉斯斯坦国家科学院东干学研究院东干族学者伊斯合·十四。

文化有着千丝万缕的联系。与回族相比，东干民族的历史要短得多，但她却以独特的民族个性向我们证明：地域的不同，不但创造了一定的民族在特定地域里的文化，也酿造了生存在不同地域的同一民族文化不同的地域特色。从这个角度讲，东干文化为回族文化的研究提供了许多新内容和新课题。"① 东干族的民间口传文化，随着时间的推移，将日益显示出重要价值。

---

① ［吉尔吉斯斯坦］M. X. 伊玛佐夫·亚瑟儿：《十娃子生活与创作》，丁宏编译，宁夏人民出版社 2001 年版，第 1 页。

当下作家笔下的萨满文化书写

吕　萍

（长春师范大学）

中国萨满信仰历史悠久，文献记载十分丰富。从远古至今，萨满文化一直在北方民族中传承。这些民族包括蒙古族、满族、鄂温克族、赫哲族等。文学是社会生活的反映，文学家的责任之一就是书写历史。萨满文化作为一个民族的原始文化，在当下的许多作家作品中仍然有所反映。乌热尔图的小说《萨满，我们的萨满》、迟子建的《额尔古纳河右岸》、郭雪波的《大萨满之金羊车》、朱春雨的《血菩提》、胡冬林的《野猪王》等，以及许多北方作家都将萨满及其文化作为地域文化、远古历史来书写。

一　萨满：作品的主角

萨满是什么？他是天、地、人之间的使者，是远古人类智慧的化身。以萨满为代表的萨满文化是一种原始文化，是我们先人千百年来积累起来的文化遗产，是人类对天地万物、人类自身的最初认识，也是人类最初的哲学思想与世界观。其"诗歌舞"一体的表现形式，又是人类最初的艺术形式。"万物有灵"是萨满文化的基础，包括自然崇拜、图腾拜崇和祖先拜崇。乌热尔图认为，萨满代表着鄂温克人灵魂和力量，同整个部族的命运纠结在一起，同江河一样存了千百年。在他的小说《萨满，我们的萨满》《你让我顺水漂流》中，就直接将萨满卡道布、达老非作为小说的主角，为他们"树碑立传"。乌热尔图是地道的鄂温克人，熟悉自己民族的历史与生活。他的作品以反映鄂温克族生活、渔猎文化为主，主要有短篇小说集《乌热尔图小说选》《七叉犄角的公鹿》《你让我顺水漂流》，散文随笔集《沉默的播种者》《呼伦贝尔笔记》等，其中短篇小说《一个猎人的恳求》《七叉犄角的公鹿》《琥珀色的篝火》分别获得 1981 年、1982年、1983 年全国优秀短篇小说奖。这几篇小说也是乌热尔图的代表作，同样也是出自他所熟悉的鄂温克生活。由于他出生在内蒙古草原，并且长期生活在额尔古纳旗敖鲁古雅鄂温克民族乡，当过猎民、工人、民警。鄂温克族古老的传统与文化深深地吸引着他，为了传承与保护这种文化，掌握鄂温克人自己的命运，他用自己手中的笔为鄂温克人代言，创造了独特的渔猎民族的文学天地。

鄂温克人历来信仰萨满文化。他们平时祭祀祖先，狩猎时祭祀山神，有病时请萨满跳神。居住在内蒙古额尔古纳旗的驯鹿鄂温克中，仍然保留着一些有关萨满的神话与传说，如萨满造人和万物的神话、图腾崇拜的神话、萨满起源的传说、祖先神"舍卧刻"的传说等。另外，他们那些传统的有关火崇拜的观念、占卜术、祭敖包仪式等仍然有所保留。这些传统与信仰，在乌热尔图的作品中自觉不自觉地凸显了出来。萨满文化的主角——鄂温克萨满在他的笔下是那么的狂放、那么的自信：

> 他站在显露出一角的圆锥形桦树皮帐篷旁，身着萨满神袍，那很有气势的神帽上嵌着铁制的三叉鹿犄角，一把密集的缨穗遮盖了他的脸，只有他的右眼从一指宽的缝隙中闪露出神秘的轮廓。①

这个萨满不是别人，正是鄂温克最著名的大萨满——达老非，他早在20 世纪初期就被学者采访过，并且留下了年轻时的照片。上面的描写，正是他当年的萨满形象，神袍、神帽、缨穗的萨满服饰。当然作者不会仅仅局限于对主人公萨满的外貌描写，限于形似，而更注重于神似——萨满在做仪式时表现出的信仰与观念：

> 那是一件鹿皮鞣制的神袍，前胸和后背镶着十一个大小不等的铜镜，那闪着金光的铜镜像聚在了一起的无数个太阳。神袍上下缀

---

① 乌热尔图：《萨满，我们的萨满》，载《你让我顺水漂流》，作家出版社 1996 年版，第158 页。

满树林一般密集的，涂着黑、红、黄三色的缨穗，而森林里的飞禽走兽、日月山河，变成了一个个铁制的象征物全部镶在了上面。那神袍只要轻轻抖动，就发出一阵震慑灵魂的声响。那神袍容纳了一切，象征了一切，意味着一切，代表了给予你生命的那任何东西都无法容纳的世界。[①]

萨满的神袍容纳了整个自然界，那里有"飞禽走兽、日月山河"，蕴含着人与自然的和谐，萨满通达的万物。神镜象征着太阳，普照大地，扫除一切阴暗，驱逐一切妖孽。"万物有灵"，自然崇拜等萨满观念，通过对达老非萨满的描写得到了充分的体现。

迟子建在长篇小说《额尔古纳河右岸》中更是直接塑造了不同类型的萨满形象——尼都萨满和妮浩萨满。由于迟子建（1964—　）出生在黑龙江省漠河县，与周边的鄂温克族、鄂伦春族多有接触，了解他们的生活，所以能够写出反映鄂温克族生活的长篇小说《额尔古纳河右岸》，并且获得茅盾文学奖。整部作品向我们展示了鄂温克人对山神"白那查"的敬畏、对鹿的敬仰，以及组织制度、婚姻制度等方面。妮浩萨满是这个部族中的新萨满，她接替了老萨满尼都萨满。按照鄂温克人的规矩，新萨满要举行出道仪式，并请了七十多岁的女萨满杰拉萨满主持。老萨满要在供奉萨满神灵的场所，献上祭品，并且在希楞柱上挂木制太阳、月亮、大雁、布谷鸟，然后开始教穿戴齐整的新萨满跳神。妮浩是这个部族的新萨满，也是最后一个萨满。她在为自己部族祈雨时，结束了自己的生命。《额尔古纳河右岸》是这样描绘妮浩最后一次跳神的：

妮浩就在这个时候最后一次披挂上神衣、神帽、神裙，手持神鼓，开始了跳神祈雨的。她的腰已经弯了，脸颊和眼窝都塌陷了。她用两只啄木鸟作为祈雨的道具，一只是身灰尾红的，另一只是身黑额红的。她把它们放在额尔古纳河畔的浅水中，让它们的身子浸在水中，嘴朝天上张着，然后开始跳神了。

---

① 乌热尔图：《萨满，我们的萨满》，载《你让我顺水漂流》，作家出版社 1996 年版，第 161 页。

妮浩跳神的时候，空中浓烟滚滚，驯鹿群在额尔古纳河畔低头站着。鼓声激昂，……妮浩跳了一小时后，空中开始出现阴云，又跳了一小时后，浓云密布；再一个小时过去后，闪电出现了。……她刚做完这一切，雷声和闪电就交替出现，大雨倾盆而下。①

这仿佛就像一幅图画，一幅萨满祈雨图——在额尔古纳河畔，驯鹿群低头站立，部族的人们翘首企盼，妮浩萨满身穿神衣，头戴神帽，手持神鼓，伴随着电闪雷鸣，铿锵起舞。鼓声、雷声、雨声，震撼了宇宙天穹，敲击着人们的心灵。祈雨成功了，但妮浩却为了部族人的利益献出了自己的生命。萨满在这里已经不仅仅是一位宗教使者，而且已经成为一个部族的英雄。在作家的笔下，萨满不但是作品中的主角，其形象也得到了升华。

二　历史：远古的记忆

满族是一个具有悠久历史的民族，满族及其先人一直有萨满文化信仰。时至今日，满族民间仍然有萨满文化遗存，萨满仪式、萨满神本子、萨满神歌在满族聚居的地方还可以见到。反映满族生活与萨满信仰的作品，当首推满族作家朱春雨的长篇小说《血菩提》。这篇小说是一部很好的寻根文学作品，并且被人们称为"满族的史诗"。朱春雨（1939—2003）是辽宁盖州市人，主要作品有长篇小说《大业千秋》《山魂》《亚细亚瀑布》《血菩提》等。长篇小说《血菩提》是作家朱春雨的代表作，也是他描写满族巴拉人生活的"浪漫的满洲"三部曲之一。巴拉人是女真人的一支，长期生活在黑龙江张广才岭一带。"巴拉"一词由满语 balama 而来，义为"狂妄之人"。因为这些人，在努尔哈赤统一东北女真各部时，他们没有归顺，而自行其是。小说中写道：

当初，努尔哈赤统一建州各部，兴兵建旗，收海西部攻野人部，有那逃避征战的女真人躲入密林深山，过着散漫天然的日子，从松花江（那时叫海西江）经牡丹江到张广才岭，沿山里的水脉，拉开他们

---

① 迟子建：《额尔古纳河右岸》，人民文学出版社 2010 年版，第 252—253 页。

顽强的生命线。他们被叫作巴拉玛——没有规矩的人，他们无拘无束地在长白山林海里漂泊浮沉，没人顾及他们的生存，他们也不顾及别人的生存。并不轻松的生存，相应着并不轻松的繁衍，这支不是按几何级数增殖的人群不记得在封闭环境里传了多少代，忘记了多少回日出日落才是一年。①

小说正是从长白山深处的一个叫巴拉峪的屯子写起，描写居住在那里的巴拉人的历史沉浮，其历史包括巴拉人来历的传说时代、抗日战争时期以及现代生活时期。小说以小见大，从一个侧面述说了满族人的历史变迁，包含着作家对满族历史与文化的深刻反思与探索。值得注意的是，满族传统文化——萨满信仰在小说中得到了极大的关注。图腾崇拜、请神仪式、海祭仪式等萨满观念与仪式，在小说中得到了充分的展示。小说的主人公之一，巴拉人后裔张吉喜就是萨满，被人们称作"萨满爷"。他在30年代利用日本人设在蓝旗边外的鸦片专卖所赶车之便，担任了抗联的地下交通员；在为巴拉峪看管参园子时，成了巴拉人的萨满。这位萨满爷在家乡巴拉峪生活了一辈子，从小受到了巴拉人的传统文化熏陶，接受了古老的萨满文化，成为巴拉人的最后一位萨满。他同时也经历了抗战时期、"文革"时期等中国大的政治风云的洗礼。从萨满爷身上，我们看到了历经百年的巴拉人的历史变迁，以及他们的远古记忆。在讲到巴拉人的历史时，萨满爷说：

从辉发河畔，从古勒山下，从东海窝集，经过不同途径流落深山老林的这伙巴拉人，缺的最当紧的东西不是盐或铁器、火药或丝绸，你是伊尔库勒氏的姓伊，他是札古搭氏的姓张，我是瓜尔佳氏的姓关，各有来龙却无去脉，散漫了一代又一代的巴拉人，需要一个统一的神，他们想到了为他们换得整篓整篓烧酒的海东青必是无敌的，不然不会让它交换物具有灭种的威力。……他们从来没想到一盘散沙般的巴拉人会合谋请神。②

---

① 朱春雨：《血菩提》，作家出版社1989年版，第27页。
② 同上书，第28—29页。

这就是巴拉人，他们从各自的地方来，从辉发河，从古勒山，从东海窝集。他们有各自的姓氏，伊尔库勒、札古搭、瓜尔佳。当然，他们也有共同的需要一个统一的神——海东青。于是，在萨满的带领下，巴拉人举行了盛大的请族神海东青的仪式。小说不但叙述了巴拉人的历史，同时也述说了巴拉人的萨满与神的来历，让人们对巴拉人有了更深一步的了解。

迟子建的长篇小说《额尔古纳河右岸》更是直接取材于她所熟悉的居住在额尔古纳河右岸的鄂温克人的历史与生活。小说以一位九旬鄂温克族老人的口吻开头，讲述了这个弱小民族百年的沧桑历史。她说："我是雨和雪的老熟人了，我有九十岁了。雨和雪看老了我，我也把它们给看老了。""我是个鄂温克女人。我是我们这个民族最后一个酋长的女人。我出生在冬天。我的母亲叫达玛拉，父亲叫林克。"① 小说讲述了这个民族与自然界的抗争，人与人之间的亲情以及凄美的爱情故事，并且塑造了尼都萨满等人物形象。作品实际上书写了一部人与自然、人与人、人与神灵之间的悲壮历史，构成了一幅幅天人合一的生动画面。整部小说亦虚亦实、亦真亦幻，其小说风格堪称萨满式的"魔幻现实主义"。鄂温克人信仰萨满文化，他们的神灵称作"玛鲁"。有一次在萨满祭祀仪式上，主人公终于见到了玛鲁神：

> 狍皮口袋里装着的是十二种神偶，我们统称为"玛鲁"。其中主神是"舍卧刻"，也就是我们的祖先神。它其实就是两个雕刻而成的木头人，一男一女。它们有手有脚，有耳有眼，还穿着鹿皮做成的小衣服。由于它们的嘴涂了太多的兽血，所以它们是紫红色的。其余的神偶都与主神舍卧刻有关。②

对于信仰萨满文化的民族来说，祭祀祖先是一项十分重要的仪式。鄂温克人的祖先神"舍卧刻"，既是他们的神灵之一，也是他们民族历史的一部分。追宗慎远历来是各民族的传统，鄂温克人也同样念念不忘自己的祖先，用萨满信仰的方式来祭祀先人。他们追寻祖先的足迹，继承先人的

---

① 迟子建：《额尔古纳河右岸》，人民文学出版社 2010 年版，第 1、4 页。
② 同上书，第 114 页。

传统，从而书写着新一代鄂温克族的历史。

《额尔古纳河右岸》像是一部交响曲，分为四个乐章：清晨、正午、黄昏、半个月亮（尾声）。给人的感觉，仿佛像鄂温克的传统文化一样，从远古走来到如日中天，从兴旺发达到走向遗失。作为驯鹿的民族，鄂温克族人渐渐失去了森林，驯鹿的空间逐渐缩小，下山圈养驯鹿又不可行，他们已经陷入了两难的境地。小说正是在这种忧虑与思考中书写了鄂温克族的历史与文化，为人们留下了许多反思的空间。

三　生态：现实的反思

尽管随着历史的变迁，这些民族的萨满信仰有所变化，但萨满文化遗存还在，并且表现在衣食住行等日常生活中，成为这些民族文化以及北方民族文化的重要组成部分。蒙古族及其先人一直信仰自己的传统宗教萨满教，尽管从元代开始蒙古人接受了藏传佛教。但在广大的蒙古族民间，萨满的信仰仍然存在着，尤其是在内蒙古东部地区，蒙古民间的萨满教一直保留很好，天神腾格里的祭祀仪式不断地再现，优美的萨满神歌仍然在天边回荡。一首著名的蒙古族民歌《敖包相会》，曾经把人们带到了那个茫茫的大草原，也让人们知道了蒙古族的祭敖包习俗。其实，祭敖包习俗就源于古老的萨满祭祀。敖包在蒙古语里就是"堆子"的意思，也是蒙古族的村落保护神。

郭雪波（1948—　）是蒙古族作家，内蒙古库伦旗人，主要作品有长篇小说《狼孩》《银狐》《大萨满之金羊车》，以及小说集《沙狼》《沙狐》《大漠魂》等。他的小说大都反映草原人的游牧生活，并且注重生态文学创作。生态文学产生和发展是与地球上愈演愈烈的生态危机相联系的。生态文学强调人与自然的和谐，反对人类中心主义，主张人与动物、植物和平相处，从而保护人类赖以生存的自然环境。生态文学家应该具有生态责任感、自然关怀和人类终极关怀的心态。郭雪波曾在小说《银狐》中说"我只是不想做一种文字的记录和研究，告诉大家，北方，蒙古人曾创立和信奉过一种宗教——萨满教，这个教信奉长生天为父，长生地为母，信奉大自然，信奉闪电雷火，信奉山川森林土地；同时也想告诉大家，现在，也许正因为失去了这种萨满教的教义，人们失去了对大自然的神秘感和崇敬心理，才变得无法无天，草原如今才变得这样沙化，这般遭受到空前的破坏，贫瘠到无法养活过多繁殖的人族，这都是因为人们唯利是图，急功近利，破坏应崇拜的大自然的结果！所以现在，大自然之神正在惩罚着无知的当代人族！"① 是啊，萨满文化是信奉大自然的，不论是山川、森林、草原、土地，还是日月、星辰、电闪、雷鸣，他们都不会轻易侵犯与靠近，有着一种神秘与敬畏之感。他们同样信仰"万物有灵"的观念，大自然也是有灵的，对于那些破坏大自然的人们也将实行报复。不是吗，气候变暖、空气污染、水质变坏、生态失衡等恶果已经不断出现，这不正是大自然对人类的惩罚吗。生态作家面对这一切，更是痛心疾首，奔走呼号。郭雪波在他的《银狐》中说：

> 最早，这儿还是沃野千里，绿草如浪……后来，渐渐拥入内地的农民，开始翻耕草原种庄稼，蒙古各旗王爷为供应在京都王府的大量开销和抽大烟也把草原大片大片卖给军阀和商贾们开荒种地。由此，人们为自己种下了祸根。草地植被顶多一尺厚，下层的沙土被铁犁翻到表层来了，终于见到天日的沙土，开始松动、活跃、奔逐，招来了风，赶走了云。沙借风力，风借沙势……这里成了沙的温床、风的摇篮，经百年的侵吞、变迁，这里几千万公顷的良田就变成了今日的这种黄沙滚滚，一片死寂的荒凉世界，号称"八百里瀚海"。②

他的近作《大萨满之金羊车》更是将生态文学与古老的萨满文化相联系，呈现人与自然、人与萨满信仰的和谐之美。小说第一章《金羊车》讲述了老萨满吉木彦在祭敖包仪式上，与破坏翁格都山之人进行斗争的故事。一些人为了自己的私利，中饱私囊，不顾百姓的利益，掠夺性开发翁格都山，并且不顾一切地放响了开山炮。但是那位纵容人们放炮的努克，本不应该蹬上由六只金角公羊拉的，只有萨满才有资格坐的"金羊车"，却在车上丧了命：

> 努克自甩进车厢里后就没能坐起来过，一路狂奔的羊车剧烈地颠

---

① 郭雪波：《银狐》，漓江出版社 2006 年版，第 77—78 页。
② 同上书，第 45 页。

荡着，使他身不由己东倒西歪，加上他身躯肥胖根本无法从容坐起。而且，这时他有一种奇怪的感觉，身体似乎中邪了般动弹不得，感到手脚好像被什么无形的东西给捆住了，怎么也挣不脱。……一声剧烈闷响，石碾子般的黑色巨石，不偏不倚正好飞砸在金羊车的车厢上。啊——噢！一声惨叫，撕心裂肺的惨叫，响彻山野。之后，再也没有动静了。①

这是大自然对破坏生态人的惩罚，也是大萨满代表老百姓对那些丧心病狂、假公济私人的严惩。作者告诉我们，大自然与神的力量是不可战胜的，破坏生态、破坏自然的人，也绝没有好下场，他们必然要受到天谴，得到报应。满族作家胡冬林更是直接写有关动物的小说《野猪王》，以此来反映人与动物之间的关系。胡冬林（1955—　　），吉林长春人，主要作品有散文集《鹰屯：乌拉田野札记》《青羊消息》，长篇小说《野猪王》等。《野猪王》是一部通过动物叙事的生态文学作品。小说主要讲述了生长在长白山林区，被称作森林霸主"天阉"——野猪王的故事。它经历了许多厮杀场面、人类的捕猎、天敌的偷袭以及天灾等，而逐渐成为森林之王，但他最终还是没有逃出猎人之手，"一生扛枪，命丧枪下；一生拱土，魂归于土"。小说正是通过野猪王的命运，诠释了大自然面临的重重危机，野兽们的悲惨命运。

　　夜色曾遮蔽了天阉的真容，此刻，在炫目的火光里，这头老鳏猪高高耸立，巨大而畸形。一根污黄的独牙示威般翘曲朝天，银烁烁的长鬃抖抖颤颤，狞厉的嘴脸在剧痛中阵阵扭曲。累累旧伤的身体侧面拖出一幅吓人的黑幔，极似一座斑驳的老铜像。②

这是作者在小说《野猪王》中写野猪王天阉的最后表情。它中枪了，在它即将倒下的一刹那，"高高耸立"，"独牙示威般翘曲朝天，银烁烁的长鬃抖抖颤颤"，"极似一座斑驳的老铜像"。这种不屈不挠的姿态，是对

---

① 郭雪波：《大萨满之金羊车》，新星出版社 2011 年版，第 74 页。
② 胡冬林：《野猪王》，人民文学出版社 2010 年版，第 301—302 页。

人类"杀牲"的不满和愤怒，是对生灵涂炭的抗议。

在萨满的眼里，每一个动物、每一棵树都有灵魂。它们同人一样可以进行交流，值得人们尊重。《鹰屯》中的关德印老汉就十分相信老萨满的话，爱惜每一棵树，与他们说话，甚至把它们当成家人。

> 去年大旱，关德印一连五十天挑水浇树。在那段日子里，他整天整天不跟老伴说话，却天天跟树说话，他相信树能听懂他的话。这件事是有来由的：小时候，他在山上砍树时遇见了一个老萨满，那老人对他说，不要乱砍树，每棵树都有神灵附体。它们虽然不会走路和飞行，但它们个个都有魂，能看懂和听懂你的行动和话语。时间长了，如果信任你，把你当作一家人，它就会回答你的问话，还会结出许多果实来报答你。①

胡冬林正是将萨满文化中的生态认识，与自然和谐的萨满思想与作品中的人物紧紧相连，盛赞生活中的人性之美，爱护环境、保护大自然，让人们懂得一个道理"不要乱砍树，每棵树都有神灵附体"，如果侵犯了神灵，就要付出代价。胡冬林的这些生态认识，来源于他的生活体验。"在松花江流域采风，一位老萨满告诉我，……那里是鸟天堂。如果找到那里，无论多脏的灵魂都会变得一尘不染。"② 他为了写《野猪王》这部小说，长期生活在远离城市的长白山林区，并且向萨满、猎人、林业专家、民间说唱家请教，了解动物习性与生活，才让我们读到了如此惊心动魄，如此关注动物世界的作品。

人类只有一个家园——地球，但今天的地球已经是满目疮痍。我们如果再不好好地保护它，人类将面临更大的危机。通灵的萨满对人类日益破坏大自然的行为，已经发出了警告：

> 一个陌生而苍老的声音，那完全是另一个人的声音，从他口中传了出来："不久的那一天，林子里的树断了根，风吹干了它的枝，太

---

① 胡冬林：《鹰屯——乌拉田野札记》，河北教育出版社 2003 年版，第 83 页。
② 胡冬林：《狐狸的微笑——原始森林里正在消逝的它们》，重庆出版社 2012 年版，第 120 页。

阳晒黄了它的叶……不久的那一天，鸟儿要离开林子，像秋天的松果甩开枯枝……"①

《额尔古纳河右岸》中的那位 90 多岁的鄂温克老人也如此说："我们和我们的驯鹿，从来都是亲吻着森林的，我们与数以万计的伐木人比起来，就是轻轻掠过水面的几只蜻蜓。如果森林之河遭受了污染，怎么可能是因为几只蜻蜓掠过的缘故呢？"这也是老人的几句肺腑之言。最后，她用鄂温克人葬熊时的一首神歌结束了她的故事：

> 熊祖母啊，
> 你倒下了，
> 就美美地睡吧。
> 吃你的肉的，
> 是那些黑色的乌鸦。
> 我们把你的眼睛，
> 虔诚地放在树间，
> 就像摆放一盏神灯。②

这首神歌虽然是在葬熊时唱的，但神词却句句意味深长。但愿那盏森林中的神灯能给鄂温克人带来光明与吉祥。但愿地球更洁净，自然更清新，人类的生活更加美好。

结　论

萨满文化是一种本土文化，是众多民族的原始信仰与原生态文化。同时，它所信奉的"万物有灵"与"天人合一"观念与今天的生态文化、生态文学息息相关。作家萨满文化的书写，对于保存原生态文化、保存这份难得的非物质文化遗产，弘扬民族精神具有十分重要的意义。

---

①　乌热尔图：《萨满，我们的萨满》，载《你让我顺水漂流》，作家出版社 1996 年版，第162 页。

②　迟子建：《额尔古纳河右岸》，人民文学出版社 2010 年版，第 259—260 页。

"旺姆":被藏化了的"西王母"

夏 敏

（集美大学）

在汉语典籍和口头传说中，西王母是为人们耳熟能详的神异者或仙人，《西游记》里叫王母娘娘。关于西王母，《山海经》有较为早期的记述，书中她被描述为（1）怪异（《大荒西经》：披发戴胜，虎齿豹尾，穴处）；（2）神人（《西次三经》：其状如人，豹尾虎齿而善啸）；（3）王者（《海内西经》：梯几而戴胜）。① 元明以后，民间有关西王母的传闻，以吴承恩《西游记》第五回孙悟空偷吃蟠桃而搅乱王母娘娘的天庭盛会最有名。西王母蟠桃献寿的故事最早可见的文本是六朝的《汉武帝内传》：

> 王母上殿东向坐……视之年可三十许，修短得中，天姿掩霭，容颜绝世，真灵人也。下车登床，帝跪拜问寒暄毕立。因呼帝共坐。帝面南。……又命侍女更索桃果。须臾，以玉盘盛仙桃七颗，大如鸭卵，形圆青色，以呈王母。王母以四颗与帝，三颗自食。桃味甘美，口有盈味，帝食辄收其核。王母问帝。帝曰："欲种之。"母曰："此桃三千年一生食，中夏地薄，种之不生。"帝乃止。②

西王母的传说均出自汉语典籍，大体都说她（他）是异域或西方的神人，六朝以后被仙化了。不论什么年代，西王母总是跟生活、跟日常始终

---

① 袁珂校译：《山海经校译》，上海古籍出版社1985年版，第272、31、226页。
② 顾实：《穆天子传西征讲疏》，中国书店1990年版。

保持距离。西王母是否只是早期中原大地上的人们关于"非中心"族群的想象？这可能需要存疑。很多西方学者将西王母原型移至西方，法国学者Henriyule认为西王母是波斯王Jamchia，德国学者 A. Forke 认为西王母是阿拉伯 Saba（示波）女王，中国学者陈汉章《中国通史》引西人 R. Hart 的观点认为西王母是古巴比伦的山林女王。[1] 既然西方学者们可以将西王母的源头往遥远的西方推衍，那么我们将西王母原型往汉族的西邻民族（如藏族）那里寻找联系点或许更客观一些。本文从藏族女性人名中找到了一个跟汉语"王母"较为接近的"旺姆"，这两词的汉藏语读音非常接近，皆作 wang mu（mo），语义上都指尊贵的有权柄的女人，通过藏汉这个音义皆近词的语义及相关文化元素比较，认为就近在藏族文化范畴内寻求西王母原型，有助于探讨藏汉文化同源性。

一　音义类似的"王母"与"旺姆"

作为汉语词的西王母，如将语素拆解来看，其身份可作三种解释：

（1）西王母是中原以西的统治者。西王母的西，就是古代人眼中的西方、西域、西番、西天。三代有祭日于东、祭月于西之俗，西王母被一些学者认为是西方祭月之神[2]，《庄子·大宗师》云："西王母得之，坐乎少广"，这"少广"乃古代西域国名。《山海经》称西王母居"昆仑虚北"（《海内西经》），"昆仑之丘"（《大荒西经》），这昆仑即古代中原人心目中的中华西部最著名的神山。《尔雅·释地》："西王母在西。"更是直接点明西王母"居西"，而自古以来，西藏在汉地以西，昆仑以南，因此，将西王母与西藏旺姆做连类思考也势在必行。

（2）西王母是王者。汉族传说中，西王母一向与诸君王平起平坐，往来频繁，君王有喜事，西王母均前来相贺。

黄帝时，西王母使乘白鹿献白玉环之休符。（《瑞应图》）

羿请不死药于西王母。（《淮南子》）

《穆天子传》和《竹书纪年》均称周穆王西游拜访过西王母，可见其

---

① 王孝廉：《岭云关雪——民族神化学论集》，学苑出版社 2002 年版，第 275、262、260—261 页。

② 叶舒宪：《高唐神女与维纳斯》，中国社会科学出版社 1997 年版，第 68 页。

往来交友多为世间君王。

（3）西王母是一位神异女子。汉语"母"，俗称妈妈，娘，指有过生儿育女经历的成年女性，西王母早期有"虎齿豹尾，披发戴胜"的非人传说，后期有人王化、仙化说法，其实就是一位介于人神（仙）之间的特异神人，民间叫"王母娘娘"，不管怎么传，都不脱"母"字，至于她嫁给谁？她是谁的"母"？所有历史文献都语焉不详。

袁珂先生对西王母的"释名"拆作两个部分。一是"西"，表示方位；二是"王母"，却不是"王之母后"，所以袁珂以为"西王母一名，恐怕也当是国族之名的译称了"。"但是'王母'二字连词的中国文字给人造成的意象毕竟是太强烈了，从春秋战国时代的古人起，就不免望文生义地径以中文连词的'王母'理解之，以为《山海经》所记的这个怪人、怪神，原是西方一位王母。"① 袁先生此说透露给我们这样的信息：（1）王母只是传闻中"国族之名的译称"，将其写作"虎齿豹尾，披发戴胜""穴处"之状，绝无"王母"意味；（2）王母可能是音译外来复音节词，指的是某个国族而非某神人，是汉语使用者做了望文生义、牵强附会式的想象性发挥；（3）"王母"在《山海经》里性别不详，可男可女，但一定是人兽合体（虎齿豹尾），与常人迥异。

我们不敢说"王母"一定如袁先生所言是某外方国族译名，但疑其为外方民族之女性译名，是可以找到类似案例的。本文找到与"王母"音义接近的词就是藏语女性人名"旺姆"。藏语中"旺姆"，拉丁文转写为 twengmot，读作 wangmo，又译"嗡姆""旺嫫"，意即尊贵的拥有权柄的女王，伟大的圣母、仙女，伟大的空行母等。藏语以"姆"（mot）作为语缀的词，专指了不起的女性，除"旺姆"外，还有"桑姆"（仙女）、"拉姆"（女神、仙女）、"措姆"（又译"仓姆"，意即海中仙女）。藏语中，"姆"的读音实际读"莫"（mot）。这可能与西藏本教传统有关。本教典籍中那些女性神人一律使用与"姆"接近的词"嫫"（亦作"莫"）。雍仲本教创世纪神话说，创造世界的法师赤杰曲巴从五种本原物质中产生一个发亮的卵，卵生出什巴桑布奔赤（本教三大尊神之一）；海风吹过发光的卵，又生出什巴桑布奔赤的配偶曲坚木杰莫，这个名字末尾的语缀

———————
① 袁珂：《中国神话史》，上海文艺出版社1988年版，第48—49页。

"莫"成为后来本教女性神明常用的称谓，与"姆"的藏文读音与写法大体一致 什巴桑布奔赤和曲坚木杰莫婚生出九子九女，女儿中以"莫"冠名的如二女儿南曼噶莫（即《格萨尔王传》中格萨尔的姑母），三女儿米堪玛莫（人类的始祖母），七女儿恰则杰莫（财神）。本教另有恶魔神系，其中恶魔门巴塞顿敦从自己的影子中衍生出"黑暗女神"顿显那莫。[1] 西藏一本介绍人与女神婚姻仪式的书《兄妹分财与祈神》中索迥赤奔的妻子朗赞玛，也叫曲坚木杰莫，跟本教尊神什巴桑布奔赤的妻子是一个名字，她的女儿叫"什坚木楚媄且"[2]。在这些雍仲本教神性女子姓名中，"莫"（媄）是一个常用的音缀，它们跟"旺姆"的"姆"一样，不仅同音，而且都意指尊贵的女人或女神。

综上所述，藏语女性人名"旺姆"与"西王母"之"王母"音义上的耦合，不能不让人产生许多联想——

第一，是两个词在发音上的高度一致。古今汉语"王母"与藏语"旺姆"读音相似。

古汉语　　　王 jîwang（广韵）雨方切

　　　　　　母 meu（广韵）莫厚切[3]

现代汉语　　王母 wangmu

藏语　　　　旺姆 wangmo

第二，从语义所指看，藏语女性人名"旺姆"与"西王母"之"王母"皆为女性中的尊者。汉文文献《淮南子》《穆天子传》之后均赋予"王母"各种慈善女性特征，具备往来于帝王之间的显赫身份，而远离早期人兽合一、近乎兽类的"虎齿豹尾，披发戴胜"的说法。而"旺姆"的意思也是"尊贵的有权柄的神奇女人/神"，与王化、仙化了的"王母"字面义差别不大。

第三，地域上，"王母"和"旺姆"两个词都跟"西"有关。《山海经》《庄子》等文献直书"西"王母，并称其活动区域在"昆仑之虚"。而"旺姆"只有理解为西藏的"旺姆"，才不至于发生语义上的错谬，于

---

① 常霞青：《麝香之路上的西藏宗教文化》，浙江人民出版社 1988 年版，第 51—54、66、69、70 页。

② 同上。

③ 郭锡良：《汉字古音手册》，北京大学出版社 1986 年版，第 260、107 页。

是西王母的西藏版本"西"旺姆也就横空出世了。无法证明,谁是谁的前身,谁是原型,或者谁影响谁,或者也可以将二者视为汉藏两种文化并置的巧合,但二者跟"西"有关,是无疑的。

第四,"王母"和"旺姆"与汉藏两个族群的宗教生活和仪式生活有一定关联。《山海经》的西王母更多被描述为亦人亦兽、装束奇特的神异人物,必然与古人图腾信仰、动物崇拜的习俗,与当时中原人民对异域生活的想象有一定关系。藏族的"旺姆"在藏传佛教中有"伟大的空行母"的意思,藏传佛教噶举派女活佛名叫多吉帕姆(金刚猪母的意思),是密宗护法神的名号,其法尊也被塑造成半猪半人的形象,这"姆"就有空行母之意。佛教中称作"姆"的空行母,在西藏本教中也作"莫"(嫫),也多用来指称女性神明。

二　西王母与藏族女性"貌合"辨正

抛开《山海经》描述西王母的非人形象(虎齿豹尾)不论,西王母最接近凡人本身的是说她"披发(也作'蓬发')戴胜"。这两点均与西藏女子头部装束不谋而合。

"披发"是相对于中原民族"束发"而言的,所以显得很特别。而藏族女子的"披发"却是一种习俗。她们在披发的时候,常将头发编成许多小辫披在脑后,并在头部缀以饰品,早在《新唐书》《册府元龟》等历史文献中,已经记述古代吐蕃妇女或葱岭(帕米尔高原)以南(即今藏地)之人皆"披发"。[①]

而西王母的"戴胜"(《大荒西经》《西次三经》),按汉代郭璞的观点,说的是西王母头戴玉器饰品(玉胜):"盖以玉为华胜也。"萧兵先生称这种饰品"确实有些像'天菩萨'"[②]。卫藏女子均在额头之后的头顶前端正中用绳子固定着一名叫"巴珠"的宝石(玉属)饰品。藏族婚礼仪式中"新郎的'穆'绳和新娘的吉祥绳"[③]使用在男女前额的上方并环绕到后脑勺,都是用来固定饰品和装饰披发的,新郎额头的"穆"由羊毛捻

---

① 欧阳修、宋祁等撰:《新唐书》,中华书局 2000 年版,第 6218—6200 页。
② 同上。
③ 常霞青:《麝香之路上的西藏宗教文化》,浙江人民出版社 1988 年版,第 51—54、66、69、70 页。

成，新娘额头则是一种叫作吉祥的绳子粘住散乱的头发，新人头部绳子的功能是一致的，都是用来固发和审美，而使头发不至散乱而且好看。新郎的固发绳叫"穆"，与女性名称中的"姆"（母、莫、嫫）读音相仿。常霞青先生指出："'穆'绳代表了藏族统治者的来源。在伯希和藏文写卷126.2中有一段内容，可以用来做这一种解释的印证，上面写道：'一名恰的使者到了'穆'的天国，要求委派一名'穆'的国王来统治黑头人类。'"① 所以，这个唤作"穆"的头部装束绳或本教中叫"穆"的王国，它们与西王母的"戴胜"，或与传说中西王母称王的那个区域，都存在着某种"耦合"。

不过"戴胜"倒不完全是头戴玉器等装束，甚至有可能是仪式活动中的头戴面具。台湾学者王孝廉先生认为，"戴胜"是指头戴面具。藏传佛教法事中僧侣头戴面具（分套头和贴面两种）跳的"羌姆"（金刚神舞），这戴面具的"羌姆"被完整移植到藏戏演出中。有意思的是羌姆的"姆"，也与"旺姆"的"姆"音义相同，这让人自然联想到神异人物西王母装束中的"戴胜"，或许就是"头戴面具"。王孝廉先生分析，"戴"是由"異"和"戈"组成的会意字，"異的本义是鬼的正面形象，是鬼头的形状，指的是异于人类神圣灵魂之类的超自然存在。異字上半部的田，古文是由，也是鬼字的上半部，古文作甶，是指披散的长头发之下的鬼面，与'魍魉'、'毛鼠'同义，原意是鬼头、鬼面或魁头。戈是武器，是为了护卫神圣所持的干戈之类的兵刑之器"。②

三　西王母"穴处"与藏族初民的穴居

《山海经·大荒西经》称居"昆仑之丘"的西王母"穴处"。"穴处"就是"穴居"，指的是以山洞为屋舍。说明西王母治下的是西部居山的族群，穴居是他们主要居住方式。分布在青藏高原的藏族人，自古以来就有穴居的习惯。索南坚赞《西藏王统记》记载了藏地雅砻河谷山地"穴处"的猕猴繁育藏族祖先的传说。故事说的是，在西域雪国，一岩洞中有一猕

---

① 常霞青：《麝香之路上的西藏宗教文化》，浙江人民出版社1988年版，第51—54、66、69、70页。

② 王孝廉：《岭云关雪——民族神化学论集》，学苑出版社2002年版，第275、262、260—261页。

猴修慈悲菩提心，后与一罗刹女结合，繁衍出雪国主人，即藏人祖先。也就是说，藏族最早的图腾猕猴是"穴处"于"雪国"的。这也与西王母的"穴处"一致。萧兵先生认为，西王母的"披发"也与人类模仿猩狒猿猴有关："披发者，蓬发也……但最初的目的却在模拟猩狒类的丛毛。"① 最早穴居的人类祖先在藏地被追认作穴居的猕猴，那么猕猴的"披发"成为后世藏族人怀着敬意效仿猕猴图腾体现在装束上的一个痕迹。

四 西王母之"善啸"与西藏"旺姆"们的善歌

《山海经·西次三经》称"玉山"上"虎齿豹尾"的西王母"善啸"。这"啸"原本指虎猿之类动物的哭号喊叫，西王母被动物化其实是人们对她所做的一种神异化和陌生化的努力。英国人类学家泰勒在其《原始文化》中指出，人类史前文明有一个重要的特征，就是"万物有灵"，相信世间万物一如人类，灵性内置于生命当中，充满了七情六欲；法国学者布留尔认为，人类和属于动植物的非人类之间存在着神秘的"互渗"②，把人性推及禽兽，或将禽兽比况人类，是文学想象的基础。人被说得越不像人，他就可能成为神异了。西王母的"披发戴胜"是这样，她的"善啸"也是这样。因为人们对神人或异族出于不了解，或者因为敬畏，常将"非我族类"的群体想象成或异化成"豺狼虎豹"之人，其"善啸"是因为听不懂他们的话或欣赏不来他们的歌声，而以动物的"善啸"比拟其语言或歌声。相比儒家传统里根深蒂固的中原人的木讷和不善歌舞，其西面族群则是天然的艺术家，他们能歌善舞，歌舞融入他们的日常生活当中。包括藏族在内的西部山地民族，人人爱唱，个个善歌，山地无处不飞歌。藏族女性更是出色的歌手，不论是这个"旺姆"还是那个"央金"，她们在歌声泛起的襁褓中长大，天生"善歌"，成为其禀赋的一部分，她们的"善歌"与西王母的"善啸"何其相似。

从藏汉两地"旺姆/王母"背后的文化事项的比较可见，西藏"旺姆"的文化显现，更近于内地汉代以前对西王母的相关描述。在中原地区，西王母在东汉道教创立以后，实现了《山海经》"虎齿豹尾，蓬发戴

---

① 萧兵：《楚辞与神话》，江苏古籍出版社 1987 年版，第 223、305 页。
② [法] 列维—布留尔：《原始思维》，丁由译，商务印书馆 1995 年版，第 69 页。

胜，善啸，穴处"向掌管瑶池仙桃的美丽仙姑的转型。而西藏文化迟至唐宋才向世人展开它神秘的面纱。汉代及其之前关于西王母的传说，更接近于藏地关于"旺姆"的各种文化指向，也就是说，汉代以前汉籍"西王母"居于"昆仑之虚"，更像是佛教入主西藏之前的西藏本教文化所展示的那样。它一方面显示了人类原始文化共性大于个性，另一方面也显示，汉藏文化早期可能属于一个原始文化共同体，两地人民使用者彼此接近的原始汉藏语，而"旺姆/王母"是两个民族共有的文化遗产和文化记忆。不过，汉唐以后被道教化、被仙化的西王母，作为一个美丽而尊贵的神人，也多少与旺姆之名有所耦合，也是我们将二者进行连类和比附的重要原因。

狗取谷种神话起源考

吴晓东

（中国社会科学院）

　　狗取谷种的神话在诸多民族都有流传，在三套集成等资料中，独龙族、傈僳族、哈尼族、羌族、普米族、土家族、藏族、彝族、壮族、布依族、侗族、水族、仡佬族、苗族、瑶族、畲族等都有收入。从地域上看，这些资料搜集于云南独龙江、兰坪、元阳、红河，广西的桂北、晴隆、龙州，广东的潮州，四川的凉山、筠连、茂县、汶川，贵州的三穗、黔西、普定、威宁以及湘鄂渝交界的广大地区。可以推测，这类神话的流传不会止于这些民族与地区。

　　在现实生活中，狗与稻种没有任何关联，不像麻雀、老鼠那样。麻雀等鸟类在稻谷成熟的时候，会飞来啄食谷物，老鼠会在谷仓里或稻田里偷吃谷子。这些都很容易让人将鸟（特别是麻雀）、老鼠与稻谷联系在一起，发展出人在鸟屎或鼠屎中发现谷粒而获得初始的谷种这样的神话传说，进而演变成鸟、鼠为人类带来谷种的神话。可是，狗与稻谷没有丝毫关联，人们为什么会产生狗取谷种的神话呢？

　　陶阳、钟秀做了这样的解释："狗在取五谷谷种神话中曾经扮演了重要角色，它们或者自己去取，或者配合人一起去取，总之，在初民们看来，离开了狗，得到谷种简直就是不可能的事。这究竟是什么缘故？考察起来，原因有三。其一，考古学的结果告诉我们，人类最早饲养的动物是狗。而且，在生产工具极落后的条件下，狗作为人们忠实的伴侣确实帮了大忙，因此，狗帮助人们去取五谷种，在初民们看来就成为理所当然的事。其二，谷穗形似狗尾，因而把取谷一事同狗联系起来，也很自然。其三，奉狗为图腾可能是最主要的原因。……由于这种认为狗和自己有亲缘关系的观念，初民们也很自然地相信各种的恩惠是狗给他们带来的。"王光荣沿袭了这种观点："西南地区十几个少数民族中几乎都有狗取谷种神话。考察其原因大体有三：其一，人类最早饲养的动物是狗；其二，谷穗形似狗尾；其三，狗可能曾是这些民族祖先的图腾，如瑶族、哈尼族、拉祜族、藏族神话中都有狗图腾的痕迹。由于这三个原因，各民族的先民自然会相信谷种是狗给他们带来的。"苏志刚也认为："把谷种来源归功于狗，正是人们对曾经在过去生活里起过非凡作用的动物帮手——狗的一种亲切追忆，是狗图腾崇拜的继续。这便是狗取谷种神话故事产生的思想基础和社会根源，自然，亦就是狗取谷种神话故事的产生的实质。"

　　要解开为什么把取谷种归功于狗这种动物的谜案，不能笼统地进行猜测，而应该通过分析具体的文本，对比其异同，从而寻求其演变的轨迹。这些取谷种的神话，虽然都与狗有关，但文本各有差异。如果从取谷种的主角来分，有的是狗独立取得谷种，有的是狗与人一起去取得谷种，有的是狗与其他动物一起去取得谷种。从获取的方式看，有的是天神赐予的，狗只是一个携带者而已，有的是狗寻找得来的，具有一定的难度，而有的是盗取得来的，不仅难，还增加了很大的危险性。从故事类型来看，这些神话虽然都与狗有关，但未必都能归为同一类型，所以，在做这一探讨的时候，我们只能具体到某一故事类型。下面本文试图分析一下狗盗取谷种的神话故事，以寻找其来源。

　　苗族的神话《神母狗父》包含了狗盗取谷种的情节，说的是神犬翼洛去西方恩国盗取谷种，神农将女儿伽价嫁给了它。

　　传说，神农时代，西方恩国有谷种，神农张榜布告天下："谁能去恩国取得谷种回来，愿以亲生女儿伽价公主许配给他。"

　　伽价公主是神农七个女儿中最美的一个，鸟见翅儿软，兽见腿无力，比花花褪色，赛月月无光。谁不想和她成对？谁不要同她成双？只因西方的恩国太遥远，去了就回不来，即使回得来，也是七老八十的人了，哪里还能配到公主伽价？所以无人来揭皇榜，神农很是失望。

　　恰好这时，有只黄狗含着皇榜进宫来，神农一看，原来是宫中的御狗翼洛。神农问道："你能去恩国取谷种吗？"

　　翼洛点头摇尾，表示能去。

　　神农微笑说："那很好，明天启程。"

　　第二天天一亮，翼洛出发了。它跋山涉水，经历千辛万苦，最后到了恩国。那时秋收已过，恩国皇仓里堆着金黄的稻谷。翼洛爬进仓去，滚了又滚，沾了一身稻谷，爬出来就往回跑。国王同二大爷发现了，就骑马追来。国王的马跑得很快，翼洛眼看要被抓住了，它猛回头一蹦，跳上马去，一口将国王咬死了，就无人敢再追来，翼洛才安全回到家里。

　　神农得到谷种后，只安慰翼洛一番，不提许配伽价公主的事了。他见翼洛不乐，就问："你取得谷种回来，功劳很大，我将你永远养在宫里好吗？"

　　翼洛站着不动，头不点，尾不摇。

　　神农又问："我封你为少公好吗？"

　　翼洛站着不动，头不点，尾不摇。

　　神农再问："我选宫中最美的姑娘配你好吗？"

　　翼洛还是站着不动，头不点，尾不摇。

　　神农大怒，要杀翼洛。

　　老公在一旁奏道："太公息怒，不可杀翼洛。你张过皇榜，布告天下，有话在先。失信于天下，何以服人！"

　　神农听了，才恍然大悟，便对翼洛说道："等问了公主，她若愿意，就配你为妻。"

　　翼洛听了，一双前脚跪下来，点头摇尾，表示感恩。

　　神农去问公主，谁知公主满口答应，说："翼洛奉父王之命，取得谷种，立万世之功，女儿愿意。"

　　这样，神农便将公主嫁给翼洛。

　　故事到此并没有结束，后面还有说翼洛与公主生了后代，后代因为牛而发现自己的父亲是狗，感到耻辱而把狗杀了，因此现在要杀牛来祭祖。这里撇开后面的情节不说，单就前面的这一部分进行分析。这部分与盘瓠神话极为相似，当有发生学上的关系。这部分情节大致可以分割为：

　　　神农张榜许诺（1）——狗杀死恩国国王取得谷种（2）——神
　　农悔婚（3）——狗与公主结婚（4）

《搜神记》中的盘瓠神话是这样的：

> 有老妇人居于王宫，得耳疾历时。医为挑治，出顶虫，大如茧。妇人去后，置之以盘，俄为犬，其文五色，因名"盘瓠"，遂畜之。时戎吴强盛，数侵边境。遣将征讨，不能擒胜。乃募天下有能得戎吴将军首者，赐以千金，封邑万户，又赐以少女。后盘瓠衔得一头，将造王阙。王诊视之，即是戎吴。为之奈何？群臣皆曰："盘瓠是畜，不可官轶，又不可妻。虽有功，无施也。"少女闻之，启王曰："大王既以我许天下矣。盘瓠衔首而来，为国除害，此天命使然，岂狗之智力哉。王者重言，伯者重信，不可以女子微躯，而负明约于天下，国家之祸也。"王惧而从之，令少女从盘瓠。盘瓠将少女上南山，草木茂盛，无人行迹。于是少女解去衣裳，为仆鉴之结，著独立之衣，随盘瓠升入山谷，止于石室之中。

这是故事的主干部分，《搜神记》里还有一个尾续，描述少女的父亲思念她，派人去看，因风雨交加，道路难行，都没有到达。盘瓠与少女三年后产下六男六女。"盘瓠死后，自相配偶，因为夫妻。织绩木皮，染以草实，好五色衣服，裁制皆有尾形。后母归，以语王，王遣使迎诸男女，天下复雨。衣服褊裢，言语侏离，饮食蹲踞，好山恶都。王顺其意，赐予名山广泽，号曰'蛮夷'。"

这则神话的情节可以分解为：

> 盘瓠诞生（0）——张榜许诺（1）——狗（盘瓠）取得敌国将军首级（2）——父王悔婚（3）——狗与公主得以结合（4）

可见，苗族的《神母狗父》神话与《搜神记》里的盘瓠神话的故事结构几乎一样，只是盘瓠神话多了盘瓠诞生的情节，狗的功劳一个是取得戎吴将军的首级，另一个是咬死恩国国王之后取得谷种。那么，《神母狗父》与盘瓠神话哪个产生得更早？苏志刚认为："《神母狗父》产生年代要比《盘瓠神话》早一些时候。可以说，《神母狗父》对《盘瓠神话》产生有着深远的影响。甚至说，《盘瓠神话》正是在《神母狗父》神话基础上加以创造发挥的。而《盘瓠神话》的产生，使狗形象由取谷种勇士变为杀敌英雄，无疑，使狗形象更丰富，思想内涵更深刻。使狗由农业时代的圣灵一跃成为战争时代的英雄神，是进入阶级社会以后神话发展的必然结果。由于《神母狗父》神话有狗与公主结婚生下七男七女的叙述，这里的狗不是别的，而是这民族曾崇拜过的图腾，所以说，图腾崇拜是形成狗取谷种神话故事关键一环。”苏志刚利用社会进化论来判断口头文本出现的时间，认为狗取谷种反映的是农业时代，而狗取敌人首级反映的是战争时代，农业时代早于战争时代，所以狗取谷种产生早，狗取首级产生晚。这种推论缺乏逻辑关联。口头传说与社会阶段没有必然的联系，就是目前我们所处的互联网时代，民间依然流传有女娲补天的神话。另外，将农业时代与战争时代对立也欠妥当，没有这种分法，农业时代不意味没有战争，也不意味没有阶级，说狗成为战争时代的英雄神是“进入阶级社会以后神话发展的必然结果”，结论难以成立。仅仅从这两个故事本身，我们其实难以判断谁在前谁在后，不过我们可以借助其他材料来加以比较，从而做出判断。盘瓠神话很可能有另一个来源，即蚕马神话。《仙传拾遗》记载的蚕马神话是这样的：

蚕女者，当高辛氏之世，蜀地未立君长，无所统摄，其人聚族而居，递相侵噬。广汉之墟，有人为邻士掠去已逾年，惟所乘之马犹在。其女思父，语马：“若得父归，吾将嫁汝。”马遂迎父归。乃父不欲践言，马跄嘶不龅。父杀之。曝皮于庖中。女行过其侧，马皮蹶然而起，卷女飞去。旬日见皮栖于桑树之上，女化为蚕，食桑叶，吐丝成茧。

《神女传》记载的蚕马神话更详细一些：

当高辛帝时，蜀地未立君长，无以统摄，其父为邻所掠去，已逾年，唯所乘之马犹在。女念父隔绝，或废饮食，其母慰抚之，因誓于众人：有得父还者，以此女嫁之。部下之人唯闻其誓，无能致父归者。马闻其言，惊跃振奋，绝其拘绊而去。数日，父乃乘马归。自此马嘶鸣不肯饮龅，父问其故，母以誓众之言白之。父曰：“誓以人而不誓于马，安有人而偶非类乎？"但厚其刍食，马不肯食，每见女出入，辄怒目奋击，如是不一。父怒，射杀之，曝其皮于庭，女行过其侧，马皮蹶然而起，卷女飞去，旬日得皮于桑树之下，女化为蚕，食蚕叶吐丝为茧，以衣被于人间。

《神女传》与《仙传拾遗》的记载情节大致相同，相异处为前者是少女自己许诺，而后者是她的母亲许诺。从故事类型上来看，盘瓠神话与蚕马神话可以归为同一类型，具有发生学上的关系。其故事结构十分相似：

许诺（1）——马载父归（2）——父亲悔婚（3）——马匹卷女飞走（4）——女化为蚕（5）

蚕马神话的情节 1 "许诺" 相当于盘瓠神话的情节 1 "张榜许诺"，情节 2 "马载父归" 相当于 "狗（盘瓠）取得敌国将军首级"，值得注意的是，两个故事的历史背景都是战乱，马或狗需到敌方去完成一项难以完成的任务。情节 3 "父亲悔婚" 相当于 "父王悔婚"，只不过一个是平民，一个是王。情节 4 "马匹卷女飞走" 相当于 "狗与公主得以结合"，不同的是，一个是以暴力的方式达到目的，一个是以和平的方式完成的。

不仅仅是故事结构相似，一些细节也相似，比如无论是盘瓠神话，还是蚕马神话，其时间都是"高辛"的时候，足见盘瓠神话与蚕马神话的渊源关系。那么，蚕马神话与盘瓠神话谁产生更早呢？从盘瓠神话的文本遗迹来看，蚕马神话要更悠久一些，因为蚕马神话自成一体，而盘瓠神话留下了蚕马神话的一些蛛丝马迹。

第一，盘瓠是如蚕茧的虫变化的，"有老妇人居于王宫，得耳疾历时。医为挑治，出顶虫，大如茧。妇人去后，置之以盘，俄为犬，其文五色，因名盘瓠。"这段描写极为神奇，老妇人得了耳疾，从耳朵里挑出一只大如蚕茧的虫子来，这只虫子变化为狗。正是这一神奇的描写，让我们看出了盘瓠神话是从蚕马神话演变过来的，"顶虫"在畲族的《高皇歌》中作"金虫"："高辛坐天七十年，其管天下是太平，皇后耳痛三年久，便教朝臣喝先生，先生医病是明功，取出金虫何三寸。"在描写虫大小的时候，文中使用了"大如茧"的字样，即像蚕茧一样大小，这透露了盘瓠神话里的顶虫（金虫）即蚕虫。

第二，盘瓠是五色的，即"其文五色"。其后裔又好五彩衣服："织绩木皮，染以草实，好五色衣服。"盘瓠神话多个异文都强调盘瓠后裔的服饰，这其实是对蚕虫颜色描述的遗留。蚕的颜色是不一样的，这是因为有些蚕在织茧的时候自身身体出现了病变，会出现红、绿、篮、紫、白等不同的颜色。

以上这两点都透露了盘瓠神话中的盘瓠（狗）与蚕虫的关系，即盘瓠是蚕虫变化的。狗与蚕虫非同类动物，其互化关系必定有一个中间环节，或许这个中间环节就是蚕马神话。蚕被称为马头娘，因为蚕的头像马头。蚕马神话最初的目的是解释蚕头为什么像马头，便编造了这么一个故事。这样的故事是以昆虫蜕皮的现象为基础的。蚕卵孵化的幼虫以桑叶为食，不断生长发育，体色逐渐由黑褐色变成青白色，几天后，便不吃不动，蜕去旧皮，换上新皮，长大一次。蚕从破茧的小虫到成虫，要经过四次这样的蜕变。古人相信蜕变是一物化为另一物的手段，因此便用换皮来解释蚕虫的头似马头的原因，蚕虫蜕去自身的皮，换上马的皮，便成了虫身马头的模样。这也就是蚕马神话中马皮卷起少女飞走之后少女变为蚕虫的信仰基础。盘瓠神话是蚕马神话的变异，将马换成了狗，但故事结构依然与蚕马神话一致。至于盘瓠神话为什么要将马变异为狗，目前我们尚未清楚，或许与崇拜狗有关也未可知。

既然盘瓠神话来源于蚕马神话，它就不会是来源于狗盗取谷种神话，恰恰相反，狗盗取谷种神话倒有来源于盘瓠神话的可能性，是盘瓠神话的变异。当然，从逻辑上讲，狗取谷种的神话也有直接从蚕马神话演变而来，不经过盘瓠神话这一中间环节，但从一些细节来看，经过这一中间环节的可能性更大。

苗族《神母狗父》与盘瓠神话依然比较接近，只不过把狗取得敌人首级改为咬死敌人之后取得谷种。彝族与哈尼族狗盗取谷种的神话，离盘瓠神话又稍远一点，其变异稍大一点，但其痕迹依然明显。

彝族的《谷种的来历》说的是，英雄阿合木呷是大凉山的支脉龙头山下的衣吾山寨的英雄，他去海中的一个岛上为人们盗取海龙王伯哈的谷种。半路上他得到山神尼米的指点，并获得尼米赐予的一粒珠宝。他趁卫兵睡着的时候，潜入堆放谷种的地方盗取谷种，可是一不小心，一脚踏在守门的卫士身上，被发现了，伯哈把他变成了一条黑色的卷毛狗。卷毛狗借助尼米赠予的珠宝，用万道金光射瞎了伯哈的眼睛，才得以逃脱。卷毛狗沿着一条大河来到了邛州，并赢得张家三姑娘的爱情，终于变回了人身。为了感谢卷毛狗带来了谷种，每年收割时，彝族人都要吃新米饭，叫作"尝新"，尝新时，先要给狗吃碗新米饭。

凉山彝族的这则神话与藏族《狗皮王子》神话几乎同出一辙，其故事情节虽然与盘瓠神话有一些差异，但大体是一致的，都是讲述一只狗盗取了谷种，然后与一女子结婚，即：

阿合木呷盗得谷种——被变为狗——狗与姑娘结合并变为人

与盘瓠神话比较，这则神话不同的是，阿合木呷原来是人，是因为盗取谷种的时候被变为狗了，与少女结合之后才变回人形的。盘瓠神话有的异文也具有盘瓠变成人形的情节："高辛帝想悔婚，盘瓠发话：'将我放入金钟内，七天七夜，就可以变成人形。'不料到了第六天，公主怕他饿死，打开金钟，盘瓠身已变成人形，但犬首未变。盘瓠只得以犬首人身与公主完婚。"

流传于云南金平一带的哈尼族谷种起源故事保留了盗取谷种以及被变成狗的部分，但省去了人狗成婚的故事情节，是这样的：

传说原来人们不会开田种地，五谷也由天上的摩咪掌管。人们饿了，就用山茅野果充饥，冷了，就用树叶兽皮蔽体。

地上的人们无衣无食，饥寒交迫的凄惨情景，被天上的摩咪然密看到了。摩咪然密是一位聪明、贤惠、心地善良的美貌姑娘……为了解救人间的痛苦，悄悄地把一袋谷种带到人间。

摩咪然密来到人间，把稻谷种子分给了人们，还教给人们栽种稻谷的方法。遵照她的指点，布谷鸟叫了，人们就忙着挖田开沟。阳雀叫了，人们又赶紧翻犁田地、撒播稻种。燕子飞回来的时候，人们起早贪黑地忙碌着，把稻秧插到精心犁耙过的田里。俗话说："一门春功十日粮，十日春功半年粮。"功夫不负有心人，雨季快要过去的时候，天气渐渐凉了，鸟雀快要叫了，人们就开镰收割了。燕子朝南方飞走的时候，人们又动手翻犁板田，开挖新的田地，为下一年收获做好准备。后来，摩咪见到摩咪然密违反他的旨意，把稻种偷给凡人栽种，不由得火冒三丈。当摩咪然密返回天上时，摩咪就把她抓起来，吊打了一顿后，又把她送进天牢里。但是，摩咪然密为了让凡人都能吃到五谷杂粮，都能穿上棉、麻纱织的衣服，她想方设法逃出了天牢。一不做二不休，她干脆把另外七十六种谷物种子偷了，带下凡间来教人们栽种，还教给人们纺纱、织布、做衣服。从此，凡人才过上人人有衣穿，个个有饭吃的好日子。

摩咪发觉摩咪然密又下到了人间，一再触犯天规天条，就把摩咪然密抓回天上，吊起来狠狠地打了一顿，大骂她："你这个大逆不道的姑娘，屡犯天规天条，竟把天上的谷种偷给凡人，并教凡人栽种。你这样喜欢凡间，就罚你下凡去和凡人住在一起好了。从今以后，永世不准返回天上来。"说完，摩咪就把摩咪然密变成一条母狗，贬下人间来。摩咪然密被变成母狗后，再不能和人们一起劳动了，就帮人们看门守户。

从那时候起，我们每逢到了初秋季节，把第一批稻谷收割回来后，都要杀猪宰牛，煮上新米饭，举办一次尝新米节。过节时，在吃饭前，每家都要舀一碗新米饭，先给家里饲养的狗吃，表示我们永远不忘舍己为人的摩咪然密。

盘瓠神话演变为狗盗取谷种神话之后，虽然以上彝族、苗族的几则神话依然保留人犬婚的情节，但大多数地区则丢失了这一故事情节，正如以上这则哈尼族神话一样，只保存了取回谷种的情节。有的故事还发展出新的故事情节来，比如强调狗身上的谷粒都掉了，只有狗尾巴上的谷粒保留了下来。这一情节可能是谷穗与狗尾巴的相似使人们产生了联想。比如这则神话：

> 佛祖为了惩罚人间杀生吃肉，派弥勒佛下凡收回五谷种，在弥勒佛背着布袋过通天河的时候，老鼠钻过通天河咬破布袋，五谷种子掉落在地上，狗把谷种粘在身上，"狗从通天河游过时，水将身上的种子冲掉，只有尾巴上的种子还留着。凡间人就靠那几粒种子繁殖五谷，但是就是种不出以前那样从根到顶的五谷，只有顶上有那么一串，像根狗尾巴。"

这则神话加进了一些佛教的元素，如佛祖、弥勒佛等，同时故事强调谷粒留在了狗尾巴上。

综上论述，狗盗取谷种的故事应该是来自盘瓠神话的演变，而盘瓠神话又来源于蚕马神话。蚕马神话的原始性表现在它透露出的换皮变身信仰。因为蚕的头像马头，人们称蚕为马头娘，并编出蚕皮与马皮互换之后致使蚕形成虫身马头的样子。这一故事在长期的演变中，变异出盘瓠神话，并进一步变异出各类型的狗取谷种神话。

侗族民间传说审美

杨秀芝

（中南民族大学）

　　侗族传说不再以天地万物作为认识的总体和描写的对象，而是以某些具体的历史事件、历史人物或风物作为认识的基础和反映的对象。侗族有许多传说，既有关于历史英雄人物的，也有关于爱情中的男女主人公的，还有关于风物来历的，其中流传最广、影响虽深的作品有英雄传说《杨太公救飞山》《杨天应收云雾》《吴勉的故事》《林宽的故事》，爱情传说《娘梅》《刘梅》《述梅》及《妹桃》等，风物传说《风雨桥的传说》《鼓楼的故事》《双凤斗龙》等。这些故事，不仅有很高的文学欣赏价值，还有极高的审美内涵。

一　英雄传说的神奇美

　　侗族关于历史人物的传说故事很多，因为侗族历来受到各种各样的压迫和剥削，有压迫必有反抗，因此动作传说中关于英雄的故事尤其多，而这些作为真实历史人物的起义领袖、民族功臣在传说中都充满神异色彩，体现出明显的神化英雄人物的审美意识。侗族民间传说神化英雄人物的方式多种多样，主要有转世奇生型、神灵相助型、化身神灵型和神奇法术型几种。

　　1. 转世奇生型

　　《吴勉的故事》是一篇脍炙人口、妇孺皆知的历史传说，吴勉出身于贵州省黎平县的蓝洞寨，是明洪武间侗族农民起义军的首领。曾带领黔、桂、湘三省交界侗族和苗族人民举行声势浩大的起义，朝廷派出以"楚王桢"为首的三十万大军进行过历时八年的镇压，致使最终起义失败，吴勉于今湖南省靖州壮烈牺牲。吴勉已成为侗族人民希望和理想的化身，他的故事经过六百年来的流传，充满神奇色彩，传说中的他是一个能够呼风唤雨、剪纸成兵、塞河断流、赶山御敌、箭射千里，近似于神的英雄形象。他的出生就相当神奇，传说吴勉生下来的时候，有一群雀子落在他家屋顶上，红光满屋，香气布满全寨，他从娘胎里带来两件宝贝：左手拿着一本书，右手拿着一根小鞭子，不仅如此，他还落地就会说话，三岁已能光着屁股满山跑，老虎豹子也不怕，五岁可以放全寨的牛。

因为侗族人民对吴勉的无限尊崇和敬仰，便对其出身进行神化想象，这种对英雄诞生的传奇化叙述，呈现出鲜明的民间风格。中国英雄诞生故事中有一种模式化、传奇化叙述模式，"转世""奇生"是英雄传说的母题。民间流传着民族英雄岳飞猿精转世、大鹏金翅鸟转世、张飞转世等传说，侗族传说中吴勉是紫微星转世，中国古典名著神魔小说《封神演义》周文王长子、姬伯邑考被姜子牙封为"紫微星"，民间认为紫微是"帝星"，命宫主星是紫微的人就是帝王之相，刘邦、朱元璋等人都是紫微坐命，吴勉虽只是一个带领侗族人民起义的领袖，但是在侗族地区却被称为"勉王"，"紫微星转世"的传说体现了民俗信仰、民众观念等复杂文化因素的影响。

至于吴勉一出世就能说话走路，还带着两件宝的传奇化叙述，也是英雄崇拜的产物。《白惹》的主人公白惹姑娘是吴勉的妻子，也是一个一生都充满传奇色彩的侗族巾帼英雄。传说白惹的出生就非同寻常，出生前"忽然一阵旋风刮来"，"天上飞来一只大鸟，两只翅膀足有六尺多长，飞到她家屋顶绕了三圈，大叫三声——"成长也是离奇，"白惹一生下来，就牙牙学语，咯咯发笑；满月就能坐凳；半岁就能走出家；人长得像瓜一样快，一夜一个样，一月换个人……"可见，侗族英雄传说中的奇生故事并非个案。

2. 神灵相助型

英雄们既然承载着贫苦大众的梦想，那么除暴安良，匡扶正义，为民谋利是他们的职责所在，英雄们也有力不能及之时，但是人们相信正义的事业一定是感天动地，神灵都会暗中相助的。

侗族有一个《金王的传说》，金王真名吴金银，广西龙胜侗族人，

1740年（清乾隆五年）以广南等为中心，联合龙胜、三江、城步、通道等毗邻地区侗、苗、瑶、壮、汉各族农民起义，第二年兵败牺牲。金王收拾官府，夺粮还民的英名传遍侗乡，很早以前，侗寨就到处流传着这样一句话：金王佑侗人，侗人跟金王。传说他降龙得宝，斩断的龙爪变成一把宝剪，斩断的龙角变成一把宝伞，龙尾变成一匹宝布，宝剪剪的纸人纸马能行军打仗，撑开宝伞可以带领部下一起飞渡过江，宝布则可以护体防身，抵挡敌人的刀兵。这三件宝贝使金王战无不胜，所向披靡，而这三件宝贝是神灵送给他的，有一天，金王做了一个梦，梦见一个白胡子老人对他说："要得胜，爱百姓，送你三宝打朝廷。"醒来听见瀑布水声异样，提刀查看，因此有了降龙得宝的事情。

《杨天应收云雾》这个传说故事，流传于湖南新晃、芷江、玉屏以及湖北宣恩、恩施、咸丰等侗族地区，其事迹还在鄂西恩施、宣恩、咸丰等县侗族地区以侗歌《十二月》花灯调的歌谣形式传唱。据考证，杨天应是新晃杨姓侗族的先祖，也是开发中寨地区的始祖，是杨再思十九世孙。传说新晃一带成年大雾弥漫，杨天应在神鸟的指引下收起云雾，老百姓得以见到天日。侗族神话中，鸟在人类的生长、繁衍、迁徙等活动中都扮演着重要的角色，侗族是崇鸟的民族，鸟在侗人心目中是通神的灵物，在杨天应收雾故事中，鸟理所当然地成为帮助人们战胜恶劣自然环境的指导者。

3. 化身神灵型

《杨太公救飞山》这个故事，产生于唐末宋初。流传于湘、桂、黔三省边界的靖州、绥宁、通道、三江、黎平、芷江、新晃等广大侗族地区，杨再思，是历史上的真实人物，唐代朗溪人，曾任诚州（现湖南靖州），徽州（现湖南绥宁）刺史，"杨太公救飞山"的这段历史，史书和地方志都有记载。《杨太公救飞山》故事梗概是这样的：

古叙州有四位英雄，即杨再思（杨太公）、潘大虎、杨神雷、姜士奇，分居州北、东南、西南、西方峒寨。三人武艺高强，结为兄弟，誓同生死，杨太公有三尺神光飞天宝剑，无人能敌，拜为大哥。潘大虎等居飞山峒，见武冈州官搜刮民脂民膏，欺压百姓，拥有大量钱财，遂率侗兵攻打失败，次年邀杨神雷助攻，也遭到失败，两次进攻使朝廷震怒，派吕师周血洗飞山峒寨，潘、杨战死。杨太公带兵营救飞山，击退吕师周，各峒拥杨太公为飞山峒峒主与各峒款首，在阳台工的领导下，各侗加强团结，联合成大款，共同御敌，发展生产，建设家园，安居乐业。杨再思活到八十九岁去世，他死后人们常在清晨的云雾中、夜晚的月光下看见他带着天兵天将巡山，看见杨再思"全身白光闪闪，头上有一大片红云护佑，在红云的四周，有数不清的天鹤裂成阵势，像云像雾，把太阳遮挡住了，从而使整座山变得昏暗起来"。杨再思生前得侗民拥戴，死后侗民尊其为飞山神，广修庙宇加以祀奉，庙称飞山宫、飞山庙或杨公庙。安放杨再思的神像，称其为飞山大王，宋王朝为借其声望巩固统治，在其死后加封为"威远侯""英惠侯"。

中国的神主要有两种来历，一种是人造的，一种是人变的，前者如玉皇大帝、王母娘娘等，后者如关羽、岳飞等。能由人变成神的主要是那些有着巨大的人格魅力和丰功伟绩的历史人物，杨再思的功业在侗族地区影响极大，让人们由敬仰而神化，最后变成侗族地区广泛信仰的飞山神，侗人相信，作为人变的神，离人间更近，更知人间冷暖，因而更具亲切感。

4. 神奇法术型

英雄者，聪明秀出，谓之"英"；胆力过人，谓之"雄"。英雄自然有许多异于常人之处，侗族英雄在人们的想象中或者是神灵转世，或者得到神灵的护佑，因此他们往往具有神奇的能力，在诸多英雄中，吴勉的神奇故事是流传最广的，他箭射千里、牛鞭赶山、倒栽大树、断头再续、剪纸成兵的故事可谓想象奇特。

英雄传说中的神奇法术反映了侗族人民依靠超自然力量战胜恶势力愿望，面对强大的敌人，生存的险境，人们寄希望于超常的、超自然的力量拯救自己，拯救大家，这是一种美好幻想，也是侗族民间信仰的表现，侗族固有的原始宗教遗迹与外来宗教相结合形成的侗族本土法教、外来的道教以及民间法术思想都相信法术、重视法术，法术思想影响下的侗族民间英雄传说便有了吴勉箭射千里、牛鞭赶山、倒栽树、断头再续、剪纸成兵的神奇之美。

二 爱情传说的悲剧美

爱情是人类生活的基本要素，爱情生活也是文学艺术永久性的题材之一。侗族有许多爱情传说，其中不乏终成眷属、幸福浪漫的美好结局，但更多的却是悲剧，归纳起来，侗族爱情悲剧有如下类型。

1. 人神道殊，黯然别离

侗族有很多人神相恋的故事，这类故事的女主角往往出身天界龙宫，因为对人间幸福自由的爱情生活的向往，她们通过各种方式、手段接近所喜爱的男性凡人，与凡人相爱结婚，这些爱情故事洋溢着浓厚的浪漫色彩。一般来说，民间人神相恋的故事存在着三种不同的类型模式，一是男主角入山遇仙，喜结奇缘，仙姝落身凡尘，和凡间男子幸福地生活；二是男主角与仙女结为夫妻，最后随仙女仙化或升仙，一起飘然而去；三是悲剧式，即人神相恋，幸福结合，而后由于种种原因不得不生生分离，以悲剧形式告终，这也是人神相恋故事最常见的结局。侗族人神相恋的爱情传说多半是第三种模式，即人神道殊，黯然别离。

贵州黎平地区流传的《郎都和七妹》讲的就是郎都和仙女七妹的爱情悲剧。侗族民间传说中更多的是龙女和凡间后生相爱的故事，侗族是临水而居的民族，民间传说中龙女形象众多，她们以不同的身份出现在人间，《郎敷》的三公主中以蚌壳现身，《干巴寨》中的玉英以小白蛇现身，《渔郎和螺蛳》中的龙妹以螺蛳现身，《清水江畔》中的龙女以红鲤鱼现身，她们都是龙王的女儿，但都爱上人间的后生，因而谱写出动人的爱情故事。《干巴寨》中的玉英与《渔郎与螺蛳》中的龙妹的爱情是美满的，人神相恋，喜得良缘，《郎敷》中郎敷和三公主的爱情则颇费周折，《清水江畔》则纯粹以悲剧告终。

《清水江畔》流传于贵州锦屏清水江两岸，故事说的是清水江畔有一个无父无母的后生，他每天在清水江畔砍柴唱歌，歌声优美动听，一条颜色鲜艳的红鱼为歌声打动，跳出水面，变成一个美丽的姑娘躲在油茶树下偷看年轻英俊的后生，忍不住和后生对起歌来，两人情投意合，一对就是三天三夜，经过几次约会，两人自作主张结成夫妻，姑娘遵照侗族婚后不落夫家的习俗，夫家、娘家两边住。其实，姑娘的父亲是清水江的龙王，父亲知道女儿私自和凡人成婚，狠狠地打了她一顿，还用铁链捆住龙女的双脚，关在龙宫的一个暗室里，眼见着和后生约好回家的日子到了，龙女无计可施，苦苦哀求宫女把自己的遭遇告诉后生，宫女化作一个姑娘，到约定见面的日子会见了后生，告诉后生姑娘龙女的身份以及她在龙宫的遭遇，后生无计可施，无比难过。不久龙女生下一对双胞胎儿女，龙王大怒，要把他们扔出去喂鱼，龙女苦苦相求，龙王答应不丢龙女的儿女，但是必须马上把他们送到岸上去。后生日日眺望江水，只盼江水起波，把龙女托出江面。终于有一天，在滚滚滔滔的江水中出现了妻子的上半身，抱着一双儿女游到岸边，含泪把他们交给后生，因为龙王担心女儿逃跑，龙女游出江面的时候仍然用铁链锁住她的双脚，远远地拉着，后生接过孩子，龙女就被龙王拉进江底，后生和龙女再也没有见过面。

人神恋传说中造成悲剧的原因各不相同，或者是泄露天机，被人发觉；或者是男子或家人对仙女的身份起了疑心，存心加害。侗族爱情传说中则往往是因为"帝命有程，便可永诀"，神女不得不离去，这显然是封建社会的产物，天帝、龙王是封建势力的象征。

2. 族规制约，私奔悲剧

侗族社会虽说青年男女可以"行歌坐夜""玩山走寨"，恋爱自由，但婚姻却是无权主宰的，"女还舅门"的姑舅表婚是任何人不得悖逆的婚姻制度，这一传统的族规束缚了侗族上千年，扼杀了无数青年男女的真挚爱情，酿造了无数的悲剧。青年男女对这一族规进行了义无反顾地反抗，踏上了这条私奔之路，但多半以失败告终。

《娘梅》是在恋爱自由而婚姻不自由，又兼之"女还舅门"习俗中产生的典型意义的爱情悲剧之一。主人公娘梅从出生起就被包许给大财主家的表哥，可她深爱穷长工助郎，娘梅和助郎的爱情热烈坚贞，使她舅家决定提前把娘梅娶进门，娘梅得知这个消息后，连夜和助郎私奔，逃往外乡落户。然而他们逃出了传统习俗的樊笼，却落进了当地财主银宜的魔掌中。有钱有势、贪图美色的银宜先是以金钱物质对娘梅进行诱惑，失败之后想出一条毒计，勾结当地款首起款以"吃枪尖肉"为名，诬陷助郎"勾内吃外"引发战争，阴谋杀害了助郎。娘梅得知内情后强压心头的悲痛，发誓为助郎报仇，她以非凡的冷静和智慧，巧妙地利用银宜的淫欲和愚蠢心理，设下圈套把银宜诱杀在自己挖好的坑里，背着助郎的尸骨，逃进深山不知所终。这个爱情传说，人物形象鲜明，忠于爱情、不畏强暴、不贪富贵、敢于斗争的主人公娘梅如同汉族的孟姜女、祝英台，彝族的阿诗玛，壮族的刘三姐，白族的南诏公主一样成为女性的代表，成为侗族人民心目中真善美的化身。故事曲折，充满离奇色彩，助郎、娘梅的爱情悲剧让人同情，发人深省。

侗族民间爱情传说中女还舅门造成的悲剧比比皆是，如《梅红鹰啼》中的茶妹和独郎，郎才女貌，情意相投，因为娘亲舅大，茶妹的终身被不由分说地定下了。不久，舅爷知道了茶妹和独郎的事，勾结官府横加阻拦和迫害，私奔途中，二人在舅爷的追兵中无路可逃，双双牵手纵身跳下悬崖。再如《蓓曼和晚玉》中的蓓曼和晚玉一对情人也是被舅舅家被活活拆散，被活活折磨死，也是一个凄婉的爱情悲剧。

3. 强权压迫，以死殉情

爱情是美好的，《三月三的传说》中良英姑娘与桥生本是一对青梅竹马的恋人，但寨老却托媒人抢先"烧茶"，为寨老权势所逼，桥生及双方父母只好妥协，良英只好嫁给寨老的儿子，但是良英难忘旧情，身在曹营心在汉，婚后在娘家"坐家"期间仍然和桥生相会，寨老不罢休，竟活活打死了桥生，良英悲痛欲绝，悬梁自尽。良英和桥生的故事广为流传，感动着大家，以后每年的三月初三，也就是良英殉情之日，侗族青年男女就学他们生前做过的事，撮鱼捞虾送笆篓，通宵唱歌等，以表达对封建婚姻的不满和对两个不幸的年轻人的无限怀念，"三月三"从此成为侗族的"情人节"。

拆散自由恋爱的还有家长，如《吉妹银秀》中，吉妹是崔财主的爱女，她与长工秀银相爱，因为门不当户不对，遭到父亲的强烈反对，强行拆散他俩，父亲自作主张，把吉妹许给薛家财主为媳。吉妹本想设法改装打扮奔他乡，做个鲤鱼破网跳龙门，没能成功，最后双双殉情，以死表明他们爱情的忠贞和对封建家长的控诉。

4. 小人加害，精怪掳婚

侗族爱情传说中，也有有情人终成眷属的幸福爱情，但是幸福的爱情也不是一帆风顺的，总是受到外在的影响而饱受挫折。在广西融水、三江，贵州从江一带流传着《述梅》的故事，故事讲的是纳安地方有一对夫妻，一直没有生育，晚年的时候有仙女送给他们一条白绸，才生下女儿述梅，述梅出世，白绸一直系在腰间，她的生死和白绸紧密相关，一个叫东苏的读书郎和她对歌相恋，和东苏恋爱过程中，述梅把白绸带作为"把凭"送给了东苏。东苏的同学福安加害东苏，拿着白绸准备去骗取述梅的爱情，结果福安的骗局被揭穿，变成乌鸦飞走，被乌龟所救的东苏与述梅重新走到一起，这则爱情故事虽以喜剧收场，但经历波折，心怀叵测、居心不良的小人使美爱情蒙受阴影。

古代侗族村落在破姓开亲以前，存在着女性远嫁的婚姻习惯。《妹桃》因为同姓不能结亲，妹桃远嫁银郎，婚后回娘家，一个人在路上走了一个多月，在一座大山密林里突然被一蟒蛇精劫去，并逼她为压洞夫人，妹桃宁死不屈，逃回夫家，丈夫破除疑虑，组织寨里的人一起去用计杀了蟒蛇精。这件事情发生以后，九十九为头人开款会，大家商议的结果，允许同姓开亲，近处结婚，从此侗家姑娘不必远嫁他方了。故事中的蟒蛇精成为破坏女性婚姻爱情的邪恶势力的象征。

侗族传说中的爱情充满悲剧性，人神道殊、族规制约、强权迫害、小人加害、精怪掳婚等都是造成侗族爱情悲剧的原因，这些原因既有现实的一面，又有幻想的一面，最终体现的是侗族劳动人民对美好爱情的追求和不懈努力。

三　风物传说的崇高美

侗族地区山川秀丽，习俗殊异，风物独特，热爱生活和富于想象的侗族人民，创造出许多富有民族色彩和生活情趣的风物传说故事，这些故事中透露出很强的救民济世、舍己献身的崇高美。

1. 救民济世，惩奸除恶

在对恶势力无能为力的时候，人们总是幻想有超能力的神灵出现，拯救大家，救民水火，这样的愿望体现在侗族风物传说中。广西龙胜一带流传着《风雨桥的传说》，故事说风雨桥是人们为纪念为救侗家少女而勇斗螃蟹精的花龙，将小木桥改建成空中长廊式大木桥，还在大桥的四条中柱上刻上花龙的图案，祝愿花龙长在，大木桥落成庆典，奏芦笙、唱耶歌，人山人海之际，天空彩云飘来，霞光万道，形如长龙，人们认为是花龙回来看望大家，因此后人叫这种桥为回龙桥，因为上面能躲避风雨，又叫风雨桥，这就是风雨桥的来历。

风雨桥的传说故事中，幻想的花龙是救民济世的英雄，《鼓楼的故事》却和一个聪明能干、美丽侠义的姑娘有关。这个故事主要流传在侗族南部方言区：桂北侗乡有一个铜盆寨，寨上有一位聪明能干的姑娘，名叫姑娄娘，她在敌人入侵侗寨时用击鼓的妙计击退了敌人，保全了寨子。事后大家看到击鼓聚众、团结斗敌是个保护村寨的好办法，于是决定在寨子中央修建一座九层高楼，楼中央设置大鼓，每逢重大事件和节日，就击鼓聚众，决议大事。鼓楼传说中的姑娄娘以她的英勇和智慧挽救了村寨，是侗族人民心目中的英雄。

《风雨桥的传说》和《鼓楼的故事》讲述了侗族标志性建筑的来历，这两则风物传说故事的叙事都很简单，人物形象都只是粗线条描述，但是无论是想象中的花龙，还是现实中的姑娄娘，都具备英勇无畏、惩奸除恶的崇高精神，体现出劳动者的审美情趣。

2. 舍己献身，造福众人

侗族是临水而居的民族，滚滚的江水带来灌溉和生活的便利，但是洪水的泛滥又带给人灾难和恐惧，因此侗族地区风物传说很多与龙相关。

在贵州省天柱县的侗寨里流传着《双凤斗龙》的传说，这个传说的梗概是这样的：很久以前，北海小黑龙和南海小白龙为天柱海互相争夺又互相勾结，祸及侗家，侗族青年阿吉和阿利为了赶走这两条孽龙身陷海底，他们的未婚妻金凤、银凤，为了替夫报仇，为百姓除害，向侗族仙人卜老师学得一身本领，历经波折，终于镇住了这两条孽龙，救出了阿吉兄弟，而金凤和银凤为此化成了金凤山和银凤山。这个故事运用现实主义与浪漫主义相结合的艺术手法，塑造了阿吉、阿利、金凤、银凤这样一些栩栩如生的侗族男女青年的形象，体现了人们战胜灾害的美好愿望。

贵州天柱玉屏地区流传着《望娘滩》的传说，故事讲的是清水江畔的一个侗寨里有一个叫曼生的小孩，和母亲相依为命，有一年，天气大旱，清水江也干得见了底，曼生在神鸟的指引下来到恶龙洞，找到了恶龙的镇山宝珠，明知惹恼恶龙会有杀身之祸，但是为了能缓解旱情，让恶龙下雨，曼生吞下宝珠，解救了旱灾中的百姓，自己却口渴难耐，把清水江的水一口气喝干了，喝干江水的曼生变成了一条浑身发光的金龙，变形后的曼生舍不得母亲，流下了一滴滴的眼泪，他流下的眼泪很快就变成一个个的深潭，曼生依依不舍地向母亲和乡亲们告别，随着滚滚滔滔的清水江水游进了洞庭湖，从此以后，每年春夏之交，清水江滚滚洪水，长滩上波翻浪涌，人们就要说："曼生回家望娘了。""望娘滩"的名字就这样传下来了。当地还流传着《呵罗湖》的传说，情节与《望娘滩》大致相似，只不过故事的主人公呵罗要反抗的不是恶龙而是坏心的财主，呵罗在财主的追赶中吞下宝珠，化身为龙，翻个身滚出大水塘，就成了呵罗湖。

　　侗族风物传说故事体现出统一的审美观念，那就是重自然美的社会性而轻其自然性，强调自然美与善的联系超过与真的联系，侗族地区特有的自然环境馈赠给人们生活的资源，但是在强大的自然面前，人们感到自己的弱小，要战胜自然、征服自然，必须有力量和勇气，因此人们呼唤舍己献身的崇高精神，因而侗族风物传说呈现出崇高美的审美特色。

鄂西土家族民间文学中的民族记忆

陈新立

（湖北省社会科学院）

一 民间文学中的族源记忆

廪君说是土家族最古老的族源传说。根据汉族的史籍记载，鄂西土家族发源于先秦三峡地区的巴人。南朝范晔的《后汉书·南蛮西南夷列传》记叙了南蛮廪君率四姓樊、曋、相、郑等部落西迁，打败盐神，定居清江沿岸的故事：

> 廪君巴姓，名务相，原与樊氏、曋氏、郑氏生活在武落钟离山（今湖北长阳土家族自治县境内）。五姓相约比赛竞选首领，谁能将剑掷进山，就可成为五姓首领。结果，只有廪君掷中。后来，五姓又比赛造土船，结果只有廪君造的土船能行于水。众姓遂选廪君作了君长。廪君率领着五姓沿夷水（今清江）到了盐阳。盐神告诉廪君："此地广大，鱼盐所出，愿留共居。"① 廪君不许，盐神入夜来取宿，天亮就变为飞虫，和其他飞虫一起在空中成群飞舞，遮天蔽日，连续十多天都是如此。廪君设计射杀盐神，昏暗的天空变得开朗。廪君就带领着族人顺水到了夷城。从此，四姓臣服，族人就生活在清江流域。廪君死后，魂魄世为白虎，巴氏以虎饮人血，遂以人祠。至秦惠

---

① 《后汉书》卷八六《列传第七六》。

王吞并巴中，以巴氏为蛮夷君长。自武落钟离山的廪君等南蛮五姓部落，应已进入父系氏族社会，进入清江，不愿与仍处于母系氏族社会的盐神部落共享鱼盐之利，射杀了盐神而占据了夷水地区。

土家族关于毛娘神的民间传说故事，实际上是对汉族史籍中所记载的"廪君"传说的片断性记忆：

> 古时候，土家族老祖公因部族人口增长，食物不足，便带着族人迁徙，寻找果木多、野兽多的地方。路上遇见了毛虫娘，带着遍地的毛虫缠住了老祖公。老祖公只好与毛虫娘同居，乘毛虫娘不防，用暗箭射死了她。因为她生前是毛虫们的首领，所以老祖公奉她为虫神。

土家族毛虫娘的民间故事与廪君故事在情节上如出一辙，但时间、地点、人物变得更加模糊不清。

此外，土家族关于民族始祖"虎儿娃"的民间传说故事，是史籍中记载的巴人崇白虎传说的增补与变造。

> "虎儿娃"是虎与人结合所生。"虎儿娃"的脸半人半虎，又聪明又勇敢。因杀了魔王，救出了三公主，皇帝依诺言将三公主嫁给他，"虎儿娃"与三公主所生的孩子就是后来的土家族。"虎儿娃"也就被土家族尊称为"始祖"。

改土归流后，在文化改造政策下，鄂西土家族地区汉化加速。在土家族民间传说故事中，出现了对汉族文化的模仿与附会。在土家族祖先传说中，有对汉族盘古开天辟地故事和女娲造人补天故事的模仿和改造：

> 洪荒时代，天神墨特巴命张古老做天、李古老做地。张古老忙了七天七夜，把天作好了。李古老还没有睡醒，张古老在南天门擂鼓把李古老吵醒。李古老慌乱中把地造得坑坑洼洼、高低不平。天神墨特巴先后命令张古老、李古老造人。张古老造了五天五夜，造的人没有屙屎屙尿的东西，不会走路还没气；李古老造了六天六夜，忘了造肚

脐，既不会走路也没气。衣罗娘娘在葫芦上扎了七个眼，七窍和五官就都有了。又用竹子做骨架，用荷叶、豇豆做脏腑，吹了一口仙气，人都活了。

在土家族民间文学中，土家族大二三神传说与汉族女娲娘娘补天的神话联结在一起：

> 土家族的民间神话传说中说，女娲娘娘补天的时候，为了撑住苍天，老大左手叉腰，右手托天，涨得满脸通红；老二用双手撑天，不能移动，任凭烟熏火烤，成了个黑脸；老三脚踏白石，用头顶着天，脸上沾满了白石灰，成了一个白脸。

二　民间文学中的民族生境记忆

鄂西土家族长期生活在鄂西山区，土家族在历史上曾称统治者称为峒蛮，山地岩洞曾是土家族重要的居住空间。因此，在许多民间故事中，山地的生境通常作为背景呈现。

鄂西山区的岩洞，是战乱中难民避难的安全屋。如在《巴东民间故事传说集》中佘婆婆的传说，讲佘婆婆在战乱中，逃进响洞的逃生：

> 很久很久以前，大山里的两个部落大拼大杀，一方人被杀光了，窝棚也烧光了。只逃出一个姑娘，才十八岁，名叫佘香香。她一连逃了七七四十九天，来到了一架大山上（就是如今的沙帽山）。见尽是老林笆，虎豹成群，没有人烟，她就爬进一个大岩洞（就是如今的响洞），望着外边的荒山野岭，大哭了三天三夜。她不断盘算："是死还是活呢？"
>
> 这时候，追兵又撵来了，她连忙捡了许多石头，爬上一个，就用石头砸死一个。追兵爬不上来，就把洞口团团围住。香香姑娘也横下一条心，躲在岩旮旯边，一边守了几天，追兵上不得洞业，就退走了。临走时，他们把一匹马拴在石柱上，马饿得摇头摆尾，颈上的铜铃就不停地叮叮当当响，这叫："饿马摇铃"。又放一面皮鼓在石头

上，鼓上用绳子吊了一只活羊，羊子的两只后脚正挨着鼓皮。羊子不住踏动双脚，鼓声不歇，就像有人擂鼓，这叫"悬羊击鼓"。香香在洞里还以为追兵没走呢，一直不敢出来。

　　又过了几天，香香姑娘看到追兵没有上来，自己也不敢出洞，就往洞里面摸去。那洞里面漆黑一团，冷风刺骨。忽听得有"哗哗"的水声，原来是一休阴河。她用手一摸，在水边摸到了一只金盆，就连忙爬到盆里坐起，任金盆往前漂去。也不知漂了多少时辰，忽见前面有一线光亮，原来已穿过山腰，到了另一面的洞口了（就是如今的神仙洞）。香香姑娘扑在洞口，往外一望，只见洞口正在一面巨大的峭壁中间，上下都是百丈悬崖（就是如今的刀尖崖）。阴河里的水从洞口流出，成为悬崖上的飞瀑，一片轰鸣，惊天动地。香香以为来到了绝地，再也活不成了，就仰天大哭起来。①

　　社会的变动，对鄂西南山区的聚落形态也产生了较大影响。元、明以来，鄂西南山区历经无数王朝战争、地方叛乱战争等浩劫，鄂西南山区催生出大量的寨堡建筑。这些寨堡或为废土司治所，或为山民在历次战争中力求自保而建。在利川县西160里，石龙堡为土司废治所。恩施城南125里有犀牛洞，明季当地村民为避兵而藏于此洞，可容数百人，被称为避兵洞。② 明末清初，利川县土人为躲避农民军战火，曾在城北3里余山上建铁炉寨。③ 崇祯年间，因散毛、大旺、东流、唐崖等各土司肆行劫掠大田所汉民，大田掌印千户杨正麟为坚壁清野，踞险立寨，以保汉民。④ 嘉庆年间，由于白莲教起义波及鄂西南，清廷为镇压起义，令鄂西南乡民修寨砌卡，堵御白莲教起义军。乾隆年间，公安人祝道宣迁至建始县三岔坪，祝道宣及子祝肇文将红岩洞改造为石屋。嘉庆元年，白莲教起义军攻至建始县，三岔坪附近乡民数十人避居红岩洞。嘉庆二年夏，更多士民为避难

---

　　① 巴东县文化馆编：《巴东民间故事传说集》，巴东县印刷厂印制1982年版。

　　② （清）王协梦修，罗德昆纂：道光《施南府志》卷3《疆域志》，道光十七年扬州张有耀斋刻本，第7页。

　　③ （清）何蕙馨修，吴江纂：同治《利川县志》卷1《疆域志·山川》，同治四年（1865）刻本。

　　④ 徐大煜：民国《咸丰县志》卷8《人物志》，民国三年铅印本，第90页。

而逃至红岩洞①。嘉庆四年，利川县鱼木寨组织团练，团长募资组织乡民修建寨堡②。嘉庆初年，利川知县陈春波曾在利川团堡石板顶，主持修筑了石板顶卡。光绪五年，利川知县陈国栋重修③。嘉庆七年，建始县三里坝鉴于邻县白莲教兵祸之苦，乡民筹集资金在山顶建筑寨子堡④。白莲教起义结束后数十年，鄂西南山区人民仍风声鹤唳，闻警而惊。为求自保，各地仍不断集资修筑寨堡。如嘉庆十八年，利川县柏杨坝乡毛田张家坝修建了安乐寨⑤。道光二十年，建始县花坪乡蛮王洞吴荣江、颜其周等50多人捐资修筑保全寨⑥。咸丰年间，为了抵御太平军的进攻，鄂西南山区亦建筑了一批寨堡。如咸丰四年，宣恩县沙坪乡建筑了羊角寨。咸丰十一年，石达开率起义军攻破此寨⑦。咸丰十一年，因传言太平军将至，咸丰县居民扶老携幼，各避峒寨⑧。在宣恩县东南140里有青龙山，高约十五里，四面江水环绕，悬崖峭立，仅有一小径可通山上，地势险要。山上有羊角寨，残存土司寨基址。咸丰十一年，曾、周、何三姓族人共百余人在此避难⑨。同治《利川县志》载，为防御石达开太平军进犯，乡绅陈茂才寿田联络绅耆，在距利川县西60里的中和山上凭险筑寨，结庐而居。平时作为讲学之地，战时作为团练之所⑩。

① （清）祝肇文：《山居记》，祝氏宗族修谱委员会编《湖北恩施三岔祝氏宗族族谱》，2006年版，第22—23页。

② 王晓宁编：《恩施自治州碑刻大观》第6编《洞府寨卡及其他建筑·鱼木寨寨楼碑》，新华出版社2004年版，第223页。

③ 王晓宁编：《恩施自治州碑刻大观》第6编《洞府寨卡及其他建筑·石板顶卡门石刻》，新华出版社2004年版，第227页。

④ 王晓宁编：《恩施自治州碑刻大观》第6编《洞府寨卡及其他建筑·寨子堡碑》，新华出版社2004年版，第224页。

⑤ 王晓宁编：《恩施自治州碑刻大观》第6编《洞府寨卡及其他建筑·安乐寨碑》，新华出版社2004年版，第225页。

⑥ 王晓宁编：《恩施自治州碑刻大观》第6编《洞府寨卡及其他建筑·保全寨碑》，新华出版社2004年版，第224页。

⑦ 王晓宁编：《恩施自治州碑刻大观》第6编《洞府寨卡及其他建筑·羊角寨石英钟刻》，新华出版社2004年版，第226页。

⑧ 徐大煜：民国《咸丰县志》卷12《杂志》，民国三年铅印本，第150页。

⑨ （清）松林等修，何远鉴等纂：同治《增修施南府志》卷3《地舆志·山川》，中国地方志集成湖北府县志辑第55辑，江苏古籍出版社2001年版，第80页。

⑩ （清）何蕙馨修，吴江纂：同治《利川县志》卷1《疆域志·山川》，清同治四年（1865）刻本。

关于利川鱼木寨来源的民间故事，也表明峒寨在土家族土司社会中重要的军事安全作用：

> 相传古代马、谭两大土司连年征战，马土司长期被围困在山顶的鱼木寨。谭土司则因山势险峻，久攻不下。有一天，马土司把从山洞暗河里捞出许多活鱼，抛到谭土司帐前树上，表明被围后没有断粮。谭土司见到鱼后，哀叹说："吾克此寨，如缘木求鱼也！"

三　民间文学中的生计记忆

鄂西土家族最原始的生计方式主要是渔猎采集。在长阳、五峰、鹤峰等地，山民敬奉猎神张五郎，梅山神传说和张五郎传说，均反映了土家族在山地的狩猎生活：

> 梅山神是一位女性狩猎之神，生前力大无穷，能擒百兽。在一次猎虎时，与老虎搏斗，越好几道山岭。当人们找到她时，老虎已被打死，而她也死在老虎身边，身上衣服被老虎抓烂。
>
> 猎神张五郎生于九月初九，生来好动，喜翻跟斗。十二岁时跑到梅山学法，学成后到湖广大山里捕猎豺狼虎豹，并教山里的猎人做弓弩和打猎的机关。有一天打猎时遇到一只凶猛的白额大虎，张五郎在与虎搏斗时，不小心跌下悬崖，化身成神。

鄂西山区原始农业，是烧畬农业。从明代施州卫及容美等15土司的田赋来看，在施州卫城汉地已经有小规模的农业开发，大部分土司地区只采用了粗放式烧畬农业技术，以种麦、粟等旱地作物为主。商盘在《烧山行》一诗中，描绘了清前期山地农业垦殖活动，仍存在刀耕火种的粗放型垦殖模式："朔风猎猎夜更遒。烈炬烧山腾郁攸。黄茅白苇何足惜，中有梗楠高百尺，昆冈玉石并杂焚。其势直欲苍崖髡，火牛长驱燕垒破，队象突出吴师奔，君不见天樾（郡治山名）去天才一握，密箐深林掩圭角。下策翻宜用火攻，高坡渐可施钱镈。国家休养经百年，蛮土尽辟为良田。炎炎秉畀应时令，太平了不惊烽烟，须臾火熄风且止，翠微依旧清如水，明朝樵客入山行，烂额焦头虎狼死。"① 道光《施南府志》载，"施州山冈砂石，不通牛犁，惟伐木烧畲以种五谷"。②

在鄂西土家族民间文学中，有关于火畲婆婆成为土家族的烧畲女祖神的故事：

> 火畲婆婆是烧畲种小米的好手。在一次放火烧畲的过程中，因突刮旋风，一连几座大山都被大火笼罩。火畲婆婆被困在大火中烧死，衣服也被烧烂了，体无完肤。人们把火畲婆婆的遗体放入山中岩洞里，尊奉为火畲神婆，祈求好保佑农作物生长。

四　民间文学中的土家族生活

由于关于鄂西土家族社会生活的史籍十分有限，可以从土家族民间文学中，管窥土家族社会生活的一些端倪。

在改土归流以前，土家族保留着本民族的婚姻习惯。改土归流之初，土民旧习尚存，如来凤县仍保留着旧散毛司婚俗中同姓结婚的习俗，没有类似汉族出五服的限制。这种婚俗在湖南永顺称为取骨种：外甥女必须优先嫁给母舅之子，只有交付银钱布匹、牲畜米谷后，才许另嫁别家。转房即兄亡收嫂，弟亡收弟妇。③ 鹤峰州知州长毛峻德颁布《文告》，禁止同姓结婚，禁止异姓姑舅结亲。④ 而在民间文学中，关于土家人祖先的传说，反映了兄妹结亲的原始族内婚姻制度。

> 很久很久以前，洪水泡了天，天下的人都被淹死了。只有一个葫芦里躲着的兄妹俩还活着。观音菩萨对兄妹俩说："天下就剩你们两

---

① （清）松林等修，何远鉴等纂：同治《增修施南府志》卷28《艺文志·诗下》，中国地方志集成湖北府县志辑第55辑，江苏古籍出版社2001年版，第494页。

② （清）王协梦修，罗德昆纂：道光《施南府志》卷10《风俗》，道光十七年扬州张有耀斋刻本，第1页。

③ （清）关天申纂，黄德基修：乾隆《永顺县志》卷4《风土志·习俗》，中国地方志集成湖南府县志辑第69辑，江苏古籍出版社2001年版，第132页。

④ （清）毛峻德纂修：乾隆《鹤峰州志》下卷《风俗·附文告》，故宫珍本丛刊第135册，海南出版社2001年版，第51—54页。

个人了，世上不能没有人，你们兄妹俩结成夫妇，繁衍后代吧。"兄妹俩听说要他们成亲，硬是不同意。观音菩萨想，要是他们不肯成亲，世上就绝了人种，得想个办法。观音菩萨想了一下，对小兄妹说："我们看看天意吧，要是天意相合，你们就成亲，要是天意不合就不成亲。"兄妹俩同意了。

观音菩萨说："两块磨子从两座山上掀下去，磨子合成一块了就成亲，合不到一起就是天意不准。"两块磨子从两座山上掀下去了，在山脚下合成了一块。观音菩萨要他们成亲，他俩还是不肯。于是观音菩萨又拿出两条红绸带对兄妹说："你俩各拿一根红绸带，向天上扔，要是带子连起来搭成了桥就是天意。"兄妹俩各拿一根红绸带向天上一扔，两根绸带连起来搭成了桥。观音菩萨要他们成亲，他们仍然不肯。观音菩萨又说："这里有一根大树，你俩一前一后围着大树跑，老是会不了面。会了面就是天意。"小兄妹俩围着树跑啊跑，老是会不了面。观音菩萨很着急，于是对哥哥说："你跑错了，车过不定期跑吧！"哥哥刚一车过来就与妹妹碰了面，于是兄妹俩成了亲。

在佘婆婆的民间故事中，也有兄妹婚的情节：

从此，天飞和芝兰两姐弟相依为命。又过了一段日子，都长大成人了。可这荒无人烟的地方，哪里能找到配偶呢？一天，天飞和芝兰两人在山上割草，天飞说："姐姐，这里荒无人烟，只有我俩，我俩就成婚吧！"芝兰脸上羞得通红，用手捂着脸，蹲在地上哭了。哭了一阵，心想："弟弟也是出于无奈呵！"她说："弟弟，我们来看看天意吧！如果上天允许，我们就成婚。"天飞说："好，只是怎样才知道天意呢？"芝兰说："我俩各拿一炷香，我站在这边山上，你站在那边山上，如果两股烟子接成了桥，就是天意。"芝兰拿来两炷香点燃了，天飞就拿了柱跑到那边山上去了。只见两股烟子随风飘呀飘呀，果然接成了桥，变成了一条彩虹。天飞高兴地跑了回来。芝兰又说："我俩用一副磨，我拿一扇从这边山上滚下去，你拿一扇从那边山上滚下去，如果合起来了，就是天意。"芝兰搬来了副磨，天飞扛了一扇跑到那边山上去了。当两扇磨滚下去的时候，就紧紧地合了起来。天飞又高兴地跑了回来。芝兰还是拿不定主意，想了想，又说："我俩下山去，背对着背，绕着山转，如果两人碰到了面，就是天意。"姐弟俩就来到山脚，背对着背走开了。天飞走了一程，不知走到哪里去了。山又大，林又密。他在老林里钻来钻去钻迷了，真急得要哭哒。正在这时，好像有人在叫唤："跟我来！跟我来！"天飞抬头一望，原来前面树丫上一只山雀子在叫。它飞一飞，停一停。天飞就跟着雀子往前走。走到了一棵大青树旁，正巧芝兰也来到这里，两人碰了面。于是天飞和芝兰就结成了夫妻。

民间故事可以反映出鄂西土家族地区，民间宗族组织争夺社会经济资源的现象。在恩施滚龙坝向家村的《向氏族谱》中，记载了"九口锅封天坑"的传说。这个传说反映了居住在滚龙坝的向、黄两姓宗族间相互争夺生存空间的事实，哪一个宗族控制了水资源，就获得生存空间：

> 相传，旺祖来滚龙坝时，这里住着一黄姓，两姓人都想占有这块地方，为此引发了纠纷。因缺水灌溉农田，于是两姓来了个君子协定，谁引来水就归谁住。现在洋芋沟的河水原在龙潭出洞不远就流入天坑，大水时才能流下来，向氏祖先想了个好主意，买了数口铁锅盖住天坑口，再割些杂草盖严，忽然天下一场大雨，河水猛涨，冲来的泥沙堵住了天坑口，从此河水直泻滚龙坝，黄家服输了，搬出滚龙坝，向氏便在此安居乐业了。至今在人们中间还流传着"九口锅封天坑"的故事。[①]

小　结

鄂西土家族民间文学是一种口耳相传的民族历史记忆，在尚无文字状况下，少数民族只能靠记忆来传承本民族历史。并随着历史长河的向前涌流，民族记忆不断沉积、碎片化、增补、移植。真实的历史具象在长河中渐渐稀释、放大，但是仍可以从民间文学的民族记忆碎片中，窥视民族历史的冰山一角。

[①]　向氏族谱编纂小组：恩施滚龙坝土家族《向氏族谱》，自印，2002年，第81页。

台湾原住民文学的治疗功用

苏　珊

（大连民族学院）

台湾原住民文学是伴随 20 世纪 80 年代的"原住民运动"开始在文坛崭露头角的，为民族呐喊、争取更多的政治经济权益成了当时原住民文学最重要的文学功用，而到 20 世纪 90 年代"原住民运动"后劲不足，原住民界又掀起"回归部落"的浪潮，原住民文学又担负起重构主体文化、启发原住民民族智慧、重写民族史的重要作用。进入 21 世纪直至现在，原住民文学仍然在与汉族主流文明协商的道路上挣扎、努力，台湾的原住民文学始终伴随着重要的社会、文化功用角色，台湾原住民文学的功能在其形式从口头转向书面的过程中也发生了嬗变，从口头传统的文学教育叙事功能转向书面文学承载更多精神治疗、政治含义、教育意义的功能。

泰戈尔在《一个艺术家的宗教观——泰戈尔讲演集》中，对"为艺术为艺术"的观点之争提出自己的看法："如果一个人弃绝欢乐的欲念，把欢乐变成仅仅是求知和行善，其原因必然是他已失去他的青春年华和健康，从而失去感觉欢乐的能力，这是一个普遍的真理。古印度的修辞学家们毫不踌躇的说，享乐是文学的灵魂——享乐是公正无私的。"① 文学能够给人的身心带来欢乐，尤其给你的灵魂以慰藉，因为它能通过幻想和虚构唤起精神信念的潜在力量，通过属于自我的宣泄与叙述来获取排泄释放压抑和紧张的机能。文学最初的也是最重要的作用：包括治病和救灾在内

---

① 泰戈尔：《一个艺术家的宗教观——泰戈尔讲演集》，三联书店上海分店 1989 年版，第 167 页。

的文化整合与治疗功能。然而缘起西方现代性的知识体系虽然构建出文学作为一个独立学科，并且形成了以文字符号书写为概念的文学史观念，并形成某种一家之言单一的文学经典尺度，却因为割裂了文学原本发生的文化语境，遮蔽了原生态的文学视野而使文学越来越窄，一定程度上桎梏了其发展。书写的文字文学离开了口头传播及仪式表演场合的多重媒介丰富性，难免使人有"品之无味"的惋惜，而文学的最初功能，也会因为文学文本化的结果变得隐而不明了。

一 文学治疗台湾原住民自卑病

叶舒宪在《文学治疗的民族志——文学功能的现代遮蔽与后现代苏醒》中曾专门论述过后现代的巫术还原与神话治疗，"20 世纪将传统的文史哲方面的最初的圣人偶像，还原到人类学的研究视野中。其结果不约而同：文明史初期的文人、哲人、史家，都分别显露出其原来的本相：法师、巫觋或者萨满"[1]。人类学在 20 世纪的萨满教研究为契机，西方知识体系内部发生的东方转向和原始转向，给文史哲专业带来一场后现代文化寻根运动：从艾利亚德、藤野岩友、张光直到格里马迪尔，完成了从屈原、耶稣到苏格拉底的巫师还原过程，并在西方文学的起点——口传歌手荷马的家乡找出希腊关键词 $\varepsilon'\pi\omega\delta o'\zeta$ "唱咒诗治病"，给现代性的文学观带来巨变。从古印度《吠陀》的治病咒诗文本，到藏族《格萨尔》艺人的治疗术，再到台湾布农族的巫师文学治病案例、殷商甲骨卜辞的医疗观念、佛教六字真言的唱诵实践，文章列举出八种民族志材料，将"文学治疗"命题还原到现实生活的真实语境中，给出文化多样性的生动呈现。[2]

文学治疗作为一种医疗手段是文学发生的原初功能之一，文学和治疗在科学发展繁荣的表象下被割裂，但在实际的文学过程中两者又不可避免地发生合流。文学治疗在现代社会是个新鲜的名词，其实文学治疗是个古老的方法。人类与生俱来的"神话的智慧"使疾病在千万年间都作为一种

---

① 叶舒宪：《文学治疗的民族志——文学功能的现代遮蔽与后现代苏醒》，《百色学院学报》2008 年第 5 期。

② 同上。

象征而存在，疾病是人类存在的重要生命意义，它的文化意义并不因近代医学的繁荣而削弱。

只要是生活在文化群落中的人们，都会染上"与生俱来的病"，根据威尔利特在《隐喻与真实》中提出的象征使用范围，做出以下借用：

1. 一部作品中的主导意象——疾患病因的主导意象。

2. 一个作家个人性的象征——疾患个人致病及患病经历的象征。

3. 超个人的象征——群体性疾患病因的象征。

4. 文化区域性的象征——疾患诞生的文化背景。

5. 原型性象征——疾患在神话思维中的对应。①

站在文学的角度看待疾病时，疾病也因此有了象征的原型。这些原型构成了疾患的文学病因。文化不仅仅是表达疾病的一种手段，它对疾病的被构造为某种人类现实也具根本意义。

原住民各族古老的文学形态都曾承载教育、约束等社会功能，例如长期生活在孤岛上的雅美族，在未与外来文化频繁接触之前，族人善于运用祖先世代相传的生活经验，并使雅美族社会文化能持续不断的运作和发展，这种运作和发展全都以族人世代相传的口传文学来维系。神话故事、民间歌谣等口传文学实际上具有法律约束的效能，更具有宗教的约束力量。而在这些口传文学中，飞鱼季中的禁忌最多最繁杂。有关飞鱼季的神话传说故事等既具有文学之美，又极具海洋文化意蕴，更是雅美族社会正常运作、维系社会生活规范的重要上层建筑。

文学治疗的重要途径和方式之一就是仪式叙事的功能，而巫术展演普遍存在于台湾原住民各族传统文化体系中，巫术是原住民传统文化的重要组成部分。而且在台湾原住民的文化体系中，巫师不仅仅只是扮演一个治病者的角色，巫师还是生命给予或交换等重要集体仪式的主导者。在现代社会，因现代化进程的开展，国家政治及其他强势宗教的进入，古老的巫术与仪式展演在某些台湾原住民族群部落有衰弱或转化的趋势，但是同时我们发现在另一些原住民族群落的现代日常生活中，许多事情仍然依赖巫师处理，一些巫术相关的仪式活动仍相当兴盛，甚至近年来有不断复振的现象，一些集体的大型公共祭仪减少，但私人仪式反而蓬勃，巫师与仪式

---

① 章米力：《疾患的表达及文学治疗的生命力》，《百色学院学报》2013 年第 5 期。

展演的兴衰、转化或复振都与社会变动息息相关，唯一不变的是族人对巫术治疗作用的延续崇拜。

巫术的作用在不同的民族略有差异，主要表现在各族巫师执行传统仪式的范畴不相同，但都包括与神灵界沟通以发挥治病的功能。现代原住民文学作品中对于巫术的描写非常普遍，例如卑南族作家巴代的《巫师》一文中，传神的描写将巫师施展巫术时透过她自己的眼睛看见的灵视场景转移到读者面前，美洲印第安人灵视场景的描写，如《黑麋鹿如是说》中的主人翁"黑麋鹿"在几次重大的生命转折过程中进入的灵幻情景让读者震惊不已，卑南族的巴代有这方面研究的素养，他用文字将其呈现于书面文学中。巴代在其作品《巫师》一文中描写了巫师阿邬作法挽救她重伤的儿子：

"阿邬没停止动作，眼睛注视着担架移动，却发现几缕淡淡的黑雾从周遭渗出，而且自担架离开急诊室大门时便开始。她还注意到，黑雾逐渐凝结成团，颜色也愈来愈浓，从灰白转灰黑，以担架为中心移动、集结。不一会儿，浓黑的雾开始旋转，逐渐逼向担架。从阿邬眼里望去，一个巨大的灰黑色隧道形成，像黑色的龙卷风即将吞噬整个担架所有人，而担架旁人逃难似的推着担架，快速向直升机移动。糟糕的是担架前方靠近直升机位置，此时也形成了一个小隧道暗门，而且逐渐扩大。两个暗门一前一后，活像有生命似的不停扩大并联手要吞噬担架。阿邬额头开始冒汗，深吸了口气，铜铃摇得更起劲，扬起手来向直升机方向抛去手中的槟榔，一圈光影随即形成，化去前方暗黑的隧道门。她走向担架，随手又取出了两颗陶珠，'ss乌鲁木，嘎一泥案，乌鲁木，兹，哗啦！'念了念分解的咒语，随即向担架后方抛了去。巨大的灰黑暗门立刻分解成几缕黑雾，但顽固的不肯散去，在四周游移。"①

美学家阿恩海姆在《作为治疗手段的艺术》中指出："将艺术作为一种治疗救人（包括本人）的实用手段并不是出自艺术本身的要求，而是源于病人的要求，源于困境之中人的需要。"

"这是一种几乎人皆有之的普遍心理：不能实现自己理想的人，往往把实现理想的希望寄托在自己亲近者的身上；欲望得不到满足的人，往往

---

① 巴代：《女巫》，原载于《台湾立报》2001年1月5日。

在想象中陶醉过瘾；自己不具备某种特长或优越性的人，往往乐于制造出对自己的假想；自己在某方面具有某种缺陷的人，往往力图在其他方面获得自己的优越性等等。不论这种心理的表现形态如何多种多样，但是其根本的特点是主观愿望的他移与形式的转化，以取得一种虚幻的异化的满足，然而它却毫无疑义地是人要顽强实现自我的一种意志，是人们生命力的一种表现。这种情况在文学艺术里甚为明显，作品中的理想国往往是作者济世无望的一种自然满足。"①

从表面字义上来看，文学治疗的意思是通过文学活动来影响患者的心理状态，目的是促进患者的生理康复，换成通行词语，即是文学的养生功用。这仅仅构成了文学治疗的第一层含义，但是文学治疗不仅仅是医治过程中的辅助性手段，巴特认为文学写作是一种语言活动的乌托邦："是一种乞望字词之快乐的想象力，它疾快地向一种梦想的言语活动发展，表现出一种新亚当世界的完美。"②

泰雅族作家瓦历斯·诺干的散文、诗歌对于原住民特殊的生活形态、风俗习惯、文化特征、民族性格，对于族人生存其中的社会文化环境的变迁以及原住民当前面临的严重政治、经济、文化困境都有关注和表达，面对民族的没落，瓦历斯怀着深切的关注和悲愤，除了声讨种种加诸族人的不公外，同时也呼唤族人为本民族的生存而振奋和抗争。除此外，诺干还将目光转向了族人的心理建设，瓦历斯认为"自卑"是族人的心理症结之一，他用文学的形式寄托了自己对民族文化寻根的展望，他用文学的形式喊出自我民族的声音。原住民本不自卑，原住民信奉人与天地自然万物是平等的，两者融洽相处，而现在原住民的自卑完全是当前身份的弱势所致。原住民作为弱势族群，长期遭受强势民族的歧视和欺凌，自卑的心理病萌生于族人的心灵受创。瓦历斯在诗歌《关于泰雅》中描写刚降生的泰雅族婴儿：

　　出来了，婴儿出来了，

---

　　① 阿恩海姆：《作为治疗手段的艺术·艺术心理学新论》，郭小平等译，商务印书馆1996年版，第345页。

　　② 叶舒宪：《文学治疗的原理及实践》，《文艺研究》1998年第6期。

一对鹰隼的眼睛闪闪发光，

四肢如强健的云豹，

熊的心脏，瀑布的哭声

嫩草的发，高山的躯体

完美的婴儿，

自母亲的灵魂底层，

成为一个人。

　　瓦历斯·诺干独辟蹊径，用原始信仰中的代表勇敢、力量、勇气的各种来自自然界的图腾来描述这个孩子的样貌，在原住民的传统文化认识中，所有族群都是自然造物者的赏赐而无贵贱之分，在他们眼里，有着高山峻岭、鹰隼云豹、嫩草瀑布的自然造化，正是他们生命活力的源泉；而作为"自然"的一分子，他们尊贵而非低贱。一个重新强大起来的族人形象跃然纸上，这也许是瓦历斯对族人自信的重建、文化的自豪感的憧憬和期望。

　　但是，要重建族人的自信，仅仅外貌的除魅还不够，内在的强大才是自信的根源，恢复民族固有的文化价值观，重构代代相传、却在现代受到冲击的传统价值观，使族人真正认知、了解、根植于血脉本族的文化，这是医治族人心灵病的灵丹妙药。然而，外来文化如汉文化、西方文化、日本文化的教育灌输、环境熏染、潜移默化的影响广泛而深刻，重新唤起族人血液里的原住民因子，并不是件易事，外来文明与本族文明截然不同，可以说是天差地别的不同，想要扭转已经根深蒂固的文化体质非常困难，又加之外来文明的日益强大更是难上加难。

　　在原住民的文化体质中，"自然世界观"可以说是核心价值，也是最有别于汉文化或者西方文化的地方。瓦历斯·诺干在文中这样描写两者的区别，"我慢慢地在丢掉一些所谓汉人社会体制中教给我的价值观……比如同样是面对一棵树，以前的教育大概会告诉我们这棵树砍掉以后，可以做哪些用途，赚哪些钱，也就是从商品、金钱的角度来看这棵树的价值，但在我们族人眼里是不一样的，树可以供养鹿或是飞鼠的食物和栖息，或者招来小鸟筑巢，而很多的树就可以成为森林，这是很不一样的价值观"。① 在《山的

---

　　① 瓦历斯：《诺干·想念族人》，（台北）晨星出版社 1994 年版，第 221—222 页。

洗礼》一文中，作者回忆从小爸爸就教导他，要多向山学习知识和智慧，并经常带他碰触"山的肌肤"，甚至闯进山的深处，因为只有进到山里，才能成为真正的泰雅人。山林是泰雅人安身立命之所在，它带给泰雅人生存的智慧和技能，带给他们生命的启迪，启发他们的美感。原住民族群比汉族有着更为强烈丰富的生存智慧、生命价值观，有与大自然更为融洽的关系，这是原住民引以为豪之处，是原汉之间巨大的文化差异，面对当今社会自卑病的治疗，当务之急也是最为核心的就是要增进族人对本族历史文化的了解和认识，让原住民在主流文化的夹击中重新"优越"起来。

治疗自卑病，台湾原住民作家常常以自豪自信的基调描写族人的优良品格，而且把这些优良的独特之处与别的族群进行比较。如田雅各的《巫师的末日》描写一位拥有神秘法术、乐于为人消灾禳祸、指点迷津的布农族女巫婆的善良品行，为了解除别人的痛苦，她不惜以巫术戏弄自己到平地后堕落的女儿的灵魂，使之回心转意。①《"小力"要活下来》通过原住民医生和汉族医生对待一名畸形弃婴的决然不同态度的对比，表现前者作为弱势族群成员对于弱小者特有的怜悯之心和人道情怀。《冲突》一文更通过作者对自身懦弱表现的忏悔，彰扬见义勇为的民族性格，"布农不会责怪殴打坏人的勇士，反而鼓励大家一起惩罚坏人。我今天的表现丢了布农的脸"。这种忏悔显然也是基于对本民族优良品格的自豪感之上的。正因如此，作家时时记住其"体内循环着布农的血液"，并为之感到骄傲，以此加以自律。

台湾原住民重建自身形象，除了以上重构主体文化、重拾民族自信的努力外，祛除污名也是治疗自卑病首要的任务。许多人对原住民都有着非常刻板的印象，这很大程度上来自某种刻板的历史书写，如在教科书中的"吴凤故事"，这使原住民一直背负着沉重的污名，备受歧视、深感孤独。瓦历斯·诺干回忆他在部落小学就读时，由于族人占了多数，客家人反倒成了少数，大家与汉族和谐共处。但到镇上上中学后，包括福佬人、客家人的汉族人占了大多数，原住民受到孤立的对待。在《德茂商店》《部落贵族》等文中都对此有详细的描述，瓦历斯·诺干写道："有志于恢复原

---

① 朱双：《一·九十年以来台湾高山族"山地文学"的发展》，《台港与海外华文文学评论和研究》1994 年第 12 期。

住民文化的原住民新生代，当着力于新文化的提升与旧恶习的扬弃，许多问题绝非是政治角度所能解决，从文化着手不失为重拾信心建立部落尊严的有力支柱。"（出自《酗酒之外》）"背负着污名的原住民，散居在岛屿各处，祖先的历史犹如隔着一层迷障，如果不懂得历史，如何能解开心头的自卑？"（出自《污名的背负》）因此瓦历斯用各种文学的形式再现民族的历史文化。此外，瓦历斯·诺干的诗集《想念族人》就是作者回顾民族坎坷历史、描述不公对待的血泪控诉作品集，传统民族文化的被压迫被同化被消解是原住民自卑病的根本病源。

　　台湾原住民克服迫在眉睫的种族生存危机仍是当务之急，因此盲目的自高自大并不足取。然而，健康的、有深厚文化根基的自信心、自豪感乃是原住民同胞自强自立、从根本上摆脱种族危机的必要一环，特别是在某些人的有色眼镜下形成的刻板印象还十分顽固的情况下，这种自信和自豪显得格外重要。像瓦历斯·诺干一样，台湾的原住民作家除了正面的抗争外，还关注文化的重建实践，更注重于原住民心理的疗治和再建，这是台湾原住民文学的职责所在，更是挽救原住民民族文化命运的必要手段。

二　台湾原住民文学治疗现代文明病

　　关于部落对文学的认知，泰雅族作家瓦历斯·诺干曾提起他有一年获得某报所办文学奖的奖项后，兴冲冲地赶回部落家中，向家人报知这样的佳音，父亲看他兴奋的样子，突然指着奖杯问："这个东西比一头野猪还好吗？"这样的疑问一下让诺干摸不着头脑。台湾原住民作家大多是接受汉族教育，是"民族的精英"，他们能说一口熟练的汉语，能写一手熟练的汉字，渐渐地他们的思维便是汉族的了，不断地浸染了所谓主流文化的各种社会制度、行为方式、精神文明、生活方式等，这样，落差产生了。预期期待中对文字成就的成功感，渴望获得族人的称赞，特别是亲人的称赞，就像主流文化中对"知识分子""读书人"那般的尊重和抬举，而这一愿望却在原住民部落中落空，这是因为原住民部落对于文学、文化的认识不同于主流文化的概念，从内到外、从骨架到筋肉都差异很大，部落从来不知道什么是"文学"，文学有什么作用，在部落中，族人的生活经常就是文学本身，他们才是真正的文学实践者，真正源于生活表现的"活态文学"，不仅仅是空谈。

　　这实际上就是台湾原住民文学的接受问题，原住民作家重述历史，将部落中的神话故事用文字重新书写或者加以创作借用，将母体文化血脉中的宗教、信仰、习俗、禁忌这些因素重新强调贯彻入族人的心灵，发挥母体文化、母体宗教信仰的自然本性和外界制约的双重功能。因为一方面它在世代相传的习俗中、在教育、在日常生活中已经外化为人的自然本性；另一方面它同时又是一种稳定的带有某种"强制意味"的母体渊源，这些因素的重述将有助于原住民与部落记忆的联结，凝聚部落的集体认同，当然也就有助于文化身份的定位与认同，成为原住民心灵回归的家园、治疗现代文明病，这也是现代原住民文学发展的趋势。

　　弗洛伊德对精神病症的研究表明，患者的行为之所以是"反常"的，原因在于它偏离了"正常"的社会规范。而"正常"的社会规范本身却又是一个可变的结构，是一种生成的结果。因此，治疗患者的精神疾病，协调患者的"反常"行为与"正常"的社会规范之间的关系，使"反常"的变为"正常"的，无意义的变成有意义的。弗洛伊德倡导"谈话疗法"，其实包含着一个双重的过程，在治疗师，从患者无意义的、碎片式的语言中发现其"反常"行为的无意义背景，理解其病态行为的根源，进而引导患者进入并认识自身的无意识背景的过程；在患者，则是一个将自己的"反常"行为最终用"正常"的语言表达出来，以宣泄心理能量的过程。以精神分析倡导的谈话治疗为参照，文学治疗的区别性特征似乎只是媒介的不同，前者以口语为媒介，后者以文学活动为媒介，如若考虑到文学包括口头传统的初期阶段，那么文学治疗似乎和谈话治疗如出一辙了。

　　光复以后，尤其是20世纪40年代中期，政府逐步强化"整合"和"强化"的要求目的是将原住民全部纳入体制，原住民部落社会逐渐瓦解，宗教信仰、语言符号、社会结构等遭到严重的破坏。尤其是部落原有社会组织的瓦解，部落领袖由平地籍的村干事取代，"会所制度"的功能急速退化。"会所制度"是一种集政治、军事、宗教、文化为一体的制度，卑南族、阿美族等均有这种社会机制。在这种社会体制下，族人按照传统的规则和程序长大，通常族里的男性成员按年龄分别进入不同的会所，大概十三岁至十六岁进入"少年会所"，17—19岁进入"青年会所"，约二十岁左右进入"成年会所"。每一阶段施以不同的训练和教育，还有不同的义务要求。"会所制度"是很多族群社会控制的枢纽，其功能的退化意味着整个部落控制力的丧失，意味着整个部落制度的大变革，部落逐渐分散化，失去了高度统一的凝聚力。由此带来了很多不良后果，部落族人行为的失常，比如严重的酗酒现象、精神失常患者数量的激增等，大概都源于此。部落原有社会规则相当于今天威严公正的法律，一个社会没有了法律控制的效力，族群文化内部的精神传承没有意义。行为失常的病态进一步强调了重建部落文化制度、社会制度等的重要治疗功能，以其原本的文化本质、传统体制才能医治好现代文明病。

　　台湾原住民文学的治疗功能实则也是原住民文化的重要内涵，因此原住民文学的治疗功能发挥效力的基础是要有底气的文化自信，文化自信的重建前提是原住民主体文化的重建，主体文化的重建需要原住民付出智慧和更多的努力实践。文化寻根、文化重建的意义就在于重新唤醒人类的敬畏自然之心，重新估价自己的所作所为对自然资源与环境的不利影响，调整我们的文化价值观和我们的生活方式，使之适应在这个唯一产生了生命的星球上可持续生存的需要。文化寻根是对现代性危机的直接回应，它蕴含着对人类未来的思考。作家王安忆曾说："真正的心灵世界它解决不了任何问题，手头的问题它一个也解决不了，它告诉你根本看不见的东西，这东西需要你付出思想和灵魂的劳动去获取，然后它会照亮你的生命，永远照亮你的生命。"这个永远照亮人生命的更高层次的心灵世界，就是文学的治疗功能。原住民文学的治疗功能不仅仅是疗救失根的族人，更是对原住民社会和文化的疗救。

三
_____

少数民族文学理论研究

比较文学"本土化"之思考

赵志忠

（中央民族大学）

比较文学在中国全面复兴已经有 40 多年了。在全国许多高等院校都开设了比较文学课，甚至设立了比较文学系，比较文学教材也出版了一些。但如何使比较文学"本土化""国产化"，如何建立具有中国特色的比较文学学派？一直是人们关注的问题。本文试就比较文学"本土化"问题谈一点粗浅的看法，其不当之处，敬请专家学者指正。

一 "本土化"之探讨

在比较文学研究领域里，人们的视野往往关注中西方文学的比较，注重中国汉族文学与西方文学的比较，而往往忽略了中国国内自己的多民族文学比较研究，忽略了中国与周边国家及跨境民族文学之间的比较研究，而这些正是中国比较文学研究的独特性。

事实上，中国历来是一个多民族的国家，各个民族在历史上都创造了自己独具特色的文化。中国有 56 个民族，其中 55 个是少数民族。中国少数民族现有人口 1 亿多，并且居住在中国 60% 多的土地上。不论是从人口上，还是从文化与文学上看，中国少数民族都是不可忽视的重要组成部分。

中国文学是由汉族和 55 个少数民族共同创作的。中国少数民族文学是整个中国文学不可分割的整体，离开了少数民族文学，中国文学是不完整的。由于每一个民族的文化背景、文化传统、经济结构及社会形态等方面的诸多不同，其文学也各具特色。因此，中国境内各民族之间的比较文学研究也应该属于比较文学的范畴。我们要根据自己的国情进行文学比较研究，而不能局限于国家与国家之间的比较理论。这是中国比较文学的实情，也是建构中国特色比较文学理论的基础。

比较文学一直强调"国别文学研究"，"比较文学是超出一国范围之外的文学研究"①，"比较文学是一国文学与另一国或多国文学的比较"②。"比较文学就是国际文学的关系史"③，"比较文学工作者又是各国间文学关系的历史学家"④。中国历来是一个多民族国家，拥有多民族文学的事实，已经让许多学者对"国别文学研究"的观点提出了质疑：

> 美国学者一再强调的比较文学是跨越"国界"的论点，并不是很精确的。比较文学原是为了突破民族文学的界限而兴起的，它的着眼点是对不同民族的文学进行比较研究，而"国界"主要是一个政治的地理的概念，一个国家的居民，可以是同一民族的，也可以是由多民族组成的。在多民族的国家内，各民族文学之间除了它们统一的方面之外，也存在着差异，有时这种差异的程度及其意义，并不亚于两国文学之间的区别。因此国别文学与民族文学并不是同一概念。比较文学的研究对象，确切地讲，应该是跨民族的界限。而不是国家的界限。⑤

也就是说，作为政治地理概念的"国别"之别，远不如"民族"这一文化概念之别。"国界"是一种政治的表现，"民族"才是文化的表现。二者相比，不论是文化还是文学，各民族的差别是极其明显的。有的学者甚至直截了当地说，"一个多民族国家之内的各民族文学之间的比较研究，应该顺理成章地划入比较文学的范围之内"⑥。在中国境内，汉族文学与少数民族文学的比较研究，壮族文学与满族文学的比较研究，维吾尔族文

---

① ［美］亨利·雷马克：《比较文学的定义和功用》，见张隆溪选编《比较文学译文集》，北京大学出版社 1982 年版，第 1 页。
② 同上。
③ ［法］马·法·基亚：《比较文学》，颜保译，北京大学出版社 1983 年版，第 4、5 页。
④ 同上。
⑤ 陈惇、刘象愚：《比较文学概论》，北京师范大学出版社 2000 年版，第 12 页。
⑥ 同上。

学与哈萨克族文学的比较研究，蒙古族文学与藏族文学的比较研究等，都应该列入比较文学的研究范围。

中国比较文学在世界比较文学中的地位如何？关于比较文学的"中国学派"问题，季羡林先生曾说："什么叫'中国学派'呢？我认为，至少有两个特点，这两个特点都同我上面讲的那几层意思是密切相关的。第一个特点是，以我为主，以中国为主，决定'拿来'或者摒弃。……第二个特点是，把东方文学，特别是中国文学，纳入比较文学轨道以纠正过去欧洲中心论的偏颇，没有东方文学，所谓比较文学就是不完整的比较文学。"①

中国台湾学者也在努力将西方的比较文学理论，运用到中国文学研究中去，并提出了"阐发研究"的观点。这种观点说："我们不妨大胆宣言说，这援用西方理论与方法并加以考验、调整以用之于中国文学的研究，是比较文学的中国派。"②乐黛云教授也曾经提出了关于"双向阐发"的理论补充，认为：

> 从文学对话的角度来说，西方理论对中国文学的解释固然也可以视为一种潜在的对话方式，但是要真正推进比较文学朝促进对话的大方向发展，双向阐发或许才是理想的境界。在对话中中国学者不应该永远是"听者"。中国比较文学研究进入世界对话的格局中，不应该只是一种愿望，而应该成为一种现实。③

也就是说，"阐发研究"不仅仅是运用西方的理论来研究中国文学，中国学者也应该与西方学者对话，中西两方双向阐发。中国比较文学也不应该是他者，而应该是世界比较文学中的一部分。但中国比较文学如何运用阐发理论，构建中国自己的比较文学理论，将比较文学理论中国化，仍然值得探讨。

二　"本土化"之建构

多年来，中国学者在比较文学理论"中国化"的问题上，进行了一些

---

① 季羡林：《中国比较文学年鉴·前言》，北京大学出版社 1987 年版，第 4 页。
② 乐黛云等：《比较文学原理新编》，北京大学出版社 1998 年版，第 120 页。
③ 同上书，第 121 页。

探讨，并且提出了自己的看法。但比较文学"中国化""本土化"的建构任重而道远，中国比较文学学派的建立还有待时日。我们认为，本土化的前提是首先认识自己，认识中国文学的现状。立足自己，创建自己的理论体系与框架，而不是一味地跟着别人后面跑。

根据中国多民族文学——汉族文学与 55 个少数民族文学客观存在的实际情况，我们认为中国比较文学"本土化"应该包括两个方面和四个层次。一个方面是中国 56 个民族之间的文学比较研究；两个层次是汉族与55 个少数民族之间的文学比较研究，55 个少数民族之间的文学比较研究。另一方面是中国与周边国家之间的文学比较研究；两个层次是跨境民族文学比较研究，中国与周边国家文学比较研究。

一个方面：中国 56 个民族之间的文学比较研究。

这种比较研究是客观存在的。因为中国历来是一个多民族国家，从秦代开始一直到今天。我们国家现有 56 个民族，他们有各自的历史、传统的文化及其文学。中国的比较文学应该把国内各民族之间的文学比较放在重要的位置上。从一定意义上来说，这是中国比较文学的方向和特点，也是建立中国比较文学派的根基。具体来说，我们将国内在 56 个民族之间的文学比较研究分为两个层次：

一个层次：汉族文学与 55 个少数民族文学之间的比较研究。研究汉族文学与少数民族文学之间的相互关系与影响。历史上，汉族文学与少数民族文学相互影响，你中有我，我中有你。汉族的"四大传说"以及《三国演义》《西游记》《西厢记》等古典名著，在少数民族中广为流传，并且在他们的说唱文学、戏剧等作品中屡有出现。少数民族的神话、英雄史诗、叙事诗对汉族文学也有一定的影响。不论是平行研究，还是影响研究，两者之间的研究都具有无限的空间。

另一个层次：55 个少数民族之间的文学比较研究。这些研究可以包括：不同语系民族之间、同一语系民族之间，南方民族与北方民族之间、农耕民族与游牧民族之间，不同宗教信仰民族之间、同一宗教信仰民族之间以及各民族之间的比较研究。这些研究对于全面认识中国文学，丰富中国文学具有重要的意义。中国少数民族文化多样，信仰各异，其文学也是色彩纷呈。其农耕民族文学、游牧民族文学、森林民族文学，以及佛教民族文学、伊斯兰教民族文学等，犹如世界文学的一个

"缩影"。充分利用这样一个得天独厚的文学资源，对于中国比较文学的发展无疑是十分重要的。

另一方面是：中国与周边国家之间的文学比较研究。

如果说，中国56个民族之间的文学比较研究是国内民族文学比较研究的话，那么还有一个对外的比较研究内容，即中国与周边国家之间的文学比较研究。中国周边国家文学比较研究及跨境民族文学比较研究，是整个中国文学研究的新课题。通过这种比较研究，我们就能进一步看清中国文学与周边国家文学的关系，以及这些跨境民族之间在文学上的源与流，从而更深刻地了解中国文学与世界文学。此项研究对于国际交流与合作，对于比较文学的发展，对于我国的比较文学理论的建树，都具有十分重要意义。同样，我们也可以将中国与周边国家之间的文学比较研究分为两个层次，一是跨境民族文学比较研究，一是中国与周边国家文学比较研究。

一个层次：中国与周边国家文学比较研究。中国周边国家包括俄罗斯、哈萨克斯坦、吉尔吉斯斯坦、乌孜别克斯坦、塔吉克斯坦、蒙古、阿富汗、巴基斯坦、印度、尼泊尔、不丹、孟加拉、缅甸、泰国、老挝、越南、朝鲜等国家。从古至今，这些国家与我国进行了广泛的文化交流，文学上互相影响。中国与周边国家文学比较研究是从国家文学视角进行研究的，如中国与俄罗斯文学，中国与蒙古国文学，中国与印度文学等。中国周边国家及其民族的文学比较研究，是世界比较文学研究的重要组成部分。但过去我们做得还很不够，人们大都注重于中西方文学的比较研究，而往往忽视东方国家及我国周边国家文学的比较研究。其实，这些国家的文学与我国的文学离得很近，甚至有"血亲"关系。从某种意义上说，关注他们的文学就等于关注我们自己的文学，做好我国与周边国家之间的文学比较研究，做好我国与周边国家相关民族之间的文学比较研究，就能够更好地认识中国文学，以及中国文学在世界文学中的地位。

中国是一个东方大国、文化大国和文学大国，历史上，"中国文化圈""中国文学圈"辐射到了日本、朝鲜半岛、越南、俄罗斯远东、马来西亚等国。我们研究比较文学，研究中外文学交流与影响，对曾经受中国文学影响的邻国不去研究，说不清楚，而一味地强调中西方文学比较，似乎有点舍近求远的感觉。当然，我们并不反对《汤显祖与莎士比亚》《曹禺和

莎士比亚》《曹雪芹和莎士比亚》以及《杜甫与歌德》《但丁与屈原》等
这样中西方文学的比较研究,而是不要忽略了中国与邻国文学的比较研
究。中西方文学比较研究仅仅中国比较文学研究的一个方面。如果我们一
味地强调这种比较研究,而忽视了中国与邻国之间的文学比较研究,中国
比较文学学派就很难建立,本土化也将是无的放矢。从一定意义上说,做
好中国与周边国家文学的比较研究,对于构建中国特色比较文学理论更具
有重要意义。

　　另一个层次:跨境民族文学比较研究。跨境民族文学比较研究是从民
族文学角度去进行研究的,尽管这些跨境民族属于两个不同的国家,但他
们在历史文化、文学传统上有许多相同之处。这些居住在中国周边国家的
一些民族与我国的哈萨克族、柯尔克孜族、乌孜别克族、蒙古族、傣族、
佤族、拉祜族、景颇族、苗族、回族、壮族、京族、朝鲜族、赫哲族、鄂
伦春族等20多个民族,有着历史上的渊源关系。他们有着相同或相近的
民族语言、民族宗教、民族文化,如中国境内的蒙古族与蒙古的蒙古人,
中国的朝鲜族与韩国人,中国的赫哲族与俄国的那乃人,中国的京族与越
南人,中国的壮族与泰国人等。研究这些跨境民族文学对于认识中国少数
民族文学,认识中国文学对他国文学的影响具有十分重要的意义,对于建
设中国比较文学学派,以及世界比较文学研究都是十分重要的贡献。

三　"本土化"之实践

　　尽管中国比较文学研究开展得还很不够,中国比较文学学派的建立还
有待学者们的不断努力。但经过中国比较文学专家学者的不懈努力,在中
国比较文学"本土化"方面,近年来也取得了一定的成绩,并先后出版与
发表了一些著作与论文。其中《中国少数民族文学比较研究》《中国各民
族文学关系研究》《20世纪中华各民族文学关系研究》《中朝文学关系史
论》《蒙古神话比较研究》《阿尔泰语系民族神话比较研究》等著作,在
中国多民族文学比较研究方面,在中国比较文学本土化研究方面,取得了
一定的进展。《中国各民族文学关系研究》更是国家社会科学基金重大项
目。该书动员了国内相关方面的专家10多人,历时7年,完成了这部110
余万字的大作。从先秦至唐宋,直到元明清,从不同历史时期对中国各民
族文学关系进行了比较系统的研究,是到目前为止第一部有关汉族与国内

各民族文学关系研究的重要著作。

事实上，近年来人们对中国少数民族文学越来越重视。许多文学史家、文学评论家一直关注民族文学，将民族文学写入自己的文学史，纳入自己的文学评论视野。许多大专院校的中国语言文学学科（一级学科）都设有"少数民族文学方向"，并且建有自己的硕士、博士点，培养民族文学研究方面的专门人才。在民族院校，在民族地区的院校少数民族文化与文学理所当然地被纳入自己的研究范围。新疆的院校重点研究维吾尔、哈萨克等民族的文学，内蒙古院校重点研究蒙古等民族的文学，西藏院校重点研究藏族的文学等。与此同时，人们也越来越关注各民族文学之间的比较研究，在一些院校已经把多民族文学比较研究方向作为培养硕士、博士的方向，强调国内各民族文学的比较研究，试图建构一种自己的比较文学理论。在一些211院校中，一些项目也把多民族文学比较研究纳入进去，诸如中朝文学比较研究、中蒙文学比较研究、中国哈萨克族文学与哈萨克斯坦文学比较研究等。所有这些研究与成果，对于建立中国自己的比较文学理论与方法，丰富整个比较文学理论具有重要意义。如果我们做好了这些研究。我们就有了资本，有了中国比较文学研究的资本，甚至世界比较文学研究的资本。中国少数民族比较文学研究，乃至整个中国比较文学研究也将上一个新的台阶。

有一种说法"只有民族的才是世界的"，在研究比较文学本土化的问题时也可以这样说。我们所说的"民族的"，其实就是运用别人的理论为自己服务，把别人的理论变成自己的理论，用自己的理论来指导自己的文学研究，从而形成一套自己的文学理论。既不要生吞活剥别人的理论，生搬硬套地进行研究，也不要固守自己的理论与方法，拒绝接受新的理论与方法。

文学要强调民族的，对于一个国家来说，也就是我们经常说的"本土化"的问题。文化是多元的，反映文化的文学也同样是多元的。这个多元，就是要强调自己国家的特点，强调自己民族的特色。因为任何一个作家都是生活在特定的文化氛围之中的，民族的生活、民族的文化、民族的习俗是这个民族作家所熟悉的。只有文学的"本土化"才能显现出自己民族的特点，自己民族文学的与众不同，才能够在众多民族之中站住脚，有自己的立足之地。

总之，中国比较文学研究"本土化"问题不容忽视，并且已经提到中国比较文学学者面前。我们认为中国比较文学本土化应该包括两方面的内容，即对内是中国 56 个民族之间的文学比较研究，对外是中国与周边国家之间的文学比较研究。这是我们对中国特定的多民族文学比较研究的基本认识，其实也是对整个中国比较文学的客观认识。

试论韦勒克的民族文学观

刘为钦

（中南民族大学）

勒内·韦勒克（René Wellek）的文学理论主张对世界文学、世界文学理论，中国文学、中国文学理论的影响之巨大，是无须赘述的。但是，如果从民族文学（national literature）的视角来审视他与奥斯汀·沃伦（Austin Warren）合著的《文学理论》（1949）以及他的其他相关论文和著作，不难发现，韦勒克的文学理论体系中还蕴含着丰富的值得我们深入思考的可资我们学习和借鉴的十分重要的民族文学思想。

一　民族文学是文学史写作的基础

韦勒克于文学研究的第一大贡献是他将文学研究划分为文学的外部研究和文学的内部研究。他于文学研究的第二大贡献是他将文学研究划分为文学理论、文学批评和文学史。而且，韦勒克在文学理论、文学批评和文学史这三个方面都卓有建树：在文学理论方面，他著有《文学理论》《布拉格派的文学理论和美学思想》等；在文学批评方面，他著有《20世纪批评主流》《批评的概念》等；在文学史方面，他著有《近代文学批评史》《文学史的没落》《英国文学史的兴起》等。不仅如此，韦勒克在《文学理论》中还雄心勃勃地呐喊："一部综合的文学史，一部超越民族界限的文学史，必须重新书写。"①

---

① ［美］勒内·韦勒克、奥斯汀·沃伦：《文学理论》，刘象愚等译，江苏教育出版社2005年版，第45—46页。

　　那么，韦勒克所要重新书写的综合的、超越民族界限的文学史到底是一部怎样的文学史呢？从韦勒克发声的语境来看，他要重新书写的文学史是一部全球性的具有整体效应的文学史。为此，韦勒克在《文学理论》中列专章《总体文学、比较文学和民族文学》①讨论"总体文学""比较文学""民族文学"及其相关问题。韦勒克开宗明义地说："我们已将文学研究分为文学理论、文学史和文学批评三方面加以阐述。现在，我们将采用另外一种划分原则，以便给比较文学、总体文学和民族文学下一个系统的定义。"②

　　诚然，把文学研究划分为"总体文学""比较文学"和"民族文学"不是韦勒克的专利，更不是他的什么"第三个贡献"③。早在 1931 年，比较文学法国学派代表人物保罗·梵·第根（Paul Van Tieghem）在他的著作《比较文学论》中就说过："le mot synthétique n'est pas non plus assez clair. Histoire littéraire interationale serait bon, quoique encore bien vague, si ce terme ne convenait pas tout aussi bien à la littérature comparée. On peut sérier ainsi les trios disciplines, en empruntant au même demaine un exemple de chacune d'elles：A. Littérature nationale：place de La Novelle Héloïse dans le roman fran? ais du XVIII siècle. ——B. literature internationale. a）littérature compare：influence de Richardson sur Rousseau romancier. ——b）Littérature générale：le roman sentimental en Europe sous l'influence de Richardson et de Rousseau."④ 梵·第根的《比较文学论》1937 年被著名诗人戴望舒翻译成中文，由商务印书馆出版。这段法文，戴望舒译为："如果'国际文学史'这几个字并不也同样可以合用于比较文学，那么用这几个字倒也不错——虽然这几个字还是很空泛。可以这样地把这三种学问区分开来，而同时从同

---

　　① 《文学理论》著作尽管是韦勒克、沃伦"在共同兴趣的基础上完成的"，但"总体文学、比较文学和民族文学"一章由韦勒克执笔，这一章关于"比较文学""总体文学"和"民族文学"的论述应该代表着韦勒克关于"比较文学""总体文学"和"民族文学"的观点。

　　② ［美］勒内·韦勒克、奥斯汀·沃伦：《文学理论》，刘象愚等译，江苏教育出版社 2005 年版，第 40 页。

　　③ 刘象愚：《韦勒克与他的文学理论》，［美］勒内·韦勒克、奥斯汀·沃伦：《文学理论》，刘象愚等译，江苏教育出版社 2005 年版，第 12 页。

　　④ ［France］Paul Van Tieghem：〈La Littérature Comparée〉，Revue belge de philologie et d'histoire，1931，p. 175.

一个领域中给它们各举一例：甲、【本国文学】：《新爱洛伊思》在 18 世纪法国小说中的位置。乙、【国际文学】：（a）'比较文学'：李却德生对于小说家卢骚的影响；（b）'一般文学'：在李却德生和卢骚影响之下的欧洲言情小说。"① 梵·第根在这段文字中就已经提出了"本国文学（民族文学）""国际文学""比较文学"和"一般文学（总体文学）"这样一组概念。他将"本国文学"与"国际文学"并置，将"比较文学""一般文学"归属在"国际文学"的名义之下。只不过与梵·第根有所不同的是，韦勒克是把"民族文学（本国文学）"当作与"总体文学（一般文学）""比较文学"平行的范畴而已。

　　作为比较文学美国学派的代表人物，韦勒克考察学术界对"比较文学"内涵认知的历史，认为比较文学"首先是关于口头文学的研究"②。尽管韦勒克不是十分赞成"用'比较文学'这个名称来指口头文学的研究"③，但他还是认为，口头文学的研究"可以归入民俗学"，而民俗学"所研究的是一个民族的全部文化"。④ 概言之，在韦勒克看来，作为口头文学研究的"比较文学"与民族文化、民族文学有着很大的关联性。比较文学其次"是指对两种或更多种文学之间的关系的研究"⑤，这也就是法国学派的"比较文学"。以斐南·巴登斯贝格、让·玛丽·伽列和保罗·梵·第根为代表的法国学派从孔德实证主义哲学出发，强调不同民族文学的事实联系，强调不同民族文学的影响和假借，强调不同民族文学的双边贸易。梵·第根甚至说："'比较'这两个字应该摆脱全部美学的含义，而取得一个科学的含义。"⑥ 韦勒克一针见血地指出：法国学派尽管"发展了一套方法学"，但他们"无法形成一个清晰的体系"⑦，因为"比较是

---

　　① ［法］保罗·梵·第根：《比较文学论》，戴望舒译，吉林出版集团有限责任公司 2010 年版，第 141 页。

　　② ［美］勒内·韦勒克、奥斯汀·沃伦：《文学理论》，刘象愚等译，江苏教育出版社 2005 年版，第 41 页。

　　③ 同上书，第 42 页。

　　④ 同上书，第 41 页。

　　⑤ 同上书，第 42 页。

　　⑥ ［法］保罗·梵·第根：《比较文学论》，戴望舒译，《比较文学研究译文集》，于永昌等选编，上海译文出版社 1985 年版，第 57 页。

　　⑦ ［美］勒内·韦勒克、奥斯汀·沃伦：《文学理论》，刘象愚等译，江苏教育出版社 2005 年版，第 43 页。

所有的批评和科学都使用的方法"①，在研究"莎士比亚在法国"和研究"莎士比亚在18世纪的英国"之间"没有方法论上的区别"。比较文学第三是"与文学总体的研究等同起来，与'世界文学'或'总体文学'等同起来"。②韦勒克认为，梵·第根的文学划分方式无法确定研究裹相的风格是总体文学的内容还是比较文学的内容，无法区分司各特在他国的影响和历史小说在世界上的风行；因此，"'比较文学'和'总体文学'不可避免地会合而为一"。③

　　"世界文学"和"总体文学"这两个看起来相似的概念，韦勒克将它们严格地区分着。在这两个概念之间，韦勒克认为，"'总体文学'这个名称可能比较好些"④。

　　"世界文学"（德文：Weltliteratur）范畴为歌德所"首创"⑤。歌德的"世界文学"范畴到底有着怎样的内涵？韦勒克认为：世界文学的第一层含义是指从新西兰到冰岛的五大洲文学——韦勒克转而又说："其实歌德并没有这样想"⑥；第二层含义是各国文学的合而为一；第三层含义是文豪巨匠们的伟大作品，是文学杰作的同义词，是一种优秀文学作品选集。韦勒克的解释并不一定符合歌德的原意。歌德说得很清楚："我们大胆宣布有一种欧洲的，甚至是全球的世界文学，这并不是说，各种民族应当彼此了解，应彼此了解它们的产品，因为在这个意义上的世界文学早已存在，而且现在还在继续，并且在不断更新。不，不是指这样的世界文学！我们所说的世界文学是指，充满朝气并努力奋进的文学家们彼此间十分了解，并且由于爱好和集体感而觉得自己的活动应具有社会性质。"⑦　在歌德看来，世界文学不是民族之间简单地相互了解的文学，而是充满活力的

---

　　①　[美]勒内·韦勒克、奥斯汀·沃伦：《文学理论》，刘象愚等译，江苏教育出版社2005年版，第40页。

　　②　同上书，第43页。

　　③　同上书，第44页。

　　④　同上。

　　⑤　[美]韦勒克：《近代文学批评史》第1卷，杨自伍译，上海译文出版社2009年版，第304页。

　　⑥　[美]勒内·韦勒克、奥斯汀·沃伦：《文学理论》，刘象愚等译，江苏教育出版社2005年版，第43页。

　　⑦　[德]歌德：《关于"世界文学"的重要论述》，范大灿译，《歌德文集》第10卷，人民文学出版社1999年版，第410页。

文学家们出于爱好和集体荣誉感创造出来的具有社会性质、世界水平、世界品格的为全世界读者所喜爱的以"民族文学"为他者的文学。歌德的"世界文学"概念并不等同于优秀的文学作品，充其量只能算是接近于优秀文学作品。

但是，韦勒克也形象地比喻："如果要了解整个山脉，当然就不能仅仅局限于那些高大的山峰。"① 因此，他更倾向于采用"总体文学"这个概念。关于建立全球"总体文学"的设想，韦勒克总结，在他之前经历过三个时期：第一个时期是歌德提出"世界文学"概念的时期；第二个时期是早期从事比较文学研究的学者们在斯宾塞的影响下研究文学的起源、诗歌的形式的时期；第三个时期是略早于韦勒克撰写《文学理论》的时期。韦勒克说："可喜的是近年来有许多迹象预示要复活总体文学史编纂工作的雄图。"② 他列举库提乌斯的《欧洲文学和拉丁中世纪》、奥尔巴赫的《论模仿》等著作，说："这些学术上的成就冲破了已经确立的民族主义的樊笼，令人信服地证明：西方文化是一个统一体，它继承了古典文化与中世纪基督教义丰富的遗产。"③ 现在看来，在韦勒克之后的21世纪初期，随着世界经济贸易的融合，人员往来的频繁，网络技术的兴起，全球范围内还掀起了一场"总体文学"的运动——即文学的"全球化"浪潮。

韦勒克坚信：文学"是一个整体"④，"至少西方文学是一个统一的整体"⑤。所以，他从事比较文学研究，撰写文学史的目标就是要建立一个具有世界性质的"总体文学"。韦勒克指出，这种把文学作为一个整体的研究方法是施莱格尔兄弟等人设想出来的，他们用这种方式研究文学进行了大量的实践，并且取得了令人瞩目的成绩。其实，把研究对象当作一个整体的研究方法，在古希腊就已经存在。柏拉图说："只要把一门技艺当

① ［美］勒内·韦勒克、奥斯汀·沃伦：《文学理论》，刘象愚等译，江苏教育出版社2005年版，第44页。

② 同上书，第45页。

③ 同上。

④ 韦勒克在《比较文学的危机》一文中说："通过自由想象孕育而成的艺术作品是一个整体"。见《比较文学研究译文集》，干永昌等选编，上海译文出版社1985年版，第125页。

⑤ ［美］勒内·韦勒克、奥斯汀·沃伦：《文学理论》，刘象愚等译，江苏教育出版社2005年版，第44页。

作一个整体来对待，那么对它进行考察的方法就是相同的。"① 古希腊的 techne（技艺）本来就包含有技艺、手艺、技能和艺术的含义。但是，韦勒克在强调整体性文学的研究，强调比较文学的研究，强调世界总体文学史的撰写时，并没有忽视"民族文学"的存在。韦勒克说："这里推荐比较文学当然并不含有忽视研究各民族文学的意思。事实上，恰恰就是'文学的民族性'以及各个民族对这个总的文学进程所做出的独特贡献应当被理解为比较文学的核心问题。"② 可见，韦勒克对"民族文学"是何等重视！他把"民族文学"视作了"比较文学"的逻辑起点，把"文学的民族性"视作了"总的文学""总体文学"和文学史写作的基石。

二　族属问题是文学史写作的关键

韦勒克曾批评法国学派没有把"民族文学"上升到理论的高度加以研究。他说："文学之间的比较，如果与总的民族文学相脱节，就会倾向于把'比较'局限于来源和影响、威望和声音等一些外部问题上。"③ 也就是说，比较文学中的影响、假借的研究只是文学的外部研究，没有进入文学内部的实质的研究；对文学从事实质性的研究，要研究文学内部的规律，要充分考虑文学之中的民族性问题。他以英国文学为例，认为如果不能认识英国文学对总体文学的确切贡献，很有可能会导致对一些文学观念的改变，对一些主要作家的误判。韦勒克还深情地赞扬格林（F. C. Green）的《小舞步》对法国与英国 18 世纪文学的比较："不但说明一个民族与另一个民族在文学发展方面的共同点和类似之处，而且指出其差异的方面。"④ 我们如果在民族文学的基础之上书写出一部超越民族界限的文学史，韦勒克形象地描绘，"这是一种要把各民族文学统一起来成为一个伟大的综合体的理想，而每个民族都将在这样一个全球性的大合奏中演奏自己的声部"⑤。

---

① ［古希腊］柏拉图：《伊安篇》，王晓朝译，《柏拉图全集》第 1 卷，人民出版社 2002 年版，第 302—303 页。

② ［美］勒内·韦勒克、奥斯汀·沃伦：《文学理论》，刘象愚等译，江苏教育出版社 2005 年版，第 48 页。

③ 同上书，第 43 页。

④ 同上书，第 41 页。

⑤ 同上书，第 43 页。

　　每个民族在总体文学中演奏自己的声部，这里关涉着对"民族文学"的理解问题。"民族文学"概念，从目前占有的文献来看，至少在歌德的那个时代就已经出现。歌德 1827 年 1 月 23 日在评价自己的诗剧《塔索》的法译本时说："现在，民族文学已经不是十分重要，世界文学的时代已经开始，每个人都必须为加速这一时代而努力。"① 这里歌德就使用了"民族文学"概念。但是，"民族文学"这一概念也不会出现得太早，因为现代意义上的文学观念形成于 18 世纪末期②，literature（文学）一词 1812 年才首次出现在《牛津英语词典》中③。

　　尽管"民族文学"一词出现得比较晚近，但并不意味着站在"民族"的立场思考问题的思维方式是近代的事。在苏格拉底即将赴刑的时候，西米亚斯问苏格拉底："我们现在该上哪儿去找到一名懂得这些咒语的巫师，因为你就要离开我们了？"苏格拉底回答："希腊是一个很大的国家。""一定有很多好人，外族人（即其他民族——引者注）中间也有许多好人。你们必须彻底搜查，把这样的巫师找出来，不要害怕花冤枉钱，也不要怕麻烦，把钱花在这个方面比花在其他方面要适宜得多。"④ 这段对话说明，古希腊即已存在初步的民族意识；不仅如此，充满智慧的希腊人对不同的民族还有着一种包容的精神。

　　"民族文学"一词，法国学派已经广泛地使用。梵·第根关于本国文学、国际文学、比较文学和一般文学的那段论述，干永昌时隔近半个世纪后对戴望舒的译文作了如是的调整："如果'国际文学史'也并不同样可以合用于比较文学，那么用这几个字倒也不错——虽则还是很空泛。我们可以这样地把这三种学问区分开来，而同时从同一个领域中给它们各举一例：甲、'国别文学'：《新爱洛绮思》在 18 世纪法国小说中的位置。乙、'国际文学'：a.'比较文学'：理查逊对于小说家卢梭的影响；b.'总体

---

　　① ［德］歌德：《关于"世界文学"的重要论述》，范大灿译，《歌德文集》第 10 卷，人民文学出版社 1999 年版，第 409 页。

　　② 伊格尔顿说："它是大约 18 世纪末的发明。"见伊格尔顿《二十世纪西方文学理论》，伍晓明译，北京大学出版社 2007 年版，第 17 页。

　　③ ［美］韦勒克：《比较文学的名称与性质》，黄源深译，《比较文学研究译文集》，干永昌等选编，上海译文出版社 1985 年版，第 138 页。

　　④ 转引自柏拉图《斐多篇》，王晓朝译，《柏拉图全集》第 1 卷，人民出版社 2002 年版，第 80 页。

文学'：在理查逊和卢梭影响之下的欧洲言情小说。"① 试比较一下干永昌对戴望舒"旧译"的"改动"②，比较明显，干永昌按照当下约定俗成的译法除将"李却德生"改为"理查逊"，"卢骚"改为"卢梭"外，还将 Littérature nationale 的译文"本国文学"改为"国别文学"，将 Littérature générale 的译文"一般文学"改为"总体文学"。关于 Littérature nationale 一词，对法国学派颇有研究的学者吕超、孟昭毅认为，它除可译为"本国文学""国别文学"外，"据原文也可翻译为'民族文学'"。③

与 Littérature nationale 的歧译有些类似的是，韦勒克、沃伦版《文学理论》中的 national literature，周纯翻译为"国别文学"④，刘象愚则翻译为"民族文学"⑤。造成这种歧译的原因，大抵与 nation 一词既具有"国家"的含义，又具有"民族"的含义有关。其实，nation 一词来源于拉丁文 natio，拉丁文 natio 即有"国家"和"民族"的二重含义。形成 natio 同时具有"国家"和"民族"二重含义的原因，大抵与欧洲社会一个有着共同区域、语言、习俗、文化心理的民族就是一个有着一定独立政府组织结构的实体国家，"国家"和"民族"的所指几乎完全一致，"国家"和"民族"不过是一个稳定实体的不同能指有密切的关联。所以，法语中的 Littérature nationale，英语中的 national literature，既可以翻译成"本国文学""国别文学"，也可以翻译成"民族文学"。

而在中国，在汉语中，"民族是民族，国族是国族，这两者是不容混淆的"⑥。"国家"是指统筹一个区域而相对独立的最高行政实体；"民族"是指有着共同区域、语言、习俗和文化心理的群体，"国家"的所指等同于大民族概念"中华民族"，大于一般意义上的"民族"概念。所以，"国别文学"是指一个实体国家的文学，"民族文学"是指中国 55 个少数

① ［法］保罗·梵·第根：《比较文学论》，戴望舒译，《比较文学研究译文集》，干永昌等选编，上海译文出版社 1985 年版，第 68 页。

② 干永昌等选编：《比较文学研究译文集》，上海译文出版社 1985 年版，第 74 页。

③ 乐黛云、陈惇主编：《中外比较文学名著导读》，浙江大学出版社 2006 年版，第 293 页。

④ ［美］韦勒克、沃伦：《总体文学、比较文学、国别文学》，周纯译，《比较文学研究译文集》，干永昌等选编，上海译文出版社 1985 年版，第 175 页。

⑤ ［美］勒内·韦勒克、奥斯汀·沃伦：《文学理论》，刘象愚等译，江苏教育出版社 2005 年版，第 40 页。

⑥ 吕思勉：《中华民族源流史》，九州出版社 2009 年版，第 7 页。

民族的文学和世界范围其他族群的文学。在中国大陆，民族文学目前还被称为"少数民族文学"；中国台湾或其他国家则称其为"少数族裔文学"。"国别文学"和"民族文学"有着几乎完全不同的内涵。

　　不管中西方社会对"民族文学"和"国别文学"的理解有着怎样的不同，韦勒克对民族文学的论述是可以为我们研究民族文学所借用的，因为研究一个群体文学的内部结构和外部关联的规律是一致的。开展民族文学的研究，还牵涉另外一个非常具体的问题，即某一文学作品，某一作家，某一作家群体在总体文学中究竟是属于哪一个民族的文学的问题。叶芝、乔伊斯、哥尔斯密、斯恩特、谢立丹都出生在爱尔兰，为什么叶芝、乔伊斯属于爱尔兰文学，而哥尔斯密、斯恩特、谢立丹不属于爱尔兰文学？比利时通用的语言是荷兰语、法语和德语，瑞士通用的语言是德语、法语、意大利语和罗曼语，奥地利通用的语言是德语，在这个世界上究竟有没有独立的比利时文学、瑞士文学、奥地利文学？1607 年，英国人在北美建立第一个定居点——詹姆士镇；1776 年 7 月 4 日，北美来自英国的移民颁布《独立宣言》，宣布脱离英国的统治，成为一个独立的实体国家——美国。那么，在美国写的文学作品从什么时候开始不再是英国殖民地文学，而是独立的美国文学？这些关涉着文学族属的问题，韦勒克认为："像这种问题就需要做出回答。"① 怎样来回答这些问题呢？韦勒克设置了这样几条标准："政治上的独立""作家本身的民族意识""民族题材和具有地方色彩""明确的民族文学风格"。韦勒克没有旗帜鲜明地说要用哪条标准来确定某一文学现象属于哪一个民族，但他的字里行间还是隐含着不能"仅仅根据政治上的独立这个事实"。韦勒克指出："只有当我们对这些问题做出了明确的回答时，我们才能写出不单单是从地理上或语言上区分的各民族文学史，才能确切地分析出每一个民族文学是怎样成为欧洲传统的一部分的。……能够描写这种传统或那种传统的确切贡献就等于懂得许多在全部文学史上值得懂得的东西。"② 韦勒克把文学的族属问题以及由族属问题引发的文学传统、民族元素视作了文学史写作的基准

---

　　① ［美］勒内·韦勒克、奥斯汀·沃伦：《文学理论》，刘象愚等译，江苏教育出版社 2005年版，第 48 页。

　　② 同上书，第 49 页。

和关键。

　　韦勒克如此看重文学传统、文学的族属问题、文学的民族情愫，这与韦勒克的身世和经历不无关系。韦勒克 1903 年 8 月 22 日出生于奥地利的维也纳，父亲勃洛尼斯拉夫·韦勒克祖籍捷克，母亲加波莉尔出生于一个有着波兰血统的西普鲁士贵族家庭，外祖母是瑞士新教徒。"他就是在这样一个充溢着多元化语言、审美与宗教气氛的家庭氛围中逐渐成长起来的。"① 他幼年学习德语、捷克语、拉丁语和希腊语，后来又研究英语、法语和意大利语，阅读过大量不同语种的经典文献和文学作品。奥匈帝国垮台后，他随父亲迁往捷克的布拉格；1922 年进入查理大学学习，师从布拉格语言学派奠基人马蒂修斯研习英国文学，之后获得博士学位。为了研究英国文学，他三次游历英国；1927 年由牛津大学推荐获得国际教育研究所资助，赴美国普林斯顿大学学习；1930 年回查理大学任教，参加布拉格语言学派的研究活动，受到俄国形式主义和捷克结构语言学派的影响。此后，他先后执教于英国伦敦大学、美国艾奥瓦州立大学和耶鲁大学。1945 年在美国马萨诸塞州开始与沃伦合作，研究商讨《文学理论》的提纲和主要内容。这样一位有着捷克、波兰和瑞士血统，懂得德语、捷克语、拉丁语、希腊语、英语、法语和意大利语，游历过奥地利、捷克、英国和美国的文学研究者，韦勒克很自然会对文学创作与文学理论中的民族元素有一种特殊的敏感，会把文学的文学性和民族性有机地结合起来从事他的研究，会把民族性作为他研究文学的一个突出的视角。

　　文学的主题、手法、形式和类型是有着国际共性的文学问题。即便诗歌的格律与不同民族的语言黏合在一起，它也具有国际化的特性。这些有着国际共性的文学问题，虽然产生于远古的年代，但它们在后来漫长的岁月中，在不同的民族中，却有着不同的呈现。比如，文艺复兴时期的风格传播到了乌克兰，却没有传播到俄罗斯、波西米亚；巴洛克艺术风格几乎传遍了欧洲东部，但没有渗透到俄罗斯。17—18 世纪，欧洲社会经历着一场启蒙运动，而巴洛克艺术风格在欧洲东部却持续到 18 世纪末期。韦勒克对这些文学风尚在欧洲不同民族中运动的脉象，真可谓把握得相当精准。他因此断言："如果我们必须断定同一种语言的文学都是不同的民族

---

① 胡燕春：《比较文学视阈中的雷勒·韦勒克》，社会科学文献出版社 2007 年版，第 10 页。

文学（像美国文学和现代爱尔兰文学就肯定是那样），那么，'民族的界限'问题就显得特别复杂了。"① 假如韦勒克对民族文化、民族语言、民族文学、民族情感不是有着独到的领悟，对世界文学、特别是欧洲文学没有深切的洞悉，很难想象他能做出如此入木三分、切中肯綮的论述。

三 民族文学也有其明显的狭隘性

韦勒克在充分肯定民族文学在总体文学、世界文学中的地位和作用的同时，也十分明确地指出了民族文学自身的问题和不足。他在《文学理论》中说："自成一体的民族文学这个概念有明显的谬误。"② 他批评一些人，由于受民族主义情绪的影响，研究民族文学带有"日益狭隘的地方性观点"③。他倡导，我们研究文学要"抑止乡土和地方感情"④。

韦勒克对民族文学狭隘性的批判不仅存在于他和沃伦合著的《文学理论》中，还存在于他的其他论述中。他在《比较文学的危机》（1958）一文中说："比较文学的兴起是对 19 世纪学术界的狭隘民族主义的反动，是对法、德、意、英等国很多文学史家的孤立主义所表示的异议。"⑤ 他无不惋惜地列举路易斯·贝兹、巴登斯贝格、欧内斯特·罗伯特·科修斯、阿托罗·法里纳利等文化（文学）人，说他们的两国之间的中间人和调停者的真诚的愿望被"当时当地狂热的民族主义所淹没和歪曲"⑥。他在《二十世纪西方文学批评》（1962）一文中说："人们也不会不注意到根深蒂固和不可克服的民族特征：无论西方思想的范围如何广泛，从苏联到美国，从西班牙到斯堪的纳维亚，存在着相反的倾向，而每个民族都顽固地保留着各自的文学批评传统。"⑦ 他在《比较文学的名称与实质》（1968）一文中也说："在这些研究中关于文学的所有概念都是外在的，并且常常被

---

① ［美］勒内·韦勒克、奥斯汀·沃伦：《文学理论》，刘象愚等译，江苏教育出版社 2005 年版，第 48 页。

② 同上书，第 44 页。

③ 同上书，第 45 页。

④ 同上书，第 46 页。

⑤ ［美］勒内·韦勒克：《比较文学的危机》，黄源深译，《比较文学研究译文集》，干永昌等选编，上海译文出版社 1985 年版，第 127 页。

⑥ 同上。

⑦ ［美］韦勒克：《二十世纪西方文学批评》，程介末译，伍蠡甫、胡经之主编《西方文艺理论名著选编》下卷，北京大学出版社 1987 年版，第 664 页。

狭隘的种族主义所破坏，在思想领域里被文化资源的计算、借贷双方的统计所破坏。"① 比较有意思的是，韦勒克还曾借用他人的口吻做过如是的自我评价："一位评论我的人说得中肯，我对比较文学公认的方法论提出异议——反对研究内容上的人为的划分；反对渊源和影响的机械主义概念；反对文化民族主义的动机——发端于 20 世纪 20 年代的欧洲。"②

　　针对韦勒克对民族文学狭隘性的批判，学术界，特别是苏联的学术界，也提出过不少反批判的意见。苏联 1960 年在莫斯科召开比较文学会议，萨马林、聂乌帕科耶娃和巴甫洛娃在会上无一不谴责韦勒克的观点。聂乌帕科耶娃 1962 年于在布达佩斯召开的东欧国家比较文学讨论会上再次指摘韦勒克把文学"非民族化"，并且把韦勒克的民族文学观与汤因比的历史哲学观联系起来。聂乌帕科耶娃说："他把法国比较文学的研究方法称为一潭死水，他还提出摆脱这一危机的两条出路。其一，是克服'狭隘的民族主义'和文学研究的社会学方法，并用一种'普遍的观点'来替代它，按照这种观点，艺术作品将被视作'普遍的人'、'任何地方、任何时候，以千差万别的形式出现的人……'某种'普遍的'本质的表现。其二，为了达到比较文学研究的上述目的，提出一种艺术作品'本身'的狭隘的形式主义的分析方法。不难看出，摆在我们面前的是解决文学研究的任务所采取的唯心主义观点的两个方面：把民族性融合于普遍性的世界主义和露骨的形式主义。"③ 解冻之后的苏联文学界就是这样将美国学派斥为"没有发现真理之光的可怜的迷途羊"，对韦勒克冠以"世界主义"和"形式主义"的罪名。当然，批判韦勒克的不是只有苏联学者，美国韦斯理安大学的哈森就把韦勒克等人视为"抱残守缺的人""前一时代的遗老"。④ 但是，为韦勒克辨正名分和说公道话的也大有人在。巴黎大学的艾金伯勒就认为韦勒克不是汤因比的追随者。波兰学者贾尼恩认

---

　　① ［美］韦勒克：《比较文学的名称与实质》，《中外比较文学名著导读》，乐黛云等主编，浙江大学出版社 2006 年版，第 366 页。

　　② ［美］韦勒克：《今日之比较文学》，黄源深译，《比较文学研究译文集》，干永昌等选编，上海译文出版社 1985 年版，第 160 页。

　　③ ［俄］聂乌帕科耶娃：《美国比较文学的方法论及其与反动社会学和反动美学的联系》，童宪刚译，《比较文学研究译文集》，干永昌等选编，上海译文出版社 1985 年版，第 346 页。

　　④ 转引自韦勒克《今日之比较文学》，黄源深译，《比较文学研究译文集》，干永昌等选编，上海译文出版社 1985 年版，第 168 页。

为韦勒克并未"非民族化",并未排斥一切历史。德国学者克劳斯即使曾经一度批判过韦勒克的学术观点,批判过韦勒克所办的刊物,也公然承认韦勒克及其他美国比较文学研究者是潜心于国与国、民族与民族之间的"和解"。①

对民族文学中的狭隘的民族主义情绪的警惕与批判不是自韦勒克始,在韦勒克之前歌德就批评民族文学常常"把自己封闭起来"②,马克思也指陈民族文学存在着"片面性和局限性"③,只不过是韦勒克说得直白一些罢了。如前所述,拉丁文 natio 一词同时兼有"民族"和"国家"二重含义。因而,在一些具体问题上,孰是"民族"的,孰是"国家"的,常常夹缠不清,于是形成了"民族国家"大一统的政治学范畴。而事实上,就全球范围而言,"民族"与"国家"无非构成以下三种关系:其一是单一民族的国家,如大和民族之于日本,犹太民族之于以色列,京族之于越南等。当下,随着国际交往的加速与频繁,一个民族的公民加入另一个民族国家,甚至一个民族的公民与另一个民族的公民通婚生产出跨民族的第二代之类的事时有发生,因此,一个国家只有一个民族的可能性几乎不可能存在。所以,有学者将"一个国家内部同一族裔成员数量在 94%以上"的国家命名为"族裔同质国家",将与之相对应的国家命名为"族裔异质国家"④。其二是多民族的国家,如中国有 56 个民族,俄罗斯有150 多个民族等。全世界 80% 以上的国家是多民族"族裔异质国家"。其三是一个民族分散于不同的国家,如高丽民族之于当下的朝鲜和韩国,斯拉夫民族之于当下的俄罗斯、乌克兰、波兰、保加利亚、捷克、斯洛伐克、塞尔维亚等国。形成这种民族与国家关系的格局有其民族生存的历史原因。一些人口较少,军事、经济、文化实力相对较弱的民族,常常被由一个或几个民族组建的政权所征服;一些人口较多,军事、经济、文化实

---

①　转引自韦勒克《今日之比较文学》,黄源深译,《比较文学研究译文集》,干永昌等选编,上海译文出版社 1985 年版,第 167 页。

②　[德] 歌德:《关于"世界文学"的重要论述》,范大灿译,《歌德文集》第 10 卷,人民文学出版社 1999 年版,第 411 页。

③　马克思、恩格斯:《共产党宣言》,《马克思恩格斯选集》第 1 卷,人民出版社 1995 年版,第 278 页。

④　李占荣、唐勇:《论主权民族在"族裔异质国家"的构建》,《中南民族大学学报》2014年第 6 期。

力相对较强的民族，他们组建的政权常常兼并若干个弱小民族；一些人口较少，军事、经济、文化实力相对独立的民族，或者因为他们所处生存空间的独特性，往往独立地组建一个政权，成为一个独立的国家；一些人口较多，民族成分结构相对复杂的民族，往往因为其内部不同集团利益的驱使而肢解成若干个国家。这也诚如康德所说："有时其结果就是国家的分裂，变成更小的国家，而有时其结果就是一个国家并吞小的国家而企图建成一个较大的整体。"①

如果对一个国家之内的民族作进一步的划分，不难发现，一个民族之内还存在着若干个支系；如果对其中的某一支系作更精细的划分，那就有可能触及以血缘关系为基础的"族群"。据民族学家统计，目前世界上有4000—5000 个族群，5000 多种语言。② 以俄罗斯民族为例，他们是斯拉夫民族之下的一个支系民族；同时，在俄罗斯民族之下还包含不少相对较小的民族，如哥萨克族、车臣族等，而且这些民族以民族为单位成立了若干加盟共和国。如此看来，"民族"是一个游离的范畴，我们可以把斯拉夫人视为一个民族，也可以把俄罗斯人视为一个民族，还可以把车臣人、哥萨克人视为一个民族。俄罗斯学者尼基什科夫认为"民族是在国家层面上人们的聚合体"③，不一定与血缘有关；而孙中山在特定历史时期撰写的《三民主义》认为，造成民族"最大的力是血统"④。对于一些以血缘为基础的较小的民族，有学者甚至认为："就不该被识别为一个民族，就该是一个族群。"⑤

既然民族是一个游离的概念，民族成分随着历史的发展而不断变化，那么，要想形成一个统一的民族文学观念也是极其困难的。一般而言，"民族文学"存在着三种不同的形式：其一是融入某一国别文学之中的民族文学，如中国 55 个少数民族的文学，俄罗斯的哥萨克族文学，新西兰的毛利族文学；其二是等同于某一国别文学的民族文学，如大和民族文学

---

① ［德］康德：《判断力批判》下册，韦卓民译，商务印书馆 1964 年版，第 97 页。
② ［俄］季什科夫：《俄罗斯民族文化的多样性》，《中国民族学论坛》第 1 辑，苏发祥主编，学苑出版社 2013 年版，第 84 页。
③ ［俄］尼基什科夫：《俄罗斯民族学发展历程》，乔小河译，《中国民族学论坛》第 1 辑，苏发祥主编，学苑出版社 2013 年版，第 78 页。
④ 孙中山：《三民主义》，《孙中山选集》，人民出版社 1956 年版，第 619 页。
⑤ 苏发祥主编：《中国民族学论坛》第 1 辑，学苑出版社 2013 年版，第 31 页。

之于日本文学，德意志民族文学之于德国文学，法兰西民族文学之于法国文学；其三是包容着诸多民族文学的泛民族文学，如中华民族（即中国）文学、苏联文学、印度文学、美国文学等。民族学家吕思勉说："文学是民族的灵魂。"① 一个民族的文学常常蕴含着一个民族的情感、风俗和个性。韦勒克认为："没有任何一个民族愿意放弃其个性。"因此，我们也不要指望"各个民族文学之间的差异消失"②。

　　然而，如果我们过分地站在本民族的立场上去思考问题，将这种思考问题的方式灌注到处理民族事务的工作中，将这种思考问题的情绪宣泄到文学作品中，那么，我们也极有可能走向片面，走到极端，以至煽动起民族情绪，制造出民族矛盾和社会动荡。关于苏联的解体，学术界一般认为有这样四个原因：1. 中央集权力量的减弱；2. 政权内部的斗争；3. 民族分离主义的产生；4. 外部势力的干预。③ 他们把苏联民族分离主义的产生归咎于"叶利钦上台后推动的俄罗斯民族主义运动"："在这个背景下，各个少数民族为自己打算的行动是一种回应。"④ 笔者以为，解体之前的苏联早就埋下了国家分裂的祸根：其一，苏联的民族联邦体制给国外势力在苏联制造国家分裂，国内反政府主义者掀起民族分裂浪潮留下了可以乘虚而入的缝隙；其二，苏联将少数民族、少数族裔视为无产阶级的一部分，对少数民族、少数族裔的民间故事、文学作品进行系统的整理，对作品中的民族特性做过过度的阐释，潜滋暗长了少数民族、少数族裔狭隘的民族主义情绪，为后来日益高涨的民族分裂运动制造了一张不大不小的温床。韦勒克正是对这种民族文学中的狭隘的民族情绪持严肃的批判态度。我们研究民族文学应该清醒地意识到，民族情绪既是维护民族团结推动人类进步的良药，也是破坏民族团结制造社会动荡的毒瘤。

---

① 吕思勉：《中华民族源流史》，九州出版社 2009 年版，第 7 页。
② ［美］勒内·韦勒克、奥斯汀·沃伦：《文学理论》，刘象愚等译，江苏教育出版社 2005 年版，第 43 页。
③ ［俄］季什科夫：《俄罗斯民族文化的多样性》，《中国民族学论坛》第 1 辑，苏发祥主编，学苑出版社 2013 年版，第 86 页。
④ ［加拿大］沙伯力：《关于中国民族政策的新争论》，严海蓉译，《中国民族学论坛》第 1 辑，苏发祥主编，学苑出版社 2013 年版，第 15 页。

在生成与转向间

——1936—1966 年《骆驼祥子》的接受研究

陈思广

（四川大学）

在 20 世纪 30—60 年代中国现代经典长篇小说的接受史上，《骆驼祥子》的接受最具典型意义。它既没有像《子夜》那样被神话定向，也没有像《围城》那样浮沉跌宕，而是始终处于平实稳定的接受常态中，无论是在文学审美观念开放的时代还是一元化的时代，《骆驼祥子》都保持着较高的关注度，并未受到根本性的冲击与影响。因此，《骆驼祥子》接受的命运实际上较为完整客观地反映出中国现代经典长篇小说在 20 世纪 30—60 年代接受的历史命运，《骆驼祥子》在接受过程中接受视阈的生成与打开，转向与过滤，透视出 20 世纪 30—60 年代中国现代经典长篇小说接受观念的历史嬗变。所以，从审美的视阈考察 1936—1966 年中国现代经典长篇小说接受的历史命运，《骆驼祥子》就具有了"标本"的意义。

一 1936—1948：接受视阈的生成与展示

1936 年 8 月 1 日，第 22 期《宇宙风·编辑后记》里刊登了如下一小段文字："老舍先生一口气给本刊写了八篇《老牛破车》后休息了一阵，现在暑假已到，就把全部工夫放在给本刊写作上面。除了随笔之外，更有一个长篇在创作中，名曰《骆驼祥子》，决定在本刊二十五期刊起。老舍先生是中国特出的长篇小说家，《骆驼祥子》就是这长长时间中构思成功的作品，写作时又在长闲的暑假期，写作地正在避暑地的青岛，其成功必定空前。本刊得此杰作，喜不自胜，就急急忙忙地报告读者。"这是《骆驼祥子》传播接受史上最初的文字。虽然编辑看到的仅仅是这部新作的开头，但凭着对老舍创作的高度信任，他还是喜不自胜地大胆对它做出了预断。诚然，书业的预告多带有商业气息，夸大性的宣传比比皆是，但这段预告却成功地将预言变成了断言，将"杰作"变成了公论。随后，在《骆驼祥子》出版之际，《宇宙风》（乙刊）于1939年第3期再次刊登广告并以老舍的自得作为自信的筹码："《骆驼祥子》是近年来中国长篇小说中的名篇，是名小说家老舍先生的巨著，作者自云这部小说是重头戏，好比谭叫天之唱定军山，是给行家看的。"自此，《骆驼祥子》是老舍的"重头戏"之说广为播扬。1939年3月，《骆驼祥子》由上海人间书屋出版发行，虽然时逢抗战，但小说依然获得了读者的热烈欢迎，至1949年2月共印行16版。[①] 与此同时，《骆驼祥子》的接受也随之展开。据笔者统计，自1936年10月25日圣陶在《新少年》第2卷第8期发表第一篇接受文章《老舍的〈北平的洋车夫〉》，至1948年11月24日秦牧在《华商报》上发表《哀〈骆驼祥子〉》，1936—1948年共有14篇文章及两部论著对老舍的这部"重头戏"（不含预告、广告及消息）进行了评介，也在以下几个方面生成并打开了《骆驼祥子》的审美视阈。

（一）出色的语言艺术。老舍的语言艺术为人所共识，《骆驼祥子》刚刊出第一节，叶圣陶就撰文指出，老舍的语言首先不仅是口头语言而且是精粹的口头语言，其次又从幽默的趣味显示出来。[②] 因是仅看了开头就匆忙写的观感，对于幽默的认识当然是建立在对以往老舍创作的理解上，难免出现偏差，但首肯老舍精粹的语言艺术还是显出叶圣陶敏锐、精当的艺术判断力。更进一步予以概括的是司徒珂，他认为老舍"把说话和行文打成一片，口劲与笔锋相互的联系，一扣紧似一扣，所以简洁、俏丽、明快、机智、真而且美。他是用纯粹的本国语言写小说的中国第一个作者，在他以前没有如此成功的人，在他之后我没还没有发现第二者"[③]。梁实秋同样深有所感："老舍先生的小说第一个令人不能忘的是他那一口纯而干脆的北平话。他的词汇丰富，句法干净利落，意味俏皮深刻。"[④] 可以

---

① 陈思广：《骆驼祥子》的版次及其意涵，《出版史料》2011年第2期。
② 叶圣陶：《老舍的〈北平的洋车夫〉》，《新少年》1936年第8期。
③ 司徒珂：《评〈骆驼祥子〉》，《中国文艺》1940年第6期。
④ 梁实秋：《读〈骆驼祥子〉》，《中央周刊》1942年第32期。

说，出色的语言艺术是《骆驼祥子》接受史中最先为接受者所认同并生成的既定视野，即便是对《骆驼祥子》持批评意见的接受者[①]，也对此表示认同，而老舍因《骆驼祥子》所展现出的语言才华也被公认为老舍语言艺术的杰出范本，至今毫无争议。

（二）成功的人物形象。这是《骆驼祥子》接受中随后生成却稍有分化的期待视野。小说刚一出版，毕树棠就认为，作者写骆驼祥子朴实、倔强、死板"含着辣又嚼着甜，软不是，硬不成的劲儿，实很出色"[②]。祁龄也认为老舍清晰地揭示出祥子堕落的性格轨迹并指出："骆驼祥子的一生，不但是每个北平人力车夫的一生，简直是所有北平的苦力、手工匠人的一生。"[③] 司徒珂则以祥子"代表着一群干苦活的弟兄们的一个典型"相称。[④] 更具慧眼的是梁实秋，他将祥子的得失视为全书的得失，认定《骆驼祥子》的意义就在于祥子形象的成功塑造。[⑤] 当然，并不是接受者的视野都相互交融，吉力就觉得刘四爷形象最成功，虎虎有生气[⑥]，许杰则说："写得最成功的，还该算到虎妞。"[⑦] 而王任叔却认为老舍是用现象学的方法处理他的人物的，祥子是"在他这一种方法上概括成为一个世俗的类型，不是典型"[⑧]。不过，王任叔的视野随之沉入历史。

（三）文本的艺术价值。作为一位杰出的平民艺术家，老舍对于北平的一切——北平之人、北平之象与北平之味烂熟于心，信手写来，惟妙惟肖。这一创作个性在《老张的哲学》中就为人称道[⑨]，至《骆驼祥子》更达到顶峰。毕树棠对此赞叹不已，他认为《骆驼祥子》的艺术价值首先就体现在老舍"写出了北平的真美，言语，风俗，习惯，气象，景物，所有形形色色的调子，无论美丑好坏，都是道地北平的，用北平的滋味一嚼

---

① 许杰：《论〈骆驼祥子〉》，文艺新辑社《论小资产阶级文艺》（第1辑），群益出版社1948年版，第35—44页。

② 毕树棠：《骆驼祥子》，《宇宙风·乙刊》1939年第5期。

③ 祁龄：《杂谈〈残雾〉并及〈骆驼祥子〉》，《时事新报》1939年第4期。

④ 司徒珂：《评〈骆驼祥子〉》，《中国文艺》1940年第6期。

⑤ 梁实秋：《读〈骆驼祥子〉》，《中央周刊》1942年第32期。

⑥ 吉力：《读〈骆驼祥子〉》，《鲁迅风》1939年第14期。

⑦ 许杰：《论〈骆驼祥子〉》，文艺新辑社《论小资产阶级文艺》（第1辑），群益出版社1948年版。

⑧ 王任叔：《文学读本》，珠林书店1940年版，第192页。

⑨ 知白：《〈老张的哲学〉与〈赵子曰〉》，《大公报》1929年第15期。

模，就都是美的"。① 而华思更将老舍对北平图景栩栩如生的艺术再现作为全书的中心形象。他说："这是北平，中国大众的北平，北平的污浊与活力，北平的美好与丑恶，北平的颜色与味道，这是本书的中心形象，这幅图是忘不掉的。"② 显示出论者敏锐的艺术感受力。

（四）人性的切入点。《骆驼祥子》是老舍将偶然听来的两个车夫的故事糅合、扩写而成的。为集中精力写好这部小说，老舍辞去大学教职，一改以往幽默夸张的创作个性，以平易写实的手法叙述祥子的人生悲剧并以之为支点带动全局，取得了巨大的成功。老舍为什么能够成功并使《骆驼祥子》成为现代文学史上的重要收获？梁实秋说："他在另一方向上找到发展的可能了。""哪一个方向呢？就是人性的描写。《骆驼祥子》有一个故事，故事并不复杂，是以一个人为骨干，故事的结构便是随着这一个人的遭遇而展开的。小说不可以没有故事，但亦绝不可以只是讲故事。最上乘的艺术手法是凭借着一段故事来发挥作者对于人性的描写。《骆驼祥子》给了我们一个好的榜样。"③ 的确，转向写人，即专注于从人性的视角深入发掘祥子的性格特征及其悲剧意蕴，是老舍准确找到艺术的切入点进而排除幽默，明确目的，从容淡定地创作《骆驼祥子》并取得成功的关键缘由，也是理解老舍从三起三落的车夫故事中获得启悟并融创康拉德创作精髓的一把钥匙。不过，这一视野虽早已发现④，却并没有引起足够的注意，而学者呼应并新拓梁实秋的这一视野则是在半个世纪以后了。⑤

（五）域外接受心理与文本意义潜势。1945 年 7 月，《骆驼祥子》英译本在美国出版，美国新闻处前总编辑华思读后立即发表文章，高度认同这部表现"一个想到北平谋生的青年农民的偶有的快乐与数不清的烦恼的质朴的故事"，将它视作了解中国普通人民的人道主义及其不可毁灭性的一本"最适当的著作"，认为它能在美国传播，是"中美了解事业中的一件大事"。他说："这本书不但把普通中国人民表现得真实而且平易可解，

① 毕树棠：《骆驼祥子》，《宇宙风·乙刊》1939 年第 5 期。
② 华思：《评〈骆驼祥子〉》英译本，《扫荡报》1945 年第 4 期。
③ 梁实秋：《读〈骆驼祥子〉》，《中央周刊》1942 年第 32 期。
④ 陈子善：《梁实秋与老舍的文字之交》，《明报月刊》1989 年第 278 期。
⑤ 王润华：《〈骆驼祥子〉中〈黑暗的心〉的结构》，《中国现代文学研究刊》1995 年第 3 期；温儒敏：《论老舍创作的文学史地位》，《中国文化研究》1998 年春之卷。

并且把中国人民写得温暖，不单调，谦和而又勇敢，全世界都可以从本书理解到，为什么那些深知中国人民的外国人，这样的珍爱他们。"他认为，作者在本书的朴素风格中，不朽地维型出一个好人的形象，一个伟大的民族和一个伟大城市的心灵，具体而微地描绘出一个阶级的悲剧，一个长期忍受痛苦的勇敢的心灵，一个动荡变乱的国家的狼狈之况，使读过这本书的读者对于中国普通人民再不会感到陌生，"这不是过奖，是对本书应有的评价"。他对老舍的人物选取以及由之传达出的意蕴十分赞赏。他还说："对于美国读者，选择一个洋车夫作为全书中心人物，是值得赞美的一个想头。从美国人的关于人类尊严的混乱的概念说来，我们很自然地以为，一个人把自己卖做拖别人的牲畜，是堕落到极点了。然而事实上这正是普通中国人民最重要的独立精神，他虽然献身于这样一种低贱的工作，他却非常有把握，决不会因此失去了人类的尊严。把自己卖身做这种工作，绝没有使他感觉到他比他拉的客人有所不如。骆驼祥子是一个极为动人的人物，遭受到人类与社会残酷的痛苦，他受苛待，受折磨，受打击，但他从没有失掉骄傲之感，对于他的工作的尊严与价值，从未失掉信心。作者清晰地传达出中国古老文明的这一目不识丁遭受蹂躏的子孙的个人价值与民主的个人主义，作者也就一方面浮雕出这种好人本性中固有的将来的希望，一方面也描绘出那使他陷于如此狼狈的中国的绝望的情况。"① 这同样是极具重构意义的接受视野。然而，华思这一客观公正而非心存偏见的接受视阈长期以来被遮蔽，也失收于老舍研究的各类史料中，殊不知华思对于《骆驼祥子》故事内核的理解，对于文本意义潜势的解读，对于祥子形象的内涵，以及国外接受者对于文本的接受心理的展示等，已开启了我们认同与重构、修正与跨越的新视阈，例如，将《骆驼祥子》视为一部捍卫人类尊严与价值的小说的视点就充满张力，但学界至今仍无人呼应，偶有的承续与扩展亦未实现真正的跨越，令人遗憾。

此外，也有接受者将《骆驼祥子》的成功归于结构与线索谨严②，以及写出了祥子的悲剧性等③，但也仅是点到为止。

---

① ［美］华思：《评〈骆驼祥子〉》英译本，《扫荡报》1945 年第 4 期。

② 许杰：《论〈骆驼祥子〉》，文艺新辑社《论小资产阶级文艺》（第 1 辑），群益出版社1948 年版。

③ 李兆麟：《与刘民生先生论〈骆驼祥子〉》，《上海文化》1946 年第 8 期。

　　1936—1948 年是中国历史沧桑巨变的时代，也是审美观念开放交融的时代，《骆驼祥子》的出版虽然相对而言有些生不逢时，但仍有众多的接受者对这部不以强烈的时代气息见长而以深刻的人性刻画取胜的文本投去了审美的目光，接受者各具视野，见仁见智，尤其在语言艺术、人物形象、艺术价值、艺术切入点、域外接受心理与文本意义潜势等介入点上生成了有待实现的期待视野，为《骆驼祥子》的接受深化开启了通道。其中，出色的语言艺术为接受者所公认，成为《骆驼祥子》接受的既定视野，之后的补充只是丰富与完善，并无歧义与改变。成功的人物形象虽略有分歧，但总体而言，将祥子视为小说的中心人物，一个非常成功的人物形象，则是接受者的共识。颇具发散潜势的是文本的艺术价值，接受者高度认同老舍对北平之象与北平之味入木三分的刻画，虽然只是稍稍触及并未充分打开，但却为之后老舍创作风格及文学史地位的定向打开了通道，成为理解老舍之所以为老舍的标志性视阈。此外，《骆驼祥子》的人性书写及其意义也终于在 50 年后得以承续并形成新的接受视阈。但是关于域外接受心理以及文本意义潜势的接受等因接受视阈的遮蔽而中断，至今未能形成有效的接受链，令人期待。

二　1949—1966：接受视阈的转向与过滤

　　1950 年 8 月 20 日，老舍在《人民日报》发表《老舍选集·自序》。在自序里，老舍检讨了自己创作《骆驼祥子》时处理人物命运的不当以及主题的低沉，并表达了"继续学习创作，按照毛主席所指示的那么去创作"的愿望。随之，一向不愿修改自己已公开发表的创作的老舍，违背自己的意愿，对将要收入《老舍选集》中的《骆驼祥子》做了重大修改，不仅删除了许多"不必要的"情节，而且删去了倒数第二章的一半与最后一整章，为新时代的读者提供了一个尽可能符合规训语境的《骆驼祥子》。①《老舍选集》于 1951 年 8 月由开明书店公开发行，《骆驼祥子》的改定本也成为 50—70 年代的通行本。但是，老舍试图以遮蔽祥子的堕落结局与凄惨命运的方式改变原有的立意与结构的姿态，并没有在接受者那里得到认可。王瑶就以旧版本为例肯定了《骆驼祥子》在老舍创

---

　　①　金宏宇：《中国现代长篇小说名著版本校评》，人民文学出版社 2004 年版，第 130—167 页。

作中的突出地位后，又指出结尾虽倾向于集体主义的进展但思想性较弱的不足。① 随后，丁易、刘绶松、蒋孔阳等人也在其新文学史及相关论著中维护了这一视野。诚然，王瑶的视野形成于小说修改版未刊行之际，但丁易、刘绶松、蒋孔阳的视野则建立在小说修改版发行之后。问题不在于老舍是否对文本进行了修改，而在于接受者如何在文本中生发出新的理想主义色彩，批评作者旧的个人主义思想，借此彰显文本"应有的"审美效应。《骆驼祥子》的原版恰恰是介入者生成与过滤这一指向的模板。这是接受者在《讲话》理念的引导下探索成功的新路向，也是新的历史语境下接受者普遍遵循的新范式，它的形成与确立标志着《骆驼祥子》的接受视阈彻底转向。

转向一：对文本的理想主义色彩与审美效应的强调。早在 1948 年 10 月，许杰就对《骆驼祥子》的人物处理进行了批评，认为"在这部作品中，非但看不见个人主义的祥子的出路，也看不见中国社会的一线光明和出路"②。新中国成立后，希求文本的理想主义色彩就成为时代的群体期待，无论是丁易的叹惜"前途看不出一点光明"，"没有给受压迫者以光明的希望"③，还是刘绶松的苛求"使祥子这样的人物得到这样一个结局，是不真实的，是不应该的，故事的结尾太低沉了，太阴惨了！"④ 或是蒋孔阳的责难："《骆驼祥子》的整个气氛，尤其是结尾，就显得太阴沉了，闪现不出任何一点新时代的阳光。"⑤ 都传达出这样的信息：在塑造劳动人民的艺术作品中，应当表现出旧社会对他们的欺压与不平，表现出他们作为被压迫者不屈的灵魂与高尚的情操，表现出他们对革命的追求与赤诚的向往，表现出他们对未来社会的期盼与果敢的追求，当他们为未来感到迷惘的时候应当为他们指明前行的方向或至少暗示出光明的前景。而"未显示出劳动人民斗争的目标和胜利的远景"则被视为文本的不足⑥，或不真实的反映⑦。虽然有接受者对此并不认同，如思齐就认为，不能据此得

---

① 王瑶：《中国新文学史稿》（上），开明书店 1951 年版，第 232—233 页。

② 许杰：《论〈骆驼祥子〉》，文艺新辑社《论小资产阶级文艺》（第 1 辑），群益出版社 1948 年版。

③ 丁易：《中国现代文学史略》，作家出版社 1955 年版，第 272 页。

④ 刘绶松：《中国新文学史初稿》（上），作家出版社 1956 年版，第 374 页。

⑤ 蒋孔阳：《谈〈骆驼祥子〉》，《语文教学》1957 年第 3 期。

⑥ 方白：《读〈骆驼祥子〉》，《文艺学习》1956 年第 6 期。

⑦ 刘绶松：《中国新文学史初稿》（上），作家出版社 1956 年版，第 374 页。

出作品的结局是不真实的结论，"《骆驼祥子》是一部真实地反映了旧中国社会城市劳动人民的悲惨生活的，具有不可磨灭的社会价值的文学作品"①。但占据主控地位的依然是对文本的理想主义色彩及审美效应刻意强调的时代视野，它同时也衍化为衡量一部作品真实与否以及是否具备新质素的重要指标，成为这一时代具有主流地位的接受视野，直到 20 世纪 80 年代后才渐行渐远。也正如此，这一时期一度引发的关于祥子形象真实性的争论最终化为历史的印痕。

转向二：对文本的思想内容与艺术倾向的定向。与文本的理想主义相关联，对文本思想内容与艺术倾向的介入也自然定向在对黑暗社会的揭露与批判、对集体主义观念的认同和对个人主义（资本主义）思想的批判即证明个人奋斗的徒劳无益上，文本的价值亦定向于此。蒋孔阳说："《骆驼祥子》可说是一部对于人吃人的旧社会的控诉书！也就是在这个意义上，《骆驼祥子》具有一定的进步意义和思想价值。"② 公兰谷也予以认同："作者意在告诉人们这样一个令人痛恨的事实：在旧社会，劳动人民个人的努力往往是徒然的，劳动人民勤奋、要强，想做个好人，但到头终不免成为社会的牺牲，而趋向于堕落。这是作者写这部小说的意图所在，也是这部小说的主题思想。"③ 这与蔡师圣的视界交融："小说相当深刻地反映了二十年代旧中国社会的阴森可怕，封建军阀统治的黑暗和罪恶，作者以同情的态度生动地描写人力车夫工人的悲惨生活，严正地指出祥子逐渐失去生活理想而走向堕落'不是他自己的过错'，根本原因是旧社会的残酷和不合理。""《骆驼祥子》主题思想的深度还在于：作者揭示并批判了祥子个人盲目奋斗道路的错误。"④ 这种强调文艺的政治功利性，以扬抑分明、对立统一的接受理念衡定文本艺术价值的群体视野，成为这一时期的"时代视野"，它不仅左右了这个时代的接受指向，也对《骆驼祥子》的传播与接受产生了重要的影响。最典型的个案便是梅阡推翻老舍《骆驼祥子》原有的意旨与艺术图式，按"时代的要求"改编成话剧《骆驼祥

---

① 思齐：《〈骆驼祥子〉简论》，《语言文学》1959 年第 5 期。

② 蒋孔阳：《谈〈骆驼祥子〉》，《语文教学》1957 年第 3 期。

③ 公兰谷：《老舍的〈骆驼祥子〉》，《现代作品论集》，中国青年出版社 1957 年版，第 57 页。

④ 蔡师圣：《略论老舍的早期小说》，《厦门大学学报》1963 年第 2 期。

子》，并阐述了之所以如此的理由与现实的基础。① 岂料，这一传播尝试虽一时引起较大的反响，但终至成为时代的悲剧与历史的遗憾。

这一时期也有接受者对阮明、曹先生、虎妞等人物形象的不足提出了不同的认识②，但在今天看来已无须赘言。

1949—1966 年的《骆驼祥子》接受是在新的历史条件下转向并过滤的，一元化的审美观念使接受者在新的时代语境下将文本的审美观照转向社会学的、政治学的美学观照，"政治标准第一，艺术标准第二"的接受导向，使接受者注重彰显文本的社会效应，注重滤去潜在的不应有的文学杂质，寻求符合新时代标准的文学元素，因此，强调并定向《骆驼祥子》的理想主义色彩与思想倾向就成为介入者一致的接受视阈，视点交融，视界重合也就不足为奇了。新标准的确立及其所强调的强烈的意识形态性将文本的审美感知限定在狭隘的政治视野中，无形中隔断了原有的开放的接受视野，特别是对于《骆驼祥子》这样一部不表现主流意识形态的非主流文本，强力嗅寻其中的政治意味恰恰不是《骆驼祥子》所透含的接受阈值，这就使得这一时期《骆驼祥子》的接受较之前一时期而言，非但没有拓宽接受的视阈，深化原有的视野，生成有效的接受环链，反而更加逼仄，更加偏离，直至中断。当然，在新的历史时代面前，求证历史来路的合法性，寻求文本意识形态的从属性，也属常规，甚至无可厚非，但集体臣服，以立场替代方法，以现实代替历史，一味地苛求作家，削足适履，以"理想的"要求"现实的"，以"未来的"要求"历史的"，使介入者的个体视野衍化为大同小异的群体视野，特别是一些看似已形成了接受环链，并短暂地转化为"既定视野"，却随着新的历史时期的到来而自然断裂并沉入历史深处，文本接受环链的生成与接受视阈的新拓，不得不重新从起点出发。历史的教训意味深长。

20 世纪 30—60 年代，被视为中国现代有影响的杰出的长篇小说只有茅盾的《子夜》、巴金的《家》、老舍的《骆驼祥子》、丁玲的《太阳照在桑干河上》、周立波的《暴风骤雨》等少数几部，经过 20 世纪 50 年代新

---

① 梅阡：《谈〈骆驼祥子〉的改编》，《戏剧论丛》（第 4 辑），中国戏剧出版社 1957 年版，第 139—155 页。

② 公兰谷：《老舍的〈骆驼祥子〉》，《现代作品论集》，中国青年出版社 1957 年版。

文学史的筛选与官方的确认后被经典化，其中《子夜》更被圣化。而人物灰暗，主题低沉，缺乏"时代性"的《骆驼祥子》虽"灰头土脑"（当然，《家》的境遇也不好），但毕竟是较为"中性"的一部。《子夜》《太阳照在桑干河上》和《暴风骤雨》的经典化，源于主题的"时代性"与艺术书写的政治功利性，它们的"升"源于它们在政治与艺术之间寻找到了"契合"的基点，源于它们对主流中心话语的积极应和，在"政治标准第一，艺术标准第二"的文艺观念下，它们赢得非常的声誉也在预料之中。然而，当文学一旦回归到文学的场阈中来——回归到人学的意义上来，回归到审美的品格上来，政治的功利性的水分就会被无情地挤干，它们的审美阈值也就不再被无限放大，它们的审美意味也随之急剧蜕变，从中心置换到边缘，从天空滑落至地面也就在所难免了。只不过《骆驼祥子》的接受有些"错位"：在审美观念开放的时代逢遇战争语境，在审美一元化的时代逢遇政治语境。开放的审美观念将文本视为作家艺术能力的具体体现，一元化的审美观念将文本视为作家世界观、创作观的艺术呈现，前者关注"写得怎样"，后者关注"为谁而写"，二者的错位自然导致接受视阈的转换，导致接受视野的隔断，导致接期待视野的彻底转型。处在夹缝中"错位"的《骆驼祥子》自然只能始终处于边缘中的经典这一尴尬的历史语境中。

　　不过，《骆驼祥子》的接受又是幸运的，在开放的时代接受者们给出了新拓的基点，虽然多是印象式、扫描式的把握，但仍为后来者进一步开启文本的审美意蕴打开了通道；《骆驼祥子》的接受也是不幸的，"错位"的接受观使两个时代的接受视野无法对接、扩展、深化，而那些看似理性、导向性的接受视阈在历史翻开新的一页时，最终淡出历史。当然，这不仅是《骆驼祥子》的接受命运，也是那个时代"《骆驼祥子》们"的接受命运。

藏族古典诗学"生命"说述评

贾一心

（青海文联文研室）

中国少数民族文学理论是中国文学理论的重要组成部分。其中，藏族、彝族、傣族文论等不但源远流长、历史悠久，而且拥有自己完整的理论体系以及独特、精深的理论范畴。这些理论不仅是各个民族文学实践经验的总结，在一定程度上也弥补了中国汉族文论的不足，为中国文论增添了华美乐章。

藏族是我国诸多少数民族中的一员，其文化别具一格，独具风采。除众所周知的史诗《格萨尔》、唐卡和藏戏以外，其文学理论也极具个性，特别是在佛教本土化的过程中，"生命说"的提出，为藏族文学理论的发展做出了里程碑式的贡献。

13 世纪后期，印度学者檀丁吸收总结前人成果所撰写的《诗镜》一书，在元朝帝师八思巴洛追坚赞的大力支持与赞助下，由雄敦·多吉坚赞于 1277 年初次全部译成藏文。其后，其弟子邦译师洛卓丹巴（即他的弟弟）首先以此书讲学授徒，始开学习《诗镜》之风。此后，藏族学者相继对原文加以注释。如夏译师却炯桑布（15—16 世纪）对雄敦译文进行修改、校订之后，加入了某些注释；稍后的仁邦巴写了《诗疏无畏狮子吼》；16 世纪初期的索喀瓦·洛卓杰布也写了注释；17 世纪的五世达赖罗桑嘉措写了《诗镜释难妙音欢歌》；同一时期的山南学者米旁·格勒南杰写了《诗疏檀丁意饰》；18 世纪的噶玛司徒丹白宁杰根据斯里兰卡等学者的注释进行了修改，写了《藏梵诗镜合璧》；18 世纪的康珠·丹增却吉尼玛写了《诗疏妙音语海》；19 世纪的久·米旁南杰嘉措写了《诗疏妙音喜海》等。在这些研究者的学习、修订、著述中，梵语《诗镜》经过民族化、本土化的过程，逐渐完善，成为藏族文学理论的专著，指导着藏族文学实践。

16 世纪的索喀瓦·洛卓杰布在其撰写的《诗镜》中，率先把梵语《诗镜》中所指称的"内容"从"形体"的框架中分离出来，明确提出内容、体裁和修饰的关系，从而使"内容"成为一个相对独立的范畴。而且他以形象化的方式肯定它们之间息息相关、紧密相连的关系：

"以人的躯体、生命和装饰为例证，

总括为四大事的诸内容好比生命，

韵文、散文和合体等体裁就像躯体，

意义、字音、隐语等修辞则如装饰。"[1]

与此相关，五世达赖阿旺·罗桑嘉措也说：

"具有韵文、散文、混合体的青春丰姿，

有四大事的言论为生命的名门之女，

饰以意义、字音、隐语等贵重的红妆，

引颈高歌唱起委婉动听的歌曲。"

"如前面所说：'还指明了形体和修饰。'这话可以领会为包含着'生命'的意思，就像具有生命的人要使外表漂亮而用装饰品把自己打扮起来一样，以四大事等内容为'生命'的诗，它的形体就是韵文、散文和混合体，它们为意义修饰、字音修饰和隐语修饰等所美饰。……这里所说的'生命论'还遍及诗的整个领域。"[2]

及至 17 世纪的米旁·格勒南杰更强调指出：

"没有生命的尸体，

纵然美好谁拿取！"[3]

---

① 中央民族学院《藏族文学史》编写组：《藏族文学史》，四川民族出版社 1985 年版，第 401 页。

② 彭书麟、于乃昌、冯育柱主编：《中国少数民族文艺理论集成》，北京大学出版社 2005 年版，第 198 页。

③ 中央民族学院《藏族文学史》编写组：《藏族文学史》，四川民族出版社 1985 年版，第 401 页。

从以上的介绍中，我们粗略知道了一些藏民族对诗歌（文学）内容与形式及其关系的看法，正如有的学者对索喀瓦·洛卓杰布所做的评价："在这里，他（指索喀瓦·洛卓杰布——笔者注）首先把'内容'从《诗镜》原来归入'形体'的框架中分离开来，作为一个独立的命题提出。然后又用极形象而准确的比喻说明了三者的关系。他把内容比作生命，把形式比作躯体，把修辞比作装饰，是极为巧妙而恰当的。其中含有极其丰富而充满辩证的思想。他体现了'内容'、'形式'、'修辞'三者不可分的，'内容'对于'形式'和'修辞'的决定作用，'形式'和'修辞'对于'内容'的表达作用等数层意思。对此，索喀瓦虽然没有明确的阐述，但是，从他的比喻中，已经鲜明地体现出来了。"[1]

的确，索喀瓦·洛卓杰布所做的内容与形式的二分的贡献是突出的，虽然他没有做进一步的具体说明。但笔者以为，其中却蕴藏着丰富的思想见解。这一点，从笔者所加重点号的语句可以得到相应证明。我们从引文中看到，论者连用三个"极"字：极形象、极巧妙、极丰富且准确、恰当、辩证。这就说明，论者的确感受到了某些内容与形式之外的东西，只是我们不知道论者出于什么样的原因，没有进行更深入的挖掘、探索和阐释。

如果说索喀瓦·洛卓杰布的表述还不明确，那么发展到五世达赖就已经非常明确清晰了，正如他自己最后总结的——生命论遍及诗的整个领域。这就意味着，从索喀瓦·洛卓杰布到五世达赖，对内容、形体和装饰的看法有了一个质的飞越，也就是说原来的探讨主要集中在对文学文本的组织构成及各部分之间的关系探讨上，而五世达赖则在肯定前人成果的基础上，进一步提出"生命论"的命题，将这一探讨提升到诗学本体论的意义上。实际上这一命题，在索喀瓦·洛卓杰布时已露端倪。

从前述的引文中我们可以看出，索喀瓦·洛卓杰布首先在人与诗歌之间进行了类比；其次，他把人的三个组成部分或者说三个特征与诗歌的三个部分进行了比喻。如图示：

人	躯体	生命	装饰
诗歌	韵、散、结合	四大事等	意、字音、隐语

---

[1] 佟锦华：《藏族文学研究》，中国藏学出版社 1992 年版，第 192 页。着重号为笔者所加。

　　这种类比把人与诗歌完全当作两个互不相干的、独立的个体，也就是说索喀瓦·洛卓杰布并没有洞彻到人与诗歌存在着的复杂的内在联系。他只是看到了人的某些部分与诗歌的某些部分有性质上的相似之处，所以，只是简单地将人的躯体、生命和装饰比喻为诗歌的三个部分。甚至，没有考虑三个部分本身之间的关系，更没有考虑它们与诗歌的关系。这显然是最大的失误。但由于他是用人来作比，而人又是充满着生机和生命的个体，所以，又使人隐隐约约、模模糊糊感觉到他已触摸到诗歌本身与人的关系以及形体、生命、修饰之间和诗歌之间的联系。也许也就是这样一种说不清道不明的感觉，才使有的学者用三个"极"字概括自己的莫名。

　　"以人的躯体、生命和装饰为例证。"我们把这句话可以理解为：生活社会中的任何一个个体——人——都应包括躯体、生命和装饰三部分。躯体是先天的，这是任何一个人都无法改变的客观事实；生命，依据索喀瓦·洛卓杰布思想和其类比方式，自然是内容；问题是人的内容是什么？如果对应，答案就是四大事，即法、财、欲和解脱；装饰自然是指人出于生活的需求、多样的目的和更高的要求等所做的装饰打扮。显然，索喀瓦·洛卓杰布只静止、片面、割裂地注重了人的形体、人的内心思想和人的表现的客观存在，而忽略了这三者的共同点，也是至关重要的一点，那就是无论是躯体、内容，还是装饰，都应建立在对象有"生命"的情况下。如果有了内容，没有躯体，自然躯体和装扮就无从谈起，因为根本就没有载体。如果仅有躯体，没有内容，就是再好的装饰也是毫无意义的。何况："人若不具备智慧，经典再好也无用；镶有宝石的金饰，再美无人去理会。"①

　　虽然索喀瓦·洛卓杰布没有将躯体、生命和装饰统摄在有生命的个体的人的范围中，但将人与诗歌的类比亦是非常有意义、非常有价值的了。因为我们今天就称文学为人学。

　　不管怎样，人的生命与诗歌的生命同等这一命题在阿旺·罗桑嘉措的论述中得到彰显。

　　首先，我们可以清楚地看到阿旺·罗桑嘉措的每一个比喻都充满着人的生命的色彩。形体是青春的丰姿；四大事言论为生命的名门之女，而红

____

① 转引自李钟霖、星全成、李敏《藏族格言文化鉴赏》，青海民族出版社2003年版，第45页。

妆是人才会有的。可见，作者是有意在强调这三个部分要有生命的特征。这也正如他自己所说的，"对具有四大事等如同生命一般的丰富的内容"。对于形体和修饰，他说："就像具有生命的人要使外表漂亮而用装饰品把自己打扮起来一样。"① 所以，不管阿旺·罗桑嘉措是否论述了形体、内容和修饰三者有无关联，但他都充分强调了三者必须具备与人一样的鲜活的生命。

其次，阿旺·罗桑嘉措不但认为构成诗歌文本的每一部分要具备生命的特征，而且，将这一特征高度概括为诗歌领域普遍存在的特征，"这里所说的'生命论'遍及整个诗歌领域"②。也就是说，"生命论"具体表现在文学实践的各个方面，诸如文学创作的主体、文学创作的过程、文学创作的内容、文学形象的塑造以及文学文本的接受等方面。所以，它至少包含三个意思：

第一，神性化的审美思维。

第二，生命化的言说方式。

第三，文本结构的生命化。

"生命化"的言说方式。语言是文学的第一要素，这已是众所周知的事实。对于任何一个作家而言，他都必须运用好这一媒介，使其浸透着自己的思想、情感，在一连续的、技巧的语言连缀中表达出生命的律动。但正如印度美学家帕德玛·苏蒂说的："舞蹈的目的并非是为了展现身体，而身体只是被当作媒介，并通过形体姿态的创造去表现各种宗教的情感。"③ 同理，作为文学媒介的语言，其真正的功能并不在于其本身，而是以自己美好的"红妆"将具有生命的四大事等内容以充满生机的"青春丰姿"表现出来。要实现这样一个洋溢着生命意蕴的整体，一个作家自身如果没有强烈的生命意识，那么，他的作品必然繁彩寡味，行之不远。所以，对于作家而言，其生命色彩之多少必将与风云并驱。

在藏族作家的生命意识中，他们与万物是一体的，他们从来没有把自

---

① 彭书麟、于乃昌、冯育柱主编：《中国少数民族文艺理论集成》，北京大学出版社 2005年版，第 198 页。

② 同上。

③ ［印度］帕德玛·苏蒂：《印度美学理论》，欧建平译，中国人民大学出版社 1992 年版，第 119 页。

己和世界分割开来，他们认为自己就是世界的一分子，是和万物平等的。"万物有灵""万物有生"深深根植于他们的意识之中。因而，每一位藏族书面作家并不是在从事我们所理解、所认识的文学创作活动，而是在"众生平等"条件下与万物交流沟通，将自己的生命意识投之于玄奥的宇宙，与它们和谐相处，在这个过程中充实着自己的生命，完善和延展着生命的意义。所以，藏民族的作家往往把自己的文学艺术创作当作渐进修习、领悟生命、洞彻人生的活动。因而，无论是什么样的创作，它们大都会进行一定的仪式，如沐浴、净身、焚香、敬神和祈祷等。这样做表面看，似乎有着浓郁的宗教味道，但却有着非凡的意义。这种仪式性的活动，可以帮助作家以洁净之身、宁静平和之心、超凡脱俗之神与自然万物沟通，实现主客交融、物我合一，从而达到"庄周梦蝶"的效果，实现作品你中有我，我中有你，最终获得万物与生命的同一。这种生命化的活动直接体现在他们创作的诸多作品中。除了文学作品中出现的神山圣湖的人性化、生命花书写外，比较突出的应当是至今仍然是谜一样的六世达赖仓央嘉措。六世达赖的作品像其本人一样，充满着神秘与神奇。不同肤色的人、不同时代的人、不同集团的人都被他的魅力所吸引，至今咏唱不息。尽管人们站在不同的立场，用不同的方法，不同的视镜探寻着其魅力所在，但基本上囿于盲人摸象，仁者见仁，智者见智。说一千道一万，仓央嘉措之所以成为人们的焦点，其实质就是他将自己对生命的感悟物态化为洋溢着生命的诗歌，而这就像雪域高原上不断奔跑的精灵——藏羚羊，永远栖息在生命的高原。

结构的生命化在藏族作家的文本中体现得非常鲜明。

结构的生命化是藏族空间意识的具象化表现。在前文的论述中我们结合文学作品实例，已经知道，由于藏民族牧业生产生活的方式决定了他们对空间地理环境的认知较强于其他民族。长期的迁徙游牧，使他们形成了以上、中、下为主的空间单元标志。这一标志也成为他们诗歌呈现的主要结构之一。如：

在高高的山顶上，
驰骋着百匹骏马，
去年百马驰骋的地方，

今年是金鞍聚集的地方；

在高山的山腰上，
徜徉着百头奶牛，
去年百牛徜徉的地方，
今年是金桶汇聚的地方；

在高山的山脚下，
跑跳着百只绵羊，
去年是百羊跑跳的地方，
今年是羊毛成堆的地方。①

　　与前面的例文相联系，我们依然看到的是人的影子、人的躯体。当然更主要的是要借助意义、字音和隐语的修饰使整个躯体与具有生命的内容相吻合成为有机整体。如：

把我的脖子像摘花一样地掐断吧，
我的头颅像羊羔似的跃动。
把我的生命像吹灯似的弄熄吧，
但是从我的喉管里，
会流出洁白的奶，
汇成一座是非的分水岭。
在阴间的窄路上，
报仇雪恨的机会总会有的！②

　　这是一位受冤者在临死之前的控诉。但整个话语充满着浪漫的色彩，依照事件现象发生的前后，将自己的死亡与充盈着生机的生物、现象联系

---

　　①　中央民族学院《藏族文学史》编写组：《藏族文学史》，四川民族出版社 1985 年版，第 554—555 页。
　　②　同上书，第 563 页。

在一起，使人感觉不到死亡的恐怖，反而使人对生的渴望有了更强的欲望。即使死了，但我的生命会在阴间延续，总有机会血洗耻辱。面对此景此情，我们能不为之动情，能不为其生命之渴望与强大而感动?!

一部优秀的作品，就是洋溢着生命活力，充满生机的生命，永远朝气蓬勃。正如黑格尔说的："我们假定它里面还有一种内在的东西，即一种意蕴，一种灌注生气于外在形状的意蕴。那外在形状的用处就在指引到这意蕴。因为一种可以指引到某一意蕴的现象并不只是代表它自己，不只是代表那外在形状，而是代表另一种东西，就像符号那样，或则说得更清楚一点，就像寓言那样，其中所含的教训就是意蕴。……文字乃至于其他媒介，就算尽了它的能事，而是要显出一种内在的生气、情感、灵魂、风骨和精神，这就是我们所说的艺术作品的意蕴。"[1] 黑格尔这段话印证了阿旺·罗桑嘉措的思想。对于一部文学艺术作品而言，不管它使用的是哪一种媒介，也不管它包含什么样的内容，运用什么样的手法和技巧，它最终要实现就是作品必须充满着生气。这种生气是创作者对自然、社会中存在的生命的感悟。是诗人"触物园览""拟容取心"[2] 的结果，是"登山则情满于山，观海则意溢于海"[3] 的抒发。所以，作品才充盈着生命的韵律。也正是如此，"没有生命的尸体，纵然美好谁拿取!"

总之，阿旺·罗桑嘉措这一真知灼见，不但成为藏族文学创作的最高原则、标准和要求，也成为藏民族文学最高的艺术之境和最高的审美标准。这一创见性的结果，不但将藏族诗学理论提升到本体论的意义，而且为整个中华民族的诗学的建构做出了杰出的贡献。

---

① ［德］黑格尔:《美学》（第 1 卷），朱光潜译，商务印书馆 1991 年版，第 24 页。
② 周振甫:《文心雕龙今译》，中华书局出版 1986 年版，第 325 页。
③ 同上书，第 248 页。

中国哈萨克族翻译文学述评

赛力克布力·达吾来提肯

（新疆伊犁师范学院）

一 概述

哈萨克族翻译文学的根源很深，有关文史资料记载证明哈萨克族翻译
活动的发源是从哈萨克部落时期开始的。当时，在部落和部落向导下形成
的哈萨克汗国与汉族大支柱的中原王国、帝俄公、欧洲各国、伊朗、印
度、阿拉伯等国家之间有了经济、文化等方面的来往。翻译在这些国家之
间的交往中起了桥梁作用。自我国汉代以来，史称"西域"的新疆就与历
代中原王朝有着千丝万缕的政治、经济、文化联系。著名的"丝绸之路"
途经此地，故而使这里成为东西方文化交流的枢纽。古代东西方多元文化
在此传播、汇聚、融合、发展，形成了富于独特魅力的西域文化，从而为
形成维吾尔、哈萨克、柯尔克孜等新疆少数民族具有鲜明民族特色的绚丽
多彩的文化奠定了坚实的基础。哈萨克族的翻译活动可以追溯到公元前生
活在西域的乌孙、敕勒等部落（这些部落是形成哈萨克族的诸多部落中的
关键部落部族）时代。汉朝时期，张骞作为使者前往西域诸国（包括以后
融入哈萨克族中的大禹子）时，西域诸国就有翻译人员（译使，当时叫特
里马西 tilmax），对他顺利完成任务助一臂之力。汉朝与乌孙国建立同盟
以后，双边大力培养了学习对方语言的翻译人员。中原北齐国时期，敕勒
部落的民歌《敕勒歌》被译成汉语，诗歌的全文是这样的："敕勒川，阴
山下，天似穹庐，笼盖四野；天苍苍，野茫茫。风吹草低见牛羊。"唐朝

时期，突厥语诸部落人在唐王朝担任过译官职务。在这些历史时期，虽然数量比较少，但是哈萨克族和汉民族之间的文学翻译活动也开始启动，为以后的翻译文学奠定了最初步的基础，也对上述两个民族之间的文学交流起了很好的作用。如：魏晋南北朝时期的北朝所产生的英雄长诗《木兰诗》从整体上看，与哈萨克民间英雄叙事诗非常相似。这可能是因为当时哈萨克族有些民间英雄叙事诗被译成汉语，汉族诗人受哈萨克族民间诗歌创作方法的影响而创作类似于《木兰诗》的长诗的原因。所以说，哈萨克族翻译文学的渊源是很深的。到19世纪末20世纪初期可以说哈萨克族的翻译文学开始正式形成。在这个时期为哈萨克族翻译文学打基础、成就显著的文学翻译家有阿拜·库南拜、俄布莱·阿勒滕萨林、夏克热木·库达依别尔德、艾赛提·纳依曼拜、阿合买提·乌鲁木吉、居斯甫别克·阿依马吾托夫、马合江·居玛巴耶夫、艾合买提·巴依吐尔斯诺夫、阿尔跟别克·阿帕西拜等。他们把俄罗斯和世界各国文学的经典著作、阿拉伯、波斯文的东方文学名著翻译成哈萨克语，形成了哈萨克现代翻译文学。给青年作家、翻译家和读者树立了榜样。

中国哈萨克翻译文学是在中国翻译文学和苏联哈萨克翻译文学的直接影响下，根据中国哈萨克族的实际情况，形成于20世纪初。汉民族与哈萨克族之间现代意义上的文学翻译始于20世纪20年代。1922年，新疆省政府在迪化（今乌鲁木齐市）创办了主要授课内容为汉语言的蒙哈学堂，该学堂又相继开设了哈萨克语和俄罗斯语专业；后来创办于伊犁的惠远学堂（位于今霍城县一带）也以汉语言为主要授课内容；1937年成立的新疆学院相继开设了包括汉语言文学和外语在内的多种专业。这些教育机构的成立不仅为哈萨克族现代教育事业的发展开辟了广阔的道路，同时也为培养我国哈萨克族的第一批知识分子，特别是第一批翻译人员起到了极为重要的作用。此外，哈萨克文新闻出版事业的产生与发展也使得翻译事业迅速崛起。1934年在塔城，1935年在伊宁和阿勒泰，1936年在乌鲁木齐相继有哈萨克文报纸创刊；《新新疆》（塔城）、《新阿勒泰》等哈萨克文杂志也在这一时期相继出版发行。当时刊登在这些报刊上的文章中，从汉文翻译的以宣传马列主义、民主思想为基本内容的理论文章和抗战新闻占主要篇幅。例如，《新阿勒泰报》于1938年9月翻译发表了毛泽东的《论持久战》（穆哈什·贾克译）。如果我们没有忘记毛泽东是一位极富文学天赋的领袖，那么，这篇译文也可被视为文学翻译作品。这个时期，达吾来提克里德·拜波拉托夫（1898—1942）、杜别克·夏里根巴依（1920—1947）、穆哈什·贾克（1907—1995）、阿布杜克里木·额尼特克拜（？—1949）、尼合买提·蒙江（1922—1993）等翻译家通过上述报纸杂志翻译发表了一些文学作品和别的文章，为新中国哈萨克族翻译文学的繁荣发展打下了坚实的基础。

新中国成立以来，党和国家高度重视我国少数民族文化事业（包括文学艺术）的繁荣发展。从新中国成立初期开始，就创建少数民族文字的报纸杂志，出版社等新闻出版机构，成立作家协会、翻译家协会等群众团体，大力推动少数民族文学艺术事业的发展。还组织专门力量，把大量优秀的中国古代、近现代和当代文学作品译成维吾尔、哈萨克、柯尔克孜等民族语言文字。特别是"文革"以后（从 1976 年开始），《离骚》《唐诗一百首》《三国演义》《水浒传》《西游记》《红楼梦》《儒林外史》《聊斋志异》等古代文学名著，鲁迅、巴金、茅盾、老舍、丁玲、赵树理、曲波、姚雪垠等中国现代名家的小说，郭沫若、艾青、贺敬之、郭小川、臧克家等知名诗人的诗作，王蒙、刘心武、张承志、莫言、阿来等当代著名小说家的作品纷纷译成了哈萨克语。

20 世纪 50 年代，纳雷曼·贾巴格泰出色地翻译了著名作家杨朔以抗美援朝战争中的亲身经历为素材创作的长篇小说《三千里江山》（该作品的哈萨克文译本由民族出版社于 1955 年出版）。这部译作不仅为译者本人赢得了荣誉，使其成为我国哈萨克族文学翻译事业的先驱，同时对当时的文学翻译和文学创作队伍也产生了一定的激励和启发作用。时至今日，我国哈萨克族的翻译事业走过了近一个世纪的漫长而坎坷的道路，在不同时期涌现出了一批批学识渊博、极为出色的翻译家。纳雷曼·贾巴格泰（1928—1991）、阿布德别克·拜波拉托夫（1921—2000）、阿布德里达别克·阿合什泰（1935—　）、米来提汗·阿林（1930—1989）、夏玛斯·阿吾巴克里（1918—1986）、艾孜木汗·特先（1929—1993）、纳依曼·萨潘（1941—　）、卡克西·哈伊尔江（1941—　）等人是他们中的佼佼者。包括四大名著在内的众多汉民族文学经典作品经过他们创造性地再现获得了新的艺术生命。例如，《阿 Q 正传》《彷徨》《狂人日记》《家》《骆驼祥子》《人生》《谁是最可爱的人》《红岩》、毛主席诗词等。

　　下面我们简要地探讨新中国成立以来哈萨克翻译文学的成绩以及存在的一些问题。

　　新中国成立后，党和政府特别重视少数民族的语言文字和翻译工作，使各民族享受到了党和国家的优惠政策。国内的良好环境给哈萨克翻译文学提供了一个难得的发展机会。

二　创作特征

　　在党的民族政策的照耀下，老一辈文学翻译家纳雷曼·贾巴格泰、阿布德别克·拜波拉托夫、哈比毛拉·曼吉拜、阿布拉西·哈斯木别克、阿布德里达别克·阿合什泰、米来提汗·阿林、夏玛斯·阿吾巴克里、艾孜木汗·特先等以及中年翻译家纳依曼·萨潘、卡克西·哈伊尔江、哈力汗·哈里亚克巴尔、白山·木哈买提江、阿合亚·热旦、格拉结丁·吾斯曼、阿吾里汗·哈里、哈克木·阿克木江、阿布都马那甫·艾布、哈孜木别克·阿拉宾、巴合提汗·柯德尔木林等以自身所具有的扎实的语言和文学功底，尤其是严肃认真的敬业精神和不辞辛苦的工作态度将中国和外国的优秀文学经典作品，无论在内容、表达或风格方面都逼真地翻译成哈萨克语，得到了无数读者的赞美。中国哈萨克翻译文学与新疆其他民族的翻译文学一样度过了三个阶段。

　　20 世纪 50—60 年代初期是哈萨克翻译文学的形成和初步兴旺时期；20 世纪 60 年代中期到 70 年代末期是哈萨克翻译文学的继续蓬勃发展和衰退时期；20 世纪 70 年代末的后几年和 80 年代初期是重新开始发展的重要时期。中国哈萨克翻译文学在自己繁荣发展的第一阶段就取得了可喜的成就。这时主要翻译苏联文学和汉民族文学的经典作品。特别是汉民族文学中的《谁是最可爱的人》《三千里江山》《红岩》《林海雪原》《红旗谱》《狂人日记》《伤逝》等作品翻译成哈萨克文发表或出版。这里面纳雷曼·贾巴格泰所翻译的《红岩》（1964）、阿布德别克·拜波拉托夫翻译的《林海雪原》（1965）等在尊重原作创作风格的基础上，发挥语言无穷的可能性将这些作品深刻的思想内容和艺术表现手法翻译得很出色。这个阶段，还有张森堂、马俊民等汉族作家把当时活跃在文坛上的哈萨克族作家浩斯力汗·霍孜巴耶夫的短篇小说《起点》《阿吾里的春天》《幸福》和诗人库尔班艾力·吾斯曼的诗歌集《从小毡房走向全世界》等译成汉语发表或出版，这些作品的翻译使汉族读者对哈萨克族文化、习俗等有了初步的了解和认识。

20世纪60年代中期至70年代末，我国哈萨克族的翻译文学度过了一个波浪式发展的阶段，起初是继续蓬勃发展，后期是衰退时期。这个时期起初是汉族作家的《红灯记》《智取威虎山》《沙家兵》和《高玉宝》等优秀作品翻译成哈萨克语。而10年"文革"时期，像全新疆的翻译文学一样，哈萨克翻译文学也经历了隔绝封闭时期，也衰退了。

党的十一届三中全会以后的新时期，全中国的各项事业出现了蓬勃发展的态势。随着改革的不断深入、思想的不断解放，哈萨克翻译文学领域也开始崛起并走向繁荣发展的新阶段。翻译文学队伍充实了新鲜血液，文学翻译创作也得到了空前发展，翻译文学取得了前所未有的成果。这个时期，哈萨克翻译文学领域出现可喜可贺的成就，是因为当时的新疆维吾尔自治区革委会于1975年6月中旬在乌鲁木齐召开少数民族文字图书翻译出版规划会议，"制定落实了1975年到1977年维、哈、蒙文图书翻译出版规划"，给新疆的翻译文学创造了良好的时机。自此以后，尤其是党的十一届三中全会以后，中国古典文学和现当代文学经典作品《红楼梦》（翻译组翻译）、《水浒传》（翻译组翻译）、《敌后武工队》（加吾达提·那扎尔别克翻译）、《聊斋志异》（白山·木哈买提江翻译）、《唐诗一百首》（艾孜木汗·特先翻译）、《骆驼祥子》（夏利甫·马夏太翻译）、《三国演义》（阿布德别克·拜波拉托夫、艾孜木汗·特先翻译）、《离骚》（阿布德里达别克·阿合什泰翻译）、《林家铺子》（努尔多拉·斯德克翻译）、《家》（别克木哈买提·别力克翻译）、《热风》（米来提汗·阿林翻译）、《野草》（阿布德里达别克·阿合什泰翻译）等和外国文学经典《基督山伯爵》（阿布德别克·拜波拉托夫翻译）、《黑奴吁天录》（玉素甫·叶热杰夫翻译）、《孤星血泪》（格拉结丁·吾斯曼翻译）、《大卫·科波菲尔》（纳依曼·萨潘翻译）等被大量译成哈萨克语出版。

20世纪80年代中期到90年代初期，哈萨克翻译文学这种高涨的态势不断地在持续。除了上述文学作品还翻译出版了《西游记》《儒林外史》《子夜》《太阳照在桑干河上》《爱情悲剧》《王蒙小说》《时间的痕迹》（纳依曼·萨潘的文学翻译作品集子）、《各国情怀》（阿布德别克·拜波拉托夫的文学翻译作品集子）、《卡夫卡小说》《简·爱》《磨坊风波》

《老人与海》《鲁迅短篇小说》《安徒生童话》《青春之歌》《李自成》《人生》《茅盾短篇小说》《双城记》《第二次握手》《高山下的花环》《烟雨濛濛》《茶花女》《保卫延安》《斋月十七》《外星人》《黑骏马》等中外文学经典先后被译成哈萨克语出版。这个时期我国哈萨克族的翻译文学队伍又充实了一批年轻的翻译者。他们是艾克拜尔·米吉提、夏里甫罕·阿布达里、阿里木江·努尔哈孜、叶尔克西·库尔曼别克娃、哈依夏·塔巴热克、木拉提·苏力坦夏利甫、苏力坦·依马西、赛力克·哈吾尼拜、托汗·赛依提巴塔里、巴拉潘·热巴提、托列吾拜·多西克、博拉希·舒凯、瓦提汗·扎克若夫等。

　　20 世纪 90 年代后期到现在，哈萨克翻译文学走向了繁荣发展的阳光大道。特别是在 21 世纪，随着国家"东风工程""新疆民族文学原创和民汉互译作品工程"等扶持少数民族文学和翻译出版事业的惠民政策的实施，使我国哈萨克族的翻译文学作品在数量和质量上都有了新的突破。中外文学经典被大量译成哈萨克语并出版，如《尘埃落定》《达·芬奇密码》《狼图腾》《挪威的森林》《女朋友》《外国中篇小说选》《追风筝的人》《藏獒》《额尔古纳河右岸》《麦田里的守望者》《1995—2005 夏至末》《活着》《生活秀》《野性的呼唤》《外国文学世纪微型小说》等和诺贝尔文学奖获得者、我国当代著名作家莫言的小说《红高粱家族》《天堂蒜薹之歌》《食草家族》《十三步》《酒国》《丰乳肥臀》《红树林》《檀香刑》《四十一炮》等。这个时期，我国哈萨克族文学翻译队伍保持着不断充实的良好局面。努尔兰·波拉提、马达尼亚提·穆哈太、赛力克布力·达吾来提肯、达吾来提江·帕提克、苏力坦汗·萨哈提江、加依尔别克·木哈买提汗、阿不都哈孜·扎汗、夏肯·波克太、胡瓦提·居玛西、哈里太·乌拉孜别克、散别克·阿吾斯汗、木拉提·哈森、塔斯肯·托热江等"60 后"和"70 后"翻译爱好者走向文学翻译领域，使我国哈萨克族的翻译文学有了后备力量。

　　为了使上述文学翻译作品能够及时到哈萨克族读者手中，政府部门先后创建了出版哈萨克文图书的新疆人民出版社、民族出版社、新疆美术摄影出版社、新疆青年出版社、伊犁人民出版社等出版机构。这些出版社有计划有组织地、科学地出版发行被译成哈萨克语的文学作品。1983 年创刊的哈萨克文翻译文学刊物《地平线》，《民族文学》杂志

2012年开始出版的哈萨克文版和国内其他哈萨克文报刊也大量刊发被译成哈萨克文的各类文学作品，为我国哈萨克族翻译文学事业的蓬勃发展做出了很大的贡献。

中国哈萨克翻译文学的主要特点可以归纳为以下几点：

1. 由老中青年翻译者组成的文学翻译队伍已形成。他们负担了翻译文学的重担，献出了许多高质量的翻译作品。他们以坚持不懈的精神学习和掌握了语言文学和翻译方面的相关理论知识并创造性地将其运用到各自的文学翻译实践中。他们不仅熟练地掌握了本民族灿烂的文化，而且受到了汉民族优秀文化的熏陶。特别是中老年翻译家具有强烈的责任感、使命感，才华横溢，他们通过毕生的努力，奠定了中国当代翻译文学的基础。

2. 我国哈萨克翻译文学主要以汉译哈为基础，翻译出版了许多中外文学的名著。这些翻译作品的文体样式包括短诗、长诗、短篇小说、中篇小说、长篇小说、散文、文学理论文章和著作。其中小说类作品占主要部分。

3. 被译成哈萨克文文学作品不仅数量多，而且翻译质量也达到了一定的水平。哈萨克族翻译家深知文学翻译是一种"再创作"的过程，所以他们首先不断提升各自的文学素养，然后以高度的责任感来选择被翻译的作品，并且深入了解和掌握被翻译作品深刻的思想内涵和丰富的艺术手法、作者的情况等。全面掌握了这些以后，才进入表达环节。在表达过程中，尊重原创作品的语言特点，民族特色和时代特征，努力表达作者的创作风格和思想感情。这样，我国哈萨克翻译文学领域里产生了不比原作差，甚至译文比原作还强，部分翻译家还与原作作者进行创作竞赛的极好状况。如：阿布德别克·拜波拉托夫所翻译的长篇小说《林海雪原》（曲波）、艾孜木汗·特先译成哈萨克语的《唐诗一百首》、文学翻译领域里集体智慧的成果《水浒传》和阿布德里达别克·阿合什泰的各类翻译文学作品等可以称得上是我国哈萨克翻译文学作品的杰出代表。

4. 除了汉族作家的文学经典以外，哈萨克族翻译家还把维吾尔族、蒙古族、藏族、回族、朝鲜族、土家族、柯尔克孜族等国内其他少数民族作家的优秀文学作品翻译成了哈萨克文，丰富了我国哈萨克翻译文学的资源。

5. 被翻译成哈萨克文的优秀文学作品不仅成为哈萨克族广大读者精

神食粮，而且照亮了哈萨克族作家的文学创作道路，使哈萨克族作家们从中学习和借鉴了先进的创作方法。这一点我们可以清楚地从我国哈萨克当代文学中看到。

6. 我国哈萨克族的翻译文学不只停留在汉译哈角度上，而且将哈萨克族优秀的民间文学、近现代文学和当代文学优秀作品译成了汉语，为广大汉族读者了解和欣赏丰富多彩的哈萨克族文学提供了便利。在这个领域里，除了哈萨克族艾克拜尔·米吉提、夏里甫罕·阿布达里、叶尔克西·库尔曼别克娃、哈依夏·塔巴热克、努尔兰·波拉提等翻译家以外，汉族和其他兄弟民族翻译家张森堂、姚承勋、常世杰、哈拜、张孝华、仲任、马俊民等也做出了巨大的贡献。通过他们的努力，哈萨克族知名诗人、思想家阿拜·库南拜的诗歌和箴言、哈萨克族民间文学作品、我国哈萨克现代著名诗人唐加勒克·卓勒德的诗歌和库尔班艾力·乌斯曼、吾玛尔哈孜·艾坦、夏肯·吾阿里拜、浩斯力汗·霍孜拜、朱玛拜·比拉勒、乌拉孜汗·艾合买提、苏丹·张波拉托夫、贾合甫·米尔扎汗、夏木斯·胡玛尔等我国哈萨克当代著名诗人、小说家的优秀文学作品以及《理想之路》《猎骄昆弥》《潺潺流淌的尔齐斯河》《寡妇》《阳界》《天平》等我国哈萨克族当代优秀长篇小说被译成汉语出版或发表，引得了广大汉族读者的喜爱。

7. 不少外国文学经典作品因为苏联哈萨克翻译家已译成哈萨克语出版，所以我国哈萨克文出版社直接利用他们的译本来出版这些经典来丰富我国哈萨克族翻译文学文库。如：《静静的顿河》《一千零一夜》《堂吉诃德》《钢铁是怎样炼成的》《牛虻》《复活》等。

三　理论与批评

新中国成立后，尤其是党的十一届三中全会以后，我国哈萨克翻译文学界也开始注重文学翻译理论的研究和翻译批评的开展。特别是《语言与翻译》（1982）杂志哈萨克文版的创刊和先后创刊的我国社科类学术期刊与高校学报对哈萨克翻译文学的关注，对哈萨克翻译文学理论方面的研究创造了平台。虽然到目前我国哈萨克翻译文学领域里未产生专门从事此项研究的专家学者，但是有些中老年翻译家根据自己的文学翻译经验，撰写发表了不少有关哈萨克翻译文学的历史、理论和批评的文章，努力填补这方面的空白。阿布德别克·拜波拉托夫的《文学翻译及其语言》《关于古典文学作品的翻译》《翻译对文学语言的影响》,格拉结丁·吾斯曼的《试论诗歌作品的翻译》,阿布都克里木·那比的《将哈萨克民歌译成汉译的几个问题》,巴提马·穆萨的《关于儿童文学作品的翻译》,苏力坦·哈纳品的《文学与翻译》和哈哈尔曼·木汗的《论哈萨克族的文学翻译史》等文章是这个领域的代表作。但有关哈萨克翻译文学的研究成果在质量和数量上与翻译文学作品相比较,显得还很薄弱。研究成果主要集中在翻译家介绍个人经验、文学翻译理论的综合研究等方面,而针对哈萨克翻译文学历史、翻译文学领域里的具体问题、翻译文学作品成果不足,开展翻译文学批评等方面进行探讨的研究成果极少。

中国哈萨克翻译文学取得了显著的成果,但也存在很多不足。尤其是翻译队伍中青年翻译者的比例较少,对培养青年翻译者的重视度不够,受过专门教育的翻译者极少,对被翻译的作品的选择上不够严谨,能够出色地完成哈译汉任务的翻译者极少,甚至出现有些人把文学翻译当作一个赚钱的工具等问题。如今,中国哈萨克当代翻译文学已走过了半个多世纪的路程,它漫长的历史进程,取得的成果以及存在的一些问题,需要我们深入地了解和研究。

唐加勒克与20世纪中国哈萨克文学的现代转型

祁晓冰

（伊犁师范学院）

　　20世纪三四十年代，新疆的"新文化运动"如火如荼地发展起来，虽然起步晚，但却迈出了迥异于传统的现代步伐。新疆少数民族文学此时发生了巨大的变化，我们称其为新疆少数民族文学的现代转型。在这一历史进程中，中国哈萨克文学也迈开了由古典向现代转型的步伐，经过曲折探索，逐步形成了有别于古典的现代品格。20世纪上半叶，中国哈萨克文学现代转型的主要表现之一是在精神取向上，以批判封建主义，宣传文化启蒙为特征，文学的革命化、政治化、大众化、民族化特征被强化。而另一个表现则是在艺术形态上，建立起了现代的文学形态，或者可以说突破古典时期诗体独尊的文学形态，建立起了现代的文学样式，如小说、戏剧、散文、杂文、特写、报告文学等新的文学样式的出现，在文学的发展方式上，由传统的单一走向多元与开放，各少数民族文学中开始出现专业作家，同时作家队伍逐步形成，作家职业或身份产生。在中国哈萨克文学的这一转型过程中，诗人唐加勒克以其现实主义的创作方法以及采用这个创作方法必然具备的批判意识，承载起社会改良、文化启蒙的重任，在创立中国哈萨克文学现代范式方面发挥了重要的作用。

一　思想启蒙与文学现代转型

　　中国哈萨克文学现代转型的主要路径是通过思想启蒙来进行激烈的反传统斗争，积极树立"为人生"的现实主义创作原则。在精神取向上，向现代迈进的中国哈萨克文学形成了以批判民族劣根性、宣传文化启蒙为特征的文学精神，文学的革命化、政治化、大众化、民族化得以凸显。

在 20 世纪初启蒙思潮的影响下，新疆各民族进步文人和思想纷纷致力于民族精神、社会习俗的改造，创造新文学，为民族文学现代性的发展寻找并提供了新鲜的思想资源及文化支撑。就 20 世纪的中国社会而言，现代性的发生与救亡图存的民族危机、中西文化碰撞的价值危机密不可分。由于地理上的毗邻关系，苏联十月革命的胜利，曾经在新疆地区产生了十分显著的影响。随之在国内辛亥革命和"五四"运动之后形成的新文化运动，也对新疆产生了影响。"十月革命的胜利和中国共产党人在新疆进行的富于成果的革命活动，使马克思列宁主义在新疆得到了一定的传播，并且有力地促进了新疆各民族人民的觉醒。"① 20 世纪，在空前激烈的文化交流与碰撞的历史语境下，现代转型是新疆少数民族文学的必经之路，其中，俄苏文学的影响、内地汉民族文学的影响的确给新疆各少数民族文学带来了巨大的变革。唐加勒克曾有三年留学苏联的经历，俄罗斯文学的社会责任感、对传统的抗争以及对祖国的热爱极大地迎合了诗人的精神需求。1925 年，唐加勒克结束游学生涯回国，立即开始在伊犁地区各县市向人们宣讲苏联革命的进步思想，诗歌创作的主题也集中在争取民族解放、争取自由、对民众进行思想启蒙这一方面。

唐加勒克始终关注人的现实生存和国家民族的命运，一直在积极探求能够给人民和国家带来幸福的光明。20 世纪三四十年代，在日益高涨的"救亡图存"的民族主义主旋律中，唐加勒克以启蒙、理性、主体性等观念为内核的诗作，大大丰富了中国哈萨克文学"现代性"的具体的历史内容。纵观唐加勒克一生的创作，我们不难发现，诗人始终立足于哈萨克民族的社会现实，始终关注哈萨克民族的社会生活，始终在思考哈萨克民族的前途与未来。在走上诗歌创作道路之初，唐加勒克便以"启蒙主义"的态度面向哈萨克民众，即使是在身陷囹圄之时，他仍然不断地进行深沉的文化反思，坚持改造国民性，注重文艺的社会功用。唐加勒克在谈诗的功用和诗人的职责时，严肃指出文艺必须要反映民众的生活与命运："如果诗歌能打动人民的心，诗人就会像雄鹰翱翔在天宇。"他还指出，文艺要

---

① 夏里甫罕·阿布达里：《新疆哈萨克族近代文化转型进程述论》，《西域研究》2001 年第 2 期。

为改造现实服务："给每个人谆谆教诲，树立楷模"（《给狱卒》）。诗人以此自勉，并呼吁广大作家"把生活的奥秘——解释给后辈，哪怕我们已老态龙钟，弯腰弓背"（《浮想篇》）。在《期冀》中，诗人用"无所事事最不可取""不打磨，刀剑自会生锈变钝"等富有哲理性的诗句教育人们积极进取、有所作为；而在《给小伙子们》中，又用"脑是宫殿，思想是设计师，智慧是引路人"这样形象的比喻劝诫人们学习知识，掌握文化。在此文艺观念的作用下，诗人唐加勒克以拯救民族和国家为己任，宣扬进步主张，一反中国哈萨克古典文学的浪漫主义倾向，用批判现实主义的创作态度揭露社会的黑暗、抨击统治阶级的腐朽，把文学作为社会改革的工具，文学有鲜明的启蒙色彩和尖锐的社会改革锋芒，处处触及现实社会的弊端，处处发出改造与抗争的呼声。

二　人的意识的觉醒

作为中国哈萨克现代化进程一个组成部分的中国哈萨克文学的现代化，它由古典形态向现代形态的转变，必然受到中国哈萨克现代化历史进程的制约和推动，同时又反映着中国哈萨克现代化历史进程和历史内涵。20 世纪的中国哈萨克文学是在哈萨克社会内部发生历史性转折的背景下，在中外文化思潮、文学思潮的碰撞、融合中形成的。不同民族、不同国家的现代化进程均具有不同的价值取向和发展模式，中国哈萨克文学的现代化进程也面临一个如何将现代意识、现代思维方式与民族传统、民族精神、民族形式结合起来，建构有民族特色的文学现代品格的问题。文学的现代转型，既认定文学自身独立之价值，又不忽视文学社会政治功能，同时更应具有"世界性"的人性的眼光。20 世纪初，在五四运动、俄国十月革命的影响下，新疆少数民族中先进的知识分子敏锐地意识到，一个民族的强盛主要取决于人的觉醒程度和人的素质的优劣，所以改造社会首先要改造人性。

20 世纪中国哈萨克文学的现代特征，从思想内涵来说，主要表现为以爱国主义、民主主义为旗帜，注重时代性、意识形态性，以民族灵魂重铸为核心，注重对人的解放、人的意识的觉醒的深层揭示。哈萨克著名学者夏里甫罕·阿布达里在其《唐加勒克·卓勒德与新疆哈萨克族文化转型进程》一文中谈道："唐加勒克……通过自己的富有思想内容、时代色彩和文化反思性的诗篇，对民族劣根性进行深刻的揭露和批判，通过卓有成效的文化启蒙工作，为民族的觉醒，为 20 世纪新疆哈萨克族早期文化转型做出了不可磨灭的贡献。"①唐加勒克作为中国哈萨克现代文学的重要奠基人之一，一生创作丰厚，为我们留下了 2 万多行诗歌。唐加勒克其诗歌类型多样，其中政治抒情诗数量多、质量高，主要内容之一是"揭露本民族的弱点，呼吁民族成员快快觉醒，挣脱沉重精神枷锁，去同旧制度进行顽强斗争"②。唐加勒克的思想启蒙观点始终与民族救亡的危机感和使命感交融在一起，但同时唐加勒克在任何时候都不忘记改造人的灵魂这一根本的任务。唐加勒克的文化启蒙工作超越了救亡图存的层次，而带有探索、挖掘、重塑人的灵魂的性质。唐加勒克的一生都对人存在的意义进行着思考，他的对人的存在意义的思考与对哈萨克民众精神的改造、批判相融合，使唐加勒克具有了真正的现代意识。唐加勒克从不回避对民族弱点的批评与揭露，甚至于更加热衷于反映本民族群众生活的消极面、丑恶面。他在 30 年代发表的《时代变幻的情形如何》《我们处在危急关头》《我们哈萨克人在做什么》《磋商》等诗作中，以极其尖锐的态度谴责了哈萨克社会的保守愚昧："没有起码的学识技艺，山石的轰鸣也会让他们战栗。""夏季饮喝马奶酒飘飘欲仙，可天一转冷，人们又长吁叹短。""哈萨克人对生活毫不忧虑，只乐于吃饱饭填满肚皮。"诗人对哈萨克民族的前途充满忧虑，呼唤民众快快觉醒："瞧瞧吧，城里的人们步步向前，在山区，我们哈萨克人在做什么事。"（《我们哈萨克人在做什么》）"觉醒吧，我安闲淳朴的乡亲，／大祸临头，高枕无忧的人们就会先把命丧。"（《我们处在危急关头》）20 世纪 40 年代，积极从事进步文化活动的唐加勒克在反动势力的迫害下屡陷牢狱，在狱中，唐加勒克依旧笔耕不辍，写下了大量牢狱诗。唐加勒克依旧以一种自觉的社会责任感和深厚的人文关怀精神关注民族的命运与前途，在《磋商》《给乡亲们的信》《浮想篇》《真正的心愿》《团结起来》等诗作中，唐加勒克怀着一种切肤之痛，深刻剖析着民族性格中层层积垢，"哈萨克人颠簸不停搬来迁去，可怜的人

---

①　夏里甫罕·阿布达里：《唐加勒克·卓勒德与新疆哈萨克族文化转型进程》，《伊犁师范学院学报》2010 年第 1 期。

②　吴孝成、赵嘉麒：《20 世纪哈萨克文学概观》，新疆人民出版社 2006 年版，第 68 页。

儿没一件事可意顺心"，基于对民族的深厚感情，诗人热切渴望哈萨克民族能够及时觉醒，振作起来追赶时代的步伐："睁开眼吧，瞧瞧周围的一切，不要再受践踏，哈萨克人。"（《磋商》）

　　20 世纪的中国哈萨克文学是特定时空的产物，在多元文化的冲撞、交汇中，在传统与现代、救亡与启蒙、功利与审美等相互对立的文学观念交错中，20 世纪中国哈萨克文学在文学观念、思想内涵、创作方法和艺术形式等方面，都呈现出以现代化追求为旨归的品格特征，展示出主导倾向鲜明又开放多彩的面貌。唐加勒克的诗歌精神以及文学观念，作为一种具有强烈现代性的转型模式，在 20 世纪中国哈萨克文学发展的不同时期的演化、丰富和发展，影响了整个 20 世纪的中国哈萨克文学，形成了贯穿中国哈萨克文学的现代特征。

东北跨境民族与文化边疆建设研究

——以文学成果收集整理为先导[①]

曹　萌

（沈阳师范大学学报编辑部）

东北地区无论区域范围，还是具体行政区划，是处于动态的。在清朝，东北地区由奉天、吉林、黑龙江三将军管辖；1907 年，清政府取消了东北地区三将军建制，改设奉天、吉林、黑龙江三省，自此，东北又有东三省之称谓。民国建立后，1929 年，东北政务委员会重新调整行政区划，于三省之外，将热河省划归东北政务委员会统辖，东北遂辖 4 省。现在国家振兴东北计划则是将东北三省与内蒙古蒙东地区的五个市盟纳入其中。所以，论文中所说的东北，不仅指现在国家所称的东北地区。其地理范围包括大兴安岭以东，外兴安岭以南的今黑龙江省、吉林省、辽宁省全境和内蒙古的蒙东地区，还包括内蒙古自治区的全境。这里所说的东北跨境民族，是指在中国的东北，由辽宁省丹东市向北至东极村乌苏镇再向西到北极村漠河县而后折向西南直到呼伦贝尔阿尔山市包格德乌拉林场直到内蒙古最西部的甜水井，在总长约 5000 公里的边境地带，居住着的朝鲜族、赫哲族、鄂温克族、鄂伦春族、俄罗斯族和蒙古族。其人口总数大约为1000 多万。

东北跨境民族文化是一个涵盖面积很大的文化带，这条文化带以大约

———————————

①　[基金项目] 本文为教育部基金项目"东北少数民族文学传播"（项目号：11YJAZH004）的阶段性成果，亦为沈阳师范大学重大原创项目"东北少数民族民俗载体研究与民俗载体学的创建"（项目号：SSZD201105）阶段性成果。

5000 多公里的东北国境线为中心，双向开出大约 300 公里的宽幅，形成一个条状的 150 多万平方公里相对独立的地带。因为这个地带处于高纬度的祖国边陲，坐落在白山黑水之间，高山密林，大风大雪，漫长的冬季，丰富的自然资源，导致了生活在该区域人群以游牧或渔猎为主的生产生活方式，也自然形成了这一地带上的民族群落的人格特点。这就是粗犷、豪爽、幽默、热情、质朴、直率的性格，同时使得该区域的文化明显地体现着强勇弱文的特点和粗犷、实用的审美观。

特殊的地理位置和气候条件以及民族风情和宗教信仰，使得该地带成为一个边境文化带，并且因为自清代末年以来这个地带上所生活的北方少数民族逐渐积淀起三个类型的文化资源，一是少数民族文化，二是汉文化与少数民族融合的文化，三是异国文化，从而形成了相对独立的文化带。从国家文化安全的角度看，该地带是一道重要的文化屏障。因此，东北边境的文化生存系统安全运行和持续发展及文化利益处于不受威胁的状态，包括文化政治安全、文化信息安全、公共文化安全等，对于国家的整体文化安全起到重大保障作用。这样，研究东北跨境民族文化发展与边疆文化安全之间的关系，无论是对于民族学的发展还是对于维护国家文化安全均具重要战略意义。

一　东北跨境民族文化发展与边疆文化安全研究现状

近年来，在推动文化大发展大繁荣的背景下，学界对文化安全的研究也渐成热点。我国国家文化安全的研究是在国外该领域的启示和推动下，在国家安全大命题下逐渐展开的，早在 1990 年美国就发表了《美国国家安全战略报告》；2002 年我国学者胡鞍钢著《全球化挑战中国》较早提出文化安全命题，2004 年刘跃进出版《国家安全学》对"国家文化安全"做了专章讨论。提出国家文化安全根源于不同国家之间的文化差异文化，是随着不同国家之间的文化冲突而出现的，不同国家之间的文化差异与冲突是国家文化安全形成的前提条件。文化特质的保持与延续是文化安全的本质，而国家文化安全就是一个国家现存文化特质的保持与延续。同时明确了国家文化安全的内容主要有语言文字的安全、风俗习惯的安全、价值观念的安全和生活方式的安全等。同年宋佩华在《戏剧丛刊》发表的《全球化背景下的国家文化安全》界定了国家文化安全的概念："文化安全是指一个国家在发展过程中，能够有效地消除和化解潜在的文化风险，抗拒外来文化冲击，以确保国家文化主权不被威胁的一种文化状态。"潘一禾认为，"文化安全"是"非传统安全"概念；2006 年杨建新的《维护国家文化安全的战略意义》从国家的生存发展的角度强调了这一命题；2009 年周尤正《论文化全球化背景下国家文化安全战略》则从战略层面提出了：文化全球化既可以为维护国家文化安全提供机遇，也一定程度地给国家文化安全带来严峻挑战，因此我们应建立国家文化安全的运作机制，以创新的态度和积极的工作作风，以及发展的办法来维护国家文化安全。2011 年王真在《解放军报》则强调维护国家文化安全是一个时代性的紧迫课题，增强文化软实力是维护国家文化安全的关键；张序、劳承玉则认为国家文化安全也可分为价值观念安全、语言文字安全、文化资源安全（含民族文献）、风俗习惯安全、生活方式安全、文化人才安全等方面，是一种非传统安全要素，与国家政治安全、经济安全、国民安全、国土安全等传统安全要素共同构成国家安全体系。2012 年该领域的研究继续推进，熊泽成在《国家文化安全不可忽视》中明确指出：冷战后的国家安全问题越来越趋向高度的综合，它已不局限于军事或情报领域，而是逐渐扩展到一国的政治、经济、金融、资源、科技、信息、文化、社会等诸多领域，而且彼此关联，相互依赖和相互影响。因此文化安全已构成当代国家安全的重要组成部分。胡惠林《中国国家文化安全论（第 2 版）》则以中国国家文化安全为理论基点，提出了以国家文化安全战略为分析框架，建构全球化背景下以中国和平崛起为战略目标的中国国家文化战略作为国家大战略的观点。在对全球化背景下中国国家文化安全形势总体判断的基础上，从文化政治安全、文化经济安全、文化意识形态安全、文化创新能力安全、文化民族安全五个方面，分析和揭示了全球化背景下中国面临的文化生态、文化遗产等国家文化安全问题，提出文化安全是国家大战略并以国家文化安全战略来建构和平崛起时代中国国家文化战略的国家文化安全理论。具体到东北边境文化安全的研究成果较少，有 2008 年张兴堂发表的《论跨界民族与我国国家安全》和 2012 年陈大民《捍卫国家文化安全》一文提出的"文化边疆"是维护国家文化安全的重要屏障观点。

现有的研究比较注重概念的界定和推演，以及意义的阐述和强调，注重理念层面的分析和论述，而对文化安全的中观层面和微观层面研究不足，没有以特定地域为案例或者为推广模式的研究，欠缺详尽的区域性文化安全体系方案构建研究，尚无以边境地带文化传承和创新为基础的国家文化安全体系构建方案研究；在呼吁捍卫国家文化安全和建议完善相关机制方面，许多观点更多倾向于理论思考，缺少具体可操作性建议；研究方法上还大多停留在理论分析层面，深入现实的田野调查不足，并未采用人类学、民族学、文化学和艺术学的研究方法，其研究优势未得到体现；在意义揭示和重要性强调方面还没有与现代国家整体安全体系完善和健全相关机制的具体战略对接，或寻找出对接点，因而没有具体的文化安全体系构建战略文本。在以地域或具体文化安全体系为对象研究方面，目前还没有将东北边境地区少数民族文化和跨境民族文化传承创新的整体战略研究放到国家文化安全体系框架下的综合研究，和以构建可操作性方案为旨归的成果。

二　既有的跨境民族文化研究的启示

从项目或工程的角度推进东北跨境民族与边疆文化安全研究，首先应该建立正确的思想观念和发展创新性的认识，其次才是具体的研究内容设计和推进。在这里，既有的一些理论思考对该问题的研究具有很大的启示。

东北跨境民族与边疆文化安全研究，应该树立以国家文化安全理论的创新性阐释为指导，建构东北边境文化安全体系的理论框架的战略观念。一些学者的理论认为：随着世界多极化、经济全球化深入发展，不同文化的交汇融合，已经成为全球化时代的特征，与此同时，作为发展中国家的中国，由于在文化、意识形态、社会制度、国家利益等诸多方面与西方发达国家存在着较为明显的分歧，自然而然地成为某些霸权主义国家进行文化渗透和文化颠覆的主要目标之一。这些都决定了中国在 21 世纪必然面临严峻的文化安全挑战。文化对于一个民族、一个国家来说，是一种能够凝聚和整合一切资源的精神力量，这种力量的任何形式的丧失，都将危及一个民族和国家的生存安全，这正如古人所云："欲灭其国者，必先灭其史；欲灭其族者，必先灭其文、去其俗。"可以想见，当维系国家、民族生存发展的价值观念或主流意识形态受到来自内部或外部的冲击而发生扭曲变形时，国家民族的安全就将受到严重的威胁。因此，维护国家文化安全既是增强民族凝聚力的必要条件，也关系到民族和国家的生存命脉，甚至可以说文化安全是一种确保一个民族和国家生存安全的战略需要。

东北边境民族发展和边疆文化安全是国家文化安全的重要构成部分，建构东北边境文化安全体系，是守备、巩固和保卫国家"文化边疆"的具体表现，是切实维护国家文化安全的重大举措之一。再者，随着全球化时代的到来，信息化浪潮的兴起，国际思想文化交流的扩大以及文化广泛深入地渗透到经济、政治和军事领域。东北边境地区因为地理的接近和绝大多数居民属于跨境少数民族，域外思想文化和意识形态更方便广泛深入和自觉渗透，这就决定了东北边境文化安全必将作为整个国家安全观的重要内容，并放在更加突出的位置。

同时，面对国家文化安全的严峻挑战，如何捍卫文化主权、维护文化安全成为必须建设性地思考和解决的问题和实际。在这方面有些学者提出了如下的理论思考，他们强调，保证国家文化安全的首要工作是建立全球化时代的国家文化安全运作机制。它主要包括以下几方面的内容：一是树立和牢固现代国家文化安全理念。国家文化安全理念是建构国家文化安全体系的先导。该理念的本质性内涵是：民族自尊自信、自强意识和民族的凝聚力，中国特色和中国风格，以及全民族对民族文化的认同感和自豪感。理念梳理并牢固了，才能对民族文化安全保护产生热切参与的积极性，才能自觉抵御西方文化价值观念的渗透。二是建立高效的民族文化安全预警系统，即在深入分析我国文化安全现状、文化产业基本情况、国际文化市场、文化商品的流动趋势等的基础上，把可能对我国传统文化及文化产业造成生存与发展威胁的因素和力量，牢牢控制在安全警戒线以下。三是引导文化形态的多样化发展和创新。用马克思主义改造民族文化，在大力培育和弘扬民族文化精神的过程中打上民族文化精神的烙印，使两股文化汇集为一，从而成为提高文化势能、增强国家文化力、维护国家文化安全的战略制高点。四是要大力发展边疆文化事业和文化产业，有效提升我国边疆的"文化实力"。文化实力是文化安全的基石和最终的决定因素。在全球化环境下，落后就要挨打是一个硬道理。东北边疆地区文化产业的发展和繁荣，直接反映该区域文化创造与文化传播的现代化程度。如果我们的边疆地区没有与强大的经济增长和政治稳定相适应的文化事业和文化产业体系的构建，要获得精神文化对经济和政治提供智力支持是非常吃力的。因此，要从根本上达到维护祖国东北边疆的文化安全，使地处边疆的少数民族对当代中国国家文化生存与发展形成支持，就必须进行文化产业政策方面的战略性调整，在实行文化产业及市场适度准入原则的同时，推进文化产业的民营化战略，主动出击国际文化市场，开展全面的国际文化贸易，积极参与世界文化市场竞争，从而在"积极的民族主义"引导下，把对国家文化安全的维护，纳入一种广阔的、充满活力和竞争的文化产业体系中，在积极的文化进击中获得边疆文化安全的积极防御。

三　既有文化边疆建设研究的启发

学界和相关的政府部门对于文化边疆建设已经有多方面的理论思考，在概念上，他们认为：文化边疆建设是指一个主权国家在历史发展过程中使其文化的性质得以保持、文化的功能得以发挥、文化的利益不受威胁和侵犯的防御界限。在分析国家安全形势、制定国家安全方针和政策时，必须充分注意文化因素对国家安全的影响，从战略的高度强化"文化边疆"意识，强化文化国防理念，把坚守国家"文化边疆"的安全，作为全球化时代维护国家文化安全的重要内容。

在此理论思考的引导下，我们觉得正如这些理论思考所揭示的，增强东北边疆的文化软实力，必须牢牢把握正确的政治方向，大力进行社会主义核心价值体系建设。文化软实力在很大程度上表现为文化凝聚力，而文化凝聚力又主要体现在人们对核心价值体系的认同上。因此，增强东北边疆文化软实力，既要坚持爱国主义、民族精神、国家利益至上等价值理念，又要把社会主义核心价值体系融入国民教育、精神文明建设和党的建设全过程，贯穿改革开放和社会主义现代化建设各领域，体现在精神文化产品创作、生产、传播各方面；要坚持用社会主义核心价值体系引领社会思潮，在全社会形成统一指导思想、共同理想信念、强大精神力量、基本道德规范。与此同时，增强东北边疆文化软实力，还要努力继承和发扬少数民族优秀传统文化。东北少数民族传统文化源远流长、博大精深，这是该区域民族长期营造的精神家园，是这些少数民族生生不息、团结奋进的不竭动力。因此在进行文化边疆建设的过程中，要全面认识东北少数民族传统文化的机制性，取其精华，去其糟粕，保持民族性，体现时代性。运用现代科技手段开发利用该区域少数民族文化的丰厚资源，使那些好的传统文化元素在新的历史时期焕发出新的光彩，从而增强东北边疆文化软实力。

此外，根据这些理论思考所指出的内容，即从战略意义上说，增强东北边疆文化软实力还需要与时俱进和勇于创新。以古为今用、洋为中用、推陈出新为原则，以及坚持保护与利用、普及与提高并重等原则，博采其他国家民族文化之长，大胆创新传统文化、吸收外来有益文化，不断提升民族文化的魅力，不断增强我国东北边境少数民族的国际竞争力、影响力和感召力。这样，东北的文化边疆才能得以坚守和牢固，边疆的文化安全才能更加巩固，东北少数民族才能更好地为国家文化的发展做出新的更大贡献。

建设东北文化边疆，应该注重提高东北边疆文化传播的能力。一个地区的文化影响力，不仅取决于其内容是否具有独特魅力，而且取决于是否具有先进的传播手段和强大的传播能力，文化传播能力已经成为国家或地区文化软实力的决定性因素。这样在建设东北文化边疆的同时，应该努力把握正确的舆论导向，把提升主流媒体影响力作为提高文化传播能力的战略重点，做大做强主流新闻媒体，形成与我国国际地位相称的舆论力量。要乘着党的十八大的东风，进一步推动东北边疆文化走向世界，在更大的范围内弘扬东北边疆少数民族文化，尤其要加强东北边疆文化的输出，避免文化在输入和输出上的跨境落差。开展多渠道、多形式、多层次对外文化交流，广泛参与跨境民族文明对话，促进跨境文化的相互借鉴，增强东北边疆文化在国际上的感召力和影响力。

四 对既有边疆文化安全战略的借鉴

跨境民族问题历来关系到国家周边地区稳定和邻国间合作与交往，因此是国家发展战略的重要构成方面，与跨境民族国家文化安全密切相关。这是我们思考东北跨境民族与边疆文化安全的前提。在这方面，学界和政府管理部门已经有较多的战略性设计理论，这里引述他们的设计思路，并以此作为指导来构想东北跨境民族发展与边疆文化安全研究。

既有的战略性设计认为，在边疆文化安全建设上，首先应该大力加强文化安全教育，唤起全民族从整个国家安全和现代化建设全局的高度认识维护文化安全的重要性。由于文化安全面临的风险和威胁具有复杂性、隐蔽性和潜在性等特征，至今有不少人对其熟视无睹，文化安全意识薄弱。有的人则对于形形色色影响国家文化安全的现象又感到无所适从，束手无策。因此，必须在全党和全体人民中广泛深入地进行文化安全教育。要牢固树立"文化安全，人人有责"的观念，努力强化全民的文化安全意识。文化安全教育要以青少年为重点。文化安全教育要紧密联系实际，有针对性地进行。在对广大人民群众进行正面教育的同时，要针对文化安全中出现的新情况、新问题、新动向，有的放矢，研究对策，并用正反两方面的事实教育全体人民增强抵御风险的自觉性和免疫力。

其次是大力加强东北边疆文化网络文明建设，充分利用网络阵地，努力提高全体公民的思想道德素质和科学文化素质。他们提出的主要做法有三方面：一是要用先进文化占领网络阵地，要在网络阵地唱响社会主义先进文化的主旋律。坚持和巩固马克思主义的指导地位，帮助人们树立正确的世界观、人生观和价值观。把科学教育文化事业引入网络系统，提高人民的思想道德素质和科学文化素质，促进人的全面发展，这是保证国家文化安全的根本大计。要充分利用网络发挥我党思想政治工作的优良传统和优势，不断更新、优化教育内容，并结合新的时代特点注入新的内涵，要创造广大群众喜闻乐见的网络教育方法和形式。二是要尽快建立适应各类群体需求的网站。目前我国网络建设严重滞后，不能适应群众的要求。要按照"统筹规划、国家主导、统一标准、联合建设、互联互通、资源共享"的要求，坚持中央网站与地方网站的统一性与多样化相结合，发挥整体优势，要组织专家开发软件，积极推进思想教育信息资源建设，要根据不同群众的特点，服务网民，覆盖全社会，更好地发挥教育阵地的作用。三是要宏观导向和微观监管并举，优化网络环境。要正确把握网络的宏观导向，牢牢掌握主动权，通过正确的舆论导向营造良好的网络道德氛围，维护良好的网络秩序。

复次，要大力加强文化事业和产业的管理。发展文化产业，要实行政府为主导，遵循文化产业发展规律，制定和实施正确、稳妥的产业政策。最后，加强文化安全的法制建设，依靠法制化实现文化安全。实现东北边疆文化安全要着眼于一手抓建设，一手抓法制。目前，许多影响文化安全的问题得不到及时有效的解决，与法制建设滞后相关。要结合东北边疆文化发展的实际情况，应该进行文化安全立法。要尽快制定维护国家文化主

权方面的法律法规，加强信息网络规划。要建立和完善信息网络安全保障
体系的法规及有效防止有害信息通过网络传播的管理机制，制定通过信息
网络引导和鼓励全社会弘扬中华优秀文化的激励机制。要制定发展文化产
业方面的法律法规和惩治破坏国家文化安全行为的法律法规。在有法可依
的基础上，还必须加强执法和司法。从而通过建立完整、高效的国家文化
安全体制和健全的法律保障体系，确保把对中国文化发展构成的危险和危
害降到最低限度。此外，还应该加紧建设适应文化安全新形势、新任务、
新要求的人才队伍，为东北边疆文化安全提供人才资源方面的保障。

这些既有的战略性理论设计和原则，对于东北跨境民族发展与边疆文
化安全研究创新，具有明确的指导和引导价值，我们只有在学习和借鉴上
述已有理论思考的基础上，才能更好地创新东北跨境民族发展与边疆文化
安全研究。

五　跨境民族文化生态调研与东北文化边疆建设战略

在学习和借鉴上述已有理论思考的基础上，创新东北跨境民族发展与
边疆文化安全研究。主要包括以下两大方面内容：一是调查东北跨境民族
文化态势并做出归纳、整理与揭示。其中的调查分为文献调研和实地考察
调研。具体操作如下：首先确定调查的目标。根据东北跨境民族文化发展
的情况和内容，将其划分为主流文化、大众文化、宗教文化和民俗文化传
承四个方面，以此为目标，在每一个跨境民族中选取一对人口密度较大、
文化发展状态较好的社区（城市）作为调查点展开考察和调研。东北跨境
居住五个民族跨越三个国家居住，即朝鲜族，跨中国、朝鲜、俄罗斯而
居；赫哲族，跨中国、俄罗斯而居；鄂温克族，跨中国、俄罗斯而居；蒙
古族，跨中国、蒙古、俄罗斯而居；俄罗斯族，跨中国、俄罗斯而居。根
据这五个民族在东北边疆的分布情况，我们选取的考察调研点分别是：跨
境蒙古族为二连浩特市与蒙古国的扎门乌德及东戈壁省省会塞音山达；跨
境俄罗斯族为额尔古纳市与俄罗斯的普里阿尔贡斯克；跨境鄂温克族选取
海拉尔区的鄂温克自治旗与俄罗斯的海兰泡或者远东地区的符拉迪沃斯托
克（海参崴）；跨境赫哲族选取同江市街津口与俄罗斯的下列宁斯科耶，
以及饶河县与俄罗斯的比金；跨境朝鲜族选取两组城市，分别是吉林长白
县与朝鲜的惠山市、吉林的延吉市与韩国的首尔。制定一定的调查标准和

参数，以文化发展中的某些方面为坐标的横轴，以每组跨境民族居住的城市的文化态势为坐标竖轴，将考察和调查的结果进行坐标描述，即可描绘出东北跨境民族文化发展的态势。根据东北跨境民族所呈现的文化态势，对文化安全指数做出预测和评估，对跨境民族文化发展态势的趋向做出比较科学的推测和判断。

二是根据上述推测和判断，结合东北边疆文化发展的实际、国家对边境少数民族地区的政策和扶持情况，构建东北边疆文化安全战略和策略。这部分的内容可以分解成以下几个步骤：在东北边疆地区选择2—3个城市作为试点建设城市，在所选择的城市里策划建设规模较大的文化载体。该载体以我国主流文化思潮为指导思想，以跨境民族正在共同传承的、有较好发展趋势的民俗文化和民族信仰为核心内容，以民俗的展开形式为辅助，结合当地的支柱性产业，形成大型的文化产业园区。在园区的不断建设中，逐渐形成文化方面的强势和品牌影响力，直到足以吸引和影响跨境民族的文化价值观念与文化信仰的程度，从而达到巩固东北边疆文化安全的目标和目的。

东北跨境民族文学成果属于东北跨境民族文化态势的构成方面，收集整理这一特殊地带的文学成果，可以成为上述战略的具体展开和示范性推进。

少数民族文学研究的新视角新方法
——兼评《文学地理学会通》

李庆福

（中南民族大学）

　　最近，华中师范大学文学院邹建军教授给了我一本中国社会科学院学部委员、文学研究所研究员杨义先生的《文学地理学会通》，我一看就爱不释手，辗转拜读，受益匪浅。文学地理学是 20 世纪 80 年代中后期以来诞生的一门新兴学科，也是近 30 年来文学研究中的显学。《文学地理学会通》这部近 60 万字的著作展现了杨义先生在这门新型学科研究领域的学术心得。他运用文学地理学这门新学科的理论方法，对中国文学特别是少数民族文学研究提出了许多新观点，如地气、三维空间、太极推移、剪刀轴等这些新概念，对今后我们开展少数民族文学研究提供了新的视角和新的方法。

一　地理基因与少数民族之家族文学

　　基因又称遗传因子，是遗传的基本单元。基因通过复制把遗传信息传递给下一代，使后代出现与亲代相似的性状。地理基因是个文化概念，是指地理因子对人的思维、生活、文化创造等方面的影响。正如当代杰出的文学批评家、比较文学学者邹建军教授在《文学地理学批评的十个关键词》一文中指出：任何作家的成长都不可能离开特定的自然地理环境，任何作品的创作也只能是在特定的自然环境中发生的。因此，我们将这种与生俱来的因素，称为"文学发生的地理基因"。黑格尔也说过："自然环境决定着一个民族最初的也是最基本的审美习惯，这种习惯一旦养成，就

像人的皮肤一样，长久地保持下来并渗透到人们精神的各个领域。"所谓
"一方水土养一方人"，作家所经历的生活地理环境对其思维、精神必定会
产生深刻影响，少数民族地区封闭优美的自然环境造就了许多民族作家创
作的个性心理。不同的自然风貌会影响到这些作家的审美心理，形成不同
的审美取向。文学发生学中的"地理基因"，即作家成长经历中的故乡地
理环境、当地人文文化传承、风俗习惯积淀为作家个人的心理因素、审美
记忆乃至形成他整个的思维模式、审美心理、文化结构，进而决定其审美
题材选择上的乡土情结，并最终体现为审美风格的地理约束或地理特性。
用杨义先生的话说，就是文学创作所接的地气，用地理基因这个概念重新
审视研究中国文学。即考察土地的气息，包括山灵水怪、草木精灵、气象
民风，由此产生的原始信仰和原始思维方式，以及民族家族代复一代的文
化传承和流动等，对文化学者的精神渗透、滋育和植入文化基因。[①] 少数
民族中的家族文学创作就直接受到这种地理基因的影响。

　　家族文学，是指一个家族内部产生数个递相传承、彼此影响的作家，
并在创作上表现出某些共同特点的文学现象。在中国文学史上，一个家族
当中出现多个卓有成就的文学家是常见的事，如三国曹氏父子、东晋谢氏
家族、北宋三苏、明代公安三袁。这些文学家族，声名煊赫，向来是学界
研究的重点对象。在少数民族文学史上，家族文学主要出现在一些受汉文
化濡染较深的民族当中，如明代云南丽江纳西族木氏家族、清代贵州布依
族莫氏家族、明清时期湖北恩施容美土司田氏家族等。

　　从田九玲开始，明朝万历年间到清朝康雍时代的二百多年里，鄂西容
美（今五峰）土司田氏家族内部，连续六代共涌现了九位诗人，而且人人
有集。这一"田氏诗派"诸诗人世世代代繁衍生息于武陵山脉的壶瓶山北
翼，壶瓶山横跨湖南石门，湖北五峰、松滋、枝江、宜都等县，群山巍
峨，奇峰挺拔，植被丛茂，鸟语花香，李白流放贵州路过石门曾留下"壶
瓶飞瀑布，洞口落桃花"的千古佳句。田氏家族长期生活在壶瓶山崇山峻
岭间，奇峰幽谷令他们眼迷心醉，风物传说使他们耳熟能详，即使一次次
远离乡关浪迹天涯，其难以排解的乡土情结仍是铭心刻骨、梦绕魂牵。
"才到红尘又忆山，山中丛桂待予攀。"（田九玲《归五峰庄作》）"丹丘风

---

①　杨义：《重绘中国文化地图》，《中国青年报》2013 年 4 月 8 日。

雨气萧森，石径迢遥路转深。总为青山堪避世，还因仙院可持心。"（田宗文《登山以留山院》）"性不欺云壑，情慈景自新。山山堪作画，岸岸可垂纶。"（田舜年《山居五》）像这样的诗句在田氏家族诗人创作中比比皆是。家乡的每一处山川都是一幅好画，每一处溪岸都是一幅美景，是田氏诗人们栖息赏月、谈诗论赋的好地方。容美土司处于武陵山通往江汉平原之门户，荆楚文明在其东，蜀文化在其西，数千年来，巴风楚雨浸润不已，民间文学盛传不衰，自然神祇、祖宗灵异被人们顶礼膜拜，文狸赤豹、幽篁山鬼与人们相携相伴。其审美基因、文化基因都离不开最初的地理基因。"田氏诗派"所创作诗歌反映出的男耕女织的羲皇古风、天地神祇的多元图腾、啸歌弦诵的文化传承、婚嫁丧葬的喜泪悲声、辗转流徙的命运跌宕、生离死别的心灵苦痛……①都是田氏家族诗人们长期生活在武陵山这一独特的人文地理环境中而打下的深深烙印。

布依族是聚居在贵州的一个山地民族。明代朱元璋出于"变其夷俗"以利统治的政治目的，开始在贵州布依族地区开设学校。清代又大兴"苗疆义学"，准允"贵州仲家苗民子弟一体入学肄业、考试、仕进"，涌现出一批少数民族人才。其中莫氏父子——莫与俦及其子莫友芝、莫庭芝等人便是其中杰出者。他们皆以治学和讲学名世，在学业上各有不同的成就，他们建立的"影山文化学派"在西南地区影响深远，对布依族乃至贵州的近代文化教育都做出了积极的贡献。

莫与俦（1763—1841），字犹人，号杰夫、寿民，是清代著名汉学家和教育家，善诗文，诗风淳朴，留有《贞定先生遗文》《示诸生教》等文集。莫与俦第五子莫友芝（1811—1871），字子偲，号郘亭，又号紫泉，晚号眲叟。为清代著名学者，精研经学、汉学、声韵学、训诂学等，并擅长书法、诗词，平生著作很多，遗诗近千首，以山水诗及生活小诗最引人注目，集有《郘亭诗钞》《郘亭遗诗》《郘亭遗文》《影山词》及《黔诗纪略》等。他从小勤奋好学，3岁识字，7岁读《毛诗》《尚书》《戴记》等，深受父亲喜爱。七八岁时，他看到自家宅屋隐约在山水竹林间，有感于晋代谢朓"竹外山犹影"的诗句，触景生情，建议父亲用"影山"二

---

① 邓斌：《略谈明清两代土家族田氏诗歌的审美基因》，《恩施职业技术学院学报》（综合版）2010年第1期。

字命名其读书的草堂。清道光三年（1823），友芝随父到遵义，在湘川书院就读。当时，遵义府郑珍（字子尹）与友芝同窗共学，从事文字学、经学的研究，志同道合，相互切磋，成为莫逆之交。道光十八年（1838），友芝28岁，与郑珍合作受聘修纂《遵义府志》，历时4年而成。《遵义府志》共48卷，33目，附目14，共80余万字，如实反映了遵义地区千百年来的政治、经济、文化、社会等发展状况。由于资料翔实，考证精细，该志被梁启超称为"天下第一府志"。《清代通史》将其与《水经注》《华阳国志》相媲美。评曰："《遵义府志》博采汉唐以来图书地志，荒经野史。援证精确，体例谨核。时论以配《水经注》《华阳国志》。"在编纂中因疏忽原汉晋时遵义所属地名"邸亭"未做认真考证，他为警醒自己，自号"邸亭"，以示终身不忘。莫友芝弟莫庭芝，字芷升，号青田山人，也是清著名教育家，精文字学，善诗词古文，词的艺术造就较高。文学著作有《青田山庐诗集》二卷、《青田山庐词》一卷。青田山在遵义市新舟镇柏香村，莫庭芝死后也葬此山上。莫友芝、莫庭芝都以家乡地名为号，地理基因对他们的影响是不言而喻的。

云南丽江纳西族木氏家族的木公、木增、木青，杨氏家族的杨元之，湖南湘西永顺土家族诗人彭勇行、彭勇功、彭施锋等，他们都出生在民族地区，接受了汉文化，用汉字进行文学创作，但字里行间仍然可以看出其家学渊源和乡土情结，地理环境、民族风情为他们刻下的烙印难以消除。以木公《述怀》诗为例：

> 丽江西迤西戎地，四郡齐民一姓和。
> 权镇铁桥垂法远，兵威铜柱赐恩多。
> 胸中恒运平蛮策，阃外长开捍虏戈。
> 忧国不忘驽马志，赤心千古壮山河。

木公这首诗写于明嘉靖二十三年（1544）。木公站在丽江城中的制高点狮子山上，目睹脚下青砖瓦房升起的袅袅炊烟，以及每家每户门前流过的清清雪水，不禁诗潮澎湃，写下了这首《述怀》诗。前两句"丽江西迤西戎地，四郡齐民一姓和"，首先写出了丽江的地理位置，而后告诉读者这里的姓氏文化。第二句后面的"和"字，表示纳西族特有之姓氏。明代地理学家、旅行家徐霞客在其《滇游日记六》中说丽江纳西族是"官姓为木，民姓为和，更无别姓者"。尽管丽江还有其他少数姓氏，但大体反映了当时实际情况。木公亦自释曰："所属四郡齐民通姓和。"这一方面反映了木氏统治区内纳西族分布广泛情况，另一方面也说明木氏土司强行将其他姓氏改为"和"姓的政策。故乡的山川风物、人文习俗、乡土情结是少数民族作家创作的永恒主题，我们评价这些少数民族诗人，欣赏这些诗歌创作，如果不接地气、不考虑地理基因和地方风土人情，是不能完整理解和把握的。

二　三维空间与民族文学研究之创新

作家的文学创作受到时间、空间、思维（或精神）三维的影响。长期以来，我们习惯以时间的观念去考察和探索漫漫历史长廊中的作家创作和作品思想内容，忽略了地理因子（空间纬度）的影响。因此，杨义先生提出："我们要在过去的文学研究比较熟悉、比较习惯的时间这个纬度上，增加或强化空间纬度，这样就必然引导出文学地理学的研究。"[1] 陈寅恪先生在《元白诗笺证稿》中也提出相同的意见："苟今世之编著文学史者，能尽取当时诸文人之作品，考定时间先后，空间离合，而总汇于一书，如史家长编之所为，则其间必有启发。"陈寅恪先生这里特别强调编著文学史应做到"时间先后"与"空间离合"的两相融合，对于克服长期流行的"藤瓜范式"之弊、重构一种时空并置交融的理想新型文学史具有借鉴意义。中国少数民族文学史的研究也应如此，也要引入文学地理这门新兴学科重绘中国少数民族文学地图。

我国"少数民族文学"的概念是新中国成立后由茅盾提出的[2]。几十年来的少数民族文学也像中国文学研究一样，注重的是时间纬度和精神纬度的探讨，忽视了空间纬度的研究。如《中国当代少数民族文学史稿》（长江文艺出版社 1986 年版）、《壮族文学史》（广西人民出版社 1986 年版）、《土家族文学史》（湖南文艺出版社 1987 年版）、《中国少数民族诗歌史》（中央民族大学出版社 1994 年版）、《彝族文学史》（云南民族出版

---

①　杨义：《文学地理学会通》，中国社会科学出版社 2013 年版，第 6、392 页。
②　李鸿然：《少数民族文学：概念的提出与确定》，《民族文学研究》1999 年第 2 期。

社 2006 年版）等。我们读了这些已经出版的中国少数民族文学史方面的
著作就不难得出上面的结论。像海南大学教授李鸿然的鸿篇巨制《中国当
代少数民族文学史论》（云南教育出版社 2005 年版），分为上下两卷，130
万字，上卷为通论，下卷为作家作品论。论中有史，史中有论，史论结
合，可谓相得益彰、自成体系。上卷通论八章，论述了中国当代少数民族
文学的历史语境、现实空间、写作资源、文学关系，当代少数民族作家的
创作心态、艺术追求，以及当代少数民族文学的特殊品格、整体风貌成
就，并从不同角度系统地阐释了它的发展轨迹、主要理念、经验教训及其
对中国文学和世界文学的贡献。下卷作家作品论涉及中国当代文坛上 200
余位有影响的少数民族作家及其代表作，对其中一些代表性的作家有比较
深入和见解独到的论述。从时间纬度和精神纬度对中国当代少数民族文学
多角度、多层面、全方位地进行建构、分析、论证和评价，而对这些作家
的地理基因（空间纬度）探讨得较少，这是我们以后再编少数民族文学史
应该注意的。祝注先教授主编的《中国少数民族诗歌史》（中央民族大学
出版社 1994 年版）倒是注意到地理因子对少数民族诗人的影响。他在论
及宋代以前的少数民族诗歌创作时，分成南诏、吐蕃、大理、渤海等地域
论述，强调了地理环境、地方民情风俗对诗人创作的影响，惜宋代以后的
论述又回到了按时间和族群分论的体例。

三　太极推移与民族文化之交融

　　民族和文化一方面是静态的，另一方面又是变化移动的，但不管如何
移动，都有个中心。杨义先生在《中华民族文化发展与西南少数民族》一
文中提出了"太极推移"理论，认为"太极推移"是中华民族生命力千
古延续的基本原因。他说：中国思想以"太极"为本体，极神秘，又极高
明。因为它并非抽象的、凝止的理念，而在永恒的存在与非存在之中，蕴
含着动与静两种潜能，在看似静止的地方，却以"反者道之动"，自生动
能，一分为二、又分为三，摩荡推移，化生出现象界的万事万物。在此
"一、二、三、万"的摩荡推移中，"互为其根"，发芽成长，开花结果。①
这个理论也适合用来考察中国南方少数民族的迁徙历史和文化。如发源于

---

　　①　李鸿然：《少数民族文学：概念的提出与确定》，《民族文学研究》1999 年第 2 期。

我国的世界性民族——瑶族和苗族等，苗、瑶本是蚩尤之后，原居住在黄河、淮河流域，蚩尤与黄帝、炎帝逐鹿中原失败，苗、瑶就不断向南迁徙，从黄河、淮河流域迁徙到长江中下游的鄱阳湖、洞庭湖一带，而后又从两湖流域向岭南、云贵迁徙。这种迁徙也不是一天两天、一年两年就完成了，而是经过长时间，几百年甚至上千年，不断地在黄河流域、长江流域之间来回推动，和汉民族、百越民族等其他民族不断交融竞争，形成"你中有我、我中有你，血肉相连，打断骨头连着筋"的民族关系，"这种关系，是容不得忽视，更容不得阉割的"。① 这就是杨义先生所说的"太极推移"，后来苗族、瑶族又从中国境内迁徙到东南亚，最后还从东南亚迁徙到美国、法国、澳大利亚等世界各地，成为世界性的民族。但是不管这两个民族如何迁徙，他们都不会忘记自己的本体文化，他们是蚩尤后裔，盘瓠子孙。《苗族古歌》《盘王歌》都记载了这两个民族的迁徙历史。每年农历五月初五、十月十六，世界各地的苗族、瑶族都要举行他们最盛大的节日——盘王节，纪念他们共同的祖先——盘瓠。当然，盘瓠是否为盘古，盘古和盘瓠是什么关系，这就不是本文要探讨的问题了。但瑶族、苗族、壮族、布依族、毛南族、汉族都有盘古神话传说。三国时吴人徐整的《三五历纪》、（梁）任昉《述异记》等文献都详细记载了这个盘古传说故事。广西桂林、来宾壮族、瑶族聚居区都有盘古庙。在河南泌阳、桐柏两县交界处有盘古山，传说盘古在此开天辟地，山顶的盘古庙宇千百年来香火不断，两县境内各有盘古文化遗迹。桐柏县被命名为"中国盘古之乡"，泌阳县被命名为"中国盘古圣地"。2006 年，泌阳县陈庄乡更名为盘古乡，桐柏县成功申报"盘古庙会"为河南省第一批非物质文化遗产代表。两县分别多次举办世界华人祭祀盘古大典。

苗、瑶、畲都是盘瓠之后，以盘瓠为自己的始祖，但这三个民族都有盘古传说故事的歌谣。苗族的《盘王歌》歌词唱道："记起盘王先记起，盘王记起造犁耙；造得犁耙也未使，屋背大圹谷晒芽。记起盘王先记起，盘王记起种苎麻；种得苎麻儿孙绩，儿孙世代绩罗花。记起盘王先记起，盘王记起造高机，造得高机织细布，布面有条杨柳丝……"② 瑶族民间的

---

① 杨义：《中华民族文化发展与西南少数民族》，《民族文学研究》2012 年第 1 期。

② 袁珂：《古神话选释》，人民文学出版社 1979 年版，第 6 页。

《寻亲歌信·说古》是这样唱的："开天辟地是盘古，劳苦功高传后世。要知盘古岁多少，烧香祈祷问玉帝。盘古玉帝同出生同年同月同日时。盘古之时立天地，又有天皇十二帝。……尧天舜日岁岁春，名扬后世天下闻。高朝百岁乱纷纷，贬了盘瓠位陷论。周朝八百六十春，苗瑶造反闹天昏。"① 福建畲族《盘瓠歌》开头便是"盘古开天苦嗳嗳，无日无夜造成来。……盘古开天到如今，一重山界一重人"。再说到"当初皇帝高辛王，出朝游睎好山场"的盘瓠故事，这些民歌都把创世神盘古与民族始祖盘瓠联系起来。② 可见苗族、瑶族文化不是孤立存在的，它受到以汉族文化为主的强大影响并吸收了其他兄弟少数民族的文化，和彝族文化、壮族文化、藏族文化、维吾尔族文化等一样，都是中华文化的一部分。中华文化是这些兄弟民族文化的根，是"太极推移"的中心。兄弟民族文化则作为一种"边缘活力"，为中华文化增添了厚度和宽度。

除了以上谈的几个方面，杨义先生的《文学地理学会通》还提出了"江河源文明"、文学地理学的"四个效应"等，读来有百科全书的感觉。他既担任过中国社会科学院文学研究所所长，也担任过民族文学研究所所长，对中国文学包括少数民族文学都十分熟悉。要建立"大文学观、大国学术"，就必须重视少数民族文化这种"边缘活力"的效应，注重汉文化与少数民族文化，中原文化与边缘文化互动的考察，用文学地理学的研究方法把少数民族文化完整地融入中原汉文化版图。杨义先生心里确实揣着一个大国学术之梦，就是他说的"希望画出一幅比较完整的中华民族的文化或文学地图"，"显示我们现代大国的文化解释能力"，才能"与当代世界进行平等深度的文化对话"，发挥当代中国文化软实力的作用。

---

① 袁珂：《古神话选释》，人民文学出版社 1979 年版，第 6 页。
② 杨义：《中华民族文化发展与西南少数民族》，《民族文学研究》2012 年第 1 期。

清代民族诗文研究的回顾与反思

吕双伟

（湖南师范大学）

中国古代文学以诗文为正宗，清代文学也不例外。作为中国封建社会的总结阶段，因为文学传统的悠久、历史积淀的深厚和出版印刷技术的发达，不管是传统诗文，还是后起的戏曲、小说等，都留下了丰富的典籍，特别是清代诗文别集更是繁复。黄爱平先生有曰："清代学术文化集前代之大成，诗文之盛亦远迈前代。据最新研究统计，清人各种著述总数约计22 万种，其中诗文集逾 7 万种，现存约 4 万余种，可谓洋洋大观。"① 如此丰富的诗文别集中，清代少数民族文学诗文别集表现不俗，数量和质量都远超前代。它们今天虽然引起了民族文学研究者的重视，但是，整体而言，古代文学研究者忽视、冷落了这一丰厚肥沃的领域。其实，清代民族诗文研究，新时期以来，特别是 20 世纪 90 年代以来有些领域辛勤耕耘，不断开拓，取得了丰硕成果。

本文所说的清代民族诗文是指清代少数民族的诗歌、散体文和骈文及其理论批评的研究成果，且是用汉语研究汉语写成的少数民族诗文著作，不包括用少数民族语言分析少数民族文学汉语文学的成果，更不包括用少数民族语言或者汉语研究的用少数民族语言写成的诗文著作。从 20 世纪初期至今，清代民族诗文研究发展很不平衡。20 世纪 80 年代以前，民族文学研究者对清代诗文研究不多，更加不必说清代的少数民族诗文，因而成果极少，多为单一民族文学通史或者断代民族文学史，没有出现专门的

---

① 黄爱平：《略论清代诗文集的整理编纂及其价值意义》，《清史研究》2010 年第 2 期。

清代民族诗文研究的专著，论文也极少；20 世纪 80 年代以后，特别是最近 20 年，随着清代诗文研究的兴起和国家对清史编撰和民族文学研究的重视等，清代的少数民族诗文研究才多头并进，气象峥嵘。因此，本文的清代民族诗文研究的回顾与反思，主要是针对 20 世纪 80 年代以来的成果而言。

一 作家生平与著述的考索与诗文研究的深入

对作家身世、生平、经历的考证与研究，对作家诗歌和文章的细读与挖掘、分析与概括，是任何文学研究深入的基础和前提，这也是个案研究的主要内容。当然，作家的诗文批评与理论研究，也是个案研究的重要内容，考虑到当代学科分类将作品和理论分列的现实，这里将清代民族诗文理论和批评的研究成果，放在下节述论。

白·特木尔巴根从 20 世纪 80 年代初就对元、明、清时代的蒙古作家汉文创作文献加以个案研究，重点对作家生平与文集留存情况加以考索。如对延清生平经历和奉使车臣所写纪行诗加以分析。结合乾隆时的社会现实，探讨蒙古族诗人梦麟的《大谷山堂集》的思想内容，肯定其"人民性"；突出其作为民族诗人所特有的艺术个性，论述其对于清代诗坛的贡献，提出在中国文学发展史上应给予诗人以一席之地。又对博明的家世、仕履、生卒年、著述存佚情况、诗歌创作内容、笔记杂录概况和著述流传等做了详细考述，等等。① 这些考述成果，后收入其《古代蒙古作家汉文创作考》一书中的第三章。该章还对法式善、锡缜、松筠、和瑛、三多和其他八旗蒙古作家作品做了考述。附录部分有"现存古代蒙古作家汉文创作及见录"和"主要作家传记资料撷要"。② 云峰也对锡缜的生平经历和诗文概况做了分析。③ 这些基础资料和研究，促进了清代蒙古族文学研究。

清代少数民族诗文研究，无疑以法式善（1753—1813）的个案研究最为深入，也最为典型。纳兰性德研究虽然丰富，但主要成果为词学，诗文

---

① 特木尔巴根：《清代蒙古族诗人延清及其〈奉使车臣汗记程诗〉》，《内蒙古师范大学学报》1985 年第 1 期；《试论梦麟的〈大谷山堂集〉》，《内蒙古民族师范学院学报》1992 年第 2 期；《清代蒙古族作家博明生平事迹考略》，《民族文学研究》2000 年第 1 期。
② 特木尔巴根：《古代蒙古作家汉文创作考》，内蒙古教育出版社 2002 年版。
③ 云峰：《清代蒙古族作家锡缜的诗文》，《中央民族学院学报》1991 年第 4 期。

领域不多，因此，其在清代民族诗文研究上的重要性不及法式善。法式善是乾嘉时代著名的蒙古学者和文人，著述丰富，《槐厅载笔》《清秘述闻》《陶庐杂录》及《存素堂诗初集录存》《存素堂诗二集》《存素堂续集》《存素堂诗稿》等为代表。云峰较早对法式善的人与文加以综合研究，包括其生平经历，史学家、编撰家及诗人身份，诗歌类别，如描写山水风光、表现劳动和描写田园风光、朋友往来赠答唱和、论述学习方法和诗文作法，以及反对模拟、信奉神韵说的诗学主张等做了简要介绍。① 魏中林随后对法式善以诗学为核心的文化活动、以"清"为主的风格及形成此风格的原因做了细致解剖，指出法式善同当时诗界各重文化圈中的广泛交往、主持建立了诗学活动中心、对古今文献加以整理或著述的文化活动等对其诗歌创作和诗坛地位作用较大；而其鲜明的风格——"清"，乃是植根于创作主体之阅历积养、人生处境、性格气质、审美追求的种种凝聚。② 值得一提的是，论述其风格特征，作者不是通过排比作品式的平面印证，而是着力于其形成因素的同步剥示，富有方法论的启示意义。法式善招友雅集的场所主要有"诗龛"与"西涯"。"诗龛"位于法式善居所，他在此与友人唱和并征绘《诗龛图》，此地在当时成为与南方袁枚"随园"并重的北方诗学活动中心之一。"西涯"是明代李东阳故居所在地，与法式善居所毗邻。由于仰慕李东阳，他与朋友开展了一系列纪念李东阳的活动；同时每年李东阳诞生日时招友至西涯宴集，并征绘《西涯图》。通过这些诗歌活动，法式善的交游与诗学主张得以呈现。③ 袁枚为乾隆时代诗坛巨擘，法式善与之交游也被研究。李淑岩指出，袁枚与法式善曾相继以诗坛盟主的姿态立足于乾嘉文坛，法式善作为后学晚辈曾得袁枚的提携与厚爱，为其诗集作序，肯定其诗作才气；诗书往还，有助于提高法式善于众学侣中的地位。同时，二人能相知多年，还得益于在乾嘉诗学论争中，二人有着大体一致的诗学观。④

　　蒙古族文人和瑛（1740—1821），原名和宁，避道光皇帝旻宁之讳改

　　① 云峰：《法式善及其诗歌述评》，《内蒙古社会科学》1985 年第 6 期。
　　② 魏中林：《法式善与乾嘉诗坛》，《民族文学研究》1986 年第 4 期。
　　③ 刘青山：《名士法式善与"诗龛"》，《民族文学研究》2011 年第 1 期。
　　④ 李淑岩：《袁枚序法式善诗集考——兼论袁、法二人的忘年之谊》，《文艺评论》2012 年第 4 期。

为和瑛。他曾任西藏办事大臣、新疆叶尔羌帮办大臣、喀什噶尔参赞大臣、乌鲁木齐都统等边关重要职务。其《易简斋诗钞》收录了他任职新疆、西藏期间所写的 576 首汉文诗歌，以写实手法记载了边庭地区的民族、历史、宗教和山川地理、物产气候等，歌颂了民族团结和祖国统一的局面。吴慈鹤《易简斋诗钞序》有曰："纪缀山海之图，至于范水模山，感时体物，颛缉雅颂，掉掞风骚，乃欧、梅之替人，夺苏、黄之右席。既能思精体大，亦复趣远旨超，自成一家。"评论虽有夸大之嫌，但一定程度上能反映和瑛的诗歌特色和诗坛地位。星汉较早对和瑛的西域诗歌加以专题研究，对其歌咏西域山川景物、风土人情，歌颂西域各族人民的精神，描绘他们的生活，同情他们的疾苦以及艺术上注意画面美、讲究炼字，缺点是掉书袋、用僻典等做了简要分析。[1] 与一般研究者只是涉及《易简斋诗钞》相比，米彦青指出和瑛还有未经刊刻的《太庵诗稿》抄本。两本比勘，《太庵诗稿》初集、二集即作于乾隆二十六年（1761）至乾隆五十一年（1786）间的诗歌 100 余首为前者所缺，而《易简斋诗钞》卷四的全部诗歌作于嘉庆十五年之后，因而不见于《太庵诗稿》。遗憾的是，她也只是从"转益多师中蕴蓄的性情之作""清新意境中的自然山水""独特的边疆少数民族风情画卷""以诗行展示宦行"[2] 四个方面论述《易简斋诗钞》内容，指出其诗歌形态、色彩、声音、气韵特征，而没有对钞本《太庵诗稿》加以研究。孙文杰对和瑛的西藏诗歌和新疆诗歌撰写了专题论文。他指出，和瑛诗歌表现有关西藏的诗篇将近一半，足以证明西藏对和瑛诗歌创作的影响。他以"身在边疆，心系统一""守官西陲，体恤民生""居处西极，描摹风物"三部分来叙述和瑛出入西藏的活动情况、西藏的历史和环境以及其对诗人诗歌作品内容、情感和诗人心态的影响，从而证明西藏与和瑛诗歌创作的密切关系。孙文杰还以相似结构和章节标题对和瑛的新疆诗歌做了专题论述。[3] 需要指出的是，其云："据笔者统计，和瑛留下的新疆题材的诗歌共 77 题 89 首，占诗人现存全部 338 题 576 首诗歌的近五分之一，由此可见新疆在诗人心中的分量，以

---

① 星汉：《蒙古族诗人和瑛西域诗简论》，《新疆师范大学学报》1986 年第 2 期。
② 米彦青：《清代蒙古诗人和瑛与他的〈易简斋诗钞〉》，《内蒙古社会科学》2006 年第 4 期。
③ 孙文杰：《和瑛诗歌与西藏》，《西藏大学学报》2012 年第 4 期；《和瑛诗歌与新疆》，《西域研究》2013 年第 2 期。

及对其创作的强烈影响。"既然和瑛还有《太庵诗稿》抄本，存诗 1060 首，又怎么能说新疆题材的诗歌占诗人现存全部诗歌的近五分之一呢？

　　那逊兰保（1801—1873）是清代蒙古族文学史上有整部诗集并流传至今的首位女诗人，晚清著名诗人盛昱之母。李慈铭《芸香馆遗诗序》有曰："清而弥韵，丽而不佻。高格出于自然，深情托以遥情。怀人送远之什，登山临水之吟，踵机风骚，镕情陶谢。泂足抗美遥代，传示后来，名士逊其食珠，国史炜其彤管矣。"又赞她"蕙性夙成，苕华绝出"。那逊兰保四岁即到北京，深受汉族文化熏陶，然一生不忘故乡，其诗集《芸香馆遗诗》表现了浓郁的蒙古民族特色和民族精神。赵相璧较早对其生平经历和诗歌成就加以概述。① 魏中林从蒙古族和女性诗人的双重角度出发，指出那逊兰保在从语言到心态用其已然接受的异质文化模式表达自己时，所流露的民族眷恋之情具有民族历史变迁的含义；但其遗存诗歌题材和情感、艺术特征等更体现了她作为闺秀诗人的特点。② 白代晓也对那逊兰保的成长中外祖母和老师的作用及其诗歌特征做了论述。③ 杜家骥则对那逊兰保的生平系列事件加以考证，揭示了其出身、生年、年寿、家世及其出身的蒙古王公家族与清廷的关系，论述了那逊兰保在京师所受到的文化教育与熏陶、对其子满族著名文人盛昱的影响；对史籍及论著中的一些错误进行了辨析，并以那逊兰保及其同类史事为例，阐述了满蒙汉民族血缘融合及文化方面的交融现象。④ 阿如那将那逊兰保与李清照对比，指出家庭、民族、性别因素对她的文学创作有极大的影响，因此，研究其人其作，首先必须通过对她的社会环境、生活经历的分析去挖掘其创作思想和创作心理，这样才能诠释她特有的写作心态和精神风貌。阿如那还从民族精神的角度，论述那逊兰保诗歌的独特性。⑤ 米彦青指出，由于生活环境的限制，那逊兰保诗歌的主要类别为与亲友的奉赠送别诗，主要内容是对日常化生

---

　　① 赵相璧：《清代蒙古族女诗人那逊兰保》，《内蒙古社会科学》1982 年第 4 期。

　　② 魏中林：《心清自得诗书味情深只好寄诗看——清代蒙古族女诗人那逊兰保诗歌创作简论》，《民族文学研究》1989 年第 6 期。

　　③ 白代晓：《那逊兰保及其〈芸香馆遗诗〉》，《内蒙古社会科学》1992 年第 6 期。

　　④ 杜家骥：《清代蒙古族女诗人那逊兰保及其相关问题考证》，《民族研究》2006 年第 3 期。

　　⑤ 阿如那：《蒙古族"易安居士"那逊兰保——家庭、民族、性别对其诗歌创作的影响》，《呼伦贝尔学院学报》2006 年第 3 期；《诗集〈芸香馆遗诗〉所反映出来的民族精神》，《内蒙古民族大学学报》2009 年第 1 期。

活事件的描摹。风格或清新明快，或绮丽柔婉，呈现出对唐诗的接受特色。其诗歌成就与其固有的民族属性、家族文学浸染和时代女性创作风会有很大关系。①

清代纪行诗创作兴盛，著名者有陆鸣珂《使蜀诗草》、乔莱《使粤集》、徐兰《出塞诗》、松筠《西招纪行诗》、柏葰《奉使朝鲜驿程日记附诗》等。延清（1846—1920）的纪行诗和纪事写实诗，堪为近代蒙古族诗人的代表。其《庚子都门纪事诗》记载了1900年八国联军侵略中国庚子事变，时人多以杜甫"诗史"赞誉之。这种以诗记史的创作形式，融会了文学的形象与历史的真实，又多以大型叙事组诗的形式出现，这使得其诗个性鲜明，特色明显，因而也成为近20年来民族诗文研究的重点。忧愤国事和反映时局为延清诗歌的重要内容。"延清……继承中国诗歌史上现实主义的优良传统，深刻反映了这一特定时期的社会现实，使他在近代蒙古族汉文作家群里，成为写诗最多，反映现实最丰富的名副其实的现实主义诗人。"② 荣苏赫所说："延清……的创作成就和影响，不仅在清末民初，而且在整个近代的蒙古族汉文作家中都是最突出的，是一位创作数量最多、反映现实最深入的杰出的现实主义诗人。"③ 荣苏赫等主编的《蒙古族文学史》、云峰的《蒙汉文学关系史》将延清单列一节，对其生平和诗歌的思想内容、艺术成就加以简要概括。周振荣在汲取他人成果的基础上，也对延清的"诗史"性内涵从以诗记史、补史，叙事中带有议论和抒情，风格沉郁悲慨，情辞激越等四个方面做了分析。④

满族文人纳兰性德研究是清代文学研究，甚至中国古代文学研究的热点，从王国维、梁启超以来就备受关注，大量论著产生。不过，这些研究，绝大部分为词学研究，诗文研究相对较少。这既与纳兰性德的诗歌成就本身不如词有关，也与研究者对清代诗文缺乏深厚积淀与积极态度，以至于难以言说有关。整个20世纪对纳兰性德的诗文研究较少，21世纪以

① 米彦青：《蒙汉诗歌交流视阈中的那逊兰保创作》，《苏州大学学报》2014年第4期。
② 云峰：《近代蒙古族现实主义诗人延清》，《新疆社科论坛》1991年第2期。
③ 荣苏赫、赵永铣等主编：《蒙古族文学史》（第三卷），内蒙古人民出版社2000年版，第609页。
④ 周振荣：《延清"诗史"价值与意义探析——以〈庚子都门纪事诗〉为例》，《西南农业大学学报》2009年第5期。

来，相关研究逐渐增多，甚至出现了几篇以纳兰性德诗歌为研究对象的硕士论文。赵维平高度评价纳兰性德的诗歌成就，认为其汉语诗歌创作不仅数量众多，而且取得了不比汉族一流诗人低的成就。他每一传统题材、每一诗歌体裁都有上乘之作，组诗尤为功底深厚；虽为八旗亲贵，但对汉族士林和汉族文化有天然的认同，其诗歌理论体现了当时清廷的要求和文学发展趋向，其朴质平和、清丽蕴藉的诗风对康熙诗坛、乾隆诗坛的主导潮流有先声引导之功。① 还有将纳兰性德的边塞诗与边塞词并列论述的，如孟盛彬从觇索伦之行对纳兰性德的特殊意义入手，指出此行所写的边塞诗词形象地体现词人对战争的态度以及对故土、边地的一往情深，具有很强的地域文化色彩和民族气息。此外还从作品中表现出的悲感、冷逸的基调入手，对生理现象导致的心理机制进行了探讨。② 有的对纳兰性德的诗词意象加以分析，分为自然意象、社会意象、人类自身意象、人的创造物意象和人的虚构物意象五个部分。还有的从纳兰性德的"关东题材"着眼，指出其蕴含的民族文化心理。如孙浩宇认为，纳兰性德的家世、身份、气质、才华决定了他是清代一个特殊的文化符号。由其东北"关东题材"的诗词可以看出纳兰特殊的民族文化心理，即对满族贵族身份的压抑和对汉文化的极度追慕。这种文化心理在清初具有典型性和特殊性，同时也有着汉文化传统思想和政治等多层内因。薛柏成等则以纳兰性德的"关东题材"诗词为研究对象，指出其多围绕着关东文化的独特之处展开，从价值观到风土人情到民族心理，继承和发扬了满族文化内在的淳朴和真诚，又汲取了汉族文化之精髓，是对中华民族传统文化的消融和整合，具有较大的文化学意义，对进一步研究纳兰性德以及东北满族历史与文化有重要的参考价值。③

满族女性文人顾太清（1799—1877）诗词、小说、戏曲兼善，才气恣肆，其文学成就反映了清代文学创作中女性地位的崛起和女性文学的兴

---

① 赵维平：《论纳兰性德的诗歌创作》，《民族文学研究》2008 年第 1 期。
② 孟盛彬：《不恨天涯行役苦——纳兰性德觇索伦边塞诗词的文化阐释》，《满族研究》2009 年第 2 期。
③ 孙浩宇：《谈纳兰性德诗词的"关东题材"及其民族文化心理》，《长春师范学院学报》2010 年第 9 期；薛柏成、高超：《纳兰性德"关东题材"诗词的文化学意义》，《吉林师范大学学报》2013 年第 3 期。

盛。近百年对顾太清的研究，集中在诗词版本的考证、生平身世的辨析、作品思想内容和艺术特征的分析及评价上。特别是将之与纳兰性德对举，成为清代第一女词人，因而对其词的研究要超过对其诗歌和生平经历、交游的研究。魏鉴勋较早对顾太清的诗词思想内容加以探讨。[①] 张璋则对顾太清的身世家庭、生活经历（坎坷的少女期、美满的婚配期、多事的孤寡期）、诗词小说等文学成就做了细致完整的论述，[②] 从而凸显了其文学成就和文学史地位。柯愈春对顾太清集的版本做了考订。他读到顾太清的诗词原稿《天游阁集》，共六册，前半是诗，后半为词，词集又有分书名题《东海渔歌》。内有涂抹割裂，多属订正删汰，所改字句与原稿笔迹一致，实为改定之本。诗集后有宣统元年甘遁（吴昌绶）跋语，称"皆当日手订原稿"。以此稿与清末及民国间几种印本对校，见稿本删动之处印本未予改正，且印本多失载及错乱，印本所据当是未定残本。这就清晰地显示了手稿本和通行的印本之间的区别。又对顾太清与龚自珍的情恋关系做了考证。[③] 黄仕忠则从顾太清的《桃园记》传奇说起，认为演萼绿华与白鹤童子相恋结合故事，实寓本人情史。太清初嫁某付贡，不久寡处，在嘉庆末与荣王府奕绘贝勒相恋，遭王府长辈拒绝。至道光四年（1824）才有转机，嫁为侧福晋。而奕绘去世后三月，太清母子即被婆母逐出家门。相传太清被逐，缘于与龚自珍有"暧昧之事"，即所谓"丁香花"疑案。近人孟森、苏雪林已辨此说之非。但龚、顾二人相识并有过诗词唱和，则无疑问。顾太清在道光三年（1823）前，已与定庵相识相慕，定庵在此年前后所写的若干诗词亦是为太清而作。[④] 此外，在对顾太清的诗作进行阐释分析的基础上，从作者的人生经历、道家思想濡染、明清女性文人回归佛道的审美追求以及社会环境的影响等角度入手，分析顾太清诗中的梦幻思想及其形成的文化背景；从女性文学的角度分析顾太清题咏女性诗词集的社交应酬功能、形成的女性文学社群等也都有了专题论文。清代满族宗室诗

---

①　魏鉴勋：《论顾太清诗词的思想内容》，《满族研究》1985 年第 2 期。

②　张璋：《八旗有才女　西林一枝花——记清代满族女文学家顾太清》，《文学遗产》1996 年第 3 期。

③　柯愈春：《读顾太清手稿——兼及顾太清与龚自珍的情恋》，《社会科学战线》1996 年第 5 期。

④　黄仕忠：《顾太清与龚定庵交往时间考》，《中山大学学报》2009 年第 2 期。

人盛昱（1850—1899）编有《八旗文经》，学术界对其生平、家世和诗歌研究也较多。代表性的如银长双较早对盛昱的身世、经历和思想做了介绍，又从感慨抒怀、归隐课田、游山写景、题画论诗四个方面分析其作品内容，指出其诗主要特色为"娴雅谐练，沈郁酸楚"。①

回族文士蒋湘南（1795—1854）的文学成就与文学思想研究取得了较大成就，白崇人、关爱和和李佩伦等在 20 世纪 80 年代就对其加以专题研究。白崇人对蒋湘南的身世、交游、经历、学术思想、诗歌和古文理论等做了简要论述。李佩伦对蒋湘南诗学观点，如主张写实，反对模拟，发挥诗歌的社会功能，关心民瘼民生以及其咏史诗、行役诗和山水诗特征等做了简要论述，这启发了后来者的研究。蒋湘南反对宋以来的道学，强调人情、时事与天地消息参验而出即为"道"，不是理学家空谈性命之道。张大新对蒋湘南的否定道学、推崇经世致用、反对拘泥于旧说、注重调查分析、溯源辨流、审核名实、贵独创、重行知的思想，对其经学、史学、文学和宗教与自然科学都做了简要论述，视野开阔，观点鲜明。②吕双伟细化了对蒋湘南诗歌的文本研究，认为无论是行旅纪游、咏史怀古还是题诗题画、赠友怀人，蒋湘南诗歌都呈现出奇崛雄健的特征；语言上新奇拗折，结构上以文为诗，风格上豪迈雄健为其主要表现；古体诗学韩愈、李贺的险怪奇崛而无韩孟诗派后学的晦涩生硬；近体诗学杜甫健举沉雄又兼具李白的清新俊逸；豪情、奇思和饱学等是蒋湘南奇崛雄健诗风的内在动因。③

二 文学理论批评研究的兴起与家族宗族文学等研究的发展

清代文学批评和理论达到了古代最高水平，堪称一代之代表。法式善及其《梧门诗话》研究、纳兰性德诗文理论研究和蒋湘南的诗文批评研究，为清代民族诗文批评研究的主要内容。其中，又以对法式善的诗学研究为热点和重点内容。

---

① 银长双：《宗室盛昱与〈郁华阁遗集〉》，《民族文学研究》1992 年第 1 期。
② 参见白崇人《论清代著名回族学者、文学家蒋湘南》，《固原师专学报》1981 年第 2 期；李佩伦《清代回族诗人蒋湘南的诗歌创作》，《中央民族学院学报》1987 年第 3 期；张大新《蒋湘南和他的〈七经楼文钞〉》，《信阳师范学院学报》1988 年第 4 期。
③ 吕双伟：《嘉道回族文士蒋湘南诗歌析论》，《民族文学研究》2012 年第 2 期。

　　王士禛的神韵论、袁枚的性灵说对法式善都有影响，但他在学习的同时力图跳出窠臼，自我创新。根据自己的诗歌创作经验和审美兴趣，法式善提出了"诗以道性情"的观点和追求清幽的审美趣味。马清福较早对法式善的诗论和文论加以论述，指出其诗歌主张抒发性情，文章表达"心"，是表现"情"和"感"。① 云峰则对法式善的诗歌美学观从五个方面加以分析，即对诗歌抒情言志艺术特质的认识、对诗歌需寓情志于形象这一美学命题的认识、对情与物境（景）关系的论述、关于"兴会""神到""悟性"的论述、诗人创作中的独特美学追求——清幽②，较为清晰地凸显了法式善的诗歌美学观。魏中林将法式善的序、跋和论诗诗及《梧门诗话》三者有机融合起来，从本体论、创作论和风格论三个方面论述其诗学思想。他指出，从创作主体出发，对诗人"性情"至要地位的肯定为本体论内涵；创作是个以"诗情"为中心的主客之间互相交融的过程，尤在主体情感"体验融会"的能动性，使"境"内化于"性情"，达到"情与境会"的统一，为创作论内涵；提倡清峭幽远的审美趣味为风格论内涵。最后论述了它们在乾嘉诗学格局中的突出地位。③

　　《梧门诗话》是法式善经过多年编撰而成的清代著名诗话，相关的研究成果很多。《梧门诗话》共 16 卷，评诗条目约有 898 则之多。卷一至卷十四品评了同时代的有名之士和无名之士的诗歌，卷十五、卷十六则是当时诗坛上的闺秀（一百余人）的诗歌。全篇着重于"康熙五十六年（1717）以后之人"的作品，《梧门诗话》多乾隆、嘉庆两朝文献，是研究乾嘉诗坛上的诗人思想与诗歌作品的重要资料。陈少松认为《梧门诗话》论诗主性情，重创新，对袁枚的"性灵"说既有所张扬，又有所修正；评骘清诗无门户之见，公道持论，时见精彩；对吴伟业等人长篇纪事诗的充分肯定和对众多女性诗人的高度评价亦具卓识④，刘靖渊将诗歌发展与诗话内容结合起来，从乾嘉之际为诗歌转折时期入手，指出当时诗歌

---

① 马清福：《蒙古族文艺理论家法式善》，《民族文学研究》1986 年第 2 期。
② 云峰：《法式善诗歌美学观简论》，《中央民族学院学报》1988 年第 3 期。
③ 魏中林：《法式善的诗学思想及其在乾嘉诗坛上的地位》，《民族文学研究》1993 年第 3 期；其《法式善诗学观当议》（《内蒙古社会科学》1992 年第 3 期）大部分内容与此文相同，不赘述。
④ 陈少松：《评法式善〈梧门诗话〉》，《南京师范大学学报》1999 年第 5 期。

评论普遍跳出了唐音、宋调的框架，多从自我心声出发；又"诗歌创作的队伍结构及重心有了明显的变化，相对于清代中前期的以台阁大僚为创作主流和风气领袖，本时期中下层官吏及寒士诗人的崛起成为诗坛一道引人注目的风景线，而闺阁诗人以群体姿态步入诗歌领域弥补了诗歌界的一大空缺。作为乾嘉之际诗坛的重要诗人和领袖之一，法式善既是风气所化的得益之人，又是促动风气继续光大的重要成员。其《梧门诗话》也是这两种因素共同作用的成果。而法式善所兼具台阁诗人身份又使他所表现出来的变化比他人更能显示整体时势的趋向性"[1]。论述较为深入、合理，基本符合乾嘉之交诗坛风尚。宏伟较早以专著形式对《梧门诗话》加以校点和注释，对作者生平、经历和诗学主张、《梧门诗话》创作背景及其特点、理论框架及其贡献等做了较为详细的分析。[2] 李前进将法式善的诗歌创作和《梧门诗话》诗学观念结合起来，说明其诗歌美学追求"清峻""清淡"和"幽旷""幽寂"，从而形成了"清幽"之美。[3] 米彦青论述了法式善的"唐诗观"的两大特征，即在对唐诗的接受中，其诗论主体意识一旦形成，便产生了一种向后延伸的历史积淀，为自己及其后诗作追随者对唐诗的接受和评价定下了一个主调；另外诗话中对王孟诗渊源的探讨及其"清""淡"艺术风格的寻绎，进而认为"在当时诗坛就已经显示，法式善的诗学见解，特别是对抒情主体的个性特质的辨认和对唐代王孟诗风的品评上，已经卓然于当时，成为与袁枚、沈德潜、翁方纲并称的大家"。[4] 李淑岩将《梧门诗话》的编选范围、特点等与袁枚的《随园诗话》、洪亮吉的《北江诗话》等加以对比，突出法式善的编撰意图和编选意义，指出《梧门诗话》："收录诗人、诗作数量多、地域广，且无门户之见，兼收众长，在这一时期的诗话中，颇具特色。长期而广泛地编选《梧门诗话》，为法式善在文坛赢得了很高的声誉，并为其在乾嘉时期北方诗坛盟主地位的达成构建了一个不容忽视的平台。"[5] 还指出："《梧门诗话》历时20余

① 刘靖渊：《谈乾嘉之际诗歌的发展——兼述〈梧门诗话〉》，《内蒙古师范大学学报》1999年第6期。

② 宏伟：《论〈梧门诗话〉的创作背景及其特点》，《内蒙古师范大学学报》2003年第3期；《法式善〈梧门诗话〉研究》，辽宁民族出版社2006年版。

③ 李前进：《试论法式善〈梧门诗话〉美学追求》，《内蒙古民族大学学报》2008年第3期。

④ 米彦青：《从〈梧门诗话〉看法式善的唐诗观》，《内蒙古大学学报》2010年第2期。

⑤ 李淑岩：《〈梧门诗话〉编选与法式善诗坛地位之确立》，《求是学刊》2013年第5期。

年，收录了 1200 余位诗人，籍贯可考者 500 余人，涉及 18 省和 1 个将军辖区（奉天府），在行政区划上几乎遍及全国，足可与袁枚《随园诗话》所录'十三、十四省'之众相较量，可见法式善广取博收并非虚言。"《梧门诗话》之外，法式善编选的《八旗诗话》也被研究。该诗话是一部关于八旗文人诗歌批评的专著，也是文学史上的第一部，也是唯一一部专门论述八旗文人诗歌创作的诗话。李淑岩认为，《八旗诗话》所呈现的法式善诗学观主要表现为三个方面，即诗歌的审美取向上崇尚唐音、诗歌创作的本体论上主张"性情"和师古的态度上力倡学古而求变，追求独创。① 关于《梧门诗话》的版本，有北图本和台湾本，强迪艺指出，北图本不但不全（佚失卷八、九、十），而且反映的是此书早期的面目；台湾广文书局《古今诗话续编》及文海出版社《清代稿本百种汇刊》影印的16 卷本为更好的版本。两本比勘，可以发现《梧门诗话》写作修改、卷数分合的情况。②

法式善编选的《同馆赋钞》也被深入研究。律赋为唐代科考科目内容，宋、金继之，元代断断续续，明代则废。清代科考以八股文为主，但多不废律赋。清代考赋的科目有童生、生员试、学政观风试、召试、朝考、庶吉士月课、散馆、大考等。其中，翰林院馆课、散馆、大考均考律赋，于是继唐代之后，律赋在清代复兴，大批馆阁赋集出现。潘务正认为，汇集乾嘉时期翰苑考赋之作的法式善《同馆赋钞》最具有代表性。其所选赋作体现了赋予学术的结合、讽喻的消解以及颂圣之风的昌炽、清秀的赋风等特色；馆阁赋在当时社会上产生了巨大的影响。③

纳兰性德博学多才，经学、史学、乐学以及书学、佛学等都造诣精深，对诗文也有自己的独特看法。《原诗》《赋论》《原书》《名家绝句钞序》《与梁药亭书》《与韩元少书》等文及《渌水亭杂识》笔记中都有文论批评。禹克坤较早对纳兰性德的文艺思想加以专题研究。他将纳兰性德的《原诗》与叶燮《原诗》比较，指出两者都主张诗歌要自立独创，反对依傍模拟；纳兰性德推崇唐诗，在创作上刻意追求丰神情

---

① 李淑岩：《论〈八旗诗话〉与法式善的诗学观》，《学术交流》2012 年第 5 期。
② 强迪艺：《〈梧门诗话〉是如何从十二卷变为十六卷的》，《图书馆杂志》2004 年第 8 期。
③ 潘务正：《法式善〈同馆赋钞〉与清代翰林院律赋考》，《南京大学学报》2006 年第 4 期。

韵，在理论上主张独抒性情；具有文艺历史观，等等。从而具有重要的
文艺思想史地位。① 分析深刻，影响较大。张佳生稍后以《原诗》和《赋
论》为论述对象，指出其诗学上抨击清初诗坛种种流弊，主张抒写自家性
情；全力反对模仿，坚持创新道路；赋学上同意并提倡"赋家之心"及强
调赋要"本于经术"。② 主要内容和禹克坤文章一致。罗艳认为纳兰性德
的诗歌观念是要书写诗人的情感个性，应重视情致的书写，倡导比兴寄
托，主张恰当用典、学古求变，反对因袭模仿等。③ 内容沿袭前人不少，
新变不多。

　　蒋湘南的文学理论与批评取得了较大成就，在中国文学批评史上占有
一席之地，因此，相关研究也较为深入。关爱和对蒋湘南的文学理论，如
对袁枚和翁方纲诗派诗论的辩证对待，在骈文、散文方面的骈散合一思想
以及古文和诗歌创作成就做了论述。李佩伦也对蒋湘南的生平、思想、学
问做了简述，对其重视"思""感"和文学的形象性、含蓄性，反对模拟
的诗学思想，对桐城派弊端的批评等做了论述。④ 吕双伟对蒋湘南的骈散
观做了较为深入的论述，指出：骈散交融，文笔融合而不偏于一端；反对
以时文为古文、剪裁驾空诸法为古文，提倡反映典章制度和日常生活情事
的真古文；反对古文空谈性命，呼吁古文展示人伦日用和博古通今之道；
肯定写古文可以从模拟入手，但不是从散行非韵的笔，而应该从押韵的文
入手等是蒋湘南骈散观的主要内容。⑤

　　在文化和文学繁荣的背景下，在诗书传家长的社会氛围影响下，清代
家族文学十分兴盛，少数民族家族文学，主要是诗文也取得了较大成绩。
家族文学视角是当今清代文学研究的重要方法。家族精神氛围和精神，积
淀为家族传统，成为一种心理情结和文化基因，对后人影响较大。和瑛
（1741—1821）家族文学人才辈出。米彦青对和瑛、其子璧昌、璧昌之子
谦福、和瑛之曾孙锡珍的诗歌内容和艺术特色做了简要分析，认为，和瑛

---

　　① 禹克坤：《论纳兰性德的文艺思想》，《民族文学研究》1986 年第 1 期。
　　② 张佳生：《纳兰性德诗赋论二评》，《满族研究》1987 年第 1 期。
　　③ 罗艳：《论纳兰性德的诗歌创作观》，《石河子大学学报》2007 年第 3 期。
　　④ 关爱和：《蒋湘南文学略论》，《中州学刊》1985 年第 3 期；李佩伦：《笔底张衰钺，岂
在风月铺——清代回族诗人蒋湘南文学思想略论》，《民族文学研究》1986 年第 1 期。
　　⑤ 吕双伟：《论嘉道学风下蒋湘南的骈散观》，《民族文学研究》2009 年第 4 期。

家族所作都以揣摩唐诗、融入个人特性为根本，并在创作中呈现出雍容闲雅的特色，表现出相似的艺术风格。和瑛四代既是科第世家，也是官宦世家，其家族文学不仅对边疆文化建设，而且对蒙汉文化交流也做了杰出的贡献。和瑛成为清代除法式善外，影响面最广的蒙古族汉文诗人。① 米彦青还对清中期法式善、和瑛、博卿额等蒙古族文学家族的文化传承和文学修养、文学创作特征做了分析。② 杨兰从那逊兰保的个体研究扩展到其家族文学研究，梳理了那逊兰保文学家族成员的谱系，整理了其中重要的诗人那逊兰保、其外祖母完颜金墀及其儿子盛昱的身世和生平资料，并对他们诗歌作品的内容和艺术特色做了比较和分析，从而寻找他们的诗歌作品在内容主题和艺术风格上的传承性，并探究这个具有蒙、满混血血统的文学家族与清政府的民族文化政策的关系。③ 与家族文学有关但又不同的是清代宗室文学，在清代文化和文学繁荣的背景下，它同样取得了突出成就。张佳生对清代满族文学，包括宗室作家群体有较为深入和全面的研究，付出心血颇多。他对清代宗室作家群概况和兴盛的原因、宗室作家与汉人的交往、代表性文人的诗文内容、地域特色、融会满汉文学文化的特点及宗室女性诗人等有专门论述，特别是对高塞、岳端、塞尔赫、文昭、允禧、永奎、永忠、敦诚、佟佳氏、永恩、奕绘、裕瑞、奕志、宝廷、盛昱等人的诗文加以专门分析和论述，较早全面地对清代满族宗室文学做了探究。④

从清代蒙汉关系来论述清代民族文学，也是此时的拓展方向之一。苏利海以清代满汉词学互动为例，提出一种新的少数民族文学研究范式。他主张通过研究范式的转变，即把从前以汉族文学为主体的单向性研究视角转换成满汉并立的平行视角，并以此来重新审度一些人所共知的清代词学现象，从而寻找文学史背后潜藏的阐释空间的多维性，而这种寻找的背后无疑也正折射了少数民族文学研究深厚的生命力。⑤ 清代蒙古族作家辈出，

---

① 米彦青：《清代边疆重臣和瑛家族的唐诗接受》，《民族文学研究》2010 年第 2 期。

② 米彦青：《清代中期蒙古族家族文学和文学家族》，《内蒙古大学学报》2011 年第 2 期。

③ 杨兰：《那逊兰保家族文学研究》，硕士学位论文，内蒙古大学，2013 年。

④ 张佳生：《独入佳境：满族宗室文学》，辽海出版社 1997 年版；《清代满族文学论》，辽宁民族出版社 2009 年版。

⑤ 苏利海：《少数民族文学研究：一种新的文学史视角——以清代满汉词学互动为例》，《民族文学研究》2009 年第 1 期。

成就可观,在中国古代文学史上占有重要地位。博明、梦麟、和瑛、法式善、松药、花沙纳、博迪苏、那逊兰保、旺都特那木济勒等堪为代表。扎拉嘎认为,这是蒙汉文化交流的结晶,是在汉族文学与文化影响之下,蒙古族文学与文化精神的主体自觉重构活动。正是经过了这种自觉的重构活动,蒙古族文学才发展成为结构完整的民族文学。①

随着清代民族文学研究的深入,加上接受美学对古代文学研究的影响,从接受的角度研究清代民族诗文的前代印记或者继承与变革,就成为清代民族诗文中的一个话题。例如少数民族对唐诗的接受,一方面丰富了自己文化文学因子;另一方面也提升了唐诗在文学史上的经典地位。米彦青对清代蒙古族文人的唐诗接受现象的研究,可视为这一领域的新气象。在发表系列蒙古族汉语创作的接受论文的基础上,米彦青出版《清中期蒙古族汉语创作的唐诗接受史》。该书对梦麟、和瑛、法式善等人的唐诗接受现象分析较为细致,对当时社会的唐诗接受概况和他人评论有较多叙述,以作家们的诗歌创作影响史作为清代蒙古族诗人唐诗接受史的核心,力所能及地进行理论概括和提升,从而勾勒了蒙古族文人对唐代诗人的接受对象和选择变异。② 这种接受,实质上是一种文学交流和文化碰撞,对双方文学的发展都有促进作用。米彦青还对法式善接受唐代王孟诗风做了探讨。认为乾隆盛世的诗学导向和淡泊的个性,成就了法式善以清雅见长的诗风;他在致力于对唐代王孟一派的摹写的同时,也在某种程度上表现出师法杜甫、白居易和晚唐诗风的诗歌倾向。在他那些熔铸着人生际遇、人文关怀和审美趣味的诗歌中,能够看到他在追踪王孟一派时,襟怀颇为包容,表现出了在唐诗影响下创作的多样性。③

此外,少数民族文学史编撰越来越多,对清代民族诗文的重视也越来越多。1949 年以前,少数民族文学很难进入研究者的视野,清代民族诗文研究更是几乎无人问津。如邓敏文所引:"据统计,自 1882 年到 1949 年的 67 年中,先后出版了(包括重版)中国文学史、文学批评史、文学要

---

① 扎拉嘎:《比较文学:文学平行本质的比较研究——清代蒙汉文学关系论稿》,内蒙古教育出版社 2002 年版。

② 米彦青:《清中期蒙古族汉语创作的唐诗接受史》,内蒙古教育出版社 2009 年版。

③ 米彦青:《论唐代王孟诗风对法式善诗歌创作的影响》,《南京师范大学学报》2010 年第 1 期。

略等各种史论 434 部。然而在这样多的著述中，遗憾的是难寻少数民族文学的踪迹，名为中国文学史，实为汉文学史或汉文学史论。在这些著作中，只有 1938 年出版的陈遵统的《中国民族文学讲话》、1943 年出版的梁乙真的《中国民族文学史》和 1940 年出版的卢冀野的《民族诗歌论集》提到民族和民族文学，但含义不可能与今天少数民族文学等同。"①新中国成立后，现当代民族文学研究逐渐兴起，和清代诗文研究备受冷落的处境一样，清代民族诗文研究还是十分冷落。但是，少数民族文学史的编撰不仅仅是学者的私事，而且是国家的公事，是一项重大的文化工程，1958 年 7 月中宣部就组织实施。因此，随着时代的发展和清代诗文研究的兴盛，对清代民族诗文的关注也越来越多。20 世纪 80 年代初期，国家启动"七五"和"八五"重点项目"中国少数民族文学史丛书"的规划和编写工作。在国家意志和政策的支持下，各民族文学史研究如雨后春笋般产生，形成了少数民族文学研究中一道亮丽的风景线。"截至 1999 年以来，已经有壮、蒙古、藏、满、回、朝鲜、侗、布依、傣、仫佬、毛南、黎、京、水、仡佬、彝、白、纳西、哈尼、拉、布朗、羌、土家、苗、瑶、土、哈萨克、维吾尔、乌孜别克、鄂伦春、赫哲、东乡、保安、塔吉克、珞巴、普米、阿昌、基诺、傈僳、佤、达斡尔、德昂等 40 多个民族的文学史或文学概况编撰完成，其中绝大多数已经面世，少数在出版中。有的民族还出版了多种，故总计多达 80 多种，不但《中国少数民族文学史丛书》业已大部分完成，编外任务还出版了几十种。"② 从 1999 年至今，民族文学史的编撰仍旧流行，或修订，或新编，或扩充，极大地丰富了少数民族文学研究内容。

新中国成立以来的中国少数民族文学史，特别是最近出版的民族文学史中的清代民族诗文内容就值得关注。这些内容往往是作者多年研究成果的结晶。如 2012 年，辽宁大学出版社推出的《满族文学史》四卷，其中第二、三、四卷为清代满族文学史内容，诗文内容为各卷的主体。赵志辉主编《满族文学史》（第 2 卷）对满族文学的先驱者高塞、鄂貌图、卞三元的诗文、康熙帝玄烨的诗文创作和理论、清代前期宗室诗人的诗文（爱

---

① 邓敏文：《中国多民族文学史论》，社会科学文献出版社 1995 年版。
② 梁庭望：《20 世纪的中国少数民族文学研究》，《中南民族学院学报》2001 年第 1 期。

新觉罗·吞珠、博尔都、塞尔赫)、宗室诗人岳端及其诗歌、"宗室高人"文昭及其诗歌、清代前期文学皇子的诗歌与文论、清代前期满洲士人的诗歌创作(顾八代、徐元梦、鄂尔泰、马长海、阿克敦)、满族文学大家纳兰性德的词诗文、清代前期八旗汉姓文人的诗文(曹寅、佟世思、范承谟、李锴、陈景元)、清代前期宗室与满族士人的散文创作、满族著名文学家纳兰常安的诗文及理论等。① 马清福主编《满族文学史》(第 3 卷)共 16 章,内容基本上为诗文,如第一章为"尹继善的诗歌和散文",包括"尹继善的生平与创作""尹继善的诗歌思想内容""尹继善的诗歌艺术成就""尹继善的散文"四节。第二章为"乾隆时期宗室诗人的诗歌",包括"乾隆时期宗室诗人群""宗室诗人书诚""永意及其《神清室诗稿》""永忠及其《延芬室诗稿》""乾隆时期宗室诗人的诗歌理论"和"雍正皇子的诗歌"六节。第三章为"敦诚的《四松堂集》与敦敏的《懋斋诗钞》",包括"兄弟诗人敦敏与敦诚的家世""敦诚的记游诗和驳论文""敦诚表现隐居思想的诗文""敦诚的田园诗和村居诗""敦诚的咏物诗""敦诚的怀古诗和感怀诗""敦诚诗歌的艺术特色""敦敏的生平与《懋斋诗钞》"八节。第四章为"乾隆帝弘历的诗文与其皇子的诗歌",包括"弘历的诗歌""弘历的散文""弘历的文章理论""永城与《寄畅斋诗稿》""永珞与《九思堂诗钞》""皇子大诗人永理""永堪与《日课诗稿》""嘉庆帝颙琰的诗文"八节。② 此外,该书还对观保和德保的诗歌、明泰与《拙庵诗钞》、和琳与《芸香堂诗集》、图塔布与《枝巢诗草》、诗人萨哈岱和铁保的诗词内容与风格、诗论、斌良与《抱冲斋诗集》、文冲与《一飞诗钞》、清代中期宗室作家的散文、宗室著名文学家裕瑞的诗文及理论、英和与奎照父子的诗作、清代中期满族士人的散文和杂著序跋、多隆阿诗文与恒龄诗作、奕绘与顾太清的诗词内容和艺术特色等做了简要论述。应该说,清初至嘉道年间的满族诗文名家,都已经囊括其中了。邓伟主编《满族文学史》(第 4 卷)内容为清代后期满族文学,即从鸦片战争到五四运动时期(1840—1919)。全书共 15 章,13 章内容为诗词文。依次为"昇寅与宝琳、宝珣父子和其他诗人诗作""觉罗舒敏、崇恩、廷

---

①　赵志辉主编:《满族文学史》(第 2 卷),辽宁大学出版社 2012 年版。

②　马清福编:《满族文学史》(第 3 卷),辽宁大学出版社 2012 年版。

奭家族的诗文""恩锡的诗与词和同时期文人诗词""宝鋆、恩华、音德讷的诗作""承龄诗词与遐龄杂录""崇实、庆康、多敏的诗作""长善、魁玉及诗作""宗室宝廷与《偶斋诗草》""宗韶与《四松草堂诗略》""毓俊与《友松吟馆诗钞》"等。① 当然，拘于文学史体例，这些章节的内容多分为生平与著述介绍、思想内容和艺术成就三部分，偏重于对史的勾勒和纵向梳理，横向拓展和深入挖掘不够。

除了单一民族文学史外，综合性民族文学史也不断问世。如《中国少数民族文学史》《中国少数民族文学比较研究》和《中国少数民族文学概论》就涉及清代民族诗文研究内容。更加重要的是，融会汉族和少数民族文学的《中华文学通史》问世。该书共 10 卷，550 多万字，共 281 章，其中少数民族文学专门章节 54 章，占 19%。② 该书虽然叙述汉文学与少数民族文学时给人游离之感，两者不能浑然一体，但从编撰体例和选择内容来看，它选择少数民族文学且内容近五分之一，堪称前所未有，无疑具有重要的开拓性意义。同时，较为权威的诗歌史、文学史已然开始关注到了法式善，使得法式善的文学创作第一次在清诗史及中国文学史的撰写上有了一席之地。如严迪昌的《清诗史》、陈文新主编的《中国文学编年史·清前中期卷》就对清代民族诗文较为重视。

三　清代民族诗文研究的反思

清代民族诗文，如满、蒙古、回等民族作家的个案研究已经展开，重要作家和文学现象已经涉及，并且逐步从"点"（作家作品）向"面"（家族宗族）延伸，结合民族交往、民族影响等现象，开始了综合研究，多方位、多民族的诗文研究格局已经形成。但是，正如陆草在概括 20 世纪的近代诗文研究时，总结反思说："大多数研究成果还是线性思维的产物。除了思维方式的因素以外，主要在于研究者的文化准备不足和学养欠缺，对近代文化和近代文学的整体还缺乏深入的了解和合理把握。其表现为：（1）研究对象大多局限于一般的文学现象，缺乏深刻性和系统性；（2）研究成果多为对作家作品的一般性描述分析，缺乏

---

① 邓伟主编：《满族文学史》（第 4 卷），辽宁大学出版社 2012 年版。
② 张炯、邓绍基、樊骏主编：《中华文学通史》，华艺出版社 1997 年版。

概括性和理论性；（3）研究方法大多未脱机械反映论的窠臼，缺乏综合性和思辨性。"① 清代民族诗文研究，同样存在着上述问题，需要认真反思与完善。

从研究对象来说，开拓研究领域，促进文体、作家、家族和民族属性的越界与融合。清代民族文学研究成果，主要集中在作品搜集整理、作家生平、仕履考证、作品注释和思想内容、艺术风格的评价等方面，与汉族文学的互动与相互影响、多民族文学之间的关系、作家诗文别集的整理和校勘等方面都严重不足。我们不仅重视个案研究，同时要加强综合研究；不仅要重视少数民族文学史的构建，还要重视横向的深入挖掘，多面阐释。由此构建起一个有点有面，纵深挖掘和横向拓展相结合的研究框架，使得清代民族诗文研究更加迅速发展，成为清代文学研究中的主要方向。随着研究的深入，学术重心将由文献转向文学，由文学推广到文化，诸如文学与思想史、学术史的关系，与其他艺术类型的关系，与文化传统、文学传统的关系，各民族文学之间的交流等，都值得进一步发掘。研究对象的多样化，也是我们需要引起注意的问题。如清代皇帝多精通满蒙汉语，自幼学习诗文，也留下了大量的诗文著作。加强对清代帝王的诗文研究，具有特殊的意义。顺治、康熙、雍正、乾隆、嘉庆、道光、咸丰、同治、光绪帝都留下了诗文作品集。其中，尤以盛世君主乾隆帝的诗文创作最具代表性。乾隆帝具有深厚的汉文化修养，读书勤政之余，尤好吟诗作文，即位之前有《乐善堂全集》（其后删定为《乐善堂全集定本》），在位期间先后有《御制文初集》《二集》《三集》和《御制诗初集》《二集》《三集》《四集》《五集》，退位之后，还有《御制文余集》和《御制诗余集》。其一生作诗 30908 首，撰文 1035 篇，堪称历代帝王之最。清代帝王的诗文内容丰富，体裁多样。如乾隆帝的诗文，举凡朝章国政、典礼祭祀、征战平叛、巡方田猎、农事水利、天文历算、山川地理、节气物候、风景名胜，以及察吏安民、赈灾济荒、修史编书、写字作画，乃至日常起居、生活琐事都可以写入。② 当然，清代帝王诗文有的并非皇帝本人所作，但是，其思想内容、创作方法和艺术风格等无疑得到了皇帝认可，因此，

---

①　陆草：《近代诗文研究的百年回顾》，《中州学刊》1999 年第 6 期。

②　黄爱平：《略论清代诗文集的整理编纂及其价值意义》，《清史研究》2010 年第 2 期。

在力所能及地甄别作者的基础上，对其诗文加以多维研究，不失为一个重要的选题。

从研究方法来说，尽量运用各种文艺学、民俗学和文化学方法，提升文献整理和文论的力度，促使研究方法的多元化和多样化。个案研究法和少数民族文学史综述法，为当前清代民族诗文研究的主要手段。其实，文献资料的整理，包括校勘、注释是清代民族诗文研究亟待重视的基础工作。清代民族文学作家众多，满族、蒙古族、藏族和维吾尔族、回族、壮族等留下了较多的诗文别集，需要加强整理。只有有了校点、校注或者笺注优秀的民族文学别集或总集的出版，才能为这一领域的研究如虎添翼。同时，要加强理论阐释的力度和深度，增强问题意识和时代意识。要自觉借用古今中外的文学理论、美学观念和哲学思维、史学意识，多方面多角度地阐释民族诗文的民族性、地域性、民俗性和社会性等，将骨感的民族诗文研究提升到丰腴的程度，我们的清代民族诗文研究才会良性发展。运用比较研究的方法来探究少数民族文学与汉族文学的相互影响，也是清代民族诗文研究可以采取的方法之一。汉族文学和少数民族文学直接，是相互影响、相辅相成的。汉族文学是在民族融合过程中形成的，不仅少数民族文学受到过汉族文学的影响，汉族文学同样受到了少数民族文学的影响。因此，民族文学研究中的比较视阈，就不是空穴来风了。比较视阈强调超越一般的文学史思路，关注不同民族的作品、作家和文学现象之间的联系和区别，关注在民族杂居的状态下，某一个民族的审美要求如何影响另一个民族作家的创作，某一个民族的非文学的社会意识如何影响另一个民族的审美观念和文学创作，以及某一个民族的作家如何通过到另一个民族中采风而获得文学创作的题材和灵感等。[①]

从研究主体来说，扩大视野，去除盲点，汲取各方面素养，提升专业能力与理论水平。研究主体学养的提升，是助推清代民族诗文研究的关键。之所以目前偏重个案研究，综合研究不多，主要原因在于多数研究者的文化素养、知识储备不够，心有余而力不足。对清代民族文学和民族文

---

① 关于少数民族文学与汉族文学之间的关系，参见郎樱、扎拉嘎主编《中国各民族文学关系研究》，贵州人民出版社 2005 年版。

化的整体概况缺乏深入了解和精确把握，囿于线性思维和机械反映论，囿于文学史叙述模式——作者生平和思想介绍、作品思想内容分析和艺术风格归纳的研究方式，思维逼仄，视野狭小，导致研究成果底气不足、品位不高和影响不大。20 世纪 80 年代至 90 年代，有些专门的民族文学研究学者，对古代文学其实也比较陌生。如邓敏文先生竟然认为："诗词是中国古典文学的主要品种，加上封建统治阶级和文人墨客的特殊偏爱，在元代以前的漫长岁月中，几乎处于独霸中国文坛的地位。正因如此，中国的诗词理论特别丰富。"①

其实，词根本不是古典文学的主要品种，也没有在元代以前的漫长岁月中几乎独霸文坛，词的理论也没有文章理论丰富。在研究中，不能坐井观天，自说自话，应该海纳百川，心怀天下。不能被现在的学科分立束缚视野，自我牢笼。古代文学研究者应该关注重视古今少数民族文学创作和理论批评，民族文学研究者也应该加深古代文学和古代汉语修养。只有研究者具备了汉文学与少数民族文学的知识素养，储存了相关的理论，才能在研究中客观辩证，而不会拘于一隅，目光短浅。有些学者学问精深，但是因为缺乏民族文学意识和民族文学研究积累，对民族文学研究成果就会忽视甚至漠视。如张燕瑾、吕薇芬主编的《20 世纪中国文学研究——清代文学研究》章节中，对清代民族文学，只是提到纳兰性德和曹雪芹的《红楼梦》，没有提到清代民族诗文研究成果。《近代文学研究》章节中，也没有提到民族诗文研究成果。可见，古代文学界对清代民族诗文研究的漠视和歧视。即使在清代文学研究的回顾和展望中，民族诗文基本上处于集体冷落的地位，很少被人提及。②

总之，清代诗文取得了重要成就，清代民族诗文更是历代民族诗文之大成。但是，20 世纪以来，受到王国维"一代有一代之文学"的观念和梁启超"文学进化论"的影响，文学环境和生态也发生了重大改变，文言变为白话，古代文论也在倡导向现代转化，戏曲小说等通俗文学被视为清代文学的主流，诗文辞赋等传统文学样式多被忽视，少数民

---

① 邓敏文：《中国多民族文学史论》，社会科学文献出版社 1995 年版，第 3 页。

② 参见马亚中《20 世纪清代文学研究概观》，《淮海工学院学报》2003 年第 1 期；蒋寅《清代文学研究的回顾与展望》，《江海学刊》2004 年第 3 期；周明初《走出冷落的明清诗文研究——近十年来明清诗文研究述评》，《文学遗产》2011 年第 6 期。

族诗文更是被冷落，亟待开拓深化。最近十年，虽然出现了法式善、纳兰性德、那逊兰保、蒋湘南等民族诗文作者的硕士学位论文，甚至博士学位论文，研究领域和对象也得到了一定开拓，但是，亟待深入和重新起航的地方还较多，需要古代文学、少数民族文学和现当代文学研究者的共同关注和重视。

文化传承视野中的当代傣族作家文学

刀承华

（云南民族大学）

优良的本民族文化生态，孕育和促成了当代傣族作家文学的发生发展，当代傣族作家一直以积极主动的姿态，吮饮着本民族民间文学的琼浆玉液，使自己笔下的形象和民间文学发生了巧妙的连接，实现了当代作家文学与本土民间文学的成功传承。当代傣族作家文学必须融入大的文化环境，谋求发展的路子，实现对传统的传承和超越的完美统一。

一　当代傣族作家文学发生发展的文化生态

当代傣族作家文学是在优良的文化生态条件下发生发展起来的。

（一）傣族有悠久丰厚的传统文学。从讲述傣族先民心目中世界和人类起源的神话、创世史诗，到反映先民原始生活的古歌，到描写战争表现英雄主义的英雄史诗，到蕴含着世代傣族人丰富智慧和知识的传说，到表现手法精妙的歌谣，到背景广阔、思想深邃的叙事长诗，到内涵丰富、意蕴深远的故事，应有尽有，并形成了自己的创作理念，如对文学的审美观点，文学的结构模式、叙述方式、表现手法、主题类型等。于是，傣族民间文学一直被世代傣族人以各种不同的方式不断地补充、完善和欣赏、玩味着，使之宛若一条波涛澎湃的江河一直奔流前行，铸就了一个没有间断的气势磅礴的文学传统。当代傣族作家就是在这样丰厚的传统文学的土壤上发生发展起来的。

（二）傣族有完整的佛经文化。傣族是绝大部分居民信仰南传上座部佛教的民族，在长期的流传过程中，傣族形成了自己的佛教习俗：如老百姓出资请人抄写经书献给佛寺，傣语称"路厘"或"赕坦"，傣族百姓认为这是做功德的上好方式之一，献过经书的人可获得较高的功德，可使自己活着的时候远离灾害，平安吉祥，做事顺畅，去世以后可顺利通过神仙把守的关卡，顺利进入天堂"勐利板"。老百姓献的经书被珍宝一般收藏在佛寺的经柜里，或放置于藏经阁中。"混厘"，即在适当的时候，将所献的经书取出来，请念诵技巧娴熟的念者念诵，经书的主人请亲戚朋友一同听经。在拜佛的日子里，佛寺也会安排念者为拜佛群众念诵经文；丧家也会请和尚到家里为相帮念诵经文，以示感谢。上述活动所念的经书，其实都是情节精彩、艺术技巧独特的傣族佛教文学。以上种种场合的念经，其实就是文学传播的极好机会和方式。傣族的当代文学作家，对经书的题材、内容、念诵调子都很熟悉，他们深受傣族经书文化的熏陶，这对他们的创作起着潜移默化的影响和作用。

（三）傣族有成熟的章哈文化。"章哈"，是西双版纳傣族歌手，在本民族的节日、赕佛、结婚典礼、贺新房等喜庆时到现场助兴。演唱形式有单个"章哈"独唱和两个"章哈"对唱等。"章哈"唱时盘腿而坐，手拿扇子半遮脸，以"毕"（笛子）伴奏，根据不同的场合、情景即兴创作，主要内容是对主人的祝福，对节日的庆贺，对美好事物的赞美，还有伦理道德、乡规民约、人生哲理的宣讲等。"章哈"常常是一唱数十首，通宵达旦，乐此不疲。听众听得如醉如痴，唱到精妙之处，以"水——水——水"的呼喊声应和助兴。"章哈"必须是嗓音好、思维敏捷、品德高尚、学识渊博的人，他们既是学者又是教育者，人们视他们为尊者、师长。想要成为"章哈"，必先拜老"章哈"为师，获得老"章哈"同意之后，要举行拜师仪式：在桌子上摆一匹自织的布、九对香、一大碗大米、一瓶米酒、一串槟榔和钱币等，学徒在桌边双膝下跪，双手合十，聆听老"章哈"念诵的符咒和接受他为学徒的话语。通过一段时间的培训，徒弟能独立演唱以后，要举行出师仪式，在桌子上摆放和拜师时相同的礼物，同样双膝下跪，双手合十，聆听师傅的祝福和嘱托。出师以后，无论在何地唱歌，唱前都得先呼唤和感谢师傅，祈求神灵保佑助兴。这种"章哈"习俗，其实就是文学创作、普及、欣赏的极好机会。

（四）傣族以歌为重要交际的媒介。众所周知，傣族是善歌的民族，傣族民歌是傣族文学中最为成熟、最为精美的一个分支。歌调繁多，德宏有"喊玛""喊整""喊秀""喊光""喊町喊别""喊编双""喊通卯""喊海"等，西双版纳有"章哈""喊豪藤""依拉荷"等。傣族生活中的许多重要场合以诗歌为交际表达的媒介：祝福新生命的诞生成长用诗歌，谈情说爱用歌，说亲定情用诗歌，祝福新婚用诗歌，丧葬仪式用诗歌，几乎每一种仪式活动中的言辞都是有韵律的、按照固定格式和固定表达方式组成的诗歌。日常生活中唱歌的机会也挺多，到田间野外劳作可以唱，在行路途中可以唱，在家中室内也可低声吟唱。因此，凡傣族人都会唱本民族的歌调。

（五）傣族有使用文字的悠久历史。傣族有四种文字：德宏傣文、西双版纳傣文、傣崩文、金平傣文。傣文的产生和使用是相当悠久的，江应梁《傣族史》载："明代朝廷设置的四夷馆，是专门翻译各藩属及四境各少数民族语言文字的机构，馆中关于傣语的翻译，分设了两个馆，一名'百夷馆'，包括木邦、勐养、勐定、南甸、干崖、陇川、威远、湾甸、镇康、大侯、芒市、景东、者乐甸等土司区；另一名'八百馆'，包括八百、车里、老挝、勐痕等土可区。"这说明傣文在明代以前就已经广泛使用，傣族群众用傣文书写了大量的材料，以致引起明朝廷的重视，明朝廷建立专门机构进行翻译。傣文的产生和使用，使傣族文学的流传形式和创作形式跃上了新的台阶，傣族数以百计的民间叙事长诗被文人学士记录在绵纸上或贝叶上，由口头传唱的单一流传形式转变为口头和书面并存的复合型流传形式；作者的创作也逐渐走上了书面的道路，如鹦鹉情诗、凤凰情诗等篇幅较长的韵文作品都有了书面的版本，在民间广泛流传，成为人们欣赏的精品，同时又是男女青年写情书时模仿的范本；傣族的文人还善于创作傣戏脚本，或将汉族的文学作品翻译成傣戏剧本。可以说，傣文的产生和使用，使傣族文学走上了成熟的发展阶段。

当代傣族作家文学就是在上述相当优良的本民族形式的文化生态中发生和发展起来的。

二　当代傣族作家文学对本土民间文学的承接

（一）当代傣族作家接受了本土民间文学的滋养

当代的傣族作家是在丰厚的本土民间文学环境中成长起来的。云南德宏州当代傣族诗人庄相，小时候在放牛的日子里，常常在牧场上听老人们讲民间故事，听农民们唱优美的山歌，从而唤起了他对傣族诗歌的热爱，播下了将来当一名歌手的种子。8 岁的时候，庄相被送进佛寺当和尚，20 岁升为佛爷，25 岁还俗回家。在当和尚的日子里，庄相学会了傣文，阅读了大量的经书和民间文学作品，对傣族的 500 个阿銮故事了如指掌，他懂得傣族念经调、"喊通卯""喊编双"的句法和韵律，他熟悉民间故事的套路和叙述方法，这一切，都使他具有了娴熟的文学创作的技巧。后来他用自己熟悉的瑞丽傣族民歌形式创作了著名的童话长诗《幸福的种子》，成为人人称道的傣族作家。

云南西双版纳当代傣族歌手康朗英，幼时放牧牛群，常和小伙伴们围坐在大青树下听年迈的牧人讲故事，常常被古老的神话故事迷得忘记了疲劳。他曾回忆说："那时我不仅喜欢听故事，喜欢吹笛子，还幻想着将来要做一个会讲故事、会唱歌的人。"后来他创作了著名的长诗《流沙河之歌》，为傣族当代文学增添了新的创作成果。

云南西双版纳当代傣族歌手康郎甩，7 岁时进佛寺当和尚，在当和尚的 13 年时间里，他阅读了许多傣族民间文学作品，对本民族传统文化产生了浓厚的兴趣，当和尚时就开始学唱歌，遭到佛寺的阻止，一气之下，他还俗回家种田，一边劳作一边学唱歌，成为一名歌手。景洪宣慰使刀栋梁派宫廷总管召龙帕萨通知康郎甩到宫廷为召片领（领主）唱歌，几个月以后被刀栋梁封为"乍"一级的章哈勐，将他的名字改为"乍罕勒"。后来他又到了缅甸、泰国，以唱歌为业，一边为那里的人民唱歌，一边观察那里的世事。最后他又回到了西双版纳，不久西双版纳解放，"成为能自由唱歌的好地方"，他放开歌喉歌唱新的生活，创作了享有盛名的长诗《傣家人之歌》。

就是用汉文创作的当代傣族作家，如征鹏、段林、柏华、张海珍、朗昌辉等，也都接受过傣族民间文学的哺育，在此不再一一列举。

总之，傣族当代文学作家自觉地接受了本土民间文学的熏陶，从中获得了宝贵的文学艺术知识，形成了很好的文学素养，走上了文学创作的道路，他们对傣族民间文学的创作方法、表现手法、叙述方式等，信手拈来，创作出只有他们自己才能创作出的优秀文学作品。

（二）当代傣族作家文学对本土民间文学的移入

由于傣族民间文学辉煌灿烂，有如上所述的优良的传播环境和条件，使当代傣族作家对其怀有一种深深的认同和喜爱，对其内容非常熟悉，尤其是用母语创作的当代傣族作家，他们会自觉不自觉地从本土民间文学中选取材料进行创作，促成了民间文学对当代傣族作家文学的移入。例如，西双版纳傣族诗人康朗甩的《傣家人之歌》，用流传极广的傣族传说作为长诗的序歌：两千多年前，傣族祖先帕雅拉吾带领他的氏族成员，在茫茫的森林里狩猎，为追逐一只金鹿来到澜沧江边住下，"砍倒了漫天的老林"，"开拓了十二亩土地"。这一序歌给作品着上了浪漫主义的色彩，如同神话一般美妙神奇。

德宏傣族诗人庄相的童话诗《幸福的种子》，取材于一个优美的民间故事：古时傣家人居住的地方，有一颗幸福的种子，能使坝子风调雨顺，给百姓带来丰收。后来，这颗幸福的种子被魔王抢走了，于是坝子年年遭灾，种下的水稻没有收成，百姓过着贫穷苦难的生活，日夜盼望着幸福的种子的回归。魔王宫中一只小鸟悄悄把幸福种子衔去交给一对穷夫妇栽种，被魔王连根铲除。傣族青年岩旺长途跋涉、历尽艰辛，到"太阳居住的地方"要来了仙水，救活了幸福的种子，人民过上了幸福美好的生活。庄相在这个故事基础上创作的叙事长诗《幸福的种子》，情节曲折，叙述细腻，不乏渲染和铺陈的优美，实现了对原作的超越。

德宏的另一位傣族作家刀保乾，根据民间流传的用傣族念经调格律创作的叙事长诗《娥并与桑洛》，创作了傣族念诵调、山歌调、戏调等多种傣族诗歌格律并用的长诗《娥并与桑洛》，先后于1962年、1979年、1993年由云南民族出版社三次印刷出版；原德宏傣戏团又将其改编成傣戏唱本《娥并与桑洛》，并在各地演出，1963年由云南民族出版社出版。这部作品的情节是：勐景东沙铁遗孀的儿子桑洛和勐耿最美丽的姑娘娥并相遇并相爱。可桑洛母亲嫌娥并是平民百姓的女儿，和他家门户不当对，坚决反对桑洛娶娥并为妻。娥并在女友陪伴下到勐景东找桑洛，被桑洛母亲迫害侮辱，含悲返回，途中小产，到家即离开了人世。桑洛得知娥并已经被母亲赶走，便骑马追赶。当桑洛赶到娥并家时，娥并已经停止呼吸，桑洛拔刀自刎，以身殉情。这部作品获得广大读者的喜爱，在傣族地区影响很大。

德宏的加强，用汉文创作的散文《初春盏西行》中引用了关于团山的传说：古时，位于中缅边境的大雪山称王称霸，经常欺压众小山。腾冲的云峰山命令小团山和大雪山决战，为民除害。小团山不辞辛劳来到盏西这个地方，联合当地的狮子一同前往作战，它们日夜兼程，长途跋涉，突然听到凤凰响亮的叫声，再也走不动了，就留下来，直到今天。

民间文学内容移入当代傣族作家文学的例子举不胜举。两者内容的交辉，使当代傣族作家文学作品呈现出浓浓的民族色彩。民间文学为当代傣族作家文学提供了丰厚有益的滋养，当代傣族作家把根子深深扎在本民族民间文学的土壤上，从民间文学中汲取养料，创作出具有浓厚民族特色，反映本民族生活内在本质的作品，丰富了当代傣族作家文学的题材和内容。

（三）当代傣族作家文学对本土民间文学技巧的演绎

当代傣族作家对民间文学创作艺术手法的借鉴是相当明显的，民间文学的浪漫技巧、表达技巧、组构技巧等在当代傣族作家文学里得到很好的演绎。

首先，本土民间文学的神话浪漫精神，贯穿于当代傣族作家文学的各个篇章，使其呈现出明显的理想和现实相结合的特点。如德宏傣族诗人庄相创作的《幸福的种子》，诗中被拟人化的动物和魔鬼，具有人的思想、感情和欲望，他们之间构成了一种相似于人间的复杂关系：银罕鸟、金鹿、孔雀和白象帮助傣族小伙子岩旺到太阳居住的地方寻找救活幸福种子的仙水；岩旺用仙水救活了被魔王害死的银罕鸟、金鹿、孔雀和白象，救活了幸福的种子，使"勐巴拉西变成了天堂"，人民过着幸福美好的生活。其情节奇幻无比。傣族作家刀保乾根据民间长诗《娥并与桑洛》创作的同名叙事长诗的结尾，埋葬为爱情献出青春生命的娥并与桑洛的坟墓，长出茂密的茅草，茅草互相紧紧纠结，桑洛母亲放火焚烧了茅草，火光腾飞到天空，变成两颗明亮的星星，一颗在夜间闪亮，另一颗在黎明前放光，那是娥并星和桑洛星在遥遥相望。神话浪漫的色彩十分明显。刀保乾创作的歌唱共产党的山歌："共产党时代真正好，干枯了三年的大龙竹还发芽长叶。"这首简短的山歌采用了夸张的手法，呈现出浪漫的特质。可见，神话的浪漫想象、浪漫精神、浪漫手法，被当代傣族作家进行了出色的演绎。

其次，在创作形式方面，傣族的当代作家同样继承了本土民间文学的艺术形式。庄相的《幸福的种子》是用傣族传统的"喊通卯"（瑞丽山歌调）的格律叙写的。刀保乾的《娥并与桑洛》采用傣族传统的"喊嘎图"

（快板词）、"喊马"（山歌调）等的格律展开故事的叙述；康朗英的《流沙河之歌》《澜沧江之歌》、康朗甩的《傣家人之歌》、波玉温的《彩虹》，都采用西双版纳傣族的传统章哈调的格律创作而成。在傣文文坛上活跃的当代傣族作家，如刀安国、刀安炬、刀保顺、庄相、岳小保、波岩新、管有成等，都采用傣族"喊马"（山歌调）、"喊秀"（鹦鹉调）、"喊征"（唱戏调）、"喊通卯"（瑞丽山格调）、"喊嘎图"（快板词）等的格式进行他们的诗歌创作的。

叶喊过用汉文创作的诗《假如我是一只鸟》，采用了傣族民歌重复排比的句式，这首诗分为四个小节，每节都以"假如我是一只鸟"做起始来展开情感的抒写，颇有特别的回环往复的美。

当代傣族作家方云琴、征鹏的长篇小说《南国情天》，不仅吸收了傣族民间文学细节描写细腻、善于铺陈渲染、抒发感情的优点，而且继承了傣族民间文学叙事与抒情相结合的手法，采取有头有尾的完整的故事叙述方式，人物的感情表达淋漓尽致，读起来十分亲切。《南国情天》还注重作品的故事性，小说情节的发展基本上是男主人公刀承忠和女主人公丹瑞性格发展的过程。在情节的发展中展示男女主人公的性格特征，男女主人公性格特征的不断完善，推进了故事情节的递进，男女主人公性格的发展与情节的发展基本上是平行的，作品的结局便是刀承忠和丹瑞性格刻画的完成。这是受傣族民间故事影响的结果。

总之，傣族民间文学滋养了当代傣族作家，并对当代傣族作家文学提供了创作素材和艺术手法的借鉴，傣族当代作家努力借鉴传统的手法来表现发展变化中的社会，剖析民族情感与思维方式的转变，传统与现代精神的相遇和承接，产生的力量是巨大的，当代傣族作家文学在这种相遇和承接中获得独特的艺术生命力，走着自己的创作路子。

三　当代傣族作家文学状况与出路

诚然，当代傣族作家文学在本土化的道路上，有所继承，有所创新，在某种意义上说，是走出了自己的路子。但是，如果把当代傣族作家文学放在全球化的语境下来审视和评判，状况如下：

（一）形式和手法的传统化

当代傣族作家文学主要以本民族诗歌形式为主，如傣族喊马调、喊秀调、喊编双、喊通卯、念诵调、章哈调、依拉荷等传统的民间调子，是当代傣族作家常常采用的创作形式，尤其是村寨的傣族作家，更是擅长以本民族的各种调子进行创作，庄相主要以喊编双和喊通卯进行创作，刀保乾主要以喊马调和快板书形式进行创作，岳小保主要以喊秀、喊马、喊整、喊厘、喊嘎图等进行创作，而更多的当代傣族作家则是以喊马调进行文学创作的。传统的文学形式在当代傣族作家文学里得到了极致的发挥。近年，出现了令人可喜的现象，那就是方云琴、征鹏用汉文创作的长篇小说《南国情天》问世，另有一些汉文短篇小说和散文相继发表，汉文散文集、诗歌集相继出版，如孟玥诗集《月光下的恋河》、朗昌辉诗集《朗昌辉诗选》等；一些傣族作家开始用傣文创作小说，如岳小保的长篇小说《帕英法》、短篇小说集《金枝玉叶》、多位作者结集出版的小说集《枪》《初开的缅桂》《大青树下》等，这些作品，使当代的傣族文坛绽放出别样的光彩。但是，从整体来看，小说和散文的数量并不多，现代的文学形式和文学手法，在当代傣族作家文学里较为少见。形式和手法的传统化，是当代傣族作家文学的整体特点之一。

（二）受众面的受限性

如上所述，傣族拥有并一直使用自己的语言文字。村寨的傣族群众都讲自己的母语，且不少人掌握傣文，能读能写，从小对本民族文学耳濡目染，熟悉本民族民间文学的种类、形式、内容、创作手法、表达方式等，不少人具备进行母语创作的素质和条件，他们既是躬耕陇亩的农民，又是进行母语创作的高手，当代文学作者大多来自村寨，所以，当代傣族作家文学以母语创作为主，如庄相、刀保乾、岳小保、晚相牙、孟成信、旺保、孟有明、冯月软、吞亮、晚相伦、赵小碰、线向心等，都是用傣文进行自己的文学创作的。他们的作品多发表在德宏傣文期刊《勇罕》、德宏傣文报纸《团结报》、西双版纳傣文期刊《版纳》上，还有一些是结集出版文学作品集，如岳小保的短片篇小说集《金枝玉叶》、诗歌集《金田玉地》，以及《刀保乾作品选》《庄相作品选》《邵伍作品选》等。这些作品都是具有很高文学价值的傣族母语创作的精品。在傣族的作家队伍中，以汉文创作的作者相比之下较少，只有征鹏、水滴、段林、柏华、叶喊过、朗昌辉、召罕嫩、刀正明、勐玥等，而且这些作家都有各自的工作岗位，他们用于文学创作的时间和精力是十分有限的，所以，当代傣族的汉文文学作品寥寥可数。诚然，母语文学适合本族读者的欣赏习惯和审美情趣，能够很详尽、精当地表现作者想要表达的内心深处的思想感情，这是母语文学的优势所在。然而，母语文学只能在懂得母语文字的读者中流传，此范围以外的读者是无法阅读欣赏的。目前傣族人口 1200 多万，懂傣文的人大多为乡村中年以上的村民，年轻的傣族青年较少能读懂傣文。傣文文学的受众面受到极大的限制，没能充分发挥文学的审美欣赏作用，没能让外界了解傣文文学的真实面目。

（三）文学批评的空缺

文学批评是文学发展的动力性、引导性和建设性的重要因素，既推动文学创作，影响文学思想和文学理论的发展，又推动文学的传播与接受。文学批评主体提出的肯定评价或否定评价，形成某种导向和规范，可以给作者以信心，鼓励作者再接再厉，发扬自己在创作中的优点，创作出更加精美的作品；文学批评还可以让作者认识到自己创作中存在的不足，在今后的写作中加以注意和改进，向着一种积极向上的方向努力。而一直以来针对当代傣族作家文学的文学批评，是一片空缺。文学作品发表以后，如同石沉大海，没有任何反响。这是影响当代傣族作家文学发展的一个因素。

四 传承与超越相统一的措施

（一）傣汉两种文字创作齐头并进

傣族有源远流长、辉煌灿烂的文学传统，有成熟的文学形式，有一整套独具特色的文学手法，有种类齐全的文学样式，近年有不少傣族作家借鉴汉文小说的创作手法创作傣语称为"厘若若"的傣族小说，可以说，傣族文学已经走上了正统化、多样化的道路。另外，傣族有社会认可并为人们广泛使用的傣文，因此，当代傣族作家完全有条件用傣文进行创作，用傣族人喜闻乐见的传统的文学形式来反映新的傣族社会和傣族人新的命运、遭遇，表现傣族人在新形势下的思想、心理、理想、追求、困惑等。然而，傣族文学要走出本民族社会，走进全国全世界的大的环境，还需要有大量的汉文文学。中华人民共和国成立以后，国家为傣族培养了不少具有较高汉文水平的优秀人才，其中有不少是有文学天赋的作者，理应充分调动这些作者的积极性，使他们创作出更多更好的作品。所以，当代傣族文学的发展，还得坚持傣汉两种文字创作齐头并进的道路。

（二）借助译介融入大环境

当代傣族作家用傣文创作了不少文学精品，作家们用传统的形式创作的傣族文学作品，在艺术手法上具有其他文学所不及的精妙之处；有相当一部分傣族作者则用傣文创作短篇小说"厘若若"，这些傣文小说反映的是作者熟悉的傣族社会生活的方方面面，是用傣族人的眼光来看待的生活事件和社会现象，具有其他文学所不及的独特性。由于语言文字的问题，这些文学精品只能在傣族群众中流传，没能与更多的读者见面。另外，当代的一些傣族作家用汉文创作了小说、诗歌、散文，但是，由于不懂汉文或者汉文水平有限，广大的傣族群众无法欣赏这些作品。所以，译介工作之于当代傣族作家文学的发展来说，是相当重要的。借助译介把傣文创作的作品推向大的环境里，让更多的人了解傣族的傣文创作状况，为文学批评家提供材料；同样是通过译介，让傣族读者了解反映本民族生活的又一种文学样式。做好译介工作，将会对当代傣族文学的发展具有极大的推动作用。

（三）吸纳现代知识和手法

作家创作需要具备一定的文学素养，而文学素养的提高，除了作家个人长期不懈的读书学习和积累以外，还需要参加各种相关的培训交流活动，如改稿交流会，专家针对作家创作中存在的问题，进行指导，提出修改意见，作者之间相互交流创作成果和创作心得，切磋创作技巧；文学知识培训班，向创作者传输文学常识，如各种文体的特点，创作中应注意的事项，著名作家成功的创作经验等。让作者们通过学习交流，认识外界的文学情况，吸收现代知识和信息，在继承本民族文学形式和手法的基础上学习其他民族、其他国家的优秀的文学手法，在继承传统的基础上有所突破，实现继承和超越的完美统一。

综上所述，当代傣族作家文学在优良的本民族文化生态中发生、发展，无论是傣文作品还是汉文作品，无论是形式还是手法，都在承接本土传统的基础上发展起来的，体现了明显的本土化特征，在受众方面和文学批评方面存在诸多限制，当代傣族作家文学只有走傣汉两种文字创作齐头并进的道路，借助译介融入大的背景，吸收现代知识和信息，才能走出自己的路子，获得长足的发展，实现对传统的继承和超越的完美统一。

广西多民族文化精神与文学研究[①]

黄晓娟

（广西民族大学）

民族文化精神集中体现着一个民族的生命力和凝聚力，它是一个民族在长期的历史积淀、文化发展过程中，形成的一种具有主导意义的精神样态和精粹思想，是一个内容丰富、形态立体、层次多样的概念。

广西是以壮族为主、多民族聚居的地区。广西有 12 个世居民族，其中 11 个少数民族，是我国少数民族人口最多的边疆民族省区。中国 55 个少数民族中，以广西为主要居住地的民族有 5 个，分别是壮族、瑶族、仫佬族、毛南族、京族。据 2010 年第六次人口普查统计，广西汉族人口为 2891.61 万人，占 62.82%；各少数民族人口为 1711.05 万人，占 37.18%，其中壮族 1444.85 万人，占 31.39%。在岁月的长河中，广西多民族在长期的历史积淀和文化创造中交流融合，和谐共生，形成了独具特色的多民族文化精神。

广西既是多民族杂居的地区，又是沿海沿边地区，民族文化资源富集，主要表现在具有多元性的景观、原生性的形态和包容性气度。壮族与瑶族，壮族与侗族，壮族与苗族，壮族与京族、水族、彝族、仡佬族、仫佬族等各族聚居的村寨在广西比比皆是。广西的多民族文化丰富多彩、颇具特色，例如，民族民间音乐舞蹈有扁担舞、铜鼓舞、绣球舞、芦笙舞等；民族传统文化节日活动有壮族三月三歌节、瑶族盘王节、苗族芦笙

① 国家社科基金重大招标项目"桂学研究"，项目批准号：12&ZD164，子项目："桂学与各民族文化精神研究"阶段性成果。

节、侗族花炮节、彝族跳弓节、京族唱哈节等；文化古迹有铜鼓、花山崖壁画、灵渠、真武阁、风雨桥、鼓楼等；具有悠久独特的少数民族戏剧和地方戏种有壮剧、桂剧、彩调剧、邕剧、苗剧、毛南剧等，以及众多人文自然景观和边寨风情文化。这些体现了广西独特的民族地域文化特色优势。

广西多民族文化精神的形成，既是各民族文化创造的内在心态、存养和智慧的结晶，也是构成中华民族精神的资产。中原文化与广西少数民族文化的融合，体现着中华主流文化对边疆民族地区文化的浸润与濡染；中国文化与东南亚文化、印度佛教文化、西方基督教文化在广西的相互影响，呈现出兼容并蓄、海纳百川的多元化和开放性特点。

广西的多民族文化精神研究是研究广西各民族的文化活动及其规律，发现广西各民族文化表象下的内容意义与作用意义，通过对广西各民族的民间文学、作家文学、民族艺术的研究，总结出多民族文化精神的文化机理和文化规律。

一 找回传统的文化底蕴

传统是前进的基础。文化传统饱含着源远流长、根深叶茂的民族精神。

民族文化是民族的根系所在，民族精神是民族灵魂的体现，每一个民族有着各自民族的文化，不同民族的文化各具特色，体现在语言文字、文学艺术、道德观念、风俗礼仪、生活习惯等方方面面的差异。民族精神渗透于民族文化之中，不同民族都有自己独有的民族文化精神禀赋。文化精神是历史凝结下来的传统内涵，这是不同民族文化精神的根本特质和内在规定性。同样，不同民族的文化精神又具有共同性和世界性。

广西各民族文化精神既有独特的民族性，又有多样化的文化因素和谐共处的共性精神。多民族文化的共性精神是各民族在漫长历史中共同创造的。尽管不同民族在不同历史阶段上关注的问题各有不同，既有文化表现的不同，也有文化实践的不同，同时在文化旨趣和思想追求上形态各异，但广西各民族文化长期交融、互补共进，在广西文化的大系统内又表现出许多共性的精神特征和中心理念。各民族共性精神在广西多民族文化和社会历史实践中发挥重要的整合作用。

民族文化精神的生机蕴藏在传统的文化之中，是一个民族的命脉所系，是绵延、发展的重要枢纽。广西各民族文化艺术丰富多彩，各种类型的审美形式是不同民族共同体文化认同的核心所在。如壮族的山歌和天琴，京族的唱哈和独弦，苗族的唱鼓和芦笙，瑶族的史诗和长鼓，侗族的大歌和风雨桥，等等。文化的多元化体现出活力和创新，也体现着你中有我、我中有你的特点，其间既包括各少数民族间的交流与融通，也包括汉族与少数民族间的文化交流与融通。

广西被誉为"民歌的海洋""天下民歌眷恋的地方"。漫山遍野的民歌是不同民族文化基因与历史记忆的积淀，是集体记忆和集体情感形成的基础和精神纽带。歌唱民族团结的民歌在广西各民族中广为流传，充分体现着广西各民族开放、包容的民族心态与文化。如苗族的民歌中所唱的"苗山的树林嫩青青，北京的太阳暖人心"代表着一种普遍的心理认同和价值取向；同样，侗族也是一个喜欢交往的民族，他们常常集体做客、集体对歌、集体"走寨"等，侗族的各种民俗活动都以集体为主，体现着团结友善的民族精神。民歌是壮族生活极其重要的组成部分，是维系和强化集体精神和文化认同的重要载体。"人们相从而歌，是达到施展才智、交流感情、愉悦身心和交际团结的手段；从纵的角度来看，传统诗歌和故事的传承，成为传播民族文学艺术作品的一种方式，联结民族群体各代人的精神纽带。"①

广西多民族文化精神共同性形成的一个重要基础是深受汉文化的传播与影响。中原文化向岭南的传播始于秦始皇修通灵渠之后，随后，汉文化向广西地区的传播与渗透不断加强，中原文明通过陈钦、陈元父子，颜延之，柳宗元，黄庭坚，王守仁等这批杰出的文化人从北而南依次传播到广西腹地。"至明清时期，广西汉族的文化形貌已与现代基本相同。与之共生的是壮、瑶、苗、侗等族群的文化。这些少数民族，处在人口众多的汉民族之中，却在文化交融与互动的背景下不同程度地保持着自己的传统。这种天然的区域格局、独特的人文景观，是广西区域社会发展、文化特色、经济研究的先天优势，是桂学研究的支撑。"② 在汉文化的传播及其与当地民族文化交流的过程中，各民族文化交流碰撞、传承融汇，促进了

---

① 潘其旭：《壮族歌圩研究南宁》，广西人民出版社1991年版，第245页。

② 陈洛：《桂学研究价值始论》，《广西日报》2009年11月26日。

广西各民族在语言、文字、习俗、共同的价值观等方面的一体化，也形成了广西各族人民平等交流、和睦相处的和谐关系。

"广西绝大多数少数民族都拥有自己的民族语言。但语言的差异并未成为广西各民族交往的障碍，究其原因汉文化在广西民族地区的传播以及与当地民族文化的相互影响下，最终形成了'共同'的民族语言，从而促进了当地各民族跨越语言障碍，形成和睦相处、和谐发展的局面。"①

随着汉文化在广西民族地区的传播，儒家思想逐渐被各少数民族所接受，或深或浅地形成主导性意识形态，最终构成共同的伦理价值观念。"在各地的乡规、民约以及修订的族谱、家训中，我们可以发现大量儒家思想伦理价值观念的内容，如爱国保家、敬老爱幼、重诺守信、平等礼让、团结互助等。在汉文化的传播影响下，广西民族'一体化'发展的结果，是使广西各民族的文化认同渐趋统一。这也是广西各民族能够实现和睦相处、和谐发展的重要因素。"②

追求和谐共存，是广西多民族人民一种共同的价值追求，广西的多民族文化是中国多民族国家的文化构成之一。因此，广西的多民族文化精神研究，主要解决的问题包括：第一，研究桂学与广西多民族文化的多元发展问题，探讨广西多民族文化精神共同性的形成与发展过程，探寻在广西多民族文化发展过程中所形成的共同的地方性文化和审美经验，为构建和谐社会提供范例。第二，研究桂学与保护文化多样性、民族文化认同问题。面对全球一体化的压力，世界各地的少数民族文化普遍遇到生存危机，广西处于对外交流的前沿，一方面会遭遇新的文化的冲击，另一方面也会要求传统的民族民间文化的更新。由此，在全球化的语境中，如何立足本民族文化的差异性，重塑多民族文化共有的向心力和自信心尤为重要。

费孝通先生提出以"文化自觉"的理念，处理与不同文化之间的关系，即运用中国传统哲学中"和而不同"的观念对待之，以达到"各美其美，美人之美，美美与共，世界大同"，其要义在于既保持自己的文化传统，又汲取其他文化的优长，通过交流、融合，从而共同发展，共同繁

---

① 刘祥学：《文化传播推进广西各民族文化认同》，《中国社会科学报》2011 年第 245 期。
② 同上。

荣，其中首要的是把握好本土的民族文化的灵魂。通过对广西多民族文化精神的研究和对民族文化资源的审美回归，努力在理论上解决社会发展与保护传统民族民间文化的关系问题，为保护文化多样性、弘扬多民族文化精神做出贡献。

二　多民族文化精神与文学的时代性

文化，是不同时代的时代精神所在，既是民族的也是时代的。

广西多民族文化既有巨大的稳定性，又有因时空境遇的变化而发生的变化，形成与时俱进、绵延不绝的基本品质。广西的多民族文化精神研究在探寻广西多民族文化传统的基础上，进一步探究广西多民族文化精神的现代性追求和多民族文化资源的现代再生。

"鸦片战争之后，广西的少数民族在维护国家领土完整、边疆安全方面绝不含糊。1841年，广西少数民族士兵参加了广东的抗英战争。1885年，壮、瑶、彝各族士兵取得了中法战争镇南关大捷。抗日战争期间，广西的回族将领白崇禧参与指挥了震惊中外的台儿庄战役。这些都无不证明广西世居民族强烈的中华民族意识和中华民族凝聚力。"①

民族文化精神具有历史流动性，需要从动态的视角进行审视，从哲学层面概括、整体地把握。广西多民族文化精神是各民族文化的灵魂和升华，是对民族现实的历史活动的引领，是广西各民族在延续发展过程中逐渐形成、不断丰富、不断积淀和升华的结晶。不同时代的民族文化精神必然带有一定的时代印记，也都是对上一时代的某些继承和更新。

研究广西多民族文化精神的时代性，就是关注广西多民族文化精神在社会进程中经历的文化精神蜕变。在漫长的历史文化进程中，不同民族文化精神之间相互交流，相互影响，相互促进，审美经验的交流与互动传承着既被认同又被信守的思想观念和价值取向。不同的历史阶段、不同社会历史形态下民族文化精神所具有的共同性的一面，则是继承性的依据。时代情绪与社会时运，民族文化精神与时代的政治、经济密切相连。广西多民族文化精神是不同时期广西社会历史生活条件的反映。

传统文化与现代化的矛盾，是文化发展过程中必须面对的。现代性的

---

① 黄伟林：《广西多民族文化形象的整体呈现》，《当代广西》2011年第17期。

政治经济、科学技术、生产消费、生活方式不同程度地渗透到各民族生活的方方面面，在现代化的冲击下，各民族文化也在交流、融合、适应和调整。历史生成的民族性变得更加复杂、多样。新的时代需要与其相适应的文化精神，沉思民族文化使命和时代精神，思考民族文化变迁与文化融合中的主体精神的现代性追求，旨在树立一种更为完善的文化价值观念。

因此，探究广西多民族文化精神的现代性，其意义在于：第一，通过挖掘民族文化精神的精华，反思民族文化的劣根性，探究广西多民族传统文化的精神内质和元气，为塑造现代民族精神提供重要文化资源，提供有利于广西多民族团结的文化措施，促使有效地开发、利用好广西多民族文化资源，以弘扬广西多民族文化为主题，以发展繁荣民族文化为根本，为建设广西民族文化强区提供智力支持。第二，在历史和具体的语境中，分析多民族文化与个体民族之间相互影响的发展与制约，积极探索适合民族特点和基层需求的文化服务方式，开发利用丰富的广西民族文化资源，激活当下现实生活经验的审美表达，提升民族文化发展水平，通过对多民族文化精神的重新认识，加强民族文化认同，弘扬广西多民族文化精神。

现代社会的飞速发展，各民族的文化艺术在同一空间互相并存、密切交流和深层律动的形式多种多样。同样以广西的民歌为例，随着市场化和城市化的加剧，传统习俗的迅速消解，民歌赖以生存的传统环境也在逐渐消失，从而导致民歌的日常生活文化的属性慢慢减弱。"这些带有地方特色的民歌和大众流行歌曲以及其他民族的民歌形成一个他者关系，又彼此解构。这在某种意义上有利于族群意识的加强，族群文化的认同象征性得以实现。"① 多民族文化的交流一方面凸显着个体民族差异性、主体性的文化特质，另一方面也强化了个体民族共同的、普遍的文化属性。在文化商业化与工业化的态势中，探索多民族文化交流与碰撞的有效途径，有助于摆脱民族文化的表象化，走出偏狭、静止地固守民族文化的立场，促进广西多民族文化面对现代性的勇气，参与民族文化转型和精神重塑。

民族文化的发展过程从野到文，从文之较浅到文之较深。民族文化精神通过民族文化的叙述系统得以延续。广西多民族文学的发展书写着广西各少数民族从封闭的边缘走向现代化的历史进程，在民族传统与现代的交

---

① 尹庆红：《民歌与文化认同——以南宁国际民歌艺术节为例》，《民族艺术》2013 年第 5 期。

融过程中，呈现各民族作家共同努力重新现代性建构的理想。在 20 世纪五六十年代的中国文坛上，活跃着陆地、李英敏、苗延秀、韦其麟、周民震、包玉堂、黄勇刹、蓝鸿恩、古笛等一批广西作家诗人。1958 年广西壮族自治区成立以后，先后诞生了长篇小说《美丽的南方》、长诗《百鸟衣》、歌舞剧《刘三姐》等一批具有浓郁民族风情和地域特色的优秀作品，体现了广西民族文学事业的欣欣向荣。1979 年壮族作家王云高与李栋合作的小说《彩云归》获得全国优秀短篇小说奖，随后涌现了蓝怀昌、韦一凡、莎红、凌渡、陈雨帆、黄钲、潘荣才、何培嵩、孙步康等一批中青年民族作家，在全国文坛产生广泛影响。20 世纪 80 年代广西少数民族文学在返还民族文化的"寻根"之旅中，具有鲜明的广西少数民族整体文化意识。壮族作家农冠品的诗集《泉韵集》描绘了壮、瑶、苗等少数民族的多彩生活和独特风情，凌渡的散文集《南方的风》《故乡的坡歌》书写了壮乡侗寨、瑶山苗岭奇特的民风民俗和旖旎风光，韦一凡的长篇小说《劫波》、中短篇小说集《被出卖的活观音》，在对民族历史溯源性的想象中传递一种审美意识潜在历史因素的苏醒；瑶族作家蓝怀昌的《波努河》融入了瑶族始祖"创世纪"神话，连接了瑶族文化源流的过去与现在，填补了瑶族长篇小说创作的空白；1985 年，汉族作家杨克、梅帅元提出"百越境界"的创作理论，民族传统文化的内涵与外延由此突破，带来广西民族文学创作显著的转变和新的追求。1989 年，召开"89 民族文学讨论会"，在研究广西少数民族作家创作成果的基础上，推动广西少数民族文学的现代转型。

20 世纪 90 年代至 21 世纪以来，广西少数民族文学具有强烈的反思色彩，体现出在关注民族的深层精神、自觉意识的文化建构方面的追求。广西文学在不同层面上释放出现代观念的热量，广西少数民族文学经历了一个回归的过程，呈现多民族文学的共同繁荣。仫佬族作家鬼子的《一根水做的绳子》，壮族作家黄佩华的《远风俗》《生生长流》《公务员》，凡一平的《顺口溜》《寻枪记》《理发师》，光盘的《王痞子的欲望》等一批长篇小说相继面世，回族作家海力洪以其鲜明的艺术个性被认为是实力雄厚的新生代小说家之一，侗族作家张泽忠出版了小说集《山乡笔记》和《蜂巢界》，等等，他们的审美眼光超越了单一的少数民族身份，在世界和现代的视野中，朝向人类共同体的"人文关怀"；在散文创作方面，壮族作家冯艺的散文集《桂海苍茫》聚焦于多元文化交流与碰撞中广西少数民族文化的多元构成，严风华的《民间记忆》对广西十二世居民族文化历史、风俗习性进行了艺术化的记录，仫佬族作家潘琦的《琴心集》获得了第五届全国少数民族文学创作奖，包晓泉的散文集《青色风铃》获得了第六届全国少数民族文学创作奖，等等，他们的创作在对民族传统文化意义的重现发现中表达出对文学精神意义的追求；更年轻的一代壮族作家如李约热、潘红日、韦俊海、潘莹宇、黄土路，瑶族作家纪尘、盘文波等，他们的作品引人注目，以更为开放的创作姿态融入当代文学的整体格局中。

正如李建平等著的《广西文学 50 年》所总结的：广西"五十年文学成就，是在培养民族文学作家，继承民族文化传统，努力探索民族文学发展之路的结果。五十年的文学发展事实证明，广西作为少数民族地区，文学发展离不开民族文化传统的滋养，离不开民族作家的成长和贡献"。①

继承是根基，创新是艺术发展的生存之路，民族文化精神是与民族的时代特征相互塑造的。不同历史阶段的民族文化精神有着的不同表现和不同的时代内涵，在世界历史的进程中，各民族文化精神的相互引进、相互吸收、相互促进形成了多民族文化精神中的开放性。广西多民族文化精神是经过历代知识分子的整理、提炼、加工，由一种朴素意识和共同心理而提升到理论形态。广西多民族文化精神的研究旨在从广西多民族文化在不同历史时期的价值取向、构成要素、构建路径等角度观照广西多民族文化精神的传统性和现代性的关联，反思现代性话语对传统文化精神的影响；促进传统与现代性的有机统一，从而更好地面对日益深刻的全球化语境，去追寻更具永恒性的价值与意义。

结　语

广西多民族文化精神是广西多民族共同的思想基础和共有的精神家园。本项目的研究力求全方位、多角度把握少数民族文化缘起、发展、传播、接受等各方面环节，关注广西各民族初始的本真生存文化状态，关注在整合、选择、发展过程中创造的新的文化传统，关注不同民族之间文化

---

①　李建平等：《广西文学 50 年》，漓江出版社 2005 年版，第 23 页。

交流的平等关系。重点以广西多民族文化交流为背景，深入考察和阐释广西多民族文化共同发展的价值和意义；确立全面系统的"多民族文化发展观"，以促使广西多民族文化繁荣发展，激活广西多民族文化精神所具有的和谐民族关系建构的潜能，促使多元因素活力的释放。

本项目研究的基本思路是既重视事实依据又有价值判断，既通过大量的文学作品和民间艺术做定量的描述又深入开掘广西少数民族文化的本土资源，探析广西各民族文学互相影响、互相吸纳、互相回馈、互相融合的问题，研究广西各个民族文化的互动、交融的关系；注重鲜活、多样的民族文化性格，审视民族文化内涵的复杂性、发展性，推进多民族文化参与现代化，为民族传统文化现代性诉求的社会实践进程提供文化养分。整合少数话语，促使广西当代少数民族文化获得激活的经验，拓展文化整体性的观念和共时态结构的意识，为建构中国当代多民族文学的完整版图提供丰富的资源和思路。

双面枭雄:乌江流域土司传说与民族记忆研究①

王 剑

(长江师范学院)

一 研究背景

民族记忆,是一个民族对其历史上重大事件及活动的一种选择性纪念和记录,民族记忆既是传统文化精神经验的存储器、民族文化的来源,又是一个民族走向未来的起点和基础。关于民间传说的民族记忆研究,国外学者大多集中在记忆的场域、记忆的性质和文化体系的结构方面。如法国历史学家皮埃尔·诺哈在《新史学》(1978)中认为历史遗留的地方空间对于地域文化认同的建构有重要意义,主张通过研究碎化的记忆场所来拯救残存的民族记忆与集体记忆,找回群体的认同感和归属感;德国心理学家哈拉尔德·韦尔策在其主编的《社会记忆:历史、回忆、传承》(2007)中指出,讲故事是支持记忆、保存过去、激活以往体验乃至建构集体认同的一个根本要素;美国学者保罗·康纳顿在《社会是如何记忆的》(2000)中探讨了在口述史事件中把从属群体的历史和文化从沉默里解救出来的可能性;德国学者扬·阿斯曼则总结出每个文化体系在时间和社会这两个层面的"凝聚性结构",并探讨了这一结构与记忆的关系。综

① 本文系国家社科基金民族问题研究一般项目"乌江流域民族间信任和谐与社会稳定发展研究"(12BMZ023);重庆市社会科学规划培育项目"武陵山区民间神话传说与民族记忆研究"(2013PYZW01);重庆市人文社会科学重点研究基地开放项目"重庆民族地区族群互动与社会和谐稳定关系研究"(2013Y10)阶段性成果。

观国外学者的相关成果，多倾向于从大的学科领域——如历史学、心理学、文化学等角度——对民族记忆进行整体性的研究，这与国外人文学科重视理论性、系统性和科学性的传统密切相关，有利于站在相当的高度研究民族记忆的总体性质和基本规律，但与其他研究对象一样，存在具体分析不够、忽视不同国家地区特殊的社会、历史、文化状况的通病，需要进一步深入和细致，以适应中国民族的特殊状况。

国内方面，近年来有不少学者的论著谈到民间文学对民族历史文化记忆的保存。论文方面有唐启翠的《歌谣与族群记忆——黎族情歌的文化人类学阐释》、平锋的《壮族歌咏文化与壮民族的族群认同》、李建宗的《口头文本的意义：民族相像、族群记忆与民俗"书写"》、刘亚虎的《从族源神话到平民传说——从南诏文学的发展看"族群记忆"的嬗变》等，著作方面还有陈建宪的《口头文学与集体记忆》等。上述成果都着力从民歌、神话、传说或故事等各类民间文学作品中发掘其中保留的历史记忆，往往流于零散和碎片化，短于对民族记忆的性质、特征和传承机制的整体探讨，理论深度有待进一步加强。

综合国内外的研究现状可见，关于民间文学，特别是民间传说的民族记忆研究虽然取得了很大的进展，但有些方面还存在一些问题：一是过多地强调从传说文本中提取历史片段，并将其与史实进行比照研究，这既忽视了民间传说的基本性质，也是对历史真实性、严肃性的片面认识；二是研究对象多拘泥于单个"民族"，对同一地域范围内可能存在的跨民族现象研究不够，忽视了对社会和文化的普遍意义的探索，缺乏可运用在更大范围内的解释力；三是多是静态、平面的描述分析，对民族记忆的动态特点，尤其是民间传说口头性带来的特殊影响的研究不够；四是受固有理论模式的影响，多强调民族记忆整体的同一性、延续性，对记忆内部的差异性及其对民间传说不同讲述文本之间的影响的研究不够；五是研究地域多集中于边疆、边地，研究对象多集中于规模较小、社会结构和文化相对单纯民族的集体记忆，对世居于我国内陆腹地、历史悠久、人口众多民族的传说少有涉及等。

二　乌江流域土司传说

传说在民间社会有着深刻的根基，无论对于中国的传统文化还是对民众的生活都产生了深刻的影响，其积极作用和消极作用至今在民众的生活中仍十分突出。但是时至今日，关于传说的研究，尤其是关于民间传说与民族记忆关系的系统的、理论与实际相结合的研究，尚不多见。民间传说作为一种民族的记忆方式，不仅具有一般记忆共有的能够遗传、可能变异、分段存储、能被唤起等性质，还有口头性、地域性、集体性、选择性、感性性等特有的性质，这些共性和特性形成了民间传说独特的存在和传承方式，为民族的主体记忆历史上的重大事件服务，体现了不同民族的历史观念和民族核心价值，是研究民族精神特质的重要切入点。

　　土司制度是元、明、清三代统治者，根据当时的国家民族状况，针对少数民族地区制定的一种特殊的地方行政建制。土司制度渊源于历代中央王朝的"羁縻制度"，在元代始纳入国家正式统治体系，经历了明代的发展、兴盛和高峰后，于清初逐渐废辍，是我国民族地区历史上主要的政治形态。乌江流域作为西南少数民族的主要聚居区之一，土司制度具有悠久的历史渊源、深厚的民族基础和广泛的社会影响。关于乌江流域土司的政治、经济、社会状况等方面前人有大量的论文和专著进行系统、深入、细致的研究，取得了令人瞩目的成果。本文不揣固陋，拟仅从围绕在乌江流域历代土司身边的民间传说的角度，尝试探讨"小传统"场域内民族记忆的形成、传承和传播方式，以供学界争鸣。

　　1. 乌江流域土司传说的类型

　　传说作为民间文学的主要形式之一，具有各种类型，从记载时间上，可分为远古传说、古代传说、近代传说和现当代传说；从表现题材上，可分为人物传说、史事传说、地方传说、动植物传说、景物传说、民俗传说等；还可从情节类型上，分为爱情传说、生活传说、神圣物传说、斗争传说、诙谐传说等。根据上述不同标准的分类体系，在时间上，乌江流域土司传说属于古代传说；在表现题材上乌江流域土司传说包含人物传说、史事传说和地方传说等；在情节类型上，乌江流域土司传说主要包括爱情传说和斗争传说。

　　如广泛流传于乌江流域少数民族群众中关于奢香、杨应龙、秦良玉、彭翼南等土司的人物传说；关于开路修桥、凿石筑城、援辽抗倭等的史事传说；关于绣花崖、水西城、海龙屯、万寿寨、老司城等的地方传说；关于奢香与霭翠、杨二小姐、秦良玉与马千乘等的爱情传说；关于土司之间、土民与土司以及中央王朝与土司之间的战争传说等。民间传说的意象丰富、情节曲折、内涵多元、特色显著，代表了区域内少数民族集体记忆的核心内容。

2. 乌江流域土司传说的情节单元

情节单元分析法是由芬兰的阿尔奈（Antti Aarne）和美国的汤普森（Stith Thompson）综合前人的研究成果，创制的一种国际通用的故事分类方法，这套以二者名字首字母命名的"AT分类法"经过德国学者艾伯华、美籍华人学者丁乃通、台湾学者金荣华等人的进一步"中国化"，现在也常被用来分析中国民间传说的情节。

在乌江流域土司传说中，有很多可以套用艾伯华《中国民间故事类型》（以下简称"艾氏类型"）和金荣华《中国民间故事集成类型索引》（以下简称"金氏类型"）的情节单元。如在"白鼻子土王扩建老司城"的传说中出现的"千年犀牛"，可对应"艾氏类型"中"物种和人类起源"之"牛和土地神"情节单元，以及"金氏类型"中"神奇的帮助者"之"动物的帮助"情节单元；在"杨应龙罩土地神"的传说中出现的"赶山鞭"，可对应"艾氏类型"中"巫师、神秘的宝藏和奇迹"之"奇迹"情节单元，以及"金氏类型"中"神奇的宝物"之"煮海宝"情节单元；同一传说中出现的"土地公公和土地婆婆"可对应"艾氏类型"中"巫师、神秘的宝藏和奇迹"之"神奇的追逐"情节单元，以及"金氏类型"中"神奇的对手"之"计败阎王"情节单元等。

3. 乌江流域土司传说的人物设置

在民间口承叙事范畴内，无论是神话、史诗、传说还是故事、戏剧，若不考虑体裁形式，人物的设置是民间文学分类的主要依据之一，如神话的主人公一般是神或者有神力的幻想人物，史诗和传说的人物设置一般是本民族或者本区域内的氏族祖先或有重大影响力的统治者，而故事和戏剧的人物更倾向于民间的才子佳人、农民起义领袖和机智人物等。

在乌江流域土司传说中，土司作为一种人物形象，有两种设置方式：一是以土司及其家人作为传说的主角，传说故事围绕他们的事迹展开，在这类传说中，土司往往是以正面角色出现的，如"奢香夫人""飞越马""领女兵学刺绣""领玉龙筑石城""奢香济火庙训子""杨应龙的赶山鞭""杨应龙罩土地神""杨应龙的藏金洞""杨应龙与田雌

凤同归于尽""秦良玉与皇帝斗智""彭翼南调兵"等;二是将土司作
为传说主要人物的配角或者时代背景出现,在这类传说中,土司往往扮
演的是反面角色,如"诸葛亮擒王山的传说""天灵相公""憨驸马的
传说""田二根"等。

三　双面的土司形象与民族集体历史记忆

民族记忆一种是社会集体记忆,具有特殊的性质,对不同历史社会情
况的民族记忆不可一概而论,要根据其不同的表现形式确定其概念范畴。
乌江流域的土司传说是该区域内聚居的西南少数民族关于其族源、迁徙、
战争、发展等历史上重大事件的主要记忆形式,是民族文化和民族精神的
唤起点与刺激点。

通过对乌江流域土司传说的梳理,可以看出,在民间文学作品中出现
的土司是存在两面性的:一方面,他们是当地最广大民族群众的统治者,
代表了地方统治阶级的利益和诉求,这也是他们所做的架桥修路、开山筑
城、抢人抢地的主观行为契合了底层被统治者的客观需求,因此被流传在
民间的口承叙事记录了下来并传承至今;另一方面,土司作为代表中央政
府行使国家权力的地方代表,享有国家承认的各项自治权利,通俗地说,
就是统领一方的"土皇帝",他们为了维护自身的统治,对地方民众强取
豪夺、任意生杀,也是底层民众日常生活中的"敌人",土司的种种劣迹
当然在民间传说中也多有反映,并在流传的过程中添油加醋,往往和"神
迹""善恶有报""恶人的下场"等情节单元产生了敷衍的联系。

通过土司传说在民族集体的历史记忆中的形成过程、存在形式和传播
方式,我们可以一窥民族记忆的几项基本特征。一方面,民族记忆作为一
种集体的历史记忆,具有一般记忆共有的性质,从土司传说由元、明、清
土司时期流传到现在,证明其具有能够遗传的记忆性质;将土司传说与史
书和典籍上记载的土司历史事迹相对比,证明其存在着民间的再创作和流
传过程中的变异;由不同土司传说对土司形象的不同描述,证明其存储方
式是按照土司不同时期的行为分段进行存储;保留到现代的土司遗迹、
土司战场和土司后裔,还能使附着于其上的土司传说产生影响,证明其能
被唤起的记忆性质。

另一方面,土司传说还反映了民族集体历史记忆的一些特有的性质。

首先，民族集体历史记忆具有口头性，乌江流域土司传说作为一种少数民族地区的口头存在形式，是以口耳相传、口头表演作为传承载体的，它与宗教仪式、宗族祭祀和家族祭祖等信仰活动相辅相成、互为表里，是活态的民族传统"百科全书"，既是一些写入历史文献的传说，也是仪式活动中表演的记录文本，其记录下来的目的也是为了再次在仪式中的演述①；其次，民族集体历史记忆具有地域性，乌江流域土司传说反映的是本区域内土司或者土司时期人们的生产、生活以及重大的历史事件和活动，特定的区域造就了与众不同的文化生态，成为土司传说发生的原因和文化背景，此外，还有大量的土司传说就是附着在当地特色的景物和建筑之上的，是地域文化的直接产物；再次，民族历史记忆具有集体性，乌江流域土司传说作为一种已经形成了的历史记忆，同时也构成了当地民族群众的集体记忆，当进入某种特定的时空场域。需要"复述"回忆时，个体以当下为起点，经过反思和推论去铺排和重构过去（或称主体将事件"现在化"），这个反思和推论的逻辑和框架依赖于社会和集体记忆的演变方向②，乌江流域土司传说在进行这种"现在化"时，土司战争、勤王荡寇、改土归流等重大历史事件往往成为传说发生的历史背景，在传说的讲述中实现了大规模的历史叙述与本民族的生活经历相结合；此外，民族集体历史记忆还有选择性，乌江流域土司传说作为一个相对独立区域内的民族记忆，有着自身的特点，和其他地区的民间传说有所区别，即使是在本区域内，不同的口述版本或者不同的讲述者（代表不同姓氏）讲述的同一传说故事，对事件和人物的描述也多有矛盾之处，这是因为传说作为一种民族历史记忆，其选择性使不同的人站在自身的立场上对自己接受的传说情节进行了筛选，今天的传说版本是经过了许多代人的选择、组织和重述的，它可能是扭曲、错误和不符合历史真实的，但却是在现有的社会经济条件下，最有利于族群的认同和发展，最有助于处理本民族和其他民族之间关系的版本；最后，民族集体历史记忆具有感性性，乌江流域土司传说是根据一定的历史事实反映的社会生活的本质，却又不是严格意义的历

---

① 关于民间口承叙事的文本，弗里、杭柯等学者将其划分为三个主要层面：一是口头文本（或口传文本）；二是来源于口头传统的文本（或半口传文本）；三是以传统为导向的口头文本。

② ［法］莫里斯·哈布瓦赫：《论集体记忆》，毕然、郭金华译，上海人民出版社2002年版。

史,因为他在反映生活本质时,经过了感性的取舍、剪裁、虚构、夸张、渲染、幻想等艺术加工①,因此它对历史的反映不是直接的,需要进行理论分析,而这种理论分析,需要遵循民间文学的规律,而不能以历史学和社会学的规则生搬硬套,否则对其解读造成障碍和困扰。

结　语

乌江流域土司传说历史悠久、内涵丰富、脉络清晰、倾向明显,是研究民间口承叙事与民族记忆的深层关系的突破口,为从全新的视角阐释区域民族文化提供了可行的路径。对乌江流域土司传说的民族记忆性质的研究,能够重新梳理和解答有关民族历史的民间文学重构、民众心理的感性与理性向度、民间文学传承中的不变内核与流动边缘等各方面的实际问题,并通过民族记忆理论和乌江流域土司传说的实证相结合,开辟综合运用心理学、民族学、民俗学学科方法,为客观回应中华民族多元一体格局形成的过程和原因提供鲜活的区域标本。

此外,在社会经济文化激烈转型发展的今天,研究乌江流域土司传说这一民族记忆的主要形式,具有深远的民族文化保存和文化遗产保护意义,能够为各级政府的文化政策提供有益的参考。

---

① 钟敬文:《民间文学概论》,上海文艺出版社 1980 年版,第 183 页。

通俗文学与精英文学关系考辨与文学史写作的反思

陈　啸

（中南民族大学）

一

　　郑振铎在《中国俗文学史》一书中认为，通俗文学是大众的文学、民间的文学。其所重视的是人物及情节的丰富与复杂，其所表达与渲染的是俗世的情感及传统的规范，其所满足的是一般性的思维，难登大雅之堂。郑振铎所谓的"通俗文学"概念主要是针对古代俗文学而言的，其所凸显的是民间与世俗，而近现代通俗文学同样属于大众文学。以传统心理机制与民族欣赏习惯为内容之核心，继承中国古代小说传统程式，追尚趣味性、娱乐性及可读性，亦不失"寓教于乐"的道德教化抑或宗教布道之效应。"形成了以广大市民层为主的读者群，并被他们视为精神消费品的，也必然会反映他们社会价值观的商品性文学。"① 显然，近现代通俗文学则凸显了文学的商品性。无论古今，但究其根底，"流通"与"世俗"即为通俗，"通"与"俗"内在规约了与规约着通俗文学审美规范的模式化、世俗化、娱乐化及最大范围的接受性。神话、传说、小说、民间歌谣、俗谣俚曲、山歌、门联、俗语、民间故事以及流行歌曲、网络文学等，都属于通俗文学的范畴。通俗文学在中国可谓源远流长，原始社会的

---

　　① 范伯群：《总序·中国近现代通俗作家评传丛书（1—12）》，南京出版社1994年版。

神话、传说及民歌，魏晋南北朝的志怪小说，唐传奇，元、明、清小说及近现代以来的通俗小说等，皆显示其不竭之生命力。

与通俗文学相对的是精英文学，即精英知识分子以精英化的立场及思维所创作的文学。"精英"之概念虽于"五四"运动之后出现，但中国传统高雅士大夫及其文学从来就难以脱却其载道教化等的"精英"化立场。在古代，"精英"自是指"高雅"言，与"高雅"内在相通，故而，精英文学在中国当是渊源有自的。精英文学或偏于艺术与形式的创新或耽于精神的超越以及强烈的社会关怀与担当意识。其创作态度是严肃的，与读者的关系是俯视与居高临下的。

重视娱乐、言情与言心的通俗文学与重视美感、言志或教化的精英文学，虽各执一端，但毕竟都是文学，二者之间从来就有着规律性的复杂关系。

（一）同源异流

鲁迅先生早就说过：诗歌起源于"劳动与宗教"，"宋之话本，元明之演义，自来盛行于民间"。① "至于小说，我以为倒是起于休息的。人在劳动时既用歌吟以自娱，借它忘却劳苦了，则到休息时，亦必要寻一种事情以消遣闲暇。这种事情，就是彼此谈论故事，正是小说的起源。"② 诚然，通俗文学是整个文学的母体，来自民间劳动人民的创造，且贯穿于整个的文学史。近现代以来盛行之小说文体，最早即意味着一种无关大雅的逸闻琐语。"小说"一词始见于《庄子》，意谓缩语之言。《汉书·艺文志》里说："小说家者流，盖出于'稗官'，街谈巷语，道听途说者之所造也。"魏晋南北朝时，小说盛行，成为雅士、文人等的一种雅兴，代表性的有《搜神记》《世说新语》等。至而唐代，出现了一些佛教故事的变文。因于唐代变文、俗赋、话本、词文等的盛行，则产生了又一种文学样式的"传奇"。白行简的《李娃传》即为代表，它吸收了民间流行的"一枝花话"及"市人小说"等而写就。在唐代"变文"与"市人小说"的基础上，又有了宋人话本。宋人话本即为通俗小说之源头。唐代之前，

---

① 鲁迅：《中国小说史略》，《鲁迅全集》（第9卷），人民文学出版社1991年版，第10页。
② 鲁迅：《中国小说的历史变迁》，《鲁迅全集》（第9卷），人民文学出版社1991年版，第302—303页。

"小说"是一种鬼神或人事之记录；唐宋以降，"小说"日益走向通俗，自立门户，别为一家。明清之际，"小说"大盛。更为重要的是，"小说"在发展的途中，产生了"俗"与"雅"的对立与分流。"小说"之起始，被视为"末流""小道""妾小"艺术，因为儒家文学观自来强调雅正。19世纪末，梁启超、夏曾佑、吴趼人、徐念慈、狄葆贤等人强调"小说"的教化功能，批判传统小说的诲淫诲盗，重视"小说"的社会作用。但此等晚清改良派因过于重视"小说"的启蒙教化功能以致远离了"小说"的趣味性及审美性。"五四"时期，"小说"霸领文坛，且形成通俗与精英之两路。现代通俗小说基本沿着晚清章回小说之路数，秉承的依然是中国传统的伦理道德，现代精英文学则偏于教化与启蒙或审美。当然，精英文学一直是文坛的主流，但通俗文学亦很兴盛。通过以上文学史发展的粗疏勾勒，大可看出，通俗与精英皆源于"俗"，只是精英文学在发展的途中，更多地继承了传统的"雅"与西方的"新"，使其更多着上了"启蒙"的"正统"，思想的高超，文字的精美，思想的渊微。但"俗"文学也实在是其共同之源。

（二）转化交会

文学的判断标准总是随着时代及语境的不同而变化，一定政治、经济及文化所规约着的时代的经典化的操作机制也同样影响着文学的"雅"与"俗"，"通俗文学"与"精英文学"故也总是存在着相互之间的游走与转化，二者的区别并不是绝对的。不同时间段之间及特定语境下的通俗文学与精英文学有着互相吸收的可能以及二者之间易势的事实。《诗》中的"风""雅""颂"中之"风"，为民间之歌谣，发于商、西周、春秋时期，是最早的诗，"男女相与咏歌各言其情"。自当与"俗"难分。但后来转入个人创作，使其"民间性"着上了个人性及复杂性与宏大化。于是"雅""俗"分流。至于汉代董仲舒将《诗》一变为《诗经》，更是变"俗"而至"雅"。于是歌咏男女之情爱的《关关雎鸠》也成了"后妃之德"的注解。更者，对"雅"与"俗"特别是"雅"之标准及内涵的认可也常因人因时代而异。比如：孔子强调为诗的"事事醇素"，曹丕却言"汉赋欲丽"，扬雄则谓"诗人之赋丽以则，辞人之赋丽与淫"。[①] 显然，

---

① 参见林秀琴《通俗文学》，《文艺评论》2003年第6期。

"雅""俗"于此的分野并不自觉亦不科学，而是以政治与道德为标准。再比如：从两汉乐府而来的五言诗，起始即与民歌有着密切的关联，当属于俗的，故而刘勰曾如是说："若夫四言正体，则雅润为本，五言流调，则清丽居宗。"① 而同期的钟荣则说："五言居文辞之要，是众作之有滋味者也。故云会于流俗。"② 显然又是对"流俗"之五言的肯定。明代陆时雍强调语言的"真"，认为是否具有真情与真趣方是"雅""俗"之别。他以多带有俚言巷语的古乐府、十五国风、晋人五言诗等为例，认为"古人佳处，当不在言语间也"，而在"神情妙会，行乎其间"。③ 显然又是对语言"雅""俗"分列的消解，重视的是雍雅趣味。同样，唐代的变文、宋元话本、明清小说等，也经历过自边缘而中心的过程。如晚清时期刘鹗的《老残游记》，李伯元的《官场现形记》《文明小史》，吴沃尧的《二十年目睹之怪现状》《恨海》《九命奇冤》等通俗小说即被新文学精英胡适视为中国"活文学"的一个自然趋势，是五十年来中国最高作品。④ 但"五四"之后，以鸳鸯蝴蝶派为代表的通俗文学又受到了新文学家的猛烈攻击。由是观之，文学"雅""俗"之别的标准并不是固定不变的，而是有着转化、游走、交会及易势等的事实。

（三）相克相生

精英文学与通俗文学分别代表着先锋与常态的两极，其显在的对立与矛盾是前卫与落后、严肃与游戏、担当与自由、创新与滞后、深刻与肤浅等互不相容的排斥。"五四"时期精英文学即对鸳鸯蝴蝶派文学进行过猛烈的批判与压迫。当然，通俗文学有着大量的创作实践及阅读群体，自有着其自足的生存之道。其实，通俗文学与精英文学的对立与冲突并不是根本的冲突，如汤哲生先生认为的那样：其冲突主要集中于"小节"问题，即传统的伦理道德问题。在具体的时代语境中，通俗文学与精英文学之关系错综复杂。通俗文学常常意味着"民间"，精英文学往往代表着"庙堂"，"民间"与"庙堂"之间总是存在着反抗与兼并、对立与抗衡、融合与渗透、争夺与抗争等复杂的扭结与混合关系，然而，正是在这复杂的

---

①　刘勰：《文心雕龙》，周振甫《文心雕龙今译》，中华书局1986年版，第62页。
②　钟荣：《诗品·总论》，陈廷杰《诗品注》，人民文学出版社1961年版，第3页。
③　丁福保辑：《历代诗话续编》（下册），中华书局1983年版，第1411页。
④　参见胡适《五十年来中国之文学·论中国近世文学》，海南出版社1997年版，第4页。

关系中，却也产生出"相生"的因素与动力。其一，通俗文学对精英文学的生成有着重要的现实及历史意义。整体上看，通俗文学乃母体源泉，歌、诗、词、曲等文学皆来于民间，在此意义上，通俗文学似乎是精英文学的不竭动力与源泉。比如：通俗文学对精英文学的文体建构就有着巨大的意义。"在传统的文体分类上，诗歌、戏剧成为通俗文学传统运作中历史的零余进而演化成现代精英文学的基本形态。"① 再比如：精英文学虽然不能一味考虑受众的因素，但受通俗文学的影响与启示，当然亦不宜偏于高高在上，同样也需要大众，需要"启蒙"与担当及审美等理想的普遍化与大众化。否则，曲高和寡，无人问津。诚然，精英文学其中的"庙堂"文学也一直有着诸如通俗性与大众性及趣味等的与通俗文学相通的审美个性。另外，"五四"时期，精英文学对通俗文学滞后性、娱乐性与商业性等的排斥与否定当然提醒着通俗文学的反思以及有着过于"媚俗"的警戒，而通俗文学的反驳亦在暗示着精英文学对"全盘西化"的警惕。其二，精英文学是生产性的文学，是通俗文学的"消费"对象。相对于精英文学，通俗文学变动缓慢，在发展的途中，常常要从精英文学那里汲取营养。通俗文学也正是借助与参照于精英文学的探索"成果"完成对传统模式中已无活力的因素与格局的扬弃以至淘汰，从而让旧的形式更加合理，趋于完善与丰富，从而保持一种鲜活的普适性。精英文学重视文学创新，通俗文学重视传统继承，但继承的"通俗"往往就是精英文学先前探索的"创新"，或者说，通俗文学在跟从精英文学随着时代向前发展。随着读者大众阅读能力、审美能力的普遍提高，通俗文学也必须相应渐次于文学的内容与形式上做时代的推进，需要吸收新的资源及营养来提升改善自己，也就势必自觉不自觉地向着精英文学靠拢。更为重要的是，通俗文学在错位滞后地呼应精英文学所创作的价值观并将之转变为通俗大众的普遍理想，以至丰富世俗文化的内涵，它在普及与推广着精英文学所创造的"价值"。诚然，历史上通俗文学的每一次"前进"，如古代通俗小说多写英雄、儿女与神魔到言情、武侠、侦探的转变，晚清民初通俗文学专于传统道德的说教渐趋现代精神的增强，甚至到了 20 世纪 40 年代张爱玲、徐讦、予且、张恨水等"通俗"与"先锋"面影的模糊等，似乎都有着精

---

① 朱寿桐：《论精英文学与通俗文学的对举关系》，《文艺理论与批评》2006 年第 1 期。

英文学影响的痕迹。精英文学的"仰视"与"探索"引领着通俗文学的前行，通俗文学的"平视"与大众化也在暗示着精英文学的平民化。相克相生是通俗文学与精英文学永远的主题。当然，"通俗"与"精英"的靠近与融合也并不是二者之间区别的消解。"精英"的真正普及当会变为"通俗"，而二者之间一旦过于"迁就"于对方，也就势必失去了自我，换言之，时代性、相对性的"通俗"与"精英"的区别也永恒存在。

（四）互文互补

互文互补主要指通俗文学与精英文学的交叉、呼应、互渗与对话，以达全面增殖之意义。通俗文学与精英文学的艺术规范各有偏重，一般而言，精英文学重视教育、启蒙及审美，通俗文学重视民间性的消遣与解闷，其各自不同与独立的艺术规范决定了他们各自的侧重，也决定了其互文互补的可能。在一个共同的政治制度及文化、经济等大的语境下，二者之间并不是互相孤立的，当是一种互相完善与补充的关系，共同彰显着时代及文化文学等的整体面貌，我们也正可以通过通俗文学与精英文学的互文互补关系全面了解那个曾经的社会形态。

通俗文学与精英文学的"互补"一说首先是范伯群先生提出，他并且举例说：通俗文学作家重视传奇崇尚"叙事"，其特有的叙事传奇功能可为现代精英文学提供推背图式的参照。通俗文学与精英文学对小说类别与题材的不同理解也派生出百花齐放的态势及有你也有我的互补的局面。而那种"唯求记账似的报得很清楚"的"现代通俗小说中的都市乡土文学，极具文学价值、文化学价值、民俗学价值和社会学价值，是我们现代文学中的瑰宝之一"。亦正可以与现代精英文学中的乡土小说与社会剖析派小说形成互补的关系。①

通俗文学所反映的俗世生活、民生状态、当下情绪、真实面貌、边缘性、娱乐性及世俗理性等与精英文学的人文及科学理性、审美理想、正统性、超越性及传统理性等共同构成一个完整的现实世界，而且通俗文学与精英文学各自反映的诸方面也总是存在着互有交叉与相同的地方。

---

① 参见范伯群《论新文学与通俗文学的互补关系》，《中国现代文学研究丛刊》2003年第1期。

二

通过以上对通俗文学与精英文学诸种关系的归纳与梳理，又可以引申出如下结论。

首先，通俗文学与精英文学是个"宽"与"窄"、"大"与"小"的问题；通俗文学虽不"精尖"，但代表的是"宽"与"大"，精英文学意味的是"窄"与"小"。通俗文学好比是地基，精英文学好比是向上的高楼。高楼不能无地基，地基也需要高楼向上的"仰望"。精英文学有着极强与牢固的创造性与生命力，它能给通俗文学提供持续且足够的生长动力，是通俗文学向前发展的动力之源。精英文学的"窄"与"小"对通俗文学的"宽"与"大"有着正面的文体及思想的影响与导向作用，进而良化文学的生态环境。通俗文学代表的是"四季循环"与民间的大地，有着大气象、大格局、大境界的品性，能给精英文学提供深厚且广袤的生长土壤，启发与暗示精英文学增强一些使用价值、理性思考以及人类共性的情感波澜，亦能够促进整个文学的发展与繁荣。总体来说，二者之间是一种相辅相成、相互依赖的关系。

其次，通俗文学与精英文学的区分是一种常态；二者同是文学，但相对性、时代性的审美标准永远不同，唯有如此，文学方能向前发展。超越雅俗或者说雅俗共赏仅是一种理想态，要么隶属于"雅"，要么倾向于"俗"，绝对的中间态当是不存在的。张恨水的小说写得尽管很"雅"，但其小说中所显露出的对阅读快感的重视及理想主义的精神召唤与取向以及对故事性、奇异性与趣味性的追尚等，使其依然属于通俗文学的范畴；张爱玲的小说虽大雅亦大俗，但其文本中所体现的对都会人性、生命及艺术性的先锋性与探索性等，使其毕竟属于纯文学性质的精英文学。"通俗"与"精英"的判断标准关键是看何种审美要素居于主导地位。当然，判断"通俗""精英"与否的标准有着时代性等复杂的因素，前文已述，兹不赘言。

最后，文学自身的发展史是精英文学牵引带动的通俗文学与精英文学关系史；所有的文学存在形态，无论是诗歌、散文、小说、戏曲、变文、弹词或是京派文学、海派文学、通俗文学、左翼文学、右翼文学抑或是中国古代的台阁文学、山林文学、花月文学、民间文学以及汉语文学、少数民族语言文学等，其实都不过是通俗文学与精英文学的分形与别称，皆可将之区分为"通俗"与"精英"的两类（当然两类之中又可细分为很多种）。在"通俗"与"精英"两类文学之中，精英文学特别是其中偏于艺术与审美的纯文学表征的是"提高"，是向前发展牵引动力，也意味着文学本身的价值所在。文学的每一次出现与发展的价值标志就在于它提供了那些此前所没有的质素。精英文学的发展史当可代表着文学创新的历史，是文学发展的主流与主导，文学的发展史就是精英文学带动的历史。通俗文学表征的是"普及"，是跟进的发展，不负责文学本身的创新，故而代表不了文学史的前进发展，但通俗文学可以有效地防止精英文学"孤军深入"。考量"通俗"与"精英"任一种文学都不宜孤立封闭地对之。

三

　　有了以上的考辨与分析，我们则可以自然地讨论文学史写作的问题了。过去的主流型文学史基本上都是精英文学史。以中国现代文学史的写作为例：本学科自 1950 年、1951 年教育部颁布试行的学科规范与学科大纲时算起，仅 60 年的历史，代表性的文学史著作则有王瑶的《中国新文学史稿》，刘绶松的《中国新文学史初稿》，唐弢、严家炎的《中国现代文学史》，钱理群、温儒敏、吴福辉等的《中国现代文学三十年》，夏志清的《中国现代小说史》，郑万鹏的《中国现代文学史》等。这些文学史著作特别是新时期以前的文学史著作所体现的文学史观基本上是近现代以来的进化论文学史观及 1949 年之后的新民主主义及唯物论文学史观。在新与旧的对立中偏重于"新"，认为精英文学的"新"必然胜于通俗文学的"旧"，或者以政治分析代替艺术分析的教化性的"精英"意识。于是，对于通俗文学的叙述也就杳如黄鹤，即便 20 世纪 90 年代以来产生重要影响的《中国现代文学三十年》对通俗文学的提及也仅是"惊鸿一瞥"。20 世纪 80 年代以来，随着思想解放且趋于多元，开始出现了"作家作品重评"与"重写文学史"的探索与实践。尤其是 20 世纪 80 年代中期开始的"重写文学史"的呼声至今没有停落。这其中，呼声最高的即通俗文学入史以及如何入史的问题。在通俗文学如何入史的问题上，代表性的观点有：王瑜的"全球史观"，他认为，通俗文学入史需有总体历史的眼光，需对通俗文学有一个合理的定位，要把通俗文学放在一个更大的系统中加以观照，突出不同形态文学在整体系统中的联系性、互动性与客观性。① 具有普遍影响的则是范伯群、汤哲声等为代表的"双翼"论。他们充分认识到通俗文学与精英文学并行不悖、比翼双飞的事实，倡言通俗文学与精英文学可以平行进入文学史。并强调，这样的文学史"既能超越雅俗，又能统领雅俗；既能包括文化观念的变动，也包括社会结构、文化市场、读者构成等诸多因素；既能阐释外来文化的影响，也能注意到中国传统文化的演进。只有这样才能是真正的'现代文学史'，而不是'新文学史''通俗文学史'，或者是附带一些通俗文学的文学现象、作家作品的以新文学为主导的文学史"。② 汤哲声先生也曾试图从作家身份、文本传播、作家作品风格、流派形成诸方面找出现代通俗文学与精英文学共同区别于古代文学的方面作为治现代文学史的观念以之整合"通俗"与"精英"。然而，与热烈的呼声不相对应的是通俗文学与精英科学整合的文学史以及真正"革命性"的文学史似乎一直没有出现。这不能不引起我们的深入思考与疑问。文学史是否就是精英文学史？过去的精英文学史有何问题？通俗文学能不能入史？如何入史？如何重写文学史？……对此，笔者认为：庞大的通俗文学可以单独写史也应该写史，但通俗文学以至"杂"文学不宜正面、平行进入文学史。文学史乃以"文学"质素为核心的发展史。通俗文学以及"杂"文学中的比如政事、德行、教化、逸闻、野史、经学、史学、理学、诸子学、掌故学、辞章学等是不属于文学的范畴的。"现实"难以尽美，文学史当是具有强大创生性的精英文学"仰望"与"追求"的发展史。但精英文学尤其是其中的纯文学相较于历史悠久的通俗文学以及"杂"文学庞大的底盘其范围又实在是太窄，甚至在一定时期比如民初至 1917 年文学革命期间通俗文学还曾有过独领风骚于文坛的局面。论及社会影响力，较之通俗文学及"杂"文学更不可同日而语。故而笔者所肯定的"精英文学史"又不是孤立封闭于通俗文学及杂文学之外的文学史，也不是以政治等外在的标准考量的精英文学史。要充分考虑到通俗文学、杂文学与精英文学的复杂关系以及阅读主体与创作主体的互动关

---

① 参见王瑜《现代通俗文学入史的学科史学反思》，《内蒙古社会科学》（汉文版）2008 年第 6 期。

② 汤哲声：《中国现代通俗文学的"现代性"和怎样入史》，《探索与争鸣》2007 年第 6 期。

系等因素。没有这些庞大的因素维持一种文学生活，当很难产生真正的文学及大作家。我们宜回到文学发生的现场进行还原性的考察文学，以抵文学史的"考古学过程"，如此方能反映一个时代文学的真实面貌。换言之，当以"通俗"与"精英"双向的眼光，从文学发展的自身规律全面立体考量通俗文学与精英互相"扭结"后的精英文学史。或者说，这一"精英文学史"当能体现出通俗文学影响的痕迹，不能脱离通俗文学及杂文学的视角来封闭孤立地写史。这同样也是一种大文学史观，但又不等于无所不包的"杂文学史观"。陈伯海先生曾明确提出过"大文学观"，他所谓的"大文学"实乃"杂文学"，并提出以"沉思翰藻"与"缘情绮靡"及文学内在的生命形态来规约杂文学的文学性，并认为以之可以通会古今文学，给大文学史的编写创设必要的前提。① 而笔者所肯定的"大文学观"乃是充分考虑到广大深厚的通俗文学及杂文学影响制约下的精英文学史观，并不是试图整合尽可能多的文学形态。另外，通俗文学与精英文学关系的历史不是连续线性的历史，而且每一个时代都有着这一时代个性的文化与美学对文学的选择与追求的标准，通俗与精英的内涵也有转化交会的地方，文学史的写作宜当充分考虑到历史的曲折与多变及时代性，这同样也是试图建立异于过往的立体、开放的新的历史叙述空间。以往的文学史描述往往习惯于"沿着逆向的路线对前事追本溯源，习惯于重构历史传统，习惯于沿着进化的曲线前行，习惯于将目的论投射于历史"。② 把复杂的文学史简单化、规律化、线索化。如此，文学史似乎始终平滑地循着一种必然的规律自然地向着一个既定的目的均匀前行。遮蔽了本来丰富多彩、千变万化、生机盎然的文学史现实，是一种对历史本身的肢解、歪曲与篡改。当然，通俗文学的治史则不宜单纯以文学的标准，因为它毕竟涵盖复杂。我们期待真正当下性、"革命"性的文学史著作早日出现。

---

① 参见陈伯海《杂文学、纯文学、大文学观及其他——中国文学传统中的"文学性"问题探源》，《红河学院学报》2004 年第 2 期。
② ［法］米歇尔·福柯：《知识考古学·导言·重新解读伟大的历史——文学史论研究》，社会科学文献出版社 1993 年版，第 98—117 页。

国族主义与20世纪50—70年代汉族文学中的少数民族叙事

谢　刚

（福建师范大学）

一　叙事如何想象民族国家

与世界上大多数国家类似，中国是一个名副其实的多民族国家。尽管在漫长的历史进程中，"中华"观念或隐或显一直存在各民族心间，交汇与融合始终是各民族关系的主旋律，但是各民族之间的对峙、分立和冲突也曾确有其事，这就难免造成历史遗留性质的心理隔阂。新生中国需要整合成完整统一的民族国家，就需要在各民族的意识层面消除民族隔阂，促使各民族在传统的民族理念中生长出更具现代意义的国族意识，以国族本位统驭民族本位，让族众不仅意识到自身属于民族这一"小"的共同体，更意识到属于中华民族这一"大"的共同体。个体确立民族认同的过程往往是通过想象的方式来完成。之所以通过想象的方式，乃是因为"即使是最小的民族的成员，也不可能认识他们大多数的同胞，和他们相遇，或者甚至听说过他们。然而，他们相互联结的意象却活在每一位成员的心中"①。叙事性文学虽然只是提供这种"想象"的一种媒介，但却是非常独特而有效的一种。这是因为，叙事能够通过叙述某一个生动可感的故

---

①　安德森：《想象的共同体：民族主义的起源与散布》，吴叡人译，上海人民出版社2003年版，第5页。

事，制造出类似于"复制现实"一般的客观真实感，使得对故事的阅读如同对事实或真相的认领，恰如华莱士·马丁对长于叙事的"现实主义"的洞悉："就阅读而言，'现实主义'显示为这样一个广阔的叙事作品领域，这里没有任何可以辨认出来的成规，这里文学技巧无影无踪，每一件事都像它在生活中那样地发生。"① 也就是说，叙事文学能够以类似事实陈述的方式建构"真实"，使得"真实"背后的意识形态（既定成规）往往不易被人觉察，阅读的过程即是对意识形态的顺利接纳。这样，一旦国族意识形态成为一切话语表述的主导力量，叙事文学就能充分发挥其制造真实的天然优势，参与民族国家认同的建构中，为个体想象为国族成员提供有效途径。新中国成立之后，一方面由于中央政府对民族政策的大力倡导以及各种巩固民族国家的政治动员，一方面由于对近代以来民族独立与振兴的长期想望，汉族作家迅速成为国族意识形态的主体，转而以国族意识先知先觉者的身份，自觉践行启蒙广大民众的义务。在其少数民族叙事中，可以看出他们的启蒙对象既包含作为主体民族的汉族民众，也包含大多聚居在偏远区域的少数民族群体。他们试图向汉族阐明少数民族作为兄弟民族的新型观念，以期彻底清除轻视、鄙视和丑化少数民族的大汉族主义、汉族中心主义，也试图改变少数民族对汉族的敌视和恐惧，改变汉族在他们心目中源于事实或误会而产生的恃强凌弱的负面形象，重塑少数民族对汉族的整体观感。这背后的目的在于扭转汉族与少数民族之间的不良关系，宣扬民族平等、团结、共同繁荣的新型民族关系，其实质是塑造统一的国族理念，俾使汉族与少数民族一起走出狭隘单一的族群认同，醒悟自身作为国族成员的身份，从而确立更高一层级的国族认同。

应该说，在 20 世纪 50—70 年代，国家意识始终是支配中国各类文学表述的最重要因素，汉族作家的少数民族叙事自然也不例外，它在根本上也是服务于国家意识的塑造与强化，但这并不意味着它在同期各类文学叙事中没有其特殊性。这种特殊性在于它意在塑造一种国族意识。国族意识无疑属于国家意识的范畴，但两者并不能等同。前者主要面向民族而非公民性质的个体，它的根本任务在于联通各个分散的民族，使之在法定的领

---

① 华莱士·马丁：《当代叙事学》，伍晓明译，北京大学出版社 1990 年版，第 59 页。

土疆界内聚合成一个国族共同体。很明显，叙事所涉及的个体被汉族作家推定为是明确了民族身份的个体，在此意义上作为叙事对象的个体实际上是民族符号的能指，民族内部的个体差异并不是叙述者着重理会的要素，个体的民族身份才是叙事观照的中心和焦点，对个体的叙述完全可以看作对其所属的民族的叙述。因此，在汉族作家的少数民族叙事中，承托叙事的元单位是某个民族，而非某一个体，尽管叙事中的人物似乎都是特定身份的具体个人。这种情形显然是由汉族作家意图把各民族整合成国族的叙事目的所催生，也是汉族作家的少数民族叙事区别于当时其他国家主义叙事的重要因素。

二　阶级共同体对民族共同体的置换

当时的汉族作家通过叙事文本传输国族理念，在文本叙事中所采用的主要策略就是引入阶级叙事，以阶级叙事所蕴含的阶级意识形态来论证国族存在的合法性。阶级与民族无疑属于不同类的共同体，但是在现代中国，无论是左翼或右翼政治集团，都试图把两个共同体整合为一。不同之处在于，右翼倾向以上层阶级作为组织民族共同体的核心力量，正如戴季陶认为国民革命"是要治者阶级的人觉悟了，为被治者阶级的利益来革命"①；而左翼更强调依靠社会底层民众来组织民族共同体。当马克思主义的无产阶级学说传入中国以后，它很快被左翼征用为国族动员的理论资源。这其中的原因正如休·希顿·沃森所说："几乎所有的民族独立斗争与阶级斗争总是交织在一起的。民族运动只有动员广大普通民众即农民和工人的广泛参与，才可能获得成功；只有攸关广大民众的直接个人情感和物质利益，他们通常才可能参与。"② 国族整合最重要的对象是广大民众，就贫弱的现代中国而言，"无产阶级"的命名和指认无疑能够集合最广大的下层民众，因此，无产阶级成为国族动员的理论口号可谓顺理成章。在考察中国现代民族主义思潮时，杜赞奇发现："阶级和民族常常被学者看成是对立的身份认同，二者为历史主体的角色而进行竞争，阶级近期显然

---

① 戴季陶：《孙文主义之哲学的基础》，参见蔡尚思主编《中国现代思想史资料简编》（第二卷），浙江人民出版社1982年版，第603页。

② 休·希顿·沃森：《民族与国家：对民族起源与民族主义政治的探讨》，第580页。

是败北者,从历史角度看,我认为有必要把阶级视作建构一种特别而强有
力的民族的修辞手法——一种民族观。"① 可见阶级与民族似乎构成能指
与所指的亲缘关系。在建立现代民族国家之前,无产阶级理论的广泛宣传
能够调动广大民众投身民族独立运动,而当民族国家建立之后,这一阶级
学说并未过时,它依然能够促进民族国家的进一步整合,特别是对少数民
族这一阶级意识尚处在蒙昧状态的群体而言,更具有尚未充分释放的理论
能量。显然,通过唤醒少数民族的阶级意识,少数民族与汉族之间原本立
足于族性的关系将会退到次要位置,而建基于利益共享的阶级关系则会上
升为主要关系,这样,民族的分立就在相同的阶级身份认同中被跨通了。
在叙事文本中,汉族作家往往对少数民族群体进行剥削阶级与无产阶级的
阶级成分定位,例如高缨的《达吉和她的父亲》对彝族老人马赫尔哈的描
述"那老树皮似的面影和枯枝似的双手——这奴隶的苦难的化身",这种
衰老的体征是一个具有固定意指符号,它所链接的是个体的无产阶级身
份,这一阶级身份被锁定之后,民族团结就有了逻辑起点。因为,过去一
切民族矛盾悉因两个民族的统治阶级造成。"汉人里出了汉官,彝人里出
了奴隶主,他们就打起来了。……汉官与奴隶主喝人的血,让老百姓和
'娃子'喝泪水。"即阶级矛盾的肇因是民族矛盾的根源。在新时代里,
无产阶级成为新生政权的主人,因而彝族无产阶级向属于自身阶级的新生
政权靠拢,自然能获得解放和幸福,正如小说的结尾所宣示的承诺:"只
有我们无产阶级,我们的党,才领导劳动人民挣断身上的锁链,引导人民
走上彻底解放和真正幸福的大道,从而在劳动人民之中,铸造起真正的友
爱——阶级的友爱。"在长篇小说《多浪河边》中,作者周非借助革命者
阿不力孜对哈得尔的一番教育,也阐明了其中的道理:"沙巴也夫的危险
性正在这里,他高喊反对所有的汉族人,混淆了是非!你要记住,什么时
候,不管汉族人还是维吾尔族人,只要把他们头上的压迫者和剥削者消灭
掉,什么时候民族压迫也就没有了。不管是什么民族,压迫者和剥削者都
是串通一气的;被压迫者和被剥削者都是同样受苦的,都是弟兄。他们只
有牢牢团结在一起,共同来打倒骑在他们头上的压迫者和剥削者,那才会

---

① 杜赞奇:《从民族国家拯救历史:民族主义话语与中国现代史研究》,王宪明译,社会科
学文献出版社 2003 年版,第 11 页。

有纳斯尔丁所希望的公平的世界和幸福的生活。"由此可见，阶级意识的
苏醒，阶级身份的彰明，既能动摇维系同一族群聚合力的族性逻辑，也便
于将不同民族的下层族众归合为一个新的无产阶级共同体。阶级观念的引
入起到了对少数民族身份意识重新洗牌的作用，在拆解以体征、语言、血
缘、地域、习俗等天然因素所凝成的族性的过程中，也一道实现了建基于
现代阶级理念之上的身份重组，正如罗宾·科恩所言："当阶级可能确实
是一个强大的集合形式的时候，阶级意识便可能与族裔意识（ethnic con-
sciousness）抗衡，或者战胜族裔意识。"① 与此同时，"某个阶级的所谓的
特征被延伸至整个民族，某一个人或群体是否属于民族共同体是以是否符
合这个阶级的标准为转移的"②。这就是族性关系被置换为阶级关系所能
带来的国族整合功能。

　　不过，阶级叙事在运行的过程中也会产生偏离国族叙事的倾向。无产
阶级要求消灭一切剥削阶级，这一原理反映到作家的叙事中，就是要叙述
阶级斗争的持续性和尖锐性。然而中共在新中国成立之前就已经意识到少
数民族问题的特殊性和复杂性，在新中国成立后制定出一套与之相应的特
殊民族政策，核心理念在于要求少数民族地区的民主改革应该循序渐进，
在阶级革命上注意宽待少数民族上层，团结误入歧途的少数民族群众，不
能把汉族地区的阶级斗争简单搬用。如何兼顾阶级斗争原则及特殊民族政
策，由此成为汉族作家的叙事难题。为了解决这一难题，他们采用了一些
叙事策略，俾使两种官方意识形态话语的缝隙能够在叙事中缝合。在《云
崖初暖》中，当彝族奴隶阿什木嘎企图贯彻阶级斗争原则，处死他的仇人
奴隶主罗洪鲁拉时，被熟知民族政策的红军指战员赵坤及时制止，阿什木
嘎既没有想不通，也没有和赵坤争辩，很平顺地接受了事实。作者让人物
思想发展发生非常规跃进的做法，显然是为了调和两种话语体系的内在分
歧。事实上，这种现象普遍存在相关叙事文本中。在闻捷的《复仇的火
焰》中，哈萨克革命青年沙尔拜处置部落头领阿尔布满金时的行为转变可
谓判若两人，令人倍感吃惊。这种违背人物思想逻辑的叙述显然并非作家

---

　　① 罗宾·科恩（Robin Cohen）：《族性的形成：为原生论适度辩护》，参见《人民·民族·
国家》，第21页。
　　② 杜赞奇：《从民族国家拯救历史：民族主义话语与中国现代史研究》，王宪明译，社会科
学文献出版社2003年版，第11页。

艺术功力欠缺的症候，而是国族主义压倒阶级话语表述的表征。

三　"阶级他者"与国族主体的确立

　　与国族整合不相适应的民族分立被阶级思路贯通以后，还必须使经由阶级构筑的国族共同体获得主体性。主体的建立（我性）往往经由客体角色（他性）的指认来实现，要使少数民族确立作为国族的主体性，则需要找到其作为国族的客体。这里遇到的问题是，少数民族的族性主体原本是在与汉族对应的过程中生成的，如何实现族性主体结构的变化，在族群认同外增生更重要的国族认同，这关键在于如何界定族性客体。在这里，汉族作家再次征用阶级学说。在文本中，汉族作家试图指明，少数民族族性主体不仅应在与汉族这一"民族他者"的对照中生成，更应该在与少数民族的压迫势力这一"阶级他者"的区分中确定。当然，"阶级他者"的存在不是要否定"民族他者"的存在，两者是共存的关系，只不过，前者比后者更加重要。杜赞奇认为："民族'自我'在任何时候都是相对于'他者'而定义的。民族自我还根据对立面的性质和规模而包含各种更小的'他者'——历史上曾经互相达成过不稳定的和解的他者和潜在的、正在建构其差异的他者。"① 经由"族群他者"构建的少数民族的族群认同并非没有存在的合法性，只不过这一"民族他者"只是更小的"次要他者"，"阶级他者"才是更大的"主要他者"，由其反向定义的身份认同，即无产阶级认同，理所当然成为少数民族在新的历史情势下的"主身份认同"。这一"无产阶级认同"赖以确立的"阶级他者"，包括少数民族的剥削阶级、汉族的压迫阶级以及西方列强等各种少数民族大众的差异性他者，这三者又具有某种普遍同质性，因为在中国革命话语体系中，一切国内的反动势力都不过是帝国主义在中国的统治工具。正如毛泽东所指出的："一切勾结帝国主义的军阀、官僚、买办阶级和大地主阶级以及依附于他们的一部分反动知识界，是我们的敌人。工业无产阶级是我们革命的领导力量。一切半无产阶级、小资产阶级，是我们最接近的朋友。"② 可

---

　　① 杜赞奇：《从民族国家拯救历史：民族主义话语与中国现代史研究》，王宪明译，社会科学文献出版社 2003 年版，第 14 页。
　　② 毛泽东：《中国社会各阶级分析》，《毛泽东选集》（第一卷），人民出版社 1991 年版，第 9 页。

见，一切国内的剥削阶级在本质上都属于帝国主义势力的延伸。这些剥削阶级具体到少数族裔内部，例如农奴主、奴隶主、土司、头人等，也同样被汉族作家描述为帝国主义势力直接或间接的延伸。他们在多大程度上成为敌对"他者"，则取决于他们与帝国主义的亲近程度。在闻捷的《复仇的火焰》中，哈萨克叛匪首领忽斯满与白俄后裔尤丽、英国间谍、美国领事麦克南等国外分裂势力串通勾结，所以他被指认为哈萨克族最可恨的敌对他者，沦为应予剿灭的对象，乃曼部落头人阿尔布满金同样属于剥削阶级，但因没有投入帝国主义的怀抱，故还能成为团结争取而非消灭的对象。由于作品中西方帝国主义被潜在定位为哈萨克族众主体结构中最根本的他者，所以哈萨克族最重要的身份认同即是基于与帝国主义相对的国族认同。由此可见，"将无用的过去与帝国主义联系起来，激进派得以把本民族与外来侵略者之间的矛盾对立起来。实际上，在所有那些强调与历史决裂的民族主义者，特别是共产党人中间，反对帝国主义正是民族主义的最重要的形式之一"①。在这里我们可以看到，汉族作家试图建构的少数民族的无产阶级意识，其实就是要唤醒其国族意识，无产阶级与中华民族成为一体两面的同构关系，从阶级逻辑演绎而出的阶级分类，其最终目的不在于确立少数民族的阶级身份，而在于确立其国族成员的认知，阶级命名只是充当国族指认的中介途径。

四　"再生"叙事与主体重塑

建构少数民族的国族认同还有另一重要途径，那就是构造一个关于少数民族过去、现在及未来的现代性时间过程。在关于少数民族的古代史叙事中，一些汉族作家打捞出关于汉族与少数民族友好往来的集体记忆，以此宣示少数民族的国族认同其来有自。在戏剧《文成公主》《王昭君》中，作家田汉和曹禺不约而同地激活了历史上的"和亲"故事，赋予它在现代国族建构中的叙事功能。盖尔纳发现，现代民族主义者总是难免"利用从前民族主义时代继承过来的文化、历史和其他方面的遗产，把它们作

---

① 杜赞奇：《从民族国家拯救历史：民族主义话语与中国现代史研究》，王宪明译，社会科学文献出版社 2003 年版，第 102 页。

为自己的原材料"①。"尽管这种利用是秘密的，并且往往把这些文化大加改头换面"②。"和亲"故事无疑是一个很好的历史文化遗产，它表征着民族融合在古代早就存在。匈奴和吐蕃在汉族作家的想象中，因有联结汉民族的意愿而具有华夏民族的自觉认同。尽管两个民族内部存在敌视汉、唐王朝的族群本位主义者，即"主战派"（以温敦和支·塞乳恭顿为代表），但作家通过精心的叙事营构，成功实现了对他们形象的道德丑化（随意杀戮百姓），从而暗示他们政治立场和民族认同的非法与错误。与之相应，作家极力凸显"主和派"（以呼韩邪单于和松赞干布为代表）爱民如子、惩奸除恶的正义之举，暗示出他们所恪守国族主义信仰的正确与崇高。在关于少数民族的现代生存史书写中，汉族作家着重突出了少数民族下层民众的翻身历程，正是通过这种翻身叙事，汉族作家试图为少数民族确立主体。一些叙事文本极力呈现少数民族大众备受压迫与奴役的生存状态，当救世主即汉族无产阶级革命者到来之后，他们终于翻身解放，摆脱了不堪回首的过去。刘克短篇小说集《央金》重点叙写了藏族下层女性。央金（《央金》），古茜、德茜（《古茜与德茜》），巴莎（《巴莎》），苍姆决（《古堡上的烽烟》）等，几乎都是像牛马和玩偶一般的女奴隶，指示着藏族下层民众暗无天日的苦难生涯。她们虽然以出逃来抗争宿命，但无不是在汉族解放军的援应和解救下才取得成功。伴随着她们翻身做主与挣脱苦海，藏族与汉族之间的民族情谊逐步建立并且得到深化，藏族的国族认同也随之生成，这种新的国族认同显示着藏族主体新质成分的生成。在高缨的长篇小说《云崖初暖》中，彝族青年阿什木嘎从奴隶到革命者的命运转变，得益于汉族奴隶、地下党人、红军指战员等汉人对他的点化和引领。彝族下层的觉醒与重生表征着彝族下层作为历史主体的崛起，而这一崛起又是在汉族的深刻介入中实现。彝族对汉族由疏离转为亲近，象征着彝族国族认同的确立。总而言之，少数民族苦难的"过去"已经成为历史，与通向"未来"的"现在"形成断裂，汉族无产阶级革命者作为少数民族大众苦难历史的终结者，承诺了少数民族光明、自由和幸福的未来，因而是少数民族新的主体意识的创生者。少数民族的生存过程被赋予了明确的

---

① 盖尔纳：《民族与民族主义》，中央编译出版社 2002 年版，第 65 页。
② 同上书，第 74 页。

方向和意义，从而具有不断向前进化的现代性时间性质，进化的结果是少数民族的国族主体认同的生成。杜赞奇认为国族主义者所常用的国族整合策略在于"把一个新的、具有某种神奇力量的时代寄托于决裂的时刻，亦即再生的时刻，于是，再生的人民的力量便可被动员起来为新的国家服务"[1]。"极力夸大与过去决裂的感染力，使之获得某种再生能力，从而使新的象征合法化。""发生断裂的时刻，同时亦是再生的时刻，通过翻身这样一种革命过程中再生仪式而得以凸显出来。"[2] 汉族作家正是借用了这种极具象征仪式意味的"再生"叙事，来完成少数民族的主体重塑，进而达成民族国家的整合。

---

① 杜赞奇：《从民族国家拯救历史：民族主义话语与中国现代史研究》，王宪明译，社会科学文献出版社 2003 年版，第 102 页。

② 同上书，第 94 页。

当代少数民族历史小说中英雄书写的政治脉搏与民间体温

白晓霞

（内蒙古大学博士后流动站，兰州城市学院）

新中国成立后至今，是中国历史的大发展时期，是中华民族命运的大转折时期，历史比任何时候都需要得到阐释与表达，而对于少数民族作家来说，翻滚的历史风云与从来不曾远去的诗性族群文化以一种别样的风采交织在一起，在这近百年的宏阔历史中，族群命运的新时代已然来临，而关于它的言说却远远没有完成。那些在历史的紧要关头挺身而出的英雄改变了族群的历史，他们无疑是对新中国政治文化有着最早的敏感度且对历史的未来走向有着最准确判断的人，与此同时，他们又是对族群的历史、文化、民俗、性格有着最感性触摸并且在此基础上对族群政治命运、发展趋势有着最理性预测的人，这些来自草原、森林、大河、高山的民间之子骑马、打鱼、放牧、狩猎、饮酒、食肉、唱歌、弹琴，充满了民间智慧与田野情趣。然而，历史选择了他们将面临更多的政治考验，他们的个人品质与政治素质注定在新的时代要受到全新的考验，这样的转型无以问天问神，只有脚踏实地才能开天辟地。这样的历史人物可以称其为英雄人物，而他们优秀的综合素质与充满魅力的个人品质无疑会受到小说作家的青睐，关于他们的政治智慧、性格构成、生活细节让后来的人充满了敬意与猜测，关于英雄的想象就这样既真实又浪漫地诞生了。政治书写的冲动与原型意识的规约水乳交融在少数民作家的血液之中。对母族文化历史在中华民族文化历史发展过程中的地位、意义、面貌等问题的理性思考与感性触摸成为历史小说作家的写作初衷，而历史中的英雄人物又成为多数作家切入历史现场、表达现实情绪的首选利器，这样的艺术形象既跳动着政治脉搏，又显示着民间体温。

一 英雄（英雄的人民）的思想成长与强烈的多民族国家认同意识

英雄的思想成长主题较为集中地出现在 20 世纪 50—80 年代初期的少数民族历史小说中，表现为英雄人物对共产党执政能力的认同过程，这是少数民族作家转型为社会主义作家身份之后热情塑造"想象的共同体"的产物。作品中的英雄形象多为历尽苦难的底层群众，才艺超群却食不果腹，在共产党的帮助、教育之下终于成长为真正的人民英雄。在这个意义上，个体的英雄成为"英雄的人民"的化身，他饱含着理想主义特征，作家时常以他的思想成长历程为经纬来展演故事、表达主题，强烈的国家认同意识成为作家与人物的共同主体性特征。

复仇主题的民族书写：

（一）斗争英雄的政治成长

智勇双全却历经苦难的英雄有着改变政治境遇的历史要求与现实能力，于是，共产党承担了思想引领者的历史角色，在党的关怀下，他们完成了自己的政治成长，找到了生活不幸的真正缘由，开始了对旧制度的反抗，终于翻身得了解放，他们也由各种形式的奴隶成为了社会主义新中国的"公民"，至此，国家认同意识取代了民族意识。

如玛拉沁夫《茫茫的草原》中的铁木尔的形象，降边嘉措的《格桑梅朵》中的边巴形象。英雄是本族群人民的代表，这样的叙事方式建立起了民族地区个人与历史之间的联系，对 20 世纪三四十年代中国民族地区人民在共产党的领导下的"翻身史"做了较好的细节性表达。

（二）悲剧英雄的舍生取义

由于特殊的经历，20 世纪 80 年代的藏族小说作家以一种略显"滞后"的状态书写着解放前西藏的苦难历史（多数作家在 20 世纪 50 年代已经完成了书写母族解放前苦难历史的话题），其中的英雄人物充满了殉道式的悲剧意味，他们被旧的制度和黑暗的社会折磨、伤害、杀戮，但始终没有放弃向往真善美的心灵努力，这类作品的主题很传统：复仇，最后以失败告终，但是，这些没有找到政治信仰自发抗争的人物身上却带着英雄气概，铮铮作响的铁骨之声使得作品充满了张力。他们的生命消殒了，而其对暴力统治者的反抗却带有朗吉努斯所说的"崇高"之美，他们的毁灭不仅展现了旧制度的恶，也预示着新生制度的合法性和正确性。如益西单增的《幸存的人》中的女性德吉桑姆，一个典型的被旧西藏农奴制度侮辱、损害的牺牲品，反抗了一生却没有逃脱被诬为"妖"而投入雅鲁藏布江的悲剧结局，然而，其身虽死，其子桑节普珠的政治成长却是可以预见的，必将迎来解放。

另外一些作品如敖德斯尔、斯琴高娃的《骑兵之歌》，扎拉嘎胡《红路》，李乔的《欢笑的金沙江》，柯尤慕·吐尔迪《战斗的年代》等，多数以 20 世纪 40—50 年代的少数民族聚居地区为时空，这是新中国成立前后的特殊时期，尖锐对立的政治力量聚集在民族地区，一个民族到底要何去何从，历史考验着英雄的人民。艺术作品中的英雄人物对共产党的真心拥戴其实代表着现实生活中民族地区多灾多难的普通百姓的集体心愿。英雄的思想成长折射出 20 世纪三四十年代共产党的革命实践、社会改革、民族政策等具有鲜明政治意识形态色彩的问题。与此同时，人物的民族意识的淡化、国家认同意识的强化代表着下层百姓超越族群界限的政治愿景——对国泰民安、丰衣足食的强烈渴望。

一批少数民族作家顺应历史潮流浩荡而生，谱写了属于个人、族群、祖国的爱国之歌。这正是和谐统一的多民族国家得以形成的可贵的心理基础。

二　英雄（地方权力人物）的政治身份与壮阔的多民族社会历史画卷

20 世纪 80 年代中期以后少数民族历史小说中的英雄人物逐渐"上层化"。多数作品选择了在民族—国家体制内有正式政治身份（如土司）的人物为描写对象。世袭的政治权力、开阔的社会视野、敏锐的政治眼光、准确的时事判断能力成为英雄的主要特征，民族地区统治者的身份使他们顺理成章地连接起了民族地区与汉族地区的多元联系，尤其是与社会政权之间的密切联系。

（一）英雄的人际交往

具体表现为土司和共产党高层政治人物的基于英雄惺惺相惜而来的政治合作，以及土司与共产党之外的其他政治力量的接触、揣测、周旋的斗智斗勇的过程。在这样的关系场中一幅由多民族人民共同充当历史角色的中国近现代社会历史画卷被庄重绘就。如降边嘉措的《最后一个女土司》，讲述了四川省甘孜藏族自治州的孔萨土司德钦旺姆和她的丈夫孔萨益多，末代女土司和九世班禅卫队长相遇在 1938 年的甘孜大地上，他们和正面的政治力量朱德、格达活佛，反面的政治力量马步芳、刘文辉等一起构成了 20 世纪 30 年代四川、甘肃、青海等民族地区的政治生活图景。人物的民族属性被吸纳到了民族—国家的叙事版图之中，通过叙事在对英雄人物政治属性的刻画中完成。

（二）英雄的文化选择

具体表现为土司对汉族文化、国外文化（如英国、印度等国家）的学习与认同，并在此基础上产生了开明的政治理念，见贤思齐的价值观。如尕藏才旦在《红色土司》中塑造了"请师傅也请汉语、藏语两种文字的师傅，穿衣戴帽也是汉藏两种服饰，……会汉文书法，写汉人文章，会说一口流利的汉语"的南杰土司，作品以 1935 年红军经过甘肃洮岷地区的历史为依据，叙述了南杰、桑热仓活佛与毛泽东等人就"开仓济粮"活动而产生的历史交集，展现了 20 世纪 30 年代四川、甘肃地区波澜壮阔的斗争画卷、生活画卷。对历史的正确走向进行了文化层面的预见与阐释。

阿来的《尘埃落定》是成就卓著的藏族小说，虽然相较于"历史小说"的称谓，作者更喜欢"寓言式小说"的称呼，但是，麦其土司带上自己的官印与地图，"到中华民国四川军政府告状去了"这样的关键性句段，使得小说的历史关怀无处逃遁。只是其叙事手法更加巧妙，作者曾说作品力求淡化民族性、地域性，而以人类对"权力"的追逐为叙事的核心，其实更为切近地表现出了近现代以来中国这个多民族国家曲折多变的政治命运和顽强不屈的民族精神。阿来的新作《瞻对》对历史长河中民族文化的发展与消亡问题做了更为深刻的思考。

另外如金满的《末代土司》、叶梅的《最后一个土司》、达真的《康巴》等作品也都属于这一类。作家们不约而同地选择"土司"这一具有极强的社会政治意味的文学形象，表达了对多民族国家社会历史画卷的理性关注。许多作品已经脱出了简单的民族性、地域性特征，而开始尝试驾驭宏大的多民族中国政治叙事话题。

三　英雄（民间原型意义上的英雄）的文化寻根与丰富的多民族民间风俗展演

除了那些宏大的政治关怀之外，20世纪50年代至今的少数民族历史小说中对英雄人物的文化寻根意识做了持续不断的关注，民间文化成为主要的载体。无论是在20世纪50—70年代，还是新时期以后，少数民族历史小说中的民间文化描写没有断流过，这样的文化内容在客观上起到了增进民族了解、加强民族团结、调整民族关系的作用。与此同时，也提醒我们注意少数民族作家的原型意识问题。少数民族族群文化中那些绚烂多彩的婚恋习俗、饮食民俗、节日民俗、民间信仰，那些深情绵密的神话、史诗、歌谣、传说、故事，等等，一直如母亲的声音一般伴随着作家的成长，融入了他们的心灵和血液，这种与生俱来的文化胎记构成少数民族作家天然的原型意识。英雄的身上集中了民间文化的优秀因子，表达着作家的"集体无意识"，但是，问题并没有停留在这个地方，事实是，面对着新生的民族—国家共同体，少数民族作家对母族传统文化资源充满了饱含现代性诉求的开掘激情，而其隐在的主体目标指向了构建符合民族特点、人性诉求、时代要求的新型中国文化，这是社会主义新中国文化的一个有机组成部分，也是当代中国叙事不可或缺、充满活力的文化因子。

如果说20世纪50—70年代的民间文化还仅以一种曲折的方式被表达。那么，20世纪80年代以后少数民族作家的文化寻根意识全面复苏，笔下的英雄人物对族群文化有着刻骨铭心的眷恋，他们以多样的方式进行着文化寻根和历史反思，于是，神秘的历史与多彩的现实交织，婚恋民俗、工匠民俗、节日民俗、民间信仰等被杂糅在了一起。成为一道道亮丽的文化风景线，体现出多民族国家的大文化气象。成功的作品如霍达的《穆斯林的葬礼》、朱春雨的《血菩提》等。值得注意的是，在80年代中期"方法年"的潮流中，个别少数民族作家以魔幻现实主义的另类手法表达民间文化，如扎西达娃的《西藏，隐秘岁月》对历史和民俗做了神话式概括，那些神秘的文化细节仍体现出作者对民间文化的浓厚兴趣。

另外，孙书林、央珍、江洋才让等作家的一些作品也有此类倾向。

英雄人物植根于民间文化的沃土之上，生长于斯，他的文化寻根脱离不了故乡热土上的父老乡亲、草木牛羊，也以最切近的方式抵达了民间风俗的方方面面、角角落落。渔猎、弹唱、吟诵、技艺、巫术等多元的民间文化事项与爱国主题和历史情怀交织在一起，展示出中国多民族大家庭别具一格的文化风采。

结　语

少数民族历史小说中的英雄书写充满了值得解读的内蕴，它的政治脉搏与民间体温承载着少数民族族群现代性过程，也体现出作家强烈的主体性意识。当然，对写作者和研究者而言，关于历史的任何言说都是充满了风险的，主观主义、相对主义、实用主义、不可知论的历史虚无主义都是需要警惕的对象。对研究者的历史观问题，钱理群曾有这样一段话："一方面承认历史本体的客观存在，因而确认历史的可知性，以及历史叙述的客观基础与制约性，研究评价的客观标准；另一面又强调作为研究对象的历史客体（例如'鲁迅其人，他的作品'）是一个充满着深刻矛盾的、多侧面、多层次的有机体，研究者对其认识，是一个历史过程，每一个阶段，都只能从某一角度、某一侧面去揭示它；这是一个不断接近，而永远不可能穷尽，不可能完全把握到复原的，因而是一个'永远没有终结的运动过程'，因而确认研究主体对研究对象的把握，只具有相对的意义与价值，但其中又确实包含了若干历史的绝对内容（因子）的。"① 这就是历史哲学中的主客体关系问题。历史小说的智慧的书写者和优秀的研究者，都必须正确处理这种主客观的关系问题，关于历史小说的书写和研究，也因此而充满了缤纷的多义性。

---

① 钱理群：《我的文学史研究情结、理论与方法》，载《中国现代文学研究丛刊》2013 年第 10 期。

论当代回族小说的审美品格

马慧茹

（北方民族大学）

少数民族文学艺术是中国文化的重要组成部分，其中回族小说宛如一枝奇葩熠熠生辉。当代回族小说的艺术创作在审美多元化的大背景下，不仅积极参与本民族文化传统的承袭与建构，同时又尽最大努力，用艺术化的视角来审视广阔的时代风云，在一定层面上彰显当代回族文化的独特形态和精神风貌，表达作家们对本民族文化的理解与认知。

审美品格是作者在作品中反映出来的审美情趣、审美理想等，借此给欣赏者带来一种情感升华的审美体验。在特殊的伊斯兰教语境和历史氛围中形成的回族小说，从它一产生，便显示出纯净厚实、勤劳不息的民族精神，形成一种独具特色的审美品格。

一 朴素的现实主义追求

朴素是文学作品最能持久美丽的生命，是作家真正沉静下来的迹象。在我国这样一个多民族国家，随着全球化经济的发展，少数民族作家面临多重文化的冲击，由此而生的文化身份、文化立场的多向选择，使少数民族作家经受了长久的困苦煎熬，不少少数民族作家放弃了多年坚守的精神基点，要么通过自己的作品对原有的种种价值观念进行彻底的颠覆，要么对某些已经或即将失落的传统的精神价值进行偏执的固守，精神矢向在两极间摇摆，最终构不成具有时代深度的精神体系。而当代回族小说以民族性、地域性、平实性为价值取向，描写的几乎是本民族的平凡人物，在时代生活中产生的物质精神方面的冲突，由此来展现朴素而深刻的价值观。

正如评论家雷达所说："朴素现实主义不事雕琢，以事物的本来面目和自然状态显现，作者平淡叙述，不在文字中做任何议论，不表任何情感，尊重眼中世相，尊重内心呼声，尊重人物本身；不做技术上的刻意处理，让一切按照人物自身命运的逻辑进行下去。"[1]

石舒清是当代回族作家群中一颗耀眼的星星。他早期的作品《恩典》《选举》等，不刻意描绘历史的大事件，而是取材于生活周围的典型小事，写法上工笔细描，在旁人看来十分简单的小事，他却写得有声有色。《恩典》中，权高势重的王厅长和穷苦老百姓"马八斤"结成"亲戚"。作家石舒清抓住马八斤这样一个人物形象，通过细致的描写王厅长到来时前拥后呼的声势，以及马八斤在王厅长到来时的手足无措、自惭形秽，觉得自己是"那样的矮小，简直比地皮高不了多少"，最后躲到地窖里不见王厅长这个"亲戚"的自我痛恨，表达出作家对官员粉饰亲民形象的憎恶和对马八斤这样一个小人物的同情。石舒清的其他几篇作品，也无一例外地展示着作家对现实生活中小事的洞察，从平凡的事情上发现不平凡的意义。小说《低保》就是这样一篇朴素现实主义的佳作。低保本来为穷困家庭实施的惠民政策，可到了基层，却成了权力运作的对象。作者波澜不惊地讲述了村长王国才在整理果园的过程中要求低保户全力出动，极大地满足了自己作为村长的权力欲望的故事。短小的篇幅，内敛的语言，现实主题却十分深刻。石舒清的朴素的现实主义追求，区别于其他作家写农村时一副苦大难多的样子，不是锋芒毕露地批判，而是用朴实和真诚的笔调写当下农民，特别是回族农民的真实处境和精神状态。

青年回族女作家马金莲的小说代表作《碎媳妇》，选用生活中最平实的细节，通过宁静、平淡的文字，用家常般的语言对雪花这个平凡的回族女子在婚前婚后的心理成熟过程进行描述：从在娘家的娇贵、任性、幼稚、质朴逐渐变得坚韧、成熟，甚至懂得协调婆媳、妯娌之间的关系。这对一个回族女子来讲是十分普通的人生历程，但在女作家笔下，通过娓娓的讲述，显示了不一般的人生力量，乡土生活的艰难与温情跃然纸上。同时她另一篇出名的小说《掌灯猴》中，描写了一个非常平凡矮小、着装破旧的程丰年的媳妇，为了让穷日子有点节余，她白天忙乎完家里的事务，

---

① 雷达：《近三十年中国文学思潮》，兰州大学出版社 2009 年版，第 299 页。

晚上就去村里待嫁的女子家，替做针线的待嫁女子掌灯，并且在自己的男人面前，她一直撒谎说自己做得一手好针线，剪得一手好衣裳样式……但实际上她是非常笨的女人，只会做挨打受骂、任人指使的掌灯猴。在她不断地撒谎中，她在丈夫面前赢得了一定的自尊，可事实上，她明白这是怎样一个虚幻的慰藉。女人在西海固上生存的挣扎可见一斑。

李进祥的清水河系列小说《口弦子奶奶》《女人的河》《狗村长》《换水》及他的长篇小说《孤独无双》等都立足乡土，用质朴的语言叙述故事，其中的人物、事件和环境等都表现出了平凡回族人民的现实生活。尤其是《换水》，在广阔的农民工进城的大背景下，民族性和现实性有机地融合为一体。马清和杨洁是清水河底层的劳动人民，是进城务工的农民工。整篇小说的故事轮廓就是他们进城打工前"换水"（按规定清洗身体），历经多种艰辛之后又回到清水河的故事。他们干干净净来到城市，在城市里闯荡，挣扎在底层。当马清从脚手架上摔下来伤残了胳膊，他们的艰难生活也就开始了。马清丢了活儿，杨洁开始挑着菜担去叫卖。生活的苦痛重压使"朴素"的妻子杨洁沉落，出卖肉体，最终二人染上一身脏病、选择"换水"后回到清水河那片净土中去。这样的小说"总能给人一种朴素和平实感，尤其是在他的小说的叙事、情节和人物的描写方面，让人能体会到一种'清水出芙蓉，天然去雕饰'的平实与朴素"①。

可见，相对于描写凌乱不堪的现实或在欲海中起伏的社会精英，回族小说家们的选择似乎显得有些暗淡。他们描写的大多是最普通的农民，即使有精神信仰的领袖，他的生活起居跟一个普通的乡民没什么两样。回族作家用客观化的叙述态度对当代回族人民生活的现实问题进行了原生态描述，通过平铺直叙的描写再现日常生活，在看似平淡的生活中攫取人性的善与恶。即使作者进入小说中的场景，他也采用客观化叙述，隐晦地表达情感体验。这样的冷峻、客观、真实地展现回族人的日常生活，让真实生活直接说话的朴素的现实主义美学理念，最大限度地逼近了当代中国回族生活的现实层面、心理层面和情感层面，传达出了当代中国回族人民的审美心理与审美理想。也正因此，这些回族文学艺术更贴近回族人民的生活

---

① 杨文笔：《当坚持成为一种风格——谈回族作家李进祥小说创作》，《昌吉学院学报》2009年第6期。

本真状态和纯洁的心灵、高洁的品格。

二 推崇洁净而崇高的精神信仰

回族人民格外地重视外清与内洁，身上每时每刻要有"大净"，每天要"小净"，五次礼拜等，都是从身体和精神清洁着眼。清洁的精神、崇高的信仰是当代回族小说竭力呈现的一点。回族群众即使面对怎样的困苦和艰难，内心的圣洁、生活的清洁，还有坚定不移的精神信仰，高度凝聚着回族人民原生态的生活文化意识和群体心理，成为令读者震惊的审美品格。

张承志的《心灵史》通过对回族中一个特殊宗教派别的七代宗师，在困难中顽强生存、坚决抵抗、坚持信仰的历史书写，告诉读者在悲苦环境下人的真实走向，唯有用清洁的和崇高的精神信仰来抗衡争斗。在小说中，广袤的黄土大地、清洁的水源、皎洁的星月，这些象征性的意象，突出地表达了作者保持心中净土和追求崇高精神世界的信念。艰难困境中的回回们总是披星戴月地进行顽强地挣扎与反抗，而土地所象征的根属情怀与星月所带代表的精神向往，无一例外反映出一种洁净和虔诚的信仰。同时，张承志反复重申"水"是穆斯林通往"清冽的幸福泉"的中介，是最清洁、最珍贵的事物，用这样的事物洗去人在尘世的世俗情怀，换来的是心灵的纯净和精神的高贵，这是最有意义的。

这一点在石舒清的名作《清水里的刀子》中显露无遗，让回族干干净净做人，不带一丝罪孽离开，是小说主人公从老牛之死中体悟到的。在《清水里的刀子》中，作者用救亡人之前要宰牲这样一个民间习俗应用到老人与牛的情感世界中，将"死亡"这一主题升华到精神领域。当主人公马子善老人明白献祭的老牛已经看到了自己的死亡，"看到清水里的刀子后，就不再吃喝，为的是让自己有一个清洁的内里，然后清清洁洁地归去。原来是这样的一种生命"，"又想起槽里那盆净无纤尘的清水，那水在他眼前晃悠着，似乎要把他的眼睛和心灵淘洗个清清净净"。整个小说的触发点在于一盆清水。清水的出现，让老牛看到了死亡，让老人理解到老牛对死亡的坦然。由此引申开来，感悟到一个人干干净净、身无罪孽、从从容容离开人世的可贵，于是，水有了一种神性的魅力，一个民族对生命的理解也由此展现出来。作家也从对平民的观照中发掘出人生的真谛——清水般的心灵！石舒清将西海固特有的人与自然的合二为一，叙说得真真切切、情深义重。而人对生与死的超然态度，对生活的哲理性感悟，人的心灵超越、精神向往又在这样的语境中显得那么沉重。

查舜的《月照梨花湾》中通过一位普通老人的双眼，看遍半个世纪的回族历史，揭示回族百姓日常生活所体现的对宗教充满敬畏的情感，点明了回族小说的灵魂——宗教的向善因素和审美功能。作者在小说里有关梨花、月亮的大量描绘，对月夜朦胧的氛围的营造，映衬人们对于宗教信仰的圣洁情感，凸显回族人民的阔达、宽容、仁慈。当然，李进祥的《换水》，可以看作回族人们对洁净而崇高的精神追求面对当下无序的生活时候的无奈挣扎。李进祥说："我信奉伊斯兰教，我的血液中就积淀有伊斯兰文化精神。所以我观察社会的眼光，感悟人生的心理，表达出来的文本中或浓或淡地渗透着伊斯兰文化精神。"① 诚如张承志所言："人要追求清洁的生存。"回族人在多年的历史坎坷中深深认识到，不论在现实世界如何苦难痛苦，生存条件如何恶劣折磨，只要人的心灵永远高洁，精神永不倒，就会得到幸福的生活，所以，回族人不但希冀现世的真善美的实现，在小说艺术中表现朴素的现实主义追求；同时他们也向往洁净的精神世界，希望通过现实中行善，遵守教规，清洁做人，以达到来世的永恒。

三　展现真善美的心灵世界

回族小说在创作中因其雄厚的中国文化和伊斯兰教文化为根基，叙事铺垫中显出更宽广和丰富的内涵，但不管如何，回族小说中基本精神和价值取向不会变：向真、向善、向美。

对人的情感与心灵的再现与挖掘是历代中外文学共同的基点，回族小说也是如此，几乎所有的当代回族小说中展现的心灵世界都是纯净的、美好的、趋于宁静的。石舒清的小说《老师》中，回忆老师在乡村静夜中吹奏的笛声，悠扬细腻，灯光、火苗，温暖亲切。李超杰的小说《九妮》读后如春风拂面，亲切自然，将人的亲情美和孩童乐观乖巧的性格美原汁原味地展现，别有韵味。作品不但对本民族的心灵世界进行挖掘和书写，而

---

① 郎伟：《以悲悯之心感受和描写世界——回族小说家李进祥访谈录》，《回族文学》2006年第4期。

且在极力表现着整个人类共同拥有的美好情感和精神品质，如勇敢、坚韧、质朴、奋进等。

回族作家哈宽贵在这方面相对典型，他的小说《金子》《夏桂》等，不仅塑造了鲜明、生动的回族人民形象，展现主人公淳朴、单纯、善良的内心世界，并在小说领域内开了"回回写回回"之先声。比如《金子》这篇小说，用细腻的笔触塑造了一个本民族的独特人物形象——一个获得思想解放的回族妇女金子。这个普通的回族妇女在渺小而平凡的岗位上尽心尽力，甚至不惜与丈夫发生矛盾也要将大队的棉花保住，在暴风雨大作之时，她毅然冲上堤坝以身挡水。这是一个在当时新兴的回族农村妇女的形象，通过作者对她的心理、语言、动作等方面的细节描写，让读者感觉到她的思想觉醒是那么的坚定与执着，正如她的名字一样，她拥有金子般的心灵与品质。

霍达《穆斯林的葬礼》中塑造了梁亦清、韩子奇、梁君璧、梁冰玉、韩新月、楚雁潮等一系列栩栩如生、血肉丰满的人物，展现了奇异而古老的民族风情和充满矛盾的现实生活。韩新月作为作者深情倾注的主人公，纯洁明净，坚强不懈，敢爱敢恨，给读者一种向上的心灵之光，一种超越精神的美感，即使严重的身体病痛与身世之痛都没有压垮她。这个年轻的回族女孩子身上，表现出了一个民族对文化知识的期冀与奋进。《月落》一章中，新月接受最后的洗礼，"清水静静地洗遍新月的全身，又从她的脚边流下'旱托'，竟然没有一丝污垢，她那冰清玉洁的身体一尘不染！"[①]一方面凸显了这个民族对"洁净"精神至高无上的崇拜，另一方面再次烘托主人公美好、善良、单纯、坚强的形象。作家霍达认为，在物欲横流、思潮汹涌的浮躁年代，作家尤其要独善其身，她坚信，"有着卑劣灵魂的人写不出真善美的好文字"。她的作品，无疑阐释了这一点。

即使查舜的小说《穆斯林的儿女们》描写了不少回族青年在改革路途中遭遇的挫折与痛苦，然而还是较多地展现出一种优美的情怀、宁静的状态，写生活在贫瘠地域的人们的生活与爱情等，都看到一个个纯粹美好的心灵世界，并没有被物欲沾染。

一切得益于积淀深厚、汇集多方的回族文化。随着民族文化的相互影

---

① 霍达：《穆斯林的葬礼》，云南人民出版社2002年版，第510页。

响与融合、世界文化的共存与对话等，回族小说也在不断进行小说技巧、叙事风格等方面的审美嬗变，但三十多年中没有变化的是，其所着力表现的回族人民坚守的共同的精神世界与心灵园地。正如张贤亮评价当代回族文学时说，所有作品整体上体现出关于心灵、关于生命的"诗意和温情"。确实，当代回族小说作为一种对现实生活的艺术表达方式，表现在创作上，就是真实地反映了回族地区、回族人们的社会生活，展现人性真善美的光芒、洁净的精神和崇高的信仰，由此获得丰沛的审美理想和审美价值。

试论大众文化语境下的重述叙事与民族文化传承

高　娴

（湖北省社会科学院）

文化是人类的自我意识的投射，是人类精神世界和物质世界的同构的产物。人类社会从原始走向现代，随着生产力的进步、社会组织形式的变革，文化的功用由最初服务于信仰、服务于政治，到今天已经成为了大众日常生活中的必需品和消费品。民族文化的传承与发展在大众文化语境下面临困境，民族文学却通过重述叙事为民族文化传承发掘出一条可能的路径。

一　大众文化与民族文化的话语区隔

面对大众文化在当代日常生活中的全面渗透，传统文化已经被束之高阁。想要在当代文化语境中传承民族文化需要克服诸多方面的差异：一方面是两种文化背后的价值构成，即意识形态差别；另一方面是两种文化形态所指向的审美趣味差异。

民族文化与大众文化在仪式形态上的区隔，使得大众在文化传统继承上存在困境。过去的二十多年中，我国城镇化率有了大幅度的提升，城镇化改变了人们的生产和生活方式，人的城镇化也让个体的人与土地的关系日渐疏离。适应于传统农耕社会的风土习俗以及思维方式和信仰体系也无法继续适应于城市文明与现代社会。有生命力的文化应该是社会生活的有机组成部分，与社会的其他发展指标相配合着前进。当某一些文化其形式和功能已经不再符合人们日常生活的功利性需求时，它将走向消亡，成为一种具有考证价值和观赏性的博物馆文化。而自古中国就有"文以教化"

的传统。"文"在甲骨文中指代文身的人，之后又指代各种符号乃至文章和艺术的各个方面。"化"则表示教化百姓以符合统治阶层的统治需要。孔子通过删《诗》来确立礼教的社会典范；历代王朝也都试图以文化政策来维护统治。文化的发展与传播自古就被有意地观照并被精英阶层所主导。在现代，不论是东西方社会，随着技术的发展和市民社会的逐渐完善，文化都成为一个更加包罗万象的词。英国文化研究理论奠基人雷蒙·威廉斯认为："对于文化这个概念……它与我们的日常生活几乎成为同义的。"① 而当今社会，媒介已经向大众敞开，大众不仅通过媒介平台享用文化，也随时通过触手可及的媒介互动平台创造着富有自我属性的文化。由此，想要通过日常生活传承民族文化越来越难。

精英文化与大众文化在审美趣味上的区隔使得日常生活叙事与传统文化分离。在西方文化批评研究中认为由电视为典型大众媒介催生的大众文化是具有趋同性、复制拼接和碎片化特征的文化。当代中国的大众文化形态中，该特征表现为民间审美趣味与引自西方的现代文化之间的拼接。在当代中国唱响大江南北的"凤凰传奇"演唱组合，它的成功是对当代中国民众审美趣味的最好诠释。"凤凰传奇"的歌曲演绎了中国民歌的曲调和西方工业文化打击节奏的时代混搭。在谙熟现代审美趣味的耳朵里，这些歌曲作品夹杂着浓郁的乡土风味和民族风情；而这样的曲调和节奏正符合了城镇化进程中新市民的审美趣味。对于正在经历城镇化发展的中国而言，在乡土社会成长然后在城市接受教育、工作、定居，是整个社会中大多数人正在经历的人生过程，他们的文化诉求更能够代表整个大陆的总体诉求倾向。由此可见，在当代的日常生活中，民族文化的传承与延续无法与文化工业完全划清界限。

二 叙事：个体话语和集体记忆

民族文化传统中的仪式、器物等物质的层面大多已经不适用于城镇居民的现代生活，相关礼节、仪式和生活方式背后的深刻社会含义和精神象征意义在历史中受到一些人为因素的影响，也没有在口耳相传的家庭教育

---

① ［美］雷蒙·威廉斯：《文化与社会》，《纽约》1978 年第 256 期。转引自罗刚、刘象愚主编《文化研究读本》，社会科学出版社 2000 年版，第 7 页。

中得到有效延续。因此要让民族文化重新与当代大众生活发生联系，比较可行的方式之一是从话语的层面影响大众，而非在现实层面直接参与和改变大众的生活。换个说法就是，发掘这些富有民族文化意味的故事并借助大众媒介平台对它们进行重新讲述。以讲故事的方式将抽象的传统文化精神形象化，让晦涩的传统的民族文化符号通俗化。这将对民族文化的继承和保持应该会起到积极作用。

民族文化的符号属性使得传统文化的当代重述成为可能。文化的构成是多层次的，不同的学者和学术著作对此有较多的讨论，具体划分方法也莫衷一是。但总的来说文化既可以表现在精神层面，又能表现在制度层面，还可能体现在生活的风俗风尚中。不同层面的文化其形成、积累和发展都必须借助具体可感、可为人所把握的符号体系。德国学者卡西尔在他的文化人类学著作《人论》中认为：人是符号的动物，人的活动的本质就是生产文化符号。① 文明的建构某种意义上，正是一个文化符号的创造、累积和创新的循环往复的过程。从符号学的角度来看文化，我们的语音是音符，文字是字符，话语和文章都是由符号串联而成的；进而一幅画、一座雕塑、一部电影本质上都特定符号系统的产物，都具有能指和所指的二元构成形式，以及具备编码和解码的双向诠释的可能性。表意的符号系统即"文本（text）"。正如语言学家们所认定的那样"文本是语言的织物"，这里的"文本"在文学艺术中对应"作品"这一概念，在叙事学中被称为一个叙事（narration）。文本通过形式结构和内容的双方面的能指来融入整个文化语境中，并成功地表达其在现实生活中的"隐喻"。我们可以理解为，每个文本作品背后都有着特定的故事，这些故事存在于这些作品形式特征的象征性中，而这些故事正是一种可以被讲述和转述的具体的文化。

叙事是历史话语的具体构建形式。克罗齐曾做出这样的论断：不存在叙事的地方就没有历史②。这里的"叙事"是指一段被完整讲述的故事或故事片段，而区别于"叙述"这一讲述行为。如果没有这些散落于现实生

---

① ［德］恩斯特·卡西尔：《人论》，上海译文出版社 2004 年版，第 66 页。
② ［美］海登·怀特：《形式的内容：叙事话语与历史再现》，董立河译，文津出版社 2005 年版。

活中的叙事片段，历史将无法被历史学家们讲述。彭刚在《叙事、虚构与历史——海登·怀特与当代西方历史哲学的转型》一文中进一步对此进行了论述，他分析认为叙事一直都被作为历史话语的构成基础，他说："就历史学实践而言……它是以日常有教养的语言（ordinary educated speech）作为传达自身研究成果的基本工具，而叙事一直以来就是历史学话语的主要形态，甚至长期以来被认为是史学话语的根本属性。"① 这些都强调了叙事在历史建构中的重要地位，但这并不意味着叙事本身就是历史。叙事在此作为手段而非目的存在，历史学家对历史的编撰实际上是在充分占有和把握了大量的具体叙事（或故事）的基础上进行的。没有具体实在的文本和叙事片段，历史学家的工作不可能进行，也就无从得出历史。此外，叙事行为的背后还包含特定的主观愿望和价值倾向。一方面，叙事者在叙述过程中实现了话语权威的确立；另一方面，叙事者通过叙事表达并确立了一种关于事实的解读方式，从而使得受述者认同或理解叙述者的叙述意图或者价值观念。这也就意味着，在历史书写的角度上，故事是作为构建历史话语的材料而存在的。故事不是碎片般的事件，而是意义明确的完整叙事，并且故事正作为精神和价值的载体在日常生活中被反复地讲述。

三　故事：民族精神的感性呈现

故事是按照特定的思想或主旨组合起来的事件序列，它固然可以作为文化精神的载体在民间流传中发挥传承文化经验的作用。而在面临文化转型和大众文化冲击的当代社会中，故事是否还能使民族文化精神在当今社会中得以传承，我们尝试从故事的价值属性和传播方式两个方面去寻找答案。

一方面，故事可以将事件整合到统一的价值体系中。散乱的历史事件是琐碎的，通过将事件整合为故事才意味着琐碎的事件被整合到一个价值或者意义上。故事的组成单位是情节，诸多事件先后次序之间形成的某种特定关系就是串联情节的逻辑依据。单个的历史事件本身缺乏意义和价值的说明，事件之间也无所谓开头和结尾，而一系列事件串联组成的历史叙

① 彭刚：《叙事、虚构与历史——海登·怀特与当代西方历史哲学的转型》，《历史研究》2006年第6期。

事让事件的序列表现出了情节性，整合为一个完整的故事。线性排列的情节之间具备一套完整的发展逻辑，并在整个叙事的故事性结尾被赋予可延伸的理想与价值。俄国民间故事研究者普罗普就曾总结出 31 个民间故事情节类型，并试图通过情节类型来划分故事类别。其后，法国结构主义叙事学者格雷马斯在普罗普的思路上更进一步，他在情节结构基础上建立起人物关系网络（或称为：人物矩阵），并由此探讨人物关系的象征含义。

不论学者们是如何从结构上来寻找故事的分类原则的，这些研究都从侧面印证了故事的情节构成与主题确立、意义传达之间的对应关系。如果说现实是由无数的偶然所构成的，故事所要表明的是其情节序列中各种事件之间的必然性联系。文化传承正是要传递这种对于社会的确定性认识，也就是延续在特定时空环境中形成的世界观、人生观、价值观以及与之相匹配的行为方式。

另一方面，讲故事意味着对历史的形象化描述，符合受述者的认知规律，可以成功达到叙述的效果。文化精神是以形而上的方式存在的，具体的图像符号以及艺术品背后的故事则是文化精神的分有者，也是文化传承的线索和依据。故事能够以语言文字为媒介唤起阅读者的文化想象，这符合大众的认知方式。正如，不论是文字所引发的想象，或是形式所构造的张力，还是音符渲染的激情，只有更加直观地诉诸感官，才能被大众任可为存在。存在即被感知，对于无法被感知的存在，本身就难以通过符号形式进行传播，其结局必然是为大众忽略。学界和出版界已经认识到了讲故事对精神文化传承的重要作用，由英国坎农格特出版社发起的"重述神话"全球出版项目正在为全球的文化重述与传承起着积极的推动作用。英国文化研究者凯伦·阿姆斯特朗在她的著作《神话简史》[①] 中认为，故事中延续着自神话时期就形成的先民精神，神话故事应当在当代被重新叙述，这将使得神话精神通过阅读中融入人们的心灵。

在神话精神的传承中，故事已然扮演了载体的角色，故事在实际生活中一直都作为文化的一种存在和流传方式而起着作用。讲故事的方式正让文化与个体的生活和童年记忆发生联系，让传统文化故事成为每个人的阅

---

①　参见［英］凯伦·阿姆斯特朗《神话简史》，重庆出版社 2005 年版。

读经验和文化想象。

四　重述：话语焦虑与文化救赎

重述经典叙事文本很有可能被贴上"缺乏创造性"的标签，但事实却相反，不少重述文本在迅速流传中获得了广泛认可。这些重述文本丰富了经典文本所能带给人们的想象世界。重述文本并不等于改编某个故事，在某种意义上，这是一次试图突破经典叙事语境的冒险。但是从这些充满差异的叙述中，读者依旧能够清晰地识别出有一些作品是对某个经典叙事的重述。这表明一些文本之间存在着关联，在文本研究中这种关联被纳入"互文性"特征之中。任何的话语都不能脱离语境而存在，语境与文化紧密关联，而文化的继承和发展是绵延的，文本之间的关联也因此成为必然。

一个旨在"重述神话"的全球出版项目在中国吸纳了苏童等作家参与创作。该项目试图通过重述本民族神话传说来建立起当下日常生活与精神世界的联系。诚如英国女作家凯伦·阿姆斯特朗（Karen Armstrong）所言："太阳底下无新事。一个神话从来没有单一的标准版本，世易时移，我们也会变换讲故事的方式，以便凸显它们超越时间性的'真实'。"[①] 而事实上神话并没有从生活中淡出，它们通过新的隐喻在各种形式的文本中改头换面后被呈现出来。中国民间传说"孟姜女"在该项目中通过作家苏童的重述，成为极具象征意味的小说《碧奴》。但小说并未受到一致首肯，有评论认为小说《碧奴》"并未完全发挥神话原型和神话语境在故事讲述中应有的效应"[②]，更批评该小说"用无神论去书写神话，用无信仰去讴歌信仰，用反童话去续写童话"[③]。从媒介对于这部作品的期待以及不同层次的读者对小说《碧奴》褒贬不一的反响来看，"重述神话"全球出版项目对作家而言成了烫手山芋。重述经典故事似乎是一条危险的创作捷径：重述作品可以通过重新组织叙事要素成功达成新的叙事意图，亦有可能沦为后经典时代的叙事赝品。

---

① ［英］凯伦·阿姆斯特朗：《神话简史》，重庆出版社 2005 年版，第 11 页。
② 冯玉雷：《重述的误区——苏童〈碧奴〉批判》，《中国比较文学》2007 年第 2 期。
③ 吴雁：《苏童在〈碧奴〉里犯错?》，《新民周刊》2006 年第 13 期。

　　当以神话传说作为参照进行再创作，小说《碧奴》就不再等同于作家苏童的个人作品。要完成对神话传说的重述，需要作家这一个体身份向文化语境中的集体无意识中的叙事者身份转变。作家的写作行为，建构起当代叙事与文化缘起时期叙事之间的关联，从文化的层面上也是对当代生活与本源精神之间关联的建构。个性化的创作更强调作家独特的风格，而在重述中个人风格服务于叙述行为本身。与其说是小说家在进行创作，不如说一个亘古永恒的主题需要借作者之笔在新的时代彰显，作家以文化的袭承者和代言人身份进行写作，这成为被该项目选中的作家所背负的责任。抛开"天才论""灵感说"对创作主体性因素的影响，在大的文化语境下去观照文本创作活动，这些对神话的重述，对童话的改编等创作方式，对经典的诠释与附会，都在有意识或无意识之间完成了时代对文化文本的改写。

　　艾布拉姆斯在他的著作《镜与灯——浪漫主义文论及批评传统》列出了文学世界四要素：宇宙、读者、作者、文本。这构成了一个以作品为核心的辐射结构。而在重述叙事的文本创作中，原先的读者与作者身份合二为一，参与叙事重述的作家不仅创造一个作品，更是通过文本的写作建构起不同时代之间的关联性。持有作者、读者双重身份的文本重述作家正是感受文化碰撞，整合时代与过往文本裂缝，将现代世界纳入文本的最具有主动性地因素。由此我们看到重述作者即作为作家又作为读者的身份双重特性和在继承和革新文化符号上的作用。在后经典时代，去经典化的语境中，当一切伟大叙事的灵韵与天才作家的光环逐渐在城市喧嚣中退却，符号不再是为人类灵魂提供上升通道的金字塔，但依然是时代的记录和文化的遗存。

五　新的隐喻：跨媒介的叙事重述

　　在网络文化触手可及，大众传媒向生活全面渗透，叙事无处不在的今天，严肃文学不再是大众文化消费中的主流，取而代之的是畅销书昙花一现，插图开始占据越来越多的版面。更多情况下，网络写手创作的快餐文本以 Text 文档的形式通过超级链接关联到移动阅读终端，在每一个茶余饭后和无聊间隙，引发着读者们片段式的遐想。

　　对经典叙事的改写当然不能仅仅止步于解构四大名著以及对经典叙事

文本的大众化解读，将民族文化的元素与时代特征及审美趣味加以糅合，同样也能产生不俗的当代叙事。例如，周星驰解构叙事的电影《大话西游》和王家卫重构金庸武侠小说的电影《东邪西毒》，都被作为当代解构叙事的影像叙事佳作。这些作品借用原著中众所周知的人物关系，通过新的叙事手段，两位导演阐述了全新的主题和价值观，而这种同一人物不同版本故事的互见与反差，使得重述叙事不仅仅是讲一个故事；更因为讲述这个超出观众期待视野的故事，更新并加深了人们对原有故事的理解。

新的媒介手段让人们有了更多的空间去寻找不同的方式讲述"老故事"，新的媒介手段为重述经典提供了新的技术，并拓展新的思维，丰富了叙事的形式和内容。甚至早期形式主义叙事学家陀思妥耶夫斯基和托多罗夫等人都认为电影即将取代文学在叙事上的地位。大量经典题材被搬上荧幕，密集排列的情节点和高科技制造的视觉奇观共同为观众呈现一段传奇。然而在诸多的叙事手段背后，直指人心的是现实的生活和共通的人性。人与世界、人与他人、人与自我的关系是所有故事情节发生的基础，探讨这些关系中的矛盾与冲突也是展开一段叙事的基础。

于是，从媒介符号层面到故事层面，再到价值隐喻，共同构成了一个富有层次的叙事：叙事文本是符号的"织物"，也是价值与观念发生碰撞的"场"。其中，媒介符号随着图像、语言、文字、多媒体、镜头语言，越来越发展出语言的丰富性，可以更加细致地表达叙述者的主观态度。故事的变化可以通过情节点数量的改变来改变故事的节奏，或者通过改变情节点的类型来调节故事的叙事主题。但是受结构规律的限制，可变空间比较有限。所以，某种程度上叙事是观念的衍生，将观念结构化、形象化，通过故事将观念结构化，通过符号（媒介）把观念形象化。从叙事到叙事重述，每一个叙事在同一个文化场中，共享同样的语法系统、结构法则，重述叙事是受源文本影像，为源文本诠释，从叙述者的角度，文本在分歧和误读中互涉、融合与衍生。

结　语

重述不仅是作家的一种叙事策略或者我们讲述历史中的故事的一种叙事现象。重述叙事应该被纳入文化的范畴去考察它的意义和价值。而一旦以文化的视角看重述现象，我们甚至会得出"当代的叙事即等于重述叙事”的结论。因为没有能脱离了文化的符号，也没有脱离了符号的想象，整个文化成为了一个概念的“源文本”。这样的推论确实能从概念上消除当代生活和原初精神之间的隔阂，但就现实层面而言，在机械复制的年代过着碎片化的生活，要在一个没有神性的时代找回敬畏和崇高似乎是很难的。所以应该通过大胆的重述民族经典叙事，尝试以感性的形式去探索弥合心灵与本质之间的裂缝，这正是对科学无法触及的领域，做了必要且重要的补充。

南方少数民族古代文论研究的回顾与思考

李　锋

（中南民族大学）

一　有关南方少数民族古代文论研究的现状及存在的问题

（一）目前，有关南方少数民族古代文论的研究，主要体现在四个方面

1. 总括式研究。代表性成果有王佑夫《中国古代民族文论概述》《中国古代民族诗学初探》（论文集）、《中国少数民族文学理论批评史》等。王佑夫的著作，可说开中国古代文论宏观研究之先河，特别是成书于20世纪90年代初期的《中国古代民族文论概述》，从"本质论""功能论""创作论""语言论""诗歌论""起源论""发展论"七个方面，首次概括性地总结了中国少数民族古代文论所涉及的理论主题，并较早提出了书面文论与口头文论并存的问题。除此之外，该书在具体问题的论述上，既强调少数民族文论与汉族文论的联系和"共性"，也关注少数民族文论的"个性"，如针对文学功能论，该书就指出少数民族文论与汉族的相同之处在于同样强调文学的抒情表志功能，但不同之处在于"少数民族文论家们，在谈情感表现的时候，并不过分强调'情'与'理'的联系。他们并不认为文学所表现的'情'必须受到政治伦理的规范；相反，他们强调的是情感的原生性和自在性，认为文学应当是人的纯真性情的表现"[1]。

---

① 王佑夫：《中国古代民族文论概述》，中央民族学院出版社1992年版，第56页。

　　2. 文献的整理和注释。此类研究分为三个方向：一是文献的搜集与整理，如由国家民委全国少数民族古籍整理研究室主持编撰的《中国少数民族古籍总目提要》、云南教育出版社出版的《中国少数民族古籍集解》、吴肃民《中国少数民族文学古籍举要》以及云南、湖南、贵州等省主编的少数民族古籍丛书等，另外还有一些包括少数民族古籍的丛书，如《云南丛书》《丛书集成续编》等，这些文献整理的基础工作，使大量少数民族的珍贵文献重新走入研究者的视野，为后续研究提供了极大的便利。二是各民族文论作品的编选和注释，如买买提·祖农等编《中国历代少数民族文论选》，王戈丁等编《少数民族古代文论选释〈中国历代少数民族文论选〉续编》，《中国少数民族古代美学思想资料汇编》（有关文论的作品选编），彭书麟等编《中国少数民族文艺理论集成》等，这类"作品选"式的著作，将文献整理的焦点对准具体的少数民族文论作品，在文论内容的校勘和注释方面，有开创性贡献。三是个别民族文论作品的编译和注释，如举奢哲、阿买尼著，康健、王子尧译《彝族诗文论》，漏侯布哲等著，王子尧译《论彝族诗歌》，布麦阿纽等著，王子尧译《论彝诗体例》，康健等编《彝族古代文论》，沙玛拉毅《彝族古代文论精译》，祜巴勐著、岩温扁译《论傣族诗歌》，蓝华增《云南诗歌史略——赵藩〈仿元遗山论诗绝句论滇诗六十首〉笺释》，陈湘锋《〈田氏一家言〉诗评注》（对序跋的整理和注释部分）等，针对个别民族具体文论家的文献，进行较为细致深入的注释，特别是有关彝族文论的研究，还涉及翻译问题。这三个方向的研究，从不同的角度给后来的研究提供了文献的准备。

　　3. 族别文论的研究。这一类文论的研究中，有关彝族文论的研究一枝独秀，如康健等编《彝族古代文论研究》（论文集）、巴莫曲布嫫《鹰灵与诗魂——彝族古代经籍诗学研究》、何积全《彝族古代文论研究》，《民族文学探索》（论文集）中涉及对彝族古代文论的讨论部分。其中论文集从历史背景、美学特征、学科价值、理论范畴、比较诗学等多个角度对彝族文论进行了研究，而巴氏与何氏的著作则都将纵向性的历史梳理和横向性的理论主题研究相结合，在较为全面概括了彝族古代文论的同时，对于一些具体的问题也有深入的分析。彝族文论研究能够取得这样的成就，一方面是因为彝族文论在文献方面已有了较充分的准备，另一方面是因为以彝文为原始载体的彝族文论体现了更为鲜明的民族特色，在与汉族古代文论的对比中，更能见出其理论的独特性和异质性，这也从某种程度上保证了研究的创新性。

4. 各族别文学史中有关作家批评理论和思想的介绍。其中着墨稍多的有《壮族文学史》中对于郑献甫诗论的介绍和分析，指出郑氏诗论"颇有见地，与当时正统的宋诗派和桐城派颇异其趣，大体上接近袁枚的'性灵'之说，而又不是故作依傍"①，较好地说明了郑献甫诗论的特征。再如《白族文学史》中专辟一节介绍王崧的文学理论，将其文论思想与其学术思想相联系，指出其"道学"思想是其文论思想的基础，并将王崧的文学理论分成文论和诗论两部分，分别进行了评述。同时，该部著作还将白族文学史中包含文论内容的文献分成三类，即诗话、诗文集和解经著作，并有简单介绍。另外，该书中对于杨士云评论诗人、诗作，以及师范论诗诗和《荫椿书屋诗话》的介绍等也涉及文论领域。《土家族文学史》中对于彭秋潭的诗论亦有介绍，着重点出在其竹枝词创作理论方面的突破。《纳西族文学史》中对于杨竹庐、杨昌、杨品硕等人的诗论亦有提及。

总体来看，既有的研究意义重大，一是开启了有关南方少数民族古代文论研究的先河，二是为进一步的研究提供了方法、准备了资料、开启了思路。但这些研究也存在较大的不足。

(二) 南方少数民族古代文论研究的不足主要存在于五个方面

1. 对文论文献的挖掘仍有遗漏。主要体现为：首先对有关作家批评文献的挖掘仍有不足之处，尤其是对古代少数民族批评家诗文集、地方志（艺文志）中有关文学理论批评文献的搜集和整理，还存在很多空白点需要填充。不可否认，有关民族古代文论的文献资料相对比较零碎、分散，而且多数民族的文论文献都是用汉语写成，夹杂在汉族文士的论著当中，不易辨识，搜集、整理起来也有一定困难，但作为研究的基础性和准备性工作，对南方诸民族古代文论文献的全面整理势在必行。这项工作的开展，需要更多的学者参与。其次对口头诗学文献的挖掘尚处起步阶段②，

---

① 欧阳若修等：《壮族文学史》（第三册），广西人民出版社1986年版，第974页。

② 本文所说的"口头诗学"与约翰·弗里（John Miles Foley）所说的"口头诗学"（the theory of oral composition）有所不同，约翰·弗里所说的"口头诗学"指针对史诗创作和传承中口头传统的理论研究，而本文所说的"口头诗学"则指口头文学（神话、歌谣、传说、故事等）中有关文学理论的内容。

口头诗学包括口头文学中涉及文论的部分，以及探讨口头文学特征规律的理论，这些理论文献曾有少量被选入《中国历代少数民族文论选》《少数民族古代文论选释》《中国少数民族文艺理论集成》；其次，一些口头文学的作品集也收录有与文论有关的作品，如《中国歌谣集成》，但还有很大一部分还有待整理，甚至是"抢救性的发掘"。

2. 对已整理文献的研究还有待加强。主要表现为：首先对作家文学批评理论的研究亟待加强，如白族批评家赵蕃的《仿元遗山论诗绝句论滇诗六十首》，自 1981 年出过一部研究专著以来，30 多年其研究基本处于停滞状态，而赵蕃的"论诗诗"不仅在白族文论中占有极重要的地位，而且在整个少数民族古代文论中亦有不可忽视的贡献。再如湖北土家族的《田氏一家言》中有序跋 11 篇，评点 111 条，如此丰富的文学理论批评内容和思想，到目前为止，没有一篇专题的研究性文章。其次是对已整理出来的口头诗学理论和思想的研究，还非常薄弱，如《中国歌谣集成》中所整理收录的大量歌谣，尤其是其中的"引歌"就有很多与文学理论相关的内容①，但截至目前，有关这一领域研究还没有一部专著，论文也很有限。

3. 对南方少数民族古代文论有机组成部分之一———汉族批评家对于少数民族作家、作品的批评（主要是评点、序跋），还没有将其纳入研究视野。正如王佑夫所指出的："在我国少数民族文学理论批评发展历程中，汉族学人做出了积极而不可或缺的贡献，他们的著述应被视为少数民族文学理论批评的组成部分，纳入研究范围之内。"② 这一点在南方少数民族中体现得较为明显，一部南方少数民族古代文学和文论的发生、发展史，就是一部与汉族乃至其他民族文士进行交流和酬唱的历史，可以说，没有汉族文士的参与，就不会有南方少数民族的古代文学与文论。因此，对南方少数民族古代文论的研究，不能也无法仅仅因为族别之见，而故意忽视汉族批评家的理论贡献。

4. 对南方少数民族文学理论批评的整体性研究还是空白。上面所举

---

① 《中国歌谣集成·广西卷》对引歌的介绍是："引歌，壮语称'欢略''诗媒'，是关于唱歌的歌，内容包括歌谣的起源、承传、性质、作用、威力及传唱歌谣的意义等，具有民间诗论的性质。"（中国民间文学集成全国编辑委员会：《中国歌谣集成·广西卷》，中国社会科学出版社1992 年版，第 5 页）

② 王佑夫：《拓展民族文论研究》，《西北民族研究》2013 年第 4 期。

的研究文献中，要么只是将南方少数民族文学理论批评作为整个中国少数民族古代文学理论批评的一部分（往往是很小的一部分）加以论述，其研究深度和广度都难以保证，要么只是针对南方个别民族的文论进行研究，虽有一定深度，但存在严重的失衡现象，实际上只有对彝族文论称得上有专门的研究，其他民族的大量文论文献要么只是被初步整理和注释，要么根本还未得到整理，更遑论理论层面的研究和分析。而通过对南方诸民族古代文论发生发展的历史考察，更应认识到，应将其作为一个整体进行研究。南方诸民族古代文论的发生发展，有着一个共同的历史背景，即明代以降，为加强对边疆的控制，中央皇权开始在南方民族地区大力推行以儒学为主体的汉文化教育。明太祖认为"边夷土官，皆世袭其职，鲜知礼义，治之则激，纵之则反，不预教之，何由能化？其云南、四川边夷土官，皆设儒学，选其子孙弟侄之俊秀者以教之，使之知君臣、父子之义，而无悖礼争斗之事，亦安边之道也"①。正是在这样一种思想的指导下，明代中央政府采取各种措施在南方民族地区推行汉文化教育，包括遴选土官子弟入国子监学习，在民族地区广设府、州、县、卫和各司儒学，并诏令兴办社学，鼓励开办书院以吸引少数民族子弟参加科举考试等，这也是南方民族地区普遍到明代以后才开始出现真正意义上的作家文学和文论的根本原因，而且由于明代的汉文化推行政策实施的重点主要在南方民族地区，"南方和西南地区大力发展儒学，广开学校，推行科举，开设书院；在北方也设立都司卫所儒学，但文化教育不被重视，学校教育数量不多"②。因此，汉文化的影响以及与汉族文士的交流，是南方少数民族古代文学、文论发展的一个共同背景，也是区别于北方少数民族的一个重要特征。只有结合这样的历史背景，从宏观上将南方少数民族古代文论作为一个整体进行考察，才能真正把握其演进的深层原因和基本规律，并在此基础上揭示其根本特征。

5. 学界还没有正确认识南方少数民族古代文论的意义和价值。以文献的整理为例，如上文所说，这种状况一定程度上是由于南方诸民族的文

---

① 中国台湾"中央研究院"历史语言研究所编：《明太祖实录》卷二三九，"中央研究院"历史语言研究所校印本1966年版。

② 刘淑红：《以夏变夷和因俗而治：明代民族文教政策的一体两面》，《广西民族研究》2012年第3期。

献整理起来有难度，但根本原因在于学界对南方诸民族古代文论的价值和意义，没有给予应有的重视，导致其在研究当中，缺乏南方少数民族古代文论的问题意识和学科意识，从而使相关的研究难以为继。有鉴于此，应从学科意识入手，加强学术舆论的引导，通过期刊和会议两大学术平台，多刊布、发布相关的研究意义、研究现状，使学界真正意识到南方少数民族古代文论研究的价值，以及目前研究尚处于起步阶段的事实，从而吸引更多的学者参与进来。唯有如此，才能真正解决南方少数民族古代文论研究动力不足、发展乏力的问题。

二 进一步拓展南方少数民族古代文论研究的意义

（一）有利于完善中国少数民族文学理论的学科体系。考虑现有对少数民族文学理论的研究中，北方民族已有诸多成果，如蒙古族、维吾尔族、朝鲜族等文字的古代文论专著先后问世，藏族、哈萨克族的古代文论研究已获国家社科基金立项，但南方少数民族古代文论的研究，除了彝族成果稍多外，其他民族还较有限，从整个少数民族文论的学科体系上看，处于明显的北重南轻的失衡状态。作为中国少数民族文论的有机组成部分，南方诸民族古代文论，标志着南方民族文学由创作自觉走向理论自觉的新境界，在南方民族文学发展史中有着里程碑式的意义。同时，南方诸民族文论，其形成和发展与汉族文论有着极密切的联系，与汉族古代文论有着相互参照的意义，这是北方民族文论所无法比拟的。因此，进一步拓展南方少数民族古代文论的研究，不仅对完善中国少数民族文学理论批评的学科体系有着直接而重大的意义，同时亦能为汉族古代文论的研究提供新的视角和材料，对丰富其学科的研究领域有重要意义。

（二）通过对各类文献中文论资料的钩沉、搜集和整理，让尘封已久的针对少数民族文学的批评理论和少数民族批评家、理论家进入研究视野，尽可能多地还原南方少数民族古代文论的本来面目，拓展南方少数民族古代文论研究的既有规模。以云南一省为例，可供重新梳理的较集中包含文论内容的诗文总集就有《滇南诗略》《滇南文略》《滇诗嗣音集》《滇诗重光集》《滇诗拾遗》《滇诗拾遗补》《滇诗丛录》等多种，这些文献虽有研究者进行过整理，但在相当程度上忽视了其中珍贵的文论思想和内容，包括序跋、作者小传，大量的眉批、夹批、旁批，这些文学理论和文学批评包括针对少数民族作家的批评内容，如具体作品的分析、个别作家风格的评论、家族诗歌群体的介绍、地方诗歌风气的评论等多方面的内容。① 另外，还应注意的就是少数民族聚居地区的地方志（艺文志）中收录的作品，这些作品中也含有不少涉及文论的内容，如乾隆《丽江府志略》中有关木氏土司诗文的序跋和论诗诗。对这些文献重新进行爬梳、抽绎和整理，将使南方少数民族古代文论的研究呈现全新的面貌，并让很多从未引起过注意的理论和理论家进入学界视野，改变人们对于南方古代文论的"贫瘠"印象。

（三）通过对代表性批评家和批评理论的深入考察，弥补之前相关研究的不足。如对土家族批评家田舜年，既有的研究多是肯定他在编辑容美土司作品集方面的贡献，很少有学者注意到，田舜年的一些批评言论，已经走在了时代的前端，如他主张兼顾"自然抒发"和"风雅兴寄"的批评主张，就和当时的文坛领袖钱谦益有共鸣之处，他在《田氏一家言·跋》中提出"诗言志也，各言其所言而已……十五国风，大都井里士女信口赠贻之物"②。反对刻意的模仿，"果若人言，绳趋尺步，诗必太历以上，则自有盛唐诸名家在，后起者又何必寻声逐响于千秋之上哉"。强调自然抒发的作品有天然之美，富于特色，自成佳作，"天机所动，将亦有自然之律吕焉"。但他同时也强调作品应"冲融大雅"（引吴国伦之语），这种见解已经彻底跳脱了在明末清初有重大影响并造成极大流弊的复古和公安、竟陵三派的窠臼，展现出很高的批评水平和广阔的批评视野。另外，他提出"山鸡之羽文彩可观、泽雉之性耿介足垂"（《田氏一家言·跋》），对"荒裔文学"（即少数民族文学，具体而言，就是容美土司的文学作品）的价值给予充分的肯定，并表现出高度的自信，在当时而言，都是非常难能可贵的。另外，"口头诗学"作为一个被忽略的"宝库"，包含着极丰富的文论思想，而且这一类文论从理论视角、具体内容到叙事风格，都与作家文论有极大的不同，表现出很强的理论特色。加强对"口头诗学"的研究，将极大地拓宽、丰富中国古代文论的研究范围，甚至从某

---

① 张梦新、吴肇莉：《云南诗歌总集的开山之作——论〈滇南诗略〉的编纂体例》，《西南交通大学学报》2010 年第 5 期。

② 中共鹤峰县委统战部等：《容美土司史料汇编》，鹤峰县印刷厂印 1984 年版，第 293 页。

种程度上改写中国古代文论的既有面貌。

（四）从微观、具体的惯性研究视角中摆脱出来，站在宏观角度，考察南方少数民族文学理论批评史与汉族文学理论批评史及其各族别文学理论批评史之间的关系，尤其是通过非本族批评家（特别是汉族批评家对于少数民族作家、作品）理论的分析、研究，从整体上描述南方少数民族文学理论批评的特征、准确定位南方少数民族文学理论批评在中国文学理论批评史中的价值和地位，而且通过对不同民族作家和批评家之间交往史的研究，还有利于我们了解民族文化交流、交融的历史进程。

三　进一步拓展南方少数民族古代文论研究的可能路径及内容

在开展研究之前，应首先认识到南方少数民族既是一个地域概念，更是一个文化概念。就地域而言，南方少数民族地区在广义上涵盖了南方和西南两大区域，包括川、藏、云、贵、桂、湘、鄂、赣、粤、闽等省的少数民族聚居地区。就文化而言，南方少数民族的整体性特征就是受汉族文化影响较深，特别是明代以降，受"以夏变夷"文化政策影响，在南方民族地区出现了一次少数民族与汉族文化交流的高潮，很多民族地区因此产生了第一批自己的作家文学，并进而有了第一批文论著述。因此，从文化这个角度看，南方少数民族是"多元一体"的存在，这种"一体性"主要体现在它们与汉文化千丝万缕的联系上，以及受此影响形成的民族文化的趋同性、一致性。可以说，南方少数民族古代文论虽然包含不同民族的文学理论批评理论和思想，但因其"同源性"（即都受到汉族文论的影响），再加之各少数民族之间文化、文学的紧密联系和频繁交流，使这些理论和思想构成了一个有机的整体。基于这样一种认识上的南方少数民族古代文论研究，可以分成两大部分，即纵向性的历史研究和横向性的专题研究。

（一）纵向性的历史研究，即梳理南方少数民族古代文学理论批评史的基本发展线索。考虑到南方少数民族古代文学理论批评的发生，尤其是作家文学的批评理论的产生，是比较晚近之事，另外有些理论的产生时间也不易考证，因此在梳理过程中将以代表性人物、文献及其理论为主线，兼顾其时间上的先后，描述南方少数民族古代文学理论批评史的发展历程。在具体的研究过程中，会加强三个方面的内容：一是加强对新文献及其包括文学理论批评理论的挖掘、整理和研究；二是加强对既有文献中文学理论批评理论和思想的研究；三是加强与中国古代文学理论批评史的结合，以求更为直观地显现南方民族文学理论批评的地位和价值。

（二）横向性的专题研究。

1. 明代的边疆文化政策对南方少数民族文论形成的影响研究。这种影响研究应注意两方面的问题：首先，明代开始，中央皇权为加强对边裔地区的控制，通过强制土司子弟入国子监学习、在民族地区兴办学校、采取优惠政策鼓励少数民族学子参加科举等方式①，在这些地区大力推行以儒家文化为主体的汉文化教育，大大提升了本地区的文化水平，并相应地造就了一批作家和文学批评家，推动了南方少数民族文论的初步形成；其次，明代在南方民族地区推行汉文化政策的主要对象是土司及其族裔，并明文规定："土官应袭子弟，悉令入学，渐染风化，以格顽冥，如不入学者，不准承袭。"② 将世袭爵位与学习汉文化直接挂钩，使得土司及其族裔开始潜心钻研汉文化，同时，由于对一般民众学习汉文化缺乏有力的政策举措，造成明代至清初，土司及其族裔成为南方民族地区接受汉文化的主体人群。与此相对应，南方民族文论的一大特征就是，批评的对象以土司及其族裔为主，而由于自身批评家从整体上尚未成长起来，此一时期批评的主体则以汉族文士为主③，如明代严首升、文安之对于土家族容美田氏土司的文学批评，杨慎、张含、贾体仁对于纳西族丽江木氏土司的文学批评等都是其中的代表。对此问题的研究，应以史实为基础，参考民族学、社会学、历史学等学科的既有成果，从文论的视角去考察边疆文化政策产生的影响，以及早期南方少数民族古代文论的基本特征。

2. "改土归流"对南方少数民族文论发展的影响研究。此问题的研究，应注意到"改土归流"政策对于地方文化最显著的影响，即平民的知识分子大量增加。在此之前，土司及其族裔在相当大程度上垄断了对汉文化的接受，土司一方面因为世袭制度和血统论意识的影响，在显意识和潜

---

① 花文凤：《科举体制下明朝少数民族教育公平问题及其解决策略》，《徐州师范大学学报》2011 年第 3 期。

② （清）张廷玉等：《明史·湖广土司传》，中华书局 1974 年版，第 7997 页。

③ 此就整体而言，当然也存在一些例外，如明代白族的杨士云、李元阳、赵炳龙等人，虽不是土司，但都具有较高的文学成就，也有文论存世。

意识层面都非常强调自身的贵族身份；另一方面为了方便统治、抵制外来文化对自身政权的可能威胁①，导致其在大力学习汉文化的同时，却阻止治下的土民接触汉文化，实行"土民皆不受学"的愚民政策，而明代政府虽然大力在民族地区推行汉文化，但是对于土司子弟之外人群的汉文化教育缺乏有力的政策支持②，使得一般的少数民族子弟都没有接受教育的机会。清代在"改土归流"之前，就已经吸取了明代的教训，开始将汉文化教育向平民阶层推进，如康熙四十四年（1705）"令贵州各府州县设立义学，土司承袭子弟送学肄业，以俟袭替。其族属子弟并苗民子弟愿入学者，亦令送学"③。及至"改土归流"，加强对平民阶层的教育，不仅成为政策的一部分，而且成为推动"改土归流"深入发展的必需措施，因为参与"改土归流"的官员都感觉到，虽然土民在制度上摆脱了土司统治的模式，但是在精神和文化层面，依然对"流官"体制及以儒家为代表的汉族文化、风俗的推行感到隔阂和不适，因此通过文化教育强化文化身份认同和对中央皇权的归属感，成为当务之急。④ 各地官员通过兴办"义学"、鼓励土民子弟等方式，吸纳大量平民学习，使得以儒家为代表的汉文化在少数民族地区得以大范围的传播。⑤ 因此，开始产生大量出身平民阶层的文学人才，如土家族的彭秋潭、彭淦，壮族的冯敏昌、刘定逌，白族的龚锡瑞、杨履宽、赵廷枢，纳西族桑映斗、杨竹庐等，自然也相应地产生了

---

　　① 如乾隆《贵州通志·艺文》载："因土府陋习，恐土民向学，有所知识，即不便于彼之苛政，不许读书"（靖道谟等：《贵州通志》，台北：京华书局1968年版，第711页）；光绪《普洱府志稿》亦云："向来土官不容夷人应考，恐其为人学，与之抗衡。"（转引自李世愉《清代土司制度论考》，中国社会科学出版社1998年版，第98—99页）除了担心土民学习文化与其抗衡之外，土司还害怕土民因读书，走上科举之路，从而脱离他的统治，如赵翼《簷曝杂记》卷四载："粤西田州土官岑宜栋，……其虐使土民，非常法所有。土民读书，不许应试，恐其出仕而脱籍也。"（转引自龚荫《中国土司制度》，云南民族出版社1992年版，第165页）

　　② 明代政府在民族地区推行汉文化的根本目的在于加强统治，因此在政策设计上，就特别强调对这些地区的直接统治者——土司阶层的文化教育，但却忽略了对一般平民接受教育的政策设定。这也为土司实行愚民统治提供了口实。

　　③ （清）张廷玉等：《皇朝文献通考·学校考》，转引自龚荫《中国土司制度》，云南民族出版社1992年版，第135页。

　　④ 赵旭峰：《文化认同视阈下的国家统一观念构建——以清代前中期云南地区为例》，《云南民族大学学报》2013年第2期。

　　⑤ 段超：《改土归流后汉文化在土家族地区的传播及其影响》，《中南民族大学学报》2004年第6期。

一批文论著述。自"改土归流"之后，南方少数民族古代文论的变化就是批评客体从以土司及其族裔为主，转向以平民文士为主，批评主体以汉族为主，转向汉族、少数民族并重的局面。对此问题的研究，同样应以历史文献为基础，考察南方少数民族古代文论在发展过程中，其基本特征的重大变化。可以考虑通过量化研究的方式，来辅助说明这种变化的过程。

3. 南方各民族之间文学理论批评的关系研究。首先是汉族与南方少数民族文学理论批评的关系研究，包括汉族文学理论批评理论和思想对南方少数民族文学理论批评的影响及其意义研究，汉族批评家参与南方少数民族文学理论批评的研究，南方少数民族对于汉族文学理论批评的补充和启发研究。与汉族文士的文学交流、诗文酬唱，是文论生产的重要方式，也是研究南方少数民族古代文论的一个重要角度，从中不仅可以看到汉族与少数民族文论相互交流、影响的生动例证，还能据此勾勒出南方少数民族古代文论发生、发展的具体过程。其次是南方少数民族古代文学理论批评史中各族别之间文学理论批评关系的研究。这一类研究，目前来看，还基本处于空白状态。虽然，各少数民族之间的文学交流，以及由此产生的文论文献并不很多，但是意义重大，因为这种交流必然基于一个事实，即南方诸民族对于同一文化身份（中华文化成员）的认同，唯有如此，他们才能用同一"文学话语"进行交流，这种交流体现了一种真正的文化融合。

4. 口头诗学研究。口头诗学研究的对象主要是歌谣、谚语、民间传说中的文论。如广西苗族歌谣《三月春雨》从歌者的角度，提出"人世间风风雨雨坎坎坷坷，唯有山歌能够解除你心头的忧愁积怨；人世间充满争斗难有一汪清泉，唯有歌手能够倾吐真情替你说出心底的话语"。并热情洋溢地表示："让我的歌是那火塘的红炭吧，时时刻刻温暖着你的心田。"[1] 从文学功能和作者职责的角度，赞扬了山歌和歌者。又如侗族《歌师传》，以较长的篇幅总结了侗歌的创作经验，提出了歌要以情动人、故事情节要完整、歌词要新颖、音乐要多样等理论。[2] 彝族戏剧艺人当中

---

[1]　中国民间文学集成全国编辑委员会：《中国歌谣集成·广西卷》，中国社会科学出版社1992年版，第630页。

[2]　同上书，第953—955页。

流行的谚语《编戏如金沙江里淘金》，其中说道："编戏的人看透世上的事才能编出好看的戏……编戏如金沙江里淘金。"① 谈到了剧作者的生活阅历对创作的重要意义，以及创作的提炼问题。布依族民间传说《刷把舞的来历》，通过讲述刷把舞的来历，揭示了艺术来源于生活。② 口头诗学，以口头文学为载体进行传播，虽然不似作家文学的文论那样符合"学术规范"，但却具有民间叙事所特有的朴素、直率的风格，而且这些理论都经过若干代的口耳相传，是无数口头文学创作实践和表演实践的理论"结晶"，是至真至切的心得之言、甘苦之谈。对这一问题的研究应注意，首先，要结合具体口头文学的文体特征，以及口头文学所特有的口传性、变异性、集体性等特征，分析相应理论的特征；其次，要结合当地的民族历史、文化来分析理论的形成。

如上所述，对南方少数民族古代文论的研究，有文献意义、学科意义、研究领域意义、视角创新意义。另外，还应强调的是，南方少数民族古代文论，也是中华民族古代文化交流和融合的一个生动标本，借由这个标本，我们可以看到南方诸民族虽然有着多元的文化背景，但依靠中央政权的政策推动，由被动到主动地进入中华文化的主流场域，并在精英和民间两个阶层，都发出了令人印象深刻的声音。

---

① 彭书麟等：《中国少数民族文艺理论集成》，北京大学出版社 2005 年版，第 488 页。
② 同上书，第 550 页。

跨民族连带:作为比较文学的少数民族文学

汪　荣

（暨南大学）

毋庸置疑，少数民族文学与比较文学之间具有天然的学科亲缘性。在全球对话主义与跨学科的学术语境里，少数民族文学需要更多地向比较文学取径，才能在跨语言、跨文化、跨地区的对话互动中推进学科的范式转移和自我革新。"当前，民族文学相互关系研究是新的学科热点之一。"在学者朝戈金看来，"民族文学的比较研究与综合研究是相辅相成、缺一不可的。……既要注意到每个民族文学发展的个性，又要注意到民族文学发展的共性。由此进行学术史的反思和总结，或可搭建出正确认识和理解不同民族文学现象和规律的理论构架"。[①] 由此可见，比较文学方法的使用已经成为少数民族文学学界的共识，而超越微观比较研究的宏观理论建设也亟待加强。

那么，如何在少数民族文学中展开比较文学方法的实践？或者说如何在比较文学的学术框架中研究少数民族文学？尽管近期的相关研究不少[②]，但上述的问题依然悬而未决。本文试图在跨学科的知识视野下，通过对少数民族文学多项核心议题的探讨，在理论层面上对少数民族文学与比较文学的关系进行考察，并将少数民族文学推进到多民族文学/文化关系这一新的研究向度中。

"跨民族连带"作为关键词贯穿了这些讨论的始终。作为多民族国家

---

① 明海英：《民族文学比较研究勃兴》，《中国社会科学报》2014 年总第 612 期。
② 其中较为突出的是刘大先主编《本土的张力：比较视野下的民族文学研究》，中国社会科学出版社 2013 年版；王菊《比较文学视野下的彝族文学研究》，民族出版社 2013 年版。

中国的国民，尽管各民族民众之间的生活习俗、精神信仰、文化记忆不同，但是在历史发展与地缘交汇中，他们彼此共生、彼此缠绕，产生了家族成员似的情感羁绊，结成了基于感性共识的命运共同体关系。正是这种情感、伦理与政治的连带构筑了现代中国国家认同的合法性来源，少数民族文学则是表征这种"连带"的最佳载体。

一　跨体系社会与多民族文学/文化关系

近年来，汪晖提出的"跨体系社会"概念在人类学领域得到了广泛的响应，也对民族问题和少数民族文学极具解释力。所谓"跨体系社会"，是"包含着不同文明、宗教、族群和其他体系的人类共同体，或者说，是指包含着不同文明、族群、宗教、语言和其他体系的社会网络。它可以是一个家庭，一个村庄，一个区域或一个国家"。[①]值得注意的是，汪晖将"跨体系社会"与资本主义全球化相比较，认为"跨体系社会"与现代资本主义经济活动的全球拓展相反，它更侧重的是"一系列的文化、习俗、政治、礼仪的力量"。同时，跨体系社会"不是连接多个社会的文明网络，而是经由文化传播、交往、融合及并存而产生的一个社会，即一个内含着复杂体系的社会"。[②]从上述定义与基本描述中，我们不难看出汪晖更强调的是文化层面和一个社会体内部的多样性共存。换言之，"跨体系社会"是一个内部充满张力、具有多样文化生态的社会系统。

有论者指出，汪晖此概念最大的贡献就是超越了费孝通的"多元一体格局"[③]，将局限在现代民族主义知识框架中的本土经验解放出来，从而建立了更为贴近中国历史传统和政治文化的论述。诚如汪晖自己所言，跨体系社会"不但不同于从'民族体'的角度提出的各种社会叙述，也不同于多元社会的概念——较之于多元一体概念，它弱化了体系作为'元'的性质，突出了体系间运动的动态性。体系是相互渗透的体系，而不是孤立存在的体系，因此，体系也是社会网络的要素"[④]。由此看来，汪晖的

---

① 汪晖：《东西之间的"西藏问题"》，生活·读书·新知三联书店 2011 年版，第 148 页。

② 汪晖：《中国：跨体系的社会》，《中华读书报》2010 年第 52 期。

③ 朱金春、王丽娜：《从"多元一体格局"到"跨体系社会"——民族研究的区域视角与超民族视野》，《黑龙江民族丛刊》2012 年第 2 期。

④ 汪晖：《中国：跨体系的社会》，《中华读书报》2010 年第 52 期。

"跨体系社会"较之"多元一体"的理论架构更强调多"元"之间的文化互动，也更强调社会的系统整合。①

　　和汪晖"跨体系社会"有关联的是民族史的相关研究。例如，历史学家罗新在《黑毡上的北魏皇帝》中讨论了内亚与中国的关系。在这本研究北魏皇帝登基仪式的小书中，罗新通过多种语言材料的爬梳，还原了隐藏在北魏皇帝登基"代都旧制"细节背后的内亚传统。他认为，北朝史既是中国史的一部分，又是内亚史的一部分，中国史与内亚史的重叠交叉贯穿全部中国历史②，而他致力于挖掘这些被压抑与遮蔽在中国史史料中的内亚因素。从表面上看，罗新似乎更强调内亚政治与文化传统的独立性和连续性，是与中国相对立的另外一个历史单元，这与汪晖的"跨体系社会"的观点有差异。但罗新同时认为，"内亚史自成一个历史系统，它绝非必须依附于中国史才能成立，这是没有疑问的，但是，内亚史从来就没有，或绝少有可能不与中国史发生或浅或深的接触、交叉乃至重叠。完全脱离了中国史的内亚史，甚至不可能被叙述、被了解，而成为永远消失了的过去。同样，中国史从来就没有缺少过内亚因素的参与，这种参与有时甚至决定了中国历史发展的方向"。③ 由此，中国史的内亚性或内亚史的中国性是共生的，内亚与中国之间交错的视线使两者不可切分。罗新与汪晖其实同时强调了多种文化之间的渗透、碰撞与交融状态，只是两者的侧重点不同而已。

　　经由上述人类学和历史学的讨论，再回到文学研究，我们就不难理解少数民族文学为何必须走向多民族文学/文化关系，必须走向"向内比"的比较文学。我们已经知晓，少数民族文学的诞生与现代中国的社会转型密不可分，是帝国转向民族国家建构的伴生物。在这一语境下，如何将前现代的各民族的文化遗产（语言、文学、象征、宗教、历史）转化为现代

---

① 之所以说"跨体系社会"超越了"多元一体"，我们可以从"多元一体"在实践中产生的问题得到解答："进入21世纪以来，'多元一体'成为中国少数族裔文化文学事业中的强势话语，但是20世纪80年代以降尤其是在来自西方自由主义式多元文化主义的影响下，人们更多强调的是'多元'，而忽略'一体'。""一体"的缺失，消解了"中华民族"统一认同，也淡化了国家认同。此论述来自刘大先《现代中国与少数民族文学》，中国社会科学出版社2013年版，第270页。
② 罗新：《黑毡上的北魏皇帝》，海豚出版社2014年版，第90页。
③ 同上。

民族国家想象的共同体的资源，则是重大问题。诸多学者已经为我们证明作为多民族国家的现代中国的文化来源的复数性、多样性与多元性，更重要的是，他们也告知我们前代帝国框架下的政治、社会与文化的跨民族连带。现代中国继承了跨民族连带的遗产，少数民族文学正是这种跨民族连带的具体表征。

无论是"跨体系社会"，还是内亚与中国的关系，虽然它们的立场各有偏重，但这些论述都为我们提供了相似的观点，即中国文化内部的张力结构。中国是一个复合系统的国家，包含了多个民族、宗教、文化，但他们都统和在现代中国的国家框架之内。与此相对应的是文学的复合系统，中国文学包含了多元的语言、诗学和传统，构成了内部的多样性和多元性。在中国内部不同民族主体、不同文化板块、不同文学传统之间的交汇融通，本身就构成了比较文学的"可比性"。这些文学/文化的现状进行"向内比"的比较文学、建立新型的多民族文学/文化关系的研究范式的前提。

对于少数民族文学来说，"跨体系社会"对我们思考少数民族文学与比较文学的关系别有意义。在既往学科分断的体制下，相对于主流文学而言，少数民族文学不仅边缘化，而且它只耕种自己的"一亩三分地"：一方面，它对研究对象民族身份的严格限定决定了整体观的缺失；另一方面，它对单一民族的强调导致了研究的封闭化、碎片化和地方化。这两方面都是少数民族故步自封与自我设限的病灶。而"跨体系社会"这个概念的使用则有利于打破少数民族文学的自我设限，将研究视野导向更为宽广的领域，从而实现少数民族文学朝多民族文学/文化关系研究的转向。在某种意义上，"跨体系社会"的提出与少数民族文学的发展趋势不谋而合，也暗示了少数民族文学向比较文学的转向。李晓峰认为："中国少数民族文学研究经历了少数民族文学专题性研究、各民族文学综合性史论、各民族文学关系研究、多民族文学研究四个阶段。"[1] 在这个进化论式的路线图中，我们看到的是不断凸显的文学关系与文化复合，眼下被学科分断故意区隔出来的少数民族文学知识生产重回了多民族文学/文化原初的连带状态，这正是"跨体系社会"中各民族文学彼此融合、实现跨民族连带的

---

① 明海英：《民族文学比较研究勃兴》，《中国社会科学报》2014 年总第 612 期。

表现。

不过，另一些学者也提醒我们在关注多民族文学/文化关系中融合性的同时，也要注意各民族文学的独特性的面向。例如，扎拉嘎关于"文学平行本质"的论述是关于少数民族文学与比较文学关系的颇具代表性的观点。他认为"这些在某一个层面上具有共同本质，同时又有各自独特本质的事物，它们相互间所构成的关系，这里称为'平行本质'关系"①。他进而阐释"平行本质"的两个特征:其一是共同性，其二是特殊性。"平行本质的概念，是从事物或者系统的本体与关系的双重角度着眼的。它既承认某类事物在本质上的独立性，又承认这种独立性是一种关系中的独立。"②确实，各民族的独立性是多民族文学/文化关系中的多样性的前提，唯有承认和尊重各民族文学的特殊性的存在，才能更好理解共同性。在扎拉嘎其后的个案研究中，他更将"文学平行本质"的观点落实在具体的清代蒙汉文学关系研究中，研究了蒙古文翻译汉文小说、蒙古文重写汉族小说、蒙古题材小说创作等，为我们研究蒙汉文学关系做出了良好的示范。值得注意的是，扎拉嘎的论述与前述罗新关于内亚与中国关系的论述构成了文学与历史的互文关系。与罗新注重内亚传统的独立性和连续性相同，扎拉嘎强调的是"关系中的独立"，因此即使是文学的影响和渗透都必须以受容者或接受主体的独立性为前提。对于多民族文学/文化关系的研究者而言，扎拉嘎的观点是一个很好的提醒。

二　区域、生活与交混的本真性

在汪晖"跨体系社会"的理论架构中，"区域"是一个多次出现的关键词。在他那里，《跨体系社会与区域作为方法》中的"区域"是"跨体系社会"思考和论述的起点。采用这样的学术取径，一方面与海外汉学注重"从民族国家拯救历史"，侧重地方史、区域史的学术潮流有关;另一方面，与汪晖对中国的现实境况的体认和判断有关。在汪晖看来，"将跨体系社会与区域范畴相关联，是因为'区域'既不同于民族—国家，也不

---

① 扎拉嘎:《比较文学:文学平行本质的比较研究——清代蒙汉文学关系论稿》，内蒙古教育出版社 2002 年版，第 17 页。

② 同上书，第 18 页。

同于族群，在特殊的人文地理和物质文明的基础上，这一范畴包含着独特的混杂性、流动性和整合性，可以帮助我们超越民族主义的知识框架，重新理解中国及其历史演变"。①

　　我们不难看出汪晖在使用"区域"概念时"重归混杂"的趋向。"跨体系社会更强调一种各体系相互渗透并构成社会网络的特征。"他更举例，"中国西南民族混居地区的家庭和村庄常常包含着不同的社会体系（族群、宗教、语言等），并与这些'体系'之间存在着联系，但同时，这些社会体系又内在于一个家庭和村庄、一个社会。"② 汪晖的理论完成了自身的空间转向，而他的理论出发点则基于中国特殊的民族区域自治制度：当一定地理空间内的所有族群都"混居"，那么生活、文化、社会关系就不可避免的互相影响。"混居"意味着各民族分享生活与生产资源，这就在日常接触中促进了民族之间的沟通、交流与融合。

　　由此，隐藏在"区域"背后的，毋宁说是各民族在日常生活中的跨民族连带。恰如汪晖所说，"'跨体系社会'的基础在于日常生活世界的相互关联，但也依赖于一种不断生成中的政治文化，它将各种体系的要素综合在不断变动的关联之中，但并不否定这些要素的自主性和能动性"。③生活世界的彼此交错促成了政治文化的生成，而各民族的独特性处在与其他民族的关联性之中，两者并不矛盾。在"跨体系社会"的概念中，民族融合不是由上至下的制度安排，而是由下至上的民间诉求。当中国从帝国转向现代民族国家，意识形态国家机器的整合和动员，是通过微观政治、生活政治、尊严政治、情感政治的方式进行的。正是由于区域内或跨区域的跨民族交往，"中国"才成为国民"想象的共同体"。因此，情感、伦理与政治的跨民族连带构成了"跨体系社会"的基础。

　　汪晖关于"区域""生活"的论述有助于打破我们对"本真性"（authenticity）的迷思。毫无疑问，对于少数民族文学研究而言，"本真性"是一个重要议题。"本真性"蕴含自我与他者的辩证，体现了"族性"，是对民族纯粹性的想象。少数民族文学作为学科分断的知识生产，由于

---

　　①　汪晖：《东西之间的"西藏问题"》，生活·读书·新知三联书店 2011 年版，第 149—150 页。

　　②　同上书，第 149 页。

　　③　汪晖：《中国：跨体系的社会》，《中华读书报》2010 年第 52 期。

对民族身份的过度强调,事实上鼓励了对"本真性"的追寻,切割了原本互相渗透、互相交融的多民族文学/文化关系。"跨体系社会"将区域作为方法,把生活作为对象,启示我们必须打破对于"本真性"这种抽象的、高来高去的符号崇拜,重新恢复基于跨民族连带的多民族文学/文化关系。

汪晖的"跨体系社会"重回了动态的文化系统和混杂的生活世界,解构了"本真性"的想象,从而提示了"生活转向"。就少数民族文学而言,即使我们要讨论"本真性",也必须把"本真性"放置在生活世界中讨论,唯有回到日常生活的底层视角,以"生活方式"的不同来体现"本真性"的不同。与此同时,中国多民族国家的"混居"生活也决定了我们不能脱离文学/文化关系来单独讨论"本真性"。因此,我们必须强调多民族文学/文化关系的一个重要的面向:在尊重彼此不同的生活方式的前提下,完成对中国多民族国家整体生活世界的构图。进一步说,既要尊重"本真性"的文化冲动,又要强调这一"本真性"处在多民族国家文学/文化关系中。

如果说汪晖从人类学的角度用生活文化的方式解构了"本真性"神话,那么华裔美国学者陈绫琪则从文学和美学的角度拆解了"本真性"神话。在《全球化自我:交混的美学》这篇论文中,陈绫琪援引霍米·巴巴的"第三空间"、巴赫金的"语言交混"以及阿多诺的"艺术自律性"等作为理论架构,讨论了交混(hybriity)和本真性的悖论状态。[①] 这两个概念看似不相容,但在文本中却可能产生交混的美学,并为现今快速全球化的文化脉络中提供一种新的文化认同概念。我们所说的"本真性"是指物品的原创或独一无二,而交混也是由不同实体混合而来的全新产物,所以也是独特和原创的。交混的艺术作品一经叙述便会具有本真的特质,因为该作品已为自身创造了一种新的"灵韵"(aura)或风格。交混蕴含着"同"和"异"的辩证,可以变"异"为"同"。交混性是暧昧不明的,蕴含着极大的弹性,是不停变化的动态过程,但交混又可以成为建构文化认同时不可或缺的总体性。因此,在追求连贯、本真的文化认同时,交混

---

① 陈绫琪:《全球化自我:交混的美学》,郑蕙雯、陈宏淑译,载李奭学主编《异地繁花:海外台湾文论选译》,台大出版中心 2012 年版,第 404 页。

是严重的问题，但同时又包含莫大的潜力。① 从上述论述中，我们可以看到陈绫琪在交混与本真性、异与同之间做了很好的辩证，而"交混的本真性"的概念也呼之欲出。在全球化的语境下，"自我"处在多重文化的夹缝中，得到多元文化的熏陶，因此自我也被"交混"所形塑，产生了新的主体性。"交混的本真性"源自交混的美学，但它不仅是美学的，也是政治的，它形塑了一种新的主体认同。

在这个意义上，汪晖和陈绫琪形成了对话。尽管两人采取的学术取径不同，但他们都从反本质主义的立场解构了"本真性"的神话。汪晖从生活角度认为民族边界、地理边界与文化边界并不重叠，而是在生活世界的界面上相互交叉，因此"跨体系社会"也是一个区域的生活世界的交混状态。陈绫琪从美学角度认为交混是全球化语境下多种文化交混在"自我"中，从而在自我内部催生了一个新的"主体"。因此，他们都暗示了从交混到融合的过程，值得注意的是，这个融合建立在一个液态的过程中，是流质的、变化的、不确定的。因为"交混的本真性"并不意味着"本真性"的取消，而是生成了一种新的"本真性"，这种新的本真性促成了一个新的主体身份的出场。

从上述讨论出发，我们可以认为，从少数民族文学到多民族文学/文化关系的路线图，正是从单一民族"本真性"中脱身而出，寻找"交混的本真性"的过程。"向内比"不仅意味着少数民族文学向比较文学方法的取径，更象征着寻回"交混的本真性"，重构美学和重塑认同。事实上，若是从少数民族文学本身出发，这些看似形而上的讨论其实并不抽象，而是少数民族文学的现实境况。在少数民族文学中，"交混的本真性"既是作家创作心理状态，又是文本呈现的美学风格。由此，我们可以从身份问题进入语言和文学自身来进行讨论。

三　协商的汉语，混血的文学

相对于主流文学，少数民族文学的特殊之处在于除了用汉语写作的少数民族作家，还有大量使用母语或双语创作的作家。这就涉及"文化翻

---

① 陈绫琪：《全球化自我：交混的美学》，郑蕙雯、陈宏淑译，载李奭学主编《异地繁花：海外台湾文论选译》，台大出版中心 2012 年版，第 393—395 页。

译"这一比较文学的核心议题,而"语言"更是少数民族文学研究中的重中之重。围绕着"语言"问题,诸多论者展开了论辩,其中的首要问题还是母语与汉语的关系,更具体地说,是关于母语"失声"的危机与焦虑。例如邱婧评论过的彝族诗人俄狄小丰的诗歌《汉字进山》:

汉字鱼贯而入/冲破寨子古老的篱笆墙/淹没寨子/载自异域的水生物和陌生的垃圾/漂浮在上面/汉字纷纷爬上岸/首先占领我们的舌头/再顺势进入我们的体内/争噬五脏/等到饭饱酒足/便涂脂抹粉/从我们的口齿间转世/成为山寨的声音

诚如邱婧所说,这首诗会令汉语研究者震撼①。整首诗之所以给人的印象深刻,不仅由于其强烈而悲怆的感情色彩,还在于艺术技巧的使用:第一,视觉性的铺陈,抽象的名词"汉字"被具象化为不可抗拒的力量席卷而来。第二,一系列动词带来音乐感,如"冲破""淹没""爬上""占领""进入""争噬"等,产生了如同鼓点般的节奏。第三,这些诗行具有连贯的叙事性,是一个随着线性时间的延伸起承转合的过程。当然,较之上述美学分析,更值得我们关注的是诗中所体现的汉语与母语的关系问题。在《汉字进山》中,汉字作为一种外来的强势力量,"占领我们的舌头",使得山寨的声音只能从转世的汉语中说出——诗中道出了母语被替代的哀戚与失落。

这首诗当然是一个有意味的个案,但我们却不能据此认为汉语与母语是二元对立的选项关系。李晓峰认为,"现代汉语是汉民族的共同语,而汉语普通话所代表的标准现代汉语是中国国家通用语言。后者的国家性使现代汉语在中国具有了'世界语'相似的地位和影响"。② 在这里,汉语是作为国家意义上的公共语言来使用的,而并非单纯由汉民族使用的语言。作为公共语言,汉语其实起到了国家语言的作用,因此,在多民族文学/文化关系中,汉语的使用并不必然意味着挤压了母语的空间。在作家

① 邱婧、姚新勇:《地方性知识的流变——以彝族当代诗歌的第二次转型为例》,《中国比较文学》2013 年第 2 期。
② 李晓峰:《当代母语文学跨语际传播的困境与出路》,载刘大先主编《本土的张力——比较视野下的民族文学研究》,中国社会科学出版社 2013 年版,第 249 页。

艾克拜尔·米吉提看来：

> 现在，我作为一名哈萨克族作家，却用汉语写作，并被文坛和社会认可。我认为，作为一名书面文学作家，只要选择了一种书面语言文字进行创作，不管它属不属于你的母语，你都要忠实地站在你所驾驭的这一书面语言文字立场上，恪守它、捍卫它，如有可能，要丰富它、发展它，要为这种语言奉献毕生的精力和努力。一种语言就是一片海洋，每一个作家或如涓涓细流，或如恣肆洪流，终究要汇入这片大海中去。……当一种语言跨越了民族和国家的界限以后，它不仅属于称其为母语的族群，它同样属于所有驾驭它热爱它的人们。[①]

确实，汉语作为公共语言，跨越了民族的界限而为所有使用它的人们所热爱。因此，我们必须剥离出"汉语"涵盖的两个面向，一方面是汉民族的语言，另一方面是多民族国家中国的公共语言。从作为公共语言的汉语来看，它又是一种进行跨民族交流的"协商的汉语"。美国华裔学者石静远在《中国离散境遇里的声音和书写》中论述到：汉语并不是一种收编、压抑或整合的政治工具，而是一种文化媒介。她更提及 governance（协商或综理会商）的观念，认为语言的使用本身就带有因地制宜、与时俱变的繁复动机，而语言具有能动性（agency），汉语本身就具有合纵连横的潜力。汉语就是作为整个华语世界最大的公约数来使用的，汉语本身就是一种协商的结果。[②] 回到俄狄小丰《汉字进山》里"从我们的口齿间转世"，需要强调的是这种转世后的汉语未必就是原初的汉语，而是经过彝语的思维转化之后的汉语，是已经"协商"之后的汉语。

进而言之，诗歌中看似二元对立的汉语与母语其实也是一种虚妄的本真性的幻象[③]。正如我们在"交混的本真性"中所言，既没有最纯洁的汉语，也没有最纯洁的母语，两者都是在历史、文化和现实的语境中不断地

---

① 艾克拜尔·米吉提、张春梅：《跨语际的成功实践——艾克拜尔·米吉提访谈录》，载欧阳可惺等著《民族叙述——文化认同、记忆与建构》，暨南大学出版社 2013 年版，第 286 页。

② 王德威对石静远的相关评述，参见王德威《现当代文学新论：义理·伦理·地理》，生活·读书·新知三联书店 2014 年版，第 145—146、152 页。

③ 刘大先：《现代中国与少数民族文学》，中国社会科学出版社 2013 年版，第 189 页。

进行"综理会商"，在跨民族连带关系中进行沟通之后的生成的语言。在这种双向的沟通中，两者都发生了微妙的变化，这种变化不管是对汉语还是对母语都是扩张而非萎缩。在这个意义上，处在"跨民族连带"关系中的汉语和母语都是"杂语"，"相对于纯粹汉语写作或者在意识形态上亦步亦趋的'失语'，纯粹母语写作对于本真性追求的虚幻，杂语写作提供了另类的、可替代的再现与自我表述的可能性空间"。①

从"协商的汉语"看，我们必须重视多民族母语文学对汉语的贡献。在刘大先看来，多民族母语文学是作为亚文学的形态出现的，在那些既掌握母语同时又掌握第二、第三种书写语言的作家那里，他们会将母语思维带入另外的书写语言中，让传统的母语书写文学、民间口头文化滋养当代作家文学。在他们的作品中会出现不同于传统汉语的特色。② 对于没有书面文字而只能使用汉语进行书写的黎族作家高照清来说，"用黎语思维，用汉语表达，而两者的语序是完全相反的，所以在写作时，确实会面临一个'思维转换'的问题。这也是很多黎族作家在语言表达上不顺手的原因。因此，我们首先必须熟悉汉字和汉语，才可能写出好作品"。③ 我们已经知晓，语言是思维的物质外壳，一个民族的母语是一个民族文化潜意识的外化。从黎语到汉语，不仅是黎族思维到汉族思维的转化，还是口头到书面的转化。这种跨语际、跨族际、跨体系的多重转化无疑能为汉语带来不同的语言风格和审美新质。

那么，站在一个更大的视野上，这种使用"协商的汉语"写作的作品无疑是"混血的文学"，同时也是"华语语系文学"（Sinophone Literature）的一部分。恰如王德威所言，华语语系文学的思考层面应该扩大，带回到中国"中文"的语境之内，同时必须正视汉语以内众声喧哗的现象。④ 我们不必重复"边缘的活力"之类的滥调，也不用复习德勒兹和瓜塔里关于"小文学"的论述，少数民族文学对"协商的汉语"的使用无

---

① 刘大先：《现代中国与少数民族文学》，中国社会科学出版社2013年版，第194页。
② 刘大先：《作为文化动力的多民族母语文学》，《文艺报》2014年4月16日第7版。
③ 杨春等：《"离开黎族，我就不是一个作家"——黎族当代作家访谈》，载《文艺报》2013年4月3日第5版。
④ 王德威：《现当代文学新论：义理·伦理·地理》，生活·读书·新知三联书店2014年版，第145—146、151页。

疑为华语语系文学提供了一种另类的、异质的、多样的文学空间。需要注意是，"华语语系文学"本身是一种比较文学框架，注重的是在不同地理空间中汉语的离散与变异；与之相比，"多民族文学/文化关系"在使用比较文学框架的时更侧重国境以内的"向内比"，不仅包括"协商的汉语"，还包括母语文学和翻译文学。

　　从另一个角度看，在新型的多民族文学/文化关系构架下，"混血的文学"不但要包括少数民族用汉语书写的作品，而且要包括汉族作家书写少数民族文学题材的作品。21 世纪以来，汉族作家书写少数民族题材已经得到了丰硕的成果，如迟子建《额尔古纳河右岸》、范稳《水乳大地》、冉平《蒙古往事》等，"汉写民"现象着实引人注目。[①] 不过，这种现象并非是 21 世纪的产物，我们可以向上追溯到古代文学或新中国文学以来的边地书写的谱系。各民族文学/文化之间的互相渗透与相互学习是一个漫长的过程，但跨民族的文学交流从来不曾断绝。总而言之，不管是"协商的汉语"还是"混血的文学"，相对于均质、单一、刻板的民族国家文学，这种多民族国家内部充满差异性、多样性、多元性的文学共同体更具发展的可能性。正是这种"内部的张力结构"构成了我们所谓的"向内比"的比较文学、"多民族文学/文化关系"以及"跨民族连带"。

四　历史重层的当代镜像

　　在《新时代的"通三统"》中，甘阳认为在当代中国可以看到三种传统的并存：第一是改革以来的传统，这个传统基本上是以市场为中心延伸出来的概念如自由、权利等；第二是共和国开国以来，毛泽东时代所形成的强调平等、追求平等和正义的传统；第三是中国数千年形成的文明传统，即通常所谓的中国传统文化或儒家文化。[②] 值得一提的是，甘阳所说的三种传统在当代中国是"并存"的，也就意味着历时性的结构被当作共时性的框架，也就是说当代中国的背后是历史的幽灵，历史的重层被折射到当代中国的生活与文化之中，成为镜像式的存在，并发挥着能动性。这

---

　　① 李长中：《"汉写民"现象论——以迟子建的〈额尔古纳河右岸〉为例》，《中国图书评论》2010 年 7 月刊；张雪艳：《中国当代汉族作家的"少数民族文学创作"研究》，博士学位论文，陕西师范大学，2010 年。
　　② 甘阳：《通三统》，生活·读书·新知三联书店 2007 年版，第 3 页。

是在传统中国向现代中国转型的大的时代背景下形成的，也就是所谓的"未完成的现代性"。按照甘阳所提供的谱系，如果我们考察"跨民族连带"与"多民族文学/文化关系"的历史脉络，也可以大致分为三个段落，以下将从传统到现代的时间线索进行阐述。[①]

我们首先讨论的是姚新勇先生提出的"胡天下观"，这与前述汪晖的"跨体系社会"构成了互文。近些年，关于"何为中国"以及"中国认同"问题的论述很多，但姚新勇的观点却颇为新奇。在他的定义中，少数族裔回归本族群精神家园与重构多元一体中华民族共有精神家园是一体性的关系，这种"以少数族裔为'天下中心'的大中华抒情"可以被概括为"胡天下观"[②]。在一般的观念世界中，我们所谓的"天下观"是以汉人、汉族、中原为中心的，无远弗届的地理想象，至于"胡"则处于"天下"的边缘、边地、边远的位置，并无分享"天下"的尊荣。但姚新勇倒悬了我们对于"天下"的想象，指出"胡"也可以自为中心来展开对天下的想象，这无疑打破了我们对"天下"固有的观念。华/夷或边缘/中心的秩序被颠倒了，这无疑打破了我们对主流/边缘的刻板印象（stereotype），对主流文化界具有批判与警醒性，更提醒了我们需要从多样性出发重构中华民族认同。[③] 姚新勇是以哈萨克族的乌曼尔阿孜·艾坦、满族的巴音博罗、白族的栗原小荻三位诗人的诗歌为个案进行研究的，这些族裔诗人的诗歌作品和抒情主体中所展现的"胡天下观"为我们提供了新的"天下"想象的可能。

然而，与"胡天下观"（或"多元天下观""复数天下观"）更加契合的是 20 世纪 80 年代以来的蒙古族历史小说，在包永清的《一代天骄成吉思汗》、苏赫巴鲁的《大漠神雕》、巴根的《成吉思汗大传》、包丽英的《蒙古帝国》等一系列作品中，蒙古族的作家们展示了历史叙事主体对"胡天下观"的浪漫想象，更在蒙古帝国长河般的历史画卷中展现得淋漓

---

　　① 本论文只讨论前两个时间段落，因为在甘阳的时间框架中，自 20 世纪 80 年代以来的中国历史无疑依然处在漫长的改革时代之中。而前两个时间段落的"历史重层"正是汇集到第三个段落的"当代镜像"中。

　　② 姚新勇：《族群图腾的再塑与广阔丰饶中国的重构——以三位少数族裔诗作为例》，《民族文学研究》2013 年第 5 期。

　　③ 同上。

尽致。这些想象其来有自。回到历史学和世界史，葛兆光的相关研究似乎为"胡天下观"提供了历史依据："这种不必确定边界的大帝国时代，至晚在宋代已经有可能结束，如果不是一些别的原因——如元朝与清朝两个大帝国的崛起——确实中国将'从天下到万国'。所以，如果可以简略地说，那么，从宋代的'勘界'，到清代康熙年间'尼布楚条约'，除了蒙元时代之外，中国渐渐从无边无际的'华夷'与'天下'的想象中走出来，进入'万国并峙'的现实世界，开始设定边界，区分你我。"① 据此，如果严格界定，在"唐宋变革"之后，中国已经内缩为一个以汉族为中心的国家，有了现代意义上的国家意识——在宋代，中国历史已经放逐了天下意识而成为国家。蒙元时代作为中国史的"例外"，它的崛起不仅改变了中国历史的走向，更取代"汉天下观"，建立了以"胡天下观"为意识形态的帝国。

同时，如果回到我们之前提到的罗新的研究，内亚与中国的关系可以认为是两种天下观之间的碰撞和交汇。根据日本学者杉山正明的论断，宋代的中国只是一个"小中国"，蒙元对汉地和汉族的征服，虽然伴随着战争和暴力，但也带来了广阔的疆域、民族和文化，使中国成为一个"大中国"："作为纯客观的确凿事实，中华的范围自蒙古时代以后大大地扩展了。从'小中国'到'大中国'，不能不说是一次漂亮的转身。它所蕴含的意义非常之大，因为中国走上了通往'多民族之巨大中国'的道路。"② 姚大力更阐释到：在"小中国"与"大中国"之间，"这是两种不同的国家建构模式之间的区别：一种是外儒内法的专制君主官僚制模式，另一种则是从汉地社会边缘的内陆亚洲边疆发展起来的内亚边疆帝国模式。后者萌芽于辽，发育于金，定型于元，而成熟、发达于清。……如果没有这样一种国家建构模式的参与，今日中国就不可能有这般广袤的版图！"③。

诚哉斯言，如果我们放宽限制，那么我们会看到中国历史上最能体现

---

① 葛兆光：《何为"中国"？——疆域、民族、文化与历史》，牛津大学出版社 2014 年版，第 71—72 页。

② ［日］杉山正明：《疾驰的草原征服者：辽　西夏　金　元》，乌兰、乌日娜译，广西师范大学出版社 2014 年版，第 10—11 页。

③ 姚大力：《一段与"唐宋变革"相并行的故事》，载［日］杉山正明《疾驰的草原征服者：辽　西夏　金　元》，乌兰、乌日娜译，广西师范大学出版社 2014 年版，第vii页。

"胡天下观"、最能体现内亚与中国沟通的不仅是蒙元，还有清朝。"现代中国的内外关系事实上继承了前民族—国家时代的多种遗产，并按照主权国家的模式对这些遗产进行了改造。"① 清朝的意义在于：清的地理版图为现代中国所继承，清的政治遗产形塑中国这个多民族国家。② 最近，海外汉学界"新清史"的兴盛恰恰说明了清帝国"胡天下观"的意识形态③。在后现代的"新历史主义"方法中，诸如蒙古族的历史小说或是"新清史"热潮，无疑都暗含了某种"以内亚为方法"的历史叙述的转向。

其次需要注意的是新中国成立以来或者毛泽东时代的社会主义的历史遗产，这里以刘大先提出的"文学的共和"概念为代表。刘大先认为：

> 我决定取名"文学的共和"，即意指通过敞亮"不同"的文学，而最终达致"和"的风貌，是对"和而不同"传统理念的再诠释，所谓千灯互照、美美与共；同时也是对"人民共和"（政治协商、历史公正、民主平等、主体承认）到"文学共和"（价值的共存、情感的共在、文化的共生、文类的共荣、认同的共有、趣味的共享）的一个扩展与推衍。④

关于"文学的共和"，我们需要注意两个不同的层次：其一是普遍意义上的，通过彰显多元共生的"不同"来抵达重叠共识的"同"的目标，这意味着各民族文化在自我发声之后向多民族国家文化的集体和声的皈依与升华。其二是中国历史特殊性的，"文学共和"是"人民共和"在文学领域的延长线，是"人民共和"的投影和回声。正是"人民共和"的社会主义性才奠定了"文学共和"的情感、伦理与政治基础。

"文学的共和"复活了"共和"这一概念并赋予新的意蕴，其中尤为

---

① 汪晖：《亚洲想象的谱系》，载《现代中国思想的兴起·下卷·第二部》，生活·读书·新知三联书店 2008 年版，第 1605 页。

② 王德威认为，"对于汪晖来说，清帝国主义的独特结构，是了解现代中国作为一个保留了传统帝国特性的民族国家的杂糅特性的关键所在"。参见王德威《理、物、势的多重变奏——阅读汪晖〈中国现代思想的兴起〉》，载《中国图书评论》2007 年第 3 期。

③ 参见刘凤云、刘文鹏编《清朝的国家认同——"新清史"研究与争鸣》，中国人民大学出版社 2010 年版。

④ 刘大先：《后记》，载《文学的共和》，北京大学出版社 2014 年版，第 332 页。

值得关注的社会主义中国与少数民族文学的关系问题。^① 从诸多的相关研究中^②，我们已经可以判定：少数民族文学是社会主义中国的文化建制，两者是共生同构的。唯有"人民共和"，才有"文学共和"。社会主义的"人民性""集体性"和平等基调奠定了少数民族文学存在的合法性来源和学科建制的基础。同时，面对"历史的终结""后社会主义"和新意识形态，也"唯有在中国社会主义的变迁中才能准确定位少数民族文学在20世纪末21世纪初的遭际与命运"。^③ 面对当代中国社会意识形态的重构，"文学的共和"重温了共和国"最初的梦想"，为我们重思社会主义体制下的"跨民族连带"提供了一个理论参数，更为我们开展十七年的少数民族文学研究提供了一个很好的研究切入点。

姚新勇与刘大先的共同点，是思考了本土的历史资源如何参与我们对多民族文学/文化关系的想象。在姚新勇那里，"胡天下观"楔入了帝国与民族国家的现代转型；在刘大先那里，"文学的共和"楔入了社会主义与后社会主义的时代变幻。历史如同地层，是重叠层累发展的，相对于外来的理论资源，本土经验和历史教训无疑是更好的思想来源，因为这是从中国土壤中生成的、在中国历史中实践的。姚新勇对于前现代帝国的反思和刘大先对当代史的重思其实都是历史重层的当代镜像。在三种传统并存的当代语境中，不管是前现代还是毛泽东时代的社会主义，贯穿其中的都是中国社会的跨民族连带的遗产，这种情感、伦理与政治的资源是一以贯之的，同时这些历史积淀下来的文化记忆、集体象征和民族意识也为我们重构现代中国的主体认同提供了精神资源。

五　尾声："心"的形构中的情感政治

"从天下到万国"，从帝国到民族国家，中国经历了艰难的现代转型，文学作为情感的表征参与了国家的建构。与此同时，少数民族也被裹挟到

---

① 这直接对应的是刘大先《文学共和：作为社会主义文学的少数民族文学》，《民族文学研究》2014年第1期。

② 关于社会主义性与少数民族文学性的讨论，姚新勇先生有非常详尽的论述，参见姚新勇《追求的轨迹与困惑——"少数民族文学性"建构的反思》，《民族文学研究》2004年第1期。同时参见刘大先的一系列论文，刘大先《文学的共和》，北京大学出版社2014年版。

③ 刘大先：《从差异性到再融合：后社会主义时代的各民族文学》，载《文学的共和》，北京大学出版社2014年版，第64页。

这一历史进程中，他们的文学与汉族文学一样折射了巨变时代的斑驳心影和历史转圜的情感结构。因此，中国的现代转型与国民"心"的形构是同时的：一方面是国家询唤主体的"心"，另一方面是国民奉献主体的"心"。于是，国家成为主体的"心"之恋物对象和欲望客体①，"心"与"国家"产生了情感联结，"心"的形构中包含着情感政治。

在台湾学者刘纪蕙的研究中，不仅有个体的"心"，还有国家的"心"。她特别强调政治的身体转喻："政治的有机性意指共同体的有机性，也就是说，以生物有机体的模式想象国家。"由此，个体生命的冲动形式与民族国家的主权形式是同构的，都有"心"作为内在精神和权力意志进行驱动。那么，这种"心"就具有了康德意义上的"绝对命令"，能够扩大而具有神圣性。"此种与共同体合一、进入体系的渴望，是一种与大我融合的欲求，也是取得神圣经验之管道。"② 这种欲求神圣经验的渴望会导致个体或国家超越自身，拥抱"大我"（崇高主体）。因此，个体的"心"与国家的"心"都是生产"大我"的装置。

通过以上的论述，我们可以得知个体/国家、情感/政治是两组共振的结构。换言之，国家的"心"可以通过个体的"心"表现出来，政治的诉求也可以通过情感的渠道进行沟通。恰如刘大先所说，少数民族文学研究未来发展的路径之一是"走向情感研究"③。他认为，虽然少数民族文学是由于国家的政治需要而诞生，但它自身的发展逻辑却导向了情感，诸如民族认同之类的议题其实更适合用"情感"角度进行研究。至于现实的经济、社会、政治原因，往往也呈现出更为感性化的情感形式。④ 在这个意义上，情感研究为少数民族文学开拓新的论述空间，体现了新的研究可能性。

"跨民族连带"的提出正是建立在对少数民族文学情感研究的前提下。

---

① 刘纪蕙：《心的变异：现代性的精神形式》，麦田出版公司 2004 年版，第 10 页。

② 同上书，第 308 页。

③ 情感研究已经成为学界一个方兴未艾的新领域，已有的研究包括刘纪蕙《心的变异：现代性的精神形式》，麦田出版公司 2004 年版；刘纪蕙《心之拓扑：1895 事件后的伦理重构》，行人文化实验室 2011 年版；Lee Haiyan（李海燕），*Revolution of the Heart：A Genealogy of Love in China，1900－1950*，Stanford University Press，2006；冯妮《转型时期的爱情故事：从晚清小说到"五四"新文学》，博士学位论文，华东师范大学，2013 年。

④ 刘大先：《现代中国与少数民族文学》，中国社会科学出版社 2013 年版，第 337—338 页。

相较于"想象的共同体""传统的发明"等民族主义知识谱系中的现代建构论，作为现代意义上的多民族国家中国的合法性来源和奠基性话语或许更加来自情感、伦理与政治的跨民族连带。跨民族连带来源于共同情感、共同认知和共同意识。"跨民族连带"的诞生既有前现代帝国的历史记忆、地缘经验和社区意识，又有各民族进入现代世界之后对民族国家形式的拥抱。① 由此，"跨民族连带"是个体与国家、民族与民族、自我与他者沟通的情感桥梁。经由"跨民族连带"，个体的"心"与国家的"心"都成为构筑多民族国家的崇高主体——"跨民族连带"的"心"的形构催生了作为感性共识的"命运共同体"，夯实了多民族国家的情感基础，重构了现代中国的国家认同。

---

① 恰如刘纪蕙所说，"以国家的整体形式为现代性的欲望对象，正是为了弥补线性史观之下所产生的落后感与创伤匮乏"。参见刘纪蕙《心的变异：现代性的精神形式》，麦田出版公司2004 年版，第 10 页。

四

少数民族文学跨学科研究

坚持文化多样性，寻求中国史诗学的可持续发展

尹虎彬

（中国社会科学院）

古希腊或欧洲关于一个民族的时代、社会、文化的精神特质（ethos）的观念，关于史诗英雄的观念，其有效性常常是跨文化的。从英雄这一角色的模式，从人们对于英雄的崇拜和认同意识，到英雄的精神特质（heroic ethos），这些都可以被看作跨文化的现象。世界上的史诗传统是多样的，这一现实促使学者不断反思史诗的概念。就史诗这一体裁来说，我们要考虑到它的三个传统背景：全球的、区域的和地方传统的。史诗本身含纳了多种体裁的要素，就人类普世性来说，谜语、谚语、哀歌更具有国际性。因此，关于史诗的定义，总是伴随着多样性、具体性与概括性、普遍性的对立、统一。史诗的宏大性，更重要的是表现在它的神话、历史结构上的意义，对族群的重要意义上。

早在 19 世纪末，俄国亚·尼·维谢洛夫斯基（1838—1906）曾经对亚里士多德以来以西方古典文学范本推演出来的规范化诗学提出过挑战。他在 1870 年圣彼得堡大学讲授总体文学史时指出，德国美学是根据经典作家的范例，受作家文学哺育而成长的，荷马史诗对于它来说是史诗的理想，由此产生关于个人创作的假设。它同温克尔曼一起向希腊的造型的美和古代诗歌的造型性顶礼膜拜，把美看作艺术的不可缺少的内容假设。希腊文学的明晰性体现于史诗、抒情诗与戏剧的序列，这也就被当作规范。维谢洛夫斯基所倡导的实证的而非抽象的、类型学的而非哲学和美学的研究范式，在他以后的时代得到了长足的发展。史诗研究的学术潜力并没有局限于古希腊的范例，而是在口传史诗的领域里大大拓展了。

一　史诗学的跨文化和多学科背景

史诗研究者往往来自于古典学、语言学、比较文学，民俗学、民族志学或文化人类学等专门学科的专家或大师级人物。欧洲古典学，18 世纪欧洲浪漫主义运动，19 世纪中叶欧洲民俗学的产生，都推动了史诗的学术研究。从 20 世纪后半叶起，随着人类学和民俗学的不断发展，人们在世界各地的当代社会中发现了大量的口头传统史诗，这些新材料的发现促使史诗研究者从东西方文明对话和文化多样性的角度反思史诗观念，它涉及史诗的口头创编和演述，涉及史诗搜集、整理、移译和出版等一系列问题，这些问题也逐渐成为民俗学的热点问题。

晚近的口头传统研究主要关注人类在保持文化多样性与坚持可持续发展所面临的许多重要问题。学者们强调不同文化背景和多学科之间的对话，从文化遗产学、口头传统研究、信息科学、传播学等多个领域，对濒危语言与口头传统进行跨学科研究，其根本目的就是要创造环境来保存和保护我们人类共同的遗产。史诗学的议题包括口头文学的创编、记忆和传递，口头传统的采录、归档、整理和数字化，濒危语言抢救和民俗学档案馆建设等。[①] 随着新技术革命的迅速发展，信息化建设在正在向哲学社会科学各个领域逐步渗透，形成多学科综合发展的崭新局面。近二十年来，世界范围内的口头传统研究与数字技术相结合，形成了富于创新的领域。对濒危语言与口头传统进行跨学科研究的作用就是要创造环境来保存和保护我们人类共同的遗产。[②] 不久前，芬兰的"文化宝磨计划"（Cultural Sampo），中国社会科学院民族文学研究所的"少数民族音影图文档案库"项目与密苏里大学的"通道项目"，已经开始了跨国合作。[③]

今天，呈现出多学科和综合研究的态势。一方面，传统的、部分生发于古典学和语文学的文学研究，在汲取了其他学科的优长后，出现了不少

---

① 尹虎彬：《中国社会科学论坛（2011 年，文学）"世界濒危语言与口头传统跨学科研究"会议综述》，原载《学术动态（北京）》2011 年第 18 期。

② 尹虎彬：《口头传统的跨文化与多学科研究刍议》，原载《比较文学与世界文学》，北京大学出版社 2012 年版，第 14—21 页。

③ 朝戈金：《约翰·弗里与晚近国际口头传统研究的走势》，《西北民族研究》2013 年第 2 期。

颇具新意的著述,发展了关于史诗文学属性的论见;另一方面,运用其他学科方法和理路的史诗研究,例如将文化人类学的方法、民俗学的方法乃至传播学的方法运用到史诗研究的尝试,却取得了惊人的成就。再者,随着世界上不同史诗传统的发现和记录,具有更广阔视野的比较史诗研究,正方兴未艾,引发了对史诗热点理论问题的全面反思。①

二　探索史诗研究的中国道路

中国少数民族的口头史诗蕴藏丰富。举世闻名的"三大史诗"有藏族史诗《格萨(斯)尔》、蒙古族史诗《江格尔》和柯尔克孜族史诗《玛纳斯》。此外,在中国的北方和南方,发现并记录了数以千计的史诗或史诗叙事片段。蒙古、土、哈萨克、柯尔克孜、维吾尔、赫哲、满等北方民族,以及彝、纳西、哈尼、苗、瑶、壮、傣等南方民族,都有自己的史诗传统和丰富的史诗篇目,它们至今仍以活形态的口头演述方式传承和传播。中国史诗学的研究对象主要包括《格萨(斯)尔》《江格尔》和《玛纳斯》,以及其他北方和南方少数民族的史诗。专题研究涉及史诗的搜集、整理、翻译和出版,特定史诗的传承和流布、演述和创编、文本和艺人,史诗学理论和学科建设等诸多问题。

在中国少数民族文学研究中,史诗研究逐渐成为一个比较重要的领域。这是因为相对于汉族来说,我国少数民族的口头文学蕴藏丰富,尤其以口传的长篇叙事诗歌和史诗最具民族特色,传承时代久远,流传地域广阔,与少数民族的历史生活和文化认同联系紧密,比较充分地反映了各个民族的文化创造力量,最能代表各个民族的文学成就。近四十多年来,中国政府一直很重视史诗的抢救、保护和研究,先后把它列入国家社会科学"六五""七五""八五"重点规划项目。中国社科院又将少数民族史诗研究列为"九五"和"十五"重点目标管理项目。"十一五"期间"《格萨(斯)尔》的抢救、保护和研究"被列入全国社科基金重大委托项目。史诗进入中国学术殿堂,得益于中国多民族文学史观的建立。少数民族文学事业,包括民族民间文学的搜集、整理和出版,包括研究机构的设立获得国家的持续支持。

---

① 朝戈金:《国际史诗学若干热点问题评析》,《民族艺术》2013 年第 1 期。

三　走向国际化的中国史诗研究

近二十年来，中国史诗学界加强了对 1960 年以来欧美史诗学的研究，系统介绍了口头程式理论、民族志诗学、表演理论和故事形态学等重要理论和方法；一些重要的理论著作，如《口头诗学：帕里—洛德理论》（［美］约翰·迈尔斯·弗里著、朝戈金译，社会科学文献出版社 2000 年版）、《故事的歌手》（［美］阿尔伯特·洛德著、尹虎彬译，中华书局 2004 年版）、《荷马诸问题》（［匈］格雷戈里·纳吉著、巴莫曲布嫫译，广西师范大学出版社 2008 年版）等，在中国学界产生广泛影响。近二十年来，中国史诗研究赢得了一定的国际声望。1999 年中国社会科学院少数民族文学所与美国密苏里大学口头传统研究中心签署了合作协议，以期在口头文学研究领域，通过一系列的学术交流活动，共同促进学科的进步和发展。双方在各自的学术阵地——《民族文学研究》（中文）和《口头传统》（英文）上，分别出版“美国口头传承文化研究专辑”（中文）和“中国少数民族口头传统研究专辑”（英文）。《民族文学研究》陆续介绍了 20 世纪民俗学的重要成果，产生了良好的影响。中国社会科学院与荷兰皇家科学院两度开展合作研究，分别出版了项目成果。[①] 由联合国教科文组织《国际博物馆》中文版编辑部编纂，中国史诗学学科成员供稿，于 2010 年 3 月出版了“中国口头史诗传统”专刊，对中国史诗丰富的类型与流布、史诗歌手与史诗文本的传承、史诗演述与民俗生活变迁等多个重要研究支系进行了介绍。[②]

中国社科院民族文学研究所在史诗学、口头传统研究和非物质文化遗产学领域为海内翘楚；其研究者具有国际化学术视野、熟悉国际学术话语及其规范，多年来一直在跟踪西方民俗学的前沿成果，长期以来与国外一流的民俗学家保持着密切联系。近几年来，研究所在跨文化和多学科的学术交流中争取国际学术话语权。组织并参与了国内和国际学术研讨和专业

---

① ［荷兰］希珀、尹虎彬主编：《史诗与英雄》（中英文版），广西师范大学出版社 2004 年版。*China's Creation and Origin Myths：Cross-Cultural Perspectives Local and Global*，ed. Mineke Schipper, Ye Shuxian, YinHubin, Leiden：Brill, 2011。

② 朝戈金、尹虎彬、巴莫曲布嫫：《中国史诗传统：文化多样性与民族精神的“博物馆”》，《国际博物馆》（中文版）2010 年第 1 期。

培训活动，为该学科赢得一定的国际声望。从 2009 年开始，"国际史诗学与口头传统研究讲习班"由中国社会科学院文哲学部主办、民族文学研究所承办，旨在推进史诗学的学科建设，培养专门人才。讲习班迄今开办 6 次，邀请的国外学者来自美国、德国、印度、俄罗斯、日本、中国等，涉及的史诗传统上自古代东方史诗、古希腊史诗、古英语及欧洲中世纪史诗，以及南斯拉夫史诗。专题研究涵盖了中亚内陆口传史诗，包括蒙古史诗、突厥语族民族史诗、南方史诗以及史诗一般理论。中国社会科学论坛（2012·文学）"史诗研究国际峰会"邀请 71 位正式代表，他们来自 20 多个国家和地区，讨论范围涉及亚太、西欧、中东欧、中亚、非洲和拉丁美洲以及中国多民族的数十种从古至今的史诗传统，各国学人一同探究"史诗传统的多样性、创造性及可持续性"。闭幕式上，经各国学者力倡，呼吁成立国际史诗研究学会，推选中国社会科学院民族文学研究所所长朝戈金研究员为会长。这在国际史诗学术领域以及中国人文学术领域，都具有特别意义。首先，这充分证明中国史诗和史诗研究得到了国际同行的认可。国外著名史诗学者约翰·迈尔斯·弗里、格雷戈里·纳吉、卡尔·赖歇尔等教授在不同场合的演讲以及文章中，都充分肯定了中国史诗的研究成果。其次，充分证明中国史诗和史诗研究成为国际史诗研究不可或缺的一部分。最后，国际史诗研究学会在中国成立，必然要重视史诗传统的多样性、创造性及可持续性，这将会给中华各民族文化带来新的活力，将会促进中华各民族文化大发展。

守望湘西

——边城纯美世界与湘西文化旅游发展的关联

谭伟平　孙　波

（怀化学院）

在当代文学界，"湘西世界"无疑是一个享誉世界的文学版图，是一个贯穿中国新文学史研究的重镇，还是一个在不断发展的文学和文化"概念"。当下，国内外众多学者在不断地探索和丰富沈从文"湘西世界"的同时，也在构筑和延伸文学通向文化与经济，湘西地域通向全国与世界的道路。

湘西有大小两个地域概念，大概念是指湖南湘西土家族苗族自治州、怀化市、张家界市等地区，小概念特指湘西土家族苗族自治州。在沈从文的湘西题材作品中，一般涉猎的都是大湘西，尤其是沅水流域所能覆盖的地区，且直接以地名为题作品很多，如《湘行书简》中的《在桃源》《忆麻阳的船》《离辰州上行》《到泸溪》《到凤凰》《辰州下行》《重抵桃源》；《湘行散记》中《桃源与沅州》；《湘西》中《常德的船》《沅陵的人》《凤凰》；《从文自传》中的《辰州》《常德》《保靖》《怀化镇》，等等。这些作品都能让读者饱览湘西的风土人情，纵情于湘西的山水风光。沈从文认为："至少我还有十分之一时间，是在那条河水正流与支流各种船只上消磨的。从汤汤流水上，我明白了多少人事，学会了多少知识，见过了多少世界！我的想象是在这条河上扩大的。"①

"湘西世界"以其瑰丽多姿的景色勾勒、神奇浪漫的风俗描绘、淳朴

---

① 沈从文：《我的写作与水的关系》，《沈从文文集》第十一卷，花城出版社1984年版。

善良的人性剖析等，给我们当代社会生活诸多参照和启示。

一　"湘西世界"的丰富性

纵观文学发展历史，文学世界的构筑是作家们的共同心声和自觉实践。在中国文学版画上，就有鲁迅、周作人的江南水乡、莫言的高密东北乡、贾平凹的八百里秦川等，都成为"文学世界"的圣地。20世纪80年代以来，"湘西世界"成为其中最为独特的"文学世界"，最受世人关注的文学象牙塔。沈从文凭借他的"湘西世界"的作品，"对中国现代文学的丰富性和多样性做出独特的贡献"。[①]

由于沈从文特有的生活经历，形成了他独特的文学创作视角。对故土湘西的描写和观照成为他的文学创作生涯的一个中心、一种标志。《湘行散记》是沈从文创作11篇散文的合集，描述了1933年冬到1934年初作者乘船返回湘西时沿江的所见所闻、所感所想。《湘行散记》中的散文都是独立成篇的，反映湘西人情风貌。另外的《湘行书简》《湘西》等散文集为"湘西世界"增添许多灵动的风情画。沈从文在《我的写作与水有关》写道："我所写的故事，多数都是水边的故事。故事中我最满意的篇章，常用船上岸所见到的人物性格。"[②]写人、记事、抒情、议论等艺术表现手法都运用得恰如其分。在这些作品中，商人、妓女、水手、船夫、青年学生等湘西底层民众的人生，为现代文明视阈下的"湘西世界"增添悲欢离合的哀叹。沈从文通过对这些人生存现状的描写，既是对湘西人事的深切关注，也展现了湘西民众身上许多可贵的品质。

当然，沈从文最负盛名的代表作《边城》，是他所构筑的"湘西世界"最引人入胜的一道亮丽的风景。《边城》是一个凄美的爱情故事，天保和傩送两弟兄和翠翠朦胧的"三角恋"的故事被沈从文娓娓道来。翠翠的身世令人怜悯，但却天真活泼，温柔善良，她的性格犹如"湘西世界"灵动的水一般清澈纯净。她对爱情有着向往和追求，对爱情有着自己固执的选择。翠翠的爷爷是一位勤劳本分、善良厚道的老船夫，生活清贫却不

---

① 唐歆瑜：《魅力湘西　美之融合——浅析京派作家沈从文笔下"湘西世界"的独特魅力》，《剑南文学》2011年第3期。

② 同上。

贪心，凡事求个心安理得。老爷爷总是说"我有了口粮，三斗米，七百钱，够了"，为他人驾船从不求回报，自给自足，乐于奉献。顺顺是城里有钱有势的船总，为人慷慨大义、不欺压穷苦百姓、济他人于危难之时，这使得他在当地威望很高。美好的爱情在天保退出竞争外出闯滩遇难后发生了改变，弟弟傩送因此内疚不已，加上始终得不到翠翠的回应，最后伤心地离开。从此翠翠接替爷爷，依然在渡口摆渡。似乎人世间万事万物，都在这轮回之中。而其中所蕴含的丰富内容和美学价值，都在这年复一年、日月星斗的转换中，留给后人无尽的遐想之中了。

二　"湘西世界"的纯美度

沈从文笔下的湘西世界也是纯美的，甚至纯美到了极致。沈从文将湘西美化成"希腊小庙"，其原因就是为了寻找生命存在的最理想方式，但这并不意味着他故意忽略湘西的社会现实。作者总是含情脉脉地描绘湘西世界的自然风光，柔情万种地塑造人物并流露出爱憎喜好，使读者容易忽略现实湘西的存在状态。沈从文渴望在现实湘西中找到灵魂的栖息地，寄托自己的人生理想，作为与自己有着血肉联系的湘西，魂牵梦萦的故土，在现实生活中却是另一副模样。

在沈从文生活的年代，湘西交通闭塞，战乱频生，百姓生活在水深火热之中，加之民风尚未开化，贫困落后，在现代文明面前显得不知所措。沈从文在《从文自传》等散文集中有大量的湘西人民遭受血腥屠杀的实录，当各种政治力量不断冲击湘西这块神奇土地的时候，作为一个知识分子的沈从文，经过他的审美过滤，摒弃了真实生活的沉重与苦难，在他的笔下给众人展示出的却是一个自然、和谐、美好的人间乐园。这从他最负盛名的代表作《边城》中可以一览无余看到他所构筑的"湘西世界"最引人入胜的风景。沈从文描绘了一个与世无争的"世外桃源"，用他的童心幻想出闪烁着人性光芒的率真、美丽、善良、诚恳的人物形象来。他在《沈从文小说选》题记中写道："我自知是个资质平凡的人，从事文学创作一半近乎偶然。一半是正当生命成熟时，和当时的新的报刊反映的新思潮的接触中，激发了我追求独立和自由的童心和幻想。"[1]

---

① 沈从文：《沈从文小说选》，湖南人民文学出版社 1981 年版。

　　沈从文通过理想化人物形象塑造、弱化政治背景、生活方式简单化来展现理想中的"湘西世界"。在很长一段时间里，他的创作长期偏离主流文坛，当激进的政治口号充斥在文坛的时候，沈从文依然坚持纯文学的创作手法。正是沈从文表现人性美的文学理念使得他把目光聚焦在"湘西世界"那片纯情的土地上，把"湘西世界"作为自己的精神寄居地，展现出生命的完美形式。沈从文所构筑的"湘西世界"并不是湘西生活的真实反映，而是他与所处时代的都市文明进行对照的乡土文化图式，是展现善与恶、真与假、美与丑的理想画卷。都市生活的"他者"守望，内心的孤独寂寞也需要慰藉，疲惫的心灵更需要栖息的场所。于是，他用心和笔构筑了"湘西世界"的纯情与哀歌。

　　沈从文看似用文学自由随意的叙述方式所构筑的"湘西世界"，在不经意处达到了"言有尽而意无穷"的效果，文传画中意，贵有诗画音。沈从文这种处理理想与现实矛盾的创作方式，给许多文学家提供了有益的借鉴。

三　"湘西世界"具有文化旅游开发品牌潜质

　　有湘西学者曾指出沈从文笔下湘西世界与旅游文化之间的关系："其中著名作家沈从文及其创造的'文学湘西世界'的影响不可低估，读者经由之建构了其初始'湘西印象'：山清水秀，人性淳朴，风俗醇厚，有承载过屈原和王昌龄的汤汤沅水，有大小水码头和《边城》，有悠扬的山歌，有'二佬''翠翠'的故事，也有白塔、渡船、油坊和吱吱作响的水车……这些都源自沈从文笔下'文学湘西世界'，这种背景式的本底的印象不仅成为人们心目中真实'湘西'的心理模本，而且成为潜在期望实地寻访体验的背景和主题。更为重要的是沈从文'文学湘西世界'从自然山水到民俗风情都是建立在大湘西区域文脉整合基础上，与现实世界真实的'湘西'水乳相融，甚而更美、更具魅力、更能激起人们实地体验的冲动。既然旅游学中的'形象'强调的是旅游地最能吸引游客的特征，带有很大的市场营销成分，那么具有广泛影响且备受喜爱的沈从文'文学湘西世界'必然成为定位大湘西旅游之形象不可多得的资源，在千万读者心中鲜活的'边城''翠翠'以及那条承载千年故事的汤汤沅水，理应成为大湘西体验之旅的形象标识，'跟着从文游湘西'或者'阅读沈从文，体验大湘西'则应成为大湘西旅游之宣传口号。如此，既能够与旅游者所接受和拥有的信息相贯通，与旅游者的'预存立场'和其心中现实的'湘西印象'相吻合，既满足旅游者旅游期望，又能将大湘西旅游与可能的竞争区域相区别，凸显大湘西旅游之独特性、差异性、文化性和创新性。"①

之所以引用这一大段话，我觉得作者非常透彻地道出了沈从文的"湘西世界"对文化旅游所带来的契机和重要意义。

文学常常可以为人们创造许多奇幻世界，而旅游也常常要满足人们的一些憧憬，两者有高度的同一性，这就使文学与旅游有了一种天然的联系。

从20世纪到21世纪，沈从文的"湘西世界"也随着时代的发展变迁，已经逾越了文学的疆域。随着文学"湘西世界"影响的扩展，人们寻找着沈从文笔下的"翠翠"、水手等，来到了湘西，"湘西世界"逐渐演变成一种文化理想的代名词，文学的"湘西世界"成就了文化的"湘西世界"，文学的品牌也逐渐变成了文化的品牌。

文化作为一种思想形态，从来只有植根于群众，植根于实践才能焕发生机和活力。在人们生活方式发生变化、生活质量不断提高的今天，通过文学世界为文化找寻与人民群众感情相附、记忆相连的通道，进行适度的旅游开发不失为一个切实可行的选择。而沈从文的"湘西世界"就具有这种特质。

文化同时又是旅游持续发展的灵魂，在当今社会，文化含量在旅游中的作用愈显突出。在以文化为主要内涵的旅游方式日渐盛行的今天。高举沈从文"湘西世界"的旗号，放大《边城》的影响和聚合作用，彰显湘西世界这个特定地方、特定内涵的人文价值，从而促进区域文化与旅游文化的融合，并因此形成地方区域性品牌，具有一石三鸟的效果——对于旅游者而言，文化资源作为历史文化的时空凝聚，其彰显的主题和内涵、引发的多元刺激超越了单一的感官体验，获得了以撷取文化印象、启发文化思考的旅游感受；对于本地文化建设而言，文化资源的集中包装、提炼，可以装点并扩大文化的聚合影响；对于政府及管理部门而言，借助旅游开发这一载体，可迅速有效地发展旅游事业。国内外文化旅游开发的鲜活样

---

① 向洁：《沈从文及其湘西文学世界与大湘西旅游研究》，《民族论坛》2010年第5期。

本也在提示我们，旅游产业发展较快的地区，无不是文化得到充分挖掘与传承、开发与创新的地区，而文化品牌具有无限的扩张性和兼容度。不管人们愿不愿意，文学品牌转化为文化品牌进而成为文化旅游品牌，是当今社会发展的一个不争事实。如沈从文的"湘西世界"极大地推动了凤凰与湘西地区的旅游，而莫言的"高密东北乡"也正在形成山东高密市的文化旅游品牌。

四　"湘西世界"是湘西走向世界的桥梁

凤凰旅游的成功经验在启示我们：天下凤凰是因为有天下文学、天下文化、天下历史、天下人物……而名满天下的。在湘西，旅游资源异常丰富，北有张家界，中有凤凰、茶峒、矮寨……东南有沅陵、洪江、通道……星罗棋布。在这些让人或熟悉或陌生的地方，很多地方都与文学大师沈从文相联系，比如，"边城"茶峒、古渡口洪江、"美得让人心痛"的沅陵等。诸多有识之士认为，沅水流域是一条流动的淌金的旅游黄金线路，是神秘、浪漫、诡异、奇特的楚文化生动形象的活化石。沈从文在描写沅水的时候，是这样充满敬佩地表述："也是早晚相对，令人想象其中必有帝子天神，驾螭乘鳌，驰骤其间。绕城长河，每年三四月春水发后，洪江油船颜色鲜明，在摇橹歌呼中联翩下驶……就中最令人感动处，是小船半渡，游目四瞩，俨然四围是山，山外重山，一切如画。水深流速，弄船女子，腰腿劲健，胆大心平，危立船头，视若无事。"（《湘西·沅陵的人》)[1] 勾连春秋战国，能够通江达海的汤汤沅水，隐含了多少让人激荡不已的历史篇章！哺育了多少建功立业的历史壮士！值得让后人去翻检。

沈从文掀开了沉睡湘西的一个盖头，还来不及梳妆打扮，需要后人借助于想象和智慧，正如徐千雅在《血色湘西》所写的《高山有好水》唱道："山重重，山青青，万峰腾龙气雄浑。水弯弯，水灵灵，千转百回流清纯。火辣辣，辣辣火，吊脚楼上歌伴酒。甜悠悠，悠悠甜，小背篓中梦醉人。高山有好水，瀑飞壮豪情，高山有好水，甘泉酿痴情。丢不下三步两回头的勾魂眼，挡不住平地一声雷的烈火心，看不完盘古创

---

[1]　沈从文：《沈从文文集》，花城出版社1984年版。

世的这方神奇，说不尽女娲补天的赤诚。高山有好水，瀑飞壮豪情，高山有好水，甘泉酿痴情……"歌词写活了湘西山水风情，写尽了湘西生态的优美迷人，这既是沈从文文学世界生态图景的再现，也是人类对未来社会的一种期盼。当然，将湘西文化推到世界的舞台上去，还"路漫漫其修远兮"。

艺术民族志:一种"方言性"①文化的诗学阐释
——兼论艺术家的"异文化写作":《诺阿·诺阿》

彭修银　吴震东

（中南民族大学）

艺术人类学是以文化研究为基础的人类学分支学科之一，秉承着人类学"田野—民族志"的基本研究方法论，注重研究世界边缘化族群的日常审美和节日仪式。民族艺术是族群文化的鲜活象征，同时也是一种"情感的符号"的显现形式。因此，"艺术田野"的民族志写作则应兼具"文化记录"和"诗学阐释"的双重性。

而现代派艺术家高更，在塔希提岛的异文化写作——"诺阿·诺阿"中曾耀眼的某些"火种"，为艺术家的民族志写作，做出了一些开拓性的尝试。在塔希提岛上，高更与土著居民有着两年的生活体验。在此期间，他选择了与土著居民"同吃同住"的生活方式。在"参与观察"到"观察参与"的过程中，他与当地人结下了深厚的友情。比之人类学家在"田野点"拜土著人为"兄弟"或"父母"，高更以更为直接的方式成为了一个"当地人"：他在这片充斥着平淡、善良与温情的土地上，找到了他爱情的归宿，并迎娶了一位塔希提的新娘。作为一名伟大的艺术家，他从未停止过艺术的创作，更没有停止过对异族文化生活的思考；就此而言，高

---

① 此处用"方言性"而不用"地方性"来指称民族文化，原因在于：民族艺术与文化符号的象征系统都可视为一种"语言的符码"，亦即"能指"与"所指"的对应性表达方式。在特定的人文场域中，文化语言和艺术语言的表达有其"方言性"的意味，而这种"方言性"不仅仅在于指涉"共时性"的他律因素，或者一种空间层面的"地方性"或"地域性"因素，也在于一种"历时性"的文化自律性选择，英语中的"localism"也有"方言性"的文化含义。

更无疑表明了一种人类学家的精神气质。他以"田野随笔"的形式写出《诺阿·诺阿》——虽然这本手记没有详细分析异族文化中的艺术样式，不能成为一般意义上的艺术民族志。但是，《诺阿·诺阿》与当下热议的"人类学诗学"和"作为文化批评的人类学"有着跨越时代的"共振"；也为艺术家的民族志撰写，以及基于异族文化思考之上的自身艺术创作提供了可鉴的思路。

一　"功能"与"阐释"：民族志写作的转向

"Ethnography"一词来源于希腊文，词根"enthno"代表的是"人"或"种族"的意思；"graphy"意指书写。那么从字面上看，民族志也就是关于特定"人"或"人群"的书写。

在中国，最早的类似于民族志的记录，现于《史记》的《西蛮夷列传》。其中，记载了我国西南（包括今云南以及贵州、四川西部）地区在秦汉时代的许多部落国家的地理位置和风俗民情，以及同汉王朝的关系，记述了汉朝的唐蒙、司马相如、公孙弘等汉朝官员抚定西南夷的史实，描述了夜郎、滇等先后归附汉王朝，而后变国为郡、设官置吏的过程，揭示了中国不同地域，不同民族，最终将形成一个和睦的多民族国家的必然趋势。

而自人类学在西方正式成为一门学科以来，特别是在马林诺夫斯基的倡导下，开创了"田野工作—民族志"的研究范式。民族志成为异文化记录、传播的主要载体。马林诺夫斯基以《西太平洋上的航海者》奠定了现代民族学之文化研究的"民族志方法论"。

在文化研究的宏旨下，人类学者撰写民族志的功能一般有二。第一，在照相影视技术尚欠发达的 20 世纪初，人类学家依靠手中的纸和笔，做一种异族社会生活的"民族志文本照相"。在对个别部落社会文化事实进行描述的基础之上，建立世界各族文化的资料库，以便做进一步的跨文化比较研究。第二，通过民族志的书写过程，研究者对异族文化知识做了更进一步的细化和梳理，从而让自己的观察更加贴近于"他者"。别林斯基曾说："民族性是民族特性的烙印，是民族精神和民族生活的标记。"[①] 要描写处于特定场域中民族生活，首先意味着作家应真实

---

① 别林斯基：《别林斯基选集》第一卷，满涛译，上海译文出版社 1979 年版，第 107 页。

地体验"在那里"的生活状态。因此，从事民族学的研究者，都要求在异域完成至少一年的持续观察，确保能够完整地观察、记录该群体的社会文化活动，以便尽量科学、客观地描述观察对象。

诚然，经典人类学作为介于自然科学和社会科学的学科范畴，其学科性质首要体现在其科学性和实证性。为此，马林诺夫斯基将人类学定义为一种"文化的科学"。但是，知识之于主体的观照总是趋于一种相对性的存在；虽然马林诺夫斯基有着建立精密客观"文化科学"的宏愿，但是民族志的写作，其客观性本身就是有待商榷的。随着马林诺夫斯基的去世，他生前的一些私密的手稿也得以公开。其中的一些言论，则让人更加质疑所谓"文化科学"的民族志写作。马林诺夫斯基曾写道："至于民族学，照我看来，土著的生活完全没有兴味和意义，他就像一只狗的生活一样离我那么遥远。"① 在此不难看出，"文化功能主义最初包含着作者角色的自我意识，只是被隐抑于客观'程式'"②。马林诺夫斯基以这种态度来观察和分析异文化而写出的所谓的"科学民族志"，其科学性和客观性难免让人质疑：潜意识层面的"主体情感的偏好性"与意识层面的"理性科学的客观性"同时存在于民族志写作中。

这种"二律背反"，被后来的解释人类学家格尔茨所捕捉。格尔茨将田野工作界定为对"解释的理解"，他在其著作《文化的解释》中写道："在即已完成的人类学写作文本中，我们称之为资料的（data）实际上是我们对他们及其他们同胞所做解释的解释……在全部人类学事业的基石之上我们已经在进行阐释，而且更加不妙的是我们在对解释本身进行解释。"③ 他力图将马林诺夫斯基的"文化科学性"转向为"文化解释性"。人类学的研究重心，也由此从族群行为和社会结构的探讨，转向为对文化符号、象征意义和思维方式的研究。

他本人深受胡塞尔现象学、伽达默尔阐释学的影响，在其阐释人类

---

① 原文为：As for ethnology：I see the life of the natives as utterly devoid of interest or importance，something as remote from me as the life of a dog。见：Bronislaw Malinowski：*A Diary in the Strict Sense of the Term*，Stanford University Press，1989：167。

② 周泓：《人类学本体论：从文化、社会到人性、主观——主体观照》，《广西民族研究》2006年第1期。

③ Clifford Geertz：*The Interpretation of Cultures*，Perseus Books Group，New York，1973：9。

学理论的辐射下，民族志文本的写作方式也发生了转向：族群文化的"本质直观"不再是写作的最终目的；相反，民族志写作的活动成为一种创作，是解释主体对客体文化现象的一种"交互阐释"，从而使"文化符号"的意义得以生成。在此过程中，尤其突出了一种"主体性"的理论倾向。这种"主体性"范式的显露，与当时整个人文社会科学的理论话语转向有关：从现象学到阐释学，从结构主义到解构主义，从现代主义到后现代主义等。这无一不是对"主体性话语"的一种理论和现实回应。

因此，人类学家在进行"文化深描"（thick description）的过程中，走入由"地方性知识"所编织的"意义之网"，从而对其文化符号的"能指"与"所指"（更多情况下，可能是一种"滑动的能指"，即一个能指对应多个所指）进行一种主体性的阐释。以此作为论述的基点，"在人类学领域，民族志被意识到是一种撰写的作品，人类学家的志趣从理性、科学、实证、结构，转向人文、体验、理解、阐释、解构。人类学范式的这个转换使得它在作品的主观性、建构性、话语性及意义创造等方面，越来越将诗学作为民族志写作的一种实验方法"。① 格尔茨认为人类学家所写的民族志必须让读者身临其境地感受到异族文化，确信作者"到过此地"。那么，书写者就会不可避免地运用风格化的语言表述，其文本写作会达到一种"文学性"的倾向。

格尔茨在《论著与生活：作为作者的人类学家》中分析了列维-斯特劳斯，埃文斯·普理查德，马林诺夫斯基，露丝·本尼迪克特，这四位身份不同的人类学家的民族志作品。他指出：由于以往的经验，所处的社会阶级身份的不同，各人的民族志文本都呈现出不同的风格化写作倾向。"人类学家究竟在干什么？格尔茨抛开'他观察，他记录，他分析'的标准答案，响亮地回答：他在写作。既然是'写作'，那就免不了存在个人性、主观性、文学性的因素了。"② 乔治·E. 马尔库斯也在《作为文化批评的人类学：一个人文学科的实验时代》一书中回应道："获取关于这个世

① 周泓：《人类学本体论：从文化、社会到人性、主观——主体观照》，《广西民族研究》2006 年第 1 期。
② 胡鸿保、张丽梅：《"从事民族志"：马林诺夫斯基与格尔茨世界民族》，《世界民族》2010 年第 1 期。

界的精确而自信的知识，唯一的途径在于借助复杂精致的认识论来充分地重视和考虑在解释人类行为时碰到的那种难以应付的矛盾、悖论、反讽以及不确定性。这看来就是不同人文学科中涌现出来的、对我们所界定的当代表述危机之反应的精神实质。"①

其实，从根本上说这也是一种"文化本体论"（客观、本质、功能）到"文化认识论"（主观、阐释、意义）的写作转向，即从"文化理式"的分析到"文化叙事"之探究的转向。自此，阐释人类学对传统的民族志写作提出了质疑，也不再关心古典人类学关于社会形态进化进行划分的宏大叙事。以此作为背景，格尔茨认为人类学则不应遵循自然科学的研究模式，反对提出普适性的教条律令，转而对具体的、个别的社会群体做深入而细致的文化内部分析，以"文化深描"的方式来揭示其社会行为的意义内涵，他将人类学的学科发展做了一个人文研究的转向，让一门冷冰冰的实验科学有了人文关怀的温暖。②

二　"拘囿"与"超越"：艺术民族志的"方言性诗学"建构

这种人文研究的转向，为艺术人类学的民族志写作提供了新的契机：艺术逃开了理性与科学的拘囿，才能更为感性灵动地呈现于世。同时也为民族艺术的"二度创作"提供了新的空间，让民族文化以"诗学"的文本表述和艺术展演的活性形态得以传播和传承。再者，艺术在"非理性"力量的促使下，往往能产生伟大的作品，这也与原始民族的"野性思维"和"诗性思维"有关，高更在塔希提岛上的一系列的艺术作品，如《我们从哪里来，我们要到哪里去？》《未开化人的诗》《苔拉》等，作品中无一不表现着异族文化中常见的图式和色彩。

因此，艺术人类学家的创作可以基于两种形态：具体的艺术形态和民族志文本形态。第一种是艺术人类学家提炼异族文化中的活性审美要素，对地方艺术的一种个性化的"二度创作"，其创作形态可以还原为之前的艺术形态，也可能被艺术人类学家以自身最为熟悉的艺术语言来"重塑"，

---

① ［美］乔治·E. 马尔库斯、米开尔·M. J. 费彻尔：《作为文化批评的人类学：一个人文学科的实验时代》，王铭铭、蓝达居译，生活·读书·新知三联书店 1998 年版，第 33 页。

② 吴震东：《"田野的美学"——兼论少数民族艺术研究与日常生活的审美批判》，《民族艺术研究》2013 年第 4 期。

如乐器、歌谱之于音乐家，画作、雕塑之于美术家；第二种便是基于异族文化"阐释之为阐释"的民族志创作，即一种地方性审美文化的个性化文本揭示。前者是"纯艺术"形态的"还原"或"给予"，后者便是研究者对于异族的"艺术形态"和"文化美学"的文本阐释。[①] 艺术原本就是一种情感符号的外化，情感的质素不可能以所谓科学的计量单位来度量。因此，艺术民族志的文本既然不是传统意义上，仅仅囿于科学性的"记录照相"之文本，而是一种关于文化的情感记忆和关于艺术的审美经验表达，那么就必然是一种"诗学"向度上的阐释和写作。由于民族艺术是带有地方性特征的、一种族群文化的感性显现，所以艺术民族志得以成为一种"方言性"文化的阐释性诗学写作。

诚如斯蒂芬·格林布莱特在《文艺复兴与自我造型》中所写到的：

　　我在本书中企图实践一种更为文化的（cultural）或人类学的批评（anthropological criticism）——说它是"人类学"的，我们是指类似格尔茨，詹姆斯·布恩，玛丽·道格拉斯，让·杜维格瑙，保罗·拉宾诺，维克多·特纳等人的文化阐释研究（interpretive studies of culture）。上述学者并不同意聚集到一面旗帜之下，其中更少有人分享同一种科学方法。然而，他们确实认同一个信念，即认为人天生是一种"未加工琢磨的动物"，生活现实并不像它们看上去那样缺少艺术性，而那些特殊的文化及其研究者都不可避免地走向一种对于现实的隐喻性把握（metaphorical grasp），并且还认为，人类学阐释工作应当较多地关心某一社会中的成员在经验中所应用的阐释性构造，而不是去研究习俗与机构的制动关系。与此类工作有着亲缘关系的文学批评，因而也必须意识到自己作为阐释者的身份，同时有目的地把文学理解为构成某一特定文化的符号系统的一部分；这种批评的正规目标，无论多么难以实现，应当称之为一种文化诗学（poetics

---

　　① 在此，必须将"书写文学"与"艺术"区分开，因为有些民族是无文字的民族，也就不存在一般意义上"文学艺术"了，而民间传唱的口头诗歌应该列入"展演"或"表演"艺术一类，而非异族自身的"书写文学"。因此，这里的"书写文学"专指艺术人类学家基于异族文化生活所写作的文化文本。

of culture）。①

　　如果说，"诗学的转向"为艺术民族志的文本写作打开了更为广阔的方法论空间；那么研究者自身的知识结构缺陷，则形成了艺术民族志写作的第二层拘囿。不难发现，当下的艺术民族志文本，多是由民族学、人类学出身的学者，基于文化整体观的宏旨下所撰写的。这固然为民族学交叉学科的发展做出了可贵的贡献，但是由于研究者在艺术学、美学方面的知识结构空缺，导致对其所观察的"艺术本体"，即艺术形式层、艺术语言层的分析不甚明了。激进一点来说，"艺术品的价值完全在于它作为一个特殊构造的语言事实。这样一来，艺术品成了一个自足的本体，而与外界没有任何联系，只有形式是唯一的存在"。②

　　换言之，研究者基于艺术形式本身的分析没有达到一定的深度，就急不可待地绕到艺术背后来言说"文化整体"；而在此基础上所写作的艺术民族志难免是隔靴搔痒。如内蒙古的长调，如果仅仅将"长调"作为一种文化仪式，即讲述蒙古族对于草原情怀的歌赞，以一种艺术的"仪式"来概括其族群的文化全景——这固然是传统人类学对于民族艺术的权威研究方法；但既然研究的对象是艺术，则不能仅仅只谈到艺术"他律性"的层面；更需要从艺术"自律性"的层面做分析。就长调而言，它与处于其他文化范式中的音乐有无对比印证的价值。长调的装饰音演唱与西方巴洛克时期的装饰音演唱方式有何区别，此区别中所蕴含的审美精神的差异如何分析。笔者看来，这种差异性既是一种文化本体之间的差异，同样也是一种艺术本体之于"言说"方式上的差异。因此，只有在全面把握这种艺术语言的"方言性"特质之后，才能进一步地揭示其地方性的"族群审美精神"，最后触摸到隐于艺术和美学之后的"文化全景"；即完成一种从"艺术语言"至"审美精神"到"文化逻辑"的三阶段"梯度上升"，三个层面绝不能一概而论。

　　反过来说，一些研究音乐和美术的学者借用人类学的"田野"方法来研

---

　　①　[美]斯蒂芬·格林布莱特：《文艺复兴自我造型导论》，赵一凡译，载于《文艺学与新历史主义》，中国社会科学院外国文学研究所编，社会科学文献出版社1993年版，第89页。

　　②　同上。

究一些地方性的艺术作品，则收获了不错的成果，如音乐人类学家布鲁诺·内特尔、A. P. 梅里亚姆等。由此可见，研究者自身的艺术素养对于艺术人类学的"田野"工作至关重要。对于兼具深厚艺术素养和人类学训练的研究者而言，观察异族文化的目的不仅仅局限于对"客位文化"的记录和描写，也是对自身创作的"灵性启蒙"和既有文化观念的"诗意再造"。

艺术民族志的文本写作，要表达的不仅仅是拘囿于一种科学和实证的"真实"，更在于一种情感和艺术的"真实"。艺术与审美的这种"灵动的真实"比之实证意义上的确定性更赋予超越的地位。这种"灵动的真实"需要一种诗学的文本表述，如果忽略了主体的意识和情感，艺术本体的意义也就消解殆尽了。笔者在此结合"细读"高更的塔希提手记《诺阿·诺阿》中的一些段落，来分析艺术人类学家在进行异文化写作的叙述手法和主体审美状态的转变。

首先，《诺阿·诺阿》在写作中，多处运用感情细腻的诗意性语言进行表述：

> 在绛紫色的地面上，散落着一些长长的树叶。它们拳曲着，呈明黄色；看上去像是遥远的东方哪个国度的文字……一道隐蔽的目光从那上面射入大海的深处。芸芸众生触及了科学之树，犯了罪，犯了胡思乱想的罪，现在已经被大海吞咽。这个盔饰下面也有一个头颅；我觉得它和斯芬克斯有一种说不出的相像之处。你看，那道宽宽的裂缝，不就是它的嘴吗？你看，那嘴角的笑意，不正向埋葬着往事的波涛庄重地投去讥讽与怜悯吗？夜幕完全闭合了，莫雷阿进入了梦乡，寂静包围着我。今天我总算领略到了塔希提岛上夜的寂静。①

高更以诗意的语言，言说着对这片土地深沉的爱。"倡导民族志诗学的主要目的就是希望把简化为文本的僵化的文学还原为具体传播情境中丰富而多彩的活的文学。"② 这种"方言性"诗学的写作方式，能更加生动

---

① ［法］高更：《诺阿·诺阿——芬香的土地》，郭安定译，中国人民大学出版社 2004 年版，第 19 页。

② 叶舒宪：《口传文化与书写文化："民族志诗学"与人类学的表现危机》，《广东社会科学》2001 年第 5 期。

地捕捉到特定生态文化机制所建构和维系的审美认同及隐匿其中的审美权利，也提供了对艺术蕴含加以调节和把握的诗学深度和阐释性空间。"方言性"文化的诗学表达，是作者基于"文化它观"到"文化自观"，从"参与观察"到"观察参与"之后的一种文化经验性考察与诗学审美性描述的"视阈融合"，并意指一种文化与人文的回归。进而言之，文化艺术的"方言性"与民族志表达的"诗学性"在此成为一种"文化文本"的同一。

其次从主体上说，异族文化的田野经历也为观者自身带来了多角度的文化视阈和艺术审美观念的重塑：

> 我的境况一天天好起来，还学会了当地人的话。他们所说的，我差不多都能听得懂。我的邻居们——有三家住得很近，其他远近不等，但为数不少——不把我当外人看待。我的双脚经常和石子碰撞，脚掌长满厚茧，赤脚在土地上走也非常自如了。衣服穿得很少，几乎终年赤身露体，太阳再毒，也不怕晒了。文明慢慢从我身上消退，我的思想也变得单纯了。对邻居们的怨恨所剩无几，相反我开始喜欢他们了。①

在此，作者从一个"场内的局外人"慢慢向"社区的一员"进行着一种身份意识的转换。身份意识的转变，也随之带来了审美判断和文化观念的转变，即从一个"西方中心主义"视阈下的"你们"，转而成为一种"文化相对论"尺度下所声称的"我们"。

> 神像被放到雕刻华美的担架上，由祭司们抬着出了庙门；新国王则由几个首领抬着，走在后面，仍然由阿里奥依簇拥着，向海边前进……老百姓打破了仪式开始以来的沉默，发出响亮的呼喊……国王卧坐在席子上，接受臣民"最后的洗礼"。好几个一丝不挂的男子和妇女在国王周围跳起猥亵的舞蹈，并千方百计地用身体的不同部位

---

① ［法］高更:《诺阿·诺阿——芬香的土地》，郭安定译，中国人民大学出版社2004年版，第19页。

触碰国王的身体，使他难以避免受到最不体面的玷污……不过，请允许我谈点不同意见：这些场面并不是无美可谈的。①

高更在此达到了一种美学意义上的"同情"之理解，也就是从"主体性的认识论"上升到一种"主体间性的理解论"，他已经完全浸入式地体验到了当地文化的美学意义。即是说，他是从"文化自观"的"内部人"的视角，来审视作为"艺术"的"仪式"的美学价值，从而发现其族群内部的文化张力。也只有具有广阔的人类学视野和深厚艺术积淀的研究者才能达到这种"方言性"诗学的写作范式。

三　从"文本"到"本文"：诗学与生活的间性

诚然，地方艺术的意义和价值并不完全在于其艺术形式的"自律性"本身，更在于对作品成形的社会意识和文化语境的交互阐释。在此阐释过程中进而实现由文本走向文化，从艺术美学走向意识形态，进而揭示出其地方艺术形态的"寓言"价值和文化意义。

对于艺术民族志而言，狭义的"诗学"是一种浪漫化的文本表述；而从广义上讲，"诗学"也是一种态度，是艺术人类学家"田野"时，所应具有的一种开放的"生活审美"心态和"诗意创造"精神。艺术和诗总是一种关乎生活的隐喻。而"方言性"的文化幔帐成为艺术和审美生成的独特场域。在此场域中，精神与物质的文化"二元结构"双重叠合，成为一种象征性符号的隐喻，最后衍生成为一种特殊的审美生态系统。因此，"生活文化"的观察与"诗意审美"的写作，理应在艺术民族志的文本层次上，形成一种"形式对话"和"阐释共鸣"。进而言之，生活文化的体验与艺术审美的表达，在艺术民族志的写作上是两个共在的向度，即"文化诗性的阐释"和"文化阐释的诗性"。

再者，异族的艺术形态、审美观念和文化逻辑是以日常生活作为前提的；这即是说，其研究必须以族群的现实生活样态和艺术活动作为支撑。以此作为论述的逻辑起点，艺术和审美文化的研究应以"日常活动审美"

---

① ［法］高更：《诺阿·诺阿——芬香的土地》，郭安定译，中国人民大学出版社 2004 年版，第 102—103 页。

为基点,日常活动是一个民族与自然世界沟通的媒介和方式,也是一个民族对内凝聚、对外排拒的一种表现形式,受生活文化的影响而形成的特定的审美思维方式和观念信仰,并指向一个特有的意义世界,一个包含着真、善、美、用的特殊维度。

"田野"工作的目的,就是让研究者进入调查社区的日常生活中,从他们生活中不经意间所表露的无意识细节,如谈话中细微的肢体行为等等,来解释地方性艺术和文化中所存在的"内隐性"。例如:

> 晚上躺在床上,我俩喜欢没完没了的长谈……在这个女孩的心灵深处,我搜寻着往昔的踪迹……我一个问题接一个问题地询问,她的回答常常是令人满意的……苔拉按时到教堂去,用嘴唇和手指做着官样的礼拜。但是,她能背出毛利族奥林帕斯诸神的全部名姓;知道他们如何创造世界。①

高更惊奇地发现,有些毛利人的信仰是竟然多重的,塔希提的"塔阿罗阿神"和外来的"耶稣基督"相安共存。

在这种类似的谈话中,高更分析了毛利人关于月亮的文化情节,并深入地观察了原始居民关于"天人"意识的宇宙观思考:

> 有时候,碰对了机会,她就给我上一堂塔希提神学课;毛利人似乎连月光的性质都有所了解。他们设想月亮是和地球大致相同的球体;和地球一样,月亮上也有人居住,也有种种物产。他们用自己的方法测量从地球到月亮的距离。奥拉树(榕树的一种)的种子,是由白鸽从月亮上带到地球上来的。白鸽飞了整整两个月才到达地球的卫星。又过了两个月,终于返回地球。②

在此之上,高更进一步地挖掘出月亮与毛利人的信仰及其思维方式的

① 〔法〕高更:《诺阿·诺阿——芬香的土地》,郭安定译,中国人民大学出版社2004年版,第69页。

② 同上书,第70页。

有很重要的关系：

> 　　在毛利人的"形而上学思辨"里，月亮占有很主要的地位。过去，好几个盛大的节日与月亮有关。阿里奥依帮会的传统记事也常常提到月亮……首先是明确提出了世界的两项基本要素。他们是普遍的、无所不包的，又是唯一的、没有例外的。然后，这两项基本要素又构成一个至高无上的统一体。一个要素是阳性的：灵魂与智慧、塔阿罗阿等等。另一要素属于阴性，纯粹是物质的，在某种意义上构成了造物主自身的身体，它就是希娜女神。希娜不仅仅是月亮的名称。还有"空气女神"希娜、"海洋女神"希娜和"内部女神"希娜。不过这个名字仅仅属于空气、水、土地和月亮；太阳和天、光明以及它的帝国，这些都是塔阿罗阿的范围。①

　　从此不难看出：在毛利人的世界里"塔阿罗阿"象征着阳性；而月亮女神"希娜"象征着阴性，并将这两项作为他们文化中最基本的"二元对立"结构。而且，毛利人将月亮阴晴圆缺的连续变化视为象征世界的"永恒"和生命的"终结"的图式："毛利人把月亮看成永恒运动的体现，把月亮这个星辰列入永存事物的数目之中。它熄灭是为了重新燃亮，它消亡是为了重生。"② 由此可见，毛利人颇具哲性和诗性的思维，并内化成他们日常生活的思维方式。这种思维方式常常呈现为一种充满想象和诗意的模式，这即是说"原始思维"中带有某些"诗性思维"的要素。人类符号学家卡西尔将这种类似称为一种"隐喻思维"（Metaphorical thinking），认为这种思维不是按照一般的逻辑程序去思考事物，而是"先于逻辑"的一种概念和表达方法，即呈现出一种形象的直观性、模糊的混沌性，喜爱用想象、联想、比喻来思考而缺少逻辑推理的抽象性提炼，这种思维方式也正是使其文化生活具有"诗性"特征的关键所在。
　　这些诗性的要素，也在于"原始思维"或"隐喻思维"对"生活世

---

① ［法］高更：《诺阿·诺阿——芬香的土地》，郭安定译，中国人民大学出版社 2004 年版，第 88 页。
② 同上书，第 89 页。

界"的一种"创造性的想象"，同时也表征着一种"生活场"向"审美场"的"互换"与"同构"。人类学家可以通过民族志的写作去把握这个面呈现于我们眼前的生活文化，并力求提炼其诗性的意义，进而才能以诗性的文本表述将其呈现于世。作为文化现象的"内容"是片面的，但意义的阐释的空间却为人所敞开。那么艺术民族志的写作就必然是一种方言性文化的诗学阐释。

因此，艺术民族志，旨在以其"可考"的族群文化艺术现象，展开多维阐释的对话性空间，在对话的过程中完成一种诗学的描述。达到艺术民族志（文本）到文化生活（本文）的互文，即"文化阐释的诗性"与"文化诗性的阐释"的一种间性的"互补"与"互渗"的状态。这种"互补性"和"互渗性"也进一步说明，艺术和审美不属于实证科学和伦理学的范畴，而是从诗学意义上，对其族群艺术文化符号的一种审美性阐释。诚如李泽厚先生所言："艺术不是理智所能替代、理解和说明，它有其非观念所能限定界说、非道德所能规范约束的自由天地。这个自由天地恰好导源于生命深处，是与人的生命力量紧密联系着的。"[1] 因此，一般意义上的民族志写作，并不能贴切地表述异族文化中艺术和美的内隐性。故而，艺术民族志唯有建立在一种"诗学阐释"的基础上，才能更加贴近其"方言性"文化中的艺术精神。

---

① 李泽厚：《人类学历史本体论》，天津社会科学出版社 2008 年版，第 240 页。

元代诗歌中宁夏风物研究[①]

牟　彪　左宏阁

（北方民族大学）

一　宁夏地区的自然环境

宁夏，地处中国版图的正北方向。在巍巍贺兰山的护佑下，在滔滔黄河水的滋润下，孕育出富饶广袤的银川平原。于是，在元代诗人眼中，该地区呈现出有别于前代的样貌。在元代文人眼里，宁夏的气候温润宜人，宁夏的自然风光或壮美或秀丽，贺兰山巍峨耸立，黄河水奔流不息，银川平原沟渠纵横、湖泊相连，或麦浪滚滚，或稻花飘香，一幅塞北江南景象。

面对这波澜壮阔的黄河，贡师泰就曾写下一首《黄河行》："黄河水，水阔无边深无底，其来不知几千里。或云昆仑之山出西纪，元气融结自此始。地维崩兮天柱折，于是横奔逆激日夜流不已。九功歌成四载止，黄熊化作苍龙尾。双谷工凿断海门开，两鄂崭崭尚中峙。盘涡荡激，回湍冲射，悬崖飞沙，断岸决石，瞬息而争靡。洪涛巨浪相陵，怒声不住从天来。"这首诗选自《道光续修中卫县志》卷十"艺文编·铭诗"，诗人贡师泰，字泰父，是元泰定四年的进士。曾调任翰林应奉、待制和监察御史、户部尚书等职。卒于任。师泰生性倜傥，形貌伟岸，以文学知名当

---

①　基金项目：宁夏哲学社会科学规划项目"明代宁夏诗词与地域文化研究"（14NXBZW02）；宁夏高校科研项目"明代宁夏诗歌的文化阐释"（NGY20140142）。

时，为元朝"名高一代，文明千古"的显赫人物。该诗叙写黄河之水从源头到入海的汹涌澎湃之势，宁夏中卫沙坡头、黄河青铜峡段即是这般"盘涡荡激，回湍冲射，悬崖飞沙，断岸决石，瞬息而争靡。洪涛巨浪相隤，怒声不住从天来"。作者以广阔的胸襟将奔腾流走的黄河之水写得气势恢宏，极具赞美之情。

再如贡泰父《题杨得章监宪贺兰山图》："太阴为峰雪为瀑，万里西来一方玉。使君坐对贺兰图，不数江南众山绿。"该题画诗以雪为瀑，将冰比玉，描画出贺兰山上雪压群峰之胜景，末尾一句"不数江南众山绿"更是将该地风物与烟雨如画的江南山水相较，足见诗人对贺兰雪景的喜爱和出自内心的自豪。

但在前朝人笔底，这些广阔的情境、壮美的风光，似乎显得异常狰狞。边陲塞漠以其自然环境，自古便寄托了无数人的愁怨与牢骚。生活如严冬般苦寒，行旅如落叶般飘零，加上凛冽的朔风、寂寥的荒野和毫无期盼的前路，一放眼、一侧耳便瞬时勾起满腹的怅然清怨。以唐代诗歌为例，唐人诗歌中每提及陇右朔方便多清冷凄苦之词，在杏花春雨的江南、在广袤富饶的中原，即使伤春悲秋也能在诗人笔下幻化出美轮美奂的胜景。而宁夏地区的风物描写中，诗人多以一种敌对而愤懑的笔调将风雪、大漠、坚冰、寒水想象成边关所赋予自己的人生中最不堪的劫难。于是在这种情感的驱使下，宁夏地区的所有风物皆成为冰冷无情的象征。正所谓"以我观物，故物皆着我之色彩"①，正如虞世南在《从军行》中写道："剑寒花不落，弓晓月逾明。凛凛严霜节，冰壮黄河绝。蔽日卷征蓬，浮天散飞雪。全兵值月满，精骑乘胶折。"《从军行》是汉代乐府《平调曲》名，内容多数写军队的战斗生活。唐代以来，王昌龄等都有以此为名的诗篇流传，表达一种士子从戎、征战边庭的过程和心情，从而表达了国家有难、匹夫有责的使命感和建功立业的豪迈情怀。该诗以苦寒的边陲环境入手，将"凛凛严霜""冰壮黄河"之景描绘得生动形象，读来也觉寒风袭人。再如李世民的《饮马长城窟行》中也描述道："塞外悲风切，交河已结冰。瀚海百重波，阴山千里雪。回戍苍烽火，层峦引高节。悠悠卷旆旌，饮马出长城。寒沙连骑迹，朔吹断边声。胡尘清玉塞，羌笛韵金钲。

---

① 王国维：《人间词话》，中华书局 2012 年版，第 52 页。

绝漠干戈戢，车徒振原隰。"该诗以大唐圣主的视角书写边关塞漠之苦寒，
"塞外悲风切，交河已结冰"，"寒沙连骑迹，朔吹断边声"。悲风、冰河、
寒沙以及呼天抢地的边声在诗人笔下皆显得凄怆动人。征战沙场的将士、
扬威立名的使节都在诗中得到了称颂，因此可见该地区艰苦的自然条件，
已成为征战杀伐中最难挨的劫难。

又如王昌龄的《塞上曲》："饮马渡秋水，水寒风似刀。平沙日未没，
黯黯见临洮。昔日长城战，咸言意气高。黄尘足今古，白骨乱蓬蒿。"该
诗选自《宣统固原州志》卷八"艺文志"，诗人王昌龄字少伯，为盛唐著
名边塞诗人，素有"诗家天子""七绝圣手"之称。其边塞诗气势雄浑，
格调高昂，充满了积极向上的精神，世称王龙标。此诗所写虽是八月的萧
关道，但饮马渡秋水时，已觉水寒风似刀。再加上乱石与沙尘、白骨与蓬
蒿，更让人有种刺心的寒意。因此可见，在诗人眼中，该地一年四季皆处
于艰苦异常的自然条件之中，畏惧与苦怨之情也得以彰显。

二　宁夏地区的物产

元朝时期，宁夏的物产就很有特色，经常为诗人回忆、歌咏。陵川诗
人郝经就曾写过一首吟咏当地葡萄的诗作："忽忆河陇秋，满地无歇空。
支离半空架，串草十里洞。拇乳渍成岸，颡癗接梁栋。一派玛瑙浆，倾注
百千瓮。往岁见沙陀，回鹘正来贡。诏赐琥珀心，雪盛瓶尽冻。查牙饮流
渐，气压黑马重。"

诗人郝经，字伯常，陵川（今山西晋城）人。家世业儒，其祖父郝天
挺是元好问之师，郝经本人，则深受元好问的影响。该诗以葡萄这一细小
事物着眼，将其比作琥珀之心，将其汁液比作玛瑙之浆并用雪盏冰瓶相
盛，合盘托与读者，让人读来欣然畅慰、齿颊留香。

再如马祖常的《河西歌效长吉体》："贺兰山下河西地，女郎十八梳
高髻。茜根染衣光如霞，即召瞿昊作夫婿。紫驼载锦凉州西，换得黄金铸
马蹄。沙羊冰脂蜜脾白，笛中饮酒声渐渐。"该诗选自《青铜峡市志》第
十六卷"文物　古迹　旅游"，诗人马祖常字伯庸，光州人。诗人高祖锡
里吉思是金代凤翔兵马判官，死后封恒州刺史，子孙按照以官为姓的惯例
改姓马。诗人曾广游今甘肃、宁夏、内蒙古等地，兴之所至写下了这首流
传千古的诗作。该诗涉及诸多宁夏地区特有的物产，如可"染衣如霞"的

茜根、紫驼载来的织锦等，这些物件在诗人笔下显得精美绝伦，炫人眼目，诗人欣喜、怜爱之情愫亦流于意表。诗人的另一首《灵州》诗中出现了更多的当地物产意象："乍入西河地，归心见梦余。葡萄怜美酒，苜蓿趁田居。少妇能骑马，高年未识书。清明重农谷，稍稍把犁钥。"该诗选自《石田先生集》卷二。灵州属元代甘肃行省的宁夏府路，治所在今宁夏回族自治区灵武县。这首诗写当时灵州地区人民粗犷豪迈的生活习惯和亦农亦牧的生产情况。诗中所写葡萄、美酒、苜蓿皆当地物产，体现出该时期宁夏地区农耕文化已逐渐步入正轨。但在元朝之前，宁夏地区的物产并未得到诗人们足够的关注，偶有提及也多鄙夷之词。沙石四起，尚能粗衣遮面，朔风凄苦，犹有烈酒驱寒，但身处地荒人稀的边陲塞漠何事何物也难抵俯仰皆是的故园愁思。且看顾非熊《出塞即事二首·其一》："塞山行尽到乌延，万顷沙堆见极边。河上月沉鸿雁起，碛中风度犬羊膻。席箕草断城池外，护柳花开帐幕前。此处游人堪下泪，更闻终日望狼烟。"该诗选自《全唐诗》卷509，诗人顾非熊为姑苏人，顾况之子。生卒年均不详，约唐文宗开成初年前后在世。少俊悟，一览成诵。性滑稽，好凌轹。困举场三十年。武宗久闻其诗名，会昌五年，放榜，仍无其名，怪之。乃敕有司进所试文章，追榜放令及第。大中间，为盱眙尉，不乐奉迎，更厌鞭挞，乃弃官隐茅山。王建有诗送别。后不知所终。非熊著有诗集一卷，《新唐书·艺文志》传于世。诗人出塞，行尽极边看到了河上鸿雁骤起，闻到风中牛羊腥膻，便不禁潸然泪下，此处游人下泪，更闻终日狼烟，这些情境都体现了诗人对该地区风物的鄙夷与愤懑，无限城池已非汉界，多少豪杰埋骨胡乡，这些郁结都令诗人难以释怀，在这种情绪的熏染下诗人笔底物产也变得惨淡不堪。再如南宋张舜民的《西征》："灵州城下千株柳，总被官军砍作薪。他日玉关归去路，将何攀折赠行人。"古人有临行折柳相送之仪，这在汉文化熏染下的中原腹地和诗书烟雨气息浓厚的杏花江南都是美不胜收的胜景。然而此情此景到了诗人笔下，皆成了令人垂叹的遗憾，官军伐柳作薪令这烟环柳绕的环境变得破败不堪，足见诗人对宁夏地区风物的叹惋与心酸。

三　宁夏各民族的生活

同样是宁夏地区的生活，在不同时代人眼里却有不一样的观照。比如在元代以前诗人眼里，该地区就不是处于如此静逸祥和的环境之中，他们反映的是，魏晋南北朝的内忧外患、危机四伏，唐代汉族与少数民族之间的征战杀伐。到了宋代，由于西夏国的建立，民族关系日益恶化，达到了征杀与矛盾的极端。残酷的战争因素催生出无尽的愤恨。宁夏地区处于汉族与游牧民族接壤的核心地区，肥沃富饶的银川平原是厉兵秣马的圣土，而贺兰山的坚关险隘更成为中原地区赖以维系的屏障，于是征战杀伐也接踵而至。中国封建社会中经历了许多兵祸连绵的乱世，中原王朝根基风雨飘摇，政权时有更迭，北方少数民族借机荡平异族，廓清政治，实现了部族的兴盛与繁荣。于是在势力的角逐拉锯中，这片辽阔而美丽的热土成了多灾多难的主战场。怨恨、鄙夷、杀伐与国仇家恨在这片土地上肆意滋生，诗人笔下的风物人情也完全被这种大环境笼罩，着上了一层令人窒息的黑色。

元代，在宁夏地区质朴的民俗和人民生活受到了诗人的关注。如乃贤的这首《塞上曲》："双鬟小女玉娟娟，自卷毡帘出帐前。忽见一枝长十八，折来簪在帽檐边。"这首诗从女子寻常生活情境入手，反映出该地区女孩由梳双鬟到插簪钗的发饰变化和成长历程，从而将该地朴实的民风和习俗展现给读者，让人读来饶有兴味。

金代人眼中，战火初歇，战争之后将士消遣娱乐的安逸淡然也进入了诗人的视线，我们来看邓千江的这阕《望海潮·从军舟中作》："西风晓入貂裘。恨儒冠误我，郄羡兜鍪。六郡少年，三明老将，贺兰烽火新收。天外岳莲楼。想断云横晓，谁识归舟。剩着黄金换酒，羯鼓醉凉州。"该诗选自《全金元之词》金词。诗人折元礼，字安上，世为麟抚经略使。这首诗反映了边境上恢复田园牧歌式的生活，贺兰战火新收，经历过无数次血雨腥风的洗礼，现在将士们重新回到了歌舞升平的环境之中，他们喝着美酒唱着歌儿看舞女们的表演。展现出一种和睦安然、其乐融融的情境。

但在唐朝，诗人们却看到了宁夏地区的别一番景象，且看这首韩翃的《呈李续》："我有敌国仇，无人可为雪。每至秦陇头，游魂自呜咽。"该诗选自《民国固原县志》卷十《艺文志·韵语》。诗人韩翃与武元衡同时代的人。这首诗将边关的征伐杀戮与家仇国恨一同呼喊出来，表达了诗人对长期持久的拉锯战的强烈愤懑，边关的游魂、流离的百姓在诗人心中成为难以抹平的伤痛，每当屹立于陇头，听到游魂的呜咽之声，诗人便悲怆难忍，因此眼前的情境风物也变得凄冷与不堪。再如司空图的这首《河湟有感》：“一自萧关起战尘，河湟隔断异乡春。汉儿尽作胡儿语，却向城头骂汉人。”该诗选自《全唐诗》卷 633。诗人司空图，字表圣，河中虞乡人，咸通十年进士，官礼部郎中、中书舍人。后隐居中条山王官谷，自号知非子，耐辱居士。晚唐诗人、诗论家。著有《诗品》《司空表圣文集》。存词二十三首。诗人所写“汉儿尽作胡儿语，却向城头骂汉人”，指原来移民过去的汉族人与少数民族融合后，不知自己是汉族人，这是一种发自内心的调笑与鄙夷，由此可见诗人持有强烈的大汉民族独尊的自豪感和虚荣心，在这种丰沛情感的驱使下，胡地异乡风物也随之黯然失色。

四　产生差异的原因

（一）元朝疆域版图的扩张

宁夏地区为汉族和少数民族聚居交汇区，因此在历朝历代多成为各方势力此消彼长拉锯战的主战场。秦政权在此筑城设隘，成为徙民之地，西汉匈奴虎视长安，该地瓦亭关与萧关也成为屹立一方的屏障。东汉时期，地方豪强并起，该地区的卢芳割据、羌人起义都将战火引来，一时间该地区沦为攻占杀伐的主战场。魏晋南北朝时期，宁夏地区北部尚缺少有效的统治，因此该地区成为匈奴、鲜卑等游牧民族的主要迁居区，在迁居区内，少数民族与汉族错居杂处，共同承受着汉族封建统治阶级的剥削和压迫。到了隋朝，宁夏地区是迎战突厥、鲜卑诸部的核心地区，灵州、原州更是设防重镇，直到唐贞观初年突利可汗请降、吐谷浑部大破，才使狼烟战火一时平息。然而好景不长，吐蕃诸部并起，对边境政权频繁骚扰，该地区又理所当然地成为了攻守的要冲。公元 1038 年，元昊称帝建西夏政权，定都兴庆府，经过三年休养生息，终进逼关陇，向宋廷宣战，于是近千年的征战杀伐趋于白热，宁夏这片热土也成为矛盾与仇恨滋生的沃壤。由此可见，汉族与少数民族的势力在宁夏地区此消彼长，在征伐、侵略、迎击、抵御的拉锯中，滋生了根深蒂固的仇恨与愤懑。而反映此地区的诗作多出于边庭战将或远谪文人，因此在他们笔下，该地区永远是他乡异土，付诸诗作，便也难以用饱含的热情去歌咏、颂扬。

然而庞大的元王朝建立，这种情况发生了暴风雨式的骤转。西夏被元灭后，元太宗窝阔台将西夏故地分封给次子阔端，世祖忽必烈时期又将此地封予其三子忙哥刺，之后开成府的建立，中兴行省的设立都令宁夏地区有了完备的行政建制，这对于该地区社会的稳定、经济的发展都提供了难得的契机。

至元年间，元世祖诏令西夏避乱之民回本籍，再加上驻军屯田移民的迁入，到至元二十三年（1286），宁夏平原的军屯和民屯人数"已达到71700余人"[①]。所以宁夏地区至此已经基本摆脱狼烟战火的劫难，成为华夏民族难以割舍的一片热土。于是在世人眼中与笔底，那凛冽的朔风、漫天的黄沙也被赋予一种别样的美。

（二）元朝少数民族诗人诗作的沛兴

元代之前，汉儒文化浸染下的主流文人掌握着文学的话语权，他们以诗赋辞章，记录着汉民族的跌宕起伏。然而，在少数民族聚居地区，也有着优秀的民族文化和天纵的文学奇才，但他们因语言或文字不通，大多被拒之于华夏民族文化典册之外。到了元代，蒙古族统治者对各族文化实行选择性吸收与融合的文化政策，少数民族优秀作家一时并起，各骋骁骈，以至《元诗选》的作者清人顾嗣立在《寒厅诗话》中称："元时蒙古、色目子弟，尽为横经，涵养既深，异材辈出。贯酸斋、马石田开绮丽清新之派，而萨经历大畅其风，清而不佻，丽而不缛，于虞、杨、范、揭之外，别开生面。"[②] 这里，他对回族诗人萨都刺、维吾尔族诗人贯云石、雍古部（属蒙古族一部）诗人马祖常大加赞赏，甚至与元诗四大家虞集、揭傒斯、范梈、杨载并论，可见此时少数民族诗人已经足以在元朝文坛站稳脚步。

这期间，宁夏地区因其地理位置，更明显地表现为各种外来文化与内部遗存文化的交融，因此在这和谐包容的文化氛围里，自然再难出现往日诗文中的鄙夷与奚落、高傲与偏见。少数民族诗人早已将烈日狂沙、朔风凌霜看惯，因此，在他们的诗文中，这种艰苦的自然环境成为壮美严肃的景致，而沙羊、紫驼、葡萄、苜蓿更成为他们乐以称道的特产。优秀的少数民族诗人经过不懈的努力，终使元代书写宁夏的诗歌情感由嗔转颂变得不足为奇。

---

① 　王国维：《人间词话》，中华书局 2012 年版，第 52 页。
② 　顾嗣立：《元诗选·初集三·庚集》，中华书局 1987 年版，第 1729 页。

（三）元朝汉族文人心态的转变

久居草原的蒙古游牧民族入主中原，便与汉族农业文明产生了很大的隔阂，两种制度文化在长期的碰撞摩擦下，元廷为统治需要，在维持蒙古贵族利益的旧制基础上，仿制中原王朝典章制度做出了一些应时的调整。元世祖至元二年规定：

"以蒙古人充各路达鲁花赤，汉人充总管，回回人充同知，永为定制。"① 这种以蒙古人色目人为单位长官，汉人南人佐治的政策成为元代政治制度上的一大特色，而按照被征服的顺序划分的"蒙回汉南"四等人制，更令汉儒文化熏染下的汉人、南人受到了前所未有的压制与侮辱。因此在这种民族政策的重压下不少文人选择了落拓江湖，在歌酒戏文中消磨余生，不少文人急于苟且求生，在媚俗媚上的阿谀文学中寻求一个安身立命的夹缝。当然，也有不少文人学会了反思与审视，他们重审汉儒文化的缺失，重审少数民族文化的优异，自觉或被迫地消除了对外族的鄙夷和偏见。在蒙古族政权的压制下，不少文人都把注意力更多地引向了曾经的江山塞漠、将视角转向了曾经的坚关边陲，着力去发掘那些雄奇壮阔和别具特色的美。于是一篇篇书写宁夏地区的诗歌应运而生，这其中虽有奉上谄媚之嫌，但对这些风物细致地描摹、深刻地挖掘，也足见该时期文人对这些事物传达出的殊异于前朝的情感。

---

① （明）宋濂：《元史世祖纪三·卷六》，中华书局 1976 年版，第 106 页。

在意义消失的世界中重建生活

刘大先

（中国社会科学院民族文学研究所）

尽管从 1983 年就已经开始写作，但红日还是个新作家，因为从 1989 年从政后，他的创作开始了断续的旅程，直到 2003 年才恢复。这个人生经历的背景对于理解他的作品很重要，那种常年在基层工作所获得的丰富经验，不是靠短暂的体验生活或者旅游采风所能够提供的，那是经年累月呼吸濡染在一种环境与氛围之中才可能具有的从表面到肌理的全面而整体的经验。这种十几年经年累月的机关生涯凝聚成他近年来的"文联三部曲"《报销》《报废》《报道》和讲述乡镇干部生存状态的《述职报告》。

这些作品中具有纪实的自然主义色彩，即它们与生活齐平，文字精细入微地描摹了生活，并且见证了作家的内在世界与外在世界的消融。读者从中可以看到宏大历史观念遁形之后，经验世界是如何形成乃至在一定程度上干扰一位作家的表达，毫无审美距离的贴近性描摹，会给文本带来一种透明的表象，似乎文字的呈现直接成了生活的面貌本身。如果放眼更广阔的同类官场或者社会题材写作，我们会发现，红日并非独例，这无疑显示了当下文学写作具有共性的某种东西，事实上也就意味着某种特定的"时代精神"已经潜在地成为作家的写作无意识。那么，这种写作无意识究竟是什么？是什么样的动机造成了这样的状态，又是如何令写作的自我与现实中的自我没有差别，随时可以互换？

"市文联"是红日笔下的常见意象，它在现行的中国行政机构中属于处级单位，不过是庞大交错的权力网络的毛细血管，然而它也是内在于整个体制之中，所有权力机构相应涉及的人事、制度、盘根错节的情感往来也一应俱全。红日孜孜于对这些权力体系的细枝末节进行精细描摹，就像一个勤奋的人类学家介入某个族群中对社会结构、关系、动态往来进行"深描"。需要注意的是，他的文本并没有 19 世纪批判现实主义色彩的深度发掘或者揭示某种社会规律的企图，他只是在讲述一种细琐乃至边缘的"中国故事"，呈现"事实"，而不是"判断"。故事的形式和节奏决定了小说着眼于体察而不是评判，是一种呈现与告知的状态。叙事声音的这种方式导致了故事本身的平面化，曾经被现代主义注重的内面的深度个体也消失了，人物都是平面化的人物，不具备典型性。他这些小说的主人公几乎都可以视作同一个人，或者说他小说中的那些基层机关人物是个群像，而他意不在塑造某种性格，而是营造一种现实氛围和关系结构。

　　"关系"是所有这些作品的真正主角，当人物遇到困难与矛盾的时候，通过现行制度正面解决的途径几乎从来没有提及，人物的第一反应是利用各种人际关系去"曲线救国"。《报销》里 H 市的文联主席章富有因为屈指可数的办公经费与烦冗杂多的实际事务之间造成的金钱匮乏而狼狈不堪。这本来是集体的困境，却需要由作为领导的他个人来承担。他必须要在春节前把单位由于各种必要或无聊的活动与应酬所产生的费用报销掉，在这个过程中他想尽办法：找上级要钱，以摄影家协会主席的身份诱惑拉拢酒厂厂长赞助，甚至与酒店老板的老婆上床企图让她说个好话宽限几天。小说的叙事动力是个大限将至的时间结构，这种好莱坞电影式的紧迫感一直伴随着读者的阅读始终，本来这是快感型的节奏，然而章富有如同一只陷入蛛网中的昆虫努力挣扎的徒劳无益却让人感到粘黏、焦躁、不清爽，当最后他的一切找钱报销的举措全告失败之后，忽然"机械降神"式的荣厅长拨来了三十万旧房维修经费解决了他所有的问题的时候，也并没有带来压抑许久之后按照常规应该如期而至的快感。

　　快感的难以形成来自个人所承受的不能承受之重：个人生活与公共生活纠缠在一起，就像泥巴与水混合成为难分难解的一摊浑水，暗示了正规制度出现的窳败与失效，人们不得不走向自求多福的境地。这种荒诞与矛盾的境遇的出现显示了当代生活的普遍面相。集体性的瓦解与个人主义的兴起是 20 世纪以来文学的核心命题之一，然而到了红日这里，经过了"短 20 世纪的终结"之后，那种雄心勃勃的个人主义式的英雄在 21 世纪已经退隐了——20 世纪 80 年代的高加林甚至在 20 世纪 90 年代初期还可能在邱华栋笔下那些北京的外省青年身上寻到自己的影子，但如今个人奋斗在时势大于人的情境中显然已经只能是令人想念的理想主义。像章富有这样疲于奔命的失败个体成为普遍性的心理感受，屌丝的形象不仅映照在从农民工到底层公务员的脸上，更铭刻在他们的心里。

在这种情况下，现实的烦琐如同弥漫的雾霾，无孔不入，无处不在，无边无涯，人物纠缠胶着在其中疲惫不堪，根本无暇顾及心灵。小人物被现世生活所累，根本无法拥有畅想的高蹈姿态，因而无法进行深刻的反思。这种人的境况的发生不能仅从个体身上找原因，而是一种特定时代社会结构性固化所形成的对于个体的压抑。个人在这种无能为力的处境中于是放弃了自己的主体性。《述职报告》里水泥厂发生事故的时候，县委领导班子开会讨论谁该承担责任时，一个官员说："我们现在要追究的责任人，必须是在我们的权限范围之内，至于政府班子成员的责任，应该由哪个同志来承担，那是市委决定的事项，轮不到我们来拍板，你们现在是以吃地沟油的心去操中南海的事，真是的！"① 这种敷衍塞责的行为固然有着个人修养与职业道德滑坡的原因，更主要是它显示了一种习以为常的思维惯性。即每个人都是在所谓的"权限范围"之内思考问题，而命运则放手于更高一层的权力象征。当个人与他身处的社会环境彼此割裂的时候，就会发生这种情形，即个体不会再认为自己与整个集体性的体系密切相关，自己的实践举措尽管风起青萍但依然是有意义的，可能会反作用于体系本身。到红日笔下的人物这里，这种对于自己行为有意义的自信焕然冰解，红日的写作正是投射了这种时代社会人的症候：他们都是过着一种意义消失的生活，并且对意义本身不再感兴趣，甚至可能早已遗忘。他们与他们的生活构成了一个意义消失的世界。

意义消失的世界是一个犬儒主义盛行的世界，用提摩太·贝维斯（T. Bewes）的话来说，就是"对政治现实（以'宏大叙述'和'整体意识形态'的形式）分崩离析状态的一种忧郁深广和顾影自怜的反应"②。这是一种后现代式的品格，不仅异化于社会而且异化于其主体性，精神上显示为一种将"应然存在的世界"调教为"实然存在的社会"的堕落。

---

① 红日：《述职报告》，《小说月报》（原创版）2013 年第 12 期。
② ［英］贝维斯：《犬儒主义与后现代性》，胡继华译，上海人民出版社 2007 年版，第 15 页。

向实在屈服，超越于日常生活层面的意义的消失必然导致在文本上深度化的出现，其结果是细节的枝繁叶茂，基层经验像漫漶的大水淹没了可能具有反思精神的个体。如前所述，基层经验体现出向人情与规则之间的一边倒现象。集体性制度的存在被搁置化，每一个在体制中活动的人物似乎都深谙制度之外的另一套游戏规则，并且游刃有余，丝毫没有犹豫。从这个意义上来说，红日的小说接续了自晚明以来世情小说的余脉，是"描摹世态，见其炎凉"① 的世情书。作家并没有试图将主人公从烦冗庸俗中拯救出来的企图，因为他深谙在无边无际的权势之内自己的无能为力，写作在这个时候并不具有救赎的功能，而是身处庸常中的庸常行为之一种。它的神圣性荡然无存，倒是将"文学"回归为生活的一个平常组成部分。失去了精神的支撑，写作就像早点摊贩烙一个烧饼或者裁缝制作一件衣服，同样是个人的手艺，是世间生态的一部分。

这里涉及作家怎么面对时代真实的问题。红日采取的是平视主义，叙事者大多数时候与主人公"我"合而为一，这个叙事人是浸泡在一整套繁复错综的关系网络之中，其视角并没有超越于他所处的环境之上，而作者也并没有任何提升的欲望。这就使得叙事本身呈现出吊诡的层面，作者与叙事者同时身处现实之中，但是并没有跃出现实之外，他的叙事也没有对现实施加任何的介入举措。这是一种非介入的在场，显然不是具有批评意识的知识分子式精英叙事，而是一种抱有体贴与同情的大众声音。叙事者常常认同主人公的视角，《报废》一开始就自嘲"我们单位"文联是个"前列腺部门"，用一分钱就像排一滴尿一样困难。但是就在这样的单位，新来的李主席因为羞于单位配车的低档次而积极投入换车的行动之中。这个事情成为整个文联超越于其他一切工作的重心，为了筹集换车资金费尽心机办了一个刊物，并不是为了繁荣文艺事业，而只是为了拉得赞助。这一系列行动只是印证了曾经作为精英的文艺工作者在精神上的逐级降解，曾经在 20 世纪 80 年代想象中高扬的人文精神荡然无存，这群人的精神空间退缩到小市民的虚荣之中，那辆"大众 PASSAT 领驭"就成为活生生的物质象征。这里透露出的是 20 世纪 90 年代以来的新自由主义式观念的深入人心，金钱强势地抢占了文人象征资本的领地，在浪漫主义时代汲汲于

---

① 鲁迅：《中国小说史略》，《鲁迅全集·9》，人民文学出版社 2005 年版，第 186 页。

精神的文人也必须要靠资本实物来给自己的自信加分。而整个社会关系变成了交换关系：为了解决配车超标问题的审定核准，"我们"四处找关系希望能影响一个恪守规章的女副科长。但"侦察的结果让我们大失所望，仿佛她已经对我们单位的不轨行为做了滴水泼不进的防范。她的丈夫除了喜欢与外籍游客对话以外，再也没有其他爱好，连外国文学都不阅读。她的女儿既不练美术、书法、剪纸，也不练声乐、舞蹈、钢琴，练的是乒乓球。他妈的！这不是跟我们对着干吗？"① 这个荒谬的桥段带有一丝悲凉的味道：文联所能提供的交换资源实在太过稀薄，这被"我们"视为审批不能通过的原因。

　　红日在波澜不惊的叙述中显示的这种变化，实际上是个惊心动魄的精神衰变。原本的人文知识分子蜕变成新时代的契诃夫笔下那种谨小慎微、胸无大志的小公务员，他们不再关心灵魂和其他高尚的事情，而把眼光放在肉身和符号消费带来的虚假快感。在经济之外，还有等级制度所造成的困境——本该报废的老车因为僵化的体制而无法退役，另外，处级单位的级别也决定了用车的等级，李主席们的生存智慧、巧妙心机最终止步于此。最终因为一场事故终于让老车走上了报废的命运，却也让司机的双腿报废了，那辆新 PASSAT 终究也只能落入搁置的实际报废的命运。我们可以看到，"级别"作为固化了的体制铁门槛的威权。道德与虚伪的张力、精神的紧张与挣扎在文本中不再出现了，人物做任何违背规章制度的事情都有种心安理得和理所当然：伪君子都不再出现，真小人不觉得在伦理上有任何的欠缺和过错。也就是说，自我反思这一维度已经在人物的情感结构中消失了。那么，它是从什么时候开始消失的呢？描写官场的小说在20世纪80年代还有带启蒙热情的主人公，然而从21世纪以来的王跃文《国画》、李佩甫《羊的门》以来，主体逐渐收缩为为了个人利益以高妙的生存智慧辗转腾挪的小人，曾经的集体利益被全然搁置。近期阎连科的《断裂志》更是以寓言式的写意勾勒了尔虞我诈、弱肉强食的社会达尔文主义在中国社会的复活。到红日这里，似乎走得更远，以至于回到了晚明、晚清的社会小说、新闻小说一路。

　　但红日又不是愤世嫉俗的，文学既然已经不再是救赎的途径，就像那

———————

① 红日：《报废》，《小说月报》（原创版）2011 年第 5 期。

些原本的手段成为目的。那么，它的意义就为了世道人心存留一份记忆。恩格斯评述巴尔扎克时所说："现实主义甚至可以违背作者的见解而表露出来。"红日的见解隐而不显，却同样让读者"在经济细节方面所学到的东西，也要比从当时所有职业的历史学家、经济学家和统计学家那里学到的全部东西还要多"[①]。H 市文联的欠账发票可以一窥所谓"事业单位"的日常开支和活动：

> 一张威运大酒店会议餐饮费、住宿费以及公务接待费，计五万四千六百元；一张是"俞平夫打印店"打印、复印文件材料费，计八千九百元；一张是"努力推动文艺事业大发展大繁荣"横幅标语制作费，计五百元；四张欠账发票，总额为六万六千七百元。这六万六千七百元，实际上也是 H 市文联本年度的公务开支费用。……作为一个拥有十一名干部职工和十个下属协会的正处级单位，这六万六千七百元的公务开支，应该不算高的。而且这四项开支也是必需的，符合规定的和问心无愧的。一年一次的文联委员会议是必须召开的，这从中国文联章程到地方文联章程都是这样规定。还有上级文联领导下来检查工作，各兄弟县市文联前来交流，不可能躲着不见吧。至于搞板报比赛悬挂横幅标语，那是市里统一布置的活动，是政治任务。政治工作是一切工作的灵魂，你不搞也得搞。章富有无法在这四张发票上爽快地签上"同意报销"这四个字，肯定有他的原因。原因是目前 H 市文联的账面上只有四千三百元，多一两分肯定有，那是利息。而这四千三百元，一分也不能动了，要在"荒月"的时候才能动用。[②]

这里罗列的不仅仅是日常支出的名目，还有文联这一文化事业单位的工作内容。我们赫然发现，在红日的笔下，文联作为文官体系的组成部分完全在体制内部运作，与体制外民众的生活几乎不发生关联，与更超越的精神生活更是风马牛不相及。它像其成员一样，成了个意义消失的空心化存在。红日以一种去心理学的经验主义，呈现了亲身、现场、综合、不可还原的琐碎日常，却没有走上"日常生活审美化"，没有含义的输送，也

---

① 恩格斯：《致玛·哈克奈斯（1888 年 4 月初）》，《马克思恩格斯选集》第四卷，人民出版社 1995 年版，第 682 页。
② 红日：《报销》，《北京文学·中篇小说月报》2011 年第 10 期。

没有激发意义生成的企图，有的只是无穷无尽的真实经验。

　　这种真实经验不同于现实主义的地方在于它只提供事实不提供价值与判断。就像他的小说中时不时蹦出来的短信与段子，并没有反讽的意味，红日的叙事全部是可靠叙述，诉说这种生存经验本身就是目的。他无意开拓人物内心层次的感性本质或者形而上学庇护下的理性本质。然而作为社会关系的产物，人不可能停留在蝇营狗苟、钩心斗角的层面，他必然有着生计奔波之外的精神空间，这个精神空间也许不是那么超越，却是疲倦与无奈时最后的依靠。《述职报告》中，从乡镇书记岗位调整上来但还没有新的任命的"等代办"官员玖和平，像他的同侪一样精于官场上各种厚黑之学①，平息上访，代理政府办主任，处理水库移民，每每能在河边市的小小道场中合纵连横、黑白通吃。然而，他希求升官时回乡祭拜祖坟求得心理安慰；到母亲患癌症、无药可治的情况下，也只能找巫师道公进行"补粮"的民间传统救赎仪式。所谓"补粮"是一种桂西北盛行的风俗，认为老人一生中的粮食吃完了，生命走到了尽头，需要子女们从别人那里偷一点粮食给他补充，以延长寿命。另一位副县长姚德曙贪污受贿在接受调查前心神不定，也需要请道公来帮忙"过油锅"。究其原因，当然是由于早先公共信仰的消解，形成匮乏，而使得精神下行，从民间中寻求慰藉。更主要的是，作者有种平视者的悲悯——他所讲述的世情故事中，一系列主角都是普通人，而普通人就是普通人，绝对不会升华为某种道德或智识上的英雄，却有着最后的伦理底线：不害人，在不损害自己利益的情况下乐意帮助别人。

　　如果说，高标准的道德是一种利他主义，低标准的往往是利己，那么这种普通道德则是一种时代的新道德，区别于利他的积极道德与自私的负面道德，姑且可以称其为机动的"中立道德"。中立道德可以用海桑的一首诗简单地说明："你呀你别再关心灵魂了，那是神明的大事/你所能做的，是些小事情/诸如热爱时间，思念母亲/静悄悄地做人，像早晨一样清白。"② 在意义消失的生活中，世界上存在的多是这种机动的中立道德，

---

　　① 《厚黑学》中所谓求官六字真言"空、贡、冲、捧、恐、送"，做官六字真言"空、恭、绷、凶、聋、弄"，办事二妙法"锯箭法"和"补锅法"。参见李宗吾《厚黑学》，群言出版社2006年版，第16—19页。

　　② 海桑：《我是你流浪过的一个地方》，新星出版社2012年版，第69页。

它会随着外界环境的变化而适时变化，要在为自己谋求更好的生活，关注于个体自身的平常心态与生活。它固然是最低的标准，却暗示了一种在意义消失的生活中重建意义的可能，玖和平、姚德曙在绝望中返回民间的弥散性宗教，只是困兽犹斗式的本能。而到了近期的《报道》中，红日似乎找到了一种新的意义：在建立集体性皈依中认识并重建生活。

文联的记者"我"下乡到龙骨村扶贫，出山难的问题一直困扰着这个贫穷的山村。围绕着拆天桥与修路，产生了常见的官员干预推诿、迟滞不作为现象，"我"人微言轻，虽然比之前下来"扶贫"的两位只知道吃喝的同事更有迫切希望帮助村民的同情心，实际上与当地村民一样也有心无力。"人民群众是不会走弯路的，只有干部才走弯路。"① 数次求助无果之后，村民在干部老跛的带领下，自力更生艰苦奋斗，冒着违法的危险制造炸药修路——制度的反人性再次被浓墨描写。作为制度衍生物的"干部"们在之前以修路需要"长期论证"为借口不作为，到村民建成了一部分路被"我"报道之后，又纷纷带着媒体来抢镜头。在这个小说中可以看到红日在思想上的发展，他加重了讽刺的笔调，却又带有主旋律色彩：之前画家导演下乡来空言许诺说要通过拍电影、画画、报道把公路引进来，但实际的情形倒过来了，村民自己把公路修成，从而引起别人的兴趣，把电影引进来了。"人民，只有人民，才是创造世界历史的动力。"② 毛泽东在七十年前所说的话，似乎在这里得到了响亮的回声。红日让老跛及其代表的一群村民在无望的情况下自主行动，在行动中结成了新型的集体，通过集体的努力完成了效率低下的体制所不能完成的实践。这种主旋律式的书写不着痕迹的，既有入骨的批判，也有新价值的建立和颂扬，有种无目的的合目的性。

"我"正是在下乡与人民共同生活中，才见证了这一共同体重塑的过程，而这种见证行为本身也是链接曾经被割裂了的公务员（知识分子）与民众之间关系的隐喻。"我"不再是只关心自己切己利益的脱离群众的另一群体，而是在参与性活动中成为他们中的一分子。这不禁让人回想到社

---

① 红日：《报道》，《小说月报》（原创版）2014 年第 7 期。
② 毛泽东：《论联合政府》（1945 年 4 月 24 日），《毛泽东选集》第 3 卷，人民出版社 1991年版，第 1031 页。

会主义中国时期的一些文学实践，"在创造典型的同时，还原于全体的意志。这并非从一般的事物中找出个别的事物，而是让个别的事物原封不动地以其本来的面貌融化在一般的规律性的事物之中。这样，个体与整体既不对立，也不是整体中的一个部分，而是以个体就是整体这一形式出现。采取的是先选出来，再使其还原的这样一种两重性的手法。而且在这中间，经历了生活的实践，也就是经历了斗争。因此，虽称之为还原，但并不是回到固定的出发点上，而是回到比原来的基点更高的新的起点上去"。① 作为个体的"我"实际上与整体融合为了一体，个体与整体不再是对立或分裂的状态，而成为彼此互相支撑与显现的条件。

　　红日的这种观念发展和对于集体性的再发现也许是无心插柳之举，却正显示了现实世界里，人们在无意义的生活中寻求重建生活意义的冲动。坚不可破的现实既无高潮又无起伏，在钝刀割肉式的逐渐败落，那种一盘散沙的土豆式民众在生活的教训中，逐渐凝聚起来自救，成为一个个集体性存在，通过自己的实践与历史对话，进而改变了历史本身。有意味的是作为见证人的作者"我"对于"报道"这种写作行为进行了反思，这个在困境中重新获得反思能力的书写者让写作自我与现实自我区别开来，从而让写作对现实有了反作用能力。现实不再是不假思索的信息——那些从各种媒体纷至沓来的"现实"其实只是简化乃至扭曲了现实的符号，现实成为一种需要主体参与的实践。这是一种新的起始，预示了各种可能性，也为红日的写作拓展了值得期待的品质。

---

　　① ［日］竹内好：《新颖的赵树理文学》，《赵树理研究资料》，北岳文艺出版社 1985 年版，第 490 页。

少数民族网络文学对于当代文学史的建构功能

龚举善

（中南民族大学）

所谓少数民族网络文学，主要是指进入网络时代以来中国境内非汉民族写作者通过网络方式创作和发表的原生性文学作品集合体。其核心指标是：当代数字化媒体语境，少数民族创作主体，网络原生资质。从较为严格的文类学叙事伦理来看，这种界定近乎苛刻，但相对纯粹的限定或许有助于更好地保证阐释的效度。

据黄鸣奋考证，1967 年美国布朗大学开发的超文本编辑系统以及 1978 年麻省理工学院推出的超媒体"白杨电影图"堪称原生性网络文学的前导。也有人认为，1991 年 4 月 5 日全球第一份中文网络杂志《华夏文摘》创刊号上登载的张郎朗的散文《太阳纵队传说》以及此后分别发表的马奇的小说《奋斗与平等》、诗歌《祝愿——致友人》，才是最早的原生性中文网络文学作品。1995 年，首份中文网络诗刊《橄榄树》在美国创刊，并于次年开通同名汉语原创文学网站。1997 年，朱威廉创建"榕树下"，韩寒、安妮宝贝等新锐作家由此成长起来。现在，起点中文网、榕树下、潇湘书院、红袖添香、盛大文学、幻剑书盟、17K 小说网等知名网站已扮靓网络文学的皇皇大观，网络文学已经成为当代文学无法忽视的客观存在。当然，更多的人则倾向于将蔡智恒 1998 年网络发表的以元叙事方式创作的《第一次的亲密接触》看作第一部真正意义上的华文网络小说。相比而言，少数民族网络文学确实被这个时代的主流文学批评严重边缘化了，以至于人们甚至不认为少数民族网络文学会成为一个学术话题。出现这种情况，固然有其潜在原因，但显在的"三重边缘化"则是不争的事实：从社会生活与文艺形态的关系来看，文学创作被经济、政治生活总体边缘化；从多民族文学格局来看，少数民族文学被汉民族文学边缘化；从既有文学影响力来看，少数民族网络文学被少数民族纸质文学边缘化。

但这仍然无法掩饰少数民族网络文学在已然状态和应然境界上参与中国当代文学的历史建构。

一 隐匿与发现：缘自民间的书写姿态

少数民族网络文学具有一般网络文学的基本特征，只不过其隐匿性更强，特别是其民族身份的模糊性，需要我们认真考辨和深入"发现"。

（一）少数民族网络文学较汉民族网络文学更具匿名性和民间性

如果说网络文学创作主体具有明显的隐蔽性和匿名性，那么，少数民族网络文学的创作主体尤其如此。除有意遮掩性别、年龄、职业等常规信息外，少数民族网络作家特别是一般网络写手常常隐匿自己的民族身份，从而造成识别的困难。这倒不是说少数民族网络文学有意消解作品的民族精神，而是说某一民族的作家往往也可写出反映其他民族生活和意识的作品。藏族的刚杰·索木东、永吉卓玛、次仁顿珠、"西部藏人"，维吾尔族的迪尼孜、帕蒂古丽，蒙古族的格日勒其木格·黑鹤、沙·布和，朝鲜族的金仁顺，土家族的向维军等，他们的姓名带有较明显的民族标识，其他更多的网络文学作家则采取"化名"（或汉化名）的署名方式进行匿名写作——如藏族作家"心有些乱"、紫夫、"阿里狼客"，回族作家兰喜喜、老榕、"夜有轻寒"，满族作家金子、公里、劳马、雁九、"携爱再漂流"，白族作家施怀基、"和菜头"，苗族作家血红、虹玲、红娘子、杨昌祥、姚筱琼，壮族作家"忽然之间"、施定柔，土家族作家李缨、当金垭、"米米七月"，蒙古族作家韩静慧，侗族作家潘年英，彝族作家陈虎等。这种明显网名化或汉名化的署名方式，加上"仙侠幻穿"式的类型化叙事路数，更增添了作家民族身份的模糊性和辨识难度。

网络方式的匿名性与文学写作的自由本质不谋而合，因而更能刺激书写者的表达热情。"在匿名写作状态下，人的羞愧、胆怯、自卑，甚至是耻感与罪感等，都无须成为作者的心理负担，作者可以尽情地剥掉生活中的伪饰，释放内心，挥洒才情与意志，这为网络的自由写作提供了心理上的可能。"① 网络作家邢育森的创作感受印证了这一点："说实在的，在没有上网之前，我生命中很多东西都被压抑在社会角色和日常生活之中。是网络，是在网络上的交流，让我感受了自己本身一些很纯粹的东西，解脱释放了出来，成为了我生命的主体。"② 这种发泄式解压，体现了网络文学技术与艺术相统一的游戏娱乐功效。需要注意的是，在追求网络文学自由创造的同时，也应谨防对于网络自由的滥用，诸如极端个人主义、宗教主义、神秘主义以及对于颓废、色情、暴力等因素的过度渲染。

　　网络文学写作主体的匿名性、情感书写的自我性、表达立场的民间性、价值诉求的平民性、呈现方式的灵活性显然较传统纸质文学更为显著和充分，以至于某些研究者将其归类为"新民间文学"或"泛民间文学"。作为区域化、族群化的个体写作方式，少数民族网络文学的自我性主要表现为创作主体的个体创作、私人情感的率性抒发和接受过程中的个体认同。因为网络文学创作的互动性，导致读者主体、人物主体和读者主体三者间的高度间性特征。其间，三种主体不仅具有不确定性，而且角度可以切换，身份便于互置。从这种意义上讲，貌似高度个人化的网络文学写作同时具有了某种集体创作、民间流传、大众塑型的平民文学意味。

　　少数民族网络文学"多性共存"局面的形成，特别是"新民间文学"资质的获得和平民化价值诉求的实现，尽管使其相当程度上恢复了文学的原初性生命蕴含，但这并不表明它就此享有了应有的大众性和人民性，或者说网络文学的民间性与平民性有别于大众性，更不等于人民性。民间运作方式和平民审美趣味，是否就一定反映了特定时代人民大众的文化愿景，是否就一定代表着社会历史的进步趋向，这还是一个问题。因此，面对包括少数民族网络文学在内的自发甚或自觉自由的网络文学的花花世界，面对真真假假、半推半就、似是而非的网络点击率，文学批评家和文学理论研究者不可简单轻信盲从，以免误入"伪大众化""去人民性"的认知歧路。因为，"'人民写作'是一个质的概念而不是一个量的概念，是一个文学立场和价值导向问题，而不单纯是读者族群认同的市场化评

　　① 周保欣：《网络写作：文学"常变"的道德与美学问题》，《文艺研究》2012 年第 2 期。
　　② 参见吴过《青春的欲望和苦闷——访邢育森》，《互联网周刊》1999 年第 43 期。

价，不能简单地依据参与写作者的多少、作品数量和阅读受众的多寡来判定，更不能把'以人民为中心'的价值选择变成'以人民币为中心'的商业利益驱动"。① 就现在较为流行的网络文学文本来看，其民族性和人民性均有待加强。

（二）母语体验与民族精神对于少数民族网络文学十分重要

对于少数民族网络作家及其网络文学民族身份的识别或重新发现，固然具有一定的难度，但这毕竟是时代赋予研究者的责任。可以肯定的是，网络的兴起与快速普及，不仅推动了民族地区经济、文化、社会发展，而且几乎一夜之间将古老的族群观念和传统习俗晾晒在现代数字化信息桌面之上，逼使偏远山地文化与发达都市文化近距离对视、交流与磨合，促成汉民多元经济、文化、社会生活处于紧张啮合状态，进而唤起少数民族作家"以新载体说老故事"的言说冲动和新奇感受。所以说，"网络出现之后，各地文学网站如雨后春笋般兴起，在整体上推动了文学创作的繁荣发展，为造就文学新人开辟了一条新的航线。在某种程度上，少数民族地区反而成为这次传播革命的最大受益者。一根网线缩短了他们与文化发达地区的时空距离，改变了民族创作的生存空间，巨大而无形的网络为新生一代少数民族作家心灵还乡创造了条件"。②

具体到少数民族网络文学创作本身，作家主体的姓名符码、题材选择、母语认同、民族精神等无疑是必要而可靠的辨识维度。限于篇幅，这里只讨论关乎少数民族网络文学民族身份的两大核心指标，一是外在的母语运作，二是内在的精神期盼。

少数民族网络作家的语言认同表现为三个基本层面：单一民族母语认同、汉语共同语认同和汉民双语互译认同。就现有创作来看，只有很少一部分少数民族网络作家采用自身民族母语写作，更多的写手倾向于汉语写作，运用汉民双语或多语写作的作家也为数不多。此种情形，与少数民族纸质型写作的语用格局非常接近。实际上，在中国 56 个民族中，只有 54 个民族有本民族语言，23 个民族有本民族文字。"有民族文字的民族中，部分民族的文字使用范围日趋萎缩，甚至在日常生活中就很少使用，更谈

---

① 欧阳友权：《网络时代仍需倡导人民写作》，《光明日报》2014 年 5 月 19 日。
② 马季：《少数民族网络文学的价值与意义》，《南方文坛》2011 年第 5 期。

不上文学创作。据统计，当今中国，只有 11 个少数民族还在用本民族文字创作长篇小说，其中维吾尔族、蒙古族、朝鲜族、藏族、哈萨克族、柯尔克孜族、乌孜别克族、塔吉克族等用母语创作的作品经常被翻译发表在国家级文学刊物《民族文学》上。"① 不过，对于包括部分网络作家在内的年轻一代的少数民族作家而言，一般都有较高学历，出于民族自觉或母语崇拜，常常或不时采用母语创作。有些民族作家坚持用母语方式走网络和纸质双边写作的道路，但多数作家更愿意采取将网络母语文学翻译成汉语纸质文学正式发表或出版的方式。以藏族作家为例，毛尔盖·桑木旦、土登尼玛、昔扎、益西泽仁、列美平措、扎西班典、次仁顿珠、章戈·尼玛、根丘多吉、白玛娜珍、才旺瑙乳、旺秀才旦、牧丹、端智嘉、格德嘉、克珠、司徒、央珍、唯色、奔嘉、俄邛、班果等老中青作家中，大多都有双语创作体验，其中的部分青年作家在传统纸质文学和现代网络文学创作中均有实绩，有力推进了当代藏语文学的发展。这表明，网络文学只是少数民族传统文学创作方式的时代延伸，而并非部分学者所想象的那样——是对原有文学传统的彻底颠覆。事实上，"在少数民族网站上，虽然也不难发现一些常见的网络用语，但少数民族朋友在进行文学写作时，却仍然如以往那样严肃、认真，传统纸质文学的语言表达模式、思维创作模式、审美标准，都得以遵守。于是就出现了一种非常有意思的现象，当传统文学、传统现代汉语，被汉族网络文学、文化冲击得七零八落、面目大变时，它却在少数民族那里得以保持或在有限范围内得以创新"。② 这也是少数民族网络文学在保持民族根性时所采用的"慢跟进"策略。

　　彝族学者罗庆春（阿库乌雾）认为，从文化战略高度看，中华多民族母语文学叙事逐步构筑并完善了多元共生的中国文学版图和人文文化版图，其主要表现是：其一，体现了中国"多元一体"的文化源流；其二，巩固了中国文化生态形成的人文根基和精神源泉；其三，提供了丰富厚蕴的母语文明资源和语言艺术成就。因此，中国当代多民族母语文学是各民族母语文明的核心载体和精神遗产，保留了多种人类语言的叙事体系和独

---

① 钟进文：《中国少数民族母语文学现状与发展论析》，《北方民族大学学报》（哲学社会科学版）2012 年第 1 期。

② 姚新勇：《网络、文学、少数民族及知识——情感共同体》，《江苏社会科学》2008 年第 2 期。

特优势，其传承与创新直接关涉各民族当代母语文化的生存与发展命运。① 这是颇有见地的。青年学者刘大先则认为，"从现实的角度来说，多民族母语文学不仅在书写历史中成为改变历史的文化动力，同时也是中华民族实实在在的文学生活本身"。② 因此，包括网络文学在内的少数民族文学对于民族母语的坚守，本质上便是赓续民族精神血脉的义举。

　　隐含在民族语言背后的则是更为深沉的民族精神。按照通行的理解，狭义的民族精神是指在长期的历史积淀中所形成的民族意识、民族感情、民族文化、民族习俗、民族性格、民族信仰、民族宗教、民族价值观念等精神现象的综合体。对当代少数民族网络作家而言，首先要有最基本的民族感情。蒙古族作家萧乾曾经说过："世上真正宝贵的东西，往往是手摸不着，眼看不见的，民族感情就是这样。国籍更换起来很便当，那只要在一个本本上打几个图章就成。民族感情却是埋藏在灵魂深处的东西，它隐蔽得连本人也不易察觉。正像试管里某种液体，只要兑上那么几滴什么，立刻就会显出本色一样，民族感情也总是在同异族接触或发生抵触——大至民族间的战争，小至一场球赛时，才会表露出来，而且往往强烈到难以自持的地步。"③ 唯其如此，方能以全部身心拥抱民族生活，传扬民族精魂。"傈僳人民信息港"网站上的《我们是谁?》这样描述自己的民族记忆——"我们是一群傈僳族青年，来自无论是听来还是看来还是走来都非常遥远的地方。那是一个抬头一线天，低头一线江，脚下一线路的地方，是我们的祖先和我们的父辈和我们的儿时伙伴们生生不息的地方。虽然我们身在城市，但我们的心依旧在我们的山寨，在我们的家乡，在我们的民族。"④ 其民族情怀溢于言表，读来自然、真切、温暖。

　　当然，在尊重少数民族网络作家民族感情的同时，也应戒备极端民族主义情绪的不当表达，以免过于沉重乃至变形的民族心理扭曲了本来健全的民族体魄。因为，"在架空的历史语境和全球化境遇中，中国网络文学建构出了复杂而丰富的大国想象，涉及中国领土、国家地位、民族尊严、

---

① 罗庆春：《历史使命与文化尊严——中国当代多民族母语文学发展论》，《北方民族大学学报》（哲学社会科学版）2013 年第 2 期。

② 刘大先：《作为文化动力的多民族母语文学》，《文艺报》2014 年 4 月 16 日。

③ 萧乾：《在洋山洋水面前》，《人民文学》1982 年第 7 期。

④ 《我们是谁?》，参见 http：//www.lisuinfo.cn。

文化认同、外交政策等热点问题，与新一轮的民族主义形成了互为因果的关系。网络文学揭示出并试图'解决'中国社会中许多尚未解决的难题，清晰勾勒出了当代中国青年在理性、狂热、虚无、犬儒等复杂的民族意识中寻找认同之路的印迹。网络文学中所体现出的当代民族主义中的一些不良倾向应该引起警惕并加以摒弃"。①

（三）少数民族网络文学是个业已开端但尚不尽如人意的文化之旅

无论如何，少数民族网络文学是个业已开端但尚不尽如人意的民族文化之旅。换言之，少数民族网络文学已经走进我们的生活，但也存在一些无可回避的问题。在克服这些问题的基础上继续拓展少数民族网络文学事业，是摆在我们面前的现实课题。

总体上说，少数民族网络文学与中国网络文学一样充满希望。除网络文学本身的自律性发展外，相关他律性推进措施已经开始发挥作用：新闻出版总署将网络文学纳入中国出版政府奖评选范围；鲁迅文学奖已经向网络文学敞开大门；国内相关单位已举办多次网络文学研讨会（含中国网络文学女作家研讨会）；网络文学正式成为中国作协重点扶持项目。目前，中国网络文学联盟、中国青年网络文学联合会、中国网络诗歌学会、中国文艺理论学会网络文学研究会等已经相继成立并开展工作，"中国民族文学网"建网 10 余年来成效显著。2009 年，中国作家协会鲁迅文学院与盛大文学共同举办的网络文学作家培训班顺利结业；2010 年，鲁迅文学院网络文学编辑培训班如期开班。中国作协党组成员、书记处书记陈崎嵘指出："此次培训班是中国作协第一次举办网络文学编辑培训班，是网络文学历史上第一个全国性的网络文学编辑培训班，也是鲁迅文学院举办的第一个网络文学编辑培训班……大家在虚拟的网络世界里担任文学编辑，对于如何高扬高远的文学理想旗帜，如何集结宏大壮阔的文学队伍，如何推出无愧于时代和人民的精品力作，如何给网民读者以思想启迪、情感愉悦、审美享受，如何避免网络文学粗俗、低俗、媚俗、恶俗的一面等问题，大家都承担着庄严的历史使命和文学责任。"②

---

① 胡疆锋：《"压弯的树枝"——民族主义视野下的中国网络文学》，《文学与文化》2014年第 1 期。

② 参见王觅《鲁迅文学院网络文学编辑培训班结业典礼在京举行》，http：//www. chinaw-riter. com. cn/news/2010/2010-07-30/88246. html。

2013 年 10 月 30 日，中国首家培养网络文学原创作者的公益性大学
"网络文学大学"宣告成立，中文在线董事长童之磊任校长，诺贝尔文学
奖得主莫言担任名誉校长。这标志着网络文学作者得以由纯粹"自发式"
创作阶段步入"职业化"运作旅程。同时，继浙江网络作家学会、上海网
络作家协会成立之后，中国作家协会拟于年内组建中国网络作家协会，由
盛大文学牵头，中文在线、新浪网、大佳网等共同发起，全国 20 余家文
学网站推举的 620 余位网络作家将成为第一梯队候选对象。台湾在 20 世
纪 90 年代中期以后也陆续成立了山抹微云文艺专业站、尤里西斯文社、
椰林风情、自己的房间、全方位艺术家联盟、台湾网路诗实验室、触电新
诗网、FLASH 超文学等文学网站，蔡智恒及其《第一次的亲密接触》更
是将诸如响葫芦、涩柿子、向阳、代橘、大蒙、白灵、海瑟、苏绍连、李
顺兴、须文蔚、林群盛、衣剑舞等带入多媒体、超文本网络文学的殿堂。

然而，网络文学所取得的成绩以及可以预期的前景并不能漂白其当下
存在的问题，少数民族网络文学自然不能例外。因为市场经济体制、网上
写作模式和网站现行运行机制的共同制约，网络文学创作中所表现出来的
情感倾向的自我化、审美趣味的娱乐化、写作题材的类型化、表达技巧的粗
鄙化、市场运作的商业化、民族身份的模糊化等，已经成为阻碍网络文学深
度掘进的现实瓶颈。我们不妨将包括少数民族网络文学在内的整体性网络文
学症候概括为"五化"：虚幻化、浅薄化、粗糙化、趋利化、去民族化。

网络文学崇尚玄幻，想象奇诡，偏好穿越，趋近世俗，但远离当下生
活实际，存在明显的逃离、梦幻、虚脱色彩，总体上缺乏现实关怀、问题
意识和救赎设计。网络让人个性绽放，书写自由，但门槛偏低，把关不
严，时有暴力色情。对此，王蒙尖锐指出："网络化的结果，除了各种方
便与推进以外，也可能带来精神生活浅薄化、快餐化、碎片化与单一化的
危机；有可能培养出一大批什么都知道一点点，什么都是人云亦云、半真
半假，而没有自己的感悟、没有自己的查证、没有自己的任何创见的'聪
明的白痴'式的网络信息小贩；有可能让手段先进的媒介，操控我们的头
脑与灵魂。说得严重一点，就是便捷化与舒适化有可能制造浅薄化与白痴
化。"① 与此相关，各大网站追名逐利，比学赶超，改编成风，盗版泛滥，

---

① 王蒙：《警惕浅薄化与白痴化》，《光明日报》2013 年 1 月 11 日。

致使各自为政，无序竞争，整合乏力，精品不多。难怪刘震云如此批评："我也经常看发表在网络上的作品，有的不仅文学性不强，错别字也很多，一个首页要没有 10 多个错字就不是首页，有的文章竟然连句法都不通，现在网络作品有很多，但真正有独特表达的作品并不多，从文字到文学，我觉得还差'23 公里'。"①

不仅如此，对于少数民族网络文学而言，还出现了民族性不断弱化的"去民族化"倾向，主要体现为观照视野从区域性到国家化、书写语言从民族性到汉语化、习得机制从自在性到体制化、精神向度从本土性到时尚化。藏族作家"心有些乱"（藏名扎西茨仁，汉名洛兵）是个名副其实的多面手——音乐、小说、绘画、电视剧，都很出彩。陪伴他的三个关键词是：音乐、"修云"、作家梦。在北京大学读二年级时，他毅然退学，并于 1990 年抱着一把红棉吉他流浪北京，凭借音乐专辑《你的柔情我永远不懂》一炮走红；最幸福的莫过于网上邂逅大连女孩——那个后来成为他妻子的"修云"；最快乐的便是在网上实现了"久远的作家梦"。日常生活中，人们熟悉他的歌曲《你的柔情我永远不懂》《梦里水乡》《丢手绢》《选择坚强》《这一次我是真的留下来陪你》等，但对其网络作品《护士小雯》《青色片段》《今天可能有爱情》《天才及疯狂的冷漠：致罗琦》《长发盈空的日子：致潘劲东》《伤逝·悼高枫》《那一夜的烟花：张国荣》《雪村：游戏人生的快乐》等可能较为陌生。成名后，他由网络复归"传统"，2001 年第 1 期的《作家》《山花》《钟山》《大家》联袂发表他的四篇小说《宜宾故事》《三里屯的导演》《冰雹》《三打小金刚》，创造了轰动一时的"联网四重奏"。就是这样一位才情型网络作家，如果不细究其民族出身，我们很难想象他是一名藏族网络作家。据此可见，少数民族网络文学的去民族化症状，一方面彰显了民族文化交互发展的必然趋势，另一方面又表现出某些不利于民族文学区域化、民族化、多样化生态传承的现实隐忧。

凡此种种，说明网络文学秩序亟待整饬，网络文学环境急需净化。当务之急，应创新网络文学创作、发行、阅读机制，认真对待并严肃思考少

---

① 参见蔡震《刘震云给网络文学挑刺，从文字到文学还差 23 公里》，《扬子晚报》2008 年 7 月 8 日。

数民族网络文学的入史问题，以期借史学机理葆优汰劣，驱动网络文学业态健康、稳步、永续发展。

二　特色性与经典化：对于文学史的三重建构

"网络文学能否进入文学史，回答是肯定的。作为一种体量巨大、影响深远的历史性存在，网络文学客观上丰富了文学史的内容；作为一种价值性存在，网络文学拓展了文学史的逻辑原点；作为一种功能性存在，网络文学则赋予文学史以更为开阔的意义空间和思维视阈。由此所形成的文学审美观和社会历史观的'关系逻辑'，让网络文学不仅具有入史的前提，也有着入史的必然和意义。作为当代文学的重要一翼，网络文学有足够的资质进入当代文学史的场域，成为不可或缺的组成部分，还应该构建'网络文学史'。"① 网络文学可以入史，少数民族网络文学当然也能入史。从特色化与准经典性的应然立场出发，少数民族网络文学对于当代文学史具有三重建构功能。

（一）回到民族文学现场：强化少数民族文学史的当代意识

新中国成立后，陆续组编了相关族别文学史，出版了若干当代少数民族文学史或少数民族文学史论著作。但在中国总体文学史亦即全民族文学史的浩繁书写中，以下"三大缺席"长期存在：一是少数民族文学缺席；二是港澳台文学缺席；三是网络文学缺席。直到 1997 年，张炯等人主编的《中华文学通史》（全 10 册）由华艺出版社出版（后修订为 12 卷本《中国文学通史》，江苏文艺出版社 2011 年版）才一定程度上弥补了前两大缺憾。少数民族网络文学的出场，不仅进一步填补了中国文学通史的缺憾，而且直接强化了少数民族文学史的当代意识乃至民族特色。

前述少数民族网络文学的民间性和平民性，与口耳相传的少数民族民间文学的发生情境有异曲同工之妙。所不同的是，前者更具个人性，而后者拥有突出的集体性。尽管我们对已经出现并可能继续出现的"去民族化"倾向心存疑虑，但相对于声势浩大的汉民族网络文学而言，少数民族网络文学的民族性在场身份仍然依稀可见，有些文本所显露出来的民族特色甚至较为浓厚。

---

① 欧阳友权：《重写文学史与网络文学"入史"问题》，《河北学刊》2013 年第 5 期。

　　"60 后"藏族网络作家"阿里狼客"（藏名旺秀才丹）毕业于华东师范大学中文系，后在中国社会科学院研究生院作家班进修，现任《西北民族大学学报》副编审。早期在纸媒发表文学作品，2004 年创办藏人文化网并任总监，先后担任天涯社区、天涯诗会等多家文学论坛版主，建有多个个人文学博客，发表诗作《大树》《鲜花与酒徒》《梦幻五章》《平原的黄昏》及随笔《一代人的人文生活写意》等大量网络作品。1999 年策划成立西藏妙音工作室，以"朝觐心灵的圣地"为理念，策划、拍摄、编辑、出版《爱心中爆发的智慧书系》《圣地梵音》等藏族文化书籍和音像制品。2007 年与藏人文化网总编辑才旺瑙乳做客新浪，接受关于藏人文化网及藏族文化的访谈，并与万玛才旦联合出版莲花生大师传记《大师在西藏》。这是一位有着清醒民族意识和强烈民族现场感的作家，其纸质作品、网络文学和一系列藏族文化实践活动彼此联动，互为印证，为藏文化的阐扬做出了实实在在的贡献。相对而言，这种自觉回到民族现场的少数民族网络文学作家还有藏族作家刚杰·索木东、嘎代才让（"西部藏人"）、白玛娜珍、梅卓，蒙古族作家格日勒其木格·黑鹤、沙·布和、萨娜，苗族作家杨昌祥，瑶族作家唐玉文，满族作家金子，土家族作家米米七月等。这些少数民族作家通过网络文学方式在主流文学的边缘地带虔诚坚守着自己的民族记忆，他们的作品因此具有了某种"抵抗遗忘"的悲壮气质。

　　但是，毋庸讳言，目前这类作家数量偏少，大多年轻的少数民族网络文学作家除少数民族出身外，创作题材、主题、语言都严重汉化或去民族化。但这种创作倾向本身对少数民族文学史而言也具有某种"活化石"的价值，亦即具有文学史的存储和鉴知意义。马季在论及少数民族网络文学中的流浪意识时指出："在少数民族作家的人生实践中，流浪意识开始重新抬头。他们带着追求新生活的渴望，在各大城市之间游走，不但能够适应气候、语言和饮食的变换，而且渴望生命在狂热和惨烈中释放出能量。他们带着自己的民族身份，在艰难的自我寻找中跋涉，他们用自己的写作展示了新一代民族作家多样的人生诉求，使得整个中华民族的文化更具有包容性和坚韧性。"[1] 这种包容性写作在汉族作家的民族题材创作中同样

---

① 马季：《少数民族网络文学的价值与意义》，《南方文坛》2011 年第 5 期。

有着互文性的表现，最突出的例证莫过于《藏地密码》的问世。汉族作家何马出生在藏区，前后深入西藏 10 年之久，2008 年在网络上集纳式发表关于西藏自然、文化、社会的"百科全书式的小说"《藏地密码》，以至于很多人都误以为他是藏族作家。这说明，走进少数民族生活现场绝非少数民族作家的专利。令人欣慰的是，少数民族文学的网络化空间日渐拓展，除前述相关综合性网站外，中国作协和部分少数民族地区作协或文联陆续创办了一批文学专业网站，如中国作家网、新疆作家网、内蒙古作家网、广西文联网等，它们为发展民族文学、弘扬民族文化架设了更为宽广的桥梁。少数民族文学期刊也纷纷将视线投向网络，《民族文学》《花的原野》《回族文学》均开通了网络版，《民族文学》甚至用汉、蒙、藏、维、哈、朝 6 种文字同时出版。多措并举的现实努力，预示着包括少数民族网络文学在内的少数民族文学的又一个春天正在到来。

（二）重建多元文学秩序：优化当代文学史的结构布局

网络文学毫无疑义地隶属于当代文学的界域。社会生活是其深厚土壤，传统文学是其母体，以计算机为主脑的现代网络技术是其脐带。从逻辑层面排序，少数民族网络文学首先应该是文学，其次应该是少数民族文学，最后才应该是少数民族网络文学。少数民族网络文学对于当代文学史结构布局的优化功能，主要体现在三个层面：补足原有文学板块；修正传统写作体制；确立新型文学秩序。

首先是补足原有文学板块。如前所述，中国当代文学史原有体例中，少数民族文学和网络文学严重缺席，造成当代文学史结构布局的不完整性。在"重写文学史"的倡导中，少数民族网络文学应被纳入"重写"轨道。真正意义上的少数民族网络文学，不仅客观上具有民族板块和网络构型上的文学史补足功能，而且它那掩饰不住的主题上的非训导性、话题上的去公共性和形式上的自便性，更多地暗合了文学的自我性、相对性和多元性，相当程度上承担着走出现代进而步入后现代"去中心化"的文化意味。正视并重视这一事实，势必改变我们习焉不察、习以为常的文学观念，进而引发重构当代文学史的冲动。因而，"网络文学的发展，不仅仅是增加了一种文学形式，它在不知不觉间改变了整个文学的形态，也改变着我们关于文学的基本观念，改变了我们的提问方式。当面对着纷繁复杂的网络文学时，我们所要去追问的不再是'文学是什么'，而是文学性是什么？即我们界定网络文学的出发点不是‘文学’，而是‘文学性’"。① 由此可见，少数民族网络文学之所以具备进入当代文学史框架的资质，并不一定是因为率先考虑了它的民族属性，更重要的还在于必须顾及数字化时代文学形态的异质新构特征和"文学性"的网络流动本质。

其次是修正传统写作体制。传统文学体制将文学视为社会意识形态，而在更为激进的革命年代，文学则"被齿轮和螺丝钉"化，要求文学、文学批评和文学理论为政治乃至阶级服务。与此相应，几乎所有的作家都被约束在一定的机制之中，如作协、文联、学会或其他相关院所。"新中国成立以后建立起来的当代文学生产机制是以各级作协为领导、以作协主办的文学期刊为中心的网状结构。与作协—期刊相配套的是专业—业余作家体制。中国作协和各省市级作协都有专业作家编制，虽然人数仅在数千，但与此相配的是一支堪称百万大军的业余作者队伍。他们分布在生活的第一线，从各级文学期刊到厂矿田间的墙报都是他们的发表空间。无论我们今天如何评论这一文学体制和文艺政策的影响功过，都不能否认一个事实，它在一个文盲众多的国度，全面而迅速地建立起一个文学阅读—写作者的网络系统，这个系统是‘新时期’文学复苏和产生轰动效应的基础。"② 历史地看，传统作家体制和创作机制或许是必要的，但在市场经济体制逐步确立并不断完善的今天，传统管理框架的惰性也逐渐显现出来，并日渐成为当今文学创新发展的桎梏。少数民族网络文学等新型文学样态的诞生，不仅突破了传统的写作体制机制，而且也丰富了当代文学形态的审美内涵和文学史的构成方式，其对传统格式的解构和对当代文学"移动盘"的刷新功能有目共睹。所以说，"网络文学的平民式游戏特点，解构了传统文学文以载道的教化作用；网络文学的数字式传播方式，解构了传统文学的纸质存在方式和生产传播方式；网络文学的自由写作状态和作者、读者的界限消融，解构了作者中心地位，并且在这个解构的过程中，以特有的方式重构了网络文学独有的审美体系，获得了属于自己的独

---

① 马汉广：《网络文学的间性存在与文学性》，《吉林师范大学学报》（人文社会科学版）2013 年第 5 期。

② 邵燕君：《网络文学对当代文学研究者的意义》，《芒种》2013 年第 17 期。

特的审美价值"。① 这样，包括少数民族网络文学在内的整个网络文学行业对于国家意识形态话语以及随之而来的宏大叙事就构成一种无形而巨大的修正力量，并极大地增强了文学话语的自主性，总体上优化了中国当代文学史的结构布局。

最后是确立新型文学秩序。在这个信息化、网络化、碎片化时代，网络文学的创作、传播与接收方式，恰好适应了"去经典"的泛阅读、浅阅读的需求。与此相反的是，文学史建构中的"汰滤机制"则客观上阻滞了网络文学快餐化、粗鄙化的倾向，或者说"文学史"建构的固有责任使日常书写通过"选择"和"压缩"的方式走向精致和经典，亦即经典化。对于当代文学史建构机能而言，网络文学经典化以及由此而来的网络文学经典作品是确立新型文学秩序的关键所在。所谓网络文学经典化，主要包含四层意思：一是网络文学在其生成、发展过程中客观上受到了传统纸质文学经典潜移默化的影响；二是网络文学经由 10 余年的历练已经初步形成自身的写作传统和文体规范；三是正规出版或影视改编等再度创作对于原生性网络文学作品的思想渗透与艺术施加；四是文学史在吸纳网络文学入史时优胜劣汰机制的功能性发挥。这四种行为方式的结果，客观上促成了网络文学的准经典性发生和相对意义上的经典效果。较为公允的评价是，网络文学有着异于传统纸质文学的叙事伦理和文体规范，而少数民族网络文学则在遵循网络文学普遍规律的基础上存在着有别于一般网络文学的民族性征。在网络文学的经典化过程中，《第一次的亲密接触》《杜拉拉升职记》《山楂树之恋》《和空姐一起的日子》《蜗居》《双面胶》《遍地狼烟》《步步惊心》《后宫·甄嬛传》《裸婚时代》《小儿难养》《回到明朝当王爷》《大魔术师》《熟女那二的私房生活》等作品在影视制作工艺的烘托中已经具备经典形态，它们进入当代文学史和影视艺术史的可能性大大提高。《夜上海》《梦回大清》《一霎移魂变古今》《护士小雯》《今天可能有爱情》《一品闺秀》《零度青春》《砖头王老五相亲记》《失落的村庄》《神曲马头琴》《一座城市的故事》《瑶乡传奇》等少数民族网络文学也初具准经典作品雏形。从文学史的"准入"规制来看，准经典网

---

① 王晓英：《论网络文学对传统文学审美体系的解构》，《武汉大学学报》（人文科学版）2013 年第 6 期。

络文学通过经典化可进入经典网络文学行列，其间大多自愿接受正式刊物或正规出版社的打磨式"改编"。据此判断，少数民族网络文学对于新兴文学秩序的有效重建需要"三步走"——依次走进少数民族网络文学史、中国网络文学史和中国当代文学史。

（三）激活世界对话能量：提升中华文学史的国际形象

网络传播速度快、立体化、多维度、无边界、交互性等特点，不仅加速了全球化的进程，而且改变了既定民族经济、国家主权、文化安全、世界和平的定义方式。正因为如此，以美国为首的西方发达国家将互联网作为谋取优势国际地位的战略制高点，导致不对称信息暴力层出不穷，没有硝烟的"网络战争"一触即发，英语传播已然成为网络话语霸权的显要标志，网络文化入侵随之构成后殖民主义策略的基本组成部分。广大网民越来越确信，美国未来学家阿尔温·托夫勒早年的预言正在变成严峻现实——"世界已经离开了依靠暴力与金钱控制的时代，而未来世界政治的魔方将控制在拥有信息强权的人手里，他们会使用手中掌握的网络控制权、信息发布权，利用英语这种强大的文化语言优势，达到暴力金钱无法征服的目的。"① 正是在这种国际环境下，网络文学作为网络文化战略最为柔软的"人学"路径延伸开来。

承前所论，网络文学不仅是我国民族文学新潮、当代文学气象，而且也是一种世界性的文化现象。中国网络文学虽然源自民间，但终归要凝聚为民族国家的文化力量，成为国家综合实力的重要表征。随着网络写作的不断深化和网络技术的日臻完善，中国少数民族网络文学必将也必须以自身的独特风采汇入中国当代网络文学的江河，从而使中国网络文学以更加丰厚的实力、更加饱满的热情、更加充沛的能量参与世界对话和全球竞争，进而提升中华文学史的国际形象。

辩证地看，不同网络文学集群之间既有矛盾冲突的一面，也有交融互补的一面。否则，个人文学的民族化、民族文学的国家化、国家文学的世界化便不可想象。在此基点上，重温歌德、马克思、韦勒克等人关于世界文学的判断或许是必要的。歌德谈及世界文学时曾说："问题不在于各民族都应按照一个方式去思想，而在他们应该互相认识，互相了解；假如他

---

① ［美］阿尔温·托夫勒：《权力的转移》，中共中央党校出版社1991年版，第465页。

们不肯互相喜爱至少也应学会互相宽容。"① 歌德尊重民族文学的独特性和多样性，同时赞成不同民族文学间的互相认识、互相了解、互相喜爱、互相宽容。这四个"互相"，可视为处理当今世界网络文学关系的"外交指南"。马克思、恩格斯认为，民族沟通与国家交往打破了各自为政的封闭状态，文学的世界性对话成为不可阻挡的历史趋势。马克思执笔写道："过去那种地方的和民族的自给自足和闭关自守状态，被各民族的各方面的互相往来和各方面的互相依赖所代替了。物质的生产是如此，精神的生产也是如此。各民族的精神产品成了公共的财产。民族的片面性和局限性日益成为不可能，于是由许多种民族的和地方的文学形成了一种世界的文学。"② 显然，马克思主义原典作家十分看重各民族间的互相往来和互相依赖，其结果形成维系人类未来的共同的精神财产——"世界文学"。而在韦勒克眼中，"世界文学"至少有三种含义，但主要是指在各民族文学基础上文学构成方式的世界性，更多地估量到日趋密切的世界关系对于文学交流的重要意义，自然包括电子媒介对于文学传播的托举作用。因此，在网络时代，无论是少数民族原生性网络文学还是中华民族文学的网络化传播，都必然处在网状联系之中，都必须接受他者文化的熏染，都注定要在广义的文学间性语境中多元共生。因此，"处于世界文学时代的民族文学，都是民族发展和国际发展的统一，因而其民族性都是吸收和融含了其他民族因素的开放的民族性"。③ 如此说来，我国少数民族网络文学在追求自身特色的同时，还必须兼备面向世界的眼光和能力，包括母语、汉语、英语、双语、多语写作和交往的气魄和实力。这表明，在网络世界中，所谓文学的民族性其实是有限度的。

三　大数据时代与多民族文学史观：持续前行的潜力

少数民族网络文学的历史发生、文化性状、现实处境以及对于当代文学史建构的多重功能，表明它正处在成长的路上。日新月异的网络技术支撑、多元一体民族文学史观的理论鼓励、持续拓展的现实机遇，合力规定

---

① 转引自《朱光潜美学文集》（第 4 卷），上海文艺出版社 1984 年版，第 458 页。

② 马克思、恩格斯：《共产党宣言》，《马克思恩格斯文集》（第二卷），人民出版社 2009 年版，第 35 页。

③ 钱念孙：《论世界文学与民族文学的关系》，《文艺理论研究》1986 年第 6 期。

了网络文学事业的开放性与未来性。

（一）大数据时代助力网络文学的原生品格

网络文学的生成与发展，与数字技术与媒体环境紧密相关。不过，真正意义上的网络文学并非传统纸质文学的网络化"寄存"，而是借助数字网络技术创作、传播、接受并可在线生成互动性、多媒体、超文本效果的原生性（或称原创性）文学生产行为。也就是说，在技术因素成为文艺生产广义修辞方式的时代，网络媒介技术的生产力意味分外浓厚。作为技术化、信息化发展的必然结果，大数据时代的来临为网络文学的原生品格提供了强有力的物质保证。

大数据（big data）又称巨量数据，指在一定时间内无法用常规软件工具对其内容进行抓取、管理和处理的数据集合，具有数据体量巨大、数据类型多样、处理速度极快、价值密度较低等特点。大数据作为技术方式，也指从各种类型的海量数据中快速获取相关信息的技能，它适用于互联网、大规模数据库并行处理（MPP）、分布式数据库、分布式文件系统、云计算平台以及其他可扩展的存储系统。大数据的强大功能在于，它不仅成为新一代信息技术融合应用的结点和信息产业不断高速增长的动力，而且促使科研观念和手段发生重大转变，并开始发挥提高社会核心竞争力的作用。对于包括少数民族网络文学在内的中国网络文学发展战略而言，大数据的直接效能主要体现在五个方面，一是拓宽创作路径，二是强化立体呈现，三是加快传播速率，四是扩充接受界面，五是增殖辐射效应。

大数据的超强功效，与网络文学巨大而快速的增殖需求一拍即合，网络文学可望借此提高表达个人感情、民族意识、国家意志乃至人类愿景的效率与活力。2014 年 7 月 21 日，CNNIC 在京发布第 34 次《中国互联网络发展状况统计报告》。报告显示，截至 2014 年 6 月，我国互联网普及率达到 46.9%，网民规模达 6.32 亿。其中手机网民规模为 5.27 亿，手机使用率达 83.4%，首次超过传统 PC 整体 80.9% 的使用率，手机作为第一大上网终端的地位更加巩固。[①] 关于少数民族地区网络使用情况，中央民族大学岳广鹏数年前做过调查。据他介绍，"曾组织来自全国少数民族地区的 200 名大学生，开展过'少数民族网络使用情况'的问卷调查，面向

---

① 参见 http://www.cnnic.net.cn/hlwfzyj/hlwxzbg/hlwtjbg/201407/t20140721_47437.htm。

17 个少数民族地区，调查了 122 个自治乡、176 个自治村……结果显示，被调查的 176 个自治村，网络普及率为 13.2%，远低于全国平均水平。这其中，网络普及率高低与少数民族人口多少无关。低于 30 岁的年轻群体是少数民族上网主体，占 83.1%，10 岁到 19 岁的网民接近一半，而初中以下学历占 53.4%。而且，由于民族地区的交通和通信设施原因，有 56% 的少数民族网民通过手机上网"。① 经过近几年的发展，我国少数民族地区的网络普及率大幅提升，移动手机上网仍为主流浏览方式。这表明，我国作为第一网民大国"正以白蚁的生殖速度向文学的纵深前进"，微博文学和手机在线阅读成为网络文学新趋向，移动互联网越来越显示出最大限度地释放网络文学价值空间的优势。

　　大数据时代网络技术的强力支撑，一方面刺激了我国包括少数民族网络文学在内的原生性网络文学事业的转型欲求；另一方面也催生了具有中国特色的网络文学批评和网络文学理论知识谱系的开创性尝试，诸多新思维、新概念、新范畴得到初步梳理和阐释，甚至出现了《网络文学论纲》《网络文学本体论》一类的理论专著。对此，欧阳友权做出了精要总结："传媒技术对文学的深度介入和文学生产与'程序至要'的密切'联姻'，让文学的知识场出现大范围知识'内爆'和概念创生，许多传统的理论命题和逻辑范畴被搁置或遮蔽，一大批与数字技术密切关联的知识性概念，如新媒体、数字化、超文本、多媒体、万维网、阅读器、赛博空间、虚拟现实、在线漫游、软载体、地球村等，成为了解、熟悉网络文学的入门知识。一些贴近文学的新概念和它们背后所蕴含的新知识，如以机换笔、读屏时代、数码文本、链接修辞、手机文学、博客写作、比特叙事、间性主体、签约作者、付费阅读乃至感觉撒播、平庸崇拜、欲望修辞、程序创作、渎圣思维、脱冕写作、文学祛魅、新民间文学、全版权转让……无不超越传统的文学知识视野，让许多人在这些'陌生化'的术语和知识面前失去原有的文学自信。不过，网络文学中的知识更新通常是在艺术形式的创新中呈现出来的，由于网络作品时常消弭艺术与文学、文学与非文学、纪实与虚构、交流与表达的界限，让文学的固有形态出现衍生或异变，而

---

　　① 参见明江《网络不过是人类的新玩具？——关于网络与少数民族文化的对话》，《文艺报》2011 年 6 月 13 日。

网络视频、音频、符号链接技术的便捷使用，让多媒体和超文本文学实验的'类综合艺术'跨越文学边界，使艺术形式创新成为文学知识更新的先导和引擎，又让形式创新、知识更新成为文学功能模式构建的新内容。于是，网络文学的形态变化和形式创新成为文学史意义书写的组成部分。"①中国作家网副主编马季长期关注少数民族网络创作，先后撰写了《网络时代的民族文学生态》《民族作家队伍中的网络星辰》《在虚实之间穿越与流浪——回族网络作家夜有轻寒、兰喜喜创作简论》等多篇论文。姚新勇也发表了《网络、文学、少数民族及知识—情感共同体》等少数民族网络文学研究成果。从创作实践的拓展到理论批评的晋级，说明中国网络文学事业正向纵深迈进。

（二）多民族文学史观激发少数民族文学生态的多样性

大数据时代的技术力量固然重要，但技术至上主义并不可取，网络文学之为文学的人文情怀更为重要。作家韩少功说过，"如果我有过抗议的话，我只是抗议某种线性进步史观，抗议某种现代人肤浅的优越感。他们以为技术的进步就是幸福的升级，但事实从来不能证明这一点。相反，工业时代的战争是最多的，死人是最多的。人类如果是有出息的话，就是要发扬工业文明、农业文明等各种文明形态中好的东西，尽可能避免各种文明遗产中的糟粕。"② 对待文化传统如此，对待新生事物也应如此。这就涉及文学史观问题。借用新历史主义的观点，我们不妨将中国文学史或中华文学史看作大写的单数的文学史，多民族文学史或少数民族文学史则是小写的复数的文学史，而少数民族网络文学史可视为小写的单数文学史。小写的单数或复数文学史，终归要汇入大写的总体化单数文学史。费孝通先生用"多元一体"来涵括中华多民族大家庭的基本格局，中国文学特别是中国当代文学同样体现了"多元一体"的总体特征。

倡导"多元一体"的包容性、整体性多民族文学史观，不仅符合中国多民族当代文学的多元需求和生动现实，而且有利于保护少数民族文学生态的多样性和丰富性，有利于在世界文学视野中培育繁花似锦的中国文学总体形象。满族学者关纪新对此有过透彻分析："'中华民族多元一体格

---

① 欧阳友权：《重写文学史与网络文学"入史"问题》，《河北学刊》2013 年第 5 期。

② 韩少功：《没有人可以挽留昨天的长辫子》，《新京报》2006 年 10 月 26 日。

局'学说，从'多元'和'一体'两个侧面及其相互关联上，诠释了我国民族历史发展和现实存在的本质。其中强调'多元'是指各兄弟民族各有起源、形成、发展的历史，其文化、社会也各具特点而区别于另外的民族；'一体'则是指各民族的发展相互关联、相互补充、相互依存，与整体有着不可分割的内在联系和共同的民族利益。这一学说认为，中国文化不是单质板块，而是一个由多元多层次组成的网络体系……在这个民族实体里，所有归属的成分都已具有高一层次的民族认同意识，即共休戚、共存亡、共荣辱、共命运的感情和道义。"① 在他看来，只有普遍具备了中华多民族文学史观，才能真正开辟有效协调多民族文学关系的健康局面，从而走上亲近与尊重各兄弟民族文学的康庄道路。壮族学者梁庭望则从文化地理学的角度审视这一问题。他认为，"中华文化是由中原旱地农业文化圈、北方森林草原狩猎游牧文化圈、西南高原农牧文化圈、江南稻作文化圈构成的，以中原旱地农业文化圈的汉族文化为中华文化的主体，其他三个分布少数民族的文化圈呈'匚'形围绕在中原文化圈周围。由于相邻文化区之间都有重合部分，遂使11个文化区呈链形勾连，在时空上环环相扣。各文化圈、文化区之间的文化互相辐射，并由经济纽带、政治纽带、文化纽带和血缘纽带连在一起，从而使中华文化呈现出多元一体格局。正是这一格局，构成了中华文学的历史背景，使汉文学和少数民族文学之间你中有我，我中有你。因此，中华文学是由汉文学和少数民族文学构成的，中华文学史应当是以汉文学为主体的多民族文学史"。② 上述两位少数民族学者分别从方法论和构成论的层面阐述了多民族文学史观的必要性与可能性，为少数民族网络文学的持续发展和深层掘进提供了学理依据。

多民族文学史观对于当代文学史最大的学理与伦理支持，便是对少数民族文学生存权与发展权的高度尊重。多民族文学史观虽然不等于多民族文学史，但这种马克思主义唯物史观可以帮助文学研究者方法论层面的具体操作，可以激励包括网络文学创作在内的少数民族作家醒脑提神、奋发有为，毅然肩负起振兴少数民族当代文学的历史使命。在这个过程中，各

① 关纪新：《创建并确立中华多民族文学史观》，《民族文学研究》2007 年第 2 期。
② 梁庭望：《中华文化板块结构和多民族文学史观》，《民族文学研究》2008 年第 3 期。

民族多形态文学之间关系的协同并进尤为重要，因而文学批评的指正作用和文学理论的引领职责不可小视。汤晓青特别提醒，在多民族文学史观的有机视阈中，尤其要重视各民族文学关系的研究。为此，她系统提出七个"注意"："开展中国各民族文学关系研究，既注意研究汉族文学对少数民族文学的影响，也注意研究少数民族文学对汉族文学的影响，还注意研究各少数民族文学相互之间的影响问题；既注意到不同民族书面文学之间的相互影响，也注意到不同民族民间文学作品流传过程中的相互影响；既注意文学作品流传过程中的互相影响和促进，也注意研究在同一历史朝代中接受群体之结构变化对文学发展的影响，以及不同民族作家之间的交往对文学发展的影响等等。"① 这实际上是对"多元一体"多民族文学机制的具体敞开。这种包容而辩证的理论敞开，无疑有益于少数民族网络文学等新型文学的空间配置和地位提升。

（三）全球化、改革深化、西部大开发共建少数民族网络文学平台

少数民族文学特别是少数民族网络文学的当代发展，除前述技术支撑和理论鼓励外，还有赖于民族地区交往与对话的三重现实契机，即国际上的全球化语境以及国内的深化改革和西部大开发战略的实施。

随着工业化、技术化、信息化时代的到来，人类已经全面步入全球化时代，这已是无可争辩的现实境遇。问题在于，全球化语境为民族文化的生存与发展带来了什么？或者说在全球化语境下民族文化会不会丧失其独特性？钱中文的观点颇具启发性。在论述全球化趋势中民族文学与世界文学的复杂关系时，他深刻辨析了"两种全球化"的异同。他认为，经济全球化与文化全球化几乎同时发生，但这两种全球化具有不同的发生机制和表现形态。在经济全球化的总体趋势中，文化全球化同时具有现实性和不可能性。"现实性在于物质性文化与表层的精神文化全球化、一体化是可能的、现实的；不可能性在于各个民族深层文化的原本的多元性特征和国家、民族赖以生存的文化传承、民族文化精神以及民族文化心理积淀、文化素质所形成的文化价值、精神使然……世界文学是各个国家、民族优秀文学的汇集，很难说是某种独立的文学形态。不同文学之间存在趋同性，

① 汤晓青：《比较文学视阈下的中国各民族文学关系研究》，《新疆大学学报》（哲学·人文社会科学版）2006 年第 1 期。

但并非一体性；文学在交往、融合中创新，获得新质，同时又存在民族文化的认同；文学受到现代性的制约，具有开放的世界性倾向，但又受到本土化、民族特性乃至民族主义取向的影响。文学的生命力在于民族性与世界性之间，而不是越是世界的就越是民族的，也不是越是民族的就越是世界的。"① 也就是说，在全球化大趋势的簇拥下，包括文学艺术在内的各民族国家的文化集成，一方面具有趋同性，另一方面又具有趋异性，从而构成守正与创新的张力关系，这种张力关系状态恰恰是区域性民族文学持续高扬的增长点。全球化语境对于中国少数民族网络文学而言，更大的意义在于为其走出家门、走出国门进而走向世界提供了便捷的通道和展示的平台。藏族学者严英秀清醒地认识到这一点："全球化现代化的战车隆隆驶过，没有哪一个民族哪一个地域能幸免于难，在这样的境遇中，毫无警惕和批判精神地迎合外来潮流，对自己的民族文化缺少热爱的情感和保护的立场，自然是错误的。但固守自己的民族文化，拒绝学习、融合、发展，想以一种纯粹的民族性对抗人类文明的总体进程，这更是肤浅的，盲目的，从根本上说也是虚妄的。"② 这种开放的文化心态，有利于中国少数民族网络文学在更广范围内和更高层次上参与国际文学大循环。

改革开放 30 余年来，中国的社会生活发生了巨大变化，文化要素也经历了由经济附庸到软实力再到核心竞争力的跃升过程。十七届六中全会专门做出《中共中央关于深化文化体制改革推动社会主义文化大发展大繁荣若干重大问题的决定》，十八届三中全会进一步提出完善文化管理体制、建立健全现代文化市场体系、构建现代公共文化服务体系、提高文化开放水平的总体要求。文化部随之面向边疆民族地区实施"边疆万里数字文化长廊"建设项目，构建广覆盖、高效能的公共数字文化服务网，为民族地区网络文学更快发展增添了羽翼。与此同时，国家实施的西部大开发战略已经凸显出多方面的"文学意义"：一是加速民族交往，推动观念更新；二是促进经济社会发展，刺激创作灵感；三是畅通信息渠道，解放网络创作生产力。西部大开发命题中的"西部"，是我国少数民族的主要聚居地，在现有 155 个民族自治单元中，有 5 个自治区、27 个自治州、84 个自治

---

① 钱中文：《论民族文学与世界文学》，《中国文化研究》2003 年春之卷。
② 严英秀：《论当下少数民族文学的民族性和现代性》，《民族文学研究》2010 年第 1 期。

县（旗）在西部，占西部地区总面积的 86.4%。湖南湘西、湖北恩施两个土家族、苗族自治州及吉林的延边朝鲜族自治州虽然不在西部，但也享受西部大开发的优惠政策。由此可见，西部大开发实际上就是民族地区大开发。伴随着西部大开发的鼓点，中国作协明确提出推进民族文学大发展的"八条思路"：实施少数民族文学精品战略；加快培养少数民族作家的步伐；推动少数民族文字创作和翻译出版；完善少数民族文学评奖；扶持少数民族文学刊物和网站；支持少数民族地区作协的工作；扩大对少数民族文学作品的宣传推介；加强少数民族文学的理论研究和评论。[①] 通过数年实践，上述思路已经并将继续取得实效，尤其是少数民族作家培训班以及网络作家、编辑培训活动更是为少数民族网络文学的深度推进做出了显著贡献。

　　总之，对于良莠不齐、方兴未艾、曙光初现的少数民族网络文学，既不可视而不见、避而不谈，也不必顶礼膜拜、夸大其词。本文的出发点是少数民族网络文学，落脚点却是整个中国网络文学，价值旨归则趋向网络文学形态对于当代文学史的建构功能。从当代文学的具体构成和宏观形象来衡量，少数民族网络文学既是少数民族文学的当代发展，也是网络文学的有机组成部分，严格地说是"多元一体"的中国当代文学在网媒时代的必然衍生形态。它的出现，丰富了中国当代文学的色彩，完善了当代文学的格局。当然，我们虽然对少数民族网络文学的本体功效和发展前景总体上做出乐观判断，但这并不意味着汉民族传统文学就不重要了，更不等于网络文学自此雄霸天下。事实上，少数民族网络文学的边缘性、区域性、民间性乃至艺术表达上的粗鄙化还将长期存在。正因为如此，我们正视少数民族网络文学的文化建构作用，呼吁作家承担应有的社会和人生使命，使网络文学健康运行在"人学"的本质轨道上，让少数民族网络文学在维护民族团结、推动社会进步、促进国家发展、保障世界和平方面发挥更为积极的文化职能。

---

　　① 　参见李冰《在第五届全国少数民族文学创作会议上的讲话》，《文艺报》2012 年 9 月 19 日。

跨文化视野中青海藏族当代作家汉语创作谈

——以才旦小说创作为例

孔占芳

（青海师范大学）

一

中国少数民族文学创作以其独特的地域风情、风俗文化、民族情怀和生存方式丰富着中国文学乃至世界文学，丰盈着人类的精神文化，是弥足珍贵的人类智慧、文化和情感的宝库。这是研究少数民族文学的意义所在。使用藏、汉两种语言文字进行创作的中国当代藏族文学也不例外。本文所论及的是青海当代用汉语创作的藏族作家作品的情况，以才旦小说创作为例。

众所周知，任何优秀的文学作品必定植根于特定的地域空间和民族传统文化的土壤。钱穆先生在《中国文化史导论·弁言》中指出："各地域各民族文化精神之差异，究其根源，最先还是由于自然环境之分别，这种自然环境的差异直接影响着人们的生活方式，并由其自然方式影响着民族的文化精神。"① 藏族作家的作品产生于青藏高原这一特殊的藏地区域。传统意义上的藏族地区分为卫藏地区、安多藏区和康巴藏区。如前所述，不同的地域空间和历史文化塑造了藏族文学不同的特质，就"藏地三区"的文学创作而言，显示出同一民族因地域的差异而呈现出的个性与特色。

青海就处于藏地三区的安多藏区的大部分区域。安多藏区位于羌塘高

---

① 张岱年：《中国文化概论》，北京师范大学出版社 1994 年版。

原，介于青海、甘肃、四川与西藏接壤的高山峡谷地带。其地理范围包括青海省的果洛藏族自治州、海西蒙古族藏族自治州、海南藏族自治州、海北藏族自治州、海东地区和黄南藏族自治州；甘肃省的甘南藏族自治州，天祝藏族自治县；四川省的阿坝藏族羌族自治州等地区。

　　青海的安多藏域，自古以来就是一个民族的汇聚地带。现在青海省依然是典型的多民族省份，根据 2010 年第六次人口普查，全省共有 55 个少数民族，56 个民族中只缺珞巴族。全省少数民族人口为 264 万人，少数民族中人口超过万人的有藏族、回族、土族、撒拉族、蒙古族等 5 个民族。其中藏族是青海省少数民族中人数最多，分布最广的民族，人口超过百万人，占全省少数民族人口的 52.02%[①]，遍布全省各地，尤以海北、海南、黄南、果洛、玉树、海西等牧区人数最多，主要从事畜牧业和农业，全民信奉藏传佛教。

　　在不同的历史时期安多藏域经历了"吐蕃化"、部分地区的"蒙古化""汉化"和"伊斯兰化"。各种民族感情在这里调适，佛教、伊斯兰教及各种宗教信仰在这里汇集，文化的碰撞、交流和杂糅，使安多藏域成为多民族聚集的"民族走廊"和多种宗教信仰共存的"众生狂欢之地"。这种多民族聚居、多元文化共存、多种思想共生而导致的诸种文化现象，对文学的创作产生了深远的影响，各民族作家"跨文化""跨族别""跨语际"创作已然成为青海文学界显性的文化印记。

　　青海当代少数民族文学创作，经历了起步、发展和相对繁荣的三个阶段。尤其近 10 年来，青海少数民族文学创作取得了较好成绩，涌现出了一批创作力旺盛、发展潜力深厚的作家和优秀作品，少数民族作家已经成为青海当代文学的一支重要力量。目前，全省省作协会员共有约 800 人，少数民族会员 195 人，占 24.3%；中国作协会员 67 人，少数民族会员 26 人，占 39%，其中包括藏族、蒙古族、回族、土族、撒拉族、彝族、俄罗斯族作家，有 3 人用少数民族文字创作。自 2004 年以来，少数民族作家出版作品 80 余部，其中 17 部获得全国"骏马奖"。第五届鲁迅文学奖和第八届茅盾文学奖评选中，有少数民族作家的两部作品分别入围，充分展示了青海当代少数民族文学在全国重要文学奖项评选中

[①]　《统计分析青海少数民族人口发展情况及特点》，圣才学习网，www.100xuexi.com。

的竞争实力。①

在青海少数民族作家创作中，藏族创作群体是一支非常活跃、成就突出、特征鲜明的创作队伍。就反映青海藏区生活的当代作家汉语创作情况而言，汉族、藏族、蒙古族、回族、撒拉族、土族等作家的创作中"跨越界限"的特征非常突出。有的"跨语际"创作，比如藏汉双语作家龙仁青、万玛才旦、久美多杰等；有的"跨族别"创作，比如杨志军是汉族、察森敖拉是蒙古族，二人用汉语书写藏域生活事象。这些用汉语进行创作的少数民族作家无一例外地都在进行"跨文化"创作，比如，班果、梅卓、才旦等。符合了耿予芳先生对藏族当代文学的创作情况的划分：藏族作者使用藏文；藏族作者使用汉文；藏族作者藏、汉文兼用；"混血儿"作者使用汉文；其他少数民族作者使用藏文；其他少数民族作者使用汉文；藏、汉民族或其他民族作者或译藏、汉文作品。② 其中，用藏汉双语创作和用汉语创作的藏族作家人数仅青海省民族翻译协会有会员 100 余人，在省内和国内有影响的达数 10 位之多。他们的创作不仅丰富了青海文坛，也赢得了省内外的声誉。在少数民族作家"骏马奖"一届至十届获得者中，青海省作家共 17 人，其中藏族作家有 13 人，而用汉文创作的藏族作家就有 9 人。另外，龙仁青的《一双泥靴的婚礼》入围第五届鲁迅文学奖，江洋才让的长篇小说《康巴方式》入围第八届茅盾文学奖。2012年初颁发的首届青海文学奖，最大奖项"终身成就奖"获得者，也是藏族作家多杰才旦。2011 年藏族作家万玛才旦的短篇小说《乌金的牙齿》被《小说选刊》转载后，同时入选人民文学社版、作家社版、漓江社版等 4个 2011 年度全国权威年选本，这在《青海湖》乃至青海文学史上都是空前的。

但在文学创作和评论的关注度上，青海当代藏区文学远远低于西藏文学，甚至安多藏区文学的研究也少于卫藏文学研究。这就显示出研究青海用汉语创作的藏区文学的意义——厘清青海当代用汉语创作的青海作家群体，梳理出跨语际、跨文化、跨族际创作的特色，在跨文化的视野中挖掘

---

① 马学功：《促进青海少数民族文学发展平台建设》，中国作家网，http://www. chinawriter. com. cn 2012. 10. 10。

② 丹珍草：《藏族当代作家汉语创作论》，民族出版社 2008 年版。

多民族碰撞、交流、融合下共同生存的策略。同样，在经济全球化和文化趋同化的大背景下，研究文化的多元化和多样性发展也是现实的需要，这是多民族文化乃至当今世界文化发展的趋势——多种语言和多种文化将并存。怎样促进多民族、多种族文化和社会的和谐、健康发展，对多民族地区的青海藏区文学研究，会有借鉴意义。才旦的小说创作就给了我们这样的启示。

二

才旦是中国作家协会会员，在近 30 年的创作中，以 50 余部中篇小说，近百篇短篇小说，一部长篇小说等总计 400 万字的实绩，成为青海省用汉语创作的重量级藏族作家。作品入选多种选本，获得公安部"金盾文学奖"，《啄木鸟》杂志年度创作奖，新中国成立 40、50、60 周年青海省政府文艺创作奖，2010 年《青海湖》年度文学奖，首届青海文学奖等奖项。现出版中篇小说集《菩提》、短篇小说集《香巴拉的诱惑》、长篇小说《藏香：安多部落王国秘史》。才旦出生于青海东部的农业区——平安，从小受汉文化的浸染，有很好的汉语功底。后在青海民族学院少语言系研修藏文。毕业后在果洛民师执教 14 年。这里是才旦文学创作的发源地。辽阔的草原和牧业生活的悠闲，形成了草原文化特有的审美思维和审美观照——时间的久远感和空间的辽阔感，这深深影响了才旦的创作风格。草原成为才旦小说故事的生长地，草原的辽远绵长浸入了才旦的小说，在才旦不断的言说中绵延成独具藏域特色的地域文化。

因为草原地广人稀，人与人的交流匮乏，这就为想象力的丰富和神秘事象的产生插上了翅膀。而且全民信教的藏族所濡染的藏传佛教本身带有神秘的宗教文化，佛教的轮回转世也成为小说中故事衍生的一部分。这些都为才旦小说的魔幻色彩做好了思维和材料上的准备。一旦与魔幻现实主义的文学思潮相结合，才旦小说便产生了质的飞跃，创作出现井喷期。

才旦的小说，故事发生的环境多在安多藏区，间接地体现了安多藏区的地域风貌、山川地理、物产经济等地域文化的历史变迁。故事的主题体现了安多藏区的文化、民族信仰（关于活佛转世佛教转世）、民族融合、文化浸染、经济交流、民俗民风流变、生态环境恶化、对现代文明的排斥与接纳等。故事情节的特色是双线条叙述，现实与历史交汇，新旧思想碰撞，情节推进很快，引人入胜。环境和细节描写从大处着笔，不拘小节，似安多藏区那广阔的大草原，如高原那碧空的云卷云舒，一气呵成，自然天成，不事雕琢。大部分故事开始时举重若轻，格调明朗、清新，随着情节的推进，"格调沉重，旋律低回——于幽微洞察之中反映整个民族的生存境况。"① 语言清新、粗放、干练，交杂着地域各民族方言、俚语、民歌、格言，具有浓郁的地域特色。人物性格虽各具特色，但深受藏传佛教的影响，依然带有藏族人为人处世的思维模式和风格。一类人物受到现代文明和科学知识文化的熏陶，质疑佛教教义，甚至追逐金钱，成为金钱至上主义者；一类笃行佛教教义，守护着心灵家园；一类徘徊在宗教信仰和世俗生活的夹缝中，痛苦着、思考着、生活着，这类人是藏区接受了跨文化教育的知识分子。大量的人物心理活动的描写，凸显了人性的复杂性和作家求真、向善、趋美的人性追求。对人性本质的塑造，在主题上显现出单纯明净的审美风格。

在近乎荒诞的情节下描述生存的沉重是才旦小说的特色。《蛇塔》可以说是一家祖孙三代女人和两代男人的苦难史。《关于兄弟以及其他的故事》以孤独怅惘的寻找亲人开始，以寻找的失落为终点，贯穿着母亲、弟弟、情人帕珍过去的苦难生活和对现在的生活的反思。为了后代"不是出王就是出侯"，三个同辈在"喜鹊踩蛋的地方是天底下最好的坟茔的地"争先闹着死去。这是《闹死》展现的主题。这看似充满喜剧色彩的闹剧，背后蕴含着经历了太多苦难而急于改变命运的人们的浓厚的悲剧宿命。所以一个充满幸福，没有痛苦的香巴拉就成为人人向往的地方，《香巴拉的诱惑》就是索尔玛家族举族迁移，企求摆脱苦难历程的描写。别的题材的小说也多摆脱不开对现实生活的直面。读他的作品，往往感觉开头写得轻松随意，随着故事的展开，凝重和严肃的倾向越来越明显。

一般情况下，作家生活中所经历的自然风物、乡俗民情、文化传统等不仅形成他的地域文化心理素质，而且由于人文环境的差异性往往导致作家分析阐述对象文化的视角也会有所不同。对才旦而言，一方面，他是藏区生活的亲历者；另一方面，接近汉区的生活、求学、工作的经历，使他成为本民族的"他者"（the other），从而能够客观地从容地审视两种文化

① 梅风：《浪漫的归途与苦难之旅——才旦小说寻根》，《三月三》1993 年第 6 期。

的优劣。生活的磨砺，使他深味着苦难，人生的体悟，触发了命运的追问。你们从哪儿来？我们从苦难的地方来。你们到哪儿去？我们到幸福的地方去。只是追寻的结果并不再重要，重要的是追寻结果的过程，过程依然充满艰辛。于是他把阐释文化的对象选定在广大底层的普通大众身上，从最底层的人物阐发推演，把握民族命脉，反映出民族的现状和未来。

三

才旦在安多这方栖息地，站在"跨文化"的视野，还原出具有民族特色和地域色彩的精神世界，对本民族传统文化中的某些观点有着自己看法。《关于兄弟以及其他的故事》中，我的阿妈在苦难的岁月中等待转经朝佛的日子，把唯一的家产捐给寺院，在羡慕因朝拜而死去的人们时，被朝拜的人们踏死，幸福地超脱；帕珍的阿爸和山后牧场的两个男人为了摆脱困苦，离家到佛祖的家乡，死在寻求财富和幸福的路上；我的兄弟因为贫穷在很小的时候离开家到寺院当喇嘛，后来还俗自费上大学，并娶走了我的情人帕珍；而我则走出大草原，在县城文化馆当了诗人。显然，作者对传统的追求来世的幸福观并不认同，而对其中的陋俗、陋习则在作品中加以适度的批判和指引。同时，对于现代文明的负面影响他也表露出自己深深的担忧。这种创作指向对当代藏族文学汉语创作乃至当代少数民族作家的文学创作是有启示意义的。

当代藏族文学汉语创作的不足之一，是对本民族文化的保护和传承的态度不明晰，为守望而守望，没有拓展守望的意义。就当代少数民族汉语创作而言，在汉文化的大环境中，在国际化、现代化、城镇化的进程日益加快的今天，对民族文化的保护和传承日益重要，一些有见识有文化的有志者致力于对民族文化的保护传承，选择以文学保存文化是其中的保护方式之一。这在当代藏族汉语文学创作中能普遍看到。对一民俗、仪式、建筑、服饰、饮食等带有鲜明民族特色的事相加以详细的叙述和描写，这本来是极好的对本民族文化的守望方式，也有很成功的作家，如阿来。但有部分作家的作品因此成了民族文化历史资料的堆砌，削弱了文学的审美性和抒情性，可读性也就大打折扣了。

当代藏族文学汉语创作另一方面的不足，是没有很好地体现文学来源于生活而高于生活的文学创作原则。笔者认为，高于生活，有两个方面的内涵,一是表现出"理想的愿景",一是以高超的创作技巧呈现出精彩的生活瞬间。前者是文学思想性的体现,是文学的使命。现实生活是磨难和痛苦、幸福和快乐交织的大网,人生的目的和意义是摆脱苦难追求幸福。一部优秀的文学作品,通过人物的命运会告诉读者正确的人生抉择和有意义、有价值的生活追求。在当代藏族文学作品中,书写出现实的生活场景的作品很多,但能够表达理想愿景的作品并不多见,有的甚至对传统文化的精神内涵不加分析和甄别,缺乏文学对人生的指导、启示作用,削弱了文学的思想性,以至于读者费心、费时、费力阅读完作品后一无所获,失望之极。这可能是文学作品越来越远离读者的原因之一。第二个方面,就是创作技巧的问题。文学是人生精彩瞬间的展现,优秀的作品会略去平凡、平庸的事件,抓取人生精彩的片段,剪辑有意义的生活加以呈现。这点在当代藏族作家汉语文学创作中同样不是很明显,一些琐碎、平淡事件的充斥,降低了作品的可读性,这也是文学作品失去读者群的原因之一。孔子说:"言之无文,行而不远。"文学作品的艺术技巧即形式也是影响作品流传广布的重要因素。这就要求作家们不仅要成为本地域、本民族文化的记述者,还要有成为本民族文化的思想者、传承者的理想和追求。才旦的小说创作在这方面自然也是成功的。

才旦的文学创作大致分为两个时期,前期创作大多采用写实手法表现藏域文化生活事象;20 世纪 80 年代末 90 年代初期,受欧美文学思潮影响,写作风格转向魔幻色彩。但无论是写实还是魔幻,小说的素材来源于生活,作家通过艺术表现再现生活,记录着历史的、当下的生活轨迹和思考。一位优秀的作家,他的作品不仅仅追求写作的离奇、畅快,更重要的是他的创作肩负着社会的良知和价值观,对读者具有引导和启示意义,这是文学来源于生活又高于生活的缘由,这也是文学的价值和意义。才旦的小说在这两点上无疑是优秀的。他的很多作品都在努力地追寻着故事叙述背后的意义,正是有了这样的执着,作品主题的拓展提升了作品的思想性和文学品位。诸如短篇小说《香巴拉的诱惑》和《红色袈裟》,同题材不同的叙述方式的写作正是求索意义的结果。才旦的小说创作启示意义就在于:任何优秀的文学作品,都要努力追求思想性和艺术性,否则会湮没在历史的尘埃中。

才旦的创作具有很强的地域性,他的作品关注社会、关注人生与自然，注重亲情，有深切的人文关怀。他对地域、对民族文化的态度是理性的。他既是传统民族文化优秀成果的传播者，也是这一文化的解剖者。

更重要的是，才旦的作品，体现了青海文学需要呈现的一个现象，就是多民族文化的共存和交融的现象，即实现了跨文化视野下的文学创作。他的作品非常好地体现了对文化的包容、对每一种文明的看重，而不是只看重自己民族的文明而对其他民族的文明有一种天然的排除。例如，《蛇塔》中膘娃、瓶儿、美娘从汉地—藏区，旺堆任青从汉区—藏区的寻找路线，暗示着作家的文化价值趋向——文化应该是双向输入的。这一点非常重要。因为青海能够走向全国、走向世界的作品，应该是一个包容的、呈现了青海原本的文化特色即民族众多、文化多元的作品。巴赫金说："在两种文化发生对话和相遇的情况下，他们既不会彼此完全融合，也不会相互混同，各自都会保持自己的统一性、开放性的完整性，然而，他们却相互丰富起来。"① 在我国多民族聚居的背景下，在文化的全球化进程中，观察、研究不同具有跨文化视野作家的作品，了解他们生存的思想、宗教信仰、心理积淀，对民族的融合和不同的文化心理有一定的补益。这就是研究藏族作家汉语创作的意义。我们欣喜地看到，作家们竭尽文学才华，来思考两种文化或多种文化之间的交流、冲突、吸收、融汇、互补，寻找多民族和谐相处的良药。他们的努力展示了在跨文化的视野中更加开放、宽容、自信的民族心理构建，多民族文化碰撞交流中兼容并包，和而不同的生存追求，以及传承和保护民族文化和精神的探寻。跨文化视野下的文学创作对各种文化的包容性，体现了人类对各民族间生存状态的理想愿景，即互相的理解、信任、交融、互利互惠，进而实现平等、自由、独立、和而不同的生存家园的理想，也是人类追求的终极目的。

---

① ［俄］巴赫金：《巴赫金全集》第4卷，河北教育出版社1998年版，第356页。

云南跨境民族母语文学发展及其跨境影响研究

李 瑛

（云南民族大学）

所谓"母语文学"，指的是"翻译与母语原创"，翻译又包含着"民族作家汉语作品母语翻译"和"母语原创汉语翻译"两个方面。在此，对"翻译"概念所做的理解是狭义定义，即仅指两类情况：一是"母语原创汉语翻译"，即指某一少数民族作家母语作品翻译为汉语作品；二是"民族作家汉语作品母语翻译"，即指某一少数民族作家汉语作品翻译为该作家的母语作品，不包括汉族作家汉语作品的民语翻译，也不包括少数民族作家作品之间的互译。

云南是一个多民族、多文化、多宗教的地区，少数民族语言异常丰富，在 25 个世族居民中，除回族、满族、水族通用汉语言外，其他 22 个民族有自己的语言，14 个民族有自己的文字，由此奠定了云南少数民族母语文学形态丰富、体式多样的深厚基础。其中，跨境民族母语文学的发展较为突出，德宏景颇族、德宏傣族、西双版纳傣族、德宏傈僳族、怒江傈僳族、红河哈尼族、文山苗族、红河苗族等民族皆有母语作家创作，包含诗歌、小说、散文、戏剧等多种文体。不过，针对云南跨境民族母语文学的诸多问题的研究，如母语文学的艺术特点、跨境影响等，尤其是母语文学对中国西南边疆多民族地区文化和谐、民族认同的作用与意义等，目前还未被注意和重视。

各民族的迁徙流动、多元民族文化的历史积淀造成了云南 16 个民族跨境分布，他们是苗、瑶、彝、哈尼、景颇、傈僳、拉祜、佤、德昂、怒、独龙、布朗、壮、傣族等，这些民族无论居住在哪一个国家，由于其

"同源异流"的渊源关系，母语交流是他们保持联系的一个重要、有效和现实的方式，而母语文学则对跨境毗邻民族的交流、沟通起到了更高层次的文化影响，即便在平时走亲访友、赶集赴会、民俗节日、歌会歌圩等场合，也可能互相使用母语讲故事、演戏剧，长期以来，形成情感上相互联系、经济上相互往来、文化上相互渗透的局面，因此，母语文学创作犹如边疆地区跨境民族文化交流的一座桥梁，担负着边疆和谐文化建设的重任，其母语文学发展意义深远。第一，具有开发文学软实力资源的作用与意义。党的十八大报告表明，一个民族的繁荣兴盛，必须有文化软实力作为支撑，云南跨境民族母语文学秉持特有的人文精神内涵，对边疆和谐文化建设具有巨大的影响力和感染力。第二，具有文化戍边的作用和意义。近年来，东南亚、南亚地缘政治格局发生了变化，云南跨境民族的作家采用各自的母语创作，或是汉语创作作品的母语翻译形式，对境外相邻民族有着较大的影响，是国家认同、祖国统一的精神武器。第三，具有民族团结的作用和意义。云南跨境民族作家用母语表现本民族生活的作品是促进各民族文化交融、思想交流的纽带，在跨境民族地区所起的作用是强调多种元素共存、各民族和谐与共同进步的理念。第四，母语文学的创作与翻译有助于少数民族语言文字的保留与推广，有助于发掘和弘扬少数民族优秀文化，使之不断前进。

云南跨境民族作家母语原创作品蕴含着深厚的民族文化精神，对离散分布于不同国度的民族认同起到了正面的积极作用。这个领域创作的主力军有两种影响形态表现：一是有一大批默默耕耘的基层作者，其作品多数发布于地方母语刊物，在很大程度上阻碍了对外交流的范围和交流的深度，很多时候，国内民族地区的民族群众熟知他们，境外相同民族的群众也熟知他们，但却在使用汉语交流的文学公众空间里沉寂；二是出现了一批境内外较有影响的作家，如红河哈尼族哥布，德宏景颇族玛波、穆贝玛途，德宏傣族岳小保，西双版纳傣族康朗甩、岩翁玛，德宏傈僳族胡兰英、余文刚，怒江傈僳族李四明、熊泰河，文山苗族陶永华、张元奇等，其中获得高级别文学奖的作家有景颇族女作家玛波长篇母语小说和哈尼族诗人哥布的母语诗歌，均获得了第九届少数民族文学"骏马奖"。玛波是景颇语小说创作的天才式女性作家，她的作品既关注当代女性共同面临的如爱情、婚姻、家庭、理想、事业等诸多问题，又深切描绘了国家改革的宏大背景，以景颇女性、景颇人物的具体表现为小说突破口，把女性细腻的感触、处于传统下的景颇民族所受到冲击与影响等交织于小说之中，时代感强烈，价值判断鲜明，人物刻画生动，其长篇母语小说《罗孔札定》描写了目日相利等景颇人通过玉石行业、开办出租行等商场沉浮与追求行为，于边地民族个体命运的起起落落中表现国家、社会发展的脉动。小说赢得了境内外景颇族民群的喜爱。

云南跨境民族作家母语文学原创作品不仅在当地人民群众中具有影响力，同时，对境外同一民族特别具有神奇的感召力量。苗语诗人张元奇在文山人民广播电台举办的春节联欢晚会（1987）上，朗诵了他创作的苗语诗歌《我们的名字叫苗族》，翻译为汉语是：

> 为什么我们要说自己的语言／为什么我们要穿自己的服装／不为别的什么／只为我们的名字叫苗族／为什么我们要学习自己的文字／为什么我们不忘记自己的历史／不为别的什么／因为我们的名字叫苗族／为什么我们要传承自己的文化／为什么我们要保持自己的风俗／不为别的什么／因为我们的名字叫苗族／我们有自己的血统／我们有自己的骨肉／我们有自己的思想／我们有自己的使命／我们是世界上的一个民族／别人的历史有多悠久我们的历史也有多悠久／我们勤劳／我们勇敢／我们有生存的权利／我们有发展的主张／我们居住在这个世界上／足迹从东方洒满西方／我们从不怕谁／我们不做奴隶／我们不欺弱小／我们爱好和平／我们与其民族一道／共创和谐美好的社会／无论走到哪里我们是苗族／无论经过多少世纪我们是苗族／我们不会忘记自己的名字——／苗族！苗族!!苗族!!!

该诗歌受到了广大苗族人的称赞，后来由文山苗族陶永华谱成歌曲，流传到越南、老挝、泰国、美国、法国等国家的苗族聚居区，对促进文山苗族和国外苗族的友好交流产生了积极的影响，激起离散千年、遍布世界多地的苗族同胞共同的民族认同感。

另外，值得注意的是，活跃在边境地区的民族戏剧创作也是母语文学的一个重要组成部分。云南拥有彝剧、壮剧、傣剧、白剧、佤剧等多个少数民族戏剧，均有母语传统剧目，也有当代剧作家创作的剧本，如德宏州傣剧传承保护展演中心创作的傣语剧本《刀安仁》《选举》等。《刀安仁》刻画了资产阶级民主革命行列中傣族英雄刀安仁充满传奇的人生故事和心路历程，全剧分"序"和《饮恨铁壁》《躬耕官田》《祭拜谷神》《贪官吸髓》《力山指路》《劈波斩浪》《腾越起义》七场次，"序"开场唱词"温和的春风吹绿了干崖山川，坝头坝尾披挂着五彩的锦缎，山清水秀是我们祖先的乐土，勤劳的人民把守着锁匙边关，听吧，山川阻隔的疆外传来恶狼的嚎叫，看吧，南端异土漫来滚滚浓烟"，刀安仁出场唱词"诸位壮士，我们抗英 8 年，血染铁壁，干崖寸土未失，英人半步难进，多谢各位以死相助，刀安仁谢谢大家了"，显现出浓厚的爱国激情、浓郁的傣族特色、典型的艺术个性，堪称精品。《选举》则是一个反映当前农村百姓选举村干部的故事，主人公因受到上一届村长老婆的拉票而准备投票给并不适合再继任的原村长，后来，主人公妻子晓之以理，动之以情，说明村长一职需由正直有才干的人担当，夫妻俩最终意见一致，皆大欢喜。与《刀安仁》的恢宏气势相比，《选举》犹如一道小溪，但这一道小溪演绎出傣族人民对美好善良永恒追求的民族理想、思想情感和价值判断。

在翻译方面，有一个现象比较特殊，即母语作家既是母语原创者，也是翻译者，如德宏景颇族女作家玛波的长篇小说《罗孔扎定》采用景颇文、汉文双语创作与翻译的形式、德宏傈僳族胡兰英出版的诗集《三弦弹绿的琴》采用傈僳、汉双语创作与翻译的形式、哈尼族诗人哥布长篇叙事诗《圣神的村庄》采用哈尼、汉双语创作与翻译形式，作者自己集创作和翻译于一身，这是当代云南少数民族文学的特有现象，也是民族文学发展过程中有待深入研究的一个新领域，这一现象与学术界"翻译文学"概念里所规定的情况有所区别，与其他主体民族地区实力较强的民、汉翻译情况也有所区别。

从"翻译文学"研究角度考察发现，云南跨境民族母语作者自己集创作和翻译于一身的情况难以完全等同于"翻译文学"。因为，时至今日，"翻译文学"具有较为严格的特定含义和特定研究对象。"翻译文学"一词最早在日本使用，后来，受日本文化影响较深的梁启超率先在中国使用了这一概念。中国学术界认为"翻译文学"是指从各种外文原版作品译成中文的文学作品，范围特定为跨国界的文学翻译。

与其他主体民族地区实力较强的民、汉翻译情况相比较而言，云南跨境民族作家母语文学翻译也有着自己的特点，主要表现为云南翻译机制薄弱，甚至可说是尚未建立，既未形成有力量的翻译传统，也没有某一民族语种的专职翻译机构，而北方主体民族地区通常设立有翻译局，专门从事各类专业翻译工作，如蒙古文、藏文、维吾尔文、哈萨克文、朝鲜文等（南方的广西有以壮文为主的翻译机构），其中包括文学作品的翻译。因此，云南特有文化语境中的母语翻译现象构成了民族文学翻译领地里特别的组成部分。

不过，应该看到，无论是"母语原创汉语翻译"还是"民族作家汉语作品母语翻译"，都同等重要，它们是少数民族母语文学软实力作用的体现——边疆文化影响力在国家关系中的反映，前者对于使用汉语创作的民族作家而言可以获得保留民族语言文字、回归民族文化的意义，后者则可以使母语原创作品进入更为广阔的交流空间，扩大其国内、国际传播力和知名度，这也是国家竞争力不断获得力量的重要源泉之一。

同时，就整体而言，中国少数民族母语文学创作及其翻译越来越得到国家重视和扶持，《文艺报·少数民族文艺专刊》设专栏介绍我国各少数民族的翻译家，中国作家网《少数民族文学专栏》加大了刊发优秀的少数民族文学翻译作品的力度，从第二届少数民族文学"骏马奖"开始，设立了少数民族文学"民译汉"翻译奖，这些举措极大地促进了包括云南在内的少数民族作家的母语创作，而且，在翻译理论层面，无论怎样，少数民族母语文学翻译除了自己的特点以外，仍然体现着也遵循着翻译文学的一般规律。马祖毅教授在其专著《中国翻译史稿——五四以前部分》中专门对少数民族的翻译活动进行了概括与分析，他在后记里写道："我国是一个多民族国家。国内各民族，也包括在历史上已经融合的民族。都为中华文化的创造、繁荣和发展做出自己的贡献，而在创造、繁荣和发展中华民族文化的过程中，各民族的翻译活动也起过一定的作用。因此，在撰写中国翻译史时，便不能单纯着眼于汉族的翻译活动。"只是目前少数民族母语文学翻译实践不够充分，相关研究仅仅基于描述性的文章，相关理论的研究非常匮乏，迫切需要建立专门的研究队伍花费精力和时间进行深入探讨。

经过几十年的发展，当代云南跨境民族母语文学创作越来越繁盛，影响力日渐扩大，其中原因，有作家们自身的努力、国际国内社会形势所致，另一重要原因是获得了较好的制度及措施保障。实际上，鼓励和发展少数民族语言文学作品的创作、翻译、出版、推广应当视之为强大国家文化资源的重要途径之一，应当成为国家"维稳"战略的一部分。1956年，周恩来总理特批云南德宏傣族景颇族自治州《团结报》社成立，并以傣、景颇、傈僳、汉（后又增加景颇族载瓦语）五种民族文字出版发行，表现了政治家的远见卓识。云南跨境民族母语文学的发展除作家们自己发表和出版作品的形式之外，媒体的载体和传播功能如同推进器，使其远播周边的东南亚国家。德宏州文联1981年创刊主办了德宏傣文文艺期刊《勇罕》、景颇文文艺期刊《文蚌》、傈僳语刊物《W—Ny》（后停刊），西双版纳自治州文联则创办了西双版纳傣语文艺期刊《版纳》，这些刊物长期刊发少数民族作家的母语文学作品，不仅得到境内老百姓的喜爱，也同样受到境外老百姓的欢迎，景颇文文艺期刊《文蚌》除在国内发行，在德宏州景颇族人民中传阅外，还正式发行到缅甸克钦地区，对境外景颇族有很大影响。云南省广播电视台则专设民族语言频率频道，目前建立了景颇、傣（包括德宏、西双版纳傣语）、傈僳、拉祜等四个民族、五个语种的电台民语节目部，景颇语部经常制作景颇族作家母语诗歌（或是母语原创，或是景颇族作家诗歌汉语创作母语翻译）朗诵节目，还曾把景颇族作家晨宏用汉语创作的小说《心愿》翻译制作成景颇文广播剧，并多次在节目中播放。除此以外，很多地州也建立了少数民族母语广播电台，如文山人民广播电台有苗语、壮语、瑶语广播，其文艺节目制作了本民族作家的母语作品进行广播，覆盖面主要是越南宣光省、和江省、老街省的部分区域，境外听众达100多万。明尼苏达州立大学教授、杨道博士（美籍苗族）1987年到昆明听到文山台带去的苗语歌曲，他感慨地说："'世界上有七八个苗语广播电台，文山台才是最正宗的，希望文山电台的苗语广播能给世界人民传播友谊的佳音。'泰国披集省克梅村苗族村长侯宗夸（泰名玛纳）从80年代初，就一直收听文山台的苗族语广播，1991年3月13日，当时文山还没有对外开放，他受两百多户苗民委托，带着美好的祝愿，辗转昆明，绕道前来文山台专门拜访全体苗语采编译播人员。"1997年，德宏州建立了"德宏少数民族语言文化电视译制传播中心"，为播出傣语、景颇语、载瓦语（景颇支系）的民语电视专用频道，其中有"傣族名著名剧欣赏"栏目。该中心的民语节目设计覆盖率约为 150 万人口，德宏的邻居州保山以及缅甸边境一线地区不同程度地可以收看节目。随着社会、经济、文化的发展，不只是省一级、州一级有条件开设母语电台广播，县一级的广播电视局也逐渐拓展母语广播事业，如屏边县人民广播电台 2012年 9 月正式开播，特设苗语节目。无形的电波把母语文学作品传送到东南亚各国甚至更远的国度，让居住在中国以外的少数民族通过母语传播，赏析母语文学，获得文学陶冶。目前，云南省作协配合中国作协民族文学翻译出版工程，计划每年翻译、编辑、出版 10 本少数民族"母语"文学作品，而云南民族大学正在开展民族作家汉语作品的母语翻译项目，这些都是对云南跨境民族母语创作资源的提升与整合，同时也起到对国家文化资源提升与整合的作用。

当然，母语文学发展面临着多方面的问题，如云南 16 个跨境民族与境外同一民族语言文字使用衔接就是其中较为重要的问题。云南 16 个跨境民族中在境外有相应的民族文字的民族有 12 个，分为传统民族文字、外国传教士创制的拼音文字、解放后由政府组织专家创制的民族文字三类，它们是建设边疆地区和谐文化的重要交流手段，如何处理好新、老民族文字的创作与翻译，需要根据实际情况不断进行探索。另外，相关机制、政策及经费保障等问题也需要不断与时俱进加以保留或改进。

总之，"作家是民族文化的代表和灵魂塑造者。民族作家维护祖国统一和民族团结的声音来自民族自身，云南跨境民族作家的文学成果一定程度决定着本民族的文化认同与稳定。人心有了归宿，民族就能和睦相处，边疆就能稳定"。因此，云南边疆地区和谐文化的建设，少数民族母语文学在其中有着举足轻重的作用。

论唐代前后期胡汉关系的变化与
唐审美习俗演变的同步性
——兼论唐代女性的"以胖为美"说

左洪涛

（中南民族大学）

有唐以来，学者认为唐代是"以胖为美"来审视人物、特别是女性的说法，流传颇广。该说影响很大，主要来源之一是人们欣赏唐代仕女图后的感性认识。然唐张彦远的《历代名画记》，并无唐代"以胖为美"或类似观点。唐著名仕女画的代表人物周昉的画为何多"丰厚为体"而少有纤瘦者？宋代《宣和画谱》对此做了解释，"（周）昉贵游子弟，多见贵而美者，故以丰厚为体。而又关中妇人纤弱者为少，而其意秾态远，宜览者得之也"①。宋人认为这与绘画者所见（"贵而美"的贵夫人年龄较大、已经发福）及地域有关（关中妇人本来就纤弱者少，愿画像者多为年龄较大的贵妇人），可见宋人也认为唐代女性并非都是"丰厚为体"，需要强调的是"丰厚为体"并非肥胖。来源之二是宋代大文豪苏轼"环肥燕瘦"的说法，他的《孙莘老求墨妙亭诗》："杜陵评书贵瘦硬，此论未公吾不凭。短长肥瘦各有态，玉环飞燕谁敢憎！"本来苏轼以此借喻艺术作品风格不同，而各有所长；后来人们用来形容女子形态不同，各有各的亮点。退一步说，苏东坡就是在这里把杨贵妃与赵飞燕当作肥瘦美的典型，也仅仅是他独家之说，并不能作为整个唐朝人就是"以胖为美"的证据，毕竟杨玉环与苏轼不是一个时代的人。苏轼不可能亲身耳

---

① 宣和画谱，影印文渊阁《四库全书》本卷六。

闻目睹，加上他本人比较胖、较喜欢胖的人与物，苏轼又文名显赫，影响深远，这样"环肥燕瘦"居然成了家喻户晓的"历史典故"，也形成了人们对唐朝人喜欢胖女的误识。即便杨贵妃确实因胖而得宠，也未必就能推断整个唐朝就是推崇"以胖为美"的审美习俗。最明显的例子，与杨贵妃同时代的大诗人李白，在供奉翰林期间，奉旨所填的《清平调》（之二）："借问汉宫谁得似，可怜飞燕倚新妆。"特意把杨贵妃比作赵飞燕，如果环、燕真是胖和瘦的两个极端，李白这首诗就有讥讽的含义，唐、杨要生气的。作为一个能完成多种复杂动作的舞蹈家，杨贵妃不会虚胖，也就是较为壮硕。

从笔者所检索的文史文献看，前人无此论述，当代学界却有此观点，较早的是陕西历史博物馆王先生的《唐朝为什么以胖为美》（见2007年1月21日《报刊文摘》）。唐代文献特别是诗歌中，却有大量女性以瘦为美的资料。笔者认为，以北方胡人发动的安史之乱为前后期的分界，胡汉关系的变化与唐人审美习俗的演变具有同步性：安史之乱前唐代流行北方胡人审美风俗，以壮硕、长白为美；胡人发动的安史之乱给唐人带来灾难，大量逃到南方的文人批判胡风，致使胡风渐消，战后流行南方汉人以劲瘦、长白为美的习俗。壮硕者肌肉多，身体健壮（如当今的体操、举重运动员）；肥胖者肥肉、脂肪多，体质较差，虽然壮硕者和微胖者外形有些相近，容易误解，但毕竟本质不同。所谓长白就是个头较高、皮肤白皙，这点在前后期没有变化。

一 初唐时期以壮硕为美的胡风渐压以纤瘦为美的南方汉风

初唐文坛所流行的齐梁诗风，以南方汉人习俗为正宗，南朝流行的以纤瘦羸弱为美习俗，也影响了初唐审美习俗。南朝梁朝羊侃的两位小妾"舞人张净婉，腰围一尺六寸，时人咸推能掌中舞。又有孙荆玉，能反腰贴地，衔得席上玉簪"①。这是当时公认的两位美女，特别是温庭筠又有《张静婉采莲曲》"抱月飘烟一尺腰，麝脐龙髓怜娇饶"的描述，使张静婉纤瘦名声大增。

初唐早期也是秉承前代遗风，女子以纤细的腰肢为美。唐初刘希夷最

---

① （唐）姚思廉：《梁书》，中华书局1973年版，第558页。

爱细腰美女，其《春女行》诗有"纤腰弄明月，长袖舞春风"①之句，其《公子行》有"愿作轻罗着细腰，愿为明镜分娇面"②等句，《捣衣篇》有"西北风来吹细腰"。杜易简《湘川新曲二首》诗云"弱腕随桡起，纤腰向舸底"③。吴少微《怨歌行》有"小腰丽女夺人奇"④，李百药《少年行》有"一搦掌中腰"⑤。从崇尚纤腰、细腰的诗句我们可以看出，以纤瘦为美是唐初民间和士大夫的审美习俗。

由于安史之乱前的初、盛唐时期，唐王室倡导北方的胡风和审美习俗，初唐的审美观很快发生变化。具体有以下几个因素：其一，初、盛唐时，由于李唐王室一直以"关中本位"政策为其立国方针，提倡胡人风俗。宋代朱熹曾说："唐源流出于夷狄。"⑥近代学者陈寅恪先生在此基础上进一步论述："唐代创业及初期君主，如高祖之母为独孤氏，太宗之母为窦氏，即纥豆陵氏，高宗之母为长孙氏，皆是胡种，而非汉族。"⑦唐王室具有鲜卑族的胡人血统，胡化很深，以此为基础建立的"关陇集团"亦胡汉杂糅，唐太宗李世民就被称为"天可汗"。他们有着北方游牧民族开放自由的思想，该"关陇集团"来自西北，他们有开阔的胸襟、非常的自信，南朝纤小玲珑的美学范式已不能满足其审美需求，而将审美的目光转向自身，以实现自身的美学价值。鲜卑族是一个游牧民族，善于骑马、射箭，他们喜欢高壮的牛羊，因此对美的认同有一定的传统认知性，喜欢体态壮硕的妇女，这也符合了游牧民族独特的生活方式。鲜卑族的女性也从事生产劳动，同时基于对传统生殖崇拜的影响，他们认为身体高大壮硕的女子生育能力就强。

统治阶级的审美取向对整个社会的审美有着引领作用。中国古代第一位女皇帝武则天，对唐代盛行的壮硕之美有着重要引领作用。《新唐书·外戚传》中对武则天有这样的记载："公主丰硕，方额广颐，多权略，则

---

① 彭定求：《全唐诗》卷八十二，中华书局 1960 年版，第 880 页。
② 同上书，第 885 页。
③ 彭定求：《全唐诗》卷四十五，中华书局 1960 年版，第 550 页。
④ 彭定求：《全唐诗》卷九十四，中华书局 1960 年版，第 1014 页。
⑤ 彭定求：《全唐诗》卷四十三，中华书局 1960 年版，第 533 页。
⑥ 朱熹撰：《朱子语类》卷一百一十六，黎靖德编，王星贤点校，中华书局 1965 年版，第 3245 页。
⑦ 陈寅恪：《唐代政治史述论稿》，上海古籍出版社 1997 年版，第 1 页。

天以为类己。"① 广颐，即下巴丰满；是说太平公主像武则天一样长着壮硕的体型，方额宽大，下巴圆润丰满，面相较为宽阔，这样的外貌成了一种宫廷美女的评判标准。之前在太宗时期，武则天就是凭借着这样的美貌，赢得了"媚娘"的称号。

本文开头部分提到的王文《唐朝为什么以胖为美》，在分析唐"以胖为美"最主要的原因时也说道："李唐皇室的血统中至少有一半是鲜卑血统，而鲜卑族的游牧生活造就和需要的是剽悍、健硕的体魄。因此，唐朝几代国君均宠爱丰肥的女性。"王文提到"唐人对健硕的体魄更易亲近……鲜卑族的游牧生活造就和需要的是剽悍、健硕的体魄"，但这如何得出"几代国君均宠爱丰肥的女性"的结论？当今壮硕的健美运动员就是肥胖吗？以上都从不同角度说明了当时李唐王室提倡胡风，以壮硕而非肥胖为美。

其二，由于唐统治者的提倡，"上有所好，下必甚焉"，这种审美习俗在官僚士大夫和民间更甚。《旧唐书》安禄山本传载："（安禄山）常嫌其肥……至玄宗前，作胡旋舞，疾如风焉。"嫌己太肥，他就练好"急转如风"的胡旋舞，弥补缺陷从而获得玄宗欣赏。玄宗宠妃杨贵妃亦长于胡旋舞更是读者熟悉的。李白任翰林期间写《清平调词》三首，其二专写贵妃之美："……借问汉宫谁得似？可怜飞燕倚新妆。"诗中汉代赵飞燕还得倚仗新妆才能算得上美人，哪里及得眼前花容月貌的杨贵妃，不需脂粉，便是天然绝色。将杨玉环与牡丹、赵飞燕作比，得到玄宗、杨贵妃的赞赏。如杨贵妃真的很肥胖，跟赵飞燕形成胖瘦两种鲜明的对比，这首诗就有讥讽的含义，李诗的比拟就是大不敬、忤逆。擅长舞蹈的人，平常肯定有一些健身运动，有些肌肉是很正常的，但不影响其舞蹈，可见杨氏本人是愿意别人把自己比作赵飞燕的，因此作为一个舞蹈家，杨贵妃应该是壮硕而非肥胖美女。我们从《旧唐书》卷四五记载可看出盛唐流行胡风："太常乐尚胡曲，贵人御馔，尽供胡食，士女皆竞衣胡服，故有范阳羯胡之乱。"李白、岑参、李欣写了不少赞赏胡人、胡姬的诗。《全唐诗》中"胡姬"出现21次，"胡旋"16次，多在安史之乱前。

---

① 刘昫：《旧唐书》卷一百八十三，列传第一百三十三卷，中华书局1975年版，第4738页。

二　安史之乱前胡风和北方汉风占据主流，乱后胡风逐渐衰落

实际上安史之乱前的初、盛唐时期，北方的胡风、汉风审美习俗有相同之处，以壮硕为美在北方的汉族也有一定的基础。就汉人而言，从先秦开始，华夏民族南北方有很多习俗不同，近代国学大师王国维先生说："南方人性冷而遁世，北方人性热而入世，南方人善幻想，北方人重实行。"刘师培先生的《南北学派不同论》对此进行理论阐述："大抵北方之地，土厚水深，民生其间，多尚实际；南方之地，水势浩洋，民生其间，多尚虚无。"① 除汉代外，以上观点也适合分析唐安史之乱前生活在北方主要民族的审美习俗。《诗经·卫风》最早描写贵族美女庄姜："手如柔荑，肤如凝脂，领如蝤蛴……"这位美女的体型如何？从该诗标题《硕人》就能看出，首段描写她"硕人其颀"，颀指身材高长；"领如蝤蛴"指脖颈如蝤蛴，又白又长，此类女性不会肥胖，可见庄姜是身材壮硕、高大美女。主要原因是北方人"多尚实际"，北方的总体环境与南方比，较为恶劣，重视实用，希望一般男女都有壮硕、高大健康的体魄，去从事各种生产。即使是贵族女子也希望长得壮硕、高大，有利于骑马，更有益于生育，这样才能更好地生存与发展，审美观和劳动观紧密结合。正如童书业先生在《春秋左传研究》所说："至当时'美'之标准则似以健康为主。"该习俗在北方汉族特别是以游牧为主的胡人中，一直是主流。南方总体环境好，"多尚虚无"，审美观和劳动观有分离，如春秋时有名的"楚王好细腰，宫中多饿人"之语，唐之前的六朝，南方就有以细瘦为美的习俗，本部分开始一段，也谈到这一点。

若细心观察唐朝著名画家阎立本的《步辇图》可发现，画中的宫女、仕女基本是北方女子。正如宋人《宣和画谱》在解释唐著名仕女画的代表人物人周昉，对为何所画仕女纤瘦者很少所做的解释，"又关中妇人纤弱者为少"，北方女性多方脸或宽脸，故脸部有些宽的感觉，但她们脖颈较长，身材较高；宫女有的抬辇子，有的打伞盖，有的举扇子，看起来如同当今的女运动员，绝非气喘吁吁的胖美女，总体上不是肥胖而是较高挑、壮硕。周昉《簪花仕女图》中的女子，应该是年龄稍大、身份较为

---

① 张仁福：《中国南北文化的反差》，中国社会科学出版社 2009 年版，第 160 页。

高贵的缘故，身形略显丰满，但站立姿态也是婷婷婀娜，轻盈如春风拂柳。她们的身材完全可以用"高壮、华丽"来描绘，正如本文开头所谈，并非肥胖。

安史之乱爆发后，当时的政治、军事形势，使唐人对胡人、胡风的态度逐渐发生变化，对胡风逐渐持批判态度。开国百年后北方胡人发动的安史之乱，历经 8 年之久。李唐王朝为尽快平定安史之乱，借用了回纥、吐蕃等西北胡人的力量，但他们当时居功放纵、烧杀抢掠，《新唐书》卷一九五载"及收东京，回纥遂入府库收财帛，于市井村坊剽掠三日而止"，《资治通鉴》卷一一一载回纥"肆行杀略，死者万计"，同时吐蕃趁机夺取河西、陇右之地，控制西域。其次，动乱后，以胡人为主的安、史降将旧部长期割据广大河朔地区，专横跋扈。李白、岑参等盛唐文人对胡风曾经欣赏，此后中晚唐文人对胡风主要持批判态度。《新唐书》卷二四记载："开元中……士女衣胡服，其后安禄山反，当时以为服妖之应。"由惧怕、讨厌胡人进一步发展为批判胡人各种习俗。

新乐府运动领导者元稹的《胡旋女》痛批胡旋舞："天宝欲末胡欲乱，胡人献女能胡旋。旋得明王不觉迷，妖胡奄到长生殿。胡旋之义世莫知，胡旋之容我能传。……佞臣闻此心计回，荧惑君心君眼眩……寄言旋目与旋心，有国有家当共谴。"白居易亦有唱和诗《胡旋女》："从兹地轴天维转，五十年来制不禁。胡旋女，莫空舞，数唱此歌悟明主。"两者批判主旨相同。又如白居易的《法曲》："法曲法曲合夷歌，夷声邪乱华声和……乃知法曲本华风，苟能审音与政通。一从胡曲相参错，不辨兴衰与哀乐。"从《新唐书·礼乐十二》可知，《法曲》是前朝已有的诸夏音乐。之前玄宗未尝使胡乐和这首汉乐杂奏，天宝十三载，居然下诏诸道调法曲与胡部新声合作演奏，懂乐者对此很惊异，到了第二年安禄山谋反（卷二二）。这可能是一种巧合，但在白居易等看来，即使是华夏的汉风，"夷夏相交"后已经不纯，也应放弃。

陈寅恪先生在《论韩愈》中指出："古文运动一事，实由安史之乱及藩镇割据之局所引起。安史为西胡杂种，藩镇又是胡族或胡化之汉人，故当时特出之文士自觉或不自觉，其意识中无不具有远则周之四夷交侵，近则晋之五胡乱华之印象，'尊王攘夷'所以为古文运动中心之思想也。在退之稍先之古文家，如萧颖士、李华、独孤及、梁肃等，与退之同辈之古文家如柳宗元、刘禹锡、元稹、白居易等，同有此种潜意识。"由此可见，中唐以后，参加新乐府运动古文运动的众多文人，把胡人风俗当作动乱主要根源之一，要求尊王攘夷。具体到审美习俗而言，就是要恢复华夏正统习俗。"天下指河朔若夷狄然。"① 当时唐代文人把胡人和胡人的风俗当作动乱主要根源，加上北方的胡、汉审美习俗有相同之处，认为北方汉人审美习俗已经不合正统了，需要批判，恢复华夏正统习俗。

三　乱后胡风影响衰落后，南方汉族"以瘦为美"的习俗渐归正统

　　安史之乱后中、晚唐，北方破坏最为严重，南方未遭战乱，更是唐朝最重要的财赋来源地。正如元和时期重臣权德舆所说："天下大计，仰与东南。"国家的重大决策主要取决于江南的经济状况而定。大批流民南下，同时很多优秀文人、贵族子弟来到南方和东南部，有的做官，有的入幕府做幕僚（一般文人在南方供职提拔更快），有的举家搬迁，逐渐使南方的经济、文化影响渐超北方。以胡人为主体安史之乱爆发后，击垮了唐人的自信与豪迈，人们的审美心理也发生了极大的扭转，审美趋向加速了向南朝的回归，以壮硕为美的审美习俗逐渐衰落。首先，在乱后的唐人不再崇尚胡人风俗，文人大力倡导华夏正统习俗是最重要的原因。白居易《法曲》在批判后指出方向："……一从胡曲相参错，不辨兴衰与哀乐。愿求牙旷正华音，不令夷夏相交侵。"在认为胡风为动乱的重要根源后，他进而要求"正华音"，北方早已"夷夏相交"，胡汉风俗相融，此时南方以汉民族为主"细瘦"的审美习俗才是"正华音"。聚集到南方的一大批文人进一步批判胡风，在他们大力倡导下，以细瘦为美的南方审美习俗在中晚唐逐渐占据主流。就女性审美观而言，纤瘦轻盈又逐渐取代了丰肥秾丽，成为流行时尚。"舞风歌月胜纤腰……吴都风俗尚纤腰"（罗虬《比红儿诗》），白居易等大批文人长期生活在南方，偏爱女子"樱桃樊素口，杨柳小蛮腰"，这正是南方的审美风俗。

　　其次，动乱之后的李唐王室饱受藩镇割据和宦官专权的打击，关陇集团衰落，不再提倡胡风也是一个原因。从上一部分的论述就能看出来。

　　最后，中、晚唐社会动荡不安，外族入侵，藩镇割据，战乱频繁，使

---

① （宋）欧阳修、宋祁：《新唐书》，中华书局1975年版，第4790页。

得人们纷纷逃难，以逃往南方居多，其中当然也有大量女性。从《全唐诗》看，不少诗人有逃难的经历。白居易《和新楼北园偶集》："归去勿拥遏，倒载逃难遮。"（卷四百四十五）（卷六百三十四）司空图《歌者十二首》："十年逃难别云林，暂辍狂歌且听琴。"（卷六百三十四）韦庄《自孟津舟西上雨中作》："百口寄安沧海上，一身逃难绿林中。"（卷六百九十七）杜甫的《逃难》诗中反映更清楚："乾坤万里内，莫见容身畔。妻孥复随我，回道共悲叹。故国莽丘墟，邻里共分散。"①（卷二十三）现实要求逃难者必须行动迅速、动作快捷，且在逃难途中长途跋涉，衣食无着是可想而知的。这种现实促进了劲瘦而轻巧的女性审美习俗形成。

在中、晚唐，女性在体态上也呈现出了这一特定时期的特点。但这一时期的纤瘦不同于六朝与唐初的纤瘦羸弱，而是轻巧劲瘦。我们以女性常跳的柘枝舞为例说明，从刘禹锡《和乐天柘枝》"鼓催残拍腰身软，汗透罗衣雨点花"（卷三百六十）可以看出，跳该舞蹈使舞者浑身汗透，壮硕的舞者难跳该舞；又《观柘枝舞二首》云："垂带覆纤腰，安钿当妩眉。"（卷三百五十四）又徐凝《宫中曲二首》云："身轻入宠尽恩私，腰细偏能舞柘枝。"②（卷四百七十四）章孝标的《柘枝》亦云："柘枝初出鼓声招，花钿罗衫耸细腰。"③（卷五百六）刘兼《谶游池馆》："绪柳生腰按柘枝。"（卷七百六十六）柘枝舞是唐代著名的健舞，中晚唐时期很流行。需要身材纤瘦，又有较好体力的女孩才能完成这样的舞蹈，该舞动作矫捷有力，节奏明快。在当今的网络视频上也能看到这种舞蹈。而中唐女子从宫女到士大夫的姬妾都普遍能跳这样的舞，则其体态的轻巧、劲瘦、轻盈也可见一斑。

最能展现细瘦之美的，就是唐人诗词中对女子腰部的描绘，笔者仅以《全唐诗》的统计来简要论述。赞美女性：中、晚唐诗常常以细腰、小腰、腰细、纤腰、楚腰等词，称赏女子的美丽。她们多是南方人，身份地位较高，具有引导潮流作用。其中细腰出现 50 次，从温庭筠"深闭朱门伴细腰"看，细腰已是美女代名词；小腰 9 次，如鲍溶诗"小腰婑堕三千人，

---

① 杜甫：《杜诗详注》，仇兆鳌注，上海古籍出版社 1998 年版，第 2073 页。

② 同上书，第 5379 页。

③ 同上书，第 5755 页。

宫衣水碧颜青春";腰细 8 次,如罗隐诗"楚宫腰细我还知";纤腰 39 次,如无名氏"宫中细草香红湿,宫内纤腰碧窗泣";楚腰 8 次,如杜牧诗"楚腰纤细掌中轻"……

总之,安史之乱前的初、盛唐时期,女性以壮硕为美的审美习俗占据主流,它是生活在黄河流域的胡人和北方汉族人的审美习俗。这与以胖为美看上去接近,但毕竟不同。安史之乱后的中、晚唐,主要流行以劲瘦、轻巧为美,这主要是长江流域南方汉族人的审美习俗。其流变因素主要是胡汉民族关系的变化,还与李唐王室关陇集团的兴衰有关。后来胡人中的大部分逐渐融入中华民族,中华各民族友好一直是主流。

容美土司诗人《田氏一家言》之楚辞特色

杨宗红　　张乡里

（贺州学院）

自明嘉靖至清康熙年间，容美土司统治区有一个前后五代的文学世家，包括田九龄、田宗文、田玄及其弟田圭，田玄子田霈霖、田既霖、田甘霖，田圭之子田商霖，田甘霖之子田舜年。他们人人有诗集，后由田舜年编辑成《田氏一家言》（后文简称《一家言》）。

《一家言》有着鲜明的楚辞特色，其中涉及楚辞的诗句很多。据统计，直接与楚辞有关的诗句达到 51 首，其中，田九龄 18 首、田宗文 19 首、田玄 2 首、田甘霖 6 首、田霈霖 3 首、田信夫 1 首、田商霖 2 首，这些诗占《一家言》现存诗歌的十分之一，楚辞中的意象、悲怨风格以及屈原的忠君爱国精神，在《一家言》中也得到了很好的继承。田氏土司诗人的楚辞情结可见一斑。

一　楚辞意象广泛使用

《一家言》中，引用楚辞篇名的诗句随处可见。如田九龄的"渔父舟航虚世代，楚臣兰佩动流风"（《寄达武陵龙思所伯仲》）；田信夫的"山鬼参差迭里歌"[①]（《澧阳口号》其二）；田霈霖的"离骚聊自展，一读一悲吟"（《甲申除夕感怀》其九）；田宗文的"故里已拼渔父约，天涯堪作白头吟"（《陈广文裁甫不赴汉中归武陵有赠》），"欲作招魂赋，浮生转自

[①]　文中所引田氏诗人的诗，均见于《〈田氏一家言〉诗评注》，陈湘锋、赵平略评注，中央民族大学出版社 1999 年版。

悲"(《哭云梦师》其二），"寻芳过楚泽，取醉吊湘君"（《登遇仙楼寄玄璞子》）；田甘霖的"试把九歌收泪读，先寻桂酒奠东皇"（《独座遣怀双溪作》）；田商霖的"蜀江尚许迎归棹，楚客无须赋远游"（《八月廿二日得少傅公六月自蜀寄书》）。《一家言》中的一些词语，自然令人联想到楚辞中的诗篇。如"山鬼""渔父""离骚""招魂""远游""湘君""东皇"是《一家言》中的意象，也是楚辞中的篇目（《山鬼》《离骚》《渔父》《招魂》《远游》《湘君》《东皇太一》）。"羡尔离骚胜事并，涉江遥诵卜居城。"（《寄题国华侄离骚草堂》）这是田九龄寄给侄儿田宗文的诗歌，因为田宗文极为喜爱楚辞，并将自己居所命名为"离骚草堂"，田九龄就"离骚"而展开，两句诗歌提到楚辞中的三篇：《离骚》《涉江》《卜居》。

宋人黄伯思说楚辞："皆书楚语，作楚声，纪楚地，名楚物，故可谓之'楚辞'。若些、只、羌、谇、蹇、纷、侘、傺者，楚语也；顿挫悲壮，或韵或否者，楚声也；沅、湘、江、澧、修门、夏首者，楚地也；兰、茝、荃、药、蕙、若、蘋、蘅者，楚物也。他皆率若此，故以楚名之。"[1]《一家言》中，作者或写景，或咏怀，都离不开容美、荆楚之景。如田九龄的《紫芝亭》《登五峰》《昭君辞》《荆州游章台寺》《再过松滋望明月寺怀太空禅师》《武当谒帝》《洞庭湖二首》《登澧城遇仙楼》《登五峰怀鹏初兄》《华容宿西禅寺》；田甘霖的《忠溪杂咏》《陶庄》《松山晚眺》等。还有一些篇目，不直接展示这些地方，但在诗中，却不时出现这些荆楚地名或风物。以田九龄诗为例，如"衡霍天空山作镇，潇湘云尽水为乡"（《国华侄卜居澧上赋寄》），"六代豪华成汗漫，三湘云物足风流"（《赠张录事》），"西来巴峡风烟异，南去盘江瘴厉多"（《送新任安吴山人君翰之铜仁》），"荆楚棠阴蔽芾成"（《伍荆州迁南仪部》），"江汉风流化不群，管弦久向日边闻"（《陈明府元勋召自崇阳却寄》），"洞庭风叶下，不见雁南飞"（《秋风》），"日月苍梧醉白云，九嶷秋色散氤氲，至今留得潇湘曲，常使皇英泣紫氛""锦水烟霞赋兴豪，巫山秋色楚天高"（《采石怀李白》其三、其六）。田舜年现在留下的散文，都是对本地景观的介绍，如晴田峒、万全洞、百顺桥等，也有不直接写具体地名或具体风

---

① （宋）黄伯思：《东观余论》，人民美术出版社 2010 年版，第 179 页。

物，而刻意突出"荆"或"楚"字者。如：田九龄的"烽烟匝楚甸"
(《送文铁庵先生往施州》)，"连城明月来三楚"(《怀楚中诸社游赴公车》)，
"去年南下楚江滨，青草湖边一见君"(《寄沈北部》)，"谁将秋色点荆蘅"
(《菊》)。田宗文诗歌中，提到荆楚或荆湘之地的诗句颇多。如"入夜风飘
龙女笛，绕汀花发楚王楼"(《早秋有怀姜元浑》)，"赋里兰栽楚国香，梦断
薜萝回洛水"(《投赠陈长阳》)，"挥洒定应饶楚调，阳春早已献重华"
(《寄郭美命太史》)，"月出汉阳树，人依黄鹤楼"(《寄江夏彭东泽》)，"兴
过南岳寺，梦绕岳阳楼"(《下澧浦与从弟玉弦维舟有感》) 等。

　　《一家言》很多意象及表达，明显脱胎于《楚辞》。如：

《一家言》	楚辞
洞庭风叶下，不见雁南飞。	嫋嫋兮秋风，洞庭波兮木叶下。(《湘夫人》)
芙蓉华集为裳句	制芰荷以为衣兮，集芙蓉以为裳。(《离骚》)
骚人漫拟折疏麻	折疏麻兮瑶华，将以遗兮离居。(《大司命》)
瑟听湘灵漫旅愁	使湘灵鼓瑟兮，令海若舞冯夷。(《远游》)
芳传澧浦佩为兰	纫秋兰以为佩 (《离骚》)，遗余佩兮澧浦 (《湘君》)。
薜萝芳草共悠然	若有人兮山之阿，被薜荔兮带女萝。(《山鬼》)
寥落那堪宋玉秋	悲哉秋之为气也。萧瑟兮草木摇落而变衰。(《九辩》)

　　至于《一家言》中的香草意象，楚辞特色甚为明显。如：田九龄的
"芙蓉渚外骚人径，杜若洲边处士家"(《改岁感忆兆孺师却寄》)，"赋来
云梦人俱远，佩自兰江草亦芳"(《国华侄卜居澧上赋寄》)，"标出天台霞
是色，芳传澧浦佩为兰"(《坐紫芝亭偶接台州冯仁卿书》)，田宗文的
"上林新赋就，何日寄烟萝?"(《姜元浑入对》)"薜萝梦绕空中月，风雨
心悬故里秋"(《登遇仙楼》)，田甘霖的"几度思君歌楚兰，自惭未报剑
横看"(《追感诗有引》)。从引用的诗来看，《田氏一家言》中喜用芳草意

象有芙蓉、兰、芷、蘅、秋菊、薜萝、杜若、莲花、疏麻等。这些意象正是楚辞中常用的。"余既滋兰之九畹兮，又树蕙之百亩。畦留夷与揭车兮，杂杜衡与芳芷。"(《离骚》)"沅有茝兮澧有兰，思公子兮未敢言。"(《湘夫人》)"春兰兮秋菊，长无绝分终古。"(《礼魂》)两相比较，不难发现《一家言》对楚辞的仿效。

在楚辞中，芳草并不是简单的自然物象，而是创作主体的心灵写照。王逸《离骚序》指出："《离骚》之文，依《诗》取兴，引类譬谕，故善鸟香草，以配忠贞；恶禽臭物，以比谗佞；灵修美人，以媲于君；宓妃佚女，以譬贤臣；虬龙鸾凤，以托君子；飘风云霓，以为小人。"①屈原以香草喻君子，以佩戴香草比喻高洁的人格，芳草具有象征意义。《一家言》所写的芳草意象，同样具有象征性。无论是诗歌中的抒情主人公，还是所酬答之人，都因为香草而卓然不群。《过三闾祠有感》中，主人公"纫兰"过古岸，凭吊屈原，显然是因为屈原有佩兰之习。主人公通过"佩兰"，表现对屈原的尊崇，也寄寓自身的选择与人格坚守。田氏诗人擅长采用楚辞以植物比喻或象征人格的手法。《橘颂》是典型的咏物诗，屈原铺叙橘之美德以象征自己的美德。《兰》与《菊》明显受屈原《橘颂》的影响，以物之美好喻己之美的。写兰用"憔悴谁将傍屈平"，写菊用"空向沅波酬屈子"，直接将屈原与兰、菊关联在一起。诗人咏兰、菊之独特与芳香，实则是暗喻自己。此诗或明或暗都显示了与楚辞的关系。《投赠陈长阳》是一首投赠诗，"赋里兰栽楚国香"化用屈原诗句，此句诗赞美陈长阳礼贤下士，注重培育人才的贤政。"佩自兰江草亦芳"是田九龄赠予侄子田宗文的诗。田宗文酷爱楚辞，建离骚草堂，立楚骚馆。田九龄认为，侄儿所卜居之地虽然偏僻，却丝毫不影响他高标卓绝的人格。田甘霖"青山芷草佩来香"的写法，与"佩自兰江草亦芳"有异曲同工之妙。田圭诗云："市火炊仙桂，山泉汲涨泥。"(《暮春山斋苦雨》)容美土司诗人似乎对有着高洁象征的植物情有独钟，甚至连烧火用的柴火也是"桂"。"石门寒雨暗芳荪，雾隐云霾虎自蹲。"(《有感》)田宗文以"芳荪"被寒雨所暗，暗讽时局，也与《离骚》类似。

鬼神意象。《九歌》九篇分别写云神、日神、水神、河神、山神、主

---

① (宋)洪兴祖：《楚辞补注》，中华书局1983年版，第2页。

寿命与主子嗣之神、人鬼等①。《一家言》中，有好几处鬼神意象从楚辞而来。如田玄用"东皇"写日，"我今为赋好春歌，东皇靡丽盈烟浦。"（《春游作歌招欧阳子》）田甘霖："试把《九歌》收泪读，先寻桂酒奠东皇。"（《拙座遣怀双溪作》）田信夫写澧阳"山鬼参差送里歌"，田珠涛则写"霾深鬼昼呼"（《咏红豆》）。当田宗文的老师去世，他"欲作招魂赋"，虽未写鬼，实含鬼魂于其中。田九龄华容宿西禅寺时，似乎听见湘灵鼓瑟（"湘灵鼓瑟漫旅愁"）。当他准备到荆南拜访桂亭王孙遇雨时，想到高唐观"旦为朝云，暮为行雨"的巫山神女（"金银兜率辉天竺，云雨高唐暗楚宫"）。当接到朋友寄来的诗，想到在兰台写《风赋》的宋玉及有巫山神女典故的《高唐赋》（"何当再振兰台侍，赋就襄王梦里神"）②。

《田氏一家言》还有一个典型的楚辞意象：阳春白雪与下里巴人。如田九龄的"弦诵武城译化日，阳春郢里和歌年"（《送陈长阳调武昌之崇阳》），"郢雪唱来谁复和，楚骚咏罢更何伤？"（《寄呈奉常墙东居士王次公》）田宗文的"阳春欲和惭非调，北望空悬宓子堂"（《投赠陈长阳》），"挥洒定应饶楚调，阳春早已献重华"（《寄郭美命太史》），"白雪唱来高自绝，和歌宁复数巴渝"（《奉呈殷夷陵海岱公》），"欲和阳春讽，应惭下里篇"（《泊舟石门呈张明府》），"欲和阳春曲，惭非倒屣才"（《过华容奉呈周明府》）等。"阳春"与"下里"源于宋玉《答楚王问》③。清代长阳土家族诗人彭秋潭把《巴人》与竹枝词直接联系起来，认为竹枝词就是《巴人》的音乐遗韵："此是下里巴人音，短歌不尽此情深。夜雨潇湘一尊酒，请君试听竹枝斟。"（《长阳竹枝词》）田氏诗人的"下里巴人"诗句多在他们的酬赠诗中，他们将自己的诗作喻为"下里"，而将对方的诗

---

①　可以参见褚斌杰《论〈楚辞·九歌〉的来源、构成和性质》，《河北大学学报》1995年第2期；潘啸龙《〈九歌〉六论》，《中国社会科学》1986年第4期。

②　宋玉《高唐赋》序："昔者先王尝游高唐，怠而昼寝，梦见一妇人曰：'妾巫山之女也，为高唐之客。闻君游高唐，愿荐枕席。'王因幸之。去而辞曰：'妾在巫山之阳，高丘之阻，旦为朝云，暮为行雨。'"

③　《宋玉对楚王问》篇云："楚襄王问于宋玉曰：'先生其有遗行与？何士民众庶不誉之甚也？'宋玉对曰：'唯，然，有之。愿大王宽其罪，使得毕其辞。客有歌于郢中者，其始曰《下里巴人》，国中属而和者数千人；其为《阳阿薤露》，国中属而和者数百人；其为《阳春白雪》，国中属而和者数不过十人；引商刻羽，杂以流徵，国中属而和者，不过数人而已。是其曲弥高，其和弥寡。'"（见《古文辞类纂》，姚鼐编，边仲仁标点，岳麓书社1988年版，第843页）

文喻作"阳春"或"白雪"。"野人何处著巴渝","和歌宁复数巴渝",显然,他们将"下里巴人"视作巴人之"下里"。田九龄与田宗文数次引用阳春白雪与下里巴人,本为诗文酬答中的客气话,却无意识体现出其深受楚辞之影响。

二　对屈原忠君爱国精神的继承

容美田氏诗人受楚辞的影响在意象上,更在精神上。《文心雕龙·辨骚》指出:"陈尧舜之耿介,称汤武之祗敬,典诰之体也;讥桀纣之猖披,伤羿浇之颠陨,规讽之旨也;虬龙以喻君子,云霓以譬谗邪,比兴之义也;每一顾而掩涕,叹君门之九重,忠恕之辞也。"① 屈原一生沦落,半世漂泊,心忧国事。他的诗中,悲国家之艰危、叹民生之困苦、揭露为政者之腐败无能是经常出现的主题。田氏诗人群主要生活于明后期和清前期,在这时代的变化中,土家诗人与国家同呼吸、共命运,表现在文学上,便与屈原成为跨代知音。屈原忧国忧民的博大情怀,深深感染着田氏诗人群,在他们的诗作中,爱国之心、忧民之情时时都在闪烁。

源于对自己族长的崇拜所形成的民族心理,土家族一直都有忠君的传统。后来巴国被灭,但"由于文化融合,地缘的邻近,以及巴楚之间的历史婚姻结合的血缘关系等因素的作用,使巴人后来一直视楚为己国,其心中的国家观念在这种巨大的历史灾难中仍只是发生对象的位移,而并未出现性质的变化。加之后来楚大夫屈原流放于沅湘,其爱国主义精神同样也巩固着他们的国家观念"② 。田氏诗人继承了屈原忠君爱国的精神,他们虽然贵为一方土司或土司王族成员,当国家有危难时挺身而出。嘉靖年间倭寇两次犯境,田世爵父子率领土家军队亲赴战场杀敌,田世爵年六十三督军,卒于芜湖,其后,田九霄、田九龙相继守职,屡有战功。"凡战必捷,人莫敢撄",被誉为"东南战功第一"。当李闯王等起义,田玄率众镇压。作为土司或土司成员,他们对关心国事、身体力行抗倭、抗击义军的行为证明了他们在小家与国家之间,仍旧以国家为重。当明王朝灭亡,田玄父子痛心疾首,各作《甲申除夕感怀诗》十首,对无力回天以挽救明

---

① 刘勰著,詹锳义证:《文心雕龙义证》,上海古籍出版社1989年版,第146页。
② 胡炳章:《土家族文化精神》,民族出版社1999年版,第222页。

王朝的命运深感痛苦。对于明亡的原因，田甘霖分析得更多，他谴责那些身居高位，而又不恤国事的当权官吏："痛惜朝中党，相倾枉自劳。文人夸御李，勇士但争桃。"（其二）朝中官吏争相结党营私，文绅武吏不以国家社稷为重，或趋炎附势，或居功自傲，最终全做了亡国奴。这是对酿成明末社会动荡、明王朝覆灭的罪责的全面探讨。其第六首："谁酿年来祸，举朝亟失时。人人皆狡兔，著著是卑棋。朱绂虚邀宠，黄巾竞莫支。近来嫌尔辈，只自选娥眉。"进一步指出，朝廷在关键时刻，屡屡失误，人人都只为自己着想，都只希望营造自己个人的巢窟而无心于国家大事。只会邀功请赏，无能也无力抗击敌人。南明小朝廷刚建立，官员们并不以恢复为意，而是加紧选美以充实居官。诗痛定思痛，慷慨悲歌，感人至深。在诗中，他们不约而同想到屈原，想到屈原的忠不见用的悲剧命运及楚国的悲剧命运："虚抱三闾憾，谁将一木支。"（田玄，其六）"辞汉悲翁仲，吟骚续景差。"（田甘霖，其五）"离骚聊自展，一读一悲吟。"（田霈霖，其九）

在这组诗中，田玄"矢志终身晋，宁忘五世韩"（其四），以此表明对明王朝的忠心；田既霖衷心希望有人能担负起恢复大业："茧足谁存楚，挥戈孰战韩?"（其三）"谁羹枭破镜，可以慰兹衰。"（其九）田霈霖一方面揭露明朝士大夫明哲保身的态度，一方面则表明自己"长缨自许身"，仍要为明王朝的天下尽自己的微薄之力。他这么说了，也这么做了："公念世恩难忘，与督师何腾蛟、褚胤锡，时以手札往来，商略军机，以图匡复。……公方锐意勤王，欲修匡扶之业……"[1] 又与南明大学士文安之来往甚密。"又得公（指田霈霖）寄长兄手书，所言在白帝城与楚藩争自立事也，此等关系大事，千里之外，公必往返商之。"（田甘霖《感怀文铁庵先生有序》）

田氏诗人的其他诗篇中，也沉痛地表达了他们的亡国之思。田玄揭露明政府的腐败："闭垒高谈兵杀贼，临敌贼来不见兵"，"为兵之日气何馁，为兵之后欲吞鲸。"（《军官行》）政府官员多谗夫，出征将军对敌懦弱而对民贪酷。其寓言诗《百舌鸟误为弋者中伤哀鸣酸楚为此惜之并诘》

---

① 《容美宣慰使田霈霖世家》，《容美土司史料汇编》，中共鹤峰县委统战部等编印 1984 年版，第 100 页。

及《又代弋者答》批判"谗夫守高位，文士且无名"以及人世间巧言谗说的丑恶。"几地曾留荀令馥，诸蕃遥问晋公年。"（《寄怀文铁庵先生》）诗用了东汉荀令衣带飘香经月不散和东晋陶潜因曾祖陶侃为晋宰相，以晋为年号，示不仕新朝之典，表达了自己襟怀高洁，眷恋故朝之情。田霈霖《封侯篇》用春秋时诸侯争霸，无视周天子的历史来讽刺当时骄横跋扈的南明将领彼此争权夺利，"破碎山河赦不论，贩得爵位诚奇贾"，甚至"薄视天王犹饿虎"。的确，读田玄父子的诗作，可以感受到诗人强烈的责任感和爱国之情。

在对待人民的态度上，屈原具有浓烈的爱民之情。"皇天之不纯命兮，何百姓之震愆？民离散而相失兮，方仲春而东迁。"（《九章·哀郢》）"长太息以掩涕兮，哀民生之多艰。""怨灵修之浩荡兮，终不察夫民心。""忽奔走先后兮，及前王之踵武。"（《离骚》）《一家言》也充满了这种感情。田九龄的部分作品反映了战争给土家人带来的伤痛。在《古意》中，他指出战争的残酷、惨烈，妇女都得上阵杀敌："奇兵十万拥雕戈，一夜秋风瀚海波。漫讶天南多戍妇，月中犹自隐嫦娥。"在《出塞曲》《从军》其二中，诗人又写道："笛声吹落关山月，多少征夫泪并挥"；"可怜一片秦时月，犹照征夫马上环"。田宗文对当时的局势总是充溢着关切之情，他敢于指责昏聩的时政和作威作福的权贵，深深同情反对权贵的腐败行径而遭受贬谪的正直官员。田商霖《天鸣》写于天亢旱后继之以雨时，"烽燧十二年，岁岁苦相撄。若更罹阳九，宁不哀此茕。我念高高在，皇矣必好生。愿收震怒意，听此蚑蛮鸣"。兵戈扰攘造成了生灵涂炭的严峻现实，作者真诚希望上天有好生之德，不再发生各种灾难。

明代官场一派黑暗，权贵们食血成性，贪贿公行，人们对此也司空见惯，习以为常。田九龄同情大众，嫉恶秽行，他给一位"禄薄而贫且清"的下级官吏写了一支赞歌，即《赠三尹毛仲选》，对这位官吏，诗人由衷钦佩，并认为"江流应识此君心"。面对现实，诗人渴望有一个安宁的人间世界，在《明月寺赠太空禅师》中，诗人甚至发出这样的呼喊："莫令人世有魔宫。"当蒙难的田甘霖回到容美，田九龄劝导他："安危永勿忘，上下期同勖。"（《喜少傅主君还自虎营》）。田宗文的《有感》《感述》揭露了血腥落后的土司统治，在唱和诗中歌颂惠政，期望他们能将民生疾苦放在心间。如："前席定知承顾问，好将民瘼讽民王。"（《走笔送陈明府》）"共知荐最明堂日，独有循良早见招。"（《奉送殷夷陵开美人觐》）田宗文与叔父田九龄均因才名见忌而在政治上未能有所作为，相对土司王而言，他们对下层民众的苦难感受要深切一些，这也就使他们的诗歌创作赋予了普遍而深刻的社会意义。

三　对楚辞悲怨风格的承袭

楚辞的一大风格是悲怨，对此，古人有不少论述。司马迁曰："余读《离骚》《天问》《招魂》《哀郢》，悲其志。适长沙，观屈原所自沉渊，未尝不垂涕，想见其为人。"① 萧统云："又楚人屈原，含忠履洁，君匪从流，臣进逆耳，深思远虑，遂放湘南。耿介之意既伤，壹郁之怀靡诉，临渊有怀沙之志，吟泽有憔悴之容。骚人之文，自兹而作。"② 沈德潜亦云："《九歌》哀而艳，《九章》哀而切。《九歌》托事神以喻君，犹望君之感悟也。《九章》感悟无由，沉渊已决，不觉其激烈而悲怆也。"③ 楚辞之悲，是自身之志不能施展的理想悲剧，也是生命易逝而一事无成的生命悲剧，是自我与他人、个体与群体的矛盾冲突的悲剧，是国家的悲剧。《一家言》之诗深受楚辞影响，诗中这些悲愤情感，与"信而见疑，忠而被谤"（《史记·屈原列传》）而生怨的《离骚》之情一脉相承。

田宗文崇敬屈原，凭吊屈原，感慨他的遭遇，充满沉重感伤："踟蹰风雨夕，放泪读《离骚》"（《似墨李丈过访言愁酒酣赋赠》），"积雨迷芳杜，那能不损思"（《过三闾祠有感》），"吊罢灵均倍惆怅，还将浊酒暂为欢"（《林扶京来自襄洛过楚骚馆有赠》），"惆怅有谁同吊古，屈原祠畔泪沾衣"（《携家澧浦诸昆季饯送志别》）。他们"试把九歌收泪读，先寻桂酒奠东皇"（田甘霖）；"放泪读离骚"，在"屈原祠畔泪沾衣"（田宗文），并"一读一悲吟"。"山中儒生苦难时，放眼欲歌挥泪雨。"（田霈霖）《甲申除夕感怀诗》流露出对政府腐败行为的愤，对深受明政府之恩却无力拯救明亡的命运的悲哀。"旧恩难遽释，孤愤岂徒悬"，"遗人辞故主，拥鼻增辛酸"（田玄）；"孤臣悲谏草，野老哭官桃"（田霈霖）；"气

---

① 司马迁：《史记·屈原贾生列传》，中华书局1982年版，第2503页。
② 萧统：《文选序》，黄霖、蒋凡主编《中国历代文论选新编》，上海教育出版社2008年版，第71页。
③ （清）沈德潜：《说诗晬语·卷上》，凤凰出版社2010年版，第90页。

涌椒浆浅，泪弹烛液深"，"满眼伤神处，难成别岁吟"。（田甘霖）文铁庵评价田玄诗"不忍读"，组诗"慷慨悲歌，珠玑萃于一门，三复诸作，一往情深"。又云："悲慨满纸，令人不敢多读。"评田玄的《送文铁庵先生往施州》一诗道："悲歌淋漓，可以想其肝肠。"为田玄《秀碧堂诗集》作序说："运或趋新心，惟敦旧信忠贞之世笃，识气概之独优。"田甘霖《怀文铁庵先生》"咏讽一字一辛酸"，严守升曰："缠绵怆恻，似有悲风飒飒行楮间。"①

容美土司多次应诏平叛倭寇，为维护国家的安定和民族的尊严屡建战功。但战争毕竟给从军人员家庭的妇女们带来无尽的旷怨。表现战争给土家人尤其是土家妇女带来的伤害是容美田氏诗人诗歌的重要内容。如田九龄的《闺情》与《闺怨》。尤其是《闺怨》其二："见说从军乐事强，东方千骑颂辉光。不知羌笛声中月，曾是菱花镜里霜。"诗人将征夫羌笛声中月色的惨淡，与思妇菱花镜里鬓发的花白，勾连迭出，这样立意，比同类主题的闺怨诗显得更加深沉和深刻。故严首升点评这首诗说："婉语更觉动人，何在淫啼浪怨。"《闺情》《闺怨》之类的作品，虽然有明显的模仿痕迹，但也不失其现实的意义。田九龄还把他的目光投向那些在当时社会没有地位的宫女们。《四时宫词》里揭示宫中妇女孤独和苦闷的人生，揭示了宫女长期幽闭深宫的苦痛；对于她们的孤寂生涯，寄予了深切同情。同为土司王室成员的田商霖在《望夫山戏题》三首，从女性的角度入手，揭露频繁的战乱造成了不少家庭的生死离别："多少行舟齐下泪，家家恐有望夫山。"

时时流露的家国之恨也给《一家言》增添了悲愤色彩。"亡国音同哽，无家路倍岐。烽烟匝楚甸，惊跸远京畿。对此新亭酒，那堪麦秀悲。"（田玄《送文铁庵先生往施州》）"伤心莫话黔中事，王气萧萧不忍看。"（田甘霖《闻黔中晋李秦孙构难奉诏解之事与五代晋梁符合感而赋此》）田九龄登楼，想到人事代谢，不禁"潸然双泪俯江流"（《登遇仙楼》）。田宗文受楚辞影响最深，他厌恶家族内部的尔虞我诈，故而移居澧水。身世之感，思乡、思亲之情，对楚辞的仰慕，令其诗多悲凉之音："月色生乡思，歌声起暮愁"（《下澧浦与从弟玉弦维舟有感》），"故国何处是，极

---

① 分别见于《容美土司史料汇编》，中共鹤峰县委统战部等编印 1984 年版，第 139、146、134、168 页。

目不胜愁"（《重登太岳绝顶》），"孤云落日满江干，薄暮思亲泪已残"
（《澧上思亲感作》）。田宗文诗中的悲凉之音，在澧水，在太岳，在楼台，
在居家时，在旅游时，都会不断涌出，"泪""愁""泣""悲"等词频频
出现在诗中。田甘霖的诗，带有感伤意味的词句很多："何忍交遍谪，天
实为之苦"，"少年心正热，泣涕莫如雨"（《长歌续短歌》）；"写憾付海
潮，水浸愁肺切"（《流溪感咏》）；"少年万斛愁分半，日逐村醪减数升"
（《忠溪杂咏》）；"可怜杜宇春来恨，啼向愁人泪满襟"（《哭文相国时困
巴东作》）。身世之感，家国之慨，令田氏诗人之诗悲愤色彩甚为鲜明。

四　巴楚地理对《田氏一家言》楚辞特色之影响

巴赫金·沃洛希诺夫认为："人的任何一个语言活动产物，从最简单
的日常诉述到一部复杂的文学作品，就一切本质因素而言，都绝不是由说
话人的主观体验所决定，而是由发生这一诉述的社会环境所决定的。"①
荣格说："每一个原始意象中都有着人类精神和人类命运的一块碎片，都
有着在我们祖先的历史中重复了无数次的欢乐和悲哀的一点残余。"② 容
美田氏诗人深受楚辞影响，与他们所处的地域有着天然的联系。

一是地域的趋近性与民族的趋同性。容美东邻荆楚、西依巴蜀、南
经娄水、澧水，北面毗连三峡。其辖区包括现在鹤峰、五峰两县的绝大
部分地区和恩施、建始、巴东、长阳等清江以南的绝大部分地区，属于
古代的巴楚结合地带。土司所在地容美（现在鹤峰）原来属于武陵郡，
战国时属楚，20 世纪 50 年代以来的各种考古也证明了这一点。容美东
部地区完全属于楚文化地带，屈原流放，溯沅江、溆浦、辰阳等被史称
"武陵蛮"地区，也证明当时武陵地区很大部分属于楚国。容美地区又
是古代巴人生活的地区，属于巴楚融合地区。梁载言《十道志》载："施
州清江郡，禹贡荆州之域，春秋时巴国，七国时为楚巫郡地。"③《华阳国
志·巴志》记汉桓帝时巴郡太守上疏说："江州以东，滨江山险，其

---

① ［苏］巴赫金·沃洛希诺夫：《弗洛伊德主义》，佟景韩译，上海文艺出版社 1988 年版，
第 91 页。

② ［瑞士］荣格：《心理学与文学》，冯川、苏克译，生活·读书·新知三联书店 1987 年
版，第 121 页。

③ （宋）李昉等撰：《太平御览》卷 171，中华书局 1960 年版，第 836 页。

人半楚。"①"江州"即现在的重庆。南朝梁时，因为重庆曾为楚国故地，被命名为"楚州"②。重庆以东的土家族地区，在先秦时已经半巴半楚状态，巴民族与楚民族通婚，巴楚之别甚为细小。

二是因地域的临近性而产生文化的相同或相似性。楚辞是楚文化的代表，其名最早见于司马迁的《史记·酷吏列传》："庄助使人言买臣，买臣以《楚辞》与助俱幸。"楚辞用楚语，纪楚事，写楚地，名楚物，一切都与"楚"相关。屈原为湖北秭归人。秭归紧靠长阳、巴东，均属于古代的巴楚文化交融区，但很早就受到楚文化影响。《春秋》僖公二十六年（前634）："秋，楚人灭夔，以夔子归。"杜预注："夔，楚同姓国，今建平秭发县。"《史记·楚世家》集解云："夔在巫山之阳，秭归乡是也。"夔是与楚同宗的芈姓国，为楚附庸。楚成王三十八年（前634），楚以"不祀"楚祖为由灭夔，并由令尹子玉镇守夔地。现在的考古证明，从西周中晚期至战国，楚国文化到达秭归地区并被普遍接受。巴东奉节段一直处于巴楚文化交接地带，楚文化因素在春秋战国之际到达这里，并成为主体文化因素③。

"诗人在感知生活的时候，一般说来倾向于接收那些与自己已有的心理结构同形或同构的信息。"④ 诺伯舒兹说："人类的认同必须以场所的认同为前提。"⑤ 容美地区对于楚，具有"场所认同"感。屈原一再强调自己高贵的血统，但其秭归出身，却又寓着土家身份的可能。故而，有研究者认为屈原是土家族，其"灵均"与巴人"廪君"同音同义，"灵均"是由巴人祖先"廪君"转音而来⑥。"楚苗同源"，苗人与楚人具有天然的亲缘关系⑦。

地域的就近性与民族心理的趋同性，令巴人对楚文化不仅没有排斥

① （晋）常璩撰，刘琳校注：《华阳国志校注》，巴蜀书社1984年版，第49页。

② 周文德：《重庆的历史称谓及其语源》，《重庆师范大学学报》2013年第2期。

③ 余静：《从近年来三峡考古新发现看楚文化的西渐》，《江汉考古》2005年第1期。

④ 吴恩敬：《自由的精灵与沉重的翅膀》，安徽教育出版社2011年版，第275页。

⑤ 《场所精神——迈向建筑现象学》，（台北）田园出版社1997年版，第5页。

⑥ 白俊奎：《巴族文化有传人，"灵均""廪君"一转音——论屈原是土家族先民成员之一及巴楚文化之南北混融与流变》，《西南民族大学学报》2004年第4期。

⑦ 参见王万荣《楚苗文化关系略论》（《中南民族学院学报》1998年第2期），李建国《析楚、苗文化的亲缘关系》（《贵州大学学报》1990年第2期），蒋南华《〈中国苗学〉序——兼论苗楚同宗共祖亲缘关系》（《贵州社会科学》1999年第4期）等论文。

感，反而有亲近心理，巴文化与楚文化相互融合，有了更多的相似之处。这一点，从屈原诗作可见一斑。张正明《屈赋遗风何处寻》① 一文指出："与曾是楚国腹地的江汉平原相比，巴人遗裔土家居住的山区所保存的屈赋遗风更多、更浓，而且更有古意。"他举了三个例子，第一土家至今仍在传唱屈赋。"鄂西巴东县有些地方的土家农民，连同一些文盲在内，至今仍能唱《九歌·国殇》。"② 第二土家民歌采纳并融合了楚歌的声腔，第三土家的跳丧最能显示楚国道家的生死观念。

　　三是地域趋近性导致的审美风格的相似性。容美田氏诗人能完全接受楚辞，与容美地区本地民歌风格也有密切关系。屈原的楚辞乃是他被放逐之时，见"楚国南郢之邑，沅、湘之间"的祭祀音乐及舞蹈而改作，有学者认为《九歌》是楚国的民间祭神歌曲，源于长阳等地区，是楚化的巴巫歌③。当然，也有人认为《九歌》是苗族的古代民歌④。楚辞从巴民族的巫歌来，又反过来影响这些地方的民歌，其中就是竹枝词。马茂元指出："唐朝以后，文人根据西南民歌俗调而改写出来的《竹枝词》极为盛行，其中也出现了不少脍炙人口的优秀作品。其中最著名的是刘禹锡，……刘氏在诗歌创作上之所以能够从民间文学里发现了新的泉源，是直接受到屈原的启发的。而他的《竹枝词》的语言风格，也能够继承《九歌》的精神，获得很大的成就。"⑤ 苏轼认为"竹枝歌"本就是楚声，它"幽怨恻怛，若有所深悲者"，楚人用以"伤二妃而哀屈原，思怀王而怜项羽，此亦楚人之意相传而然者"。⑥ 苏辙《竹枝歌忠州作》描述道："舟行千里不至楚，忽闻《竹枝》皆楚语。"⑦ 元代诗人陈基《竹枝歌》描写："竹枝已听巴人调，桂树仍闻楚客歌。"明末清初屈大均《湘中闻竹枝》云："《竹枝》本是三巴曲，流入湖湘调更悲。风俗变来从屈宋，千秋哀怨一

---

　　① 张正明：《屈赋遗风何处寻》，《湖北民族学院学报》1992 年第 4 期。
　　② 关于这点，李向兰《多元文化语境中屈原和巴文化的关系研究》一文也指出，当今鄂西南土家族跳丧中，仍有《九歌》的遗响，还有的甚至直接把《国殇》《招魂》作为唱词。见《三峡文化研究》（第十辑）。
　　③ 黄萍：《由屈原〈九歌〉源于巴巫歌看屈原与巴文化的关系》，《湖北大学学报》2006 年第 4 期。
　　④ 熊晓辉：《〈九歌〉应该是苗族古代民歌》，《中央民族大学学报》2010 年第 1 期。
　　⑤ 马茂元：《楚辞选》，人民出版社 1958 年版，"前言"第 49—50 页。
　　⑥ （宋）苏轼：《竹枝歌并引》，《苏轼诗集》第 1 册，中华书局 1982 年版，第 24 页。
　　⑦ （宋）苏辙：《苏辙集》，陈岩天、高秀芝点校，中华书局 1990 年版，第 5 页。

相思。"① 由此可见，竹枝承袭于《九歌》，也将楚辞之苍凉悲郁承袭过来。关于竹枝词的悲怨风格，在名人诗歌中多有表现。白居易《听芦管》诗云："幽咽新芦管，凄凉古竹枝。……屈原收泪夜，苏武断肠时。"② 唐代诗人顾况在《竹枝词》中写道："帝子苍梧不复归，洞庭叶下荆云飞。巴人夜唱竹枝后，肠断晓猿声渐稀。"③ 刘商在《秋夜听严绅巴童唱竹枝歌》中写道："巴人远从荆山客，回首荆山楚云隔。思归夜唱竹枝歌，庭槐落叶秋风多。曲终历历叙乡土，乡思绵绵楚词古。……天晴露白钟漏迟，泪痕满面看竹枝。"④ 容美田氏土司诗人热爱本民族文化，受竹枝词影响，且热爱楚辞，这些都影响到他们的诗歌创作题材、体裁、风格。

---

① （清）屈大均：《屈大均全集》，欧初、王贵忱主编，人民文学出版社 1996 年版，第 1247 页。
② （清）彭定求等编：《全唐诗》卷四百六十二，中州古籍出版社 2008 年版，第 5254 页。
③ （清）彭定求等编：《全唐诗》卷二十八，中州古籍出版社 2008 年版，第 179 页。
④ 陈伯海编：《唐诗汇评》，浙江教育出版社 1995 年版，第 1540 页。

小说《卧虎藏龙》服装研究

曾　慧

（大连工业大学）

小说《卧虎藏龙》是以清朝满族贵族作为统治阶级的背景下创作而成，是当时社会的真实写照。而小说中的服装描写不仅彰显了人物性格，更加真实地反映了人物的身份、地位以及当时社会的政治、经济文化状况、生产力发展水平。小说对清代北京地理、风俗的描述很精准，小说中翔实的服装描写带有浓郁的满族特色，是对当时旗人京俗文化尤其是满族服饰文化的再现，对满族服装的研究有一定参考意义，是研究满族服饰的又一重要佐证资料。

在清朝统治近三百年中，服饰的繁缛、庞杂在我国服饰文化史上无一朝代能与之相媲美，丰富的服饰文化元素对后世影响深远，国际上对中国传统服饰的印象不仅仅是汉服更是具民族特色的满族服饰。小说中的服装主要分为上衣下裳，上衣包括袍、衫、褂、袄、坎肩和斗篷；下裳包括裤和裙。

一　上衣

小说《卧虎藏龙》中可将上衣分为袍、衫、褂、袄、坎肩、斗篷。

（一）袍、衫

袍、衫是满族服饰最具代表性的服装，这种袍式服装是清代男女老少、春夏秋冬都离不开的，它同袄一样也有单、夹、棉、皮之分。春、夏季穿用的称为衫，秋、冬季穿用的称为袍。旗袍是长袍的一种，指旗人所穿之袍，包括官吏的朝袍、蟒袍及常服袍等。清末时期的旗袍外形宽敞，造型平直，两侧无收腰，领、袖、襟、裾镶以宽阔的花边、刺绣，宽大的袖口向外翻卷出有刺绣装饰的袖边，称为挽袖。旗袍左右开襟，王公贵族的旗袍前后左右都开襟。旗袍两侧直线向下至脚面以盖住天足，隐约露出旗鞋脚尖，走起路来，昂首挺胸衬托出满族妇女的高贵气质。旗袍是适应生活和生产环境而发展来的，它改变了一直以来中原服饰上衣下裳、宽袍大袖的服饰风格，后来变成极短极紧之腰身和窄袖的式样，此也是清末男子衫、袍的时尚趋向。

表1.1 对男子着袍、衫的描写[①]

角色		描述
德啸峰	第四回	"穿着绛紫色的丝绵袍"
刘泰保	第四回	"就把纽扣都扣齐，拍拍皮袍"
	第十四回	"青洋绉的短衫"
高朗秋	第五回	"把那穿长袍的打死"
罗小虎	第六回	"身穿很肥大的一件青纱袍子"
	第六回	"马上的人身穿蓝缎子夹袍"
	第八回	"外罩绛紫色的缎子大夹袍"
玉娇龙扮男装	第八回	"穿着一件蓝绸子的夹袍"
	第九回	"外穿一件翠蓝绸子的肥大袍子"
八太爷	第十回	"这人身穿宝蓝绸衫"
猴儿手	第十一回	"身上可穿着短道袍"

表1.2 对女子着袍、衫的描写

角色		描述
玉娇龙	第一回	"只穿的是一件石青色的缎皮袍"
	第六回	"外罩雪青色的缎夹袍"
	第九回	"吹着玉娇龙的深灰色的绸夹袍"
	第十四回	"她穿着一件雪青色的绸子夹袍"
展太太	第十四回	"有位四十多岁的太太，身穿紫色绸袍"

可见德啸峰和展太太都是有身份地位的人物，他们穿的袍子都是紫色系的袍子，就连罗小虎去参加玉娇龙的婚礼穿的也是紫色的袍子来提升自

---

① 王度庐：《卧虎藏龙》，长江文艺出版社 2006 年版。（本论文所涉及的表中内容皆出自该文献）

己的身份。如此，不难理解着紫袍在当时所代表的身份地位不是一般的人物，是尊贵身份的象征。

表 1.3   对女子着旗袍的描写

角色	描述	
玉娇龙	第一回	"里面是大红色的绣花旗袍"
	第三回	"细条的身子上穿着件葱心绿的缎子旗袍"
	第四回	"穿的是雪青缎子的皮旗袍"
	第十一回	"银红色绸旗袍"
杨丽芳	第三回	"旗袍也比往常穿得漂亮"
绣香	第九回	"可又穿着花缎旗袍"

可见，袍乃是日常着装，男女皆喜爱。袍的色彩艳丽，有红、绿、青、紫、花等颜色。袍的材质考究，多为绸、缎，妇女穿的皮制材料旗袍并不多见。小说中对玉娇龙着旗袍的描述共四处，衬托出玉娇龙温婉端重、华贵无双的外在气质，服饰衬托出不同凡响的绝色佳人形象。即便是丫鬟绣香也是旗袍裹身，以此来侧面衬托这位深闺小姐的上流社会身份。

（二）褂

褂一般穿在袍的外面主要分为大褂、小褂、马褂三种。不仅为男子着装，女子也穿，是一种时髦装束。大褂与小褂的唯一区别就是小褂是清代男子的一种便服，对襟，窄袖，下长至膝，而大褂只能用作礼服穿；最流行的要属马褂，马褂即行服，较短仅齐脐，分为对襟、大襟及琵琶襟（缺襟），立领或圆领，还有长袖、短袖，宽袖、窄袖之分，袖口均平齐，不是马蹄式。

黄色马褂最尊贵，非特赐者不得服用（帝后除外），其次是天青、元青、石青三种颜色，此三种颜色的马褂是男子在平时较为正规场合所常穿，带有礼节性，显得庄重、严肃，清后期马褂成为一种官庶皆穿的常服。

表 1.4   对男子着褂的描写

角色	描述	
孙正礼	第二回	"上套皮马褂"
罗小虎	第六回	"青团龙缎子的马褂"

角色	描述
	第六回　"青云缎的马褂"
	第八回　"扔了马褂"
玉娇龙扮男装	第九回　"外罩青绸小褂"
玉宝恩	第十一回"是一件藏青纺绸的大褂，外罩青缎马褂"
费伯绅	第十二回"这老头子穿着绛紫色褂子"
路人	第十三回"他披着一件褴褛的短褂"
刘泰保	第十四回"于是就脱去了青洋绉的大褂"

由上表可见，罗小虎想一改沙漠大盗的形象，首选都是马褂，可见马褂是当时较为普遍且较为体面的男子着装之一。

达官贵人一般崇尚皮毛质地的材料，还曾一度流行反穿马褂，以炫耀其身份地位。小说《卧虎藏龙》第十四回："丫鬟并取出一件夹坎肩给玉娇龙穿上，展太太也披了一件皮马褂。"[①] 而一般的庶民就只能在纹样上下功夫了，一般多用绸、缎等面料带有很丰富的纹样来加以修饰。小说第六回："马上的人身穿蓝缎子夹袍，青团龙缎子的马褂，头戴镶金边的缎帽，似是一位官员。"罗小虎用华丽的纹样来掩饰自己大盗的身份。

（三）袄

袄俗称"短袄""短衣"。有夹、棉、单、皮之分。通常以厚实的织物做成，内缀衬里，俗称"夹袄"；也有在其中纳以棉絮用来御寒，俗称"棉袄"，以皮毛为衬里的短袄成为"皮袄"，男女皆穿，小说中袄是出现频率最高的服饰。

表1.5 **对男子着袄的描写**

角色	描述
刘泰保	第一回　"他穿的是青缎小夹袄"
	第一回　"他就披着一件老羊皮袄"
	第一回　"盖上皮袄"

---

① 王度庐：《卧虎藏龙》，长江文艺出版社2006年版，第513页。（本论文所涉及小说中的内容皆出自该文献）

续表

角色	描述	
	第一回	"他披上老羊皮袄"
	第一回	"换了一身青缎子的小棉裤袄"
	第二回	"披上了老羊皮袄"
	第三回	"换了一身青绸小棉裤小棉袄"
	第七回	"他们这四个人除了刘泰保身穿青洋绉大棉袄"
	第七回	"他解开汗巾系在里面的小夹袄上"
	第八回	"除了披着青绸夹袄的刘泰保之外"
秃头鹰	第一回	"穿的可是青绸小皮袄、青绸夹袄"
蔡九	第二回	"穿着一件很破旧的青布大棉袄"
孙正礼	第二回	"穿着大皮袄"
乞丐	第二回	"身穿破烂棉袄棉裤"
罗小虎	第七回	"年有二十余岁，穿着青缎大夹袄"
	第八回	"然后他就换了一身青绸夹袄夹裤"

　　从上表中可见袄是一种实用性极强的服饰，穿脱方便又能御寒，小说中出现的袄除老羊皮袄外均是青色，可见青袄是当时很流行的平民服饰，小说中十次之多反复提到刘泰保的老羊皮袄，可见老羊皮袄是刘泰保标志性的服饰，几乎每次出现必有袄，标志性的老羊皮袄也彰显出刘泰保作为一个"闾巷之侠"的平民精神。

表 1. 6　　　　　　　　　对女子着袄的描写

角色	描述	
俞秀莲	第三回	"取出一件元青色的棉袄"
蔡湘妹	第二回	"换了青布短袄青布鞋"
	第二回	"换上了一件银灰色小棉袄"
	第四回	"湘妹只穿着青布单裤，青布小夹袄"
	第七回	"又换上了花边红缎袄"
	第十一回	"进来的是青袄儿红裤子"
玉娇龙	第六回	"身穿银红色绸袄"
	第六回	"在衣裳外面又披上了一件银狐小皮袄"
绣香	第八回	"门帘一启，露出那身穿蓝缎袄"

　　小说中对女子袄的描写最多的是蔡湘妹达五次之多，可见其日常着装特点多以袄为主，与刘泰保着装风格相似，夫妻二人属同一阶层人物，而玉娇龙的银狐小皮袄则凸显出其与众不同的贵族小姐气质。通过服饰更能明显揭示人物的阶级差异，蔡湘妹和刘泰保夫妻二人属同一阶层人物。比较可知，女子袄的色彩较男子丰富，但主体色彩仍以青色为主。

　　（四）坎肩

　　坎肩又名"背心""马甲""马夹""紧身"，与马褂相类似，无袖，穿在长衫外。坎肩原为一种无袖紧身式的上衣，是我国古代北方少数民族主要服饰之一。据《释名·释衣服》记载，其最初形式为"其一当胸，其一当背"，故名裲裆。从文献记载中我们可以得知，坎肩的最初形式只有两片，一片前片，一片后片。其前、后两片在肩部及腋下均钉数对丝绦或纽袢，穿时系之，使两片相连。直至今日，坎肩也是当今社会人们喜爱的服饰之一，小说《卧虎藏龙》中有七处描写坎肩。

表1.7　　　　　　　　　　　　　对女子着坎肩的描写

角色	描述
蔡湘妹	第四回　"外套着一件很瘦的薄棉背心"
玉娇龙	第十一回　"绿纱的坎肩"
	第十四回　"丫鬟并取出一件夹坎肩给玉娇龙穿上"
罗小虎	第七回　"穿着青缎大夹袄，黑绒坎肩"
费伯绅	第十二回　"青缎坎肩"
拿小旗的人	第十四回　"为首的穿着长袍坎肩"
敲锣的人	第十四回　"身后有八个穿着黑边粗布大坎肩的人"

　　从上表中不难看出，小说中不论男女老少，上层人多穿纱、缎类面料的坎肩，处于社会中层的人物一般着棉坎肩，而社会最下层民众则一般着粗布坎肩。通过小说中细致的服饰描写，折射出历史的发展与时代现状，使我们从中领略到服饰文化所反映的社会不同阶级的生活内涵。

　　（五）斗篷

　　斗篷是披风的一种，俗称"莲蓬衣"，是搭在肩上的无袖外套。中纳棉絮，长至膝，男女官庶均可着之。清后期妇女穿着者日益普遍，形制也更为精巧。斗篷有夹、棉、皮之分，考究者则在里层衬以皮毛，外表一般多织绣花纹。小说第一回，"她年约十六七岁，细高而窈窕的身儿，身披雪青色的大斗篷，也不知道是什么缎的面，只觉得灿烂耀眼，大概是银鼠里儿，里面是大红色的绣花旗袍"。第四回，"她披着银红缎子绣花的皮斗篷，露出缠着金线的辫根，发上斜簪着一只衔着珠子的红绒凤凰"。由此衬托出玉娇龙深闺小姐的尊贵地位。小说中对俞秀莲着斗篷的描写则与玉娇龙截然相反。第三回，"她披着一件青绸的棉斗篷，并不华丽"。而在小说的第四回里竟然八次提到俞秀莲的青绸斗篷，可见这斗篷是俞秀莲平日的常服，也体现出俞秀莲朴素、干练的侠女风范。

旗人有个规矩就是外出访友，到客家必须要先脱去斗篷才能施礼，否则被视为不敬，这点在小说中体现得淋漓尽致。在小说第四回，玉娇龙到德大奶奶家做客，也侧面提到了这一细节。"侍候玉娇龙的丫鬟也瞧了俞秀莲一眼，就拿着小姐的斗篷，退到一边去了。"做客毕，"当时仆妇便打着红纱灯笼，玉娇龙又披上了皮斗篷，丫鬟搀扶着她向外走去"。可见作者对旗俗的熟识和细节的把握都通过生动的服饰描写展现出来了。

二　下裳

小说《卧虎藏龙》中的下裳分为裤、裙。

（一）裤

裤的名称多见于明清时期。一般指长裤，下体之服。小说中裤分为单裤、棉裤、夹裤。单裤顾名思义就是没有衬里的裤子；"棉裤"亦称"绵裤"是一种纳有棉絮的裤子；"夹裤"又叫"袷裤"是一种有衬里的裤子。小说中对人物着裤的描写笔墨颇多。

表1.8　　　　　　　　　　　对男子着裤的描写

角色	描述	
刘泰保	第一回	"他穿的是青缎小夹袄，青绸单裤"
	第一回	"然后换了一身青缎子的小棉裤袄"
	第四回	"换了一身青棉小棉裤小棉袄"
	第十四回	"只穿着青洋绉的肥腿裤子"
乞丐	第二回	"身穿破烂棉袄棉裤"
文雄	第七回	"穿着一身青绸衣裤"

续表

角色		描述
罗小虎	第八回	"换了一身青绸夹袄夹裤，外罩绛紫色的缎子大夹袍"
玉娇龙扮男装	第八回	"穿着一件蓝绸子的夹袍，青绸裤"
	第九回	"下面是青绸肥裤子"
	第九回	"下面是深蓝色的绸裤"
玉宝恩	第十回	"下面是宝蓝洋绉裤子"
大汉	第十三回	"短裤子也很破"

表 1.9　　　　　　　　　　　对女子着裤的描写

角色		描述
蔡湘妹	第一回	"青布夹裤，当然不大干净"
	第一回	"晚霞正映照着那女子的红衣裤"
	第二回	"换了青布短袄青布裤"
	第四回	"湘妹只穿着青布单裤"
	第十一回	"进来的是青袄儿红裤子"
高师娘	第二回	"灰布的棉衣裤，镶着白边"
俞秀莲	第三回	"她里面只穿着青布的短衣短裤，又瘦又单寒"
	第四回	"换上青衣裤青鞋"
拿标枪的女子	第十一回	"青衣红裤，身材娇小"
玉娇龙	第六回	"水蓝色绸裤"
	第十四回	"一条深蓝色的绸子夹裤"
绣香	第九回	"露出那身穿蓝缎袄、红缎裤子的小媳妇的半身"
妓女	第十一回	"穿着紫绸衣裳，绿罗裤子"
妇人	第十四回	"她穿着绿绸子上身，大红布的裤子"

如此可见，裤子在当时是很普遍的着装形式，男女皆宜。年轻人的服装较艳丽，而妇女的服装偏素雅。小说第三回，"俞秀莲却站起身来，脱去了青绸斗篷。她里面只穿着青布的短衣短裤，又瘦又单寒，可是她一点也没有怕冷的样子。"第四回，"湘妹只穿着青布单裤，青布小夹袄，外套着一件很瘦的薄棉背心，这背心上就附带着镖囊。她头挽着发髻，上蒙一块青纱，脚下是青袜青鞋。"第一回，"他穿的是青缎小夹袄，青绸单裤，外罩着一件青缎大棉袄。钮子不扣，腰间却系着一条青

色绣白花的绸巾，腰里紧紧的，领子可是敞开着。"可以看出无论是俞秀莲与蔡湘妹这些跑江湖的侠女还是"间巷之侠"刘泰保，他们皆喜穿裤而非长袍、衫、裙，说明裤装颇受社会大众的欢迎，无论形制上还是穿着的适宜程度上都较长袍和裙更具穿着性和实用性，方便简洁利于行动，也是历史发展的必然。

（二）裙

裙，又称"踢串"，通常以五幅、六幅或八幅布帛拼制而成，上连于腰。清代满族妇女穿着的裙子以长裙为主，裙式多变。在当时的清朝民间，女裙以红色为贵，喜庆时节多穿红裙、绣花裙，这种服色偏好影响至今。

小说《卧虎藏龙》第七回，"等到五月节叫你穿上绣花裙子，樱桃、桑葚、粽子，咱们成筐成篓地买！"刘泰保对蔡湘妹的承诺是让蔡湘妹在过节的时候穿上绣花裙子，可见绣花裙子是当时民间妇女的盛装，是女性追求完美时尚的首选。第十四回，"但是玉娇龙却直朝着一座悬崖走去，她双眉愁锁，发鬓微蓬，绒花乱颤，雪青色的衣裙被山风吹得时时飘起。"素色的裙与玉娇龙当时所处的环境浑然天成，共通衬托出这位贵族小姐悲戚的命运。

结　论

每一民族服饰的生成，都是这个民族精神、文化发展的一部史诗。中国传统服饰文化强烈冲击着世界人民对美的触觉和感知。满族服饰中的"唐装"（马褂）和"旗袍"是最具代表性的服饰。民族服饰既是一种功能符号，又是一种艺术符号。一个民族要想在世界民族之林占有一席之地，最重要的就是保持自己民族的特点。服饰作为一种艺术形式，是一个国家和地区的文化和审美情趣的载体，从某种意义上来讲，服饰标志着一个民族的审美情趣的高低，服饰在小说中作为一种传达信息的外在媒介与文化符号，无论在气氛营造还是对于人物心理的象征以及文化学意义上的指称都是有着十分重要的意义。

服饰文化既是一份遗产，又是一个连续不断积累、扬弃的过程。服饰文化本身是变化的，不可能永远复制上一代的老传统。服饰文化是流动和扩大的，有变化和创新的特点。面对国际多元化的服饰冲击，如何既保留自己民族的特点又要与当今时尚趋势合拍，费孝通先生提出的"美美与共""和而不同"正是解决这一问题的基本原则。中国的民族元素能否在我们这个时代得到应有的继承和创新发展，正是摆在我们这一代人面前的考卷，民族元素的应用和创新发展是整个民族文化的继承和发展中的重要组成部分，更是每一个从事服饰设计工作者责无旁贷的历史使命。

少数民族小说空间叙事的多重精神向度^①

——以阿来《空山》为例

曾 斌

（江西师范大学）

少数民族小说空间叙事真实地表现本民族的生存现状和生命律动，蕴含着相对类似的人生轨迹和民族精神向度。少数民族小说首先是文学，而文学的精神向度是指"文学不但是人类精神状态的一种把握、表现，而且它本身就是人类精神的最充分、最复杂的体现方式之一。在精神王国里追索人类存在的终极意义，使人得到精神皈依的启示，找到心灵的家园；在这个家园里，由于信仰的充实而获得精神的欢愉，审美因而达到它的顶峰——在想象的'彼岸'世界里确证了人的自由。因此，文学的精神向度正是文学价值的根本体现，它超越世俗规约，充分突出了审美的精神色彩，使文学真正成为人类一个不可缺少的精神居栖之地"^②。在少数民族小说空间叙事中，涉及故乡与新土、毁灭与重建、结构与历史等多样因素，这是一种二元对立的模式结构，是意义生成与隐含意识形态所在。这些因素之下人物的命运的变化、情节的安排、文化的表达、民族形象的塑造都深刻地体现了书写者深厚的乡土情怀和民族情结。

莫言曾经说过，寻找故乡的办法，是到自己的心中去找它，到自己的头脑里中、自己的记忆中、自己的精神中以及到一个异乡去找它。^③ 论文

---

① 基金项目：2012 年国家社科基金项目"中国少数民族小说叙事及其对民族身份认同、构建研究"，编号：12CZW089。

② 董学文、张永刚：《文学精神向度探要》，《社会科学战线》2001 年第 1 期。

③ 莫言：《小说的气味·超越故乡》，当代世界出版社 2004 年版，第 367 页。

主要以阿来的《空山》三部曲为重要文本，讨论少数民族小说空间叙事的精神向度。阿来的《空山》三部曲包括《随风飘散》《天火》《达瑟与达戈》《荒芜》《轻雷》《空山》6 卷，描写了 20 世纪 50 年代末期到 90 年代初，发生在一个叫机村的藏族村庄里的 6 个故事。在机村这个独特的空间中恩波、格拉、桑丹、多吉、索波、央金、格桑旺堆、江村贡布和老魏等等悉数登场。作家以家乡为原型，对藏族村庄有着极为深厚的文化、宗教、自然和社会的体验，阿来始终沉浸在他对生命和存在体验的深远境地，竭力地发掘生命与自然原生态的质地，呈示在一种文化行将消失之际，时代的沧桑巨变给那些无所适从的人带来的悲剧性命运。① 阿来在谈创作时说"小说的深度取决于情感的深度"，《空山》对于人与自然，政治与文化、宗教社会和谐与进步，有着更为深刻的思考，它"在结构艺术上有新的探索，采用共同的文化，共同的背景，有不同的人和事构成一幅立体的当代藏区乡村图景"②。叙事文本之下，是作者对空间的建构和理解，它指向了民族文化精神与现代性的哲学思考。通过对《空山》的空间叙事分析，可以发掘少数民族小说中空间维度下的文化根源和精神向度。

一　原乡与新土：空间叙事的民族心理呈现

百余年前的留日中国学生纷纷创办的反映其新思想的杂志，绝大多数均以各自的家乡命名，《湖北学生界》《直说》《浙江潮》《江苏》《洞庭波》《鹃声》《豫报》《云南》《晋乘》《关陇》《江西》《四川》《滇话》《河南》……这些本土的所在，似乎更能承载他们各自思想的运动。在这些以"地方性"命名的思想表达中，在这些收录了各种地域时政报告与故土忧思的杂志上，已经没有传统士人的缠绵乡愁，倒是充满了重审乡土空间的冷峻、重估乡土价值的理性以及突破既有空间束缚的激情，当留日中国知识分子纷纷选择这些地域性的名目作为自己的文字空间时，所呈现的分明是一次次的精神的"还乡"。③ 在少数民族小说

---

① 张学昕：《孤独"机村"的存在维度——阿来〈空山〉论》，《当代文坛》2010 年第 2 期。

② 袁晞：《小说的深度取决于情感的深度——作家阿来谈新作〈空山〉》，《人民日报》2005年第 9 期。

③ 李怡：《少数民族知识、地方性知识与知识等级问题》，《民族文学研究》2010 年第 2 期。

中，也有不少文本通过原乡与新土这些场所的空间叙事来表现浓厚的民族情感与文化内涵。

《空山》的文本中叙述了原乡、机村和城镇三个地理空间，第一层空间是机村，这是机村人生活的空间，它地处偏远："在村外的人看来，机村就已经是这道峡谷的尽头了。其实，更准确地说，机村只能说是这道峡谷里最后一个有人烟的地方。再远，就只是猎人们才偶尔涉足了。"① 周围覆盖了浓密的森林，村子中间有一个村民聚会的广场。第二层空间是觉尔郎："觉"的意思就是山沟，"尔郎"拼出一个短促的音，就是深的意思。觉尔郎位于大山的深处，传说是机村村民祖先居住之地，国王仁慈，还有会说话的神秘鸟充当国王的耳目。从机村出发，往这个峡谷的更深处去，就是协拉顿珠歌里唱的一年四季里三个季节都有鲜花飘香的地方。当代的机村吃力地跟着社会的进程前进，外部世界对机村更多的是资源的占用，比如，在机村周围砍伐树木，短时间之内机村就只剩下光秃秃的山坡了，暴雨过后泥石流冲刷出深深地沟槽，已经没法种庄稼了，以英雄气质的索波为代表的村民执意寻找古歌中土地肥沃、鸟语花香的理想国——"觉尔朗"，开垦荒地。机村比觉尔郎更靠近外界世界。第三层空间是双江口，也就是原来称作轻雷的地方。双江口开始建镇的时候，只有一个旅馆、一个茶馆、一个木材检查站及派出所执勤点。与此相对应，机村是当代人的生活场所，觉尔郎则是祖先生活的场所。场所是各种事件发生的地方，而从引申义讲，场所可指容纳某类主题的话语或思想的"容器"，它往往凝聚着某一族群的集体记忆，在情感上总是起着统合和聚集的作用。正如日本香山寿夫认为："场所就是在不断叠加的过程中，各种各样的事情都在那里发生的地方，是一个将人类集团统合在一起的地方。场所是共同体的依靠和支柱。"② 在机村的老人看来，觉尔郎是祖先居住的地方，充满了美好与传奇，是机村人精神的原乡，承载者浓厚的民族情感。在原乡和新土的比较中，彰显出作者对于原乡精神世界的留恋。当然，也有人认为，这样的精神原乡和审美乌托邦仅仅是满足了作者的文化乡愁，作者

---

① 阿来：《空山》（第4卷），人民文学出版社2009年版，第362页。

② ［日］香山寿夫：《建筑意匠十二讲》，宁晶译，中国建筑工业出版社2006年版，第135页。

用破碎/零碎的回忆方式，唤起了在城里无法体验的英雄情怀，加固了先在的文化保守主义。① 乡村只是一个被诗意化的栖居地，而知识分子在诗意化的装扮下，完成了高贵而神圣的"新生"。②

文本的三重空间叙事凸显的是一种精神原乡的追求。精神原乡，用克罗奇的话来解释，就是"当人们又重新拾起旧日的宗教和局部地方的旧有的民族风格时，当人们重新回到古老的房舍、堡邸和大礼拜堂时，当人们重新歌唱旧时的儿歌，重新再做旧日传奇的梦，一种欢乐与满意的大声叹息、一种喜悦的温情就从人们的胸中涌了出来并重新激励了人心"③。董秀英的《沙木戛，走回部落》就是"还乡"的空间叙事模式，阿佤老人沙木戛在深山佤族寨里生活了几十年，第一次到边城小镇上居住就遇到了诸多不快：他住的房子周围大喇叭相当吵闹。沙木戛在喇叭广播时就想起了"远远的寨子，他家的公鸡叫声，碓窝声，米颗在簸箕上的跳动声和牛铃声"，他喜欢那些声音，最终，"沙木戛已经走了，走回老祖宗给阿佤人留下来的江山木嘎土地，江山木嘎古老的部落了。"《空山》中觉尔郎是一个美丽的地方，索波带领几个年轻人神秘地出走，证实了古歌中那个辉煌王国的存在，实际上这也是一种精神返乡的过程。除了返回故土这一行动属于精神返乡以外，民俗仪式展现民族原生态生活最突出的习俗，显示出人对自然的虔敬和对神性的归依，它是文学中"精神返乡"的重要形式表现。《随风飘散》中兔子的火葬，《天火》中多吉烧荒时祈祷仪式，色措湖上的金野鸭传说，江村贡布为多吉举行的葬仪，等等，都是《空山》中精神返乡的重要表现。就连天火在阿来的叙述中也有了"神性"："天火说，一切都早已昭示过了，而汝等毫不在心。天火说，汝等不要害怕，这景象只是你们内心的外现罢了。天火还对机村人说，一切该当毁灭的，无论生命，无论伦常，无论心律，无论一切歌哭悲欢，无论一切恩痴仇怨，都自当毁灭。天火说，机村人听好，如此天地大劫，无论荣辱贵贱，都要坦然承受，死犹生，生犹死，腐恶尽除的劫后余晖，照着生光日月，或者可以洁净心田中再创造。"④

---

① 闫作雷：《精神还乡与宏大梦魇——评阿来〈空山〉》，《海南师范大学学报》2009 年第 4 期。
② 尹昌龙：《1985：转折与延伸》，山东教育出版社 1998 年版，第 61 页。
③ ［意］克罗奇：《历史学的理论和实际》，商务印书馆 1982 年版，第 210 页。
④ 阿来：《空山》（第 4 卷），人民文学出版社 2009 年版，第 151 页。

　　实际上，各个民族都有一些这样的精神返乡仪式。如，鄂温克族为猎物举行的风葬、萨满唱神歌等。张承志《心灵史》叙述了西部伊斯兰教民为道祖的拱北光复而做的尔麦里（祈念仪式）："远处的老人们穿着褶缝清晰的干净衣服来了，我进水房洗了大净；远处的女人们抱着孩子来了，我戴上了雪白的六角帽；远处的青壮年赶着系彩绸的牛羊来了，我进了殿……庄严而悲怆的《大赞》念起来了……这是我们选择了的、净口之后才能念出的神语。这是我们向着伟大的存在倾诉的爱情……这是烈士在流血瞬间祈求来的安慰……这是你再也不能找到的美。"这样的民俗仪式中蕴藏着丰富的精神魅力和情感财富，负荷着伊斯兰教义中人生两世吉祥的生命观，潜藏着民族的历史记忆、信仰追求、情感祈求和奋斗历程，是民族精神和民族信仰的独特存在形式，也是民族的"精神原乡"[1]。由认同现代性而被同化，其结果必然是自我身份的丧失，寻求自我身份与传统文化因而显得更加迫切，这在文学上往往表现为"精神返乡"书写。现代中国人，尤其是现代知识分子的陌生和疏离本质是根植于不同文化之间的选择性和身份认同危机……置身其中的现代知识分子的灵魂永远处在丧失身份同一性的"离家"与"还乡"撕裂的痛苦和漂泊的疲乏中，而保持着历史连续感的家与家园也只能在想象和追忆中。[2]

　　原乡与新土叙事空间的比对与碰撞，展示出少数民族的民族精神状态与心理，在这二重对比中呈现民族"秘史"。通过空间叙事建构时间坐标："作家们试图通过小说对现实生活世界的结构性把握，以小说的叙述结构建立起全新的寓言结构，从而实现创作主体对现实的超越，艺术地创造出永恒的时间结构。"[3] 巴尔扎克认为"小说被认为是一个民族的秘史"，民族秘史实际上也是一个民族的心灵精神史。"在时代文化与作家问题的考察上，与其说作家是主体，还不如说，文化包括传统文化才是作家背后真正的主体。"[4] 一个作家的情感必定与他的族裔、故土相联系，在创作中

---

　　① 李江梅：《论文学中的"精神原乡"对当代生态文学圈建设的意义》，《当代文坛》2009年第5期。

　　② 何平：《山已空，尘埃何曾落定？——阿来及其相关的问题》，《当代作家评论》2009年第1期。

　　③ 张学昕：《当代小说创作的寓言诗性特征》，《文艺研究》2002年第5期。

　　④ 刘建勋：《作家的文化视野》，《唐都学刊》1997年第1期。

总会自觉不自觉地对其文化精神归宿予以极大关注。由此，进一步确认自己心灵深处、精神世界与生俱来的文化依恋情结和精神深层渴求，回归本民族历史文化发展根脉，回归本民族的精神史、心灵史，从而探寻并建构自己更深厚、更本真的文化底蕴。① 藏族诗人列美平措说过，"远离故土实际上是一种精神的流放"。发生在机村这个场所之中的藏民族故事，叙述了奇风异俗，诸如饮食、民俗、崇拜、信仰、禁忌等显示民族特色的外显符号，而民族特色的核心是民族精神心理。

二　毁灭与重建：空间叙事的现代性与民族性二重反思

在少数民族小说中，不可避免地要涉及民族现代化进程的问题，随着现代化的不断推进，少数民族的生存空间也发生急剧的改变，一方面是毁灭，一方面是重建，毁灭与重建，凸显了少数民族小说空间叙事的现代性渗入。现代性也渗入叙事文本，这里要讨论的是空间叙事与现代性之间的关系，以及由此凸显的精神向度。

少数民族小说空间叙事的现代性渗入。现代性既是一个时间概念，它一方面标志着古代的结束，现代的开始，另一方面，它自身也随着时间的变化而变异；现代性同时也是一个空间概念，是一个涉及政治、经济、科学、文化等现代人类社会全部生活领域的理论体系。② 在如何表现现代性问题上，现代文学主要是通过题材（如知识分子题材）的选择来表现现代性，如鲁迅的小说《呐喊》和《彷徨》两部小说集共有 25 篇小说，知识分子题材的小说占到了 15 篇。少数民族作家在保护民族传统文化或主流文化陌生化的期待视野的影响下，对现代性的表现处于一种相对矛盾的状态。但是在少数民族小说空间叙事中，现代性在叙述空间的毁灭与建构中自觉不自觉地渗入进来。在"他们"与"我们"之间，是力量的对比的消长，从《奥达的马队》到《已经消失的森林》，再到《空山》，"他们"的出现和扎根意味着"我们"的毁坏和消逝和重塑。在《空山》中旧有的社会秩序和事物不断地被毁灭，首先是上层建筑的变化，原来土司、头

① 丹珍草：《阿来作品文化心理透视》，《民族文学研究》2003 年第 4 期。
② 黄伟林：《人：小说的聚焦——论新时期三种小说形态中的人》，中国社会科学出版社 2010 年版，第 12 页。

人是这里的政治核心。新中国成立后支书、大队长、民兵排长取得了核心地位。其次是信仰内容和形式的变化，原来主宰一切的神圣被取缔，喇嘛、巫师等神职人员被迫还俗，相关的仪式也被中止。人们从领袖信仰变成了后来的金钱。在《空山·随风飘散》中，少年格拉在新时代来临之时死去，格拉死后，桑丹象征的旧时代的一切幸福和残酷也随风飘散，他们的消亡意味着机村与旧时代的告别。现代社会的发展，本来就是以旧秩序的毁灭为代价。第二卷《空山·天火》则叙述了一场巨大的天火，这场森林大火烧毁了机村人生存的自然环境，也烧掉了机村人心灵依托的神灵居所。索波、格桑旺堆、色嫫、央金……所有机村人陷入困境，村外进山帮助灭火的人们影响了村中的秩序甚至生活观念，藏语地名也被取代，如《空山·轻雷》中藏语中叫"轻雷"的地方被改成"双江口"：祖祖辈辈进出这个河口的机村人起的："轻雷"，"过去，因为没有公路，没有公路上来来往往的汽车，这个世界比现在寂静，几里之外，人的耳朵就能听见河水交汇时隐隐的轰响。"机村人的空间感也被改变。公路、汽车、博物馆、水电站、脱粒机、报纸、马车、马车夫、秤砣、番茄……这些事物差不多无一例外都刻印着新时代的痕迹，机村曾经的一切都被社会变化迅速改变。在毁灭与重建中，自然空间与社会空间都被迅速改造，现代性悄然渗入这种变迁中。现代性是社会理念、思想文化、知识体系和审美知觉发展到特定历史时期的表现。也许更重要还在于现代性表达了人类对自身的意识达到了一个崭新的阶段，人类不仅反思过去，追寻未来，同时也反思自我的内在性和行为的后果。现代性总是伴随着自我批判而不断建构自身，这使得现代性在思想文化上具有持续自我建构的潜力。①

在《空山》中叙述了游走在机村这一空间的人们，形成了"走—留—走"正反合的叙事结构模式。首先就是机村的"最后一个"：最后一个巫师，最后一个猎人，最后一个会全部古歌的人，当所有"最后一个"都消失了，就意味一个旧机村的消失。其次是在机村留下的村民：骆木匠、伐木工人、官员、李老板、降雨人，桑丹、军人达戈、民警老魏、掉队的红军驮子，他们中不少人留在了机村，先后带来了革命、汉语、科技、商

---

① 陈晓明：《现代性与文学研究的新视野》，《文学评论》2002 年第 6 期。

业。最后，有一批批出走者：格拉、多吉，索波、色嫫、达瑟的叔叔、达瑟、拉加泽里、卓玛（彻底的外出者）等人的外出，带来了新的气息，改变了原有的思维模式。每个外来者或出走者都意味着规则的打破与重新界定。"这些规则出自何处呢？必定不会出自作者，他只是依其一己的方式运用它们；这些规则所来之处，远不及作者那么明显，它们出自古老的叙事逻辑，出自某种甚至我们出生之前就将我们构织了的象征形式，一句话，出自广阔的文化空间，我们个人（无论是作者还是读者），身处其中，只不过是一个通道而已。"① 正反合的空间叙事结构展示的是现代性的渗入，体现了机村与社会发展之间的碰撞和融汇。

少数民族小说空间叙事的民族性思考。民族性是民族思想观念、风俗习惯、语言及思维方式等心理和物质结构在文化中的综合体现，是民族的"自我意识"。如何把民族性与现代性结合起来，在民族传统文化和民族现代化之间做出平衡？是每一位少数民族作家面临的问题。民族传统文化是自我体认的依据，而现代性是人类社会的普通境遇，任何民族群体都不能对现代性加以简单的排斥和抵触，否则只能使本族文化走向封闭。《空山》的副题是"机村传说"。在藏语里，"机村"是"根"的意思，"机村传说"也就是关于"根"或"源头"的传说。阿来以充满禅意的"空"，充满人类学与社会学困惑的"根"并列，命名这部作品，有深刻用意。这一悖论式的命名，透露出他面临的本质性困惑。② 在机村的毁灭与重建中，村民对于这个有限空间中新事物的态度倾向明显。协拉顿珠说："看来新社会人人平等也不是好事啊，以前上等人的福咱们还没有享到，他们领受的罪要降到我们这些下等人头上了。"巫师多吉对公安人员说："你们国家！""犯了你们的法。"表现出对新规则的不认同，并且，作者的声音随时出现："过去那个时候，却没有一个小老百姓因言获罪，能够因言获罪，都是书记官那种喇嘛里的异端。但现在这种可能性却出现了。"③《空山·天火》第 19 节中，央金将"到省里干部学校去学习"时，"脸上现出的，却是一种大家都感到陌生的表情，她神情庄重，目光坚定，望向远方，也

---

① ［法］罗兰·巴特：《S/Z》，屠友祥译，上海人民出版社 2000 年版，第 52—53 页。
② 南蛮子：《合唱的"空"难——读阿来〈空山〉三部曲》，《南方文坛》2005 年第 9 期。
③ 阿来：《空山·荒芜》，人民文学出版社 2007 年版。

是这个时代的电影、报纸和宣传画上先进人物的标准姿势"；电话并没有
给机村带来天堂的福音，机村根本就不需要。阿来不是站在胜利者的角度
为历史进程唱一往无前的颂歌，而是常常站在被淘汰者、被遗忘者的角度
描述旧文化、旧秩序不断坍塌和崩溃的景观。① 现代性实际上和传统是处
于一个相对独立的位置。现代性要求打破传统习俗的固执，而传统则阻碍
着现代性的渗入。扎西达娃《归途小夜曲》具有民族特色和地域特征，展
示了民族传统心理和陈旧观念向现代意识的转换和裂变，"我当初写《归
途小夜曲》的创作动机很简单，或者只是想告诉读者，今天拉萨青年不都
是清一色的穿长袖袍，唱民歌，跳踢踏舞，而仅仅是这种生活习俗的改变
反映了他们内心深刻而微妙的变化，反映着时代的变迁，其中包含千百年
的民族传统习惯与现代生活方式的冲突与渗透"②，正是这种看似不经意
的简单关注，却深刻地昭示了民族文化和生活习俗的艰难转变这一"痛
苦"过程，因为这种转变是来自人的心灵最深处的裂变。这种由来自古老
传统的观念与新的历史条件下所产生的具有现代性特征的符合历史进步趋
势的观念所产生的尖锐冲突，极为典型地表现了西藏人民在现代化道路上
所面对的艰难抉择。③ "那列火车/朝前爬行/让我极其反感和厌恶/实质
上，我和这列火车/有什么关系呢/火车依然在爬行/在我眼里，它将要变
成/一条巨蛇/吞掉我的家园。"④ 这是一位藏族青年诗人写了一首关于青
藏铁路的诗，从中我们可以看出诗人的民族立场。"现代精神必然就要贬
低直接相关的前历史，并与之保持一段距离，以便自己为自己提供规范性
的基础。"⑤ 因此，"现代"一词就表明现在和过去的时间断裂。对于少数
民族作家而言，"仅仅有对本民族传统文化的守卫立场是远远不够的，文
化是生长着的，没有亘古不变的传奇和神秘，千年的牧歌早已换上了新
词，这就意味着我们必须得冲破本民族原生态文化的禁锢，走出对民族性
一劳永逸的展示和歌颂，必须得沉潜于生活深处，敏锐地触及当下人们精

---

　　① 姜飞：《可持续崩溃与可持续写作——从〈尘埃落定〉到〈空山〉看阿来的历史意识》，
《当代文坛》2005 年第 5 期。
　　② 扎西达娃：《和内地朋友谈创作》，《萌芽》1983 年第 2 期。
　　③ 胡沛萍、于宏：《当代西藏文学的文化现代性追求》，《西藏文学》2009 年第 6 期。
　　④ 嘎代才让：《西藏十六》，网址：http：//www. tibetcul. com。
　　⑤ 哈贝马斯：《现代性——未完成的工程》，河南大学出版社 2005 年版，第 178 页。

神生活的深处，关注本民族在社会进程中所经历的精神危机和蜕变，审视并回答民族特性、民族精神在全球化背景中的张扬、再造与重生的大课题。"① "他们对此怀有深深的无可排遣的忧患意识，并把忧患意识化作个人的历史负载，要为心爱的民族重新做出长远的命运抉择。……对旧有文化的自省，是为了民族的自强；对传统观念的自责，是为了民族的自立。所以，他们不再迎合什么，有时宁肯放弃那些来自同胞兄弟们的赞赏和喝彩，而始终坚持走自己的启蒙主义的文学道路。"② 米兰·昆德拉在《小说的艺术》中说作家创作目的就 "是为了在叙事的基础上动用所有理性和非理性、叙述的和沉思的，可以揭示人存在的手段，使小说成为精神的最高综合"。

张承志的《黑骏马》《金牧场》，扎西达瓦的《风马之耀》《野猫走过漫漫岁月》《西藏，系在皮绳扣上的魂》，郭雪波的《大漠狼孩》，阿来的《尘埃落定》《空山》，央珍的《无性别的神》，董秀英的《摄魂之地》等，都以特定民族生活地域为叙事空间，对于民族现代化都有一定程度的叙述。其空间叙事渗透了历史进步与民族传统的冲突，展示了现代化道路上人们所面对的艰难选择。

---

① 严英秀：《论当下少数民族文学的民族性和现代性》，《民族文学研究》2010 年第 1 期。
② 关纪新、朝戈金：《多重选择的世界——当代少数民族作家文学的理性描述》，中央民族大学出版社 1995 年版，第 131 页。

民族志与文学的复调叙事

——论邢公畹 20 世纪 40 年代的"故事采集者日记"

段凌宇

（中南民族大学）

1946—1948 年，一位叫邢公畹的年轻人在京津两地的报刊上连续发表了七篇小说，得到了文坛前辈杨振声、沈从文、朱光潜、冯至和李广田等的赞赏。沈从文在他主编的《益世报·文学周刊》上著文道："天津《大公报·星期文艺》常载邢楚均（即邢公畹）有关西南地方性故事，用屠格涅夫写《猎人笔记》方法，操游记、散文和小说故事而为一，使人事凸浮于西南特有天时地理背景之中，一切还带点'原料'意味，特别值得注意。"[①] 邢公畹其时是南开大学的一位青年教师，由于他日后主要从事语言学研究，这些作品并未得到足够的重视。如果将它们放置到现当代文学边地书写的脉络中，考察这些作品中体现的文体意识与历史象征，写于政权交替前夕的这七篇小说，有着特别的意义。

一 何为故事：志异、小说与民族志

最初在报纸上发表之时，邢公畹把这一系列作品称为"故事采集者日记"。贯穿这批作品的叙述者，身份基本和邢公畹本人是吻合的：一个搜集少数民族语言和风俗的学者——"故事采集者"。自"中央研究院"历史语言研究所的研究生毕业后，他到南开大学文科研究所边疆人文研究室

---

① 沈从文：《新废邮存底（273）——一首诗的讨论》，《益世报·文学周刊》1947 年 9 月 20 日。

工作，同时在西南联合大学中文系任教。① 沈从文、冯至赞许的七篇小说，正是 1943 年 2 月至 7 月，他到云南西南部红河流域进行语言调查时的一桩副作品。此前一年，南开大学得到石佛铁路（云南省内石屏到佛海的铁路）建设经费资助，成立了边疆人文研究室，为该工程提供沿线的经济、社会、人种、风俗、语言、地理环境等方面的资料。邢公畹此行就是受研究室和铁路工程筹备委员会的委托，到红河流域的傣族区和彝族区调查语言。

何为"故事"？在楔子部分，叙述者带领读者进入了一个关于叙述困境的寓言：剃头匠为了保全家人的性命，只能把"皇帝长了一双驴耳朵"的秘密埋在心底。多年之后，他忍不住向地洞倾诉了秘密，生命也走到了尽头。"故事"在叙述的冲动与不得不为之的沉默间不断延宕，剃头匠被讲述的欲望所推动，却不得不保持沉默，一旦说出就意味着死亡。最后，叙述者终于显现出冲决罗网的力量，要将虚拟的倾听者——公主从宝座上拖下并且取消她。他要说出"人民的琐事"，并且要"连自己也说进去，为了要证明这故事是真的"。

"说故事"这一叙述行为处于中心位置而又被不断质疑、不断延宕。说一个怎样的故事，向谁讲述，什么是有价值的故事，言说与沉默的悖论，真实与虚假被反复追问。不过最终叙述者表达了同旧的故事决裂的愿望，他要讲述一个新的故事——人民的故事。中国现代文学某种意义上就是"说故事"的内容与形式的变更，从帝王将相、才子佳人的文学转为叙述"广大人民的琐事"，楔子正隐喻了这一文学变革的过程。在邢公畹写作的时期，现代文学已经趋于定型，新的"人民叙事"即将开始，只是他如此挂念于叙述的中止、死亡、沉默，那么多的犹疑是否别有深意？

如果把"故事采集者日记"放置到中国文学边地书写的传统中，至少与三种文学资源有关：

（一）志怪及文人笔记。中国传统史传对于统治疆域的边陲地带和非汉族群的记载较为简略，着眼于地理沿革和地方政权的兴衰；另外，对其想象又不时出现在《搜神记》《博物志》《广志》和一些文人笔记中，描

---

① 参见《邢公畹先生自述》，载《南开语言学刊》2004 年第 2 期。抗战期间，三校虽然实行联合办校，却都保留了各自的研究机构。

绘他们"奇风异俗",甚至进行动物化、妖魔化和色情化的书写。即使沈从文早年表现湘西原始状态的小说,也没有完全脱离这种色彩。"故事采集者日记"源于邢公畹的实地调查,对边民的描绘已经与传统文人不同。不过,读者对于"异"的期待,仍是 20 世纪 40 年代边地书写的潜在背景。

(二)旅行记和民族志书写。明、清时期,中原王朝对于云南的管理逐渐深入,士人"行记"与"游记"逐渐增多。不少内容来自亲身观察,相较志怪笔记,行记的实录的色彩大大加强。尽管在新学视阈下,它们有着不可克服的缺陷。人类学家陶云逵曾有过这样的论断:"以往的探讨,多半是'我族中心',无论中外,均是如此。"[①]民国以来,丁文江、杨成志、凌纯声、陶云逵、芮逸夫等都曾对云南做过科学的调查研究,撰写了现代意义上的民族志。[②]邢公畹也是一位受到良好训练的学者,在红河地区的调查历时 5 个月,他跟随当地非汉族群学习语言,记录"报告人"讲述的传说和故事,"故事采集者日记"正是对此行的记录。

(三)现代"人"的文学。"五四"以来,以白话文书写平民的生活,逐渐成为新文学的主流。在民俗学领域,神话、传说、民间故事被视为"国民的心声"得以搜集整理;在文学创作中,民俗事象也成为王鲁彦、蹇先艾等作家笔下乡土世界的象征。与此一脉相承,邢公畹在楔子中也声明要抛弃帝王将相故事套路,书写"人民的琐事"。"他们活着,梦着,折磨着,然而无人能经验他们的苦难,听一听他们生活的歌谣,参一参他们故事中的梦想。他们所说的故事,和他们自己的故事,我想皆不曾为世人所知。"[③]在邢公畹笔下,边民不再是志怪里的"异类",而是与汉民族一般沉默而良善的人民大众。

沈从文将"故事采集者日记"的特点归纳为"游记、散文和小说故事而为一",又还保留着"原料"意味,是颇为中肯的。所谓的"原料"感,多少是由于作品还保持着实地调查的原型。将这七篇作品连缀起来

---

① 陶云逵:《云南土著民族研究之回顾与前瞻》,《边政公论》1942 年第一卷第五、六期合刊(新年号)。

② 民族志的基本含义指对异民族社会、文化现象的记述,广义的民族志包括游记、官员和传教士的报告等,狭义的民族志指以现代人类学田野调查的方法为依托的学术研究成果的载体。

③ 邢公畹:《灯——故事采集者日记之一》,《民生导报·每周文艺》1946 年 12 月 29 日。

看，就是一位人类学者的田野经历：他如何走进村寨，取得当地人的信任，开展自己的调查。他记录下村寨中的风俗与现实，也包括自己和当地人打交道的经验，参与观察中遭遇的种种挫折，已经具备了一篇现代民族志的基本要素。调查语言是"我"的主要工作，作品留下了少数民族民间传说的宝贵记录；对祭祀和宗教风俗的描写，也能看出一个人类学者的敏感。① 但也不能把它们简单地看作纪实性文本，从文本结构到主题思想，都可见出"小说化"的倾向，与近三十年的中国现代小说形成呼应。如果把七篇作品视为一个整体，起于《灯》——希望的隐喻，终于《燎》——革命的火种，就有了一种历史象征的意味。

"故事采集者日记"中，"我"请了一位傣族老人白大爹"摆古"（讲故事）。白大爹的故事来自同一社群前人的经验，经由叙述，讲故事人的经验转化为听故事人的经验，在口耳相传中社群价值不断延续下去。当民俗学者、人类学者把"故事"从活生生的口语领域剥离出来，也是经验开始分裂的时刻，他们并不需要从说故事的人那里习得实用经验。采集来的"故事"一旦被写入学者的书籍，将进入另一种交流和传播的领域。对于印刷文化的读者而言，人类学者、民俗学者和小说家成为另一种"讲故事的人"，他们像泛海通商的水手带来遥远地方和悠久年代的故事。在邢公畹这一系列的作品中，正是"故事"被迫中断的地方，现代文学的叙述开始了。

因为"一个白白净净的年轻西装客人"的到来，酿起了一次傣族的变乱，在冲突中白大爹被杀，民俗学意义上的"故事"采集戛然而止。邢公畹对白大爹之死的叙述，采用的模式正是"压迫与反抗"这一中国现代文学经典的模式。西装客人是新来的"卫生委员"，决心按照"文明"社会的标准改造傣乡，禁绝户外的粪肥，并以罚款之名中饱私囊。终于酿成了严重的冲突，白大爹被闻讯而来的地方军官杀害。"现代"的故事里，非

---

① 邢公畹在中央研究院历史语言研究所师从李方桂教授。李方桂是中国研究"非汉语语言学"的先驱，使西南少数民族语言的研究正式进入中国语言学的视野。1926—1928 年，在芝加哥大学攻读博士学位期间，李方桂跟随美国著名人类学家、语言学家爱德华·萨丕尔（Edward Sapir）和伦纳德·布龙菲尔德（Leonard Bloomfield），用田野调查的方法进行美洲印第安语研究。在美国"那个时代，语言学家不是通过搞田野调查而研究语言，而是拿着书本研究语言。……但是，出去搞田野调查是学习和研究语言更为进步的方法之一"。参见《李方桂先生口述史》，清华大学出版社 2003 年版，第 25 页。

汉族群被看作"底层的底层",比中原的底层人民受压迫程度还更深一层。白大爹讲述的美丽传说只能提供破碎的经验,只有从属于更宏大的历史叙述,它们才能带来完整的意义世界。

二　传说与碑文:边地社会的历史记忆

在中国古代的书写传统中,受王朝中心的观念影响,正统史书和地方志的非汉族群形象,往往围绕朝贡、叛逆、征伐和奇风异俗来描绘。至于各种"风土志""行记"和笔记小说,涉及的内容有所拓展,但在对边地和边民的基本想象模式上仍受制于史传传统。即便是记述亲身游历的行记,也很难摆脱中央—边缘、征服—被征服、文明—野蛮的成见,笔触多带贬抑色彩。以上这些记述都属于"他说",中原汉族文人记录下征伐异族的历史,描述他们对于边地的观感,来自本地人的声音几乎完全缺席。

边民的声音能够进入知识者的文化视野,不能不说与新的历史观颇有关系。"五四"以来,广义的故事——歌谣、传说、神话、风俗作为"国民心声"进入学者们的文化视野,学界不遗余力地挖掘,正是要让最广大的"无声的人民"发出声音。随着时局的变化和调研工作深入西南诸省,"民"的含义更增添了"地方"和"种族"的含义。与邢公畹一道前往红河地区调研的人文地理学者黎国彬曾对此加以说明:"十年前,汉人毫不注意这些蠕伏在西南边远的残山剩水间的特种民族,一任他们处服于地理的隔离下。搜罗了典籍的记载,摆夷给我们的印象是迷与惑。""战争给我们十年浪迹,我们沿着中国地形的台阶向西方往上爬行,到了一处在命名上地理意义就并不怎样明确的区域,云之南。……初民们的乡村与社会,都划入我们的社会学家、语言人类学家和地理学家们的研究范围。"①

邢公畹精通非汉族群的语言,是大部分写作者不具备的优势。这让他有可能穿透表面的游历见闻,顺着语言进入个体的心灵和族群的历史。"语言建构着世界经验,是同化、限制、边缘化他者族群的首要工具,是令他者族群哑言和失语的必要手段。"② 身为语言学家,他比一般作者更

① 黎国彬:《摆夷的人文地理》,《边疆人文》1947 年第四卷合刊。摆夷,清初至中华人民共和国成立前,对傣族的他称。

② 姜小卫:《他者的历史:被砍掉"舌头"的礼拜五》,《外国文学评论》2014 年第 2 期。

深刻地意识到语言与生活世界是一体的。刚刚进入村寨，叙述者就已经观察到村民"彼此说话时却用另一种奇怪的语言"，采集故事时也强调"若是汉话说不好也不要紧，跟我说故事正要用夷话"。这些带给读者"陌生感"的"故事"，大多是人物用本族语言或者个人化的语体讲述的，作品保留了大量的直接引语，而且大大超过一般写作者的惯例，数百字甚至上千字不加截断地呈现原貌。这也是形成"原料"感的原因之一。虽然还不能等同于"土著自己发声"，比起史传中的语焉不详，已经是极大的进步了。

"故事采集者日记"包含着丰富的民俗成果，七篇作品中记载了不少各民族神话、传说、歌谣的片段。叙述者邀请了傣族老人白大爹说故事，"许多美丽动人的故事连同着蓝色的烟雾从他的嘴里出来"。这是一个人类学家工作的典型环境，来自外方的学者倾听本地人讲述的地方经验。作者任由这些"美丽动人的故事"占据"日记"的大量篇幅，而它们与情节主干并无多大关系。白大爹讲述的有关捕鱼的风俗与禁忌、"掩面水虫"和龙的传说，都是这个水边民族生活与信仰的反映。它们从属于一个本地人的话语系统。

与本地人的话语系统相对的是"古碑"代表的话语系统。白大爹居住的傣族山寨竖立着一块用汉文书写的古碑："碑的高处约一丈，刻工很坏，加上风雨的消磨，十分之二三的字都显得模糊了。没有额，也没有座，丑陋地深深立根于云南红壤中。夕阳在上面涂了一层淡淡的胭脂红。"[1] 碑上刻的是 150 多年前的一场变乱，当时城乡各族联合起来告发差役们的剥削情形，可官家只是层层推诿。古碑上所刻的就是巡抚、州官、县官的三篇告示，作者不惜篇幅全文摘录。在"官家"的话语系统里，告示和碑文都是义举、廉政的证明；在傣族人看来，却是迫害加剧的标志。"一代一代传下来说：自从这家伙竖起来之后，我们的日子就一年坏似一年了。"两套话语呈现的，是中央和边民两种不同的历史叙述，碑文作为官方说法得以留存，而传说——来自边民的自我言说却不被外界认知。

在我们的常识中，历史与传说是截然有别的——"历史"是曾经发生

---

① 邢公畹：《白大爹与古碑——故事采集者日记之六》，《大公报·星期文艺》1947 年 12 月 14 日。

的真实的过去，而"传说"只是玄奇怪诞的茶余饭后之谈。不过，即使在正统史传中，仍然混杂着来历不明的传说，不少民族的族源神话都堂而皇之地进入历史叙述。更多不能被纳入正统历史叙述脉络的传说和故事，尤其是有关下层人/非汉族群/女性的言说，在口耳相传中自生自灭，后人只能在志怪笔记和文人学者采风录中略窥一二。晚近以来，一些历史人类学家对此有不同的认知，他们认为：历史和神话/传说是两种不同形式的"社会记忆"（social memory），分别表达了不同社会群体的自我认同。换言之，它们之间并非有绝对的区分，而都真实地流露了述说者或书写者的情感与意图。①

邢公畹敏锐地意识到了两套并存的话语系统及背后不同的历史认知，"碑文"式的历史叙述充斥着历朝历代的史传，而神话传说只流传于族群内部，这意味着汉夷之间话语分配的不公。一些非汉族群有语言而无文字，有文字的族群也未必有对应汉族"史传"的文献传世，他们的历史观念和记录，不少就隐藏在史诗、神话和一些民俗事项中。邢公畹记录下非汉族群"生活里的歌谣""故事中的梦想"和发生在他们身上的故事，亦是知识者民粹关怀的体现。他敏锐地捕捉到"民族间政治上的主奴之势"，是伴随着话语的威权扩散的。没有政治、经济权利的边民，同样不能让自己的故事为上层的、中央的、汉族中心的人们知晓。

三　从"灯"到"燎"：变动中的边地社会

在邢公畹调查和写作的 20 世纪 40 年代，随着抗战爆发国土告急，边疆问题已经为社会各界深切关注。知识界对此进行了广泛的讨论，《边政公论》《中国边疆》《新西北》《康导月刊》等刊物应时而生，学者的调查报告、记者的旅行记不断出版，庄学本拍摄西康土著的摄影展也取得了极大反响。当时知识界对民族问题的关怀，并非今日的单一的学科"民族学"所能容纳，包含了各界精英对于国家走向的深切思考。邢公畹的学术传承与学术视野，与 20 世纪 40 年代中国知识界尤其是社会科学界的整体发展有着密切的关系。

在 1937 年中央研究院历史语言研究所的研究生考试中，邢公畹在南

---

① 参见王明珂《历史与神话：人类族群的历史记忆》，收入《父亲那场永不止息的战争》，浙江人民出版社 2012 年版，第 113—118 页。

京通过了赵元任和丁声树先生主持的复试。因时局变动未能入所，1940 年方入历史语言研究所从李方桂学习。中央研究院历史语言研究所于 1938 年迁至昆明后，为抗战时期的民族研究做了大量工作。① "这两年既有方桂先生指导，又有马学良（蜀原）、张琨（次瑶）两同学切磋，觉得自己是从旧的治学范围里走了出来，眼界顿然开阔，懂得了很多道理。"② 史语所的训练对邢公畹治学的影响主要有：第一，将文献考据与田野调查相结合，运用人类学的基本方法进行语言调查；第二，从事历史比较语言学的工作，不仅研究汉语，还要研究非汉族群的语言。毕业之后，他到南开大学边疆人文工作室工作，参与编辑《边疆人文》，刊物的着眼点在于"人文"：语言、民歌、传说、碑文、宗族与图腾、礼俗、人文地理记录与研究等。③ 这段经历对他影响甚深，他日后的文学创作和语言学研究，都充满了对非汉族群的关怀。

与社科界的热烈讨论相对的是，表现边地与边民的文学作品却相对匮乏。这一时期，西南联大作家群的作品多是关于南迁知识群体，复杂的民族现象和边疆问题仍未充分进入作家的视野。即使如沈从文这样早年以描绘湘西苗民见长的作家，云南经验也从具体的"人事"跳脱开来，升华为抽象的"自然"。其中的原因，笔者想主要有两方面：一方面是抗战时期，中华民族认同感空前加强，压倒了对民族国家内部做出区分的族群与地方性的声音。1939 年，顾颉刚在昆明的《益世报·边疆周刊》发表了文章《中华民族是一个》，引起了不小的反响。文章大意是在帝国主义虎视眈眈的局面下，不能滥用"民族"二字以召分裂之祸。"中华民族是一个，这是信念，也是事实。"④ 顾颉刚的观点有一定代表性，民族主义思潮在抗

---

　　① 南京国民政府领导下的中央研究院历史语言研究所于 1938 年迁至昆明北郊的龙泉镇，次年恢复工作。1940 年夏天，日军占领越南，轰炸更加频繁，昆明局势也变得紧张起来，年底史语所再次迁到四川宜宾的李庄。

　　② 参见《邢公畹先生自述》，《南开语言学刊》2004 年第 2 期。

　　③ 参见邢公畹《抗战时期的南开大学边疆人文研究室——兼忆关心边疆人文研究的几位师友》，收入《联大岁月与边疆人文》，南开大学出版社 2004 年版，第 357—378 页。

　　④ 此文写于 1939 年 2 月 9 日，发表于同月 13 日昆明《益世报·边疆周刊》第 9 期。转载于重庆《中央日报》、西安《西京平报》以及安徽电溪、湖南衡阳、贵州、广东等地报纸。随即在学者中引发了一场争论，费孝通明确表示不赞同，在 5 月 1 日的《益世报·边疆周刊》发表《关于民族问题的讨论》驳斥顾的观点。昆明的其他知识分子，也分成两派在《益世报》上讨论"民族"概念。

战前后学术界和文学界普遍增长。另一方面，由于地理和语言的阻隔，南迁的作家们基本生活在省会昆明，很少涉足民族现象复杂的地区。即便有，也是短期的"游历"或者"路过"，对边地实情缺乏深入的了解。文学写作需要一定时间来消化急剧扩充的社会经验，如何将边民形象纳入现代文学的版图还在摸索中。

最适宜作为参照系的，莫过于沈从文。他用"故事"指代《边城》《长河》《月下小景》等自己的代表作，苏雪林也称其为"讲故事"的人。邢公畹的"故事采集者日记"一些细节让人想起这位文坛前辈，沈从文也在自己主编的《益世报·文学周刊》上撰文进行"一个边疆故事的讨论"，对这位文学新人不吝赞赏之辞。不过，在沈从文笔下，"湘西"只是内地社会一个浪漫的镜像，现实并没有正面出场。沈从文不仅在地域上强调湘西与中国内陆的巨大差异，在时间上也将其置于被"历史所遗忘"的荒蛮时代。学者刘洪涛分析过，沈从文笔下苗族特性鲜明的小说大都发生在非现实的时空，他讴歌的是传说中的苗族英雄和传奇人物，《龙朱》《月下小景》都属于此列。[①] 20 世纪 30 年代中后期以来，他的湘西书写逐渐停滞。而邢公畹则强调作品里的"他们"和"我们"——也就是小说人物与潜在的读者处在相同的时空，他笔下的"故事"大都根据自己的田野调查经历而来，现实感大为加强。

20 世纪 40 年代的边地现实，已非静止悠远的"故事"可以容纳了。列强屡屡犯华，边疆地区也同内地一样卷入了中国社会深重的危机之中。邢公畹写了现实中的"西南夷"低下的处境，处处受到官家的刁难（《灯》）和正在酝酿的革命（《燎》）；也写了边地上层社会的朽败，老一辈沉醉在土皇帝的迷梦中（《祭衣》），年轻一辈懦弱无能（《红河之月》）；甚至触及了因为德国清洗犹太人的暴政流落傣族寨子的犹太牧师，第二次世界大战中的世界局势，竟也能在偏僻的中国西南山寨观察到一丝波动。（《怀乡歌》）"故事采集者日记"涵盖的内容，已经远远超乎沈从文意义上的"故事"了。

《祭衣》写了云南新平磨盘山上一户土司家的变故。土司普家的二少爷被仇人杀害，普老夫子决定举行"祭衣"仪式，希望仰仗祖先的英灵报

---

① 刘洪涛：《〈边城〉：牧歌与中国形象》，《文学评论》2002 年第 1 期。

仇雪耻。

大厅里布满着安息香的烟雾，地上遗留许多纸灰，灵桌上的东西已经消灭，那张桌子也从屋角移到护壁前面来，上面架起一张太岁椅子，椅子上摊开一袭明代官员常朝视事的公服。这袭衣服保藏得很好，虽然有些折损和霉迹，但大体上是没有敝坏的。这是一袭大红绫子的团领衫，外加一条放着银光的束带。衫子上用金线绣了一条四爪龙，当胸绣了个张开嘴的龙头侧面，右肩上搭着一只强有力的爪子。……红烛的焰舌跳动着；帽珠眨着精灵似的眼睛，大红袍上的金龙在烟雾中翻腾着。一段神秘的中古史屹然凝立于我的面前。[①]

两家的仇怨，牵涉着边地一段复杂的历史。明代以来，中央政府用"改土归流"的方式治理西南边地，世袭的豪强土司逐渐衰弱瓦解，新兴势力各分得一杯羹。近代以来政局乱象更甚，英法殖民者经营周边国家，地方势力各自为营。边地的乱局与整个中国社会的溃败，以及与周边国家关系的变化有密切关系。邢公畹写得阴风惨惨，颇有"五四"乡土作家蹇先艾、台静农的意味。

如果说《灯》《祭衣》是边地黑暗历史的象征，那《白大爹和古碑》及《燎》则是对正在进行的边地变革的呈现。白大爹死后，傣乡的空气突然紧张起来，年轻的男人逃亡进了深山。叙述者采集故事的工作不得不终止了，故事与民俗的世界，最终要融汇到历史变革的浪潮中去。在离开普家的路上，"我"遇到一群躲壮丁的傣族人出来开荒，他们决心用双手创造一个新的世界。"五百年，大运转，红羊黑马对面喘；只怕硬，不服软，你们官家算个卵。"星星之火终成燎原之势，边地社会内部涌动着一股暗潮，全面的社会变革即将到来，邢公畹这一系列作品也终止于《燎》。这种朝向未来的历史视野，用卢卡奇的话说是一种"远景"意识。[②]

邢公畹的七篇作品发表于1946—1948年，正是共和国成立前夕，其中体现出的历史意识尤其值得注意。始于《灯》，终于《燎》，暗示了边地革命的到来。边民已经不再是"异类"，甚至不仅是"无声的人民"，

---

① 邢公畹：《祭衣——故事采集者日记之三》，《大公报·星期文艺》1947年5月11日。

② 参见［匈］G. 卢卡奇《历史小说中新人道主义发展的远景》，收入《人道主义、人性论研究资料》第二册，商务印书馆1964年版，第358—379页。

而是潜在的变革力量。在新的历史想象中，他们不仅是受压迫者，更是觉醒者、反抗者。

四　多重声音交织的"故事"

现代文学发展到 20 世纪 40 年代末，已经形成了一些较为固定的叙事模式和价值取向。对于什么是文学，什么可以进入现代文学，也形成了一套规范。比如旧体诗被现代文学摒弃在外，"五四"式白话抒情诗比旧体诗在价值上更为"进步"；再比如，对民俗和宗教礼仪的描写，常常从属于改造国民性的主题。这些文学传统，与"五四"以来对民族国家的想象和对进化论的推崇是相关的。当然，后来的左翼也好，京派也好，在不同的方向上对"五四"文学传统都有所发展。

不过"故事采集者日记"，却不大遵守趋于定型的现代文学的规范，不同的"故事"和"讲故事"的方式在其中并存，前清遗老策划谋反、土司家的"多余人"大学生、德国犹太牧师流亡傣乡、酝酿中的傣民起义，作者给予人物充分的陈述与辩驳的空间，容纳他们用不同的语体讲述自己的故事：古诗词、碑文、"五四"式新诗、德国民谣、非汉族群的神话传说……

福柯把"故事"作为一种与"文学"不同的叙述方式，在《无名者的生活》中，他写道："这些'故事'经历了两个半世纪的沉默，突然冒出来，要比那些我们通常所说的文学更能触动我的心弦，而我即使在今天也不能说出，那些打动我的究竟是这种古典风格的美（只寥寥几句就展现了一个完全微不足道的悲惨生活），还是这些生命中的过度（excess）。这种过度，混杂着朴素的顽固与凶恶，人们可以在那些打磨得像石头一样的文字中，感受到摧毁与顽强。"① 福柯带给我们的启示是："故事"这一体裁在处理边缘文化和异文化时有其优势。尤其在某种"文学"以及"文学的政治"已经趋于定型的时刻，"故事"可能更多保留了生活的多元面貌，能够触及一些难以被编织进平滑的叙事线索的存在。"故事采集者日记"一定程度上突破了之前的文学传统包括现代文学传统对边地社会与人群的描绘。

---

① ［法］米歇尔·福柯：《无名者的生活》，李猛译，《国外社会学》2001 年第 4 期。

在"故事采集者日记",枝节错综的生活更多不是通过作者的描写,而是经由他们自己的叙述而呈现的,遗老用四首七绝抒发心迹,土司少爷吟咏着"五四"式的抒情诗,傣族老人讲述本族的神话传说,怀乡歌回荡在流亡的犹太牧师生活里。作者似乎并非意在写作情节紧凑、冲突强烈的故事,他超乎一般写作者的惯例,数百字甚至上千字地记录不同人的讲述,让这些游离于情节主干之外的"故事"呈现自身。这时,作家的身份让位于人类学者。这些故事并非干巴巴的科学材料,它们每一个都关乎活生生的人,关乎人在历史中的境遇。

面对不同的故事,邢公畹的策略是让他们的"讲述"充分呈现自身,在这个过程中展现自身的合理性,也揭露各自的有限性。不同的甚至是相互矛盾的话语与话语之间形成交流与辩驳的空间。"连昌宫殿新成日,恨煞天涯老病身;三十余年涂炭尽,开元犹是旧君臣。"这是土司家的坐馆先生赵老夫子的一首七绝。科考落第后,他来到蛮烟瘴雨的边地谋生,辛亥国变后,仍以前清遗老自居。土司少爷普诚对其不屑一顾,"看形式便已知道了内容。对于这种假古董,我没有什么话说。在今日,中国诗歌的写作,我们已不在表现的中介上有所争论,而在于表现方法上的探讨了。"普诚在省城念书,喜欢引用"五四"式的抒情诗表明心迹:"槟榔花开的时候,我就要看见你。在寒冷的国度里,摘一只铃兰,……"两人使用的不同语体颇有象征性,不同语体的使用者身处不同的历史位置。"五四"以来的话语世界里,赵老夫子这样的遗老和他们"披发彷徨吟不得"的心路历程很少受到关注。他们使用"过时"的文体和典故来支撑自己的道义选择,无论是生存方式还是言说,在现代的历史/文学革命论中都失去了合法性。"故事采集者日记"中,"五四"新诗与古体诗相对照,新青年与遗老的行迹相互映衬,赵老夫子在变动时代中的蠢蠢欲动似乎并不那么可笑,青年的诗意在历史与现实的重负下也显出自己的轻飘。单一的观点、叙事和解读也因此获得了回旋和质询的余地。

"天茫茫,海水茫茫,一个甜蜜的名字属于生长我的地方;我的忧愁是春天的青草,随着我的脚步越走越远也越生长。啊!回来吧!远行的人啊!回来吧!"犹太牧师把基督教歌曲《我家在天上》带到了中国西南边陲的傣族村寨,每当小说情节发生转折,这首歌便会反复出现。在希特勒统治德国、发起欧战的时期,犹太牧师带着妻儿来到云南元江县傣族聚居的地区传教。在德国，牧师的亲人因为犹太血统受到迫害；在中国偏僻的傣乡，他又被视为敌国的子民，时时受扰。教会小学的毕业生一朝当上乡长，照样横征暴敛，连牧师夫妇也不放过。牧师的妻子如此表述政治身份及文化身份被撕裂的痛苦："这里没有上帝，也没有法律。" 即使是偏远的西南边陲，也处在第二次世界大战的时空之中。未正面出场的世界史和中国革命史，正是这些零余者身后长长的阴影。邢公畹捕捉到了一个第二次世界大战中在中国偏僻傣乡传教的德国犹太牧师身上所能具备的历史的丰富性，同盟国—敌对国、日耳曼人—犹太人、汉族—非汉族群、孔孟之道—基督教传统—少数民族原始宗教、现实困境—宗教理想间的抵抗、撕裂、缠绕。面对宗教与族群的复杂现象，对其的理解，不是简单的"启蒙"话语或者"国家"话语能够完成的。

"人类学的复调式叙述策略，旨在让各个层面的多种观点、争论、紧张关系都参与进来，共同建构或转述更为丰富的社会现实。"① 在"故事采集者日记"中，多观点、多视角的复调式叙述策略最终指向对西南边地历史与文化的纵深理解。"故事采集者日记"的声音虽然多元，但并非随意的众声喧哗，话语与讲述者自身所处的历史位置是统一的。传说/古碑对应的是民族间的主奴之势，古体诗/新诗对应的是两代人不同的历史位置，怀乡歌对应的是基督教在中国西南边境尴尬而棘手的状况。人类学的复调是建立在对话基础之上的文化阐释策略，"它将文化阐释放置于多种相反或相成的语境中，迫使作者寻找各种方式，把经过协商的现实表达为多主体的、充满权力关系的、不统一的"②。

结　语

"故事采集者日记"是一个饶有意味的个案，它以人类学者的亲身经历为原型，通过多种语体和大量直接引语，使作品在叙述者的声音之外，还保留了不同国家/族群/阶层/宗教信仰者的声音。如果用通常的文学标准来衡量，数百字甚至上千字铺陈的直接引语、碑文和传说，对推进故事

---

① 刘衍：《文学的人类学研究范式——评汉德勒和西格〈简·奥斯汀以及文化的虚构〉》，《文艺研究》2011 年第 7 期。

② ［美］詹姆斯·克利福德等编：《写文化——民族志的诗学与政治学》，高丙中等译，商务印书馆 2006 年版，第 44 页。

进程并没有太大帮助，都属于旁支而可以删除，这样我们看到的就只是一个知识分子的独白而非现在的多声部。可以作为参照的是，20 世纪五六十年代少数民族文学兴盛的面貌之下，他者的、离散的声音几乎完全消融在"阶级—国家"叙事中。① 邢公畹写作于政权交替前夕的作品，既传达出变革前夜的历史信息，一定程度上又保留着"他者"的声音，显得更加难能可贵。

在"非虚构写作"、文学与人类学的关系被广泛讨论的今天，我们也许可以把邢公畹视为一个先行者。文体的含混伴随着意义的丰富，"故事"作为连接文学与人类学的体裁，提供了一种开放叙事的可能。叙述者的文化态度同样值得注意，他敏于观察却不急于评判，让不同甚至相互抵触的声音都自行登上纸面，充分显露各自的合理性和有限性。这份敏锐与克制间的平衡，或许源于人类学对族群与文化多样性的尊重。时隔将近 70 年回顾邢公畹的写作，希望能对我们今天如何呈现边地的"社会事实"能有所启发。②

---

① "故事采集者日记" 1957 年曾以《红河之月》为名由天津文艺出版社出版，可惜几乎没有引起反响。文艺评论家周良沛认为："它出版得很不是时候……在一个大家（自然包括文艺界、评论家在内）的眼睛，都盯着工农群众中的某某出口成诗的时候，《红河之月》这样的文学作品，自然容易被忽视，乃至淹没在出口成诗的'诗'之中。"参见《红河之月》，云南人民出版社 2002 年版周良沛的序言。

② 高丙中教授指出，1949 年之后的很长一个历史时期，中国社会在运作中所需要的对事实的叙述是由文学和艺术及其混合体的广场文艺来代替的。同一时期，社会科学的民族志叙事基本阙如，而这对于现代国家在内部维持明智的交往行为本是不可缺少的。民族志写作对于呈现社会现实及发现社会文化的多样性，具有不可替代的作用。参见高丙中《写文化——民族志的诗学与政治学》总序，商务印书馆 2006 年版，第 1—5 页。邢公畹这些带有民族志色彩的文学创作，不仅在文体上具有新意，文化态度更值得后人借鉴。

《梅葛》《查姆》文本的程式语词和程式句法分析

胡　云

（楚雄师范学院）

　　"口头程式理论"是 20 世纪兴起的美国民俗学重要流派之一。北美学者米尔曼·帕里（Milman Parry）和他的学生艾伯特·洛德（Albert Lord）是"口头程式理论"的先驱，因此"口头程式理论"又称"帕里—洛德理论"，"口头程式理论"是对于一个多年来有着诸多争论的古老难题"谁是荷马"的当代回答，它是基于对南斯拉夫活形态的口传史诗进行实证研究和类比研究的基础上发展和创立起来的理论。这一理论自创立以来，推广至今已经运用于全世界范围内的一百多种语言的传统之中，在史诗研究领域产生了很大影响。

　　帕里的研究成果之一就是程式的概念，他认为程式就是在相同的格律条件下为表达一种特定的基本概念而经常使用的一组词。[1] 在他看来，口传史诗中出现的词语、句子的重复现象，不是陈词滥调而是有其特定的含义和独特蕴含。洛德认为程式是思想与吟诵的诗行相结合的产物，也就是说口传史诗在吟诵的过程中，思想是有自由的，诗行则有一些限制。通过口头程式理论对史诗进行程式分析研究，我们得以知晓，"传统是如何模塑歌手和听众的，是如何限制歌手的自由发挥，给予这种发挥一个基本的范围，又为这种发挥提供使用便利而又威力无比的传统手段。"[2]

---

　　① 阿尔伯特·贝茨·洛德：《故事的歌手》，尹虎彬译，中华书局 2004 年版，第 40 页。
　　② 朝戈金：《口传史诗诗学：冉皮勒〈江格尔〉程式句法研究》，广西人民出版社 2000 年版，第 134 页。

　　彝族史诗《梅葛》和《查姆》能够广为传播，并在其流传地彝族中家喻户晓，程式在《梅葛》和《查姆》传统演绎中的功能，是一个典型的反复出现的创编规程，史诗的演唱者运用程式将史诗的一个诗章和其他诗章联系起来，将史诗吟诵者的表演经验统一为完整的整体。口头程式理论的精髓，可以概括为三个结构性单元的概念：程式（formula）、主题或典型场景（theme or typical scene），以及故事范型或故事类型（story-pattern or tale-type），它们构成了口头程式理论体系的基本框架。①

　　听过《梅葛》和《查姆》演唱的听众或是看过这两部史诗文本的读者，都会发现其中有些词组、句子，甚至是一些句子的组合会出现重复的成分，这些反复出现的单元是高度固定化了的，即使有些变化，如在反复出现的短语单元前后附加某些句法成分，但是其核心部分也是很突出的。程式就是这样一个特定的单元，是特定的含义与词语的组合，它有相对固定的韵式和相对固定的形态，由歌手群体所共享和传承，反复地出现在演唱文本中。这里将《梅葛》《查姆》作为主要的文本依据，进入具体的程式句法分析，主要是分为两个步骤：程式语词分析和程式句法分析。

　　一　语词程式

　　构成史诗《梅葛》和《查姆》的语言，是语词、词组和句子，语词应是构造诗句的最小单位，它们是固定的、通常不可再切分的部分，是诗句最基本的构造单元，这些单元稳固而且形成系统。程式即是在诗节中出现频率比较高的词语。史诗演唱者在用程式进行口头诗歌创作时，许多相同的语词会反复出现于演唱过程中，史诗演唱者正是通过这些看似重复的语词程式来进行思考和演唱。对诗歌语词程式的分析一般有关于地名的程式、器物的程式、方位的程式等。朝戈金先生在其著作《口传史诗诗学：冉皮勒〈江格尔〉程式句法研究》中有过"特性修饰语"等语词程式的分析。在此对《梅葛》和《查姆》进行语词程式分析，主要是对其典型的数字程式、人名程式等运用情况进行分析。

　　（一）关于数字的程式

　　数字程式贯穿于史诗《查姆》和《梅葛》的程式语词中。数字"三"

---

　　①　朝戈金：《民间文化论坛》2004 年第 6 期。

是《查姆》和《梅葛》中常用的数字程式。在各种宗教祭祀活动和日常生活中，彝族文化和数字"三"都紧密联系，数字"三"在彝族文化中具有深远的文化内涵，从古至今彝族人都把"三"作为崇拜之圣数。《查姆》中较多关于时间数字的程式，如：

一棵发三苗　　　　896①

一棵包谷背三包　　909

一棵能收三箩筐　　912

一棵高粱结三穗　　919

洪水落了三尺　　　1246

岩边有三蓬树　　　1254

各种颜料买三斤　　1730

三样东西来喂蚕　　1764

三种叶子倒成三堆　1775

除此之外，《查姆》中有关时间的程式常与数字"三"相关联且出现的频率很高。史诗中"三天""三年"等时间不具有实在意义，这种象征性的时间是一个固定的单元，在史诗演唱者那里是惯用的脱口而出的语词。

《梅葛》中也出现了很多的数字程式，其中多处可见数字"三"，史诗《梅葛》中用数字"三"与量词组成数量词，用来形容人、自然物等事物的数量。

天上撒下三把雪　　380②

落地变成三代人　　381

撒三把苦荞　　　　538

三串小火镰　　　　549

天神请来三对野猪　1006

打了三个洞　　　　1009

天神请来三对兔鹰　1019

《梅葛》和《查姆》中有关数字"三"的程式不胜枚举，这里只是列

---

① 此处数字是笔者对云南人民出版社 1981 年版《查姆》依序排列的诗行号。

② 此处数字是笔者对云南人民出版社 1959 年版《梅葛》依序排列的诗行号。

出了其中一部分。史诗中所呈现出的对数字"三"的偏好，与彝族现实生活中对祖先的崇拜诸多现象有相通之处，彝族的供奉祖灵等祭祀活动多处与"三"相关，如祖灵房分三间、转头转三圈、祭酒祭三杯、烧香烧三烛，叩头叩三次，杀三牲作为祭品等。史诗中出现的数字"三"，多数都是虚指没有特定的含义，它绝大多数表述都是建立在形而上的想象或是对传统的遵从之中，表达的是一种抽象的概念和感觉。

关于数字"十二"的程式。在《梅葛》和《查姆》中，"十二"是常见的数字程式。因为数字"在实际应用中，它还或多或少与被计算的东西联系着。在集体表象中，数及其名称还如此紧密地与被想象的综合的神秘属性互渗着，以至与其说它们是算术的单位，还真不如说它们是神秘的实在"[1]。《查姆》中如：

六个姑娘十二只手　　　　1816[2]

画成万物十二册　　　　2301

写成字数十二本　　　　2302

你说十二样礼节大　　　　2464

他说十二样礼节难分清　2465

他领上十二只猎狗　　　2592

抬上十二张猎网　　　　2593

《梅葛》与《查姆》较为相似，其中出现数字"十二"的频率较高。比如："十二架山梁上引一引"，"不能多一份，不能少一份，索子搓成十二份"，"虎肉分成十二份，一份也不多，一份也不少"。[3]楚雄彝族的十二兽舞在乌蒙山广大彝族地区千百年来一直流传着，十二兽舞又称"母虎舞"，彝家人自称为"罗嫫捏姿"，是彝族古老的虎图腾崇拜中以祭拜母虎神为主要内容的原始祭祀活动。除此之外，彝族还有以十二兽纪日的历法。这样就不难理解彝族对"十二"这个数字是怀有感情的。而数字"十二"可衍生出数字"一百二十"就是很自然的想法了，"一百二十"是《查姆》中常见的数字程式，彝族传统文化中用具象思维来表达现实存在的抽象

---

① ［法］列维·布留尔：《原始思维》，丁由译，商务印书馆1985年版，第202页。

② 此处数字是笔者对云南人民出版社1981年版《查姆》依序排列的诗行号。

③ 云南省民族民间文学楚雄调查队搜集翻译整理：《梅葛》，云南人民出版社1959年版，第10、11、14页。

事实。史诗中数字"一百二十"的运用都有其特定的意义，有利于听众的接受和理解，如"作一百二十个揖、磕一百二十个头"，表示独眼人的道德败坏和天神寻找好心人的不易。又如"搜遍了一百二十个峰峦"，是为了赞许彝族英雄的勇敢和勤劳，彝族创业者不畏艰辛的精神。在史诗《梅葛》和《查姆》中，关于数字程式的使用有其特殊含义和文化意蕴。

（二）关于人名的程式

史诗《梅葛》和《查姆》中的主人公以神和人为主，他们有些是开天辟地有着赫赫功绩的神仙，有些是历尽艰辛有着大无畏精神的勇士，或者是披荆斩棘创造彝族灿烂文明的功臣，他们无疑都是彝族文化的缔造者、彝族文明的开拓者。因此在史诗的演唱过程中，歌者总是向听众灌输着这样的信息：这些神和人是有神力的，他们的名字是不能磨灭值得彝族人民永远铭记的，因此史诗的歌者将他们的名字作为史诗诗章发展中着力关注的部分。

史诗《梅葛》和《查姆》中对人物名字反复强调，但却不是孤立毫无意义地重复，这些名字是有规律地反复出现在口头诗歌当中，在满足步格的条件下反复地出现在诗行中，形成了有关人名的程式，这些程式也是史诗中最稳定的程式。如在《查姆》中，［龙王］罗阿玛、［水王］罗塔纪、［仙王］人黄炸当地、［神仙之王］涅侬倮佐颇，这些人物只要在史诗中出现，就与人名之前的称呼连在一起不分割，也就是说这一语词高度固化，具有相当的稳定性，无论它们出现在史诗的任何地方，这一语词都不会发生变化，因此也被称为"固定单元"，是具有程式特点的人物姓名单元。

史诗的演唱者总是会不厌其烦地照搬英雄或神的名字，并且使他们的名字成为史诗不可分割的一部分。例如史诗《查姆》的"纸与笔"篇，主要讲述彝族先民拥有纸与笔的来历，彝族的英雄歇阿乌带领歇索的三个儿子历经千辛万苦寻找做纸的树皮和做笔的竹枝。其中的人名"歇阿乌"和"歇索的三个儿子"，作为人名程式反复出现。"纸与笔"这部分总共只有有170行，其中"歇阿乌"的名字就出现了18次，"歇索的三个儿子，跟着歇阿乌"这句出现了6次。在《查姆》的"长生不老药"这部分中，史诗叙述彝族长生不老药的由来和失去长生不老药的过程。整部分共有280行，其中艰难寻找长生不老药的英雄"拉兵也欧"的名字出现了12次，帮助"拉兵也欧"的"西说阿墨勒姑娘"的名字出现了12次。

在史诗《梅葛》中也出现了人名的程式，但因为《梅葛》中所涉及的天神和英雄这样的人物形象较少，与《查姆》相比其中关于人名的程式要少一些，即便这样人名程式也有所涉及，如："门世地培阿地方，住着阿省莫若，阿省莫若有竹种，阿底莫若去要竹种。阿底莫若找回竹种来，撒到河边沙滩上。"① 史诗中的这段话，总共只有 6 句，而其中寻找竹种的彝族祖先的名字就出现了 4 次。

《查姆》和《梅葛》中有些造物神和创世英雄的名字频频出现，这样一方面有利于观众加深对本民族神灵和英雄的记忆，对英雄业绩的铭记和歌颂，为的是让听众不忘历史以加强族群的凝聚力，也利于听众对史诗情节的理解和接受；另一方面，史诗演唱者在现场表演的压力之下，程式的运用让演唱者有了即兴创作的时间，从而能快速流畅地叙事。

（三）关于序数程式和方位程式

在《梅葛》文本当中我们可以看到许多序数程式，这也是史诗中较为常见的表达策略，即通过序数排列将事物列举出来，这个序数一般置于句首。如："戳开第一道，出来是汉族，……戳开第二道，出来是傣族，……戳开第三道，出来是彝家，……戳开第四道，出来是傈僳，……戳开第五道，出来是苗家……"② 序数排列还常常引申变通为月份、时令排列，如："正月去背粪，二月砍荞把，三月撒荞子，四月割大麦，五月忙栽秧，六月去薅秧……""长到八月二十日，长到九月二十日，长到十月二十日，长到冬月二十日，长到腊月二十日……"③

《查姆》中也有以数字顺序排列的例子，如"他一无弟妹，二无父母，三无兄长"，"万里路上不见人，伴我的只有太阳；千里路上不见树，只剩两棵香樟；百里路上无鸟飞，只有斑鸠低声唱……""百里无草木，千里无鸟兽，万里无人烟"④。在史诗《梅葛》和《查姆》中以序数程式出现的诗句还有很多，这里就不一一列举。

---

① 云南省民族民间文学楚雄调查队搜集翻译整理：《梅葛》，云南人民出版社 1959 年版，第 82 页。

② 同上书，第 45 页。

③ 同上书，第 79、84 页。

④ 云南省民族民间文学，楚雄、红河调查队搜集，郭思九、陶学良整理：《查姆》，云南人民出版社 1981 年版，第 34、35、70 页。

除此以外，史诗中常见的还有方位程式，即以东、南、西、北方向依次排列来展开叙述，如"东方水门开，南方水门开，西方水门开，北方水门开"，"东方的人吃了，东方的人永远不会死；南方的人吃了，南方的人永远不会死；西方的人吃了，西方的人永远不会死；北方的人吃了，北方的人永远不会死"。[①] 这种方位程式有时还会以固定搭配的方式出现形成新的程式，如"东方放绿龙，南方放红龙，西方放白龙，北方放黑龙"，"东方浇瓢绿龙水，……南方浇瓢红龙水，……西方浇瓢白龙水，……北方浇瓢黑龙水，……""找到东方去，遇着老绿龙。……找到南方去，遇着老白龙。……找到北方去，遇着老黑龙。……找到西方去，遇着老红龙"。[②] 史诗《查姆》中存在以"东方、西方、南方、北方"这些方位排列为序展开叙述的情况，这种方位程式在篇幅不大的《查姆》文本中出现了 5 次以上，并且我们不难发现，"东方"和"绿龙"，"南方"和"红龙"，"西方"和"白龙"，"北方"和"黑龙"总是一并出现。方位词和有颜色的龙，它们之间的搭配并不是混乱的，而是固定有序呈规律地组合在一起。如史诗吟诵者在演唱过程中，唱到东方的时候脑海里浮现的总是"绿龙"，而唱到南方时头脑里自然而然想起"红龙"而不是其他的白龙、黑龙、绿龙。这种固定搭配有着彝族传统文化的意蕴在内，同时也是《查姆》中运用语词程式的一种表现。

二　程式化传统句法

"程式化传统句法"是朝戈金先生在其著作《口传史诗诗学：冉皮勒〈江格尔〉程式句法研究》中对《江格尔》文本进行"口头程式理论"分析时所提出的，他分别从史诗的步格、史诗韵式、平行式的三部分析法来进行史诗句法形态的分析。在此借鉴"程式化传统句法"来分析《梅葛》和《查姆》在句法方面的特点。

（一）《梅葛》和《查姆》平行式的分析

"平行式要求用相等的措辞、相等的结构来安排同等重要的各部分，

---

① 云南省民族民间文学楚雄红河调查队搜集，郭思九、陶学良整理：《查姆》，云南人民出版社 1981 年版，第 60、133 页。

② 同上书，第 22、23、107 页。

并要求平行地陈述同一层次的诸观念。经过研究，有人认为平形式具有多
种结构模式，如并列、递进等。"① 平行式是彝族史诗中的一种风格化的
手段，其特征为相邻诗句之间构成平行，有时还会在两行或者四行诗句构
成的一个单元与另一个相似的单元之间构成这种平行式。在史诗《梅葛》
和《查姆》中平行式的运用极为广泛和多样。

1. 排比平行

《梅葛》中有排比平行的程式句法。史诗的两行或四行诗句构成一个
单元，与其相邻的单元之间构成平行关系。如在《梅葛》第二部分的
"农事"篇中有这样的平行程式：

属牛日来烧，　　　1640②

恐怕烧着牛。　　　1641

属虎日来烧，　　　1642

恐怕烧着虎。　　　1643

属兔日来烧，　　　1644

恐怕烧着兔。　　　1645

　　……

史诗《梅葛》中与上述单元构成排比平行的，不仅仅只有三个单元，
涉及的动物有 11 种就有 11 个单元，这里就不一一列出了。这是一个相当
规整的平行式，这种平行式结构能帮助史诗吟诵者在表演过程中表述流
畅，并借助这些程式进行创编。吟诵者采用这样的程式在一定程度上也吸
引了听众的注意力。

《查姆》中也有以两行诗句构成一个单元，与排列后的其他相似的
单元构成平行式的情况，这里列出其中一例：

走到山头上，　　　1748

采来绿松针；　　　1749

走到梁子上，　　　1750

采来渣拉叶片；　　　1751

---

① 朝戈金：《口传史诗诗学：冉皮勒〈江格尔〉程式句法研究》，广西人民出版社 2000 年
版，第 18 页。

② 此处数字是笔者对云南人民出版社 1959 年版《梅葛》依序排列的诗行号。

走到大河边，　　　1752

采来椎栗叶尖。　　1753

这三个单元之间互相平行，在这个平行式里变换的部分很固定，它在内涵上是平行式，在格律上也具有平行式的高度严整的特征。

钟敬文先生在给朝戈金的《口传史诗诗学：冉皮勒〈江格尔〉程式句法研究》序文中曾这样说过："实际上，这些所谓的'起兴'之句，在当时的民歌咏唱可能就是一种民间自发产生并沿传的程式要求。"① 《梅葛》中就有一些"起兴"的句子，其中有些是以四行诗句构成一个单元，与另外好几个单元构成排比平行式。如：

黑水嫁白水，　　　3711②

波浪嫁暴风，　　　3712

急水嫁弯河，　　　3713

爹妈的女儿也得嫁。　3714

黑鱼嫁白鱼，　　　3715

蜻蜓嫁黑蛇，　　　3716

白蚁嫁黑蚁，　　　3717

爹妈的女儿也得嫁。　3718

以上的诗行是《梅葛》第三部"婚事和恋歌"篇里的两小节，此处史诗演唱者在进行男女婚配的叙事过程中，没有采取平铺直叙的方式，而是"先言他物"——先叙述与彝族先民相伴的自然界的各种事物，由诸多事物的婚嫁而后引入"爹妈的女儿也得嫁"是顺应自然的行为。史诗中每四行诗句构成一小节即一个单元，除上述列举的两节外，文中还有好几个这样的单元，这些单元排列形成较为规整的平行式。

2. 递进平行

如《查姆》中，叙述阿勒、阿德两兄弟到处去找水时，这样讲道：

走到文依地方，　　　2000③

找到一股水；　　　2001

---

① 朝戈金：《口传史诗诗学：冉皮勒〈江格尔〉程式句法研究》，广西人民出版社 2000 年版，第 4 页。

② 此处数字是笔者对云南人民出版社 1959 年版《梅葛》依序排列的诗行号。

③ 此处数字是笔者对云南人民出版社 1981 年版《查姆》依序排列的诗行号。

走到赛铁梗邹地方，	2002
找到两股水；	2003
走到塔罗莫科地方，	2004
找到三股水；	2005
走到靖宁梗邹地方，	2006
找到四股水；	2007
走到多别鸟井地方，	2008
找到五股水；	2009
走到买迷峨井地方，	2010
找到六股水；	2011
走到文依梭泽地方，	2012
找到七股水；	2013
走到梁子黑龙水地方，	2014
找到八股水。	2015

在这段文字一共有八个句子，后面的七个句子只是在第一个句子的基础上变动了两个部分，一是地点的变动，二是数字的递进。此外的成分则是以循环重复为特征，而且其句式和韵律也非常和谐，头韵和尾韵也一路押下来，它在内涵上是平行式，在格律上也具有平行式的高度严整的特征。很显然，这种保持大部分固定的成分而又在数字上递进的叙述，是有利于史诗演唱者的记诵的。

《查姆》第五章"书"篇中有这样的平行式诗行，它由两行诗句组成一个单元与另外两个单元互相平行构成平行式：

独眼睛人的时代没有书，	2377①
独眼睛人的名字自己不会取；	2378
直眼睛人的时代没有书，	2379
直眼睛人的名字自己不会取；	2380
横眼睛人的时代没有书，	2381
横眼睛人的名字自己不会取；	2382

这三个对句，只有三个词不同："独眼睛""直眼睛""横眼睛"。此

---

① 此处数字是笔者对云南人民出版社 1981 年版《查姆》依序排列的诗行号。

外的所有成分以循环重复为特征。在《查姆》流传地区，那里的彝族都保持着这样的集体记忆，这个族群的共同起源记忆：人类起源之初有其特殊发展序列，即由最初的"独眼睛人"，到后来的"直眼睛人"，直至现在的"横眼睛人"。所以说在这里，这三个词不是简单的置换，而是有彝族文化历史内涵的演进过程在内的。这里除了句式平行之外，还具备押韵的特点。"独眼睛""直眼睛""横眼睛"这种层层演进的叙事方式，具有民间演唱中常见的层层递进的特点。

（二）《梅葛》和《查姆》的韵律情况

"程式研究必须首先考虑到韵律和音乐，歌手从格律和音乐中甚至是语言本身吸收了史诗的节奏，他从小耳濡目染、生活于史诗流传地，吸收了史诗演唱的经验，学会了短语的长度、部分节拍和停顿。"① 同其他口头传统一样，《梅葛》和《查姆》有其特定的韵律和音乐。史诗演唱者在演唱时都使用固定的调子，《梅葛》需要用"梅葛"调来演唱，而《查姆》需要用"阿噻调"来演唱，这种固定的曲调，使得高低起伏的乐音按一定的节奏有秩序地横向组织起来，由于语言的腔调、声音的高低、语势的轻重缓急和声调的抑扬顿挫而形成的韵律是曲调线的自然基础。固定的曲调的使用，就决定了"歌词"即史诗文本是韵文体诗歌，遵循一定的韵律规则。史诗演唱者生于斯长于斯，从小耳濡目染，因而能得心应手地运用一些手段使诗歌韵律优美动人。《梅葛》和《查姆》在演唱时所使用的固定的曲调，事实上就是一种程式化的表现。

《查姆》中有很多押句尾韵的诗行，有些是句句押韵，有些是隔句押韵，这里列举隔句押韵的段落，如下：

牛羊吃了青草，	650②
牛羊更肥壮；	651
猪狗吃了青草，	652
猪狗免病伤；	653
猴子吃了树果，	654
猴子林中最欢畅；	655

① 阿尔伯特·贝茨·洛德：《故事的歌手》，尹虎彬译，中华书局 2004 年版，第 42 页。
② 此处数字是笔者对云南人民出版社 1981 年版《查姆》依序排列的诗行号。

斑鸠吃了果子，　　　656

斑鸠能展翅飞翔；　　657

蜜蜂采了树花，　　　658

蜜蜂先把蜜糖尝。　　659

又如《梅葛》中，也有一些押韵的诗行，押句尾韵情况也很多，这里列举一个隔句押韵的例子，如下：

锄头作踩板，　　　606①

锄把作夹弓，　　　607

犁头作横担，　　　608

耕索作扣绳，　　　609

犁杆作扣杆，　　　610

犁耳作扣梢，　　　611

犁头作扣环。　　　612

对《梅葛》和《查姆》押韵情况的简单陈列举证，我们发现史诗演唱者通过传统的手段，运用这些押韵的句子，并且信手拈来、得心应手，使得各种韵律优美、叙事复杂的诗句从他们的唇间泉涌而出。正是这些千锤百炼的程式为史诗《查姆》提供了某种难以言说的音韵美感。

除此以外，《查姆》中对事物颜色的形容采用了叠词的表述方式，如：绸缎染得红彤彤、绸缎染得光闪闪、树干黄澄澄、树花晶晶亮、树叶白生生、树花亮堂堂、看见一棵铜树明晃晃、满树红彤彤、树叶亮堂堂、树干黑黝黝、树叶嫩汪汪、锡树白花花、银石洗得白生生、金石洗得亮堂堂、铁石洗得黑黝黝、铜石洗得明晃晃、戴金戴银闪闪亮、金子银子亮晃晃……这些叠词的运用使得史诗所描绘的事物富于形象性，吟唱起来富于节奏和韵律，史诗吟诵者朗朗上口利于记忆，而听者也能感受到和谐的音律，声声悦耳从而具有一定的艺术感染力。

运用"口头程式理论"对史诗《梅葛》和《查姆》进行分析，可以使我们对史诗传统的基本特质和总体风格有较为明晰的把握，从而尝试着去了解彝族口传史诗的共性及其规律性的传承机制。程式不是给歌手提供一个僵死的词语解决方案，而是一个有一定张力和自由度的框架结构。程

---

① 此处数字是笔者对云南人民出版社 1959 年版《梅葛》依序排列的诗行号。

式是一定句法结构和一定韵式的结合，不同的史诗其中程式句的数量也不一样，史诗程式句的多少与其文化语境有着密切联系，而且不同地域史诗的程式化特征不同。尽管《梅葛》和《查姆》的流传地域使用不同的彝语方言，但《梅葛》和《查姆》作为彝族民间史诗，其口头程式的统一性仍然鲜明。

无国界的认同：中亚东干人的"老家"

金 蕊

（西北民族大学）

东干人是 1877—1878 年移居中亚的陕甘回族移民群体，其中多为 1862—1877 年陕甘反清回民起义军的后裔。随着历史的发展和社会的进步，中亚地区与中国联系加强，东干人与国内的交往日益频繁。作为中国回族的一个分支，东干人对中国始终抱有一份特殊的感情。他们中的许多人都同家乡发展经济贸易往来，他们中的许多人都送后辈回中国学习汉语，他们中的许多人在条件许可的情况下"常回家看看"。

不论他们回老家老舍是经商、学习，还是探亲、访友，必到之处即为新疆昌吉二六工。尤其是"东干之父"白彦虎的后人，更是每年都要来二六工拱北①朝拜。他们视二六工为"老家"，在乌鲁木齐市外贸基地经商的东干人，在乌鲁木齐市求学的东干青年，逢古尔邦节、肉孜节等伊斯兰教的重大节日，都要来拱北朝拜。因为在他们西迁途中，拱北老人家苟太爷出手援助，为了报恩，白彦虎嘱咐后人修建了拱北庭子，这里有着他们共同的记忆。

很庆幸，因为有对外汉语教学的经历，笔者与新疆大学的东干留学生相交甚好，通过他们熟识了在乌鲁木齐市经商的东干人。恰在 2013 年 8—9 月，中亚东干协会组织 20 名东干青年回到中国，举行重走丝绸之路，推

---

① 拱北，阿拉伯语 Qubbah 的音译，原意为"圆屋顶"。后回族借用此语专指清真寺的圆形拱顶或苏菲导师先贤坟墓上建造的圆形建筑物。拱北是苏菲派回族穆斯林常拜谒、瞻仰的地方。二六工拱北四周已形成穆斯林公墓。

动跨国联合申遗的骑行活动，同行的还有白彦虎的孙子白六娃。"白六娃"这个名字是在西北回族圈里出现最多的东干人名。

笔者在新疆乌鲁木齐和昌吉二六工对部分东干人及二六工本地人的访谈，构成了本文的主要内容。

一　东干人的叙述：获助与报恩

集体记忆是一个具有特定文化内聚性和同一性的群体对自己过去的记忆。拱北老庭子的记忆不仅存于二六工人中，也存于东干人群体中，而获助与报恩是东干人叙述的关键词。

（一）逃亡途经二六工

白彦虎的重孙白玺告诉笔者，白彦虎的官名叫白素，经名穆罕默德·阿尤布。由于他在西迁战斗中智勇过人，东干人都尊称他为"虎大人"。[①]直到今天，笔者见到的陕西籍东干移民仍这样说："正是虎大人把我们领过去的。"[②]

2013 年 9 月 1 日，东干骑行车队在陕西大寺过尔麦里[③]。一位东干长者对笔者谈及他所听闻的逃亡之事：

"那是清朝的时候，陕西、甘肃爆发回民起义。这一仗打了 12 年，我们死伤无数。清朝有个左宗棠，一路追赶我们，朝廷要把我们灭掉。虎大人就带着我们往西跑，老人、娃娃、妇女都跟着跑。一路上困难多，有的人掉队了，跑了一路，人也散了一路。

"虎大人的先人是阿訇，教门上好得很。一路上碰到拱北、坟园就上坟、念索勒[④]，回民的搭救[⑤]一下，让胡大把这些老回民看守的，不要

---

①　信息提供者：白玺，男，东干人，43 岁，商人；访谈时间：2013 年 4 月 1 日；访谈地点：乌鲁木齐市边疆宾馆外贸基地。

②　信息提供者：阿克达，男，东干人，33 岁，商人；访谈时间：2013 年 4 月 1 日；访谈地点：乌鲁木齐市边疆宾馆外贸基地。

③　尔麦里，是阿拉伯语 Amal 的音译，意为"善行""善事""善举"，引申为伊斯兰教功修的代称和符合伊斯兰教义的善事。包括一切有利于社会群体的慈善事业和行为。我国回族将尔麦里又引申为一种特殊的功修形式，在功修中，穆斯林用特定的音调念诵《古兰经》，纪主赞圣，为亡人祈求饶恕，为活人祈求平安。

④　索勒，阿拉伯语 Sūra 的音译，意为"章"，即《古兰经》的章节。

⑤　搭救，回族穆斯林经堂语，即拯救之意。一般指为已故亲人所做的诵经、祈祷、上坟等纪念活动。

断了根。到了二六工，那会儿叫苽苽梁子，就那么几个坟堆，虎大人就带着随从跪下念了个索勒。后面有追兵，也不敢多耽搁，上了个坟就赶路了。"①

新疆大学的东干留学生苏力克对此也有记忆：

在老家的时候，阿爷经常给我们说，男娃娃见了穆民的坟，就要念索勒呢。虎大人带着我们的先人从中国往俄国跑的时候，一方面躲避追兵，另一方面见坟园、拱北都要上坟、念索勒。回回穆民，万样的事情有胡大②呢。谁也不知道哪个是贵人，我们给别人做好嘟瓦③，我们有困难了，胡大相助我们呢。

我阿爷家有亲戚在伊犁，那会儿往西边跑的时候，有的跟不上队伍，就被落下了。以前都联系不上，我们在老家过来也不方便，现在我叔叔他们都在这儿做生意。2012 年我们一块到伊犁亲戚家去了，今年还打算回陕西看看，我们那儿有的娃娃现在就在西安学汉语呢。④

从访谈中，我们得知，白彦虎出生宗教世家，在逃亡途中每遇拱北、穆斯林坟墓都要上坟、祈祷，希冀自己在遇到困难时，能有贵人相助；白彦虎率军西迁途中，许多人掉队了，散落于西迁各处，这也使得东干人与中国的回族有了直接的血缘联系。正是因为白彦虎在二六工给苟太爷上了坟、做了祈祷，这才有了东干人记忆中的获助。

（二）边境遇困获救助

提到白彦虎如何获得苟太爷的帮助，访谈中的东干人都略知一二。笔者在乌鲁木齐市边疆宾馆和几位东干人闲聊时，他们如是说：

虎大人带着军队和朝廷打仗，失败后，退到新疆。那会儿走的都是小

---

① 信息提供者：尔撒子，男，东干人，63 岁，农民；访谈时间：2013 年 9 月 1 日；访谈地点：乌鲁木齐市陕西大寺。

为了在书写语言中体现口头性的特点，这里采用了一些符号。黑体：表示讲述人的强调；┊┊：表示虽然在口头文本中没有说，但是按照逻辑应该有的内容；［　］：表示讲述人和听众的表情或动作等；——表示拖长声音；//表示插话。参考杨利慧《民间叙事的传承与表演》，《文学评论》2005年第 2 期，文中对口头神话文本的誊写。

② 胡大，波斯语 khudā 的音译，意为"主宰"。与阿拉伯语"安拉"同义，是穆斯林所信奉的真主的波斯语称谓。

③ 嘟瓦，阿拉伯语 Duʻā 的音译，意为"祈祷"。

④ 信息提供者：苏力克，男，东干人，23 岁，留学生；访谈时间：2013 年 3 月 31 日；访谈地点：新疆大学。

路，官兵抓得厉害。从阿克苏撤到喀什，然后翻越天山恰克马克山隘口，中俄边境上。前有高山峻岭，又是异国他乡，后有数万追兵，手持屠刀。在危难面前，虎大人动了向清朝自首之念。[陷入沉思，旁边的东干人用眼色示意，好似提醒他不要接着讲了。停顿了 30 秒之后，他示意旁边的一位年龄稍大一些的东干人继续讲。]①

//当时正是隆冬腊月，恰克马克天气特别冷，山顶上风雪交加。虎大人和他手下的人都衣着单薄，腹中无食，饥寒交迫。[停顿数十秒，好似在思索着什么。]人们用刀在山坡上戳一下，往山上爬一下。对妇女、儿童、老人来说更是苦不堪言。清朝妇女一满缠小脚，走路时全靠双手往前摆，步履艰难。上山时，这些妇女是拉着牛尾巴，下山时就连滚带爬了。许多妇女滚下雪崖，再也没有起来。[说着，用手揉了揉湿润的眼眶，旁边其他东干人的神色也略显凝重。]

这时，虎大人的夫人，人称"白大妈"，勇敢地站了起来号召女兵和老弱病残者留下断后。[露出悲伤的神情，停顿 15 秒后接着讲述。]他们要与朝廷追兵决一死战，以保精壮过山，再图发展。在她的激励下，群情激昂，人心沸腾。[情绪稍有缓和，显出励志的神态。]为了生存，虎大人决定，用重金向俄国人买路，一户留一人在中国境内，以防断门绝后，其余人马连夜过境。虎大人一亲侄留在伊宁，现在伊宁有四代人了。②[平静地叙述。]

//恰克马克四面一满③是山，根本没有出口。虎大人愁得，那瘩儿④没吃没喝的，逃了一路，从老家出发的时候那么多人，这会儿连一半都没有了。虎大人带人找了两天，都没有找到出路。

伙夫旦⑤乃麻孜做完，虎大人到外头转转看，他心里想的：胡大啊，您给我们指条路吧，我们咋办呢？正想着，一个黑影过来了，虎大人一看，是个白胡子老汉。

---

① 信息提供者：托尼，男，东干人，26 岁，留学生；访谈时间：2013 年 3 月 31 日；访谈地点：乌鲁木齐市边疆宾馆外贸基地。

② 信息提供者：托哈尔，男，东干人，41 岁，商人；访谈时间：2013 年 3 月 31 日；访谈地点：乌鲁木齐市边疆宾馆外贸基地。

③ 一满：方言，意为"全部"。

④ 那瘩儿：方言，读作 nè dá er，意为"那边"。

⑤ 伙夫旦：穆斯林五次礼拜中的宵礼。

老汉就问虎大人:"白阿訇,你在这儿干啥的呢?"

虎大人说:"我想出路的呢。"

"啥出路?我帮你想一下。"老汉说。

"我们在这儿困了几天了,过不去,没吃没喝的,人都不行了。"｛虎大人告诉老汉。｝

"愁啥呢?来,我给你领个路。"说着,老汉带着虎大人到西邦个儿①,用手一指,一道白光,山中间出现了一条小路。

虎大人赶紧谢了老汉,问了名姓,老汉说,人家是昌吉芨芨梁子苟爷。虎大人说日后一定专程到昌吉感谢老人家。一转眼,老汉不见了。

虎大人赶紧带着人马从小路出去,这条小路直通俄国。没过境的人,全部遇害,朝廷在喀什支了三百口大铡刀,一个也没放过。[讲到这儿,在场所有的东干人眼圈都红了。]②

虎大人手下的很多人都是农民出身,都是种地能手,不出几年的工夫,他们就能自种自吃了。周围其他｛民族的｝人一看,这些人还会种这么多东西,都跑来学,这下他们算是接受我们这些中原人了。

直到今天,他们也非常尊重我们东干人,有一个原因,他们吃的菜都是我们种的。[哈哈]③

托尼等人沉浸在自己的回忆中,细述了白彦虎一行在恰克马克遇困、白大妈率人断后、白彦虎等人获苟太爷救助的经过。作为第四代东干人,托尼对逃亡途中的艰难悉数道来。可见东干人从未忽视对后代的历史教育,时刻提醒族人勿忘西迁的艰辛,勿忘先人的英勇。

从托尼等人的讲述中,我们可以深切地体会到,提及过雪山的惨烈经过时,东干人那种悲痛的记忆。白彦虎一行在边境遇困后,他忧愁不堪,作为虔诚的穆斯林,他通过做礼拜、念索勒等宗教仪式向真主祈求平安。此时,之前白彦虎带人搭救过的苟太爷出现了,他为白彦虎等人开辟了一条直通俄国的道路。白彦虎及其部下抵达俄国后,他们凭着勤劳能干、不

---

① 邦个儿:方言,读作 bāng gè er,意为"边"。

② 信息提供者:托尼,男,东干人,26 岁,留学生;访谈时间:2013 年 3 月 31 日;访谈地点:乌鲁木齐市边疆宾馆外贸基地。

③ 信息提供者:马哈托夫,男,东干人,47 岁,商人;访谈时间:2013 年 3 月 31 日;访谈地点:乌鲁木齐市边疆宾馆外贸基地。

怕吃苦的精神，在中亚各民族中鹤立鸡群。

（三）报恩建庭恐人知

拱北老庭子的记忆深深地刻在东干人的脑海中，白彦虎为了报恩，嘱咐后人修建了老庭子。而苟太爷的恩情、老庭子的存在及当地的陕西寺，使二六工成为东干人省亲必回的老家。

虎大人在俄国把老回回安顿好后，他自己的身体就不好了，他太累了。这么好的人，竟得了一种吃不下东西的怪病。没多长时间，人就瘦得不成形了。临完前，他给儿子、孙子说了西迁途中遇到困难，大队人马没法进入俄国，芨芨梁子苟太爷来帮忙带路的事。让儿子一定到芨芨梁子给苟太爷修个拱北，提醒儿子不要忘了苟太爷的恩情，要是没有苟太爷，这些老回回早都无常了。[1]

//朝廷一直在追剿虎大人的余部，虎大人的儿子也不敢到芨芨梁子来。有两次带着人偷偷回到中国，到了伊犁陕西大寺，悄悄地打听朝廷的事。伊犁衙门发现后，开始围追他们，他们又跑回俄国。直到后面朝廷不追杀了，他们才第三次偷偷回来，到昌吉修拱北。

没想到看拱北的人说，苟太爷无常前安顿不让修拱北。没办法，他们只好找到当时芨芨梁子的有钱汉家，说明来意，请求帮助。因为都是回回穆民的，有钱汉当时就答应了。他们把钱留下，有钱汉雇人修了庭子。后来商量着修了一个庭子，给送埋体的、上坟的人提供方便。那会儿还是偷偷摸摸的，怕别人知道他们是反叛，把修庭子的钱交代给当地的人，就悄悄返回了。只是将修庭子的缘由，暗地里告诉了几位清真寺的乡老。[2]

从马哈托夫和达吾德的叙述中，我们可以知道，白彦虎在临终前叮咛儿孙要为苟太爷修建拱北，嘱咐后人记得苟太爷的恩情，用穆斯林特有的上坟、念索勒的方式纪念苟太爷。一百多年来，白彦虎的后人不仅遵照其遗愿修建了庭子，主动加固、翻修庭子，还在情感上将二六工视为"老家"。

（四）年年朝拜年年归

随着改革开放的深入，市场经济条件下的东干人对外经济贸易、文化

---

① 信息提供者：达吾德，男，东干人，44 岁，商人；访谈时间：2013 年 3 月 31 日；访谈地点：乌鲁木齐市边疆宾馆外贸基地。

② 信息提供者：马哈托夫，男，东干人，47 岁，商人；访谈时间：2013 年 3 月 31 日；访谈地点：乌鲁木齐市边疆宾馆外贸基地。

交流扩大，中亚各国与中国经济往来频繁，自20世纪90年代开始，东干人自由地穿梭于中国及中亚、西亚、南亚、欧洲各地。政策的宽松、交通的便利、经济水平的提高，使得他们对"老家"——二六工的认同愈来愈强。此外，白彦虎的一些后人现在乌鲁木齐市经商，每年秋季都要专程来二六工拱北过尔麦里，纪主赞圣①，为亡人和活人祈祷。

2013年8月中旬为了表达对"申报古丝绸之路为联合国非物质遗产项目"的支持，在哈萨克斯坦人民委员会大力支持和赞助下，哈萨克斯坦、吉尔吉斯斯坦、乌兹别克斯坦东干协会组织20名东干青年来到中国，举行重走丝绸之路，推动跨国联合申遗"中国西安——哈萨克斯坦营盘（马三成乡）自行车骑行活动"。病中的六娃伯伯借此机会乘车带领东干青年回国省亲。

六娃伯伯一行8月31日在二六工拱北举行尔麦里仪式。六娃伯伯讲了举行这个尔麦里是为了祭祀先人，祈求真主饶恕家族亡者、世上所有穆斯林亡者的过错，赐予家人及穆斯林大众幸福健康，并简单地介绍了东干人当年获助于苟太爷，故建庭子以表感激的经过。仪式结束后，大家走出拱北，来到老庭子外回忆老庭子之种种。之后，白氏家族宴请来客。尔麦里仪式由7位阿訇和11位念经人参与，共18人。尔麦里仪式后，待客8桌近70人。此次尔麦里共花去6039元，用去两天时间，参加人数近70人，影响面涉及二六工村16家、周围6坊清真寺及东干人白氏家族自身。按六娃伯伯的话说是尽了一份心，了了一桩心愿。

没想到，这竟是六娃伯伯与"老家"的最后一别。2013年11月11日六娃伯伯在哈萨克斯坦营盘顺命归真，葬于营盘东干人老坟园。一生致力于东干人与中国老家人的联络，在病中还念念不忘对老家人的思念和眷恋的六娃伯伯，在临完前，还对孙子白艾丁嘱托：要常回老家看看，一定要转达他对父老乡亲的问候并致"赛俩目"！

二　二六工人的口传：遇困与建庭

在东干人的记忆中，"获助"与"报恩"是叙述的主题，他们牢记白彦虎的嘱咐，铭记苟太爷的恩情，心系"陕西寺"，视二六工为"老家"。

---

① 纪主赞圣即通过诵读《古兰经》、做礼拜等宗教行为，纪念真主，赞颂穆罕默德圣人。

而在中国回族人的记忆中，"遇困"与"建庭"是其叙述的关键词。关于拱北老庭子来源的书面文本见于由祁占才编写的《昌吉回族》一书。文本如下：

　　光绪二十二年（1896）五月初，从俄国谢米列契来了五个人，为首的自称安由布。他们骑马驮着银两，风尘来到昌吉六工拱北上坟。初来时，他们称是从上站来（乌苏以西），落脚后即就地购买备料、请工匠，说要给苟太爷坟头修一座阿拉伯式穹窿拱北。因苟太爷有遗言，被六工寺社首马阿不都（马成林的爷爷）和马宽阿訇（福拉子）等人阻止。来人无奈只好慕名求昌吉城当时回族头面人物魏玉太，俗称魏油匠（开油坊），即魏鹤年的父亲，私下说了来意详情后，商定建工程的事由魏玉太出面负责，建一座用来拱北送葬、上坟人礼拜活动的三间庭房。交足工程所需银两，事情办妥后启程时，特意到六工寺坊辞行。社首们好奇地询问为何远道来此建拱北呢？来人才述说秘密此行原因，一再要求保密，不能传出，说是白彦虎的遗言，来人一再要保密的理由是，一怕他们自己走不了，二怕官府给昌吉回民带来灾祸。据来人说，这里建拱北是光绪八年白彦虎在比什凯克地方得了吃不下饭的不治之症（那年白彦虎四十二岁）。7月26日临终前才给亲人说了他隐藏的奇事：白彦虎领的人在清军的追逼下逃入俄国境内，被俄边防军包围，那是老历11月24日傍晚，人马被困在一处山坳中。俄方通知说，第二天拿人头交中国军方处理。当时形势很紧张，夜里白彦虎越想越烦躁，半夜独坐一处喝茶，思前想后心情沉重，把大家带入绝境。当初的起事人个个心甘情愿，如今身处异国的儿子、部下和家眷今后的生活怎么办呢？白彦虎正在忧心忡忡时，忽然间一位手拄拐杖的老者到他面前，杖指西北方说："那边是你们脱险之路。"白彦虎以为是当地人熟悉地形，又猛然想到这空山中哪有这般装束的中原老人？又是如此突然，很觉奇异。于是白彦虎问道，这位老伯伯是何处人氏？听到了老人微弱隐约声音，说是"昌吉苟阿訇"。在白彦虎沉思的时候，老人消失了。白彦虎大吃一惊，立即召头目人布置，暗中传令，准备立即起程不得声张。悄悄赶到老人指点的山脚下，才看清陡峭的山间有道深峡，崎岖地通向山外。全部人马安全地溜了出来。翌日，早饭时又深入俄境内三十多公里的谢米尔境内。中午时俄方来了一位大军官，有通使（翻译）随从，经过一天的谈判后，缴了全部兵器，也没有查办头人。人收复后被安置在两个地方，从此安居乐业。白彦虎对此奇遇未给任何人讲。等待大清不追究他时，准备亲自上坟给老人修座拱北，看来现在没有可能了。白彦虎一再说，此后托付给你们几个，一有机会要暗去昌吉修拱北，你们遵这个口唤，我心就安宁了。

此一行人路过伊宁在访亲友期间，曾在伊宁大寺给阿訇和坊民们讲了回国的上述情况。因此，回族中一直流传百余年不衰的苟太爷与六工拱北的奇闻轶事，各地传述情况基本大同小异。

俄方人走后，魏玉太立即筹备动工，他的工头托乎地木匠领工，当年秋天建起土木结构70多平方米的三间庭子，一些不明真相的群众一直说是魏油匠盖的庭子，这是情有可原的。

关于这个传说，村里大多数40岁以上的男性都知道。

守墓人马阿訇说道：

白彦虎过去修这个庭子的老根子是苟太爷给领了路了。他在霍尔果斯嘛在哪个口子，到了那瘩儿，这邦个儿官兵在后面，俄国的官兵在前面包围，白彦虎带着人在那个口子住了三天，没有路。到了黑里①，苟太爷，白彦虎又没有见过，认不得。这儿没有路，咋过去呢？苟太爷说我给你领个路，你带上人一个一个地过。苟太爷到那个山前面，都没有路，苟太爷一指，就有路了。把这个路一指，白彦虎一看，这个人穿着米色袍子、戴了个扁扁帽，就问："您在哪个地方呢？""我在昌吉二六工芨芨梁子，人们都把我叫苟太爷。"话一说完，指路人不见了。白彦虎一考虑这半夜里山间哪儿来的人？没有人了。他到俄国那瘩儿扎好以后，打发人到伊犁这边一问苟太爷，那会已经无常了。苟太爷今年无常是，咸丰年，二百年过了。白彦虎今年无常是，那年孙子过来说无常一百三十年，三十一、三十二、三十三，今年一百三十四年了。白彦虎打发人来，苟太爷无常了，在这儿睡土呢。这个拱北梁我住下的房子是｛苟太爷｝坐下静的地方。白彦虎把这个墓地一调查以后，就在那儿修了个庭子。庭子修成十年，白彦虎无常了。白彦虎今年无常整一百三十四年，这个庭子也就一百四十四年了。②

---

① 黑里：方言，意为"夜里"。

② 信息提供者：马西海，男，79岁，退休阿訇；访谈时间：2013年6月23日；访谈地点：二六工拱北。

马阿訇的叙述十分流利，但在修建庭子的时间、白彦虎无常的时间上与东干人的表述有出入。作为二六工的老户，海伯伯从小在寺院里长大，他听老人们讲得多，加之记性好，他的故事更详细些。

白彦虎，你知道吧？是老陕西嘛。搁①这儿他走的伊犁，他搁那个奇台上来的，他带的部队上来的。到这个坟上，说的这有个拱北，他不知道叫个啥，就到拱北上了个坟。他到伊犁进俄国去，到伊犁卡子上以后，一转②都是山，中间一个戈壁坑。虽然早知道人家苏联人就把机枪都压好，他过去就是反叛人，害怕他过去闹事，人家把他要覆灭掉。他到那个地方，星宿都出来了。他谋算地想把人带过去，过不去他就又愁了。他就那么家③坐下，他就那么家头低下了，眯瞪了一会儿，他做了个梦，梦见眼前站了一个白胡子老汉，这个白胡子老汉就是苟爷老人家。给他指点的呢，苟爷老人家说："哎呀，你今天晚上连人带马带过去，不过去顶头④明天你全军覆没呢。"

他就说："哎呀，我想过去呢，我看这儿一满没有路，过不去嘛，满山窝子一满是石山。"老汉说："走，我把你领上走，我把你领上过。"领上过去，老汉照着那山里山洼做了个嘟瓦，山劈了一道缝子，单枪单马他就领上过去了。白彦虎一到人家的国土，人家就不打他了，就把他收复下了。收复下就把他弄到一个驼峰岗，那个里面一满是戈壁滩，蟒多得很，把这些老回回，一满就搁到这去了。狼把你吃掉，吃掉去，不吃掉，你自种自吃去。他那瘩儿去，把人安顿到那儿，蟒一满走掉了。是这么个情况。

过了两天，他问手下人："这儿的那个白胡子老汉呢？""白胡子老汉人家走掉了。""老汉说啥没有？""老汉说，昌吉有个梭梭梁，我是梭梭梁的苟太爷。白彦虎他给我上过坟。我就是那个苟太爷。"这个时候白彦虎才知道。"我给人家过去上了个坟，知道我有困难呢，人家来救助我来了。"你看这个事情。

完了以后，白彦虎快完的时候，给儿子、孙子说："你们到昌吉梭梭

---

① 搁：方言，意为"从"。
② 一转：方言，意为"周围"。
③ 那么家：方言，意为"那样"。
④ 顶头：方言，意为"等到"。

梁去给苟太爷修个拱北,要不是苟太爷指路,我们在伊犁就全完了。"后来,他的儿子、孙子带着钱来这儿,请六工的人给修的庭子。本来给苟爷老人家修一个拱北,但苟爷老人家说过:"不要给我修拱北,我的伯热克特①,让众亡人得个色瓦布②。"这个坟上长了好多梭梭树,经上说的坟上长梭梭、长草,坟上的伯热克特大得很。它是活苗,它也纪主赞圣呢。他说我的伯热克特让大家都沾上,梭梭树长起来。{梭梭}那个下不下雨都长得绿绿的,所以没有修拱北,他不叫修,修了那个三间庭子。

这个白彦虎的事情嘛,昌吉那个书上都有呢。我说的就是个大概,简单地说一下。③

海伯伯作为"30后"的"文化人",他对这段历史的讲述,不仅有老一辈口传的印象,更有自己在公墓站工作20多年查阅文献文本的印记,根据自己的理解与记忆,海伯伯为我讲述了不同于他人的、更详尽的历史。

2013年开斋节当天,笔者在拱北遇到了正在给晚辈讲解老庭子来历的乌鲁木齐石化老人马学富。

马:这个庭子看到没有?是白彦虎修下的。有一百五十年了吧?

//马学富的孙子:白彦虎?是不是吉尔吉斯斯坦的那个?

马:就是。白彦虎的时候,被清朝政府追到这里没处走了,一个白胡子老汉拄着拐杖出来了,给白彦虎的人说:"你们从这个地方下去,从西北方向你们下去,就能出去。"后面清朝政府追,对面是洋毛子的阻击,他没处去了,最后苟爷给指了路,他们出去了。后来白彦虎给后人说了{这个事},让后人{来给苟爷}修个拱北。后人来以后,{这儿的人}说苟爷不让修拱北,{白彦虎的后人}就找了这儿的两家子,委托他们盖下的{老庭子}。④

在这四则文本中,祁占才记录的文本是最全的,时间、地点、人物、

---

① 伯热克特,阿拉伯语 Barkah 的音译,意为"吉庆"。

② 色瓦布,阿拉伯语 Thawāb 的音译,意为"赏赐""报酬""奖赏"。回族穆斯林通常以此指"真主的赏赐"。将做好事称为"揽色瓦布"。

③ 信息提供者:海昌富,男,68岁,公墓站退休职工;访谈时间:2013年3月9日;访谈地点:二六工村海伯伯家。

④ 信息提供者:马学富,男,72岁,退休职工;访谈时间:2013年8月8日;访谈地点:二六工拱北。

事件都很确切，是个完整的叙事。沙湾马阿訇的叙事中，老庭子的来历主要是苟爷给白彦虎指路了，这一点是明确的；具体的时间、地点有些不清，但这并不影响他的有效叙述；在叙述的结尾处，他还估算了老庭子建造的时间，表明他对老庭子事件的知悉度很高。马叔叔的讲述更为细致，他不仅讲了白彦虎逃亡时路过二六工给苟太爷上坟的经过；白彦虎被困后，苟太爷如何给他指路；俄国收下他们并安置；还讲述了安置后的生活及老庭子的建造。马学富老人的讲述只是为了告知后辈这段历史。他们走出坟园的时候，看见这座老庭子，老人驻足讲解，但儿孙中有人已等不及先行离去，若不是笔者饶有兴趣地在旁聆听，怕是老人都没有讲下去的动力。文化表演是协作的活动，需要表演者与听众二者的互动来共同完成表演，而听众对老人的讲述不感兴趣，老人缺乏听众，只好草草结束作罢。

他们对白彦虎一行在恰克马克遇困的事代代相传，且由于当地"文化人"的增多，通过查阅相关文献资料，他们又对前人叙述的遇困内容进行补充、完善，在反复地讲述中重现东干人逃亡途中的艰辛。关于这段叙述，东干人与二六工回回人的讲述都很详尽，听他们的讲述，仿佛昨日重现一般。而在讲述"建庭"的内容时，二六工人因身在当地，老一辈亲历"建庭"事件，其叙述较东干人更具体，有的"上心人"甚至能确切说出当年帮助东干人修建庭子者的名姓。

三 无国界的认同

交往的增多、符号的互动、探亲的旅行，东干人与老家的回族更加紧密地联系在一起。于是，各种各样的认同问题便凸显出来，小到个体的身份认同、祖籍认同，大到国家认同和文化认同。尤其是在"流动的现代性"的状态下，这种认同变得越来越具有开放性和变动性。然而，每一段口述、每一段记忆实际上都承担着东干人及中国回族文化认同塑造的潜在功能。

认同与历史记忆自然地结合在一起，由多种方式展示，它可能是一个物质实体，比如东干人在二六工修建的庭子、东干人的祖籍陕甘空间中的一个地点，也可能是一种象征符号或某种具有精神含义的东西、某种附着于并强加在这种物质现实之上的为群体共享的东西，比如中国各地的陕西清真寺是东干人每到一地的必去之处，东干人讲述的关于老家老舍的传说、故事等。东干人的认同是以通过回老家老舍祭祀、经商、走亲访友等文化形式表现出来的"寻根"活动，以行为方式对文化身份的认同。

对东干人而言，由于历史原因，他们跨越国界，由中国迁徙至中亚，仅以10万人分散居住在中亚三个国家，但东干人的文化身份认同，却将他们连接为一个统一的民族共同体，并发展成为一个经济文化较为发达的群体。这种身份认同既是东干人生存的凝聚力，也是其不甘于落后而发展的推动力。居住在中亚的东干人如何在异国他乡依然保持对"祖国"的记忆？如何在异己的语境里保持回族的民族意识和文化传统？如何在与中亚地区的"他者"文化交融中产生新的文化习俗？

尽管东干人远离故土，在中亚定居百余年，过去与中国内地的联系甚少，但是，他们至今在方言土语、婚丧嫁娶、衣食住行、岁时节令、民歌民谣等方面仍原汁原味地保留着百年前的陕西特色：乡音不改、口味没变、思乡情浓、群体不散。他们是在境外保持中国传统文化的典范，他们把自己的言行举止完全当成对故乡的感情寄托，用心守护，并把传统的东西紧紧融入日常生活之中，内化为本民族的集体意识。

"东干"一词最早出现在突厥语中，"东干"应该是地道的陕西话"东岸子"的音译。当陕甘回族移居中亚之后，当地人问他们是些什么人时，他们遥指远方说："我们是东岸子人。"① 按读音应写为"东岸"，转音写成了"东干"。麻乃告诉笔者，他很小的时候就听老人们说，他们是东岸子人，东干人就是东岸子人。对于地处亚洲腹地的东干人来说，他们确实是东岸子人。虽然与母体分离了百余年，其生活方式与文化传统都有了很大变化，他们与生活在中国的同一民族主体相比，在发展方面产生了一个断层。但是他们仍然具有很强的民族自我意识，在民族内部称谓上仍称自己为"中原人""老回回""回回人""回族人"，"东干人""东岸人"是讲突厥语和讲俄语的人对他们的称谓。社会身份是流动的，文化身份亦是流动的，二者都是在历史和现实语境中不断变迁。东干人的身份是流动的，其民族性是固定的，在对自我的认同中，他们在异域文化差异

---

① 信息提供者：麻乃，男，东干人，52岁，生意人；访谈时间：2013年9月1日；访谈地点：二六工拱北。

的基础上不断建构着"老回回"这一文化身份。

　　语言不仅是民族文化的一面镜子，还是一个民族历史文化的活化石。东干语是我国陕甘方言的特殊变体，它呈现出对陕甘方言基本面貌的保留和对俄语、突厥语等语言环境的适应。口语上，东干人之间都讲陕甘方言，吐字用词都是地道的陕甘百年前的方言土语。其中，相当一部分语汇在今日的陕甘一带已经消失。在俄语和突厥语的大环境中，东干语的留存和传承在文化认同中作为共享的"既定禀赋"始终发挥着关键的作用。它成为东干人区别于"他者"最显性的符号标识。同时，东干人的生存环境又决定其必然与"他族"有较多的交往，使其自然地成为"多语人"。

　　作为一种民族情结的民族自觉意识，它是民族整体的集体无意识的反映，天然的民族情感和心理素质，使其必然回归本民族的自觉意识中。文化认同的问题只有面对不同于自己的"他者"时，人们才会有"我们是谁"的问题意识。塞缪尔·亨廷顿（Samuel Phillips Huntington）曾指出，不同民族的人们常以对他们来说最有意义的事物来回答"我们是谁"，即用"祖先、宗教、语言、历史、价值、习俗和体制来界定自己"，并以某种象征物作为标志来表示自己的文化认同，如旗帜、十字架、新月形，甚至头盖等。亨廷顿认为"文化认同对于大多数人来说是最有意义的东西"。① 通常的情况是在异己的文化空间、与异文化相比照之下，对"我们是谁"的追问非常容易，在"排他"的情感驱使下强化文化的自我认同，文化认同的意义在于构筑人类精神与心理安全和稳定的基础。

　　在二六工马阿訇家做客时，六娃伯伯告诉笔者："我们在营盘的房子连这儿的不一样，我们的房子有门楼，门楼上还雕刻着花边，菱角形的{中国传统}图案。大一点儿的房子里头都有炕，炕的一头还放着一个木箱子。被子都叠放在箱子高头。来客②了，就在炕上放一个炕桌，盘盘腿儿坐在炕上吃饭、喝茶。我们的寺连这儿的也不一样。我们的寺顶上是琉

---

　　① 〔美〕塞缪尔·亨廷顿：《文明的冲突与世界秩序的重建》，周琪、刘绯、张立平、王圆译，新华出版社 1998 年版，第 3—4 页。

　　② 客，方言，读作"kēi"。

璃瓦，屋顶四角向上翘着。大殿顶上有飞檐，飞檐上雕着各式各样的东西，还有中国的龙。"① 从六娃伯伯的叙述中，我们可以明显地感觉到，东干人的建筑文化仍留有中国传统建筑的特征。"门楼""琉璃瓦"曲翘的屋顶中国传统图案的雕刻等，都是中国传统文化显著的表现。虽然在大殿屋顶雕刻龙，与伊斯兰教禁止偶像崇拜严重不符，但在东干人看来，龙是老家老舍的象征，通过龙这一形象，表现的是其强烈的民族认同及文化认同。

访谈中几位东干人告诉笔者，老人们常说，虎大人在的时候最喜欢听人讲中国故事，心情不好时只要听上中国故事就会舒展眉头。东干移民到托克马克后，在大路边挖窑洞居住。东干移民总算有了自己的落脚点，许多人脸上才有了一点笑容，可虎大人怎么也高兴不起来。他为一路上惨死的同胞痛心不已，为这批人以后的生路忧心忡忡。西迁的人里有一位秀才李国魁，他知道好多历史故事。《白蛇传》《姜子牙钓鱼》《霸王别姬》《牛郎织女》《孝子——王祥卧冰》《孟姜女哭长城》《刘秀走南阳》《水泊梁山》《过五关斩六将》《三英战吕布》《打登州》《薛刚反唐》等都是李国魁拿手的故事。他常给虎大人和回回人说故事，听他说故事对这些背井离乡、思念故土的东干人来说，是一种享受，是一次次思念故土的深沉体验。

对远离故乡的东干人而言，记忆不仅仅是工具，也不仅仅是过程，它本身可以成为舞台，甚至可以构成一种创造历史的力量。人们暂时淡忘了苦难，脸上露出难得的喜笑。白彦虎虽然身在异乡，但他做梦都想着回去的那一天，回忆构成了他们乡思的主要形式。白彦虎临终遗言说："以后中国如改换朝廷，不杀回回，望众兄弟仍回中国，到那边言语同，习惯通，谋生容易。我回不到咱的陕西面儿了，你们一定要回到咱的老家去，把西安的城墙拍上几把，我就给你的'虎什奴的'了。"②

在东干人的记忆中，他们离开家乡后第一次光明正大地回到老家老舍是1991年10月，第一个东干代表团回陕西，白彦虎的愿望得以实现。他

---

① 信息提供者：白六娃，男，东干人，79岁，生意人；访谈时间：2013年9月1日；访谈地点：二六工沙湾马阿訇家。

② 李健彪：《三秦史话：西安回族与清真寺》，三秦出版社2004年版，第42页。

们站在西安西城门上万分激动，热泪盈眶。这是"叶"对"根"的情意，是游子对母亲的一片深情。

由于特殊的民族经历，东干文化具有独特性和多元的特征。东干文化是有着悠久历史的传统文化，它的根在中国，其根本核心是回族文化。无论在任何情况下，东干人都坚持信仰伊斯兰教，以伊斯兰教的伦理思想和中国传统美德来指导自己的家庭生活与社会生活，并在此基础上形成一套完整的社会伦理道德规范，成为调节个体与个体之间，个体与群体之间，个体与社会之间的准则。历史上东干人历经磨难，使他们具备了吃苦耐劳的精神意志，具备倔强、固执的性格和坚毅果敢的阳刚之气，他们倡导高度的自尊自信及自强不息精神，高尚节俭、求真务实、看重亲情、提倡忠孝。他们世世代代以土地为生，中国传统文化中的乡土情谊深深灌注到东干人的民族意识与文化之中。东干人的老家情结，并没有因时间的流逝而淡化，相反却是越结越深。他们不仅有着自己是黑头发、黄皮肤的中原"回回"后裔的荣耀感，更有着让博大精深的中华文化在异域扎根、开花、结出新异果实的使命感。

进入 21 世纪以来，中亚再次成为各种地缘政治、思想文化方面激烈争夺的地区。习近平主席在哈萨克斯坦纳扎尔巴耶夫大学演讲时提出为了使欧亚各国经济联系更加紧密、相互合作更加深入、发展空间更加广阔，可以用创新的合作模式，共同建设"丝绸之路经济带"。在这条经济带上，华夏文明、突厥文明、伊斯兰文明、俄罗斯文明都已具备相当的基础。随着中国综合国力的发展和世界地位的提高，东干人的自豪感也在与日俱增。哈萨克斯坦最大的城市阿拉木图，可以说是中亚的科技、金融中心，在当地人看来，这里最好的单位即中国石油。而东干人因为会说东干语，便于与中国人沟通，只要他们愿意，中国石油会高薪聘请他们做翻译。好工作、高收入，使得周围的"他者"羡慕无比。

同时，东干人发挥自己的历史文化和语言、宗教信仰优势，在中亚五国率先与市场经济充分发展的老家老舍进行经贸交流，引进资金、技术、设备、企业，开办公司，劳动力转移等。使本民族的生产要素"比较优势"在市场经济运行中得以充分发挥，最大化地实现生产要素价值。在吉尔吉斯斯坦，东干人可以吸引来自中国，特别是中国西北穆斯林的投资，这是因为东干人与中国回族乃是同根，东干语和汉语又互相接近，他们有着共同的信仰，并且他们中很多人至今在中国仍有亲缘联系。此外，有的东干人离开中亚来到乌鲁木齐市等地做外贸生意，有的东干青年来中国学习汉语，有的更是回西北寻民俗文化的根、效仿当下的实践，再返回中亚学以致用。如今东干人经济发展走在中亚诸国各民族的前列。东干人是中国与中亚地区发展关系的天然纽带，东干人在经济活动中的天赋，必然把中国经济发展的经验带到中亚各国，给中亚的经济注入活力。

在东干人的意识当中，东干人的阿爷是中国人，是"口内"的"回回"人，他们的根在中国的大西北。至今东干人还将中国称为"老家老舍"，这是对中国鲜明的认同。东干人一生中最大的愿望就是能回老家老舍看看。东干人作为中华文化在中亚的传播者和保留者，其贯通东西的"丝绸之路"，穿越了文化的壁垒，架起了友谊的桥梁。但东干人不是中亚地区的过客，而是作为回族文化的载体定居下来，践行中华文化在中亚的传播，从而增进了中亚各民族对中华文化的了解，并进一步扩大了中华文化在中亚广袤土地上的影响力，为加强中华民族与中亚各民族的友好关系，潜移默化地发挥着他们特有的作用。

后　记

2014年10月17—19日，由中国少数民族文学学会主办，中南民族大学文学与新闻传播学院承办的"中国少数民族文学学会2014年年会"在中南民族大学顺利召开。来自北京、甘肃、青海、宁夏、吉林、辽宁、内蒙古、湖北、湖南、四川、贵州、广东、广西、云南、福建、新疆、西藏等省区的40多所院校和研究机构的150余名专家、学者参加了此次研讨会。

会议收到论文80余篇，宣读论文71篇，论文主题主要集中在民族文学理论、少数民族古代文学、少数民族现当代文学、少数民族民间文学、少数民族神话等方面，涉及少数民族文学理论建设，民族文学与非物质文化遗产，民族文学与民族记忆，中国少数民族作家文学研究，中国多民族文学的跨民族、跨地域、跨文化研究等议题，涵盖了中国少数民族文学研究领域的重要话题。

会议引起了媒体的广泛关注，光明网、荆楚网、大楚网、南方网、东方网、青海新闻网、中国教育网、央广网、大江网、红网、华语教育网都对此次会议进行了报道。中国社会科学院民族文学所等发表了长篇会议综述，提交会议的一些文章也陆续在重要刊物发表，在国内外产生了广泛的影响。为了使会议成果有一个完整的展示，得到中南民族大学文学与新闻传播学院资助，将此届会议论文编成论文集由中国社会科学出版社出版。在此，特向主办单位和承办单位以及各位参加会议并提交论文的专家学者表示衷心感谢。论文出版过程中，段凌宇老师、张志华老师做了很多工作，责编郭晓鸿女士为论文出版付出了辛勤的劳动，在此一并致谢。

2015年5月22日